蒙古帝国

包丽英

著

①铁骑神鹰

长江出版传媒 长江文艺出版社

图书在版编目（CIP）数据

蒙古帝国：全四册：全新修订珍藏版 / 包丽英著
. --武汉：长江文艺出版社，2022.5（2023.11 重印）
ISBN 978-7-5702-2548-4

Ⅰ. ①蒙… Ⅱ. ①包… Ⅲ. ①长篇历史小说－中国－
当代 Ⅵ. ①I247.5

中国版本图书馆 CIP 数据核字(2022)第 034152 号

蒙古帝国

MENGGU DIGUO

责任编辑：叶　露　　　　　　　　　责任校对：毛季慧
封面设计：颜　森　　　　　　　　　责任印制：邱　莉　　胡丽平

出版：长江出版传媒　长江文艺出版社
地址：武汉市雄楚大街 268 号　　　邮编：430070
发行：长江文艺出版社
http://www.cjlap.com
印刷：湖北恒泰印务有限公司

开本：730 毫米×1040 毫米　　　1/16　　印张：81　　　插页：4 页
版次：2022 年 5 月第 1 版　　　　2023 年 11 月第 2 次印刷
字数：1381 千字

定价：188.00 元（全四册）

代序:烟花在星空绽放

十三世纪北方的草原部落在蒙古人推动下得到了空前统一,与此前几个世纪的分裂与纷争形成了鲜明的对比。而顺应了草原人渴盼统一强盛和安宁富足的要求,担当起这一使命的,正是元太祖成吉思汗。

草原的统一,使原本各自为战的马背民族,凝聚成一个生机勃勃、充满朝气的民族共同体,进而凭借这如日之升、如月之恒的热忱与豪情,驰骋万里,横扫欧亚,从森林环绕的贝加尔湖到流水滔滔的印度河,从里海(位于欧亚交界线上的世界最大咸水湖)周围的大草原到古老中国的华北平原,建立了令世人瞠目的蒙古帝国。

这是一个横空出世、前所未有的大帝国。成吉思汗和他的后继者以战争的手段消除了东起太平洋西到里海之间的人为疆界,各民族之间的经济文化交流空前繁荣,火药、指南针、印刷术、纸币、驿站制度等输出西方,与此同时,西方的织造品、药物、天文历法等也接踵传入中国……而所有的一切,与成吉思汗开创性的功绩密不可分。

1227年,成吉思汗在征服西夏的战场溘然长逝,他的儿孙如他所愿,接过了征服欧亚大陆的权杖,策马长行。1229年,成吉思汗三子窝阔台即位,1234年,金国灭亡。次年,窝阔台汗召开忽里勒台大会,决定进行第二次西征,同时确定由术赤之子拔都担任西征军统帅。这支向欧洲挺进的军队只有六万余人,却从1236年秋至1242年春相继征服了伏尔加河流域的重镇不里阿耳、钦察和南、北俄罗斯,并在里格尼茨(今波兰莱格尼察市)战役中击败兵力占绝对优势的波德联军,进入波兰、匈牙利。接着,拔都亲率大军渡过多瑙河,攻陷格兰城(今地不详),西欧诸国在恐惧中束手无策。恰在这关键时刻,窝阔台汗病故,半个欧洲因为窝阔台汗的猝然离世被上帝拯救。消息传来,拔都当即收起长鞭,掉转马头,回到萨莱城(今俄罗斯阿斯特拉罕州阿斯特拉罕附近),建立了四大汗国中疆域最为辽阔(东起也儿的石河,西至俄罗斯,北达北极圈附近,南越高加索山)的金帐汗国。

赫赫战功从未令拔都得意忘形,在拔都的全力推举下,经历了诸多艰险和波折的蒙哥在鼓乐声中登上汗位。这是成吉思汗家族中又一位有作为的蒙古大汗。他恢复了一度被破坏殆尽的帝国秩序,在短短九年的统治中,开拓疆域,增强国力,他派胞弟忽必烈征服云南,派另一个胞弟旭烈兀第三次西征建立伊利汗国。他身后,忽必烈登临汗位,成为元朝的开国皇帝。

金帐汗国、察合台汗国、窝阔台汗国、伊利汗国,蒙古的四大汗国共同听命于元朝中央政府,元朝的版图东起大海,西达地中海沿岸,北涉极地附近(曾在此驻军七人),南至印度尼西亚。在哥伦布没有发现新大陆之前的十三世纪,已知世界的版图只有欧亚非三洲,欧洲面积1016万平方公里,亚洲4400万平方公里,非洲3020万平方公里,而事实是当时的非洲并未完全开发,只有埃及君主掌握着北非的一部分,疆域最广北达黎巴嫩,南及尼罗河第四大瀑布,面积也就200多万平方公里,因此,元王朝拥有的版图3500多万平方公里,占到中世纪世界陆地面积的三分之二之多。

统一战争结束后,元王朝在忽必烈的统治下国泰民安、经济强盛、科技发达、军事强大。当时的元大都,商贾云集,各国外交使节频繁往来,拥有一百余万人口的元大都水路、陆路交通发达,货物堆积如山,人民安居乐业,呈现出少有的太平盛世。

忽必烈在八十岁高龄也是元帝国最强盛时离开人世,之后,帝国迅速衰落。

然而,蒙古人退出中国历史舞台的那一刻,并不意味着帝国影响的消弭。在其后几百年中,蒙古人依然充当着世界历史的主角。蒙古四大汗国中,除窝阔台汗国早早并入察合台汗国之外,金帐汗国在内乱中依然统治着俄罗斯和中亚部分国家的广阔领土,持续着它二百六十余年的命脉;伊利汗国的汗权从成吉思汗的直系落入旁系之手,国势日渐衰微;察合台汗国则发生分裂,东汗国统治着今新疆之地,在习惯上仍被外国人称为中国,西汗国占据着河中地区,在中亚与金帐汗国彼此攻讦。此外还有退到长城之外的北元政权。帖木儿就于乱世之中出生在西察合台汗国的碣石城(位于今乌兹别克斯坦沙赫里萨布兹)。

帖木儿的五世祖与成吉思汗有着共同的祖父,可以说,直到死亡,帖木儿都希望自己成为第二个成吉思汗。

是的,帖木儿一生崇拜成吉思汗。他站在中亚和西亚的土地上遥望中国和欧洲,向世界宣称:我,就是成吉思汗。从来没有人否认,他的一生至少有一点与成吉思汗相同,那就是,他像成吉思汗一样,在征战中生,在征战中死,终生不离马背。

这位在名字前被冠以"跛子"二字的帖木儿帝国的创立者,即使少年时代一度成为绿林好汉,带着他的人啸聚山林、打家劫舍及至最终向朝廷投降,他却能做到非比寻常的慷慨,也从未有过一些自卑与消沉。所有的经历都被他当成磨炼，他最终的目标是成为一个征服世界的人。

帖木儿梦寐以求娶一位真正的蒙古公主。当他遇上这样的女人，他主动入赘，成为成吉思汗家族的女婿。这于他而言是一次换血的过程，他征战的动力由此源源不断。这个不可思议的人，驰骋于中亚、波斯、印度、高加索、美索不达米亚、西亚等地之间，他的帝国衰亡很快，可影响还能久存。他使欧洲人感受到超过成吉思汗的压力，四分五裂的波斯与俄罗斯依赖他而重新统一……他为欧洲人开辟了经波斯而赴中国、印度的陆路通道，用帖必力思的市场代替了巴格达的国际市场。

他冷酷无情、英勇善战、善于治理，他是否真成了第二个成吉思汗并不重要，重要的是他让蒙古帝国的余焰引燃了一束绚烂的烟花，而他这样做的时候，他所借助的正是原来蒙古四大汗国的力量。

他在东征途中溘然长逝。他的帝国在几十年后分崩离析。一百年后，又一束烟花引燃，最后的辉煌被他的六世嫡孙巴布尔继承下来，在印度次大陆，巴布尔建立了一个转承中世纪印度与近代印度的重要帝国——莫卧儿帝国。

莫卧儿帝国统治南亚次大陆的时间长达三百多年(1526—1857年)，经十七代君主。印度文明自此像其他古代文明一样源远流长。巴布尔的母亲是成吉思汗的嫡传后裔，"黄金家族"的血统使巴布尔得以称帝，而不必像他的六世祖那样终生只能称王。其实，莫卧儿一词只是蒙古一词的突厥语音变，巴布尔将他的国家命名为"蒙古帝国"。

从成吉思汗到巴布尔，蒙古民族活跃在亚洲、欧洲和非洲的土地，几度创造过极致的辉煌，犹如流星划过夜空，犹如烟花绚丽绽放。而作为成吉思汗的后人，我所希望做到的，只是将那些瞬间的灿烂永远定格在书页之上。

目 录

第一章

草原美人李儿帖

壹

不儿罕山,草原人心中的圣山。

滋润着蒙古草原的三条著名的河流:克鲁伦河、斡难河、图拉河就发源于此,但是一一七九年的一个夏日它却从早到晚一直为铅色的阴云笼罩着,从而多了几分沉闷,也多了几分神秘。

夜色渐浓时,一轮皎洁的明月终于冲出了凝滞的云层。

沉闷的暮霭霎时变得清朗了许多,若浓若淡的月色开始漫不经心地洒在草地、河流和蒙古包上,漫不经心地勾勒出一幅静谧的夜景。突然,在轻纱般的昏暗中出现了两个游动的身影,他们脚步轻灵,穿行于错落各处的蒙古包之间时,竟然没有惊动那些听觉灵敏的牧羊犬。待来到近前,但见二人黄冠羽衣,装束奇特,却原来是草原上难得一见的中原道士。此时,极度的干渴使他们的脸色显得憔悴,但这并没有使他们放慢脚步。两人中最引人注目的是那位中年道士,只见他胸前斜挂两柄长剑,瘦削的脸上一双眼眸精光四射,虽然身处昏暗却也凛然生威。更奇的是,他的背上居然还背着一个熟睡的孩子。年轻的那一个身材适中,面目清奇,气质雍贵倒更像一位世家子弟,只是他虽然身无负重,仍只能勉强跟上中年道士。

他们直奔克鲁伦河而来。中年道士丝毫没有放慢脚步,他轻轻吐出一个字,年轻道士立刻听出——水。

"还有一个人。"睡醒的孩子说。

孩子说得没错,克鲁伦河畔真的有一个人。此刻,那人正盘膝端坐在草地上,好像一尊凝固的雕塑。在静夜里出现这样一个人原本已经让人有些惊讶,更令人不可思议的是,月光居然一点点在他身上汇集起来,直至在他的周身罩上了一层淡橘色的闪烁不定的光环。年轻道士急忙垂下眼睑,以为自己窥到了天地灵光,一颗心怦怦乱跳起来。

当他重新抬起头时,光环已然消失,只有一个凝然不动的魁伟背影如岩石般矗立,显现出一种恒定和气势。

孩子挣了一下,从年长的道士身后滑落下来,随手摘下一个盛水的钵盂,然后向河边飞跑过去。他很渴,可是此时吸引他的并不是克鲁伦河清澈的河水,而是那个奇怪的"雕像"。他在河边蹲下来,目不转睛地注视着"雕像",许久,他用畏兀儿(即高昌回鹘,今维吾尔)语轻声问:"你是人吗?"

"雕像"动了动。孩子看到了一张无法形容却终生不能忘怀的脸,幼小的心灵升起了一种天真的崇拜。"你是人吗?"他继续问,这回用的是契丹语。

"雕像",不,应该说是一位很年轻的牧人,微笑了。他听不懂孩子的话,不过看得出孩子是赶过远路的。他走向孩子,从孩子手中接过钵盂,舀了满满一钵水。"喝吧。"他的表情在说。孩子没有急着喝水,而是回头向他的同伴招手:"师父,师兄,快来啊。"

牧人回头注视着两位外乡人。年轻道士以为一定会在他的眼中看到"你们是谁"这样的疑问,但是没有,他以一种可以容纳一切的神情注视着他们。即使他面容柔和,也掩饰不住他目光的深邃和华灼。

被称作师父的中年道士以痛饮来催促两位徒弟不要耽搁。他们在水袋里灌满了水,又要上路了。孩子向那位奇特的牧人招着手,也不管他是否听懂,执着地说道:"除了我师父、师兄,你是我见过的最不一般的人。别忘了我们,我叫瑞奇峰,西辽人,他们是我的师父青松道长和师兄石抹重辰。等我长大了,说不定会来找你。你叫什么名字?"

年轻牧人依然微笑着,他并不知道孩子在说什么,但他能感受到一种期待的眼神。他缓慢地举起手,向孩子挥了挥。

三个外乡人像来时一样匆匆离去了。当月光下明镜一般的克鲁伦河隐没在无际的黑暗中时,中年道士蓦然回首,一张因久历风霜而变得冷肃的脸骤然发生了某些微妙的改变。多年前,他偶然经过草原时曾应蒙古部的忽图赤大汗之邀参加过一个孩子隆重的入篮仪式。此刻,他产生了一个奇怪的联想,他不由得喃喃自语,声音低沉却充满敬畏:"传说十多年前,漠北草原出现了一个手握赤血块出生的孩子,难道是他?"

是的,是他,他就是后来以成吉思汗的威名震惊世界的那个人,但此刻,他还是名不见经传的铁木真。

贰

两匹白马沿着捕鱼儿海子(今贝尔湖)迤逦而行,空阔的草原一直没有见到人家,年少的骑手开始焦躁起来:"大哥,还要走多久才能到啊?"

"别勒古台,你累了?"铁木真心不在焉地问。

"不累,我急。我想快点看到新嫂嫂,不知她长得美不美?"

铁木真的心中蓦然掠过一丝奇怪的不安。他倒不担心成人后的孛儿帖是否美丽,他所担心的是,九年的时间是否已让一切物是人非。

毕竟,九年绝不是很短的时光。

九年前,也速该巴特(巴特:贵族称号,英雄之意)带着长子铁木真,到素以美女如云闻名于草原各部的弘吉剌部求亲。途中,铁木真射下一只鹰隼,碰巧被弘吉剌部贵族德薛禅(薛禅:贵族称号,智者之意)看到,铁木真的天生神力和精准箭术令德薛禅刮目相看。经过一番攀谈,德薛禅了解了也速该的来意,因他久慕也速该威名,又钟爱铁木真俊朗聪慧,遂一力邀请也速该父子到自己的营地稍事休息。本来,在弘吉剌部,德薛禅就是出了名的热情好客,为了欢迎也速该父子,他特意准备了一桌丰盛的酒席,并要夫人朔坛和爱女孛儿帖前来作陪。十岁的孛儿帖,梳着整齐的发辫,穿着一件粉颜色的蒙古袍,看起来就像盛开在草原上的一朵娇小艳丽的鲜花。童心无忌,两个孩子很快便相熟了,一起跑到外面玩耍。德薛禅见两个孩子亲密友爱,与众不同,便主动提出愿将爱女许给铁木真。也速该原本早存此心,当即欣然应允。亲事既定,按照蒙古风俗,铁木真需要暂时在岳父家生活一段时间,也速该于是独自返回。没想到就在返回途中,也速该被世代为仇的塔塔尔人毒害。从此,失去庇护的孤儿寡母遭到部众的无情离弃,在草原上过着四处漂泊、居无定所的生活。

父亲去世那一年,铁木真只有九岁,他的二弟合撒尔七岁,异母弟别勒古台六岁,四弟合赤温五岁,五弟帖木格三岁,还有一个妹妹尚在襁褓之中……

"大哥,你怎么不说话?你在想什么?"

"我在想,"铁木真收回飞远的思绪,沉思地看着弟弟,"应该先找个人问问情况。"

"哪里有人!连个羊腿都没看见。咦,那边真还过来了一个人。"

铁木真顺着别勒古台手指的方向望去。

一匹通体乌黑的骏马在草原上狂奔,离他们越来越近,越来越近……

不好!铁木真心中暗惊。"别勒古台,你待在这里别动。"他一边叮嘱一边催动了坐骑。没容别勒古台明白过来到底发生了什么事,铁木真已向黑马迎去。就在马头相错的瞬间,铁木真双脚离镫,以一种快得令人难以置信的速度迅速向后滑落,接着又在原处拧过身来,从一侧稳稳地扣住了惊马的口环。整个动作如兔起鹘落,一气呵成,别勒古台看得眼花缭乱。

惊马"突突"打着响鼻,四蹄腾动,似要摆脱突来的控制。铁木真借着冲力向前滑动了几步后,便稳稳地定在了地上,任凭惊马如何挣扎,他都纹丝不动。几番较量,惊马终于温驯地垂下了头,心甘情愿地服输了。

铁木真松开马嚼子,长长地吁了口气。直到这时,他才看清马背上坐着一位少女。

"姑娘,没事了。"他爱怜地拍了拍马脖子。

少女好似呆了一般,一双眼睛直直地注视着前方,面白如纸。

"姑娘,没事了,下来走动走动吧。"

少女这回听懂了。强烈的惊悸与后怕,令她眼前一黑,栽下马来。铁木真眼疾手快地接住了她:"别勒古台,酒。"

灌了几口酒,少女的脸上现出血色,慢慢睁开了眼睛。首先映入眼帘的是抱着她的铁木真的脸。"我怎么了?"她懵懵懂懂地问。

"你的马惊了。现在,你感觉好些了吗?"

"我头晕、恶心,我……"少女猛然意识到自己还躺在一位陌生男人的怀里,不由红了脸,强挣着站起身来。

铁木真牵过少女的马,那马一副做错事的样子,胆怯地垂着头。

"上来吧,我可以送你一程。"

"不,不!"少女满脸张皇,"这马我说什么也不骑了,我走着回去。"

铁木真又是好笑又是怜惜地打量了少女几眼,有那么片刻,他暗自惊诧于少女的清丽:"你叫什么名字?家住哪里?"

"我叫玉苏,家在前面不远。大哥你呢,你是过路还是找人?"

"找人。"

"可以告诉我你找谁吗?或许我认识。"

"德薛禅。"

"你找孛儿帖姐姐的阿爸呀——太巧了!这样吧,你跟我走,我带你去见一个人。"

"哦,你……你知道孛儿帖?"

"在我们弘吉剌部,有几个人不知道孛儿帖姐姐呢?大哥,你就别多问了,我保证给你个惊喜。"

玉苏仍旧不敢单独骑马,铁木真急着赶路,只好让她坐在自己的马前。天近晌午时,他们来到一个地方,这里人很多,你来我往的,显然人们正在为一场即将举行的婚礼忙碌着。玉苏跟主人打了招呼,好客的主人暂且将远道来的客人安置在一棵树下席地而坐。不多时,一位身着素色衣衫的姑娘亲自为铁木真兄弟送上了马奶酒。

四目相对的一刹那,铁木真不觉呆住了。他看到了谁?为什么他的心跳会加快嘴里会发苦?他并不认识这位姑娘,他记忆中的小女孩纤秀妩媚,长着一张可爱的脸颊和一双会说话的眼睛。而这位姑娘,身段苗条灵巧,乌黑的、拱形的眉毛,精心盘起的秀发,衬着象牙般洁白细腻的皮肤。长圆形的脸上,鼻峰端正挺立,唇形无可挑剔。尤其让人见之难忘的是她的眼睛。她的眼睛很明亮,炯炯有神,仿佛缀在天幕上的启明星,眼波虽温柔,却偏偏显得聪慧无比。这个姑娘的出现,就像秋月黯淡了星光,像春泉冷落了群芳……她究竟是谁?但愿她不是孛儿帖——但愿她就是孛儿帖!

姑娘的目光也滑过一丝惊疑。是什么促使她一定要走近些看看他的脸,是那支骤然拨响在她心间的"神鹰曲",还是年少时就已熟悉的等待和梦想?她不知道,她只知道从自己第一眼看到他起,就想走近好好看看他的脸,看看他的目光……

"孛儿帖,你在这里做什么?"一个声音突兀地响起,姑娘似乎想离去了,又转过身来想看看铁木真的反应。铁木真早已站起,目光中仿佛燃烧着两团火焰。喧嚣的人群归于寂静,孛儿帖的眼中渐渐盈满了泪水,一个刻骨铭心的名字就在她红润的双唇间颤动。

"孛儿帖!"铁木真竭力克制住内心的激动,温和地说,"我正准备去看望先生。"

多么熟识的称呼!九年来朝思暮想,长生天真的给她送来了他,孛儿帖再也顾不上众目睽睽,任凭泪水滚滚落下:"铁木真……"

好一张精致优雅、不染风霜的脸!强烈的欣喜过后,铁木真才恍然意识到这九年他与孛儿帖的生活,好似一个地下,一个天上。"孛儿帖,没想到吧,我这样来了。"他心平气和地示意自己简朴甚至称得上寒酸的衣着。

孛儿帖全不在意:"你来了就好,只要是你来了就好。"

"孛儿帖,他就是铁木真吗?"一位衣着与气度都与众不同的青年分开人群,似有不恭地问。

孛儿帖含笑点头:"铁木真,你还记得越图吗,迭克首领的侄儿?小时候我们在一起玩过。今天就是他的妹子出嫁,越图请我来帮忙。"

铁木真猛然想起，友好地向越图伸出手。越图却视而不见，只对孛儿帖说："额吉让我来找你，妹妹要重新盘一下头。"

"我知道了。"孛儿帖急忙看了铁木真一眼。莫名其妙地受到如此冷遇，铁木真居然泰然处之，孛儿帖的内心升起一种真切的敬意。九年等待，但愿长生天不负她的痴情，给她一个值得她爱的男子汉。"婚礼一结束，我就带你回家。玉苏，你也过来帮个忙。"

"好的，姐姐。"玉苏使劲眨回眼神中的惆怅，转向铁木真调皮地笑道："我说带你见个人，见对了吧？"

叁

重新站在德薛禅华阔的大帐前，铁木真的内心可谓五味杂陈。得到通报的德薛禅和夫人朔坛匆匆迎出帐外。不知为什么，孛儿帖却留在帐中没再出来。

"岳父、岳母。"铁木真大礼参拜，别勒古台也跟着跪在大哥的身后。

德薛禅急忙挽起兄弟俩，一手一个，注目端详。如果说，九年前德薛禅曾为铁木真感到过吃惊，那么此次的惊奇则更胜上次。艰难和挫折不仅未能磨去他的锐气，反倒为他平添了许多坚韧和成熟，德薛禅欣赏的正是这样的男子汉。

亲人团聚，自有说不尽的悲喜，道不完的思念。朔坛夫人拉过铁木真的手，真是看也看不够，问也问不完："我的孩子，这些年你到底是怎么过来的？你的额吉、弟弟、妹妹，他们都还好吗？"

"都好。您不必太牵挂。"

"怎么能不牵挂呢！我猜也猜得出来，这些年你们全家一定吃了不少苦，而且，我知道，最苦最累的一定是你的额吉月伦。要说月伦，年轻的时候在我们弘吉刺部那可是最美的姑娘，她的眼睛亮得像天上的星星，哪个小伙子要是被她看上一眼，一宿都会睡不着觉。没想到她还这么坚强！失去了丈夫有力的臂膀，她仍将你们一个个培养成今天的男子汉。你看看你，还有你身边这个漂亮的小伙子——听孛儿帖说，他叫别勒古台——光看见你们俩，就知道你们的额吉有多了不起。平心而论，作为女人，我恐怕连月伦的一半都比不上！对了，孩子，我怎么听说，你还遭到过泰亦赤惕部塔尔忽台的追杀呢？"

"是。不过，天无绝人之路，一家好心的牧民救了我。"

"塔尔忽台可是你阿爸的堂弟啊,他居然做得出这种事情,长生天一定会惩罚他的!只可惜这些年,你岳父一直打探不到你们的消息,要不,他早将你们接来了,你们也就不用遭这么多罪了。"

"没关系,都过去了。再说,苦难也是一笔不小的财富啊。"

"可……"

德薛禅含笑打断了夫人的话:"好了,夫人,闲话稍后再叙,我们还是先说正事吧。我刚才在心里盘算过了,三天后是个黄道吉日,我们不如给铁木真和孛儿帖把婚事办了吧,你觉得如何?"

"行。是该早点给他们完婚了,这样一来,也可了了我们做父母的心愿。"

"可是……"

"怎么?你觉得时间不合适吗?"

"不,不!岳父、岳母,铁木真惭愧,并不曾带来聘礼。"

"这是小事,你无须放在心上。当年你阿爸留下过聘礼。"

父亲留下过两匹从马,但那实在算不上真正的聘礼。

看铁木真不能释怀的样子,德薛禅的语气变得恳切起来:"你若实在过意不去,今后就用你矢志不渝的爱和一个统一了的蒙古土地作为给孛儿帖的聘礼吧。能够成为孛儿帖丈夫的人,应该具备包容天地万物的心胸,这才是最重要的。"

铁木真抬头注视岳父,没有誓言,唯神情肃穆而坚定。

夜幕垂落,星月如画。铁木真独自伫立在河边,深深呼吸着凉爽的水气。这一刻,他很难理清缠绕心头的万千思绪。岳父一家的态度既在预料之外,又在预料之中,可他不能不将内心深沉的情爱放在一边,恢复一种理性的思考:让孛儿帖一副柔嫩的肩膀去帮他承担生活的重担,他真的会心安理得吗?明天,是否应该将一切实情坦诚相告,给孛儿帖一个重新选择的机会?

起风了,水波初兴,恰似他起伏不定的心潮。铁木真没有听到脚步声,却听到一声温柔的微责:"天凉了……你就这样站着。"

"你还没睡?"铁木真急忙循声望去,静夜中,孛儿帖双眸如星。

"我看见你出来,就来寻你。我在你身后站了许久,猜着你的心事。"

"我的心事……你猜到了什么?"

"你一定在担心,怕我吃不了苦,所以,你准备将一切都告诉我,让我按照自己的心愿做出选择。"

铁木真惊讶地望着孛儿帖,意外使他半晌无言。

孛儿帖恬淡地笑了,语气中流露出不可更改的决心:"即使漂泊不定、缺衣少食的生活,也不会让我改变初衷。记得小时候每当阿爸给我们讲完故事,你总是要我为你弹唱那支《神鹰曲》,你说你希望自己长大后能像神鹰一样自由翱翔。现在你长大了,马背就是你的翅膀,而我,会用我的一生为你弹唱。"

"孛儿帖,你……你说的当真?"

"当真。铁木真,我不想瞒你,在我等你的这些年,我常常问自己,如果我等待的铁木真是个很平庸、很普通的男人,我还会嫁给他吗?我一直找不到答案。可是,当你昨天意外地出现在我的面前,我才意识到答案其实早存于我的心灵深处。经历了挫折和磨难之后,如果你还会出现在我的面前,只能证明一件事:坚韧、机智和顽强,一个具备这种品质的人,再加上敏锐的头脑、宽广的心胸,天下还有什么事可以让他畏缩不前?苦难是试金石,在苦难面前只有两种人:一种是勇士,一种是懦夫。"

"孛儿帖,"铁木真情不自禁地伸出双臂,将心爱的姑娘揽在怀中,"有你这句话,我铁木真也不枉此生了。"

孛儿帖温柔地摇摇头:"得与你相伴,我将心甘情愿地接受命运安排给我的一切,既不奢求,也不抱怨。我很明白,你不会只属于我,或者只属于任何其他的女人,你属于马背,属于草原。等有一天你跨上战马时,让长生天为我作证:我的爱会成为你的盔甲,你的利剑!"

铁木真更紧地拥住了孛儿帖,体内似有万马奔腾。可遇而不可求的天赐良缘,命运化身为美丽聪慧的孛儿帖,对他九年备尝艰辛的生活予以厚报。人生若此,夫复何求?

一水月影,尽被夜风拂皱,繁星如眼,静静地、温情地俯视着如此相知相惜的一对爱侣。

肆

婚礼如期举行。

草原上的婚礼有一套固定的程式,即订婚、献哈达、喝许亲酒、送彩礼、敬酒取名、拜天娶亲,是为"六礼",行过"六礼"后才能迎娶新娘。

拜天娶亲前,女方家的亲友傧相常常要出许多题目百般刁难新郎,这既是为了增加婚礼的喜庆气氛,也是为考验新郎的智慧,所以新郎必须做好过文关、武关的准备。

铁木真倒没有太多的担心，有玉苏的父亲呼日查伯颜做他的首席傧相，他对过"文关"信心十足。伯颜原本还想承担铁木真的全部聘礼，以报答铁木真对女儿玉苏的救命之恩，却被德薛禅婉言谢绝。伯颜早年走南闯北，见多识广，尤擅祝颂竞唱，几个时辰的唇枪舌剑，你来我往，铁木真终于被簇拥着走到一座新起的五彩帐前。孛儿帖就在帐中，铁木真多么想快些看到那张让他魂牵梦萦的笑脸。

"且慢！"一个青年武士伸手拦住了铁木真，冰冷的话语里极具挑战之意，"你还有三关未过，难道就想摘走我们弘吉剌部的月亮？"

铁木真显然早有预料，不慌不忙地笑道："请越图公子出题。"

"你说，什么最能显示草原男儿的本领？"

"驯马、摔跤、射箭。"

"好，你来看，那边的马桩上拴着一匹野马，或许还是一匹疯马，我手上有一把弯刀，你是要驯服它，还是要杀死它，随你。"

铁木真顺着越图手指的方向望去，一匹鬃毛蓬乱、双目贯血的黄骠马四蹄被结实的牛皮绳拴在地桩之上，却仍然野性不减，愤怒地挣扎，这让人纳闷当初它是如何被人捉住的。铁木真略一思索，从越图手中接过弯刀，向野马走去。人们屏住呼吸，紧张地注视着他的一举一动。

野马看见有人走近，野性发作得更厉害了，它的脖颈随着铁木真的走动灵活地转动着，嘴里威胁性地发出阵阵低鸣。铁木真围着它走了几圈，眼中流露出欣赏的神情。突然，他抽出弯刀割断了拴着野马的绳索，就在最后一道绳索断裂的同时，他已经敏捷地跃上了马背。立刻，野马像箭一般冲了出去，转眼消失在人们的视线中……

一个时辰过去了，天色渐晚，仍不见铁木真的踪影。不少人都坐不住了，越图也有些后悔，生怕铁木真有个三长两短。正在焦急时，一匹快马疾驰而至，马上之人是呼日查伯颜的小儿子布林，他边跑边兴奋地大喊："铁木真回来了，铁木真回来了！"

果不其然，不多时，只见一匹无鞍马驮着一位勇士慢悠悠地走来，人们在短暂的惊愕之后，不觉爆发出山涛般的叫好声。是啊，二十多位各部勇士也未能制服的野马，此刻在铁木真的座下仿佛变成了一只温顺的小鹿。

铁木真径直来到越图的面前，跳下马背，平静地问道："还有什么？"

越图注视着铁木真，目光里已少了几分妒意，多了几分敬重。他拍拍手，立刻，一个黑黑壮壮的、犹如半截铁塔似的大汉推开人群站到越图的面前，瓮声瓮气地问："主人，你要我同谁摔跤？"

越图以目示意铁木真。

"是你吗？"他转身望着铁木真,铁扇一样的大手随意地在铁木真的肩头上拍了一下。

重击之下带来的钝痛,使铁木真不易察觉地皱了一下眉头,他明白,对付这样一个"铁砣",只可智取,不能力敌。

"铁木真,不论你用什么方法,只要能将他摔倒,就算你赢。"

人群自动让开一块空地,屏息注视着一场即将开始的恶斗。铁木真却不急于出击,而是站在几米开外从上到下打量着黑大汉,若有所思。忽然,他向黑大汉走去。黑大汉以为他要有所行动,急忙站稳身形,做出了迎战的姿势。哪承想铁木真没有发动攻击,他只是俯在黑大汉耳边低低说了几句,就见黑大汉的脸色变了,双臂随之抬起。说时迟,那时快,人们尚未反应过来,铁木真却闪电般地托住了黑大汉的腋下,手臂一拧,黑大汉只觉半边身子一阵酸麻,脚下不由得打了个趔趄。铁木真不失时机地顺势一拉一推,黑大汉竟觉有千钧之力加在身上,再也站立不住,重重摔在地上。

所有的人都惊呆了,包括越图在内。从来没有人摔倒过黑大汉,铁木真竟在一招之内"解决"了他,这究竟是神助还是天意？越图再也顾不得体面,从地上一把揪住黑大汉的衣领,怒道:"你……你……这是何故？"

黑大汉的眼中闪过一丝惊惧,好半天才讷讷回道:"他说:'你的主人不该对我不限条件,这对你很不利,因为我不会跟你硬拼。我会找你的弱点打,你有两处需要格外注意,一处是你的眼睛,另一处我待会儿告诉你。我要出招了,小心！'"

越图回头望着铁木真,脸上露出复杂的神情。他与孛儿帖青梅竹马一同长大,尽管他明知道孛儿帖已经许配给铁木真,也知道这些年孛儿帖从未忘情于铁木真,可他始终坚守着内心的一份痴念,希望有一天能证明他比铁木真强。但现在,他突然发现铁木真实在不是比他强一星半点,铁木真不仅轻而易举就打败了他,而且还让他输得心服口服。

"越图公子,第三题呢？"

越图犹豫了片刻,一时也说不出该让铁木真射什么,蓦然,他瞥见了天上的一轮明月,在一种说不清楚的情绪支配下,他脱口而出:"你能把天上的月亮射下来吗？"

人群哗然。铁木真似乎也愣住了。

迭克首领实在看不下去了。侄儿设"三关"为难铁木真倒也罢了,怎么能提出这种无理的要求呢？他正欲出面干涉,一个清脆而又镇定的声音在沉寂中响起:"铁木真,看着我！"

人们循声望去。不知何时,孛儿帖出现在新帐前,她已脱去新娘装,换上了她与铁木真初见时的那身素淡的衣衫,尤其令人费解的是,她的手中还握着一面精致的手镜。只有铁木真立刻明白了她的心意。在众人的疑惑中,只见孛儿帖不慌不忙地将手镜噙在口中,镜面斜上,映出一轮明月。

面对心上人期许的目光,铁木真缓缓摘下弓箭。

"不!不要射!我认输!"越图大叫。

铁木真没有理会越图,他的心里、眼里只有月光下那个不惜以生命为他做靶的女人。他明白这一箭他必须射出,因为孛儿帖要他全始全终;他也明白这一箭有多难射出,因为无论角度还是力度,只要有一点掌握不准,就会伤了他深爱的人。

弓,在他手上慢慢拉圆……

所有的声音忽然都消失了,朔坛夫人刚要站起,却被德薛禅伸手按住了。时间仿佛凝滞了,在众人漫长的凝视中,只见铁木真松开了手。

手镜应声而碎。孛儿帖傲然挺立,鲜血顺着她的嘴角流了出来,她却不去擦拭,只是看着铁木真,脸上露出会心的笑容。

短暂的惊愕过后,越图第一个冲向铁木真,其他人也跟着冲向铁木真,他们将铁木真抬起,欢呼着抛向空中……

伍

桑沽尔溪边竖起了一座洁白的毡帐,铁木真迎回了自己美丽的新娘。

送亲的人开始陆续返回了,玉苏却执意留了下来。她告诉孛儿帖——来之前她已经征得了父母的同意,她要陪伴孛儿帖,回报铁木真对她的救命之恩。

靠着岳父的鼎力相助,一些过去曾经追随过也速该巴特,后来被迫离去的旧部重又聚集在铁木真周围。作为全部计划的第一步,铁木真派合撒尔去请他的挚友博尔术。一年前,他因家中八匹白马被盗,得博尔术相助,夺回失马,此后,两个人结成莫逆之交。

常言道,一日不见,如隔三秋。而今阔别一年,竟恍若隔世。与博尔术拥抱相见时,铁木真最深的感受莫过于此了。时间的推移,无限地延伸了朋友间的情谊,他感到他比任何时候都需要博尔术的帮助,纵使他现在依然一无所有,心中却仿佛装着千军万马。

铁木真和博尔术反复商议了他们的下步行动,达成的共识是,以他们目前的处境,要想立足草原,必须尽快找到一个坚强的靠山。然而,谁比较合适呢?草原上实力最雄厚的当属克烈部王汗,但王汗未必肯帮助那些素昧平生的人。

这个话题一直持续到饭后的闲聊。月伦夫人听两个年轻人一再提到王汗,忍不住插话道:"若说起王汗,与我家倒也有些渊源,他曾与你阿爸结拜过,他们是安答(结义兄弟)。"

"您仔细说说。"铁木真顿觉精神一振。"安答"是一种神圣的关系,但是为何以前从未听母亲提起?

月伦夫人将手中赶制的衣服放在膝上,微微眯起眼睛,脸上显出回忆的神情:"那是很久以前的事了。那会儿,你还不到两岁,有一天,王汗带了几个随从来到我们的营地,一副很狼狈的样子,请求你阿爸出兵助他夺回汗位。说起来,这也是王汗自己造的孽,当年为争夺汗位,他杀死了自己的好几位弟兄,他的叔父忍无可忍,才从乃蛮借来军队出其不意地将他赶下汗位。他四处借兵碰壁,不得已前来求助你阿爸。你阿爸原本性情豪侠仗义,又一向视扶危济困为己任,听了他的哭诉,当即发兵跟他去了。汗位被顺利地夺了回来,他就在黑林与你阿爸结为安答。后来,他的儿子桑昆出生了,他又将你认作义子,说是要你给他儿子做兄长。"

"既然如此,您一定很了解王汗的为人了,为什么这些年来您从未打算寻求他的帮助呢?"

"儿子,王汗不是那种知恩图报、胸襟广阔之人,他为人贪吝自私,耳软心活,你若不设法打动他的心,单凭你父亲的旧情,他未必肯真的对你施以援手,所以,儿子,额吉劝你还是要三思而后行。"

"您的意思是……"

"你想,克烈部雄踞草原多年,实力数一数二,我们没有的他们有,我们有的他们更多得数不清,你能拿出什么作为觐见之礼呢?"

铁木真认真思索着母亲的话。他虽然承认母亲的劝告不无道理,但他并不想因此放弃这个难得的机会。办法可以想,多年的经验告诉他,只要不被困难束住手脚,孜孜以求,就没有办不成的事。

帐中出现了片刻的沉寂。

孛儿帖最先舒展开了微蹙的秀眉,平静地说道:"我有办法了。"

"哦?快说,让我们听听。"铁木真急切地催促妻子。

"你忘了我们还有一件貂皮战袍了吗?这是我们目前所能拿出的最贵重的礼物了。把它献给王汗,他必定喜欢。"

笑影扬上了铁木真的眉梢,如释重负中既有欣慰,亦有歉疚。

月伦夫人深情地注视着儿媳。

一个女人，为了她心爱的丈夫，往往可以不惜一切。月伦夫人看得出，孛儿帖不是个寻常的女子，她有头脑，有远见，懂得怎样做才是对丈夫最好的爱。貂皮战袍是她亲手缝制的嫁妆，原本是她执着情爱的明证，但她宁愿献出来，为她的丈夫铺开一条成功之路。

半生含辛茹苦，月伦夫人从未像现在这样对未来充满信心。从容、坚定、敏慧，孛儿帖简直是她青春时的延续。她坚信，铁木真能得孛儿帖为妻，不只是他个人的幸运，更是整个孛儿只斤家族的幸运。

陆

王汗的黑林老营位于图拉河畔，沿途景致秀丽迷人，不过，铁木真无心欣赏风景，他只想快些谒见王汗。

进入王汗大营前，为慎重起见，铁木真派博尔术先行求见王汗，禀明来意，不久他得到回答：欢迎安答的儿子。为示诚意，王汗还派儿子桑昆亲到营外相迎。

桑昆坐在马上，以一种阔主人打量穷亲戚的神情倨傲地注视着铁木真一行，即使铁木真在博尔术的引见下向他行礼时，他也只是轻蔑地微哼一声，再无任何表示。

铁木真对桑昆明显的无礼视而不见，依旧平静坦然。一股难捺的怒火蓦然冲出桑昆的心底，这让他始料不及。他没想到，自己这堂堂草原第一大部的太子，居然会对一个不值一哂的无名小卒无端地充满了惊惧与戒备。

铁木真回身请出夫人孛儿帖。

桑昆怔怔注视着向他亭亭下拜的孛儿帖，一时间只觉心旌摇动，情难自抑。他的身边从来不乏美女，但这个女人却是独一无二的，她拥有水做的身姿，雪绘的容颜，云给的飘逸，月赐的明慧。很早很早以前他就听旅人和信使谈论过这个草原第一美人，没想到她远比人们所能描述的还要高贵，还要迷人。

孛儿帖半晌不见桑昆回话，微微有些尴尬，铁木真会意地走到妻子身边，握住了她的手。他们站在一起，仿佛天地间最和谐的一道风景。桑昆的眼睛像被什么狠狠刺了一下，为了掩饰自己的失态，他从马上傲慢地欠了欠身，随即请铁木真一行入营。

黑林王汗的营地戒备森严。路上，铁木真关切地询问王汗的近况，桑昆心不在焉地敷衍着，然后，他们便沉默了，直到王汗的大帐前，两人再没说一句话。

铁木真将博尔术和妻子留在帐外，自己先行觐见王汗。桑昆将他引到王汗座前，铁木真以大礼参拜，态度既谦恭又从容。

"起来吧。你就是铁木真，也速该安答的儿子？"王汗居高临下地问。

"正是儿臣。"

王汗目不转睛地端详了铁木真良久："像，像！你的脸盘尤其像我那安答。来，坐下吧，都是自家人，不必客气。听说你还带来了我的儿媳，怎未见她？"

"她和博尔术候在帐外，不知父汗是否传唤？"

"嗨，哪来这么多虚礼！合勒黑，你代本汗去迎他们一下。"为显示对铁木真的恩宠，他吩咐汗廷老臣、元帅合勒黑。

"喳。"合勒黑躬身而退。

王汗指指桑昆："你们两个，已经认识了吧？"

铁木真看看桑昆，桑昆始终一脸不屑的样子。

"是，我与太子认识了。"铁木真恭敬地回答。

合勒黑不多时请入孛儿帖和博尔术。

孛儿帖款款向王汗下拜。王汗忘乎所以地凝视着风姿绰约的孛儿帖，一时竟忘了自己身在何处。

帐中突然出现了微妙的寂静。

孛儿帖镇定地从博尔术手中取过貂皮战袍，交给铁木真。铁木真双手捧着，恭恭敬敬地献给王汗："父汗，这件貂皮战袍是您的儿媳亲手缝制的，虽然粗陋，却是我夫妇的一片孝心，请您收下。"

王汗勉强回过神，接过貂皮战袍，双手在上面轻轻摩挲着。黑色的貂毛，柔软温暖，没有一丝杂色，的确是上等皮货。王汗心里想，脸上露出满意的笑容："铁木真，宴席就要摆上，你和孛儿帖今日须陪为父痛饮几杯。"

"喳！"

是日，酒宴尽欢而散。

王汗的态度远比铁木真设想的要好，尽管尚未取得任何实质性的进展，可感情拉近了不少。让人不安的只有桑昆，桑昆傲慢敌意的目光似乎隐在一片暗影中，时时闪露着难以捉摸的内涵。铁木真有种预感，这个瘦削沉默的青年，将成为他们克烈之行的最大障碍。

王汗留铁木真夫妇在克烈部小住几日，铁木真同意了。按照铁木真原来的设想,他很想趁便考察一下克烈的军队编制及训练情况,怎奈桑昆处处设防、横加拦阻,为避免节外生枝,铁木真只好遗憾地放弃了这个打算。这是整个做客期间最让铁木真扫兴的事实:无论他如何努力,都无法改善与桑昆的关系,桑昆似乎是他天生的敌人——并且可能成为永远的敌人。

辞行的日子终于到了。在铁木真逗留克烈的十余天里,王汗与他朝夕相处,情同父子。王汗虽然为人悭吝,却尚有识人之能。短短的相处,他已看出,铁木真心胸宽广,抱负远大,决非久居人下之人。如今离别在即,为了笼络这个年轻人,同时也是念及也速该巴特昔日的恩义,王汗当面许下重诺:"铁木真,我的义子,我将帮你收拢离散的旧部,恢复祖宗的基业。你既称我为父,我自会对得起你。"

铁木真深深施礼,内心充满了感激。

桑昆奉命送铁木真出营,一路上,两人依旧默默无语。及至营外,铁木真勒住坐骑,客气地说道:"太子请回,后会有期。"

桑昆也不回答,摆摆手,目光中依然凝固着冰冷的戒备。

铁木真毫不介意,拨马离去。

目送着铁木真远去的背影,桑昆内心五味俱全。他有一种预感,他的父汗正将一只猛虎放归山林,而他对此却无能为力。

他与父汗之间始终存在着一种微妙的、复杂的矛盾,说明白点就是那种既无法相容、又无法分离的矛盾。父汗对他缺乏应有的信任,他是克烈汗位唯一的汗位继承人,可从血腥屠杀中夺得汗位的父汗无时无刻不在提防着有人觊觎汗位,即使对他这个独生儿子也不例外。如果说这些矛盾还算潜在的话,铁木真的出现,则完全是个危险的信号了。铁木真不会久居人下,他早晚会成为克烈部最危险的敌人,可惜,父汗不仅执迷不悟,相反还陶醉于铁木真的殷勤,若非有所顾虑,他早就设法对铁木真下手了。铁木真不除,克烈部恐怕终受其害,他无论如何得想个办法,以绝后患……

铁木真,咱们走着瞧!

柒

取得了强大的克烈部的支持,铁木真的地位进一步得到巩固,一些善于洞察其他部族动向的勇士纷至沓来,其中就有铁木真少年时代的挚友和恩人朝伦。

当年,也速该巴特不幸遇害后,他的堂弟兼安答塔尔忽台毫不犹豫地带走了原属也速该的所有部落,抛下孤儿寡母要他们在草原上自生自灭。这尚且不论,后来,当塔尔忽台发现月伦母子不但战胜了最初的困境而且正在赢得人们的同情时,又萌生杀机,亲自带领军队追杀铁木真。危急时刻,是朝伦一家冒着生命危险将铁木真救下。

与朝伦同一时间到来的,还有铁木真儿时的玩伴哲列莫。这两人日后都成了铁木真帐下的著名将领。

秋末,草地返黄,四野萧瑟。乞颜部做着越冬的准备。袅袅淡淡的炊烟里已透出几分寒气,桑沽尔溪宛如一条长长的丝带,平缓地流过草原。河水清幽,光色如幻,夕阳拉长了两个熟悉的身影,斜斜地、清晰地起伏在微波荡漾的水面上。

若不是专注地思考着一些问题,铁木真不会注意不到妻子眉目间闪现的幸福神采,那样,他或许就知道今天对妻子来说是个多么不同寻常的日子。

嫁给铁木真半年有余,孛儿帖无时无刻不在盼望着早些怀上孩子。从王汗营地回来不久,她就有了一种感觉。今儿下午,她独自去请教莫日根大夫,不料莫日根大夫出诊未归,他的侄儿小莫日根大夫给她做了诊断,结果证实她的感觉完全正确。

这可是她与铁木真的第一个孩子。

她真想立刻将这个好消息告诉丈夫,可看到丈夫若有所思的样子,又打消了这个念头。反正有的是时间,她何不将这甜蜜的喜悦悄悄延长一宿。

就这一宿。然而……

草原像个广阔的舞台,经常交替上演着各式各样的悲喜剧,而且多数事先毫无征兆。

凌晨,一阵隐隐的、急促的马蹄声将铁木真惊醒,他翻身下地,将耳朵紧贴在地面上,警觉地倾听着、判断着。

忽然,他一跃而起,推醒还在熟睡的妻子,转身冲出门外。

有人偷袭!

博尔术正向他飞马驰来,两匹战马穿梭于蒙古包之间,刺耳的哨声惊动了营中所有的人。迎战已不可能,敌人有备而来,仓促的迎战势必导致全军覆没。既没时间弄清来者是谁,也没时间弄清对方人数多少,铁木真指挥部众向不儿罕山撤退。

月伦夫人在纷乱的人群中四处呼唤、寻找着孛儿帖,合撒尔焦急异常,劝说母亲先走,他来接应大嫂。然而,合撒尔从营前到营后来回跑了几遍也未见到大嫂的身影。他以为大嫂一定夹在人群中先行撤走了，便回头协助大哥指挥军队且战且退。仗着道路熟悉，乞颜军队勉强甩开了穷追不舍的敌人，退守山中并迅速封锁了进山的通道。

敌人被阻在山外，寸步难进。

直到将部众安置完毕，铁木真才想起去看望家人。

亲人们用一种异样的目光默然迎视着他，他们中间，唯独没有孛儿帖。

铁木真只觉得脑子里嗡嗡作响，这突如其来的打击使他完全丧失了理智，他猛地掉转马头。此刻，支配他的只有一个信念：拼死也要救出心爱的妻子。一双有力的手紧紧攥住了他的马缰。

"您冷静些！您这样去只能白白送死！"

铁木真根本听不进去，他狂怒地向试图劝阻他的博尔术咆哮："你怎么敢阻拦我？给我滚开！"

博尔术毫不退让。由于焦急和激动，他严厉的声音有些微微发颤："我们没有带出来的，全都让敌人掳走了，不是你一个人有仇有恨，你睁大眼睛，好好看看他们，看看他们！你身为一部首领，怎能为一己之私就去盲目拼命？你这样做非但救不出孛儿帖夫人，还会葬送你自己的生命，甚至是整个部落的命运。纵然你不惜命，可如此不负责任地抛下你的亲人朋友，抛下所有信任你追随你的部众，你不觉得自己太自私了吗？冒险是天大的愚蠢，你若是个敢于面对失败、面对灾难的男子汉，就一定要冷静，再冷静！"

铁木真被博尔术的一番话说得稍稍清醒了一些，但是他的心仍有一种要炸裂的感觉，他发疯般地挥刀向近前的一棵树干狠狠砍去。博尔术伫立原地，无可奈何地注视着他的首领。他比任何人都理解铁木真此时的感受，那不单是失去爱妻的痛苦，更有连一个柔弱的女人都保护不住的耻辱。

铁木真长久没有回头。人们只能从他握着刀柄的手的痉挛中，明白他在用多大的毅力控制着自己。一匹快骑冲到博尔术面前，马上是朝伦，他望着铁木真的背影，压低声音报告："已经查明，前来偷袭的是篾儿乞部，他们声称为报旧仇而来。"

博尔术意外地皱起眉头，他还以为是塔尔忽台的泰亦赤惕部，没想到是篾儿乞部。他们所说的"旧仇"又指什么？

"额吉。"合撒尔一声惊叫，一把搀住脸色惨白、摇晃欲倒的母亲。

"报应啊报应，长生天，你报应我也罢了，为什么要报应我那贤惠无辜的儿媳！"

"额吉，"铁木真上前握住母亲冰凉的双手，"您一定知道这是怎么回事。"

　　泪水滴落在儿子的手上。往事如烟啊，那时她只不过是个十九岁的姑娘。她是篾儿乞人赤列都的未婚妻，在和赤列都回乡成亲的路上，被也速该一眼相中，然后又被也速该抢走。此后数月，也速该寸步不离地守在她的身边，百般温存体贴。渐渐地，她被这火样的热情和深沉的挚爱征服了。旧日的创痛平复之后，她爱上了也速该，甚于她当初爱赤列都。也速该毕竟是出类拔萃、受人景仰的勇士，她倾慕他，如同小鸟倾慕翱翔九天的雄鹰……

　　赤列都，今生无缘，我欠你的，来生也无法偿还，我非水性杨花的女人，这一切都是命运的安排，只是，你们为什么不将仇恨放下，还要挑起新的仇恨？

　　听着母亲低缓的追述，铁木真明白了纠缠于上辈间的恩恩怨怨。他觉得不可思议，一个被抢来的女人，原本应该恨，却偏偏找到了无悔的爱情，这难道也是长生天的安排？

　　然而，他不是赤列都。

　　他决不会放弃自己的女人，决不会放弃属于自己的一切。

　　呆立一旁的别勒古台突然迸发出一声压抑的抽泣，他将头深深埋进月伦夫人的怀中，竭力吞咽着自己的哭声。帖木伦哭了。合赤温、帖木格哭了。合撒尔费力地忍住泪水，将痛悔埋在心底，将仇恨燃起。

　　铁木真却恢复了镇静。

　　现在还不到流泪的时候，为夺回孛儿帖和被敌人掳去的部众，他比任何时候都需要一个冷静而清醒的头脑。现在尚不知道敌人会将他们围困多久，要做的事情很多，他必须像过去一样有条不紊地指挥全部的行动，他必须等待，等待可以将悲愤尽情宣泄的那一天。

　　一群人在巍巍不儿罕山度过了一个不眠之夜，不料第二天事态发生了令人吃惊的变化：敌人全部撤走了。铁木真怕中圈套，急忙派合撒尔、朝伦、哲列莫分率三队人马先后出山试探，他们全都确证了敌人撤退的消息。一丝轻蔑的冷笑掠过了铁木真的唇角，一个不能善始善终的军队必定会在某一天断送自己，他们既然给了他机会，就等着他挥向他们的复仇之剑吧。

　　只是孛儿帖，你到底如何了？

捌

　　孛儿帖带着玉苏来到马厩时，马厩里的马已经全被放走了。机灵的玉苏忙去赶来一辆牛车,让孛儿帖坐了进去,她亲自赶着,向不儿罕山撤退。可是,牛车还是太慢,她们很快被篾儿乞士兵追上了,眼见躲闪不过,玉苏索性将牛车停在路上。

"喂,你是谁?你这牛车里装些什么?"

"我是铁木真首领家的女奴,昨天帮人去剪羊毛,怕误主人的事,赶了一宿今早才赶回来。这里出了什么事?怎么到处乱哄哄的?我想找个人问问吧,可是所有的人都跑得跟有野狼在后面追着似的。对了,你们是谁?我好像以前没见过你们。"玉苏一副天真娇憨的样子,有板有眼地说道。

"你当然不认识我们了,乖妹子,你要觉着乱,就好好在这里等着我们回来。你不是想知道我们是谁吗?待会儿哥儿们挨个让你知道我们是谁。"敌士兵不辨真伪,嬉笑着挑逗了玉苏,策马而过。

玉苏暂时松了口气,四下寻找着合适的藏身地,想等事态稍稍平息后再做打算。她发现不远处有一片密林,便赶着牛车向那里走去。一队人马沿林边向他们这里驰来,为首的是个神情冷峻的中年将军。玉苏心中一阵紧张,中年将军怀疑地扫视着玉苏和牛车,催马来到玉苏面前。

"车里是什么?"他用鞭尖指指牛车。

"羊……羊毛。"

中年将军冷冷地瞟了玉苏一眼,他的眼神令玉苏不寒而栗:"羊毛?打开!"

"你们要干什么?"玉苏用身体拼命护住牛车,极度的紧张使她忘却了恐惧。

"杀了她!"中年将军轻描淡写地下令。

"慢着!玉苏,打开车门!"车中传出了一个平静的声音。

不是玉苏,而是那位中年将军亲自拉开了车门,顿时,他惊得向后倒退了一步。车中端坐着一位年轻的女人,此时,她目视前方,宛如一尊美丽的雕像,没有恐惧和悲伤,只有冷肃和泰然。

短暂的惊愕过后,中年将军立刻断定,这个姿艳色绝的女人只能是铁木真的妻子——素有"草原美人"之称的孛儿帖,也即他们此次偷袭的主要目标。半晌,他喃喃说道,语气里有讥讽也有感慨:"好贵重的'羊毛'!"

孛儿帖充耳不闻,只伸出手来,轻轻为玉苏拭去泪水。

孛儿帖被捕的消息很快传到了脱黑堂的耳中,这位篾儿乞的大首领禁不住喜出望外。考虑到此行的目的已经达到,再对不儿罕山围困下去也占不到更多便宜,第二天一早,他做出了撤退的决定。

胜利者们带着掠夺来的财富,心满意足地踏上了归程。

"那小娘儿们呢？"脱黑堂策马赶上了走在前面的那位不苟言笑的中年将军。

"谁？"

"还有谁？孛儿帖啊。"

"我让人先把她押走了。"

"说说看，怎么样？"

"什么怎么样？"

"什么怎么样？你是木头啊！我在问你，孛儿帖美不美？我曾听人说，那小娘们儿娇嫩得很，肤如凝脂、美若天仙，你既见了，一定知道传言不虚？"

"不知道。"中年将军面无表情，目不斜视。

脱黑堂并不生气，只无可奈何地摇摇头："老二，这回总算没白来，怎么着也算替你报了一半的旧仇。老子债儿子还，可惜没把月伦一起夺回来。二十年的宿怨一朝得报，你也该舒一口这憋了多年的闷气了吧？"

中年将军依然无语。

高兴？这世上还有什么事值得他高兴？

二十年前，他不是没有享受过爱情带给他的无尽欢愉，他曾那样痴迷地爱过月伦，他原想能伴着她安安静静地度过一生，岂料命运毫不容情地捉弄了他。

的确，月伦是看到也速该等人来者不善，才催促他只身逃走的，而他人虽逃走，心却丢在了与月伦分手的路上，带回去的不过是具躯壳。最初的十年，他孑然一身孤零零地生活着，再没有一个女人能够走进他的心，他只想有朝一日还能重新夺回月伦，还能继续拥有她。然而，当也速该死于塔塔尔人手中后，他的幻想彻底破灭了。月伦早已不再属于他！一个女人，不畏惧流离失所的苦难生活，不畏惧风险迭出的恶劣环境，坚定顽强、无怨无悔地抚养教育她的儿女，决不能仅仅归结于母爱，其间必然包含着一个妻子对丈夫刻骨铭心、忠贞不渝的爱情。他无可挽回地输给了已故的也速该。

他弄不明白，他前生究竟做了什么孽，长生天才会如此惩罚他、折磨他？

对于这次的胜利，他丝毫没有快意。他之所以同意出兵，是因为月伦被夺之事，早在二十年前就已成为整个部落的共同耻辱，为了部族的荣誉，他们必须雪耻。可是，他们足足等了二十年。

二十年！

多么具有讽刺意义的"喜剧"，难道他们还能笑得出来吗？

玖

胜利使整个篾儿乞部沸腾了。

脱黑堂决定当着所有部众的面将孛儿帖许配给他两位亲兄弟中的一个，他要以此来加重铁木真的耻辱。

孛儿帖在篾儿乞人的狂歌乱舞中被推进人群，立刻，惊叹声和怪叫声四起。人们目不转睛、无所顾忌地欣赏着孛儿帖的美丽，无论那目光是充满了淫邪还是别的什么，莫不包含着由衷的艳羡。

孛儿帖浑然不觉。

她静静伫立在脱黑堂面前，既不挣扎，也不惊慌。

脱黑堂突然放弃了要尽情羞辱这个草原美人的打算，几乎称得上和颜悦色地说："孛儿帖夫人，你长了这样一副高贵的相貌，早该过上皇后一样的生活，可你看看你现在的样子，啧啧……连本王看了都觉不忍。本王一向心慈，今儿成全你，让你与本王的亲弟成婚。以后，绫罗绸缎、华帐美食任你享用，强似你跟着铁木真那穷小子吃苦，你以为如何？"

孛儿帖微微垂下头，手，下意识地抚在小腹上，在静默中做着最后的抉择。

她不惧死。为了比生命更珍贵的家族荣誉，为了对铁木真忠贞不渝的爱情，她宁愿选择一死。问题的关键在于，她肚里已经有了铁木真的骨血，她是否有权利将这个小生命一同带走？这毕竟是她与铁木真的第一个孩子，铁木真还蒙在鼓里。她好悔那天没有将实情告诉他，她怎知灾难的降临只在一夜之间？或许，她应该把孩子生下来交还给丈夫，可如果那样，未来的日子里不知将要忍受多少误解和屈辱，她真的不知道自己是否可以承受……

生？

死？

孛儿帖将目光短暂地投向了遥远的天际。

铁木真，原谅我。为了你，为了我肚里的孩子，我必须选择活下去。铁木真，你了解我现在的处境吗？你明白我此刻的痛苦吗？我坚信你会来，总有一天你会来，也许到那时，我能向你证明的只有我一颗清白的心。可是，只要我能亲手还给你我们的孩子，我所忍受的一切耻辱又算得了什么呢？

"考虑清楚了没有，孛儿帖夫人？"脱黑堂继续追问。

孛儿帖收回目光,平静地点点头。

"同意了?"脱黑堂反而不敢相信自己的眼睛了。

孛儿帖酸楚地一笑,极淡极淡。

脱黑堂急忙瞅了瞅二弟赤列都。赤列都端坐一旁,好似冰冷的石头,对眼前的一切都充耳不闻,视而不见。无奈,脱黑堂将目光转向了他最小的同父异母的弟弟赤勒格尔。

三兄弟中,数赤勒格尔最丑陋、最窝囊、最没出息。

"赤勒格尔,就让孛儿帖做你帐子里的女人吧。"

人群中再一次掀起不小的骚动。赤勒格尔做梦也没想到这样的美事会落在他的头上,一时大张着嘴,愣住了,那样子,活像一只刚刚跳出池塘的呆蛤蟆。

狂乱的人群中,只有一双锐利的眼睛自始至终在观察着、分析着孛儿帖,这个人就是赤列都。

从第一眼见到孛儿帖起,赤列都就知道她绝不是一般的女人。她使他一次又一次想起月伦,凭着他对月伦的了解,他敢说不论月伦最终是否为也速该所征服,她最初肯定反抗过。孛儿帖却连一点反抗的企图都没有,面对如此厄运,她以出奇的冷静默默承受了,倘若不是具备一种超常的勇气和坚定的信念,甚至男人也很难做到这一点。这样的女人又岂是赤勒格尔或是他或是其他人所能消受的,这样的女人,永远只属于她所爱的男人……

"赤勒格尔,你还愣着做什么,快把你的女人带走吧。"脱黑堂不耐烦地向三弟下了命令。

孛儿帖最后望了一眼不儿罕山灰色的轮廓。

铁木真,快点来!我和孩子在等你!

拾

赤勒格尔做梦也没想到今生今世能娶孛儿帖为妻,甚至在有过那一次之后,他仍然不敢相信她已成了他帐中的女人。他只知道,在他的一生里,还从来不曾对哪个女人如此痴迷如此爱恋,唯独对她,他恨不能为她做任何事,哪怕只为换回她一丝浅浅的微笑。他从不敢奢求太多,对他而言,他只要每天都能够看见她、陪伴她,为她尽一点心意,就已觉得是莫大的幸福了。

自那次之后,孛儿帖夜里都罩着厚厚的铠甲入睡,任何一点响动都会使她惊醒过来,惊惧地望着睡在另一头的赤勒格尔。为了日后可以名正言顺地产下腹中的骨肉,她权衡再三,不得不违心地献出一次清白,她决不能再做任何对不起铁木真的事了。

好在,赤勒格尔从来不曾勉强过她。

共同的生活,使孛儿帖开始了解赤勒格尔的为人,他懦弱、善良,恰恰是因为遇上了这样的好人,她才免受更深的屈辱。她虽不爱他,却从心里感激他、可怜他。

盛夏来临,即使宽大的衣袍也开始遮不住孛儿帖隆起的腹部了,她每日深居简出,悄悄为即将出生的婴儿准备着衣物。

赤勒格尔并不是没注意到孛儿帖身体方面的某些变化,可他一时又弄不清变化在哪里,这不能怨他粗心,只能说他缺乏经验,直到一天,他偶然发现了孛儿帖的秘密。

那天,他被人拉去喝酒,回来时孛儿帖已恬然入睡。借着酒意,他萌生了好好看她一眼的冲动,他被这冲动带到她的床前。

这次,孛儿帖没有醒。

在酥油灯朦胧的光影中,孛儿帖的唇角挂着一丝忧郁的笑意。赤勒格尔痴痴地凝视着这个令他神魂颠倒的女人,真想——忽然,他的视线被枕边稍稍露出一角的一样小东西吸引住了,出于好奇,他轻轻将它抽出。

原来是一只绣着精巧图案的小鞋。

赤勒格尔再愚钝,到了此刻,也明白了那隆起腹部的原因所在。

孛儿帖在一阵发狂的摇晃中惊醒过来,她急忙坐了起来,诧异地望着他:"你怎么了?你要做什么?"

赤勒格尔将小鞋举在眼前,声音颤抖地质问道:"为什么?为什么我们有了孩子你也不肯告诉我,难道,我真的就那么让你讨厌吗?"

"不,他不是……"孛儿帖说不下去了,泪水一下涌出了眼眶。赤勒格尔,你怎会实心到丝毫不怀疑孩子的来历呢。

"你哭了?你怎么哭了?你不要哭,都怨我不好,我不该对你发脾气,其实我是太意外,太高兴了!其实……"

"不要说了,求求你,不要再说了!"孛儿帖用手堵住了耳朵,少见地失去了自制力。即使那一次被迫失身,也不曾让她体味过这般撕心裂肺的痛苦,因为从赤勒格尔欣喜若狂的表情里,她第一次对即将出世的孩子那不可预知的命运产生了深深的忧虑。不期然地,她又想起赤列都,想起赤勒格尔给她讲过的关于赤列都与婆婆月伦之间那段不解的恩怨,想起赤列都那座因

蒙 古 帝 国

为拒绝接受女人而显得凄凉冷清、杂乱无章的帐子。她原以为,即使在有情有义的男人当中,像赤列都那样爱得痴情爱得专注的男人也算绝无仅有,岂知赤勒格尔同样善良得近乎痴愚。她不明白,命运为什么总要在出人意料的时候捉弄某些人——某些好人。

第二章

月圆有缺时

壹

铁木真从来没想过，让失去的永远失去。

还是桑沽尔溪边那座白帐，不同的是没了心爱的人相伴，孤独和痛悔变成了漫长的煎熬，沉默中，铁木真积聚着复仇的力量。

博尔术的克烈之行没取得任何实质性结果，对此，铁木真早在预料之中，他并不急于求成。篾儿乞部雄踞草原多年，部众骁勇善战。王汗的克烈部虽称草原第一大部，与篾儿乞部相比确也不占绝对优势，加上王汗早年曾吃过他们的亏，自然不可能一点不怀忌惮之心。倘若没有十成把握，别说王汗不会轻易同意出兵，他铁木真也不会冒这种风险。这只不过是他的第一步棋，他要让王汗想起自己许下的诺言。另外，他在克烈撒下了种子，这些种子迟早会生根开花。他还要走第二步棋，即设法与札答阑部的年轻首领札木合取得联系，形成三部联兵的格局。札木合是童年时与他两次结义的安答，多年之后，他虽不太了解此人的为人，但了解札木合目前拥有的实力，更了解札木合也曾遭到篾儿乞人掳掠凌辱的事实。这些仇恨，想必王汗和札木合都不会淡忘，但因他们惧怕篾儿乞人的勇悍，才忍气吞声至今。假如现在有一个机会，使他们可以名正言顺地联合起来，合两部，不，三部之力，报仇雪耻，他们的立场和态度必定会发生改变。乞颜的新仇是根线，联起克烈、札答阑两部的旧恨，消灭篾儿乞，对三方都有益无害。王汗和札木合他们得到财富、奴隶、草场、牛羊、兵源，既消灭了宿敌，又壮大了实力，何乐而不为？只要他们两部都同意出兵，就能保证他们任何一方都不会轻易毁约。不过，铁木真也清楚地看到，这两步棋中还有这样一个关键，那就是必须攻克桑昆这座顽垒,只有这样,三部联兵的计划才能顺利地实施。

然而,桑昆这座顽垒实在太难攻克了,铁木真几乎用了三年的时间,才总算使他不再从中作梗。

从桑昆坚决反对用兵篾儿乞之初,铁木真即数次派人秘密进入黑林,向桑昆的几个亲信和宠姬赠送了大量财物。这些人得到好处之后,自然不遗余力地劝说桑昆,于是桑昆的耳边每天都充斥着关于篾儿乞的议论,日复一日,篾儿乞丰富的兵源、草场、奴隶对他产生的诱惑,逐渐压倒了他对铁木真根深蒂固的厌恶以及幸灾乐祸的心理。他慢慢想通了,既然帮助铁木真可以壮大自己的力量,他又何乐而不为呢?

尽管桑昆想通的这段时间实在太长了,铁木真却很有耐心,这三年的时光里,他的军队从区区的二百人变成了八千人。

夏末秋初,王汗派人来请铁木真赴黑林一会。铁木真早在意料之中,当即分派二将朝伦、哲列莫守护老营,自己则带二弟合撒尔、三弟别勒古台和博尔术前往赴约。

从第一次带着新婚妻子到黑林老营谒见王汗,一晃又是三年多,比起那时,今天的铁木真更让人刮目相看:果毅、沉着、成熟、无畏,他已经成为名副其实的战士之王、"草原之鹰"。

铁木真见礼毕,王汗温和地说:"我的儿子,那日为父曾答应过你,帮你重聚离散的部众,做你坚强的后盾。自你遭逢不幸,为父心里着实不安,皆因篾儿乞势力强大,为父不能不稳妥备战。如今,大事已成,你且安心等待,札木合首领一到,我们即共商出征事宜。"

"谢父汗。"铁木真由衷地说。接着,他又转向桑昆,"谢太子。"桑昆冷哼一声,未置一词。

铁木真并不介意,只与王汗叙些别后情况。宴席刚刚摆上,侍卫来报:"王汗,太子,札木合首领已到营外。"

"哦?"王汗没想到札木合来得这样快,急忙吩咐,"桑昆,你和铁木真代为父去迎一下札木合首领。"

"喳。"铁木真、桑昆同声答应,但个中内容不尽相同。

桑昆有意安排了隆重的场面欢迎札木合,欲借这种强烈的对比表明他对札木合的重视和对铁木真的不屑。铁木真根本无暇品味桑昆的用心,他的注意力全在札木合身上,急切地想看看这十三年札木合发生了怎样的变化。

两队人马越离越近。

在迎面而来的风尘仆仆的数十骑中,有一位身材中等、体态匀称的年轻武士格外抢眼,铁木真几乎一见之下便"认"出了他。尽管童年时代的札木合脸色并非这样苍白,鼻峰并非这样挺立,目光也并非这样咄咄逼人,但铁木真熟悉他的做派,熟悉他那一贯华丽的衣着和常常出现在他脸上混合着简慢与谦恭的若有所思的表情。

"札木合首领,久违了。"桑昆抢先一步与札木合拥抱见礼。

札木合同样热情洋溢:"桑昆太子,你也好吧?"随即,他将审视的目光转向铁木真,半晌,才客气地笑道:"如果小弟没认错,你一定是铁木真义兄吧?"

"是我,安答……"铁木真欲言又止,他天生不善客套,再说,札木合表现出来的生分也让他有些尴尬。

桑昆生怕他们两人谈个没完没了,急忙催促道:"札木合首领,我父汗还在恭候大驾,不如我们边走边谈。"

"好。太子,请。义兄,请!"

"请。"

三人并辔而行。一路上,札木合主动与铁木真谈些童年往事,倒也随意融洽。但有谁可以预知未来?令铁木真和札木合两人都始料不及的是,他们的相会,竟从此拉开了蒙古草原长达数十年的统一与分裂的战争序幕。

而且,还将铁木真一步步推向了成功的巅峰。

此时,各部重要将领均已齐集王汗的大帐。王汗居中高坐,威严庄重,很有一代草原霸主的风范。这种场合,王汗为尊,大家自然都等着他先开口了。

王汗当仁不让:"今日召集诸位前来,是为确定出征前的一些细节,如起兵时间、人数、集结地点、行军路线、统一指挥等等,都要一一落实才好。篾儿乞人素以勇武刚猛著称,又据地势之险,实是我三部的强劲对手,因此,我们切不可等闲视之。"

王汗说完,大帐之中出现了短暂的沉寂。桑昆暗暗向元帅合勒黑使了个眼色,合勒黑会意,起身说道:"各位首领、将军:联兵大计既已确定,何时出征乃首要问题。如今正值夏末秋初,暑热未消,战马不耐长途奔袭,况立即出兵时间紧迫,准备仓促,反于我军不利。依在下愚见,不如等准备充分后再行战事,诸位以为如何?"

"但不知合勒黑元帅所谓'准备充分'需要多长时间?"札木合问道。

"一边调驯马匹,一边备战,一个月足矣。"

"噢……"札木合沉吟着。

"莫非札木合首领认为不妥?"

"兵贵神速,多一天就多增加一分危险,但合勒黑元帅所虑未尝没有道理……那么就以一个月为限吧,否则,一旦篾儿乞做好迎战准备,后果不堪设想,我方徒增无谓伤亡不说,只怕还会功亏一篑。"说到这里,札木合略微停顿了一下,见大家都深以为然,才继续说道,"此外,我还有一些不成熟的想法,说出来仅供王汗、义兄和诸位将军参考。出征日期既定,出兵人数也应该明确一下,我意王汗发兵两万,我部发兵两万,义兄酌情发兵,这样,我们至少可以保证兵力上的绝对优势。至于集结地点,可选在离篾儿乞最近的不勒豁峡谷,会合后,我们将兵马分做两部:一部担负正面攻打任务;另一部选择合适地点进行偷袭。因敌人所据乃易守难攻之地,若不先乱其阵脚,恐难遽破。负责正面进攻的部队主要是为了牵制和迷惑敌人,待偷袭成功后,里应外合,一举达到全歼的目的,因此,这次大战成败的关键在于偷袭能否顺利实施。至于,何时、何地、何种方式的偷袭才是最有效的,需要我们多花费些时日进行研究,在座诸位有何高见,不妨一一提出来,大家共同商议。"

札木合的安排井井有条,体现了他过人的谋略和难得的清醒,连王汗也不能不对这位年轻首领刮目相看。

札木合目视铁木真,铁木真含笑点头,以示钦敬和赞许。

"铁木真义子,你有什么要补充的吗?"王汗以长者的口吻相询。

"没有。只有一个请求:将偷袭任务交与我部,一个月后,我一定给诸位拿出一个可行的方案。"

"札木合首领,你意如何?"

"我信得过义兄。"

作战方案基本确定,剩下最后一项议题:谁做联军统帅?

札木合首推王汗。

王汗辞道:"此次出征,干系重大,本汗已决定将我部两万兵马交由桑昆指挥,本汗愿随军出征,为诸位助战。桑昆还像一只第一次去独自觅食的猎鹰,尚不具备指挥大军团作战的经验和能力,所以联军统帅无须将他考虑在内。依本汗之见,札木合首领才德服众,是联军统帅的最佳人选。"

札木合起身欲辞,合勒黑劝道:"札木合首领,联军号令统一,指挥起来才能得心应手。大家目标一致,并不在帅位谁属,你何必固辞呢?"

铁木真也说:"我乞颜部愿为安答马前卒,听任驱策。"

至此,札木合不好再固执己见,慨然应允:"承蒙王汗、义兄,还有诸位看得起,我也只好勉为其难了。不过,我有言在先,我既为帅,大战期间一切攻守进退须听我调度,否则,诸位现在就另请高明。"

"札木合首领,我们都是言而有信之人,你放心好了。"王汗委婉地说道。

"好！既然如此，请桑昆太子、铁木真安答做好准备，一个月后，按我规定的时间、地点、路线集结，统一行动，违约者，军法处置！"

贰

篾儿乞人没有想到，他们的酣梦就要被战鼓敲碎，被鲜血染红。

仿佛大地在脚下发出猛烈的震颤，沉睡的篾儿乞人被惊醒了，哀号声、奔跑声、将领催促士兵的叱骂声交织在一起，伴随着第一线曙光刺破天际。

一个惊慌失措的士兵来不及报告便一头闯入赤勒格尔的寝帐："三……三王爷，不好了，乞颜部打……打进来了。"

正在戴头盔的赤勒格尔手略微一停，扭头紧紧盯着孛儿帖，目光流露出一种古怪的神情。

孛儿帖一时怔怔无语。梦寐以求的时刻终于来到，她却恍若梦中。

"额吉，额吉。"

孩子的呼唤同时将赤勒格尔和孛儿帖拉回到现实中，孛儿帖奔向孩子。

"额吉。"孩子伸出小手，惊慌地扑进母亲的怀抱。

赤勒格尔一动不动地逼视妻子，眼神异常可怖，孛儿帖不由抱紧儿子，一步步向后退去。

"额吉，我怕。"孩子被父亲的神态吓坏了，将小脸埋在母亲的肩头。

赤勒格尔的心好似被什么东西狠狠刺了一下，他一言未发，转身便走。

玉苏惦记夫人，刚刚跑到门边，赤勒格尔一把将她推入帐中。

门，重重地关闭了。

玉苏脸色苍白，方寸皆乱："夫人，怎么办？我们怎么办？"

怎么办？

逃走，显然已不可能。况且外面箭矢纷飞、刀枪乱舞，带着孩子恐生意外，还不如留下来静观其变……

时间不容孛儿帖多做思考，六七个如狼似虎的士兵闯入帐中，恶狠狠地抓住了她和玉苏。玉苏拼命挣扎，被一个士兵一拳击昏在地。

"你们！玉苏——"

"拖出去！把这丫头扔到外面的牛车上。夫人，你最好乖乖地跟着我们走，否则，休怪我们对你不客气。"

"你们要把玉苏怎么样？"

"她？生死由命。夫人，请吧，最好别让我们费事。"

孛儿帖向门外走去。她知道任何反抗都无济于事，为了孩子，这样或许更明智些。

从惊恐万状、四散逃命的人流中可以感觉出来战争的酷烈程度，孛儿帖抱着孩子坐在封闭的牛车中，心里依旧悬挂着生死未卜的玉苏。

她不知道，全身披挂的赤勒格尔悄然出现在牛车后面。

因疏于防备而招来今日之祸，脱黑堂三兄弟悔之莫及。

铁木真指挥的偷袭部队顺利渡过勤勒豁河，打了敌人个措手不及。听说赤列都战死，脱黑堂下落不明，赤勒格尔权衡再三，决定沿敌人偷袭的勤勒豁河逆向而行，这样，反可以出其不意。

孛儿帖的一颗心跳得很乱很急。

外面的情形到底如何了？到处是嘈杂混乱的声音，间或夹杂着几声悲惨的哀鸣，孛儿帖断定自己正在逃难的人流中，但她想不出赤勒格尔的士兵要将他们母子带到哪里。

儿子术赤在她的怀中恬然入睡。

渐渐地，一切纷杂的声音离她越来越远，孛儿帖情知有异，刚想掀开帘角看个究竟，帘子却被人粗鲁地打了下来。

许久，牛车终于叽叽嘎嘎地停住了。

她没注意牛车是何时离开人群的，不过她很清楚，她正处于一种无法控制的险境中。

一个士兵打开车门，简短地命令："下车！"

赤勒格尔出现在车门口，面容冷峻地注视着孛儿帖。

孛儿帖顺从地跳下车。她环视四周，发现在这片远离喧嚣的茫茫原野中，赤勒格尔可以做任何事。

如果她死了，唯一的遗憾是不能将儿子还给他的生身父亲。

赤勒格尔的目光定定地落在了孩子身上，一种前所未有的恐惧袭上孛儿帖的心头，她下意识地搂紧了儿子。

"就在这里，你决定吧，要铁木真，还是要儿子？"赤勒格尔的声音嘶哑冷酷，一只手始终按在腰间的剑柄上。

孛儿帖的声音被堵在了心里。

又该她选择了吗？

当初，她选择过一次。但这回，她不能选择也无从选择。

赤勒格尔从孛儿帖的眼神里读懂了一切，他凄凉而决绝地一笑："好，好！我成全你！但你必须留下我的儿子！”

“不！”孛儿帖脱口而出，“他不是你的儿子。术赤不是你的儿子！”

赤勒格尔的脸倏然变得狰狞可怖：“贱人！住口！念在你我夫妻一场的情分上，我本想放你一条生路，岂料你竟说出这种话来，就休怨我无情无义了。儿子，我非带走不可，我宁愿让他与我死在一处。贱人，你受死吧！”

面对赤勒格尔高高举起的宝剑，孛儿帖反而平静了下来。她凝视着儿子可爱的小脸，一动不动地等待着。

剑身映出赤勒格尔扭曲变形的五官，但他高举宝剑的手却迟迟落不下去。毕竟，他仍然深爱着面前这个女人，又如何狠得下心结束她的生命？

犹豫良久，赤勒格尔的手臂颓然垂下，他将宝剑送回鞘中，长长地叹了口气。

一旁的侍卫早已忍耐不住了：“三王爷，我们再不走就来不及了。要不要把夫人一起带走，留她做个人质也好。”

“胡说！”赤勒格尔喝道，向孛儿帖逼去，“把儿子给我，给我！”

孛儿帖左躲右闪，母性的本能给她增添了无穷的力量，赤勒格尔几番努力都是徒劳。术赤吓得“哇”的一声大哭起来，见此情景，站在孛儿帖身后的侍卫委实着急了，举刀向孛儿帖砍来。赤勒格尔大惊失色，再想阻拦已不可能，他猛地推开孛儿帖母子，刀，深深地砍入了他的肩头。

所有的人都愣住了。

就在大家一愣神的工夫，篾儿乞士兵纷纷中箭落马，一匹快骑冲到孛儿帖身边，其余数骑则将受伤的赤勒格尔团团围住。

“夫人，您受惊了。”一位身着戎装的将军翻身下马，向孛儿帖恭敬地深施一礼。

孛儿帖直到此时才看清来者是谁，不由热泪盈眶：“博尔术，是你？铁木真呢？铁木真他在哪里？”

“首领一直在到处找您。您别急，我这就带您去见他。”

博尔术又看看赤勒格尔。他被两名侍卫挟持着，一动不能动。“带他一起走。”

“不，不要。等一等。”孛儿帖心疼地注视着赤勒格尔变得蜡黄的脸色和染血的衣袍，她对他虽无夫妻之情，却充满了深切的感激。何况，他还为救她而受了伤。“博尔术，你有没有带止血药？”

“带了，夫人。”

孛儿帖放下儿子，慢慢走近赤勒格尔：“我来给你包扎一下。”

“不必了。”赤勒格尔有气无力地说。他承受不住孛儿帖的目光，那里面分明有团火,在熔化他的心。

"别动。你恨我,为什么还要救我?"孛儿帖温存地说,仔细地为赤勒格尔上好药,又帮他穿上衣服。

"你呢,你又是为什么?"赤勒格尔轻轻叹道。

"你是个好人,我们母子欠你的情太多。"她回视博尔术,严肃而又果决,"放了他。此事我见铁木真后自会对他言明。"

"喳。"博尔术恭顺地回答。事实上,他已被眼前发生的一切弄糊涂了。

谁也没想到,术赤突然喊着"阿爸,阿爸"向赤勒格尔跑来,孛儿帖回身一把抱住了他。

孩子稚嫩的声音在众人的耳中不啻一声炸雷,博尔术一下倒退数步,像看一个陌生人似的不眨眼地盯着孛儿帖。当然,他并非没有发现夫人怀中的孩子,他只不过无暇思考,他为找到夫人而欣喜若狂,一心只想快些将她送到首领身边,可……他从头到脚都冷得刺骨,健硕的肌体也因此产生了轻微的震颤,尽管他深知夫人是无辜的,可他仍旧无法从感情上接受这样的事实:首领在失而复得的同时必须承受新的打击。

孛儿帖将孩子的小脸贴在了自己的脸上。

博尔术古怪的眼神对她是个强烈的刺激,她感到自己的意志正在趋于崩溃。假如——这是完全可能的,铁木真也不相信孩子清白的血统,那么这个可怜的孩子未来的命运岂不太过悲惨?当初,她是为了孩子才选择活下来,可孩子却要为她的选择付出数不尽的屈辱和代价,如今回头再看,她那时的所思所想、所作所为是不是太简单太自私了?身为母亲,不能给孩子应得的幸福,她将何以面对一颗幼小无辜的心灵?

只有赤勒格尔在最初的一愣之后清醒过来,疯了般向孛儿帖扑来,两个士兵死命抓住他的双臂,他一边挣扎,一边嘶喊:"给我儿子,还我儿子!"

孛儿帖强迫自己恢复了理智的思考。她问自己,她有权利剥夺赤勒格尔赖以生存的唯一的精神支柱吗?她让这个懦弱而又善良的好人已经失去的够多了,为什么还要碾碎他最后的一点希望,将他逼向绝望的深渊?她做不到,良心也不允许她这样做。

"赤勒格尔,你听我说,"她含泪开口了,"你走吧。你完全没有必要为一个不爱你但是感激你的女人伤心难过,把她从你的生命中割除,你会过得更好。你对我们母子的恩情,我永世不忘。我明白,你爱术赤,甚于你自己的生命,那么为了他,你又有什么不可以做的呢?只要有我在,术赤会得到很好的生活,你难道不愿看到术赤体体面面地长大成人吗?你仔细想想,你还能给他什么?"

赤勒格尔被触动了。

是啊,除了颠沛流离、朝不保夕的生活,他又能给儿子带来什么?孛儿帖说的没错,为了儿子,他确实应该远远地走开,永远地走开……

"好,我走!"赤勒格尔紧紧咬住牙关,从牙缝里迸出一句话。

孛儿帖强忍泪水,转过身:"博尔术,你务必安全送走他。"

"喳。"

赤勒格尔充满留恋地最后深深望了一眼儿子,跳上坐骑,扬鞭离去,再未回头。

"阿爸。"术赤向赤勒格尔的背影张开小手。

孛儿帖再也忍不住满腹辛酸,两行热泪潸然而下……

叁

一切在铁木真的视线中都渐渐变得模糊不清了。

身边,奔跑逃难的人流络绎不绝,他却伫立在自己凄冷的心境中,好似化作了没有生命的雕像。

难道他注定要失去孛儿帖吗?那么他苦心经营数年备战又有什么意义?

失去她的日子里,他才倍感她的可贵。这世上的女人很多,却再不会有孛儿帖,不会有谁令他如此刻骨铭心。人生得一美女相伴并非难事,难的是得一红颜知己,孛儿帖就是他今生难求的红颜知己。

九年漫长的相思,半年幸福恩爱的生活,接着就是三年多孤寂的等待,他之所以能够忍耐下来不正是为了重新拥有她吗?可此时,他满怀希望的呼唤变成了痛苦焦灼的嘶吼,心上人熟稔的身影却仍然飘渺难觅。

孛儿帖,孛儿帖……

长生天真的要让他接受这种惩罚吗?

负责保护铁木真的侍卫中突然出现了一阵轻微的骚动, 随后铁木真听到一声细细的啜泣和呼唤:"铁木真……"

他不敢相信地垂下头。

"铁木真!"又一声呼唤与其说是悲切,不如说是焦急。

他慌忙擦掉眼中的泪滴。

只看到一只纤细的手牵住他的马缰,看到……

孛儿帖?空气瞬间凝固了。

直到那只手颤抖着、温柔地触在他的手背上，铁木真才回过神来。

"孛儿帖！"他大叫一声，跳下马将爱妻紧紧拥入怀中。

孛儿帖依偎在丈夫温暖宽阔的怀抱中，所有的思念、爱恋、羞辱、伤痛全都化作无声的清泪滚滚而下。

止不住的泪水止不住的情啊……

铁木真捧住妻子的脸，温柔地为她擦拭着泪水："孛儿帖，别哭，别哭，让我好好看看你。"

孛儿帖的泪水反而流得更快了。

铁木真更紧地搂住妻子。还是让她尽情地哭吧，这三年多来，谁知她忍受了多少屈辱，度过了怎样艰难的时光。

不过，还有一件事——"朝伦，速去通知王汗和札木合首领，就说我已找到夫人，即刻前去会合。记住，尽量阻止他们杀戮太多。"他仍然拥住妻子，"孛儿帖，我们走吧，他们会在脱黑堂的大帐等我们。"

"等等，铁木真。"孛儿帖离开他的怀抱，从站在不远处的一名士兵怀中接过孩子。

"额吉。"孩子由于困倦，声音变得含混不清了。

铁木真看着孛儿帖怀抱孩子向他走来，心冷得像冬夜。

这可是他从未设想过的结果。

"铁木真，"孛儿帖想将孩子递给丈夫，"他是你的……"她顿住了。月光下，可以清楚地看到丈夫脸上阴沉厌弃的表情。

术赤惊慌地将脸埋在了母亲的肩头。

"铁木真，你听我说，他是你的儿子，我是为了他才……对了，有个人可以证明我说的一切，小莫日根大夫现在在哪里？"

小莫日根大夫是莫日根大夫的侄儿，孛儿帖怀孕时就是他给做的诊断。

"那年，就是篾儿乞人偷袭我部那天，小莫日根大夫就失踪了。"

孛儿帖的脑袋"嗡嗡"作响，脸色惨白如雪。

失踪了？小莫日根大夫失踪了？那么谁还能证明她所说的一切？铁木真一定会以为她是为了保住孩子才刻意说谎。

但是，术赤真的是她深爱的丈夫的骨血，她曾为他而坚强地活下来，今后，她仍要为他坚强地活下去。

她是母亲。

"孛儿帖，你怎么了？"

没有一句解释和抱怨，孛儿帖抱着孩子转身欲走。

"孛儿帖，你要去哪儿？"铁木真惊讶地上前，抓住妻子的肩头。

　　孛儿帖冷然面对丈夫,将全部忧伤深埋心底。

　　铁木真好不容易才挤出一丝微笑。是啊,他有什么权利埋怨多灾多难的妻子? 倘若不是他的疏忽,这场悲剧原本不该落在妻子身上。是他的无能才造成了妻子的不幸。"孛儿帖,我说过,无论发生什么事,都是我一人之错。我……"

　　"不,铁木真,我已经不是三年前的那个孛儿帖了,我有了他。"孛儿帖爱怜地轻吻着孩子,"你要明白这一点。"

　　"我只明白,我没保护好你,我愧对你……和……"铁木真几乎是挣扎着才说出最后几个字,"和儿……儿子。"

　　孛儿帖心如刀绞,却无法辩白。

　　"孛儿帖。"铁木真将妻儿一同揽入怀中。不! 说什么他也不能再失去她了! 绝对不能,永远不能!

　　重逢的喜悦瞬间荡然无存,一样沉重的东西死死压在年轻的铁木真的心头,那是一种无法排遣的郁闷和失落,那是一种他不肯承认也不肯正视的伤心和嫉妒。他很想相信妻子所说的一切,他并不想变得如此狭隘,可他就是克制不住满腹的猜疑。他可以自欺欺人地说,妻子在篾儿乞的生活他看不到,可孩子的出现却明白无误地让他看到了自己深藏于内心的耻辱。

　　"首领,夫人。"

　　铁木真辨出博尔术的声音,将询问的目光落在了昏昏欲睡的孩子身上。

　　"孛儿帖,我们走吧。"

　　孛儿帖轻摇着儿子:"术赤,乖,别睡,额吉带你骑马,我们回去再睡好吗?"

　　被叫醒的小家伙使劲揉揉眼睛,茫然地环顾四周:"额吉,我们要去哪儿? 阿爸呢?"

　　这一句天真的问话,仿佛一把利剑扎在孛儿帖心头,她再一次清楚地意识到,这孩子的一生将被笼罩上难以消除的阴云,他将在痛苦中长大成人。

　　"额吉,你怎么哭了? 是我惹你生气了吗?"术赤的小脸上沾满了母亲的泪水,惊慌地抱着母亲的脖子问。

　　铁木真再也无法忍受。他翻身跃上马背扬鞭而去,借以宣泄内心的愤懑和痛苦。

　　夜色更加沉寂。

　　博尔术惶惶不安地看着这种场面,无能为力。

　　片刻,远去的马蹄声又迫近了。已克制住情绪的铁木真转了回来,他跳下马,走近妻子,温情地说道:"孛儿帖,我们快点,父汗他们大概要等急了。"

　　孛儿帖终究不是一般的女人,此时此刻,她纵有万般委屈,仍然还是揩去了泪水,将孩子放在马上。

"孛儿帖,你带孩子骑马不方便,让我来吧。"铁木真抓住马的缰绳,说道。

一个奇怪的念头蓦然闪过孛儿帖的脑海,她脱口而出:"不!不可以!"

铁木真愣了愣,旋即明白了妻子为什么如此抗拒,不由苦笑了:"难道你以为我会把他……"

"不是的,不是的。"孛儿帖急忙说。她感到内疚,说什么她也不该那样想丈夫,那样的怀疑哪怕连一闪念也不应该。

铁木真从妻子怀中接过孩子,催开了坐骑。

或许是苍茫的夜色使孩子产生了寻求保护的愿望,或许是父子天性,术赤将头紧紧倚靠在父亲怀中,两只小手轻轻地环抱住了父亲的手腕。

一种从未体验过的异样感情漫上铁木真的心头,那既不是恨,也不是爱,而是难以解释的辛酸和满足。

月儿将柔和的光辉洒在夜幕中的草原,洒在几个匆匆赶路人的身上。

王汗和札木合接到铁木真的口信后,果然分头撤兵,回到脱黑堂的大帐等候铁木真和孛儿帖的到来。

从孛儿帖踏入大帐的一刹那,所有的人都感受到一种力量,一种摄魂夺魄的力量。铁木真也是直到此时方才觉察出妻子的一些改变。

头发有些蓬松、衣衫有些散乱的孛儿帖在众人眼里愈发显出一种超凡脱俗的美丽,灾难非但没能夺去她仪态万方的姿容,反倒为她平添了另一种成熟的神韵。她实在不像是个遭受过掳掠的女人。

孛儿帖先以儿媳之礼拜谢了王汗的解救之恩。王汗双手相搀,内心别有一番滋味:"儿媳,你受委屈了。"

孛儿帖眼圈微微一红。

"儿媳,你放心,父汗保证今后再不会发生这样的事情。"王汗慈爱地说,回身指指札木合,"你还不认识札木合首领吧?他是铁木真的安答。"

孛儿帖不止一次听丈夫提起"札木合"这个名字,出于尊重,她向札木合深施一礼:"谢札木合首领相助之恩。"

札木合一边还礼,一边机械地作答:"不敢,不敢,嫂夫人……"

孛儿帖惊讶地望着他。

她还从未见过这般看似空洞实则蕴藏着太多内容的眼神,不知为什么,这眼神竟让她有些不寒而栗。

札木合用矜持的外表遮掩着内心的阵阵灼痛之感。

他早设想过铁木真不惜一切代价也要重新得到的女人绝不可能是一般的女人,却仍然没想到她是这样的与众不同与摄人心魂。经历了童年丧父的磨难之后,长生天把最好的东西都给了铁木真——最好的朋友,最好的兄弟,最好的女人……可他呢?他有什么?他不能不问自己,帮助铁木真赢得这场战争,他究竟做对了,还是做错了?

"额吉!"博尔术抱着孩子走进帐子。孩子小声唤道,要找母亲。

众人一愣。孛儿帖坦然地接过孩子。

铁木真不经意地瞟了孩子一眼,那孩子也正目不转睛地望着他,眼神中似乎有些惊怕。

铁木真不由得愣了一下。好漂亮的孩子啊!一头柔软的乌发,浓密的、微微向上卷曲着的长睫毛,粉白的小脸,精致的嘴唇和鼻翼,一如生他的母亲,父亲的血脉却仿佛在他身上中断了。假若这可爱的孩子真是自己的……

铁木真不敢再想下去,他怕他会不由自主地想到相反的那个答案。

"别勒古台,你送大嫂回去休息。孛儿帖,你不用担心玉苏,她很好,你很快就可以见到她了。"铁木真温情地对妻子说。

别勒古台从大嫂怀中抱过小侄儿出去了,孛儿帖落落大方地向尚未醒过味来的王汗和札木合施礼告退,随着别勒古台走出帐外。铁木真站在敞开的帐门前一直目送着孩子离去,不知为什么,当孩子的身影终于消失不见时,他忽觉内心茫然若失。

肆

按照惯例,第二天,三部主将再次集会,商量如何分配篾儿乞部众和财产。铁木真主动将自己应得的那份战利品全部赠给王汗和札木合,以答谢他们的相助之恩,结果,集会开得皆大欢喜。

会后,三部徐徐撤军。铁木真在途中与王汗、札木合分手,回到了蒙古主营。月伦夫人重又见到心爱的儿媳,喜悦之情无以言表,对术赤更是格外钟爱。不仅如此,她还将玉苏认作义女,亲自做主让她嫁给了博尔术。

战后,铁木真的力量继续壮大。

第二年秋天,孛儿帖为丈夫生下了次子察合台。孩子刚满周岁时,札木合向铁木真发出了合营的邀请,铁木真权衡利弊,终于决定接受邀请,举部迁往札木合驻扎的豁尔豁纳黑川营地。

迁营很顺利,豁尔豁纳黑川处处呈现出一派热闹繁忙的景象。不过,札木合与铁木真热烈拥抱时,首先注意到的还是他这位义兄今非昔比的实力。

日暮低垂,持续了一天的酒宴已近尾声,劳碌的人们开始各自散去。

凝腊拖着僵直的双腿慢慢走着,整整一个白天她都在挤牛奶,这会儿累得每迈一步都觉得吃力。正当她想找个地方坐下来,好好休息一下时,一阵"嘚嘚"的马蹄声由远及近,凝腊不由惊喜地回过头,等待着正飞马向她驰来的骑手。

渐渐看清了,马上是一位青年,独特的骑姿显示出一种内在的傲岸与激情,然而,他的表情却与他的年龄极不协调,甚至称得上有些古怪。公平地说,假如他那双黑白分明的眼睛里不是深藏着拒人于千里之外的冷漠,他那张棱角分明的脸上不是凝固着过多的严厉和阴郁的话,他还是相当英俊嘞。

青年在凝腊身边勒住了坐骑:"你怎么今天回来这么晚?上来吧!"他的语气很冷,像料峭的春日。

凝腊嫣然一笑,顺从地让青年将她拉到马上,看得出,她早已习惯了青年这种生硬的态度。

"你好像很累。"即使表示关切,青年的语气也是平淡的。

凝腊将脸靠在他的背上,懒懒地说:"你刚回来,也难怪你不知道,今天是札木合首领与乞颜部的铁木真首领正式合营的日子,大家都忙了一天。"

"噢……"青年漫不经心地应了一声,随后,凝腊忽然感到他的身体一下绷紧了,"你说谁?铁木真?"

"是啊。"

"那么,你见到铁木真本人了?他究竟是个怎样的人?你听他说过些什么话没有?"青年居然一反常态地连连追问。

凝腊虽然意外,回答时却并没有流露出内心的惊奇:"我只远远地看了他一眼,哪里听到他说什么!不过,我倒是感觉他蛮威风的。"

"札木合首领待他如何?"

"他们很亲热——好像很亲热。"

青年微微皱起眉头,沉默了。

此后,直到一座亮着灯火的帐篷前停下来,他再没说一句话。凝腊轻盈地跳下马背,抬头望着他:"木华黎,你不进来吗?"

"不了。"叫作木华黎的青年淡淡应着,已经催开了坐骑。

"明天,札木合首领要与铁木真首领举行正式的结拜仪式,一定很热闹。"目送着木华黎离去,凝腊在他身后补充了一句。

木华黎住的地方离凝腊家不远。当年木华黎的父亲古温将军在世时,凝腊的父亲温都是他家的老总管。古温将军去世后,木华黎被札木合罚做了奴隶。此后,许多故交亲友为避嫌疑再不敢登门来往,只有温都一家义不容辞地承担起照料昔日小主人的重任,成为木华黎在艰辛孤独的日子里最知心、最亲近的人。但即便如此,木华黎依旧很少向他们敞开心扉。他与他们的距离,不是什么主人与奴仆间的距离,而是出于一种不愿袒露内心隐秘的考虑。父亲的惨死,使原本孤高傲世的木华黎一下成熟了许多,为了保护自己,为了求得生存,他不得不将内心紧紧封闭。何况迄今为止,他还不曾遇上一个人可以开启他的心灵,可以让他以生死相随,无怨无悔。

狭窄的空间、简陋的衣食……木华黎早就能坦然面对命运的变迁和非人的待遇。表面上看,他除了放马,几乎过着与世隔绝的生活,事实上,他无时无刻不在关注着草原各部的动向。他分析过,目前草原上实力最雄厚的仍属克烈、乃蛮、札答阑、塔塔尔、泰亦赤惕等部落联盟,然而,纵观这些部落联盟,皆因缺少一位具有雄才伟略的英主,终究承担不起一统草原的重任。

正当他怀才不遇、彷徨无计之时,铁木真这个名字引起了他的浓厚兴趣。且不说这位年轻首领出生时的种种传说和诸多磨难,单是他短短数年就能迅速崛起的成就就足以令人刮目相看。他的出现令木华黎仿佛在重重迷雾中看到了一线希望,虽然他还不能完全确定。

对于这次合营,木华黎觉得无非会产生两种结果:一是铁木真时时处处受到札木合的掣肘而难有发展的机会,最后只能自生自灭;二是铁木真能够充分利用孛儿只斤家族高贵血统的号召力以及自身非凡的胆略游刃于札答阑这块藏龙卧虎之地,最终在不动声色中赢得人心。至于结果如何,恐怕只能取决于铁木真个人的才能、魄力和眼光了。

当然,还有天意!

合营,是铁木真的机会,也是他木华黎的机会,他一定要抓住这个机会,尽早与铁木真见上一面。

清晨,木华黎像往常一样起得很早,他刚跨出帐门,就见凝腊急匆匆地向他跑来:"木华黎,我要去札木合首领那里帮忙,我们一起走好吗?"

木华黎未及回答,一匹快骑向他疾驰而来,马上人远远便喊:"木华黎,札木合首领让我通知你,今天你不用去放马了,带队去黑川狩猎。"

"为什么?今天大家都要参加宴会的呀。"凝腊愤愤不平地叫起来。

"这与我无关,我是来传话的。"

"知道了。"木华黎面无表情地回答,传话的人好像巴不得听到他这句话,立刻掉转马头,扬鞭而去。

"这不是成心嘛！"凝腊气恼地跺着脚，"别人都可以参加宴会，好好热闹一下，为什么偏就你不能？"

"不要紧，我会尽快赶回来的。凝腊，你先走吧，我还要准备一下。"

"那……你自己小心。"凝腊无可奈何地叮嘱着，走了。

木华黎返回帐子，略略做了准备，然后从怀中取出一张羊皮地图铺在桌上，认真地研究起来。这是一张草原形势图，他足足用了三年时间才将它绘制完成。现在，他划去了篾儿乞的图示——一只体态笨重的棕熊，准备在札答阑的图示旁填上乞颜部——他已想好要用展翅欲飞的雄鹰作为乞颜部的图示。

虽然不能参加宴会，不能马上见到铁木真，他并不觉得特别遗憾。札木合偏偏选在这种时候派他去黑川狩猎，无非是为了支开他，不让他有机会与铁木真碰面，这也从侧面表明了札木合与铁木真的关系没有表面上那么融洽，札木合对铁木真还是有所防范的，而一个让札木合时刻防范的人，想必绝不是什么等闲之辈。

良久，木华黎收起地图，眼中闪过一道莫测高深的光芒。

伍

铁木真与札木合的结拜安答仪式格外庄严隆重。这是他们第三次结为安答，也标志着两部正式结盟的开始。

祭天完毕，铁木真解下镶满金片的腰带系在札木合腰间，札木合亦以装饰着宝石的腰带回赠。在整个结拜仪式中，互赠腰带是其中最具象征意义的一环。因为腰带在草原人心目中意味着个人自由，除非在敬天地时或赠予心心相印的朋友，否则决不轻易解下。

札木合伸手从案几上拿起酒壶，斟了满满一杯酒："义兄，我敬你。"

铁木真并不推辞。他注视着与他有着共同的祖先并自童年起就与他结下深厚情谊的札木合，发自肺腑地说道："安答，为兄也敬你一杯，愿你我兄弟从此患难与共，永不相弃。"

札木合饮毕，与铁木真会心大笑。

方才谨严的气氛一扫而尽，乐声悠扬，美酒醇厚，参加结拜仪式的人们按照各自的身份地位坐在相应的位置上，尽情品尝美食佳酿。

时间在愉悦的气氛中不知不觉溜走。夜幕垂落时，外面忽然喧闹起来。

在点燃的堆堆篝火边，皮鼓被狂热地敲响，火不思的琴弦似要拨断，这是一处自由的天地，没有尊卑，不分贵贱，两部百姓围聚在篝火旁，翩翩起舞，纵情歌唱。

月色渐浓，铁木真和札木合相偕来到欢乐的人群中。此时，鼓点已不那么急促，火不思欢快的尾音中笛声悠悠响起，一个年轻女孩的出现引起了所有人的瞩目。

她的舞姿是那样轻盈，像原野奔跃的小鹿；她的歌喉是那样婉转，像花丛啁啾的百灵；她的眼神是那样纯洁，像灵动莹润的水晶；她穿着纯白的衣衫，系着红红的腰带，又仿佛飞落人间的仙鹤。

"这姑娘是谁？"铁木真低声问身边的札木合。

"凝腊，一个女奴。怎么，义兄对她有兴趣？"

"她真是与众不同。"

札木合眼珠一转，心生一计："义兄若中意于她，弟愿将她作为礼物赠与义兄。"

铁木真含笑摇头："安答误会了，为兄只是欣赏她的清纯而已，哪里有什么非分之想？"

"莫不是怕嫂夫人见怪？"

"就算是吧。总之，此事权当玩笑。"

札木合不以为然："义兄，你还像小时一样，凡事都太过认真。好，弟以后自不会操这份闲心。"

"安答……"

札木合摆摆手："义兄不必解释。我们三次结义，难道我还信不过你吗？"

"他们回来了！"不知是谁惊喜地大喊一声，立刻，人群中产生了不小的骚动。凝腊也随着人群向外跑去，经过铁木真身边时，她略微停了停，脸上露出了灿烂的笑容。

铁木真颇觉意外地向她点点头。

凝腊飞快地离去了。

"是打猎的人回来了。"札木合向铁木真解释了一句，随后挽起他的手臂，"累了吧，义兄，我们进帐休息吧。"

"也好。"

百余人的打猎队伍满载而归，成为当天的英雄，男女老少簇拥着扬扬得意的猎手们，凝腊被挡在人墙外，怎么也看不到木华黎，急得差点哭出来。正无奈间，一只手按在了她的肩上。

"木华黎？"

"结束了吗？"

"没有。我知道他在哪里，我们快点。"

将近篝火边，木华黎放慢了脚步，凝腊也看到，铁木真和札木合早已不在那里了。

木华黎远远地望了一眼札木合的大帐，眼里闪过一丝淡淡的失望。

"他怎么走了？"凝腊喃喃自语。

"结束得真快！"木华黎收回目光，淡淡地、不动声色地说。

陆

合营并未给两部人们的生活带来太多的影响。

自合营以来，铁木真与札木合经常同榻而眠，同桌而食，感情日渐亲密。这样的日子转眼月余，一天，札木合正与铁木真商议军队训练诸事，侍卫进来报告，说札木合的同父异母弟弟纠察尔回来了。

札木合急忙要他进来。

铁木真正欲起身，被札木合伸手按住了："自家兄弟，何必多礼！"

纠察尔旁若无人地进入帐内。

"哥。"他粗声粗气地算是打了个招呼，大刺刺地一屁股坐在桌边。

"纠察尔，来，我给你介绍一下，这位是我们的义兄铁木真，这段时间你一直不曾回来，还没有见过他呢。"

纠察尔斜眼瞟了瞟铁木真，没说话，伸手取过一只大碗给自己斟满酒。

铁木真向他点点头，淡然一笑。

纠察尔只顾端起酒碗"咕噜咕噜"猛灌一气。

铁木真简直不敢想象，这个纠察尔会是札木合的亲弟弟。他们兄弟之间的差别何其之大！札木合精明强干，心性玲珑，纠察尔却这样粗陋不堪，他俩无论从外形还是内在气质上都相去甚远。

札木合对纠察尔的无礼颇觉难堪，若不是碍于铁木真在场，他真想将他轰出帐去。他们这一对异母兄弟素来感情不睦，平时，纠察尔在他自己的营地也很少回来，兄弟二人早已达成了互不干涉的默契。

合营之初，札木合曾派人通知纠察尔，但纠察尔一直没回来。其实从内心深处来讲，札木合也不希望纠察尔回来，他早就担心会出现今天这种令人尴尬的场面。

"纠察尔,你今天怎么有空回来?"札木合强压怒火,讪讪地问。

"不欢迎?"

"瞧你说的话!你既然来了,就不要急着回去了,正好义兄也在,我们几个不如多盘桓几日。"

纠察尔不置可否地"哼"了一声。

铁木真也说:"确实,我还想请纠察尔兄弟到我的营地做客呢。"

纠察尔冷冷地瞟了铁木真一眼:"你的营地?你的营地是吗?"他似嘲弄又似轻蔑地加重了"你"字的语气。

"纠察尔!"札木合喝道,脸色骤然一变。

铁木真息事宁人地微微一笑:"纠察尔兄弟想必对我有什么误会?我们两部合营一处,实力不是更强了吗?"

"义兄不要理他,他是个粗人,不会说话。"札木合怕铁木真下不了台,急忙圆场。

"没什么,自家兄弟,我不会介意的。"

"好,痛快!"纠察尔抓起酒壶,为自己和铁木真倒了两碗酒,"难得铁木真是个痛快人,鄙人敬你一碗。"

看着他们俩干杯,札木合暗暗地吁出一口气。

纠察尔大笑着将酒碗掷在一边:"铁木真首领,鄙人老早听说合不勒大汗传下过两柄削铁如泥、吹发断丝的宝剑,分别唤作金星剑和银鹰剑,但不知有何来历?现在是否传到首领手中?"

纠察尔的这个问题提得十分突兀,铁木真略一思索,认真地回道:"是在我的手中,不过很可惜,只剩下其中一柄金星剑了。当年,我高祖合不勒被推举为蒙古各部联盟的大汗,即将登基之时,曾请西域匠人为他打造两柄宝剑。开炉之夜,高祖梦见一只银鹰衔金星落入炉中,恰在这时,忽听一声轰然巨响,我高祖惊醒过来,正是剑炉开封的良时。高祖来到开炉现场,双剑同出,一柄月华下隐显金星,一柄阳光下隐显银鹰,因此被高祖称作金星剑和银鹰剑。后来,这两柄剑随我高祖转战南北,屡立战功,在草原上也算无人不知、无人不晓。我高祖去世后,将汗位传给了他的堂弟俺巴该,却将这两柄剑传给了他那力能拔山的四儿子,也就是我的叔祖忽图赤汗。俺巴该汗为塔塔尔人及金人设下许亲骗局阴谋害死后,部众一致推举我叔祖做了大汗,这之后,我叔祖先后率兵与塔塔尔人打了十二次仗,皆因塔塔尔人得到金国的支持而打了个平手。第十三次,他将金星剑和银鹰剑授予我父也速该巴特,命我父率兵出征塔塔尔,我父用这两柄剑生擒了塔塔部的大首领铁木真兀格,始获全胜,并为我取名铁木真以示纪念。不久,我叔祖病逝,我父继承了他的汗位,却令人费解地自行废去汗号。到了我九岁那年,父亲带我远到弘吉剌我额吉的族里求亲,临行前将金星剑交与我额吉收藏,他只带了银鹰剑上路,不幸的是,他在独自返乡途中为塔塔尔人毒害,塔塔尔人又因忌惮我父神勇,将银鹰剑以熔铅灌死,此后我们便将银鹰剑与父亲一同埋葬了。"

"如此说来,使用过金星剑和银鹰剑的都是蒙古部鼎鼎有名的大英雄了?首领是否带着金星剑,可否借我一看?"

铁木真伸手摘下佩剑。

纠察尔接剑在手,掂了掂分量,又以行家的眼光审视片刻,随即拔剑出鞘,一道华光顷刻闪过,晃了一下他的眼睛。"好剑!"纠察尔脱口赞道,手随声动,竟迅疾地将手中宝剑对准铁木真的咽喉直刺过来。离铁木真的咽喉处不及一分时,又将剑收住。

一切都在短短的瞬间完成。

札木合惊得面如土色。

铁木真却始终一动未动,甚至连眼睛都不曾眨一下。

"纠察尔!你,你……"札木合勃然大怒。

铁木真反赞道:"进于未防之际,控于难收之时,纠察尔兄弟当真功夫了得。"

"义兄,这……"

"安答无须动怒,纠察尔兄弟决无恶意,只不过试试为兄的胆量而已。"

纠察尔将宝剑推回鞘中,冷笑一声,用力拍到铁木真面前:"算你有种!明人不做暗事,我此来不为别的,专为领教一下铁木真首领的刀剑功夫。怎么样,敢不敢跟我出去一较高低?"

札木合气急败坏地吼道:"纠察尔,你太过分了!"

纠察尔瞪圆了眼睛,咆哮着:"轮不到你来教训我!铁木真,我明人不说暗话,你若胜得了我手中的弯刀,证明你有资格待在豁尔豁纳黑川,否则,我请你从哪儿来还回哪儿去,少在我面前丢人现眼!"

面对纠察尔的无礼和挑战,铁木真平静如初:"早闻纠察尔兄弟有扳牛之力,登枝之轻,确也想讨教一二。"

"好,请!"纠察尔率先站起,手向门外一指。

札木合知道自己再也无力阻止这场争斗了。

柒

在帐外的空地上,纠察尔仗剑以待。

札木合跟在铁木真的后面,不放心地叮咛:"大家还是点到为止吧。"

铁木真微微一笑,纠察尔却轻蔑地撇了撇嘴,冷哼一声。

周围不知何时开始围上一圈人,而且越聚越多。

铁木真握剑在手,轻松地弹了弹剑锋。

纠察尔陡然出招,拔刀向铁木真刺来,身形快如闪电,与其笨重的身躯极不相称。

但纠察尔虽快,铁木真更快,几乎没看见他怎么动作便架住了纠察尔的刀。那剑沉如千钧,压得纠察尔喘不过气来,纠察尔用足气力,竟不能向前移动分毫,于是急忙撤刀,两个人重又战到了一处。

一时间,刀来剑往,似疾风夹裹的雪片,又似九天飞离的寒星,这一番游龙斗狠,委实让围观者大开了眼界。

纠察尔的刀法素以快疾稳狠著称,在札答阑鲜有对手,但与铁木真相比仍然稍逊一筹。札木合心里如同明镜一般:抢攻者心浮气躁,势难久持,可惜纠察尔自己还蒙在鼓里。

即使外行也能看得出来,铁木真从一开始便采取了守势,他若非要给安答的弟弟一个面子,就是为了引逗纠察尔使出浑身解数,并不急于取胜。纠察尔久战无功,索性使出杀招,刀刀直逼铁木真的要害。铁木真闪转封挡,身轻如燕,臂展如猿,逐一化解着对方的进攻。

看看纠察尔招数用尽,铁木真不失时机地反守为攻。纠察尔疲于招架,步法渐乱,不知不觉被铁木真逼到了死角,再无转身余地。铁木真知他败局已定,急忙撤剑,退出几步开外:"纠察尔兄弟,承让了。"

纠察尔背倚毡帐,面红耳赤,羞莫能言。

围观的人群中响起了一片嘈杂的议论声,札木合上前,冷冷相劝:"纠察尔,你若不忙,就不要回营了。"

纠察尔一言不发,来到拴马处,赌气离去了。

铁木真正觉心里过意不去,札木合笑着挽住他的手臂,边走边说:"随他去吧!让他也知道知道天外有天、人外有人,省得他总是恣意妄为、目空一切。改天,我再带他去拜望义兄,当面谢罪。"

禁不住札木合再三挽留，铁木真直到下午才告辞回营，途经兀鲁兀营地时，正遇兀鲁兀部首领主尔台和忙兀部首领惠勒答尔在帐外草地上下棋闲谈，看见他，他们十分热情地邀他进帐小叙。

当时，札木合所掌握的大小部落达数十个之多，而主尔台的兀鲁兀部和惠勒答尔的忙兀部堪称这个庞大部落联盟的精华和支柱，札木合得以稳居盟主宝座，与这两位首领的拥戴密不可分。

此外，主尔台、惠勒答尔与铁木真也有很近的亲缘关系，他们同为蒙古历史上第一位大英雄孛端察尔的后人，主尔台年长铁木真一岁，在辈分上是他的叔父，惠勒答尔则是铁木真的同年兄弟。铁木真一向敬重他二人勇武忠义，早存一份结交之心。

三人回帐分宾主落座，惠勒答尔迫不及待地问道："铁木真首领师承何人？一手好剑使得真可谓神鬼莫测。"

铁木真不料有此一问，颇觉意外地笑笑："哪里有什么师父啊！小时候，和弟弟们一处狩猎，看虎豹相搏、鹿鹤嬉戏，自己琢磨的。"

主尔台伸出大拇指："了不起，了不起！首领天赋，果真非常人能及。今晨我与惠勒答尔路过札木合首领的营地，正见你与纠察尔比试，你后来使出的剑路看似不守章法，实则占尽先机，所以这半天我和惠勒答尔一直在猜测你的师父是谁——原来却是自己！"

铁木真这才恍然大悟："怎未见你们？"

"我们没过去。"惠勒答尔笑道，"纠察尔为人傲狠，武艺高强，自出道以来，还只败在两个人的手下，一个就是首领你。"

"另一个呢？"

"木华黎。"

"木华黎？他又是怎样一个人？"

"在札答阑有两句话这样评价他：没有木华黎驯不服的烈马，没有木华黎射不中的鹰隼。不知你是否听说过？"

铁木真遗憾地摇摇头："如此说来，他是一位了不起的勇士了？"

"岂止是勇士！应该说是一位智勇双全的奇才才对。"主尔台接过话头，由衷称赞。

"这倒怪了，既有这样的奇人异士，我怎么从未听札木合安答提起过。"

"这个么……"惠勒答尔与主尔台对视一眼，神情变得谨慎起来，"我们也不能确知详情。木华黎是古温将军的独子，札答阑有今日威势，是古温将军追随札木合首领的父亲、已故的宝力台首领一手创建的。宝力台首领死后，又是古温将军将年幼的札木合推上了盟主的宝座，谁知最后，古温将军死得十分蹊跷，也十分悲惨。尤其令人费解的是，即使在那时，当事人对所发生的一切也都讳莫如深，如今事过境迁，别人自然更无法了解其中的是非曲直、恩怨纠葛了。"

铁木真无意探究别人的隐私，适时地扭转了话题："不知这位木华黎家住哪里？"

"莫非首领有意结识他？"惠勒答尔意味深长地注视着铁木真。

铁木真默认了。

"在札答阑部与亦乞列思部之间，你找一个人，他是古温将军家昔日的总管，名叫温都。古温将军去世后，是这位义仆将木华黎接到身边细心照料的。"

"你对他的情况这样了解，想必与他很熟吧？"

惠勒答尔摇头笑了："哪里。其实我与木华黎没有任何交往，木华黎生性孤傲冷僻，一般人想要接近他也难。我告诉你的这些，大多是我从别人那里听来的。他这个人如同一个谜，迄今为止还没有人可以解开谜底，若首领对他有兴趣，不妨试试，或许能够成功。"

"此话怎讲？"

"这是我与叔父的秘密。"惠勒答尔向主尔台递了个眼色，狡黠地笑了。

铁木真的好奇心越发地被激发起来了。

第三章

凋零的"薰衣草"

壹

　　一天，趁营中无事，铁木真不通知任何人，托了猎鹰海冬青，独自一人向黑川方向驰去。一人一马已经踏上进入黑川的林间小道了，突然，一直乖乖停落在他肩头上的海冬青凌空飞起，盘旋数周后又"嘎嘎"叫着向前飞去。铁木真不知发生了什么事，急忙策马紧紧相随。

　　尚有数箭之地，铁木真便明白了海冬青惊飞的原因。原来是一位驯手在追赶一匹埋头疯跑的野马，从他手持套马杆的骑姿来看，他正在寻找合适的时机与角度以便一套即中。

　　驯马常被视作勇者的游戏，极具刺激性和挑战性，铁木真顿觉精神一振，勒马静观那人身手如何。

　　几乎转眼间，驯手追到野马近前，果断地将手一扬，套马杆分毫不差正中目标，铁木真暗赞一声，继续注目观看。

　　那野马虽被套住，却不肯服输，又蹦又跳，奋力挣扎。就在双方角力万分紧张之时，发生了一桩意外，驯手的套马杆突然折断，驯手仰面朝天向后摔去。

　　铁木真大吃一惊，正欲上前相助，却又目瞪口呆地停住了。只见驯手非但没有摔下，相反，他借着落势钩镫换脚，将一只脚钩在马镫之上，紧贴于马肚一侧，仍对野马穷追不舍，及近野马，驯手抛下了半截套马杆，将身一纵，稳稳当当地落在了它的背上。

　　野马身上突添重负，凶性大发，长嘶一声，前蹄凌跃，马身几近竖直。然而，任凭它怎样奔跑跳跃，驯手岿然不动，如此几番较量，野马终于精疲力竭，打着响鼻，无奈地低头认输了。

驯手此刻也是一身热汗，他跳下马背，心满意足地拍拍马脖子。那马回过头，亲热地舔了舔他的手，显得异常温驯。

"这位壮士，好身手！"铁木真脱口赞道，催马向驯手走过来。驯手循声回头。刹那间，他觉得浑身血液好似停止了流动。难道会是他吗？

他敢确定自己此前从未见过这个人，可偏偏又有一种似曾相识的感觉。

是他吧？一定是他吧？

铁木真显然更吃惊，驯手的年纪之轻大出他的意外。

"您……"

"在下铁木真。请问壮士大名，属哪一部族？"

果然是他—— 想见而不得见的铁木真。

"我叫木华黎，主尔勤人氏。"驯手腼腆地回答，全无平日的冷肃。

木华黎！

他真的就是惠勒答尔口中的那个木华黎吗？

仅仅在几天前，铁木真才听到木华黎这个颇富传奇色彩的名字。正因这个名字太过响亮，使他无论如何不曾设想过木华黎会如此年轻。说真的，倘若不是他刚才亲眼所见，任谁说他也很难相信一个驯手在套马杆折断之后，还能有惊无险，相当漂亮地驯服了野马。尤其是木华黎借着落势钩镫换脚的那一瞬，让铁木真对木华黎那超乎寻常的敏捷、胆气和应变能力叹为观止。仅此一招，亦足以证明主尔台、惠勒答尔的推崇绝非虚谬……

铁木真压下心中的赞叹，稍稍走近些，用一种鉴赏的目光端详着面前的野马。

这是一匹体格壮硕、雄骏无比的宝马，遍体通黑，毛色乌亮胜如闪缎，除马蹄外全身上下绝无一丝杂色。而它的奇特之处也在于，它全身乌黑，四蹄却纯白如雪，好似刚刚踏雪而行。

踏雪而行……踏雪神驹？居然是踏雪神驹！

踏雪神驹堪称马中极品，通常生长生活在崇山峻岭中，矫捷机警，性烈如火，常人见都难见，更别提驯养了。当年，铁木真的叔祖忽图赤汗曾得到过一匹，此后便如绝种一般，踪迹难觅。不意今日在此处识得宝马，铁木真一时简直喜出望外。

"好一匹烈马！"他不知赞马还是赞人。

木华黎微微一笑，一语双关："个性越烈的马，一旦被驯服，就越能成为驯者的伙伴。铁木真首领，您若喜欢这匹踏雪神驹，不妨将它留在身边。"

铁木真看看木华黎，脸上既无惊奇之色，更无推辞之意。"那我愧领了。"

他喜悦地说,坦率质朴,一如心境。

很久,木华黎没有这般心动的感觉了。原来这世上最令人心折的永远莫过于男子汉那毫无矫饰、坦荡如砥的襟怀。一个真诚的人又怎会拒绝真诚的馈赠呢?何况还是惺惺相惜的英雄。

铁木真伸手从腰间摘下宝剑:"木华黎,我们一见如故,这柄剑请你一定要收下,权做个纪念。"

木华黎接剑在手,立刻辨出:"这不是那对在草原上久负盛名的金星银鹰剑中的金星剑吗?我不能……"

铁木真笑着打断了他的话:"难道一柄剑比人更重要?你不必推辞,此剑正合你用!对了,我还想问你,你既是主儿勤人氏,因何又到了札答阑部?"

"此事一言难尽,里面纠缠着两辈人的恩恩怨怨,首领若有兴趣,改日我一定细细讲给您听。"

铁木真点点头,不再追问,拉着木华黎坐在草地上。两个人像相识多年的老朋友一样随意地攀谈起来。

因与木华黎相谈甚洽,铁木真返回营地时已近黄昏,他顾不得吃饭,急切地唤出妻子,非要她去欣赏一下他新得的宝马良骥。

孛儿帖对马不在行,不过,单看丈夫那副得意的样子,她也知道这匹马有些来历:"这马是你驯的吗?它的样子可够凶的。"

"你还没见过它真正凶的时候呢。不瞒你说,就是我驯这马,也需费许多功夫。"

"听你说话的语气,这马是别人送你的了?"

"不错。你猜猜看,会不会是一个有漂亮女儿的老头儿?"

"那我可要恭喜你了:既得马,又得人。"

"真的,你不吃醋?"

夫妻俩正彼此逗趣,博尔术来了。看到他,铁木真十分高兴:"你来得正好,快来看看这匹马如何。"

博尔术双目微闪,脱口而出:"踏雪神驹!"

铁木真赞赏地看着他:"好眼力!"

"您从哪儿得来的?"

铁木真并不相瞒,将他目睹木华黎驯马以及由此与木华黎相识的经过一五一十地讲给了博尔术。

"木华黎……"博尔术念着这个名字,脸上现出若有所思的神情。

"你好像知道什么?"

"我听忽必来谈起过他。"

"忽必来?"铁木真的脑海里迅速浮现出一个形象:结实的骨架,忠厚的外貌,一脸络腮胡子与朝伦堪称伯仲。"我想起来了,你说的忽必来是隶属巴鲁刺思部的一位年轻将领,对吧?"

"对,是他。"

"他怎么说?"

"他所说绝非一家之言,不少人都这样认为:木华黎是位胆识兼备的文武奇才,可惜为人孤傲冷漠,不易接近。"

铁木真不以为然地摇摇头。木华黎给他的印象完全不同,非但不孤傲、冷漠,相反处处表现出一种天性的爽快和坦诚。

铁木真一生嗜才如命,而且慧眼独具,与木华黎的接触虽然短暂,却足以让他认定木华黎有天纵之才,比起人们的赞誉实有过之而无不及。

令人费解的倒是惠勒答尔闪烁其词地提到木华黎与札木合之间的恩怨纠葛。博尔术好似看透了铁木真内心的疑惑,他一语道破天机,让铁木真大吃一惊。

"忽必来还说,木华黎与札木合首领有杀父之仇。"

原来如此!

"首领,下一步您有何打算?"博尔术饶有意味地问道。

铁木真会心一笑,不置一词。

贰

五月的一天,铁木真正在帐中与博尔术推敲着近期军队训练所要采用的几种队形变换时,帐门被撞开了,别勒古台惊慌的表情和变了调的声音一同出现在帐中:"大哥,不好了,术赤出事了!"

"他怎么了?"铁木真霍然站起,颜更色变。

"他被惊马踏伤了,一直昏迷不醒。"

"什么!"铁木真如遭雷击,急忙奔出大帐,策马如飞而去。

此刻,在术赤的帐中,莫日根大夫正在全神贯注地给术赤处理着身上的几处踏伤,其中最严重的一处在左胸上,马蹄在这里留下了致命的一击。

当大夫终于满脸疲惫地停下来时,铁木真竟什么都不敢问了。

莫日根回视铁木真:"首领,你派个人随我回去配药,另外派人在附近给我备一张空帐,这些日子我不能离开公子左右。"

"好,别勒古台,博尔术,你们速去安排。"

"喳。"

莫日根正欲出帐,铁木真唤住了他:"大夫,请您实话告诉我,术赤他到底有没有生命危险?"

莫日根直视着铁木真汗水涔涔的脸,坦率地回道:"孩子太小了。但愿他能逃过这场劫难。"

"您……您一定要想法救活他啊。"

"我会尽力的。"

当帐中只剩下铁木真一个人时,他再也控制不住揪心的懊悔,颓然跌坐在儿子身边。假如可能,他宁愿代儿子去承受这场意外的灾难。这种感觉,他过去从未有过。此前,儿子与他并不亲近,他也从来没有在意过儿子,可是当他意识到自己可能要永远失去这个孩子时,他才发现,他的内心是在意他的,很在意很在意,他在意他的成长,在意他的倔强,在意他的一切。

似乎过了很久,又似乎只有短短的片刻,别勒古台和博尔术满头大汗地回来了,他们的身后还跟着玉苏。

"大哥,一切都安排好了,额吉正在照顾大嫂,我没敢惊动她。"

"你大嫂……也好,此事切莫让她知道。"

"我懂。大哥,要不……一会儿你别去了。"

不去怎么能行?

按照定好的时间,还有不到半个时辰札木合就要带着隶属札答阑联盟的十几位部落首领前来观看乞颜的军队训练,而他这个统帅怎能不到场?可儿子……他忧虑地注视着儿子青紫的小脸,好不容易才狠下心肠:"大夫,玉苏,术赤就劳你们多费心了,训练一完,我一定尽快赶回。"

他率先走出帐门,再没敢回头。

乞颜的军队训练一向一丝不苟,这与上至统帅下至各部将领的严格要求和以身作则有着密切的关系。精明的札木合不得不承认,铁木真带兵的确很有一套。他此行的目的,本就是借机探一探安答的真正实力。

除了个别几个人,没有人觉察到铁木真的不安。铁木真根本不敢去想生命垂危的孩子。或许正应了祸不单行这句老话,不容他稍稍缓解一下焦灼的心情,一匹快马疾驰而至:"首领,夫人……夫人情况不好,老夫人让你赶快回去!"

铁木真屹立不动,脸色早就变得铁青。

　　将士们不知发生了何事,纷纷停下来,队形有些散乱了。札木合驱马上前,正欲说些什么,铁木真厉声喝道:"继续练!"这一声并非很大,却透着一股震慑人心的威严和力量。

　　将士们无条件地服从了,操练继续进行。

　　此情此景,不唯乞颜将士,即便那些前来观看训练的人也不能不为这位年轻首领坚定如铁的意志所折服。

　　报信的士兵不知所措地站在原地。铁木真始终没问一句妻子的情况,不是不想,而是怕知道实情后再难自持。

　　还有儿子……铁木真只觉得时间好似停滞了一般,紧紧咬着的嘴唇已然现出几个血印。太阳为什么还不落山?太阳为什么还不落山!

　　原谅我吧,孛儿帖,我无法为私事而放弃训练,没有铁的纪律就带不出铁打的军队。你一定要挺住,求你了,无论如何要挺住——等我回去。

　　札木合含义复杂的目光落在了铁木真挺直的脊背上。

　　这个人难道是铁石心肠吗?如果换了孛儿帖是他的女人,他宁可失去世间的一切,也会在她需要的时候赶回到她的身旁……

　　孛儿帖的情形的确越来越糟了。意外的早产导致难产,她已被折磨得奄奄一息,而在剧烈的痛楚中让她心胆俱裂的是爱子的伤势。帐内,接生婆满头大汗,几乎陷入绝望;帐外,所有的人都束手无策,唯有揪成一团的心在祈盼着奇迹的出现。

　　谁也没注意天色渐渐昏暗下来。

　　几近晕厥的孛儿帖仿佛听到了一声急切的、熟悉的、也是最亲爱的呼唤,这呼唤立刻灌注于她的体内,与此同时,一匹毛色乌亮的黑马像旋风般卷入人们的视线。就在铁木真的双脚落地的瞬间,帐中蓦然传出了婴儿响亮的啼哭。

　　月伦夫人一把拉住儿子的胳膊,热泪盈眶:"长生天保佑孛儿帖!长生天保佑我的术赤!"

　　筋疲力尽的接生婆乐颠颠从帐中走出:"是位漂亮的小姐——老夫人,您有福啊。咦!铁木真首领,您真的回来了?夫人要您进去。夫人的身体太虚弱了,您一定不能让她分心劳神,她可是刚刚从鬼门关转回来的……"

　　接生婆絮絮叨叨的声音被掩上的帐门截断了,铁木真几步趋于床前,温存而又内疚地注视着爱妻没有一丝血色的脸。

　　"铁木真,术赤如何了?"孛儿帖从枕边抬起头,艰难地问。

　　"他……你别担心。"

"我要去看他。"

铁木真急忙按住挣扎欲起的妻子:"你不能动! 术赤有我照料。"

泪水顺着孛儿帖的面颊滚滚而下:"可怜的孩子,他怎么会被野马踏伤呢? 这个时候,他该多么需要额吉在身边啊……"

"我会守在儿子身边的,我会一步不离地守着他,孛儿帖,你要相信我。"

走近儿子的寝帐时,铁木真突然感到心跳得很急,他急忙抓住门框,让自己定了定神,才轻轻推开帐门。

莫日根大夫正在给孩子换药,铁木真本能地察看了一下他的表情。

还好,从大夫略略舒展的双眉间,铁木真恍若看到了一线希望。可是再看儿子依然昏迷不醒,刚刚松弛了一点的心便又紧紧地揪了起来:"大夫,我儿子怎么还未苏醒? 他到底要不要紧?"

大夫眯起双眼注视了铁木真片刻,答非所问地说:"有时候,小孩子的生命力真是惊人的顽强。"

"您是说……"

"不能大意。公子需要绝对的安静,所以我一直没让人来探望他。他只需要一个能让他产生安全感的人待在身边,这对他来说比药物更重要。"

"我会的。还有什么?"

大夫俯身抚摩了一下孩子的额头:"如果不出现异常情况,公子可能很快苏醒。我必须回去另外配些药来。我走后,劳你费心看着点炉子上的药引。"

大夫的话音刚落,术赤的小嘴竟真的嚅动起来,接着发出了一个微弱的呓语:"额吉……"

铁木真一下坐到床边,抓住了儿子冰冷的小手:"术赤。"

"额吉," 昏迷中的术赤断断续续地说道,"为什么……他……不喜欢我?"这恐怕就是这个敏感聪慧的孩子在神志不清时才肯道出的心底最深刻的隐痛。

铁木真好像被蝎子猛地蜇了一下,一时只觉心痛难忍。迄今为止,术赤尚未开口叫过他一声阿爸,他没想到,一个五岁孩童的倔强竟会如此深地刺痛他。他不知是证明还是忏悔地自语:"术赤, 我的儿子, 阿爸没有不喜欢你。"

大夫双目微微濡湿,转身悄然离去了。铁木真无意中流露的父爱让这位草原名医既为之感动,又为之难过,直到此刻,他才开始明白,铁木真也许永远说不清自己内心深处爱与恨的分量孰轻孰重, 但终究否认不了这样一个事实:术赤在他的生命中早已成为不可或缺的一部分。

铁木真百感交集的目光久久凝注在儿子清俊的脸上，他还从来不曾有过这种心力交瘁的感觉。渐渐地,他的眼皮越来越沉了。

蒙眬中,一只手轻轻扯着他的衣袖,他被惊醒了。

儿子! 原来是儿子醒了! 一阵狂喜霎时攥住了铁木真的心。

术赤的眼睛在瘦削苍白的脸颊上显得更深更大了,他无力地伸出小手,向父亲身后指了指。

炉子上的药罐正"吱吱"向外冒着泡。铁木真一跃而起,顾不上垫东西,空手将药罐端了下来,烫得好一阵甩手。

术赤一直都在看着他,当他回到床边坐下时,术赤小心地捧起他的手,放在嘴边轻轻地吹了吹。

铁木真顿觉两眼发潮,忙掩饰地笑道:"术赤,还疼吗?"

术赤的脸仍然半青半白,连呼吸都很吃力,可他还是坚强地摇了摇头。

"你哪里有不舒服,一定要告诉阿爸。"铁木真自然而然地说出"阿爸"二字,并未觉得有任何异样。

"阿爸——"孩子惊异地重复着,脸上慢慢绽开了甜甜的、满足的笑容。

真够难为他,伤得这么重还能笑得出来,要知道,他毕竟还只是个五岁的孩子啊。铁木真若非用全部意志克制着内心的冲动,真想将虚弱的儿子紧紧搂在怀中。

在一片悠长的静谧中,父子俩的心彼此贴得很近很近。

叁

许多年前, 豁尔豁纳黑川深处的一棵苍翠的柏树下, 一位夫人长眠于此。许多年后, 当年人们为寄托哀思而栽下的幼树已蔚然成林,可怀念之情并未随着时光的流逝而稍有减退。

都说世间风云变幻诸事难料,其实世间最复杂最难测的还是人的心、人的情。

木华黎牵着马慢慢走着。今天是他的生母雪尼叶夫人的忌日,他特地来祭奠他的母亲。远远地,他便闻到了一股熟悉的气味,那是他母亲生前所喜爱的薰衣草的味道,因此,他知道那个人——札木合先他而来了。一对冤家,每年的同一时间都要相会在同一地点,这岂止令人尴尬简直令人不可思议。

平心而论,母亲的容颜木华黎还不如札木合记得清楚,他只能从人们的回忆中,从父亲一生相守的眷爱中了解到母亲的才貌人品。自母亲去世后,父亲每年都要带继母和他来这里。札木合也来,而且总比他们来得早些,甚至在札木合杀死他的父亲之后,仍然不忘来祭奠他的母亲。唯一不同的是,他与札木合之间永远不会再有往日的情谊。

木华黎站在札木合身后不远的地方。

札木合没带侍卫。木华黎的手慢慢地伸向了腰间的宝剑。

在冷漠的表情掩盖下,内心却在苦苦挣扎。

感情在问他:杀了他吗? 杀了他为屈死的父亲报仇?

理智却在回答:父亲终究是误杀纠察尔的母亲在前,并且死于纠察尔而不是札木合的刀下,就算他早怀疑这一切都是札木合精心策划的阴谋,仍没有足够的证据来支持他的复仇计划。何况,他确信父亲不会赞同他这样做。父亲对宝力台首领、对札答阑至死不渝的忠诚不可能不影响他的处世原则,札木合毕竟一身系着札答阑部落联盟的荣辱安危,杀他容易,却很可能因此将稍稍安定的草原迅速推向万劫不复的深渊,而这才是他最不愿意看到的结果。

木华黎慢慢松开了握剑的手。

多行不义必自毙!

时间会澄清一切。

“你怎么还不动手?我等你动手早就等得不耐烦了。”札木合以洞悉一切的口吻安闲而轻蔑地说。

“为什么?”

“今天是最好的时机,除了今天,你恐怕再也找不到杀我的机会。”

“我不需要机会,我也不想杀你。”

“假如你弄清了你父亲的真正死因,你还会这样想吗?你知不知道,你和你父亲一样,都有一个最不可救药的弱点,就是凡事但求问心无愧。而这世上又有多少事可以真正求个问心无愧?”

“那么你呢?你不杀我,难道就不怕为自己留下祸根?”

札木合的脸上露出鄙夷的神情:“你连这个都猜不出来?看来我实在高估了你的智慧,你还是问问她吧。”他闪过身,用手指着雪尼叶夫人的墓穴,“为什么我年年要来这里?因为这里躺着我生平最怀念的女人。我从来不是那种愿为别人恩情所累的人,但她的养育之恩我非报不可。如果你身上不是流着她的血,你以为我会冒险让你活在世间?何况,你父亲临终前恳求我放过他的妻儿,我念他忠直一世,不忍拒绝。”

"你既然念我父亲忠直一世,为什么还要杀他?"

"他不死,我札木合怎么能做札答阑真正的主人?他不死,谁又能保证他不会第二次带走我的部众,另立门户?我知道,另立门户并不是他的意思,可是只要他还活着,那些拥护他的部众就难保不会心存异心。他是我内心深处噩梦的根源,有他活在世上一日,我就一日不得安宁。"

"我总算明白了你没有斩草除根的真正原因。只要我不死,你用卑鄙手段虐杀我父亲的阴谋就不会昭然于世,我父亲的死就永远只能是场误会。对吗?"

札木合的脸上露出了一种"是又如何"的表情。他几乎是怀着一种不可名状的心情等待木华黎拔出剑来,可木华黎已在瞬间将悲愤抹净,平静得像块岩石。

札木合笑了:"我早知道你不会杀我。你和你父亲一样至死也不会扔掉你们所谓的'忠诚'。好了,你不拔剑,我可要走了。"他近乎戏弄地踱过木华黎的身边,木华黎下意识地挺直了脊背。

意外地,札木合的目光被木华黎腰间的宝剑吸引了。"金星剑?"他惊诧地停住了脚步,"这么说,你见过铁木真了?"

沉默。

札木合回身逼视着木华黎:"木华黎,少跟铁木真来往,这是我对你的忠告。"

回答他的依然是沉默。

札木合大笑起来:"木华黎,我知道你在想什么?你一定在想,我岂能主宰你的思想、你的灵魂、你的选择?可你别忘了,你的恩人温都夫妇,还有你的那位心上人凝腊,他们的生死可都在你手上握着呢。不,应该说是在我的手中,在我的手中握着呢!"大笑变成了狂笑,"你一念之间就可以决定他们的生死,所以,你最聪明的做法就是乖乖地听我的话,否则,到时死的不会只有你一个人。"

札木合撇下木华黎,阵阵狂笑着,扬长而去。

木华黎的脸倏然变得惨白。如果可以,他真想将札木合碎尸万段!

肆

合营的第二个冬季,豁尔豁纳黑川的忽勒山附近爆发了大规模的狼患,山下各部防范无益，人畜多有伤亡，损失惨重。铁木真十分关注此事，欲与安答联手除害。可不知札木合怎么想的，每次见他都避而不谈。

一场暴风雪过后，忽勒山附近的牧户开始从夹裹着雪花的凛冽的寒风里嗅出了死亡的味道，他们不得已派人求助于札木合。札木合经过一番筹划，召来了木华黎。

木华黎走入札木合的大帐时，札木合正背对着帐门烤火，听到脚步声，头也没回。

"你找我来什么事？"木华黎的语气里透出淡淡的疑惑。

"最近狼患成灾，我思防范无益，不如组织一次大规模的猎杀，永绝后患。你在这方面一向经验丰富，我打算派你带人前去。"

"行，我去准备。"

札木合这才回过头来，别有深意地审视着木华黎。

木华黎平静地迎住了札木合的目光。

蓦地，札木合的心里有点不是滋味，他挥挥手："没事了，你去吧。我让扎西配合你的行动。"

扎西是札木合的心腹，木华黎虽讨厌此人，却也无由反对。

忽勒山的狼群越来越肆无忌惮，木华黎针对狼群习性，经过周密细致的调查，制订了猎杀方案。这个方案称得上天衣无缝，当木华黎率领狩猎队伍进入忽勒山时，群狼的命运似乎就被注定了。

然而，世事变幻，人们可以主宰狼的命运，却主宰不了自己的命运。

不出木华黎所料，狼群按照他的"指挥"，乖乖地进入了事先设置好的包围圈，被弓箭手团团包围，只待木华黎一声令下，就会被聚而歼之。谁承想，木华黎尚未发令，就见自己这边突然一阵大乱，接着，扎西带领手下人纷纷跳上马背，争先恐后地逃之夭夭了。

一切都发生在瞬间，瞬间足以决定一切。

转眼的工夫，木华黎便只身处于群狼的攻击之中。

木华黎将"九连环"握在手中时，心里异常冷静和清醒。"九连环"原本是忽图赤汗赠予他的父亲，他的父亲又留给他的，迄今为止，他还不曾试过它的威力。而今，面对咄咄逼近的死神，他既不抱生还的希望，也不放弃最后一搏的努力。

近了，近了，更近了……

木华黎稳稳地射出"九连环"，霎时，九只跑在最前面的狼挣扎了一会儿，便一个个伸头展足，倒地不动了。

后面的狼受到震慑，行动变得谨慎了许多。但凡狼，都有一种不达目的誓不罢休的习性,"同伴"的死更激起了它们复仇的野性,它们略作停顿后,如同商量好一般自动分做两队:一队从两翼包抄;一队仍从正面向木华黎直扑过来。此时,除了拼死一战,木华黎已无路可退,他扔下"九连环",抽出金星剑,集中起全部意念,慢慢向左侧一棵枯立的树桩后退去。

白雪皑皑的忽勒山谷里,就要开始一场人与兽、生与死的惊心动魄的大搏杀。

木华黎濒临绝境,反而勇气倍增,他将平生所学所练全都凝聚在剑尖,利用树桩做掩护,机敏地与群狼周旋着。随着群狼不断受伤或倒毙,他索性将身体暴露出来,剑走如风,零落星星血雨。

狼群攻击的速度明显迟缓犹疑起来。

形势转而对木华黎有利了。

恰在这时,一支不知从何处飞来的冷箭射中了木华黎的肩头。剧痛之下,他手中的金星剑几乎落地,他急忙将剑交在左手。剩下的几只狼似乎看出了什么,一反方才的畏惧萎靡之势,重又向木华黎发动了凶恶的攻击。木华黎正要举剑,忽觉心口阵阵恶堵,半边身体都开始酸麻肿胀。他立刻明白,自己中了毒箭。他将身子斜斜地靠在树桩上,剑,无力地垂到了地上,在他逐渐模糊的视线里充斥着一道道灼亮的、穷凶极恶的绿光,接着便是一片漆黑……

当木华黎悠悠转醒时,最先映入眼帘的是一位年轻武士似曾相识、沉稳亲切的脸庞。

"你终于醒了。"那张一直俯视着他的武士脸上露出欣悦的笑容。

"我……"木华黎试着发出了一点声音,"我的剑……"他用力说出。

武士急忙取过金星剑和九连环放在他的手边:"金星剑,九连环,一样不缺,你尽管放心。你中了毒箭,可惜我们带来的药物不全,只能暂时为你控制箭毒。无论如何,我们必须尽快下山,你一定要坚持住。"

木华黎的眼中迅速闪过一道若有所悟的光亮,他已经猜出武士是谁了。

博尔术。

作为铁木真最亲信的将领,博尔术的大名以及他的为人做派在整个札答阑部都可谓家喻户晓。

"是你救了我?"

博尔术微微一笑,耐心地做着解释:"我们奉铁木真首领之命到忽勒山铲除狼害,听山下的牧民说你已带人先行入山了,我们便随后追来。还好,多亏我们来得及时,赶上了射杀最后几只野狼。你不是带人上山的吗?怎么就只剩下你一个人？你肩上的毒箭……究竟是谁要暗算你？"

木华黎痛苦地闭了闭眼睛，没做回答。

博尔术不再追问，也没有必要追问。他清楚一切问题的答案，询问无非是为了进一步证实。

而木华黎的反应就是最直接、最有力的证实。

当时的情景多么惨烈啊！它使博尔术终其一生从未忘过那横亘于山谷中的野狼群尸，那凌乱的雪地上触目惊心的斑斑血迹以及血人一样昏迷不醒的木华黎。他无法不钦佩、不仰慕木华黎的神勇！他深知，如果当时木华黎不是中了毒箭，一定会创造手刃群狼、死里逃生的奇迹。

不！木华黎已经创造了奇迹！

当死神以群狼的面目出现时，除了木华黎，恐怕再无第二个人可以与之斗到最后并且战胜它。

入夜，木华黎的伤势突然出现了恶化的迹象。

当木华黎再次苏醒时，已是四天之后了。

他觉得自己是被帐外的说话声惊醒的。这时他身上依然虚软无力，神志却异常清醒。他倾听着帐外的对话。

"你不用太担心了！大夫说他已经脱离了危险，现在昏睡不醒只是为了恢复体力的需要。他遭的罪太大了。"

这声音为何如此熟悉？好像听过一千遍一万遍，其实只是第二次。难道自己在做梦吗？那个人，他怎么会出现在这里？

"我明白，可我还是……还是放心不下。"是凝腊的声音。一定是那个人将凝腊接来的。

"傻丫头，相信我，我有种感觉，今天他一定会醒过来。不如你先去休息一下，我在这里守着。"

"不！还是您去吧，您都熬了四天没合眼了。刚才大夫临走时还交代，让您睡一睡，否则，就算您是个铁人也会被拖垮的。我真的不知道该怎么感谢您才好，这一次如果没有您，木华黎他……"

但凝腊的声音显然被什么截断了。

不一会儿，铁木真走入帐子。当他看到木华黎睁开的眼睛时，脸上露出了惊喜交集的笑容。

"你……你终于醒过来了，感觉好些了吗？"他边说边快步走到木华黎近前。

木华黎目不转睛地凝视着他，只觉喉咙一阵哽咽："您……我没事了。"

木华黎挣扎欲起,铁木真伸手按住了他:"别起来,你还不能动。"

木华黎紧紧握住了那只温暖的手,正要说什么,凝腊捧着膏药从外面走了进来:"铁木真首领,大夫说……木华黎,你真的……"她哽住了,泪水随即夺眶而出。

铁木真含笑看着她,伸手接过药:"我来吧。"

凝腊有些害羞地抹了把泪水:"那……我去给你们俩炖些野鸡汤来补补。"

多亏救治得及时,瘀毒已基本散尽,铁木真细心地用盐水为木华黎清洗着肩头的伤口,然后又为他敷上膏药。他做这一切十分熟练与自然,这些天来,他何止一次做着同样的事情。对待木华黎,他就像一个真心溺爱兄弟的大哥,毫不掩饰地流露出对他的满心疼惜。

蓦地,木华黎侧过脸去,泪水从他微闭的双目中无声地渗了出来。

铁木真理解地保持着沉默。

很难说得清,铁木真对这个比他最小的兄弟还要年轻的青年怀有怎样的钦敬与渴慕之情!从第一次见他驯马时起,他便立誓要将他拢入左右,及至发现木华黎总是有意无意地回避他,他才意识到其中或许有什么难言之隐。为此,他始终不曾勉强过木华黎,他情愿等到最合适的时机。

他是在木华黎病情恶化的第二天凌晨带着莫日根大夫赶到忽勒部的。忽勒部与忽勒山同名,是受野狼侵害最严重的部落之一。木华黎只身勇斗群狼的事迹传开后,忽勒部的百姓几乎将他奉若神明,他们主动腾出几座最好的帐子给猎狼勇士们暂住,同时为木华黎疗伤提供了一切方便。

在木华黎昏迷的四天中,铁木真始终寸步不离地守在木华黎身边,不辞辛苦地做着力所能及的一切。他的所作所为,对他而言只是出于求才若渴以及忠实于友谊的天性,不想却深深地打动了忽勒部的老老少少,甚而由此初步奠定了他在草原人心目中的明主地位。

而这,却是铁木真从未意识到的结果。

更令他始料不及的是,这个结果在不久的将来,便开始发挥出超乎想象的作用。

伍

时间是个奇怪的东西,有的时候它可以催化感情,有的时候它可以冷却感情,有的时候它又可以改变感情:由恨到爱,由爱到恨,爱恨纠葛,恩怨莫辨。

铁木真对札木合的友情一如既往,依然看重他与安答的这种联盟关系,但事实上,有许多东西都在不知不觉中发生了深刻的变化。

对于铁木真非凡的能力,札木合从一开始便保持着清醒的头脑。他原想借合营将乞颜部控制在自己的势力范围内,进而达到控制铁木真本人的目的,岂料事情的发展越来越与他当初的计划背道而驰,以至于他现在无法不问自己一个问题:与铁木真合营,究竟是做对了,还是做错了?

举行春祭那一天,隆重的仪式过后,人们在黑川忽勒山山崖上聚会歌舞,铁木真很偶然地坐在了一棵粗壮遒劲的松树下。当时,并没有人想到这一偶然的事件会有什么样的特殊意义。

春祭结束不久,一个传闻便围绕着铁木真坐过的松树不胫而走,一时间,所有的人都在私下议论这个传闻,对铁木真的敬畏之情油然而生。

原来,铁木真饮宴处的松树,正是多年前忽图赤大汗宣布就职的所在,于是传闻说,这预示着长生天选中铁木真做全蒙古部落的大汗。

对于这个传闻,铁木真本人持审慎的态度。一方面,他深知这个传闻的分量;另一方面,他又本能地担心这个传闻会给他和札木合的联盟带来负面影响。果不出他所料,自此,札木合与他的关系便越来越冷淡和疏远了。

那么,又是谁制造了这个传闻,他的目的何在呢?

"是你吧?"博尔术在峡谷见到刚刚练完剑的木华黎时,第一句话就问。

木华黎正背对着博尔术从树上解下马缰绳,听到发问,回过头,坦然地一笑:"难道我做错了吗?"

博尔术略一沉吟:"当然不是。尽管这种传闻势必会产生两种结果:一种是帮助铁木真首领赢得更加广泛的支持;另一种是导致他与札木合首领的关系走向破裂。但无论如何,'天意'不可不用,天意可以左右人心,人心才是立业根本。"

木华黎欣慰地注视着博尔术:"我的心意,只有将军最了解。不过,将军又是如何猜到的呢?"

博尔术淡然一笑,算作回答。

木华黎却立刻读出这微笑中"舍你其谁"的敬意。

他的心里不由涌起一股惺惺相惜的热潮。

博尔术和木华黎并肩向谷外走去。沉思片刻,博尔术突然问道:"此传闻一起,札木合首领表面上不动声色,内心却不可能不充满戒惧。依你所见,照这样下去，这个联盟还能维持多久？"

"恐怕不会太久。札木合生性多疑，无容人之量，铁木真首领声威日隆，对他来说绝不是一件愉快的事情。何况，合营后铁木真首领的所作所为应该已经让他意识到，合营是他在决策上的一个最大失误。"

"说句心里话，合营再维持下去我也放心不下。不久前的那一次围猎，有人想要暗算铁木真首领，若不是出现了一个神秘的人救了首领，后果不堪设想。而刺客的身份到现在也没有查清楚，救了首领的人也不知是谁。有的时候，越是心胸坦荡、光明磊落的人，越容易遭到宵小之辈的暗算。"

木华黎深以为然。其实，那天正是他尾随狩猎的队伍进入了黑林，并在危急时救了铁木真一命。他能猜测出刺客的身份，不过，他不会告诉博尔术。

博尔术注视着木华黎："我还想听听你的分析，你觉得，倘若他们真的分手，将会出现怎样的局面？"

"铁木真首领的力量会得到成倍的壮大，而且少了札木合的掣肘，正宜大展宏图。"木华黎边说边从怀中掏出一张羊皮地图，就近将它铺在博尔术面前的石头上。"将军你来看，这是我绘制的草原形势图，这里是札答阑，这里是克烈，这里是乃蛮……"他的手随着讲解在图上圈点着，"铁木真首领与札木合分手后，必然要回这里——桑沽尔溪。桑沽尔溪地势开阔，水草丰美，是大部落首选的聚居之地。此后，考虑到克烈、札答阑、乞颜三大部落联盟彼此间利害关系一致，暂时会相安无事，由此作保证，铁木真首领便可先图谋四周分散部落，或伐或降，一举达到稳固后方以及壮大力量的目的；次图塔塔尔部，一洗数代积怨；再图泰亦赤惕部，解决所有敌对力量；最后直取乃蛮部。到那时，数百年来四分五裂的草原将重新归于一统，而且还将出现一位具有雄才伟略的共主。"木华黎由于信心十足，声音显得高昂而振奋，博尔术怀着敬佩的心情注视着这个才智非凡的青年，既为他的情绪所感染，也为他的远见卓识所折服。

"那么札答阑和克烈部呢？"

"当草原上出现一个众望所归的新政权时，札答阑联盟很可能最先四分五裂。即使如此，札木合的个人力量仍不容忽视。札答阑联盟的精华和支柱说到底是主尔台的兀鲁兀部和惠勒答尔的忙兀部，这二人禀性忠义，只要他们不离开札答阑，札木合的根基就不会被彻底摧毁。至于克烈部，因为有桑昆从中作梗，很可能出现时敌时友、亦敌亦友的局面。形势发展虽难完全预料，有一点可以肯定，草原终将归于一统，而担此大任者非铁木真首领莫属。"

博尔术不再说什么，只是伸出手，与木华黎紧紧相握。这一相握，奠定了他们终生不渝的友情。

终于，木华黎收起地图："这张地图是我用了三年时间绘制而成,图中标明了各大部落相对固定的活动区域和活动范围内的主要河流、湖泊、山脉。请你代我将它转交给铁木真首领,将来铁木真首领一定派得上用场。"

博尔术郑重地接了过来："不只是这张图,我更希望我们两人能很快聚首于铁木真首领麾下。"他意味深长地说。

陆

孟春季节,按照游牧民族的习惯,要迁徙到水草更加丰美的新牧地。经过一天的跋涉,庞大的迁徙队伍越过忽勒山来到平地,准备就地宿营。其时,正值皓月当空,迁徙队伍以部落为单位,一辆辆牛车、马车驮着拆卸下来的帐篷以及老弱妇幼,吱吱呀呀地走在前面,军队则在后面督赶着畜群。

札木合与铁木真并辔而行。一路上,札木合很少开口,夜色中,铁木真虽看不清他的表情,但能感觉到他心里装着很重的心事。

行至平地时,札木合勒马回望着被甩在身后的忽勒山那黑色的轮廓,若有所思地说道："义兄,小弟尝闻老辈人讲,靠山扎营,对牧马者有利;靠水扎营,对牧羊者有利。这究竟是什么道理呢?"

铁木真被这句没头没脑的话问住了,好半晌无言以对。札木合似乎也不指望得到他的回答,他只深深地望了正在发愣的安答一眼,便独自催开了坐骑。

札木合的一番隐晦曲折的话语和突兀离去的举动在铁木真的心中蒙上了一层不安的疑云,他勒马伫立,思虑良久,仍猜不透札木合此番言行的真实用意。

"铁木真,你一个人站在这里做什么?"一辆双人马车在铁木真身边停了下来,车上坐着月伦夫人和孛儿帖。见儿子一个人立在路上,一副默默出神的样子,月伦夫人不由关切地询问。

铁木真急忙趋前请教："额吉,是这样。方才札木合与儿同行时说了一句很奇怪的话,他说:靠山扎营,对牧马者有利;靠水扎营,对牧羊者有利。这话,儿百思不得其解,额吉可知其中深意?"

月伦夫人思索片刻,亦感莫名其妙,她问身边的儿媳："孛儿帖,你可明白?"

"儿媳明白。"孛儿帖胸有成竹地微微一笑,"都说札木合安答心胸狭窄,反复无常,如今看来果不其然。他已经开始对我们感到厌烦了。牧马者依山,牧羊者临水,本不该同路的,札木合不过借此暗示:不是同路人,最好分开过,这样对大家都好些。"

铁木真无法不信服妻子这番入情入理的推断,因为他深知以札木合的精明,决不会心血来潮说出这样几句模棱两可的话来,其中必然大有文章。而种种迹象也表明,妻子的解释无疑是对札木合最近一段反常表现的最好注解了。

分开过,大家都好些。没想到,这就是他们三次结义的结局。

铁木真的内心不无感慨。他略一沉思,果断地下令本部停止驻营,兼夜而行。并且,为防不测,他命朝伦、哲列莫、合撒尔、别勒古台分率一千精骑断后,并叮咛四将,若非对方主动侵犯,尽量避免与任何一方交手。

乞颜部借着夜色的掩护,从岔道离开了准备宿营的札答阑各部,兼夜向桑沽尔溪方向撤去。

夜色茫茫的草原上,难以准确判明方向,只能凭着感觉一味前行。巧的是,泰亦赤惕联盟的一部恰在乞颜部行进的线路上安下营寨,这会儿忽见如此一支庞大的队伍从天而降,该部部众还以为遇到了哪个敌对部落前来截营,于是丢下所有牲畜、辎重和一座座空帐仓皇逃走了。

乞颜部不战而胜,意外地获得了许多"战利品"。其中最让铁木真高兴的是他在对方空营中拾到一个年幼的孩子,他将孩子献给了母亲,作为母亲的第二个养子。此前,在攻打篾儿乞部时,他也拾到过一个孩子,是月伦夫人的第一个养子,唤作曲出,而这第二个养子,月伦夫人为他起名阔阔出。

天光放亮时,铁木真始令本部就地稍事休息,这时他们已行至斡难河上游的乞沐尔合溪。整整一个晚上,铁木真都有一种感觉,似乎有什么人在远远地尾随着他们,由于不辨虚实,他命令后卫部队继续严阵以待。

他的担心显然多余了。来的不是他的敌人,而是他的新盟友。

原来,铁木真与札木合星夜分手的消息传开之后,在一些原属札答阑联盟的部落中激起了强烈的反响。这些部落首领中,有的早在合营时就已暗中倾向铁木真,有的则是在反复权衡利弊后确信铁木真远比札木合更适合领导他们去夺取新的奴隶和土地。尽管有着各自不同的打算,他们的选择及目标却出奇的一致。别看这些部落单个的力量或许不值一提,一旦合起来就足以形成一股不容忽视的势力了。

在所有归顺的部落首领中,最具影响力的应该是豁尔赤。豁尔赤既是拥有较强实力的巴阿邻部首领,同时也是一位享有崇高威望的萨满教主。那个年月的草原，除了克烈部、乃蛮部信奉基督教外，其余各部均以信奉萨满教为主，萨满教主在议会中常常拥有很高的权利，有许多事情倘若没有萨满教主的参与，就无法正常进行。另外，从血缘关系上来讲，铁木真和札木合只属于概念上的父系远祖，豁尔赤与札木合却有着一脉相承的母系血统，但此次他仍然弃札木合于不顾，不仅带来了巴阿邻部作为觐见之礼，并且当众宣称：他亲眼看见一只独角青牛顶翻了札木合的车帐，大叫"还吾角来"！同时，另有一只白色犍牛驮来了铁木真，大叫"奉天命送汝主来统治四方"！他甚至进一步解释说，这就是他为什么宁愿离开他的亲族兄弟札木合来投奔铁木真的根本原因，一切皆是"天意使然"。

笃信长生天的朴素而虔诚的草原人，是不可能怀疑一个可以自由来往于天地间，并能直接与天交流思想的教主的话的，所以他们当即接受了这个神秘的预言，并暗自庆幸自己选对了主人。

天近晌午，又一大批追随者来到乞沐尔合溪。其中就有巴鲁剌思部的年轻将领忽必来，博尔术的堂弟斡歌连，哲列莫的亲弟速不台。这三人其后都成为铁木真的亲信将领，其中尤以速不台功勋卓著，不但远征欧洲，而且一家出了三代名将，在蒙古历史上写下了浓墨重彩的一笔。

忽必来的到来不可避免地勾起了铁木真对木华黎的思慕和渴念，事实已然证明了木华黎不久前的推断：与札木合分手后，他的力量将得到成倍的壮大。言犹在耳，何以相会无期？

鉴于乞沐尔合溪地势狭窄，容不下这许多部落，铁木真决定按原计划迁至桑沽尔溪。他暂时成了这个松散联盟的共主，根据豁尔赤"请"来的天意，来年白月才是推举新主的吉时。而这段时日，确也有助于每个人都好好掂量一下心目中理想的大汗人选。

在所有的外人眼中，铁木真似乎正为一种崭新的局面所鼓舞，只有孛儿帖清楚隐藏于丈夫内心深处迫不得已的苦衷。铁木真一生重情守义，与札木合的关系不能全始全终是他最大的遗憾。哪怕未来札木合成为他真正的对手和敌人，他依然牢牢记得札木合给予过他的帮助和友情。她总也弄不明白，为什么丈夫始终看不清他与札木合并非一路人，甚至两年共同的生活也没能使他认清札木合虚伪险诈的真实面目？ 莫非，这就是那些心胸坦荡、知恩图报的男子汉所共有的致命弱点？

风暴迭起的草原，总算获得了暂时的休憩和宁静。

第四章

阳光与阴霾

壹

随着新年的到来，推举一位名副其实的新汗来领导这支庞杂的部落联盟已成为当务之急。每个人都在心目中反复思索比较着大汗的合适人选，经过一遍遍筛选，人们不约而同地倾向于这样一个人：他年轻果敢，具有百折不挠的钢铁意志；他恩威并施，具有出类拔萃的领导才能；他血统高贵，公正贤明，才智超人……

他就是铁木真——孛儿只斤家族优秀的子孙。

甚至那些实力与铁木真不相上下的亲族及部落首领也这样认为：一旦成为这个仓促间形成的不稳定联盟的大汗，就需要面对草原上诸多虎视眈眈的敌对部落，倘若没有足够的智慧和魄力支撑局面，无异于将自身置于悬崖边缘，稍有不慎，势必族败人亡。纵观各部首领，唯有铁木真堪当此任。再说，当初若非对铁木真的卓越才能充满信心，他们这些人又怎会抛下札木合，追随铁木真一走了之呢？

铁木真是谨慎的。召开忽里勒台(议会)时，他近乎谦恭地一一奉请三叔答里台、族叔阿勒坛、堂兄忽察尔以及其他各部首领接受大汗的称号，他们都委婉地拒绝了。议到最后，铁木真众望所归，被推上了大汗的宝座。

桑沽尔溪会盟，标志着铁木真的事业有了一次意义深远的转折，同时也标志着以血缘和地缘而形成的蒙古部有了一个新的共主。

登基之日，气氛极其庄严。人们将铁木真抬上九匹白马拉着的洁白的车帐，军队列于四周，放眼望去，唯见兵甲辉天、气势雄浑。

豁尔赤这时又开始扮演他的独特角色。他虔诚地与长生天交换着心灵的语言,接受和领悟着神的旨意。大约半个时辰,他从天上回到了人间,睁开那双智慧的双目,威严地扫视着所有等待天恩垂赐的子民,他的声音同样空灵彻透且玄机无限,像琴弦上拖颤的尾音,将每个字都清晰地吐入人们的心扉。"长生天晓谕蒙古部忠实的信徒们:铁木真将成为你们永远的主人,特奉上尊号'成吉思汗'!"

他的话音方落,人群中立刻爆发出震天动地的欢呼:"成吉思汗!成吉思汗!"

也许真是天意使然,恰在这时,数十只五色瑞鸟翩翩飞来,它们一边轻柔地啼鸣着,那声音好像是"成吉思……成吉思",一边在铁木真头上盘旋,如此数周后,方才徐徐向远处飞去。

这一奇异景观,使所有在场的人都屏息凝神,敬畏莫名。至此,谁还能怀疑铁木真登上汗位不是天意使然?人群中再次爆发出响彻寰宇的欢呼声,一双双眼睛热泪交流,仿佛从这位年轻的大汗身上看到了草原统一的前景和希望。

所有人齐齐跪在铁木真面前,发出了这一刻心底最真诚的誓言:"你是草原生就的英雄,你是天神垂青的后代!我们愿做你忠实的臣仆,为你冲锋陷阵,挡住横飞的箭矢;为你冲锋陷阵,取来仇人的首级;为你冲锋陷阵,献上美女和骏马。他日若背此誓,甘愿接受长生天的惩罚!"

铁木真庄重地说道:"诸位请起!今我为蒙古大汗,若果如诸位所言,平定天下后,天下也将由我与诸位共享!"

人们不约而同地望向年轻的大汗。

阳光在他的身上罩上了一层耀眼的金辉,他端坐华光中,双目如电,不怒自威,那一派绝代风采恰如天神一般。

没有一个人起身,人们再次顶礼膜拜!

一一八九年,这是蒙古历史上永远值得纪念的一年,因为从这一年的这一天起,不满二十七岁的铁木真变成了成吉思汗。

一一八九年,也同样值得铁木真家族永远纪念,因为日后的蒙古国第二代大汗窝阔台就出生在他父汗登基的那一刻。

从铁木真到成吉思汗,于个人或许只意味着称谓的改变,于蒙古草原而言,却意味着一个崭新的开端。

成吉思汗登上汗位伊始,就采取了一系列措施巩固自己的地位。首先,他组织了一支完全听命和效忠于他个人的怯薛军(亲军),怯薛军将领全部由他熟知的才能突出、忠心耿耿的兄弟、朋友担任,怯薛军的核心则是以"箭筒士""带刀士""远箭者""近箭者"等命名的,相当于中原御林军的五支近卫军,成吉思汗将它们分别交由二弟合撒尔、朝伦以及斡歌连、速不台、忽必来指挥。然后,他又委派三弟别勒古台掌管后勤,四弟合赤温掌管狩猎,幼弟帖木格掌管殿军……总之在一切要害部门都安排了他的亲信。最后,他任命博尔术、哲列莫做怯薛军之首,他充满感情地对他俩说:"当我除了影子没有朋友的时候,你们成为影子安慰了我的孤独;当我除了马尾没有长鞭的时候,你们成为长鞭护卫了我的安宁,是你们在我最困难时最先追随了我,我无以为报,就请你们二人做怯薛军之首吧。希望你们不要辜负我对你们的信任。"

成吉思汗深知在这种不会太牢固的联盟中站稳脚跟绝非易事,他从一开始便对那些与他个人实力旗鼓相当的部落首领采取了不动声色的笼络和限制手段。这也是他比其他部落首领高明之处,即不是仅靠草原的自然法则和朴素的忠诚观念来维系一个联盟,而是建立了一套不容违背的法律秩序,将各部用铁的手腕统归麾下。适我者生,逆我者亡,除此,别无选择。

当然,成吉思汗并没有忘记将他被推举为汗的消息报告给他的义父——克烈部的王汗。应该说,王汗在黑林得知这一消息时心里还是十分满意和高兴的,他非常爽快地对蒙古部的两名使者表示,蒙古部不该长期群龙无首,铁木真人品出众,才略过人,正是最合适的大汗人选。

王汗的态度无疑对巩固成吉思汗的地位起到了至关重要的作用。比较棘手的是札木合,成吉思汗并不指望他的汗位能够得到安答的认可,但作为与安答主动和解的第一步,他又不能不将他称汗的消息据实以告。

札木合在他阔大的营帐里冷漠地接待了两位蒙古使者。

得知铁木真已被推举为蒙古新汗,札木合脸上的表情阴晴不定。他自然不会为他的安答高兴,然而,他的一腔怨怒和嫉恨一时又找不到可以发泄的借口。

是的,如果可能,他只需要一个借口。

贰

时光如白驹过隙。一一九二年,成吉思汗开始踏上了战争的不归路。

这一年,蒙古历史上著名的"十三翼"大战拉开了序幕(因对敌双方各自集结了十三个部落的兵力而得名。大战在有着相同族缘的两大蒙古阵营间展开,是一场硬碰硬的大厮杀)。札答阑联盟与蒙古联盟终致兵戎相见,表面上看似乎缘起于纠察尔的被杀，其实真正的原因是纠察尔的被杀恰好给了札木合出兵的借口。

纠察尔的营地与蒙古属部之一的赤那思部相邻。赤那思部昔日曾归附于札木合，后又追随了铁木真。其首领捏鲁台精心饲养了几十匹百里挑一的骏马，准备新年来临时献给成吉思汗。纠察尔一直觊觎着这些好马，一日趁赤那思人疏于防备，亲自带人潜入捏鲁台的牧场，盗走了这些宝马良骥。负责看管马匹的士兵发现了这一盗窃行为，一边追赶，一边射箭，其中一箭恰好射入纠察尔的咽喉。纠察尔吭都没来得及吭出一声便翻身跌落马下，他的手下大惊失色，慌慌张张地弃了抢来的马匹，将纠察尔抱在马上，直奔黑林主营向札木合报信。札木合在大帐见到弟弟的尸体，悲愤交集，指天发誓要为弟弟报仇。随后，他调集三万大军，杀气腾腾，直扑蒙古主营而来。

成吉思汗处变不惊，沉着地命令各部做好迎战准备，同时派博尔术、朝伦率一支怯薛军护送老营百姓及辎重财产先行退守不儿罕山，并封住所有入山隘口。之后，他亲率大军在斡难河畔迎住了汹汹而至的札木合。

札木合指挥的三万军队中，拥有全草原最精锐的两支部队，即主尔台的兀鲁兀部和惠勒答尔的忙兀部。这两部人马皆筛选自幼娴熟弓马的勇士，每逢转战，阵法森严，从容不迫，即令成吉思汗的怯薛军也只能与其战个平手。况且，成吉思汗素爱主尔台和惠勒答尔的忠实品性以及杰出才干，从未放弃将二人收归己用的决心。为避免两败俱伤，他从大战伊始就作了保存实力、暂避其锋的打算。

他在等待时机。

蒙古部的伤亡不断增加，成吉思汗手持镔铁枪冲杀于敌阵，仍在苦苦坚持。他必须给博尔术、朝伦足够的时间。蓦然，他看到一个熟悉的身影，当即甩掉了身边的敌人，向那个身影冲去。

木华黎！

分营后他无时无刻不在惦念的好兄弟，竟会相逢在拼杀酷烈的战场。

他的胸中燃起一团无名的怒火。这或许就是他个性中最大的特点抑或是弱点：他可以谅解敌人的残酷，却不能容忍朋友的背叛。

当发现对手换上了成吉思汗时，木华黎手中的金星剑不由自主地垂了下去。成吉思汗本来已经刺出一枪，见木华黎毫无闪避招架之意，匆忙中强行卸力变招，结果枪尖斜着划过了木华黎的肩头。"你！"成吉思汗也不知心里是痛还是怒，握枪的手沁出了一层汗水，"你为什么不自卫？不反抗？"他怒喝。

木华黎将身不由己却无可辩白的痛苦强压心底，唯有洞悉一切的目光轻轻地落在成吉思汗的脸上，那目光仿佛在说：您没有伤到我，不用担心。

成吉思汗一怔。片刻，愤怒化作了隐忧，借二马错镫之机，成吉思汗沉沉地说道："但愿我没有看错你！但愿这是我们最后一次对敌！"

估摸时机成熟，成吉思汗向离他不远的合撒尔做了个手势。合撒尔了然于胸，立刻指挥怯薛军向札答阑一部发起猛攻，该部猝不及防，首尾不能相顾，潮水般向后退去。成吉思汗要的就是这个。他不等敌人重新组织反扑，迅速向哲列捏峡谷退去。成吉思汗的怯薛军协同作战的能力是很强的，即使在混战中也能很快领会指挥者的意图，这点其他各部均望尘莫及，因此成吉思汗仍命合撒尔、速不台、忽必来率怯薛军断后，待人马全部撤入峡谷后凭险封山。

反应过来的札木合率领大军追至峡谷，几次督促攻山，终因伤亡太大退了出来。眼见攻山无望，札木合派人向山中喊话，声称只要成吉思汗肯交出杀害纠察尔的凶手，他愿与安答重修旧好。成吉思汗给他的回答是："草原盗贼，人人皆可得而杀之，纠察尔之死，纯属咎由自取。"札木合无奈，三天后下令撤出不儿罕山。

这一仗，以札木合的大获全胜告终。

然而，札木合真的是最后的胜利者吗？

叁

班师途中，札木合将全部怨恨都发泄到了那些曾经追随过他此次却不幸做了俘虏的赤那思族人身上，他一定要让他们知道知道背叛他札木合的下场。他命人支起七十口大锅，烧满七十锅开水，准备将赤那思战俘统统煮死。

木华黎开始并不知道发生了什么事，及至明白札木合要采取如此愚蠢的报复行为时，再也顾不得素日与札木合的不睦，竭力加以劝阻。札木合却充耳不闻，只冷冷质问："你与铁木真交战，为何束手等死？莫非事到如今你还想保住铁木真的这些属民？你别忘了，就是他们射死了纠察尔，我一定要为纠察尔报仇！至于你，你的账等我回营后再一笔笔与你清算。"

木华黎绝望地沉默了。

札木合不愿意再理他，他席地而坐，一边啜饮着美酒，一边欣赏着战俘被扔到锅里时痛苦挣扎的样子。

当时的惨景连动手去扔俘虏的士兵都恐怖地闭上了眼睛。札木合却无动于衷，似乎那一声声令人毛骨悚然的惨叫才更能助添他的酒兴。

木华黎明白，札木合彻底完了！与此同时，他内心深处所残存的最后一点对札答阑联盟——不是对札木合，而是对他父亲追随宝力台首领辛苦创建的事业的忠诚，终于随着锅下熊熊燃烧的烈火化作了灰烬。

一股怪异的味道直冲鼻孔，令木华黎阵阵作呕，他强撑着回过头，却发现不知何时主尔台、惠勒答尔已站在他的身后。他们默然注视着眼前的惨状，脸色苍白得如同两块没有生命的石头。木华黎理解那苍白背后是怎样刻骨铭心的悲愤和憎恶。

当最后一名俘虏被扔到锅里，札木合命人带上了赤那思部首领捏鲁台，他打量了捏鲁台良久，笑眯眯地问道："捏鲁台，看到没有，这就是你们背叛我的下场，你现在不觉得后悔吗？"

捏鲁台的眼中闪烁着泪光，那里面有不忍、有伤惋、有愤怒，唯独没有恐惧和乞饶："我为什么要后悔？札木合，我已经看到了你的末日，为什么还要后悔？"

札木合大怒："你说什么！"

"你不懂是吗？好，我来告诉你。我和你曾经是朋友，是那种从小一起长大胜如兄弟的朋友，假如不是因为一件事，我恐怕这一生都不会想到要弃你而去。你是否记得，那还是合营时，有一次你、铁木真首领、我，我们三个人赛马，目标是忽勒山下。铁木真首领一马当先，将我们两个人甩在了后面，他本来已经胜利在望了，却不料恰恰这时他的马前冲过了一个孩子。他急忙勒住坐骑，就在他停下的一刻，你从后面赶了上来，你的马那么快，若不是铁木真首领眼疾手快地从你的马蹄下将那孩子勾上了马背，你就要踏着那孩子过去了。你赢了。在我们预定的地点，你得意扬扬地对铁木真首领说：妇人之仁，是要误事的。铁木真首领却不以为然地笑了，他说：我小时候经历过许多磨难，我这一生都不会忘记那些将我从马蹄下勾上马背的人。我不想否认，我就是从那一刻起决定了我自己应该追随的主人。今天，你又赢了，可事实上，你像上一次一样输给了铁木真首领。用不了多久，你自己也会看到自己的失败！我无所后悔，只有遗憾，遗憾的是我再不能追随于铁木真首领身边，为他牵马坠镫，为他冲锋陷阵。可是札木合，我在地下等着你，我敢肯定，你死的时候会很悲惨，至少你的内心会很悲惨！"

札木合怒极，摔掉酒杯，咆哮着："拉下去！拉下去！割了他的舌头，挖出他的眼睛，还有他的心！"

捏鲁台仰天长笑,笑声酣畅淋漓。

杀了捏鲁台还嫌不够解恨,札木合又亲自砍下他的头,拴于马尾之后,扬鞭凯旋了。

确定札木合撤军的消息,成吉思汗率领大军徐徐撤出不儿罕山。他刚刚回到主营,便接到探马快报:兀鲁兀首领主尔台和忙兀首领惠勒答尔举众来投。

成吉思汗欣喜若狂,连盔甲也来不及换下,急忙摆下排场,亲自出营迎接。三位英雄今日方是龙虎际会,那份相知,那份渴慕,将他们的心紧紧地连在了一起。他们三人这时结成的生死相从的关系,经受了未来最严峻岁月的考验,不但没有解体,反而更加牢固了。

主尔台似乎想解释什么,成吉思汗笑着制止了他:"叔父、兄弟,请随我入营一叙。今天是我最高兴的日子,你们二位可得陪我一醉方休。"

三人携手正欲举步,快骑又报:"有一位将军求见大汗。"

话音甫落,一个满身血迹满脸风尘的年轻武士,抢步上前,缓缓跪倒在成吉思汗面前:"大汗。"

成吉思汗好似呆住一般,俯视了他半晌,才猛然清醒过来,"木华黎?木华黎!真的是你!你怎么……"他将木华黎拉了起来,下意识地轻抚着他曾被他刺过一枪的肩头,"你终于来了!你——终于来了!"

这最后一句话里似乎隐含有些许怨责。木华黎怎能不理解成吉思汗此刻的心境?那也是他自己此刻的心境。他觉得有那么多话要说,却不知从何说起。

良久,成吉思汗平静下来的目光重又落在木华黎血迹斑斑的衣袍上,一种不祥的预感使他不敢问又不能不问:"对了,凝腊姑娘呢?温都一家不曾随你同来吗?"

木华黎神情骤变。

从他苍白的脸色上,从他倏然黯淡的眼神中,成吉思汗已猜测出不幸已经发生了。

肆

两部分营那一天,札木合的一番模棱两可的话的确不是什么空穴来风,而是早有预谋，因为此前他便将温都一家软禁了。不但如此，他还派人召来木华黎，坦言相告："我念雪尼叶夫人对我有过养育之恩，一直对你网开一面，可我深知你心向何人。我不能杀你，又不能放你，能够留住你的唯一办法就是控制住你的恩人一家。总之，只要你不乱来，我不会把温都他们怎么样的，否则，由此产生的一切后果你都将难辞其咎。我言尽于此，你好自为之。"

木华黎怒极无言。面对札木合，他第一次感到自己是那样无能。他可以只身对付穷凶极恶的狼群，却处处落败于阴险狡诈的札木合。札木合每一步棋似乎都能走在他的前面。为了寻机救出恩人一家，他不得不放弃了离开札答阑部的打算。

"十三翼"大战前夕，木华黎接到了出征命令，同时意外地被允许与凝腊见上一面。

在遭到囚禁的漫长的三年中，凝腊无时无刻不在思念不在牵挂着她深爱的人。可是当木华黎走进始终处于严密监守的帐子时，凝腊却倔强地不肯回头向他望上一眼，她只声声责问："你为什么还没走？你为什么还留在札答阑？难道你真的甘心听任札木合的摆布去与铁木真首领为敌吗？"

木华黎的内心充满了深沉的愧疚和悔恨，他本该及早提防札木合会来这一手，可惜他太大意、太大意了。

"木华黎，我要你马上离开这里！如果你还念着我阿爸、额吉对你的照顾，如果你还念着我们从小一处长大的情分，你现在就去找铁木真首领，他才是你应该用生命保护的人。你别忘了，在忽勒山是谁一口口为你吮出了肩上的箭毒，是谁把你从死神手里抢了回来？那些天我亲眼看着他为你所做的一切，即便是最亲的兄弟也未必能这样做。三年前你没跟他走已经对不起他了，我不要你一错再错亏欠他一生。"

木华黎走近凝腊，从后面将她环在自己的双臂中。在他的生命里，还是第一次如此袒露对这个善良女孩的挚爱。他俯在她的耳边，柔声说道："你放心，我一定会带你，带阿爸、额吉去找成吉思汗的。在我们成亲的时候，就请成吉思汗为我们主婚。"

"成吉思汗？"凝腊喃喃道。

"是的，他现在已经被推举为蒙古部的成吉思汗了，将来，他还会成为全草原的成吉思汗。"

凝腊回视木华黎，泪水簌簌而下："你说的都是真的吗？"

"是真的。你放心，只要我还有一口气在，我这一生注定是要与他连在一起的。可是，我也绝不能丢下你们全家一走了之。再给我些时间，我相信我一定能设法救出你和阿爸、额吉的。"

　　凝腊使劲摇了摇头："我懂你的心意，可你也该知道，这世上有许多事是不能两全的。临来时阿爸特意要我嘱咐你一句话：义分大小，记住舍小义取大义。"

　　木华黎不再说话，只是更紧地搂住了凝腊。他明白，在温都一家和成吉思汗之间，他根本无从选择。

　　为了彻底断绝木华黎的后顾之忧，温都夫妇趁着札木合离营出征监视放松之际，带着女儿逃出了一直关押他们的帐子。可惜，他们的行踪很快被负责看守他们的士兵发现了，温都夫妇拼死护着女儿逃出营外，夫妇俩却双双倒在了追兵的乱箭之下。

　　凝腊强忍满腹悲伤，马不停蹄地一路追到哲列捏峡谷外。她来时，正好目睹了札木合的残暴行径，也看到了木华黎全部的绝望。

　　班师途中，凝腊悄悄找到了木华黎。得知温都夫妇已惨遭杀害，木华黎悲愤交集，当即决定带凝腊先行离开军营，尔后俟机投奔成吉思汗。

　　他们并不知道，这一切都不曾瞒过札木合的眼睛。

　　其实，札木合早就看到了凝腊。他之所以不动声色，只是为了等木华黎离开军营后再动手将他除去。他对负责截杀这对情侣的心腹家将扎西交代，见到木华黎后，不必废话，乱箭射死！

　　在扎西事先张好的"网"中，木华黎带着凝腊左冲右突，怎奈箭飞如雨，防不胜防，眼看就要杀出重围，一支利箭穿透了凝腊的胸膛，木华黎为了救护凝腊，腿上亦中一箭，他抱着凝腊跌落马下。

　　扎西一摆手，手下人立刻停止了射箭，唯将二人团团围定。

　　扎西的脸上露出了冷酷得意的狞笑。他不急，他有足够的时间消遣这对身处绝境的恋人，他要让他们尝够生离死别的滋味。

　　他恨木华黎。

　　他永远忘不了少年木华黎将他这位札答阑最有名的摔跤手一次次摔倒在地的耻辱。他真后悔那次在忽勒山猎狼时没有一箭射中木华黎的心脏，从而给了他死里逃生的机会。但这一次，他无论如何不会再失手了。

　　他也恨凝腊。

　　这个像水晶一样纯洁的女奴，有着一颗高贵的心。在木华黎被贬为牧马奴之后，她一而再、再而三地退回了他派人送去的衣物珠宝，像拒绝一条狗一样轻蔑地拒绝了他的求婚。从那时起他便知道，只有木华黎和凝腊的死才能一消他心头之恨，现在，他终于等到了这一天。

　　木华黎紧紧拥抱着心爱的姑娘。他既知无路可退，反而平静异常。周遭的世界在他眼中都缩而为生命垂危的恋人,他明白自己将与她死在一起,心中不再有永诀的悲怆,只有略带伤感的幸福和满足。

凝腊久久凝视着木华黎,一刻也不愿稍离深情的目光,他们就那样默默对望,脸上挂着一生相许的笑容。片刻,凝腊伸出手,轻抚着木华黎的脸颊,歉意地说道:"对不起,都怨我连累了你。"

"该说对不起的那个人是我,是我害了你们全家!不过从今以后,我们再也不会分离了。"木华黎将凝腊的手贴在自己的脸上,温柔地笑道,"我只有一件遗憾的事情,就是过去一直没有好好待你。原谅我!"

凝腊的脸色更加苍白了,她知道死神在临近,可她很快乐。"你别这么说。其实你一直待我很好,我摸得着你的心,它很软,很热。"

"凝腊……"

"我也有一件遗憾的事情……"

"什么?"

"不能让铁木真首领为我们主婚了。"

木华黎低下头:"来生吧。"

凝腊感到生命正在一点点流逝,她有些冷,也有点喘息:"木华黎。"

"嗯。"

"你可以……"

"什么?"

"抱紧我,亲亲我吗?"

泪水潸然而下。木华黎俯下身,紧紧抱着心爱的姑娘,在她的双唇上深深吻了下去。

凝腊用尽最后的气力断断续续地说道:"答应我,不要放弃生还的希望。宁可拼死,也不能等死——不,我不想你死,我要你活下去,为了我你得好好活下去。你答应我,你答应我——"

木华黎心碎地点着头。凝腊慢慢地合上了满含眷恋的双眼,头无力地垂向木华黎的肘弯。

扎西仰天狂笑,笑声尖厉、刺耳:"木华黎,该轮到你上路了!"

木华黎连头也没抬。他并不在意扎西说些什么,他的心很空很静,他的灵魂,他的一切都已随凝腊而去。

扎西的手臂高高抬起,只要一落下——

这时,仿佛有一股黑色飓风从眼前卷过,一道闪电般的亮光旋转了一圈,接着,所有的弓箭都于顷刻间被削落在地。

黑风白光骤止。扎西和他的人双手空空坐于马上,呆若木鸡。

一袭黑色的斗篷,一柄华光烁烁的宝剑,一张年轻刚毅的面孔。

难道会是他吗?

他有魔法吗?

他是人?是神?

是人又如何具有这般匪夷所思的身手?他一定不是人,他一定是长生天派来拯救木华黎的神明。

神明岂容凡人作对!

扎西的脸因恐怖而变形。不等那比剑还要锋利的目光再一次落在他的身上,他飞快地拨转马头,落荒而逃。当木华黎终于惊觉地抬起头时,才发现偌大的草原上只剩下他、死去的凝腊和一位陌生的青年。

伍

在斡难河边,木华黎亲手埋葬了恋人。

那位陌生的青年一直陪伴在他的身旁,除了帮他疗伤,什么话也不曾问过。

不幸使木华黎学会了承受苦难。如今,他知道自己只有一个地方可去,也只有一个人可以帮他抚平内心的创痛。

青年的疗伤药非同一般,木华黎的腿很快便活动如初了。他虽然不善于表达,可对于他的恩人,他总不能连姓名也不问问吧?

他拜谢青年的救命之恩。

青年爽朗地制止了他:"你说话了,我就放心了。我原本看你这样闷着,还担心你会想不开呢。我听那些追杀你的人叫你木华黎,你是蒙古人吗?"

"是的。恩人……"

"快别这么称呼。我们一见如故,你就叫我瑞奇峰吧。我是西辽契丹族人,现随我师兄定居于大金都城。"

"你是要回西辽吗?"

"不,西辽早就没有我的家了。记得当年我遭到追杀的情形与你今天的遭遇十分相似,只不过追随我、拼死保护我的是我瑞家的忠仆,而且,那天若非我师父青松道长和师兄碰巧路过救了我,我恐怕此刻也不会站在这里与你畅谈了。"

"那么你来这里……"

"也许是天意吧。其实这些年我一直想回草原一趟，想再见见他。"

"他？是谁？"

"我不知道。那一年我只有六岁，师父和师兄救了我返回中都时路过草原，我见到了一个人，一个令我毕生难忘的人，当时我对他说，等我长大了，我一定会来找他。可事实上我根本不知道他是谁，更不知道他在哪里，甚至说不定他只是存于我内心的一个幻影……"

"但你还是来了。"

"这份执着有点傻气对吗？"

"却因此救了我。"

瑞奇峰注视着木华黎，不由会心一笑。他欣赏木华黎的敏锐。

"你有这样的一身好本领，生逢乱世，一定可以大有作为的。"木华黎认真地说。

瑞奇峰摇头苦笑："自从我家遭遇惨变，我对官场险恶至今心有余悸。想我瑞家煊赫一时，姑姑还入宫做了皇上的宠妃，谁知一夕之间祸从天降，姑姑被赐死宫中，瑞家大小二百余口只逃出我一人。旦夕祸福，非我所能承受，不如仗剑走天涯，不求荣华富贵，但求逍遥自在。"

木华黎心有同感，一时间倒很羡慕瑞奇峰的生活方式。

"你呢？作何打算？"

"我要去找一个人。无论荣辱成败，我这一生注定是要与他连在一起，为他而战，为他而死。"

瑞奇峰多少有些惊讶地望着木华黎，片刻，豁然一笑："我原以为你和我一样，在经历了这许多苦难和折磨之后，一定心灰意冷，没想到你依然有勇气面对现实。我很佩服你，真心的。"

"确切地说，支配我的不是勇气，而是信念和感情。我所爱的姑娘以及她的父母都是为了助我去找他，才不惜以生命来换取我的自由。你恐怕还理解不了这种信念和感情，因为你理解不了草原上的人们是多么渴望安宁、幸福的生活，多么渴望在蓝天白云下自由放牧着他们的羊群而不必担心有一天醒来会失去一切。所以，当他们终于从一个人身上看到了这种希望，看到这个人可以帮助他们实现千百年来的梦想，这种信念和感情就会凝聚起来，并最终使脚下这片土地凝聚起来，成为不可征服的力量。"

"他是谁？"

木华黎正要回答，忽见眼前如万千雪片夹裹而来，带着突兀的杀机和凌厉的攻势。

这一剑木华黎本来闪无可闪，避无可避，可他偏偏闪过了，避过了，不但闪过了,避过了,还以快得无法想象的速度拧身落在了瑞奇峰的身后。

瑞奇峰收起宝剑,剑归鞘中。他的脸上没有一丝落败的沮丧,相反只有油然而生的钦服:"我不必问他是谁,因为我已相信你所说的每一句话。而且我知道,无论将来我身在何处,都会为结识了你这样的朋友而自豪。请多保重,后会有期。"

"但愿你也能找到你要找的人。后会有期。"

陆

"十三翼"大战戏剧性地落下了帷幕。札木合虽然胜利了,却落了个众叛亲离的下场,与之相反,成吉思汗的个人威信却得到了空前的提高,力量也日益壮大起来。而这一切,促使成吉思汗开始考虑要向杀害他父亲的仇部塔塔尔复仇了。

秋季日益逼近,天气渐渐凉爽起来,成吉思汗选定吉日,决定征伐塔塔尔。出征前,他任命木华黎为大军元帅,同时严申军纪:战时攻守,听从各部长官指挥。进攻失利时,退出重围,待集结整顿完毕,重新组织进攻,退而不前者,斩!进攻顺利,要奋力追杀逃敌,因争抢敌人遗弃财物擅停追击者,斩!战斗结束后,所有战利品充公,按军功大小统一分配,私抢私分战利品者,斩!

大军在途中,一位老者将一个孤儿献给成吉思汗。这少年浓眉大眼,鼻直口方,显得格外精神。老者介绍说少年名叫博罗忽,今年十五岁,善使一根齐眉铁棒,并说他"拴着是只忠心护主的良犬,放出是只独自觅食的猎鹰"。成吉思汗更加心喜,要少年寸步不离地跟着他。这个孩子同篾儿乞部的曲出、泰亦赤惕部的阔阔出以及后来的塔塔尔部的喜吉忽一道,成为月伦夫人的四个养子,亦成为蒙古名将。喜吉忽于蒙古立国之后,由于铁面无私、公正贤明而被委以大断事官之职。

百年仇怨,终须了结。蒙古部对塔塔尔部的复仇战争,注定是场灭种灭族之战。深知自己命运的塔塔尔人抱定了拼死一战的决心,抵抗异常激烈。这使素以行动神速、攻击凌厉著称的合撒尔军苦战一天,仍然无法冲开敌人严整的阵地。

天公似乎也不肯作美,入夜时分,狂风大作,暴雨倾盆,双方不得不暂且罢兵回营。

　　第二天,暴雨转为连绵细雨。在草原上,这种阴雨天气还比较少见。成吉思汗在自己的中路军大帐召集了由各部首领及主要将帅参加的军事会议,商议大军下一步行动。

　　奉命返回的合撒尔首先向大家扼要介绍了昨日战事,并请示元帅木华黎:"今日是否增调兵马,再行强攻?"

　　木华黎胸有成竹:"不急,暂且按兵不动。"

　　合撒尔不解。所有的目光都集中在了木华黎的身上,只见这位年轻的蒙军大元帅双目炯炯地注视着成吉思汗,轻抚腰间宝剑。片刻,将剑锋拉出一半,又推入鞘中,如此三番,成吉思汗含笑点头,目露称许之意:"元帅自去用计,攻守诸事不必请示。"

　　"谢大汗。"

　　目送木华黎离去,众人面面相觑,不明就里。只有博尔术、哲列莫知君臣用计,思虑片刻,方有所悟,不由感佩万分。

　　塔塔尔人在雨中等候了整整一个白天,也没见蒙军方面有任何动静。他们既不敢就此撤回——怕敌人随后掩杀,又不敢贸然进攻——怕遭到敌人冲伏。好不容易挨到天黑,撤回营中刚想吃口饭喘喘气,前营忽然大乱,巡哨来报:蒙军偷袭。

　　塔塔尔人不得不重新整队迎战。

　　蒙军似乎有意同塔塔尔人开起了玩笑,一旦塔塔尔人杀出营外,小股蒙军便迅疾消逝在迷蒙的夜色中了。

　　一夜之间,蒙军几次三番,忽进忽退,扰得塔塔尔人饭不得吃,觉不得睡。

　　塔塔尔部三位首领都塔惕、阿鲁赤、察干急忙聚在一起,共议对敌之策。依察干之意,就要以其人之道还治其人之身,也派兵袭扰蒙军营地。都塔惕却不同意,他担心如此一来正中成吉思汗诱敌深入或调虎离山之计。毕竟蒙军兵力强盛,塔塔尔军死守犹难保全,主动出击只怕败得更快。

　　阿鲁赤深表忧虑:"我军本来处于守势,现在打又打不得,耗又耗不起,难道真要坐以待毙吗?"

　　都塔惕摇摇头:"贤弟少安毋躁。且看成吉思汗到底要下哪步棋,总会有办法应付的。"话虽这么说,其实心里也没底。

　　派出骚扰塔塔尔营地的小股蒙军分别由成吉思汗的义弟曲出、博罗忽和大太子术赤率领,他们成功地完成了自己的使命,第四天凌晨回帅帐复命。博尔术、速不台、忽必来、朝伦四人也在帅帐,正与木华黎一同研究敌情。

三员小将见过元帅缴令，木华黎问术赤："敌人方面反应如何？"

"不似开始时疲于应付，估计他们已想到应对之策。"

"很好。"

"很好？难道我们不是要采用'疲劳战法'吗？"

"你以为呢？"木华黎并不急于说明，他想给术赤一个思考的机会。

"我觉得……'疲劳战'恐难起到置敌于死地的作用。"

木华黎最喜欢术赤的地方，就在于这孩子凡事肯动脑筋，勤于思索。他毫不怀疑，随着实战经验的逐步积累，术赤完全可能成为一名独当一面的优秀将领："所以嘛，究竟采取哪种战法，形式并不重要，重要的是最终要达到的目的。好了，你们三个现在都回去休息吧，你们的任务完成得不错，我给你们记头功一件。"

术赤三人遵命离去。木华黎转向速不台、忽必来微微一笑："速不台将军，忽必来将军，今夜就看你们二位的了。"

"元帅瞧好吧。"忽必来拍拍胸脯，大声保证。

白天，依然很平静地过去了。匆匆吃过晚饭后，塔塔尔部的三位首领齐集在都塔惕的大帐，静等蒙军前来偷营。可是不知怎么搞的，蒙军方面迟迟没有动静。三位首领相对长坐，弄不清成吉思汗又要搞什么鬼名堂。正在心焦时，大约三更时分，营外隐隐传来喊杀之声，察干最先舒展开紧皱的双眉，笑容满面地举杯提议："二位哥哥，大功告成！这些天让铁木真把我们折腾苦了，也该轮到我们出出这口恶气了。就凭这点雕虫小技，还想将我们玩于股掌之上？呸！来，干杯！干杯！"

阿鲁赤举杯，同察干一饮而尽。都塔惕不知为何心里总感觉有些怪异，慢慢啜着酒，脸上全无喜色。

酒过三巡，帐外忽然传来喧哗之声，都塔惕立刻站起身。尚未走至门边，一个满身是血的士兵摔入帐内。

察干一个箭步冲上前，劈手揪住那个士兵的衣领，喝道："快说，我们把他们围住了多少？有没有杀他们个片甲不留？你说啊，你！"

那士兵大口喘着气，好不容易才回出话来，"围……全围住了。是……是我们被……他们围住了，杀……杀了个片……甲不……留。"

"什么！"察干以为自己的耳朵出了毛病，"你再说一遍！"

都塔惕急忙拉开察干，端过一杯酒，让那士兵喝了下去："别急，你慢慢说，到底发生了什么事？"

原来，为了对付小股蒙军的骚扰，都塔惕和阿鲁赤、察干商议后，派出精骑一支埋伏在营外蒙军必经之地，单等蒙军来钻布好的"口袋"。塔塔尔将士忍着彻骨的疾风冷雨直等到近三更天，才听到远处传来战马疾驰的杂沓之声，并且由远及近，渐渐进入包围圈内。塔塔尔将士急忙燃起火把，将阵地照得通明。就在他们举弓待射之时，自己这边的人竟纷纷中箭落马。一旦意识到包围人反遭对方合围夹击，塔塔尔伏兵顿时阵脚大乱，人马相拥，自相践踏，不消一顿饭的工夫，千余人的队伍即被消灭殆尽，只逃出十数号人，还个个着伤挂彩……

说到这里，那个侥幸逃脱性命的士兵已泣不成声。

察干一把夺过都塔惕手中的酒杯，狠狠砸在地上，两眼似要喷出火来："他娘的！铁木真，又让你把老子耍了！"回身一脚将那士兵蹬了个跟头，"滚！"

不等他说第二遍，那士兵转身忙不迭地滚了。

都塔惕试图宽慰察干："贤弟息怒，贤弟息怒！切莫乱了自家阵脚。我们初次与铁木真交手，不摸他的底细，才会让他钻了空子。胜败乃兵家常事，贤弟何必……"

察干不耐烦地打断了他的话头："你说的句句都是废话！阿鲁赤，我们走！妈的，今日见仗，我非跟铁木真拼了，不是他死，就是我亡！"

柒

不知是不是老天爷自己也感到不耐烦的缘故，时断时续下了四天的雨终于停了。这几日受尽愚弄、吃尽苦头的塔塔尔军队早早亮出队形，只望能与蒙军决一死战。然而，任凭塔塔尔将士如何叫骂，蒙营方面始终一片沉寂。这使与蒙军对峙的塔塔尔人既精疲力竭，又心烦意乱。察干在阵前跳脚大骂："这他妈打的哪门子仗！这他妈打的哪门子仗！铁木真，你若是女人生的，就给我滚出来！"

依着察干的主意，早就向蒙营发起强攻了，可都塔惕担心这样一来正中成吉思汗的圈套，坚决反对。争到最后，都塔惕勉强说服了察干。

天近黄昏时，塔塔尔军正欲收兵回营，蒙营方面忽然鼓号喧天，一直避而不战的蒙军潮水般杀出辕门。

双方再次以一马平川的答阑捏为战场，展开了殊死搏杀。已经连续数日不曾吃顿安心饭、睡个安稳觉的塔塔尔人难以抵挡蒙军的凌厉攻势，不出半个时辰，便显出溃败迹象。不仅如此，首领察干中箭身亡，阿鲁赤身负重伤。

蒙军不失时机地向塔塔尔营地发起了最后攻击。力不能敌的塔塔尔人伏尸遍野,血流成河,不到中午,战斗即告结束。都塔惕被一支冷箭射中胸膛,幸为他的侍卫冒死相救,才从营后仓皇逃走。阿鲁赤不愿做蒙军俘虏,在帐中自刎身亡。

蒙古军乘胜占领了塔塔尔营地,将俘虏以及老弱妇孺尽数驱至营前空地,等候发落。

下午,成吉思汗带着博尔术经过塔塔尔人的集中地点时,所有这些失去了亲人和家园的幸存者们毫无顾忌地向他们投以憎恶和仇恨的目光。成吉思汗无动于衷,博尔术却不由自主地颤抖了一下。不知为什么,每逢这种场合总会让他不寒而栗。

无意中,成吉思汗看到了一个傲然挺立的少女。少女仰望着天空,唇角凝固着淡淡的凄凉。当他从她身边经过时,她匆匆瞥了他一眼,这一眼足以令他怦然心动。直到走出很远,少女凄艳动人的身影依然挥之不去,好似熏风阵阵,轻轻地拂弄着他的心田。

夜半时分,成吉思汗从合撒尔的营地返回自己的大帐,竟意外地发现白天偶遇的那位少女此时正候在他的帐中。

成吉思汗愣了片刻,问:"你是谁?在这里做什么?"

少女垂着头冷冰冰地回道:"又不是我自己要来的。是一个叫博尔术的让我在这里等你。你要把我怎么样?"

"哦……"成吉思汗这才恍悟博尔术从合撒尔那里借故辞宴的苦心,不觉自嘲地轻笑了一下。这个博尔术,当真什么心思也休想瞒过他。他走近少女,双手扳住她的肩头:"你抬起头,让我看看你有多倔。"

少女抬头直视成吉思汗。成吉思汗终于看清了她的容貌:尖尖的下巴使她显得有些冷漠,肤色算不上白皙却很健康,唇角微微向上翘着,既调皮又放肆,倒逗引得人想亲近一下。她的眉毛不很长,直直的,看上去很精神,瞳仁则是栗子色的,有点忧伤的味道……

渐渐地,少女的脸上绽出了松弛的笑容。原以为她面对的会是怎样一个面目狰狞的恶魔,没想到竟是这样一位威风凛凛、仪表堂堂的男子汉。

"你终于肯笑了?你知不知道你笑起来的样子更好看。告诉我,你叫什么名字?今年多大了?"

"耶珊,十七岁。"

"你说话总是这么硬邦邦的,像颗砸不开的山胡桃?"

"我是个孤儿。如果我不学会保护自己,岂非任人糟蹋?"

成吉思汗出神地凝视着耶珊明艳的脸庞,暗想,人说草原有两个盛产

"美女"的地方,一个在弘吉剌,一个在塔塔尔,原来确实不假。

耶珊大胆地迎住成吉思汗的目光:"我很美,是吗?"

"是的。"

"你有夫人吗?"

"有。"

"她叫什么名字?她也很美吗?"

"她叫孛儿帖。她曾被人喻为弘吉剌的月亮。"

"你打算拿我怎么样?"

"你说呢?"

"如果你娶了我,你夫人会怎么对我?"

"你希望她怎么对你?"

"如果她嫉妒我,我会忍耐;如果她虐待我,我会逃走。"

"你放心,她既不会嫉妒你,也不会虐待你。她是这世上独一无二的女人。"

"真的吗?我不信。"

"信不信以后再说。我看,还是让我先砸开你这颗山胡桃吧。"

耶珊尖叫一声,又羞又慌地试图躲避,却被成吉思汗拦腰抱起……

清晨,耶珊被一束刺眼的光亮惊醒过来。成吉思汗魁梧的身形出现在门口,显然,他刚从外面回来。

耶珊坐起慢慢穿着衣服。从那双不肯片刻离开的满含赞赏的目光里,她知道自己裸露的身段有多迷人。她挽起一头黑发,娇嗔地瞥了成吉思汗一眼:"干吗这样看我!难道一宿还没看够?"

成吉思汗笑着坐在她身旁:"你当真很漂亮。"

耶珊眼珠一转,不以为然地说:"亏你还是一位大汗,竟这般眼浅!见了我已是如此,倘若见了我姐姐,还不知会如何呢!"

"难道你姐姐长得比你还好看?"

"我岂能与姐姐相比!姐姐是月亮,哦,就像你那位夫人一样。我只是月亮边上的一颗星星——甚至连星星也够不上,最多算个山胡桃而已。"

"她现在何处?"

"你派人去找她啊。我想姐夫凶多吉少,姐姐一定是躲到了哪里。"

"你姐姐成亲了?"

"她和姐夫成亲快一年了,不过还没孩子。"

"如果我找到了你姐姐,你作何打算?"

"我情愿将今日之位让与她,从此为奴为仆,侍候你与姐姐。"

"果真?"

耶珊跪倒在成吉思汗面前:"若有半句谎言,让耶珊不得好死!"

成吉思汗慌忙伸手拉起了她:"你又何苦起这种重誓!好吧,我答应你,这就派人去找你姐姐。念在你们姐妹情深的分上,即使你姐姐不漂亮,我也一定设法找到她还给你。她叫什么名字?"

"耶遂。我敢发誓她不会让你失望。"

成吉思汗是守信之人,立刻派斡歌连带一队侍卫前去寻找耶遂。

功夫不负有心人。经过一番掘地三尺般的搜寻,斡歌连等人终于在营后的一片林中找到了藏匿于此的耶遂。他们如获至宝,立刻将她送往主营。

耶遂抱定必死的决心走入成吉思汗的大帐,没想到前来迎接她的竟是她日思夜想的妹妹。姐妹相见,不由抱头痛哭。

服侍姐姐梳洗更衣后,耶珊毫无隐瞒地讲述了自己如何被成吉思汗收为妃子以及如何请求成吉思汗相助寻找姐姐的经过。

耶遂开始还愣愣听着。听到最后,忍不住愤然作色:"你这不要脸的死妮子!自己嫁给仇人不说,还将亲姐姐牵扯进来。你当真不觉得害臊吗?"

耶珊既不辩解,也不生气,只用娇憨的笑脸淡化着姐姐心头的怒气。

"死丫头,你怎么不说话?"

耶珊拉过耶遂的手,温存地说道:"姐姐,你是妹妹在这世上唯一的亲人,我们从小相依为命一同长大,你想妹妹焉有害你之理?"

耶遂的怨怒消失了。她轻轻叹口气,伸手拂去飘在妹妹脸上的几根青丝:"我知道你是出于好意,可姐姐毕竟是有夫之妇。就算你姐夫已经阵亡,我又怎能嫁与仇敌?"

"姐姐,你别总是'仇敌仇敌'的,你先听我说好不好!这两日我常听一位老人家说古,确实也长了不少见识。他对我说,他曾是个走南闯北的铁匠,他的祖父也是一个走南闯北的铁匠。那个时候,与咱们临近的金国还比较强盛,为了加强对草原的控制,一直奉行一种叫作'灭丁'的政策,就是把抓到的草原上的男人都杀掉,把女人和孩子掳去中原做奴隶。你可以想象得到,那样的情景是多么悲惨!后来,蒙古部的合不勒大汗联合各部奋起反抗,打退了金军的多次进攻,金国皇帝才收敛起来,再不敢轻易派军队凌虐草原。老人家说,草原若想强大,只有走向联合,最理想莫过于结束持续数百年来你征我伐的局面,所有的草原人统一在一面旗帜之下。其实每个草原人都向往统一,向往和平,但这要经过极其艰苦的努力,就像一个女人临产时经历的那种痛楚,问题是痛苦的代价是值得的。我觉得他的话未尝没有道理,姐姐,你觉得呢？"

"我听不懂你说的话！我倒觉得你在强词夺理,想替他辩解而已。"

"我究竟是不是替他辩解,姐姐与他相处后自会得出结论。先前,他派人去寻姐姐时,我已向他言明,只要找到姐姐,情愿将今日之位让出。姐姐,你切不可因偏见辜负妹妹的一片苦心！"

"这我倒不明白了,你既然认为他好,为何舍得让与我？"

"从小到大,姐姐总喜欢把最好的留给妹妹,现在该轮到妹妹把最好的让与姐姐了。这是我还姐姐的,希望姐姐能够珍惜。"

"你真的就认定他是最好的？"

"当然,除了他还有谁呢！姐姐,你简直想象不出他是个多有魅力的男人。"

"呸！这样的话亏你也说得出口,真不害臊！"

"害臊什么,我又没瞎说。"

耶遂还想再给妹妹泼泼冷水,忽听门外侍卫通报,大汗回来了。

耶遂起身欲躲,被耶珊一把拉住,耶遂挣脱不开,气得骂道:"放手,你这死妮子,快放手！"

耶珊笑道:"成吉思汗又不是魔鬼,你躲他做什么？"

姐妹俩正在拉扯纠缠间,成吉思汗大踏步地走了进来。耶遂不由自主地回头向他望了一眼,四目相对的瞬间,两个人都触电般地呆住了。

成吉思汗在想,原以为耶珊已经是万里挑一的美人了,没想到姐姐比起妹妹来还要标致,难怪耶珊会对她的姐姐那般自信……

耶遂在想,龙凤之姿,天日之表,哪个女人不梦想有这样的郎君？只可惜……

耶珊乘机抽身走了。

成吉思汗走近耶遂,伸出有力的膀臂将她揽入怀中。耶遂想挣脱,怎奈芳心乱跳,两颊生火,浑身一点力气没有。她抬起双眼,正遇上成吉思汗爱意浓浓、欲有所求的目光,情急中,不由可怜巴巴地叫起来:"不可以的。奴是有夫之妇啊。"

成吉思汗稍稍松开手,愣了片刻,笑了:"也就是你敢在这样的时候对我说出这样的话——与你妹妹相比,你倒更像一匹没上嚼子的烈马！好吧,我且不勉强你,我相信总有一天,你会心甘情愿地做我的女人。现在,陪我喝几杯酒总可以吧？"

耶遂不由自主地顺从了。此刻,她情愿看到他的愤怒而非他的笑容。因为她或许不会屈服于他的愤怒,却无法不屈服于他的笑容。

捌

成吉思汗召集军前会议,商议如何处置塔塔尔部众,商议的结果,是将妇女、儿童、工匠留下,其余一律处死。会议结束,为了庆祝胜利,成吉思汗决定在他的用二十二头牛拉着的斡耳朵(意即宫帐)里举行宴会,犒赏各部首领及重要将领。

成吉思汗举起金杯。顿时,喧闹的斡耳朵归于沉静,人们凝神听他讲话。

成吉思汗将第一杯酒赐给弟弟别勒古台。这一次战斗,别勒古台一箭射死塔塔尔首领察干,立下首功,成吉思汗夸赞他:铜铸的头,锥利的舌,钢铁的心,钉坚的齿。

别勒古台洋洋自得,饮尽杯中酒,大摇大摆地退下。

第二杯酒,成吉思汗赐给指挥这次战斗的元帅木华黎,夸赞他:助我做正当之事,止我做错谬之事,我才有今日成功。

第三杯酒,成吉思汗敬所有立功的将领,他深情地说道:"你们在明亮的白天,像雄狼一样深沉心细。你们在黑暗的夜晚,像乌鸦一样坚忍不拔。你们忠心护主,为我把顽石撞碎,将崖子冲破,把磐石击烂,将深水横断。我感谢你们。"

三杯酒饮毕,两个乐师熟练地调了调琴弦,音乐随之响起,一扫方才严肃的气氛。

音乐稍停,进入表演说书的环节。在胡日的伴奏下,乐师绘声绘色地唱起了多年前成吉思汗的异母兄弟别勒古台与蒙古主尔勤部著名大力士不里孛阔比试摔跤,不里孛阔最终不敌而死的往事。开始,说书人极力渲染不里孛阔的力大无比,用了许多形象生动的比喻,众人听得津津有味。

别勒古台从座位站了起来,不等说书人往下说,借口出去方便,摇摇晃晃离开了宫帐。术赤见三叔醉意已深,放心不下,悄悄跟出帐外。

此刻,别勒古台确有七八分醉意。他在夜色中站了一会儿,走下车帐,准备返回自己的营地。

无论过去多少年,别勒古台绝不愿意想起不里孛阔。他知道,作为汗兄一心想要铲除的亲族和政敌,不里孛阔注定无法逃脱死亡的命运。不里孛阔与他摔跤只不过是个局,当时,不里孛阔因惧怕成吉思汗,不敢拿出十分的本领与他对抗,甚至佯装倒地求败,成吉思汗却在不动声色间示意他将不里孛阔置于死地。从那一刻起,他成了草原人公认的英雄,然而,他的内心没有丝毫荣耀,如果说那件事还曾给他留下过什么印象的话,就只有不里孛阔圆睁着的、死不瞑目的眼睛。

别勒古台方便完,靠在树干上昏昏欲睡。这时,他听到一个陌生的声音细心细气地问他:"你们打算怎么处置塔塔尔人呢?"

别勒古台随口答道:"全杀掉。哎,你是谁?"

问话的人飞快地离去,并未留下只言片语。术赤从大帐出来,恰好看到这一幕,但没有听到两个人的对话。他吩咐叔父的侍卫将马牵来,准备送叔父回去休息。别勒古台对术赤素来百依百顺,两人上马,别勒古台边走边口齿不清地炫耀着他的功劳,术赤偶尔应和一两句。到了帐门口,秋夜的冷风袭来,别勒古台的头脑清醒了不少,他问术赤:"你看到刚才跟我在一起的那个人了吗?"

术赤回答:"看到了。他是谁?我正奇怪,怎么我一来,他就走了。"

别勒古台打了个寒战:"他……我……"

术赤突然明白了:"不好!三叔,你速带军队看紧塔塔尔人,我去通知父汗。"

术赤打马飞奔,却还是落在了一名传令兵的后面,他推开门,正听到最后几句话:"太突然了,他们杀了我们的士兵,抢了武器,退到了后面的林子……"

这突如其来的变故让成吉思汗大为吃惊,他的脑子里飞快地转过了一个念头:塔塔尔人的异动想必是有人走漏了会上的决定。他命各部将领做好战斗准备,将领们随他向帐外走去。在门边,成吉思汗看到儿子术赤木然伫立在夜色中,帐中透出的光线将他的脸照得异常苍白。

蒙古军队面对的是为儿子可以付出生命的母亲,为兄弟不惜洒尽热血的姐妹,这一场始料不及的战斗让蒙古军队付出了沉重的代价,直到凌晨,他们才将塔塔尔部众的叛乱重新平定。成吉思汗久久伫立在阵亡将士的身边,只觉痛心疾首。

这一切原本不该发生,为何偏偏发生了?

众将簇拥着成吉思汗回到大帐。成吉思汗居中高坐,脸色阴郁愤恨,几乎没有一个人敢迎视他那双杀机毕现的眼睛。他环视了一下四周,发现只有别勒古台的位置上空无一人:"别勒古台呢?"他厉声问,声音近乎咆哮。

众人不知不觉地打了个哆嗦。

木华黎急忙回道:"三王爷受了重伤,臣已派人将他送回营帐接受诊治。”

“受伤了？要紧吗？”

“还不清楚。”

“也罢。既如此,除他之外,其他人都到齐了。现在,我要问问你们大家,昨晚宴会进行当中,在座的人几乎每个都出去过,那么,是谁将会上的决定泄露给了塔塔尔人？”

人们不安地垂头不语,成吉思汗与儿子术赤四目相对。方才那张失去血色的脸飞快地掠过脑际,一种不祥的预感霎时抓住了做父亲的心。不!不可能!绝对不可能!他太了解儿子了,术赤从来不是一个喜欢信口开河的人,他只是预感儿子将要承担什么——承担什么呢?不会是……

不知过了多久,也许只是片刻,术赤走到大帐中间,缓缓跪下了:“是我,父汗。”

人们全都愣住了,甚至连有着思想准备的成吉思汗也不敢相信自己的耳朵。他机械地问,声音无力、犹豫:“是你?你如何走露了消息?”

“父汗不必多问。总之是儿臣口风不严,泄露机密,才酿成如此惨祸,儿臣情愿以死谢罪。”

成吉思汗的心在滴血。他知道事情的真相一定不是这样的,不是的。儿子是个什么样的人,他比任何人都清楚,然而此刻,他又能做些什么呢?

阿勒坛(成吉思汗的叔祖忽图赤大汗的幼子)与忽察尔(成吉思汗的亲伯父捏坤之子,其时捏坤已病逝)彼此交换了一个意味深长、幸灾乐祸的眼神。

身为成吉思汗的族叔和堂兄,他们多年前之所以离开札木合选择追随羽翼尚未丰满的成吉思汗,是因为他们觉得以成吉思汗的才略远比札木合更适合领导他们攫取权势和利益。随着时间的推移,他们发现自己想错了,成吉思汗是个天生的领袖不假,问题在于,他并不是他们需要的领袖。

他们怀念昔日在贵族会议上拥有与汗平等的权力,而成吉思汗却从被拥立为汗开始即着手改变传统的部落联盟联合议事制度,逐步形成一种不同于克烈联盟、乃蛮联盟以及札答阑联盟的唯汗权独尊、由汗本人统一指挥军队和决定军政大计的政权体系。在这个政权体系中,他们已沦为成吉思汗的附庸。

他们不甘心沦落到现在的处境,只是暂时还没有规划好未来的出路。正是受这种敌意的心境支配,他们此时此刻很想看到成吉思汗如何处置术赤。他们知道,成吉思汗为整肃军纪,不可能不杀术赤,然而,杀死一个身世有疑的孩子,又势必引起人们的猜测,以为他是借机除之。无论怎么做,都会贻人话柄。

术赤凝视着父亲，神情中没有丝毫的愧疚，只有令人惊骇的坦荡和宁静。他用眼神催促父亲，成吉思汗却无法做出决定。即将远去的是他的儿子啊，是他得不到的儿子，是他不能失去的儿子，纵然军纪如铁，他又怎能下得了这样的决心！

术赤的眼睛里分明掠过一丝焦虑，他站起来，背转身。成吉思汗的心颤抖着，在极端痛苦的抉择中，他挥挥手："推下去，斩！"

木华黎、博尔术跪下了，合撒尔、主尔台、惠勒答尔跪下了，接着，除了阿勒坛和忽察尔之外，所有人都跪下了。木华黎苦苦哀求："大汗，念在大太子对塔塔尔一战立下不少战功的分上，请您允许他将功折罪，饶他一死吧。"

"饶了大太子吧。"主尔台、惠勒答尔也说。

"大汗……"

"你们，不必多言！"成吉思汗将脸转向一边，含悲忍泪。

时间一分一秒地过去，成吉思汗的脸色也越来越难看。扯着他袍襟的木华黎分明感到一种绝望的颤抖正在传给自己，内心充溢着深沉的悲悯。素以刚毅坚强著称的成吉思汗，面对死亡都不曾皱过眉头，这一次，他何以让人觉得有点陌生？还有术赤，与他朝夕相处的木华黎比任何人都了解这个孩子深不可测的才华与潜力，难道长生天真的忍心夺走这年仅十四岁的生命？

正当人们悬着的心如同落入冰窖中时，押送术赤的士兵风风火火地回来了一个。成吉思汗浑身一震，想问什么，喉咙却似被堵住一样，什么也没问出来。

士兵喘息着："三……三王爷不准行刑，他说，大太子是无辜的，泄露消息的人是他！"

"别勒古台？他人在哪里？"成吉思汗惊怒交集。

士兵胆怯地回道："在……在外面，他昏过去了。"

成吉思汗带领众将匆匆来到行刑处。术赤身上的绑绳尚未解开，正跪在别勒古台身边，忧虑地俯视着身上血迹斑斑的三叔。别勒古台依然昏迷不醒，莫日根大夫匆匆赶来，成吉思汗命他速为别勒古台诊治，过了一会儿，别勒古台吐出一口血，苏醒过来。

"你感觉怎么样？"

别勒古台看看术赤，又看看成吉思汗，声音微弱却清晰："放了术赤！是我酒后走漏风声，与术赤无关！你杀了我吧。"

"三叔……"

"术赤，你记住，三叔不要你顶罪，三叔只要你活着。"

成吉思汗何尝不知道,术赤根本不会泄密。可当时他又能怎么样?一个是儿子,一个是兄弟,哪个不是骨肉连心?所以术赤一主动承认,他也只好将错就错了。问题是,现在真相大白,他真的要将重伤的别勒古台治罪吗?

成吉思汗的矛盾瞒不过众人的眼睛,主儿台想出了一个两全其美的办法:"大汗,我以为,别勒古台在攻打塔塔尔人时受伤,已是长生天代大汗惩治了他。罪无二罚,还望大汗体察天意,不可再行降罪。"

答里台也说:"是啊,大汗,别勒古台生死有命,请大汗交付天意吧。"答里台是也速该巴特的亲弟弟,他当然不想看着一个侄儿被另一个侄儿处斩。

莫日根大夫到了此时也听出了事情的原委,他毫不犹豫地对成吉思汗说:"大汗,您想怎么处置三王爷,老夫无权过问。但现在三王爷是我的病人,在我为他治疗前,任何人不许动他。"

木华黎等人巴不得事情这样解决。趁着成吉思汗还在犹豫,合撒尔向别勒古台的侍卫做了个手势,聪明的侍卫会意,立刻赶来一辆宽辀马车。惠勒答尔帮大夫和侍卫将别勒古台抬到车上,别勒古台一边挣扎,一边喊着:"别管我,让我去死吧。"挣扎牵动了伤口,他又昏了过去。

目送马车走远,木华黎挥刀挑断了术赤身上的绑绳。术赤抚摩着绑得发麻的双臂,一言不发地望着父亲。

成吉思汗异样地看了儿子一眼,转身走了。木华黎拍了拍术赤的肩头,努努嘴,术赤反应过来,急忙跟着父亲来到大帐,一进门,术赤远远就跪下了。

成吉思汗背对儿子默立着,术赤看不到他的脸,不知道他在想些什么。他嗫嚅着:"父汗,对不起,我……我知道您一定还在生儿臣的气,可……可当时事出无奈,为救三叔,儿臣只得……"

成吉思汗打断了儿子的话:"别说了,你起来,过来。"

术赤听话地走到父亲面前。经过这番生死离别的考验,父子二人都有一种恍若隔世之感,成吉思汗长久地轻抚着儿子的肩头,终于,泪水潸然而下:"除了感谢长生天,我还能说些什么呢?我以为要失去你了,没想到长生天又把你还给了我。"

在最初的一瞬间,术赤以为自己看错了。从小到大,他还从来没有看到过父亲流泪,父亲在他的心目中,是一个像岩石一样坚强无畏的男子汉。

然而,此时的父亲的确在流泪,而且,父亲的眼泪还是为他而流!在那心灵完全相通的一刻,术赤再一次清楚地意识到,此生能做成吉思汗的儿子,他纵死无怨。

术赤垂下了头。

父亲的眼泪，全部流进了他的心里。

耶珊在门外目睹了这情景交融的一幕，悄悄退去了。

她之所以会来这里，是因为她放心不下，或者说是因为只有她知道那个套出了别勒古台的实话又转告给塔塔尔部众的人是谁。昨晚，她亲眼看见姐姐换上男装溜出了成吉思汗的大帐，之后便发生了一系列变故。她明白这是姐姐欠了成吉思汗还了塔塔尔部众的。还了的，已然了却，欠了的，恐怕需要她们姐妹用一生来还。

成吉思汗准备对出征塔塔尔部的将士论功行赏，他命速不台、博罗忽打扫战场，清理财物。下午，他与侍卫们打了几场马球，刚刚回到大帐坐下，速不台、博罗忽求见，成吉思汗让他们进来，笑眯眯地问道："都清点完了？"

"基本上完了，只是……"速不台欲言又止。

博罗忽不耐烦，瞪了他一眼说道："怕什么！你不说我说。阿勒坛、答里台、忽察尔三位首领拒不交出他们缴获的财物，我们与他们理论，被忽察尔首领撵了出来。"

成吉思汗的心中腾起一股怒火。这几个自以为是的亲族首领！他们仗着当年将他推上汗位有功，一向飞扬跋扈，骄横贪婪，他早就想拿他们开刀，杀一儆百。这一次，或许正是个机会……

博罗忽见成吉思汗沉吟不语，以为他难下决心，愈发气愤："汗兄，你倒管是不管，你若不管，我这就去告诉大家把财物都抢着分了。"

速不台急忙推了博罗忽一下。任他是成吉思汗的义弟，也不能对成吉思汗这般放肆。成吉思汗并不介意，取出錾金令箭，交给博罗忽："瞧你这急性子！我何尝说过不管。不过，你们只需将三位首领私藏的财物没收也就罢了，切不可伤害他三人性命。"

"留下他们，早晚是个祸害！"博罗忽硬邦邦地撂下这句话，走了。

慑于成吉思汗的威严，博罗忽更以武力相逼，三位首领不得不乖乖交出私自藏匿的全部财物。然而，博罗忽说得没错，在三位首领特别是阿勒坛、忽察尔心中埋藏的仇恨，如同一只蛰伏的猎豹，正在等待给予它的猎物最后的、致命的一击。

后来，在"合兰真"大战前夕，三位首领在札木合的挑唆下离开成吉思汗投奔了克烈部，他们的离开，在很大程度上改变了成吉思汗与王汗的力量对比。

第五章

我心相随

壹

塔塔尔部既平,成吉思汗决意联合王汗的克烈部,乘胜出兵西部强敌乃蛮。王汗欣然接受了约请。想当年,王汗的叔父就是从乃蛮借来军队才将他赶下汗位,那之后他仓皇出逃,四处碰壁,尝尽了冷眼和屈辱。后来,若非也速该巴特仗义相助,他还不知身在何方。回想起那时的狼狈,他怎能不想报仇雪恨!

经过认真商议,王汗和成吉思汗决定放弃塔阳汗不打,先攻打塔阳之兄不亦鲁黑。乃蛮先汗必勒格去世后,他的两个儿子不亦鲁黑和塔阳同室操戈,其结果是,塔阳在元帅可克薛的支持下夺得了汗位和大部分部众,不亦鲁黑则被赶到了贫瘠的山区。因此,这种先弱后强、先外后内的安排是明智的,成吉思汗一向反对贸然深入敌人腹地打无把握之仗。何况此次进攻乃蛮,与其说是军事决战,不如说是军事试探。

不亦鲁黑的军队实力远逊于塔阳汗,面对两支劲旅,他自知不敌,索性主动放弃营地,逃入阿尔泰山山区。为确保周全,他一边派人向塔阳汗求援,一边命手下勇将也迪士断后。

联军方面担任先锋的是蒙军元帅木华黎。他深知,敌人熟悉地形,一旦遁入山中,联军再想取胜,势必难上加难,因此急派博罗忽率轻骑一支沿路追击,并给了博罗忽八字将令:穷追不舍,急攻猛打!

博罗忽日夜兼行,终于在阿尔泰山山麓追上了奉命断后的乃蛮将领也迪士。双方只经一仗,博罗忽便将也迪士走马生擒,乃蛮断后部队大部分非死即伤,余者拼命逃入山中,正好给博罗忽做了向导。

阿尔泰山山势陡峭,层峦叠嶂,山中只有一条道路可以通行。博罗忽牢记将令,不做任何停留,一直追到科土力巴失湖畔。黎明时分,乃蛮营前一支轻骑犹如从天而降,许多乃蛮将士睡梦中便做了无头之鬼。到处是刀光剑影,不亦鲁黑更加慌了手脚,率残部仓皇而逃。

待成吉思汗和王汗分率两部人马进入阿尔泰山山区时,博罗忽已押解着从乃蛮部缴获的战利品及俘虏与联军会合了。

联军对乃蛮一仗进行得如此顺利,固然得益于主帅木华黎对敌情的准确判断以及高超的指挥艺术,同时与博罗忽的英勇善战密不可分。通过这次战斗,博罗忽声威大振,"孤胆英雄"的美名传遍整个草原。

按照原定计划,联军在阿尔泰山附近稍事休整后,徐徐踏上归程。

王汗异常振奋。他兵不血刃、毫发未损便报了一半大仇,还获得丰厚的战利品,心里别提有多高兴多得意了。

不出几日,联军来到拜达里格河河谷,一支大军挡住了他们的去路。为首正是乃蛮元帅可克薛。

可克薛奉塔阳汗之命,从乃蛮本部发兵驰援不亦鲁黑。孰料不亦鲁黑畏敌如虎,不着一兵不战自退不说,还被克、蒙联军以迅雷不及掩耳之势打了个落花流水,本人也逃得不知去向。可克薛只好改变战术,利用地形熟悉,抄小路抢先占领了拜达里格河河谷这个交通要道,以期与联军决一雌雄。

可克薛曾与王汗交过手,丝毫不把王汗放在眼里。他只对威名远扬的成吉思汗感兴趣,一心想会会这位蒙古大汗,乘机探探蒙古部的虚实。无奈此时天色已晚,双方只好约定明晨厮杀。

王汗、成吉思汗各自扎下营盘,营中燃起堆堆篝火。蒙营除了派出巡哨轮流值勤外,很快沉入一片寂静中。克烈方面却迎来了一个不眠之夜。

在某座帐子昏暗的灯光下,一张苍白阴郁的脸显得格外引人注目,原来又是阴魂不散的札木合。

"十三翼"大战后,札木合的命运同成吉思汗形成了鲜明的对比。成吉思汗的事业蒸蒸日上,他却捉襟见肘、举步维艰,这一切自然而然地激起了他对旧日安答最深刻的嫉恨。他的心从未平静过,他的眼睛一刻不停地关注着安答的动向,从每一个"缝隙"中寻找机会。他很清楚,现在的他单凭自身的力量已失去了与安答抗衡的可能,那么,他何不借助一切反对成吉思汗的力量,有时甚至是其盟友之力呢?

此番征伐乃蛮,札木合一直秘密随行。一路上,他没少和桑昆商议如何借乃蛮人之手不露痕迹地将成吉思汗置于死地,如今,可遇而不可求的机会终于来了,桑昆带着札木合匆匆赶到王汗的营帐。

对于札木合的出现，王汗显然十分惊讶。尤其见札木合一脸严肃的样子，令他心生狐疑，急忙询问缘由。

札木合煞有介事地说道："王汗，我得到了一个重要情报，成吉思汗已与可克薛达成秘密协议，您的处境很危险。"

札木合话音刚落，坐在他对面的一位年轻大臣忍不住叱道："一派胡言！你有什么证据？"

札木合并不动怒，他认识大胆质问他的青年是王汗的顾问镇海。镇海出身畏兀儿贵族，学识渊博，堪称王汗手下胆识兼备的干才。

王汗同样不能置信。他与义子刚刚还在并肩战斗，明天仍将继续并肩战斗，铁木真怎能这么快就与乃蛮部结成联盟呢？不可能，这是札木合危言耸听！

札木合从王汗的眼中看出了一丝疑惑，益发将表情和语调都调整得恰到好处："王汗啊，且不说我获得的情报千真万确，就是您老自己用心想想，也不难发现铁木真的许多破绽，只可惜您被他所谓的忠诚、孝敬蒙住了眼睛，一时看不清他虚伪狡诈的真实面目罢了。"

"哼！本汗倒要听你说说看他有哪些破绽？"

"既然王汗允许我说，我便拣紧要的说。我可不可以先向王汗请教一个问题：方今草原，实力最强的属哪几部？"

"当然是我克烈、乃蛮和蒙古部了。"

"蒙古部为何会在短短的几年之内就从一个无足轻重的小部一跃而成今日的草原强部呢？其中原因无须我多说想必您也清楚。这些年来，铁木真通过不断征伐，已将草原东部据为己有，那么您是否相信，作为一个有能力有野心的部落之主，他会对您所据有的草原中部土地以及图拉河畔丰美的草场毫不动心？"

"本汗还是不信，除非你能拿出证据来。"

"可克薛难道还算不得最好的人证？"

"可克薛？"

"对。"

"怎么说？"

"王汗，您不妨换个角度考虑一下，为什么我的安答铁木真在轻取不亦鲁黑后不去乘胜攻打塔阳汗，却一再坚持退兵？还有，为什么可克薛会提前在拜达里格河河谷设下伏兵？铁木真为什么一见可克薛便力主休战，又是谁将营盘紧靠可克薛扎下？将这种种疑点联系起来，您不觉得您的义子早有预谋吗？我最尊敬的王汗，只怕明晨当您一觉醒来，面对的将是一个新的联军。"

王汗不断用手捋着胡须，脸上露出犹疑不定的神情。听札木合这么一说，他也开始觉得义子的所作所为颇有些令人费解。莫非……

镇海见王汗沉吟不已，忙道："王汗，你千万不可……"

"住嘴！这里轮不上你讲话！"桑昆恶狠狠地打断了镇海的话。

"依你之见，我们该怎么办？"王汗问，显然他已被札木合说服了。

"无妨，趁他们双方尚未觉察，我们可以让将士们每人燃起一堆篝火，制造出我部已就地扎营的假相，然后神不知鬼不觉地撤离战场。"

"这……好吧。"

札木合的唇角不觉掠过一丝得意的冷笑。铁木真啊铁木真，等你明天醒来发现你的盟友已将你独自抛给了强敌，你的脸上该是怎样一副表情呢？

贰

凌晨，成吉思汗刚刚起床，便听到帐外传来急促的脚步声，接着，博尔术不及通报，推门而入："大汗。"

怎么回事？成吉思汗用目光迎住了博尔术。

博尔术尽量将语气放缓："大汗，王汗的营地……空了。"

"什么？"成吉思汗简直无法置信，"木华黎呢？"

"木华黎担心发生意外，正在安顿各部做好应付突发情况的准备。"

"哦……"成吉思汗多少放下心来，"我们同去看看。"

成吉思汗和博尔术来到营后，向王汗的大营放眼望去。只见那里一片死寂，几堆尚未熄灭的篝火还在冒着淡淡的青烟。毫无疑问，王汗确实将他独自甩给了敌人。渐渐地，成吉思汗的身边围上了一群高级将领，不多时，木华黎也匆匆赶来了。

"乃蛮那边有什么动静？"

"很安静，安静得有点反常。"

"你的意思是……"

木华黎微微点头，目光炯炯地注视着成吉思汗。

"好，通知各部，即刻撤回撒阿里草原。合撒尔，你留下负责监视乃蛮军的动静，记住，切不可贸然与之冲突，待探明情况后，见机撤回撒阿里草原与我会合，我会派人接应你。"

"喳。"

尽管蒙军方面采取了一系列应变措施,他们的撤退却异常顺利,根本没有遇到伏击或追击,事实上,他们连乃蛮人的影子都没见到便从杭爱山另一侧撤回了撒阿里草原。数日前,联军就是从这里出发去攻打不亦鲁黑的。

现在,成吉思汗可以静下心来想想王汗这次很不光彩的背叛行径了。其实这个疑问在整个撤退过程中都一直萦绕于他的脑海,只不过他苦苦思索仍不得其解罢了。

没有道理啊,他和王汗一直合作愉快,王汗怎能说变就变呢?

众将知道成吉思汗的心里很不痛快。话又说回来,他们哪个人不是恨得牙根痒痒?王汗莫名其妙地将他们甩给了敌人,若不是事态的发展对他们出奇地有利,天晓得他们还能不能双脚踩在眼前这片绿草地上呢?

第二天,合撒尔也撤回了撒阿里草原,他带给汗兄一个并不让人感到意外的消息:乃蛮军队早就离开了营地。

成吉思汗毅然下令在撒阿里草原驻营,他凭经验已经预感到王汗将凶多吉少。

可克薛不愧为久经沙场的老将,仅从观察克烈、蒙古两部扎下的营盘,便对两部的军事实力得出了一个大致的结论。克烈军队人数多于蒙军,但在训练有素、纪律严明以及士气高昂等方面却远逊于蒙军,他断定,次日开战,蒙军才是他们真正的、强劲的对手。

正当可克薛苦思对策时,巡哨来报,克烈部不知何故弃营而逃。

可克薛精神为之一振。

不论王汗遽然逃走的真正原因何在,这个意外出现的态势显然对乃蛮方面极为有利。至于是要等到明日清晨单独与成吉思汗的蒙古军开战,还是追击令人鄙视的王汗,可克薛觉得没有必要为此大伤脑筋。事实明摆着,一个被蒙在鼓里但全军严阵以待,"四狗"(指哲列莫、速不台、忽必来、哲别),"四弟"(指合撒尔、别勒古台、合赤温、帖木格),"四义弟"(指曲出、阔阔出、博罗忽、喜吉忽),"四子"(指术赤、察合台、窝阔台、拖雷)。一个自作聪明却疏于防备,哪个难攻哪个易取,一目了然。而且他相信,一旦王汗遭到伏击向成吉思汗求援,成吉思汗也断不会出手相救一个阴谋背叛他的"盟友"。

可克薛采取了与王汗相同的方式离开了营地。这样他既可以不使王汗觉察,也不会惊动成吉思汗。应该说,熟悉地形的乃蛮军比克烈军占尽优势,他们抢先一步占领了克烈军撤回黑林老营的必经山口。

王汗自以为此举万无一失,防备很松懈。倒是札木合不敢掉以轻心,即将通过杭爱山山口时,他多了个心眼,先派小股骑兵探探虚实,结果这小股骑兵被乃蛮军队用弓箭挡了回来。

札木合情知不妙,王汗和桑昆也吓得没了主意。再说克烈军也不同于蒙古军,危急时刻,他们缺乏那种坚不可摧、一往无前的精神和勇气。札木合几次想组织军队突围,均以失败告终。

王汗身临死地,方才悔之莫及。他又想起义子。当然,向义子求援确实难以启齿,即使义子见死不救,他也无话可说,问题是除此之外他实在想不出更为妥当的办法。

而此时占据高地的乃蛮军正绕下山隘,准备对他们形成合围之势。王汗看准了这唯一的有利时机,也不同儿子、札木合商议,传来镇海,要他速与武艺高强的亦图坚设法杀出重围,向成吉思汗求援。亦图坚是王汗的贴身侍卫,武艺高强,在克烈部无人可望其项背。待一切安排完毕,他才派人将他的决定告诉了桑昆和札木合。

桑昆、札木合嘿然冷笑,相顾无言。

镇海颇有头脑,他和亦图坚乘乱混出一片狼藉的战场后,并没有回原来的驻营地寻找成吉思汗,而是沿着杭爱山一路追下去,几乎紧跟着合撒尔来到撒阿里草原。

成吉思汗在他宽敞的营帐里接见了镇海和亦图坚,镇海急切又不无羞惭地叙述了王汗目前面临的险境以及请求。成吉思汗认真听完他的话,关切地问道:"我父汗还有其他要求吗?"

"王汗希望由'四杰'亲自领兵相救。"("四杰":指博尔术、木华黎、朝伦、博罗忽四人)。

没等成吉思汗开口,早已义愤填膺的博罗忽使劲一跺脚,怒道:"这叫什么事!我才不去!他死了活该!"

"你给我住口!"成吉思汗厉声喝止了他,转出桌案,扶起镇海和亦图坚,"时间紧迫来不及款待二位了。王汗安危为重,待救出王汗,我再亲自拜谢镇海先生对我儿教诲之恩。当然,还有亦图坚将军相助我夺回夫人之功。"

镇海投效王汗还不足两年。数月前,由于打猎偶遇,他结识了成吉思汗的三太子窝阔台。聪明好学的窝阔台敬重镇海的学识修养,愿拜镇海为师,镇海欣然收下了这个弟子。只是他没想到成吉思汗也知此事。

成吉思汗转向四将:"博尔术、木华黎、朝伦、博罗忽听令:我命你四人率怯薛军八千火速驰援王汗,救不出王汗,我唯你四人是问!"

"喳!"四将接令。博罗忽虽不情愿,终究不敢抗命。

成吉思汗亲将四将送出营外,该交代的他都已交代,相信四将不会有辱使命。

此刻,王汗的处境确已岌岌可危了。

可克薛正待全歼克烈部,不料自己军中陡然大乱。"成吉思汗派援军来了""'四杰'来了"的呼声传遍了整个战场,乃蛮军陷入恐慌之中,克烈军则因看到了希望,一反方才的悲观萎靡之势,士气大增。

可克薛再也无法控制局面,不由仰天长叹:他居然错看了成吉思汗!

成吉思汗不仅派来了援军,而且来得如此神速!

一个刚刚被出卖后还肯尽弃前嫌赴人急难的人,该有怎样一种广阔的胸怀?该有怎样一种恢宏的气度?

可克薛被迫挥军撤退。

王汗的家眷陆续被朝伦、博罗忽找到救出,谁知其中偏偏少了一个关键人物:察如尔。王汗膝下只有桑昆和察如尔这一对儿女,察如尔是王汗和汗妃的命根子,如今不见了女儿,汗妃顿时急得像疯了一样,非要立刻找到女儿,否则她也不想活了。正当这里乱得不知该如何是好时,一匹快马疾驰而来,马上端坐着一位盔甲鲜明的小将,小将的身后还坐着一个女孩。

"额吉。"看看近前,女孩跳下马背,一头扑进母亲的怀抱。

汗妃连连吻着失而复得的心肝宝贝,脸上又是泪又是笑:"女儿,乖女儿,你可把额吉吓死了。"

察如尔回头指指自己的救命恩人:"额吉,是术赤太子救了我。"

术赤也跳下战马。一身戎装,使他显得越发俊秀威武。

汗妃还没有顾上向术赤表示谢意,朝伦和博罗忽已经一边一个拉住了术赤的手:"你怎么会来这里?"

术赤淡淡一笑。

出征那天,术赤并没有随部队出发,而是奉命去接从弘吉刺部押送铁器返回的舅父按陈。按陈是孛儿帖夫人的幼弟,比术赤年长两岁。德薛禅中年得子,对他自是钟爱异常。塔塔尔之战后,成吉思汗派人接来了岳父全家,此后,按陈在姐夫麾下成长为一名智勇兼备的年轻将领。

走在路上,术赤左思右想,无论如何放心不下父亲。这么多年,从他还是个年幼的孩子起,父亲出征时总会将他带在身边,而他也习惯了在第一时间内确知父亲平安的消息。如今战事未卜,他根本做不到若无其事。矛盾良久,他毅然做出决定:安排手下人代他接应舅父,自己则单枪匹马地前去追赶父亲的大军。

对于自己不遵汗命，他情愿事后被父亲责罚。

联军与乃蛮一仗进行得异常顺利，术赤追到撒阿里草原时，正遇上"四杰"驰援王汗，他便悄悄尾随而至，加入了随后的战斗。

按照术赤的本意，乃蛮军一撤退，他就该悄悄返回蒙古本营，可没想到他被一件意外的事情羁绊住了。

原来，王汗父子的家眷一直是被分开看守的。负责看守察如尔的乃蛮士兵是个色胆包天的主儿，他见察如尔已出落得楚楚动人，不由动了邪念。乃蛮军溃败时，他乘乱将察如尔装入袋中，从营后仓皇出逃。

巧就巧在术赤怕被自己人发现，也从营后离开战场。术赤马快，行不多时发现前面有个人正慌慌张张地催马而行，看服色像是乃蛮人，他不由冲他高喝一声，那个人更慌了，丢了袋子便落荒而逃。

术赤也不去追赶，径直来到袋子前。

袋子里似乎有什么东西在蠕动，他用刀割开袋口，当他看到袋子里装的竟是口里塞着布条、全身上绑的察如尔时不由大吃一惊。

按说，一个十一岁的小女孩临此大祸，吓都能吓个半死，岂料察如尔自始至终镇定异常，甚至当术赤为她包扎腿上不知何时挂出的伤口时她也一声没吭。她目光闪闪地注视着术赤低垂的脸庞。十一岁的小女孩还不懂得什么叫爱情，但这面容却自此根植于她的心灵深处，并在她日后情窦初开时主宰了她最甜蜜最温馨的梦。

术赤告别众人，独自踏上归程。察如尔目送他催开坐骑，心中终究有些难舍。蓦然，她想起什么，飞快地跳到一辆马车上，吹起了那支她不止一次听术赤吹过的"神鹰曲"。深情悠扬的旋律中，术赤惊喜地回过头，向临风吹笛的小女孩使劲挥了挥手。

成吉思汗在撒阿里草原的营外亲自出迎王汗，他对王汗说的第一句话是："父汗，您受惊了。"

王汗悔愧难当，一把抓住成吉思汗的手，老泪纵横，哽咽难语。

成吉思汗将王汗父子及其家眷请到自己的营帐，热情地款待了他们，好像他们是他特意请来的贵客，而非刚刚为他所救的盟友。席间，王汗不无羞惭地叙述了札木合挑拨他父子离开成吉思汗的经过，成吉思汗释然了。札木合的口才，足以将死人说话，何况是欺骗王汗这种耳软心活的人呢？王汗上当不足为奇。

王汗愧疚地注视着义子，半晌才小心翼翼地问："铁木真，你再一次救了为父，为父该怎么谢你呢？"

成吉思汗急忙道："父汗说哪里话？当年若不是父汗慷慨相助，我铁木真焉有今日一切？父汗恩德在前，铁木真相报在后，父汗无须总挂在心上。相信经此一事，我与父汗都能引以为戒。"

"你放心，为父再不会轻信他人挑唆了。"王汗发誓般地说。

酒过三巡，王汗推杯，轻轻地叹了口气。

"您怎么了，父汗？"

"铁木真，你……你能答应父汗一件事吗？"

"您说。"

"你也知道，我虽有子如同无后，我都不敢设想自己身后祖宗留下的这份家业是否能够保住。如果你真不嫌为父老朽，请你在我活着时应允作为我的长子守好图拉河吧。从今往后，你就是桑昆的亲兄长。"

成吉思汗一惊。尚未回答，桑昆已愤然离座，拂袖而去。

王汗面露惨色。

成吉思汗平静地为王汗斟满酒，笑着岔开了话题。

成吉思汗将击败可克薛得到的战利品全部赠送王汗，王汗返回黑林前，与成吉思汗再度郑重盟誓：远离谗言，相知不疑；生死与共，相守不弃！王汗带着这个誓言走了，成吉思汗衷心地希望这一次他们的盟誓不会再落空。

叁

生活如常。

只有术赤按照父母的心愿，从弘吉剌部娶回了达兰。达兰是迭克首领的侄儿越图的长女。越图曾经在铁木真和孛儿帖成亲时，出三题与铁木真赌赛，结果三赌皆输，反与铁木真结为安答。结拜仪式上，越图郑重地对铁木真说，我若有女，我子若有女，愿与孛儿只斤家世代结亲。成吉思汗一直记着越图这句话，所以为长子求娶达兰。达兰温柔贤惠，小两口婚后倒也恩爱和顺，相敬如宾。

一日，术赤闲坐无事，独自一人偷偷溜出去打猎。

他将马放出很远，一直搜寻着合适的打猎地点。突然，在事先没有任何征兆的情况下，胸部一阵剧烈的疼痛袭来，迫使他挣扎着从马背滑到草地上。渐渐地，疼痛变得迟钝了，与此同时，他却感觉心口憋闷欲裂，四肢和大脑的血液似要流空一般，他咬紧牙关，努力想挺过去，终究双膝一软，跪在了地上……

仿佛在黑暗中跋涉了许久，当术赤终于被一束光线惊醒过来，首先映入眼帘的是一张饱经沧桑的中年猎人的脸。术赤凝视着他，觉得奇怪，这张应该很陌生偏偏又似曾相识的面孔，居然会在他心中牵起万般的亲切和莫名的温暖。

"小伙子，你感觉好些了吗？"

术赤费力地点了点头。

"你叫……"

"我叫……乌格。"他随口编了个名字。

等术赤活动自如时，已与恩人变得很亲切很随便了。这许多年来，他还是第一次远离了纠缠着他的一切痛苦烦恼，他真想永远永远这样待下去，可是，母亲会如何呢？年轻的妻子会如何呢？还有他……他该不会因此把草原翻个底儿朝天吧？

术赤的矛盾瞒不过中年猎人的眼睛。尽管只有短短数日的相处，中年猎人已打心眼里喜欢上了这个萍水相逢的小伙子。他常常使他想起自己的儿子，那个应该也是十八岁，应该也是这样挺拔这样帅气的儿子。或许，他也认识他的儿子？他不是蒙古部的人吗？他可不可以向他打听一下儿子的消息？不！他不能！他曾经发过誓，永远不会去影响儿子的生活，他恐怕只能带着这心灵深处的秘密独自走完一生。令他惊奇的是，术赤也谨慎地对蒙古部的一切保持着沉默，甚至从不提及自己的家人。从这点上看，他确实像个受过良好训练的军人……

术赤要走了，中年猎人默默地为他牵来一直精心喂养着的"草上飞"。临上马前，术赤忍不住与恩人拥抱了一下，对他而言，这是一种少有的情感外露。

"大叔，我一定会来看望你的。"催开坐骑时，术赤在心里庄重地允诺。

肆

一夜暴雨似乎也没能驱散凝结在空气中的暑闷。这天，术赤独自一人正在帐中挥汗如雨，侍卫来报，外面有位客人求见。术赤心中一动，忙随侍卫来到帐外。

果然，来者正是他念念不忘的救命恩人。令人不解的是有些时日不见，恩人何以显得那么憔悴,那么清瘦?

"大叔,"术赤又惊又喜地迎了上去,"真的是您!"

客人久久地注视着他。在他的凝望下,术赤蓦然觉得有一些紧张和慌乱:"您……您请进!"他掩饰地闪过身,将客人让至帐中,"对不起,我去看望过您,您……我……"

客人好似没有听见术赤期期艾艾的解释,他只顾环视着术赤那阔大的帐子,脸上流露出一种恍惚的、怅惘的神情。

"大叔,您怎么了?"

客人的目光这才落在术赤的脸上:"你,到底叫什么名字?"

术赤一愣,旋即明白过来,尴尬地笑了:"对不起,那天,我随口编了个名字,是不想引来太多的麻烦,并非存心骗您。"

"如果你不编那样的名字该有多好……"客人喃喃着,似有无限隐痛。

术赤没有听清:"您说什么?"

"没什么。我这次来,就是想看看你,想看看你过得好不好。"

"大叔,"术赤开始意识到客人反常了,"您为什么这样说?"

客人已然背转身,强忍着满腹悲伤和留恋:"孩子,我必须走了,你多保重。"

"术赤。"帐外传来了孛儿帖的声音。

"我额吉来了。正好,她一直都想亲自谢谢您呢。"术赤的脸上露出了喜悦的笑容,客人却不由自主地颤抖了一下。

术赤在门口迎住母亲:"额吉,您快来见见救我的大叔。"

"哦,是吗?你的恩人来了?"孛儿帖微笑着向站在帐中的客人走去。她当然得好好谢谢儿子的恩人。

客人抬起低垂的眼帘,恰与孛儿帖四目相对。

仅仅瞬间,孛儿帖脸上血色全失,摇晃欲倒。

术赤一把抱住骤然昏厥的母亲:"额吉,额吉,您怎么了?大叔,快来帮我一下,我额吉她怎么了?"

两个人忙乱地将孛儿帖放在床上。术赤无意中扭头望了客人一眼,却发现客人正百感交集地凝视着母亲。他恍然意识到什么,差点窒息:"您……您到底是谁?"

客人被术赤的喝问唤回了理智。"拿酒来!"他威严地命令。

术赤身不由己地服从了。

孛儿帖被酒呛得咳嗽了几声,慢慢睁开了眼睛。当她看到那个正俯视着自己的男人时,似又回到往日的噩梦中,不觉惊恐地、求助地唤出:"铁木真……"

客人的心如同被狠狠抽了一鞭子,他转身向门外走去。

术赤抓住了母亲的双手:"额吉,他是谁？您快告诉我。"

孛儿帖痛苦地注视着儿子。

术赤全明白了。

"术赤,你去哪儿？"母亲焦灼的呼唤止住了儿子的脚步,仅仅片刻。

"额吉,您拦不住我。无论如何,这一次我一定要问个明白。"

得到侍卫通报的成吉思汗匆匆赶到儿子的营帐。孛儿帖一见丈夫,扑过去抓住他的手臂,失声痛哭起来。

"孛儿帖,发生什么事了？儿子呢？"

"儿子去追他了。他来了。铁木真,你一定要把儿子追回来啊。"

"他？哪个他？"

"赤……赤勒格尔……"

"什么!"成吉思汗只觉脑子里"嗡"的一声,"快,跟我来!"

伍

术赤拼命追赶着赤勒格尔。他万万没想到,自己的救命恩人竟是为自己的一生抹上了浓重阴影的那个人,但此时驱使他一定要追上赤勒格尔的动机,却既不是为了爱,也不是为了恨,而是要将一切都弄个水落石出的决心。

终于隐隐看到了赤勒格尔的身影。

赤勒格尔独立在月光下,思绪依然停留在方才与孛儿帖邂逅的那一幕。没想到,真的没想到,他今生今世还能再见孛儿帖一面。十六年的时间并不短暂,他对她的爱依然如故。孛儿帖毕竟是他唯一爱过的女人啊,可是,她望着他的眼神……她呼唤着那个对她来说永远刻骨铭心的名字,就像他们刚刚成亲的那一夜,她嘤嘤低泣时呼唤的那样,就像她每一次在梦中呼唤的那样。他实在无法忍受那种撕心裂肺的痛苦,冲开了门外侍卫的阻挡,跃马狂奔在黄昏笼罩下的草原。

直到月挂中天,他才渐渐平静下来。他不由想到了术赤,想到了这件事可能会对那个孩子产生的影响,他不能不为自己的轻率行为后悔了。他勒住坐骑,等待着术赤。他知道术赤一定会来。

马蹄声由远及近,术赤在赤勒格尔的身后跳下坐骑。赤勒格尔回过头。

澄明的夜色中,他们相对而立,几乎看得清彼此脸上的表情。

赤勒格尔率先打破了沉默,语气中满含着真切的父爱:"我知道你有许多话想问我。十六年了,我一直都在克制自己,不想影响你的生活,可……我牵挂了太久,我放心不下。孩子,不管你是否能够理解,你始终是我此生最爱的人,除了你,我的生命中已不剩什么了。你是我忍受下来的唯一的理由,我希望活着时能亲眼看到你幸福。"

术赤近乎麻木地倾听着赤勒格尔的表白,第一次想到自己或许真的是赤勒格尔的儿子。不!说"第一次想到"是不确切的,事实上,这十多年来,一直纠缠他、折磨他,让他沮丧消沉的不正是这个念头吗?应该说"第一次认定"才对,他第一次认定自己的血管里真的流淌着篾儿乞人的血。

术赤疲乏地靠在马上,脸上浮现出一丝奇怪的笑容。赤勒格尔不眨眼地望着他,心头阵阵发凉:"你怎么不说话?"

"您呢?为什么第一次见面不告诉我?"

"那时你说你叫乌格。"

"后来……您又如何知道了?"

"你走后,我一直惦记着不知你的病要紧不要紧。有一天,我来看望你,记得那天你刚率部狩猎归来,许多人簇拥着你,我混在人群中,终于弄清了你究竟是谁。可当时我还没有想好该如何与你相见,所以我离开了。我甚至都不清楚自己那一刻是高兴还是难过,我……"赤勒格尔说不下去了。

"但您还是来看我了。"

"我怕再不来,以后永远没有机会来了。"

术赤一震。他早就觉察到赤勒格尔非同一般的虚弱。

"他对你好吗?你快乐吗?幸福吗?"

有一次察合台冲他发火,说,真不知父汗怎么搞的,对你比对哪个亲生儿子都好。亲生儿子?亲生儿子……察合台是有权利这么说的,而且他现在再想起这句话来,也远不像过去那么觉得刺心。

许许多多曾被忽略掉的往事都在瞬间激活,术赤恍然明白,原来父亲那满含疑虑的父爱才是他生命中的一切。此时此刻,他只是有点迷惑地想起了一件事:他的四位义叔,他们一个是篾儿乞人,一个是泰亦赤惕人,一个是主尔勤人,一个是塔塔尔人,他们或许每个人都与父亲有着族亡家败的仇恨,可是他们中又有哪个人曾经想到过向父亲报仇呢?或许这就是被绑在战车上的草原的现状,血缘成了祭神的供品,亲情在马蹄下哭泣,还有冥冥中的无数冤魂……

"术赤?"

"嗯？"术赤温和地应道。

"你为什么不肯回答我的话？其实，从我第一次见到你起，就已经感觉出你生活得并不快乐。难道他对你不好吗？"

察合台说，对你比对哪个亲生儿子都好。可是父亲，如果我是你的亲生儿子，我情愿你对我不要这么好。

寂静中，赤勒格尔和术赤同时听到一阵急促的马蹄声，由远及近，越来越清晰。

术赤上前一把抓住赤勒格尔，焦急地催促："您快走！"

赤勒格尔惨然一笑："无所谓了，一切都无所谓了。"

术赤的额头上浸出了汗水，他猛地跪倒在赤勒格尔的面前："我求您了，您一定要走！您曾经救过我的命，我不能眼睁睁看着您因为我而遭擒获，如果您坚持不肯走，我只能，我——"术赤一伸手从腰间抽出宝剑，架在了脖子上。

"不，不！快放下！术赤，你不能乱来！我走，我走！"赤勒格尔手忙脚乱地抱住了术赤的胳膊。

"快！"术赤使劲推了赤勒格尔一把。

但是，太晚了。无数火把从四面缩紧，形成了一个严密的火圈。

术赤无计可施。汗水不断地沿着他的额角流下，他只剩下一个念头，倘若赤勒格尔不能逃脱一死，他也不会独活于世。

赤勒格尔站在术赤身边，以一种超然的冷静欣赏着成吉思汗训练有素的骑兵。很快，包围圈在离他们十多米处停止了收缩，所有火把高举，照得中心亮如白昼。火光中，一匹神骏蹄声"嘚嘚"地踱进圈内，马上端坐着成吉思汗。

术赤依然紧握着宝剑，奈何控制不住双膝的颤抖。

赤勒格尔目不转睛地注视着成吉思汗。

素未谋面，然而并不陌生。他是从孛儿帖痴情的爱恋中认识这个人的。当成吉思汗的全貌映入他的眼帘时，他突然心平气和起来。他早知道铁木真是唯一的，现在他更知道成吉思汗是草原唯一的，孛儿帖能有这样的丈夫，也不枉此生了。

成吉思汗望着不知所措的儿子，跳下马，一步一步向他走来。

术赤却一步一步地向后退缩着，手中的剑不知不觉掉在了地上。

"放……放了他。"他艰涩地说。

成吉思汗不由看了看赤勒格尔，奇怪的是，他居然一点也恨不起他来。对于这个蹂躏过妻子又保护过妻子的人，他根本不想把他怎么样，重要的是儿子。

"可以,我听你的。你呢?你该如何?"

术赤显然没料到父汗会这样回答,他的目光迷茫地掠过父汗和赤勒格尔。

他还从未这样清楚地意识到父汗与赤勒格尔之间的差别。

他们两个人,一个拥有权力、地位、荣誉,拥有忠诚的将士、美慧的贤妻,优秀的子弟,另一个除了他之外一无所有。而比这更现实的是,他们中一个完全占据了他的思想、灵魂、感情和理智,所以,他只能给另一个他的生命。

"我走!"术赤痛苦地做出了抉择。

成吉思汗的脸倏然变得像石头一样冷酷,一样无情。他无论如何不能相信,这就是他养了、爱了十六年的儿子给他的回答。

是的,他爱了十六年的儿子。如果说他以前没有意识到,是由于他执拗的回避,现在他却从内心深处突如其来的暴躁和妒忌中体会到了这一点。凡属于他的一切,他焉能轻言放弃?

赤勒格尔反而不觉得意外。术赤太善良了,善良到宁愿牺牲自己,也要成全弱者——毕竟在术赤的眼中,他赤勒格尔无论如何都是不能与成吉思汗相提并论的弱者。可他是不会让术赤同他一起走的,他分明从成吉思汗的眼中看到了一线杀机,这位意志如铁的蒙古大汗,需要的永远是绝对的忠诚,绝对的归属,他即便杀了儿子,也绝不会让儿子离开他半步。

就在这微妙的、连彼此心跳都能听得见的沉寂中,一个女人望月而跪,发出了自怨自责、痛不欲生的嘶喊:"长生天啊,你为什么要这样折磨我的孩子?你惩罚我吧,我才是个罪孽深重的女人哪!"

"额吉!"术赤冲到母亲面前,跪着抱住了她,"您不要这样——不能这样!"

母子紧紧相拥,他们的泪水流在了一起。

成吉思汗僵硬的表情缓和下来,他看了赤勒格尔一眼,打算让他走。但他的话卡在了喉咙里。

赤勒格尔,他怎么了?

赤勒格尔大睁着双眼,呆滞地盯视着前方,他的眼前晃动着无数的太阳,有一个太阳钻入他的脑中,开始灼烧,他的头随之胀大,胀大……就要爆裂……

"咕咚"一声闷响使术赤回过头来。"大叔,"他离开母亲,飞快地跑到赤勒格尔身边,从地上抱起了他,"您怎么了?您怎么了?"

经过了死亡来临前一阵最痛苦的挣扎,赤勒格尔现在平静了。他慈祥地望着术赤,似要将他的形象整个地刻入心底:"孩子,我要走了。你别难过,我知道自己随时会有这一天,才冒险来看你最后一眼。能死在你的面前,我已经很知足,很知足了。"

"不……"

"答应我,"赤勒格尔的声音越来越微弱,"好好……活着。"

"我答应您,我什么都答应您。大叔,不,阿爸,我爱您!您听见了吗?我真的很爱您!"术赤的泪水不断地滴落在赤勒格尔的脸上、手上。

赤勒格尔的眼中闪过一道明亮的光芒,"你……终于肯叫我阿爸了,谢谢……你,我可以……安……安心地……走了……"他的头无力地滑向术赤的臂弯。

"阿爸!"术赤摇晃着赤勒格尔的身体,绝望地呼唤。

没有回答。赤勒格尔再也不可能回答他了。术赤将赤勒格尔的脸紧紧贴在自己的脸上,无声地哭了。

正欲趋前安慰儿子的孛儿帖蓦然感到丈夫的手痉挛般地抓住了她的肩头。她没有去看丈夫,她清楚地知道,这对亲生父子间恐怕终生难以消除他们之间的误会和隔阂了。

陆

在孛儿罕山下一块僻静的所在,术赤亲手埋葬了赤勒格尔。

如果说过去术赤曾一度为赤勒格尔带给他的不幸而憎恶他,那么,随着赤勒格尔的逝去一切都已烟消云散,代之而来的是无法排解的空虚。真正的爱必定令人刻骨铭心,拥有时或不觉得,失去后才倍感它的可贵。

清风徐徐,一点点吹开了凝滞多时的闷热。术赤抬头望了望阴云密布的天空,看来,长生天将替他流下他流不出的泪。

风渐渐大起来,"劈劈啪啪"的雨点砸落下来,越来越急促。术赤却没有一点躲避的意思,他很想让雨水将自己淋个透,冲涤一下郁结在心头的忧伤……似乎有什么东西为他遮住了雨水,他正想看看怎么回事,耳边蓦然听到极轻极轻的"啊"的一声,接着,一样东西落下来挡住了他的视线。

与此同时,一声巨雷在耳边炸响。

术赤一把扯掉蒙在他头上的东西,这时才真正看清眼前惊人的一幕:父亲正与一个蒙面刺客激烈地格斗着,那刺客剑术高明,丝毫不在父亲之下。

他有心上前助战,又怕误伤了父亲,一时间急得冷汗直流。

冷不防被人暗算,成吉思汗最初的确有些手足无措,但他很快镇定下来。两个人相持良久,刺客越战越心焦,最后索性把心一横,借着成吉思汗微微倾身前冲的瞬间,非但没有避让就要刺入胸口的利剑,反而挺剑向前,使了个同归于尽的招数。

这一招果真令人防不胜防,无论成吉思汗撤剑与否,似乎都只有死路一条了。术赤下意识地闭上眼睛。

只听到一声金属撞击的刺耳的响声,似乎什么东西扎到了树干上。

成吉思汗顺势挑掉了刺客蒙脸的黑巾,暴露在他面前的是一张被雨水冲打得发白的陌生面孔。

眼见行刺未果,刺客凶狠地瞪了成吉思汗一眼,转身向山中跑去。成吉思汗也不追赶,只是从树上拔下刺客的剑,向刺客遁逃的方向掷去。"别忘了,来取你的剑。"他随着手上的动作高喝。

术赤睁开眼睛时,看到父亲已经走到他的面前,正笑眯眯地将随身宝剑收入鞘中。

方才那一瞬间袭上心头的像死亡一样冰冷的恐惧感尚未完全从术赤眼中消失,他可以忍受一切痛苦,除了那寒彻心骨的绝望。

"术赤,你怎么了?"成吉思汗被儿子的表情吓到了。

术赤努力稳住心神:"没事。您没有受伤吧?"

"我很好,别担心。"

"可是,您怎么会来这里?斡歌连他们呢?"

"唔……"成吉思汗一时语塞。他很难承认他独自一人随后跟来是因为担心儿子做出傻事,他更难承认儿子的那一声"阿爸"令他心绪久久难平,耿耿于怀。"我——看到了你,让他们回去了。"他支吾着。

"那个刺客是什么人?会不会是札木合派来的?"

"不可能!札木合不是那种人!他或许有时不那么光明正大,但还不至于卑鄙到雇用刺客的地步。我相信,如果有必要,他会动用军队与我决一雌雄的。"

术赤颇为意外地注视着父汗突然变得激动的脸。他没想到,事隔这么多年,父汗的内心竟依然隐藏着对札木合的友情。或许连父汗自己也没有意识到这一点吧?

第六章

雄风·烈马·号角

壹

一二〇一年秋季,战争再一次循踪而至。而操纵这一切的幕后之手,又是能言善辩的草原纵横家札木合。

"十三翼"大战后的近十年间,蒙古高原逐步形成了几大力量相对集中的军事集团,一个是以成吉思汗为首的新兴的蒙古部,一个是以王汗为首的克烈部,一个是余威犹存的乃蛮部,再一个就是正在走向联合的、集中了除三大集团之外的几乎所有部落的庞大的军事联盟。这个军事联盟的形成,是以对成吉思汗的共同仇恨或恐惧做心理基础,由札木合一手缔结而成的。

札木合这些年的心血没有白费。他的游说成功地将所有对成吉思汗怀有仇恨或者担心成吉思汗的势力不断扩张终有一天会威胁到自身利益的大小十一个部落的力量联成了一体,集结起十数万大军,摆开了同成吉思汗决一死战的阵势。

一时间,双方剑拔弩张。不同以往的是,这一次,整个草原都将被推入血腥的战火之中。

战前,新联盟的首领在鄂尔浑河举行了重要集会,目的是要推举一位指挥战争的共同的领袖。最有资格成为这个新联盟大汗的有两个人选:一个是札木合;另一个则是泰亦赤惕部的塔尔忽台。

篾儿乞部、塔塔尔部虽然曾经都是草原大部,但它们一再受到蒙古部的重创,元气未复,其首领脱黑堂、都塔惕无意出这个风头。乃蛮部的不亦鲁黑不曾带来自己的全部力量,加之实力不够,也不想与札木合、塔尔忽台竞争汗位宝座。至于其他像弘吉剌、斡亦赤惕这样的小部,首领更无力无心承担这份重责，因此，大家从一开始便有心在札木合和塔尔忽台二人中任择其一。

泰亦赤惕部可以说是历次战争唯一没有受过直接损失的部落，实力最为雄厚，这使一部分人看好塔尔忽台。而札木合有着与成吉思汗对敌的丰富经验，他本人又对成吉思汗恨之入骨，所以多数人更倾向于他。

出人意料的是，会议伊始，塔尔忽台率先提议推举札木合为古儿汗。塔尔忽台不争，别人哪里还有什么异议？于是，十位首领共同簇拥着札木合向设在帐外白色毡毯上的宝座走去，将札木合抬上宝座，跪拜于新大汗的脚下。

札木合望着他们，又望了一眼耀眼的太阳，一张汗涔涔的脸上不觉露出一丝大功告成的惬意。盟誓前，他郑重地发表了一个简短的演说："感谢各部首领推举我为古儿汗，其实我宁愿只做一消灭铁木真的先锋足矣。铁木真的存在，早已成为整个草原的灾难，为了不被他各个击破，各部只有联合起来，与他作一生死较量。此战至关重要，胜则可保我与诸位昔日的尊荣，败则我们永无立足之地。愿长生天保佑我们一战成功，杀了铁木真！"

"杀了铁木真！杀了铁木真！"十一位首领疯狂地挥舞着手中的武器，以草原上最古老的方式进行了盟誓。他们以刀斫木，以足踢岸，只见方才还庄严肃穆的会场瞬间变得尘土飞扬，一片混乱。

札木合的演说颇有些意味深长。可能他早已预料到，与成吉思汗一战无论胜败与否，他这个"古儿汗"都当不长久。对于这样一种一锤子的买卖，他只要能够战胜成吉思汗，情愿将形同虚设的"古儿汗"抛入鄂尔浑河中。

盟誓并且祭旗后，札木合率领大军沿鄂尔浑河顺流而上，与成吉思汗、王汗的联军先后来到阔亦田地区扎营。

当第一线曙光划破天际时，两边的战鼓爆豆般地响起。蒙军亮出队形前，元帅木华黎特意召来忽必来、朝伦、斡歌连、速不台四将，命他们轮流看住成吉思汗，勿使他冲杀于敌阵之中，亲冒矢石之险。四将领命而去。

札木合挥动令旗，指挥军马一同杀出。转眼间，双方混战一处，直杀得天昏地暗，日月无光。战斗正酣时，一团黑云由东南向阔亦田方向徐徐飘来，南风骤起，不出半个时辰，乌云密布，暴雨倾盆，风向正对着进攻一方的蒙、克联军。联军将士被风雨冲得睁不开眼睛，进攻速度明显减慢，相反，对方因获天助，士气大振，向联军进行了疯狂的反扑。

克烈军首先溃退。蒙军纵然顽强，终究架不住人力与自然的双重袭击，阵脚渐乱，败迹渐显。就在这千钧一发的时刻，成吉思汗突然出现在队伍的最前列，从旗手手中夺过白色鹰旗奋不顾身地向敌人冲去。那英勇绝伦的身姿,那大无畏的气魄令士气正旺的对手也为之胆寒。

受到成吉思汗的鼓舞和感召,有些紊乱的队形开始稳住了,忠诚的将士们随着他们的大汗杀返敌阵,好似全然忘却了扑面而来的风雨,只有那高高飘扬的鹰旗在激励着他们:坚持!坚持!

鲜血被雨水冲走了,联军面对无所畏惧的蒙古铁骑,竟然寸步难移。一个惊天动地的响雷在人们头顶炸响,雷声过后,奇迹出现了:风势突然逆转,更加狂烈的暴风雨反向札木合的联军袭来。札木合的联军不防有变,潮水般向后退去,混乱中不断有人跌落幽深的山涧。札木合顿足捶胸,悲愤莫名。为什么连天也要帮着成吉思汗? 为什么?

为——什——么?

贰

札木合联军兵败如山倒。

桑昆建议分头行动,由他追杀札木合,成吉思汗追杀塔尔忽台。

成吉思汗焉能不晓得桑昆那副花花肠子。以札木合的为人,势必会乘其盟友溃败逃散之机大肆抢掠各部财产部众,追杀他无疑可独得厚利。塔尔忽台则不同。塔尔忽台最后来到战场,未见仗而先逃,实力完好无损,追上他势必有一场硬仗。不过,桑昆的提议倒也正合成吉思汗的心意,他是不会放过给塔尔忽台致命一击的机会的。

克烈、蒙古两部分头行动了。克烈军去追杀向鄂尔浑河下游逃窜的札木合。蒙军则兵分三路,由成吉思汗自率一路沿斡难河追杀塔尔忽台。

在斡难河对岸,蒙古部追上了塔尔忽台的军队。又是一场酷烈的厮杀。一直躲在后面观战的塔尔忽台心里十分焦急,他清楚,虽然他的军队暂时未有落败之势,但时间长了,终究不是气贯长虹的蒙军对手。

一个年轻将领的身影闪了一下。塔尔忽台认出是只儿豁阿台。只儿豁阿台素有"合撒尔第二"的美称,在泰亦赤惕部是第一流的神射手。此时他向一个人举起了手中弓箭,他瞄准的不是别人,正是跃马阵中的成吉思汗。

一支箭带着风声不偏不倚正中成吉思汗的脖颈。

狂喜差点让塔尔忽台窒息,他感谢长生天赐给他的良机,期待着那一刻的出现:成吉思汗跌倒马下,蒙军军心大乱……

然而,什么也没有发生。成吉思汗在马上稍稍晃了一下,便奇迹般地坐稳了。他伸手拔下脖上的利箭,连眉头都不曾皱一下。鲜血顺着他脖颈滴落在铠甲上,血流如注,很快染红了灰色的战袍。

当时队伍已然打乱,除紧随于成吉思汗身边的哲列莫外,没有几个人知道他受了伤。

太阳衔山时,双方将士鸣金收兵,约定明晨再战。哲列莫寸步不离地守在成吉思汗身边。成吉思汗的脸色惨白如雪,他在哲列莫和众侍卫的保护下刚走到自己的临时营帐,便昏倒在门前。

哲列莫强自镇静,他为大汗细心地察看了伤口,见没有伤到致命处,一颗悬着的心才稍稍放下。他吩咐侍卫去准备烙铁,自己则俯身为成吉思汗吮去脖上瘀血。瘀血除尽后,他按草原古老的方式用灼烧的烙铁封住了成吉思汗的伤口。

火光映照在成吉思汗苍白的脸上。

哲列莫凝视着这张脸,心中百感交集。作为孛儿只斤家族的"孛斡勒"(家养奴隶),他从铁木真出生起就被父亲献给了小主人。后来,由于他年纪尚幼,父亲带他到汪古部生活了一段时间,直到得知铁木真与孛儿帖夫人成亲的消息,他才从汪古部辗转来到铁木真的身边。从那以后,铁木真将他置于左右,给予了他绝对的信任和尊重……即使抛开私人情谊不讲,他也实在不敢想象,万一这个人有个好歹,他们会怎样?草原会怎样?毕竟,在每个蒙古将士的心中,在许许多多草原人的心中,成吉思汗的名字早已意味着一统草原的希望。

不知过了多久,成吉思汗失血干裂的嘴唇翕动着,发出了一点微弱的声音。哲列莫忙将耳朵附在他嘴上,勉强辨出一个字:"渴……"

哲列莫的眼泪一下子流了出来。

他起身去寻马奶。不巧的是为了追击敌人,他们将所有的辎重军需留给了后卫部队,每个人只带了一点清水和肉干。他不再犹豫,叮咛侍卫守好营帐,出营去寻马奶。在一棵树下,他脱去衣服,只穿一条短裤,悄悄潜入抵营而宿的泰亦赤惕营地。还好,在营边一座空帐前他发现了一个被丢弃的奶桶,桶壁和桶底尚残留着不少凝固的马奶,他如获至宝地拎起奶桶,飞快回到本营。

成吉思汗仍处于昏迷之中。哲列莫用清水调匀了马奶,倒在碗里,一口一口地喂着他的大汗。这一夜对他来说是如此漫长难熬,天蒙蒙亮时,成吉思汗呻吟了一声,慢慢睁开了眼睛。

"大汗,您醒了?"哲列莫惊喜交集。

眼前的迷雾一点点消失了,首先映入成吉思汗眼帘的是哲列莫疲倦的脸容和嘴上暗红色的血印。

"大汗,再喝点马奶吧。"哲列莫端过早已备好的马奶,扶起成吉思汗。

两碗马奶喝下去,成吉思汗觉得心里不再那么灼烧了,他疑惑地望望哲列莫:"你受伤了吗?"

"没有。"

"你的嘴……这血……"

"哦。"哲列莫恍然大悟,"我担心大汗箭伤有毒,为大汗吮去了瘀血,可能嘴上没擦干净。"

成吉思汗注视着地上黑泥一样的斑斑血污,感动地握住了哲列莫的双手:"我们营中没有马奶啊,你从哪里得来的?"

"泰亦赤惕营地。"哲列莫简述了他弄到马奶的经过。

成吉思汗微微叹口气:"你太冒险了。如果你被抓住,让敌人知道了我受伤昏迷的消息,我们的处境就会变得很危险。"

"不妨事。我已虑到这一层,所以在进入泰亦赤惕营地前先将衣服脱去。万一他们抓到我,我就说因我违抗了军令,您为惩罚我,将我剥光了衣服关起来,我不甘受辱,才悄悄逃出蒙营。只要骗过他们,我便可以寻机返回了。"

哲列莫的细心深得成吉思汗的赞赏,他更紧地握住了哲列莫的手:"你总不惜以生命来保护我。这二十多年来,你追随在我的身边,无论遇到多少挫折和失败,也不曾让你改变初衷。你,还有博尔术、木华黎,还有那么多的将士,对我来说犹如车之辕轴,体之臂膀,我有时甚至不知该如何酬答你们对我的这份忠心。"

"您别这么说,更不能这么想。您刚出生时,阿爸把我献给了您,从那时起,我的一切就已属于您了。"

"不……"成吉思汗喃喃着,似乎想说什么,又哽住了,他急忙将头扭在一边。哲列莫无言地注视着他,眼眶也微微泛红了。

良久,成吉思汗努力克制住油然而生的温情,以他特有的敏锐问:"你找马奶时,没发现敌营有人吗?"

"没有。敌营很沉寂。"

"沉寂?"成吉思汗的眼中闪出了思索的光芒。

哲列莫也顿悟到敌情的异样。当时他将全部心思都扑在大汗身上,未加留意。

成吉思汗与哲列莫用眼神告诉对方自己的判断:敌人跑了。

叁

千真万确,泰亦赤惕的营地确已空无一人。

昨天夜里,塔尔忽台收兵回营后一直坐卧不宁。他的脑海中不断闪现出一些零散的可怕的镜头:高举的战旗,逆转的风雨,成吉思汗中箭后屹立不倒的身姿……他急召部将商议对策,结果大家一致要求暂避蒙军锋芒,待回老营再作打算。塔尔忽台接受了这一建议,当即传令连夜拔营。

成吉思汗从榻上撑起了身体。由于牵动了伤口引起了剧痛,他下意识地咬住了嘴唇,一张因失血过多而变得蜡黄的脸上冒出了豆大的汗珠。

"大汗!"哲列莫知道成吉思汗急于追赶逃跑的敌人。

成吉思汗似对哲列莫说,又似自语:"敌人不会逃得太远!从他们只将空奶桶抛下的情况看,他们必定带有繁重的辎重,只要我们派轻骑前去,定能追上他们。"

"由我去就可以了,您不能……"

"没事,我没事,你跟我来。"

成吉思汗刚刚踏出帐门,便传来了一个好消息:博尔术在歼灭篾儿乞部引军回营途中,正遇仓皇逃遁的泰亦赤惕部,双方经过一场厮杀,塔尔忽台力不能敌,丢下大部分辎重和部众,只带些残兵败将逃回老营。目前,博尔术正押解着篾、泰两部的俘虏及财产向斡难河方向赶来。接着,木华黎处也传来喜讯:他和术赤顺利完成截杀札木合的任务,正在回营途中。

捷报频传,全军将士欢呼雀跃,整个军营洋溢着喜庆和欢乐的气氛。

当天,成吉思汗命令就地宿营,等待木华黎前来会合。

第二天,博尔术、木华黎先后率部返回,三路人马在斡难河畔顺利会师。众将闻知大汗中箭受伤,皆赶到成吉思汗帐内探视慰问。成吉思汗正与众人言谈甚欢,这时,侍卫来报,帐外有位老者求见。

成吉思汗在众将的陪同下来到帐外。尽管二十四年的时光已将黑发催白,成吉思汗仍然一眼认出来者正是他少年时代的救命恩人、朝伦的父亲锁尔罕。

他急忙抢步上前,大礼参拜:"铁木真拜见恩人。"

锁尔罕忙不迭地搀起他:"不可,不可!大汗莫要折杀我锁尔罕啊。"

成吉思汗握住了老人的双手:"老人家,您身体可好?"

"好。托大汗的福,硬朗得很。"老人笑眯眯地回答,眼睛里已是泪光闪闪。年少的铁木真曾发誓要报答他们全家的救命之恩,而他此次举家来投,却绝非要图什么报答。他思念阔别已久的儿子朝伦,何况泰亦赤惕已没有他们的容身之处。时光如流水,最让老人感到欣慰的是,铁木真的的确确变成了成吉思汗!

成吉思汗一眼看到老人身后站着一位英姿勃发的青年将军,他以为青年是老人的什么人,便微笑着问道:"这位是……"

锁尔罕急忙介绍起来:"他叫只尔豁阿台,是泰亦赤惕部有名的勇士和神箭手。他特意请求同我一起来拜见大汗,想从此在大汗帐前效力。"

说到这里,老人推了推只尔豁阿台,要他拜见成吉思汗。只尔豁阿台纹丝不动。他的沉默似乎意味着一种思索,一种抉择。

"你没有话要对我说吗?"成吉思汗温和地问。说真的,才看一眼他就喜欢上了这个不卑不亢、目光如炬的青年。

"有。"只尔豁阿台昂起头,坦率地回道,"我必须告诉您,那日两军阵前,将您射伤的那个人就是我。"

"哗——"仿佛听到一声号令,成吉思汗的侍卫抽出兵器,将只尔豁阿台团团围定。只尔豁阿台泰然自若地环顾着他们,嘴角噙着一丝冷笑。

成吉思汗摆摆手,侍卫们不情愿地退至一边。成吉思汗向只尔豁阿台走近一步,不紧不慢地问道:"你既射伤了我,为何又来投奔我?"

"我对大汗的威名素有耳闻,尤其在不久前的大战中,我亲眼看见了大汗一往无前的雄姿,更从心里敬仰您坚强如铁的意志。在战场上,我们是敌人,我为主尽忠,并不认为有什么错。对于那一箭,我至今不后悔。"只尔豁阿台平静地回答着成吉思汗的问话,一副气定神闲的模样。

"你既有'神箭手'之称,为何那一箭射偏了?"

"不是我射偏了,是长生天在护着您。我的箭离弦的瞬间,您恰好偏了一下头,否则……您又怎么可能站在这里?"

只尔豁阿台的话激起了不少将士的反感,但成吉思汗依旧不动声色。"那么,你又为何不继续为主尽忠了?你难道不知道一个人应该全始全终吗?"

"那是指对值得的人。骏马需要好骑手!对于我家主公,我尽忠已毕,该为自己寻条出路了。"

"什么叫'尽忠已毕'?"

"这点您可以问问博尔术将军。若非我引兵拼死挡住了将军的追兵,塔尔忽台首领如何能够顺利脱险?"

"我不明白,究竟是什么让你改变了追随塔尔忽台的初衷呢?"

"他不是我理想中的明主。当初选择了他我已经错了, 我不想一错再错。"

"谁又是你理想中的明主?"

"您!"

"何以见得?"

"从您平素的所作所为,从您在战场上指挥若定的风范,从您手下将士视死如归的豪情和号令如一的军威, 我认定您才是值得我终生追随的明主。"

只尔豁阿台的一番话渐渐消除了蒙军将士的敌意, 他们开始以新的眼光来看待这位年轻的敌将了。

成吉思汗再一次试探:"你就不怕我报那一箭之仇吗?"

"我考虑过。大汗如若杀了我,不过是污了巴掌大的一块土地。倘若大汗饶我不死,今后我将为您横断白水,踏碎黑石,招之即来,挥之即去。"

成吉思汗从心底里认可了只尔豁阿台——不是为他的一番豪言壮语,而是为他襟怀坦荡的男子汉气概。他向众人说道:"身为敌人,难免希望隐瞒自己的敌对行为,他却能据实以告。这样的人是可以做任何人的朋友的。只尔豁阿台,从今往后,你就做我的伴当留在我身边吧。"

直到这一刻,只尔豁阿台那凛然挺立的身躯才像被火熔化一样,跪伏在成吉思汗的脚下。成吉思汗伸手将他扶起,脸上露出欣慰的笑容:"只尔豁阿台,为纪念我们的相识,我想给你改个名字,你意如何?"

"请大汗赐名。"

"我们一箭之交做朋友,你以后就叫'哲别'吧。"

"谢大汗。"

"哲别"乃"箭"之意,从此,这位名为"利箭"的将领在成吉思汗麾下,东征西伐,横扫敌军,所向无敌,成为蒙古历史上著名的常胜将军,为成吉思汗统一蒙古、征服世界立下了汗马功劳。

肆

成吉思汗与恩人一家重新聚首,又收了哲别这员勇将,可谓双喜临门。他将军中诸事完全委以木华黎,自己则专门设宴款待锁尔罕。宴会结束时,一个侍卫向成吉思汗报告了一个惊人的消息：元帅因他受伤之故，要治斡歌连、朝伦、忽必来、速不台死罪。成吉思汗这一惊非同小可，一刻也不敢耽搁，匆忙赶往帅帐。

斡歌连、朝伦、忽必来、速不台皆已上绑，站在帐中，垂头不语。

木华黎怒不可遏："还记得大战前本帅如何交代你们的吗？本帅千叮咛万嘱咐要你们守好大汗，不可让他亲临敌阵。你们呢？竟敢将本帅的话置若罔闻，致使大汗涉险受伤。本帅倒要问问：我杀你们，你们冤是不冤？"

四将面面相觑，纵有万般委屈也是说不出口的。

成吉思汗大步流星地推门而入："元帅，刀下留人！"

木华黎心想，我就怕你不来呢，你倒来得及时。

"大汗，"木华黎转出桌案，"您可是要为他四人求情。"

"正是。"

"您是主，我不敢违命。但他四人违犯军令，我若不能秉公而断，恐日后军令不畅，难以服众。大汗若顾念私谊，一力维护，我只有请大汗收回帅印，另选贤能。从此，我再不过问军中之事。"

这一下，还真把成吉思汗难住了。

一方面，他完全理解木华黎全力维护军令的苦心，另一方面，他却一万个舍不得杀掉他的这几员虎将。别说他们根本无罪，就算有罪，他也得设法为他们开脱啊。

"元帅，元帅……元帅且说说他们到底身犯何罪，非杀不可？"

"身为臣下，致使主公亲身涉险，已属失职，还令主公伤及体肤，更是罪在不赦。我身为一军之首，倘若事先考虑不周，没做交代，那么罪在我一人，我绝不敢有所推诿。然而我在战前三令五申，命他四人护好大汗，他四人又可曾做到？请问大汗，他四人该杀不该杀？"

"唉，元帅只知其一，不知其二。此事真也怨不得他们几个。都怪我一时性急，无端惹出这场祸事，实在与他四人无关。我保证今后绝不再犯，望元帅看我面上，饶了他们这一次吧。"

木华黎哪里是真的要杀四将！他不过借此逼成吉思汗做出不再冒险的承诺。如今见目的达到，乐得顺水推舟："既然大汗求情——也罢，且饶他们这一回。"

四将齐齐跪倒在地："谢元帅不斩之恩。"

木华黎命人除去四将绑绳，缓缓说道："你们不必谢我，是大汗为你们求情。望你们谨记今日之事。"

"喳！"

成吉思汗不觉暗暗松口气："元帅可安排好回军事宜？"

"全部安排妥当。"

"如此……大家各自回营准备吧。"

俟众将离去,木华黎向成吉思汗详细汇报了截杀札木合的经过。

原来,早在札木合所率盟军溃败,桑昆提出分头追击时,成吉思汗便料到桑昆的目的无非是为多抢些辎重财物而已。只要札木合肯留下东西,桑昆断不会为难于他。为此成吉思汗才兵分三路,派木华黎在鄂尔浑下游截杀札木合。

果不出所料,札木合与桑昆只经一仗,便知趣地丢下了所有辎重。桑昆心满意足,不但不去追赶,反而催促王汗率克烈大军先行返回黑林。王汗却坚持要与成吉思汗会合后同行,桑昆恼怒,便率领自己的董亦合惕部先行离去了。

札木合侥幸摆脱了克烈军队的追击,之后一路向东,急于返回老营,哪承想到半路还埋伏着一支奇兵。

札木合一见木华黎,顿时大惊失色。面对杀父仇人兼昔日旧主,木华黎倒是显得心平气和:"札木合首领,我奉成吉思汗之命,在此恭候多时。自分营以来,大汗一直都在挂怀首领,希望首领能够与他捐弃前嫌,共谋大业。"

札木合并不搭言,拍马上前,挥刀就砍。对木华黎来说,札木合远非他的对手,无奈成吉思汗事先有令,不可伤害札木合性命,因此他多是躲闪封挡,不敢随意进招。

在后观战的术赤见主帅战得艰难,立刻挥动令旗,指挥将士一同杀出。

札木合本已心力交瘁,稍一疏忽,被木华黎一剑刺在马胯上。那马痛得"吸溜"一声怪叫,将札木合掀翻在地,负痛而走。

木华黎正待生擒札木合,一个少年的剑如同雪片一样向他裹来,木华黎只得放弃札木合,专心地对付少年神出鬼没的剑招了。

少年边战边冲札木合喊:"快上马！"

札木合醒悟过来,急忙跳上从马,少年怕他上前助战,又喊道:"您先走,让我来挡住他们！"

札木合拨马跳入河中,向对岸游去。他手下将士也纷纷跃入河中,术赤引军追到河边,向河中敌人举起弓箭。少年见势不妙,虚晃一招,拨马便走。木华黎伫立河边,眼望着札木合游上对岸,命士兵向他喊话:奉大汗之命,不伤首领性命。望首领好自为之！

听完木华黎的汇报，成吉思汗十分满意。他之所以要选择以德报怨，无非是想再给札木合一个机会。他与札木合之间有着太多的恩怨纠葛，他们如同一场赌赛的双方，都想看到谁是最后的胜者。

沉思片刻，成吉思汗有点好奇地问："那少年骑士究竟是什么人？他的武艺真的比札木合安答还要略胜一筹吗？"

"的确有过之而无不及。我至今仍有些疑惑，从那少年容貌举止还有声音判断，应该是个女孩子。"

"女孩子？札木合倒是有一独女名唤祺儿，莫非是她？如果是祺儿，我倒知道她的箭法精准，绝无虚发。若非如此，两年前她怎么可能救了拖雷呢？"

"祺儿还曾救过四太子么？"

"是啊。拖雷出生后，额吉格外钟爱这个小孙子，就带在身边亲自抚养。有一天，塔尔忽台的一个手下趁我行猎未归，假扮成一个流浪的草原骑士来到额吉的帐中。善良的额吉，可怜这个穷困潦倒的人，亲自去安排饭食。没想到，他竟乘机劫持了拖雷。营外，他正要对拖雷下手，幸亏祺儿及时发现并且救了拖雷。在她护送拖雷回营的途中，我也引军返回了。那是我多年后再一次见到祺儿，她长大了，长得更漂亮了，是我见过的草原上最漂亮的女孩子。只可惜，我与她的父亲却是不共戴天的敌人。"

"原来是这样。"

"是啊，她是拖雷的恩人。不过，我还不知道她会使剑。"

"她的剑路我觉着熟悉，很像瑞奇峰的风格。"

"这就更奇了。瑞奇峰不是早离开草原了吗，何时又收此女为徒？"

君臣猜测不出，却不知此事真与瑞奇峰有关。

伍

十一年前，偶救了木华黎的瑞奇峰离开草原回到金都，与师父青松道长会面。不久，师兄石抹重辰旧伤复发，下肢瘫痪，瑞奇峰便前往沧州协助师兄打理那里的布行生意。

沧州"宜春"布行，原是河北最大的一家布行，也是契丹贵族石抹家族的产业之一。因石抹家族一向以习武为重，传到石抹重辰手上时，布行生意已是明日黄花，一落千丈。偏瑞奇峰在生意场上也是个奇才，接手布行不久，便接连做了几笔大买卖，这样一来，布行生意不但蒸蒸日上，而且大大超过了往日的繁荣。

四年前,重辰之子明安一举夺取武状元,在大将军术虎高琪手下为将,仕途并不顺利。重辰心里清楚,让儿子回来打点生意那绝无可能,儿子对做生意一向深恶痛绝,因此立下遗嘱,将布行划归瑞奇峰名下。瑞奇峰如何肯受!最终只答应暂替师侄明安料理家业,一旦明安回来,他将完璧归赵。

不久,石抹重辰一病不起,明安匆匆赶回为父料理丧事,临行,他当着石抹家族百十余号人公开宣布:布行及一切石抹家族的产业从此姓"瑞",与他石抹明安再无任何瓜葛。他恳切地对瑞奇峰说:"师叔,侄儿此生注定要投身军旅,纵死不会回头。倘若师叔不肯接受石抹家族产业,它必定成为侄儿心头的负累,使侄儿始终觉得愧对先祖。家父遗愿也是如此。万望师叔成全侄儿,让侄儿从此可以了无牵挂,专心仕途,或能成就一番轰轰烈烈的事业。"

师侄发自肺腑的恳请颇令瑞奇峰为难。石抹明安却不容他犹豫下去,果断地立下字据,"逼"着他在上面签了字,自此,"宜春"布行及石抹家的产业便正式划归在瑞奇峰的名下。石抹明安如同卸下了沉重的包袱,一身轻松地告辞师叔回野狐岭驻防。

瑞奇峰性本豪侠,更兼为人仗义疏财,古道热肠,因此江南塞北,三教九流都结交了不少朋友,其中有一位是河北名医刘仲禄。

刘仲禄原本有个幸福的家庭。夫人美貌贤惠,夫妻俩你恩我爱,小日子过得十分和美。岂料一夕间祸从天降,刘妻在前往寺庙进香途中被当朝权贵完颜谔诺勒的侄儿完颜畅看中,诱逼失身,刘妻不甘受辱,自杀身亡。刘仲禄悲愤之下,欲行刺完颜畅,失手被擒,危急时,多亏瑞奇峰出手相救,刘仲禄才得以暂脱虎口。

刘仲禄惨遭家破人亡之祸,又被州府画影图形,全国通缉,急需一安全住处隐匿身迹。瑞奇峰想到他在蒙古的朋友木华黎,建议刘仲禄暂到蒙古避祸,刘仲禄欣然应允。两个人靠了石抹明安暗中相助,顺利逃出边境,来到长城脚下的汪古部。

一路行来,二人方知木华黎的声威在草原早已是如日中天。

瑞奇峰高兴之余并不觉得意外。他早料到,木华黎倘若得逢其主,必能成为一代名将。让他感到意外和激动不已的是,他居然见到了从他六岁时起便念念不忘并牵起他草原情结的那个人——成吉思汗。

其时,莫日根大夫年七十有二无疾而终,成吉思汗遂以年轻的刘仲禄顶替莫日根大夫的位而置于左右。瑞奇峰在蒙古本部逗留数日,因惦念沧州的生意,向木华黎和刘仲禄告辞,并依依拜别成吉思汗,准备返回。

遇见祺儿完全在无意之中。

　　那天,祺儿像往常一样在豁尔豁纳黑川练剑。精于剑术的瑞奇峰立刻被少女的一招一式吸引住了,只为这个潜能无限的少女,瑞奇峰毅然推迟了行期。

　　适逢"阔亦田"大战前夕。当札木合游说各部归来,祺儿的功夫早已一日千里,不在其父之下了。

陆

　　蒙、克联军满载而归,连战马的脚步似也轻快了许多。为了加强与克烈部的联盟,成吉思汗向王汗提出,愿将爱女华容许给桑昆独子撒图,并为长子术赤求娶王汗幼女察如尔。王汗觉得这笔买卖划算,先自应承下来。回到老营后,王汗召来儿子,将与成吉思汗议定之事细细告知,谁承想,话未讲完,桑昆勃然变色:"不行! 我不同意! 与铁木真结亲? 我看父汗您真是老糊涂了! "

　　"与铁木真结亲难道还辱没你不成? "

　　"他铁木真算什么东西! 一个吃野菜树根长大的穷小子,也配让他的女儿来我家做未来的皇后? 父汗您别忘了,您可是有着金国所封的'王'号! 这样门不当户不对的婚事您还居然沾沾自喜,不是糊涂又是什么! "

　　"好,好! 我糊涂! 我来问你,这个家到底你说了算,还是我说了算? "

　　"我妹妹我管不着,我儿子当然由我做主! 我这就遣使退婚。"

　　"你……"王汗气得胡须直抖,指着儿子,半晌说不出一句完整的话来。桑昆根本不理他,拂袖而去。

　　出了父汗的大帐,桑昆在门外转了一圈,顿时有了主意。他派侍卫去传镇海。镇海不知太子传他所为何事,急忙跟随侍卫来到桑昆的营帐。

　　桑昆并不急于开口。他一边玩弄着一只精致的玉杯,一边上上下下打量着镇海,镇海被他看得心里直发毛,坐也不是,走也不是。

　　半晌,桑昆冷冷地开口了:"你不是一向与铁木真很熟吗? 现在我就派你作为我的使者到蒙古部走上一趟,捎几句话给他。我想,凭你的面子,一定会把此事办妥的。"见镇海对他不怀好意的讥讽无动于衷,桑昆多少有些懊恼,略一停顿,他一五一十地将他与父汗之间的争吵告诉了镇海,尤其刻意强调了自己之所以不同意与铁木真结亲的理由。他要镇海将他的话原原本本地转述给铁木真。

镇海呆若木鸡。他非常清楚，桑昆这样做，无疑会堵死克烈部与蒙古部的友好之门，甚至还可能使两部反目成仇。这对风雨飘摇的克烈部来说实是有百害而无一利。但他同时也深知，目光短浅、自以为是的桑昆是不可能听进任何忠言的，既然总要有人去承担这个使命，不如自己去。身为克烈之臣，纵然深知桑昆此举愚蠢至极，他也无由推拒。

镇海不带任何随从，只身来到成吉思汗的主营，求见成吉思汗。

成吉思汗似乎有所预料。从镇海不同以往的脸色，他敏锐地洞察了镇海矛盾的心情："桑昆有什么话要你转告我，你直说无妨。"

镇海横下一条心，将桑昆派他来的使命和盘托出，当他讲完最后一个字，已是冷汗长流。

"嘭！"不亚于晴天一声霹雳，许多人不自觉地哆嗦了一下，镇海更加没有勇气正视盛怒中的成吉思汗。

成吉思汗砸在桌上的手微微颤抖着，狂怒使他脸色铁青。桑昆的污辱严重地刺伤了他的自尊，他想到王汗，第一次明白，他为酬答王汗昔日恩义所做的一切忍让和努力，换来的不过是变本加厉的仇视和轻蔑。

镇海还是头一次见到成吉思汗的另一面，一个摆脱了伪装、真正富于人情味的一面，而不是他素常见惯的喜怒不形于色的那张面孔，不知为什么，这反倒让他感到亲切。他所做的都是为臣者应该做的，此刻，他突然觉得很轻松，他不再欠王汗父子什么了，就像成吉思汗早就不再欠王汗什么了一样，他们在心理上已经自由了。

博尔术趋步上前，低声劝解："大汗息怒。大局为重，请大汗将那些闲言碎语权当耳旁之风。来日方长，孰是孰非，自有公论。"

成吉思汗听着博尔术不便明言的劝说，渐渐冷静下来。他命察合台速去传窝阔台来见镇海，然后，他向镇海笑道："我有其他事务缠身，不能亲自陪你了，你切勿多心。我命窝阔台代行迎送诸事，一来让他历练历练，二来亦为你师生小聚。"

镇海在为成吉思汗惊人的自制力感叹的同时，哪里还有心情参加饮宴。他只想见窝阔台一面，尽快回返："大汗是否有话要我带给桑昆太子？"

成吉思汗的神情骤然变得冷肃："告诉桑昆，他可以不顾两部盟好，我却不能不念王汗旧恩——望他好自为之！"

镇海听着成吉思汗简单却寓意无穷的话语，心情更加沉重。他为桑昆羞惭，也为王汗悲哀，怎奈他无能为力。只有一点他敢肯定：克烈、蒙古两部的决裂必定为时不远。

第七章

合兰真大战

壹

"阔亦田"大战失败后,善于审时度势的札木合将对抗成吉思汗的希望重新寄托在王汗父子身上。

缺口从桑昆身上打开易如反掌。虽然两个人在战场上有过对立,然此一时彼一时,札木合的才智和对成吉思汗的极端憎恨始终都为桑昆所需要。以此为基础,战后两个人一拍即合地恢复了秘密交往。与此同时,札木合说服了阿勒坛三人归附王汗。

桑昆的狂妄直接导致了蒙古与克烈两部间的裂痕越来越大,札木合看准的恰恰是这一点。冬天刚过,札木合应桑昆之邀,将营地迁至克烈附近。这一新动态,对蒙古、克烈日渐冷淡的关系来说犹如雪上加霜。

为欢迎札木合的到来,桑昆特意带独子撒图拜访了札木合全家。在札木合的家中,桑昆父子第一次见到了祺儿。事后,桑昆这样向札木合夫妇表述了他当时的感受:"草原美人我也见了不少,远的不说,单我自己的妹妹和堂妹都称得上数一数二的美人了,可她们与祺儿相比简直不值一提——将来还不知会有多少男人要为祺儿神魂颠倒嘞。"

桑昆此话可算说得一点不差。首先,他自己的儿子撒图就不可自拔地迷恋上了祺儿。撒图长得不像父亲那么瘦削,也不像父亲那么阴冷。他长得有几分像舅舅家族的人,眉清目秀。他从小养尊处优,备受他祖父王汗和父母的宠爱,养成了说一不二的性格。但他对祺儿是真心的。从他第一眼见到祺儿起,便将所有的女人都置之脑后,心中只有一个愿望:娶祺儿为妻,用一生好好待她。

每一个青春少女对男子的爱慕都会异常敏感，祺儿一旦觉察到撒图的异样感情后就尽可能地远远避开他。她对撒图无所谓喜欢也无所谓厌恶，换句话说，撒图的一片痴情在她心里产生不了任何回应。

两边的父母都注意到了这对年轻人间的微妙关系。桑昆自然持赞许态度，他认为儿子若能娶祺儿为妻，那将不只是儿子的造化，更是他们整个家族的荣耀。札木合则另有考虑。女儿愿嫁撒图那固然好，倘若女儿不愿意，以她倔强的个性，只怕还会破坏两家目前这种良好关系。顾虑及此，他反而感到忧心忡忡。

当撒图的追求越来越公开和明朗后，札木合打算试探一下女儿的真实心意。谁知他刚硬着头皮问了一句："祺儿，你与撒图相处得好吗？"

祺儿立刻不耐烦地将他顶了回去："您问这做什么？"

札木合多少有些尴尬，不得不另做解释："阿爸以为你们是好朋友，随便问问。"

祺儿双眉微扬，冷若冰霜："我不想有朋友，也不需要朋友。"

札木合于是知趣地放弃了这次谈话。

其实，祺儿的心灵深处何尝没有一个幻影。

一个令她荡气回肠、似爱若恨的幻影。她忘不了"阔亦田"大战战场上那个迎着扑面而来的暴风雨、高举着白色鹰旗一往无前的英姿，少女的崇拜由此变得执着而不可理喻。

可是，他的对手却是她的父亲。或者说他偏偏是父亲不共戴天的仇敌！而她，永远是札木合的女儿。札木合的女儿又怎会天真地将崇拜泛滥成爱情？

无愧于天地之间，他是这样的男人。可天意弄人，她和这样的男人注定不会有交集。

一腔柔情，万种幽怨，为他，他可知晓？

贰

成吉思汗是个闲不住的人。漫长的冬季打猎不失为一种诱人的消遣方式，几场大雪后，成吉思汗技痒难耐，瞒了孛儿帖，偷偷带着斡歌连和几十名侍卫前往不尔罕山。经过术赤的帐子时，他命斡歌连去唤术赤。

术赤不知何事，披着衣服出来了。"父汗。"他惊讶地望着神情愉快的父亲。

"术赤，达兰回来了吗？"

"还没有。"

达兰前些日子去另一个营地看望她的表姐和表姐夫了，因为下雪阻隔，不得已推辞了回家的时间。

"想不想一起出去打猎？"

术赤正觉无聊，对这个提议求之不得："好，我进去准备一下。"

"把你的那只海冬青也带上。"

由于雪厚，打猎进行得十分顺利。看看天色将晚，术赤担心会出危险，坚持罢手，成吉思汗依了他，放走了幸存的猎物。

行至山下林中的一片开阔地带时，斡歌连一眼看到前方有一团黑乎乎的东西，他催马上前，近了才看清原来是一位衣衫褴褛、须发皆白的老者昏倒在地。他急忙下马将老者扶了起来，往他嘴里灌了几口酒。过了一会儿，老者慢慢苏醒过来。

"你……你是谁？"他看着斡歌连，有些惊慌地问。

"我叫斡歌连。你从哪里来？属哪一部？"

"我是汪古人，不久前因得罪了我家少爷，被老夫人撵了出来，流浪至此……"老者不停地咳嗽，艰难地回答。

斡歌连心生怜悯："既然如此，你不妨先跟我回蒙古部再做打算。"

"蒙古部……"老者喃喃着，抬起昏花的老眼看着已至近前的一行人，"那个威风凛凛地骑在马上的人可是你的主人？"

"他是我们的成吉思汗。"

"成吉思汗？真的是成吉思汗吗？能见到成吉思汗，我老汉何其有幸！"老者说着急切地向前跪行几步，匍匐在成吉思汗马下，连连磕头。

成吉思汗心中不忍，正欲下马，被术赤拦住了："我来，父汗，让他骑我的从马好了。"

术赤从地上搀起老者。当他的手触到老者的手背上时，不觉暗暗一惊。就在他稍做犹豫的瞬间，老者已闪电般地将他的手臂拧在身后，伸手扼住了他的喉咙。

所有的人都被这突如其来的变故惊呆了，包括成吉思汗本人。

一批身着黑衣的弓箭手从四周隐身的树后向成吉思汗和他的侍卫们逼近，成吉思汗虑及儿子的安危，终究不敢轻举妄动。

老者仰天狂笑起来："铁木真，这一次，我料你插翅难逃了。"他的手上猛一用力,一口鲜血顺着术赤的嘴角流下来。"小子,你很聪明,我知道你一碰到我的手就发现那不是一双老人的手,可惜你的反应还不够机敏。我原本最喜欢你这样的聪明人,可现在我不得不先送你到地下去等你父汗了。"

"住手!不许伤害我儿子!你不就是想杀我吗?你先放了我儿子,我会照你说的做的。"

"既然如此,很好,命你的人把武器都扔了,否则——"他的手上又要加力。

"好,好,我答应你,你不要乱来!"成吉思汗率先扔掉了随身宝剑,斡歌连和侍卫们也纷纷将武器掷于马下。

成吉思汗的手中只剩下马鞭。他玩弄着马鞭,平静地问道:"你究竟是谁?我与你到底有何冤仇?"

"我是谁?"老者伸手摘去伪装——原来是那个在赤勒格尔的坟前行刺过他的蒙面人。"明人不做暗事,我可以告诉你我是谁。我叫月忽难,是汪古部人。二十年前,我娶了篾儿乞部赤勒格尔的胞妹为妻。那一年,你还记得吗?就是你借兵攻打篾儿乞部的那一年,我的妻子回娘家探望她的亲人,没想到……可怜她还怀着身孕……我却连她的尸首都没找到。上回在赤勒格尔的坟前我没能杀了你,这一次我决不会再失手了。"

"那件事已经过去了十八年,你为什么直到现在才想起找我报仇?"

"这是我的事!我让你多活了十八年,你该感谢我才对!"

月忽难虽深爱妻子,但奉亲至孝,两年前老母病故,他才着手准备报仇。这段情由,他自不会说与成吉思汗。

"那么,你又如何知道我今天会出来打猎?会走这条路?"

"铁木真,你以为你是个普通人吗?成吉思汗,蒙古部的成吉思汗,我如果不潜心研究你的性格为人、生活习惯、行踪规律,难道,我能杀得了你吗?"

成吉思汗笑了:"难为你还是个有心人。术赤,父汗改变主意了,不想坐以待毙。你自己小心。"说着,他向空中抽响一鞭。

月忽难不觉一愣。一直停落在术赤马上的海冬青仿佛得到命令,凌空而起,"呱呱"叫着向月忽难头顶扑来。月忽难出于本能抬手去挡,术赤何等机敏,不失时机地反手架住月忽难的臂膀,将他掼翻在地。与此同时,成吉思汗的侍卫们齐齐遁身于马肚之下,从地上拾起弓箭。那些黑衣人尚未反应过来,便纷纷中箭倒地,非死即伤。

月忽难想不到成吉思汗有这一手,又被术赤和斡歌连双双制住,唯闭目等死。

成吉思汗下马,缓缓向月忽难踱来。"放开他。"他平静地命令。

术赤和斡歌连不敢违命,退至一边。

月忽难惊奇地注视着成吉思汗,一跃而起:"你为什么不杀我?"

"我想和你谈谈。"

"我和你有什么好谈的?"

"有。你和我有共同之处。你一再逼杀我,是为了给你的爱妻报仇,我当年借克烈、札答阑两部之力,是为了夺回我的夫人,我们都是为了一个值得我们去为她拼命的女人。当然你的妻子也算死在我的手上,对此我不赖账。但作为个人来讲,我仍希望化解与你的这段仇恨。"

月忽难听得呆了。他没想过世间还有如成吉思汗一般襟怀坦荡、豪气干云的男子汉,他纵然心如铁石,也不能不为之所动。

"你不妨再冷静想想,如果到时你还想寻我报仇,我随时奉陪。"

成吉思汗说完,牵过马,带着术赤、斡歌连和众侍卫飞驰而去。只留下月忽难呆立原处,恍若置身梦中。

月忽难是汪古人不假,但他远不是一位普通人,事实上,他是汪古部最有权势的太傅。

十余年的仇恨,两年精心的筹划,没想到最终还是功亏一篑。可是,他的仇恨之火却在成吉思汗平静的表白中熄灭了,除了不能释怀对爱妻的怀念,他挣脱了痛苦的桎梏。两年之后,当他做出脱离乃蛮部,与蒙古部结盟的决定时,他依旧清楚地记得成吉思汗是如何临危不乱,扭转不利局面的。能将自己的失败归于猎鹰突然的袭击吗?不!绝非如此!当时他的一愣只不过短短的瞬间,可就是这瞬间决定了一切。成吉思汗善于捕捉转瞬即逝的机会,这种惊人的应变能力正是他远不能及并油然而生敬意的真正原因。

拥有超凡的能力并深得人心,成吉思汗才是草原归于一统的希望,这是长生天的选择,他怎能逆天而行!

叁

春季来临,成吉思汗将营地迁回更靠近克鲁伦河源头的不儿吉岸。按照早已定好的日子,他将为次子察合台举行一个盛大的婚礼。四个嫡子中,长子术赤已于两年前迎娶弘吉剌部越图之女达兰为妻,这个儿媳是成吉思汗亲自为长子选定的。对于次子的婚事,成吉思汗则交由孛儿帖安排,娶的亦是功臣之女。大婚在即,蒙古各属部的首领及百姓也纷纷赶回主营,一时间主营宝盖如云,热闹非凡。

撒图开始本不愿随祖汗到蒙古部参加婚礼,后来不知为何突然改变了主意,不但要去,而且还催着祖汗早点带他前往。

札木合和桑昆在黑林外为爷孙俩送行,返回时,札木合婉拒了桑昆的邀请,推说家中有事,独自回营。其实,他是心中有事。他在忧心如焚地想着他的女儿。

祺儿,这个他在世上唯一的亲骨肉,在与他发生了一场激烈的争吵后,不告而别了。

一切皆缘于他那个罪恶的计划。

用"罪恶"这个词并不夸张。他自己也很清楚,他的计划一定会使禀性正直的女儿反感,可他没料到女儿的内心深处居然还隐藏着另外一种感情。

不!——女儿给他的回答是如此干脆。

他原本担心撒图一味任性,不肯随王汗到蒙古部配合演出一场"好戏"的序幕,想让女儿去劝劝撒图。他深知撒图对女儿的痴情一片,对女儿的话一定言听计从。可女儿何等聪明,居然一下洞察了他的用心。

"为什么?"她不解不悦地问,"您不觉得这样做太卑鄙了吗?"

"你在说你阿爸卑鄙?"

"我不想那样说您。可您做的事您自己清楚。"

"好,好!这就是我女儿说的话——我这十几年算是白养了你。"

父亲的话深深地刺伤了祺儿,她泪眼蒙眬地望着父亲,绝不退让:"阿爸,如果您养我只是为了把我当工具,您还不如杀了我。"

他冷静下来,琢磨着该如何说服女儿。

"阿爸,您为什么那么憎恨成吉思汗呢?"祺儿的内心冲突了许久,终于问出这个久藏在心的疑虑。

一种积郁已久的隐痛从心底溢出,面对女儿的质问,札木合产生了一吐为快的冲动:"也罢,我可以告诉你我为什么憎恨他。铁木真之所以能走上成功之路,一个靠了王汗,另一个就是靠了我。我与他是童年两次结义的好友,那时的他只不过是个居无定所的穷小子,我却是一个拥有相当实力的部落联盟的继承人。但我喜欢同他在一起,我没有朋友,也不喜欢别人,可他不同,他是我童年时代唯一的朋友。此后不久,我们彼此失去了联系,当我再次得到他的消息时,他正通过王汗向我提出联兵请求,希望我与王汗能助他夺回他的被篾儿乞人掳去的新婚夫人。

"当时,对于联兵,我有自己的打算。王汗不能轻易得罪,这是其一;篾儿乞部丰富的兵源和肥沃的草场强烈地吸引着我。不靠联合,单凭我个人的力量不可能向这个草原强部开战,这是其二;再有,就是一点点好奇,昔日的安答如今变成什么样的人了呢? 这些年,我曾听说过一些关于他的传闻,事隔十年之后,我想亲自求证一下这些传闻的可信程度。

"我们在黑林相会。我必须承认,从见他第一眼起,我便理解了桑昆对他的防范和戒惧。尤其是联军大败篾儿乞部后,他及时阻止我和王汗继续追击逃敌,我更加意识到他的头脑冷静清醒得可怕。我原以为,对于这样的人,最好的办法莫过于将他置于掌握之中。我选择了合营。万没想到,合营竟是我一生中最大的失误,他于不动声色中争取了人心,并使原本强大的札答阑联盟因为我们的分道扬镳而趋于四分五裂。长年的征战,我与他之间已经到了不是他死就是我亡的地步,只要能够消灭他,我会不择手段。

"人生际遇,如风中败叶,归于何处,难以预料。如今的草原,已经没有任何一种力量可以打败他了,能够打败他的只有他自身的致命弱点,那就是他的重情守义。这是一步险棋,走好了,他将死无葬身之地,走不好,整个草原早晚是他一人之天下。祺儿,阿爸这一次真的需要你的帮助。"

"我不明白,您已经争取到蒙古三个有实力的大部投奔了王汗,您和王汗的力量强似成吉思汗许多倍,为什么不能光明正大地与他决战呢?"

札木合不由苦笑了:"傻女儿,阿爸给你打个比方吧:克烈、乃蛮如同一头行走在沙漠中的疲惫不堪的老骆驼,有的不过是个吓人的大个头。蒙古却似一匹生龙活虎的千里马,看起来没有骆驼的个大,却能将骆驼拖垮拖死。阿爸是不得已才出此下策。"

"您又怎么肯定成吉思汗一定会上您的当呢?"

"我与他朝夕相处非一日两日,比任何人都了解他的个性为人。对敌人,他称得上良谋在胸,应付裕如;对朋友,他却少有戒备。王汗是他的恩人,只要王汗出面,他不会起疑心的。阿爸只问你一句话,你到底肯不肯帮阿爸?"

祺儿痛苦地摇着头,第一次觉得自己的父亲真是一个不可理喻的魔鬼!

札木合锐利地注视着女儿:"你不想让他死,对吗?"

对! 祺儿在心里痛苦地嘶喊。

如果他死了,草原上是否还有如他一般顶天立地的男子汉? 如果他死了,天地间是否还有只为他一人而逆转的风雨……

"你为什么不敢回答我?"

"阿爸,"祺儿慢慢跪在了父亲的脚下,"女儿可以为了您上战场去与他拼杀,但女儿永远不会做您玩弄阴谋的帮凶!"

"放肆!"札木合勃然大怒,伸出手狠狠甩了女儿一个耳光,"滚! 你给我滚出去！"祺儿哭着跑了。

此后，札木合再没见到女儿。正好撒图也来看望祺儿，札木合倒是不动声色，推说祺儿去看望她师父了。撒图立刻像失了魂魄一般，无精打采地圈马欲回，札木合叫住了他："撒图，伯父问你一句话，你要据实回答我。你对祺儿是真心的吗？"

"您为什么这样问？"

"回答我。"

"是的。我这一生只爱祺儿一人。"

札木合犹豫片刻。要他承认女儿心中的偶像竟是她父亲不共戴天的敌人，他一时真还有些难以启齿。

"伯父，您……是否有话要说？"撒图不解地催促。

札木合的语气倏然冷了下来："伯父再问你，祺儿对你如何？"

撒图被触到痛处，难堪地沉默了。他实在弄不明白，为什么他的一片痴情就是换不回祺儿的一颗芳心？

札木合貌似惋惜实则冷酷地拍了拍撒图的肩头："伯父是很看重你的，一直想帮你。伯父知道，祺儿她接受不了你，是因为她心中另有其人。"

"谁？"撒图似被烙铁烫了一下，顿时妒火中烧。

"这个么……伯父只能这样告诉你，不杀了成吉思汗，你永远得不到祺儿，不论是她的人，还是她的心。"札木合几乎咬着牙说。承认这一点，让他很痛苦。

无须再多一个字，热恋中的男子同样具有超乎寻常的领悟力。

肆

对王汗能带爱孙来参加儿子的婚礼，成吉思汗既觉意外，又觉欣喜。婚礼结束后，他特意设家宴款待王汗爷孙。

在家宴上，最引人注目的还是二公主华容。

年方十五岁的华容星眼修眉，亭亭玉立，撒图得承认，假如他不是先见到祺儿，这一刻他很可能为华容动心。

然而，谁也无法同祺儿相比！

祺儿冰姿玉容，在整个草原独一无二。

想到祺儿,撒图怨毒的目光不觉扫过成吉思汗那张棱角分明、魅力十足的脸,他不能不怀着一种无可奈何的心情承认,这张象征着力量、象征着成熟的脸的确更容易令女孩子倾心。接着,他又想,别说他不会娶华容,就算他真的娶了华容,他也会慢慢地将她折磨至死,好让她的父亲也品尝品尝失去所爱的滋味……

转眼间,王汗爷孙在蒙古部逗留了十天有余。撒图在祖汗面前从不掩饰他对华容的倾慕,王汗更恼儿子桑昆无端破坏了一桩绝好的亲事。

临行,成吉思汗赠给王汗一套制作精美、造型别致的金杯,王汗爱不释手。感于义子诚意,王汗再次重申了他与义子的父子之盟。

回到本部的王汗情绪比过去有了很大好转。令他不解的是,桑昆对成吉思汗的态度也发生了某些改变,至少不再像过去那样反感。时至仲夏,桑昆居然主动向父汗提出了与蒙古部联姻的建议。

王汗大为意外。当初正是由于桑昆的竭力反对,才使两桩亲事化作泡影,而今桑昆旧话重提,连做父亲的也难免不起疑心。

桑昆的解释倒是很诚恳:"过去,我的确对铁木真成见很深。但现在情形有所不同。撒图从蒙古部做客回来后,经常向我提起华容,看他那意思,对华容用情颇深。现如今我也想通了,两部结亲,孩子愿意,我妹妹愿意,父汗您也愿意,我又何苦固执己见,横加阻拦?不如邀成吉思汗来喝许亲酒,定个日子将两桩亲事一起办了。"

王汗没有理由不相信儿子的真诚,当即欣然应允。如果这位糊涂的父亲看到儿子转身离去时脸上的狞笑,一定会不寒而栗。

毒蛇换了身上的花纹,还是毒蛇。

王汗仍派镇海出使蒙古,其用意一目了然——成吉思汗信任镇海。

镇海初接使命时心里也犯了好一阵嘀咕,可禁不住王汗父子的信誓旦旦,信以为真。或许,这就是所有善良者的通病,总以好的一面来揣度他人的心机。

成吉思汗依然亲切地接见了镇海。镇海婉转讲述了王汗的求亲之意,成吉思汗颇觉意外,半晌无语。

镇海面露愧色,急切地解释道:"大汗请勿怀疑王汗诚心。临行,王汗特意嘱咐我转告大汗,他已年近古稀,按理说早该将克烈大位传给桑昆,皆因桑昆心胸狭窄,不堪大位,不得已他才以老朽之躯支撑至今。他此生唯一可以相信和依赖的人只有您——他的义子了,倘若他活着时能够亲眼看到克烈与蒙古永结盟好,他死也安心。"

成吉思汗的表情有些松动,义父这些话说得句句动情,不由他不信。

木华黎、博尔术彼此交换了一个不安的眼色。他们真怕成吉思汗会失口答应什么。

"这一次，桑昆怎么说？"成吉思汗问。

"桑昆太子更多的还是为他儿子打算。撒图喜欢二公主。"

"如此……父汗之意是我要去克烈喝许亲酒吗？"

"是的。"

"也好，我——"

"大汗，"木华黎抢过话头，"事关两部结亲大事，须从长计议。"

"将军莫非怀疑王汗诚意？"镇海不以为然。

"不，我只怀疑桑昆，或者说我只怀疑札木合。他这个人为达到目的，往往无计不用其绝。"

镇海一愣。想到札木合，他即使想向蒙古君臣保证王汗父子绝无恶意，也说不出口了。

成吉思汗看看木华黎，又看看镇海，豪爽地摆摆手："这和札木合有什么关系！不就是喝个许亲酒嘛，既然王汗诚心相邀，我去就是。"

"大汗，您……"木华黎倏然变色。

"不必多言！我坚信王汗无害我之心。王汗之约，我不能不赴。博尔术，你负责备办礼物，三日后我将动身前往克烈。"

"喳。"博尔术不敢不应。

镇海却只注意到木华黎忧烦的眼色。

木华黎、博尔术奉命将镇海送出主营。目送着镇海远去，木华黎叹了口气。

良久，博尔术关切地问："你有什么打算？"

木华黎心绪复杂地收回目光："难哪。"

"我了解你此刻的感受，只可惜我们无能为力。大汗从来一言九鼎，他既已经亲口答应，就绝不会出尔反尔——除非我们能够拿到确凿的证据。问题是时间如此之短，我们根本不可能拿到证据。札木合将一切都算准了。"

"我最难受的是大汗太重旧情。其实，以君子之心度小人之腹何尝不是悲剧。"

"要不要通知其他各部首领？"

"远的恐怕来不及了……通知他们事处危急时可见机行事。"

"你做决定吧。无论你想怎么做，我都无条件地支持你。"

"我的想法还不成熟。"木华黎心情沉重地圈回马匹。

两个朋友默默并马而行。

许久,木华黎似乎下定了决心:"你说,是你留下还是我留下?"

"什么?"博尔术一时没反应过来,琢磨了片刻,恍然大悟,"还是你留下吧,这么大个部落,只有交在你手里,才能保证万无一失。"

"并非如此。我们二人必须有一个留下来保护老营百姓。将来,我们要将老营完整地交给大汗。"

"其他呢?"

"此去克烈,会经过蒙力克的晃豁坛部。蒙力克是大汗的老家人,他说话大汗多半会听的。交代好斡歌连,务必让大汗在晃豁坛部稍做停留。克烈始终是我们的心腹之患,这次未尝不是个机会。只是让大汗亲身去冒这种危险,实在是我们这些做臣下的无能。"

"我明白你的意思。记得还在大汗和札木合合营时,有一次我与大汗谈及王汗的为人,曾设想过将来克烈部与我部的关系发展。我问大汗,倘若有朝一日王汗成为敌人,我们该怎么办?大汗一直没有回答我的这个问题。那时我便清楚他很难向王汗下手的。对他而言,王汗永远是他的恩人。"

"任何阴谋只要化解得当,不愁不能转败为胜。回去后召集各部主要将领再细细研究一下对策,这一次,看来我们真的是要置之死地而后生了。"

"镇海是否能助我们一臂之力?"

"不可能!他回营之日,就是失去人身自由之时。"

伍

茫茫绿野中,天显得格外高,地显得格外阔,行走在这高天阔地间的一行人显得分外渺小。经过几天的行程,成吉思汗等人来到一个营地。穿行于其间时,成吉思汗想起这是晃豁坛部。斡歌连坚持要到蒙力克家中稍事休息,成吉思汗同意了。

听说成吉思汗到来,蒙力克又惊又喜,忙不迭迎出帐外。成吉思汗与他寒暄了几句。当讲到自己此行的目的时,蒙力克神色骤变,连连摆着手,急得语不成句:"不可,不可,万万不可!"

"叔父认为有何不妥吗?"

"大汗,您怎么能轻信桑昆的鬼话呢?而且,王汗是什么样的人,无须老奴多说您也清楚,他若有一点主见,又怎会一次又一次地被札木合、桑昆牵着鼻子走?"

"但这一次……"

"大汗,您听我说,当年俺巴该大汗就是因为轻信了塔塔尔人的许亲诺言,亲送女儿前往成亲时才被塔塔尔人捕获,最终在金国受尽酷刑而死。临终前,俺巴该大汗叹息着说,我蒙古人吃亏就吃在单纯轻信上,希望我的子孙后代再不要重蹈我的覆辙。大汗,我担心您今天正在走上俺巴该大汗的老路啊。"

成吉思汗认真地思索着老家人的话,一贯的冷静开始在他头脑里占了上风。他得承认,在处理与克烈部结亲这件事上,他的确过于感情用事了。他一直往好处想,毕竟好处是他的希望。如今,老家人提到俺巴该汗之死却不能不让他有所警悟:"叔父,您觉得下一步我该怎么做?"

蒙力克胸有成竹:"大汗既已失言应允,自然不好轻易毁约。依老奴之见,不如派两名使者前往克烈,代大汗去喝许亲酒。若王汗问起,可推说大汗途中中暑,暂时不便前往,等身体复原后再去与之相会。如此,我们便可在晃豁坛部静观其变。倘若克烈许亲是实,大汗再亲去赴宴不迟。倘若其中有诈,大汗也不致濒临险境无力自救。"

成吉思汗思虑片刻,终于同意了蒙力克的建议。探知成吉思汗突然滞留于晃豁坛部,桑昆担心计策败露,一边扣住了使者,一边请来札木合商议对策。札木合思虑片刻,与桑昆定下一计。

王汗从早晨起就眼巴巴地盼着义子到来,听说桑昆来了,满以为成吉思汗也到了,急传儿子入见,喜滋滋地问:"铁木真来了吗?"

桑昆冷笑一声:"你在问你的义子吗?他不会来了。"

"为什么?"

"我刚得到一个情报,铁木真已与乃蛮部的塔阳汗达成秘密协议,决定乘前来克烈赴宴之机,里应外合,一举消灭克烈。你居然还在盼他。"

"儿啊,你究竟又受了谁的挑唆?你忘了上回也是你说铁木真与塔阳汗有勾结,逼着为父弃他而去。结果呢?若不是他不念旧恶,慷慨相救,恐怕我们父子二人早就死无葬身之地了。"

"此一时彼一时,我有确凿证据。来呀,带上来。"

一个陌生的黑瘦汉子被推了上来,从他的服饰来看,确是乃蛮人无疑。

"此人就是乃蛮派来与铁木真联络的信使。该着铁木真的阴谋败露,此人贪赶夜路,误入我部营地,被札木合的手下捕获。他倒有点小聪明,想装成哑巴蒙混过去,幸亏札木合略施小计,灌醉了他,他藏不住,才都招了。父汗,你若不信,可以当面审他,不就真相大白了?"

桑昆振振有词,王汗却无心审问。他挥手命人带出"乃蛮信使",以一种劝导的口吻对儿子说："你千万莫信这些无稽之谈！这不是乃蛮部使的离间计，就是札木合设好的圈套。你不妨细想想，从我们提亲到铁木真许亲，时间如此短暂，就算铁木真真的有心同乃蛮部勾结，也来不及啊。"

桑昆一惊。他和札木合设下此计时的确忽略了"时间"这个重要因素。万没想到平素昏聩糊涂的老父亲，竟也有如此清醒敏锐的时候。

正当桑昆无计可施之时，札木合推门走了进来："王汗，这个问题由我来给您解答如何？"

"怎么又是你？"王汗厌恶地望着札木合。

"我是特为王汗而来。"

"想让本汗再上你的当吗？"

"既然王汗对我成见如此之深，告辞了。"

桑昆伸手拦住札木合，怒道："你听札木合首领把话说完好不好？"

札木合不动声色地劝道："太子无须动怒。太子一定忘了将铁木真滞留晃豁坛部未来赴宴的消息也告诉王汗吧？"

"你说什么！札木合，你最好把话给本汗说清楚再走。"

札木合慢慢转过身："我原本正为此事而来。王汗您总以为您最了解铁木真的为人，事实上，您只知其一，不知其二。"

"此话怎讲？"

"铁木真重旧情、守信义不假，但这只是他性格中的一个方面。还有一点，不容人忽视的一点，他同时还是个自尊要强、爱憎分明的人。他这种人，在你未伤害到他的自尊的时候，他可能比任何人都宽宏大度。当你一旦伤害到他的自尊，他同样会念念于心，至死不忘。

"上次桑昆太子拒婚，确实说了些羞辱他的话，他之所以隐忍下来，是因为有许多部落陆续归附了您，他根本没有力量与克烈抗衡。想必正是在这种欲战不能、欲罢不甘的情况下，他才萌生了与乃蛮联手的念头。

"王汗您别忘了，他这人一向是很善于借他人之力来达到自己的目的的。说到底，塔阳汗只是个昏懦的贪婪小人，可克薛好大喜功，为了夺取黑林这块令人垂涎的宝地，他们自然不会放弃任何机会。为求一战成功，塔阳汗甚至遣使通知他哥哥不亦鲁黑发兵相助。巧就巧在不亦鲁黑在'阔亦田'大战期间与我结下深厚的私交，他本人又对成吉思汗恨之入骨，便将此事暗中通报于我。我接受了上次与可克薛交战时因偏听误信导致王汗您濒临险境的教训，在未拿到确凿证据前，没有惊动您与太子，只是一直暗中留意乃蛮部与蒙古部间的交往。也是天助克烈，在铁木真同意或者说假装同意与克烈结亲后，我的手下抓获了您刚才见到的那个乃蛮信使。

"王汗,成吉思汗的确是准备前来赴宴的,如果不是他得到消息说乃蛮信使可能已落入我的手中,他不会裹足不前。如今,他滞留于晃豁坛部,无非是证实一下他获得的消息是否准确罢了。"

王汗动摇了。他本不愿相信,奈何札木合言之凿凿……

"父汗,都什么时候了,您还犹豫不决。"桑昆不满地瞪着王汗。

"你们打算怎样?"

"先下手为强!乘成吉思汗尚在犹豫观望之时,派精锐部队包围晃豁坛部,随后倾营而出,与蒙古部决一死战。"札木合从容地做出安排。

"这……这如何使得!我克烈全凭铁木真的扶助才有今日!我们受了他数不尽的好处,再与他开战,岂不要遭报应?"

桑昆越听越气:"好,好!"他怨毒地望着父亲,咬牙切齿,"现在他给你送最大的一份好处来了——好叫你家破人亡!"说完,他怒气冲天地转身便走。

札木合摇头苦笑,也跟上了他。

眼看儿子就要跨出帐门,王汗叫住了他:"你干什么去?"

桑昆暴跳如雷:"我去等死——总可以了吧!"

王汗的内心剧烈地冲突着。终于,他向儿子低头了:"你们想怎么办就怎么办吧。只求惹出祸事来不要连累我才好。"

桑昆目视札木合。后者脸上露出一丝大功告成的笑容。

陆

一直焦灼地等待消息的成吉思汗没想到等来的是两位牧民的示警。事出紧急,他命令随行人员丢掉一切"负累"——他带来许多彩礼和嫁妆原本要献与王汗——星夜兼程返回本营。蒙力克毅然舍弃了家园,带领本部人马护驾随行。

然而,晃豁坛部离克烈部毕竟太近了,加上华容的中暑又大大迟缓了行进速度,第三天中午刚过,他们便能看到追兵的马蹄扬起的尘土了。

成吉思汗料知难以走脱,反将生死置之度处。他指着前面的山冈大声对蒙力克说:"叔父,前面的山冈正可抵挡敌人一阵。你带华容先走,找到木华黎后,让他按我临行的交代行事。"

蒙力克如何肯同意:"不成!大汗,您带公主快走!我们即使拼上性命也要保护您离开险地。"

华容哭了起来:"我不走! 我死也不离开父汗!"

争论未了时,成吉思汗和手下百余骑已冲上山冈。他们勒住坐骑,成吉思汗转向蒙力克,语气近乎恳求:"叔父,华容她还小,我不想让她落在敌人手里。我能放心托付的人只有你了。"

蒙力克不由落下泪来:"大汗,您保重,老奴告辞!"

华容如何肯依! 她紧紧拉住父汗的衣袖:"我不走,我不离开您!"

成吉思汗正想让蒙力克强行带走华容,术赤催马上前,指着山下一片隐约可见的茂密的树林说:"父汗,那里一定是红柳林。不如我们退守林中,或许还有办法脱身——就算抵抗,也要比这里强。"

成吉思汗顺着儿子手指的方向望去,是红柳林没错:"好,我们走!"

红柳林已近在咫尺,而追兵的马蹄声也清晰可闻了。正在这时,从红柳林中冲出一彪人马,径向他们扑来。腹背受敌,他们显已无路可退。

成吉思汗镇定地环视了一下紧紧将他围在中间,欲作生死一搏的将士们,最后将若怜若悔的目光投向女儿。他知道儿子无论如何都是会与他同生共死的,只可惜了花朵一样的女儿。在这场许亲骗局中,她其实就是被他亲手献上祭坛的一个美丽的祭品。

将士们等待着成吉思汗的命令。面对死亡,他们表现出极大的勇气和可敬的无畏。他们只存一念:为大汗,生则同生,死则同死!

由于红柳林方向意外地出现了伏兵,克烈追兵也放慢了速度,继而完全停了下来。愈益逼近,从红柳林来的军队中骤然爆发出惊天动地的呐喊:成吉思汗! 成吉思汗!

在这千万个声音中,成吉思汗准确地分辨出一个他最熟悉的声音:博尔术!他永远肝胆相照的好朋友、好兄弟!一股热浪霎时冲开了他的心扉,那一刻他只觉激情奔涌,难以自抑。

两支队伍终于会合了。博尔术一马当先,冲到成吉思汗面前:"大汗!"他激动地唤了一声,哽住了。

"汗兄! 大汗!"别勒古台、帖木格、主尔台、惠勒答尔紧紧跟上。

成吉思汗欣慰地望着他这些忠勇无畏的将士们,他们,永远是他信心和力量的源泉。此时,克烈追兵已相距不远,最多不超过五里。

敌人迟迟未动。显然对方一时无法摸清对面蒙军的底细。

所有的喧嚣近乎停止,偶尔战马的嘶鸣似要划破长空。

成吉思汗在冷静地分析和判断。追兵不敢贸然进攻,证明追兵只是小股精骑;追兵对峙不退,证明其后援部队将很快赶到。老营是不能回去了,以札木合的精明,必然会抢先分兵老营。为今之计,只能在查明王汗和札木合的兵力部署后,打场硬仗,在气势上先压倒敌人,使其产生忌惮之心,然后乘夜撤退。也只有这样,才可能保证不将行踪暴露给敌人,同时保证撤退后敌人不敢继续追击。

形势显然对蒙古部不利,最不利的是敌我双方众寡悬殊。蒙军秉承成吉思汗"少而精"的原则建军,对军队人数一直严格加以控制,即使像后来西征这样大规模的军事行动,军队人数也未超过十五万。由此,成吉思汗和他的军队创造了众多以少胜多的战例。但有一样,这样的胜利多以局部优势为前提,或以出其不意为克敌制胜的先决条件的。

早在木华黎识破了克烈部设下的许亲骗局后,便采取了如下几种应急措施:蒙古主营内外来得及调动的军队只有一万一千人,其中五千人是主尔台、惠勒答尔的军队,六千人是成吉思汗的怯薛军,此外还有忠于成吉思汗的几十个大小部落的一万余军队不及调动。木华黎可以说是将所有能调集的军队都派出接应和保护成吉思汗了。他自己则率一千怯薛军保护老营百姓和财产退守不儿罕山,只将一座空营甩给敌人。同时传命其余各部事处紧急时可佯作投降,保存实力,来日再图他举。相反,克烈方面兵力充足,又有三部归附,即使分兵各部,至少也能派出六万左右的军队。人多并不可怕,可怕的是盲目硬拼,木华黎坚信成吉思汗一定会理解他的苦心安排。

时间一分一秒地过去,不出半个时辰,王汗大军果然赶了上来。一场标志着成吉思汗创业史上最具转折意义的大战迫在眉睫,因这次决战的地点在红柳林附近的合兰真地区,史称"合兰真大战"。

柒

听说成吉思汗援军已经赶到,王汗先自有些胆怯,他问札木合:"你屡次与我义子交战,应当知道他军中谁最善战?"

札木合回道:"除了他的怯薛军外,兀鲁兀、忙兀二部称得上蒙古联盟的精华。这两部的将士全部选拔自幼娴熟弓马者,每逢转战,进退有序,从容不迫。他们将是我们的劲敌。"

王汗沉吟片刻,又说:"难道他们比我的只尔斤勇士还更胜一筹吗?我欲派元帅合勒黑率领只尔斤部作先锋,交与你指挥,你看如何?"

札木合嘴里说着:"王汗信任,敢不从命",心里却异常失望。他没想到王汗如此懦弱无能,尤其是看到克烈各部萎靡不振的士气,他更加丧失了信心。本来,他把一举击溃蒙古部,彻底消灭成吉思汗的希望全都押在了这次决战上,现在,他分明感到此前的希望正在化为泡影。军队人数占绝对优势又如何?统帅的昏聩和贪生怕死,注定了这将是一场没有胜利的战斗。

成吉思汗立于阵前,密切关注着对方的动静。只尔斤部发起进攻时,他回头与主尔台商议:"叔父,只尔斤部在克烈联盟中素以勇猛善战著称,只要战胜他们,余者皆不足惧。我欲遣叔父打头阵,叔父可有应对之策?"

主尔台尚未回答,惠勒答尔抢先说道:"硬拼而已!我愿做先锋,教训教训王汗这个忘恩负义的老小子!倘若我遇到不测,我的家小就托大汗您照料了。"

主尔台也说:"我愿与惠勒答尔同为先锋,不破敌军,决不回来见您!"

兀鲁兀、忙兀二部不愧为英勇善战的两支劲旅,只尔斤部接连发起了几次进攻,均为二部击退。王汗又派亦图坚率他的千人护卫队助战,亦被主尔台、惠勒答尔击败。桑昆没想到己方在占尽优势的情形下连连失利,心里焦急,也不同父汗商量,匆忙指挥他的董亦合惕部迎了上去。

董亦合惕部将士眼见只尔斤部、王汗的千人护卫队都不是蒙古二部的对手,料知上去也非蒙军对手,是以越战越慌,越打越乱。桑昆稍不留神,被主尔台一箭射中面颊,多亏亦图坚奋力将他救走。主尔台、惠勒答尔和成吉思汗的怯薛军乘胜掩杀过来,双方混战一处,王汗早躲到了远离战场的地方。

星月躲进了云层,整整厮杀了一天,双方都疲惫不堪,各自鸣金收兵。成吉思汗按照预定计划,一刻不停地向东南方向撤去。他的心里绝不轻松,这一战,他还无法确知他的队伍究竟损失有多大。

直到黎明时分,成吉思汗才传令部队就地宿营,他不顾日战夜行的疲劳,亲自点视了军队。

常言道:灭敌一千,自损八百。蒙古大军虽说大获全胜,自身减员也十分严重,差不多达到一半之多。所剩的不足五千人中,也多数带伤。更令成吉思汗震惊的是,勇将惠勒答尔亦头部中箭,伤情严重。

成吉思汗惦记惠勒答尔的伤势,来到忙兀军中。刘仲禄告诉他,惠勒答尔已脱离危险,只要今后不过度劳累或进行剧烈活动,当不致危及生命。成吉思汗的心总算稍稍放下了一些。他坐在伤后沉沉入睡的惠勒答尔身边,思索着部队的将来。

主尔台也来探望惠勒答尔。君臣会在一处,认真商议着下一步的行动。成吉思汗主张向弘吉剌方向撤退,以便尽可能在捕鱼儿湖附近休整一番。主尔台同意,并提出由他亲自劝降弘吉剌部迭克首领。

数日兼程，蒙古大军来到弘吉剌部附近。按照原定计划，成吉思汗命主尔台带领军队先行一步，劝说迭克首领归降。

弘吉剌素以美貌娇艳的女子来换取自身的和平，与各部均无深仇大恨。只要有可能，成吉思汗并不想对该部动之以武。

主尔台将部队留在营外，只身入营求见迭克。迭克虽说数次与成吉思汗对敌，却多是迫于形势，非真正对成吉思汗有仇。蒙古大军压境，他正惶恐不已，听说主尔台不带一兵一卒来见，焉肯怠慢，急忙亲自接出营外。主尔台直截了当地讲明来意，迭克感于成吉思汗至诚，当即起誓归降，并委派越图全权处理一切。

一对青年时代的好友，又是儿女亲家，情谊自然非同寻常。越图尤其欣赏今日的成吉思汗。二十多年前，他已预感到铁木真将有今日之威势。他并不认为蒙军因暂避克烈锋芒选择东撤就会从此一蹶不振，相反，他坚信这世上没有一种力量可以击垮成吉思汗，除非死亡。

蒙军在水草丰美、风景秀丽的捕鱼儿湖休整了三天，越图不时派呼日查伯颜的幼子布林送来足够的食物。其时呼日查伯颜已经去世，布林继承了家业，为帮助成吉思汗，他可说倾尽了全力。越图和布林的精心照顾使蒙军很快消除了疲乏，重又变得生机勃勃。三天后，蒙军离开了弘吉剌部，继续向东北方向进发。

为了便于狩猎和行动方便，成吉思汗将部队分做两部：一部由主尔台率领；一部由他亲自率领，两支人马保持互相策动的方式齐头并进。成吉思汗的目的是，随着他的"失踪"，解除了心腹之患的克烈联盟势必会逐步走上摩擦与内讧频起的自行瓦解之路。到时，就是他该永久解决克烈问题的时候了。

成吉思汗自率一部人马沿途打猎。惠勒答尔不听成吉思汗劝阻，执意参加狩猎，结果引起金疮崩裂。刘仲禄全力救治，但是仍旧无法挽回惠勒答尔的生命。临终前的惠勒答尔头脑异常清醒，他握着成吉思汗的手，不无感慨地说："在札答阑部您与札木合首领合营时，我确实对大汗一见如故，只可惜那时我的做人原则不允许我弃札木合去投奔您。直到札木合做出水煮俘虏的不义之举，我才下定决心将我的一生从此与您连在一起。鹰旗不倒，大汗的事业长存。"

成吉思汗忍痛将惠勒答尔葬于行军途中。

杯杯苦酒渗入泥土。成吉思汗对苍天起誓：别了，好兄弟！我会一生一世照料好你的家人，胜利的日子，我一定让你安息在故乡的土地。

捌

继续向前,蒙军遇到了前所未有的困难,最糟糕的是部队开始断水。一连几天,他们都行进在光秃秃的山间,当到达巴勒诸纳海子时,将士们都欣喜若狂。但巴勒诸纳海子已徒有虚名,最多也只能从即将干涸的湖底污泥中勉强舀取一点浑浊的泥水而已,即便如此,对于又饥又渴的蒙古将士来讲,已经心满意足了。

成吉思汗坐在干裂的湖岸上,怀着一种无以名状的心情望着正在痛饮泥水的将士们。尽管处境如此艰难,这些人仍在无怨无悔地追随着他,一个人倘若拥有了这样一份无畏的忠诚,也不枉创业奋斗一场。

一个士兵细心地从湖中舀取了一小罐泥水,双手捧着恭恭敬敬地献给成吉思汗。成吉思汗毫不犹豫地接过,大口大口喝了起来。所有的声音都在刹那间消失,将士们从湖边抬起头来,默默地注视着成吉思汗痛饮的身姿。

成吉思汗亦感受到了这种异样,他环顾着面黄肌瘦、衣衫褴褛的将士们,眼圈慢慢红了。他高举着水罐,缓缓跪了下去,虔诚起誓:"我与诸位患难与共,你们的忠诚,我将刻骨铭心。成功之日,我当与诸位共享富贵,永不相弃!若背此言,就让我像这巴勒诸纳海子的浑浊泥水遭世人唾弃!"

将士们不约而同地跪拜在成吉思汗的脚下,眼中闪烁着感动的泪水,信念更加坚定不可动摇。巴勒诸纳海子即将干涸的湖水,将蒙古君臣将士的心紧紧连在了一起。

同饮了巴勒诸纳泥水的将士日后被称作"巴勒诸纳功臣"。成吉思汗当时处境的艰难,使人很容易联想起多年前王汗父子避祸走国的往事。几年前,王汗父子遭到了乃蛮军队的偷袭,仓皇中逃到西辽。当时许多人主张趁机将王汗的克烈部据为己有,成吉思汗却丝毫没有这种打算。他首先派人四处打探王汗父子的下落,设法将狼狈不堪的父子二人接到自己营地,之后出兵赶走乃蛮人,将克烈老营完整地交还给了王汗父子。不仅如此,他还将征伐塔塔尔部所得全部赠给王汗,助其很快恢复了大部的元气。

试想,如果成吉思汗未曾在王汗父子数次遇险时出手相救,他或许不至于落到今天这般艰辛备尝的境地,倘若如此,他或许也就只能作为蒙古部的成吉思汗了此一生,而不会成为震撼世界的一代伟人!世上一切事物的发生发展都有其偶然性和必然性,成事在天,谋事在人,征服者的心胸原可以包容天、包容地。

成吉思汗决定在巴勒诸纳海子休息一天。事有凑巧,畏兀儿商人阿三准备到金国做生意,也路过此地。他听仆人说起成吉思汗的事,起意要会会这位在蒙古高原颇富传奇色彩的大汗。

他径直求见成吉思汗,表明来意,成吉思汗很高兴地接待了他。

刚一见面,阿三便被成吉思汗鲜明的个性深深吸引了。他眼中的这位蒙古大汗,温和中隐含着犀利,谦虚中隐含着睿智,朴实中隐含着刚毅,而挥洒谈吐间,他有时又像孩童一样充满了好奇。同他在一起,人们不会感到太多的拘谨,只会感到由衷的喜爱和崇敬。

成吉思汗与阿三愉快地闲谈着,他们很快找到了共同的话题。

在阿三的讲述中,花剌子模的富足和发达引起了成吉思汗浓厚的兴趣,他问了许多关于这个国家的事情。他还向阿三表达了这样的愿望:等有一天草原平定了,他一定会与花剌子模缔结友好经商条约。这样,东西方商人来往经商就会得到保护。阿三连连点头,十分佩服他的远见。

阿三告辞时,成吉思汗亲切地对他说:"以后在我家中,无论你何时来,都是最受欢迎的朋友。"

回到宿营地,仆人们纷纷围上来,询问主人对成吉思汗的印象。阿三淡淡一笑,避而不答,只吩咐他们清点羊群,明日全部赠予蒙古将士,他们返回家乡。仆人们最初以为听错了,继而又以为主人受到了成吉思汗的胁迫,及至看到主人一脸喜色,又以为他同成吉思汗谈妥了生意。但不管他们怎么想,仍遵命行事。

阿三将带来的一千多只羊全部献给了成吉思汗。在短暂的意外之后,成吉思汗愉快地接受这份无异于雪中送炭的馈赠。他一句感谢的话也没说,阿三却从他柔和的微笑中领受了他铭感五内的谢意。

成吉思汗与阿三依依惜别,阿三默默祈祷:真主啊,保佑他此去平安吧!

第八章

祺儿的心事

壹

　　瑞奇峰自接手"宜春布行"后，一直住在石抹重辰的府上。由于生意早就步入了正轨，他只需坐镇指挥，大事小情自有手下一干人等料理，于是他起意回蒙古草原一趟，一来再给刘仲禄送些他所需要的"雪域红花"，二来看望徒弟祺儿。

　　瑞奇峰办事向来雷厉风行，主意既定，不出半日便将一切安排妥当。出发前，他去拜访一位朋友。这个朋友不久前去草原做了一趟皮货生意，昨日刚刚返回。

　　黄昏时，瑞奇峰回到府上。刚进大门，管家来报，有一位少年公子等了他很久，说要拜会他。瑞奇峰回说不见。方才他从朋友得知了一个令他震惊不已的消息，将信将疑之间，心情烦闷异常。他让管家告诉那位公子他明晨要外出办事，今日概不会客，无论公事私事，都等他回来再说。

　　管家去不多久又回来了。"老爷，那公子说什么也不肯走。他说您若不肯见他，他就一直等到明早您动身为止。"

　　瑞奇峰顿时面露不悦之色。若换了往常，他纵或不愿会客，也断不至动如此肝火——全是那个坏消息破坏了他的情绪。

　　什么人敢如此放肆？他倒要见识见识。

　　会客厅中一位少年正悠闲自在地欣赏着墙上几幅出自名家之手的山水画，听到脚步声，没有回头。

　　"公子，我家老爷来了，你有什么事快说吧。"

　　少年恍若没有听见，依然背手欣赏着契丹族画家的《回猎图》。

"这位公子,你不是说要见我家老爷吗?"管家不耐烦地提高了声音。

少年慢慢回过头,淡淡一笑。

"你……"瑞奇峰不由一愣。怎么眼前这个美少年竟似在哪里见过?

"我……我怎么了?"少年玩笑般地问。

"你找我何事?"

"没事。"

"没事?胡闹!管家,送客!"瑞奇峰转身欲走。

"且慢!瑞师父,难道这就是您的待客之道吗?"

"师父"一称点醒了瑞奇峰。他蓦然回过头,细细端详着少年:那黑玉一样细细弯弯的眉毛,那覆盖着浓密睫毛的眼睛,那柔软红润的嘴唇,还有笑时便会露出的洁白如贝的牙齿……"祺儿?"他一时简直分不出自己是惊是喜,是梦是醒。

"师父!"祺儿鼻子一酸,慌忙掩饰地笑道,"徒儿拜见师父。"

"免礼,祺儿。可是,你怎么会……唔……你一定还没有吃饭吧?走,我们到外面边吃边谈。"

"师父莫急,徒儿理应先见过师娘。"

瑞奇峰颇觉尴尬。

瑞奇峰这些年走南闯北,或仗剑以行,或忙于生意,从不以女色为意,年过三十尚未婚娶。保媒者虽络绎不绝,瑞奇峰均不为所动,众人不知他做何打算,慢慢倒把一副热心肠冷却了。他笑笑,摆摆手:"不必,将来吧。"

"将来?"

"等将来为师将你师娘娶进家门,你再拜见不迟。"

祺儿十分不好意思:"对不起,师父。"

瑞奇峰豁然一笑:"有什么对不起的!祺儿,你先告诉师父,你怎么会来这里?你阿爸知道你来找我吗?"

祺儿低下头。她还没学会撒谎,可对出走的原因,她又实在难以启齿。

瑞奇峰好一阵后怕。他真不敢想象,倘或祺儿出点意外,他该如何自处?从祺儿十二岁那年成为他的徒弟起,他便对她寄予了深厚的希望和深切的感情。他这一生,再不可能收第二个徒弟了。

"祺儿,你让为师说你什么才好!你实在太胆大妄为了!你……"

祺儿见师父动了怒,急忙娇笑道:"师父,我饿了。您能不能吃完饭再训我?"

如花的笑脸熄灭了瑞奇峰因后怕而产生的怨气,他不眨眼地望着祺儿,仿佛第一次发现，祺儿已经不再是小女孩了。

祺儿学艺四年，他始终将她当成一个聪明绝顶的可造之才，直到此刻才恍然意识到她是个姑娘，而且还是这样一个艳光四射、倾城倾国的美丽姑娘，将来还不知会有多少男子为她神魂颠倒、挂肚牵肠了……

"师父，您怎么了？"

瑞奇峰猛然醒悟，忽觉脸上热辣辣的。为掩饰自己的失态，他率先向门外走去："走吧，师父带你去吃饭，吃完饭也好有精神训你。"

心，莫名地激跳着，跳得瑞奇峰几乎脚步不稳。天啊，这是怎么回事？许多年来，他为何第一次有了这种把握不住自己的感觉？莫非他真的失去了理智？当年收祺儿为徒时，他的确没料到，有一天祺儿会在他平静的内心激起阵阵涟漪，会如此强烈地叩开他封闭多年的情感闸门。

"师父，您还在生我的气吗？"当师徒二人找了个僻静的角落坐下后，祺儿小心翼翼地询问。她对师父一路的沉默百思不得其解。

瑞奇峰急忙稳住心神，有意避而不答："你还没告诉我，你为什么偷偷跑了出来？"

"我想师父了嘛。"

明知这不过是句托词，瑞奇峰仍有一种微醉的感觉，脸上亦不由泛起点点红晕。

"你不想告诉师父，师父也不勉强你。师父打算明天动身去趟北面，你跟师父一道回去吧。"

祺儿避开了师父的注视，不知为何，脸色蓦然变得有些苍白："好好的，为什么……要去那儿？"

"师父答应过你刘师父，再弄些'雪域红花'给他送去。他给成吉思汗的大太子配药，需要这味药材。"

祺儿碰翻了杯子。

"祺儿？"

祺儿手忙脚乱地收拾着桌子，跑堂的小二过来帮她把一切安放如初。

"师父，我真笨。"祺儿尴尬地笑道。

"祺儿，你抬起头，看着师父。"

祺儿吓了一跳，匆匆抬头瞥了师父一眼，又心虚地移开了视线。

"你告诉师父，是不是那边出事了？师父提到那个人时，你好像很紧张。"

"那个人？哪个人？"祺儿喃喃反问，却掩不住一腔痛苦。

瑞奇峰的心猛地往下一沉。

看来,蒙古草原最近发生的一场变故是真的了!他本来还不太相信,现在却信了。毕竟,与成吉思汗相对的一方,或者说玩弄阴谋的一方是祺儿的生身父亲啊。

只是他依然无法接受。

他不相信一个那么有作为的草原英杰会因为一场阴谋而销声匿迹。

他更不相信一个像木华黎那样天姿英纵、智计百出的人物会允许阴谋在他面前得逞。

也许,他真的需要回草原一趟,无论结果好坏,他都应该去证实一下?

在这种种揪心的忧虑后面,只有一个事实还令他感到欣慰,幸好祺儿与她父亲是截然不同的两种人,否则,他收祺儿为徒,终难免有为虎作伥之感。

"祺儿,跟师父一同回去好吗?"

"不!"祺儿坚决地摇摇头。

不!千万不要告诉我任何关于他的消息,我不相信自己能够承受。倘若他真的死在了我父亲的阴谋中,这世间就没有了让我苟活下去的理由。然而,即使是死,我也要祈求长生天饶恕我父亲的罪恶当然还有我自己的罪恶。眼睁睁地看着他走向父亲设下的陷阱不出手相救是我的罪恶,无怨无悔地爱上父亲的仇人更是我的罪恶……

"为什么?"

"师父,请您不要勉强我。"

"我走后你打算怎么办?"

"我想去中都看看。"

瑞奇峰犹豫了。四年来虽非朝夕相处,他却了解祺儿倔强的个性。他实在不放心将祺儿独自留在金地。倘若祺儿再有个三长两短,他岂不要追悔终生?思来想去,莫如采取一个折中的办法,派个人先去草原探听一下消息:"也罢。既然你不肯回家,为师在中都正好有笔生意,可陪你同去中都。"

"您……不去那儿了?"

"另派人吧。为师总不能扔下你一走了之。"

祺儿歉疚地注视着师父。她分明从师父的眼中看到忧虑和烦闷,心一下缩紧了。

难道师父还知道些别的什么?

难道他——真的出事了?

贰

成吉思汗近一年的"失踪",果真使王汗等人放松了警惕。札木合又与阿勒坛、忽察尔策划阴谋,被王汗发现,抢先下手将阿勒坛和忽察尔擒杀,札木合仓皇出逃。至此,克烈联盟分崩离析。然而王汗父子并未因此警醒。就在他们以为可以高枕无忧之际,成吉思汗率领大军突然包围了黑林老营。与此同时,原属蒙古的各部人马包括答里台得知成吉思汗领兵返回,亦纷纷赶来助阵,一时间,蒙古部军威大振。

克烈军队仓促应战,王汗、桑昆情知必败无疑,率先从山后夺路而逃。扼守后山要隘的是帖木格,因成吉思汗事先有令,帖木格毫不犹豫地让开道路,放走了王汗父子。

撒图说什么也不肯随祖汗、父亲逃命,他与元帅合勒黑、王汗的侍卫长亦图坚合兵一处,欲作生死一搏。克烈各部经过三天三夜的抵抗,渐渐不支。元帅合勒黑倒毙于朝伦的刀下,撒图和亦图坚中流矢身亡。克烈余部尽皆放下武器。

王汗之弟札合敢布的归降更将胜利的喜悦推向了高潮。

成吉思汗感于王汗旧恩以及札合敢布昔日助他夺回爱妻之功,对他采取了格外优待的政策,不仅允许他继续拥有过去的领地和部众,而且特意设宴款待了他的全家。

跟在札合敢布身后的家眷中,最引人注目的是他的小女儿。这个女孩只有十五六岁,长着一张聪明非凡的面孔和一双明亮有神的大眼睛。

女孩坐在父亲身边,好奇地扫视着帐中一班少年将军。无意中,她的目光与一个少年略显局促的目光相接了,她立刻凭感觉"认"出了他是谁。她早听说过,在成吉思汗的四位太子中,属四太子拖雷的相貌最酷似其父。

酒宴的气氛渐浓时,女孩突然起身向居中高坐的成吉思汗和夫人孛儿帖走去。孛儿帖一直注视着她,双目中闪射出思索和慈柔的光辉:"好姑娘,你叫苏如是吗?你一定有什么事?"

苏如深施一礼:"是。我想献上一曲为大汗和皇后助兴。"

音乐声戛然而止。乐师送上火不思,苏如微微一笑,熟练地调了调琴弦。霎时,一支凄凉哀怨的乐曲于手指颤动间流淌出来,仿佛将人们带到了月冷霜寒的夜晚,一位姑娘临风而立,似在怀念逝去的家园,又似在述说命运的不公和自己的无助……

札合敢布面色惨白如纸。他万没想到他的女儿会在这种欢乐的场合弹奏这样一支悲凉幽怨的乐曲,这会让成吉思汗怎么想怎么看他父女呢?还有一个人不安地扭动了一下身体,那就是拖雷。不知为什么,他很怕父汗会责备这位颇有胆量的姑娘。

在曲后的一片寂静和短暂的惊奇后,孛儿帖的脸上露出了恬淡的微笑:"好姑娘,谢谢你提醒了我,有些事情我确实疏忽了,我很抱歉。"

苏如不胜惊异地注视着孛儿帖,简直不敢相信世上还有如她一般聪明的女人。

"夫人,您真让我吃惊。"她发自肺腑地赞道。

"好姑娘,你更让我吃惊,胆识、心计,再加善良美好的愿望,它让你的智慧闪光。告诉我,她还说了些什么?"

"她说,鸟儿可以展翅的每一刻都是幸福的,因为有蓝天、大地为之庇护。愿大汗和皇后就是那蓝天和大地。"

"不是每只鸟儿都会在暴风雨中折断翅膀,雨过天晴后它仍能自由自在地翱翔。我保证,一定会让她实现她的心愿。"

"谢谢,谢谢您。"苏如合起双手,慢慢退回自己的位上。她终于帮察如尔姐姐办成了一件事,心里格外舒畅。

帐中所有其他人,包括成吉思汗在内,却始终没有琢磨透苏如与孛儿帖这番对话的真正含义。

乐声又起,帐中气氛重又变得轻松欢快起来。成吉思汗看到札合敢布,不可避免地勾起了对王汗的挂念,也不知王汗他逃到了哪里,是死是活?

叁

不久,探马送来确切消息,王汗在乃蛮境内惨遭杀害,成吉思汗当即以为王汗报仇为名,兵发乃蛮部。

面对蒙古铁骑大举压境,乃蛮元帅可克薛与太子忽出鲁克却因为乃蛮方面应该诱敌深入还是主动出击发生了激烈争执,而塔阳汗摇摆不定,致使乃蛮军队坐失良机,全军覆没。激烈的战斗中,塔阳汗和可克薛死在两军阵前,只有忽出鲁克侥幸突出重围。乃蛮,这个昔日的草原强部,所有的辉煌都已成为过眼云烟。至此,成吉思汗终于扫清了统一蒙古草原的最大障碍。

乌坠兔升,合撒尔的营帐灯火通明。

胜利后,合撒尔一直留在乃蛮部外围。成吉思汗交给他一项重要的使命,如今,他已很好地完成了汗兄的重托。

整个大帐中,只有两个人。

坐于主位的是合撒尔。他穿着只在最隆重的场合下才会穿的丝绒礼袍,双目炯炯,恭敬认真地询问着,倾听着。

客座上,同样神采奕奕、毫无倦怠的是位丰神俊逸的长者:塔塔通阿。

作为有胆有识、博学多才的畏兀儿族学者,塔塔通阿个性中的淡泊明志与大展宏图的理想构成了他一生的矛盾。他的旷世奇才为乃蛮先汗必勒格所赏识,必勒格汗将他罗致麾下,封他为国师兼掌玺大臣,放心地委以重任。

乃蛮在必勒格汗的治理下成为一富足强盛、雄踞草原的大部落,其间莫不包含着塔塔通阿的智慧和心血。只可惜好景不长,必勒格汗去世后,继位者塔阳汗懦弱无能,可克薛大权独揽,国事日非。塔塔通阿处处受到排挤,不得已告病还家。

若不是塔阳汗准备向蒙古宣战的消息传到他的耳中,他或许再不会涉足官场。二十多年的政治生涯,经历了太多的风风雨雨,他早已心灰意冷。必勒格汗的知遇之恩使他终究不忍坐视乃蛮面临的危险,他力图阻止塔阳汗做出愚蠢的决定,然而……乃蛮终难逃脱覆灭的厄运,塔塔通阿痛定思痛,决定去找出逃在外的忽出鲁克太子,将国玺交给他,以助他重新召集溃散的乃蛮旧部。

他没能走出多远。戒备森严的蒙古士兵捕获了他,并将他解往合撒尔的营帐。他自料必死无疑——他对这位蒙古王爷的威名素有耳闻——内心反而格外平静。他清楚地记得合撒尔的第一句话是:"你真的是乃蛮太傅塔塔通阿吗?"

他承认了。合撒尔的脸上顿时露出如释重负的笑容,哪里有一点传说中的凶神恶煞的样子:"太好了,塔塔先生,我终于找到你了!先生请稍候,待我更衣后再来与先生相见,我正有许多问题想向先生请教呢。"

蒙古王爷显而易见的尊崇打动了塔塔通阿的心,他不厌其烦地回答着合撒尔的提问,头一次意识到,许多人心目中这个尚未完全开化的民族,竟然有着如此强烈的求知欲。后来,合撒尔不无好奇地问起玉玺的用途,塔塔通阿一丝不苟地讲解着,讲完,他蘸水在桌上写了几个字,合撒尔不解地问他写了些什么,他回答:"日月明鉴。"

"日月明鉴……是畏兀儿文吗?"

"是的。"

"难怪汗兄总说，待平定了草原，我们也要创立自己的文字。"合撒尔捧视着手上的玉玺，若有所思地说。

这是真的吗？成吉思汗会这样说？

塔塔通阿在合撒尔的营地滞留了几天，成吉思汗派来了他的特使镇海。镇海以弟子礼拜见了塔塔通阿。也许是同民族间总会有的连带情感吧，他们一见如故。

处理完公务的合撒尔亲自护送塔塔通阿去会见汗兄。

塔塔通阿在蒙古君臣恭敬的迎视中被引至成吉思汗面前。他没有施礼，抬头镇定地注视着成吉思汗。

成吉思汗不失客气地相让："先生，请坐。"

塔塔通阿没动。

"我很清楚塔塔先生在想些什么。不过，我有话得说在头里，先生倘若想请求隐退，我可坚决不准！除此，一切都可商量。"成吉思汗说完，爽朗地笑起来，笑声袒露出发自内心的真诚。

塔塔通阿大为震惊。他曾从合撒尔的身上约略看到了这位蒙古大汗的影子，却依然没想到他是这样的。

敏锐、朴实、随意、坦荡……这完全是一种他过去从未遇见的性格。

二十多年的坎坷经历，他原本不想再出仕为官，如今，面对一双洞察秋毫的眼睛，他的决心被轻而易举地摧毁了。

"先生，请坐。"成吉思汗再次催请。

塔塔通阿坐下了，睿智的双目中依旧闪现出浅浅的忧伤。成吉思汗并无虚套，倒是很直接、很急切地向这位德才兼备的学者讨教起有关创立蒙古文字的具体事宜了。对此，塔塔通阿胸有成竹："每个国家、民族都有自己专用的或通用的语言，但只有语言而无文字不能不说是种欠缺。文字可以新造，亦可以脱胎于其他民族现有的文字。长城以南通用的汉字其内涵博大精深，惜与蒙古语言习惯相去甚远，很难借用。只有畏兀儿语与蒙古语相近，不如借用畏兀儿语字母，创立蒙古文字。"

"好！就依先生所言！先生还须助我立白纸青册，暂用畏兀儿文记载国事。"

"是，谨遵大汗之命。"塔塔通阿诚恳地应道，并未表露出内心的惊奇和对这位蒙古大汗远见卓识的敬佩。

"我命镇海协助于你。塔塔先生，我现在正式拜你为蒙古国师。你不仅要帮助我创立文字、制定国策，还要担负起教授我以及众将臣的儿孙们学习语言文字的重责。等有一天草原归于一统，我们就可以用自己的文字颁布自己的法律，那些全凭口述心记的日子该永远成为过去了。"成吉思汗果决地说，唯眼中依然盛满了温暖的笑意。

塔塔通阿深深地注视着他。他终于开始明白是什么力量铸就了这位蒙古大汗辉煌的成功，那绝不仅仅是鼎盛的武功，更是出类拔萃的政治远见。

肆

乃蛮平定，成吉思汗开始着手追击各部残余力量。据情报称：脱黑堂父子、塔尔忽台、不亦鲁黑、忽出鲁克等人已在草原边陲再次集结起来，准备做最后的顽抗。蒙古大军进驻撒阿里草原，只待秋季马肥时，一举完成统一草原的大业。

篾儿乞属部之一的兀洼思部在逃跑途中离弃了脱黑堂，单独驻营于塔儿河附近。

兀洼思部首领塔尔兀森曾跟随脱黑堂参与了一切反对成吉思汗的战斗，乃蛮兵败后，他意识到再与成吉思汗作对，无异于以卵击石，遂产生了投降的念头。可他深知成吉思汗对篾儿乞人恨之入骨，未必肯原谅和接纳他，不由终日愁眉不展，长吁短叹。

塔尔兀森有一女忽兰，年方十八岁，面容殊丽，风华绝代，是篾儿乞首屈一指的美人，也是她父亲的掌上明珠。忽兰不忍见父亲终日忧烦，一定要父亲讲出心事，塔尔兀森无奈，只好将满腹心事和盘托出。

忽兰静静听着。塔尔兀森讲完，长长地叹了口气。忽兰却眨眨眼睛，胸有成竹："父王不必发愁。不就是要成吉思汗接纳我们吗？这有何难！"

塔尔兀森双眼一亮，急切地问："女儿有何妙计？"

"哪里是妙计，笨办法而已。不过女儿自信可以百发百中。"

"说来听听。"

"父王只需将女儿作为两部结盟的信物献给成吉思汗，何愁不能如愿以偿。"

塔尔兀森当即泄了气："我当什么好办法！原来是让我卖女求荣。"

"父王，您别说的这么难听嘛。这件事……"忽兰顿了顿，脸上一红，"是女儿自愿，不干父王事。"

"你真的想嫁给他？"

"父王，您不妨冷静想想，您与成吉思汗交手胜算几何？倘若父王兵败，女儿又如何能够幸免？再说，当今草原，除了成吉思汗，又有谁配娶女儿呢？"

"可……"

"父王，您还有别的什么顾虑吗？"

"倘若他令你失望呢？他毕竟与你年岁相差悬殊。"

"即使失望，女儿也认了。只要女儿一身能换得父王和部落的安宁尊荣，女儿别无他求。您就别再这样瞻前顾后的了。"

"唉，问题是父王觉得心里不舒服。"

"父王！"

"罢！罢！女大不中留，就依你！"

忽兰笑了。

父女俩商议后，由塔尔兀森带上换了男装的女儿，亲往求见成吉思汗。成吉思汗接受博尔术的劝告，在他的临时行帐接见了塔尔兀森。他带着一丝鄙夷听罢塔尔兀森陈明缘由，根植于内心深处的对篾儿乞人的成见和仇恨使他无法相信塔尔兀森的归降诚意。不仅如此，他还对塔尔兀森献女求和的做法有些迷惑和厌恶。塔尔兀森说完，他冷冷地问了一句："你当我是酒色之徒吗？"

塔尔兀森顿时吓得脸色发白。

博尔术趋前低声解劝："大汗息怒。塔尔兀森岂有轻辱大汗之意？既然他自愿献女求和，大汗不如传其女忽兰亲验视之。无论留否，都望大汗念在塔尔兀森主动归降的份儿上，善待他父女二人。"

成吉思汗一生，与博尔术最为投契，凡博尔术所奏，很少不加采纳。他命塔尔兀森起身，赐座，并传忽兰入见。

忽兰款款行于群臣惊羡的目光中。好一个芳兰竟体、娉娉婷婷的女儿，如同一轮明月骤然升起在帐中。

"忽兰参见大汗。"忽兰停在成吉思汗案前，跪地施礼。

没有回答。成吉思汗恍若中了魔法般，只顾目不转睛地注视着忽兰。

所有的女子都在忽兰面前黯然失色，甚至耶遂。

一抹红晕浮在忽兰白玉一般的脸上，她再次启奏："忽兰参见大汗。"那声音，益发如柳莺娇啼，千回百转。

博尔术急忙咳嗽一声。

成吉思汗这才醒悟过来。"请起。"他温声说道。

塔尔兀森将成吉思汗的神态尽收眼底，心中暗喜。果然，成吉思汗不再追究塔尔兀森多年与他为敌之罪，命塔尔兀森前去招降他留在塔儿河附近的部众。

与此同时，成吉思汗第一次得到了关于桑昆的消息。

那一日，桑昆与父汗离散，逃到西夏地界，靠劫掠为生，后被当地居民驱逐。他又逃到畏兀儿地界，仍靠劫掠为生，当地人对他恨之入骨，设计捕获了他，并将他绑在树上，鞭打致死。恰好镇海回乡探亲路过，一眼认出了他，奈何救之不及。镇海安葬了桑昆，回来后将此事向成吉思汗如实做了汇报。他讲完后，成吉思汗与他相对默然，许久未置一词。他们在为桑昆惋叹，昔日强大的克烈太子，竟然落到如此悲惨的下场，究竟是天意，还是人为？

伍

由于忽兰的得宠，塔尔兀森得以继续拥有自己的领地和部众。不知是篾儿乞人的血管里天生流动着不肯安分的血液，还是塔尔兀森不能满足现有的一切，一日，当成吉思汗围猎离开时，他率领部众抢夺了蒙古部的辎重，反叛而去。他们退回塔儿河附近，依山据险，立营扎寨，准备顽抗。

成吉思汗惊闻变故，立刻罢猎，并派曲出、朝伦领兵征剿。临行前，二将请示对塔尔兀森的处置，成吉思汗稍一沉默，从紧咬的牙关里进出了一个冷酷的字眼：杀！

二将衔命而去。

成吉思汗回到寝帐，正焦急等候他到来的忽兰哭着为父王求情。

成吉思汗一言不发地俯视着跪在他脚下的忽兰，毫不为之所动。

他不能饶恕！

为了忽兰，他已经对塔尔兀森做了最大的克制和让步。忽兰不会理解他沉埋的仇恨，不会理解他的痛苦，如果他再原谅，他就更加无法面对另外一个女人，一个被篾儿乞人无情蹂躏过的女人。

忽兰，你知道她的苦难有多深重？

你知道那段不堪回首的往事为我们夫妻和父子留下的阴影有多深重？

他的心在说：恨我吧，忽兰，我只能让你恨我。

是的！是的！是的！

忽兰悲痛欲绝。她第一次清楚地意识到，成吉思汗虽然爱她至深，却从未真正原谅过她的父亲、她的部落，篾儿乞在丈夫心里永远是不可饶恕的。

父王啊,您是多么宠爱您的女儿,可女儿连留住您的生命也做不到……不!女儿宁愿去死,也绝不能眼睁睁看着您死在心爱人的手上。

忽兰不再哭泣哀求,她站了起来,眼中闪现出倔强的光芒。"大汗,忽兰是篾儿乞人的女儿,忽兰愿与父王同命。"她平静地说完,转身走了。

成吉思汗的心不由抖动了一下。不,他不能失去她,他真心实意地爱她,爱她胜过一切。"好吧,我派快骑去赦免你父王,你若不放心,可以一起去。"他干涩地说,那声音仿佛不是他的。

忽兰蓦然止步。泪水像两条小溪流淌在她的脸上,她知道他的爱已成为她生命中的全部。

忽兰随成吉思汗派出的快骑赶到塔儿河时,叛乱已顺利平定。塔尔兀森死于乱箭之下。她再也承受不住内心的震骇和悲痛,栽落在马下。

她病倒了。

恍惚间她感到丈夫日夜守候着她。经过几天几夜的昏睡,她逐渐恢复了神志。最先映入眼帘的是丈夫充满怜爱和疲惫的脸容,她好不容易才哭出了声。

成吉思汗将她抱在怀中,她感到一丝安慰。如今,除了这个坚实温暖的怀抱还属于她,她已一无所有。

帐门被轻轻推开了,耶珊捧着药碗走入帐中。看到忽兰苏醒过来,她的脸上绽出了欣悦的笑容。

忽兰有些惊诧地望着她。成吉思汗也在温柔地注视着耶珊,目光中满含着爱意。这些天,多亏耶珊一直不知疲倦地帮他照料忽兰,她的善良和美德,使成吉思汗看到了一颗值得珍重的纯洁高贵的心。

陆

短暂的夏季一过,成吉思汗亲提大军直扑叶迷失河畔,追剿在那里集结的各敌部残余力量。

蒙军晌午时分刚刚到达,对方便已亮出队阵。但元帅木华黎恍若未见,下令全军在距敌营五里外扎下营寨,对敌人的挑战置之不理。

敌军亦不敢轻举妄动,苦苦站了一下午,日近黄昏时方才收兵回营。蒙军方面仍然不见动静。

其时,正值秋初,暑热未消。晚饭后,木华黎命军需官发给各部将士一人一袭厚实的皮衣及一双皮靴。众将士正自挥汗如雨,手捧皮衣皮靴,面面相觑,哑然失笑。一些多嘴的士兵彼此相戏:想是元帅怕我们热不出痱子来,要为我们焐汗吧?

木华黎尽闻将士议论,一笑置之。

夜幕垂落,西北风由弱转强,气温陡降,午夜时分,竟纷纷扬扬下起大雪来,将士们方才醒悟元帅发皮衣皮靴的用意,无不暗服元帅的神机妙算。

原来,木华黎因见近日西北风不断,断定会有降温大雪天气,提前做好了准备。

后半夜,风雪越来越大,木华黎和博尔术手执防风灯顶雪巡视防务。来到成吉思汗车帐前,正在执勤的博罗忽、朝伦回说大汗刚刚睡下。不巧一阵狂风吹来,卷起车帐四角,四将不约而同,急忙各自执住车帐一角,以免冷风灌入,影响大汗休息。

这一夜,四将守在车帐四周,竟夜未移寸步。天色微明时,风息雪停,成吉思汗醒来步出车帐,见四将犹如冰雕雪塑,雪深没及双膝,顿觉喉头一紧,百感交集。他命四将回帐休息,四将却请命率五千将士弃马潜踪,一举袭破敌人各营。

敌人不防天气陡变,一个个冻得正缩在帐中发抖。岂料蒙军前来偷营,被打了个措手不及,死伤无数。脱黑堂、不亦鲁黑、塔尔忽台先后阵亡,忽出鲁克仓皇出逃,先是逃到西夏,后逃到畏兀儿境内,被畏兀儿国王巴尔术驱逐,只好逃向西辽。蒙军不费吹灰之力,将这最后一股残余力量尽数歼灭。之后,清理战利品,押送俘虏,班师回到了碧草畅茂、繁花似锦的美丽故乡。

婉嫣又见到了她想念的祖汗。婉嫣是术赤和达兰的长女,也是成吉思汗孙辈中的第一人,因此自幼深得她祖汗的宠爱。成吉思汗将她抱在怀里,她调皮地揪了几下祖汗的胡子,然后附在祖汗耳边小声说:"祖汗,我好想您。"

成吉思汗不无得意地大笑起来,向孛儿帖说道:"听到没有,夫人,还是有人想我的嘛。"

"瞧你得意的。"孛儿帖爱嗔地望着祖孙二人。

"小宝贝,祖汗带你去看礼物。"

"不忙。"小姑娘一本正经地摆摆手,那副稚气的严肃样把孛儿帖也逗笑了。

"请问孙女有何吩咐?"成吉思汗忍笑问。

"祖汗,我要您先带我学骑马。"

"为什么要学骑马?"

"学会骑马才能跟祖汗去打仗啊。"

"小姑娘家干吗要打仗？"

"我要保护祖汗。上回祖汗打仗受了伤,父王跟额吉提起来的时候我看得出他心里可难过呢。有我在身边,祖汗就不会受伤了。"

成吉思汗一怔,直望着孛儿帖。后者的眼眶慢慢红了。

孙女天真纯挚的爱,儿子深藏不露的孝,同样默默温暖着成吉思汗那颗久历战火后日趋坚强和冷静的心。

"祖汗,快点呀!"婉嫣又去揪祖汗的胡子,成吉思汗乐呵呵地抱起了她:"好,好!祖汗这就带你去骑马。"

从此,人们每天晚饭后,都能看到祖孙二人披着晚霞,纵情驰骋在广袤无垠的草原上。耶遂偶尔也会向孛儿帖淡淡抱怨:何曾见过他对自己的儿女这般用心过。这倒是实话,成吉思汗对儿女们虽不乏父爱,却无暇顾及。婉嫣则大大不同,这个人见人爱的小姑娘几乎占据了她祖汗所有的空闲时间。

第九章

青锋剑

壹

休憩的一年很快过去了。

一二〇六年作为蒙古历史上最值得纪念的一年来到了草原。经过二十多年的艰苦奋斗，成吉思汗凭借武力使草原上持续了数百年的分裂局面成为过去，除了几个无关大碍的弱小部落尚未归附外，整个草原正在归于一统。成吉思汗不再是某个联盟的首领，而是整个草原唯一的、真正的主人。

祖祖辈辈饱尝战祸之苦的蒙古百姓，如今终于获得了统一和安宁。他们的喜悦之情难以用语言表达，对成吉思汗的崇拜也可以说到了无以复加的地步。伴着火不思悠扬的旋律，成吉思汗与他的同伴们创业的艰辛在草原上到处传唱。

按照草原自然法，即位大典前，还须举行一次忽里勒台，以在形式上使新汗的登基经过民主选举的程序。结果，忽里勒台召开后，与会的各部首领、贵族众口一词，汗位非成吉思汗莫属！萨满教教主豁尔术更以神的旨意宣称：成吉思汗应为万世之主。

天从未这样蓝，水从未这样清，成吉思汗被虔诚的将臣百姓抬上了纯白的宝座，万众顶礼膜拜。人们的眼中噙满了泪花。四分五裂、征战杀伐的草原真正得到了统一，一个一盘散沙似的民族终于开始统一在一面旗帜下。

成吉思汗注视着他的将臣，他的百姓。是他们的忠诚铸就了他今天的成功。他不会忘记巴勒诸纳海子苦涩的泥水，更不会忘记他们每次身临绝境时的生死相随。从二十二岁那年，为救孛儿帖而卷入战争，他从此马不停蹄地奋斗了整整二十二年。在马背上，他缔造了一个国家，在马背上，他还将走完自己辉煌的一生。

尽情地欢乐吧,我的百姓。没有你们,就永远不会有铁木真,更不会有成吉思汗,黄金虽然珍贵,却比不过你们一颗忠诚的心!

多年的痛苦经验使成吉思汗深知,必须建立起严格的制度,才能使散漫惯的蒙古百姓成为一个服从指挥、无坚不摧的整体。随着蒙古草原的统一,实行"分户制"已成为必然。"分户制"的核心是设立十户长、百户长、千户长、万户长,层层负责,层层控制,以此达到军政令统一和汗权集中的目的。

成吉思汗共分封了八十七个千户长,并进一步强化了直接对大汗负责的怯薛军制度。同时,封博尔术、木华黎为左右万户长,萨满教教主豁尔术为中路万户长,统领泰加森林百姓(但不掌兵权)。

怯薛军编制为一万人,完全从贵族或平民子弟中选拔出类拔萃者充任。它平素担负值勤和保护大汗生命财产安全的重责,战时随大汗出征,是由大汗直接指挥的装备最先进的军队。同是千户长,怯薛军的千户长无论职权还是待遇都远远高于普通的千户长。成吉思汗将怯薛军交与合撒尔、哲列莫、朝伦、忽必来、哲别、速不台、斡歌连、博罗忽、曲出、阔阔出指挥,木华黎、博尔术负责全面军务。

分封完毕,镇海宣布了"大札萨",也即蒙古的第一部成文法。成吉思汗任命年轻的义弟喜吉忽担任蒙古第一任大断事官。"大札萨"的内容十分细致详尽,对各种不同的犯罪都制定有相应的处罚标准。

蒙古草原的统一,从根本上标志着蒙古民族作为一个整体登上了历史舞台。成吉思汗在立国后采取的一系列政治、军事措施,则有效地巩固了这个在马背上建立的帝国。

成吉思汗生于草原,长于草原,草原人所特有的豪爽奔放的个性使他不像中原皇帝那样去刻意追求帝王之威。除了指挥战争和处理政务时人们能够看到一个成熟老练的军事家和政治家外,他更喜欢像普通人一样生活。

事实上,将臣百姓们热爱他的大部分原因正基于此。很少有皇帝像他那样,随意操起球杆,就可以到任何一个正在打马球的球队,兴致勃勃地同将士们赛在一处;也很少有皇帝像他那样,盘膝坐在普通百姓的家中,随便聊着天,任他们的孩子在他身边追打嬉闹;更很少有皇帝像他那样,终生不离马背,无论酒色,还是享乐,都严格地加以节制,绝不过度。无与伦比的自制力是他性格中最鲜明的特点,他的是非功过任由后人评说,可有一点谁也无法否认:他是草原铸就的天才!

贰

北方游牧民族的崛起,却使金廷感到了比严冬更为寒冷的忧虑。金国一些早期的降将谋臣汇聚在成吉思汗温暖宽阔的金帐,这些人,或是由于对金朝廷失去信心,或是由于得罪了权贵,或是由于希望到异域大展宏图,不论出于何种原因,成吉思汗对他们都一概待以上宾。何况他们中间确实不乏才俊之士。通过他们,成吉思汗多方面多角度地了解了金国的政治、军事、风土人情……武运的强盛,足以促使成吉思汗将目光转向这个邻邦大国。

金国是蒙古人寝食难忘的仇敌。如果说俺巴该大汗的惨死还只能算成吉思汗家族的私仇的话,三年一次的灭绝人性的"减丁"政策则是根植于整个民族心灵深处的仇恨了。蒙古民族是单纯和不懂得虚伪的民族,他们只知道:是恩人,为之肝脑涂地在所不惜;是仇人,复仇之火将代代相继。

金降将谋臣对蒙金世仇洞若观火。他们从进入朔北宫廷起,就一再怂恿成吉思汗率先伐金。木华黎曾向成吉思汗献计:先图西夏,后图金,再图宋,循序渐进,终有成功之日。这与其说是木华黎个人的主张,不如说是成吉思汗对金战事的既定方针。蒙古骑兵,长于在辽阔无际的草原作战,对攻坚战尚无经验。金与西夏都是定居国家,金强夏弱。从战术上考虑,首先挑选一个稍弱的对手来打,对练兵和积累经验都大有裨益;从战略上考虑,西夏北部与蒙古接壤,若先攻金,一旦西夏一支偏师北上,进入蒙古腹地,蒙军就可能腹背受敌,首尾难顾。作为久经沙场的军事元戎,成吉思汗深知大战中确保后方的安全何等重要。只有先征服西夏,剪除来自侧翼的威胁,才能为全力攻金提供保证,这也是成吉思汗对那些攻金之议保持沉默的真正原因所在。

西夏位于金国之西,始祖拓跋思恭,因唐末入援唐朝,以功封夏国公,赐姓李。传至元昊,自立为帝,定都兴庆。金朝兴国后,西夏开始走向衰落。李仁孝嗣位时,国内发生动乱,幸得金世宗发兵相助,李仁孝才得以坐稳皇位,此后西夏便充当了金国藩属。李仁孝逝后,子纯祐继位,不久李仁孝堂弟李安全篡位,国势更衰。随着成吉思汗统一蒙古各部,拿西夏试刀的日子已经不远了。

其实,同西夏交手,对蒙军来说并非第一次。

一二〇四年蒙古征服乃蛮后,乃蛮太子忽出鲁克穿越西夏国境遁去,成吉思汗以西夏纵容仇敌为名，派素以行动果毅迅捷著称的速不台领兵攻打西夏。速不台速战速决，首先攻下西夏边城力吉里寨，进而占领落思城。惊慌失措的李安全派兵据守各个要塞，以阻止蒙军继续前进，速不台却好似故意同夏军开起了玩笑，只做几次佯攻后，便像来时一样闪电般地撤回了大本营。

那时，进攻西夏的时机尚不成熟，现在呢？

一二〇七年秋，成吉思汗率领大军，第二次兵进西夏。速不台、哲别率领的先头部队偷袭兀剌海得手后，成吉思汗以此为据点，派兵四处出击。

夏主李安全调集全国兵马，或据守要塞，或沿途堵截，然蒙军逢强则退，并不死战。西夏君臣摸不准成吉思汗葫芦里究竟卖的什么药，攻不敢强攻，退不敢轻退，只忙了个筋疲力尽。

成吉思汗稳坐兀剌海边城，不慌不忙，有条不紊地部署着蒙军的每一步行动。他听取各路将领的汇报，成功的或失利的，然后制订出新的作战方案。在成吉思汗神出鬼没的战术前，西夏军陷入了捉襟见肘的尴尬境地。蒙军似乎总能寻找到西夏军的薄弱之处，常常出其不意地出现在这些地方。

五个多月的交战，西夏军疲于奔命，李安全寝食难安。蒙军自身亦因马瘦粮尽，不堪再战，于是一夜间悄无声息地撤回了蒙古本土。

李安全暂时可以松口气了，成吉思汗则更是感到满意。他的实地侦察的目的不折不扣地得到了实现，大举攻夏已成必然。

蒙古大军行至鱼儿泺时，探马来报，金国使臣团请求拜见蒙古大汗，宣读金帝圣旨。成吉思汗当即下令停止行军，于天幕旷野之间，端坐马背之上，宣来了金国使臣团。这大概是金使臣生平从未见过的接见仪式吧，苍天为帐，大地为毯，车帐军马，无边无际，成吉思汗在盔甲鲜明、威风凛凛的蒙军将士簇拥下，注目迎视着金使的到来。

金使早已心虚胆怯，无奈还得硬着头皮上前。

本来，直到今天为止，蒙古依旧算金国藩属，所以先帝驾崩，新帝继位，循例要通知各属国。令金使头疼的是，他们不知是该先宣读圣旨，还是该先拜见那个"野蛮人"的皇上。

成吉思汗不动声色。一番踌躇后，金使躬身参见了蒙古大汗，然后捧出圣旨，准备宣读。成吉思汗依然端坐于马背上，丝毫没有接旨之意，金使张不开口了。作为藩属国首领，毕竟在名义上还算金帝之臣，臣接圣旨，理应跪拜才对。不得已，金使婉转陈词：新帝宣诏，理应以最高礼节跪接。

成吉思汗淡淡一笑："新帝何人？"

"卫王已登大宝。"

"允济？"成吉思汗向南转过身去，金使还以为他要施礼，谁知他向南唾道："我当什么英才贤俊，却原来是他这个庸懦无能的贵少。我和允济有过交往，他也配做皇帝？向他跪拜，我还怕辱没了自己的双膝！"

成吉思汗说完，策马北去，再未回头，直把金国使臣团晾于旷野之上，惶惶不已，呆若木鸡。

一切都在成吉思汗的计划之内，这不过是其中的第一步而已。

成吉思汗很快将方才那令人不快的一幕抛开了，金使却愁眉不展地踏上了归程。

该如何向皇上禀报蒙古大汗的不恭呢？实话实说，皇上定然迁怒于他们，不实话实说，又编不出任何堂而皇之的理由。可皇宫不能不回，皇上不能不见，出使的结果还不能不汇报，纵使使臣满腹珠玑，巧舌如簧，此时也帮不上他们什么忙了。

果然，允济皇帝恼羞成怒。铁木真的污辱显而易见，气愤至极的新帝重重惩罚了给他带回坏消息的使臣，将他们统统投进监狱。最后还是瘸腿元帅胡沙虎献上一计，说铁木真虽言语不恭，毕竟是大金属臣，不如乘其前来缴纳岁贡之际将其捕杀，永绝后患，以此方才稍稍平息了允济心头的震怒。

若说允济与成吉思汗结下仇怨，还不是始于今日，此前，他已与成吉思汗打过两次很不愉快的交道。

第一次是三年前。允济到净州接受蒙古岁贡，成吉思汗对他少有恭敬，全不以上国使臣待之。他怀恨在心，回来禀明章宗，奏请出兵北伐。其时，金宋局部战争时起时落，章宗无暇兼顾北方，遂对允济的建议置之不理。

第二次是一年前。是年，成吉思汗刚刚君临蒙古，允济奉章宗皇帝之命前往蒙古，名为催贡，实为探听虚实。

成吉思汗用武力统一蒙古各部后，威名远播，邻近各国无不惊悚，章宗皇帝尤其忧心忡忡。许多年前，老元帅完颜襄曾私下对他谈过：王汗老朽，不足为惧，蒙古铁木真却是人中龙凤，来日可畏。莫非真让老元帅不幸而言中了？为此，章宗派卫王允济（章宗无嗣，将允济收为继子，加封卫王，有意立为太子）出使蒙古，一探究竟。

成吉思汗对允济不冷不热，允济窝窝囊囊住了十多天，越发仇根深种。

最让允济难堪的是他应邀参加在不儿罕山举行的大围猎。事有凑巧，一只野猪突然挣脱重围，向允济冲来。允济在宫中早不习弓箭，当时吓得手足冰凉，寸步难行，危急时，还亏木华黎一箭射死野猪，救了他的驾。过后，成吉思汗只简单地说了句:你若会使弓箭,何至受此惊吓! 轻蔑之情,溢于言表。回国之后,他再次向章宗请求出兵蒙古,以报受辱之仇,章宗皇帝仍不予理睬。这件事使允济对章宗怀恨在心,导致他一年后在证实章宗妃生子后毒杀章宗,自立为帝。他却不知,章宗不同意出兵,是因为金国已不具备对蒙古用兵的能力。

如今,旧恨未消,又结新怨,允济恨不能手刃铁木真,以解心头之恨。

成吉思汗撒在金国的情报网,很快将金帝准备乘他进贡之际诱捕杀害他的阴谋送至金顶大帐,成吉思汗以此为由正式与金国断交。

允济皇帝被不断传入的有关蒙古部的各类消息弄得六神无主,几经思虑,颁下一纸荒唐诏书:禁止任何人以任何方式传说漠北之事,违令者,严惩不贷!

诏书一下,皇上耳根果然清净了不少。谁知,偏有个不识好歹的长城镇守使哈朱买一日派人呈上奏折,言明塞外蒙古正在加紧铸造武器,演兵习武,似有大战之势,圣上不可不防。允济闻报,又气又急,以哈朱买擅传边事罪将个直言敢谏的大将投入监狱。金廷内部的混乱由此可见一斑。

成吉思汗对金国最近发生的一些事了若指掌。从西夏撤军后,为适应未来战争的需要,他着手建立了他的第一支"铁车军",也即中世纪第一支炮兵部队。铁车上装有可以连发、射程远以及见物起火的机控箭。成吉思汗将"铁车军"交与他手下最长于运动战的大将速不台指挥。

此后的战争中,这些铁车不断加以改造,攻击力不断加强,为成吉思汗日后征服城郭国家发挥了无可替代的作用。

叁

生活中常常有许多令人意想不到的结局。

札木合大概永远设想不到他的结局会是这样。

成吉思汗同样设想不到。他原以为自己再也不可能见到他这位昔日的安答了,没想到一日忽然接到曲出派人送来的消息:札木合已被捉获,请示如何处置?

当时成吉思汗正在金帐之上与众将商议军情,听完汇报,半晌没言声。

众人亦多感慨。塔塔通阿见成吉思汗只顾发愣,忙上前提醒:"大汗,义王爷还在等您答复。"

成吉思汗微微皱起眉头："怎么……哦……传曲出速解札木合来见。"

"喳!"传令兵离去了。不出一个时辰,札木合被带入帐中,成吉思汗居中端坐,表情肃穆地望着他。

札木合垂首而立,全身上绑,衣衫褴褛,潦倒不堪。

良久,成吉思汗无声地叹了口气:"札木合安答,这是怎么回事?"

札木合缓缓抬起头。四目相对,成吉思汗蓦觉五味俱全。

眼前的这张脸曾是他多么熟悉的啊。在它上面,写过友情,写过仇恨,现在一切都不复存在,剩下的只有死亡般的冷漠。

"原因很简单,有人把我当成礼物献给了你。他们正在帐外等候你的封赏呢。"札木合淡淡地说,不无揶揄之意。

成吉思汗向曲出点点头,曲出会意,命人带上四位家将打扮的人,那几位也是个个鹑衣百结,风霜满面。

"你们是什么人?"成吉思汗问。

"回大汗,我们是札木合的家将。"其中一个看似伶牙俐齿的家将回答。

成吉思汗注目端详了他片刻,惊讶地问:"你是扎西?"

"正是小人。"扎西磕头如捣蒜。

"你们如何到了这里?"

"大汗,且容小人细细禀告。"

札木合离弃王汗后,率领一干随从先到了乃蛮部,成为塔阳汗的座上宾。乃蛮不敌蒙古强攻,一战而败,札木合仅带领数十名贴身家将逃往西辽。西辽直鲁古皇初时倒也收留了他,随着成吉思汗武运的强盛,直鲁古皇担心继续留下他会危及国家安全,遂婉转下了逐客令。

札木合不得已离开西辽。在饱尝风餐露宿、历经流离跋涉之苦后,追随札木合的只剩下区区四个人了,就这四个人也早心存异志。

一日,札木合在沙漠边缘猎到一只野驴。他让家将架火烧烤猎物,自己坐在一旁,吹起了许多年不曾吹过的羌笛。笛声凄怨。笛声中,女儿可爱的面容浮现在脑海,泪水渐渐模糊了他的视线。突然,他的脖子被绳索牢牢套住了,几乎使他窒息,随之,全身都被捆绑结实。他看到四位家将凶相毕露的狰狞面孔,心里明镜一般。他没有丝毫挣扎的企图,只是望着不远处还架在火上的野味长叹一声。

四个家将丝毫不想掩饰对旧主的厌弃,他们津津有味地分享完喷香的驴肉,押着札木合前往蒙古主营……

成吉思汗面无表情地听着扎西的讲述,在这个过程中,只有一次,他的目光掠过札木合消瘦憔悴的面孔。

"讲完了?"扎西话音一落,他问。

他平和的态度使扎西受到鼓励,扎西益发急于表白自己的忠心:"小的四人久慕大汗光明磊落,宽仁大度,不似本主狡诈残忍,反复无常,早存弃暗投明之心。也是天助我等,将大汗的仇人擒获,此皆赖大汗威德。"

成吉思汗依然很平静:"你们主人素日待你们可好?"

扎西不料有此一问,张口结舌。

"说呀!"成吉思汗没有提高音量,唯语气严厉了许多。

扎西好不容易才从牙缝里挤出一句话:"好……可……"

"行了!你们既有弃暗投明之心,为何不更早前来?"

"小人等深知本主与大汗有不共戴天之仇,若能擒住他来献大汗,岂不更能表明我四人的一片忠心。"

成吉思汗突然一改平静,目光冷冽,脸现憎恶之色:"我再问你们,如果我与你们的主人换个位置,你们又会如何待我?"

"这……这……"

"我实说吧,如果你们不是擒住你家主人来投,我纵或不用你们,也绝不会杀你们。现在,我且容不得你们!来人,将他们推出去!"

凄厉的哀求声渐渐远去,帐中重新归于寂静。成吉思汗离开自己的座位,走到札木合面前,札木合望着他,脸上露出一丝赞赏的笑容。

成吉思汗伸手接过斡歌连递上的弯刀,亲自为札木合割开捆绑的绳索。札木合一边活动着麻木的双臂,一边长长地吁出一口气来:"多谢大汗,我已被绑许多时日了。"

只此一句,成吉思汗顿生恻隐:"安答请入座叙谈。"

"不可。我乃大汗死敌,今为阶下囚,岂能再受宾朋之礼?若大汗真的顾念往日情义,请尽早赐我一死,除此,我别无所求。"

"安答何出此言?"

"大汗若不杀我,与大汗实有百害而无一利。我败在大汗手下,是败在草原上最强大的力量之下,总算为我自己留下些许体面。苟且偷生之心,从被家奴出卖时起就已荡然无存。我与你争斗了近二十年,现在才明白长生天为何会选择你!得人心者得天下,强权与民心较量的结果,长生天选择了草原的共主。而我,唯一能够聊以自慰的是我曾经奋斗过,尽管我失败了,但败在你的手下,我虽败犹荣。"

成吉思汗宽容地笑了:"此一时,彼一时,过去的事我不愿总放在心上。安答连日疲乏,不如先去休息,我们改日再叙。"

札木合欲言又止,不觉无声地叹了口气。

目送侍卫带出札木合，成吉思汗扫视着帐中众将臣，略显疲乏地问："你们说说看该如何处置札木合？木华黎，我想听听你的意见。"

木华黎起身，直率地回道："大汗，札木合不可留！如今征伐大计已定，正宜对内整饬军务，对外清除一切后顾隐忧。札木合乃一世枭雄，蒙古百姓对他恨之入骨，不杀不足以平民愤，安民心。札木合只凭如簧巧舌，就一次次将整个草原推入战火，无数冤魂的亲人只知札木合为罪魁。大汗切不可为一己私谊而负千万民心。"

成吉思汗默然听着，终究下不了决心："博尔术，你说呢？"

博尔术犹豫片刻，起身谨慎地回道："大汗，依臣之见，札木合虽罪在不赦，然他终究是草原英杰，莫如将其生死交与天定，天留则留，天杀则杀，如此，既可上达天意，又可下服民心。"

"好！就依博尔术所奏，明日我将亲自祭天问卜。"

一旦走上会神的法台，豁尔赤就不再是那个和蔼风趣的普通人了，他的周身似乎都被笼罩上了神秘的色彩。是啊，他可以自由来往于天地之间，亲聆神的教诲，然后将它布达于人间，他是神的使者，每一个最庄严、最神圣的场合，他的权力都是至高无上的。在笃信长生天的草原人的心目中，一个通天巫的言行无不代表着长生天的意志。

豁尔赤在等待长生天的明示。凝固的只有心情。

太阳没有停步，但谁也无暇感受它沉缓的移动。

从日薄西山到繁星点点，人们虔诚地等待着通天巫归来。

起风了。盘腿坐在法台下的成吉思汗下意识地拉了拉身上的大氅。

谁也不知道等待的时间会有多久。

终于，闭目入定的豁尔赤长长地吁出一口气，蓦然睁开双眼。

所有的人不觉精神一振，紧张地抬头仰视着刚刚从天上返回人间的通天巫，无限敬畏与期盼都流露于不安的静默中。

豁尔赤开口了，声音玄净清朗，与往日不同的是，这一刻如同带着秋夜的寒气："我给你们带回了神的传谕。神责备我说：一只独角青牛顶翻了札木合的车帐，大叫'还吾角来'！同时，另有一只白色犍牛驮来了铁木真，大叫'奉天命送汝主来统治四方'！神的启示，你难道忘记了？札木合已经完成了他在地上的使命，他该回到天上来。明日日落时分，就是札木合归天之时。"

通天巫的声音突然消失了。在渐渐吞没一切的黑暗中，成吉思汗保持着原有的坐姿一动不动。

豁尔赤什么时候走的，他全然不知，他只是默然坐着，坐着……

众人谁也不敢动。木华黎碰碰博尔术，博尔术会意，试着唤道："大汗。"

"唔……"成吉思汗的声音竟十分温和，"你们都回去吧。"

"您呢？"

"我不急，略待一会儿。"

众人闻命，纷纷离去，只有博尔术、斡歌连和众侍卫留了下来。不知过了多久，晨曦涂上了遥远的天际，将夜色中混为一体的草原和天空划开了鲜明的界限。可以看清成吉思汗的脸了，奇怪的是这张脸上并没有什么特别强烈的感情。

"大汗，天亮了。"博尔术也不知自己怎会冒出这么一句。

成吉思汗向他笑笑："是啊，该回去了。"

博尔术欲搀成吉思汗，成吉思汗已经站起，独自走了，再无一句话。

博尔术与斡歌连彼此对望，难掩满目犹疑。

肆

成吉思汗径直来到关押札木合的帐子。

札木合被惊醒了。帐中的光线足以让他看清成吉思汗脸上每一个一闪即逝的表情，他立刻明白了成吉思汗会在这个时间来看望他的原因。

死？他想到这个字眼。感情之弦没有被拨动。

酒席摆上了，很简单，一只烤全羊，一坛马奶酒，成吉思汗与札木合相对而坐。

札木合为自己和成吉思汗斟满酒："你来送我？"

成吉思汗心绪复杂地点点头。

"安答，我知道你已经尽力了。长生天不会留我的。长生天若还肯眷顾我，又岂会让我一败涂地？死，对我来说也算一种解脱。"

成吉思汗沉默着。

"什么时候？"

"什么……时候？哦，今天，日落时分。"

札木合拿杯的手停了一瞬，转而又笑了："是吗？这么说，快了。落日，日落，倒是个好时刻。"

"札木合安答，你还有什么话、什么事要交代吗？"

"如果可能，照顾我的女儿吧，她是我在世间唯一的牵挂。祺儿有一身好武艺——我怕就怕她知道我的死讯后会来寻安答报仇，你要小心在意。当然，如果她还是执迷不悟，就任由安答处置吧。"

"我正想问安答，安答离开克烈部时，祺儿没有随行吗？"

札木合沉重地摇摇头："五年前，祺儿就离家出走了。从那以后，我再没有见过她。我猜她多半去寻她师父了，可我又不知道她师父究竟何许人，身在何处。这些年，我行踪不定，祺儿即使回来，恐怕也很难找到我。"

成吉思汗显然有些意外："可是，祺儿为什么要离家出走？"

"她还不是为了你……"札木合差点就要说出祺儿出走的真实原因，然而话到嘴边又被他及时拦了回去。即便到了这一刻，他仍旧不愿面对祺儿是为这个人才愤然离家的事实，他是他的敌人啊，却也是女儿芳心暗许的人，长生天真的对他开了个天大的玩笑。他略一停顿，将涌到嘴边的话变成了："你……你无法理解的原因……"

成吉思汗点点头，并不深问，其实此时他愿意答应札木合的任何请求："不管怎样，安答放心，我一定会代你照顾好她的。"

"有你这句话，我死也瞑目了。安答，我还有一个请求。"

"你说。"

"我死后，把我葬在我出生的豁尔豁纳黑川。安睡在故乡的土地，我将永远为你和你的儿孙祈福。"

札木合要按照处死贵族的古老方式被处决——不出血的死。信奉长生天的蒙古人认为，灵魂是存于血液中的，只要死时血液不流出，灵魂就可不朽。

成吉思汗高高端坐于车帐之上，观看整个行刑过程。这也是札木合最后的心愿：如果你能亲眼看着我像真正的草原战士那样去迎接死神，我将死得其所。

鼓手。战马。

全身绑缚被置于布袋中的札木合仰躺于一低洼处。稍待片刻，鼓声响起后，十几匹战马要鱼贯而过，第一匹战马必须踏断受刑人的颈骨，以尽量减少受刑人临死前所遭受的痛苦。

都在等待。气氛沉闷得令人透不过气来。

太阳一点点接近地平线，成吉思汗目不转睛地凝视着它。

落下了，只剩半轮金光。成吉思汗收回目光，威严地下令行刑。

鼓声震响，十八匹战马驰向目标。急促的鼓点声中，童年札木合清脆的声音执拗地回响在成吉思汗的耳畔：这次你赢了，下次看我的……

鼓声戛然而止,成吉思汗微微一震。

负责行刑的朝伦上前报告:"札木合死了。"

死了? 成吉思汗点点头。

"厚葬札木合!"他缓步走下车帐,接过斡歌连递上的马缰,扬鞭离去。

天色逐渐暗淡下来,木华黎来到札木合身边,命人解开袋子,俯身凝视着他。没有血。札木合安详的脸上露出些许痛苦,定是那致命的一击让他一时难以忍受……

"札木合首领,我奉大汗之命送你回豁尔豁纳黑川。"木华黎喃喃自语,拉过掀开的布袋,重新盖住了札木合苍白的脸。

伍

"快点,拖雷!"苏如回头向拖雷嫣然一笑,狠狠抽了一下胯下的坐骑,"你父汗一定快到了,他不是说要带我们去打猎吗?"

"好嘞。"拖雷欢快地应着,紧紧地跟上了苏如。

苏如是昨天才到蒙古主营的。自从两年前为欢迎札合敢布举行的宴会上第一次见到苏如,拖雷的一颗心便暗暗为少女倾倒了。他的心思当然瞒不过母亲,而孛儿帖也早就相中了冰雪聪明的苏如,因此,这段亲事便在成吉思汗二次攻打西夏前议定了。

这次,苏如随大哥来拜见成吉思汗,献上了五百匹西域骏马。

拖雷的帐子就在前面不远,苏如眼尖,一眼看到有个身着黄色衣衫的女子正侧身立于帐前,仿佛在等什么人。苏如猛地勒住坐骑。

"怎么了,苏如?"一心都扑在苏如身上的拖雷惊诧地问。

"好像是她。"苏如喃喃自语。

"你在说谁?"

"你的救命恩人——你的祺儿姐姐。"拖雷曾给苏如讲过祺儿救他的往事,因此,苏如才这样说。

拖雷顺着苏如手指的方向望去,注目端详了片刻:"真的是祺儿姐姐吗?我已经好些年没有见过她了,有点认不出了。她在等谁呢?"

"你去问问不就知道了。"

拖雷听话地催开坐骑,向黄衣女子驰去。

听到马蹄声,黄衣女子慢慢转过身来。拖雷望着她,惊呆了。

往日令人炫目的美丽依然如故,但面前的这张脸分明消瘦了许多,秀目周围也布满了淡淡的晕黑,苍白的脸上看不到任何表情。

"果真是祺儿姐姐!姐姐,你……你什么时候来的?"

祺儿没有回答,目光掠过紧随拖雷身后的苏如,眼神似乎在问:是你?

苏如以淡淡一笑作为回答。

"祺儿姐姐,你来找人吗?"拖雷不抱希望地又问。

"不,我路过,来看看你。"

一阵急促的马蹄声由远及近,拖雷回头望去,脸上不觉露出欣喜的笑容,"巧了,是我父汗。我父汗一直派人寻找你的下落,祺儿姐姐,你跟我一起去见我父汗吧。"他边说边催开坐骑。祺儿拍马紧紧跟上。

苏如想要阻止已经来不及了。

越来越近。成吉思汗也看到了儿子和跟在儿子身边的黄衣女子,他只当是儿子的朋友,并未在意。拖雷刚唤一声"父汗",一匹快马已掠过他的身边,恍若一股黄色飓风从马上卷起,转眼间,卷至成吉思汗面前。

祺儿的身手简直快若闪电,在人们尚未明白过来发生了什么事前,一把锃亮的短刀已架在成吉思汗的脖子上。"下来!"她厉声喝道。

成吉思汗镇定地服从了。

"我看你们哪个敢动!"祺儿斜睨着欲上前相助的众侍卫。

成吉思汗用目光禁止他们轻举妄动。"姑娘,你是谁?我和你有什么冤仇吗?"他心平气和地问。

祺儿的双眸中闪射出痛苦的光芒:"我是谁?你不需要知道我是谁,你只需知道我要杀你就足够了。"

如梦初醒的拖雷"扑通"跪倒在地,痛苦中饱含着深深的悔恨:"祺儿姐姐,你为什么要这样?你为什么要利用我?"

祺儿!原来是祺儿!成吉思汗的心中骤起狂澜。

空气仿佛凝固一般。寂静中,祺儿的目光与成吉思汗的目光相遇了。

惊讶、怜惜、温情、愧疚……所有的感情都凝结在那目光里,其中,唯独没有恨,没有怨。祺儿的心颤抖了,握着刀的手也随之颤抖起来。

"祺儿姐姐,不要啊!父债子还,就让拖雷替父汗去死吧。拖雷这条命本来就是姐姐给的,任凭姐姐处置。只求姐姐千万不要伤害我父汗。"

祺儿的心因痛苦而扭曲着。她逼视着成吉思汗:"你为什么非要杀我阿爸?他对你已经没有任何威胁了,你为什么还不肯放过他?你说!你说啊!"

成吉思汗无言以对,只微微合上双目:"祺儿,你动手吧。"

祺儿更紧地攥紧了刀把。

杀他?

不杀他?

让他这样去死公平吗?

那迎着暴风雨、高举鹰旗傲然挺进的身姿顽固地袭扰着她的思维,动摇着她的决心,可……她这个不孝女能为阿爸所做的事或许只有这么多了。

谁让当初她是为了他才与阿爸反目,才负气离家出走的呢?

或者说,谁让她是札木合的女儿呢?

原谅我!虽然我会为阿爸报仇,可我绝不会让你孤孤单单地离开这个世界的,你死后,我会陪你……

祺儿的眼中倏然闪过一道决绝的亮光——

"祺儿,你怎么还不动手?"一个女子的声音突兀地响起。

所有的目光都汇聚在正安然站在马前的苏如脸上。

"苏如,你!"拖雷又惊又怒。

苏如浑然不觉:"祺儿,你杀了他吧。杀了他,你就可以了却自己所有的痛苦了,而且,你还不必看到这样一种结果:草原会因为他的死重新四分五裂,草原上的人们会因为他的死重新过上征战杀伐、混乱不堪的生活,战火又将吞噬千万无辜的生命。假如这一切与你无关,你为何还不动手?"

刚刚垒起的决心坍塌了。苏如的话好似一记重锤震醒了祺儿的混沌。

是啊,苏如说的没错,杀了他,她确实可以了却内心所有的爱恨情仇,同时也将成为草原上的千古罪人。

孰轻孰重?

何去何从?

几滴温热的液体滴落在祺儿的手上。

血?

他的血?

我真的杀了他吗?

不……祺儿稀里糊涂地松开了握刀的手。

血从成吉思汗的颈部不断涌出,他俯下身,缓缓拾起刀子。

"祺儿,"他凝视着安答的女儿,声音里饱含着父爱的温情和真诚的忏悔,"我对不起你阿爸,对不起你。"

祺儿跪倒在地,失声恸哭。

此时此刻,她已清楚地意识到,她根本杀不了他。她连看到他的血都感觉心痛难忍,又怎么可能对他下死手呢?少女时代初萌的深情并未随时间的推移而淡漠,相反他已成为刻在她心灵深处挥之不去的牵念。爱与恨原本没有太鲜明的界限,一旦做出了选择,爱与恨之间只剩下执着。

她真没用!看来她终究只能做她阿爸的不孝女了。

"祺儿,你阿爸临终时将你托付给了我,我也真的很想照顾你。可现在我知道这根本没有可能。是啊,杀父之仇换了谁能轻易忘记呢?祺儿,我与你阿爸先友后敌,有些事,在我们是情非得已,你恐怕永远理解不了。我只想告诉你,无论将来你对我做什么,我都不会怨你。"

祺儿感到一只温厚的手掌颤抖着轻抚在她的头发上,她一时产生了一种欲望,想要扑进那个坚实的怀抱,痛痛快快地哭个够,哭出所有的怨和痛。

然而,她最终所做的,却是跌跌撞撞地跑过他的身边,头也不回地扬鞭而去了。

呼唤哽在成吉思汗的喉咙中,他目送着祺儿远去的背影,满腔怜悯都化作沉重的负疚。

陆

汗营有一群与婉嫣、南图赣(察合台的长子)年龄相仿的孩子,他们都是功臣或贵族的儿孙后辈,这些孩子除每天一起嬉戏玩耍外,还要一起学习蒙古文。早在成吉思汗立国之前,塔塔通阿就奉命创立了蒙古文,此后,作为一个整体登上历史舞台的蒙古民族才第一次拥有了自己的文字。然而受当时条件所限,能够接受教育的还只限于贵族及其后代,尤其在战乱频仍的年代,人们对习武的重视远远重于修文。

实事求是地说,塔塔通阿、镇海这些才德兼备的知识分子在包括成吉思汗在内的大多数蒙古人心目中的地位都是极其崇高的。文明的力量不可抗拒,向往文明是一个民族不断进步的原动力,成吉思汗本人对知识和知识分子的尊重无疑是这一向往的最直接体现。不识字的马上皇帝终生保持了对塔塔通阿、镇海以及后来的耶律楚材等优秀知识分子的友谊,这也算得上蒙古民族登上世界历史舞台前后最值得称道的一段佳话了。

也许是男孩子的天性,南图赣很少缠着祖汗、奶奶,更多的时候是同小伙伴们在一起。婉嫣则不同,她与奶奶形影不离,好似奶奶的影子。宠爱不等于娇惯,孛儿帖像管束自己其他儿女那样严格管束着心爱的孙女。

黄昏时,草地上,人们常常会看到奶奶牵着孙女的手悠然散步。奶奶总是饶有兴味地倾听小孙女说东说西,对孙女来说,能得到奶奶的夸奖就是最大乐事。既清柔娇慧,又豁达明理,长大后的婉嫣有着奶奶一样优雅的风度,成为这个黄金家族又一颗璀璨夺目的明珠。

大约是信服妻子教育儿孙的能力,成吉思汗对孙女从来百依百顺,加上公务繁忙,祖汗和孙女相聚的时刻自然就显得格外短暂和宝贵了。

孙女被儿媳达兰接回家中之前,成吉思汗曾答应她天暖和了带她去钓鱼,他一生守信,即使对孩子亦不肯轻易失约,随着春天接近尾声,他开始考虑兑现诺言了。

夏日临近,部队训练近乎停止,成吉思汗选了个晴好的日子,带着斡歌连等为数不多的侍卫出发了(他并不知道木华黎已暗中安排了军队沿途保护他)。自蒙古统一,草原昔日的混乱局面一去不返,百姓们开始产生了比较真实的安全感。

进入黑林营地后,为给孙女一个意外惊喜,成吉思汗嘱咐军中巡哨不可走露风声,并将一干侍卫留在营外,独自悠闲地向儿子的营帐踱去。微风丝丝拂面,赶走了一些空气中的暑气。离术赤住处不远的地方,有一群孩子正在玩着捉迷藏游戏,童稚的笑声不时传入耳中,成吉思汗的脸上不觉露出一丝欣悦的笑容。

近了。他看见一个被蒙住双眼的小男孩正笨手笨脚地在高高的草丛中摸索,其余的孩子不断引逗着他。突然,成吉思汗听到了婉嫣的声音:在这儿呢,斡尔多。

原来是斡尔多!成吉思汗一眼看到背对着他亭亭站立在花间的孙女。斡尔多循声向婉嫣站着的方向摸来,婉嫣非但不避,还主动向弟弟伸出了手。斡尔多一把抓住她,高兴地扯下了眼罩。

"姐。"斡尔多唤了一声,又顿住了。他突然看到了成吉思汗。

婉嫣满心疑惑地顺着斡尔多的目光望去,也愣住了。

成吉思汗笑容满面地望着她:"我的小姑娘,不准备让祖汗亲亲吗?"

"祖汗!"婉嫣好不容易呼唤出声,飞跑着投入了祖汗张开的怀抱。

成吉思汗爱抚地亲了亲孙女的额头。婉嫣牵着祖汗,向两个弟弟招招手:"斡尔多、拔都,你们都过来,这是祖汗呀。"

斡尔多看看祖汗,又看看拔都,不由自主地向前挪动了几步。拔都却倔强地站在原地,瞪视着祖汗。

成吉思汗注视着孙子,多少有些感慨。转眼又有两年多没见过这两个孩子了,他们的变化可真不小。

"斡尔多、拔都,你们快叫祖汗呀!"婉嫣催促道。

"祖汗。"斡尔多望着慈爱的祖汗,怯怯地唤道。拔都反而垂下了头。

孩子们慢慢地将成吉思汗围住了,显然他们都知道婉嫣的祖汗是谁。其中有个胆大的男孩问道:"大汗,您能到我家做客吗?"

"到我家!到我家!"孩子们七嘴八舌地争抢起来。

成吉思汗愉快地望着他们:"这样吧,明天我带你们去钓鱼,如何?"

孩子们顿时兴高采烈地欢呼起来。

"祖汗,咱们回去吧。"婉嫣只怕祖汗累,体贴地建议。

成吉思汗笑眯眯地点点头。

"大汗,您刚才说的当真?"还是那个胆大的男孩不放心地盯问。

"咱们一言为定!"成吉思汗郑重地允诺。

孩子们这才满意地各自散去。

拔都转身跑了。婉嫣叫了几声没叫住他,有点抱歉地望着祖汗。

成吉思汗微微一笑。拔都还真是个蛮有个性的孩子。

拔都一口气跑回母亲的帐子。在门口,他与父王撞了个满怀,若不是父王眼疾手快抓住他,差一点就摔个仰面朝天。"疯跑什么!谁在追你?"术赤皱起眉头,低声呵斥。

拔都不语。

"是不是和斡尔多打架了?"达兰放下缝制一半的衣服,温柔地问。

拔都仍不语。

术赤又是生气又是奇怪:"你哑巴了吗?斡尔多和婉嫣呢?"

拔都瞟了父王一眼,大声回道:"同祖汗在一起。"

"你说什么?"术赤以为自己听错了。

拔都不满地提高了嗓门:"婉嫣和斡尔多都同祖汗在一起。"

"你祖汗来了?"达兰又惊又喜。

"我都说了好几遍,你们怎么问个没完没了!"若换了平常,儿子敢这样放肆,术赤少不了会教训他一顿,可这次,他根本没注意儿子近乎顽劣的不敬。

"瞧你,还愣着做什么,赶快去接父汗啊!"达兰走到丈夫身边,嗔怪着催促。

术赤这才醒悟过来,急忙走出帐子。

远远地,便看见父汗牵着小姐弟的手,正向这边走来。那小姐弟一左一右伴着他,像要迎风飞起。

术赤略一踌躇,不知是否该迎上去。

成吉思汗以一种特别的温情注视着儿子。

达兰见丈夫呆立着不动，急忙趋前接住了父汗："您来怎么不事先通知我们？也好让我们有个准备。"

"准备什么！我一向很随便。"成吉思汗一边不以为意地说着，一边步入帐中。拔都早不见了踪影，想必是方才趁大家没注意悄悄溜走了。

忙乱了一阵，达兰奉上奶茶。术赤一旁相陪，表情依然十分生硬。

"父汗，您来有事？"他不放心地问了一句。

"没事就不能来？"成吉思汗故意反问，术赤顿时哑口无言。

达兰带着婉嫣和斡尔多小姐弟俩去为成吉思汗准备住处了，帐中只剩下成吉思汗和他的儿子。一时间，默默相对的父子二人似乎谁也找不到话说。

片刻，术赤试着打破了沉默："父汗……"

"嗯？"

"真的没事吗？"

"没事。我答应过小姑娘天暖和了带她去钓鱼，我怕再不来要失信了。"

就为这事？术赤觉得不可思议。为了对一个小女孩的承诺，不惜鞍马劳顿之辛苦，或许这正是父汗最可敬、最可贵、最与众不同的地方吧？

"术赤，我给你带来一匹西域宝马，由斡歌连照看着，明日你去骑来吧。"

"马？先不说马。您的侍卫呢？怎未见斡歌连他们？"

"我让他们在营外候着。"

"您怎么可以不带侍卫入营？"术赤冲口而出。担心听起来倒像抱怨。

成吉思汗淡然一笑："我儿子的营地还不安全吗？"

"话不能这么说，您不比一般人，凡事总该小心才是。这要万一……"他顿住。

成吉思汗深切地注视着儿子。

察如尔得到消息，和达兰一起来看望成吉思汗。脚跟脚，婉嫣和斡尔多也跑进帐子。术赤问达兰："拔都呢？"

"我和姐姐去叫他，他不肯来。"斡尔多怯怯地解释着。

"什么！"术赤脸一沉，"这孩子太不像话了！达兰，你过去看看。"

达兰欲走，成吉思汗笑道："不用，达兰。待会儿我自去看他。"

达兰只觉脸上火辣辣的："父汗，您真会说笑。拔都这孩子太任性，都怪我平素管教不严。"

"并非如此。我看拔都蛮有个性……再说赶了几天的路，我也想早些休息了。走吧，婉嫣、斡尔多，陪祖汗去找拔都。"

"父汗……"

"好了,你们不必多说,难得一聚,让我随意吧。"

小拔都仰面躺在地毯上,大睁着双眼发呆。

满脑子都是祖汗的音容笑貌。幼时的记忆早已模糊了,他只能从别人的描述中勾勒出祖汗的形象,今日一见,才知祖汗是这样高大威武,比起他见过的任何人都更令他崇拜。他有这样一个令人自豪的祖汗却不认得,难怪他要感到满腹委屈呢!

察觉到有人走近身边,他以为是父王,索性做好了挨骂的准备。及至看到出现在他眼上方的是祖汗那张慈爱的脸时,他一骨碌爬了起来。

"拔都,怎么临阵脱逃了?"成吉思汗含笑问。拔都望着祖汗,有点忸怩不安。

"走吧,去祖汗那里,婉嫣和斡尔多都在等你。"

"祖汗,带我和斡尔多去打一次猎,好吗?"

"行,祖汗答应你。"成吉思汗注视着孙子,感兴趣地问,"告诉祖汗,你将来想做什么?"

"像祖汗一样,做个让人敬仰的大英雄,到许许多多地方,建立许许多多功勋。"拔都不假思索、斩钉截铁地回答。

孙儿小小年纪,出语不凡,成吉思汗惊讶之余,深感欣慰。

若干年后,拔都率领蒙古远征军一举征服了欧洲,建立了统治欧洲长达数百年的金帐汗国,他本人也成为蒙古历史功勋卓著、彪炳千古的军事统帅。更为难得的是,拔都居功不傲,在蒙古第二代大汗窝阔台病逝,皇后脱哥列那弄权以及贵由汗病逝造成蒙古政局动荡的关键时刻,独具慧眼,以其崇高的威信和坦荡的襟怀,力荐拖雷的长子蒙哥登上汗位,为最终大一统的元朝建立创造了先决条件。

成吉思汗有孙若此,当是长生天的格外垂赐!

术赤几次走出帐子。

父汗的帐中灯火闪烁,孩子们的笑闹声隐隐可闻。记得小时候他不止一次羡慕过弟弟妹妹可以自由自在地守在父亲身边,如今长生天又将这种幸运赐给了他的儿女,唯独他,永远都只能遥望。

对你比对哪个亲生儿子都好,察合台的话总会这样猝不及防地重击在他滴血的心头,他真弄不懂,长生天何以只对他一个人如此不公平?

天色微明,玩了一宿的三个孩子总算沉沉睡去,成吉思汗没有丝毫睡意，他蹑手蹑脚地蹓出帐外。

天空中遮着一层薄薄的云雾，清晨凉爽的微风是临夏赠给草原的厚礼……那是什么？帐子周围何以一下出现那么多篮子？

他满怀疑惑地走过去，又感慨万千地站住了。

蘑菇、鲜鱼、奶酪、肉干……莫非这就是那些孩子的父母及附近的牧民送给他的礼物？成吉思汗一生，还从未像现在这样被深深地打动了。怎能不感动呢？试问这世间究竟有多少东西能比一颗颗质朴真诚的心更为珍贵，更值得珍惜？

"父汗，"不知何时术赤悄悄来到父汗身后，目光落在那些篮子上，"这是……"他愣愣地问道，旋即明白过来。

此时此刻，即使他生性冷漠，也不能不为之肃然。他再次强烈地感受到草原上的人们对父汗所怀有的那种敬仰之情。最质朴的恰恰是最真诚的，这些不知名的人们献上的是自己那颗忠诚的心。"父汗，我是不是……"

"收下吧，你先代我备下酒席，待傍晚我带孩子们钓鱼回来，我们一起请附近的牧民来做客。"

"好的。"术赤遵命，并不多言。

父子俩并肩走了几步。

"术赤，婉嫣的笛子吹得很不错。"这安静的、不受打扰的时刻，成吉思汗很想能跟儿子说些什么。

当然。她为了能快点学会吹笛子，嘴唇都吹肿了，为的就是在与祖汗见面的时候能够听到祖汗的夸赞。她是那么在意祖汗的夸赞……

成吉思汗站住，看看儿子。

术赤，我的儿子啊，你为什么总是不喜欢说话呢？你知不知道，你的沉默有时真让人受不了。

父子俩各怀心事，静静相对而立。术赤好几次想起个话头，可是犹豫再三，每一次又都咽了回去。

成吉思汗在儿子的营地住了三天，这是他作为祖汗和普通人度过的三天。他带一群孩子去钓了鱼，打了猎，还请附近的牧民做了客，当他要返回大营时，面对这种自由自在的生活生出许多留恋。

送行的人人山人海，三个孩子牵着祖汗的衣襟，舍不得放他走。术赤反倒很冷落地站在一旁，默默注视着父汗与众人话别。一个人，无论他走到哪里都会成为众所瞩目的对象，究竟算好事还是坏事？

在父汗耀眼的光环中，他的身世犹如见不得人的阴影，只为这阴影，他更不能不远离父亲的光环。

父亲，父亲，假如您不身为大汗，我们之间又将如何呢？

成吉思汗的视线最后落回到儿子脸上，仅仅片刻，没有一句话，他毅然跨上坐骑，扬鞭离去。

三个孩子已然哭得天昏地暗。

术赤转身走了。

第十章

撒满珍珠的草原

壹

　　蒙古备战的一年,也是乃蛮太子忽出鲁克在西辽国青云直上的一年。

　　首先,他做了辽皇的乘龙快婿;其次,他被委以元帅之职,正式接掌了西辽兵权。

　　辽皇直鲁古做梦也没想到,他一手提拔、完全信任的爱婿正将一双不肯安分的手伸向了他的皇位。

　　忽出鲁克一边继续召集逃窜到西辽境内的乃蛮及篾儿乞残部, 一边派心腹暗中前往花剌子模与其君主沙(花剌子模称君主为"沙")暗中接洽。不仅如此,他还以储备军需为名,说服辽皇下旨,对各附庸国加倍征收贡物,尤其是对畏兀儿。

　　西辽派驻各附庸国的行政长官被称作"少监",这些少监俨然以"太上皇"自居,在畏兀儿,上至国王巴尔术,下至普通百姓都对飞扬跋扈、草菅人命的"少监"恨之入骨。忍耐总是有限度的,蒙古的崛起,促使巴尔术将目光转向了这支新兴的力量。从来往于丝绸之路的商人口中,巴尔术略微了解了一些成吉思汗的为人,也了解到这位蒙古皇帝对畏兀儿文明的向往。正当他还有所彷徨观望时,忽出鲁克做了西辽国的驸马。忽出鲁克永远忘不了畏兀儿国王巴尔术几年前将他逐出国境的仇恨, 昔日不予接纳的仇恨要畏兀儿的百姓们以苛刻异常、繁重异常的赋税来偿还了。巴尔术深知,这只不过是个开始,倘若一味忍让,接下来将是变本加厉的盘剥。摆在畏兀儿人面前的只有两条路:要么逆来顺受,要么铤而走险。

　　是夜,巴尔术亲自引兵包围了少监府,少监伏诛,巴尔术正式宣布脱离西辽统治。同时，为防西辽忽出鲁克出兵报复，巴尔术一边加强边防，一面备办厚礼，派使臣前往蒙古谒见成吉思汗。请降表亦由巴尔术亲自起草，他在盛赞成吉思汗的鼎盛武功后，写道：陛下威名，臣素有所闻，渴慕之情胜如旱天望雨。倘蒙陛下不弃，许做藩属，臣愿为陛下第五子而效力驾前……

巴尔术这个名字，对成吉思汗来说早就不陌生了。他不止一次听塔塔通阿说过，西辽强盛时出兵征服了畏兀儿，此后畏兀儿一直充当西辽的附庸。西辽由盛而衰的几十年，正是畏兀儿由衰而盛的几十年。经过几代有作为的君主的努力，畏兀儿已成为丝绸之路北线的真正主人。对丝绸之路的有效控制，带来了畏兀儿经济的繁荣，如今的巴尔术，更是一位年轻有为的新君……

塔塔通阿的介绍言犹在耳，丝绸之路北线的主人竟意外地向他表示了臣服，成吉思汗如何能不陶醉于这份殷殷盛情中？

在接待畏兀儿使臣的宴会上，成吉思汗与使臣谈了许多。他坦率地说：他一直很向往畏兀儿这个素有果园之称的美丽富饶的国家，向往它悠久的历史。他还告诉使臣，蒙古新创立的文字甚至也是脱胎于畏兀儿文……

成吉思汗朴实平易的态度使畏兀儿使臣深受感动，他们不能不拿西辽的"少监"同这位威名远播的蒙古大汗做一番比较。

酒宴尽欢而散，塔塔通阿亲自将两位畏兀儿使臣送回住处。或许是同民族间割不断的情感在起作用，塔塔通阿与两位使臣一见如故。这一宿，他们促膝长谈，通宵达旦。两位使臣从塔塔通阿的口中了解到许多关于成吉思汗的珍闻逸事，更记住了他对成吉思汗的一句恰如其分的评价。塔塔通阿说，成吉思汗是这样一种人，当你面对他，无暇顾及其他。天光放亮时，考虑到成吉思汗必有召见，塔塔通阿匆匆来到金顶大帐。果然，永远不知疲倦为何物的蒙古大汗正在等候他。君臣二人商议罢回赠巴尔术的礼物后，成吉思汗亲切地对塔塔通阿说："我的塔塔，看你的眼睛就知你昨夜一宿没睡。不如陪我出去走走，也好提提神。"塔塔通阿欣然应允。

深秋的草原，芳草的气息幽淡宜人，苍穹高远，白云悠悠，快活的牧人和懒洋洋啃着青草的羊群构成一幅游动的画面。

成吉思汗与塔塔通阿信马由缰，边走边谈。

"塔塔，除了我们刚才商议好的回礼外，我还想赠给巴尔术一份特殊的礼物。你猜猜看，是什么？"一直在询问有关畏兀儿丰饶物产和民俗风情并且听得津津有味的成吉思汗突然离开了话题，狡黠地看着塔塔通阿，问道。

塔塔通阿想了好一会儿，摇摇头。

成吉思汗并不急于说明："塔塔，我料你猜不到，回去我说给你听。"

君臣遛了会儿马，转回金帐，还未坐下，塔塔通阿便急切地问："大汗，到底是什么礼物？”

成吉思汗慢腾腾地吐出两个字：华歆。

塔塔通阿微微一愣，脸上随即露出了惊喜的笑容：“我相信，这份珍贵的礼物一定会让巴尔术更加感念大汗的知遇之恩。”

畏兀儿使臣圆满完成了自己的使命，行前，他们应邀来到孛儿帖夫人的寝帐，这里，有夫人为巴尔术的家眷们另外准备的一份厚礼。

塔塔通阿依然作陪。孛儿帖夫人落落大方的谈吐和风度颇令三个男人闲散舒适，谈话不受任何拘束。不多时，华歆公主也来了，她好奇瞟了使臣儿眼，问道：“额吉，您唤女儿来何事？”

孛儿帖满含抚爱地注视着女儿：“华歆，这两位客人是从很远的地方来拜见你父汗的，你不打算送件礼物给他们吗？”

“什么样的礼物？”华歆不解地问。

“最好送一件你最喜欢的、也最能表达你诚意的礼物。”

“哦……好吧。”华歆的身影很快消失在门外，使臣的目光尚未从门边收回。

明眸如星，笑语如莺——成吉思汗家族的女儿原来就是畏兀儿民歌中反复咏唱和赞美的少女。

塔塔通阿紧紧注视着使臣的表情，心中暗喜。

华歆去不多时又兴高采烈地回来了，手中还捧着一个精致考究、色泽艳丽的瓷娃娃：“这件礼物是我四哥从别处得来送我的，本来有一对，可我不能把四哥送给我的礼物全都送人啊。这个给你们，另一个我自己留着。”

好个天真可爱的女孩，她的坦率倒颇似其父。

畏兀儿使臣心满意足地辞别了孛儿帖夫人和华歆公主，由塔塔通阿陪同着回到住处。一进门，塔塔通阿便开门见山地说道：“你们刚才看到的是华歆公主，大汗有心将她作为社稷信物赠予巴尔术国王，请贵使代为转奏。”

二位使臣开始有些惊讶，继而心花怒放。难道说，他们还能设想出比这更完满的出使结果吗？

贰

畏兀儿的臣服，应该算蒙古立国后对外政策的胜利。随着所有内乱的相继平定，新兴的蒙古国开始积聚起向金国复仇的人力、财力、物力。百年仇怨即将终结,马背帝国做好了复仇的一切准备。

一二○九年的春天带着未退的峭寒来到蒙古高原。

这一年,月伦夫人病逝,安详地走完了她令人肃然起敬的一生。

经过整整一年的备战,蒙古拉开了大举攻夏的帷幕。如果说前两次还属于武力侦察,这一次则要征服它了。

蒙古大军再一次穿越茫茫戈壁。几袋肉松就是士兵的全部口粮。将自然风干的牛肉制成肉松,然后装入羊膀胱中,这样保存的肉松经数年不会腐败变质,行军途中,如果不及下马,饿了抓出一把,就着水吃下去就能充饥,这使蒙军成为世界上唯一一支不需要任何后勤保障的军队。不需要后勤保障,解除了后顾之忧,便有效提高了军队的机动性和战斗力。蒙古军队能够所向无敌,与此有很大关系。

穿越戈壁面临的最严峻考验是缺水。尽管再三严令节水,整体的缺水现象依然十分严重。人需要水,马需要水,将士们舔着干裂的嘴唇,幻想着能够美美地痛饮一顿——哪怕为之付出生命也心甘情愿。不过,蒙军此次进军的情形已大为不同,缺水的困扰主要发生在前一次。那次,成吉思汗命令部队在长草的地方就地挖掘,挖到一米多深时,清澈的地下水便汩汩而出,当时的情景着实激动人心,忘乎所以的将士们将他们的大汗抬起来,欢呼着一次又一次抛向空中……

西夏国主李安全得知蒙古大举进兵的消息,急忙向兀剌海城派出重兵,数日后,木华黎率领的先头部队出现在兀剌海城下。

奉命守城的西夏名将高令公率众将登上城头,见城下敌军人数不多,且经过长途跋涉后已是人困马乏,不觉心中大喜,匆忙下得城来,亲提大军杀出城外,意欲以迅雷不及掩耳之势打掉蒙军先头部队,挫挫蒙军的锐气。蒙军刚刚下马支起帐篷,就见夏军气势汹汹杀奔而来。木华黎全无惊惧之意,直等夏军逼近,方才命士兵击鼓还击。刹那间,训练有素的蒙军敏捷地跃上马背,成扇形向夏军包抄过去,与此同时,万箭齐发,夏军纷纷落马,阵脚大乱。

木华黎不给高令公任何喘息之机,拍马跃入敌阵,截住高令公,仅仅几个回合,便将高令公走马生擒。

主帅落败,夏军了无斗志,掉头就逃,蒙军乘胜追杀。夏军逃到城下,守城将领见蒙军"咬"得太紧,不敢开门,值此生死关头,城外夏军索性弃械归降。

高令公被俘的消息很快传入城中,太傅西壁讹答守城不力,不出半日,兀剌海城即告陷落,西壁讹答亦被木华黎生擒。

一日之内,木华黎走马破城,连擒西夏两员大将,其勇谋才略始为夏、金君臣所识。随后,木华黎率领大军进驻兀剌海城,等候与主力部队会合。

外围既失,唯克夷门可守,它是西夏首都兴庆府的最后一道屏障。

李安全火速召见大都督嵬名令公。嵬名令公英勇善战,在西夏将领中首屈一指,李安全此举,可以说是将守住克夷门的希望全都寄托在了他身上。

克夷门位于贺兰山间,两边山势陡峭,中间只有一条羊肠小道可达天门,确是一夫当关万夫莫开的天险。嵬名令公对守住克夷门信心十足,点将出发前,他当面向李安全立下誓言:守不住克夷门,当以死谢罪。

克夷门,鬼门关。西夏十万大军陈兵于此,成吉思汗被迫勒住了战马。

个头矮小、吃苦耐劳的蒙古马素无挂掌之习,显得登山无力,加上蒙军惯于野战,尚缺乏攻城经验,因此足有月余,蒙古大军奈何克夷门不得。 攻夏之战就要这样落下帷幕吗?成吉思汗在帐中徘徊。战马必须挂掌才能在山路行走,此外还需要一种实用的武器……火炮,对了,火炮,聪明的南人早已发明了这种用以攻城的具有很强威慑力的武器,何不用来一试呢?

成吉思汗急召木华黎和博尔术。

工匠们在士兵的帮助下日夜赶工,一个月后,半数以上的战马都挂上了铁掌并开始接受训练,正对着克夷门城楼的高地上也出现了两尊经过改进后性能更加优越的火炮。此前,成吉思汗已数次亲临前线勘察地形,最后为他的秘密武器选定了现在的位置。

没有挂掌的战马不能参加战斗,成吉思汗并不介意。只要他的"秘密武器"能够发挥作用,有一半的兵力足矣。

嵬名令公虽成功地将蒙军堵在关外长达两个月之久,仍不敢存有侥幸之心。近些日子,他见蒙军的进攻不似初时急迫,反而摸不清成吉思汗作何打算,只隐隐有种预感:蒙军屡受挫折不思后退,必有一次更激烈的进攻。

清晨,阳光驱散了罩在山头的最后一丝雾气,目标清晰地显现在眼前,甚至可以看见门楼上影影绰绰移动的身影。

一切准备就绪,只待成吉思汗一声令下。

西夏守军尚被蒙在鼓里。两声巨响过后,门楼轰然坍塌……

炮声隆隆……硝烟尚未散尽,蒙军已至近前。西夏军惊魂未定,难以抵挡,克夷门不出两个时辰便告失守。

嵬名令公还想做最后挣扎,指挥大军边打边退。打得顺手的蒙军越战越勇,日衔山嘴时,嵬名令公被勇将朝伦生擒,押至成吉思汗面前。

成吉思汗为朝伦记了头功,然后亲手为嵬名令公解缚。

嵬名令公原本立而不跪,只求速死,这时见成吉思汗如此相待,反而没了主意。成吉思汗和颜悦色地说道:"将军,何不坐下叙谈。"

嵬名令公不语,昂然不动。

成吉思汗坦率地说道:"将军大名,我在蒙古多有耳闻,我敬将军一世豪杰,并不想难为与你。"

嵬名令公微愣:"你……什么意思?"

"我希望将军能够归降于我,我必倾心相待,不知将军意下如何?"

"怎么可能?"

"我也想到这一层。那么,或走或留请将军自酌。"

嵬名令公沉默片刻,喟然长叹:"蝼蚁尚且惜命,何况人乎?某生为西夏臣,不能尽忠死节,已无颜再见国主百姓,数十年宦海沉浮,更使人心灰意冷。若蒙恩释,某愿寻一僻静所在,了却残生。"

成吉思汗略一沉吟:"也罢,将军请便。"

嵬名令公沉吟片刻,转身走了。成吉思汗目送着他,似有惋惜之意。

叁

蒙军在克夷门稍做休整后,成吉思汗留下义弟喜吉忽守关,自己亲提大军直逼西夏国都兴庆府。 兴庆府是一座设防十分坚固的城市, 易守难攻。其时,蒙军既缺乏必备的攻城器械,又缺乏足够的攻城经验,因而强攻半月,依然只能望城兴叹,寸步难移。

成吉思汗毫不气馁。

面对强攻不下的兴庆府,成吉思汗将目光投向了从兴庆府西南流过,汹涌澎湃、一泻千里的黄河。

记得第一次见到黄河时,全军将士无不为之摄魂夺魄。如今,成吉思汗试图借助它的威力了。

数万西夏百姓被驱赶来充当役工, 在黄河东岸和兴庆府之间掘开一条河道,以迫使黄河改道。成吉思汗的意图再明显不过,但西夏君臣除了眼睁睁地等待那灾难性时刻的到来之外,均束手无策。

工程完成,成吉思汗下令掘堤。立刻,改道的黄河水以不可阻挡之势灌向兴庆府,一天、两天……兴庆府犹如漂在黄河上的巨舟,处境岌岌可危。

由于引水工程缺少科学设计,新筑的长堤经多日浸泡,突然决堤,河水倒灌入蒙军营地。兴庆水退,危险自解,成吉思汗试图引灌黄河水以达到占领兴庆府的计划至此宣告失败。同时,西夏方面也无力再战。

兴庆府是座商业城市,战争阻断了它与外界的商业往来,经济遭到毁灭性的破坏,兴庆府如同重症缠身的病人,再也无力恢复它昔日的元气了。

蒙军退到高处,毁堤堵水,在决口处重筑堤坝,这才解了自身之危。成吉思汗审时度势,决意退兵。他派使者转呈了他的口谕:西夏充当蒙古的藩属国,闲时进贡,战时出征。为了保住皇位和国土,李安全痛苦地答应了成吉思汗提出的所有条件。

数日后,夏主李安全向成吉思汗献上了大量贡品,并将亲生女儿中最美丽的一个作为社稷贡品献给了成吉思汗。成吉思汗见此女端庄秀丽、温柔贤淑,将她赐给二子察合台作为正室夫人。其时,察合台的发妻于年前不幸病故,察合台枕边犹虚。

待一切安排妥当,成吉思汗遵守盟约徐徐退出了西夏国境。

肆

回师途中,成吉思汗接到探马送来的情报:乃蛮逃亡太子忽出鲁克勾结花剌子模沙王的军队,以武力逼迫辽皇禅位,自己做了皇帝。这个消息使成吉思汗不得不加紧西南边境的军防,以防西辽一旦出兵将直接威胁到蒙古本土的安全。但他深知这并不是最好的办法,他需要一个更为可靠的屏障,让他可以心无旁骛地实现他的下一个征服计划。

但是,哪里去找这样的屏障呢?

在西辽过去的附庸中,有两位突厥首领。他们一位是统治着谢米列奇耶地区的哈赤鲁国王阿尔思阑,一位是统治着伊犁河流域的阿力麻里国王布扎尔。两国皆与畏兀儿国邻近,多年来一直和平相处。两年前畏兀儿国王巴尔术杀掉西辽少监归附蒙古的消息传出后对两位国王震动很大,而西辽方面由来已久的横征暴敛也使两位国王忍无可忍,何去何从,阿尔思阑、布扎尔面临着同样的选择。

成吉思汗帮助他们下了最后的决心。

一二一一年四月,成吉思汗的手下大将忽必来率领的一支蒙古骑兵突然出现在谢米列奇耶北部。

阿尔思阑未做任何抵抗,反而大开城门,将忽必来迎入城中。随后,忽必来在阿尔思阑的引见下同布扎尔会了面,布扎尔当即起誓归降,并派长子速格纳黑代表他同阿尔思阑一起前往蒙古谒见成吉思汗。

此时,他们并不知道,畏兀儿国王巴尔术已在前往蒙古的路上。

经过两年多的准备,巴尔术终于决定亲往蒙古觐见成吉思汗并向华欹公主求婚了。他从箱子上取下那个色彩鲜艳的小瓷人,嘴角不觉溢出一丝深情的微笑。如果她发现小瓷人是在我的手里,还不知会怎样惊奇呢?

让巴尔术没有想到的是,他会受到成吉思汗如此隆重的欢迎。

千人侍卫林立两旁,仗旗搭出一条长廊。鼓号声中,塔塔通阿引着巴尔术缓缓步入成吉思汗的金顶大帐。巴尔术还是第一次见到如此华阔、如此气派的宫帐!帐中能容纳数百人,四周帐壁挂有色彩协调、图案清晰的织毯,给整个大帐营造出一种华丽庄重的氛围,四根包金大柱则显示出主人非同一般的身份。

行过觐见之礼,巴尔术被让至贵宾之位。

"巴尔术国王,你一路辛苦了。我已为你安排好住处,离我的金顶大帐不远。我久闻你的大名,正有许多问题想要向你请教呢。"

这就是那个使各部、各国闻风丧胆的蒙古大汗吗?他是多么平易近人,多么坦诚质朴啊……巴尔术注视成吉思汗,一边谦虚着,一边默默想着。

成吉思汗为巴尔术举行了盛大的欢迎宴会。他并不想掩饰他喜悦的心情,得到了巴尔术的归附,无疑等于控制了丝绸之路的北线。不要以为成吉思汗是游牧民族的大汗,就不会重视这类事情,事实上,有关东西贸易在他心目中始终占有头等重要的地位,所以他才会在日后的征服行动中,采用中原的驿站制度,沿途设置驿站来保护客商的安全。当然,不仅如此,巴尔术本人也令他喜爱。巴尔术还很年轻,但作为一国之主,他有着超越常人的睿智干练,他平实地回答着自己的问话,全无矫饰和夸张,有的恰恰是自己所喜爱的坦诚。有巴尔术做他的女婿,是蒙古之幸。

而巴尔术则完全理解了为什么塔塔通阿会说,成吉思汗是这样一种人——在他面前,你无暇顾及其他。这位蒙古大汗的身上的确有一种极其特别的东西,使你在不知不觉中被他吸引。

成吉思汗在大战前夕接见了巴尔术,并选择春天向谢米列奇耶派兵,无非是想以武力威慑阿尔思阑和布扎尔,使他们不致充当西辽的战箭而威胁到蒙古本土的安全。

忽出鲁克对蒙古根深蒂固的仇恨不能不让成吉思汗格外慎重。他暂时还顾不上对付忽出鲁克,但他必须确保大本营的安全。忽必来不费一刀一枪收复了哈赤鲁、阿力麻里两城,使成吉思汗心中的一块石头落了地。随着周边国家的相继归附,他可以集中精力专心对付百年仇敌——金国了。

　　不出成吉思汗所料,在巴尔术到达汗营后的第四天,阿尔思阑、速格纳黑也来到了成吉思汗的金顶大帐。

　　阿尔思阑、速格纳黑礼毕,成吉思汗赐座。巴尔术惊讶地站起身,因事先毫无思想准备, 他们三人相对着发了好一阵子呆。成吉思汗欣慰地看着他们:"你们是老相识了,一定很高兴在我这里相会吧?"

　　"大汗,您简直让我们大吃一惊了。"巴尔术含笑回道。

　　一开始,阿尔思阑、速格纳黑对巴尔术居然敢用这种随意亲热的语气对成吉思汗说话很惊讶,但是不久,他们也受这种坦率随和的气氛影响,变得无拘无束起来。是夜,宾主尽欢而散。

　　大宴三天,接下来是"那达幕"大会,成吉思汗请三位贵客随意参加:"你们想怎么玩就怎么玩,在我这里,凡事不必拘礼。"

　　巴尔术渴望见到华歆公主,成吉思汗好似猜知了他的心意,于是开赛前向贵客献酒的女郎便是大汗的女儿华歆。

　　年方十七岁的华歆公主比巴尔术所能想象的还要端庄秀丽。大概已得知巴尔术不久后将成为她的夫婿, 华歆在向巴尔术敬酒时脸上不觉腾起了两朵娇羞的红云。 献酒毕,华歆施礼退下。巴尔术的目光一直追随着她的身影,直到她消失在人群中,才惆怅地收回目光。

　　成吉思汗没太注意巴尔术的情绪变化,只顾专心地注视着场内。

　　参加赛马的骑手已然各就各位,速格纳黑也在其中。成吉思汗扭头问阿尔思阑:"速格纳黑今年多大了?"

　　"十八岁了。他是布扎尔的长子,也是未来的王位继承人。"

　　"这小伙子很招人喜欢。"

　　"是啊,速格纳黑公子既聪明又风趣,骑马、射箭、摔跤样样皆精,将来肯定会成为大汗帐下的一员虎将。"

　　成吉思汗含笑点头。

　　信炮响了,数百名骑士开始了激烈角逐。成吉思汗注意观察着速格纳黑的骑姿。"是个好骑手。"他向阿尔思阑赞道。

　　巴尔术无心观看比赛,心里只惦着华歆。可他又不好意思托词离开,正心神不定间,蓦然瞥见塔塔通阿被一群孩子簇拥着向赛场一侧走去,其中就有华歆。他顾不得再矜持下去,向成吉思汗说道:"大汗,臣……"

　　成吉思汗笑视巴尔术。

　　"臣想离开一下。"他鼓起勇气说。

　　"哎,我不是早说过,你们随意嘛。"

　　阿尔思阑目送巴尔术走远,脸上浮出一丝心领神会的微笑。成吉思汗依旧专心致志地看着赛马场内。

比赛已进入最后冲刺阶段，冠军之争应该只在始终保持着齐头并进的速格纳黑和察合台之间。

速格纳黑和察合台所乘皆是追风逐电的宝马，他们个人的骑技也不相上下。成吉思汗暗暗希望速格纳黑能够战胜察合台——察合台已连续几年在大赛上夺魁，成吉思汗担心他会因此滋生骄意。

事与愿违，速格纳黑仅以半步之遥落败于察合台。

速格纳黑催马来见成吉思汗，满脸不服气的样子："他还参加哪项比赛？他参加哪个我参加哪个，我非和他比比看。"

速格纳黑倔强的样子颇令成吉思汗喜爱，他回答："你说刚才那个人吗？他参加所有项目的比赛。待会儿你可以跟他比试摔跤。"

"他叫什么名字？"

"察合台。"

速格纳黑不认识察合台是有原因的。察合台直至赛前才从驻地赶回主营，成吉思汗的四个儿子中，在欢迎宴会上露过面的只有窝阔台和拖雷二人。

"速格纳黑，你去摔跤赛场就可以见到察合台，我和阿尔思阑待会儿亲去为你助威。怎么样，有没有信心赢他？"

"有……"回答有些勉强。

成吉思汗锐利地望望青年："没有一试前不能想到输。"他温和而又果决地说。

"是。"速格纳黑肃然。

伍

速格纳黑尚且不知察合台何许人，当他最终奋力将察合台摔倒在地接受成吉思汗的祝贺时十分得意地对察合台说："我们一比一了。"察合台从地上爬起，苦笑不迭。让父汗看到他这副狼狈样，真比杀了他还要让他难受。

成吉思汗欣慰地打量着身材匀称健壮，浑身上下洋溢着青春气息的速格纳黑，从斡歌连手中接过早已准备好的鎏金马刀，亲自为他佩挂在身上。

速格纳黑谢恩，随即，注意到什么："他呢？"显然，他发现察合台不见了。

"你还想找察合台继续比试吗？"成吉思汗含笑问。

"比赛有的是机会,我想跟他交个朋友。"

"你可以去射箭场地寻他。"

阿尔思阑一直不离成吉思汗左右,这使成吉思汗很高兴。他们俩最谈得来。其实成吉思汗早知道巴尔术去了哪里,而速格纳黑又在年轻好动的年龄,正如他对阿尔思阑所说,让巴尔术、速格纳黑陪咱们两个"老家伙",未免太难为他们了。

将女儿华歆许配给巴尔术时,成吉思汗还不知道他是个怎样的人,但巴尔术给华歆的聘礼是个美丽富饶、繁荣昌盛的国家,这便足够了。

成吉思汗首先是蒙古大汗,其次才是父亲。他希望女儿幸福,然而一切必须以保证蒙古国的利益为前提。

巴尔术让他感到放心。虽然只有短短的接触,但他坚信自己的眼力。

当阿尔思阑得知察合台是成吉思汗的二太子时,不由萌生了想见见大太子术赤的愿望。如今,四位太子中只有术赤他还没有见过。

他尽量用一种若无其事的语气问:"大汗,因何未见大太子?"

成吉思汗稍稍一愣,神态随之起了些微妙的变化:"怎么?"

"臣久闻大汗有四位太子,个个足智多谋,能征善战,臣早想一睹四位太子风采。莫非大太子未回汗营?"

"他也是刚回来,我想他一定与拖雷在一起。"

阿尔思阑不好再追问下去。

"陪我随便走走,如何?"

"臣愿奉陪。"

说是随便走走,但阿尔思阑很快发现成吉思汗着意寻找着什么人。不用问,他在找儿子术赤。

即便是阿尔思阑也听说过有关术赤身世之谜的传言以及他与他父汗之间那种复杂微妙的关系。严格说起来,术赤比其父更具让人探究的欲望。他年纪轻轻却战功显赫;他是个优秀的统帅,却性情阴郁、落落寡合;他为他父汗的事业东拼西杀,立下了汗马功劳,却仍然得不到应有的认可……凡此种种,都为他的一生笼罩了一层悲剧性的神秘色彩,而且据传这位大太子长得极为俊秀……

成吉思汗的脸上忽然显出了如释重负的表情:"阿尔思阑,跟我来吧。"他轻松地说,向一人群聚集处走去。

他停在一位青年身后。青年回头看见是他,脸上刚刚露出的笑容立刻消失了。

阿尔思阑抓紧时间向场内张望了一眼,只见四太子拖雷正同一位体格健壮的摔跤手扭战在一起。

"术赤,你来见见阿尔思阑国王。"

术赤顺从地向阿尔思阑深施一礼:"见过阿尔思阑国王。"

阿尔思阑急忙还礼。四目相对时,阿尔思阑微觉尴尬,他发现他实在想不出来该对这位太子说些什么。

术赤同样无话可说。

正在这时,人群中爆发出了一阵欢呼声,阿尔思阑和术赤一同向场内望去,获得胜利的拖雷笑容满面地挤出了人群。

人们发现了成吉思汗,立即将他团团围起。"大汗,您与四太子赛一场吧。"不知是谁提议。拖雷显然被吓了一跳,忙不迭地向大哥身后躲去。

他怎会是父汗的对手呢?成吉思汗的摔跤史上还没有过失败的纪录。

拖雷越躲,人们起哄得越起劲。他们可不想放过这样的机会。

"大哥,你上。"拖雷转而怂恿术赤。谁也不曾见过术赤在公开场合与他人比试,做弟弟的早存一份心,想看看大哥的能力。

成吉思汗以一种特别的目光注视着两个儿子,似赞许,又似鼓励。

稍一犹豫,术赤默然向前跨上一步。

这就是说,他准备迎战父汗了。

可能是出乎意料的缘故吧,喧嚣的人群顿时安静下来。

人们自动腾出一块场地。

一抹不易觉察的微笑掠过成吉思汗的唇角,在全神贯注研究他们父子二人的阿尔思阑的眼中,这微笑其实充满了真正的温情和慈爱,如同寒冷的空气里阳光闪耀,使人倍觉其温暖和可贵。

术赤站在自己的位置上,没做任何准备便向父汗发起了进攻。

他的攻势虽然凌厉,但给人以仓促之感。

只有成吉思汗明白,术赤的进攻意识十分稳健和清醒。父子相持良久,成吉思汗竟未发现儿子的一个破绽,术赤无论进攻还是防守都滴水不漏。假如他此刻是场外的一名旁观者,观看术赤的比赛无疑是种莫大的享受。

场外众人也一反常态,鸦雀无声。说真的,这是他们迄今为止看到的最扣人心弦、最紧张激烈的摔跤比赛了,除此之外,成吉思汗与长子间复杂微妙的关系也让他们不好随便倾向于哪一方。

摔跤场上无父子,只有对手。

成吉思汗从容应战,却头一次不是那么信心十足,术赤是他几十年来遇到的最难对付的对手。

术赤也从未比得像今天这样艰难。他并不计较输赢,输给成吉思汗似乎天经地义，但他不会轻易认输，而是想将平生所学所练淋漓尽致地发挥出来——人的一生不可能总能体会到这种棋逢对手的酣畅淋漓。

一次，两次……成吉思汗无数次地化解了术赤危险的进攻，最终没能躲过他一个突如其来的下绊，仰面朝天摔在地上。

术赤下意识地单膝跪地，伸手去扶父亲。

在那短而又短的瞬间，术赤仿佛找到了只属于他和父亲的世界。这个世界对他而言弥足珍贵，因为父亲是那样深情地握住了他伸出来的手，是那样深情地凝望着他，眼中虽然没有笑容，但有……爱。

欢呼声骤起，术赤的目光急遽地离开了父汗。

为什么？为什么连这短暂的幸福都不属于他？

成吉思汗已站起身，拍了拍手。虽然成吉思汗被儿子摔倒了，但在人们心目中他还是他们英勇无畏的大汗。拖雷兴高采烈地拍了拍大哥的肩头，那神态比他自己夺了第一还要兴奋、还要激动。

不管承认不承认，不少人都开始以新的眼光来看待他们这位性情孤僻的大太子了。阿尔思阑正想向术赤道贺，却为他落寞的表情大吃一惊：哪里有半点胜利的喜悦，术赤完全像个局外人，如果说整场比赛在他内心还留下什么感触的话，那恐怕也只有他自己知道了。

"阿尔思阑，想不想陪我去看看射箭比赛？"成吉思汗一脸笑容，与他的儿子恰成鲜明对比。阿尔思阑简直有些糊涂了，他们父子俩到底谁赢了？

不过，做父亲的喜悦恰恰应该在于他输给了自己的儿子，何况还是这样的一个让他心里无法不在意、无法不关心的儿子。

"啊……好。"

"你们俩呢？"成吉思汗看着拖雷，阿尔思阑却明显感到他在问术赤。果然拖雷望着术赤没作回答。

"我们随后就到。"术赤淡淡地托词相拒。

"三艺"比赛，因参加人数太多，分成几个赛区。成吉思汗本身是个不拘小节的人，又有阿尔思阑相陪，自然不肯安静地坐在金帐中。他随意走动，傍晚，阿尔思阑感到坚持不住了，成吉思汗依然精神抖擞。他那种似乎使不完的精力真让阿尔思阑羡慕不已。

阿尔思阑亲眼看到了蒙古百姓是怎样热爱、怎样拥戴他们的大汗。成吉思汗每到一个地方，都会在那里掀起欢乐的浪潮，人们欢迎他跟随他。同时这位大汗又是细心的，他发现阿尔思阑倦怠的脸色后邀他一同返回金帐。"小伙子们今晚是不会睡觉了，我们可得休息了。"

不用说蒙古之行在巴尔术、阿尔思阑、速格纳黑的心中各自留下了不同的印象,可有一点是共同的,他们自始至终都感到愉快,纯朴好客的蒙古人已成了他们的朋友。

陆

远离成吉思汗的军营,出现了两个素昧平生却又一见如故的人。他们中一个三十多岁,另一个已五十出头。有人认识他们,年轻的那个叫瑞奇峰,年长的那个正是成吉思汗避难于巴勒诸纳海子时以一千多只羊无偿奉送的畏兀儿商人阿三。

紧随瑞奇峰身边的还有一位黑纱遮面、体态窈窕的年轻女子。人们即使无法看清她的容颜,依然能够猜测到面纱下的她有着惊人的艳丽。

他们偶然相逢,短暂相聚,很快又要各奔东西。阿三要去蒙古拜望成吉思汗,这是他多年的夙愿,瑞奇峰则要返回河北沧州。临别前,瑞奇峰特意邀请阿三到他帐中小坐。这一次,瑞夫人素面相见。

瑞奇峰有些礼物托阿三转呈成吉思汗。当着阿三的面,他将早已备办好的礼物按照礼单所列内容一样一样向阿三做了交代,礼单上的项目计有:一对价值连城的夜明珠,两只莹润无瑕的玉如意,一套成色十足、工艺精湛的纯金酒具,一副制作精良的金马鞍和一柄削铁如泥的波斯刀。礼单已经足够诱人,但实际的物品则更令阿三大开眼界,叹为观止。纵然阿三自诩见多识广,此前却也从未见过堪与瑞奇峰手上这对夜明珠相媲美的宝石。瑞奇峰夫妇真是出手阔绰,他们的礼物,任何一件都价值连城。

阿三正惊叹时,瑞奇峰又捧出一只红木小匣:"这一件是内子的礼物。其他尚不重要,唯这件望尊兄务必亲手献与成吉思汗。"

阿三为瑞奇峰庄重的语态所打动,双手接过木匣。奇怪的是,木匣很轻,好像里面什么东西也没有。阿三有点疑惑,但转瞬即逝,他郑重地说:"放心吧,你托我办的事,我会尽心竭力。"

瑞奇峰亲将阿三送上驼道。当他回到自己的帐子时,妻子正静静地等候着他。

"他走了?"

"走了。"

"过些天,阿三就可以与他相见了。没想到,阿三与他之间还有过这样一段往事,仔细想想,他最艰难的时候,也正是我离开家的那段日子。"

192

"是啊,真正的艰难,仲禄对我讲过。可是,哪怕身处绝境依然还是有那么多将士无怨无悔地追随着他,甚至连阿三,这个来自昔格纳黑的异国人,也在与他一席长谈之后,愿意为他倾其所有。"

"阿三至情至性,他们的性格本来就有相通之处。"

"对,他的确是这样的人,让人愿意为他做任何事情。"

"嗯。"

"我们也该起程了。你在想什么,祺儿?"他望着默默出神的妻子。

"我在想,他收到我们的礼物后会有什么样的感受?"

"他会感到由衷的欣慰,真的,就像我一样。你终于肯忘记过去了。祺儿,你不知道我有多高兴。"

"对不起,奇峰,这两年让你为我操了不少心。我……"

"祺儿,"瑞奇峰深情地望着心爱的妻子,温柔地责备道,"别再说傻话了。其实,瑞奇峰能娶你为妻,已是老天对我的格外垂赐。今生有你,夫复何求?"

"奇峰……"

"祺儿,等我处理完手头的事务,我们一同去拜访他如何?"

"不!不!我不想见他!心结已解,解开的是父辈的恩怨。至于我,我只想远离他,远离战争。"

瑞奇峰不再坚持,只用深情的拥吻表达了他对妻子无尽的挚爱。

初识祺儿,她还是个年方十二岁的女孩子,那时自己教她练剑哪里有什么非分之想?直到那一年女扮男装的她突然出现在自己的面前,他才第一次为之怦然心动,这才明白多年来自己一直不肯娶妻,苦苦等待的是这样一位女子。即便如此,在其后相处的半年中,他依然恪守师礼,没有任何逾规之举。若非祺儿不辞而别,他恐怕只能将这份倾慕永远深埋心底。

祺儿回蒙古寻父的三年,也是他四处寻找祺儿的三年。一次次失之交臂,一次次忧心失望,他再也无法欺骗自己:祺儿早已成为他生命中的至爱。

在札木合被捕及至被杀的消息得到证实后,他预感到祺儿会去寻成吉思汗报仇,便匆匆赶往汗营。可惜他还是晚了一步——幸好没铸成什么大错。报仇不成的祺儿精神几近崩溃。为了祺儿,他暂停了手上的所有生意带着祺儿做了趟西域之行。异域风光、沿途景致,渐渐治愈了祺儿心头的创伤。不知不觉中,师徒间的感情也开始发生了微妙的变化。

时光飞逝而过,伤口慢慢地在愈合,祺儿的脸上渐有笑容。札木合死去的两周年,他陪着祺儿回到了豁尔豁纳黑川,在札木合的墓前,他们意外地看到一个身材挺拔匀称的青年正在以庄重的子侄礼祭拜死者。

当青年转身来,他和祺儿都愣住了,竟是拖雷。

拖雷见到他们两个人又惊又喜,他告诉祺儿,这两年,一直是他代父汗来祭拜札木合首领的。他父汗说,无论札木合做过什么,都不失为一位有作为的草原英杰,真英雄永远值得敬重。

分手时,拖雷诚挚地对祺儿说:"如果知道你平安无事,我父汗还不知会有多高兴呢。祺儿姐姐,无论你是否原谅我父汗,都请你相信,自你走后,我父汗无时无刻不在牵挂、惦记着你。"

这次相见改变了祺儿。离开豁尔豁纳黑川那天,她问瑞奇峰:"过去的一切好像一场噩梦,现在,我想重新开始生活,你能帮我吗?"

回答不言而喻。从那以后,瑞奇峰如愿与心爱的姑娘长相厮守了……

柒

阿三出人意料的拜谒显然给成吉思汗带来了极大的愉悦。阿三在成吉思汗面前,既无任何骄得之色,也无任何谄媚之态。当年在巴勒诸纳海子,也可以说正是阿三这种不卑不亢的禀性引起了成吉思汗强烈的共鸣。

交谈间,成吉思汗不觉回忆起他与阿三初次见面的情景:"那时我走投无路,情状很是狼狈,是吗?"

阿三微笑:"大汗,磨难有时可不是坏事啊。"

"你说的没错。我小的时候,母亲常对我说:磨难是试金石。对于这一点,我体会最深的还得说是在巴勒诸纳海子了。不知道还有没有可能再回那里看上一眼?那里的湖水是否已经彻底干了呢?"

每个人的心中或多或少都珍藏着对往事的回忆,怀旧之心人皆有之。成吉思汗忘不了所有帮助过他,尤其是在他处境艰危时向他伸出过援助之手的人。阿三第一次见到他时便对此深有感触。在外人的心目中,蒙古民族或许愚昧、无知、野蛮,然而正是在那些所谓愚昧、无知、野蛮的心灵里深藏着许多可贵的品性:真诚、淳朴、善良、恩怨分明……蒙古民族无疑是世界上最不善于掩饰自己的民族。

阿三经商多年,来往于亚洲各地,看够了尔虞我诈,名利角逐。而来自蒙古高原的这种粗犷、豪放的民风,却使他倍感清新、倍感亲切。

阿三献上礼物,成吉思汗含笑收下了。

"大汗，还有一个我来蒙古途中结识的朋友托我给您带来一份厚礼。"

成吉思汗有点意外："是吗？是谁？"

"他叫瑞奇峰。"

"瑞奇峰啊……他是我的老相识了。"

阿三将瑞奇峰的礼物逐一呈给了成吉思汗，最后才捧出那只小巧精致、做工讲究的红木小匣，郑重地放在成吉思汗面前："这件礼物是瑞夫人托我带给大汗的，应该是件贵重的礼物。"

成吉思汗捧着小匣认真地端详了片刻："瑞夫人？这会是什么呢？"他似问阿三，又似问自己。

"大汗，"侍立一旁的图华放心不了，"还是交给臣来打开它吧。"

图华是契丹贵族耶律阿海的弟弟。几年前，允济皇帝继位时曾向成吉思汗派出了一个使臣团，耶律阿海恰在其中。那一次短短的接触，使耶律阿海不由自主地倾倒于成吉思汗的姿貌谈吐、气度风采，归国后不久，他便暗访蒙古，向成吉思汗袒露了归降诚意。成吉思汗欣赏他的胆识才华，当即欣然允纳。

彼时耶律阿海未带家眷，还须返回山西大同。行前，成吉思汗亲自设宴款待耶律阿海。席间，他故意问阿海："我曾听人说：不带家眷，必是诈降。将军有何凭证令我相信你是真心归附？"

耶律阿海认真地回答："臣子年幼，尚在襁褓之中。臣愿以亲弟为质。"

成吉思汗大笑："阿海，我如何会怀疑你的诚意呢？方才所言，不过戏言罢了。"

然而，耶律阿海却是个办事认真、恪守信义之人。回去后不久，果然带着弟弟图华再访蒙古。成吉思汗感于阿海的至诚的天性，将图华留做宿卫。宿卫在蒙军中地位最高，享有种种特权，通常只有那些人品、武艺、体能、才貌俱佳的功臣宿将子弟才能入选。成吉思汗将图华置于身边，表明了他对耶律阿海的信任。只有一点成吉思汗很纳闷："阿海，你为何不将家眷都带来，就此留在我的身边？"

阿海回答："臣不愿无功受禄。臣暂且留在金营，或对大汗更为有利。反正臣已是大汗之臣，不在这一日两日。"

阿海在蒙古汗营只住两日，随即返回金营。这些年，图华跟随在成吉思汗身边，君臣朝夕相处，成吉思汗对图华的能力才华以及品性为人十分认可，已与木华黎商议，待攻金开始之时，就让图华到木华黎手下做一名独当一面的将领。

对于图华的担忧，成吉思汗只摆摆手。"不用，我自己来。"他说着轻轻转动旋钮,只半圈,木匣的盖便打开了。

图华一颗悬着的心这才放下了。

匣中的红绸被一层层掀开,成吉思汗的脸上急剧地变幻出几种表情:不解、猜测、惊讶,最后则是完完全全的领悟和兴奋。

阿三也看清了匣中之物:一只旧损的铁鸣镝。

从成吉思汗不同寻常的反应中,阿三意识到这只铁鸣镝所具有的价值——当然不是指它本身,它的本身可能一钱不值。

"阿三,你能不能给我形容一下,瑞夫人究竟是个怎样的……"成吉思汗顿住。大概由于心情激动,他一时竟找不到合适的字眼了。

阿三明白他的意思。他略一思索,诚实地答道:"对于瑞夫人,我恐怕只能说,凡是见过她的人,必定终生忘不了初见她的刹那——无论这个人是男人还是女人。"

成吉思汗不再追问。他发现在匣底还垫着一条白色的、系着蝴蝶结的丝绢,伸手轻轻一拉,蝴蝶结打开了,立刻,他陷入了一种无以名状的心绪中。

阿三悄悄退出了金顶大帐。

成吉思汗缓步踱到帐壁前,取下一只绣花的箭袋。

箭袋里装有为数不多的几件纪念物,如他童年时与札木合互赠的髀子和鸣镝,在豁尔豁纳黑川行猎时救了他的两支白色木杆箭,乞扬临终前特意为他雕琢的玉马,这些东西孛尔帖全都留心为他收藏着。

他从箭袋里倒出鸣镝,将两只鸣镝一并握在掌心。札木合安答,鸣镝已成双,你可以放心了。不知为什么,自从你回到豁尔豁纳黑川后我常常会想起你。在我的生命中,你一直扮演着两种角色:将战火一次次引向我的是你,成全我实现夙愿的也是你。你亦敌亦友,由友而敌,由敌而友。时至今日,祺儿终于理解了纠缠于你我之间的恩恩怨怨,我们百年之后相见也可了无遗憾了。

阿三在蒙古汗营逗留了十余天,见多识广如今成了他聊以自慰的长处,否则,他就很难应付成吉思汗那永无止境的好奇心了。成吉思汗问得最多的还是关于花剌子模,阿三就出生在那里。成吉思汗对那个穆斯林国家深感兴趣,他告诉阿三,蒙古与花剌子模毗邻,将来完全可以建立贸易关系,互通有无。至于信仰的不同,应该不会成为两国交往的障碍,凡是在他统治的领土,任何宗教信仰都将受到尊重和保护。

阿三唯独对伊斯兰教讲述甚少。他想的是,倘若花剌子模有一天真的同蒙古建立了通商条约,他一定会请几位深谙本教教义、准确掌握教义精髓的同胞给成吉思汗做一番详尽介绍。

愉快的时光一晃而过。阿三与朋友有约,向成吉思汗辞行。成吉思汗笑挽他的双手:"阿三,你是我的客人,想必知道蒙古人是好客的。难道我会让你这样走吗? 我有一份礼物要送给你,你跟我同去看看如何? "

阿三不便拒绝。看过礼物后他却沉默了,成吉思汗以不止十倍的回赠作为报答,反令他深感不安。

成吉思汗亲切地注视着阿三:"莫非我忘记了什么,不能令你满意?你不妨直说,我会设法备齐的。"

阿三急忙摇头表示不是。

成吉思汗爽朗地笑了:"你是我的朋友,不妨有话直说。"

阿三抬头望着成吉思汗:"大汗, 不知为什么这份厚礼让我觉得您以后不想再见我了。"

成吉思汗不觉一惊。

"在我的家乡有种习俗,两个朋友,如果其中一个送给另一个一份礼物,另一个倘若回礼,就只能回以价值等同或略低一些的礼物,如果回以价值高出许多的礼物,那就意味着他们的友谊就此终结了。"

"竟有这种习俗,我怎从未听说过!"

阿三微笑道:"大汗,恕阿三不能受此厚礼!阿三能接受的,只有您的心意。"

"既如此……好吧,我不勉强你。"

行前,成吉思汗嘱咐阿三如果还能与瑞奇峰夫妇相见,就请转告他们:他将随时欢迎他们回来。他告诉阿三,瑞夫人其实就是他的安答札木合的女儿,札木合临终前将女儿托付给他,可惜由于种种原因他一直未能尽到照料之责。如今她有了一个美满的归宿,他从心里为她高兴,也希望她能回来看看。

阿三频频点头。他与成吉思汗相约,最多不过一年,他们还会再次相聚。

第十一章

陈兵居庸关

壹

现在,有关金国各个隘口、地形、城防,将帅个性、品德、才能以及军队组成、宫廷内幕等各个方面的情报,通过成吉思汗派往金国的密探源源不断地送回汗营。

工匠们辛勤地劳作。一批批新式的、实用的武器被制作出来,只待不久之后在新的战场发挥威力。

出征的日子往往意味着生离死别。永无征伐、宁静安谧的生活在每个草原人的心目中都是一种奢求。母亲们虔诚地为儿子祈祷,妻子们忧伤地为丈夫准备行装,草原陷入了浸满泪水的忙碌中。

成吉思汗来到不儿罕山,祈求无所不能的战神保佑他旗开得胜。三日后他下山点将,新的征程开始了。

蒙古对金大举用兵,引起了允济皇帝的极度恐慌,原先因"擅传边事"而获罪的哈朱买被放了出来,派往蒙古议和。成吉思汗的答复很明确:"昔日,先主俺巴该大汗曾遭金帝虐杀。这且不论,金自立国起,即对蒙古实行所谓的'灭丁'政策,每隔三年向蒙古用兵一次,大肆杀戮凌虐我蒙古人,甚至连三岁的孩童也不放过。这个仇恨,我不会忘,每一个蒙古人都不会忘。我为复血海深仇而来,决不会半途而废。告诉允济,以战对战,不要再抱任何幻想。我不灭金,誓不罢休!"

哈朱买见成吉思汗态度坚决,毫无商量余地,只得灰溜溜地回去向允济皇帝复命。

骁勇善战的蒙古铁骑在他们钢铁般的统帅率领下继续前进。

蒙古此次攻金,采取了兵分三路,分进合击的战术。中路军由成吉思汗亲自率领,左路军由神箭手合撒尔率领,右路军则由三位太子术赤、察合台、窝阔台共同率领。成吉思汗又派木华黎、哲别先行袭破乌沙堡。

兵不在多而在精,成吉思汗深谙其中奥妙。他的军队是号令如一,能够以一当十的铁军。

木华黎、哲别率先越过金界壕,来到乌沙堡前。允济皇帝派朝中著名大将胡沙虎率领十万人马驻扎乌沙堡,摆出了同蒙军决一死战的架势。

敌众我寡,这是木华黎面临的最实际的问题。

胡沙虎也了解自己的优势所在。他坚信凭借经过重新修固后的乌沙堡,一定可以将蒙古军队挡于堡外。

一比十,木华黎率领的先头部队人数只有乌沙堡守军人数的十分之一。当天,蒙军在离乌沙堡二十里外扎下营。元帅大帐灯火通明,木华黎与哲别反复研究着攻取乌沙堡的方案。入夜,一个身影闪入帅帐。来人从怀中取出一张绘制详细的乌沙堡地形图,木华黎展开一看,只见图上位于乌沙堡西北角的乌月营被红笔重重地画了个圈。

胡沙虎还在堡中严阵以待,却不料哲别已乘夜色掩护,率领一支精骑绕道而行,走马奔袭位于乌沙堡西北的乌月营。乌月营是金军粮秣囤积之地,木华黎料定一旦乌月营失守,乌沙堡守军势必军心大乱。

胡沙虎见蒙军在阵前安营,以为蒙军长途跋涉,不堪劳累,索性放心地坐在帅府与美人调笑。酒过三巡,忽闻乌月营起火,他急忙推开酒席美人,披挂整齐来到府外。只见西北方向火光映天,情知增援无及。几乎同时,蒙军在木华黎的指挥下,向乌沙堡发起了进攻。木华黎一马当先,接近乌沙堡时,他举弓搭箭,霎时,万箭齐发,金兵纷纷栽落堡墙下。

胡沙虎催马来到城门,守军将士正潮水般向后溃退。胡沙虎试图稳住军心,然而,兵败如山倒,只顾逃命的金兵根本不听他的指挥。

胡沙虎又怒又悔,他没想到蒙军会放着乌沙堡不打,转而先攻乌月营。他尤其想不通蒙军何以对乌沙堡的地形以及兵力部署如此熟悉?数月间的心血转眼化作尘烟,那些设计精良的暗器装置居然连小试神威的机会都没有。

蒙军强行袭破乌沙堡,胡沙虎还想硬拼,无奈力不从心,只好带着残兵败将逃之夭夭。木华黎也不派人追赶,鸣金收兵,等待着与成吉思汗会合,以便兵进野狐岭。

贰

野狐岭素有隔天之说，险峰林立，易守难攻。攻下野狐岭，也即敲开了通向金国的大门。无论金国还是蒙古，对野狐岭一战都极为重视。允济皇帝命御守使术虎高琪率四十万大军进驻野狐岭。这四十万大军也是金国百万军队的精华所在，可见允济帝为保住这个险关要隘下了多大的赌注。

半个月后，蒙军徐徐开到野狐岭岭北驻扎，准备强攻。

术虎高琪倚仗着兵力雄厚和地势险要，踌躇满志。大权独揽的胡沙虎不是败了吗？关键时刻，才能显出谁是大金的栋梁。术虎高琪独坐行帐，认真思索着明日对蒙一战。他觉得，既然他在兵力上占绝对优势，不妨采取以攻为守的战法，改变一下乌沙堡金军被动挨打的局面。

他通知各军做好准备。众将刚刚衔命离去，士兵来报：石抹明安求见。

术虎高琪微微皱起眉头。石抹明安？他来做什么？嫌他碍事派他去押送粮草，他这么快就押送回来了吗？

术虎高琪挥挥手："传。"

石抹明安无疑是术虎高琪手下最优秀的将领，英勇善战，足智多谋，深受全军将士拥戴。碍于此，术虎高琪对他无可奈何，唯忌惮之心与日俱增。

石抹明安径入帐内："元帅，末将缴令。"

"如何回来的这么快？粮草押送回来了？"

"是。末将知大战在即，星夜兼程赶了回来。"

术虎高琪转转眼珠："既如此，你一路辛苦，下去休息吧。"

"末将不觉辛苦。末将听闻元帅下令各军明日出岭与蒙军决一死战？"

"敌寡我众，有何不可？"

"元帅三思。蒙军自袭破乌沙堡后，一路势如破竹，气势正盛。我军人数虽众，然久不经仗，畏敌如虎，倘若贸然强攻，一旦首战失利，只怕会一败涂地。依末将之见，不如按兵不动，俟蒙军强攻，再凭地势之险，以逸待劳，将其击退。这样，我军士气必借此恢复。对我军而言，最缺少的无非是决胜的勇气，只要能摒弃惧敌之心，野狐岭将成为真正的天险……"

石抹明安话未说完，术虎高琪已面露不悦："蒙军远道而来，立足未稳，我军皆为精锐，主动出击，正可打他们个措手不及。我就不信，凭我四十万大军，淹也能淹死他们，岂有不胜之理？"

"元帅有所不知,蒙军将士自幼娴熟弓马,长于原野作战。主动出击,恐我军难以穿过他们的箭墙。"

"说来说去,其实就是你畏敌如虎……好吧,你且留下守关,你的军队交由本帅亲自指挥。本帅倒要让你看看我如何将成吉思汗赶回那个鸟不生蛋的地方。"

石抹明安冷笑。

术虎高琪要夺他的兵权由来已久。无奈将帅有别,为大金社稷着想,他也只好忍气吞声,听任摆布了。

术虎高琪不容石抹明安争辩,摆摆手:"本帅心意已决,你下去吧。"

石抹明安转身走出行帐。

叁

术虎高琪出了口胸中闷气,多少感觉舒畅了一些,但转眼间他又想起什么……不行!不妥!万一石抹明安对他怀恨在心,暗中断了他的退路,他岂不要腹背受敌?怎么办?与其如此,莫如……"成全"他"以身殉国"罢。"速去请监军大人,就说本帅找他来有要事相商。"他吩咐帐外听用的士兵。

石抹明安回到自己的营帐,心绪异常烦乱。大敌当前,他却失去了兵权。术虎高琪嫉贤妒能,他们将帅间的积怨由来已久,他只是没想到术虎高琪会选择这样的时机采用这样的方式向他下手。可叹他弃文就武,非但不能博个封妻荫子,到头来反为奸佞所害,才不得施,志不得展,怎不令他心灰意冷?思前想后,倒不如解甲归田,回返辽东老家,至少图个安闲自在。

童华上前奉茶。他是石抹明安的书童,石抹明安从军后,他一直随侍在石抹明安身边。"将军,您连日鞍马劳顿,喝口热茶早些歇了吧。"

石抹明安勉强笑笑,接过碗:"你怎还没睡?"

"我在等将军。您去见元帅,结果如何?"

石抹明安的心事重被勾起。良久,他长长地叹了口气,将他与术虎高琪之间发生的不快简要地向童华讲述了一遍。

童华大惊失色:"他真的对您下手了?这可怎么办?将军,您得提防着点儿啊。"

"这种事,从来都是防不胜防啊。"石抹明安苦笑。

正当主仆二人猜测术虎高琪不会就此罢休时,士兵奉命来传石抹明安。

石抹明安心中已有准备："童华,如我遭遇不测,你速回返沧州,禀明瑞师叔,请他代为照料老夫人、夫人和公子。"

"是……"童华点点头,难过地望着主人。

石抹明安不及多言,匆忙来到术虎高琪的帅帐。

元帅术虎高琪,监军完颜鄂诺勒正在等他。

术虎高琪的脸上带出些许笑意："石抹将军,本帅与监军商议,为示我军军威,明日欲派你到岭北下战书。你意如何?"

"哦……"石抹明安不知术虎高琪葫芦里卖的什么药,不动声色地问道,"战书是否现在交与末将?"

"不必! 你口述即可。以你的口才,还怕说不明白嘛。"

"末将该如何说?"

"你这样告诉成吉思汗……"术虎高琪将他与完颜鄂诺勒事先商议好充满挑战和露骨污辱的所谓"战书"向石抹明安口述了一遍,"你可记清楚了?"

"末将记清楚了。"

"你来复述一遍。"

"是。"石抹明安一字不落地复述着"战书",心中异常明白,这是让他去送死。

"好! 过耳不忘,石抹将军果然记忆力惊人。你放心去吧,自古两国相争,不斩来使,将军只要战书下到,即是首功一件。"完颜鄂诺勒插进话来,石抹明安飞快地瞟了一眼他那张虚伪的胖脸。

"元帅、大人,若无其他事,末将告辞了。"

童华担着心事,上前迎接石抹明安："将军,怎么样……"

"童华,我明日去岭北蒙营下战书,这一去恐怕不能活着回来。你须乘今夜悄悄离开野狐岭。你是我唯一可以托付后事的人,千万不可意气用事,切记。"

"将军,术虎高琪欺人太甚,将军不如乘机降了蒙古算了。"

"胡说! 我是大金臣子,岂可临阵降敌?"

"将军错了,我们是契丹人,我们只不过是大金的奴隶。"

"无论怎样,为人臣者,为主尽忠,也算死得其所。"

"将军,童华自小陪在你身边,虽然书读得不好,还明白'良臣择主而事'的道理。您为了这么个昏庸无能的皇帝,为了这么个嫉贤妒能的元帅,值得'尽忠'吗?"

"休得多言! 我意已决,你只需按我吩咐行事。"

童华沉默了。

"童华,你跟随我多年,我如何不知你的一片忠心?我毕竟是员武将,临阵降敌,将来让我有何面目立于天地之间?我早将生死置之度外,一切但凭天意。"

"将军……"童华落泪了,"您的书读得太多了。"

肆

石抹明安顺利通过蒙军几道防线,来到了木华黎的大营。

木华黎以礼相待。

"我要见成吉思汗。"石抹明安直截了当地说。

"石抹将军稍候,我已派人通知大汗。俟汗营侍卫到达,他们会引将军觐见大汗。"

石抹明安稍稍安下心,饶有兴趣地观察起木华黎来。

木华黎是成吉思汗麾下最杰出的大将之一。自他在乌沙堡以少胜多,大败胡沙虎后,威名远播整个金廷,朝野为之震惊。此刻他微微含笑,态度谦恭,使人很难将他同那个连战连胜、威风凛凛的蒙军大元帅联系在一起。

"石抹将军不必心急,我估计再过一会儿,大汗的侍卫就会到来。将军请用茶。"

石抹明安端起茶碗,喝了一口。

明主昌,必得忠臣良将相佐。他不合时宜地想起了这句话。木华黎的举止风范无不给人以精明干练又朴实无华之感,这一点与胡沙虎、术虎高琪等人截然不同,他虽是敌人,却令人钦敬。

不多时,汗使图华来到木华黎的大营。木华黎一直将石抹明安送出营外:"将军请。"石抹明安很想对木华黎说句表示感谢的话,但想起自己的使命,只好一言不发。

图华陪伴着石抹明安来到了成吉思汗的中军大帐。

这里显得泰然宁静,丝毫没有大战临头的感觉,偶尔还能听到愉悦的笑声和音乐声。难道蒙军就是这样来打仗的吗?

斡歌连亲将石抹明安迎了进去。"大汗一直在等你。"他不失客气地说。

透过帐中朦胧的光亮,石抹明安看到居中高坐的成吉思汗,他似乎正用一种审视的目光注视着自己。石抹明安急忙上前见礼。

"将军不必多礼,请坐。"成吉思汗温和地笑了。他的声音低沉雄浑,具有一种荡人心魄的力量。

石抹明安未动。

"我还不知将军来意。"成吉思汗依然和蔼地说。

石抹明安费力地搜寻着合适的字眼,最终发现这是徒劳的。别人客客气气地对你说话,你却要指着他的鼻子将他痛骂一顿,任谁都觉得难以启齿。

成吉思汗并不催促,耐心地等待着。

石抹明安感觉自己这辈子从未像今天这样尴尬。

"末将奉命来向大汗下战书。"除了豁出去,他实在无计可施。

成吉思汗淡然一笑:"你要口述吗?请吧。"

石抹明安呆板地复述着术虎高琪的"战书",那赤裸裸的污辱使帐中众将脸色骤变。

"就这些吗?"俟石抹明安话音一落,成吉思汗平静地问,脸上依然挂着适度的微笑。

石抹明安意外地点点头。

真是,难道他没有听懂我在说些什么吗?我倒宁愿他杀了我……

"何时开战?"

"这——"石抹明安顿觉无地自容。他这个下战书的,竟然不知何时开战。

"我明白了。将军回去转告术虎高琪,他不下战书,我还要下战书呢。"

"是。"石抹明安躬身而退。

石抹明安前脚刚出帐门,里面便似炸窝了。别勒古台嚷得最凶:"汗兄,这小子把我们骂了个够,你怎么一声不响就让他走了?"

"是啊,大汗。术虎高琪摆明了不把我军放在眼里,我们为何还要如此忍气吞声,示弱于敌?"

不少人随声附和。一时间,议论声、抱怨声四起。成吉思汗平静地听着,良久才冷冷地瞟了一眼气得面红耳赤的别勒古台。

别勒古台没有看见。曲出暗暗推了推他,他抬起头,正遇上汗兄严厉的目光,不觉将后面的话咽了回去。

成吉思汗不说别人,单训兄弟:"别勒古台,这么多年了,你怎么就不改改你那沾火就着的脾气?你不妨用脑子想想,术虎高琪为何要派石抹明安来下那样的战书?不就是想借我的手杀掉石抹明安,好为他除去心腹之患吗?

自古两国交兵,不斩来使,何况石抹明安还是瑞奇峰的师侄。我倒很感谢石抹明安带给了我一个相当重要的情报。"

众人不解,成吉思汗从容说道:"金军久不经战事,今又将帅失和,穿越野狐岭,指日可待。"

别勒古台垂下头,看样子他是服了。

成吉思汗反面露忧色。

石抹明安不避刀俎,忠勇可嘉。之所以没有挽留他,是明知他必不肯降。怕只怕他此去凶多吉少,术虎高琪岂能轻易放过他?

伍

石抹明安比成吉思汗更清楚自己回去的命运。

死在蒙古人的刀下倒还罢了,死在术虎高琪的手里,势必还要背上通蒙叛国的罪名,一生清誉,也将付之东流。

那个蒙古人的皇上……石抹明安一想到成吉思汗,就觉得心口发堵。术虎高琪怎会是他的对手?从他身上,石抹明安看到的是蒙军必胜的信心和力量。 谒见成吉思汗,在石抹明安好似潭水一样平静的内心中卷起了层层波澜,他带着一丝恐惧,无可奈何地听任那曾经支撑过他整个生命的忠诚的支柱慢慢倾斜——它该不会彻底坍塌吧?

石抹明安仍经木华黎的驻地返回岭南。见天色已晚,木华黎善意地留他小住一宿:"石抹将军,如今两军对峙,你即使匆匆赶回,军士不明真相,也不敢放你入营。不如等天明再回不迟。"

石抹明安细思木华黎说得有理,迟疑片刻,终于同意留宿蒙营。木华黎吩咐摆上酒宴,两个人相对小酌。

蒙古元帅坦率直爽的态度很快消除了石抹明安的戒备心理, 两个人谈攻守之道、布阵之法,越谈越投机,大有相见恨晚之意。 作为敌方统帅,木华黎的才华令熟读兵书的石抹明安心折。他勤奋、谦逊、聪明过人,尤其善于总结实战经验,原以为蒙古人愚陋,没想到竟有木华黎这样的英贤之士,蒙军有此将才,焉能不胜?

木华黎甚至知道《孙子兵法》,并且结合实战,对这部兵法有着更深层次、更为全面的理解。注意到石抹明安不可思议的神情,木华黎微笑着解释:"这部兵法最先是太傅塔塔通阿介绍给我的。后来,国师粘合重山——他原是女真贵族，因不满朝廷腐败，投到我国——将兵法抄录下来，一段段讲给我听。你也知道，我蒙古原无文字，记录祖先家世，全凭口述心记，直到大汗征服乃蛮，才由太傅创立了蒙文。我无法与将军相比，几十年戎马倥偬，倒成了重武轻文的借口。像将军这样文武兼修，我实在羡慕得很。"

石抹明安被木华黎语气中流露出来的对知识的渴求深深打动了。他向木华黎谈起他的父母先生，谈起他初到中都求学时的种种趣事。有生以来，他还是第一次如此向他人袒露心声，而这个人居然是敌人。后来他们的话题自然地转到了成吉思汗身上。

"他是我从未见过的一种人！能够在他麾下效力，应当是件很幸运的事。"石抹明安深有感触地说。

木华黎含笑点头："你与他只见一面，竟也得出这样的结论？你还没有到过草原呢，在那里，你才能真正体会到他对草原人究竟意味着什么。每个人都会告诉你关于他的故事，从中你自会品出许多东西。"

"你呢？你是如何辅佐成吉思汗的？"

"我嘛，说来话长。我认识他时还很年轻。"木华黎的脸上露出一丝回忆往事的悠然，"不知将军是否听说过札木合这个人？"

"哦，没有。"

"札木合曾是大汗的安答，后来成为大汗的死敌。当时我不过是札木合治下的一个地位卑下的牧马奴而已。"

石抹明安猛地放下酒杯。显然"牧马奴"一词强烈地震动了他。

木华黎仿佛没有注意到石抹明安的失态，深情地讲述了他与成吉思汗相遇相识相逢相随的经过。

石抹明安听得呆了。

原来如此！

木华黎，蒙军中这位最优秀的军事统帅，原来出身并不高贵。成吉思汗任人唯贤，这也许正是他取得辉煌成功的前提。石抹明安丝毫没有瞧不起木华黎之念，相反他更加敬佩木华黎坦荡的襟怀。

讲完自己的经历，木华黎继续问道："将军是否听说过哲别其人？"

"当然。哲别将军的大名在我军可说是无人不知，无人不晓。"

"哲别原是蒙古敌部泰亦赤惕的一名普通将领，在一次大战中，他一箭射中大汗的脖颈，差一点将大汗置于死地。战斗结束后，哲别——当时他叫只尔豁阿台，投降了大汗。他并没有隐瞒自己就是射伤大汗的人，大汗欣赏他的坦诚和勇气，对他不但未予追究，还放心地将他置于左右，'哲别'这个名字就是大汗为了纪念他们一箭相交而起。大汗果然没有看错人，哲别从此真的成了大汗麾下的一支'利箭',也成了我蒙古草原赫赫有名的常胜将军。"

听到这里,石抹明安击节叫好。用人不疑,历来为世人所称道,而弃私怨重用曾经的敌人,则更加难能可贵。明安由衷赞道:"这样的胸怀,古今几人?成吉思汗此举,堪与齐桓公媲美。"

木华黎深以为然。他听粘合重山讲过春秋时期齐桓公不计个人私怨任用贤相管仲终成霸业的故事。

明安又想起一件事来:"请问成吉思汗膝下几子?"

"嫡子四人,庶子二人。四位太子皆能征善战,智慧超群,他们是我蒙古的希望和未来。"

"如此说来,大汗的事业后继有人。将军你呢,膝下几子?"

"只有一子,名唤宝鲁。"

他俩就这样喝着谈着,不知不觉天光放亮,石抹明安推杯告辞。

木华黎亲自将他送出营外。

陆

石抹明安策马疾驰,赶回岭南金军驻地,术虎高琪传他入见。

军帐中,各部将领云集。术虎高琪居中高坐,面沉似水。石抹明安刚刚踏入帐中,他便厉声喝道:"来呀!给我拿下!"

转眼间,石抹明安被捆绑结实。众将面面相觑,大惊失色。

"推下去!斩!"

石抹明安急声辩道:"且慢!元帅,但不知末将身犯何罪,罪该当死?还望元帅说个明白,也好让末将死而无怨。"

"你私通蒙营,论律当斩。"

"元帅有何证据?"

"我问你,你出使蒙古,竟夜不归,这不是私通蒙营又是什么?"

"元帅可曾让末将直接向成吉思汗口述战书?"

"是又如何?"

"那么元帅就该明白末将无论如何不可能在天黑前赶回关内。"

"天黑你一样可以回来,为何非要留宿蒙营?"

"元帅曾有严令,日落后任何人不得入关,须待天明放行,难道末将可以例外吗？"

"强词夺理！好,本帅再问你,你是按本帅与监军大人口述向成吉思汗下的战书吗？"

"一字不差。"

"既如此,成吉思汗怎会放你回来？"

石抹明安冷笑:"听元帅之意,是明知末将有去无回了？"

术虎高琪语塞,不觉恼羞成怒:"谁跟你逗口舌之能？推出去！"

石抹明安毫无畏惧:"末将死不足惜。可叹成吉思汗非但不究末将污辱之罪,反将末将礼送出营,是明知我军将帅不和。大敌当前,望元帅好自为之,莫要一味滥杀无辜,致使军心动荡。"

术虎高琪气得七窍生烟:"推出去！斩！斩！"

术虎高琪手下将领多与石抹明安交厚,素知石抹明安秉性忠直,即便与元帅不和,也绝不会私通蒙营,因而齐齐跪倒,为石抹明安求情:"元帅容禀:说石抹将军私通蒙营,实无确凿证据。大敌当前,先斩大将,乃不祥之兆,或许正中成吉思汗奸计也未可知。倘若造成我军将士人人自危,这仗还怎么打？"

众将苦求,完颜鄂诺勒见众怒难犯,索性顺水推舟:"元帅,我觉得大家所说也不无道理。依我看,莫如将石抹明安押入死牢,待我军获胜后再细细审理定罪不迟。"

术虎高琪暗恨完颜鄂诺勒。我们一起定下此计,你倒会做好人！但事已至此,他也只好无奈说道:"既然众位将军和监军大人都为石抹明安求情,本帅暂且留他一条性命便是。来呀,将石抹明安打入死牢,容后裁决。"

当天下午,蒙军向野狐岭发起了第一次强攻。

金军凭借地形优势,击退了蒙军进攻,自身也付出巨大伤亡。成吉思汗的军队毕竟是在战争中磨练出来的号令如一、无坚不摧的整体,战斗力极强,不似金军久不经战事,缺乏御敌信心。

第二天,蒙军引军再战。元帅木华黎一马当先,连发三箭射中敌方三名将领,金军大恐,术虎高琪亲临前线指挥,方才稳住军心。

第三天、第四天……

整整一个月,蒙军三路大军不分昼夜,轮番发起强攻,金军伤亡惨重,渐成溃败之势。乘金军喘息未定,成吉思汗亲临战场,采用敲山震虎的战术指挥三路大军将金军悉数围困于峡谷之内。蒙金两军的这场大厮杀以成吉思汗的全胜告终。金军精锐多半折于此役,术虎高琪仅带十二万残兵败将退守抚州。

术虎高琪撤退前并未忘记将石抹明安押入囚车一并带走。看来他是准备将石抹明安做个替罪羊，以便日后在皇帝面前开脱他在野狐岭战败的罪责。

野狐岭既破，金国门户洞开。蒙军乘胜追击，又将术虎高琪从抚州赶到宣平。宣平城防坚固，蒙军首攻未下，术虎高琪稍稍松了口气。

术虎高琪与完颜鄂诺勒商议，蒙古势盛，不如私下许以好处，劝成吉思汗罢兵。即使议和不成，来来往往也需一些时日，如此一来，正可借机重整旗鼓。但派谁为使好呢？完颜鄂诺勒提出石抹明安。

术虎高琪连连摇头："不成，不成。石抹明安与本帅有仇，万一他此去投降蒙古，成吉思汗岂不如虎添翼？"

"石抹明安与成吉思汗有过一面之缘，想必比其他人更容易递得进去话。何况他口才惊人，胆气不凡，除了他恐再无人堪当此任。至于我们，只需扣住他的家小，还怕他会一去不回？"

"石抹明安家眷皆在辽东，我怕我们鞭长莫及。"

"无妨。我们可遣使密奏皇上，请他下旨从速缉拿石抹明安家小。石抹明安是聪明人，只要他的家人在我们手上，他断不会轻举妄动。"

"试试也成。"术虎高琪把握不大地皱了皱眉头。

石抹明安被押进帅府。木枷倒是除去了，脚上仍戴着沉重的镣铐。他明显消瘦了，憔悴的脸上只有一双眼睛依然炯炯有神。

完颜鄂诺勒的脸上堆起殷勤的笑容："石抹将军，你受委屈了。来人，给石抹将军打开镣铐。"

"监军大人，此乃何意？"镣铐打开后，石抹明安不动声色地问。

"石抹将军，我和元帅商议，欲派你前往蒙营说服成吉思汗，劝其退兵。将军意下如何？"

石抹明安说不出心里是何滋味。蒙军历时一个月便拿下野狐岭，实在出乎他的意料。他没有亲临前线指挥，但是想也能想象得出面对蒙军强大的攻势，金军是如何惊慌失措。战前他曾设想只要屯兵固守，一定可以将蒙军拦阻于岭外，事到如今他才明白自己太低估了蒙军的英勇善战和大金所谓精锐部队的胆怯畏敌。倘若真依了术虎高琪主动出击，只怕失败会来得更快。

"石抹将军，你意下如何啊？"完颜鄂诺勒继续催问。

"下战书的是我，议和的也是我，大人，你说我会'意下如何'？"

"此一时，彼一时，将军何必囿于俗礼？将军的爱妻、老母和幼子皆在家中望眼欲穿,将军就不想早日凯旋与他们团聚吗? ”

石抹明安脸色陡变。他紧紧攥住拳头,恨不能将那张在他眼前晃来晃去的胖脸打个粉碎。完颜鄂诺勒下意识地侧侧身体,避开了石抹明安愤怒的目光。

石抹明安刚刚腾起的怒火转瞬又熄灭了。谁叫我是大金臣。他无可奈何地想。尽管这个概念在他头脑里越来越模糊不清,终究没有完全消失。“也罢,末将到了那里该如何说? ”

“只要能劝动成吉思汗退兵,尽可许以倾国之富。”

“是。”

石抹明安步履沉重地二进蒙营, 这一次他感觉比第一次来下战书更难堪。

木华黎闻报亲自出迎,石抹明安羞愧难当:“我要立刻拜见大汗。”

“我派侍卫送你。”

成吉思汗的大帐中一片静默。成吉思汗无言地等待着,眼中流露出淡淡的疑惑。

“我奉元帅之命……”石抹明安说了半句话。他原想说我奉元帅之命来同大汗议和,可话到嘴边又觉不妥,说劝大汗撤兵嘛,又找不到合适的理由。石抹明安素以能言善辩闻名于金, 哪承想两次出使蒙古, 竟一次比一次尴尬。

“将军有话,但讲无妨。”成吉思汗敏锐地洞悉了石抹明安内心的矛盾,越发和颜悦色。

石抹明安无奈,换了个方式:“金与蒙古有仇不假,可也对大汗有恩。先帝在世时曾视大汗为大金亲信,委以重任。大汗想必没有忘记当年我国与您首次合作剿灭塔塔尔部后,先帝封您为‘北方都招讨’,授命您号令漠北百姓吧?先帝待您不薄,而今您跃马长城,无异于以下犯上。我大金虽称不上固若金汤,然据潼关、黄河之险,也非擅长野战的蒙军所能遽破。何况您孤军深入,两边军队又众寡悬殊,随着战事的深入,您遇到的抵抗势必日趋激烈,一旦有所闪失,只怕大汗您难以全身而退,务请大汗三思。”

成吉思汗沉思地望着石抹明安,什么也没说。

石抹明安抬头,正遇上成吉思汗犀利的目光。短暂的对视中,石抹明安只觉脊背与汗湿的内衣粘在了一起。

寂静悠长。

石抹明安的神经开始承受不住成吉思汗的沉默给他造成的压力。

"大汗……"他试着叫了一声,结果被自己的声音吓了一跳。

"将军不必说了,我知道将军要说什么,而且知道,"成吉思汗平静地打断了石抹明安的话头,"将军忠勇令人敬佩。"

这是由衷的赞佩,石抹明安的内心却一阵酸楚。忠勇?他喃喃重复,苦笑不迭:"大汗何出此言?"

"数日前,将军不避刀俎来下那样的战书,我已尽知将军为人。说句心里话,我十分欣赏你的胆气才智,非常希望你能留在我的身边。"

石抹明安不可思议地注视着成吉思汗,他想说点什么,嗓子却似被堵住一般,半晌发不出声来。

"石抹将军,我久闻你的大名,知你禀性忠直,文武兼才。你两进蒙营,与我也算有缘。只是我与你相识至今,你所说的每一句话都是别人要你说的,现在,你能不能对我说一句你自己心里的话:你对我究竟如何看?"

石抹明安一震,回答立刻涌到嘴边。

你是出身草原的英雄!你的天资英识,你的伟略雄才,你的识人之能,你的光明磊落,无不令人钦敬,只可惜——你是敌人。

"末将不敢妄言,请大汗不要难为末将。"石抹明安言不由衷地说。

"我绝非要难为你,我只不过想让你留下来——假如你认为值得。"

"大汗是要末将投降?"石抹明安感到心中有样什么东西崩溃了、坍塌了,是什么呢?

"也可以这么说吧。将军即便回去,术虎高琪也不会放过你。金帝昏庸暴虐,我素有耳闻,我为复蒙金世仇而来,决不会半途而废。宣平不过一座弹丸小城,指日可下,我只担心将军连与城池共存亡的机会都没有。"

石抹明安心扉洞开。他抬起头,久久直视着成吉思汗的眼睛。

这是一双能够洞悉他的内心,使他无法抗拒其诱惑力的眼睛。

成吉思汗继续说道:"如果将军只是担忧家人,我即刻派人暗取你的家眷,将军以为如何?"

"末将的家眷皆在辽阳。"石抹明安顺着成吉思汗的思路自然地回答。这就是说,他终于决定归降了。

"你将信件或信物交给我,我定将你的家眷完好无损地交还于你。"成吉思汗自信地微笑着,他的自信也感染了石抹明安。

"是。"石抹明安恭敬地应道。

术虎高琪、完颜鄂诺勒还在城中眼巴巴地盼望着石抹明安的消息,不料等到的却是蒙军的强攻。金军抵挡不住,弃城而逃,只留下遍地横尸和一座残破的城池。

术虎高琪回到中都向允济皇帝请罪时，将所有战败的责任都推到了石抹明安身上，总算得到了皇上的宽恕。允济气得咬牙切齿，要拿石抹明安的家眷泄愤，但令到辽阳时，石抹明安已在蒙营与家人团聚了。

成吉思汗封石抹明安为蒙军千户长，待哲别攻取居庸关后，又将他升至万户长。君臣相互信任，直到成吉思汗生命终结。

柒

蒙军在野狐岭大败金军精锐。但总的来说，由于蒙军缺少有效的攻城器械，又缺乏攻城经验，进展并非很大，即便像宣平这样设防较差的弹丸小城也须花费相当的气力才能攻取。

然而成吉思汗毫不气馁。他顽强地、不屈不挠地战斗，一步步逼向中都。

畏兀儿国王巴尔术带着厚礼前往蒙古迎娶华歆公主，孛儿帖夫人亲自主持了女儿的婚礼。听到女儿出嫁的消息时，成吉思汗正在马背上。除了默默祝福女儿一声，他来不及有更多的表示。对他来说，头等重要的是下一个军事目标。

蒙古军顽强不屈的战斗，换来了一二一二年的决定性胜利。七月，蒙军首克金国军事重镇宣化。与此同时，成吉思汗分兵拖雷攻取位于宣化东南的保安城。拖雷率军强攻，身先士卒，第一个登上浸血的城头。三日后，拖雷与父汗会合，众将为拖雷请功，成吉思汗却说："勇猛固然可贵，但勇猛不等于莽撞，既能战胜敌人又能保全自己的将领才是一名合格的将领。"

接下来的下一个军事目标是怀来。

守城金兵士气低落，贪生怕死，蒙军尚未杀到怀来城下，金军已弃城而走。至此，金帝国赖以维持的只剩下最后一道屏障：居庸关。

居庸关不单设有重兵把守，还布有百里铁蒺藜。成吉思汗率大军驻扎在居庸关外，接连十数日按兵不动，只派出几支探马侦察周围地形，其中一支探马军就由金降将耶律阿海率领。

耶律阿海正式降于蒙军攻克乌沙堡后。

成吉思汗大举攻金伊始，耶律阿海随胡沙虎驻守乌沙堡。木华黎、哲别能够很快袭破这座军事要塞，与耶律阿海暗中派人送出乌沙堡的地形图有很大关系。之后，耶律阿海便正式归附蒙古了。

阿海、图华两兄弟相会于蒙营,阿海听图华给他讲了一件事。原来,阿海初以兄弟为质之时,确实有不少蒙古将领对他的归降诚意表示怀疑,担心阿海兄弟别有所图,更担心将图华留做宿卫太过冒险。成吉思汗却丝毫不为所动,自始至终表现出对耶律阿海兄弟的绝对信任……

作为原金军将领,耶律阿海对居庸关的地形相当熟稔,知道急切间蒙军不能得手。何况现在关外还布有百里铁蒺藜,蒙古骑兵也施展不开。他不由想起当年自己驻守居庸关时曾无意中发现过一条只能勉强容一人通过的山路,恰从关外直通关内,如今看来真是天赐的一条灭敌之路。

然而,在千山环抱、古木参天的峡谷中寻找到一条隐秘的小路谈何容易?连续十几天的寻找居然一无所获。耶律阿海并不甘心,决定再去试试。他也不带士兵,独自一人来到山中,凭着记忆在山间细细搜索。从日出到日落,耶律阿海滴水未进,不免又累又渴。他登上一块山石,四下张望着,竭力回忆着当初发现小径的情形。蓦然,他的目光仿佛被什么吸引住了,那条他苦寻不见的小径豁然出现在他的眼前。耶律阿海欣喜若狂,急忙做好记号,匆匆返回成吉思汗的大帐。

成吉思汗和众将正在等他。看到他满手满脸都是划痕,成吉思汗十分惊讶:"阿海,你这是怎么了?你去了哪里?我从上午就没见到你。我差点派人四处寻你——幸亏图华告诉我不用。"

耶律阿海微笑:"臣有重要发现禀明大汗。"他将找到小径之事简单地叙述了几句,然后主动请缨,"臣请求带三千人徒步从小径接近关隘。明日凌晨出发,入夜当至关下埋伏起来。天明时大汗从正面发起进攻,臣即从后面杀出,打他个措手不及。如此,至少可增加我军的获胜筹码。"

成吉思汗深赞耶律阿海的细致,也完全同意他所献间道而行、接近关隘的计策,不过对于正面进攻,他另有安排。他叮嘱耶律阿海:"你在关外埋伏起来,千万不可轻举妄动。什么时候金军出关,你才可从后面杀入关中。切记。"

君臣商议完毕,各自依计行事。

蒙军在关外整整半月按兵不动。金军不明蒙军意图,倚仗关固隘险,骄意日滋。

十余天后的一个清晨,哲别首次引军攻打居庸关,因不明道路,战马踩上铁蒺藜,士兵纷纷落马,哲别不得不下令后撤。关内守将见蒙军受挫后不战自退,心中大喜,当即引兵出关追杀。

金军利用地形熟悉,很快追上蒙军,两军厮杀一场,蒙军不敌,沿途丢下许多牙帐兵器,瘦马盔缨,金军益发追得兴起。

　　大约追出五十里,哲别不退了。只见他勒马回枪,英姿飒爽,与方才判若两人。在他身后,刚刚还丢盔卸甲、狼狈不堪的蒙军也转眼变成了另一副模样。他们转身杀回敌阵,勇猛异常。成吉思汗率领的大军也在这时掩杀过来,金军情知中计,掉头就逃,因慌不择路,有相当一部分金军误入自己布下的铁蒺藜阵,人马相踏,死伤无数。另一部分金军则"引"着蒙军顺利来到居庸关下,惊魂稍定,却见关上遍插蒙古战旗,耶律阿海已抢先占领关隘。

　　此时,关上箭下如雨,身后追兵迫近,金军进退无路,抵抗骤然激烈。木华黎急命士兵喊话:"投降者生,抵抗者死!"此举果然奏效,金军大部分停止抵抗,弃械归降。

　　居庸关之战是蒙古攻金以来对敌策略上的一个重要转折。此前蒙军一直奉行斩尽杀绝的政策,致使金将士除拼死抵抗外别无选择,这在很大程度上迟滞了蒙军胜利的步伐。居庸关大战后,蒙军对降敌采取了相应的优待政策,从而大大加快了进军速度。

　　木华黎头脑冷静,善于适应不同环境下的不同战争。尽管这时的蒙古君臣对城市经济还没有多少概念,但随着战事的一步步深入,他们在不知不觉中体会到与城郭国家作战与统一草原时所进行的战争间的显著差别,那不只是战略战术上的转变,更需要从政治经济上加以改变和适应。

　　现在,蒙军进入广袤无际的华北大平原了。成吉思汗将营帐设在龙虎台,距龙虎台六十里屹立着金帝国的首都中都城——童年时即在脑中刻下深深印记的那个神话般的世界已近在眼前……

捌

　　在中路军斩将搴旗、大获全胜的同时,另两支蒙古大军也是捷报频传:皇弟合撒尔所率左路军顺利攻下了中都东北方向的要塞古北口。三位太子所率右路军攻克西京大同。正在这时,金国宫廷中又发生了一场血腥政变,允济皇帝被权臣胡沙虎毒死,胡沙虎另立章宗的亲弟弟完颜珣为帝,史称宣宗,改元贞祐。胡沙虎自封为监国大元帅,总揽军政大权,皇上不过一摆设而已。

　　允济被贬为庶人,草草埋葬了事。

　　内忧外患接踵而至的金帝国,防御能力虽未完全消失,但士兵无心作战,将领唯求自保,江山如同惊涛骇浪中的孤舟,已掌握不住自己的航向了。

从一二一三年秋到一二一四春,蒙军相继攻陷了金国黄河以北的大部分城池,尚有中都、真定等十一城未下。八月,蒙军再次逼近中都城,胡沙虎试图凭借永定河阻挡住蒙古大军的进攻。他命百姓拆除永定河架桥,征调中都城内所有火器和火炮封住了岸口,并命术虎高琪为后援,随时准备从一侧劫杀可能败退的蒙军。

胡沙虎的计划是周详的。

成吉思汗指挥大部队连人带马跃入水中,准备抢渡永定河。胡沙虎看准时机,下令放炮,蒙军遭到炮击,马匹惊散,弥漫的硝烟中,蒙军将士殷红的鲜血染红了曾经清澈幽明的永定河。

成吉思汗的先头部队遭此沉重打击,大军被迫撤退。胡沙虎眼睁睁地看着敌人有秩序地退出了火力范围,担负劫杀任务的术虎高琪仍迟迟不见动静。术虎高琪的贻误战机,使蒙军在中都会战失利后保证了主力部队没有遭受重创。

那么术虎高琪究竟为何按兵不动呢?

原来他是想等胡沙虎与成吉思汗拼个两败俱伤。

胡沙虎大权独揽,早引起了术虎高琪的强烈不满。他巴不得胡沙虎多出点差错,当然最好死在蒙军马蹄之下。他既抱定了这个态度,焉肯对胡沙虎唯命是从?再说他也未料到胡沙虎会如此顺利!他直磨到第二天凌晨才领兵出城,行不多远,发现蒙军大部队正向他这个方向而来,吓得当即又缩回城内。

无论胡沙虎还是术虎高琪都未料到,成吉思汗第一次抢渡永定河失败后,与博尔术定下了绕道夜渡的计划。胡沙虎将火炮都集中在河浅水缓之处,蒙军要想渡河,必须避开这里。为避免打草惊蛇,哲别率精骑一支,借夜色掩护,从另一侧水流湍急处接近永定河。那是真正的强行军,蒙军必须在天亮前抢渡永定河。

胡沙虎对面,蒙军似乎仍试图抢渡。一俟蒙军接近岸边,胡沙虎就命令放炮,蒙军即撤回。夜幕降临后,胡沙虎担心蒙军乘夜过河,隔不多久,便向对岸和河心狂轰一番。成吉思汗稳坐中路军大帐,和博尔术一边下棋,一边侧耳倾听着流矢飞啸的声音,十分惬意。"这声音比术赤吹的笛子声还要好听。"他笑谑道。

博尔术忍俊不禁:"哪里能比!"

"博尔术,陪我下个通宵如何?我们和胡沙虎一起熬夜。"

"只怕胡沙虎早就睡了。"博尔术小声提醒他的大汗,一脸笑容。

胡沙虎果然睡得很安稳。殊不料就在他睡梦之中,蒙军的另一部已于黎明前到达永定河的另一侧,在湍急的河面上强行搭起浮桥,直向他杀来。

当胡沙虎从睡梦中惊醒,他的永定河防线已被冲得四分五裂,金军只剩被动挨打的份儿了。他侥幸杀出重围,带着残兵败将逃回中都。这位瘸腿将军气得连帅府也不回,径直闯到金銮殿上,看见术虎高琪,二话不说,挥剑便砍。术虎高琪吓得慌忙躲到宣宗身后,宣宗用身体护住了他:"元帅息怒,元帅息怒!二位爱卿乃朕之左膀右臂,缺一不可。无论术虎高琪有何过错,都望元帅看在朕的份儿上,饶过他这一次吧。"

宣宗苦苦哀求,胡沙虎手中的宝剑垂了下来。到底有君臣之别,胡沙虎再怎么总揽朝纲,也不好过于放肆。无奈,他强压怒火,冷冷地盯着术虎高琪:"蒙军已至城下,明日你出城迎战,胜可赎罪,败了嘛,我杀你个二罪归一!"说完,怒气冲冲地扬长而去,根本不将宣宗放在眼里。

术虎高琪自觉理亏,直到胡沙虎离去才敢从宣宗身后出来。他回头偷觑皇上,只见宣宗脸色苍白地斜坐龙椅,呆若木鸡。

"皇上……"

"爱卿明日务要奋力杀敌,败了,恐朕不好再保你。"

"是。"术虎高琪躬身退出。

宣宗力保术虎高琪,也有他难言的苦衷。他在霸州为王时,并未奢望过自己会与皇位有份,及至真的做了皇上,不料仅仅是个傀儡而已。自登基以来,胡沙虎对他呼来唤去,全没将他放在眼里。个中滋味,一言难尽。纵观满朝文武,只有术虎高琪的势力与胡沙虎不相上下,倘若术虎高琪死了,他的处境可想而知。所以,他必须力保术虎高琪。

术虎高琪不敢违抗帅令,第二天率禁军出城,与蒙军激战于桑干河畔。成吉思汗不听部下劝阻,亲身冲杀于敌阵之中。他英勇绝伦的身影,只看得术虎高琪两眼发直。难怪蒙军百战百胜,大汗身先士卒,士气焉能不盛?倘若大金国主有他一半,不,哪怕只是站在城头督战,我军也不至于败得如此之快。

术虎高琪对大战失去信心,他已在考虑失败后的退路。胡沙虎不会放过他的,与其送上项上头颅,不如先下手为强!

术虎高琪暗暗拿定了主意。下午,术虎高琪败回城中,也不去见皇上,径直引兵包围了元帅府。

胡沙虎惊闻变故,知道来者不善,慌忙推开美人,准备从后院翻墙逃走。也怪他时运不济,就在他要翻墙时,衣襟被松枝挂住,加上伤腿不便,让术虎高琪的士兵追上乱剑斩杀,割下头颅。

次日五更时分,术虎高琪带着胡沙虎的人头上殿叩见皇上,累数胡沙虎罪状,并声称自己是为社稷而杀逆贼。宣宗开始还吓得心惊胆战,面色如土,及至明白胡沙虎已死,不但对术虎高琪未加责备,反而面露喜色。

胡沙虎始终是宣宗的心腹之患,何况,胡沙虎确实有弑君之罪,术虎高琪杀他,也算他罪有应得。宣宗当即在金殿之上宣布胡沙虎罪行,并张榜天下,同时任命术虎高琪为元帅,固守中都。

胡沙虎被杀的消息不出午时便传遍蒙营。各军主要将领齐集成吉思汗的大帐,准备商议下一步行动。

大部分将领主张乘胜攻下中都城,但成吉思汗不为所动。他耐心地分析了现在攻打中都的利弊优劣,最后决定:继续挥师南进。

会议结束后,石抹明安与木华黎结伴回营,他深有感触地对木华黎说:"大汗之谋,即使春秋白起再生,只怕也会甘拜下风。"

木华黎点点头,然后笑了。

木华黎与石抹明安友情甚笃,经过近三年的并肩作战,他们更加心心相印。

玖

蒙古大军依然兵分三路,继续挥戈南下,沿途势若破竹,所过城郭皆攻掠而下。

一连数日,成吉思汗都对中都城围而不打,除每日必带数十骑围绕城郭,侦察地形外,再无其他动静。

宣宗摸不透成吉思汗的真实意图,愁眉不展,茶饭不思。早朝议事时,大元帅术虎高琪认为蒙军南下刚返,必定人困马乏,如今屯兵城外,按兵不动,或为养精蓄锐,或是另有图谋,不如引军杀出,与蒙军决一胜负。

宣宗哪里敢同意!他生怕中了成吉思汗调虎离山之计,坚持固守城池,静观其变。

正当中都城内君臣惶恐不安时,蒙古使臣带来了成吉思汗的劝降诏书。诏书由成吉思汗口述,内容只有几句话:汝之国土,黄河以北尽归我所有,汝所据唯中都耳。天意亡汝,然我念故旧,不忍过分迫汝。汝当作何表示以消弭我军将士之心头仇恨?宣宗不敢立刻答复,好言劝使臣下去休息,他与群臣商议后再作决定。

蒙古使臣离开后,群臣围绕成吉思汗的劝降诏书展开了激烈的辩论。辩论的结果无非是两种倾向:战或和。

主战派以术虎高琪为首。他慷慨激昂地表明了主战的决心:"蒙古春季马瘦,将士自南而返,多不服水土,据传军中正在流行瘟疫。如今,成吉思汗突然主动议和,想来传言非虚。蒙军不堪再战,我军却以逸待劳,纵无十分把握,亦有十分士气。不如与其决战,倘或一战成功,也可一劳永逸。"

右丞相完颜承晖表示反对:"元帅此言差矣。想我军将士,多居诸路,纵使战胜,也会思念父母妻儿哗变而去;倘若战败,后果更加不堪设想。依臣之见,不如权且同意与蒙古议和。待蒙古退兵,方可从容收复失地,重整旗鼓,以备再战。"

完颜承晖所虑确是实情。金朝廷为守住中都,尽驱城外强壮男子充军守城,而将其亲人留于城外。若决战,只怕将士虑及城外亲人安危,不肯真心卖力;若兵败,或再产生哗变,大金江山更是岌岌可危。

争来争去,终是主和派占了上风,甚至一向对术虎高琪言听计从的宣宗也坚决反对同蒙军决战。术虎高琪见自己被孤立起来,不再言语,心里想的却是,议和就议和,反正与我丝毫无损。我身为主帅,倘若公然主和,必为世人不耻。今我主战,世人皆知我非贪生怕死之辈,只不过朝中主和派的势力占了上风罢了,正好全了我的声名。倘若真依了我的主张去与蒙军决战,那成吉思汗和木华黎岂是容易对付之人?侥幸胜了倒还好说,败则本人威风丧尽,到时再被政敌抓住把柄,只怕费尽千辛万苦方才到手的功名利禄也会付诸东流。一旦如此,所为何苦?

宣宗见群臣再无异议,当即派完颜承晖随蒙使觐见成吉思汗,商谈议和条件。

成吉思汗接待完颜承晖的礼节虽然隆重,但提出的条件相当苛刻:金国必须充当蒙古附庸;废金帝帝号,退为河南王;平时进贡,战时出征。

完颜承晖表示同意转告国主。成吉思汗又说:"我闻汝主有女,何不遣来侍奉?"

游牧民族进攻定居国家时,定居国家以女和亲多有先例,所以完颜承晖依然答应。成吉思汗派石抹明安送完颜承晖出营。昔日同殿之臣,现在一个为兴盛的帝国效劳,一个为失败的国家奔波,犹如一出悲喜剧的上演谢幕,两个人都别有一番滋味在心头。

俟完颜承晖离去,成吉思汗对左右说:"我观完颜承晖不愧为忠义之士,只可惜失于软弱。国势强盛时以其治理国家,必为贤臣良相;国家处于危难之时,以其为相则难以支撑局面,收拾残局。"

宣宗完全接受了成吉思汗提出的条件，当即备办贡品：黄金、白银、丝绸等等不一而足，又将已故的先帝允济之女歧国公主冒充己女一并献与成吉思汗。

成吉思汗依约退兵。完颜承晖亲将他送出居庸关外。回首关内，完颜承晖感受不到春意盎然，只有破碎的河山历历在目，他止不住潸然泪下，情难自已。

拾

蒙军夜晚下营后，成吉思汗想起去看看他的"战利品"：歧国公主。

歧国公主年方十五岁，高高的额头下一双圆圆的眼睛，算不上十分标致，却显得异常聪颖。她见到成吉思汗，竟无惊惧羞怯之意，跪倒施礼，落落大方。成吉思汗觉得她挺有趣，赐座后问道："你是河南王的女儿？"

歧国公主边倒茶边平静地回道："先父名讳允济。"

"允济？"成吉思汗大吃一惊，"我要的是河南王的女儿。"

"皇上焉肯将亲生女儿献与大汗。"歧国公主冷冷地回道。

成吉思汗沉吟片刻："允济？不管怎么说，我与他有过数面之缘，也算故人。"停了停，他又说，"你放心，看在允济的份儿上，我定会善待于你。"说罢想走。

"大汗。"歧国公主唤住了他，"臣妾恳请大汗做主。"

"哦，什么？"

"臣妾此生最恨两个人，一个是胡沙虎，另一个就是当今圣上完颜珣。胡沙虎既死，但完颜珣还活着。完颜珣身为大金国主，却是个见利忘义的奸诈小人。想当年，他在霸州为王时，父皇待他不薄，岂知他登基后全不念父皇在世之时对他的种种恩义，反与胡沙虎沆瀣一气，将父皇贬为庶人，草草埋葬了事。这且不论，如今又将臣妾冒充己女送与大汗。臣妾既到蒙古，只望大汗有朝一日杀完颜珣为臣妾报仇。大汗若不应允，臣妾唯死而已。"

成吉思汗被个性倔强的歧国公主吸引了："你这样说，就不怕故国灭亡？"

"臣妾只不过是一闺中弱质，只知有生身父母，不知有他。倘若臣妾生为男儿，定当入朝斩杀奸佞，匡扶社稷；上马挥戈阵中，击退犯敌。"

成吉思汗真没想到，这样一个纤弱女孩，竟有如此心胸志气，不免心生敬意："说得好！不愧是大金公主，果然不同平凡女儿！"

歧国公主脸微微一红，侧过头去，含羞默然。正巧拖雷有事求见父汗，成吉思汗要他进帐回话。拖雷看到歧国公主，略一踌躇，成吉思汗招手让他过来坐下。

歧国公主奉上清茶。拖雷也不抬头，接过放在案几之上。歧国公主的目光长久地停留在拖雷俊秀英锐、神采奕奕的脸上，眼波流转间，传递着内心的惊羡。

拖雷向父汗请示了几句军中事务，便欲起身告辞。成吉思汗笑道："我正要你陪我一起走走。公主，你一路劳累，早些休息吧。"

歧国公主亲将父子俩送到门外。直到拖雷远去，她仍呆呆地望着拖雷高大匀称的背影发呆，一抹红晕不知不觉飞上她的脸颊。她暗想，若能嫁得如此郎君，确也不枉此生了。

成吉思汗只不过找个借口。既然不打算纳歧国公主为妃，再留下来当然多有不便。歧国公主是个聪慧的少女，莫如返回蒙古本土后再与夫人商定她的终身。成吉思汗回到爱妃忽兰的寝帐。摇曳的灯光下，忽兰越发显得妩媚动人了。看见成吉思汗回来，她又惊又喜："是您，大汗？我当您不会来了。"

"为什么？"成吉思汗笑。

"您不是纳新妃子了吗？"

"我何时说过要纳她为妃了？我不过借此羞辱完颜珣罢了。结果你猜他送来的是谁的女儿？"

"忽兰不知。"

"允济之女歧国公主。我观完颜珣身为大国君主，终究是个反复无常、狡诈奸猾之辈，不足为信。倒是这位公主，谈吐不凡，聪慧无比，我正考虑该将她许与何人？"

"听大汗这样夸赞她，忽兰倒想马上见见她了。"

"明天吧。忽兰，刚才拖雷去看我，歧国公主好似对他颇有好感。"

"那是当然。我们拖雷聪明俊秀，相貌堂堂，哪个少女见了能不倾心？问题是拖雷对苏如情有独钟，只怕此事还有障碍。"

"那就将她赐给功臣后代？"

"不可不可。歧国公主既然对拖雷有情，又是大国公主，您再将她赐给他人，岂不害了她一生。"

"算了，算了，这也不行，那也不成，我是管不了了。这种事，一向都由夫人做主，就让夫人去处理好了。"

忽兰忍不住笑出了声。

第十二章

攻陷中都

壹

经过近两年的征战，成吉思汗带回蒙古本土的是赫赫战功和丰厚的战利品。然而，征服者的征服欲不会有尽头，他仍在等待时机。

歧国公主，按照她本人的心愿，由孛儿帖夫人亲自做主许给了拖雷。苏如非但不计较，反与多才多艺的歧国公主相处如姐妹。完全可以这样说，拖雷正因得此二位贤妻相助，才在日后为他的儿子们铺开了成功之路。

蒙古大军获得了战后短暂、充足的休憩。

八月金秋，草原上处处繁花似锦，美不胜收。速格纳黑遵父命从阿力麻里前来蒙古拜见成吉思汗，并送来大量新鲜瓜果。漠北之地，瓜果罕见，成吉思汗除取用部分外，其余全部赐给子侄功臣。

四年后重返蒙古，速格纳黑遇到了他此生最爱的女子：婉嫣。

年方十五岁的婉嫣娉婷袅娜，亭亭玉立，加上天生的优雅风度，使她看起来完全像个大姑娘了。她不再像儿时那样喜欢缠着祖汗，更多的时候愿意待在奶奶身边帮她处理一些琐事，渐渐地，孛儿帖夫人已经离不开这个不可多得的帮手了。

婉嫣是成吉思汗家族众多明丽女儿中一颗放射着璀璨异彩的明珠。她既有奶奶的睿智，又有苏如的沉稳。不出征的时候，成吉思汗喜欢每天抽出一些时间陪婉嫣说说话，祖孙俩的感情依然十分亲密。有一次成吉思汗甚至对孛儿帖夫人说，婉嫣如果是个男孩子就好了。如果婉嫣是个男孩子，我就将江山交在她的手中。

速格纳黑在汗营人缘极好，包括婉嫣在内，都与他相处融洽。只有一个人对他充满了敌意,这就是察合台的长子南图赣。

南图赣从小与婉嫣一起在祖父身边长大,对南图赣来说,婉嫣并非他的堂姐,而是他的朋友。他讨厌速格纳黑对婉嫣的过分殷勤,小孩子的感情往往异乎寻常地强烈,南图赣的无礼有时甚至连成吉思汗也看不过去。为此事,成吉思汗没少训斥爱孙,其结果是南图赣更加憎恨速格纳黑。

速格纳黑能够见到婉嫣的机会并非很多。每一次不期而遇,都会令他欣喜若狂。婉嫣是速格纳黑心中的女神,能够让她快乐,或者看到她快乐就是他最大的心愿。每一次相遇,无论见面的时间是短是长,凡婉嫣问到的问题,他都一定设法做出至少令他自己满意的答复。甚至婉嫣没问的,他东拉西扯也都说了。以致南图赣给他的评价是,好像就他一个人长着嘴。

讨好别人的心思往往很难捉摸,被讨好的人即使偶尔也会感到腻烦,内心深处依然会隐藏着对这个人的怜惜。特别是在青年男女之间,那种复杂微妙的情感就只能意会不能言传了。

草原人并非只重视父亲的血缘,唯独对成吉思汗另当别论。他是草原人心目中的偶像,草原人对他的崇拜几乎到了无以复加的程度。这样,术赤的血统之疑就成为不可忽视的缺陷。

婉嫣是细心也是明智的。了解了缠绕父亲一生的阴影后,她在最短的时间内克服了内心的彷徨和失落,泰然处之了。尽管身上流动着的不是成吉思汗的血不免让人遗憾,但没有什么可以代替爱,就像她爱祖汗也为祖汗所爱一样。至于纠缠于父亲和祖汗之间的恩恩怨怨,那完全是他们之间的事情,她不想让它带给自己太多的影响。站在一个与双方都有很深关系的旁观者的角度,她自有结论:爱与恨原本没有什么明显界限,它们常常搅在一起,令人真伪莫辨。

对待情感婉嫣是理智和清醒的,她对速格纳黑的热情也一直保持着距离。而速格纳黑对婉嫣的痴迷,几乎到了一日不见如隔三秋的地步。婉嫣要回家住上几日,照顾生病的额吉,速格纳黑也非要跟去"看看老图拉河"。他的态度既诚恳又坚决,婉嫣被他磨得心软,只好答应下来。可是,青年男女一同上路终究有些不便,婉嫣想让弟弟南图赣作陪,不料南图赣一口回绝了。

南图赣的顽劣态度大出婉嫣意外。此前,姐弟俩的感情一直十分亲昵,胜似一母同胞。自从速格纳黑进入婉嫣的生活,南图赣便明显与她疏远了。婉嫣原以为这不过是南图赣要耍小孩子脾气,现在才知道,十一岁的孩子已经有了自己的主见。

行前,婉嫣来到奶奶的寝帐,发现祖汗不在,有点失望。"我祖汗呢?"她有些不高兴地问。

孛儿帖慈祥地一笑:"都准备好了?"

"准备好了。奶奶,我祖汗呢?他不是说要在这里等我回来吗?"

"生你祖汗的气了?那你仔细想想,有什么事会重要到能让他对他的宝贝孙女失约呢?"

婉嫣抬起头,神情变得严肃起来:"又要打仗了?"

孛儿帖默认了。

"那我怎么办?"

"什么?"孛儿帖一时没明白孙女的意思。

"我怕等我从家里回来,祖汗已经走了。"

"你待会儿就去见祖汗,算是同他告别。回家后好好侍候你额吉,不用急着回来——懂吗?"

"我听您的。"婉嫣忧心忡忡地注视着奶奶,"奶奶,祖汗出征不在您身边的时候,您常常会怎么想?"

孛儿帖微微一愣,没作回答。

"祖汗如今已年过半百,为什么每一次非要亲征呢?连年征战,他连真正放松休息的机会都得不到,有时我真的很担心他的身体。"

孛儿帖笑了:"你祖汗常说:他生在马背,长在马背,将来的归宿也必然在马背。"

"我真恨自己是女孩子,不能跟在祖汗身边照顾他,保护他。"

"我的宝贝,其实,你有这份心就足够了。"

"我像不像奶奶年轻时候?"

"不像。奶奶年轻时候哪有你那么多复杂的想法!"

"其实我最不像奶奶的地方是我不会有奶奶的幸运。"

"幸运?"

"只有奶奶一个人会在生命中最美好的时光遇上祖汗那样的男子汉,而且还能与他生死相伴,荣辱与共。"婉嫣坦率地说。

孛儿帖专注地盯着孙女美丽明亮的眼睛。孙女坦然地微笑着,毫无羞赧之态。她不禁爱宠地吻了吻孙女光滑白净的额头:"我的宝贝,告诉奶奶,那个叫速格纳黑的小伙子是不是喜欢上了你?"

"如果奶奶也有这种感觉,那一定是吧。"

"你呢?你喜欢他吗?"

"我不讨厌他。奶奶,我们不谈这个话题好吗?"

"好。说真的,眼看着我的宝贝从那么个小不点长成了大姑娘,才感到时间过得飞快。也许用不了多久,等嫣儿出了嫁,想起回来看看奶奶的时候,奶奶已经是个不中用的老太婆了。"孛儿帖若有所思地喟叹。

婉嫣凝视着奶奶。为儿孙操心了一辈子,岁月已悄悄染白了她曾经乌黑的鬓发,时光如流,将印记清晰地刻上了奶奶曾经光洁美丽的脸颊。婉嫣突然产生了一个奇怪的联想,奶奶的一生,都像她小时见过的一个背着大包袱走在沙漠中的老妪,当她终于踏上草地想要休息一下时,却累得再也站不起来了。

婉嫣的鼻子猛地酸了:"奶奶,我去金帐等祖汗,待会儿我和他一起回来。"说完,又自言自语,"怎么又要打仗了呢?"

贰

蒙古撤军,并未让宣宗感到真正的安宁。中都离蒙古毕竟太近了,即使中都坚固的城墙也无法阻挡来自北方的战马蹄音。恐惧变成了夜夜纠缠不休的噩梦,噩梦中只有一个念头从酝酿到成熟:迁都。

一日,宣宗以中都物资匮乏、国库空虚为由与群臣商议迁都汴京(今河南开封)事宜,他理所应当地认为,汴京据黄河之险,一定能够阻止蒙古大军的前进。不料,此议一出,群臣多数表示反对。

右丞相完颜承晖首先陈明了迁都的弊端:"前者,蒙古主动缔结和约,皆因中都城防坚固,难以攻取,才不得不罢兵回师。如今,遽议迁都,一者会为蒙古再次大举兴兵造成口实,二者还会大大削弱我军的防御力量。届时军民惊扰,中都势必危在旦夕。臣恳请万岁立废迁都之议。"

左丞相单徒镒近日常常吐血,卧病在床,闻听皇上有意迁都,急忙来到金殿,泣血陈词:"万岁,迁都无异于逃跑,将使朝廷威信丧尽。中都有万岁坐镇一天,军民心有所托,必会拼死保卫。老臣以为,自蒙古撤军,失陷城池多有收复,万岁正宜励精图治,重振国威。倘若迁都,岂不令朝臣百姓寒心!"

宣宗这个人挺有意思,平时耳软心活,毫无主见,偏这次横下一条心,百劝不理:"丞相只知其一,不知其二。朕虽迁都,仍命太子守忠坐镇中都,与朕亲住何异?况且迁都汴京,暂避蒙古兵锋,又据黄河之险,实乃万无一失之举。汴京即为国都,国都不失,则我大金根基不倒。"

宣宗就差没说,中都我不要了。单徒镒还想进谏,宣宗却不容他开口:"朕意已决,卿毋多言!朕命完颜承晖为都元帅,穆延尽忠为副帅,共同辅佐太子守卫中都,其余随朕择日迁往汴京。"

说完,一甩龙袖,扬长而去。

单徒镒跪地疾呼:"万岁,容老臣再进一言。"

宣宗假装没听见,径直退返后宫。单徒镒急怒攻心,一口鲜血喷射而出,晕倒在丹墀之上。

大殿之上一阵忙乱。完颜承晖命人将单徒镒送回府中,当晚,这位忠心耿耿的老臣便含恨而去。

宣宗怕百官再行劝谏,索性每日停止临朝视事,躲在后宫闭门不出。

不出群臣所料,迁都计划果然在中都百姓中引起了极度恐慌和对朝廷的彻底失望,刚刚平稳的局势重又陷入动荡不安之中。时隔不久,金举众迁都的消息通过成吉思汗的快马传骑送到蒙古本营。

成吉思汗闻讯愤然作色:"金既与我议和,为何又要南迁?看来完颜珣当初的议和不过是缓兵之计,为的是拖延时间重整旗鼓,继续与我为敌。我倒要先发制人,看他阴谋如何得逞?"当即传令众将到金帐议事,准备出征。

成吉思汗不愧是一个善于选择时机、头脑清醒冷静的天才统帅。过去不攻中都,是因为中都城防坚固,军民同心,倘若倾入大量人力物力攻城,终究得不偿失。如今情况发生了极大的变化,宣宗迁都,势必造成中都城防空虚,人心紊乱,此时再攻中都,则会事半功倍。

众将一致赞同立即出兵,新的大战就在眼前。

诸事议毕,成吉思汗走出大帐,婉嫣拍马迎上了他:"祖汗。"

看见孙女,成吉思汗猛然想起:"婉嫣,你不是明天就走吗?"

"是。我在等祖汗说会儿话。"

祖孙二人并辔而行。

"祖汗,您千万多保重。"婉嫣不无忧虑。

"你都知道了?"

"我刚从奶奶那里来。"

成吉思汗略觉不安。每次出征,都难免要经过一段折磨人的时光。成吉思汗最怕的就是亲人们默默为他准备行装的日子,好似他就会一去不返。"知道也好。回去好好照顾你额吉,不用惦记祖汗。"

婉嫣没敢回答。她避开了祖汗慈爱的注视,泪水已然溢满眼眶。

"婉嫣,祖汗……"

"我懂,祖汗,没有人可以让您掉转马头。我不会劝您什么,我只想要您答应我一个请求。"

"你说吧。"

"如果没有您为我主婚,我永远不会出嫁。"

"祖汗答应你。嫣儿,你放心吧,祖汗很安全。"

"那您上回还受了伤呢。"

婉嫣指的是在怀来战斗中,成吉思汗被流矢击伤左臂的事。可能忽兰告诉孛儿帖时被婉嫣得知了。

"祖汗向你保证再不轻易涉险好不好?你也知道祖汗的脾气,祖汗说过的话从来都是会兑现的。"

婉嫣拭去眼泪,从马上默默伸过手掌。

祖孙二人击掌为誓。

长生天,求你保佑我的祖汗吧!婉嫣情愿减寿十年、二十年、三十年……只求你再不要让祖汗受到伤害……

叁

蒙古大军再次穿越长城。

石抹明安率蒙军主力陈兵中都城下,完颜承晖亲自在城头督战。蒙军连续强攻数日,均无功而退。

成吉思汗命木华黎领兵攻打辽东、辽西,从四面包围中都,断其粮道,围城打援,终将中都城逼成了汪洋中的一座孤岛。再说宣宗自到汴京第二天,就开始后悔未令太子守忠南迁。在这件事上,他又表现出非同一般的固执,置众臣苦苦相劝于不顾,坚持派出了一名特使从速前往中都宣太子回汴京议事。

太子守忠本是个养尊处优的角色,寻欢作乐还算行家里手,行军打仗无异于赶鸭子上架。自蒙军包围中都,他吓得连宫门也不敢出了。但不管太子勇敢也罢,怯懦也好,有他坐镇中都,守城将士的心中尚有些许寄托。岂知宣宗连这点寄托也无心留下。

太子听说父皇召他南归,喜从天降,匆匆将宫中一应细软珍玩搜罗一空,连夜打开后城门逃之夭夭,临走前对完颜承晖和穆延尽忠连句表示安慰的话都没说。宣宗的这种做法,令主帅完颜承晖内心苦不堪言,穆延尽忠则完全心灰意冷。

蒙军攻城甚急,急切间虽不能下,中都的守备力量却日渐削弱。成吉思汗成竹在胸。他安慰因久攻不下而产生焦躁情绪的个别将领:"守城者最忌消耗战。对于他们,粮秣得不到供给,兵员得不到补充。中原部队的局限性始终在于一旦卡住其粮道,就如同卡住其咽喉。况又经过隆冬,除向新都求援,我料完颜承晖别无良策。"

成吉思汗的自信不能说没有道理。完颜承晖在旷日持久的围攻中遇到了他无法克服的几个难题：一是城中储粮消耗殆尽；二是守城将士死伤惨重，兵员得不到补充；三是穆延尽忠无心军务，每与议事，必以言语支吾。完颜承晖开始考虑向新都求援。

金使赴南，潜出中都，成吉思汗了若指掌。他暗令放走金使，随后派石抹明安在汴京通往中都的必经之路设下埋伏，截击援军。

转眼，蒙军围攻中都城已近半年，完颜承晖最害怕的情况出现了：城中断粮。派去求援的使臣出城月余杳无音信，穆延尽忠私下向心腹抱怨："皇上倒是想的周到，到汴京还没坐稳龙椅就惦记着接走太子，对我们的死活却不闻不问。如今中都被围得像个铁桶，完颜承晖又倔又愚，再这么拼下去，只怕我们都要死无葬身之地。"

城中断粮，百官无事可做，各自忙于寻找生路。只有一个人，面对生死考验，表现出非凡的勇气和镇定。他，只是完颜承晖手下一名有职无权的年轻文官，蓄着垂至胸前的美髯，以至于后来无论何时成吉思汗都不称呼他的名字，而是昵称他为"长胡子"。他就是其后在蒙古帝国发挥了重要作用的一代名相耶律楚材。

出身名门的耶律楚材，是辽东丹王突欲的第八代嫡孙。其父耶律履六十岁时方得此子，既感慨又欣喜地为新生儿取名"楚材"。取"楚地有材，晋实用之"之意，将辽国比作楚，将金国比作晋，父亲希望儿子长大后能够在金廷大展宏图。

楚材三岁时，严厉而慈爱的父亲去世，熟读诗书，深具文化修养的母亲将他抚养成人。耶律楚材在这样的家庭环境中长大，才名渐播于金邦。其时章宗在位，闻耶律楚材之名特意召见了这位才华横溢的青年。得知他是已故侍郎耶律履的三儿子，章宗十分高兴，鉴于耶律履之位早由其长子善才继承，章宗格外拔擢任用，将耶律楚材补为左右司员外郎。这一年是金章宗泰和六年，耶律楚材年方十七岁。也正是这一年，成吉思汗成了全蒙古民族的大汗。

耶律楚材博览群书，精通天文、地理、术数、律历，多才多艺且风华正茂。只可惜日渐衰落的金廷无法给他提供充分施展才华的舞台，怀才不遇的失落感迫使他投向佛门，拜在了京都名僧万松长老的门下。

然而，参禅打坐并不能完全泯灭耶律楚材内心的宏伟抱负，他仍然渴望以一生所学，济世安民。

宣宗南迁，耶律楚材的两个哥哥善才、辨才都伴驾随行，只有耶律楚材被完颜承晖留下来辅以国政。奈何大厦将倾,独木难支,中都渐被蒙古逼入绝境,局势已不是个别贤臣良将所能挽回。

绝望的情绪笼罩了朝野上下。耶律楚材每日以书本消磨时光,掀动书页,低声吟诵,毫无动摇颓唐之意,与惊慌失措的同僚恰成鲜明对比。

完颜承晖仍在城中望眼欲穿地盼着援军的到来,却不知援军根本来不了了。

原来,宣宗接到完颜承晖的求援密报后,当即派御使中丞李英率十万大军火速增援中都。救兵如救火!宣宗于此千钧一发之际派出了嗜酒如命的李英,真可谓昏聩至极。

李英贪酒,几乎到了没有酒就什么也做不成的地步。援军一路之上行动异常迟缓。那李英更是每日泡在酒缸中。好不容易到了霸州,早已候在这里的石抹明安指挥伏兵四面杀出,金军一触即溃,李英也在半醉半醒中做了酒鬼。侥幸杀出重围的金兵仓皇逃回汴京。石抹明安并不派兵追赶,只命人割下李英首级,回师向成吉思汗复命。

成吉思汗派人携带李英首级和劝降诏书来到城下,要守军将领转呈主帅完颜承晖。劝降书中写道:中都乃人间天堂,若毁于战火之中,实为天大憾事。望完颜丞相审时度势,顺应民意,献城来降,仍不失王侯之位,且有大功于中都百姓。而今援军主帅李英已死,中都内无粮草,外无救兵,已成孤城一座,陷落只是时间问题。倘若元帅终究执迷不悟,难免玉石俱焚,城毁人亡。

完颜承晖就拿着这封信和李英的首级召集众将议事。听说援军被阻,诸将面面相觑,黯然无语。完颜承晖连连追问,众将仍旧装聋作哑,呆若泥塑。

完颜承晖无奈说道:"本帅誓与城池共存亡,以报皇上托国之恩。穆延将军,你意如何?"

穆延尽忠正色答道:"某断不会屈膝北侍。"

"如此甚好。将军有何打算?"完颜承晖不抱希望地试探。

"依某之见,我军只能寻机突围,除此别无良策。中都不过一死城耳,人才是至关重要的。"

"你想逃跑?"

穆延尽忠毫不相让:"莫不成元帅有把握保得城垣不破?"

"城在人在,城亡人亡,生为人臣,岂可惧死贪生!"

穆延尽忠咽下了差点脱口而出的更为刻毒的话:你死也是白死。只是哂然冷笑。

"诸君有愿与本帅共赴国难者,请随本帅到城头督战。"完颜承晖说完,诸将仍如庙里的泥菩萨一般,不复一言。

穆延尽忠以挑衅的目光睨视着完颜承晖,脸上闪现出讥嘲的冷笑。

完颜承晖如同掉入了冰窟,一颗心从内到外都冷透了。大难临头,诸将不思尽忠报国,只知明哲保身,中都焉有保全之理?罢,罢,罢!人各有志,难以相强。人生在世,生者何欢?死亦何惧?

完颜承晖神思恍惚地回到丞相府,换上朝服,独自巡视城中防务。

断粮数日,将士们将能吃的东西都吃光了,极度的饥饿使他们一个个面黄肌瘦,目光呆滞。完颜承晖没有走完一圈便回到府邸,他已是心力交瘁、欲哭无声了。

入夜,借着昏淡的烛光,完颜承晖奋笔疾书。

在呈给皇上的奏折中,完颜承晖详述了中都半年多来的守备情况。在奏折的后半部分,他一一列举了术虎高琪弄权误国的罪行,恳请皇上以中都城破为鉴,从此举贤任能,卧薪尝胆,重振大金国威。最后,他向皇上谢罪,说自己没能守住中都,有负皇上重托,失职之罪,万死莫赎。

写完一生中的最后一本奏折,完颜承晖传来心腹家将,嘱他设法将奏折转呈皇上。家将含泪拜辞而去。

完颜承晖黯然辞别家庙,回到书房。这位忠耿一生的大金贤臣最终选择了服毒自尽的道路。

次日凌晨,蒙古大军在石抹明安的率领下强行攻破城池。穆延尽忠将宫中宝物搜罗一空,放火烧了宫殿,从城后出逃。

至此,中都彻底陷落。

部分蒙将鉴于中都军民固守,以致耗费了诸多人力物力,建议屠城,以示惩戒,石抹明安及时阻止了这一野蛮行径。他说:"国以民为本,国无民取其国有何意义?况且杀戮无罪者,只能增强对方抵抗的决心。似此短视之举,绝非大汗本意。"

石抹明安的话很快传到了正在独石口避暑的成吉思汗耳中。成吉思汗对石抹明安敢于力排众议、坚持原则的行为尤为嘉许,传旨以明安所言作为蒙军日后的攻城方略及安民准则。

肆

宣宗在汴京得知中都城陷落的消息后痛哭了一场,然后在大殿之上追封完颜承晖为尚书令,广平郡王,谥忠肃,但对其心血凝成的奏折却置之不理,对临阵脱逃的穆延尽忠也未做任何处置。

败者痛哭,胜者未必欢笑,成吉思汗在独石口听说中都陷落的消息后反应十分冷淡。大战前的所有兴奋在胜利后都荡然无存,成吉思汗一生似乎都在刻意追求成功而非享受成功。不久,成吉思汗在桓州行宫接见宋金名家,访得耶律楚材的贤名也在此时。后来,西征前夕,成吉思汗终于得偿所愿,将耶律楚材罗致蒙古宫廷。

对金的战斗实践,令成吉思汗切实感受到要想赢得中原战争的胜利,就必须采用中原战法。组织一支步兵和炮兵部队已势在必行,成吉思汗将这个艰巨的任务交给了爱将木华黎和石抹明安。

蒙古大军兵分两路,继续向南推进。一支由木华黎率领,强攻真定,真定守将武仙不敌,献城投降。另一支由石抹明安率领,包围了张柔驻守的紫荆关。

金对蒙古战事的多次失利使金军将士畏敌如虎,张柔亲临前线指挥亦不能挽回败局。无奈之下,张柔只好带领残兵败将从关后夺路而逃。

石抹明安一举抢占紫荆关,分派少将军宝鲁追击张柔。

张柔一口气逃到狼牙岭下,回顾随行将士,所剩寥寥。正思虑该往何处去,宝鲁已领兵追了上来,张柔只好勒马迎战。

宝鲁还不满十八岁,是木华黎的独子。木华黎自夫人逝后再未续娶,将全部精力都投入到征伐大业上。宝鲁自幼接受了父亲最严格的训练,俨然又是一个年轻时的木华黎。

张柔并未将宝鲁放在眼里,战不多时,发现宝鲁极难应付,于是拨马便走,宝鲁紧追不舍。

闻听宝鲁马近,张柔蓦然拧身,使出了张家枪的绝招"回马枪"。哪知不见宝鲁,张柔不觉一愣。就在张柔分神的瞬间,宝鲁已从马肚一侧敏捷地跃上了张柔的马背,将张柔掼于马下。

跟随宝鲁的士兵眼疾手快地将张柔捆绑了个结实。张柔抬眼望去,只见宝鲁端坐在他的马上,正得意地向他微笑。

主帅被擒,余者纷纷弃械归降。

张柔被押至石抹明安主营。一路所见,旌旗辉映,刀枪林立,军容十分整肃。张柔暗想,石抹明安能以金降将身份统帅蒙古大军,可见其深受重用。

宝鲁先入帅府复命,石抹明安大喜。"少将军不愧将门虎子!本帅为你记首功一件。"俟宝鲁离去,他命人带上张柔。

张柔昂然立于帅案前,全无惧色。

石抹明安微微一笑:"张元帅,你既落入我手,为何不跪地乞饶?本帅或可放你一条生路。"

张柔顿时大怒:"你是帅,某也是帅,因何跪你?难道张某怕死不成!"

石抹明安见张柔如此刚毅,心内敬服,急忙走出帅案,亲自为张柔解开绑绳:"适才只为试探元帅性情,言语冒犯处,还望元帅海涵!实话说,末将久闻元帅大名,只可惜有心结纳,无缘识荆,今日得见,方慰平生渴念。"

张柔本是吃软不吃硬的汉子,见石抹明安如此虚怀若谷,反而没了主意。

"张元帅,请上座。"石抹明安的态度益发谦恭。

张柔犹犹豫豫地坐下了,石抹明安方回原位就座。

"元帅,末将有几句肺腑之言,不知当讲不当讲?"

"石抹元帅但讲无妨,张某洗耳恭听。"

"张元帅,你我昔日同殿称臣,一片忠心,苍天可鉴。然末将终归蒙古,个中原因,却绝非留恋富贵,贪生怕死。当今圣上昏庸无道,奸臣把持朝纲,对外不思复国大计,对内容不下忠臣良将。右丞相完颜承晖尽忠死节,临阵脱逃的穆延尽忠却原职未动。如此军令不明,赏罚不分,何以外拒强敌,内安民心?更有内部倾轧,令人防不胜防。漠北成吉思汗,以十万控弦之士,犹如秋风扫落叶,几陷黄河以北所有州郡。金帝虽据黄河天险,终难久持。蒙军虽粗莽,却难得君正臣贤,想你我凛凛一躯,生逢乱世,当成就一番轰轰烈烈的事业,方不负平生之志。元帅细思,末将所言有无道理?"

张柔听石抹明安句句切中要害,又想起恩帅当年遭奸臣构陷,无端冤死,不免心动,情不自禁点头称是。

石抹明安见张柔叹息不语,屏退左右,传命摆上酒宴,两个人对座长谈。

石抹明安的口才在金军中首屈一指,一番话讲来如同从张柔心窝里掏出一般,张柔听得十分入神。

酒过三巡,张柔突然想起什么:"石抹元帅,方才擒我小将,请问叫什么名字?"

"宝鲁。他是主帅木华黎膝下独子。"

"难怪!这位公子实在了得。张某自幼习武,从未失手,不料竟败在公子手下。"张柔就把他与宝鲁交战的情形细述一遍,忍不住大笑起来。石抹明安听了,更加敬重张柔坦荡爽直的性格。

"蒙古儿童,从会走路起就会骑马,大汗军队,人人都有骑射本领。即便不出征,他们也演兵习武,常年不间断。我听士兵说,每逢训练,大汗与士兵同穿粗衣,共食陋食。统帅如此,将士焉能不奋发向上?想当初末将两进蒙营,处境异常尴尬。归降虽为情势所迫,末将之心其实早为大汗倾倒了。"

张柔若有所思。

石抹明安为张柔斟满酒:"末将初入蒙营之时,曾与木元帅有过一次倾心长谈。张元帅可知君臣同心,互信不疑是种什么样的感觉?"

张柔回答不出。

"末将知道这个也是在归降之后。那种可为之生为之死的心愿,确实发自内心深处,从此再无半点反悔。"

"明安兄,"张柔不知不觉地改变了称呼,"早闻兄铁嘴钢牙,无人能及,今日才知名不虚传。"

石抹明安笑道:"虽然如此,末将两次出使蒙古,却是理屈词穷啊。"

两个人相谈正欢,忽闻木华黎已至关下,石抹明安急忙出席,将木华黎接入帅堂。木华黎见到张柔十分高兴,宾主落座,木华黎对张柔十分敬重,言谈中决无丝毫以势压人之意。张柔万般无奈,表示愿降,木华黎大喜,当即派人禀明大汗。

正好宝鲁也来参见父帅。张柔称赞公子机智勇武,木华黎却令宝鲁拜张柔为师,学习领兵为帅之道。

中都陷落当天,拖雷的夫人苏如在军中生下次子忽必烈。孙儿的出生为成吉思汗带来了极大的愉悦。孩子满月时,成吉思汗在桓州为他举行了一个隆重的入篮仪式。倘若这时月伦夫人还活着,一定会说:又是一个小铁木真!

在桓州逗留期间,苏如要丈夫多方延聘中原名儒进府,待以师礼。苏如不愧是一个有头脑有远见的奇女子,她比她丈夫更清楚,她的儿子们若想成为中原的皇帝,就必须接受中原的文化教育。

对此,歧国公主深以为然,全力协助。歧国公主后来也生有一子,取名末哥,英贤仅次于忽必烈,是忽必烈的忠实拥护者。

拖雷将苏如之请上奏父汗,成吉思汗大为赞赏,坦言儿媳见识胜过儿子。

出于对孙儿的钟爱,成吉思汗还特意请了金国几位有名的相士为婴儿相面,结果众口一词,皆言婴儿相貌主大富大贵,日后金、宋将在此儿手中平定。成吉思汗闻听,更加欣喜,命人好生看顾孙儿。

张柔恰在这时来到喜气洋洋的成吉思汗行营,觐见这位让石抹明安钦服万分的蒙古大汗。成吉思汗行猎刚返,在金帐前迎住张柔。张柔正欲大礼参拜,被成吉思汗伸手拦住了:"张元帅不必多礼。在草原,没有中原诸多礼仪,我也不习惯别人三跪九叩。你是我的客人,不妨随便点吧。"

我的天!石抹明安说这位大汗朴实得惊人,若非亲眼所见,谁又能想象得出他就是那个用兵如神、所向披靡的蒙古大汗。

成吉思汗对年轻的张柔极为赏识,委任他为河北军都元帅,汉军万户长,并授以虎符,许其关键时刻可调动蒙军。张柔感激涕零,欣然拜受。

在桓州小住数日,张柔拜辞。临别时,张柔对成吉思汗虔诚起誓:"臣蒙大汗知遇之恩,当肝脑涂地以报。从今以后,臣将一生追随大汗,冲锋陷阵,万死不辞!"

成吉思汗扶起张柔:"有将军作我的臂膀,乃我万千之幸。"他欣慰地说道。

伍

对金战事告一段落。

蒙古大军回返本土,只留少量部队协助归降的金军将领继续肃清黄河以北的金残余力量。蒙古对金进行战争伊始仍带有草原战争的深深烙印,随着对金战事的不断深入,改变旧的战略战术已势在必行。

石抹明安、张柔等金国降将对自己辖地的有效治理为成吉思汗提供了一种模式。统治发达的中原国家必须采用适合中原的方法,笼络和重用一批出身中原的才能出众的将领不但可行,而且必要。蒙军人数太少,不可能分兵占领每座城市,从而给敌人留下各个击破的机会,在这种情况下,允许一些豪绅军阀拥兵自重无疑要明智得多。唯一的条件是他们必须宣誓效忠。

此时,木华黎麾下既有像石抹明安、萧也先这样的契丹族将领,也有像寅答虎这样的女真族将领,更有像郭宝玉、史天倪、史天泽、石天应、张柔、武仙这样的汉族将领,可谓猛将如云,人才济济。这是其中一个有利的方面,另一个有利的方面是,金廷已完全失去了对辽东的控制权。

耶律留哥在隆安自立为辽王,女真贵族蒲鲜万奴在辽阳建立了"东夏国",并遣长子迪格入质汗廷,如此一来,辽东至少在名义上掌握在成吉思汗手中。再加上木华黎在征南战争中表现出来的杰出才能已使他在金降将中树立起崇高的威望,因此,成吉思汗北归时,便放心地将继续攻金的指挥大权交到了他的手里。

成吉思汗又回到了风光秀丽的克鲁伦河畔,放松了在战争中绷紧的神经。

亲人们欢欣愉悦的笑容令他沉醉,故乡的蓝天白云绿水青山令他留恋,他暂时忘却了气势磅礴的长城、黄河,忘却了巍峨庄严的宫殿、庙宇,而仿佛只有眼前的粼粼水波、幽幽绿色。

成吉思汗于众多孙辈儿女中,尤其钟爱婉嫣、南图赣、拔都和忽必烈。宠爱婉嫣、南图赣是由于这两个孩子自幼在他膝下长大;宠爱拔都是由于这孩子胸怀大志，与他相像；宠爱忽必烈则是由于长生天的启示——相士们皆言，此子日后成就的事业将超过他的祖父。

十六岁的婉嫣始终是她祖汗的最爱，是蒙古帝国的宝中之宝。然而，孙女毕竟到了该谈婚论嫁的年龄，再深的爱也不能耽误孩子的终身大事。成吉思汗决定先办完遣使回访花剌子模这件紧要之事后，就与子、媳商议一下孙女的婚事。

成吉思汗曾在中都附近接见了来自花剌子模的三位商人，他一直希望能同中亚那个富裕美丽的国家建立和平通商关系，为此，这次回到蒙古本土，他立即从定居于蒙古高原的花剌子模商人中精心筛选出三个人作为他的私人代表，带给摩诃末·沙一份厚礼和一封和平坦率的信。

办妥这件事后，成吉思汗派人火速召回长子和儿媳。

如此着急地商量婉嫣的婚事，同阿力麻里国王布扎尔派人来为他的爱子速格纳黑向成吉思汗求婚有关。使臣说，如蒙恩准，来年春天布扎尔夫妇将偕子亲来谒见成吉思汗。

术赤和达兰表示愿意听从父汗安排，成吉思汗反而有些举棋不定。

几天前，孛儿帖曾试探过孙女的心意，孙女当时没作任何表示。看来此事还须儿媳亲自出面，毕竟母女间可以无话不谈。

陪父汗和母后吃过午饭，术赤独自返回他在汗营的住处。他牵着马，慢慢地走在柔软的草地上，心里产生了一种少有的闲适和惬意。

一阵女孩子们清脆悦耳的笑声使他循声望去。这时，他看见了走在人群中的女儿。身材修长的婉嫣即使是在花团锦簇的少女们围聚下也格外引人注目。她穿着一件白色印有暗花的前开襟长夹袍，收紧的腰身衬托出苗条健美的体态，步履轻盈得似要迎风飞起。鹅蛋形的脸上，一双顾盼神飞的眼睛充满了自信。

做父亲的还是第一次如此认真、如此长久地注视着自己的亲骨肉，他不胜惊异地发现：女儿越长越美了。

婉嫣也看到了父亲。她离开同伴，向父亲走来。

"父王。"她在离父亲几步远的地方停住了脚步，彬彬有礼地向父亲打了个招呼。

术赤点点头，稍稍有点难堪。他很想对女儿说几句表示关切的话，可又不知从何说起。长年的情感封闭，使他无法改变外在的孤僻冷漠。

婉嫣依然保持着她的礼貌："我额吉在奶奶那里吗？"

"在。拔都和斡尔多也在。听你奶奶说，你去华容姑姑那里了？"术赤温和地说。

"嗯。"女儿想最好能说另外一番话,可脱口而出的依然是短得不能再短的一句。

"嫣儿,阿力麻里……很远,以后,你凡事……要自己小心……"面对即将远嫁的女儿,术赤身不由己地表现出沉埋心底的父爱。女儿感觉到了,但多年的感情隔阂并不那么容易消除。

"我懂。我走了,父王。"婉嫣淡然一笑,经过父亲身边,离去了。术赤带着几分伤感、几分留恋目送着女儿。

成吉思汗获得萧也先密报,锦州守将张鲸公开叛蒙,自立门户。成吉思汗不得不派木华黎前往平叛。要知道,木华黎两天前才刚刚返回蒙古主营,连稍事休息的时间都没有。

木华黎率三万大军出发,成吉思汗亲自将他送出营外。望着这员爱将神采奕奕的眼睛和日渐消瘦的脸庞,成吉思汗的心头涌上了深深的歉意。

"大汗不必忧虑,张鲸逆天行事,不足为惧!如今降蒙金将人心不稳,除掉张鲸,正可杀一儆百。从这个意义上来讲,张鲸之叛绝非坏事。大汗请稳坐汗廷,静候佳音。"

成吉思汗紧紧握住木华黎的双手:"中原有你坐镇,我自然可以高枕无忧。只是这样一来,你未免太过操劳,我总担心你的身体吃不消。"

"不妨事,臣会注意。"木华黎深情地说。

一个月后,捷报传来,木华黎与辽王耶律留哥、蒙古监军萧也先合力剿灭张鲸兄弟。成吉思汗对耶律留哥和萧也先恩赏备至,他特别传命萧也先坐镇锦州,原张鲸辖地尽归萧也先治下。正如木华黎所言,平定张鲸之乱,金降将人心始定。

木华黎率兵继续南下,对金战事远未结束。

耶律留哥派使者觐见成吉思汗,表明他不久将亲赴汗廷拜谒大汗,以慰平生渴念。本来归降诸侯必须遣子弟为质,如蒲鲜万奴,自立为王后即遣长子迪格入质。耶律留哥因战事频繁,加上长子薛暗尚且年幼,才拖延至今。令他深为感动的是,成吉思汗并未因此对他产生丝毫怀疑。

陆

婉嫣的婚事几经商议确定下来。第二年春天,成吉思汗在汗营接见了前来迎亲的布扎尔夫妇。与布扎尔夫妇同行的还有阿尔思阑。阿尔思阑一来与布扎尔交厚，二来想念成吉思汗，借机一同来了。不约而同地，畏兀儿国王巴尔术也偕妻子华歆回蒙古省亲。一时间，金帐内宾客如云，老友新朋久别重聚，那份欣喜自不必细表。

布扎尔与成吉思汗一见如故。装扮一新的婉嫣出来拜见公婆，好个亭亭玉人，布扎尔夫妇心里极其满意。速格纳黑原本性格开朗，爱说爱闹，但这次来因为是要做新郎，反而拘谨了许多。

成吉思汗一旦决定的事绝不反悔。他满足了布扎尔夫妇尽快迎娶新嫁妇的愿望。婚礼定于九日后。凌乱的帐篷中，侍女们正忙于将婉嫣需要带走的东西装入箱中，婉嫣则站在门前发呆。

这里曾是她住了十七年的可爱的家。在织毯回绕的空间，她按照自己的意愿安排着一切，就像一个自由自在的女王。过不了多久，她就要成为别人房中的小妇人了，等待她的又会是怎样的命运呢？平心而论，对于将要成为她丈夫的速格纳黑，她并非完全没有感情，让她无法忍受的是嫁给他便意味着从此远离故乡、远离她的祖汗和奶奶……

侍女正欲将一个银圈驼铃装入箱中，婉嫣叫住了她："给我吧。"

银圈驼铃是她四岁那年祖汗送给她的生日礼物，许多年来，她始终珍爱如初。一个侍女从帐外走了进来，手里还捧着一个精致的墨绿色绒面小盒。她俯在婉嫣的耳边笑嘻嘻地说了几句什么，将小盒放在她的手上。

婉嫣急忙走出帐外。"夫人，请进。"她不失恭敬地将布扎尔夫人让入帐中。

"里面很乱，让您见笑了。"婉嫣腼腆地说，尊婆母上坐，亲手奉茶。

布扎尔夫人是个性情刚强的女人，处事果断，雷厉风行，布扎尔对她又敬又怕，差不多唯夫人之命是从。速格纳黑是夫人唯一的儿子，也是布扎尔的长子，夫妇俩一直对他寄予了厚望。

第一次拜谒成吉思汗，布扎尔夫人建议让儿子去，为的是让儿子出去走走，长长见识。结果儿子回来后大谈自己在蒙古参加"那达慕"的所见所闻，显然那时婉嫣尚未走入儿子的生活。

第二次是在四年后果蔬熟透的季节。布扎尔与夫人商议，漠北少有新鲜瓜果，不如派儿子送去，也可聊表敬意。儿子这一去在蒙古逗留了很长时间。时值蒙军二次南下，做父母的还以为儿子已随大军出发。布扎尔夫人终究放心不下，派了个家人前去打探儿子的消息，不想儿子竟跟随家人回来了。儿子告诉他们他确实想随大汗出征，但大汗不允，还严令他立刻返家。成吉思汗的善意显而易见，布扎尔夫妇深受感动。

　　尽管儿子百般遮掩,细心的母亲仍然发现儿子此次回来不同以往,总显得魂不守舍。禁不住母亲的再三追问,儿子向母亲倾诉了衷曲。得知儿子爱上的姑娘是成吉思汗的掌上明珠,布扎尔夫人不能不有所踌躇。迎娶娇惯成性、目中无人的蒙古公主,婆媳之间会不会不好相处?儿子却安慰母亲,婉嫣温柔沉静、善解人意,将来断不会让她为难。他担心的倒是婉嫣不会接受他的这份感情,如果此生没有婉嫣相伴,生命将毫无意义。天下哪个母亲不爱自己的儿子,她暗暗思忖,为了儿子,只要能忍的她都可以忍。

　　在金帐初见婉嫣的刹那,雍容、端庄的公主给未来公婆留下的印象出奇的好。看公主的做派风度,无论如何不像那种飞扬跋扈的少女。布扎尔夫人这才决定大婚前再探探儿媳的为人情性。

　　侍女们知趣地悄悄退去了,帐中只剩下布扎尔夫人和婉嫣。布扎尔夫人上前拉住婉嫣的双手,细细地端详着她,婉嫣被她看得有点不知所措,急忙垂下了头。

　　"公主,打开你的礼物看看。"布扎尔夫人含笑说。

　　婉嫣顺从地打开小盒。小盒里是一只镶嵌着祖母绿的名贵钻戒,在阳光下闪闪发亮。"真漂亮!"婉嫣惊讶地赞道。

　　"这是我娘家的祖传之宝。速格纳黑出生后,我就一直准备着把它送给我未来的儿媳——当然有个条件,必须是我能接受的儿媳。"

　　婉嫣睁大了眼睛,不解地问:"速格纳黑有夫人啊,怎么她们不能让您接受吗?"

　　"并非如此。我是说我这个人脾气急躁,常使媳妇们敬而远之,我虽试图加以改变,却收效甚微。也许是我的要求太高太不切实际了吧。我的速格纳黑将来是要承继王位的,我始终认为,我心目中的儿媳应该是能够帮助我儿子治理好国家的女人。"

　　"可您为什么要将它送给我呢?"

　　"你不一样。在遇到你之前,我从未见过速格纳黑对谁这样一往情深。作为母亲,我相信儿子的眼力。"

　　婉嫣略一沉思,合上小盒,重新递还到布扎尔夫人手中:"我现在才明白这只戒指有着特殊的意义,所以我不能接受。时间会证明一切。如果到时您能真心实意地将它戴在我的手上,我将觉得荣幸无比。"

　　婉嫣的回答令布扎尔夫人十分满意:"我期待那一天早日到来。"

　　婉嫣无数次下决心离家前不流泪,可是分别的那一刻她再也无法控制自己。她冲动地扑进奶奶的怀抱,哭了。

　　孛儿帖夫人竭力忍着泪水,哄劝着心爱的孙女:"傻孩子,别哭!你不是答应过奶奶要高高兴兴地上路嘛。"

　　婉嫣强忍惜别的忧伤,来到祖汗面前,跪行大礼。

　　成吉思汗俯身拉起孙女。真快呀!两年前与孙女赌誓的情景还历历在目,今天孙女却要远嫁他乡了。他的鼻子蓦然有些发酸,脸上依然带着笑:"嫣儿,再和祖汗订个誓约。"他小声说。

　　"什么?您说。"婉嫣哽咽地问。

　　"明年葡萄熟了,给祖汗送来。"

　　婉嫣伸出手,祖孙俩三击掌,婉嫣含泪展开笑颜:"祖汗,您也要答应我一件事。"

　　"你说。"

　　"任何时候都不许您冒险,为了我,为了我们大家。"

　　"祖汗答应你。"成吉思汗郑重地允诺。

　　婉嫣来到达兰身边,亲昵地抱住了她:"额吉,多保重。"

　　达兰流泪点头:"女儿,你要争气。"

　　婉嫣抬起头,深深地凝望着她所有的亲人。最后,她来到南图赣面前。

　　比起两年前那个顽皮任性的小男孩,十三岁的少年显得成熟了许多。他像大人一样安慰着姐姐:"婉嫣,别哭,我会骑马去看你的。"

　　南图赣对比他大四岁的姐姐始终直呼其名,婉嫣永远是他最好的朋友。

　　婉嫣注视着她挚爱的亲人们,一步步向后退去,直至车前。速格纳黑体贴地扶妻子上车,察合台冲着他喊:"你这小子,一定要照顾好婉嫣呀。"

　　"放心吧。"速格纳黑大声保证。白帐马车载着新嫁娘远去了。成吉思汗同阿尔思阑、布扎尔话别。他特意叮嘱布扎尔,尽量少出猎,阿力麻里与西辽接界,要时刻提防忽出鲁克挟怨报复。布扎尔感谢成吉思汗的关心,但对忽出鲁克可能对他不利的提醒却并未放在心上。

柒

　　成吉思汗的使者带回了沙王同意与蒙古缔结通商协定的文书。成吉思汗喜悦异常,立即着手组建一支由四百五十名商人组成的庞大商队。此时此刻,他哪里能够想到,他对通商条约的重视和信守,换来的竟会是无耻的背叛呢?

蒙古商人兀忽讷作为成吉思汗的私人代表，抵达花剌子模后将进一步同沙王洽谈有关设立中原式驿站制度，保护商旅人身安全和旅途畅通等事宜。同发达的伊斯兰教国家进行贸易往来，在成吉思汗的心中占据着头等重要的地位，他为此付出了真诚的努力。

耶律留哥恰在这时带着儿子薛暗来到蒙古汗营，成吉思汗设宴为父子二人接风。席间，他唤来薛暗，执手端详了好一阵。薛暗形貌昳丽，白净温雅，令他心中十分喜爱。"你今年多大了？"他温声问。

"十七岁了。"薛暗回答。

"这么年轻……"他轻轻喟叹。随即，他吩咐斡歌连去将他的波斯刀取来，亲自为年轻人挂在腰间，"这是我的见面礼，收下吧。"

"谢大汗。"

耶律留哥插话道："大汗，臣此行是想将薛暗留在您的身边。一来令他秉承教诲，二来也好替臣服侍您。"

成吉思汗当然明白耶律留哥的真实用意，他诚恳地说道："我很喜欢薛暗，也希望他经常到汗营做客，不过，你该明白我是信任你的。"

不等父亲说什么，薛暗已跪倒在地："大汗，您是不是不同意留下小臣？即便如此，小臣心意已决，断不会随父王回返辽东。"

成吉思汗被薛暗坚决的语态逗笑了，他俯身拉起薛暗："你这孩子！你不懂，留在我这里，将来是要吃很多苦头的。"

"小臣不怕！这么说，您同意留下小臣了？"

"好吧。"成吉思汗含笑点头，"我相信蒙古草原的太阳会晒黑你的皮肤，让你长得更健壮。"

"谢大汗。"薛暗响亮的回答，心满意足地坐回到父亲身旁。

一抹微笑掠过耶律留哥的唇角，他明白，这是儿子自己的选择。儿子像一只展翅欲飞的雏鹰，深沉的父爱应该成为他的蓝天，而不是他的羁绊。

成吉思汗对耶律留哥说："王弟请放心，我会替你照顾好薛暗的。"

简短的话语，足以暖透三冬。为这样重情守义的君主效命，纵然捐躯沙场，又有何憾！耶律留哥默默地想到。

薛暗不久就开始明白成吉思汗所说的"苦"是指什么了，尤其是当他投入艰苦的训练之中，就更加理解了"苦"的含义。不过，他很快乐，除了珍视荣誉，他还在汗营交了一个好朋友，就是迪格。

渐渐熟悉的两个年轻人整天厮守在一起，几乎无话不谈。他们都是作为人质和成吉思汗的侍卫留在汗营的，他们都开朗乐观，对生活充满自信。不同的是，迪格是因为自幼与父亲不和才被父亲送往汗营，好在迪格并不在意。"我从小就没爱过父亲。我的家在大汗身边,这里的生活对我来说要愉快得多。"他对薛暗说。

薛暗则完全不同。他自小深受父亲宠爱,生母虽然早逝,继母姚里夫人贤明仁慈,对他视若己出,他不仅有一个温馨幸福的家,还有唾手可得的前程。

"那你为什么一定要留在蒙古呢?其实大汗对你父王很信任,他完全不必留你为质。"

"我不是为父王才要求留下的。我第一眼看到大汗,就被他彻底征服了,别说为他做侍卫,就是为他牧马牧羊我也心甘。"薛暗由衷地说。

"我的感觉和你一样。"薛暗微微笑了,"假如大汗是我的父亲,我想我就不会无视他的感情了。"

庞大的蒙古商队顺利到达了边城讹答剌。这个商队的四百五十头骆驼载满了各种各样的货物:黄金、白银、丝绸、织锦、海狸皮、貂皮、瓷器、茶叶等等不一而足。讹答剌城城主亦纳勒是摩诃末·沙的母亲——王太后图儿堪的亲侄儿。许多年来,沙王与其野心勃勃、擅弄权术的母后之间一直明争暗斗。

亦纳勒是个凶残成性、无信无义的小人。当他获知蒙古商队携带着大量价值不菲的商品时,贪婪之心顿起。他一边扣住商队,一边向沙王报告,诬陷商队是成吉思汗派来的奸细。沙王因为自己派到蒙古的商队就担负着搜集情报的使命,对亦纳勒的凭空捏造深信不疑。他命亦纳勒将商队逐出国境,并决定就此事向成吉思汗提出抗议。

利令智昏的亦纳勒走得更远。他并未驱逐商队,而是将四百五十名无辜的商人全都变成了他的刀下之鬼。只有一个为商队照看骆驼的佣人侥幸逃脱了虐杀,恓恓惶惶地踏上了回返蒙古的艰难归程。

亦纳勒心满意足了。贪婪的瞳仁里塞满了琳琅满目的珠宝,他简直欣喜若狂。不过,为了给自己留条后路,他还是很"慷慨"地将这笔飞来横财一分为三,另两份分赠给沙王和他的姑母。

唯一的幸存者依靠坚忍不拔的毅力回到了成吉思汗的营地。听完他的哭诉,成吉思汗握着刀柄的手剧烈地颤抖着,滚滚热泪洒落在他的胸前。愤怒和痛苦好似一柄双刃剑,就要刺穿他的五脏六腑。

怎能料到,他诚心诚意地同那个经济发达的国家交往,换来的竟是如此结局!国家与国家间的往来,难道不需要光明正大、恪守盟约吗?可如今,维护了双方贸易协定的人是他——一个游牧民族的领袖。而那个所谓的西方大国的统治者却干出了巧取豪夺、杀人越货的无耻勾当!

兀忽讷的誓言犹在耳边,商人们喜悦的笑脸清晰如昨,但他们已做了他乡含冤莫白的鬼魂。走上高高的不儿罕山,他向长生天祈祷,保佑我去征服那些卑鄙无耻的刽子手吧!单纯的蒙古人宁可面对死亡,也不会忍受污辱。

尽管义愤填膺,在成吉思汗身上起主导作用的还是冷静和克制。经过反复思考,他决定再次派出使者,向沙王发出最后通牒:要么交出杀人凶手,要么备战。

使者团由三名花剌子模人组成,他们是笃信伊斯兰教的伊本·巴合赤和他的两个助手。无论怎样,成吉思汗必须在自己这方面做到仁至义尽,无可指责。

三位使者刚刚离去,喜吉忽从汪古部匆匆返回,带给成吉思汗一个同样令人震惊的消息:近期金国各地正盛传木华黎已在中都自立为靖南国王,并公开声称由成吉思汗统治北方,他统治南方。成吉思汗闻报,沉默良久,命喜吉忽火速召回木华黎。

夏末,蒙古使者巴合赤机智地绕过讹答剌边城,直趋沙王宫廷,递交了成吉思汗的书面通牒。

通牒的语气已经算相当克制的了:"王之前与我有约,一定会遵守两国贸易协议,保证两国商旅安全。今王公然背约,实有违大国君主之应有信誉。倘若讹答剌边将残杀四百五十名商人之举果非王命,请将凶手解来我处,听凭处置,则我仍愿与王和平共处。否则,即请备战!"

巴合赤的父亲曾入仕苏丹塔哈失王朝,算得上沙王的臣民。巴合赤本人则效力于蒙古宫廷。

接到成吉思汗的书面通牒,沙王自觉理亏,却又无可奈何。这一方面是由于他也接受了亦纳勒的馈赠,拿人家的手短,另一方面是由于亦纳勒绝非普通将领可比。亦纳勒不仅是拥有相当实力的边城守将,专擅一方,而且只效忠于他的母后图儿堪,他根本控制不了这支势力。左思右想之下,沙王只得抵赖:"汝主通商是假,欲刺探我国情报是实,本王焉能令汝主得逞!"

巴合赤冷冷地盯着沙王:"大王说话要有真凭实据。商队刚至边城就被杀了个一干二净,大王又是凭哪些迹象断定他们不是来进行贸易,而是来搜集情报呢?"

"本王深知汝主早存觊觎我富饶国土之心,焉能不打着通商的幌子,干些见不得人的勾当。"

"大王既有先见之明,为何还要与吾主签订贸易协定?"

"这……"

"即便商队真的担负有特殊使命,您也完全可以在他们到达边城前就令其返回,为何非要诱入城中,斩尽杀绝?"

"他们不是商人!他们是奸细!奸细!"沙王暴跳如雷,大叫大嚷。

巴合赤怒目而视:"您非要强词夺理,本人也无话可说。看来大王是执意不肯交出杀人凶手了?那好,就如吾主所言,请大王备战吧。"

"我花剌子模兵多将广,难道本王怕那个无知的蒙古人不成!"

"假如我不是出生在花剌子模,就不会为我的祖国有您这样一个愚蠢而狂妄的君王感到痛心了。"巴合赤心情沉重地说。

沙王气急败坏:"你竟敢羞辱本王!你不想活了吗?"

"与其亲眼看到花剌子模在蒙古人的铁蹄下化作废墟,倒不如死在你的刀下。如此,既可全我对圣主成吉思汗之忠,亦可全我对祖国花剌子模之爱。"巴合赤突然心平气和起来。他镇定地看了看他的两个助手,算是最后诀别。

沙王从座上一蹦而起:"来呀!把他给我剁碎!剁碎!剁碎!"

护殿武士一拥而上,数柄利刃同时穿透了巴合赤的身体。巴合赤摇摇晃晃地面向东方跪倒,鲜血顺着他的嘴角流了出来:"大汗……"他低弱地唤道,倒在了地上。

"他死了。"护殿武士报告。

"拖出去!喂狗!"

目睹惨状的两名副使明知争也无益,索性忍悲不复一言。沙王命人将他们俩的胡须烧掉,又将他们俩打得遍体鳞伤,出了这口恶气后,才将他们俩赶出花剌子模。

对一个虔诚的伊斯兰教徒来说,烧掉胡须是对他们人格的莫大污辱。两名无辜的使者历尽艰辛回到蒙古本营时,眼睛里都已生出蛆来。成吉思汗洒酒祭奠了巴合赤的亡灵,发誓,一定要消灭摩诃末·沙,为死去的四百五十名冤魂,为忠心可鉴的巴合赤报仇雪恨。昔日良好的愿望化作了升腾在心头的熊熊怒火,这怒火随即点燃了蒙古全军,怀着无比的愤怒,他们要对那个西方大国宣战了。

捌

大战在即,据守一方的各部主要将领匆匆返回蒙古本营,蒙古历史上规模最大的一次军事会议在成吉思汗的金顶大帐召开。

木华黎奉诏而返。君臣久别重逢，成吉思汗正想向木华黎询问一下中原战事，喜吉忽却截住了汗兄的话头，直言不讳地要求木华黎先向大家解释一件事情：即他是何时、何地、如何自立为靖南国王的？

闻听此言，帐中众将无不为之心惊，原本嘈杂的大帐内霎时归于寂静。

石抹明安与耶律阿海面面相觑，紧张万分。

木华黎莫名其妙，不由自主地站起："义王爷，这话从何说起！"

成吉思汗摆摆手，示意二人归座："何需解释！此等雕虫小技，如何瞒得过我去！兔死狗烹，鸟尽弓藏，此乃自古为君者的通病。完颜珣满以为借此离间计就能为他们除去心腹之患，可惜他错估了我对木华黎的信任。也好，我就让他遂遂心愿，来呀！"他向斡歌连示意。

斡歌连呈上蒙古国旗：九旄白旗。

"金主不是盛传木华黎已经自立为国王了吗？好，我今天就正式封木华黎为蒙古太师，靖南国王！"

他将九旄白旗交给木华黎，充满深情地交代："太行以北，我自经略；太行以南，由卿治理。"又环顾诸将，"木华黎以建此旗为号，如见之，应视我已亲临。"信任之重，由此名言可知。

此时此刻，不唯木华黎感激涕零，在座众将无不动容。

西征大计既定，成吉思汗又对跟随他多年的老将进行了封赏，同时改编了军队。一时间全军上下同仇乱忾，众志成城。

会议结束后，成吉思汗回到爱妃耶遂的寝帐。

已经确定由忽兰伴驾，战前的准备工作永远烦琐而紧张。耶遂久久地、心绪复杂地凝望着她深爱的男人，从心底里迸发出一声忧伤的叹息："大汗，您难道就不能让太子们代您出征吗？"

成吉思汗的眼神倏然黯淡了。

假如能够，他或许会同意。但他怎能放心得下？他的儿子们可不像他和几个兄弟那样亲密无间，相互信赖……这也正是他最大的心病……"耶遂，我生于马背，大概也会死于马背。我命中注定是个不能享清闲的人。"良久，他故作轻松地说。

"大汗，此次远征需越过千山万水，不知何日才能归还。天地之间凡有生命之物都不能得以长生，倘或大汗似大树般伟岸的身躯骤然倾倒，大汗的臣民百姓又该交与何人治理？大汗的四个儿子皆人中龙凤，他们之中又有谁能够接替汗位？臣妾所奏其实正是大汗的兄弟将臣所思所想，还请大汗恕臣妾斗胆直言。"

成吉思汗心潮难平,深深地注视着耶遂忧郁的双眸,感慨道:"无论夫人还是博尔术、木华黎都从未对我提起此事,若非你提醒,我差不多要忘记——让我好好考虑考虑。"

确定嗣位人选可以说是成吉思汗一生中遇到的最大的难题。他从术赤想到拖雷,又从拖雷想到术赤,终究拿不定主意。还是与儿子们共同来商讨这个问题吧。万般无奈中,成吉思汗做出了这样的决定。

四位太子被召到金顶大帐。帐中只有成吉思汗、博尔术、木华黎和喜吉忽。估计到父汗召他们前来必有要事相商,兄弟四人全都默不作声。

成吉思汗含义复杂的目光轮流扫过儿子们的脸,唯独没敢在术赤脸上做任何停留。

片刻,他斟酌着开了口:"我召你们兄弟四人都来,是想就确立汗位继承人一事听听你们自己的意见。"

除了术赤,其余三兄弟都流露出惊讶的神情。

成吉思汗注视着术赤:"术赤,你是我的长子,我想先听听你的意见。"

术赤沉默以对。

察合台急了,抢先说道:"父汗问术赤,莫不是欲立他为储君吗?"他略作停顿,有意加重了语气,"他连自己的身世都不清不白,让我们怎么听命于他!"

术赤久已压抑的屈辱终于爆发了,他猛地朝察合台的脸上挥出一掌。察合台猝不及防,趔趄着向后退了几步。术赤转身欲走,被木华黎拉住了胳膊。察合台站稳身形,正欲还手,亦被喜吉忽拉住了胳膊。

成吉思汗默默注视着眼前发生的一切,不加阻止,凄然无语。

博尔术忍不住责备察合台:"二太子,你太过分了!你这样信口开河,就不怕伤了你额吉的心吗?你尚未出生之时,正是整个草原纷争不断、杀伐混乱之时,你如何能体会得到你额吉所忍受的痛苦和屈辱?在这个世界上,难道还有比你额吉更值得敬重的女人吗?为了大汗的事业,为了你们兄弟的成长,她付出的何止是精力和心血?而你,还要用这样怀疑的言辞来伤害她,你于心何安!"

察合台羞惭地垂下了头:"我哪里是在说额吉的不是……"

"好了,就当我什么也没说。"他反感地瞟了术赤一眼,算是道歉。

术赤淡淡一笑,眼神中一片空虚冷寂。

察合台转向成吉思汗:"父汗,诸兄弟中,以术赤与我为长,愿并行效力于父汗驾前。儿臣以为,三弟窝阔台智慧超群,心机深沉,是继承汗位的最佳人选。"

成吉思汗缓缓问术赤："你意如何？"

"我同意。"

"你呢？"成吉思汗又问窝阔台。

窝阔台万没想到汗位会落在他的头上，正惊讶万分间，忽听父汗问他，慌忙回道："儿臣自当尽心竭力，不负父汗重托。"

"拖雷，你可有意见？"

拖雷摇摇头，爽快地说道："儿臣愿追随三哥身边，警其所睡，言其所忘，做其应声之随从，策马之长鞭。"

成吉思汗依次征询了儿子们的意见，这才稍稍放下心来："既然如此，储君一事就这么定了。你们也无须并行效力于我的面前，天高地阔，我将令你们各守封地，各治一方。"

"喳！"

成吉思汗摆摆手，四兄弟规规矩矩地施礼退下。目送着他们走出帐外，成吉思汗不由颓然长叹一声。

博尔术竭力解劝："大汗，储君已定，您该高兴才对。"

"我这样决定究竟是对还是错？你们三个不妨说说看。"

"三太子处事练达，宽厚仁慈，一向深得臣民拥戴，确是继承汗位的最佳人选。"博尔术诚恳地回答。

"可我心里怎么一点底都没有？我管不了身后之事啊。"

博尔术、木华黎、喜吉忽彼此相顾，黯然无语。

"由他们去吧。我感觉做父亲比做大汗还难。"

木华黎要走了，成吉思汗亲自送他。

征服金国的重担就要全部压在这员爱将的身上。金帝国的根基虽已被动摇，彻底摧毁它却绝非一朝一夕之功。成吉思汗所能留给木华黎的，只有三万蒙军和部分乣军、汉军以及以汉军为基础的黑军，没有任何后援，一切全凭木华黎个人的勇气和智慧了。至于他自己，不久后则要策马扬鞭，远征万里。今日一别，便是关山远隔，前途叵测，是否还能相见，那就只有天知道了。

一种伤感和依依惜别的情绪默默缠绕着一对君臣挚友。营外，木华黎拦住成吉思汗："大汗不必再往前送了，臣就此拜别。"

成吉思汗执住他的双手："木华黎，待我远征归来，你一定要陪我回豁尔豁纳黑川看看，我常常想念那里。看来我确实是老了，越来越容易怀旧，越来越留恋昔日的朋友。"

"臣遵命。"

"有你坐镇南方,我自可高枕无忧。然战事繁复,你须注意身体,不可太过操劳。"

"臣无妨。倒是大汗自己千万要保重玉体。"木华黎竭力隐忍着泛上心头的阵阵酸楚。

君臣二人并非第一次别离,为何独有此次这般令人心碎?依然是终生相忆的温暖,依然是百感交集的留恋,不同的是这一次平添了永诀的无限悲怆。假如此生此世再不能相见,但愿此时此刻永无尽头……

"大汗,臣……走了,您回去吧。"片刻,他果决地说。

成吉思汗慢慢松开双手:"我在这里目送你。"

木华黎最后一次跪行大礼,然后飞身跃上马背,扬鞭远去……

第十三章

喋血城垣

壹

　　伴随着冬天第一场大雪的来临,婉嫣顺利地产下了她的头生子。阿力麻里城变成了银色的世界。地上处处积满了厚厚的绒软的"棉絮",雪地里那些出来觅食的动物行动不如往日灵便,布扎尔不觉触动了他克制已久的打猎的欲望,招呼了几个随从打猎去了。

　　婴儿在摇篮里恬然入睡。布扎尔夫人正与儿媳婉嫣一同挑选着花样,速格纳黑走了进来:"阿妈,我刚接到父王的口信,他说他出城打猎去了,天黑前一定赶回。"

　　布扎尔夫人大吃一惊:"他走了多久了?"

　　"大约有半个时辰吧。"

　　婉嫣手里的花样滑到了枕边:"阿妈,赶快让速格纳黑速带五百名兵丁前去接应父王,同时传命各军加强城垣守备,以防万一。"

　　布扎尔夫人恢复了她素常的冷静,完全采纳了儿媳的建议。

　　速格纳黑也开始意识到问题的严重性。但父王以往狩猎全都平安无事,总不至于这次就……他急忙走出屋外。

　　婉嫣迅速穿好外罩。

　　"嫣儿,你不能去!你还在坐月子,这样会生病的。"

　　"我不放心速格纳黑,他遇事容易冲动。阿妈,您还是让我跟他一起去吧,路上万一发生什么事,我们彼此也好有个照应。"

　　布扎尔夫人犹豫片刻:"也好。嫣儿,你要多加小心。"

　　速格纳黑和异母弟古克率五百名兵丁整装待发,忽见婉嫣飞马而至,忍不住责备道:"你来做什么！快回去,小心冻着！"

婉嫣不及解释:"别多说了,我们快走！"

坐骑在厚厚的雪中无法快行,婉嫣心急如焚。

公公开始时打猎还总在阿力麻里城池附近,后来便逐渐深入到西辽国境内,以致他每次出猎都要兴师动众一番。半年前他也像今天这样只带了数十名侍卫出去打猎,虽侥幸平安归来,余忧尚在。此后经婆婆反复劝说,他总算半年没有出猎,可是这次……

前方蓦然出现了一个晃动的黑点,速格纳黑拍马迎上。越来越近,他一眼认出马上的"血人"是父王身边的侍卫,心里顿时布满了不祥的疑云。他急速上前,将奄奄一息的侍卫抱下马鞍。古克递上一壶酒,给侍卫灌了几口,侍卫悠悠转醒,只艰难地吐出了几个字:"西辽……偷袭……王爷遇……难……"便停止了呼吸。

速格纳黑霍然站起,目眦欲裂:"父王,我不为你报仇,誓不为人！弟兄们,跟我走！"

婉嫣敏捷地将马横在速格纳黑的马前:"不能去！你知道敌人出动了多少兵力吗？"

"再多我也不怕！我跟他们拼了！你给我闪开！"

"速格纳黑,你冷静点！你这样冲动根本于事无补。我们还是赶快回城,与阿妈商议对敌之策。"

"我只要为我父王报仇！你若再不让开,休怨我无情！"速格纳黑眼珠子都红了,冲着婉嫣嘶声咆哮。

婉嫣毫无退避之意。她仿佛听到西辽军催近的马蹄声和强劲的战鼓之音,倘若速格纳黑一味执迷不悟,岂止他们这五百来人,整个阿力麻里城都将陷入险境。

速格纳黑完全丧失了理智。他挥起手中的鞭子,狠狠地抽在婉嫣的身上,婉嫣在马上摇晃了一下,遂又挺直了身体。速格纳黑绕过她,带着兵丁飞驰而去。

婉嫣从身后摘下弓箭,沉稳地瞄准了速格纳黑……

弦声响处,速格纳黑的坐骑应声倒地,它的主人被甩到了几米开外的雪地里。古克和众兵丁再次勒住坐骑,无所适从地望着一时动弹不得的速格纳黑和端坐于马上的公主。

"古克,把你大哥绑在从马上,跟我回城！"婉嫣的目光如霜似电,凛然而威严,令人不敢直视。古克和兵丁们被震慑住了,他们无条件地服从了她的命令。

婉嫣的担心绝非多余。坐镇边城的西辽守将在偷袭布扎尔及其随从得手后，立即调集大军向阿力麻里城扑来。

阿力麻里的城门已紧紧关闭。闻听噩耗，布扎尔夫人哀恸不已，婉嫣竭力劝慰婆婆："阿妈，我能理解您的心情，可现在还不是伤心难过的时候。西辽忽出鲁克一向将父王视作眼中钉，此事一定早有预谋。据儿媳分析，他们得手后必会乘乱攻打阿力麻里城，当务之急是让速格纳黑即刻出城，向蒙古我祖汗处求援。我与阿妈坚守城池，援军到来之日，就是我们为父王报仇雪恨之时。"

布扎尔夫人忍泪点头："速格纳黑呢？"

"哦！"婉嫣惊叫一声，急忙跑出屋外。

速格纳黑仍然仰面朝天地被绑在马上，已经快要冻僵了。古克和兵丁们围在他的周围，任凭他如何狂呼怒吼，也没人敢去松绑。

古克最先看到婉嫣，唤了一声："大嫂。"

婉嫣瞟了速格纳黑一眼："把他放下来。"

古克上前，利索地割断绑绳，将速格纳黑搀到马下。速格纳黑到了此时真是猴吃辣椒干瞪眼，气得都不知该骂些什么好了。

"阿妈叫你。"婉嫣简短地对丈夫说。速格纳黑一跺脚，走了。婉嫣向古克低声交代了几句什么，古克领命。

布扎尔夫人正自垂泪，看到儿子进来，越发抑制不住满腔痛苦。速格纳黑眼圈一红，咬紧牙关，沉默不语。半晌，布扎尔夫人哽咽着吩咐儿子："你马上带人出城，到蒙古汗营向成吉思汗求援。"

"我留下，让别人去。"

"不行！"婉嫣推门而入，"你去路上还可随机应变，阿妈和我也能放心。阿力麻里城池坚固，军队和百姓对西辽人恨之入骨，短期内守住城池当不成问题。现在的关键是我们必须消灭忽出鲁克为父王报仇。你到蒙古后，千万要我祖汗立刻发兵。我已为你做好安排，你无须惦记阿妈和我。切记，路上不可停留，速去速回。"

"儿子，你听婉嫣安排，快走！"

"好吧。阿妈、婉嫣……保重！"

速格纳黑刚刚离开，西辽大军便陈兵阿力麻里城下。其实，忽出鲁克早想将布扎尔、阿尔思阑置于死地，以惩处他们的"背叛"行为。奈何当时他初登皇位，政权不稳，尚不敢轻举妄动。经过数年残酷镇压和铲除异己，到了一二一八年，也即他登基的七年之后，他开始觉得自己有足够的把握将那些原属西辽后归附蒙古的国家一一消灭了。为此，他将实施报复的第一个目标确定为与西辽临界的阿力麻里城。

进攻阿力麻里还有一个有利的条件，就是阿力麻里国王布扎尔嗜猎成癖，狩猎之时又常常深入西辽境内。果然，他等到了机会，粗心大意、疏于防范的布扎尔轻易地落入了早已为他张开的网。按忽出鲁克的如意算盘，无非是想利用布扎尔的骤亡在阿力麻里臣民中造成的混乱，一举拿下阿力麻里城。但他万万没想到，阿力麻里军民被国王的无辜惨死激怒了，决心用鲜血和生命来捍卫国家的尊严。

在这种同仇敌忾的顽强抵抗下，西辽方面发起的第一次进攻以失败告终。稍事休整，西辽军又向阿力麻里城发起了更加疯狂的第二次、第三次强攻……

婉嫣身着银盔银甲，与将士们一起坚守在城头。她的英勇和无畏极大地鼓舞着将士们抵御强敌的信心。

几乎所有的男人都上了战场。妇女和孩子们自发地组织起来，为他们的军队输送箭弩饭食，护理伤员。战斗进行得异常酷烈，西辽军队连续十余天不断地攻城，双方伤亡都极其惨重。然而，阿力麻里军民始终未后退一步。

西辽发起的二十余次进攻均遭击退后，这才发现他们实在低估了阿力麻里的守卫力量。辽将最后也丧失了信心，下令撤出战斗，在城外不远处扎下营盘，准备请求增援。

这是极其艰苦和危险的半个月。此间，婉嫣一直在城头督战，几乎没有合眼。只有在战斗停止的间隙，她才回到婆婆的身边。

速格纳黑的其他几房姬妾及弟媳、妹妹全都等候在这里。一见婉嫣，她们不约而同地围了上来。如果说过去有过嫉妒，有过怨恨，那么此刻早已荡然无存，在这生死攸关的时刻，婉嫣几乎成了她们精神上的支柱和寄托。

婉嫣恬静地向她们微微一笑，从她的脸上，看不到丝毫绝望，甚至看不到紧张。布扎尔夫人拉住儿媳的手，让她坐在自己身边，问道："城外有什么动静？"

"他们在城下驻营。久攻不下，我想他们一定会请求增援。"

"援军倒不可怕，怕的是……"

"阿妈也怕他们增加攻城器械？倘若我们能将敌营现有的火炮和投石机夺过来，就完全可以坚持到我祖汗派来援军。"

"你有把握？"

"敌人这些日子连续攻城，已疲惫不堪。我想乘今夜偷营，打他们个措手不及。"

"你的身体可吃得消？"

"我没事。阿妈放心。"

入夜,五百名士兵吃饱喝足,一律换上大刀长矛,等待出发命令。不多时,婉嫣来到他们中间,扫了一眼站在队伍最前列的古克,问:"准备好了吗?"

"好了!"回答铿锵有力。

婉嫣满意地笑了:"好!随我来!"

阿力麻里城门大开,包了草叶的马蹄了无声息,一队人马迅疾地向辽军宿营地悄行潜进。

辽军营地一片沉寂。疲惫的辽军哨兵也在打盹。婉嫣带人轻而易举地解决了辽军前哨,随即攻入主营。

辽军没料到阿力麻里将士敢来偷营,许多人在睡梦之中便做了刀下之鬼。到处都是刀光剑影,辽军仓促间根本摸不清对方的底细,只觉阿力麻里军队无处不在。辽军将领惊慌之下,顾不上指挥,夺路而逃。

士兵们见主帅跑了,更加无心恋战,纷纷四散逃命。当第一道曙光划破天际,婉嫣和她的将士们已经带着缴获的火炮和投石机凯旋了。

战斗进行得如此顺利,取得的战果又如此辉煌,阿力麻里军民简直欣喜若狂。他们欢呼着将自己的英雄迎入城内。

婉嫣离开人群,独自向自己的住处走去。古克放心不下,悄悄尾随过来,婉嫣回头看见了他,眼前突然一黑,昏倒在地。

"婉嫣!"古克冲过来,从地上抱起婉嫣,一边嘶声喊人去请大夫,一边将婉嫣抱入屋中。

眼前的这张脸苍白憔悴,怀中的这个躯体柔软无力,在那些并肩战斗、生死与共的日日夜夜,他是不是早已忘记了这个年轻的女子是他的大嫂?她是刚强美丽的姑娘、坚定无畏的战士、智勇双全的统帅,也是他可敬的战友,心灵的支柱。怀着一种无法抑制的冲动,古克将生命中全部的深情都凝成一吻深深印在了婉嫣的双唇。

他不后悔自己爱上了这样的女子。哪怕她永远不会知晓——他也不会让她知晓——他依然会用整个生命来爱她。

从此以后,他将带着这秘密走完一生。但他无怨无悔。

婉嫣的肩头中了敌人一刀,鲜血从伤口汩汩而出,转眼间染红了半个身体。古克紧紧握着她的双手,心痛如刀绞。他在心中不断重复着:婉嫣,你不能死!不能死……

大夫匆匆赶来了,要古克回避。

经过了三天三夜的煎熬,婉嫣苏醒过来,首先映入眼帘的是婆婆那张满含着怜惜和钟爱的脸。

"阿妈……"婉嫣虚弱地叫了一声。

"孩子,"布扎尔夫人喜极而泣,"你醒了……"

"阿妈,敌人呢?"

"撤退了。"

婉嫣的目光中闪出淡淡的疑惑,却从婆婆含泪的笑颜中得到了肯定的回答。胜利使他们赢得了比生命还宝贵的时间!

贰

成吉思汗在金顶大帐接见了速格纳黑,当即派素以行动敏捷神速著称的哲别军前去驰援阿力麻里,同时征服西辽,消灭忽出鲁克。

忽出鲁克可以说一直是成吉思汗的一个心病。这位乃蛮太子于一二一一年篡夺了西辽皇位,当时,正值蒙古部大举攻金,成吉思汗无法分兵西辽。但深谋远虑的成吉思汗对这个肘腋之患却自始至终都不曾忘记。

忽出鲁克登基后不仅强迫信奉伊斯兰教的臣民改信佛教,还对所有反对者大开杀戒,对农民加紧盘剥。他的所作所为,加速臣民的离心离德,这些,成吉思汗通过派往西辽的密探都了若指掌。随着西征的准备工作接近尾声,西辽已成为蒙古通往那个穆斯林世界的最大障碍。事实上,只有消灭西辽,才能确保蒙军孤军深入后的本土安全。基于上述原因,即便没有布扎尔被杀一事,征伐西辽也如在弦之箭,只不过布扎尔的死促使成吉思汗提前采取了行动罢了。

哲别军是蒙古军队的精华之一,哲别本身又是身经百战、声威显赫的著名将领,派出他,成吉思汗坚信万无一失。

阿力麻里军民热忱地欢迎蒙军的到来。哲别在速格纳黑和古克的陪同下巡视城垣一周,方才真正体会到阿力麻里保卫战何等艰苦,何等酷烈!烧焦的残垣断壁,渗入泥土的斑斑血迹,无不在叙说着一个个悲壮的故事。阿力麻里人不仅用鲜血和生命保卫了他们的国家,还击退了数倍于己的强敌,他们的勇气,当令天地动容。哲别正欲下城,一个银盔银甲的年轻战士走到他的面前,俏皮地向他笑着。

哲别愣了半天。

"将军,你认不出我了吗?"战士亲昵地挽住了他的胳膊。

哲别这才认出了:"公主?"

速格纳黑在一旁愧疚地注视着妻子那张明显消瘦憔悴的脸颊,想起自己神志狂乱时抽在妻子身上的那一鞭,实在没有勇气上前。

"将军,你见过我阿妈了吗?"

"见过了。夫人说,你在城堡上。"

"我放心不下,过来看看。将军,我祖汗、奶奶身体都好吗?他们有没有托你带什么话给我?"

哲别的鼻子猛然酸了。婉嫣天然流露的女儿情态让他既感动也难过。从布扎尔夫人的讲述中,他了解到婉嫣的智谋和毅力,即使像他这样久经沙场的军人也不能不为之叹服。婉嫣不过是个才十八岁的姑娘,但她所表现出来的统帅全军的天赋多么像她祖汗啊!将士们心甘情愿地服从她,百姓们无所保留地拥戴她,从她的身上,哲别看到的是成吉思汗般倾倒人心的力量……

"将军,你想什么呢?"婉嫣望着陷入沉思中的哲别,不解地问。

哲别醒悟过来,忙笑道:"你祖汗、奶奶身体都很好,你大可放心。他们都很想念你。"

我更想他们啊!婉嫣无声地叹了口气,咽回了想说的话。

"公主,我们边走边谈好吗?"

"好啊。"婉嫣笑眯眯地表示同意,依然挽着哲别的胳膊,一路上与他谈笑风生。她自始至终未向速格纳黑望上一眼。

哲别也觉察到其间异样,回头看看闷闷不乐、双眉紧锁的速格纳黑,又看看恬静温雅、娇俏妩媚的公主,猜不透他们之间发生了什么事。

古克没再跟过来。他一动不动地俯视着城下,脸色异常苍白。

婉嫣走了几步,回头奇怪地问:"古克,你不来吗?"

古克摆摆手,脸上挂着笑容,心中却是阵阵酸楚。

婉嫣以为他还有别的事情,就不再勉强他。

"公主,你脸色很不好,是不是这些日子太过劳累?"布扎尔夫人因婉嫣再三恳求,没有将她受伤之事告诉哲别。

"可能有点吧。"婉嫣微笑。

停了停,哲别说:"公主,你祖汗若知道你这么勇敢,一定很高兴。"

"不对,将军说得不对。"婉嫣温柔地反驳。

哲别不解地望着她。

"他一定很得意!"婉嫣甜甜地笑了。

晚宴后,婉嫣坚持送哲别回去休息。不知为什么,看到妻子在哲别面前那种随便和亲热的样子,速格纳黑的心里酸酸的很不是滋味。尽管明知这不过是妻子思念故乡思念亲人的真情流露,他仍然无法容忍别人占据妻子过多的时间。

爱多了便成了心的负担,嫉妒从来都是渴念的最好证明。

婉嫣回到屋中时,速格纳黑正在等她。

夫妻别后重聚,婉嫣的目光里多了几分冷淡。速格纳黑不知是心痛还是自责地注视着心爱的妻子,一时间,夫妻俩谁也没有话说。

婉嫣坐回到床上,消瘦的脸上显出一种遮掩不住的虚弱和疲惫。速格纳黑上前握住她的双手,情不自禁地跪了下去:"婉嫣,我知道那天是我不对,你怎么罚我都行,只是千万不要不理我!"

婉嫣仍然不语。

速格纳黑真急了:"婉嫣,婉嫣,你到底要我怎样做才肯原谅我?你不肯是吗?好,好!我——"情急之下,他"呛啷"一声抽出宝剑。

婉嫣吓坏了,慌忙抓住了他的手腕,"你要干什么!快把剑放下!"

"只要你能消气,我死又何妨!"

"哪个真生你的气啦——我不过是吓唬吓唬你罢了。"婉嫣嗔怪地拉起丈夫,"你呀,怎么总像个长不大的孩子。"

"我……"

"我不要听你道歉,我只想……要你抱抱我。"

速格纳黑听话地紧挨着妻子坐下,抱住了她。

婉嫣轻微地呻吟了一声:"别碰我的肩膀,好痛。"

"你受伤了?"速格纳黑惊骇地问。

"让他们挑了一刀。"

"什么!"速格纳黑顿时惊出一身冷汗,"在哪里?快让我看看,还要不要紧?"

"瞧你紧张的样子——没事了。"

速格纳黑将妻子揽在怀中,痛得心仿佛都抽紧了。婉嫣的脸上却露出了可爱的笑容。这些日子,她一直都很惦念丈夫。忽然,速格纳黑注意到了什么,捧起了婉嫣的手:"祖母绿钻戒?"

婉嫣嫣然一笑,将头靠在速格纳黑的肩上。

"我早知道,总有一天阿妈会将祖母绿钻戒送给你。"

"为什么?"

"不为什么!我就是知道!"

"速格纳黑,你听我说,你今天刚回来,不如去别处歇了吧。你不在的这些日子,她们都很想你。"

"我哪儿也不去!婉嫣,我不明白你为什么总是要为别人考虑?"

"我是在奶奶身边长大的,奶奶用她的行动教会我一个道理:宽容和爱才是维护一个家族和睦的根本。"

"对不起,我不去。因为——我只想你!"

"我很累,很困……"

"我不会做什么的。我会一直这样抱着你,看着你。"

婉嫣的脸上浮现出一丝羞涩而又幸福的笑容,她枕在速格纳黑温暖结实的臂弯中,很快便沉沉睡去……

蒙古骑兵在阿力麻里从容地恢复着马的体力。

哲别通过提审西辽战俘,了解到忽出鲁克失去民心的根本原因,并据此制订出初步的行动方案。

不要染指宗教!

这是任何一个聪明的统治者都必须首先考虑的,可惜忽出鲁克不懂。

前车之覆,后车之鉴。哲别明白他该怎么做。

春暖花开时,哲别率领一万蒙军祭旗出征,速格纳黑亦率一万人马配合他的行动。拗不过婉嫣百般恳求,哲别勉强同意带她随行。

两路大军沿伊犁河顺流而下,通过平原,进入七河流域。在蒙古大军征战的其他地方,人们像惧怕天降灾星一样惧怕他们。在西辽,受尽忽出鲁克凌辱的百姓们却将蒙军的到来视为他们的节日。

西辽国都虎思斡耳朵的居民们首先向蒙军打开了大门。这座花园般美丽的城市令蒙军将士为之陶醉。哲别果断地下令取消所有限制伊斯兰教活动的禁令,宣布所有宗教活动都将受到保护,并严令部队不许抢掠城市,违者定斩不赦。军纪森严的蒙军不折不扣地执行了他的命令,从而大大加速了行军速度。

蒙军几乎不动一刀一枪便逼近了西辽夏都喀什噶尔。

忽出鲁克没能组织起任何有效的抵抗。他本人惊慌失措,对他恨之入骨的西辽军民当然更不肯为他流血牺牲。不出半日,喀什噶尔即告陷落,忽出鲁克伏诛。哲别谨记大汗的教诲,以宽容和谦逊的态度安抚了西辽百姓,并委认了当地居民可以信赖的官员。随后,他不取任何财宝,仅仅征用了一千匹白口栗色的优质战马,作为征服西辽的纪念献给他崇敬的大汗。

叁

成吉思汗召集了西征前的最后一次军事会议，参加的人中还有西夏使臣阿夏敢布和南宋使臣赵珙。会后，大摆筵席，成吉思汗的后妃们也都在座。

西夏自一二一二年李安全去世，宗室李遵顼继位，大权便旁落在阿夏敢布的手中。

阿夏敢布的座位紧靠着忽兰，他正给忽兰讲一件趣事，忽兰听得十分入神。

成吉思汗突然问阿夏敢布："汝主李安全在世时，曾允作我之左右手随我出征，而今西征在即，你国准备派多少军队出征呢？"

阿夏敢布不慌不忙地给忽兰讲完最后几句话，抬头看了看成吉思汗，不无轻蔑地说："如果你的军队不够用，你还配称大汗吗？"

成吉思汗勃然大怒。金帐中的气氛陡然变得紧张起来。仅仅片刻，成吉思汗又克制住了自己的怒气。

出言不逊、背信弃义的西夏人总有一天会自食恶果的，但现在还不是时候。征伐大计不容更改，绝不能为西夏而打乱既定的作战计划。必须忍耐，忍耐到可以彻底清算的那一天。

成吉思汗冷峻地注视着阿夏敢布。在他灼人的目光下，阿夏敢布移开了视线。

"明白你一意孤行的后果吗？待我凯旋之日，就是西夏亡国之时——你须牢牢记住我今日所说的话。"成吉思汗悠然说道，那平静的语气却让阿夏敢布毛骨悚然。

成吉思汗不再理会阿夏敢布，他看着在一旁小酌的赵珙，含笑问道："昨日打马球，贵使因何不一起来玩？"

赵珙愣了片刻，推托说："大汗未有召请，臣不敢随便前来。"

"贵使既来我国，就如同一家人一样，凡有宴会、竞技、围猎，诸事一同参加即可，何必每次都非派人去请呢？"说罢，以赵珙打马球无故缺席为由，罚他六大碗马奶酒，赵珙喝得酩酊大醉。成吉思汗看他不胜酒力的样子，忍不住大笑，命人扶他下去休息。

数日后，赵珙辞别成吉思汗回返临安(今杭州)，成吉思汗叮嘱护送他的官员："好好照看这位使者，在风景优美的城市，要让他多停留五六日，美酒佳肴,任他随意取用,务必让他心情愉快。"

　　为了确定出征日期,成吉思汗让耶律楚材做了占卜,结果是:明年出征为宜。

　　冬季来临,成吉思汗命弟弟帖木格守卫蒙古本土,代行大汗之责。又命心腹爱将哲列莫、朝伦、忽必来率二万人坐镇金蒙边界,一来监视西夏的行动,保卫本土安全;二来作为木华黎的后援。之后,他亲率十二万大军进驻七河地区。

　　哈赤鲁国王阿尔思阑、畏兀儿国王巴尔术、阿力麻里新国王速格纳黑各率二万军队前来助战。只有西夏方面始终没有动静,成吉思汗拿定了来日算账的主意。

　　部队在七河地区集中休整。

　　只要看看出征前的准备工作,就知道成吉思汗及其手下将士对待西征的态度了。除了传统的攻城器械云梯、沙袋、投石器、投火器之外,还增加了南方和西域的火炮;另两千名能工巧匠随队出发,以便随时制造武器和其他器械。此外还有军医、神职人员以及具有管理经验的行政长官组成的特殊队伍。准备工作可谓巨细无遗。

　　六月,战马养得膘肥体壮,成吉思汗下令出征,不料风云突变,竟下起鹅毛大雪。如此炎热的月份里下雪,岂非咄咄怪事!成吉思汗急召耶律楚材占卜,耶律楚材胸有成竹地说:"花剌子模背信弃义,逆天行事,天深罪之。此乃我军克敌制胜的好兆头。"

　　听了耶律楚材的话,成吉思汗打消疑虑,当日祭旗出征。

肆

　　蒙古大军浩浩荡荡地穿越了高原地带。这些地方,山下绿草茵茵,泉水淙淙,山上冰砌玉琢,滴水成冰俨然两个世界。成吉思汗命将士切冰开道。由于空气稀薄,不少坐骑和人都得了"肺充血"。然而,在他们意志如铁的统帅的率领下,蒙军一路马不停蹄,不屈不挠地前进,最终来到广袤无垠的草原,花剌子模已近在眼前了。

　　得知蒙军大举西征的消息,沙王急忙召集了军事会议。

　　花剌子模的军队人数远多于蒙军,这是沙王有恃无恐的本钱,除此之外,他对蒙军一无所知。为了对付这支长途奔袭的蒙军,谋臣们为他提出了两个方案:一是分兵防守各要塞、拒蒙军于门外;二是诱敌深入,聚而歼之。沙王左思右想采取了第一种方案。

殊不知,这一选择是花剌子模走向灾难的开始。沙王随后将军队部署于锡尔河一带及东部长长的边界线上,其结果造成了自己兵力的分散。他根本弄不清蒙军会从哪里发起进攻,也弄不清对方攻击力量强弱。与之相反,成吉思汗对花剌子模这个庞大而松散的国家机构却了解得相当透彻。他知道这个国家是个多民族组成的国家,缺少民族意识,加上地方官员各据实力,很难做到军令、政令的完全统一。

成吉思汗兵分三路。第一路由察合台、窝阔台率领,攻打讹答剌城。讹答剌城主正是那位杀害蒙古商人的元凶亦纳勒。第二路由术赤率领向西北进发,攻打毡的城。第三路则由他本人和四太子拖雷率领,向东北进发,直趋不花剌,以切断花剌子模新都与旧都之间的联系。

讹答剌分有外城和内城,城池坚固,粮秣储备丰富。亦纳勒拥兵四万,相比之下,蒙军方面只有五千人,加上巴尔术所率两万将士,在人数上仍远逊于对方。鉴于这种情况,察合台、窝阔台、巴尔术三人商议后,决定先对讹答剌城实施炮击,以初步摧毁讹答剌城的防御工事。

畏兀儿军队也是一支训练有素、骁勇善战的军队,他们与蒙军的配合十分默契。但亦纳勒拼死守护城池的信心和决心也决不逊于攻击一方,战斗进行得异常激烈,围攻长达五个月之久。

五个月后,讹答剌城弹尽粮绝,亦纳勒被察合台走马生擒。成吉思汗终于得到残杀蒙古商人的元凶了。他按草原上处罚贪婪之徒的方式,以水银灌注亦纳勒的双耳,看着他受尽折磨而死。然后,他取酒洒向大地,祈祷冤死的四百五十个冤魂早日瞑目安息。

术赤率领的第二路人马只有五千人,他们沿锡尔河左岸出发,一路攻城略地、势如破竹,兵锋直指忽毡城下。

忽毡城城主是素有"铁王"之称的帖木尔灭里。他是花剌子模最著名的勇士,也是不得志的沙王长子札兰丁的挚友。整个西征期间,灭里和札兰丁的英雄事迹在花剌子模人和蒙古人中广为流传。

"铁王"的的确确是位意志如铁、坚强不屈的战士。当蒙军攻到忽毡城下,因见该城无险可据,灭里引兵退守锡尔河中的一座小岛,与蒙军隔河对峙。后蒙军填河进攻,灭里力不能支暗令乘夜突围。

早有防备的蒙军在锡尔河下游以铁链拦截灭里的船队,两岸箭飞如蝗,灭里令士兵强行击断铁链,继续前行。

船队一帆风顺,行至毡的城附近,忽闻哨响连绵,无数船只在河中排开,恰如拦河大坝。船上蒙军向灭里的船队猛射不已,"铁王"的船队遭此拦截,自相冲撞,中箭、溺水者无数。

但灭里毕竟是位经验丰富的将领,面临生死关头,他果断地命令将士弃舟登岸,夺路逃命。蒙军一路骑马追击,灭里身边的士兵越打越少。

灭里历经千辛万苦,九死一生,最后来到旧都玉龙杰赤。在那里,他与挚友札兰丁王子会合,从此他们并肩作战,再未分离。

与此同时,成吉思汗率领的中路军也在行动,兵锋直指不花刺。

不打新都撒马尔罕、旧都玉龙杰赤,而直取位于河中地区的不花刺,是成吉思汗用兵的高妙之处。分兵攻取锡尔河一线的重要城镇,是为将来攻取首都撒马尔罕预先扫平障碍,而以主力部队直捣不花刺,则从根本上切断了新旧两都的联系,防止二者首尾呼应,彼此救援。

在战争初期,分兵出击,清除外围障碍,再在决战阶段迅速合拢军队,对某个战略要点形成重兵包围,这种战术,在成吉思汗一生中曾被反复使用,而且屡试不爽。

不花刺是花刺子模最繁荣富庶的城市之一,由城堡、内城、外城三部分组成,城堡不是建于内城中,而是建于内城外,城内建有许多清真寺,纺织业十分发达。

蒙军攻克不花刺城是在一二二〇年二月。之后,蒙古大军很快离开了不花刺,向东南约有五天路程的花刺子模新都撒马尔罕挺进。

远离蒙古本土的蒙军必须不断地从当地征集市民和农民补充兵员,以担任运输、造作等辅助工作或在攻城时充当先锋。三月,撒马尔罕守军请降。成吉思汗从撒马尔罕分兵五万,交给三个儿子术赤、察合台、窝阔台指挥,去攻取花刺子模旧都玉龙杰赤。临行,成吉思汗一再叮咛三个儿子要密切配合、协同作战,他尤其语重心长地告诫术赤:"你是我的长子,无论如何,一定要给弟弟们起到表率作用。"

术赤没有言声。父亲说话时的神态和语气都深深地刺伤了他——难道有不和就必然是我的责任吗?

成吉思汗疏忽了,他只当术赤不说话是表示默许。

晚上,成吉思汗留下他的四个儿子共进晚餐。窝阔台、拖雷对两个哥哥间的矛盾表现出不同程度的忧虑,气氛活跃不起来。术赤若有所思地凝望着面前的杯盘,察合台则皱着眉头厌恶地望着他。

　　人的感情常常复杂得连自己也琢磨不透。察合台憎恶术赤的缘由仅仅是因为术赤不一定是父汗的儿子吗？不是。性格不合吗？有点，但还不至于到水火不容的地步。那么究竟是什么原因让他们形如陌路呢？其实，连察合台自己也弄不清楚。

　　桩桩往事回旋于脑际，面前这张依然清俊的面容曾给过他多少难堪的刺激？术赤做任何事情都出类拔萃，让他和弟弟们相形见绌，无法逾越。有时他安慰自己说术赤与他毫不相干，可一转眼又倍感术赤给自己造成的无形的压力。随着年龄的增长和时光的推移，这种压力日重一日，他的恨也在与日俱增。

　　成吉思汗没料到饭桌上的气氛会是这样。术赤的表情令他琢磨不透，他不知是悲哀还是惊恐地预感到，术赤正在离他远去，最终留给他的，只剩一个追不回的背影，一段抹不平的牵念。

　　似乎心有所感。恰在这时，术赤抬头看了他父汗一眼，黑黑的、明亮的眼中倏忽闪过一丝忧伤的笑容。

　　成吉思汗顿觉心如刀绞。

　　究竟有谁能理解做父亲的苦衷？他老了。尽管死亡的暗影还只是偶然袭上心头，他毕竟还是意识到了年龄与死亡的距离。他一生厮杀，征服过无数敌人，却有两样东西始终征服不了：一个是死神，一个是心头的爱恋。

　　他爱妻儿兄弟、爱朋友将士、爱围猎、爱马也爱酒色，能够超越这些的人无疑是圣人，而他此生注定只能做个普普通通、实实在在的草原人。他不知道自己会不会死在西征的路上，再也回不到他眷恋的故乡，可只要跨上战马，他决不回头。唯一的愿望是在他死前能看到儿子们亲密无间彼此相处，将他所开创的事业发扬光大，可惜，他恐怕看不到了，永远也看不到了。

　　成吉思汗想起了一个故事。伴着这个故事浮现在脑海中的是一幅辛酸温馨的画面：幼小的孩子们围在勤劳的母亲身边，床头一盏昏暗的蜡烛为小小的帐子增加了些许静谧。母亲借着烛光一边缝补着衣衫，一边娓娓动听地给他们兄弟几个讲述着千头蛇和千尾蛇的故事。冬天来了，千头蛇和千尾蛇都想找个地方御寒，这时，千头蛇的每个头都朝不同的地方用力，结果哪个头也带不动身体，最终被活活冻死在野外；另一条千尾蛇却在一个头的带领下，顺利地爬进洞，躲过了严冬。母亲讲这个故事是在他们兄弟折箭为誓后，从那时起，他们兄弟间就更加心心相印、亲密无间了。

　　时过境迁，术赤四兄弟早已不同于他们兄弟那时了。或许只有患难与共中产生的情谊才更持久、更牢固？何况当时的处境也要求他们兄弟必须团结，不团结那就意味着自掘坟墓。成吉思汗再次以无比感激的心情想起他的母亲,倘若没有他深明大义、睿智慈爱的母亲的教诲,何来他的今天,何来他的儿子们的今天?如果说他还发自肺腑地敬爱过某个女人的话,那也只有他的母亲了。

成吉思汗的家庭小聚出现了有趣的场面,每个人都只顾清理着面前的饭食,尽量不弄出任何响动,同时尽量不第一个吃完。拖雷原想跟大哥说几句话,看到大家都默不作声,也吓得不敢言语了。这顿饭四兄弟真觉得长得没了尽头。

成吉思汗放下饭碗后微微笑道:"怎么你们几个今天都哑巴了?是不是这顿饭不合你们的口味?"

术赤抬头正视父亲,其余三兄弟相顾而笑。

"术赤,你有话要对父汗说?"成吉思汗敏锐地觉察到术赤其实整个晚上都试图对他说些什么。

术赤略一犹豫:"嗯。"

"说吧。"

"我想单独跟您谈谈。"

"哦?也好。"

察合台三兄弟知趣地起身告辞了,偌大的屋中只留下成吉思汗和他的长子。

成吉思汗舒适地靠在椅背上,探询地注视着儿子。

术赤正襟危坐:"父汗,儿臣想……"

"术赤,"成吉思汗不高兴地打断了儿子的话头,"这里没旁人,你能不能随便点。"

"哦。"术赤像故意气父亲似的,愈发毕恭毕敬。

成吉思汗无可奈何:"你接着说。"

"父汗,攻打花剌子模以来,您不觉得我们杀人太多了吗?"

成吉思汗愣愣地望着儿子。这是问他还是谴责他?

"在不抵抗的情况下,我一般都会饶敌人一命的。"他心平气和地说。

"儿臣明白。但有些城市的守军尽管有过敌对行为,倘若投降还是应该饶命的。"成吉思汗知道儿子指的是撒马尔罕守将脱盖罕及其所率突厥雇佣军全部被杀之事。

"突厥是支持摩诃末·沙的。我对突厥雇佣军采取了斩尽杀绝的策略,无非是为了给突厥国王一个警告,阻止他再向花剌子模提供帮助。"成吉思汗不慌不忙地解释。

"这样做太残忍了。"

"战争不能心慈手软。"

术赤换了方式："我们的部队洗劫城市，杀人放火，马蹄过处，满目疮痍。我们守着这样的废墟又有什么用处？保护它难道不比摧毁它更具价值，更有意义吗？"

"术赤，你这样觉得？"成吉思汗惊讶地反问。心里想的却是，蒙军的兵力不足以分兵占据各个城市。倘若不能给这些城市以致命打击，只怕疯狂的反扑就会为时不远。

"是的。"术赤直率地回道。

"我要考虑你的建议。你说留下阿里火者管理昔格纳黑城，效果如何？"

"城市恢复了平静，敌对情绪有所缓和。"

"可惜阿三……"

"阿三之死，儿臣有不可推卸的责任。阿三出生在昔格纳黑，希望家乡免受战火，主动请求进城谕降，结果……"

"我清楚这个。术赤，不久你们要去攻打玉龙杰赤，那里以后将是你的封地，你好自为之吧。"

术赤站起，深深地注视着父亲："儿臣以为会同您发生争吵。"他诚实地说。

"我料到了。那是你希望的结果，对吗？"成吉思汗宽容狡黠地笑了。

术赤垂下头："近来儿臣常常在想，如果儿臣起来反对您，会不会尚未动手就身首异处呢？"他说完这句话，恭敬地施礼退下。

成吉思汗呆靠在椅背上，费力地琢磨着儿子话中的深意。

术赤走到门边又停住了。他回过头，长久地凝视着父亲，眼神中满是凄楚、留恋、诀别和刻骨铭心的挚爱。

成吉思汗偶一抬头，见儿子神情有异，急忙问："术赤，你怎么了？你还有话说？"

术赤缓慢地、一字一顿地说道："父汗，您以后尽量少出猎，千万注意自己的安全。战争结束后，您一定要回到克鲁伦河畔。"

成吉思汗又是一愣。没等他再说什么，术赤已经离去了。

一直忍耐的泪水终于夺眶而出，一颗心痛得无处安放又无处躲藏，术赤都不知道自己是怎样走到了马厩前。

他抱住了爱马的脖子。这匹马是父亲西征前赐给他的，也是哲别从西辽征用的一千匹白口栗色战马中最优秀的一匹。无论什么东西，父亲从来都会把最好的一个留给他，从来如此。而他，需要的却只是一个清白无瑕的身世。

从小到大，无论受到多少委屈，他都会默默地咽进肚子。唯有此时，他再也无法掩藏满腹悲伤，因为只有他自己知道，他与父亲从此再不会相见。

对不起，对不起！父亲，请原谅我的不孝！可是，无论将来我身在何处，纵然是死，都请你相信，在这个世界上，决不会有第二个人比我更爱你……

伍

向玉龙杰赤派出军队后，成吉思汗又召来速不台、哲别，命令他们率领两万人马，继续追击摩诃末·沙，务要将他生擒活捉。他叮嘱两员将领，此去穷追不舍，沿途不得耽搁。所过城市，若投降，则穿城而过，不得杀戮居民，不得劫掠财物；若遇抵抗，则视具体情况而定，或消灭之或警告之，总之，一切都要服从于追击沙王的大目标。

此时，沙王听说不花剌、撒马尔罕相继陷落，大惊之下，决定采纳朝臣建议，退到呼罗珊地区的大城你沙不尔。札兰丁试图劝告父亲留下组织反击，无奈沙王去意已决。作为沙王的长子，正直的札兰丁对父亲的懦弱和自私十分反感，而沙王也不喜欢他的这个倔强的王位继承人，父子俩矛盾冲突的结果是沙王剥夺了札兰丁的继承权，改立他一向钟爱的小儿子斡沙黑沙为新储君。

札兰丁虽有心报国，怎奈手中没有兵权，如今即位无望，他倒无所谓，只求父亲能将兵权交给他，他愿渡过阿姆河，与蒙军决一死战。

沙王不肯改变主意，亦不肯交出兵权，惶惶然如丧家之犬，再次踏上了新的逃亡之路。

假如沙王不是过于怯懦和固执，大概也不会像现在这样被逼得走投无路。他在雷什特城逗留期间，花剌子模各省行政长官纷纷向他表示愿为他提供十几万军队，助他击败蒙军，收复失地。其实，倘若能充分把握这十多万有生力量，扭转局势也绝非没有可能。毕竟蒙军孤军深入，没有后援，除了英勇善战外，其他各个方面都处于明显劣势。只可惜，早被吓得六神无主的沙王根本无心作战，尚未等到部队集结完毕，便又踏上了他那遥远的、没有明确目的地的逃亡之旅。

如同一场有趣的追踪游戏，亡者没命逃跑，追踪者拼命追击，双方都不甘示弱，最后都累得筋疲力尽。原本一直追随保护沙王的部分随从见他如此惧怕蒙古人，愤愤不已，私下离开他去寻找王子札兰丁，沙王的追随者更加寥寥。

　　沙王逃到儿子斡沙黑沙驻守的城市哥疾宁。斡沙黑沙掌握着三万军队。这又是一次反击的机会，三万人对付分散成小部队行动的蒙军依然绰绰有余，但沙王再次放弃了。

　　如此贪生怕死，恐怕连真主也懒得再眷顾他。

　　得知蒙军已接近里海，与他相距不过几十里，沙王想也没想便逃出哥疾宁，乘船到里海中一座小岛避难。

　　蒙军追到里海岸边，万箭齐发，奈何已舟去人远，唯见天海两茫茫。沙王好似一场大围猎中被驱赶的猎物，侥幸从越缩越紧的包围圈觅到缝隙，仓皇逃入洞中。至此，一场惊心动魄的追击战随着沙王的成功逃逸而暂时落下了帷幕。

　　蒙古主力部队在怯失绿洲度过了炎热的夏季。秋季来临时，战马渐渐恢复了体力，成吉思汗一边着手征服呼罗珊地区，一边等待着来自玉龙杰赤的消息。

陆

　　旧都玉龙杰赤是个著名的商业中心和商队驿站。多年来，太后图儿堪一直经营着该城。沙王逃往里海时曾派使者劝其母后一同逃命，结果被图儿堪骂了个狗血淋头，轰了回去。

　　蒙军很快包围了玉龙杰赤，图儿堪太后下令死守。这个决定赢得了所有忠于花剌子模的军民的支持。

　　术赤所率的第一路人马率先来到玉龙杰赤城下。

　　即使从城外，也能看出这座美丽城市的精致轮廓。不久它将成为他封地的一部分，术赤在城外巡视时看到和想到了这个。

　　年年征战不息，看厌了战火和鲜血，如能在这样宁静美丽的城市度过生命中的最后时刻，此生也不虚度了。从西征开始，术赤便意识到生命不会长久，因而也更加憎恶那些惨无人道的屠杀。但愿父亲能够接受他的劝谏，但愿玉龙杰赤能够免于战祸之苦。

　　术赤在察合台、窝阔台赶来相会前先向玉龙杰赤派出了使者，表达了自己保护该城的诚挚心愿。他对图儿堪太后说，成吉思汗已将玉龙杰赤作为他的封地，他希望它完整无损、美丽如初。他还说，他会尽最大努力与该城军民和平相处,共建城市的繁荣。他在致意图儿堪太后时直言不讳地说明是沙王的鲁莽和无耻才将花剌子模推入了战争的深渊, 他希望或者说请求太后顾全大局,不要为一己之私而使玉龙杰赤毁于战火。

城中一些著名的法官和神职人员主张接受术赤的和平建议。但掌握军队的图儿堪太后坚决反对,她下令,凡敢妄言投降者,格杀勿论!主和派在这种咄咄逼人的情势下,噤若寒蝉。图儿堪太后不乏野心和勇气。不过,她比别人更清楚,玉龙杰赤早晚会陷落,因此,她已在运筹出逃。

术赤仍不死心。城郊数日后被蒙军攻占,术赤命人妥善管理花园及所有建筑,不许抢劫烧杀,他想以此来证明他的诚意。此时,虽然图儿堪太后已逃往马三德兰,札兰丁和灭里却来到城中,他们是更坚决的主战派。札兰丁的铁血性格人尽皆知,和平解决的希望渺茫。术赤试图通过各种渠道劝说城内军队停止抵抗,时间一天天过去,他未组织任何强攻。而城内的主战派将他的这种"软攻"当成怯懦,益发趾高气扬。

十天后,察合台、窝阔台率领部队赶来与术赤会合。兄弟俩巡视玉龙杰赤城垣一周,不明白术赤为什么不攻打城池。

"你是不是觉得你的军队不够用?"察合台冷冷地问。

见面就是讥讽、争吵,术赤厌烦透了。

"你若觉得没把握,让我的军队先上,你退后观战。"察合台明显是在指责术赤贪生怕死。

术赤神情异样地盯着二弟。察合台怒目相视:"你这些天都做什么去了?我还以为你早打到了阿姆河边。"

阿姆河横穿玉龙杰赤,将该城一分为二。

术赤注视玉龙杰赤高高的城墙,苦思对策。

察合台被他的沉默彻底激怒了:"术赤,父汗命我们三人限期攻下玉龙杰赤,你想承担贻误战机的全部后果吗?"

"不,察合台。"术赤突然说。

察合台一时倒愣住了。

"玉龙杰赤是个花园般的城市,毁于战火未免太可惜了。"术赤深沉地说,并不看察合台。

"我知道,父汗已将玉龙杰赤许为你的封地。"

术赤难过地垂下了眼睛。

真的就没法谈拢了吗?兄弟间有时还不如路人。

"大哥,你是不是派人进城谕降了?"窝阔台怕两个哥哥越说越僵,急忙插进话来。

"派了。"

"毫无结果,对吧?拒不同意,对吧?你还想接着派,对吧?"察合台按捺不住心头的怒火,连珠炮似的追问。

窝阔台惊愕地望着二哥,半晌竟想不起自己还要再问些什么了。

术赤感到有股甜腥的东西涌上了嗓子眼,他强使自己将它咽了回去。胸口开始感到阵阵剧痛,且伴有阵阵晕眩和恶心,他强撑着端坐马鞍,既不回头也不说话。

"术赤,"察合台的声音极其刺耳,"你到底要不要攻打玉龙杰赤?"

术赤决定向察合台让步。既然图儿堪太后准备顽抗到底,不给他们点厉害瞧瞧,恐怕换不回完整的玉龙杰赤。"察合台,你莫急,我们还是先研究一下战法。"他心平气和地说。此时,嗓子里那股黏液憋得他脸色有点发白。

"大哥,你哪里不舒服吗?"窝阔台担忧地问。

术赤的脸上浮出了一丝古怪的笑容:"我没事。走吧,到我的营帐。"他以一种不容置辩的口吻说完,掉转马头,率先走了。

察合台、窝阔台对望一眼,也策马紧随。

成吉思汗让术赤、察合台、窝阔台共掌军队,不是出于三军统帅的考虑,而是出于做父亲的考虑。术赤与察合台历来不和,做父亲的希望通过围攻玉龙杰赤,消除兄弟俩由来已久的隔阂。岂料他的这番苦心非但于事无补,还大大耽搁了玉龙杰赤陷落的时间。

三兄弟商议既定,五万大军立即行动。转眼间,一切准备就绪,壕沟被填平,城墙被砸开缺口,蒙军蜂拥入城。

玉龙杰赤可说是蒙军西征以来遇到的最难攻克的城池之一,城破后战斗仍未停止,每条街道都需要经过艰苦的厮杀和争夺才能控制,巷战和肉搏战空前激烈,每座房屋都是一个特殊的战场。察合台考虑到暗箭难防,遂命士兵找来石油,挨户逐屋地焚烧。术赤闻讯急忙赶来阻止,但为时已晚,他只能眼睁睁地看着整个城市在火海中化为灰烬。兄弟间的矛盾更加不可调和。

术赤任察合台去烧,自己率领大军先行来到阿姆河边。对岸,就是玉龙杰赤的另一半,札兰丁就在那里督战。

术赤兄弟间的不和使玉龙杰赤得以苟延残喘。

术赤再次派使者到对岸谕降,对方依然置之不理。术赤遂派三千精兵过桥强攻,不料,敌人突然杀出城门,将蒙军团团围在当中,术赤增援不及,三千将士的鲜血染红了阿姆河河水。

敌军关闭城门,士气大振。察合台和窝阔台赶来与术赤会合,眼前的惨景令他们惊骇不已。

察合台气急败坏地向术赤怒吼:"你为什么擅自进兵?为什么不等等我们?你……嗨!"

术赤心痛如刀绞,无言以对。由于他的疏忽,三千弟兄转眼做了他乡冤魂。内疚与自责强烈地折磨着他,他已经够受的了,察合台还要恶语相加。察合台没错,错的是他,但假如他们兄弟间能够彼此理解,彼此协作,又何至酿此奇祸?

"冒险。纯粹是冒险。"察合台痛心地喃喃。

鲜红的血迹被波浪冲淡了,人生萧瑟,不过一个荒唐的梦。术赤黯然。

主帅间的矛盾,严重影响了手下将士的士气,纪律日渐松弛,蒙军失去它往日的攻击力,一向精明果断的窝阔台对此束手无策。

第十四章

梦里故国

壹

　　沙王在里海的孤岛上，成为虔诚的伊斯兰教徒，每天做五次祈祷，听人讲解古兰经，他发誓，如果真主肯原谅他，他愿振作精神，光复故国。小岛像漂在海上的孤舟，他不知道他的归宿在何方。苍茫的大海之滨，曾有过他欣欣向荣的美丽国家，而如今一切都不复存在。他忍受着难言的愧悔和寂寞，被世人渐渐淡忘。

　　在惊悸与疲惫侵蚀下，沙王患上了肋膜炎。小岛上没人能挽救他的生命，他自知生命不会长久，急忙派人召回长子札兰丁。札兰丁，这个他最不中意的儿子，如今竟成了他唯一的寄托和希望。或许只有这个儿子，才能赶走那些可恶的入侵者，实现他复国的梦想。

　　眼中闪着悔恨的泪光，沙王将宝剑佩挂在儿子的身上，临终前，他有点欣慰：他终于将国家传给了儿子，尽管是个残缺不全的国家。

　　札兰丁独自伫立在父亲的墓前，任冬天的冷雨浸透肌肤。没有任何誓言，他要用行动来证明他的决心。

　　札兰丁潜出小岛，来到玉龙杰赤，到这里方知他的祖母已然出逃。

　　图儿堪太后逃跑前，从狱中提出了历次战争中的俘虏及人犯，除留下牙那儿王子充当向导外，余者尽数杀死，尸体抛入阿姆河中。阿姆河河水又泛红波，翻卷着一个女人的罪恶。到达牙那儿后，太后下令杀掉可怜的牙那儿王子，她及其追随者们躲进了马三德兰山中的伊拉鲁城堡中。

　　玉龙杰赤仍剩有六万守军，其中多半是突厥人。他们中的部分人拒绝同太后一直出逃，同时也不愿听命于潜回城中的花剌子模新国王札兰丁的指挥。但也有人支持札兰丁,札兰丁暂且留在城中指挥战斗,此时灭里也来到他的身边,他的力量得到壮大。他与灭里商议,万一城池不守,他们将退守哥疾宁。

自王子札兰丁继承父位,掌握军权后,始将花剌子模的抵抗运动推向高潮。蒙军虽攻陷了花剌子模大部分的城池,却未及建立起稳固的政权,真正彻底地征服它是在第二代大汗窝阔台手上完成的。

正在里海附近屯养兵马的哲别和速不台很快获悉了太后图儿堪躲入马三德兰的准确情报,当即挥军直扑马三德兰,将伊拉鲁城堡团团围困。数日强攻,城内守军坚持不住,弃械投降。太后及其王室成员均被生俘,哲别、速不台将他们一并解往成吉思汗处。

术赤三兄弟对玉龙杰赤实施包围已经整整七个月了,七个月中,战事毫无进展。术赤和察合台的意见得不到统一,将士们只能望河兴叹。

成吉思汗如何不知围攻玉龙杰赤失利的真正原因在哪里,开始他还寄希望于术赤和察合台尝到苦头后能主动改善关系,默契配合,随着时间的推移,他的愿望破灭了,代之而来的是暴风雨般的震怒。他们,他的儿子们,太令他失望了。他毅然决定由窝阔台担任最高统帅,术赤、察合台交出兵权,共同听命于窝阔台。

三兄弟不敢违命。

窝阔台不愧为头脑清醒冷静的主帅之选。过去他手中无权,对两个哥哥所有的调停都近乎和稀泥,如今他大权在握,就必须用铁的手腕使他们完全听从于他的指挥。毕竟战争不是儿戏。

蒙军无疑是一支军纪严明、上下一心的军队,主帅间的不和虽造成了一度的纪律松懈,但一经窝阔台严厉治军,就又恢复了往日的锐气。数日后,蒙军攻入玉龙杰赤的另一半城池。战斗并未停止,每座房屋、每条巷道都是战场,战斗激烈到了寸土必争的程度。经过七个昼夜的巷战和肉搏战,守军和居民被逼至最后三个区,再也没有能力抵抗攻势越发凌厉、意志更加顽强的蒙军。

迫不得已,他们推举了一位叫哈牙惕的警长前去和术赤谈判。哈牙惕警长说:"我们已经领教了大王的怒火和威严,还望大王网开一面,饶恕我们这些活着的并且愿意归顺大王的人。"

术赤指着城中遍地的横尸怒不可遏:"你们的抵抗使我军遭受了惨重的伤亡,领教了怒火和威严的人是我而不是你,你叫我怎么宽恕!"

然而,术赤还是接受了城内军民的请降,并且恪守了饶命不杀的诺言。

打扫完战场,术赤突然心生一计。他唤来爱子拔都,附耳交代几句,拔都满脸狐疑,领命而去。

察合台、窝阔台正在商议回军事宜,忽闻侍卫来报,拔都正带人搬运库中战利品,二人大吃一惊,急忙赶往存放战利品的库房。

果然,拔都正在指挥装车。

"住手!你在做什么!"察合台的眼中似要喷出火来。

士兵被震住,停下来望着拔都。拔都不慌不忙地走到二位叔叔跟前。

他是成吉思汗家族的第三代将领。西征开始时,他还只有十六岁,却凭借机智勇敢屡立战功,成为蒙军中以骁勇善战著称的年轻将领,深受他的祖汗和父亲的器重……

"二叔……"拔都刚开口,察合台便粗暴地打断了他的话头:"你奉谁的命令私自抢夺战利品?"

"二叔、三叔,侄儿并不曾抢。侄儿不是派人去通知二位叔父了吗?父王说,攻打玉龙杰赤将士死亡惨重,理应取些战利品做抚恤之用。父王命我只取其中一份,其余部分,交由二位叔父处理。"拔都振振有词地回答。

察合台愣了愣。术赤这是搞的什么鬼名堂!不过,既然术赤开了头……

窝阔台正觉此事有些蹊跷,察合台却不容他分说,急忙命士兵赶来几辆马车,也将"他们的那部分"战利品运了回去。 至此,兄弟三人将他们进攻玉龙杰赤的所得瓜分得干干净净。

拔都回府向父王复命。

术赤一脸倦容地听完汇报,嘴角露出一丝奇怪的笑容。"你怎么了,拔都?"见儿子一直神态惴惴,术赤忍不住问。

"我怕……"拔都嗫嚅着。

"怕?"

"是啊,父王,我祖汗三令五申不许私抢私分战利品,我怕我们这样做,会惹他老人家生气……再说,父王,我们值得为这么点东西就违抗汗令吗?这让我们以后还怎么去见祖汗?"拔都鼓足勇气直抒己见。

术赤心中一痛。见你祖汗?只怕永远不会见了。

"拔都,你误会了,父王决非要将战利品取为己用。攻取玉龙杰赤时伤亡太大,特别是那三千弟兄,父王理应对他们的亲人做些补偿。再者,巴尔术国王过几日就要返回畏兀儿,也需备下路上所用。"

那也用不着私取财物啊。拔都暗想,不敢争辩,转身走了。

目送儿子离去,术赤再也忍不住,一口鲜血喷出,他虚弱地歪在椅上。

父汗,您现在在做什么?您的身体还好吗?您知不知道当我决定永远不再见您的时候才发现自己竟会如此想您?

贰

成吉思汗对三个儿子围攻玉龙杰赤时行动迟缓本来就有所不满,现在又听说他们擅自分掉了进攻玉龙杰赤的所有战利品,更为震怒。难道连他的儿子们也敢不把他放在眼里了吗? 察合台、窝阔台回到塔里寒等待父汗赐见,斡歌连进去通报,不多时出来说:"大汗不见,命你们回去。"

传话的人说得温和, 谁知父汗是怎样震怒?兄弟二人犹如兜头一盆冷水,面面相觑,呆若木鸡。

看他们那样,斡歌连很是同情,压低声音劝道:"二位太子还是先回去吧。大汗正在气头上,等他的气消了,一定会召见你们。"

察合台、窝阔台无计可施,只好返回住处。

第二天,第三天,成吉思汗都以同样的话将他们挡了回去。

这一下,兄弟俩真正尝到了坐卧不宁、茶饭不思的滋味。正好拖雷连战告捷,也班师回到塔里寒拜见父汗,看到两个哥哥垂头丧气地站在父汗的大帐外,很是奇怪:"你们多会儿回来的?大哥没回来吗?你们怎么不进去?"

对于拖雷一连串的发问,窝阔台苦笑不迭,察合台恨恨不语。

不多时,斡歌连出来了:"四太子,大汗命你进去回话。"

拖雷不及多言,匆匆来到帐中。成吉思汗让他坐下,约略问了几句征战的情况。拖雷骇然注视着父亲倦怠憔悴的脸色。

沉默良久,成吉思汗方又缓缓开言:"你休息一两日,代为父去送一下巴尔术和华歆,他们就要一同回返蒙古。"

拖雷遵命。

又是一阵沉默。成吉思汗挥挥手,拖雷急忙告退了。

他刚走出帐门,察合台和窝阔台便迎住了他。"拖雷,父汗说起我们了吗?"窝阔台小心翼翼地问。

拖雷心情沉重地摇摇头:"没有,父汗没说几句话。他的脸色很不好,我担心他是病了。说真的,过去我从未见过他像今天这样疲乏消沉。"

察合台心中难受至极,狠狠捶着脑袋。窝阔台只顾低头看着鞋尖。

父汗哪里是病了!分明是我们这些鬼迷心窍的不肖子令他失望……

"对了,大哥呢? 他为什么没和你们一起回来?"

"少提术赤! 他这个该死的——我怎会这么没脑子,轻而易举就上了他的当!"察合台怒火中烧、愀然作色。

这番突如其来的发泄更让拖雷摸不着头脑。三兄弟正没奈何,博尔术、喜吉忽从前营巡视归来,听说大汗三天不接见两个儿子,同意为他们说情。

成吉思汗强打精神宣二将入见。博尔术满怀同情地注视着大汗,从那双他所熟悉的眼睛中,他看到的是一个无能为力的父亲的悲哀。

"大汗,臣闻我大军攻克玉龙杰赤,将士无不欢欣鼓舞。太子们征战有功,虽说触犯军纪,毕竟已知悔改,还望大汗给他们个改过的机会。"

成吉思汗一生,很少违拗博尔术的请求。这不只是由于他们之间的深厚友情,更因博尔术从未向他求过私情,他不能允许自己拒绝一个高尚坦荡的胸怀:"好吧,我且依你。"他向斡歌连示意。

斡歌连脚步轻快地来到帐外:"二位太子,请进。"

拖雷跟在两位哥哥身后又折回父汗的大帐。成吉思汗余怒未息,狠狠将两个儿子训斥了一顿。察合台、窝阔台垂首默立,愧悔交加,赧颜无地。

俟成吉思汗话音一落,喜吉忽急忙解劝道:"汗兄,太子们来此学习征战,犹如雏鹰之翅,可扶不可折。还望汗兄稍息雷霆之怒,饶过太子们无心之失。而今我方身处敌国,征战频起,尚需太子们领兵前去征讨,汗兄不宜过分挫其锐气。昔日之过,当以为戒,相信太子们不致重犯。"

喜吉忽的劝说,使成吉思汗心中的怒火完全熄灭了,他的脸色缓和下来,语重心长地告诫三个儿子:"切记,'贪'乃万恶之源。你们可下去细思己过。"

兄弟三人大气不敢出地退出帐外,拖雷擦擦头上的汗,笑道:"我够倒霉的,陪你们挨骂不说,还出了这一身的汗。"

察合台长长地吁出一口气:"谁让你的好奇心那么强! 我的天,父汗要是再不消气,非把我骂晕过去不可。"

他夸张的样子逗笑了窝阔台和拖雷。

"二哥,说真的,大哥怎么没跟你们一起回来?"

察合台白了拖雷一眼:"你就知道惦记术赤! 他当然不会回来。他诓我们分了财物,然后躲起来看我们的热闹——好戏全在他的预料之中。"

窝阔台阻止二哥:"不怨大哥,要怨只能怨我们自己见财起意。父汗教训的没错,'贪'的确是万恶之源。"

察合台仍不服气:"反正若不是术赤,我断不会生出此念。"

拖雷总算弄清了事情的来龙去脉,心里更加惦记术赤。正好父汗派他去为巴尔术送行,他顾不得休息,草草准备一番,便直奔玉龙杰赤。

叁

玉龙杰赤。术赤兄弟送别巴尔术夫妇。

目送着一行人远去,化作天际游云,圈马回返时,拖雷微微喟叹:"不知何时我们才能返回?"

术赤无语。母亲悲伤的面容蓦然浮现在脑海,他急忙按捺住涌上心头的哀愁。他再也不会回去了,他已经没有根,没有家了。

"大哥,你知道吗?军中现在思乡厌战的情绪很普遍,很严重,我拿不定主意是否告诉父汗。"

术赤依然无语。

"大哥,你倒是说话呀。"拖雷有点不快地望着术赤。怎么大哥越来越让人感到陌生了?过去他可不是这样啊。

"你要我说什么?难道父汗还需要别人来提醒吗?"术赤狠狠一夹马肚,率先走了。

玉龙杰赤正在修缮中,看得出,术赤对这座古老的城池倾注了很多心血。参观完这个著名的商都,拖雷忍不住玩笑道:"看你在玉龙杰赤这样大兴土木,就觉得你好像要永远住在这里不回去了。"

术赤心头刺痛,默不作声。

拖雷又问:"大哥,你不打算回塔里寒一趟吗?"

"回塔里寒?为什么?"术赤心不在焉地反问。

拖雷讶然注视着情冷如冰的术赤,欲言又止:"父汗……"

术赤好似没有注意到拖雷在说些什么,他端坐于马背之上,目不转睛地凝望着天际处绚烂的晚霞。

"大哥,你在看什么?"

"太阳要落了……无论多么光辉的生命也一样会黯淡,会消失……"术赤若有所思地自语。

父汗就是那夕阳吗?倘若如此,还是让我先"沉落"到山的那一边吧,这样,我依然可以接住夕阳的光辉……这样,父汗这轮太阳就会永远在我的头上闪烁……

拖雷微愣。

术赤回头审视着弟弟:"你刚才说什么?"

"我?我刚才说什么?"拖雷被问蒙了,满脸困惑。

"你说父汗……"

拖雷恍然。父汗的愤怒重新浮现在脑海,他很想解开萦绕于心头的一些疑问,尽管此前他并不想问。"大哥,你为什么要那样做?"

这句没头没脑的诘问,术赤完全明白它的意思。

然而,他无言以对。

"那天,就是你设下圈套诱使察合台、窝阔台分掉了玉龙杰赤所有战利品的那天,我头一次感到父汗老了。我指的不是肌体,是心。是心,你懂吗?从那时起到现在,我不止一次问自己,你为什么要那样做?"

术赤紧紧攥着马缰。

拖雷的声调很平静,平静得近乎呆板。

为什么?为了试试身为储君的窝阔台的定力;为了让跟在父汗身边的他们吃了苦头后能够接受教训,不致再犯同样的错误;为了……为了长痛不如短痛,父亲再不要记挂我这个不孝子……

沉默笼罩了兄弟二人。

良久,拖雷无声地叹了口气:"我知道你不会回答我。明天,我得回塔里寒了。想必你也没有什么话需要带给父汗,你自己多保重吧。"

同胞兄弟如此客气,术赤明白他已失去了最后一份值得珍重的情感,一时竟觉百感交集。

拖雷,拖雷,总有一天,你会明白我的良苦用心。

拔都奉命送拖雷出城。叔侄感情一向亲密,拔都试图挽留四叔:"您就不能多待几天吗?姑姑、姑父刚刚离开,侄儿还没抽出空陪您到处看看呢。"

"以后吧。对了,拔都,你父王最近……是不是身体不大好?"

犹豫片刻。

"四叔别担心,父王他……无甚大碍。"拔都违心地回道。他不能不佩服父王的精细,父王居然料到四叔会这样问他。

"那就好,那就好。"拖雷同样言不由衷。

叔侄并辔而行。拔都心情沉重,欲言又止。最近,父王的健康每况愈下,经常咯血,拔都很想将真实情况告诉四叔。可是,如果四叔知道了父王的近况,祖汗就会知道,父亲一再叮咛他们兄弟,绝不可以让祖汗担心。

"拔都,有机会去看看祖汗,祖汗很想念你们。"

"侄儿会的。侄儿也很想他老人家。四叔,请代父王和我问候祖汗。"

叔侄黯然相对。有时，分别即永别。战争缩短了生与死的距离，却又无限地拉长了分与聚的距离。

肆

一二二一年夏，成吉思汗率领大军来到战略高地巴米安城北部的山区避暑，准备从那里继续向南挺进。

速格纳黑所率二万阿力麻里将士与成吉思汗的"怯薛军"紧紧相随。在遣巴尔术返回畏兀儿后，成吉思汗又相继遣阿力麻里、哈赤鲁两支军队回返。哈赤鲁国王阿尔思阑近来水土不服，腹泻难愈，只好接受成吉思汗的劝告，在夏初与成吉思汗话别。速格纳黑却无论如何不肯从命。自扈从西征以来，他学到了许多东西，也赢得了荣誉，他早就决定坚持到最后的凯旋。

婉嫣当然更不愿意先行东返。她只有留在祖汗身边，才能稍稍放下悬着的心。

但凡得空，婉嫣必到祖汗的营中探望祖汗。对祖孙俩来说，能够亲亲热热地说会儿话，逗弄逗弄出生在花剌子模，正在牙牙学语的婉嫣的次子，已经算莫大的享受了。

山中凉风习习，满目幽绿，大队人马在这里扎营。南图赣征得祖汗同意，赶到阿力麻里宿营地看望婉嫣。战事频繁，姐弟能够见面的机会实在少得可怜。

南图赣今年十七岁了，皮肤晒得黑黑的，一举一动都像一只敏捷的山豹。由于自小与婉嫣一处长大，他与婉嫣最亲，彼此鲜有拘谨。

凭着印象很快找到婉嫣的寝帐，南图赣蹑手蹑脚地推开了门，想给婉嫣一个惊喜。帐中只有婉嫣一个人，她正背对着门，弯腰从箱里翻找着什么东西。南图赣不出声地走到她的身后，伸手蒙住了她的眼睛。

只听一声尖叫，南图赣的双手猛地被甩开了。定睛望去，哪里是婉嫣？分明是位陌生的少女。

只是那背影何其相似……南图赣惊呆了。

"你是谁？你要干什么？"少女捂着发红的面颊，又羞又怒。

"我……我……"南图赣赧颜无地，舌头也好似短了一截。

"你快说！你再不说，我要喊人了。"

"别！别！千万别……姑娘，我是来找人的，我不是故意的。"南图赣边说边向后退去,"我这就走,我马上走。"

"你找谁?"

"我找婉嫣。对不起,姑娘,对不起……"慌乱中,南图赣绊在了门槛上,仰面朝天摔到地上。

少女捂着嘴笑了,笑得极为开心。

南图赣爬起来,落荒而逃。

有了这次教训,南图赣再不敢造次,打听清楚了,才敲开婉嫣的帐子。帐中除了婉嫣、速格纳黑外,还有一个素未谋面的青年。

婉嫣惊喜万分地让进弟弟:"南图赣,你来得真巧。我来给介绍一下,这位是你姐夫的二弟古克,他今天刚到。"

月前,布扎尔夫人派次子古克率一千阿力麻里将士前来接回孙子,同时向成吉思汗献上四百匹骏马。

南图赣腼腆地向古克致意,古克不容分说将他拉至身边坐下:"你就是南图赣? 常听大哥、大嫂说起你,没想到你小子长得这么精神。"

古克的亲热使感情不习惯外露的南图赣十分尴尬。"孩子呢?"他环视着帐中,掩饰地问姐姐。

"在你二嫂嫂那里睡着呢。"

古克拍了拍南图赣的肩头:"小子,我带来两匹烈马,你有没有兴趣跟我去瞧瞧?你若驯得服,我送一匹给你。我说,小子,都是自家人,你随便点儿好不好? "

南图赣哭笑不得。听古克说话的语气,就像他俩已经认识多少年了。

婉嫣取过酒壶,为三个男人斟满酒:"你们先聊着,我去把弟妹和妹妹都接来,再弄只烤肥羊。今晚,我们全家人好好聚聚。"

哪里有古克,哪里就不会有冷清的时候。古克天生闲不住,连说话也不肯安安静静地坐着说,不时走来走去,或者拍上南图赣一巴掌。南图赣心里直发怵,每当古克走近他,他全身的神经都会随之绷紧。

速格纳黑冲弟弟使了半天眼色,古克都丝毫没有察觉,依然是老样子。最后速格纳黑实在忍不住了:"古克,你就不能坐着说话? "

南图赣暗笑。

比起古克来,速格纳黑算是稳重多了。不过,南图赣倒很喜欢古克。古克对南图赣也一见如故,谈得十分投机——尽管大部分时间都是他一个人在那里说。

速格纳黑在南图赣面前很少开口,他甚至比南图赣更拘束。他始终弄不明白南图赣为什么对他的成见根深蒂固?

婉嫣去不多久，和另外两位年轻女子一同回来了。大帐里刹那间仿佛盛开了三朵娇艳的鲜花。

南图赣呆望着他刚刚见过的那位少女。少女瞟了他一眼，忍不住一笑，南图赣慌忙移开视线，惭愧极了。

"南图赣，你来。"南图赣乖乖走到婉嫣面前。

"这是你二嫂嫂。这是依芙……你们俩同岁，姐还真不知道你们俩谁大呢……你就叫她依芙吧。"

南图赣没敢看依芙。想起不久前发生的那一幕，他就不好意思。

古克说到做到，吃过饭后，拉着南图赣去看他带来的两匹未经驯服的烈马。依芙好奇，非要跟着他们一同去看驯马。

南图赣一眼看中了两匹马中通身雪白的那匹，不消一顿饭的工夫，便将它驯得服服帖帖。他的敏捷与机智令古克、依芙钦佩不已。

小住数日后，南图赣要回自己的军队了，婉嫣让古克和依芙去送他，兄妹俩一直将他送出营外。

两个一见如故的青年依依话别，互道珍重。最后，南图赣来到依芙面前，"依芙，以后有机会，跟婉嫣一起来玩吧。"

"我会的。"依芙突觉心中依恋难舍，急忙垂下了头。

南图赣亦有同感，注视着依芙呆了半晌，满腹知心话却不知从何说起。

古克原本谙熟男女之情，眼见两个人如此，心中已知八九。但因南图赣生性古板、腼腆，又不便借机打趣。

南图赣竭力克制住油然而生的柔情，最后深深地望了一眼依芙："攻下巴米安，我再来看你们。"

"你多保重。"依芙殷殷叮咛。

南图赣点头，飞身跃上马背。

依芙目送着他远去的身影，泪水渐渐盈满了眼眶。 古克凑近妹妹小声说："难怪这回你非要跟我一起来花剌子模——原来是因为你知道有人等你。"

"呸！"依芙红了脸，啐道，"你少说两句行不行？就你什么都懂。"

古克得意地笑笑："那当然。这方面我经验最丰富，大哥不是还跟我学了几手才……"说到这里，他蓦然顿住，脸色微微变了。

依芙不理他，催马离去。古克目送着她，自言自语：依芙，你是幸福的。毕竟，在你开始爱的时候，遇到的是自己所爱的人……

你是如此，我呢？

伍

在山中度过了炎热的夏季,成吉思汗挥军南下,直取巴米安城堡。

巴米安城堡高高屹立在查理戈尔戈拉高地上。城内守军凭借险要的地势,决心与蒙军血战到底。

城上飞箭似蝗,流矢如雨,蒙军被阻在城下。

蒙军第一次进攻被击退了。南图赣和速格纳黑在组织第二次进攻时看到了对方,也仅仅来得及对了下目光而已。速格纳黑指挥士兵迅速抢占了一个地势较高的土丘。箭矢呼啸着从他耳边掠过,几十架投石机和火炮很快安放好了。

突然,速格纳黑听到一声尖利的呼喊:"快——闪——开——"

一切都发生在短短的瞬间。

速格纳黑尚未明白发生了什么事,就见一个年轻战士挺身挡在了他的面前。接着,战士身体晃了几晃,栽到马下。

速格纳黑如同被惊呆一般,任箭雨零落四周,一动不动。

"小王爷,小王爷……"南图赣的侍卫从地上抱起小主人,将他横放在马鞍上,迅速驰向后方安全地带。速格纳黑猛地清醒过来,发疯般地随后追去。

箭,从后面穿透了南图赣的胸膛。他被侍卫轻轻抱下来,放在地上。速格纳黑扑跪在他的身旁,紧紧握着他的双手,不知是惊是愧是悲是痛。

南图赣缓缓睁开眼,无力地笑了:"姐夫……一直没叫过你姐夫,对不起。过去,我总恨你抢走了我最爱的姐姐,可后来……我不恨你了,我早不恨你了。好好保护婉嫣,好好……爱她……"

"南图赣,"速格纳黑的泪水涌上嗓子,声音哽住了,"都怨我……"

"不……祖汗来了……"南图赣看到了闻讯赶来的祖汗,眼中蓦然闪过一道喜悦的光芒。

"南图赣,你要紧吗?"成吉思汗抱住孙子,细细审视着他的伤口,不祥紧紧攫住了他的心,"快去请大夫!"

"祖汗,"南图赣焦急地扯住了他的衣袖,"不用了,来不及了……祖汗,看着我,别离开我。"

"南图赣,祖汗不离开你。"

南图赣面色如纸。"祖汗,别难过。我……"他声息越来越微弱,"祖汗……保重……"话未说完,头便无力地滑向了成吉思汗的臂弯。

"南图赣！"成吉思汗将孙儿紧紧搂在怀中，痛不欲生地嘶喊着。

许久，他慢慢放下孙儿，回望着高高的巴米安城，充血的瞳仁里喷射出吞没一切的怒火。

"给我——杀！一个也不要放过！"他伸手摘去头盔，狠狠摔在地上。

"杀！"他亲负矢石，指挥部队将所有的弩炮、投石机、投火器和火炮对准了巴米安的城墙。

"杀！"受他的怒气感染，蒙军将士将满腔仇恨都集中在巴米安守军身上。

不出半天，巴米安城即被攻克。蒙军将士登上云梯，争先恐后拥入城内，开始执行成吉思汗的命令：杀掉所有的人和动物，摧毁所有的房屋建筑——不取一人一物，不留一瓦一土！

巴米安城在成吉思汗的痛苦中化作了废墟。

成吉思汗伫立于城外，注视着城内熊熊燃烧的大火，取而代之的却是刻骨铭心的空虚。

孙子走了，任他有天大的能力也改变不了这个事实。孙子，他最心爱的孙子，就这样走了。他还那么年轻，往日绕膝依依的情景还历历在目，可他竟匆匆地走了。这一切都怨谁？怨谁？

南图赣被葬在城外的松林中。成吉思汗仍然无法接受这一现实，好像心爱的孙子还活着，正迈着矫捷的步伐向他走来。"祖汗，祖汗"，耳边依然萦绕着孙子的呼唤，他无法相信那竟是最后的声音……察合台尚且不知这个噩耗，他另有使命尚未归来，到时，他该如何对儿子讲明？

博尔术匆匆来到成吉思汗身边。"大汗，您要节哀。"这是他此时此刻唯一能想出的话语了。

成吉思汗拼命抑制着内心的灼痛："博尔术，你通知各军将领，暂不要将南图赣的死讯传播出去，察合台那里……待时机合适，我自对他言明。"

"喳。"博尔术领命，黯然退下。

速格纳黑不顾一切地冲到成吉思汗面前，扑跪在地，悲伤中充满了深切的自责："祖汗，都怨我！都怨我！南图赣如果不是为了救我，又怎么会……为什么不让我去死呢？"他自怨自艾。

成吉思汗俯身将他拉起，艰涩地说道："速格纳黑，你要好好安慰婉嫣，这个打击对她太大了……"

"祖汗……"

"孩子，别忘了南图赣。"

只此一句，成吉思汗再也说不下去。他缓慢地转身走了，速格纳黑泪眼蒙眬地注视着他骤然间变得佝偻的身躯，内心愈觉空虚迷茫。

天近傍晚,成吉思汗步履沉重地来到安葬爱孙的山谷。

天上没有一丝风,夕阳留下最后一抹红,浮云片片,片片哀愁。成吉思汗突然停住脚步,他看见新起的墓前伫立着一个少女。

少女双手蒙着脸,肩头剧烈地颤动着。无声的悲咽往往比撕心裂肺的哭声更令人心碎,成吉思汗不由双目濡湿。

大概是他弄出了什么响动惊觉了少女,她惊慌地回过头来,看见是他,才轻轻松了口气。

她的眼睛红红的,面颊上挂着尚未擦干的泪水。她的脸上尚且带着几分稚气,与南图赣的年龄相仿,一身银灰色的短袍,梳得整整齐齐的发辫搭在腰际,显然,她还是个尚未出嫁的姑娘。

"姑娘,你是谁?叫什么名字?你也认识南图赣吗?"成吉思汗轻声问,声音中充满了暮年的苍凉。

"我……我叫依芙。"少女低声回答,然后转过头,回视着南图赣沉睡的地方,"我是南图赣的好朋友,他答应过我攻下巴米安就来看望我,可是,他食言了。不过我不怨他,我可以来看他啊。"

依芙……成吉思汗默念,好像听说过。"我是南图赣的祖汗。"

"我知道——我猜到了。"

"姑娘,你是什么时候认识南图赣的,能告诉我吗?"

泪水无声地流过少女的面颊。"我们认识的时间很短很短。那天他去看望大嫂,只有那么一次,我都不知道他是否还会记得我……"

成吉思汗若有所悟:"你是速格纳黑的妹妹?"

少女点点头:"过几天,我就要回阿力麻里了。我知道等我走了之后,就再也不会见到他了。"

"好孩子,有的人虽然见不到了,却会永远活在我们的心里。南图赣从小到大都是个脾气古怪的孩子,见了女孩子很腼腆……"成吉思汗不知道自己为什么要说这些,但少女完全理解。

她坚强地抹去泪水:"祖汗,请允许我叫您一声祖汗行吗?把您的剑借我用用。"

成吉思汗微微一愣,解下宝剑递在她的手中。

少女回剑割下青丝,将它装入随身带来的香袋中。她凝视着香袋。南图赣,让它陪伴着你,让我的心陪伴着你,这样,你就不会太寂寞了。

她用宝剑挖开坑,将香袋埋了进去。

成吉思汗无言地注视着她的一举一动,老泪纵横。

少女祈祷完,抬起头来,温柔地请求:"祖汗,送我回营好吗?"

"好的,孩子,祖汗送你。"

月光如霜,洒在携手相随的一老一少的身上。

陆

察合台三兄弟完成任务,回到了父汗身边。一连几天,每说到南图赣,成吉思汗都托词南图赣另有使命,搪塞了过去,察合台也就不疑有他。但此事终究瞒得了一时,瞒不过一世,几天后,成吉思汗找了个机会留下三个儿子与他同桌进餐。

席间,成吉思汗的脸色十分阴沉,三个儿子心中惶恐,谁也不敢做声。四个人沉闷地吃着饭,过了好久,成吉思汗抬起头,锐利的目光扫过儿子们的脸,似伤感又似责备:"你们现在一个个手握兵权,越来越不把为父放在眼里了。恐怕过不了多久,我就再也指挥不动你们了。"

这番话说得兄弟三人莫名其妙。察合台见父汗的眼睛一直紧紧盯着他,突然想起攻打玉龙杰赤时他们三兄弟私自瓜分财物一事,那件事的确是他做过的最愚蠢的一件事。他慌忙离座跪倒在地:"父汗,前次分抢战利品之事,儿臣早已知错,决不会重犯。还望父汗相信儿臣。"

成吉思汗冷冷地哼了一声:"那是小事。不过,小中见大,你们敢公然违抗我的命令,分明是觉得我已老朽不配指挥你们。"

窝阔台、拖雷都坐不住了。

父汗既然说"你们",显然也包括他们俩。兄弟二人正欲起身,成吉思汗不易觉察地对他们俩摇摇头。窝阔台已知南图赣战死之事,他恍然悟到父汗的真实用意,急忙拉住拖雷,兄弟俩呆坐不动。

察合台犹如芒刺在背,又急又愧:"儿臣死也不敢违抗您的任何命令!儿臣若有半句谎言,情愿死在……"

"胡说!住口!"成吉思汗怒道。

察合台吓得不敢再往下说了,心中却是委屈至极。如果这个时候他可以将自己的心掏出来给父亲看,他也一定会毫不犹豫地掏出来的。

成吉思汗默默俯视着儿子,努力克制着翻滚的心潮。过了好一会儿,他将语气放得缓和了一些:"你当真再不会违抗我的命令吗?"

"儿臣对天起誓。"

"如果我让你做件事呢——"

"儿臣赴汤蹈火，在所不辞。"

"如果我让你做的事很难呢？"

"无论有多难，儿臣也会唯父汗之命是从。"

窝阔台兄弟再不忍心看虔诚起誓的哥哥，更不忍心看强作欢颜的父汗。

"既然如此，好了，你起来吧。"

察合台听父汗说话的语气已毫无怪他之意，紧张的心情顿时松快了一些，他谢过父亲，这才回到自己的座位坐下。

成吉思汗示意拖雷给他二哥斟酒。察合台端起酒杯，成吉思汗看着他说道："我告诉你，南图赣已战死，你休得悲伤哭泣，乱我……我……我军心！"

不啻一个晴天霹雳，杯中酒泼出了大半。

有那么片刻，察合台的大脑中一片空白。后来他清醒过来，见父汗正盯着他，下意识地将杯中残余的酒喝干了。握着酒杯的手不住地颤动着，由于拼命克制自己，身体也随之轻轻颤抖起来。"儿臣遵命。"他近乎机械地说。

成吉思汗急忙移开视线。只有在避开儿子目光的刹那，他的脸上才流露出内心深切的怜悯："如此，我也可放心了。"

世上大概再没有比这更让人难以忍受的场面：察合台紧紧攥着空酒杯，似乎放开它，他的精神就会崩溃……

"父汗，南图赣……怎么死的？"

成吉思汗低沉缓慢地叙述了南图赣战死的经过，他最后说："南图赣是个好孩子，他很英勇。"

察合台的脑海中蓦然浮现出巴米安冒着青烟的废墟和废墟中的死寂——其实，父汗的痛苦比他更深更重！

"父汗，"察合台低声说，"儿臣可否先告退一会儿？"

成吉思汗点头。

一踏出帐门，察合台的泪水便止不住夺眶而出。他在帐外空地稍站片刻，当他重新返回父汗的大帐时，除眼眶微红外，神态异常安详。见儿子已很好地控制住了自己，成吉思汗无声地叹了口气。

柒

札兰丁出现在哥疾宁的消息多少冲淡了一些数日来一直笼罩在中路军

大帐中的愁云惨雾。

札兰丁在哥疾宁纠集了一支约有七万人的庞大骑兵，又派"铁王"灭里驻守附近山区各个要塞。成吉思汗闻讯后，当即派义弟喜吉忽率四万人先行赶往哥疾宁。

昏聩无能的沙王却生了札兰丁这么个勇武刚强、百折不回的好儿子。自札兰丁继承父位以来，成吉思汗才在花剌子模遇上了强劲的对手。

札兰丁在哥疾宁城掌握的七万骑兵，半数以上是突厥雇佣军，其余则是阿富汗土著兵。札兰丁虽成功地将他们拢至麾下，但对能否长期维持现状心里丝毫没底。有种人可共享乐，不可共患难；有种人正相反，可共患难，不可共享乐，这两种人都不能长久，札兰丁深知这一点。

对于成吉思汗，札兰丁始终不敢掉以轻心。一方面，他恨不能手刃这个将他美丽的国家置于恐怖深渊的恶魔；另一方面，又不能不佩服这位蒙古大汗的用兵如神。他明白，若想重新振作起士气，只能靠胜利。

侦知蒙军先头部队正向哥疾宁方向进发，札兰丁在八鲁湾摆下战场。

经过一整天的厮杀，双方未分胜负。夜晚鸣金收兵，喜吉忽因己方人数明显处于劣势，大部队又接续不上，内心忧虑，反复思考后，设下一计。

翌日天明，双方军队亮出队形。札兰丁手下将领忽见蒙军密密麻麻，比昨日多出一倍，以为蒙军后援已到，不免心虚，建议退回城堡，以静制动，以守为攻。

札兰丁用心观察对方营阵，心知有异，喝令言退者斩。全军严阵以待。

喜吉忽指挥部队冲击札兰丁军左翼，被左翼用箭射退。札兰丁见蒙军人数虽众，进攻反而拖沓不力，料知喜吉忽的所谓"援军"，不过是些草扎的假人，借以虚张声势而已。

蒙军向札兰丁军营地发动了第二次进攻。

待蒙军迫近，札兰丁命士兵吹响号角，札兰丁军潮水般地冲杀过来，迅速将蒙军分割包围了。喜吉忽情知疑兵计已破，己方伤亡惨重，急命突围。他以军旗为号，强行杀开一条血路。

札兰丁率部紧追不舍。

溃败中，又有部分蒙军将士坠入沟涧，被生俘者更是不计其数。这一番追杀，直追到金乌西斜，札兰丁方勒住战马，指挥大军押着俘虏凯旋了。

西征以来，八鲁湾之役是蒙军打的唯一一次败仗，喜吉忽仅带少数残兵败将狼狈地逃出了八鲁湾。

成吉思汗率主力正在途中，喜吉忽径直来到汗兄马前，跪请战败之罪。

成吉思汗不动声色地命他起来："你直到今天都只习惯于胜利，殊不知战争瞬息万变,因常胜滋生骄意,必以败北告终,你须牢牢吸取此次教训。"

成吉思汗仅仅说了这么多,其实内心焦灼万分。

他们所面临的问题不在于吃败仗本身,而在于这次失败会使将士们士气低落。此外,札兰丁的胜利还会使花剌子模许多被逼降的城市重新举起反旗。成吉思汗不及驻营,亲率大军向哥疾宁昼夜疾进。两天两夜的急行军将士们都没有下马做饭的时间,只能在马上嚼些肉干充饥,在马上打个盹解乏。

经过八鲁湾战场时,成吉思汗要喜吉忽讲讲当时两军对垒的情况。喜吉忽不敢隐瞒,如实禀报,成吉思汗闻言责备他不善于选择有利地形作战,并给将领们讲解了如何根据敌人布阵而选择地形。他指出:喜吉忽在两军有过厮杀而胜负未分的情况下使用疑兵计,已是示弱于敌。既用疑兵计,便应考虑周全,做到进可攻,退可守,进退自如。所谓进可攻,是要进攻时不会被敌人分割包围;退可守,是计破后又可从容退却。用计之初却不预先察看地形,不按有利地势布阵,可谓错上加错,焉能不败?

喜吉忽和众将受教,心悦诚服。

蒙军一路来到哥疾宁城下,见城中毫无动静,方知札兰丁已弃城而去。

札兰丁既然大获全胜,为什么还要弃城不守呢?成吉思汗大惑不解,原来在这几日里札兰丁的部队接连发生了几个变故。

与形同一个整体的蒙军相比,札兰丁最缺少的就是拥有一支直接听命于他,并对他忠心不二的军队。

在特殊情况下纠集起来的联军,在任何情况下都可能分崩离析。八鲁湾之役无疑是振奋花剌子模民心士气的一场大胜仗,可这场胜利竟意外导致了哥疾宁联军的分裂。

札兰丁率大军凯旋后,所做的第一件事就是处置蒙军俘虏。就对敌人残忍冷酷而言,札兰丁比起成吉思汗有过之而无不及。他命士兵当着他的面将铁钉钉入俘虏耳中,听着俘虏痛苦的惨叫,他和手下将领哈哈大笑,引以为乐。经此折磨,俘虏尽数奄奄一息,于是札兰丁传命摆上酒席,一边纵情欢歌,一边"请"俘虏饮刀,直至次日天明,一场闹剧才告结束。

第二天札兰丁大军在哥疾宁城中休息一天,无事。

事情坏就坏在第三天分配战利品上。

札兰丁得到其中大部分,众人尚无异议。岂料突厥军将领额明和阿富汗土著军将领阿格剌黑为争夺一匹罕见的黑骏马起了争执,两人直打到札兰丁面前。札兰丁根本未放在心上,只略略解劝几句,便对此事不闻不问了。

殊不知许多不起眼的小事往往会埋下祸根。

马最后被额明夺走了,札兰丁又未能及时给阿格剌黑以应有的补偿,这使阿格剌黑羞恼之余萌生了异心。

札兰丁是有过机会的,却让机会轻易地从指缝中溜走了。从这事上也能看出,札兰丁不乏勇气,也具备卓越的指挥才能,可是缺少成吉思汗那种高瞻远瞩的政治素质和宽广诚信的心胸,而且为人太过贪吝。他一次次败给成吉思汗,说到底,绝不仅仅是客观因素使然,他个人的局限性也是关键因素。

阿格剌黑当夜率领本军弃城而去。接着,另一位突厥军将领也率本部不辞而别。就这样,五万大军(在与喜吉忽的战斗中,联军损失两万余人)在一夜之间走掉了大半,留下来的额明见好好的一支军队突然四分五裂,情绪悲观,也无心跟着札兰丁走下去了。不过,他还算讲义气,离去之前,向札兰丁说明了一声。札兰丁至此方悔处事不当,无奈,命灭里引军与他会合,向申河方向撤退。

成吉思汗料知札兰丁除了退往印度再无其他退路,遂率领大军紧紧追赶,数日后果然在申河岸边追上了札兰丁。札兰丁万万没料到蒙军来得如此神速,渡河已来不及,只得依岸匆忙摆开战场。

时值凌晨。成吉思汗将军队分做数列,以偃月阵形将札兰丁和灭里团团围定。札兰丁仍将队伍分作两翼,左翼由灭里率领,右翼由他亲自指挥。

喜吉忽急于将功折过,不等成吉思汗下令,一马当先跃入左翼阵中,寻到"铁王"灭里厮杀起来。

灭里不愧为花剌子模数一数二的勇士,与喜吉忽战了个棋逢对手。蒙军报仇心切,越战越勇,左翼不久被冲个七零八落。灭里眼见败局已定,心中着慌,稍一不慎,被喜吉忽一枪刺中胛骨,幸好有盔甲保护,伤得不算太深。

札兰丁眼见灭里渐渐不支,有心助他,边打边向他靠近。这边曲出觑得准确,赶上前拦腰给了"铁王"一刀,"铁王"不及躲闪,惨叫一声,栽于马下。他用尽最后的气力向札兰丁喊道:"大王,快走! 只要你活着,花剌子模就有希望……"

挚友的阵亡使札兰丁悲愤交集。蒙军的包围圈越缩越小,成吉思汗意欲活捉札兰丁,禁止放箭,札兰丁奋勇抵抗,一直坚持到中午。

身边的人不断死去,札兰丁本人被逼到河岸。下面是两丈多深的陡峭崖壁。正在这时,札兰丁突然看到了跃马敌阵的成吉思汗,好似一尊天神,更好似一个恶魔。札兰丁撇下了身边的敌人,挺枪向成吉思汗冲去。成吉思汗勒马横刀,准备迎战,进攻中的蒙军因这小小的意外而稍有停顿。

札兰丁要的就是这个,当即虚晃一枪,敏捷地换上从马,手执军旗,直奔岸崖,连人带马跃入河中,泅水逃生。

蒙军追到岸边,欲向河中放箭,成吉思汗却迟迟没有下令。札兰丁登上对岸后,还示威性地向成吉思汗挥挥手中大旗,成吉思汗则感慨万端地目送他纵马远去。

成吉思汗指着札兰丁远去的背影,对围到身边的三个儿子说:"我之所以放札兰丁一条生路,是因其虽败犹荣,不失为军人表率。为父者,若有如此英勇果敢之子,当是莫大幸事。札兰丁值得你们学习。花剌子模只因有了札兰丁,才不愧为'勇者的中心'。"

第十五章

神鹰曲，鹰之旅

壹

在八鲁湾度过了夏季，秋天，成吉思汗率部准备返回河中地区。这期间，饱受鞍马劳顿和思乡之苦的忽兰妃一病不起，撒手西去，令成吉思汗悲痛不已。成吉思汗亲将爱妃沉入了冰河河底。征服者在得到的同时，也失去了许许多多更为宝贵的东西，但他钢铁般的意志并未因此有所动摇。

与呼罗珊地区相比，河中地区所受的毁坏是比较轻的。经过不花剌时，城中保存尚好、庄严肃穆的清真寺激起了成吉思汗了解这片伊斯兰教土地以及城市经济的兴趣。

马哈木和他的儿子麻速忽主动承担起这一任务。

马哈木是成吉思汗的朋友，也是最先代表蒙古方面出使花剌子模的三名使者之一。他是个商人，同时谙熟城市管理。他的儿子麻速忽则是一个地地道道的学者，精通法律、经济以及行政事务。

蒙军攻占玉龙杰赤后，马哈木见到了他的儿子。父子俩留下来，协助术赤在废墟上重建旧都。听说成吉思汗已返回河中地区，麻速忽便以学者固有的执着和道义，希望阻止这位蒙古大汗继续摧毁城市文明。

成吉思汗十分热情地接待了他们。

接下来的许多天，成吉思汗花费了不少的精力学习马哈木父子为他讲解的课程，诸如如何保护城市，如何利用税收获得大量财富，如何发展商业、手工业，确保经济的繁荣带来国库的充实等等。麻速忽甚至不加掩饰地将蒙军一味劫掠比作杀鸡取卵，指出这无疑是种短期、短视、自取灭亡的行为。对于他的直率，成吉思汗非但不以为忤，还深表赞赏。授课完毕，成吉思汗当即聘请了麻速忽在蒙古宫廷担任要职,配合蒙古委任的行政官员管理河中地区。

从不了解和摧残定居国家的经济文化到自觉自愿地适应和接受这种经济文化的影响,马哈木父子不能不暗叹于成吉思汗的文化潜质和求知欲。

麻速忽走马上任前,成吉思汗设宴款待了马哈木父子。数日来只有这次谈话摆脱了事务性的教与学,转入家常问答。

成吉思汗问起玉龙杰赤的复建情况,麻速忽对大太子为此付出的种种努力赞不绝口。成吉思汗于是又问术赤是否经常督促所有复建工程,麻速忽回答:"大太子一般不来,不,基本上不来。但拔都小王爷经常与我们在一起。小王爷谦逊好学,英明果断,在玉龙杰赤很受尊重。"

成吉思汗怀着爷爷所特有的喜悦倾听着麻速忽对孙子恰如其分的评价,不过他更关心儿子的近况:"大太子近来身体如何?"

马哈木还没想好怎样回答,麻速忽已经回道:"大太子只召见过我们一次,询问工程进展的情况。不过,据小王爷说,自进驻玉龙杰赤以来,大太子的精神和心情都比以前好了许多。"

成吉思汗好似被什么东西刺了一下,不觉皱起眉头。术赤到底想干什么?难道儿子真的想要反对他?就因为他"杀人太多"了?

见成吉思汗的脸色蓦然有些阴沉,马哈木惴惴不安。他在蒙古居住多年,对流传于草原的种种传言素有耳闻。"大汗,大太子的笛子吹得堪称一绝,麻速忽只听过一次,至今念念不忘。"他竭力想用别的话题打断成吉思汗的思路。

这招果然见效。成吉思汗的脸上微露惊异:"你们也听过?"

"那日臣父子随小王爷前去拜望大太子,听到大太子房中传出笛声,没敢立刻进去,一直站在门外听完。事后小王爷告诉我们,大太子最喜欢也总吹这支曲子。"

"什么曲子?"

"好像叫《神鹰曲》。"

"哦……"成吉思汗的神情豁然开朗,"他从小就特别喜欢这支曲子的旋律,可惜连我也难得听到他吹笛子——你们算是很有耳福了。对了,你们是否急于返回玉龙杰赤?"

"如果大汗没有其他事,臣等准备这几日就动身。"

"那好,我的孙女婉嫣正要回家探亲,我打算让她与你们同行。"

婉嫣来到祖汗的大帐。

自忽兰妃病逝,她几乎每天都来探望祖汗。往日亲昵欢快的气氛早已荡然无存,爷孙俩的谈话都必须极其小心才能避开对忽兰和南图赣的回忆。望着祖汗日渐憔悴苍老的面容,婉嫣倍觉凄楚。

"祖汗,我和速格纳黑商量好了,等这次我们从玉龙杰赤探亲回来,就准备搬来与您同住。"

"嫣儿,祖汗如何不知你和速格纳黑的一片孝心?可是,速格纳黑毕竟是一军统帅,他如何能离开自己的军队?"

"他打算将军队交给古克指挥。其实,古克很有指挥才能,也熟稔军中事务,将军权交给他,祖汗大可放心。"

"你说古克吗?"

"对,他是速格纳黑的弟弟。古克还没有见过祖汗呢,在他接掌军队之前,我想让祖汗见见他。"

"祖汗知道古克是速格纳黑的弟弟。祖汗是突然想起了依芙姑娘,想必她此时已经回到了阿力麻里。"

"依芙是个好女孩,美丽、善良、痴情。如果南图赣还活着,她和南图赣应该是很好的一对,只可惜……"婉嫣说不下去了。

成吉思汗黯然神伤。

婉嫣见自己不经意地又戳破了那在祖汗和她的心中都难以愈合的创痛,十分不安:"祖汗,我这次回家,您有话要交代父王吗?"

"如果可能,让你父王回来一趟吧。一晃,祖汗已经两年多没见到他了。不瞒你说,祖汗……真的很想他。"

婉嫣急忙垂下眼睛,强忍住满眶泪水。坚强自尊的祖汗说出这样的话来绝非易事,倘若不是无可遏制的思念,祖汗必定永远不会对她说的。

"您放心,我一定要父王回来看您。"她低声说,其实说什么她自己也没听清。

果然,成吉思汗没注意:"嫣儿,到玉龙杰赤后不用急着回来,好不容易回去一趟,多陪陪你父王、额吉。"

"我听您的,祖汗。"婉嫣控制不住地扑进祖汗的怀中,难过地注视着祖汗,"我真希望自己永远长不大,祖汗也永远不会老。"

成吉思汗温情地轻抚着孙女的肩头,笑了:"傻孩子,哪里能够……"

贰

婉嫣怎么也没想到她与父王的见面会如此痛苦,她实在无法原谅父亲的绝情。

一家人好不容易团聚，达兰高兴地为女儿、女婿张罗了一桌丰盛的酒席。开始时的气氛还算融洽，不愉快是由于婉嫣提出要父母兄弟回去看看祖汗引起的。拔都最先表示赞同，他早就想见祖汗了。

然而，那个最关键的人物始终默不作声。

婉嫣想起临行前祖汗对她说的话，对父亲的冷漠愈觉伤心。她痛切地问："父王，您到底回不回去？"

术赤摇摇头，淡然地说："为父尚有一些琐事未了，等以后吧。"

"您已经两年多没见祖汗了，是否知道祖汗现在如何了？"

术赤一怔，抬头直望着女儿。从那双美若星辰的眸子中，他看到的是一种深深的伤感和失望。

"您自始至终没有一个字问到祖汗，您……您……"婉嫣再也找不到合适的字眼来表达自己的心情，索性直说了，"您太冷酷无情了！"

"婉嫣！"达兰惊慌地望着丈夫失去血色的脸，忍不住怒斥女儿，"你怎么可以这样对父王讲话！"

婉嫣泪眼婆娑："您要我怎样做？我想做个好女儿的，可……可我做不到。额吉，女儿不孝，您就权当从没生过我这个女儿吧。也许这样，我们彼此还可以少些牵挂……"

达兰的眼中落下泪来："女儿，不是这样。额吉……"

拔都拦住母亲的话头，冷冷地："额吉，您无权要求姐姐什么——姐姐何曾属于过这个家？"

婉嫣深切地望着弟弟，毫无怨责。

胸怀大志、英姿勃发的弟弟是可以令她这个姐姐自豪的，倘若不是想到祖汗的失望，她断不会如此让大家扫兴。

目光触到额吉哀伤的面容，她的心软了。可父王的无情仍然强烈地刺痛了她，思前想后，她慢慢站了起来，两行热泪潸然而下："对不起，额吉，女儿真的很抱歉。女儿还需收拾一下东西，先告辞了。"

"不！"达兰一把抱住女儿，"不……女儿，额吉不会让你走的。"

拔都还想说什么，被父王用严厉的目光制止了。速格纳黑惊慌失措地看着这出人意料的一幕，如坐针毡。所有人当中，只有察如尔镇定如常，或者说，只有察如尔能理智地看待眼前发生的一切。

平心而论，察如尔一直十分喜欢和看重婉嫣。婉嫣温婉而又刚强，被迫说出绝情的话也是出于对父亲强烈的不满。其实拔都说的没错，婉嫣早就不属于这个家了，她属于她所深爱的祖汗、奶奶。对父母她更多是一种血缘之爱，远不及对祖汗和奶奶那种发自肺腑的敬爱。倒是做父母的割舍不下对亲生骨肉的眷爱，丈夫的内心深处也是极其钟爱这个女儿的……可惜，婉嫣虽聪明，偏偏不能领会这个。

酒宴不欢而散。

回到卧房，婉嫣平静地收拾着刚刚打开的包裹。速格纳黑想埋怨她几句，又不忍心，靠在门边愁容满面。

"你怎么了？"婉嫣回头见丈夫神情有异，不由惊讶地问。

"婉嫣，我们真的明天就走吗？"

"刚才的一切你也看到了，你觉得我还能再待下去吗？"

"也许我不该问，父王为什么执意不肯去见祖汗呢？"

"也许因为他不是……算了，无论什么原因，我都不想原谅他。"

速格纳黑不自觉地叹了口气。

达兰放心不下女儿，几乎一宿不曾合眼。第二天一早，天方麻麻亮，她便派了一个女仆去请女儿、女婿。

婉嫣不愿见父王，犹豫着问："他不在吗？"

"他？你是说王爷？王爷昨天下午就去了军营，现在还没回来。"

"哦……既如此，我们走吧。"

"公主，不是奴婢多嘴，你怎么也该称呼一声'父王'啊。"

婉嫣默然无语。

"你有两年多没见过你父王了吧？你就没觉察出他哪里有变化？"

婉嫣一怔。确实，她也觉察出父王神思倦怠、憔悴异常，可……

女仆言尽于此，不愿多说，拉起她的手："公主、姑爷，请随我来吧。夫人放心不下，还在等你们呢。"

望着母亲眼角细碎的皱纹，婉嫣不胜愧疚。母女间血肉相连的情感，又是什么可以割断的呢？"额吉，对不起……"

"不，女儿！"达兰将女儿紧紧搂在怀中，"你始终都是额吉的好女儿，额吉能理解你的心情。"

婉嫣将脸贴在母亲的脸上，梦幻般地喃喃着："额吉，等仗打完了，女儿一定接您到阿力麻里住上一段。女儿长这么大，还没跟您一起睡过呢。有时女儿做梦都想，睡在额吉怀中是一种怎样的感觉？额吉的怀中一定很软、很暖……"

达兰早已落下泪来："你真的要走吗？多待几天都不成吗？"

婉嫣稍一迟疑："额吉，非是女儿固执，自汗妃去世，祖汗身边连个贴心的人都没有,祖汗年事已高,女儿委实放心不下。"

达兰再通情达理,终究难舍女儿离去。朝思暮想的团聚,难道就只有这短短一日?

门外响起了"腾腾"的脚步声,拔都推门匆匆而入。看到姐姐、姐夫都在,他的脸上顿时浮现出放心的、孩子气的笑容。"姐姐、姐夫。"他亲亲热热地向速格纳黑伸出手,如同什么事也没发生过。

速格纳黑以同样的热情握住了拔都的手。

"姐姐,父王已决定由我代他去看望祖汗。他还准备了三千匹战马要献给祖汗,等一切准备完毕,我与你们同行。姐夫,待会儿我陪你到处走走、看看,你和姐姐好不容易回来一趟,千万别急着就走。"

速格纳黑避而不答:"我还没顾上问——怎未见斡尔多?"

"父王派他清除玉龙杰赤外围的敌对力量。我和他争了半天,最后父王决定让他去。唉,待玉龙杰赤太没劲儿了,成天跟泥瓦木石打交道,我都快会盖房子了——真无聊!不过,祖汗让父王分兵一万增援速不台和哲别将军,父王决定派我去。这次见祖汗,就是为了听祖汗面授机宜。"

速不台、哲别在马三德兰擒获太后图儿堪后,奉汗命长途追击已遁入钦察草原的篾儿乞残部,二将的战马踏入罗斯境内。经过一年多的征战,军队减员严重,不得已,二将遣使向成吉思汗询问是否撤军,成吉思汗却令术赤分兵一万北上增援,术赤将这个任务交给了儿子拔都。

速格纳黑不觉一笑。拔都其实是和父王完全不同的两种人。

达兰正欲再劝女儿,察如尔从门外走了进来。

"额吉。"婉嫣迎过去。

察如尔细心地察看着婉嫣的脸色。"怎么?还没改变主意?"她温存地问。

婉嫣不语。

"你父王——"

"额吉休要提她!"婉嫣尖利地打断了她的话头。

察如尔毫不介意地微笑着。

"额吉,女儿出言无状,还望额吉谅解。"

"额吉不怨你。不过额吉不能不说,你对你父王误解太深。"

"误解?"婉嫣冷笑,"究竟是我误解了他?还是他误解了祖汗?他身为人子,不尽子孝;身为人臣,不遵臣礼。祖汗数次召见他,他都以各种理由推诿不至。他若非冷面冷心,又岂能不知祖汗所受创痛之深?一切都是他行事在前,何来女儿误解于他?"

"你只知其一,不知其二。"察如尔依然气定神闲。

"果有其二,额吉不妨讲来。"婉嫣的礼貌中隐含着对其父的不恭。

"你可知你父王为何昨天连夜赶往军营?"

"女儿不知。"

"你父王自进驻玉龙杰赤以来,所征赋税除用于城市复建之外,其余全部用来陆续征集了三千匹骏马,那是他的心血。若不是听说你要回来,他原本打算择日派拔都送去。他的一片苦心,又岂是单纯的'忠''孝'可表?因你坚持要走,他又连夜赶往军营,亲自安排打点一切。嫣儿啊,你哪里知道,以你父王目前的身体状况,如此奔波劳累只能让他的情形更糟。"

婉嫣怔住。她很想问问父王的病情,但想起临行前祖汗的嘱托,狠着心肠一言未发。

察如尔充满理解地凝视着婉嫣。

婉嫣没有说出的话全在目光中了:这并不妨碍父王去见祖汗一面啊。

是的,丈夫不愿让父汗看到病魔缠身的他确实只是其中的一个原因,最重要的原因恐怕还在于他根本没有勇气面对父汗。因为一旦重新面对父汗,他与过去告别、平静地度过余生的信念就会被击得粉碎,而他也就再也不可能远离往昔的痛苦和战争的阴影了。日复一日的伤害使他将自己的心包在了冰冷坚硬的外壳之下,在那外壳之下折磨着他的却是无尽的爱与思念。

嫣儿,你是个得天独厚的宠儿,无论在娘家还是在夫家都备受尊崇,你如何能了解在猜疑、白眼、轻蔑和嘲弄的环境中生活了大半生的你父王的苦衷呢?

"嫣儿,"达兰含泪拉住女儿的手,"等一会儿你父王回来了,你去他那里同他平心静气地谈谈好吗?"

婉嫣固执地摇摇头:"女儿同他还有什么可谈的吗?不过女儿走之前,确实有句话要转告他。"

达兰、察如尔无可奈何地对视一眼。明知不说出实情,根本无法说服婉嫣,可若真的说出实情,婉嫣就一定能够理解吗?

婉嫣勉强在娘家住了五六天。她对父王形同路人的冷漠使团聚失去了应有的气氛,人人心中都十分尴尬。

当拔都将一切安排停当,婉嫣毅然决定辞行了。

行前,她单独去会父王。

术赤长久地、深深地凝视着他的亲骨肉。他已预感到此别即永别,他多想将女儿留在身边,陪他走过生命的最后一程。他这一生诸多缺憾,唯有一点永生无憾,那就是他有了婉嫣这个女儿和斡尔多、拔都、别儿哥、昔班这几个儿子。只可惜,女儿不但不知他深埋的父爱,还要含恨而去。

"嫣儿,你……坐吧。"术赤尽量将语气放得平淡。

"不必。我来只是要告诉您一句话,是祖汗要我告诉您的。他说:他很想您。"婉嫣说完,转身欲走。

"等等。"仿佛大地在脚下震颤,术赤紧紧抓住了座椅扶手。

婉嫣停下来。

"嫣儿,你祖汗……你祖汗真的……你能不能回过头来,阿爸这样跟你说话很不舒服。"

"您能不能回河中一趟,去看看祖汗?"

"嫣儿,阿爸……确有苦衷……"

"不要再说了!您说的话我一句也不信!我只知道您对祖汗所做之事乃世上最残忍之事。我……我真恨您!"

"嫣儿,你听阿爸说……"

"婉嫣无父!婉嫣只有一个疼她爱她教她信她的祖汗。"泪水顺着婉嫣的面颊滚滚而下,她走了出去,终究没有回头。

术赤心碎地目送着女儿。

叁

一二二三年春季来临,瘟疫开始得到控制,可人马劳顿,思乡的愁绪笼罩了整个军营。耶律楚材力劝成吉思汗东返蒙古本土。一来军中将士思乡厌战,二来耶律楚材认为西征已告一段落,现在更重要的是南图中原,以便最后统一中国。

成吉思汗没有接受耶律楚材的劝告。不除掉札兰丁,将是后患无穷。大军向印度方向挺进,不料行军途中博尔术一病不起。

博尔术始终不像木华黎、速不台、哲别等人那样率领大军东征西讨,声威显赫。他几十年如一日地协助成吉思汗处理军中细微事务,表现出极大的牺牲和忍耐精神。他的忠诚和劳苦,只有成吉思汗最能理解。烦琐而重要的后勤事务湮没了他的军事才能,但他从无怨言。

成吉思汗信任博尔术有如信任自己。他还从没有想过世上有哪种力量能将他们分开,然而西征路上的过度操劳使博尔术染上了致命的疾病,病倒后他就再也没能起来。

博尔术永远留在了异国的土地,成吉思汗的心比沙漠更孤寂更冷清。

申河已不远,灼热的空气仿佛能将一切烤焦。进入印度境内时已是夏季,将士们挥汗如雨,喉咙干裂,难耐酷暑。大军经过铁门关时,忽然被一只形状、毛色都十分怪异的动物拦住了去路。那怪物横在道边,咄咄如出人声,然后飞快地跑远了。

闻听出现如此怪事,喜吉忽急忙向成吉思汗做了汇报。成吉思汗将信将疑:"你是否亲眼所见?它是什么模样?"

"全身绿色,形状似鹿,长有马尾,头上有角。"其实这些都是那些声称目睹怪兽的将士们给喜吉忽形容的。

成吉思汗很纳闷:"'长胡子',你可知道这是什么怪物?"

耶律楚材胸有成竹地回禀:"臣见史书上有记载,此兽名曰'角端',是种瑞兽,素喜和平,憎恶杀戮。据传它日行一万八千里,通晓诸国语言。臣想它此时出现,一定是上天派它来劝谏大汗。大汗乃天之骄子,当以天下苍生为念,切勿再造杀孽。如此,上天幸甚,百姓幸甚!"

成吉思汗略一沉思,又问喜吉忽:"你不是说它还说了话吗?它说了些什么?"

喜吉忽飞快地瞟了耶律楚材一眼。

耶律楚材以袖遮面,嘴唇微动。大概也是心有灵犀,喜吉忽干脆地回答:"它说:'汝主早还'。"

耶律楚材暗暗松了口气。

"果真?"成吉思汗仍似不信。

"或许臣弟未听清,大汗不妨再问问其他将士。"

将士们巴不得早日离开这个大火炉,无不赞同"汝主早还"一说,成吉思汗不再犹豫,即日颁诏回师。全军上下欢呼雀跃。

接受耶律楚材的建议,成吉思汗在巴格兰度夏。这时又传来令他更为震惊和痛苦的消息:木华黎病逝。

刚刚承受了博尔术离去的打击,又永远失去了爱将木华黎,成吉思汗只觉愁肠百结,心如刀割。中原有木华黎坐镇,他才可以高枕无忧,木华黎的才智谋略以及忠诚是他信心的源泉。而今,木华黎病逝,成吉思汗敏感地意识到中原大地又将风浪迭起。

成吉思汗命木华黎的独子宝鲁接替父位,继续完成对金国的征服。

一二二三年的夏季,蒙古大军在忽阑巴失草原度过。为摆脱内心的苦闷,成吉思汗纵马围猎,却更加怀念昔日的朋友。他第一次感到,自己身心俱衰。

拖雷始终陪伴在父汗身边。

察合台、窝阔台冬季在不花剌附近驻营,每周派人给父汗送来五十担猎物以示孝心,现在他们也来到忽阑巴失与父汗团聚。唯有天伦之乐还能为成吉思汗的晚年生活增加些欢乐。

只是术赤再未露面。自攻打玉龙杰赤以来,已经有三年成吉思汗没见过儿子了。听说儿子正在垂河下游的草原,他命儿子将猎物驱至忽阑巴失附近。

对术赤来说,这无疑是他会见父亲的最后机会。然而与其让父亲看到病势日沉、只不过在拖延时日的他,还不如不见。

他下定这个决心绝非那么容易。从内心深处来讲,随着时间的推移,他对父亲的思念也在与日俱增,有时甚至到了寝食难安的程度。可他仍然不能去见父亲,而是派刚刚回到玉龙杰赤的长子斡尔多去执行父亲的命令,这也可能是他最后一次尽孝。

成吉思汗很失望。他询问起儿子的近况,斡尔多按照事先准备好的做了回答。听说儿子还是旧病复发,成吉思汗十分忧虑。斡尔多见状,只好用谎言安慰祖汗:"已经请大夫给父王看过了,吃了几服药,最近已见好转。不过,大夫一再叮嘱父王要安心静养,不可大动。"

成吉思汗将信将疑,狩猎兴趣锐减:"也罢,你下去吧,去你四叔那里,让他为你安排好住处。"

斡尔多施礼退下。

成吉思汗回到帐中,烦躁不安地来回踱着步。他不敢肯定儿子到底是真的病了,还是以生病做借口拒绝与他见面。从攻打玉龙杰赤至今,他数次召见,儿子皆推诿不至。按说怀疑儿子是不应该的,可儿子最后一次说的话总是萦绕耳畔:如若儿臣起来反对您,只怕尚未动手便身首异处。当时他说这话是什么意思?再说儿子那边的传话一会儿说他身体不适不能太过活动,一会儿又说他的病不要紧,那么儿子的病究竟要不要紧?儿子的绝情,深深地刺伤了成吉思汗做父亲的心。成吉思汗忽然想到儿子可能是在为储君一事不满,但是儿子自己也应该清楚,他的身世之疑以及阴郁的性格都决定了他不是继承汗位的合适人选,正是为了弥补对他的亏欠,做父亲的才格外为他选择好了封地,好让他从此远离猜忌、白眼,自由自在地生活。这番苦心,儿子可曾理解?

众所周知,成吉思汗是个自尊心和占有欲都极强的人,绝不放弃视为己有的一切是他性格中最为鲜明显著的特点。当初不计一切代价夺回孛儿帖夫人为此,现在怀疑儿子亦为此。术赤是他的儿子,他宁愿亲手杀掉他,也决不允许儿子背叛他。

肆

一二二五年春,蒙古大军回到克鲁伦河畔的大本营。

长达七年的征战之后,军队将在他们的故乡进行彻底的放松和休整。面对绿草新生的草地,成吉思汗的内心茫然若失。母亲死后,曾在他的内心留下了一块再未填补过的空白,后来又是忽兰、博尔术、木华黎,还有他的爱孙以及许许多多他所熟识的将士相继离去,那块空白也在不断扩大,他常常有种独自行走在沙漠中的孤寂感,需要平静生活的欲望越来越强烈和迫切。

自从回到漠北草原,成吉思汗更加怀念留在花剌子模的长子术赤。他遣使前去召术赤——他都说不清自己这是第几次试图召见儿子了——自一二二〇年夏天至今,已经整整五年父子不曾见面,在思念加剧的同时,怀疑也在加剧。

派往玉龙杰赤的使者很快返回了,说大太子身体欠安,难以赴命。

成吉思汗既失望又恼怒,心情更加郁闷。数日后,从术赤封地来了一个蒙古人,成吉思汗急切地接见了他。"你可知大太子近况?"他开门见山地问。

不知此人是想安慰成吉思汗,还是另有目的,他恭恭敬敬地回道:"大太子身体安好,奴才回来前,还见他与部将纵情围猎,大汗只管放心。"

成吉思汗脸色骤变。什么身体不好,原来术赤一直都在骗他!

"你下去吧。"他对那人说,那人忙不迭地告退了。

成吉思汗一脚踢翻了桌案。"术赤这个疯子!我要亲手杀了他!"他怒吼。诸将大惊失色,他们过去从未见过他如此狂乱和丧失理智。

"传令察合台、窝阔台,调集所有军队,随我出发。拖雷,你点齐'怯薛军',即刻复命。"

"喳。"拖雷答应着,却迟疑未动。

"怎么,现在连你也敢违抗我的命令吗?"成吉思汗愤怒地逼视着儿子,拖雷吓得转身就走。

众人心中暗暗叫苦,可谁也不敢上前相劝。耶律楚材刚刚叫了声"大汗",成吉思汗便打断了他的话:"我意已决!尔等不必多言,速做准备。"

众人哪敢违命,诺诺而退。

当帐中只剩下成吉思汗一人时,他伸手抽出寒光闪闪的宝剑,内心燃烧起熊熊怒火。他要让儿子在这怒火里化作灰烬,连同他自己的心。

窝阔台恰在二哥帐中闲谈,传令官慌慌张张地跑了进来:"二太子……啊,三太子,您也在,正好。大汗命令你们即刻点齐本军,随他出征。"

窝阔台吃了一惊:"出征?"

察合台也是大惑不解:"征哪里?怎么事先一点信也没有。"

"征……征术赤太子。"传令官由于心情太紧张,说起话来结结巴巴的。

察合台和窝阔台面面相觑,都以为他们听错了:"你说征谁?"

"术……术赤……太子。"

窝阔台首先恢复了镇静:"别急,你慢慢说,到底发生了什么事?"

"是这样……"传令官好不容易才把事情的来龙去脉讲清。

察合台勃然大怒:"这是哪个混蛋造的谣!把他给我抓回来,看我怎么把他剁成七八十段!"

这回轮到窝阔台为二哥一反常态的表现吃惊了:"二哥,我得回去准备一下。"

"难道连你也相信这种无稽之谈?"察合台怒视着三弟。

"当然不信!问题在于父汗正在气头上,我们不能抗旨不遵,火上浇油。路上,我们再相机行事不迟。"

窝阔台说完,与传令官一道匆匆离去。察合台依旧怒气难消:"造谣!造谣!这世上当真什么混账都有!"

蒙古大军以最快的速度集结完毕,出征前的祈祷、祭旗等仪式一概免除,成吉思汗立率三万大军出发。

大军刚出主营,从前队飞出一骑:"大汗,拔都小王爷求见。"

"不见!"成吉思汗粗暴地挥挥手。

"等等,你说谁?"他又叫住转身欲走的士兵。

"拔都小王爷。"

"拔都?他来做什么?"恐惧和不祥突然攫住了成吉思汗的心,"带他速来见我。"

拔都未到成吉思汗近前便翻身下马,向前奔上几步,扑跪在地:"祖汗,我父王他……他……病逝了。"他的声音颤抖着,似要竭力抑制住内心的剧痛。

没有任何声音。

数万大军屏息凝神,所有的目光都集中在成吉思汗的脸上,那是张了无生气的木然的脸。

成吉思汗保持着不变的姿势端坐于马上,似乎在凝视着什么,又似乎什么都没看见,仿佛一尊没有生命的雕像。

过了许久,拖雷实在忍耐不住了,催马来到父亲身边:"父汗……"

成吉思汗微微动了动。他看儿子那种空虚、陌生的眼神刺得拖雷心中直发抖,但拖雷不能回避,颤抖着说:"回军吧……"

"回军!"成吉思汗恢复了理智,单调、机械地下了命令。

拖雷伸手扶起拔都,叔侄二人黯然相对,唯有忧戚的目光传递着彼此的痛苦。

部队进入主营后由拖雷代传汗命,各自解散归位。成吉思汗催动坐骑,漫无目的地走着。拖雷放心不下,悄悄尾随其后,直将父亲护送到一座空帐大哥每次回营都住在这里。

成吉思汗下马,径直走到门前。在门口,他略微停了一停,以一种不容置辩的口吻说道:"没有我的命令,任何人不得入内。我要单独待会儿,明白吗?"

"明白。"拖雷不敢不应。

门,在成吉思汗身后关住了——一关就是三天。

三天中,成吉思汗未进任何饮食,也未走出空帐半步。

拖雷守在门边,侍卫们守在门边,任谁也不敢擅闯帐中。

拖雷已顾不上为兄长的病故而悲伤,他只想弄清父汗到底如何了。

"四太子。"耶律楚材匆匆而来。

"楚材,你来了,"拖雷一把拉住了他的胳膊,"怎么办?你说我们该怎么办?"

"臣刚去见过夫人,夫人说,不要打扰大汗,且等等再说。"

"等?还能再等吗?已经三天了。"

"公主回来了。"

"嫣儿?"

"夫人说,还是让公主去见大汗吧。"

"嫣儿在哪里?"

"稍后便到。"

婉嫣起初并不知道父王去世的消息,她和丈夫速格纳黑昨天才回到汗营。闻听噩耗,她既为父王难过,也为祖汗担忧,倘若不是奶奶劝止,她早就来看望祖汗了。

拖雷正与耶律楚材说着话，婉嫣独自骑马来了。她穿着黑色的孝服，苍白的脸上只有一双秀目流露出内心深深的哀伤。

"四叔。"她翻身下马，走向拖雷。

拖雷伤感地轻抚着她的肩头。

"四叔，祖汗要紧吗？"

拖雷摇了摇头。

"这样不行。让我进去吧。"

婉嫣用力推开了那扇紧闭着的沉重的门，径直向她的祖汗走去。

成吉思汗面向里盘膝坐在帐中的一块毡毯之上，双手放在膝头，一动不动。婉嫣悄悄跪在祖汗身侧，轻唤："祖汗……"

许久，成吉思汗缓缓回视着孙女忧郁的面容："嫣儿，是你？"

"是我，我回来了，祖汗。"她忧伤地说，泪水顺着面颊簌簌而下。祖汗仿佛骤然间苍老了十岁，蜡黄的脸上布满了深深的皱纹。

"祖汗，您已经这样子待了三天了。"

"三天了吗？"成吉思汗喃喃自语，"我是在向他忏悔，他病了，我不去派人照料他，还怀疑他要谋反……"

"祖汗、祖汗，求您不要再说了……不要再说了……"婉嫣扑在祖汗怀中，失声痛哭起来。

成吉思汗下意识地轻轻抱住孙女柔软温热的身体，老泪纵横："嫣儿，现在只有你能让我感到，我还活着。"

对成吉思汗来说，长子术赤的死，带走了他全部的爱与欢乐，他现在仅仅是一位大汗，除了尚且清醒、睿智的头脑和日渐衰老的躯体外，他已一无所有。

其实，他早就明白自己生平最爱的人就是长子术赤，只是他的骄傲阻挡了他向这种感情低头。术赤，他那孤僻冷漠的儿子，他是多么善良又是多么聪明啊！他从未像现在这样强烈地感到，术赤是他的儿子，他的！恰恰是由于不肯原谅儿子在篾儿乞部度过的那三年，恰恰是由于不肯原谅儿子当着他的面称呼另一个人'阿爸'，他对儿子封锁了所有真实的情感。唯有此时，他才发现自己是个充满嫉妒的愚蠢的父亲。晚了，全晚了，儿子再也听不到他的悔恨和乞求，他一生从未向任何人低头，却会毫不犹豫地向儿子低头的——只要儿子能重新回到他的身边。

尽管三天未进任何饮食，成吉思汗仍然没有任何食欲。婉嫣苦苦哀求，成吉思汗却问她："拔都走了吗？"

"没有，他想见见祖汗。"

"让他来吧。嫣儿,你陪他一起来。"

婉嫣为祖汗端来了奶食、炒米,并为祖汗和弟弟斟上了酒。

拔都不敢看祖汗,更不敢率先打破笼罩在帐中的压抑和沉寂,他的心很沉很沉。年轻的拔都崇拜祖汗,但不了解祖汗。热爱父亲,但也不了解父亲。临终时父亲叮嘱他永远不要与三位叔叔的后代争夺汗位,他才稍稍明白了隐藏在父亲内心深处的自卑。父亲最后一次吹起那支熟悉的乐曲——"神鹰曲",永远合上双眼的刹那,滚动在父亲双唇上的是整个心灵的深情——"父汗",那也是父亲留在世间的最后一句话。

"拔都,"成吉思汗的嗓音沙哑,"你怎么不吃点东西?"

拔都慌张地抓起酒杯:"孙儿吃……喝。"

"你父王对王位做出什么安排?"

"父王让孙儿接替他的位置,还要孙儿聆听祖汗的意见。"

"斡尔多为长,他可有异议?"

"是斡尔多力荐孙儿继承父位的。"

成吉思汗似乎放了心:"好孩子,你们都是好孩子。"他温和地说。

拔都蓦然产生了一种奇怪的冲动:问清楚,这恐怕是最后的机会。

"祖汗,我父王到底是不是您的儿子?!"不经意地,这句话便冲口而出了,刚一说完,又追悔莫及。

成吉思汗注视着孙儿。良久,他缓慢地、低沉地说道:"他是!他怎么可能不是我的儿子呢?他是这世上唯一比我自己的生命还要珍贵的人!"

拔都忍了又忍的痛苦终究化作两行清泪:"祖汗,这是我父王让我交给您的。"拔都捧出那支陪伴了父亲一生的长笛,递在祖汗眼前。

成吉思汗小心翼翼地接过长笛,久久地凝视着它。仿佛又回到篾儿乞营地,三岁的术赤惊讶地望着他。从那时起,儿子那张清秀可爱的小脸连同那清澈纯洁的眼神就永远留在他的记忆中了。

"你父王临终前留下什么话没有?"

"父王说他这一生做的最愚蠢的一件事就是在花刺子模几次放弃了与您相见的机会,等他迫不及待地想要再看您一眼时,已经不能够了。他还要孙儿告诉祖汗,今生能做您的儿子,他死而无憾!"

成吉思汗将笛子更紧地攥在手中,似要攥住儿子那已然飘逝的灵魂。

伍

拔都要返回玉龙杰赤了,婉嫣则暂时留下来,照料祖汗的饮食起居。姐弟话别,拔都告诉姐姐,父王病重那会儿时常跟母亲提起她。他虽不肯明说,可所有的人都看得出来,他特别想念不在跟前的爱女。

"为什么不派人来叫我回去呢?"婉嫣含泪问。

"父王不让。他怕回来路途遥远,万一你再出个差错,他岂不是爱女反害女?姐,你过去可能觉得父王为人冷酷,其实父王内心里藏着太多的苦痛。他病重昏迷那会儿,一直念着你的名字……"

婉嫣掩面低泣:"我一直都在误解父王!我太任性,太不孝!"

"姐,等我回去将一切安排妥当,就派人来接你和姐夫。"拔都抬起衣袖,笨拙地为姐姐擦拭着脸上的泪水,"姐,相信我,我一定会像祖汗那样开疆拓土,建立一番了不起的功业。我要让祖汗,让九泉之下的父王,也让你,为我而感到自豪。"

婉嫣深情地凝视着弟弟:"姐姐当然相信你,我们所有的人都会为你而感到自豪!"

送走了拔都,婉嫣特意到察合台的营地看望二叔,察合台亲切地接待了她。"嫣儿,你来是不是有话问二叔?"察合台屏退左右,直截了当地问。

婉嫣惊讶地默认了。

"问二叔为什么一直都在憎恶你父王?"

"是……是的,二叔,您怎么……"

"二叔猜到了。好吧,让二叔从头讲给你听。能不遮不掩地向你说说压在二叔心底这么多年的话,对二叔来讲也是一种解脱。"

"您说吧,二叔,我听着呢。"

"我为什么恨你父王,究其原因,只有一句话:我嫉妒他!"

"这怎么可能!我父王什么都比不上您,您怎么会嫉妒他呢?"

"你错了,嫣儿,是二叔什么都比不上你父王。二叔只比他多一样东西,那就是清白无瑕的身世。"

察合台略一停顿,当他接着说下去的时候,已完全沉浸在自己的心绪中了:"我比术赤小四岁。也许孩子的心是最敏感的,从很小的时候起我便发现,只要有他在场,就会完全吸引父汗的注意。偏偏他悟性又极高,学什么是什么,刀马弓箭样样精通。他的出众无形中给我造成了巨大的压力,渐渐地我开始恨他。但假如不是父汗的缘故,我想我还不至于那么仇视他。

"男孩子的天性是要崇拜父亲的,特别是我有成吉思汗这样的父亲。当然,父汗也爱我,爱我的弟弟、妹妹,他只是缺少时间。可他对术赤就是另外一回事了,无论怎样繁忙,他都不会停止对术赤的关注,有了好马好刀好弓好箭,他首先想到的无一例外都是术赤。作为父亲,他这种过分的偏心激起了我对术赤最深刻的忌恨,谁让我是紧接着他之后出生呢?我总当他的面说他是篾儿乞人的后代,甚至不顾及会伤害母亲的感情,我知道唯其如此,才是对他最好的报复。"

婉嫣听得呆了:"在侄女的印象中,祖汗和父王的关系很疏远啊。"

"那是由于你父王的缘故。他太自卑,回避所有人的爱,尤其是你祖汗的爱。自卑使他一生落落寡欢,甚至直到死。感到自己不配得到所爱人的爱时,唯一的出路只有逃避,你父王对你祖汗所抱的就是这种态度。"

"二叔您呢?您真的从来没把我父王当成您的亲兄弟吗?"

"这话看怎么说。我们毕竟是一母同胞,我虽一味伤害他,心中对他并非无情。或许我只能说,纵然我恨他,仍否认不了他是我亲兄长的事实。"

"二叔,谢谢您对我说出了您与我父王之间的恩怨纠葛。其实我早该明白,您对我始终像父亲一样关怀、爱护,就决不会对我父王无情。"

察合台慈爱地注视着婉嫣:"你不恨二叔,二叔已经很知足了。嫣儿,你是不是打算回趟玉龙杰赤?"

"是的。我真的很想向父王说声'对不起',可我又放心不下祖汗。"

"嫣儿,祖汗也一定希望你代他去向你父王说些什么。你放心地去吧,祖汗这里有我们呢。"

第十六章

苍山如海，残阳如血

壹

　　长年对金作战的经验使成吉思汗深知，蒙古若想掌握战争的主动权，就必须牢牢掌握其临界地域——西夏，如此，倘遇动乱，则成夹击之势，而不致反受其累。

　　西夏初降时，其主李安全曾允诺一旦遇有战事，将作为蒙古左右手共同出征。可当蒙古准备西征时，西夏丞相阿夏敢布非但拒绝发兵，还口吐狂言。当时，为了西征大业，成吉思汗默默隐忍了，只说："待我凯旋之时，就是西夏亡国之时。"

　　成吉思汗是个具有顽强意志的人，他绝不会逆来顺受，更不会自食其言。但他不顾长年征战和年事已高带来的疲乏，再次策马河西的真正原因却在于：为了彻底征服金国，就必须首先消灭西夏。

　　早在一二一六年，金叛将蒲鲜万奴在辽东之地建立了一个带有割据性质的国家，对外以"东夏"称之。西夏公开叛蒙后，西夏、东夏、金便形成联合抗蒙的态势。拿西夏、东夏开刀，是保证全力攻金的前提。

　　既定的作战方案不容更改，召开忽里勒台讨论出征人数、时间、装备时却遇到前所未有的阻力。几乎从一开始，与会之人便无一例外反对成吉思汗御驾亲征。他们的理由很简单也很充分：西夏曾是手下败将，何劳大汗亲征？大汗精力、体力都大不如前，由三位太子代为出征即可，亲征万万使不得。

　　大会开了整整一天，毫无结果，成吉思汗本人和众将臣谁也不肯向对方做出让步，最后只好宣布暂时休会。

　　夜色渐浓，弥漫于空气中的青草气息令人迷醉。走到孛儿帖的寝帐前，成吉思汗停下脚步，慈爱地看了看寸步不离他的迪格和薛暗。这两个年轻人，像他自己的儿子一样："迪格，你不想回辽东看望你阿爸吗？"

迪格摇摇头，认真地问道："大汗，臣父已叛，您为什么不杀微臣？"

成吉思汗微微一笑："你侍候我多年，从无过错，我如何下得去手？你父虽以你为人质，但我仍不想将他的过错算在你的头上。"

迪格用脚尖踢了踢脚下的青草："大汗，臣非为自己洗脱，但臣与那个人确实毫无瓜葛。很奇怪，他虽是臣的生父，却更像一个陌生人。"

成吉思汗不无悲悯地拍了拍迪格的肩头。

迪格、薛暗请成吉思汗早些安歇，成吉思汗顺从地走进夫人的寝帐。

迪格、薛暗默默立于帐外。迪格小声说："大汗此次出征会不会凶多吉少？我怎么总有一种不祥之感。"

"别胡说！"薛暗狠狠地瞪了迪格一眼，却掩不住语气中强烈的不安。

夜色苍茫，两个年轻人心中同样一片夜暗……

孛儿帖夫人是唯一没劝成吉思汗放弃亲征打算的人。也许，这是因为她太了解自己的丈夫。几十年风雨相伴，荣辱与共，她比任何人都知道丈夫需要什么和怎样帮助他去实现心愿。岁月早已夺去了她昔日如花似玉的容颜和青春的肌体，却夺不走她优雅华贵的风姿和睿智清醒的头脑，她永远是丈夫最可信赖的知己。

成吉思汗走进寝帐，孛儿帖立刻迎上了他。夫妻相对而立，孛儿帖淡淡笑了："我知道你要来。会议没有结果吧？"

成吉思汗无可奈何地叹道："同意出征，但不同意我亲征。"

"他们不放心，这是他们的一片忠诚。"

"我知道。你怎么看？"

"没有任何人、任何事能够阻止你跨上战马。从我嫁给你那天起，我就对自己说，无论你做什么，我都会全力协助你。"

"你是这样的！近来，我常常在想，如果没有母亲，没有你，铁木真会成为一个什么样的人呢？"

"——成吉思汗！你依然会成为成吉思汗。是长生天选择了你，也是长生天一直在帮着你，你永远是天之骄子。"

"孛儿帖，"成吉思汗情不自禁地握住了妻子的双手，沉思着问，"你说，我该如何说服他们呢？"

"先得说服合撒尔和别勒古台。此事必定要费些周折，我可从旁协助你。孩子们都随你去吧，不用留下他们。"

"好的。孛儿帖,你说在我身后,儿子们能相安无事吗?"

孛儿帖注视着忧心忡忡的丈夫,不忍心骗他:"儿子们彼此间尚有骨肉亲情,可是再深的感情也抵不住皇权的诱惑。铁木真,不要再去考虑以后的事,你已经做到了你该做的,将来能够记住你的,不会是那些你为他们打下天下尽享其成的后代子孙们,而是那些最普通、最无名无势的百姓。"

妻子精辟的见解折服了成吉思汗,长久以来萦绕于他心头的忧云淡薄了许多,他的脸上重新浮出开朗的笑容:"你说得对,孛儿帖。我还有一件事想了许久都想不明白,你来帮我解解看。"

"是什么?"

"我在花刺子模派术赤、察合台、窝阔台前去攻打玉龙杰赤时,术赤对我说了两句很奇怪的话,他说:如果他密谋反对我,肯定还未动手就会身首异处。然后又说,要我少打猎,多保重,将来一定要回到克鲁伦我的汗营。我怎么也不能把他这两句话联系起来,他到底是什么意思呢?"

孛儿帖没有立刻回答。丈夫提及术赤,不可避免地勾起了她深藏于心底的痛苦。良久,她方才低缓地说,仿佛怕惊醒已然长眠的爱子:"术赤这个傻孩子,连表达自己对父亲洞察力的钦佩,也要用这种奇怪的方式。"

成吉思汗苦笑了:"洞察力?我这也算有洞察力吗?"

成吉思汗重又忆起他最后一次与儿子相处的情景,直到此时才悟出儿子那凄伤的目光是在向他诀别,可当时,他竟忽略了……

成吉思汗接受了孛儿帖夫人的建议,首先说服了几个弟弟和子侄。这其中自然少不了孛儿帖夫人的帮助。再度召开忽里勒台时,虽然仍遇到不少阻力,最终大家还是勉强通过了成吉思汗御驾亲征的决定。

耶遂请求伴驾。耶珊病故时,成吉思汗正在忽阑巴失草原驻营,没能见爱妃最后一面。耶遂宁愿忍受征途劳累,也不愿在家中提心吊胆等待消息。

蒙古大军出征,多选择秋天。秋天战马肥壮,机动性强。准备工作有条不紊地进行着,不久将发兵西夏。金帝仍不肯放弃求和的企图,再次派使臣来到蒙古汗营,成吉思汗仍以金帝放弃潼关为和谈条件。金使见蒙古大军明显有出征迹象,吓得一日未留,匆忙返回向金帝复命。

帖木格仍率两万将士坐镇蒙古本土,以筹战马之需,余者皆随成吉思汗出发。只剩几天了,即使像成吉思汗这种意志如铁、果决刚毅的人,也难免生出几缕眷恋愁丝。唯独面对结发之妻,他才没有丝毫隐瞒:这次出征,或许我再也不能活着回来……

贰

察合台带着他新收的义子拜见了母亲,之后,兴冲冲地邀请父亲去打马球。成吉思汗不忍令儿子扫兴,同意了。

都是些察合台精心挑选的年轻士兵,父亲和儿子依然分立两方。不过引人注目的是成吉思汗一方有一个十四五岁、满脸稚气的少年。最初大家对少年都没太在意,双方猛拼猛抢,决不因成吉思汗在场而稍有逊让。人们明白,成吉思汗讨厌虚伪,虽然他年事已高,身体已不像以前那样灵活矫捷,但仍旧深谋远虑,不容欺瞒。令人惊奇不已的是,少年能准确无误地领会成吉思汗的每一个意图,抢球、攻球的技巧首屈一指,即使成吉思汗也不能不为之惊叹。

对于打马球这类竞技活动,成吉思汗从来都是全力以赴。夕阳西斜时,比赛才告结束,成吉思汗一方大获全胜。士兵们或兴高采烈,或垂头丧气,陆续散开。只有少年遵照察合台的吩咐留了下来。

直到此时,成吉思汗才有机会将少年端详了个仔细:黑白分明、清澈有神的眼睛,端正挺直的鼻梁,圆圆的孩子气的脸型……怎么看也想不起来在哪里见过,莫非是哪位将领的孩子?

少年在他的注视下越发显得局促不安,只顾埋头理着马鬃。成吉思汗温和地问:“孩子,你叫什么名字? 你阿爸是谁?”

少年紧张地回答:“我……我阿爸不在军营。我……叫瑞阳,刚来。”

成吉思汗见孩子又慌又乱,笑了:“别怕,别怕。我看你的马球打得很好,是从小学得吗?”

“是的,是我阿爸教的。”

“瑞阳……瑞阳,你今年多大了? 莫不是来汗营找人?”

“我今年十五岁了。额吉说,如果大汗肯留下我,就让我跟在您身边侍候您。我还会相马、驯马,哪怕给您牵马坠镫也行。”

他一口气说完,成吉思汗却越听越糊涂了:“等等,等等,你先说清楚,你额吉又是谁? 我认得她吗?”

“额吉说,许多年前您与我外祖父是……安答。”

成吉思汗大惊:“你额吉名字叫祺儿?”

“是。”

千想万想,也没想过札木合的外孙会如此突然地出现在自己的面前,他该不是在做梦吧?"你额吉……还对你说了什么?"

"额吉说我长大了,够做士兵的资格了,让我独自出来闯闯。正好义父……二太子到兀剌海城巡城,父亲就带我去见了他,义父喜欢我,将我认做义子。后来,我跟义父回到汗营,义父又带我去见了奶奶……"

"这么说,你到我的营地也有几天了?"

"两天。"

难怪要安排打马球,原来如此。"你住哪里?"

"我住在义父的营地。义父给我安排的住处。"

"你阿爸和额吉还在沧州吗?你家中兄弟几人?"

"他们行踪不定,我出来前,我们在兴庆府住了半年多,现在,他们可能去了西域。我下面还有一个弟弟,一个妹妹。"

"你额吉怎舍得让你去打仗?"

"额吉原本很讨厌战争的。可是不久前刘仲禄叔叔有信给阿爸,看过信后,阿爸和额吉就决定让我来侍候大汗了。额吉说,她和阿爸虽然不能亲自在您身边照顾您,可是有我代替他们,对他们而言,也算是一种安慰了。"

成吉思汗半晌无语。札木合安答有个多么聪慧善良的女儿啊。祺儿憎恨战争是情有可原的,战争曾使她家破人亡,使她饱尝了颠沛流离之苦。不管能举出多少种理由,也否认不了札木合是死在他铁木真手上的事实,但祺儿不仅原谅了他,如今还将儿子送到了他的身边。

瑞阳偷眼打量着这位他久已闻名的蒙古大汗,落日的余晖为他罩上了一层柔和的光环,使他看起来越发像个威风凛凛的天神……

瑞阳突然就想起了那天的情景……

那天,父亲收到了仲禄叔叔的一封信。父亲有个习惯,如果在哪里落脚时间超过三个月,他都会设法通知仲禄叔叔。他们俩一直保持着书信联系,通过仲禄叔叔,父亲可以随时知道汗营的情况。

那天仲禄叔叔托人带给父亲的信似乎格外长,因为父亲看了好久,越看脸色越沉重。他从小就爱听父亲讲成吉思汗的故事,得知仲禄叔叔有信来,他猜测仲禄叔叔一定会告诉父亲关于汗营的新消息,所以就匆匆忙忙地跑来父亲和母亲的房间。

一开始,父亲和母亲都没有注意到他。

父亲看完信,默默地交给母亲。母亲看着看着,脸色开始变得苍白,父亲走上前,怜惜地将母亲拥在怀中。

虽然年龄还小,可瑞阳清楚地记得他当时竟有一种浑身冰凉的感觉,他以为信中的消息一定是个噩耗。

好一会儿,他听母亲说:"大太子……这个打击对他来说太大了。"

"是很大,超乎想象。仲禄说,那以后,他的身体状况一天不如一天。"

"该怎么办才好?"母亲抬头望着父亲,眼中渐渐盈满了泪水,"我真的很担心他,万一……"

"不会的,不会的,你别胡思乱想。要不,我们去趟蒙古吧,去见见他,他一定也很惦记我们。这么多年了,他还一次没有见过我们的孩子呢。"

"可是……可是看到他,会让我想起阿爸的死,我……"

父亲思索片刻:"如果不能回去,何不让瑞阳代替我们留在他的身边?瑞阳十五岁了,又有一身好武艺,在他身边,正可以保护他。当然,我知道他也会想方设法保护好瑞阳的,瑞阳是我们的孩子,他决不会轻易让瑞阳涉险。这点你不用担心。"

"是,我并不为这件事担心。但瑞阳从小到大都没有离开过我们身边,不知道他是否愿意?"

"我愿意。"瑞阳一步跨进屋中。父亲和母亲看到他,急忙分开了。

"你早来了吗?"父亲问。

"刚来一会儿。"瑞阳聪明地回答。然后他跑到母亲面前,抓住了母亲的手,"额吉,让我去吧,让我替您和我阿爸去照顾他、保护他。以前听阿爸给我讲他的故事,我就想见他了,能见他真好!求您了,求您同意我去吧。"

母亲被儿子急切的神情所打动,美丽、忧伤的脸上不觉闪过一丝笑意。真是的,不管过去多少年,他就有这等魅力,如同丈夫曾经说过的,让所有喜欢他、爱着他的人愿意为他做一切事情,包括为他付出生命。

"你真的不怕吃苦吗?甚至还可能遇到危险。你的确做好了这样的心理准备?"

"是!"瑞阳认真严肃地回答。

"那么,好吧。"

由于他等不及要出发,父亲又从信中得知二太子察合台近日要到兀剌海巡城,于是第二天便带他离开了兴庆府……

瑞阳正在胡思乱想,忽听成吉思汗问他:"今晚你别回营了,我亲自给你安排个住处可好?"

"好。"瑞阳急急忙忙地回答。

成吉思汗慈爱地看着他:"好孩子,你跟我用不着这么见外。以后,我会把你当成自己的亲孙子好生看顾的。你在我这里玩上几天，出征时我再派人把你送回去。"

瑞阳愣住了："您不肯收留我吗？我是来随您出征的。"

"孩子，你不懂，战争不是儿戏，万一你有个闪失，我该如何向你的父母交代？你能来看我，我已经很高兴很满足了，去打仗万万不成。"

瑞阳一急，顾不得多想，滚下马背，就势跪了下去。

成吉思汗也跳下马："孩子，你起来。"

"不！您说把我当成您的孙子，又不要我，还撵我走，您是大汗，怎么能骗我一个小孩子呢！"瑞阳急得眼泪都快出来了。

"我何曾骗你！我是为你好。"

"如果您真的为我好，就证明给我看——让我跟在您身边。"

成吉思汗无奈，从地上拉起瑞阳："小家伙，你还挺有主意——也罢，我就答应你。不过，你也要答应我三个条件。"

"您说。"

"第一，从今天起你一步不准离开我的视线；第二，两军对阵时你绝对不许上阵杀敌；第三，如果我在前营指挥，你必须留在后营。"

瑞阳犹豫半晌："如果这样，我还怎么侍候您保护您呢？"

成吉思汗笑了。

瑞阳很单纯，全然不像他的外祖父。他与札木合相识时札木合只有十岁，那时札木合就已表现出过人的机敏、主见和胆识……"你既跟在我身边，还愁没有机会侍候和保护我吗？孩子，你父母向你讲起过你外祖父的事吗？"

"没有，他们从来不提。我只听到过一些传闻。"

"传闻不足为信。事实上任何人都不如我更有资格评论他。他是个英雄！真正的英雄！尽管他最终失败了，我仍然很敬佩他，很怀念他！"

瑞阳点点头："我信您说的。"

夜风拂面，一老一少并辔而行，谈得十分惬意。见到瑞奇峰夫妇的儿子，札木合的外孙，在成吉思汗趋于淡漠的心境里，引起了许多若苦若甜的回忆。近二十年过去了，成吉思汗依然能够清晰地回忆起札木合的音容笑貌，这不仅因为札木合确曾向他伸出过援助之手，还因为札木合是他统一草原的过程中遇到的最强劲的对手。先友后敌的奇特境遇，早将他们紧紧联结在了一起……

叁

一二二五年秋,成吉思汗率领大军进逼西夏,翻越贺兰山来到阿儿不合地区时已是冬季。眼前出现了荒凉的空地,山间森林覆盖,常有野驴出没其中。成吉思汗一生酷爱围猎,见此情景,按捺不住勃发的兴致,要将士从林中将野驴赶至空地。他奔腾驰跃,箭无虚发,赢得阵阵喝彩。

不期然地,他的脑海中浮现出另一幅画面:成群成群的野驴从垂河下游被驱到忽阑巴失草原,那原本是正在垂河附近养病的长子所尽的最后一次孝心……就在他走神的一刹那间,一头野驴从他的赤兔马前横穿而过。赤兔马受惊,猛然昂头扬蹄。成吉思汗不及防备,勒不住马缰,竟被掀坠在地上。

斡歌连和迪格慌忙上前扶起他,成吉思汗的脸上现出痛苦的神情。众人顾不得围猎,纷纷围拢过来,猎场中的野驴乘机四散逃命了。

斡歌连小心翼翼地搀扶着成吉思汗回到车帐,耶遂见状大惊,服侍他躺下后,忙命斡歌连去请刘仲禄。

帐外,将士们默默伫立,脸上尽皆笼罩着惶恐和不安的阴云。

刘仲禄、耶律楚材闻讯匆匆赶来。成吉思汗尽量轻松地从枕上抬起头向他俩示意,额头上、鼻尖上已渗出细细密密的汗珠。

刘仲禄仔细为成吉思汗做了检查。耶律楚材觉察到,刘仲禄忧虑的表情在逐渐加重。耶律楚材本人亦精通医理,知道大汗此次受伤不同以往。

"怎么样?"成吉思汗平静地询问。

刘仲禄不敢隐瞒:"大汗坐骨摔伤,恐震动内脏,需要静养。"

"要紧吗?"

"不容易痊愈,除非能保证绝对的安静和有规律的治疗。"刘仲禄回话时的语气多少带点迟疑,一旦打起仗来,他说的两条根本无法做到。

果然,成吉思汗未置可否。

由于成吉思汗意外受伤,蒙军暂时驻营于阿儿不合地区。刘仲禄很快配了药来,成吉思汗吃过后昏昏沉沉地入睡了。

刘仲禄、耶律楚材悄悄离开成吉思汗的车帐,来到一棵树下站定。

"刘兄,大汗伤势究竟有无危险?"

刘仲禄只是摇头:"大汗上了年纪,上了年纪……"

耶律楚材再也不能保持镇静:"莫非真的没有办法了吗?"

刘仲禄一拳砸在树干上："我只恨自己没有回天之力。"

耶律楚材愣住了。刘仲禄的医术尽得中医、蒙医之妙，在当时来讲无人能望其项背，连他都束手无策，可见……

"刘兄，倘若撤军静养呢？"

"那样可能延续三至五年，甚至更长。但我了解大汗，他这一生，从未掉转马头。"

刘仲禄自那一年避祸来到蒙古草原，转眼已在成吉思汗身边度过二十余年，他与成吉思汗名为君臣，实则早与大汗结下了深厚的情谊，假如能够，他宁愿以身相代。

耶律楚材目视刘仲禄，所有的忧虑都在目光中传递。

成吉思汗的车帐中，耶遂衣不解带，不知疲倦地服侍着成吉思汗。成吉思汗的呼吸很不均匀，耶遂探探他的头，有点烫，她急忙拧来一块湿毛巾敷在他的头上，暗淡的灯光下他的脸显得异常憔悴，耶遂不由自主地胡思乱想。

说不清何时就深深爱上了他。为了忽兰的得宠，她产生过幽怨。可无论哪次冷言冷语，他都不急不怒，对她尖酸刻薄的言辞总报以无奈的、宽厚的微笑。忽兰死了，老天啊，可不要再夺去他的生命。不如让她去替他。将士们需要他，蒙古千千万万的百姓需要他，如果能让她替他去承受这场灾难，她即刻死了也心甘情愿……

一宿也不知怎么熬过来的，天光放亮时，耶遂走出车帐，想让斡歌连去请刘仲禄。她刚推开门，又愣愣地站住了。所有重要将领都齐集在车帐前的空地上，身上凝结着一层厚厚的白霜。显然他们已经这样站了很久。

耶遂不觉热泪盈眶。

"汗妃，我汗兄如何了？"合撒尔、别勒古台上前，低声问。

"大汗昨夜热度不退，神志不宁。"耶遂走下马车，忧郁地回答。

不安像水波掠过，一起一伏。

"汗兄是否醒来？"

"他临天明才稍稍睡稳。刘御医，你先跟我进来吧。"

"喳！"

刘仲禄随耶遂走入帐中，悄悄坐在成吉思汗身边。不多时，成吉思汗醒了，全身酸痛。"仲禄，你来了？"他有气无力地问。

刘仲禄为成吉思汗做了诊治。服过药后，成吉思汗感觉精神稍稍好了些："我心里好受了许多，不妨事了。耶遂，你让斡歌连去传众将。"

众将听传,立刻入见。成吉思汗倚在床上,奇怪地笑道:"你们来得可真快!"仅仅一夜,他的脸色灰暗了许多,众将彼此交换着忧虑的眼色。

成吉思汗若无其事地招呼众将坐下:"大军在阿儿不合驻营无益,不如继续前进,你们以为如何?"

已凭战功升为千户长的图华首先表示反对:"大汗,臣以为,西夏乃定居国家,筑城为营,断不会轻易弃城而去。不如先行回师,待大汗身体康复,再做讨伐不迟。"

图华的建议赢得了众将的一致赞同,成吉思汗却不为所动。他一生征战,从未掉转马头:"倘若突然回师,西夏必以为我军怯懦,不敢与之一战。依我之见,且按兵不动,派使者去探李德旺口气。若他有悔改之意,并能付诸行动,我倒可以考虑班师。若他还似先前出言不逊,我必不轻饶。"

成吉思汗遂派图华出使西夏。

夏神宗李遵顼于一二二二年病逝,其子李德旺继位,史称献宗,大权仍然旁落在阿夏敢布手中。懦弱无能的神宗留给儿子的是一个更加残破的烂摊子。

图华来到兴庆府大殿之上,向献宗转达了成吉思汗的最后通牒:昔日,汝先帝李安全在世之日,曾与我有约,一旦遇有战事,西夏将做我之左右手出征。我据前约,西征时曾要求汝发兵相助,汝不但自食其言,还公然污辱于我。我为西征大业,暂且忍让,但那时我已说过,我凯旋之日,就是西夏亡国之时。如今我已凯旋,西夏根基焉存?

献宗听了这番咄咄逼人的质问,吓得急忙辩解道:"孤王何曾说过污辱大汗和蒙古军队的话,孤王——"

阿夏敢布站了出来,挡在献宗面前。图华自然认得他,两个人怒目相视。

阿夏敢布轻蔑地冷笑:"昔日不恭之语,皆出自本人之口,因何诘责我主?你告诉成吉思汗,他若想要营地、帐房、驮物,可到贺兰山找我;他若想要黄金、白银,可到兴庆府和凉州来取所需——只要他能打败我!"

图华听了这番狂言,并不多话,转身离去。

献宗瘫坐在龙椅上,张口结舌,深恨阿夏敢布多事。

图华转述了阿夏敢布的挑衅言辞,成吉思汗勃然大怒,指天为证:"西夏敢如此蔑视我和我的军队,如何还能退兵?即使是死,我也要给西夏以应有的惩罚!"于是不顾高烧和伤痛,不听劝阻,指挥军队继续前进。

合撒尔竭力劝说汗兄留在阿儿不合养伤,由他领兵征伐阿夏敢布。成吉思汗屏退众人,平静地对合撒尔倾吐衷曲:"我戎马一生,竟自落马,已是不祥。即使退兵静养,恐怕也难痊愈。我料死期已近,指望死前能目睹兴庆陷落,方不负我创业一场。阿夏敢布大权在握,狂傲至极,断不肯软语服输,我不忍过分忤逆众人好意,才派图华前去斡旋,为的是你们不再阻我前进。合撒尔,不要太替为兄担忧,在攻破兴庆前,我不会死的,与其在克鲁伦河畔安安静静地死去,不如在战场上了此一生。你从小就比任何人都更了解我,你知道,我生来是个不会享受的人。"

汗兄所言,句句都似刀尖剜在合撒尔的心口。他强忍悲伤,握住哥哥的手,深情地允诺:"臣弟明白了,决不会再劝你退兵。"

成吉思汗微笑点头,兄弟二人更加心心相印。

蒙军到达贺兰山与阿夏敢布相遇时,已是一二二六年春天。

阿夏敢布沿贺兰山摆下战场,意欲乘蒙军远道奔袭、人马疲惫之际,打他们个措手不及。

面对汹汹而至的夏军,成吉思汗十分镇定。他命军队四下散开,待夏军逼近,以弓箭相迎。一时间,夏军中箭者不计其数,余者仓皇后退。

阿夏敢布见首战失利,亲临指挥,组织第二次强攻。

阿夏敢布以逸待劳,原也占尽优势。只可惜他的对手是成吉思汗,是蒙军,不是那种久不见阵仗的乌合之众。倘阿夏敢布凭险固守,或许还能多坚持几日,无奈他太不了解蒙军的实力和特点。蒙军久经沙场,纪律严明,即使经过长途跋涉,也能做到令行禁止,忙而不乱,也能保持旺盛的精力和体力。面对这样的强敌,固守犹难自保,何况还像阿夏敢布一样自投罗网?

夏军的第二次进攻来势更猛,成吉思汗仍以前法相对,命将士散得更开,渐对夏军形成半包围之势。夏军抵挡不住蒙军的利箭强弩,又被击溃。

阿夏敢布见制人不成,反受人制,不敢再发动第三次进攻,意欲收兵。成吉思汗焉能容他退守本营,当即挥令大军从三面杀出。这一场殊死拼杀,直将夏军杀得横尸遍野。可叹阿夏敢布数年备战,竟落了个落荒而逃。

也是他时运不济,刚刚脱离了战场,又被一位不着盔甲的少年拦住了去路。

阿夏敢布急于逃命,并不将对面的孩子放在眼里,挥刀就砍。少年不慌不忙,举枪相格。几个回合下来,阿夏敢布见少年枪法精奇,再不敢大意。

别看阿夏敢布是西夏名将,还真不是少年对手。加上刀短枪长,阿夏敢布无论如何占不到便宜,慢慢只有招架之功,没有还手之力了。他眼珠一转,立刻有了主意:"小娃娃,你使枪,老夫使刀,太不公平。敢不敢让老夫换枪或是你换刀?"说完他挺后悔,忘了说蒙话,也不知小孩是否能听懂?

少年却完全听懂了:"小爷还使不惯枪呢,就依你使刀。"少年边说边扔掉手中长枪。还没等他拔出刀来,阿夏敢布冷不防挥刀朝他拦腰砍来,少年猝不及防,急忙平趴在马鞍之上。

真险!刀锋擦着少年的鼻尖过去,总算没伤着。

阿夏敢布自悔失手,不敢相持,夺路又逃。

少年情知上当,恨恨不已:"好你个老混蛋!看小爷怎么收拾你!"他拨转马头,向阿夏敢布追去。两匹战马一前一后,离战场越来越远。

阿夏敢布见少年不肯放过他,暗中收刀归鞘,取下背弓,蓦然回身射出一箭。少年瞅得真切,一边闪身躲过,一边手疾眼快地抓住箭尾。

阿夏敢布顿时被惊得目瞪口呆。

少年用牙咬住刀背,顺手将箭搭在弓上,喝道:"还给你!"不过他射的是马而不是人。

阿夏敢布的坐骑负痛,蹦起老高,将主人摔出几米远,落荒而去。阿夏敢布躺在地上,半晌动弹不得,少年催马来到他面前,阿夏敢布无计可施,闭目等死。

过了一会儿仍不见动静,他睁开眼,只见少年端坐马背,笑道:"老混蛋,你还没死吗?"

阿夏敢布恼羞成怒:"小娃娃,你怎还不动手?连杀人的胆量都没有,你还上什么战场?"

少年依然笑容可掬:"小爷偏不杀你!你不是要跟小爷比试刀法吗?小爷等你呢。快起来,别躺在地上装相。"

阿夏敢布费力地从地上爬了起来:"小娃娃,你是什么人?老夫看你不像军中人。"

"不用你管!废话少说,来吧。"

"老夫无马,还怎么战?"

"好。"少年立刻跳下马。阿夏敢布转转眼珠,又在打主意。

少年初出茅庐,终不似阿夏敢布老奸巨猾,说步战就步战,丝毫不疑有他。阿夏敢布则不然,与少年斗了几个回合,发现少年刀法比枪法更加了得,遂边打边向少年的坐骑靠去。

看看离马已近,阿夏敢布蓦然挺身向前,似要险中取胜,少年吓得急忙撤刀。阿夏敢布也是看准了少年一心要生擒他不肯下死手,故而才有此铤而走险之举。果然,少年上当了,阿夏敢布飞快地跃上少年的黄骠马,用力一夹马肚,黄骠马四蹄生风,驮着他飞驰而去。

少年清醒过来,气得连连跺脚:"老东西!老混蛋!小爷看你跑得了!"他将手指含在口中,长长地打了个唿哨。

听到主人的呼唤,黄骠马猛然掉过身,朝主人奔来,差点将阿夏敢布掀翻在地。阿夏敢布吓得紧紧抱住马脖,脸上渗出豆大的汗珠。

黄骠马径直跑回到主人面前,仰天长嘶一声,马身几乎垂直。阿夏敢布再也坐不住马鞍,被重重甩落地上。

阿夏敢布昏了过去。

接连上了阿夏敢布两次当,少年变得谨慎了许多。他等了一会儿,不见阿夏敢布动弹,确信阿夏敢布真的摔昏了,才上前将他捆绑了个结实。此时天色渐晚,少年正琢磨着该如何将阿夏敢布弄回汗帐,突见远处飞来几骑。少年不辨敌友,慌忙张弓以待。

"瑞阳,瑞阳,是你吗?"

哦,是迪格的声音。瑞阳高兴地扔掉弓箭,大叫:"迪格,迪格。"

迪格一马当先,冲到瑞阳面前,抱怨道:"你这孩子,搞什么鬼!大汗都急坏了!"

瑞阳指指地上:"我把老混蛋抓住了。"

迪格一眼认出阿夏敢布,忍不住夸奖了瑞阳一句:"有你的!"

阿夏敢布悠悠转醒,看看周围的人,不觉长长地叹了口气。

"仗打完了吗?"瑞阳天真地问。

"早打完了。收兵回营,大汗到处找不到你,急得大发脾气。后来听人说看见你去追阿夏敢布了,大汗这才命我们速来寻你。对了,瑞阳,你怎么认得阿夏敢布?"

"四年前,我随父母到兴庆府游玩,阿夏敢布看中了我阿爸带来的一匹骏马,想用重金买下,我阿爸送给了他。作为回报,他邀请我们全家到他府上小住,被我阿爸婉言谢绝了。而且第二天,我们就离开了兴庆府。所以,我认得他,他不认得我。"

"原来是这样。不管怎么说,你以后再不可冒如此风险!大汗正在病中,你若再出个什么差错,岂不要了大汗的命?"

瑞阳懊悔地垂下头。迪格喜爱地揉了揉他的脑袋,伸手将他拉到自己的马上:"好了,好了,既然没事,你也就不用自责了。"

阿夏敢布暂时被押到一座空帐里看守起来,迪格带着瑞阳径直回到成吉思汗的中军大帐。

所有重要将领都聚集在这里。瑞阳欢欢喜喜跑到成吉思汗面前,正欲见礼,被成吉思汗拉到跟前:"你这孩子!你可把我吓坏了!我听说你把阿夏敢布生擒活捉了!"

瑞阳点头:"祖汗,您不知道,阿夏敢布老骗我,费了不少的事儿呢。"瑞阳就将他两次受骗的经过一五一十地讲述了一遍,众人被逗得哈哈大笑。

成吉思汗尤其高兴。瑞阳立了大功,这本身比阿夏敢布落入手中还令他欣喜:"好吧,孩子,这一次我且给你记大功一件。你记住,从今往后,再不许你冒险,你若不听话,我把你送回蒙古去。"

瑞阳乖乖应道:"孙儿不敢了。"

自成吉思汗受伤,众将但凡有时间,都要到大汗的行帐小坐。这在过去是不曾有的。共同的忧虑,使大家不约而同地想多陪陪他们的大汗。成吉思汗理解众人的好意,拳拳忠心,怎能不令他感动?

刘仲禄更是倾尽全力。然而,希望越来越渺茫。他只是个医术高明的医生,做不到中止战争。成吉思汗敏感地意识到自己的生命不会延续太久,更加迫不及待地希望尽早消灭西夏。

阿夏敢布被押到成吉思汗面前。明知必死无疑,阿夏敢布昂首屹立,全无惧色。成吉思汗一向欣赏那些有气节、有胆量的人,即使这个人属于敌对一方。对阿夏敢布的憎恶不知不觉消失了,成吉思汗挥挥手,命将阿夏敢布推出,就地斩首。只是不知阿夏敢布临死前,是否后悔过由于自己的狂妄和背盟,为成吉思汗消灭西夏造成了口实?

肆

蒙古大军沿弱水河谷行进,三月,来到黑水城下。黑水城是进入西夏的门户,献宗在此处设有重兵。成吉思汗亲自指挥攻城。他跨上赤兔马,出现在阵前。病痛使他双颊深陷,脸色灰暗,唯神态威严、目光犀利如故。统帅无与伦比的意志是将士们信心的源泉,蒙军全身心地投入了战斗,不出一天,黑水城即被攻下。

在黑水城仅仅休息一天,蒙军继续溯弱水河谷而上,沿途攻占了肃州、甘州。

肃州、甘州俱下后,蒙军对待定居国家的政策也产生了根本性的改变。

蒙古君臣就如何管理甘、肃二州展开讨论,当时,不少将领建议将庄稼放火烧掉,以灰作肥,将平原变作新的牧场。成吉思汗也觉未尝不可。正在这时,耶律楚材挺身而出了。迄今为止,人们还是头一次看到他那样激动和愤怒,连成吉思汗也暗暗为之吃惊。耶律楚材据理力争,指责诸将的建议太过野蛮和愚蠢。他细细地算了一笔账:保留占领区肥沃的土地和勤劳智慧的百姓,通过征收赋税,将获得最大的利益。向农民征收土地税,向商人征收酒税、盐税、铁税,甚至还可以征收水产税和山林资源税,这样一年便可获利五十万两白银,八万匹绸缎,四十万斤谷物,如此巨大的财富来源,怎么能说定居国家的城池毫无用处,甚至要将其夷为平地呢?

耶律楚材的见解是不少人不曾听过,更不用说想过的了。从游牧文化及思维方式向定居文化及思维方式的转变绝不是那么轻而易举的事情。耶律楚材所列举的数字是诱人的,既然有如此好的办法可以获利,大家也就不再持有异议。

成吉思汗是位头脑清醒冷静的君主。作为游牧民族的领袖,在他还未真正懂得如何管理定居国家前,他采取过简单过激的方式。但这并不意味着他对文明的建议无动于衷。他当即要耶律楚材据此拟定出具体的实施方案,自此,耶律楚材也在自己的位置上迈出了艰难的、成功的第一步。

甘、肃二州陷落已是一二二六年夏季,为避暑,蒙军准备兵发浑垂山。

成吉思汗将大军分作三路。

他和幼子拖雷、义子察罕率领主力部队继续完成对西夏国的征服;察合台以及特意从山东战场赶回看望他的庶长子珠日查(耶珊生)领兵赴辽东征剿蒲鲜万奴;窝阔台和庶幼子阔列坚(忽兰生)则进入金腹地配合宝鲁攻克汴京。

又一次分别,父亲和儿子的心中都有种永别的预感。

昔日,成吉思汗曾对长子术赤说过,希望在他临终时,儿子们都能守在他的身边,自爱子病逝,他不复再存此念。

耶律楚材拟好计划,匆匆来到成吉思汗的行帐,见成吉思汗的几个儿子和义子察罕都在,自悔来得不是时候。他将他的计划简明扼要地向成吉思汗做了汇报, 便欲告辞, 成吉思汗留住了他:"别急着就走, 和我的儿子们坐坐。"

窝阔台起身,将耶律楚材拉在身旁坐下。

成吉思汗问:"你的计划很好,但不知多久才能见效?"

"一年。一年可初见成效。"耶律楚材信心十足地回答。

"好。如见成效,也可令众人心服口服。"成吉思汗舒心地说。

耶律楚材怀着一种复杂的心情无言地注视着他。

窝阔台诚恳地望着耶律楚材:"楚材,我们生于蒙古,长于蒙古,以同一种模式来获得生存资本,难免会有许多局限性。对我们来讲,观念上的彻底改变尚需一个相当艰难的过程,因此,我们离不开你的指点和帮助。"

耶律楚材慌忙答道:"三太子,您别这么说。为臣者,理应知无不言,言无不尽。"

成吉思汗满意地大笑:"'长胡子',你也不用谦虚。我听说你和窝阔台一向最为投契,他将来是要继承汗位的,希望你能一如既往辅佐他。"

"臣蒙大汗知遇之恩,焉能不殚精竭虑,为国尽忠?臣拜辞。"

耶律楚材退出,轻轻掩上门,把宝贵的时间留给了依依惜别的父子兄弟。

儿子们不敢正视他们的父汗,沉重的、莫名的怅惘使人黯然神伤。成吉思汗的精神显得不错。他目光炯炯地注视着他的儿子们,说实在的,要不是为他死后可能发生的汗位之争忧心忡忡,他的几个儿子倒是足以令他自豪的。孛尔帖为他生了四个出类拔萃的虎子,庶出的两个儿子珠日查和阔列坚也都在征战中崭露头角,还有义子察罕,他们都英勇善战且各有所长⋯⋯

阔列坚殷勤地为父汗和哥哥们斟满酒。明天,他就要随三哥出征金国。同是成吉思汗的儿子,他却没有任何地位,所有的功名都需要靠自身的努力去争取。他还不到十八岁,从一名普通士兵成为独当一面的将领,全凭立下的赫赫战功。他知道父汗钟爱他,要求同样严格,他喜欢凭真本事去赢得一切,包括人们的敬重。

成吉思汗喝了一口酒,看着察合台,认真地叮嘱:"你既认瑞阳为义子,将来切莫亏待他。这孩子太单纯,你,还有你们哥几个,无论如何要代我看顾好他。说真的,我已经愧对札木合安答和祺儿了,再不能愧对一个小孩子,你们明白吗?"

察合台急忙回答:"父汗放心。瑞阳是个好孩子,儿臣打心眼儿里钟爱他。这些天,他一直缠着儿臣要随征'东夏',依儿臣之见,不如就带他去辽东,然后再遣他回蒙古押送战马,这样,也好暗中通知额吉将他留下。"

"这个主意不错,但愿瑞阳能听你的话。"成吉思汗稍稍放下了心。该托付的他都已托付,只要儿子们同心协力,相信他所辛苦创建的事业就不致半途而废。六兄弟不敢让病中的父亲太过劳神,恋恋不舍地告退,成吉思汗目送他们离去,悄悄叹了口气。明天,或许就是永别。

夏日晴空,不见浮云,被晒暖的空气沸沸扬扬,似有万般焦灼。察合台兄弟将率大军出发,成吉思汗亲将他们送出营外。

如今,成吉思汗身边只剩拖雷和察罕。按照蒙古幼子守灶的习惯,拖雷通常不离父汗左右。察合台、窝阔台、珠日查、阔列坚忍泪拜别父汗,满心凄凉,无限留恋,却不知从何说起。

成吉思汗上前扶起儿子们,慈爱地叮咛:"去吧,不用记挂我。"

"请父汗保重!待攻陷兴庆,我们回来看望您。"

目睹病重的父亲与儿子们生离死别的情景,许多将士揪心地背过脸去。瑞阳最后一个来到成吉思汗面前,仰着脸,深情地保证:"祖汗,等消灭了'东夏',我就回来陪您,陪您围猎,陪您打马球。"

成吉思汗心中一酸,捧起瑞阳稚气的脸,凝视久久:"好孩子,我等你回来。"他微笑着说,不无伤感。

察合台兄弟狠狠心,扬鞭策马,各踏征程。成吉思汗平静地目送着他们,神情渐渐变得庄严肃穆。这一刻,人们看到的是三军统帅,而非父亲。

伍

成吉思汗开始倾心关注中原战事。

木华黎在世时的确是蒙古宫廷在中原的中流砥柱。他曾有效地将金降将统帅到自己的麾下,当他于一二二三年四月病逝解州后,那些惯于见风使舵的金降将便开始心猿意马,各自想着自己的退路。宝鲁虽然继承了父亲的靖南国王之位,但尚未建立显赫的战功,因而也就谈不上树立起绝对的权威,这使早就心存异志的武仙等人根本不把他放在眼里。武仙欲叛,唯恐真定守将史天倪碍事,便设计将他骗到府上,威逼利诱,史天倪不为所动,武仙萌生杀机,将史天倪杀害于府中。

史天泽与史天倪手足情深,知兄惨死,史天泽心痛如刀绞,指天发誓:"大哥,我若不杀武仙为你报仇,誓不为人!"

史天泽料到武仙得手,必然领兵攻打真定,一番权衡利弊,他决定暂且退守永安城,相机行事。永安城守将董俊点齐本城人马,接进史天泽,二人准备死守。

武仙不动刀兵便收复真定,所属大小州镇尽皆归降,一时声威大震。宋叛将李全亦在中山大寨集结兵马,与武仙遥相呼应。

蒙古都元帅张柔此时正镇守中山,他得知李全占据中山大寨,当即引兵来攻。李全不敌,忙派部将向武仙求援。武仙一面派左大将葛铁枪前往救援,一面引兵攻打史天泽和董俊据守的永安城。

数日强攻,史天泽、董俊拼死抵抗,永安城固若金汤。武仙久攻不下,加之惦记李全的安危,不免心浮气躁。史天泽见武仙的攻势开始松懈,与董俊商议,由董俊率一支人马突然杀出城门。武仙猝不及防,阵脚大乱。史天泽随后杀出,武仙不敌,败回真定。

史天泽、董俊乘胜追击,袭破真定南门,武仙只得退守西山鼓城。

李全从中山大寨仓皇溃逃之时,幸亏葛铁枪及时赶到,挡住张柔追兵,李全才捡了一条性命,逃入新乐山中。

张柔情知李全除向武仙求援外别无他计,遂将人马分作两部:一部佯攻新乐山;一部设伏于援军必经之处。武仙闻听李全告急,忙派高阳守将吕正会合葛铁枪率一万人马赶赴新乐山,结果途中正中张柔埋伏。

张柔掩军杀出,吕正、葛铁枪不是对手,夺路而逃。张柔单人独骑追赶吕正,吕正见张柔追近,冷不防向张柔面门射出一箭。张柔觑得准确,将头一侧,用牙咬住箭矢,吐出一口血水,连眼也没眨一下,反将箭搭在弓上,向吕正回敬过去。吕正心慌,只顾逃命,岂料左肩中箭,被张柔走马生擒。

此时,葛铁枪已被张柔家将张伯祥擒杀。张伯祥前来接应张柔,见主人受伤,忙请大夫为他疗伤。张柔却谈笑风生,毫不在意。

略作休息,张柔心生一计,命军卒换上衣服,打着武仙旗号,浩浩荡荡开赴新乐山。此时李全被困,急得如热锅上的蚂蚁,忽见武仙援军赶到,也不辨真伪,将"援军"放入关中。"援军"与张柔里应外合,夺了新乐山。

李全见势不妙,换上士兵号衣,投奔了驻守在鼓城的武仙。

得知连损两员大将,又被张柔赚了新乐山,武仙恶气难咽,立刻带领鼓城主力,杀奔满城。张柔正回满城驻营,见武仙一路奔袭而来,当即引兵于城外迎敌。张柔部下,皆英勇善战,武仙、李全只招架几个回合,各自纷纷逃命。武仙不敢进入鼓城,担心重蹈真定覆辙,只从城下穿过。张柔暂且不去追赶武仙,而是命众将士将鼓城团团围住,他口口声声传唤鼓城守将上城与他对话。

鼓城守将得知主帅武仙败逃,不得已登上城楼,与张柔相见。

张柔好言相劝:"你主武仙,降而复叛,无异于以卵击石。蒙古数年用兵,所到之处无不望风披靡。你若识时务,献城乞降,我保你不失将位。如若不降,城破之日,休怪张某没有给你指明生路。"

鼓城守将本无斗志,听张柔这般劝告,觉得句句在理,同意献出城池。张柔得了鼓城,一鼓作气,继续追击武仙。正好史天泽收复真定所属各州郡,与武仙败军撞了个正着,两下夹攻,武仙只带少数残兵败将逃入双门寨。

宝鲁率部赶到时,史天泽、张柔、董俊已合力收复了真定、中山、新乐山、西山鼓城等重要城关,基本平定了河北与山东两地的叛乱。宝鲁对史天倪之死深表哀悼,因无法寻回尸骨,只好拨出银两抚恤史天倪家小,同时上奏成吉思汗为众将请功。

宝鲁曾遵从父命拜张柔为师,继承王位以来,一如既往地对张柔执弟子之礼。张柔等人见他位尊不骄,谦恭聪颖,智勇兼备,反从心底生出几分敬重。尤其张柔,比别人更希望宝鲁能真正继承父业,取得其父一样的战功和威望。

一波方平,一波又起。

宋朝理宗皇帝拜左将军彭义斌为讨北军都元帅,攻入山东,连下数郡,颇具声势。李全被蒙军打败,走投无路,只好投入彭义斌麾下。他是宋朝叛将,故此举要冒很大风险。彭义斌正在用人之际,不仅同意接收李全,还答应为他上奏皇帝,尽免其罪,官复原职。自收编李全军马,两家兵合一处,彭义斌更加胆壮,遂引军包围了东平府。

东平府守将严实,见城中兵微将寡,忙修书一封,命心腹家将暗出后城门,求见国王宝鲁。宝鲁正率大军南下,预备收复山东失陷各州郡,接到严实书信后,迅速做出相应安排:派成吉思汗的庶长子珠日查率三万大军驻守西山山谷,又命史天泽率本部人马为其后援,他自己则挥师攻打李全。

原来严实在信中写道:宋将彭义斌人多势众,卑职难以固守永平。倘国王能从速发兵来援,卑职自有守城候援之法;倘因路途所阻,援军无法及时赶到,请允许卑职假降彭义斌,待取得信任,他必命卑职协助他攻取真定,届时国王只需设伏于西山,卑职与国王里应外合,可望一战成功。上述二计,国王任择其一,卑职静候国王裁断。宝鲁采用了后计,故有上述安排。

彭义斌包围东平府,攻打甚急,严实死守,见宝鲁不发救兵,知他已采用后计,忙修书一封,射出城外。彭义斌接信,喜上眉梢。严实信中乞降,但要求彭义斌必须保全他及手下将士的生命安全。彭义斌立刻复信,劝严实不必犹疑,待大功告成,少不得让严实加官晋爵。

严实大开城门迎进彭义斌,两个人携手同行,严实笑道:"元帅如此相逼,末将可是深受其苦啊。"

彭义斌也笑了起来:"将军弃暗投明,可喜可贺!从今往后,愿将军与我同心协力,共御强敌。功成之日,何愁圣上不重用将军。"

严实将彭义斌迎进帅府,屏退左右,推心置腹地对彭义斌说道:"不瞒元帅,末将降蒙实为情势所迫,乃不得已而为之。今观蒙古,自木华黎死后,兵力大有松懈之状。末将早有心归附大国,怎奈末将昔日供职金廷,后又降蒙,恐宋帝不能见容。若非元帅力保,末将安敢轻举妄动?"

彭义斌不以为然："将军多虑了。将军威名，圣上素有耳闻。如今正是多事之秋，圣上求贤若渴，断不会埋没将军之才。彭某日后还须仰仗将军之力。"

严实吩咐设宴，尊彭义斌上座，宾主开怀畅饮，尽欢而散。

彭义斌在东平休整数日，欲与严实共伐真定，严实正中下怀，满口答应说："末将既降，一切愿听元帅调遣。"

即日起兵，杀奔真定，彭义斌顺顺当当地落入了珠日查的包围圈。严实反戈一击，令彭义斌的处境犹如雪上加霜。

彭义斌情知上当，夺路而逃，被珠日查走马生擒。严实爱惜彭义斌将才，苦口婆心劝他归降。彭义斌深恨严实设计败他，大骂严实奸诈，严实一笑："自古兵不厌诈，你我各为其主，只得如此，还望元帅海涵。"

严实再三晓以利害，彭义斌最后不再言语。正好史天泽也来相会，见机与严实共劝彭义斌，彭义斌表示愿意考虑。严实命人摆上酒席，他与史天泽将彭义斌奉为上宾，彭义斌终于归降。

数日后，彭义斌悄悄遁逃，被珠日查擒获，推到严实、史天泽面前。彭义斌立而不跪，严实并不相强："彭元帅，你既归降，为何又要逃走？"他和颜悦色地问。

彭义斌冷笑："某生为大宋臣，岂可贰心事主！"

严实明知多说无益，命人将彭义斌推出斩首。彭义斌昂首而出，全无惧色，严实颇觉惋惜，向珠日查询问："少将军如何料到彭义斌非真心降我？"

珠日查回答："是史将军命我监视彭义斌行止。将军言：彭义斌自视才高，违心而降，恐怕有诈。如他遁去，擒他来见。"

严实目视史天泽，史天泽微微一笑："在下深知严将军爱重彭义斌将才。可惜以彭义斌性情，绝难为我所用。因彭义斌乃少将军手下败将，所以仍请少将军相助。"

"史将军观人知心，谋虑深远，严某自愧不如！"

严实对史天泽深施一礼，史天泽急忙双手相搀："将军过奖，在下实不敢当。"

二人相视大笑，惺惺相惜之情油然而生。

珠日查告辞出去，严实赞道："这位少将军好气度！好人才！但不知他是出自哪位名将之后？"

史天泽依然微笑："将军一定想不到，他是……"史天泽附耳低语。

严实大惊："此事当真？"

"千真万确。"史天泽说，"成吉思汗共有六子，嫡出四子，庶出二子，皆人中龙凤。蒙古习俗与我中原不同，虽同为汗子，庶出却无高位，所有功名富贵全凭个人奋斗方能取得。少将军十四岁投身军旅，从一名普通士兵做起，如今在宝鲁国王手下升任将军，全凭所立战功。这也正是少将军令人起敬之处。"

"成吉思汗教子有方，难怪帝业稳固。听说大汗征西已返，我对其人钦慕已久，很想早日谒见大汗。"

"待一切安排妥当，我愿陪将军同往。"

宋帝惊悉彭义斌兵败被杀，忧惧交加。原本设想乘蒙古发生内乱之际全力收复河朔诸地，现在企图落空，不得不缩紧兵力，加强边界防卫，静观其变。被彭义斌夺取的山东数州镇重又回到蒙军手中，尽归严实管辖。

再说宝鲁兵进益都，李全被围，兵困马乏，城中断粮，李全不得不白衣出降。因李全反复无常，诸将请求诛杀其人，永绝后患。宝鲁不允，他劝说众人："杀一人易，然山东未降者尚多，全素得人心，今李全已降，如若诛之，徒失人望。"不仅不杀李全，还委任他为山东淮南楚州行省。

此举果然深得人心。山东各郡未降诸侯见宝鲁如此对待归降者，纷纷来投，且后期鲜有复叛之人。

自此，山东局势基本平稳。

半个月后，成吉思汗在蒙古汗营接见史天泽、严实，鉴于二将平叛有功，特别拔擢，当面授予二将"国公"称号，二将权势更盛以往。

成吉思汗对金腹地目前的战局无甚大忧，对宝鲁继承父位以来的所作所为尤其满意。他对四太子拖雷说："宝鲁与其父用兵各有所长。木华黎擅用硬兵，攻城略地，速战速决。宝鲁擅用软兵，巩固占领城池，笼络归降诸将，稳扎稳打，步步为营。宝鲁虽年轻，不弱其父。"

陆

暑夏在清凉的浑垂山度过，新的战事伴随秋天来临。

倒霉的夏献宗李德旺继承父位不足四载，便被蒙军逼得上天无路，入地无门。总揽朝纲的阿夏敢布一战败北，蒙军又以破竹之势接连过关斩将，眼见西夏灭亡为时不远，献宗忧惧交集，一病不起。临终前，他将皇位传给侄儿李睍，史称夏末帝，同时命人去请早已退隐的西夏老将嵬名令公。

献宗在如此危急的关头想起老令公,证明西夏已是朝内空虚,残局不可收拾了。老令公一生忠耿,国难当头,无从退避,遂以七旬老迈之身,重掌西夏帅印。

蒙军继续东进,拖雷领兵攻克西凉府,成吉思汗移师城中。

此时,蒙古其余几路大军也是捷报频传。二太子察合台顺利剿灭"东夏",蒲鲜万奴兵败被捉,性如烈火的察合台等不得请示父汗,立将蒲鲜万奴推出斩首。与此同时,窝阔台与宝鲁同心协力,经西安府逼近汴京,沿途势如破竹,所向披靡。汴京凭借黄河天险,虽难遽破,金帝却更加迫不及待地希望与蒙古方面议和。

九月,为迎接辽东王妃姚里夫人,成吉思汗派义子察罕去征应理。

辽王耶律留哥于一二二〇年病逝,其时长子薛暗扈从成吉思汗西征,余子尚且年幼。不得已,姚里夫人征得代行大汗职权的五王爷帖木格的许可,取得摄政资格。贤明刚正的姚里夫人执政近七年,不仅稳定了辽东局势,而且辽东安定富足更胜其夫统治时期。听说蒙军兵发西夏,为谒见成吉思汗,姚里夫人携三子一孙长途跋涉,历经千辛万苦从辽东来到西凉府,被成吉思汗以蒙古最高礼节款待。

宴会上,成吉思汗亲自为姚里夫人把盏。这无论对谁都是一种绝对的殊荣。他感慨地对姚里夫人说:"这里可是连雄鹰也难飞到的地方,夫人来得何其不易!"

姚里夫人诚恳地禀明来意:"臣妾夫君病故时,长子薛暗不在身边,余子尚且年幼,臣妾勉为其难,代行夫君之责。如今善哥兄弟长大成人,臣妾带他们同来,一则希望能将他们留在大汗身边朝夕奉教,二则希望薛暗能随臣妾回返辽东,继承父位。此乃臣妾所请,亦为故去夫君之请。"

成吉思汗闻言,看看薛暗。薛暗正紧张地望着他,眼神里含有许多难言之语。如若换了往常,成吉思汗一定会毫不犹豫地同意姚里夫人的请求,然而今非昔比,病中的成吉思汗越来越恋旧,实在舍不得九年来朝夕相伴的薛暗离开他。他用商量的口吻委婉地对姚里夫人说:"薛暗随我多年,已与蒙古人无异。西征时,他英勇善战,大太子被困合迷城,是他率千人赴援,负伤不退,方解得合迷之围。攻打不花剌时,他被流矢击中,仍旧率先登城。以薛暗之功,已获'巴特'称号。依我之见,不如让善哥继承父位,薛暗仍旧留在我的身边。"

姚里夫人离座跪倒,近乎哀求:"大汗容禀:薛暗乃夫君原配所生,其余数子皆臣妾亲生。况且薛暗为长,如立善哥,臣妾怕要愧对亡夫在天之灵。"

成吉思汗感于姚里夫人贤良至诚,终于同意了她的请求。

薛暗深知母亲好意,又不愿依命回返辽东,内心深处矛盾至极。成吉思汗看他愁眉不展的样子,强笑劝慰:"昔日你父为示忠诚,以你为质,送来我处。然我视你父为我之兄弟,视你为我之爱子。为你贤德善良的母亲,我看你还是以辽东江山为重。只是回到辽东之后,你要勤于政事,不可懒散放纵,辜负我和你母亲的厚望。"

薛暗跪地拜受,碍于众目睽睽,忍回了眼中泪水。

成吉思汗转向姚里夫人:"薛暗侍于我前,从无过错。你全家忠心耿耿,令我高枕无忧。夫人不必再留善哥兄弟,我愿你们阖家团聚,共治辽东。"

姚里夫人如何肯依,坚持留下三子,只带薛暗和孙子回返。薛暗也说:"臣不能随侍大汗身边,如有兄弟代劳,还可稍慰悬思,万望大汗同意臣母所请。"

成吉思汗无奈,只好应允。

酒宴至夜方散,薛暗奉命送母亲及兄弟回驿站安歇。

姚里夫人在灯下细细端详着长子,泪水不由潸然而下。

薛暗自幼丧母,是姚里夫人一手将他带大,钟爱之情胜过亲儿。离别九年,慈母之心无时无刻不在把爱子牵挂。

薛暗心中同样悲喜交集。父亲故去,作为长子,他理应回去祭奠亡灵,添坟扫墓,让母亲颐养天年,这些都是他应该做到的。可此时让他离开成吉思汗,那种割裂之痛实难承受。

善哥腼腆地拥抱了哥哥一下,他用这个举动表达了对哥哥的思念。薛暗扶住弟弟的双肩,深情地注视着他。他离家时善哥还是个孩子,如今已经长成帅小伙了。真正的感情无论何时都不会随着时光的流逝而趋于淡漠。薛暗过去因不能回返辽东,便将长子送到母亲身边,聊慰母亲思子之念。一别数年,儿子已经不认得他了,只是偎在奶奶的身边,用一种陌生的眼神看着他。

薛暗蹲下身,将儿子拉入怀中。他问母亲:"辽东大政现委与何人?"

"耶的元帅。大家都盼着你回去,你父王临终留下遗嘱,也是要你接替王位。"

薛暗很想告诉母亲,他对王位毫无兴趣。在成吉思汗身边,他已经爱上了蒙古族粗犷豪放的生活方式,不可能再习惯那些古板的礼仪。可想到母亲千里迢迢来请求成吉思汗放他回去,他又不忍心说出口。况且大汗既然已经做出决定,就决不会更改,他早像其他的蒙古人一样,从不违抗大汗的任何命令。

姚里夫人怎能不知晓爱子此时复杂的心境,她温声相劝:"你追随大汗多年,舍不得离开他,母亲都能理解。这样吧,你先回辽东看看,等你真正坐稳王位,再回来探望大汗不迟。"

薛暗两眼发涩,急忙垂下头。

那时,大汗仍健在吗?大汗自己总说,他大限将至,每分每秒对他来说都珍贵无比。母亲肯定没有发现大汗是抱病为她举行了宴会,是啊,大汗表现得那么正常,天知道这需要怎样坚强的意志?

安顿母亲和弟弟们睡下,薛暗匆匆返回营地,今天本该他和迪格执勤。

看到他,迪格倒不惊讶:"你来做什么?有我一个人足够了。"

薛暗不语。说真的,他舍不得离开大汗,也舍不得离开迪格。这九年来,他与迪格朝夕相处,情同手足,而今分别在即,他的心情实在难以形容。迪格并未流露出丝毫留恋之意,他反而笑着对薛暗说:"快去快回。我给你算了日期,明年春天你准回来。"

迪格天性乐观,不知忧愁,这正是薛暗与他朋友多年最喜欢他、最羡慕他的地方。就像此时,他虽然明知迪格是安慰之言,但不知为什么,听到迪格这样说,他的心里还真的宽解了许多。

姚里夫人在西凉府住了数日,向成吉思汗辞行。成吉思汗按照蒙古人崇尚"九"的习俗,以九匹骏马、九块金砖、九匹丝绢和九盒珠宝相赠。另外,他又命人牵来一匹伊犁宝马连同一柄银鞘剑一并赠予薛暗。

薛暗心情沉重地踏上了归程。不久,察罕不负重托,领兵攻下应理,蒙军乘胜进攻西夏重镇灵州。

柒

灵州战役是场硬仗。这场战役,从一二二六年十一月打到十二月,历时一个月,说明了灵州守军抵抗的激烈。

一旦灵州这个离西夏首都兴庆府只有三十公里的重镇陷落,蒙军也就打到了兴庆府的家门口。为一举击溃西夏主力,迫使西夏再无力组织任何有效抵抗,成吉思汗采取了围城打援的战术。

夏末帝得知灵州被困,危在旦夕,急派老将军嵬名令公率五十营前去救援。此一役可谓关乎全局,西夏若胜,尚能保住半壁江山;若败,则是亡国前奏。是以双方都不敢掉以轻心。

成吉思汗只命少数兵马继续围困灵州,不给城中以喘息之机。他自己则亲提大军,在布满池塘的平原上迎住了嵬名令公。

老对手相遇,一场硬仗就在眼前。

狭路相逢勇者胜。战争当中,有些情况下需要以智取胜,有些情况下则要凭实力和勇气。成吉思汗和嵬名令公都熟悉对方的战法,都不会轻易上对方的当,用计显然多余,而且也无成功的可能,这时最能发挥作用的就只有双方的士气和平时的训练。主帅抱着必胜的信念,将士们以死相拼,战斗的激烈,使日月为之失色。

西夏军在人数上略占优势。成吉思汗不顾手下将士劝阻,亲临正在厮杀的战场。转眼已是第四天,蒙军的损失惊人,差不多达到十分之一,在成吉思汗所指挥的历次大战中,唯以此次伤亡最为惨重。

西夏方面的伤亡则是蒙军的十倍还多。蒙军将士见大汗亲自冲杀于敌阵之中,无不大惊失色,唯恐他有个闪失。成吉思汗全然不知,病魔在这位刚强的马背皇帝面前惭愧地躲开了,蒙军越战越勇,夏军败迹渐显。

冬天太阳落得早,成吉思汗命士兵击鼓,不许收兵。夏军原本缺乏蒙军那种吃苦耐劳、连续作战的体力和毅力,加上整整一天滴水粒米未进,体力不支,伤亡更加惨重。黎明时分,嵬名令公被察罕生俘,余者尽皆请降。

来不及打扫战场,蒙军回师灵州城下。城中守军得知援军战败,军心涣散,蒙军一鼓作气拿下灵州。

此时,西夏首都兴庆府就在黄河对岸。

蒙军移师灵州,众将只顾搜罗珠宝金银。成吉思汗让耶律楚材自取所需,耶律楚材立刻带人去抢救出不少汉文典籍,又在一处废弃物中发现了几车大黄药材,如获至宝,也一并运回府上。众人见耶律楚材只搜集些别人不要的东西,皆不以为然,只有成吉思汗父子深敬耶律楚材洁身自好。

成吉思汗升坐帅帐,命人带上老令公嵬名。十七年不见,嵬名须发皆白,瘦骨嶙峋,成吉思汗不觉动了恻隐之心。

迪格为嵬名除去绑绳,成吉思汗赐座,嵬名令公微微叹息,从命坐下。

四目相对,老令公敏锐地觉察到成吉思汗病势不轻。从容自若的神情,掩不住灰暗消瘦的脸色,可是昨天还见他亲身冲杀于阵前,勇武绝伦。

成吉思汗微微一笑:“我与老将军一别十七载,今日重逢,也算有缘。我念故旧之情,必然不会难为于你,你可还有其他要求?”

嵬名令公微闭双目,沉默不语。为国捐躯,死而无憾。当初不顾年老体衰,慨然复出,只为撑起大厦于将倾,谁知天不遂愿,一败至此。败军之将,何以言勇?亡国之臣,何颜苟活?唯死而已!

"嵬名将军,我敬你忠义无双,决定再放你一条生路,你可以走了。"

嵬名令公蓦然睁开眼,注视着成吉思汗。

成吉思汗双目炯炯,疲倦的脸上挂着一丝宽容的微笑。即使是敌人,嵬名令公也仰慕成吉思汗的为人。

罢了,罢了!西夏灭亡只不过是时间问题,与其做亡国之臣,不如全一世名节。嵬名令公默然站起,转身走出大殿,表情肃穆而严正。

目送嵬名令公离去,成吉思汗吩咐设宴犒赏众将。

仅仅片刻,迪格匆忙入报:"大汗,嵬名令公……死了。"

成吉思汗好似不敢相信自己的耳朵,紧紧盯着迪格。迪格在他锐利的目光注视下,不知怎么竟从心底升起一股凉气:"他……乘人不备,一头撞在了门外的石狮座上,臣等猝不及防……"

成吉思汗急忙离座,由迪格引着,来到府外。

嵬名令公仰面躺在石狮下,额角上流出的鲜血在地上凝成一片。他双目微闭,似有些许留恋,唯脸色异常严峻。

成吉思汗的目光落到了那块发黑的血土上,忽然产生了一种作呕的感觉。我这是怎么了?他想。

"父汗。"拖雷匆忙来到父汗身边,不放心地问。父汗的脸色十分难看。

成吉思汗的胃里翻腾得更厉害了,半晌才勉强说了句:"厚葬嵬名!"

"嗯。父汗,我还是先送您回去吧。"

成吉思汗转身就走。再待下去,他恐怕真的要忍不住了。

成吉思汗没有参加酒宴。

许多年来,他第一次没同大家共庆胜利。虽然酒食丰盛,歌舞齐备,一如往昔,然众人索然无味,默坐一会儿后,便各自散去了。成吉思汗是蒙古将士的主心骨,只要有他在,就意味着团结和胜利,人们不敢想象一旦他去了情形会是怎样?在蒙古君臣的心目中,成吉思汗根本是无人可以替代的。

捌

耶律楚材收集的大黄,不久发挥了作用。蒙军行至盐石川时,下了一场大雪,气温骤降,不少将士患上了严重的传染病。耶律楚材命人用大黄熬汤,给生病的将士服下,治愈者不计其数。这回,连那些平素不大看得起他的功臣宿将也无不心悦诚服。

成吉思汗始终对耶律楚材的才能和人品充满信心。他语重心长地告诫众将："此前,楚材收集书籍和大黄时,汝等皆觉不可思议。殊不知,书籍乃喻世长智之本,大黄则为今日救人之用。远见与财富相比,孰轻孰重,汝等应深为自省。将来继承汗位者,若以楚材为相,必成治世之君。"

或许是由于成吉思汗生病的缘故,耶律楚材过去对他的许多看法都在不知不觉中发生了改变。感情的天平几乎完全倾向于敬仰和谅解成吉思汗那一面了,这是最主要的变化。成吉思汗的意志恒心和雄才伟略足以令世人敬仰,尽管他发起的战争制造了太多的流血和牺牲。成吉思汗是创造历史的人物,无论后人怎样评论他,他仍旧是创造历史的人物。耶律楚材在他的身边以顾问的身份度过了九年,虽未真正发挥作用,所得的信任之重确是自始至终,与众不同的。

成吉思汗忙于打天下,只能在有限的范围内接受有益的建议并付诸行动,从这个意义上来讲,他称得上从谏如流。特别是在成吉思汗病后,耶律楚材经常陪伴在他左右,对他丰富的内心世界有了更深层次的了解,也第一次明白了是什么将以前的铁木真变成了今天的成吉思汗。他用极盛的武功创造和成就了一个民族,他现在是,将来也必然是蒙古民族乃至中华民族的不朽英雄。

一场大雪接连下了两天,雪厚处足有一尺。薛暗独自站在廊下,看着儿子在雪地里连蹦带跳,快乐得像只小鸟,脸上不由浮出一抹笑意。雪天是孩子们的世界,儿子已吵闹着要去跟小伙伴们堆雪人了。蒙古下雪的日子好像不如辽东多……不知大汗现在是否仍在征战途中?

薛暗只顾默默出神,丝毫没听到母亲走近他的脚步声,直到听见母亲说话,他才急忙回过头来。

母亲问:"暗,你站在这里想什么呢?"

薛暗上前搀住母亲:"您起来了?"

姚里夫人细细看着儿子的脸:"暗,你回来多少日子了?"

"有三四个月了。"

"是不是还想着回去?"

薛暗欲言又止。

"其实我早已看出,你人在这里,心却不在。你若真想回去就回去吧。"

薛暗心里十分难受,不得不对母亲说了实话:"母亲,您别生儿子的气。过去儿子没敢说,可现在儿子觉得不能再瞒您。儿子跟您回来时,大汗病得正重,这一次,只怕他……很难长久。"

姚里夫人吃了一惊:"你怎么不早说?"

"儿子怕那样说了,像在诅咒大汗。"

"既如此,你的确应该回去。"

"母亲,家中您多受累。儿子到西夏,就让善哥他们几个回来,善哥常在母亲身边秉承教诲,依我看可以成就辽东大业。"

"这么说,你决意留在蒙古?"

"是,母亲。儿子受成吉思汗深恩,无以为报,况且儿子也确实习惯了军旅生活。母亲,儿非不孝,只是儿子在那边更能施展抱负。"

"不用说了,我不会拦你,但你应该明白你父亲的苦心。"

"儿子当然明白。"

"你打算何时动身?"

"如果母亲不反对,儿子想明天就走。待平定西夏,儿子再回辽东探望您。"

"这么着急?"

"是,儿子担心大汗,想赶快回到他的身边。"

"也罢,就依你。我这就命人为你备办礼物。"

"谢谢母亲。"

薛暗将目光移向了辽阔的天空。大汗,您现在究竟如何了?

玖

蒙古大军渡过湍急的黄河,准备攻取西夏首都兴庆府。成吉思汗再次表现出他的深谋远虑,过河后他并未直接去攻兴庆府,而是只派少数部队监视其城,他自己则亲提大军向西挺进,以彻底切断西夏军的退路,形成对兴庆府的大包围之势。

部队星夜兼程。

数万将士,无边无际,车帐如云,遮天蔽日。

大军正中,是由九匹战马拉着的一座洁白宽阔的车帐。帐中,成吉思汗正在闭目养神,自攻下灵州,他的健康每况愈下,精力大不如前。

过去,他从没有追忆往昔的习惯,只有在病后,他才有了沉思默想的时间。而今再回顾自己的一生,总觉如梦似幻,唯独谈不上什么遗憾。

从很小的时候起,他看到听到接触到的都是征伐杀戮。父亲去世后家道的骤然衰落,使他意识到实力的重要。实力从此成为他孜孜以求的目标。深明大义的母亲教育他要自尊自强,他做到了,而且凭借高贵血统的号召力和自身不懈的努力,他获得了成功——非比寻常的成功。

迎娶孛儿帖时,岳父说,用统一的蒙古草原作为给孛儿帖的聘礼,消灭克烈部那年他把聘礼交给了岳父。无数次置之死地而后生的磨难,使他日趋成熟和坚定。草原群雄被他一一剪除,西夏、金、花剌子模向他俯首称臣,鲜血白骨本应看惯,可为什么仍然不能泯灭他内心的挚爱深情?他爱妻子儿女,爱兄弟朋友。合赤温,他第一个失去的亲兄弟,他是多么善良敦厚;札木合,他们三次结义,先友后敌,他们之间多少恩怨,都随蒙古草原的统一化作刻骨铭心的追忆;还有"四杰",还有忽兰和术赤……死,早已不是一个陌生的字眼,做人难免留恋生,死是解脱也是休息,在故乡他热爱的不儿罕山长眠,倾听松涛浅语低吟,未尝不是一种乐趣。

生命易逝,如同朝露,只要生而无憾,死又何惧?但此时此刻,他确实很想博尔术、木华黎,很想在远征钦察时病故的爱将哲别和在统一蒙古的过程中牺牲的义弟博罗忽,他们曾为他的事业鞠躬尽瘁,死而后已。他也想他的孙子南图赣,他还那么年轻,如花似锦的年龄,却永远长眠在异国的土地。他更想他的术赤,术赤是他痛苦和快乐的根源,从来如此。夫人说得很对,他根本不能指望他那些衣金衣、就美食的后代记住他,身后之事,虑之无益,虑之无及……

大军正在途中,忽报薛暗求见,成吉思汗又惊又喜,急忙传他入见。他问薛暗:"孩子,你怎么回来了?"

薛暗跪禀:"臣回辽东,日夜挂念大汗,寝食难安。再说辽东之地近几年经臣母苦心经营,所任官吏皆忠诚贤能,十分太平富足,臣每日无所事事,极想早日回到大汗身边。臣父虽有遗命,要臣继承王位,然臣对王位毫无兴趣。来前臣已禀明母亲,由善哥接替父位,从此臣就留在大汗身边。"

"你有此心,我深感欣慰。你先下去休息一会儿,我看你风尘仆仆的样子,想必也累了。一会儿我让迪格给你预备酒饭,我亲自为你接风。"

薛暗与迪格会意地对对眼神:"臣一点也不累,臣想先见见善哥几人。另外,臣听说我军正要攻打德顺,臣愿请缨,望大汗恩准。"

迪格也说:"臣愿与薛暗共领先锋。"

成吉思汗欣然应允:"好吧,我拨'怯薛军'归你俩指挥。"

蒙军围困德顺,在此坚守的节度使马肩龙急忙修书往京城求援。三天后,马肩龙终因待援不至,城破身亡,死时身中数箭。

成吉思汗因迪格、薛暗战功卓著,命他二人协助三王爷别勒古台指挥军队。薛暗在劝说弟弟们回返辽东时遇到了点小麻烦,他们谁也不肯回去。最后,薛暗好说歹说总算劝动善哥踏上了回返辽东之旅。

四月末,蒙古大军包围兴庆府。

如今的兴庆府已成孤城一座,守军犹如瓮中之鳖,成吉思汗对夏末帝采取了逼和兼用的手段,并未认真组织强攻。

六月,成吉思汗因体力不支,接受刘仲禄和耶律楚材的建议,到六盘山养病,此后,他再未直接指挥任何战斗。不久,金求和使者来到六盘山,成吉思汗没有亲自接见他们,只吩咐代为接待的斡歌连要待之以礼。此时的成吉思汗已极度厌倦战事。金使献上的礼物中有一盘光彩夺目、堪称极品的珍珠,斡歌连奉命献给耶遂。耶遂捧着玉盘木然呆立,如今,比这盘珍珠珍贵千万倍的是她丈夫的生命。

成吉思汗唤爱妃过来,笑道:"好漂亮的珍珠,"他从中拣出一颗最大的,"这颗缀在你孛哈(帽子)上,一定与你很相称。"

耶遂接过来,放回盘中,然后打开帐门走出去。她注视着围聚在车帐周围的护帐武士,将一盘珍珠尽皆倾撒在车帐前的草地上:"这些属于你们了。回去后送给你们的母亲、妻子、姐妹。"

"你这是……"

耶遂慢慢走回来,跪在成吉思汗身边,紧紧握住了他的双手:"大汗,珍珠对臣妾来说已经没有任何意义了。如果有一天,臣妾再不用装扮自己,留下这些珍珠又能用来做什么呢?臣妾早已想好了,您活在世上一日,臣妾陪您一日,如果您……臣妾自会为自己安排好一切。"

"不可以……"

"臣妾心意已决。臣妾一生,只为一人而活。"

"耶遂啊,你怎会这样傻!"

"直到今天,您才知道臣妾傻吗?"

成吉思汗感动地将爱妃拥在怀中。

七月,成吉思汗下六盘山到清水县。

兴庆府守军已到山穷水尽的地步,夏末帝升殿议事,都找不到几个大臣。成吉思汗遣义子察罕入城谕降,夏末帝还想拖延,支支吾吾,既不说降,也不说不降,察罕并不多言,冷笑而归,即日向兴庆府发起猛攻。

兴庆府如同发生了强烈地震,求和之议遍于朝野。夏末帝独到宗庙,痛哭了一场,决定请降,但请求成吉思汗给他一个月的时间备办礼物。

成吉思汗慨然应允。

个别将领担心夏末帝在耍花招,成吉思汗却不以为然:"他无非想拖延时间,不过,降与不降已由不得他了。"

数日后,拖雷奉命从兴庆府赶回清水县,天色微明时他走入父汗的行帐,静静坐在父汗身边。

成吉思汗只有在睡梦中,脸上才会显露出伤病为他带来的痛苦,他一生刚强,哪怕走到生命的尽头,也不会有所改变。

耶遂早被长久的忧伤弄得麻木了,只是面无表情地注视着一闪一闪的灯光。看她那样,拖雷愈觉黯然神伤。

成吉思汗翻动了一下身体,肌骨的剧痛使他额角渗出了豆大的汗滴。他试图睁开眼,可眼前白蒙蒙的一片,后来他看到一张脸正俯视着他,恍惚间,他觉得好似术赤那张忧郁俊秀的脸庞。

倔强的术赤终于肯来看望他了吗?他就要走了,他是多么想他啊!那张脸很快又隐去了,他猛然醒悟,术赤早已不在人世,如同五脏六腑被人掏空,他急切地、痛楚地呼唤出声:"术赤……"

"父汗——"拖雷急忙握住了父亲的手。

成吉思汗清醒过来:"术赤……噢,拖雷,你回来多久了?"

"儿臣刚到。"

在生命的最后几个星期里,成吉思汗反复权衡和考虑了汗位继承问题,他最后做出决定:"拖雷,我召你来是有要事向你交代。我的时间不多了,察合台、窝阔台都在金地,即使赶回,恐怕也见不到我最后一面。拖雷,你须答应我:好好辅佐窝阔台,切勿萌生异志。我为你们兄弟建立起来的大帝国,自国之中央达四方边极,皆有一年行程,你们若想保其不致分裂,唯有兄弟同心。你可明白?"

"父汗,您只管放心,儿臣绝不有违当初誓言。"

成吉思汗长久地注视着儿子:"还有一事。我常听楚材言:天下,乃天下人之天下,唯有德者居之。倘后辈子孙不肖,势难久据如此庞大之国土。三河之地乃我蒙古民族起源发祥之地,必须勤加治理,以为退路。我将汗位传给你三哥,是因为他为人宽厚,有人君风度,同时又不乏机变权谋,比你更适合统治中原百姓。你为守灶幼子,将来要继承为父的绝大部分军队和遗产,与你三哥相比,你继承的是我蒙古国的实权。

"我做如此安排也是迫不得已。治理我蒙古本土,不仅需要精明和耐心,更需要实力。你在诸兄弟之中威信最高,我只有将蒙古本土交给你,才能放心而去。你自幼随我出征,深谙攻取退守之道,演兵布阵之法,在军事上颇得为父心传。然你心地太过善良,不精算计,少有城府,我不能不为你忧虑。从今往后,除行军作战你自决断,军国家事须多与苏如、歧国商议。苏如、歧国虽为女流,却聪慧练达,冷静清醒,实有你不能相比之心机。为父苦心,你可尽知?"

"儿臣明白。"拖雷将父亲的手紧紧贴在脸上,一颗心好似被撕成了碎片。

"等窝阔台接替汗位,你转告他,楚材乃天赐我家的治国奇才,我一直重视他却未重用他,皆因他所思所想、所作所为多为治国之本,而非征服之道。以他打天下,必有欠缺,以他治天下,天下大治。"

"喳!"

"我观众孙辈中,以忽必烈、拔都最为优秀。忽必烈聪明伶俐,生有福相,将来必有一番作为,你要代我好生将养于他。拔都是我家的千里驹,以他杰出的才干, 日后获得的成功将不逊于我今日之威势。我蒙古视武力重于一切,拔都必定借此威信日隆。所幸拔都志大才高却少有名利之心,乃一坦荡君子。你须告诫蒙哥、忽必烈兄弟几人,要懂得尊重他,以他为荣。我相信将来某一天,他必定会对你的儿子们有所帮助。"

拖雷强忍内心剧痛,点了点头。

"为父一生征战,只有一件憾事,就是汴京至今未下。我想金精兵屯于潼关,南据险山,北限黄河,难以遽破,从此进兵,势难取胜。莫如假道于宋,宋金世仇,必定许我,由此进兵唐、邓,直捣汴京。届时金急,必征屯于潼关之精兵,然以数万之众,千里赴援,为时已晚,即便援军赶到,也必然人困马乏,力不能战。如此破汴京易如反掌。"

六年后,拖雷启用此计,金由是而亡。所以,征服金国的胜利虽是在成吉思汗逝世之后才取得,但严格说起来,这个胜利应该是这位天骄一生中所取得的最后的胜利。

"父汗。"拖雷跪在父汗身边,已是悲极无泪。

"莫伤心,儿子。来,拖雷,耶遂,扶我出去,我想再骑一次马。"

耶遂、拖雷扶着成吉思汗来到赤兔马前,他无限留恋地拍了拍马脖子,没用任何人帮助便翻身跃上马背。

赤兔马长嘶一声。

将士们渐渐围聚过来,十个、百个、万个……一个人跪了下去,所有的人都跪了下去,眼里闪现着悲伤的泪花。

　　晚霞映红了天际,逶迤在眼前的,是红的山,红的地,还有那漫天飘落的红色尘埃……

　　一阵火不思如泣如诉的旋律飘然而至,又是那支"神鹰曲"。神鹰曲,鹰之旅,在浑然一体的苍天下,群峰间,数只苍鹰无所畏惧,勇往直前。

　　成吉思汗端坐马上,凝重如山……

蒙古帝国

包丽英 著

② 饮马欧亚

长江出版传媒 长江文艺出版社

目　录

第一章

蒙古高原的风暴

壹

一二二〇年。花剌子模忽毡城。

灭里，这个在花剌子模素有"铁王"之称的勇将，正抄着手注视着西坠的斜阳和彤云拖开的巨大的阴影，一动不动。他已经这个样子站了很久，蒙古军刚刚停止了连日来对忽毡城的攻打，而如今的忽毡城就像重症缠身的病人，只剩下无助的挣扎和随时可能停止的呼吸了。灭里遣走了众将，就一直站在城头上凝望着西方。

天际处，云层间夹杂的亮橘色渐渐变化成一抹柔和的粉蓝，夕阳呈现着最后的华彩。闪缎般的锡尔河泛着点点珠光，仿佛一双双悲悯的眼睛与夕阳在对接中融为一体。这是锡尔河的黄昏，宁静、美丽、忧伤。

终于，暮霭沉沉，夕阳毫不容情地将水面上燃烧的火焰收起，一条疲惫的长龙乖乖卧在了夜色中，悠缓、静谧，等待黑夜睡去，等待黎明来临。

灭里稍稍换了一下姿势。

他在想什么？此时吗？如果此时他必须思考。将来吗？如果还有将来。从国王摩诃末·沙的表弟亦讷勒用卑劣的手段残杀了蒙古派往花剌子模进行贸易的四百五十名商人起，战争的阴影就已经笼罩了花剌子模的天空。而当傲慢的沙王愚蠢地拒绝了成吉思汗要求交出杀人凶手的最后通牒，花剌子模就已经开始为战争做着准备。然而，谁能想到蒙古人来得如此之快！原本一年的行程，蒙古人只用了三个月就杀到了花剌子模的边城下，接着又以迅雷不及掩耳之势直取河中，切断了花剌子模新、旧两都间的联系。此时，花剌子模的君臣才真正领教了蒙古军强大的战斗力和统帅成吉思汗用兵的高妙。面对蒙古军凌厉的攻势，花剌子模一国上下显得束手无策。沙王拒绝了王子札兰丁和灭里的建议，把军队部署在锡尔河沿线及东部边界，结果因兵力分散，被蒙古军瞅准机会各个击破。

前方消息不断传来，蒙古其他三路大军已分别攻取讹答剌城、毡的城和不花剌。杀害蒙古四百五十名商人的元凶亦纳勒亦已伏诛。沙王出逃，不知所踪。王子札兰丁虽有心与蒙古军一决胜负，奈何手上没有兵权，只能暂时坐镇新都撒马尔罕。所有这些令人沮丧的消息一再影响着忽毡城守军的士气，灭里只能凭借强有力的铁腕才能保证军队不致很快分崩离析。

忽毡城无险可据，灭里赖以支撑的优势是自己的军队四倍于敌。城下这支蒙古军由术赤——成吉思汗的大太子率领，只有区区五千人，却沿途攻占了锡尔河左岸的几乎所有城镇。

身经百战的灭里实在想不通，究竟是什么原因、什么力量造就了这样一支战无不胜、所向披靡的军队。他对任何事情一向不具备细微的分析能力，但这不妨碍他做出正确的判断：蒙古军尚未攻下忽毡城，然而，忽毡城的喘息早已湮没在蒙古军密集的炮声中了。灭里要为他的军队尽快找到一条出路。

空气中处处弥漫着焦木的味道，灭里实在不想呼吸着呛人的空气坐以待毙。他在黄昏来临前通知下去，要各部将领做好准备，入夜后全部撤到锡尔河中的小岛上。灭里坚信，在箭矢射不到的小岛，他必定可以多坚持一段时日，甚至可能将术赤的军队消耗殆尽。倘能如此，那将彻底改变目前被动挨打的局面，甚至还能鼓舞士气，为全面的反击提供一次难得的机会。

灭里下意识地攥紧了拳头。

"报告将军，一部准备就绪！"

"报告将军，二部集结完毕！"

……

方才离开的将领们纷纷聚回灭里的身边，灭里转身扫视环立在他的身后等待命令的部下，内心蓦然涌起一种混杂着无可奈何的愤怒。数日前，这一张张脸庞还透着无比的自信，现在，自信荡然无存，只剩下溺水后的惊恐。

"走吧，先跟我去看看敌人的动静。"灭里强压住愤怒的心潮，淡淡地、面无表情地说道。

城下蒙古军的营地燃起堆堆篝火，远远地可望见蒙古军正在用饭。这应该是最好的时机，借夜色掩护，从城后神不知鬼不觉地退守锡尔河中的小岛上。

"通知下去，立刻行动！"

"是!"将领们衔令而去。

夜色渐浓,后城门悄然开启,近万人的队伍在灭里的率领下鱼贯穿过城门,向锡尔河方向移动。这两天,在蒙古军的强攻下,忽毡城的守军损失惨重,只剩下不到万人,还多数带着伤。

闪烁的星光下,锡尔河显得格外幽静而亲切。

整整两天,灭里他们能够闻到的,除了血腥气就只有焦烟气,如今远离了战场,即使是水草略带酸腐的气味闻起来也不亚于刚刚启封的美酒。但是灭里的队伍根本无暇停下来深吸一口气,他们尽可能快地向河岸靠近,岸边停着几十艘战船,只要来回运送十趟,一万将士就可以全部退守小岛。

突然,一声战马的嘶鸣划破了寂静的夜空,接着,岸边仿佛腾起一片宽阔的火云。火云一点点地散开来,在灭里逐渐适应了光亮的眼中还原成一个个高举的火把。是蒙古人。

队伍立刻产生了骚动。灭里的心一瞬间被痛恨和沮丧击中,但又很快恢复了镇定。在一眼望不到边的火光里他无法判断蒙古军到底来了多少,不过有一点他很清楚,昨天蒙古军的强攻被击退后,自身损失应当不小;何况,术赤不可能派出所有的军队来岸边埋伏,那样目标太大,收不到出奇制胜的效果。

"不要慌!他们的人没多少!我们冲过去,就可以将他们踏为齑粉!"灭里提高嗓门向周围的将士喝道。他的话被迅速地传了下去,骚动渐渐平息了许多。将士们各自握紧了手中的武器,随时准备与蒙古军做生死一搏。

火把将岸边照得亮如白昼,二十多匹战马鱼贯而出,迅即向两边散开,一匹雄骏的白马出现在灭里面前,马上端坐着一位盔甲鲜明的年轻将军,最多不超过二十岁。笔直挺拔的鼻峰,棱角分明的脸庞,炯炯有神的眼睛,无一不显示着某种独特的力量。

灭里与年轻人相视着,对峙着。

年轻人的脸上闪过一丝笑意。"灭里将军,我敬重你是一位英雄,希望你能放下武器。只要将军肯放下武器,我保证你不失王侯地位。"他通过翻译向灭里喊话。

灭里轻蔑地哼了一声:"你是谁?"

"他是我们的拔都小王爷。"翻译回答,然后附耳对拔都说了几句什么。

"灭里将军,我父王早料到你会从城后逃遁,早已经在此布下天罗地网,你是插翅难飞了!我敬重将军勇武,不忍过分相迫,也希望将军为手下的弟兄想想,不要执迷不悟。"拔都气定神闲地温声相劝。

　　几个月来，随着术赤率军一路过关斩将，拔都以其勇敢机智早已蜚声花刺子模，有关他的故事灭里听得耳朵都快起茧子了。不过，拔都的年轻实在大出灭里的意料，拔都所表现出来的从容平和更让灭里感到不可思议。既然不能全身而退，灭里并不愿同拔都多说废话，将手一挥，率先向拔都冲去。这时，又一个意想不到的变故发生了。拔都迅速掉转马头，蒙古军纷纷掷下火把，潮水般地向两边退去。火把引燃了事先堆放在岸边的干柴，停靠在岸边的几十艘战船也着起火来，顷刻间将灭里和手下将士置于火光照射之下。灭里不明白拔都想要耍什么诡计，正疑惑间，他身后的队伍已然大乱，不断有将士中箭落马。灭里这才明白拔都为什么要避开与他正面交锋，正如他所估计的那样，拔都所率不过一千人，倘若硬拼，势必不是灭里的对手。所以，拔都采取了以长制短的战术，利用蒙古骑兵灵活机动、长于弓箭的特点，力图以最小的损失换来最大的胜利。

　　更糟糕的是，灭里并不能确定蒙古军究竟来了多少人。找蒙古军拼杀吧，蒙古军躲在暗处，他自己的队伍又乱成了一锅粥，首尾不能相顾。灭里恨声不绝，无奈，只好指挥军队抢出火海，泅水向河中小岛逃去。灭里的军队经过这番射杀，剩下不足五千人，拔都也无意追赶，只下令原地待命。

　　清晨，沉重的夜幕被剪开一条缝隙，术赤率领军队在岸边扎下营盘。"铁王"灭里是蒙古军此次西征以来遇到的最强劲的对手之一，术赤明白，如果不能将这支力量尽数歼灭，将会后患无穷。

　　小岛离河岸太远，箭矢、弩炮都发挥不了作用。术赤勒马岸边，苦思对策。

　　拔都、斡尔多、别儿哥静静来到父亲身边，一同眺望着河中的小岛。斡尔多是术赤的长子，比拔都大一岁，别儿哥只有十四岁，他们却以其勇武、机智、顽强享誉西征军中。术赤对他的儿子们一向深感骄傲，尤其是次子拔都。从某方面来说，拔都更像他的祖父成吉思汗，而不像术赤本人，倒是斡尔多在性格上随他的地方有很多。或许出于内心深处的对父汗的崇拜，术赤对拔都的期望最高，要求也最严。他希望拔都有朝一日能成为一名优秀的统帅，而拔都也确实不负所望，西征以来，连战连捷，逐渐树立起自己的威信。

　　拔都的目光落在父亲的脸上。术赤的脸容苍白、倦怠，连年的征战严重损害着他的健康，有的时候，他甚至希望自己长睡不醒。

　　"父王，您不舒服？"拔都担忧地问。

　　术赤指着河中的小岛："拔都，你想到办法没有？"他不愿意在这种时候谈论任何与自己的健康有关的话题。灭里是花刺子模的一面旗帜，他绝不能让这面旗帜永远地高高飘扬。

"困住他们,不怕他们不行动!"别儿哥抢先回答。

术赤看了一眼儿子那张晒得黝黑的、依然带着几分稚气的脸,不易觉察地摇了摇头。

"不行!"拔都断然否定了弟弟的想法。

"为什么?祖汗不也经常要围城打援的吗?"

"在这里,我们也无援可打。来见父王前我向忽毡城的居民了解过这座小岛的情况,他们证实,这座小岛是个名副其实的宝岛,岛上动植物种类繁多、丰富,不要说一千人,就是五千人的队伍守上一两个月也不成问题。灭里守得起,我们围不起,为今之计,只有设法尽快将灭里逼出小岛。"

"都怨你!本来昨晚我可以一箭射死那家伙,你偏拦着不让射,这下给我们自己找下麻烦了吧。"别儿哥一想起昨晚的事,就一肚子的怨气。

术赤瞟了儿子一眼。拔都的神态一如既往,坦然、平静,对于弟弟的责难,他只报以宽和的一笑。术赤暗暗感到欣慰,拔都的确越来越成熟了。

斡尔多狠狠瞪了别儿哥一眼。别儿哥立刻醒悟过来,急忙缄口不言。他倒不是有意在父王面前告状,只是少年的率性使然。还好,父王对二哥毫无怨责。

"说说你的想法。"

"填河!"拔都目光炯炯地注视着父亲,简洁地答道,语气中没有丝毫犹疑。

"填河?"斡尔多、别儿哥异口同声地问,都觉得拔都这个主意未免太异想天开。术赤的眼中却闪过思索的光芒。

"对。从这里就可以开始。我了解过,这一段河道水流平缓,填河应该不成问题。随着我们一步步接近小岛,我们的弓箭、弩炮就可以发挥作用,并对灭里产生威慑。灭里当然明白,一旦小岛与陆地接近,意味着他的灭顶之灾就要到来,这样,即使他想守下去也不可能了。只要他一离开小岛,我们就有机会将这支力量聚而歼之。"

术赤点点头:"这未尝不是个办法,可以一试。"

"那么,我去安排?"

"好!让斡尔多协助你。不过,灭里不会坐以待毙的,他一定能想出办法来阻挡你填河,你想好对策了吗?"

"嗯。我想向祖汗求援,请他老人家多增派些人手过来。填河速度越快,我们的主动性就越大。"

"父王,就派我去向祖汗求援吧,我想见祖汗。"别儿哥探过身子,急切地接过话头。

术赤用微笑表示了默许。

拔都扳住弟弟双肩:"见到祖汗,代我和斡尔多问好。剿灭花剌子模后,我们一起去看望他。"

看到儿子们如此想念他们的祖汗,术赤蓦然觉得有些伤感,这与他内心的渴望竟不谋而合。

多年来,他与父亲关系疏远——至少表面上如此,但是这种刻意的疏远并没有对他的儿子们产生丝毫影响。无论斡尔多、拔都,还是别儿哥、昔班,他们无不崇敬祖汗,对祖汗怀有真挚的亲近与热爱之情。尤其是拔都,这孩子从小的时候起,无论做什么,似乎都会将祖汗作为自己的榜样。这也不难理解,世界上只有一个成吉思汗,而这个伟大的人还是他们的祖父,他们怎么可能不为之骄傲?

他又何尝不是如此!假如他不是有着那样的身世,他一定比任何人都更能体会到天意的恩宠。然而……

为了摆脱这突如其来的伤感,他扭头望着如丝带般蜿蜒而去的锡尔河,再没有说什么。

绚丽的朝霞倒映在锡尔河上,河心仿佛盛开了一朵朵火红的花。想着生命如朝霞般易逝,术赤竟莫名地流下泪来。

灭里发现蒙古军驱使当地居民运石填河,立刻召集手下众将商议对策。一位将领献上一计:造十二艘大船,每日分派士兵乘船到岸边向填河的蒙古军和居民放箭。灭里采纳了他的建议。

两千名将士一起动手,很快十二艘大船造成了。为了应对蒙古军的善射,灭里请一位工匠出身的将领设计出一种既可遮挡住对方箭矢,却不影响己方放箭的活动式挡板。岛上树木多的是,这种挡板选取了质地细密而坚硬的木材,可有效抵挡蒙古军的利箭。之后,灭里将队伍分成五队,轮流乘船向填河的人群放箭,只要填河不停止,放箭就不得停止。

这一招果然见效。被蒙古军驱赶来填河的居民见十二艘大船一字排开,密密麻麻的箭雨落在他们的身上和四周时,当即四散奔逃。拔都调来一批弓箭手与灭里的船队对射,船上士兵竖起挡板,蒙古军的箭矢只射中了挡板,许多还落在船舱中,倒为灭里免费赠送了不少箭矢。拔都无奈,只得下令暂时停止填河。

一连三天,灭里如法炮制,使得蒙古军填河的速度异常缓慢。斡尔多问拔都是否要等待祖汗的援军来后再做打算,拔都却嘱咐他多寻些火棉和燃油备用,斡尔多当即出去安排。

翌日凌晨,数十个投石机经过一番伪装被置于岸边,五十名精心挑选出的神射手藏身于投石机后。蒙古军驱使当地居民继续填河,灭里的船队准时出现了,这一次由灭里亲自指挥。也许是连续的胜利让灭里滋生了轻敌的思想,他丝毫没有注意岸边有些什么变化。船队开始向岸边射箭,填河的人群四下逃散,此时,投石机立刻向船队投射出浸满燃油的木段,木段准确地落在船舱内。灭里心知不妙,正欲下令撤退,船舱内的油木已被包裹着火棉的箭矢引燃。一时间,火借风势,越烧越旺,许多将士身上也着了火,惊慌失措地跳入水中。灭里泅水上岸,眼睁睁地看着十二艘战船在火海中尽数化为灰烬,二百名将士只逃回不到四十人。灭里自悔大意,却悔之晚矣。

成吉思汗派来两万蒙古军和五万花剌子模俘虏增援拔都,填河速度大大加快。灭里无计可施,急忙命令将士连夜赶造船只,趁夜突围。

早有防备的拔都在锡尔河下游以铁链拦截灭里的船队,还在两岸遍布弓箭手,一时间河面上箭如飞蝗。灭里令将士强行砍断铁链,使得船队顺利通过。眼看着脱离险境,灭里长长地吁出一口气,得意地回顾身后将士,笑道:"蒙古军不过如此!成吉思汗的大太子不过如此!术赤如果真有帅才,就应当在河面结船为坝,那时,别说我们区区千人,就是有数万人也插翅难飞。"

灭里顺水行舟,行至毡的城附近,忽闻哨响连绵,急忙赶到船头察看,只见数百艘船只在河中排开,恰如拦河大坝。当中一艘大船的船头上,拔都抄手屹立,静静地望着越来越近的灭里和他的船队。

"灭里将军,我还是那句话,识时务者为俊杰。将军如肯投降,我拔都和父王一定待将军如上宾!"

"呸!废话少说!拔都,如果你是真神,就不要藏头露尾。你敢跟我比试刀剑吗?就算死在你的手下,我也毫无怨言!"

拔都不无惋惜地摇了摇头。

"灭里将军,难道你始终都不明白自己败在了哪里?莽汉角力,智者用谋。你就是因为自恃勇武,才使得自己的将士越打越少。我数次给你机会,你仍旧执迷不悟,那就不要怪怨我无情了。"拔都丝毫不理会灭里的怒吼,转身跳下旁边的小船离开了。蒙古军的射手分成两排,轮番向灭里的船队猛射不停。灭里暗暗叫苦,看来他的确小瞧了术赤,也小瞧了拔都。

"铁王"灭里的船队遭此拦截,自相冲撞,溺水者、中箭者不计其数,但灭里毕竟是位久经沙场、经验丰富的将领,生死一线间,果断命令将士弃舟登岸,夺马逃命。灭里的队伍这一番损失格外惨重,竟只剩下不到百人,还尽数带伤。

拔都派别儿哥追杀灭里。灭里到达克齐尔库姆沙漠边缘时,早已人困马乏,吩咐随行将士稍事休息,吃点东西。

带有从马的别儿哥和蒙古军却习惯于连续作战,灭里的人刚刚下马,别儿哥已追至近前。灭里无力抵挡,在手下将士的拼死掩护下,单人独骑闯进了达克齐尔库姆沙漠。

别儿哥见这一次又没捉到灭里,气得直跺脚,若非侍卫苦苦相劝,他差点追进沙漠。侍卫担心他地形不熟,反受其害,费了一番唇舌,总算说动他先行撤回,向拔都缴令。

贰

一二二〇年三月,在蒙古军凌厉的攻势下,花剌子模新都撒马尔罕陷落。成吉思汗从撒马尔罕分兵五万,交由长子术赤、次子察合台、三子窝阔台共同指挥,攻打花剌子模旧都玉龙杰赤。成吉思汗的这番安排也确实有他的苦心。

术赤出生在成吉思汗创业之初的最艰难阶段。在一次战争中,成吉思汗的新婚妻子孛儿帖遭到世代为敌的篾儿乞部的掳掠,当成吉思汗集全部落之力举兵将妻子救回时,孛儿帖已经生下了术赤。从此,术赤的身世就成了他一生的悬案,尽管成吉思汗本人从未介意过,但那些亲族勋将却不同,包括次子察合台在内,经常对术赤流露出不加遮掩的蔑视。

此番出征花剌子模前,为了确定汗位继承问题,察合台更对术赤出言不逊,甚至公然暗示术赤是野种,不配继承汗位。术赤愤怒至极,若非侍卫拉开,兄弟俩差点在父汗面前扭打起来。成吉思汗当时未加阻止,内心深处却异常痛苦。虽然后来经过讨论,最终确定了由性情稳重、富于权谋的三子窝阔台为汗位继承人,术赤与察合台之间的嫌隙仍是成吉思汗最大的一块心病。派术赤、察合台、窝阔台共掌兵权,严格来说并非出于三军统帅的考虑,而是出于父亲的考虑——成吉思汗希望通过三人密切配合,协同作战,能够使术赤、察合台兄弟捐弃前嫌,重归于好。

兄弟三人各回本部。拔都征得父亲同意,在撒马尔罕多留一日。他要陪陪祖汗。成吉思汗见孙子特意来看望他,格外高兴,吩咐司厨去准备一壶马奶酒和两盘冷羊肉来。战争期间,成吉思汗的饮食一向比较简单,今天,他不想任何人打搅,只想与心爱的孙子无拘无束地好好谈谈。

拔都施礼见过祖汗,然后仍像往常一样,坐在祖汗身边,鲜有拘束。

"拔都,你来得正好,我差不多有三个月没见到你了。我听说你这一路上的表现蛮不错嘛,昔格纳黑城、毡的城、忽毡城都是你领兵攻下的。我一直听着你的捷报,还有点担心,怕你因此骄傲起来呢。——不过,看你现在的样子,我的担心是不是有点多余了?"

拔都笑了,笑容天真而直率。

成吉思汗深切地注视着孙子年轻英俊的面孔。这张面孔有几分像他的父亲,也有几分像他的四叔。在成吉思汗的四个嫡子和两个庶子当中,长子术赤最像他的母亲孛儿帖,容貌俊秀,四子拖雷则像成吉思汗本人。孙子中,除了拖雷的四儿子忽必烈与他的祖汗好似从一个模子刻出来的,形容气质极为酷似外,就只有拔都与祖汗有许多神似之处。拔都似乎将每个人的优点都继承了下来,这使他形成了既端庄又英武,既聪颖又温和的独特魅力。当然,成吉思汗钟爱拔都,不仅仅因为这些原因,他最欣赏的还是拔都在长年征战中磨炼出来的出类拔萃的军事才能。

司厨很快送上了醇香的马奶酒和两盘冷羊肉。拔都先为祖汗斟满一杯,又为自己倒上。

"祖汗,我敬您!"

成吉思汗笑着饮尽杯中的马奶酒。

"祖汗,我有个请求,您能答应我吗?"拔都一边为祖汗斟第二杯酒,一边笑嘻嘻地看着祖汗。

"说来听听。"

"我想攻下玉龙杰赤后就留在您身边。我习惯跟您在一起,这样,无论做什么,都会感到心里有主心骨。"

"原来是为这?我当什么事!离不开鹰巢的雄鹰可是永远飞不上蓝天,你们长大了就要自己飞。事实已经证明,你飞得很不错,还能飞得更高更远。再说,我知道你父王那里也离不开你,玉龙杰赤以后将成为你父王封地的一部分,他从小身体不太好,你要帮他治理好他的封地。"

拔都稍稍沉默了片刻,领受了祖汗的嘱托。

"你父王最近是不是一直在服药?我看他的脸色很不好,问他,他就说没事没事。你们这些当儿子的常在他身边,一定要照顾好他。唉,我的六个儿子中,我最放心不下的就是你父王。"

拔都心中一酸,忙掩饰地喝着杯中的马奶酒。谁说祖汗只是个纵横捭阖、驰骋万里的马背英雄?对儿孙,他同样不乏细致温柔的心肠。

"祖汗,您别太担心,我会照顾好父王的。倒是您,您年岁到底大了,不比从前,别总是亲身上阵冲杀。您不觉得,现在正该是您放手让我们这些雏鹰自己去飞的时候了?"拔都控制住感伤的情绪,得体地劝慰着祖汗。

成吉思汗用刀割下一块蹄筋,放在拔都的盘中。

"我当然希望你们个个都能成为搏击长空的雄鹰,不过,这并不意味着我这只老鹰就没用了。多吃点,我记得你从小就爱吃蹄筋。有一次为了争吃我给你们切的蹄筋,你、斡尔多、南图赣,你们三个差点打起来。后来,你提出摔跤,谁赢了谁吃,结果你赢了,可你还是把蹄筋让给南图赣吃了。那年你才六岁,我一直没问你当时怎么想的,为什么最后你又不吃蹄筋了呢?"

拔都眨眨眼睛,回忆着童年的趣事,不觉露出愉快的笑容。

"这件事祖汗还记得?祖汗不说,我差不多要忘了。我想可能是因为我赢了才不吃蹄筋的吧!南图赣比我小,他只有五岁嘛。"南图赣是察合台的长子,拔都从小和南图赣一起长大,不像两个人的父亲关系那么冷落,拔都与南图赣倒始终相处融洽。

"你的确从小就有些特别。也是在你六岁的时候,有一次我问你和那些与你年纪相仿的孩子们,将来长大了想做什么。有的说要做将军,有的说要做琴师,有的说要做富人……五花八门的回答我记不全了,只有你说,你要挎弓箭,骑宝马,到许许多多地方,建立许许多多功勋。从那时起,我就想,如果有一天我的儿孙们能够有个人将我的事业发扬光大,那么这个人一定是你。"

"可惜孙儿做的还远远不够。"

"你可以的。只要持之以恒,你可以的。"

"是,祖汗。我一定努力,不辜负您的期望。"

"我相信你。我吃好了,你要不要陪祖汗打马球?"

"祖汗和我想到一块儿了。今晚,我想给祖汗值宿。"

"明天你就要出征玉龙杰赤,该好好回去睡上一觉。或者,你不想回营地,就跟祖汗一起睡吧。"

"太好啦!反正让孙儿今晚陪着您就行。"

"小东西!走吧,打马球去,看看祖汗的宝刀老没老!"

拔都一直陪祖汗打马球到傍晚时分,他所在的球队输了,心情却格外愉快。对于这种游戏或者竞技,拔都从不计较输赢,尤其和祖汗在一起,他只希望哄得祖汗开心就好。像所有的蒙古人一样,拔都深深地爱戴和崇拜着祖汗,这种爱戴和崇拜甚至逾越了骨肉亲情。

祖孙二人站在宫殿前欣赏着撒马尔罕的夜景。垂落的天幕里，硝烟散尽，空气像雨丝一般滑润，点点冷星和明月洁净得近乎透明。一种久违的、只有身在草原才会有的空旷感觉漫过拔都的心头，他微微合上眼睛，让思乡的情绪一丝一缕地飘散在清凉的夜风中。

拔都睁开眼睛时，看到祖汗正在看他。

"想家了吧？"成吉思汗轻声问孙子。

拔都点点头，又摇摇头："您在想什么？"

成吉思汗确实也在思索着一件事情，这件事情与攻打玉龙杰赤有关。不知为什么，让三个儿子共同执掌兵权，他的心里真的一点底也没有，他很想听听孙子的看法。

"拔都，我听说攻下昔纳格黑城后你父王委任了当地的一位行政长官继续管理该城，效果很好，这是真的吗？"

"是。城中的敌对情绪有所缓和，城市也恢复了平静。父王总说，应该对被征服的城市加以安抚，城市管理以人为本，不应该滥行杀戮，否则，当城市变成废墟，我们守着这样的废墟就会使征服失去意义。"

"你呢？你的看法如何？"

"我觉得凡事都应该一分为二地对待。我们的军队人数太少，对于大规模的暴乱如果不能镇压下去，疯狂的反扑就会为时不远。何况，花剌子模许多城市的军队由雇佣军组成，对于这些雇佣军绝不能心慈手软。严厉的惩戒是必要的，这样，就可以使提供雇佣军的国家有所收敛。总之一句话，无论我们做什么，都必须服从'胜利'这个前提。"

成吉思汗欣慰地笑了。他怎么也没想到，年轻的孙子竟有这样不凡的见识。长子术赤自幼向往跨宝马、臂名鹰的悠闲生活，拔都则不同，这个年轻人的头脑、心胸、抱负和敏锐简直就是成吉思汗自己。

"还有一件事，我也想听听你的看法。你说祖汗派你父王、二叔、三叔共同执掌兵权，攻打玉龙杰赤，是不是有欠考虑？"

拔都似乎没料到祖汗这样问他，愣了半晌，没作回答。

"怎么啦？你直言无妨。"

"是……"

"是？是什么？"

"是……是欠妥。"

"为什么？"

"二叔与父王隔阂很……嗯，有隔阂。玉龙杰赤是一座城防坚固的城池，如果不能做到军令统一，上下一心，只怕很难攻打下来……"拔都到底心直口快,将内心的顾虑和盘托出。

成吉思汗的脸色阴沉下来,望着无边无际的星空沉默了。

拔都再不敢说什么,他甚至有点后悔自己口无遮拦。自西征以来,他与祖汗见面的机会越来越少,祖汗日渐苍老的面容让他心中隐隐作痛。祖汗一生厮杀,在任何艰险面前都没有退缩没有皱过眉头,偏偏对儿孙间的争端束手无策。当然有祖汗在一日,他树立起的绝对权威就不容动摇,即便如此,他仍无法确保儿孙们的和睦相处。对祖汗而言,做父亲的无奈恐怕更胜于做大汗的操劳吧?

"祖汗,您……我……"拔都不安地嗫嚅着。

成吉思汗醒悟过来,无声地叹了口气。

"不瞒你说,我最担心的也是这个。可是,我仍然坚持自己的决定。"

"孙儿理解。"

"你真的能够理解?"

"是。即使不能如祖汗所愿,但经过这一番并肩作战,父王和二叔终究会从中体悟到一些东西的,这就是祖汗的良苦用心。"

"没想到最理解我的,不是我的儿子们,而是你,拔都。总之,但愿他们不负我的重托。"

拔都适时地岔开了话题,只与祖汗谈些自己的童年趣事,成吉思汗的情绪好转了一些。祖孙俩回到大殿,彻夜长谈,直至天明。拔都虽一夜不曾合眼,却依然神采焕发,他浑身有着使不完的精力,令成吉思汗羡慕不已。

天刚泛白,拔都正欲向祖汗辞行,侍卫来报:苏如夫人派人送来两套丝绒战袍和两双马靴。成吉思汗传见来人,原来是镇海之子阿都合。镇海出身畏兀儿贵族,学识渊博,深受成吉思汗宠信,蒙古立国后,被封为丞相。阿都合乃镇海幼子,年方十二,长相中有明显的中亚人特点,高鼻深目,肤色白皙。他自幼跟随苏如夫人,被苏如夫人调教得伶牙俐齿,聪明乖巧。

"阿都合,你家夫人要你带什么话过来?"

"启禀大汗,临来夫人特别交代,这两套衣靴,绣白云太阳的一套是敬献给大汗的,绣雄鹰骏马的一套是给拔都小王爷的。夫人还说,她中午要亲自来请大汗品尝鹿脯和酸奶羹,恳请大汗务必赏光。可惜小王爷马上就要出征,她来不及送小王爷了,请小王爷代问大太子好。"

术赤的夫人察如尔与拖雷的夫人苏如是感情胜如同胞的堂姐妹,拔都自幼在察如尔身边长大。大概由于这种双重的亲缘关系,术赤的儿女们与拖雷的儿女们始终保持着十分亲近的来往。在成吉思汗的众位儿媳中,苏如一向深得成吉思汗和皇后孛儿帖的宠爱。这位出身高贵的女子,贤淑温婉,处事练达,公正睿智。按照蒙古幼子守灶的传统,拖雷将来要继承父亲遗产的绝大部分,说真的,如果不是赏识苏如的远见和头脑,成吉思汗对自己身后将偌大的家业交到拖雷手中还真有点放心不下呢。

"你家夫人如何知道拔都在我这里?"

"夫人猜测的。夫人说出征在即,小王爷一定会来向大汗辞行,这是小王爷多年的习惯。"

成吉思汗与拔都相视而笑。

"四婶果然细心。阿都合,替我谢谢四婶,等攻下玉龙杰赤,我一定去看望她和四叔。"

"喳。"阿都合恭敬地施礼退出。

"祖汗,"拔都转向祖汗,"孙儿告辞了。"

"你不同祖汗一起吃早饭了吗?"

"来不及了。祖汗,胜利后我再来看望您。征战频繁,您一定要保重。"

"没关系的。拔都,切记不可贪功冒进,能够战胜敌人又能保全自己的将领才是一位合格的将领。"

"孙儿谨记。祖汗,四婶送来的衣靴我暂时放在您这里,等祖汗为我们庆功的时候我再穿上它。"

"也好。去吧,我等着你们的好消息。"

叁

术赤父子率领的第一路人马率先来到玉龙杰赤城下。

忽毡城失守后,灭里历尽千辛万苦来到撒马尔罕,与王子札兰丁会合。成吉思汗用计攻破撒马尔罕,札兰丁和灭里退守旧都玉龙杰赤。三个月前,花剌子模君主摩诃末·沙病逝于里海的一座孤岛,临终之际将王位传给了长子札兰丁。札兰丁,这个沙王最不中意的儿子,如今却成了他唯一的寄托。札兰丁在凄风苦雨中安葬了父亲,他默默发誓,一定要用生命捍卫国家的尊严。

沙王留给札兰丁的,已经是一个残破的国家,而比这更为严酷的事实是,札兰丁所面对的是一个结构松散、政权分立的政治联合体。沙王在国势强盛时征服了周边的诸多小国家,成为各国公认的国主,却并未做到以铁的手腕将这个政治联合体变成具有共同民族意识的整体。

当蒙古军以闪电般的速度攻打到花剌子模的家门口时，松散联盟的种种弊端就暴露出来了。札兰丁从里海孤岛历经千辛万苦来到玉龙杰赤，准备借助祖母的力量抵御入侵者。沙王的母亲图儿堪太后原本坐镇玉龙杰赤，但当术赤引兵攻下城郊时，图儿堪太后逃到了马三德兰。这个情况札兰丁并不知晓，他来到玉龙杰赤后才知道祖母已经出逃。他决定坚守玉龙杰赤，但城内的法官和神职人员却试图联合军队杀掉他。幸好城内另有支持札兰丁的力量，经过一番清算和镇压，玉龙杰赤的军民才勉强接受了札兰丁的领导，算是认可了他的王位继承人身份。

札兰丁十分清楚，玉龙杰赤已是花剌子模最后的精神象征，一旦陷落，剩下的就只有满目疮痍和对故国的怆叹了。

在玉龙杰赤这座著名的商业都城中，云集着世界各地前来经商的商人，将玉龙杰赤作为驿站的商旅，以及喜欢冒险的旅行家们。战争爆发前，许多商人、旅行家匆匆地离开了这块是非之地，可仍有一部分不相信战争爆发的人留了下来。战争爆发后，他们想走也走不成了，札兰丁担心他们中间有敌方奸细，强行将他们赶到了阿姆河沿岸最边上的一座城堡里，并派了士兵严加看守，不允许任何人走出城堡。

撒马尔罕的陷落使札兰丁和灭里对能否长久坚守玉龙杰赤失去了信心，札兰丁和灭里反复商议过，一旦守不住玉龙杰赤，他们将退向哪里？灭里建议退到印度，印度的酷热是习惯了严寒的蒙古人所不能承受的，而花剌子模地域广阔，蒙古军兵微将寡，不可能分兵占领每座城池，俟蒙古人撤军，他们就可以从容收复失地。札兰丁同意他的建议。不过，札兰丁只将印度当成他的最后退路，因为在哥疾宁，他相信还能集结起支持他的力量。

术赤首先向玉龙杰赤派出使者，传达了他的口谕。他说，玉龙杰赤日后将成为他的封地的一部分，他希望它完好无损、美丽如初。他还说，他会尽最大努力与玉龙杰赤军民以及札兰丁和睦相处，共建城市的繁荣。札兰丁不为所动。城中一些著名的法官和神职人员主张接受术赤的和平建议，结果他们中的为首者被抓了起来投入大牢。同时，札兰丁还扣押了两名蒙古使者。

札兰丁派人去请灭里，商议如何处置蒙古使者和回复术赤，灭里主张不予理睬，札兰丁却在思考着一个杀一儆百的方式。

灭里专注地等待着札兰丁示下。他太了解札兰丁的铁血性格，与他的父亲摩诃末相比，札兰丁从不怯懦，但有些刚愎自用，凡他认准的事情，任何人的劝告都只能是徒费唇舌。

札兰丁的眼中蓦然漾起了奇特的笑意，这使他严肃的表情生动起来，他附耳对灭里低语了几句，灭里看起来犹豫了一下。

"你去安排吧。"札兰丁几乎是惬意地伸了个懒腰,"我看这回谁还敢叫嚣着讲和!"

"不过……"

"你担心什么?"

"不能太过偏激。国王现在最缺少的就是一支直接听命于您的军队,尽管城中的军队支持您,可其中的雇佣军多为得益而战,在任何情况下都有可能分崩离析,我们不可不防。给主张讲和的请愿者一个警告是必要的,但将他们的领导者加以惩戒也就够了,涉及范围一定要小。"

札兰丁略一思索:"你说的也有道理。一会儿你把那两个蒙古使者和我们抓起来的请愿代表一起带到广场去,我自有安排。"

灭里退下。

日落前,札兰丁来到广场。广场靠北的正中,铺着一块白底儿蓝边嫩黄大格的羊毛地毯,地毯前摆放着一张长条几案,上面有各式精致的点心、时新的水果。札兰丁在地毯上席地而坐,命灭里带上被扣押的蒙古使者和被抓起来的请愿代表。

札兰丁的"惩罚"可谓别具一格,他亲自选了这次请愿的两位主要组织者和一名蒙古使者,让他们站在他的面前。他一边看着他们,一边开始往杯中倒酒,他的动作很慢很慢,紫红色晶莹透明的液体一点点填满酒杯,他的脸上挂满了悠闲的笑容。突然,他重重地将酒壶摔在桌上,十二名早已准备好的彪形武士上前,将三名待宰的"羔羊"踢翻在地,手脚按住;另有两名武士取出"刑具"———一把长约十厘米的铁钉——扔在地上,然后拾起来,将它们一枚枚钉入"羔羊"的耳中。听着令人毛骨悚然的凄厉惨叫,札兰丁哈哈大笑,似乎这样的"节目"才有助于提起他的兴致。

围观的众人无不吓得脸色煞白。直到太阳落山,这场闹剧才宣告结束。三名"羔羊"尽数毙命,札兰丁命人将他们拖下去扔出城外,又将另一名蒙古使者割下一只耳朵放回去报信。见已经取得了预料中的威慑效果,札兰丁就释放了其余被关押的请愿代表,当然这些人离去前必须跪在他的面前宣誓效忠。

札兰丁心满意足地站起身,在侍卫的簇拥下扬长而去。他没去注意一名年轻的警长眼中闪射着仇恨的怒火,也没有看到好些将领默默地垂下头,遮掩起不满和疑虑。

术赤依然不肯放弃和平的努力。他命人妥善管理城郊的花园和建筑,希望以此证明他的诚意。札兰丁将术赤这种"和为贵"的策略当成了优柔寡断,越发不予理睬。灭里则不同,他与术赤交过手,深知成吉思汗的这位大太子心思缜密、勇谋兼备,因此丝毫不敢大意,每日坚持巡视城池,加固工事。

不久,察合台、窝阔台兄弟率领三万人马与术赤会合。察合台见双方根本没有交战的迹象,既惊奇又愤怒。

"你居然有心思在这里欣赏玉龙杰赤的美丽轮廓,我原以为你至少打到了阿姆河边。"

阿姆河横穿玉龙杰赤,将玉龙杰赤分成了前后两座城池。

术赤默不作声。拔都对二叔的这种态度十分反感,忍怒解释道:"玉龙杰赤城防坚固,如果强攻,难免毁于战火。父王想通过和平的方式解决……"

"白日做梦!"察合台不耐烦地打断了拔都的话头,"你们知不知道坐镇玉龙杰赤的主帅是谁?"

"知道。"拔都的声音听起来倒是心平气和,"正因为和平解决的方式十分渺茫,才要商量具体的战法。"

"这也需要商量么?玉龙杰赤城墙再坚固,用火炮或者投火机也可以先摧毁他们的城防工事,这两天的风向、风力也可以助我们一臂之力。"

"不行!"术赤断然否定了察合台的建议,不过,他丝毫没有提高嗓门。

窝阔台忙插话问道:"大哥的意思……"

"你们来看,"术赤指着前面,"城下的壕沟很深,如果不填平它,我们的军队就过不去,无论如何,得先将壕沟填平。"

察合台脸上的肌肉跳动了一下,嘴角牵出两道讥讽的笑纹。

"当然,敌人不会看着我们填沟,他们一定会采取相应的对策,我们用投石机牵制他们,先初步摧毁城防工事。"拔都看着二叔,不慌不忙地插了一句。

"用投石机?请问石头在哪里?"

"难道二叔没看见东边的桑树林?刚才父王正在同我商议,将桑树锯成几段,当石头使用不成问题。"

察合台无言以对。他是个讲求实际的人,知道除了使用火器,这倒不失为一个可行的办法。

"好,就这么办!"窝阔台思索片刻,率先表示赞同。

"我也同意。"察合台见窝阔台、拔都都在看他,爽快地表明了态度。

术赤直到这时才掉转马头。察合台、窝阔台顿时吃了一惊,他们发现术赤两颊深陷,一脸倦容,好似刚刚大病过一场。

"大哥,你怎么啦?是不是身体不舒服?"窝阔台注视着术赤,不无忧虑地询问着。四兄弟中,术赤的身体一向不好,可也从未见过他如此憔悴。

察合台张了张嘴,想说点什么,终究没说出口。他从小就不喜欢术赤,也从来不想掩饰自己的反感,然而此时此刻,他竟产生了一种连他自己也说不清的怜悯。

"我没事。走吧,到我的军帐,还有一些细节需要再商议一下。"术赤说着已然催马离开了。

窝阔台急忙跟上术赤,察合台却有意落在了后面。拔都估计二叔可能有话问他,便松开缰绳,与二叔并辔而行。

"怎么回事?"察合台没头没尾地问了一句。

"这几天,父王咳嗽得比往常厉害,昨晚又是一夜没睡。"拔都回答得有些勉强。他本想告诉二叔,父王这几天吐了两次血,但话到嘴边又咽了回去。如果他告诉二叔,这话势必传到祖汗耳中,而这恰恰是父王所不希望的。

"请大夫看过了吗?"察合台不易觉察地皱了皱眉头,语气里不经意地流露出内心的关切。

"看过了。"拔都对二叔产生了有些陌生的亲近之感。由于父王与二叔的关系冷淡,拔都对二叔也一向关系疏远,唯独这一刻,天生的骨肉亲情到底战胜了往昔的刻薄和狭隘。

"别大意了。"察合台简短地嘱咐了一句,催马去追术赤、窝阔台,拔都紧紧相随。

玉龙杰赤是蒙古军西征以来遇到的最难攻克的城池之一。一连七天,蒙古军一边担土填埋壕沟,一边向城墙轰击不止。城墙被打开了十几个缺口,但在札兰丁和灭里的亲自督战下,蒙古军的许多次进攻都被击退了。担任先锋的拔都焦急异常,他建议使用火炮,想借助火炮的威力进一步摧毁玉龙杰赤的所有工事。术赤执意不允,拔都无可奈何。

察合台渐渐失去了耐心,兄弟间再次爆发了激烈的争吵,结果,察合台率领自己指挥的两万将士分营而居。窝阔台的手下只有一万人,对于两位兄长的不和,他只觉得左右为难,不知到底该帮着谁才对。

主帅间的矛盾严重影响了蒙古军的士气,眼见花剌子模将士在对面的城墙上耀武扬威,拔都只能望城兴叹,寸步难进。

夜幕像往常一样静静地降临,数得见的几颗星星疏朗地点缀在天空,其余的躲进了厚厚的云层。玉龙杰赤的城墙上游动着点点火光,看样子是守军将士在巡城。拔都心绪烦乱,怎么也睡不着,披衣踱出帐外。正巧,协助拔都攻城的斡尔多也睡不着,兄弟俩在帐外相遇。

"大哥。"拔都唤了一声,便沉默了。

"拔都,你也睡不着吗?这天够闷的,恐怕要下雨。"

拔都没接话。夜色中，斡尔多无法看清拔都脸上的表情。"我们一起走走好吗？"他上前拍了拍拔都的肩头。

兄弟俩并肩而行。

"拔都，你想到破城的办法没有？在撒马尔罕，祖汗佯败，退到城外十五里扎营，札兰丁逞强出战，结果中了祖汗的埋伏，全军覆没。这一次，他和灭里绝不会轻易上当了，除了坚守城池，他们别无选择。唉！如果可以借助火炮的威力就好了，对于玉龙杰赤，既然不能智取，就只有强攻。问题是这样坚固的城池，如果不首先摧毁它的城墙和工事，单凭将士们一次次强行登城，伤亡太大，真是得不偿失。一转眼，三个月过去了，二叔和父王的意见仍然得不到统一，真让人无所适从。也不知道祖汗是否了解我们这里的状况？"斡尔多一口气说着，这都是在他心里憋闷了许久的话。

拔都望着前方，依然默默无语。不知不觉地，兄弟俩已经走出很长的一段路了，斡尔多看到左边绵延闪烁的篝火，知道就快到二叔察合台的营地了。拔都一路的沉默让斡尔多很不习惯，他正试图让拔都说些什么，拔都突然"嘘"了一声，抓紧了他的胳膊。

斡尔多感到莫名其妙，"怎么了？"他压低声音问。

"你看到那里了吗？好像……我们过去看看。"

斡尔多注目望去，这才发现远处晃动着点点火光，正缓慢地向他们这边——确切地说，向察合台的营地方向移来。寂静的夜里，还能隐约听到"咯咯吱吱"的奇怪的声音。拔都走得很快，脚步落地几乎听不到声响，斡尔多只能勉强跟上他。

终于，对面的人发现了他们。所有的火光和声音都停了下来，一名士兵催开坐骑向他们驰来。"谁？"低低的声音里透出些许警惕。

"拔都。"拔都镇定地回答。

一片嘈杂的嗡嗡声响起，犹如一阵起伏的波涛，随即又平复下去。借着火把的光亮，拔都看到队伍中闪出一匹黑马，一位少年跳下马背，抢上几步，来到拔都和斡尔多跟前。

"原来是小王爷！兀良合台见过小王爷！"

"兀良合台？怎么会是你？"拔都和斡尔多又惊又喜，上前一边一个执住兀良合台的双手。兀良合台是蒙古八大名将之一速不台的长子，同他的父亲一样，兀良合台自幼随父征战，从无败绩，因而赢得了只有他父亲速不台和另一位名将哲别赢得过的"常胜将军"的美誉。拔都对这位比自己还小四岁的少年格外敬重，两人虽接触不多，彼此间却惺惺相惜，极为投契。按照拔都的估计，原本以为兀良合台此时应该正同速不台、哲别二将在里海附近，完成对其附近城池的征服，谁承想竟在这里相逢。

兀良合台的脸上滑过丝丝疑云，但转瞬即逝。"大汗派我协助四太子攻取呼罗珊地区。半个月前，我们刚刚拿下奈撒城，目前正在奈撒城驻军。"

"速不台将军和哲别将军呢？仍在里海吗？"

"不在。沙王在里海的孤岛上病死之后，我父亲和哲别将军就离开了那里，一路转战，陆续攻下了许多城池，包括马三德兰，还生俘了图儿堪太后。如今，他们已奉大汗之命前去追击逃到钦察草原的篾儿乞残部。"

"是么？"拔都向兀良合台的身后望去，若有所思。

"前些时候，二太子派人送来口信，说要从四太子军中选几十门火炮，并且要最好的。四太子估计玉龙杰赤三月末下，一定是因为我们攻城力量不够，所以亲自选了八十门经过改进后性能更加优越的西域火炮，派我兼程送来。还好，二太子限时限刻，我们总算如期赶到。"兀良合台对察合台提出的必须在晚上将火炮运到的要求早觉蹊跷，这会儿发现拔都毫不知情，越发证实了他的猜疑。兀良合台知道自己应该对此三缄其口，然而，对友情的忠诚使他无法对拔都保密。

拔都沉吟着。

看来，二叔终于决定要单独采取行动了。这些火炮一定会在今晚被安置在合适的地点，明晨，明晨就可以看到它们发挥威力了……虑及此，拔都更紧地握了握兀良合台的手。

"既然二叔还在等你们，你赶紧去向他缴令吧。等拿下玉龙杰赤，我们再叙别后之情。"

"好吧。我走了，小王爷，告辞！"

"保重！"

车队迤逦前行，借着火把的光亮，拔都目送着兀良合台一行渐渐远去。

"我们怎么办？"当最后的一点火光也被无尽的黑暗吞噬时，斡尔多不无忧虑地问。

"怎么办？"拔都沉浸在自己的心情中，一时没明白斡尔多问话的意思。他仰望夜空，答非所问，"你说得对，明天恐怕真的有雨。"

"拔都！"

斡尔多的声音里透着焦虑，拔都反而笑了。

"你在问我们怎么办吗？当然是回去睡觉啦。"

"可是……你不打算……对父王……"斡尔多说话突然有些吞吞吐吐。

"如果我们今天没有碰巧出来，就什么都不曾看到了，不是吗？"拔都揽住了斡尔多的肩膀，"走吧，我真的困了。"

"你……我不懂你的意思。"

"对于誓死保卫玉龙杰赤的札兰丁和灭里来说,不显示出我军强大的战斗力就换不回完整的玉龙杰赤。既然换不回完整的玉龙杰赤,破坏它又有何妨?城市破坏了还可以重建,人死了却不能复生。不管二叔是不是这样想的,他所做的却是我拔都想做而不能做的,所以,我们何苦要自欺欺人地去破坏他的计划?"

拔都的语气像在说一样十分平常的事情,但斡尔多知道这绝不是一件平常的事情,他犹豫着,慢慢地跟上了拔都轻松的脚步。

一道耀眼的闪电蓦然划过遥远的天际,在瞬间点燃了铅色重叠的云层,也点燃了玉龙杰赤那冰冷阴森的城垛。沉闷的雷声隐隐可闻,像困兽的喘息,又像山谷的回音。凉风如丝,飘在脸上,竟似带着些许水气。还是那两三颗星,硬从一层层云堆后挤出身体,冷冷地俯视着阿姆河苍白的倦容。像父亲一样苍白的倦容。斡尔多停了片刻,迷离的目光追逐着不远处依稀可辨、若明若暗的篝火,一颗心渐渐沉入无尽的黑暗中。

山豹一般敏捷的拔都。

棉絮一般的闷热。

不知为什么,拔都模糊的背影看起来有些陌生。斡尔多惶惑地揉了揉眼睛。

第二章

幽兰，为你一生绽放

壹

"你们是蒙古人吗？"

"不，国王陛下，我们从中国来。"

"中国吗？那个古老、美丽、神秘的东方？"

"是的，国王陛下。"

"你们为什么会来到花刺子模？"

"我们是旅行家，国王陛下，对于我们，探险猎奇是我们生命的一部分。"

"你们都到过哪里？"

"许多地方。我们到过西藏、印度、钦察草原，我们还到过地中海沿岸的那些国家。"

"战争开始前，你们为什么没有离开花刺子模？"

"是这样，国王陛下，我们一家在玉龙杰赤逗留期间，我的儿子染上了一种奇怪的热病，我虽竭尽全力，仍然没能挽留住他的生命。我的儿媳受不了这个打击，病倒了，我们无法立刻离开这里。后来，您是知道的，我们想走也走不成了。"

"听说你医术高明，在玉龙杰赤治好了许多人的病。"

"很惭愧，国王陛下，虽然如此，我对自己儿子的病却无能为力。"

"这点我理解，没有万能的医生。你的回回话讲得很流利。"

"是的，国王陛下。我已经是第二次来到花刺子模了，这一次在玉龙杰赤逗留的时间很长，足以让我学会使用这里的语言。"

"你喜欢我们的国家吗？"

"非常喜欢。花剌子模是个美丽的国度。"

"可惜,她正在遭受践踏。"

"是的,国王陛下。"

"这个年轻姑娘是你什么人?"

"她是我的女儿,也是我的助手。"

"她也会看病吗?"

"略知一二。"

"在玉龙杰赤,许多人都很喜欢你。你叫……"

"我叫沈合,国王陛下。我的女儿叫沈清雅。"

"沈清雅,沈清雅。我不懂你们国家的语言,不过这个名字读起来一点也不拗口。你的女儿穿着我们当地的服装,一块白纱遮住了她的脸,只露出一双像星星般明亮的眼睛,虽然我看不到她的脸,可她的眼睛会笑会说话。"

"谢谢国王陛下的夸奖。"

"我相信你们啦。来吧,你上前来,帮我看看我的病。"

"遵命,国王陛下。是右腿吗?"

"是啊。从昨天开始,这右腿先是疼,后来就没什么感觉啦。"

"我来给国王陛下把把脉吧。唔……果然不出我的所料,是风邪之症,幸喜湿寒侵入时间不长,我可以为陛下针灸治疗。"

"听说你有一根神奇的银针。"

"针灸是中国医学的精粹。"

"是的,我从一本介绍中国的书上看到过,不过当时真的难以置信。你觉得我的腿需要多久才能够恢复正常?"

"至少也要三十天。这三十天,我会寸步不离陛下左右,随时为陛下治疗。我只有一个请求。"

"你说。"

"我的儿媳有病,两个孙女还小,希望陛下恩准,能让清雅每天回去照料她们。另外,我配好的一些药放在城堡中,也需要清雅回到城堡去取。"

"可以。灭里,去将我的马车备好,这些天专供沈姑娘使用。"

"谢谢国王陛下。清雅会赶车,有了马车,她就方便多了。"

"是吗?你的女儿很能干啊。说真的,我也不想让更多的人知道我的病情,免得给那些心怀叵测的阴谋者以可乘之机。灭里,你去将我的令牌取来,一并交给沈姑娘。这三十天内,无论沈姑娘到哪里,任何人都不得阻拦。当然,沈合大夫,等到我的病好了,令牌和马车我还是要收回的。另外,为了安全起见,我只能让你们暂时待在城堡里。"

"一切听凭陛下安排。"

"很好。沈合大夫,现在,你是不是该为我治疗了?"

"是的,国王陛下。清雅,把针灸盒给我放在床头。你现在就回城堡,将我配制的活血丹取来,明天一早给国王陛下服用。记住,紫色瓷瓶里装的,要七丸;黑色瓷瓶里装的,要十四丸。另外,告诉你嫂嫂,我暂时不回城堡了,要她别担心,照顾好孩子。"

"是的,父亲。"

这是札兰丁和灭里第一次听到清雅说话,轻柔、圆润、犹若天籁。札兰丁突然萌生了一个奇怪的念头,不知那面纱之后的容颜该是怎样的?一定像她的眼睛和声音一般摄人心魄吧?

在灭里的指引下,清雅恭恭敬敬地退出去。

夜色更加沉寂,远处传来隆隆的雷声,为撕裂的天幕吹入丝丝微风,一点点驱散着凝结的闷热。清雅使劲吸了一口迎面扑来的爽净空气,沿着青方石铺成的狭长的街道打马飞奔,一时间,木轮轧过的辚辚声回响在空旷的四周。

马车并没有直接驶回城堡。在那个阴森的古城堡里关闭了太久,清雅如同一只冲破了牢笼的鸟儿,只想自由自在地飞翔。她突发奇想,既然离天亮还有段时间,何不用札兰丁的令牌出城,到阿姆河边呼吸呼吸久违的水草气息?

阿姆河在夜色的笼罩下静静流去。清雅将马车停靠在岸边,将鞋脱在车上,撩起裙裾,沿着河滩慢慢地走着。据说两天前蒙古军已经攻破了玉龙杰赤前城,两岸不断游动的火光说明对峙的双方都处于高度戒备状态。战争是令人恐怖的,只要战争一结束,她一定和父亲、嫂嫂、小侄女迅速地离开这里,她再也不要听到让她心惊肉跳的炮声了。

只顾想着心事,不妨脚下被什么东西绊了一下,清雅向前摔去。她站起身抖抖湿漉漉的衣摆,忍不住笑起来。突然,笑声被卡在了喉咙里,清雅瞪大眼睛,愕然注视着朦胧的月色下一个暗灰色的形体。

胸口依然很疼,有点钝钝的感觉,却不似开始那样憋闷欲裂。一忽儿跌落在硕大的云堆里,头顶上的星星、月亮触手可及……一忽儿置身于围猎场,一只斑斓猛虎冲过来,胯下坐骑受了惊,将他掀翻在地,猛虎扑过来压在他的身上,压得他差一点窒息……恍惚间,又好似在沙漠中追赶着灭里,灭里回过头来向他一笑,扬手一箭,箭直直地射中了他的心脏。他大叫一声,试图睁开眼,却感觉到一双柔软潮湿的手覆在他的眼皮上,于是又沉沉睡去。

所有的梦境都支离破碎，只有一张面孔，一个声音总在梦里出现。然而，拔都总也想不起自己是在哪里，要到哪里。他分明看见祖汗和父王，看见斡尔多、别儿哥，可他就是追不上他们。

他的视线是模糊的，稍微动一下，胸口和脚踝就会剧烈地疼痛。他想睁开眼，最后总是徒劳地放弃，昏昏沉沉地开始经历另一个幻境。有时他想这样也好，能与这张温婉清丽的面容相伴，他情愿永远不要醒来。有时他本能地希望抓到一些实实在在的东西，这时他会握到一双手，在他尚且模糊的记忆中，这双手小小的、软软的、湿湿的，很像是妹妹薇萱的。薇萱小的时候，他抱着她教她骑马，她总让他将她的手连同马缰一起握紧。他恍然记起，薇萱还是个小姑娘呢，他看到的脸妩媚、成熟，绝不是薇萱那张瓷娃娃一样精致的脸。他还看到过另一张脸，有些散乱的眼神，一样陌生，一样亲切，她们一起构成了他梦境的一部分。

漫长的梦境，无止境的梦境，不知过了多久，他终于决心醒来。他一次次努力，眼皮变得有千斤重，他告诫自己，只要睁开眼，他就可以摆脱所有的这些梦魇了。他艰难地、一点一点向上抬着眼皮，一道刺眼的光线像针一样扎入他的眼底，尽管随之全身一阵剧痛，他的心中却敞亮了许多。

"你终于醒了……"停留在半是清醒半是混沌的思维里，拔都果真看到了让他依恋着的面容，听到了他听过无数遍却偏偏捕捉不到的声音。他做了最后一次努力，意志重又回到他的身上。

"你……"他试着发出一点声音。

"你能说话了吗？太好了！"出现在他视线里的是一张美丽的面孔，这美丽属于一个年轻的姑娘，此时，由于惊喜，她一下握住了他的手。

拔都有些惊奇地望着姑娘含笑的眼睛。

"你是……我……"

"你还不能多说话。我在河边发现了你，当时你的胸口中了箭。你已经昏迷了七天七夜，我一直担心救不醒你了呢。"姑娘兴奋地说着，她的话拔都听起来却有些断断续续。

拔都想问些什么，但一阵疲倦袭来，他的双眼不由自主地合上了。不过，这一次有所不同，他不再需要同梦魇对抗，而是进入虚弱的昏睡状态了。

他再一次醒来时，第一眼看到的是窗台，桌子上的一盏油灯闪着暗淡的光芒，将屋子照得昏黄一片。屋子四周摆满了各式大格子木架，木架上放置着许多粮食和酒坛。拔都到过许多地方，也见过中原人用来堆放杂物的储藏室，但像这样的房间还从来没有见到过。接着，他注意到自己只穿着一件宽大的内衣睡在靠墙的地上，身下铺着厚厚的干草和一床半新的被褥，倒也很舒适。那位姑娘不在屋中,他努力挣扎着坐起来,汗水立刻浸透了全身。

"你怎么可以乱动?快躺下!"拔都吃惊地看着姑娘一手举着一盏油灯,一手还提着一个像篮子似的东西,正沿着嘎吱作响的木梯一步步走下来,从姑娘身后微微开启的门缝里,一道灼目的光线射进屋中。刚才他竟没发现屋里还有这么一架梯子,这个屋子当真很奇特。他究竟在哪里?

姑娘将油灯放在桌上,俯身看着拔都。她的头发湿漉漉的,散发着一股好闻的气味。她的一身装束拔都看着眼熟,好像中原女子的衣着打扮。

"我感觉好多了,想起来走走。"拔都喃喃着。

姑娘伸手探了探拔都的额头,又观察了一番他的脸色,终于点了点头。"你的确好多了,不过暂时你还不能活动。来,我扶你坐起来,你得先吃点东西。"她从篮子里端出一碗煨得烂熟的肉粥,用嘴轻轻吹拂着,将羹匙递给拔都,"人是铁饭是钢。身体受了重伤,又是七天七夜水米未进,不吃点东西怎么行?"

拔都早就闻到诱人的饭香,几乎是抢过碗,贪婪地吞吃起来。姑娘看他那样,又是心疼又是好笑:"慢点,别着急。开始这几天啊,你还真不能吃得太饱。"

无意间,拔都的脚用了下劲,脚踝立刻感到一阵钻心的剧痛。他的脸变得蜡黄,额头上冒出了豆大的汗珠。

"你一定有铁打的意志吧,在地狱门口走了一遭,除了你,恐怕谁也做不到一声不吭,甚至在你昏迷不醒的时候,我也难得听到你的呻吟。"姑娘不知心疼还是赞赏地说道。

拔都有些不好意思地笑笑。姑娘的裙裾间飘起一缕花草的幽香,这是拔都在昏睡的时候就熟悉的香味。

"我的脚……"

"骨折。我给你接上了,可是我的手法不行。我父亲一时半会儿又回不来,真是急死人了。"

"你父亲……"

"他在为札兰丁国王治病,住在国王的城堡里。"

"哦?"

"你不用担心,在父亲心里,只有健康人和病人,没有敌人和朋友。再说,你也不是坏人。"

"我不是这个意思。我是想问,我现在在哪里?"

"这里是玉龙杰赤城中紧靠阿姆河的一座城堡。"

"嗯,是你救了我?"

"碰巧而已,也是你命不该绝。"

"你父亲是个大夫?"

"他是旅行家,也行医救人。看你一身盔甲,你一定是蒙古人,我只好把你藏在地下室里,免得被别人发现。你左胸中了箭,幸好没伤到心脏。"拔都恍然意识到姑娘说着一口流利标准的蒙古语。

"你是蒙古人吗?"

姑娘笑着摇摇头。

"你会说我们的话?"

"我家住在大理国(元朝建立后始称云南)。我从小跟着父亲游历了许多国家,不知不觉就学会了好些国家的语言。"

"你真了不起!"

"是吗?你也很了不起啊,我还从来没见过像你这么顽强的人,从某种程度上讲,是你的顽强救了你。好啦,就说到这里吧,你该闭上眼睛歇一会儿了。改天如果我觉得自己喜欢你,就会把我的故事讲给你听,现在我要去给札兰丁国王送药了。"

姑娘说着,从桌上取过油灯,脚步轻盈地转身离去。

"姑娘!"拔都再次唤住了她。

姑娘手扶着木梯回过头,含笑注视着拔都。

"能……告诉我你的名字吗?"

"我叫沈清雅。你就叫我清雅吧。"

清雅走了。拔都独自静静地回忆着他中箭后发生的一切,可他能够回忆起来的只有那些不连贯的梦境。后来,他的思绪自然而然地回到他和斡尔多发现二叔运来火炮的那个晚上……

目送着兀良合台和运送火炮的车队拐进二叔的营地,拔都伏身从地上揪起一根小草,放在嘴里慢慢咀嚼着,等着斡尔多从后面赶上来。

他此时的心情与刚同斡尔多出来时完全不同。那会儿,想到对玉龙杰赤的围攻毫无进展,想到祖汗的焦虑和不满,他的心情格外沉重。应该说,他自始至终就不赞同父王寻求稳妥的战法。他同灭里交过手,深知灭里刚强不屈的性格,在这种情况下,父王的"软攻"根本不可能发挥作用。玉龙杰赤丰富的物资也使围困没有任何意义,旷日持久的围攻势必徒增进攻一方的伤亡,拔都实在想早日拿下玉龙杰赤,向祖汗报告胜利的消息。

他知道斡尔多的顾虑在哪里,可是战争无常规,为了胜利,有时可以无所不用其极。就算父王与二叔的想法不同,那又怎么样呢?对于已经成为事实的现实,父王想必会不加深究地接受吧!他不在乎父王的责备,只要能拿下玉龙杰赤,他真的不在乎来自父王的任何责罚。何况,他相信父王,以父王对祖汗事业的忠诚,即使有一天知道儿子们向他隐瞒了火炮的事情,也一定会原谅他的儿子的。宽厚、稳重、没有任何野心,在这一点上,斡尔多与父王最为相似,所以,对于今晚的一切,只要他不提及,斡尔多一定会为他守口如瓶的。

斡尔多慢慢地走着。他的心里很不踏实,可又想不出反驳拔都的理由。斡尔多只比拔都大一岁,而拔都从小就显示出不同于他的主见和抱负,随着年龄的增长,拔都在许多战役中广有建树,从而赢得了祖汗和父王的倚重和偏爱,也赢得了斡尔多的尊敬——甚至超过了一个哥哥应该有的尊敬。因为这个缘故,斡尔多很少与拔都发生争执。可这一次不同,这关乎父王与二叔之间由来已久的矛盾,拔都竟毫不犹豫地站在了二叔一边,这不能不让斡尔多感到奇怪。当他在黑夜中感受到嘴里咀嚼着草根的拔都的平静时,他又有些释然了,不管他怎么想都不重要了,对于已经发生和将要发生的一切,他都必须站在拔都一边维护他。谁让他是拔都的大哥呢?或者反过来说,谁让拔都是他最引以为荣的弟弟呢?

"大哥,好清爽的一阵凉风,你感觉到了吗?"

"你好像希望下雨?"斡尔多心不在焉地问。

"是啊。下雨不会影响火炮发挥威力,却能帮助我们控制住火势。当然,这个想法有点天真,说不定二叔还会使用燃油弹呢。我了解二叔的个性,如果玉龙杰赤守军负隅顽抗,他完全有可能将玉龙杰赤的每片屋瓦都掀翻起来以消灭他的敌人,到时谁也拦不住他!不过,话又说回来,只要能拿下玉龙杰赤,什么样的代价都是值得的。"他说着,惬意地伸了个懒腰,"大哥,我想今晚我一定能睡个好觉,明早,我要和二叔的炮声一起醒来。"

拔都开玩笑似的说着。看他一副踌躇满志的样子,斡尔多不由得苦笑了。你能睡个好觉,我这一宿恐怕要睡不着了。斡尔多暗想。

拔都说的没错,他真的是让隆隆的炮声给惊醒的。

他和斡尔多来到军中,不久,术赤也带着侍卫和别儿哥匆匆赶到了。蒙古军方面担任先锋的是拔都和南图赣,察合台将火炮全都安放在南图赣的大营中。拔都已命令部队做好登城的准备,他看着玉龙杰赤在炮火中战栗,炮弹呼啸而过的声音夹杂着战马的嘶鸣不绝于耳,巨大的轰击声震耳欲聋。

术赤端坐马上注视着城上的动静,城墙慢慢被炸开缺口,不断有守军将士翻落到城下。他回头望了望正围在他身边的三个儿子,斡尔多心虚地避开了他的视线,拔都和别儿哥却掩饰不住内心的兴奋。尤其是别儿哥,手舞足蹈,跃跃欲试,看他的样子,只要一声令下,他一定会第一个登上玉龙杰赤的城墙。

"拔都。"

"嗯？"拔都应了一声,有点疑惑地回视父王。

"你二叔何时运来的火炮？"

"应该是昨天夜里吧。"拔都镇定地回答。他所说未尝不是实情,察合台的确是昨晚才将火炮运到的。

这个老二！术赤在心里慨叹,不知是怨是赞。

"军队做好准备了吗？"

"好了。我在等南图赣行动。父王你放心,我不会让南图赣比我先登上玉龙杰赤的城墙的。"

术赤无可奈何地苦笑了一下。他没想到,看似沉稳老练的儿子竟有孩子一般的好胜心。只有斡尔多见父王毫无怨责之意,暗暗地松了口气。

来自南图赣营阵中的炮声渐渐变得稀落了。拔都凝视父王,术赤不动声色地观察着敌方的动静,片刻,他向拔都点了点头。拔都抽出宝剑,挥令军队潮水般地向玉龙杰赤掩杀过去。这个时机术赤抓得十分准确,几乎同时,南图赣营阵中的炮声彻底停止下来,南图赣的军队也跟在后面杀出营地。前城只剩下残垣断壁,在强大密集的炮火轰击下,守城将士不堪再战,大部分退守后城,来不及撤退的则分散到了各个民宅。

考虑到暗箭难防,察合台命士兵运来燃油,欲放火焚烧民房。术赤闻讯赶到,厉声喝止了要点火的士兵。察合台大怒,与术赤争吵起来。窝阔台担心两位哥哥越吵越僵,急忙命刚刚参战的长子贵由率一万将士挨门逐户地清除负隅顽抗的玉龙杰赤守军,其余则乘胜攻打玉龙杰赤后城。

此时,札兰丁、灭里已退守后城督战。后城以宽阔的阿姆河作为屏障,河面上只有一座浮桥可以通过。察合台不愿同术赤协同作战,故意磨磨蹭蹭拖延时间,术赤只好率本部将士先行来到阿姆河畔。

对岸就是玉龙杰赤的另一半。在前城彻底陷落前,札兰丁和灭里将主力部队完好无损地撤到了后城,因此后城的守备力量绝不亚于前城。而且,隔着宽阔的河面,炮火难以发挥威力,这使攻打后城比攻打前城更加困难。

术赤依然先派使者入城谕降,札兰丁给他的回答是在城头上高高挑起了使者的人头。术赤悲愤交加,当即派拔都率三千骑兵过桥攻城。眼看着三千骑兵冲到城下,城头上突然万箭齐发,蒙古军将士纷纷落马。拔都情知无法取胜,急命军队撤退。这时,城门大开,灭里全身披挂引军杀出。双方在浮桥之上展开搏杀,蒙古军在摇摇晃晃的浮桥上站立不稳,转眼已大部阵亡。灭里截住了拔都,一对老对手还是第一次面对面交手。两人的机敏矫捷原本不相上下,拔都逐渐适应了浮桥的摇晃,反而比灭里更占了先机。就在拔都越战越勇时,城头飞来的一支冷箭正中拔都的左胸,拔都踉跄着向桥栏退去,灭里大喜,逼近拔都,意欲生擒。

拔都全身如同虚脱一般,但还是集中起最后的意识,在灭里的手伸向他肩膀的瞬间,仰面翻入了波涛滚滚的阿姆河。灭里抓了空,伏在栏杆上,不无遗憾地看着拔都被河水冲卷着,冲卷着,转眼不见了踪影。

术赤增援不及,三千将士的鲜血染红了阿姆河。玉龙杰赤的城头奏起了凯歌,灭里示威性地向蒙古军挥挥战旗,从容地退回城中。

不知过了多久,几个雨珠落在河中,溅起了泡沫一样圆圆的水涡,接着,雨珠越来越大,越来越疾,最终连成了细密的雨线。桥上、河边的血迹被雨水冲刷着,渐渐消失了痕迹,死亡以一种凝固的姿态展现着曾经的鲜活。生与死,生因为死而被衬托出沉重,死因为生而被赋予了悲壮。

雨幕毫不留情地覆盖了所有生者与死者的面像,一样苍白,一样无奈。随后赶来的察合台和窝阔台完全被眼前的惨景惊呆了,察合台既痛且怒,责备的话刚到嘴边,就被窝阔台及时拦住了。察合台蓦然察觉到有些异样,他望着术赤始终一动不动的背影,望着正在拭泪的斡尔多、别儿哥,一阵莫名的恐惧袭来,他几乎不敢再问什么。许久,许久,术赤回过头来,被雨水冲刷着的脸上惨白如雪,目光里却闪烁着平静的光芒,平静到令人联想起死亡。

"不要告诉父汗。暂时不要告诉父汗。"他耳语般地轻轻说。

别儿哥使劲跺着脚,哭出了声。斡尔多用拳头死死堵住了嘴,强行压回了涌向喉咙的悲咽。察合台、窝阔台茫然点着头。察合台的心里异常难受。他是与术赤不和,可他从心里爱惜拔都的才能;他也知道拔都在父汗心目中的位置,如果父汗知道了这个噩耗,还不知要承受怎样的打击。拔都还这么年轻,真就这么……

术赤空洞的眼神穿过了雨幕,越过了城墙,停留在了遥远的天际,似乎对眼前的一切都视而不见。突然,一口鲜血从他的口中喷射而出,他身子一歪,直直跌落在马下。察合台、窝阔台大吃一惊,上前抱起术赤,心中不胜悲悯,泪水混着雨水流了下来。

贰

中箭后的许多事情对拔都而言都只剩下空白,唯有清雅和这间地下室是真实的。清雅居然与札兰丁相识,她的父亲又在给札兰丁治病,那么,她为什么还要冒着生命危险救他呢?莫非确如她所说,在行医的人眼里,没有敌人和朋友,只有健康人和病人吗?

清雅像一个谜,引起了拔都的好奇。不过,这恐怕不是最重要的,最重要的是在伤后康复的孤寂中,清雅早已成为他心灵深处的慰藉。他熟悉也依赖着清雅的声音和身影,当远离了她的声音和身影,他突然感到彷徨无助,而过去他从来不曾有过这样的感觉。

清雅不很像他在草原上见过的那些姑娘,尽管她开朗豪爽、热情奔放,她的气质依然是他所不熟悉的,奇怪的是,他竟从心里钦慕和喜欢这种气质。说实在的,除了四婶苏如夫人,他想不出还有哪个女人可以与清雅相比。或许妹妹薇萱长大了可以,不过,薇萱还只是个小姑娘呢,自西征起,他已经三年没见到薇萱了。

时间在焦急的等待中变得漫长无比,拔都想合上眼再睡一会儿,却怎么也睡不着。胸口和脚踝的疼痛有增无减,弄得他烦躁不已。他惦记着前方的战事,而在这个阴森的地下室里,他听不到外面的任何声音,他也不知道自己何时才能痊愈,何时才能离开玉龙杰赤。清雅的父亲在给札兰丁治病,这么说,札兰丁病了?待会儿清雅送药回来,一定要向她问个究竟。

拔都暂时只能靠胡思乱想来打发难熬的时光,其实他也一直都在倾听着通向地下室的那扇门开启的声音。清雅怎么还不回来?该不是送药的途中发生了意外?不会,不会,他一定是多虑了,清雅这样聪明伶俐的姑娘,一定不会有事的。

地下室里难辨日月,窗外的天已经暗了下来。终于听到"吱呀"一声,拔都的心禁不住剧烈地跳动了起来。是清雅吗?

烛光映照出一个苗条的形体,轻盈地向下移来。在这一瞬间,拔都蓦然发现自己的激动竟然是因为思念。

伴着缕缕花香和另一种熟悉的香气,清雅将手中的提篮放在一旁,坐下来,举着烛台细细观察着拔都的脸色。她的目光最后与拔都的目光交织在一起,从那里面,她看到了一种无法言喻的神采。

"怎么了?"

拔都摇摇头,竭力掩饰着异样的心神。

"我扶你起来。换完药吃点东西,你一定饿了吧?"

清雅不说,拔都还没觉得怎样,清雅一说,拔都立刻觉得双腿发软。他知道篮子里是什么了,难怪刚才他觉得那种香气很熟悉。

拔都几乎等不得换完药,抓起一个馒头,狼吞虎咽地吃了起来。他只觉得这一辈子都不曾吃过这么好吃的美味。清雅坐在拔都身边，从陶罐中倒出一碗温热的鸡汤，一边用小勺搅着，一边笑吟吟地看着拔都贪馋的吃相，目光中流露出母性的温柔。

"别急，慢一点，先喝点鸡汤。你刚开始吃饭，不能吃得太饱，也不能吃油腻大的。我给你煲了一罐鸡汤，你尝尝味道怎么样，小心烫啊。"

拔都充耳不闻。不过，当他风卷残云般打扫完所有的汤汤水水后，发现自己真的只有半饱。他不无遗憾地盯着空盘空罐，舔了舔嘴唇。

"我吃的什么？"他突然问。

"什么？噢，你是说馒头吧？我亲自蒸的，草原上很少吃到是吗？在中原，家家户户都吃这个。"

"明天我还吃它行吗？"

"可以啊，这个地下室里不缺的就是粮食。明天，我给你做面条和烙饼。我还能弄到鸡肉和牛羊肉，都是札兰丁国王赏赐的。你要开始补充营养了。"

"札兰丁……他得了什么病？"

"也不算什么大病，只是右腿受了些风寒，行动不便，现在基本好了。父亲一直在王宫里为他诊治，他呢，时不时赐给我们一些吃的、穿的。否则，哪里有肉给你吃呀。对了，我还没问你叫什么名字。"

"拔都。"

"你的名字听起来很耳熟，在草原上，一定有不少人叫这样的名字吧？三年前，我和父亲、哥嫂游历草原时结识了一位夫人，很高贵，很仁慈，就是她让我对草原留下了深刻的印象。"

"哦，她叫……"

"大家都称她苏如夫人。你听说过她吗？"

"唔，是四婶。"

"你的四婶吗？"

"是。她是我四叔的夫人，也是我母亲的堂妹。"

清雅没再说什么，唯目光里多了几分亲近和知心。

拔都目不转睛地凝视着清雅。在暗淡的灯光下，清雅的肤色看起来并非特别白皙，却呈现出一种健康红润的光泽。她的眼睛黑亮有神，眉毛不是特别长，却直直的，在眉尖微微上挑。配上浓密的睫毛和挺直秀气的鼻峰，她的一张瓜子脸显得聪明而又富于情趣。她的嘴似乎大了一些，却大得可爱，嘴唇红润，笑时便露出珍珠一般整齐洁白的牙齿。

也许是拔都的目光太专注太入神，清雅稍稍迷离地垂下眼睑，心里涌动着复杂的欢乐。过去，她见过太多恋慕的眼神，却没有一次令她这样心慌意乱。

那一天,她在阿姆河边发现了他时,上天似乎就在冥冥中注定了什么。她用温热的淡盐水擦拭过他每一寸滚烫的肌肤,她感受到他的强壮和无助。他躺在那里,像一个熟睡的婴孩,无论怎样痛苦都不发出一声呻吟。她真的不希望他死去,她还从未见过像他一样坚强的男人,她要他活下来,哪怕为此付出一切她也心甘情愿。她成功了,他的体热终于退了下来。她又开始焦急地等待他苏醒,她坚信他会醒来,她一次次设想过他醒来后会说的第一句话,她渴望着与他交流。

所有的这一切的确都有些奇怪,对于这个她从死神手中抢回来的生命,她实在有着太多太多的不舍。她喜欢他看着自己时的眼神,无论其中充满了疑问,充满了赞赏,还是别的什么,他的眼神总让她想起在岩缝中伸展着枝叶的常青藤,想起拍击着礁石的阵阵海涛,而这些在她的心目中一向代表着不屈和力量。

他的强壮……她的脑海里飞快地闪现出呈现在她面前的男人气十足的肌体,脸上悄悄飞上了两朵红晕。

闲适的沉默包围了拔都和清雅,这一刻,他们宁愿就这样沉默下去。门,被缓慢地推开了,一个女子悄无声息地出现在门前。清雅看到她,立刻走上楼梯,拉着她的手回到拔都身边。

"孩子们睡了?"清雅柔声问。

女子点点头,一双眼睛却望着拔都。

这个女子的年龄比清雅大不了多少,头发和衣服都很整洁,只是眼神有一些特别,里面蓄满了忧伤和茫然。尽管如此,拔都仍然觉得很亲切,这张面孔也曾是他梦境中的一部分。

"这是我嫂嫂,你昏迷不醒那会儿,是她一直帮我照料你。"

拔都感激地注视着女子。"谢谢你,沈夫人。"他由衷地说。

女子腼腆地摇摇头。她扭头问了清雅一句什么,清雅依然柔声做了回答。女子的脸上露出了放心的浅笑,她望了拔都一会儿,说了几句话,便转身出去了。不过,她说些什么,拔都听不懂。

"我嫂嫂能听懂你们那里的话,但是说不太好。她知道你的伤不要紧了,很高兴。她要你好好养伤,别太心急。"

"是吗?我能感觉到她的好意,可惜我听不懂她在说什么。你对她真好。"

"她值得我们对她好。她是个贤惠的妻子,孝顺的儿媳,就是太柔弱了,哥哥病逝后,她就垮了。"

拔都暗暗吃了一惊。

清雅的眼里闪起一片泪花。拔都感到两滴泪珠滚落在他的手背上,这才发现不知何时他的手已握住清雅放在膝头的双手。

清雅轻轻地抽出双手,抹了把泪水。

"都过去了。"她喃喃地说,"明天,你可以适当地活动活动了。天不早了,你好好睡一觉吧。"

"是么?现在是晚上了么?"

"是啊。"

拔都想劝清雅早点休息,又舍不得让她走,心里矛盾着,半晌没有吭声。清雅好似看穿了他的心思,笑道:"你伤重那会儿,我一直都陪着你,现在你还不能动,恐怕我还得再陪你几天。"

"真的?"拔都兴奋地问。

"看你,这会儿又像个孩子啦。我睡在楼梯那边的屋角,你晚上有什么事就叫我。无论什么事,你都不用不好意思。"

拔都觉得清雅的话里别有深意,想了想,才明白她指什么,不由尴尬地轻咳了一声。

清雅笑起来,笑得很开心。

"好啦,我真的要去睡觉了。记住叫我。"

清雅为油灯添满了油,回到自己的铺上。拔都合上眼睛,静静倾听着昏暗中传来的均匀的呼吸。

良久,清雅轻声问:"睡着了吗?"

"没有。"

"我们说会儿话吧。"

"好。"

清雅沉思片刻。

"我给你讲个故事。"

"清雅。"拔都很突兀地叫道。

"怎么?"

"过来好吗?你扶我坐起来,我想坐一会儿。"

清雅抱着被子顺从地走过来,将被子垫在拔都的背后,让他坐得更舒服些。她坐在拔都身边,慢悠悠地讲起一个并不遥远的故事。

三十多年前的一天,有一位叫作完颜沈合的少年,同他的父母、四个哥哥一起游览了长城,这成为他日后酷爱旅游的开始。完颜家族,本是豪门显姓,沈合的父亲在朝廷权倾一时,四个哥哥长大后亦陆续入仕宫廷,唯有沈合对仕途毫无兴趣,成日沉湎于游山玩水,百劝不听。父亲见最小的儿子如此不可救药,一怒之下将他撵出家门,听任他为所欲为。

沈合既聪明又有眼光,这些年他将每次离开家前母亲偷偷塞给他的银两都拿去做了一些小生意,如此一来,在多年游历之后,他不仅没有坐吃山空,还在京城一家信誉最好的钱庄里有了一笔积蓄。撵出家门对他而言意味着一种解脱,从此,他游历的地方更多也更远了。

当时,正是金章宗在位。

这位皇帝十分宠爱李元妃。元妃得宠前,沈合的父亲因鄙视李氏出身卑微,公开反对金章宗纳李氏为妃。李元妃对此怀恨在心,遂勾结奸臣胥持国捏造罪名将沈合父亲下狱,之后又以叛国之罪将沈合一家满门抄斩。其时,沈合正在外游历,得以幸免。噩耗传来,沈合不敢再回京城,跟着一个商队到了大理国,从此以沈合为名。

家破人亡的悲剧对沈合的打击是巨大的,此后他一直过着东躲西藏的生活。到了大理时,他所带盘缠已所剩无几。他为此一筹莫展时,竟误打误撞地到了一家有名的医馆当了学徒。这家医馆的掌柜是位名副其实的药王,被当地人视为活神仙。药王膝下只有一女,系药王六九之年所得,爱若珍宝。这年,药王年逾古稀,正专意物色一位可以继承其衣钵的徒弟。他见沈合聪明颖悟,吃苦耐劳,且为人憨厚朴实,十分喜欢,每逢出诊都带着沈合。沈合也确有天分,遇什么学什么,学什么会什么,很快在当地有了一定的名气。药王欣然将沈合收为关门弟子,并将独生爱女许配给沈合。

药王寿尽八十,无疾而终,临终前将医馆传给沈合。大安元年(一二○九年)六月,继章宗为帝的卫绍王永济赐死李元妃,诛杀胥持国,同时下诏恢复了沈合父兄的爵位及官职。沈合闻讯,与妻子商议后,决定暂时关闭医馆,回返京城,取回自己寄存在钱庄的金银珠宝。此时,沈合膝下已有一双龙凤儿女,年方九岁。沈夫人的母亲家族中但凡女子成婚,所生多为双胞胎,在当地极为罕见。

沈合带着一家人回到京城,暂时住下来。一年后,沈夫人病故,沈合伤悼之余,无心再回大理,开始带着一对儿女周游天下。沈合医术精湛,沿途多有行医救人之举,闲暇时也教儿女读书识字,倒也乐在其中。

时间一天天过去,这对小兄妹一天天长大。十七岁那年,哥哥在游历中与一位契丹姑娘结为秦晋之好,次年生下一女。这位沈少夫人贤惠、温柔,对丈夫百依百顺,对公公也极尽孝道。婚后不久,她随公公、丈夫一同踏上旅途。一日途经蒙古草原,正遇大雪,沈少夫人腹痛,行将分娩,幸为苏如夫人发现并将他们一家接到自己的帐中百般照应。孩子百天后,一家继续西行,辗转来到了玉龙杰赤。也是凑巧,他们刚在驿站住下,就遇到了一位腹胀如鼓正在四处求医的青年,沈合施以银针,喂以草药,青年一个时辰之内呕吐数次,腹胀之症消失。青年为感谢沈合救命之恩,坚持邀请沈合一家住进了他在城堡中的空宅里……

清雅没再讲下去,任拔都握着她的一只手,将头轻轻地、舒适地靠在拔都的肩上。她这样做时很自然,甚至连她自己都没去留意。拔都已经明白了事情的来龙去脉,思索片刻,意犹未尽地追问:"沈合大夫救治好的那个青年叫什么名字?"

"哈牙惕。他本人是玉龙杰赤的警长,他的家庭很有背景。你恐怕不知道,他的哥哥是这城中最著名的法官,蒙古军围攻玉龙杰赤前,他的哥哥因为主张与蒙古人和谈,被札兰丁国王处死了,当时死得很惨,是用铁钉钉入耳朵中折磨死的。哈牙惕为此十分仇恨札兰丁国王,一心想着报仇。不过,国王毕竟是国王,报仇谈何容易!我父亲一直劝他要冷静。"

"那么,札兰丁如何还能对他放心得下?"

"不清楚,也许是因为他善于隐藏自己吧。"

"沈合大夫为札兰丁治病也是他推荐的吗?"

"不清楚,没听他说起过。自从来到玉龙杰赤,父亲为不少人治过病,其中有一个是札兰丁国王的侄女婿,患的也是风痹之症,或许札兰丁国王从他侄女婿那里听说的也未可知。"

"哈牙惕经常来看你们吗?"

"前城陷落后来的少了。札兰丁国王加强了军备,他也被派去巡城了。"

"他肯把自己心底的秘密告诉你们,可见他对你们很信任。"

"朋友之间应该彼此信任,不是吗?"其实,清雅早就听出了问话人的真实用意,心里亦羞亦喜。其实,她和哈牙惕真的只是朋友,但此刻怀着少女特有的矜持,她情愿纵容拔都的不安和猜疑。

拔都沉默了。他感觉自己这样追根究底很不礼貌,可是,对于另一个男人比他更早地成为清雅的朋友,他有一丝不甘,也有一丝妒忌。

暗淡的光线下,清雅双眸如星,注视着一跳一跳的灯芯。她的发丝飘在拔都的脸上,有些痒。拔都侧过脸,久久注视着她,一阵突如其来的冲动使他忍不住在她光洁如玉的额头上亲吻了一下。清雅懒懒地微笑着,神思恍惚,似乎在想着别的事情。

拔都的胸口开始疼痛起来,他强忍着,脸上不经意地闪过一丝痛苦的表情。清雅立刻觉察到了:"你坐得太久了,该躺一会儿。"

"我没事。"

"我不走开,就坐在这里陪你。你不能太累,知道吗?"

"好吧。"

"现在轮到你给我讲故事了。"

"我……不会讲故事,讲我自己好么?"

清雅的脸上掠过一抹红晕。这正是她所希望的。

拔都躺回铺上,微微合起双眼,重又回忆起自己的童年和少年时代,其中有趣事,也有许多难忘的事情,甚至包括父亲与祖汗之间爱恨莫辨的情感纠葛,他也一并讲给清雅听。在二十多年的生命中,除了四婶苏如夫人,他实在记不得自己对哪个人有这么多的心里话想说,何况听他倾诉衷曲的人还是位年轻的姑娘。一定是长生天对他的眷顾,才让他在危难的日子里遇到清雅。

清雅静静地听着,静静地微笑。终于,拔都在清雅温柔的注视中沉沉睡去。

叁

直到能在清雅的帮助下走出地下室,拔都仍旧没有见过清雅的父亲。近一段日子,城中的伤员很多,清雅的父亲被札兰丁留在了宫中。蒙古军对玉龙杰赤后城的攻打毫无进展,拔都知道问题出在哪里,内心也充满了忧虑。他的伤势在不知不觉中日渐好转,他既渴望着赶快离开玉龙杰赤,回到自己的军队,又希望与清雅相处的时光无限延长,让他多待一天,再多待一天。

清雅也开始思索如何将拔都安全送离玉龙杰赤。现在,她不用再去给札兰丁送药,马车和令牌都被收回了。札兰丁是个疑心很重的人,他绝不轻易相信任何人,包括他的大夫。没有了马车和令牌,清雅就必须另想他法,她想到哈牙惕,可是哈牙惕已经有两个月没来城堡看望她和她的一家人了,莫非哈牙惕出了什么意外,否则为什么两个月都没来呢?

拔都白天仍然待在地下室里,只有在晚上才会和清雅一起到院子里呼吸一下新鲜空气。每当这时,他和清雅就坐在屋后的麦垛上,一边尽览着夏夜美丽的星空,一边低低说着话。与清雅在一起的日子总是很快乐,拔都怎么也听不够清雅讲起她到许多国家的见闻,他希望有一天自己也能骑着马,到清雅说过的这些国家好好地走走、看看。

哈牙惕托人带来口信,他结束了两个月的巡城,第二天会来看望清雅。清雅很兴奋,有了哈牙惕的帮助,她或许就可以找到送拔都出城的办法了。

拔都的内心别有一番滋味,他宁愿这一天永远不要到来。

西戌之交时突然下起阵雨。通往地下室的门开着,清雅依偎在拔都的怀中静静听着忽远忽近的雷声。烛光下,她眼波如水,流动着思索的光辉。

拔都侧过头深切地凝视着她。"在想什么?"许久,他问。

清雅的手在拔都的手掌中伸展,又握紧,握紧,又伸展,却没有回答。一缕幽香弥散开来,拔都将嘴附在清雅的耳边,梦呓般地低语:"你一定是花仙吧?要不你的身上怎么总有一种草原上的花香?我真想永远与你在一起,永远不分离。"

"能吗?"清雅淡然一笑,眉目间游移着一丝忧伤的暗影。

"为什么不能?清雅,跟我一起走吧,我会照顾好你和你的全家。"

"你不想做你祖汗那样的顶天立地的大英雄啦?"

"想啊。可这并不妨碍我与你在一起。"

"不,拔都。你听我说,我天生是一篷流浪的帆,父亲这只飘泊的船离不开流浪的帆,他不可能安顿下来,我也不忍心让他独自飘泊。我只有一件事想要托付给你,你肯答应我吗?"

"你说。"

"玉龙杰赤一旦陷落,请你将我的嫂嫂和两个侄女送到苏如夫人身边。嫂嫂太柔弱了,我不想让她和孩子们再陪着我和父亲到处流浪,他们需要一个安定的家。可是除了苏如夫人,我真的想不起还有谁可以帮助照顾她们了。我走过许多国家,见过许多不同的女人,只有苏如夫人让我难忘,她的聪明、仁慈、高贵和母爱是她的财富,也是她身边所有人的财富。我想,她曾收留过我们一家,她也一定会再次接纳嫂嫂。何况草原还有你!这是我唯一的牵挂了,你会答应我的,对吗?"

"当然。"

"知道我喜欢你什么吗?我最喜欢你是个拿得起放得下的大丈夫。其实,在我的生命里,你是我唯一愿意为之付出一切的人。尽管我的父亲是女真人,尽管我父亲的国家最终可能被你们的军队征服,我仍然愿意为你做一切事情。可我们的缘分恐怕只剩下这么不多的几天了,当缘分尽时,就让所有的情爱随风而去。当你走出这座城堡,回到你父亲和祖汗的身边,就把我当成一个虚幻的梦封存在你的记忆中,不要轻易去开启去触碰。我只想成为你的一个美丽的、秘密的梦,除此之外,我别无所求。"

拔都竭力抑制着痛惜难舍的心潮,良久无语。他还一时无法完全理解清雅话中的深意,他只明白一点,清雅爱他却不会选择与他长相厮守。第一次见清雅就能感到她的与众不同,她身上有那么一种坚强的气质让他敬重。对于她,他永远不可能勉强她去做任何事情,或者说,为了她,他必须选择割舍一段令他刻骨铭心的爱情。

清雅的唇角溢出一丝笑意,她举起拔都的手,放在了自己的胸口上,将依恋和漫过心头的忧伤一并化作温柔流淌在她与拔都之间。拔都的手很温暖、很有力,像每一次爱抚着她时一样。她情不自禁地又回想起为他疗伤的那段日子,他强健的肌体在她眼中一览无遗。她是不是从那时起就知道自己终将属于他?哪怕只是短暂的,他也会占据她一生的记忆?

清雅侧过脸,轻抚着拔都宽阔的额头,像母亲一样呢喃着:"睡吧。明天恐怕有许多事情要做。"

拔都温顺地闭上了眼睛。烛光在眼睑上跳跃出无数火星,他的心很疼,比起许多日子前身体的疼痛更令他难以忍受,他下意识地将呻吟咽回胸中。

似乎只合了一下眼,拔都便被一阵激烈的争执声惊醒了。

清雅不在身边。地下室的门半掩着,拔都走上楼梯,通过半掩的门,他看到清雅就站在厨房里正向一位全身戎装的男人解释着什么。他知道这个男人一定是哈牙惕,便在台阶上坐了下来。清雅说过,他不能出去。

哈牙惕的脸色忽而显得青白,忽而又涨得紫红。拔都听不懂他和清雅说些什么,不过作为一个男人,他能理解另一个男人的愤怒,那原本是爱与嫉妒交织而成的愤怒。突然,清雅冲到门外呕吐起来,哈牙惕急忙跟了出去。当他们重新返回厨房时,清雅的眉宇间闪动着反常的欢乐,而哈牙惕的语气已然沉缓平静了许多,谈到最后,他们甚至有了一种特别的默契。

哈牙惕没有跟拔都见面便匆匆离去了。清雅回到地下室,在拔都身边坐下来,久久凝望着他。拔都也望着她。

"什么都不问吗?"

拔都摇头:"你病了吗?怎么会吐?"

"那不是病,你不用担心。别忘了答应我的事,替我照顾好我的嫂嫂和侄女。"

"一定。"

"我们相处的日子太短太短了,如果有来生,我一定不会再选择流浪。"

拔都钳住了清雅的手:"什么时候?"

"明天。哈牙惕答应设法送你出城。"

拔都沉默着。他无法将自己的痛苦和留恋直截了当地表达出来,清雅是个倔强的女子,他不想也不能再用任何挽留的话来折磨她了。

清雅依然深深凝望着拔都。"谢谢你。"她突然说,眼神里闪烁着反常的骄傲，与方才拔都从她脸上看到的欢乐一样，发自内心，无所顾忌。

"为什么这样说？"

"如果只是得到了你的爱，离开了你后，我一定倍感孤独，思念会让我憔悴不堪。可是，我现在不再觉得伤心，你的爱已经在我心里扎了根。与爱相守，我的一生将何其富有。"

拔都有点听得呆了，愣愣地望着清雅，心里被痛苦纠缠着，使他一时无法理清纷乱的思绪。

"拔都……"

"嗯？"

"跟我去看看嫂嫂和孩子们吧。我跟嫂嫂说了我的打算，看得出，她很愿意这样。哥哥去世后她再没有笑过，可在我提到苏如夫人时她竟然笑了，可见她有多么喜欢苏如夫人！安顿好嫂嫂和侄女，战争结束后我就可以和父亲无牵无挂地到欧洲去旅行了。也许我们还会到埃及去，我好想亲眼看看那些金字塔，这是我的一个梦。等到父亲老了，再也走不动了，我们就回大理去，大理是我的家，也是我的根，母亲的灵魂安息在那里，我命运的风筝永远都牵挽在母亲的手心里。"

"不去看我吗？"

"到了那时，我一定变得又老又丑了，不会再是你曾经爱过的沈清雅。我才不要去打扰你的生活，就让现在的我永远留在你的记忆中吧，就让你记忆中的清雅永远像今天一样年轻、美丽。"

"清雅！"

"嘘，别说，什么也别再说。为了我们的相遇，让我们对上天永远怀有一颗感恩之心吧。明天，我想看你微笑着离去。"

对不起，清雅，我做不到，我真的做不到。拔都默然。

第三章

置之死地而后生

壹

哈牙惕信守承诺。深夜，他带着一身玉龙杰赤居民日常的装束来接拔都。离别在即，一对情侣却来不及沉浸在惜别之中。拔都硬起心肠随哈牙惕向门外走去，清雅站在门前目送着他。夜色中，拔都看不到她的表情，却能感受到她的沉静，他的心仿佛被什么东西狠狠地绞着，绞得鲜血淋漓。在门边，他最后留恋地望了清雅一眼，接着关上了沉重的院门。

清雅的泪水一下子奔涌而出，她的手轻轻地抚向小腹。"拔都，谢谢你。"她在心里说。

我真傻，为什么一定要让你把我忘记呢？我好想你永远永远记着我。我不想在你身边老去，与其如此，不如让你永远记着这一刻的清雅。爱，因为别离而根植于心灵深处，我永远是你的，正如你永远是我的。在回忆中，在睡梦中，让我被你结实的双臂环绕，让我亲吻你宽阔的胸膛，让你的体温留在我的每一寸肌肤之上。今生能与你相爱相遇，即使短暂，我也无怨无悔。

许久，清雅回过头，见嫂子正站在她的身后。清雅走向她，她们抱在一起，都哭了。

哈牙惕虽然事先做了打点，出城堡时仍然出了一点麻烦。一名刚刚换上岗的将领不肯放拔都出城，哈牙惕花了两块金子才总算将拔都带出了城堡。按照哈牙惕原来的打算，弄条船，就可以从清雅发现拔都的地方悄悄地将拔都载到前城。然而最近札兰丁加强了沿岸巡查，居民个人手中的船只尽数被军队征用，从水路离开后城根本不可能。无奈，哈牙惕只好重金买通了他在巡城时结识的一位将领，通过此人从中斡旋，先将拔都带出城堡。至于拔都的真实身份,哈牙惕当然不可能据实以告,谎称是位困在城堡中的富商,愿花大价钱脱身返乡。

哈牙惕一直将拔都送到了城外一条崎岖的山路上,不知是不是因为语言不通,哈牙惕对拔都表示的谢意无动于衷。哈牙惕确信他们已进入蒙、花双方在玉龙杰赤拉锯战中的交界地带时,将一个水壶和一袋干粮塞在拔都手中,生硬地做了个让他继续往前走的手势,便掉头离去了。拔都毫不犹豫地顺着哈牙惕手指的方向走去,他知道自己正沿阿姆河逆流而上,心中寄希望在路上遇到自己的军队。他整整走了五天,路上看不到一户人家,水和干粮早就用尽了,拔都仍不停地向前走着,直到再也走不动为止。阳光照在他干裂的嘴唇和被焦渴、饥饿折磨得疲惫不堪的脸上,在意识行将消逝的瞬间,他的脑海里闪过一个美丽的、可爱的身影。

"清雅。"他温柔地唤道,无力地闭上了眼睛。

不知过了多久,拔都感到一滴水落在了嘴唇上,他立刻贪婪地吮吸起来。水滴越来越疾,越来越大,过了好一会儿,拔都才意识到是在下雨。他恢复了一些力气,挣扎着从地上爬起。在迷蒙的雨幕中,他无法辨清方向,只能凭着感觉一味向前走去。

"什么人?"

一声断喝使拔都愣怔了一下,接着他醒悟过来:这可是他久违的最熟悉也最亲切的语言。他费力地抬起头,一小队骑兵横在他的眼前。他觉得那一道道审视的目光里有警惕更有惊讶。是啊,一个蓬头垢面、狼狈不堪的流浪者冒雨行进在大雨中,脸上的污泥和着雨水流成一道道小沟,这已经够让人不解了,何况他还敢独自接近军营。

骑兵?这么说,他终于找到了自己的人?

他在一个个雨毡后竭力辨认着被雨水冲刷过的面孔。突然,他看到了一张少年的脸,沉稳、优雅、细长的眼睛里闪现着智慧的光芒,方方的下巴很有力度,于不经意间显示出不容动摇的意志。这是一张独一无二的、从童年时代起就让相士们不断惊叹的面孔。

一时间,拔都感到自己的喉咙哽住了,"蒙哥……"

少年稍一犹豫,翻身跃下马背,走过来端详着这个竟然对他直呼其名的"流浪者"。

"拔都哥!"

一阵昏眩向拔都袭来。蒙哥急忙用自己的双臂扶住了拔都。"拔都哥,真的是你吗?你还活着!太好了,这真是太好了!"蒙哥激动地连声说道,一反素日的缄默。

拔都想笑一下,头却沉沉地垂向蒙哥的臂弯。

长时间的跋涉,拔都终于享受到一次最充足的睡眠,他梦到了清雅,醒来时,发现四婶苏如夫人正细心地为他拭去脸上的泥泞。

拔都从小就很依恋四婶。苏如夫人天性聪慧,处事练达,对丈夫、子女和她所珍视的人极尽关爱,使人与她相处如沐春风。她是拔都在这世上唯一可以倾吐心事的人——当然现在还有清雅。因为这个缘故,拔都一直都尊敬她,而且觉得没有一个女人可以与她相比——除了清雅。

看到拔都醒了,苏如夫人的脸上露出了慈爱的笑容。

拔都翻身坐起:"四婶,我睡了多久?"

"整整一天一夜。昨天,蒙哥把你送回这里时,我和你四叔简直不敢相信自己的眼睛。玉龙杰赤那边传来的消息说你已经……祖汗为此几天几夜难以成眠。这些日子你都在哪里?蒙哥说他刚认出你,你就昏睡过去了。你一定是吃了不少的苦头吧?"

"我没事,就是渴坏了。"

"是啊,你睡得迷迷糊糊的时候就嚷着渴,喝了不少的水,才睡得安稳了。你的箭伤还要紧吗?听你父王说,你是中箭落水的。"

"早不碍事了。是玉龙杰赤的一位姑娘救了我,这个姑娘或许四婶还认识呢。"

"是吗?她叫什么名字?"

"沈清雅。"

"沈清雅?让我想想。嗯,我想起来了。两年前,我是见过一位名叫沈清雅的汉地姑娘,当时,她的嫂子行将分娩,碰巧我遇到了,就把他们一家安顿下来。那天下着大雪,清雅的嫂子生下了一个可爱的小女孩,我们为她起名'雪雪'。清雅和她的嫂子都长得很漂亮,尤其清雅,不仅人漂亮,身上还总散发一种淡淡的清香,好闻极了。孩子刚过了百天,他们就走了。没想到他们会到玉龙杰赤,更没想到恰恰是他们救了你。哦,上帝!感谢你,贤明的、仁慈的、万能的主!"苏如夫人将双手相握,放在胸前,虔诚地喃喃着。苏如夫人自幼信仰景教(景教是基督教的一个分支,在蒙古亦拥有相当一部分信徒),终其一生也不曾改变。

"清雅还托我请求四婶,战争结束后,帮她照顾她的嫂子和两个侄女。清雅的哥哥在玉龙杰赤患热病去世了,她的嫂嫂受不了这突如其来的打击,身体越来越不好。清雅和她父亲还想到欧洲去,只能拜托四婶帮助照顾她们母女三人。四婶,您一定不会拒绝吧?"

"当然不会。这可太好了,四婶没有生个女孩,一直很遗憾。现在能抱抱两个这么可爱的女孩子,四婶简直开心极了。主啊,请你一定要保佑这两个孩子,保佑清雅全家平安吧!"

拔都望着虔诚地祈求着救世主的四婶,蓦然觉得两眼发潮。他怕被四婶看破心事,装出四下张望的样子,随口问道:"怎么不见蒙哥?"

"他昨天已经去向祖汗报信了。想必祖汗和你父王很快就能得知你平安归来的消息。"

"我四叔呢?"

"要攻打你沙不尔,他去做些安排。"

"我也去。"

"不可以。你还是先去看祖汗要紧,你四叔把他的坐骑乌龙驹也留给了你,他知道祖汗得知消息后一定急于见到你。"

"好吧。其实侄儿也想快些见到祖汗。"

成吉思汗在他的金顶大帐里紧紧拥抱着心爱的孙子。从实施对玉龙杰赤的包围至今差不多有七个月了,成吉思汗明显憔悴了许多。身心俱疲的感觉不完全来自于对前方战事不间断的思虑和谋划,更产生于对孙子的牵挂和想念。此时,拥抱着失而复得的孙子,他像所有的爷爷一样,流露出无法抑制的激动。

拔都的内心同样充满了对祖汗的思念。义无反顾地离开清雅,舍弃爱情,也正是因为他是成吉思汗的孙子。

待激动的心情稍稍平复,成吉思汗拉着孙子坐在自己身边,现在,他要与孙子商议那件让他一直感到困惑、无奈和愤怒的事情了。

玉龙杰赤前城花了整整三个月才攻下,而对玉龙杰赤后城的攻打至今仍毫无进展,成吉思汗当然知道战事失利的原因在哪里。一开始,他还寄希望于术赤、察合台、窝阔台兄弟三人受挫后尽弃前嫌,同舟共济,然而,他们的表现除了让他失望外,还是失望,他的儿子们的确太令他失望了。只有孙子的死里逃生是他最大的快慰,现在,他终于可以与孙子商议这件棘手的事情了。

拔都的想法果然与祖汗不谋而合:重新确立主帅,将兵权归于一人。临阵换帅常常是迫不得已,拔都毫不犹疑地提出,由三叔窝阔台统领兵权,父王和二叔共同听命于三叔指挥。成吉思汗完全采纳了孙子的建议,考虑到拔都要求立刻返回战场,成吉思汗派蒙哥护送拔都,同时宣布了敕命。

一路上,蒙哥依然少言寡语,不过看得出来,他从心里为拔都的平安归来感到欣慰。拔都一向很喜欢四叔的几个儿子,尤其是蒙哥。蒙哥是苏如夫人的长子,性情颇有几分像母亲,自幼勤勉多思、深沉严谨。小的时候,蒙哥与别儿哥比赛摔跤,先输三局,再比,反连赢两局,眼看要再比,蒙哥却以胜两局负三局认输了。事后,拔都悄悄问他为何能先输而后赢。蒙哥回答,别儿哥性急莽动,胜则轻敌,败则浮躁,此皆临赛大忌。拔都又问,为何不再比。蒙哥回答,别儿哥视荣誉如生命,这样的人,值得敬重,岂可为输赢而失兄弟情谊!从那以后,拔都便对年方十岁的蒙哥刮目相看。

一行人晓行夜宿,不久来到设在玉龙杰赤前城的蒙营。术赤、察合台不敢违命,当即交出军权。术赤与爱子重逢,内心喜悦无以言表,甚至察合台冷峻的脸上也闪现出丝丝温暖的笑意。

术赤与察合台由来已久的矛盾因拔都的归来而被暂时搁置一边,窝阔台不失时机地设宴为拔都洗尘。酒宴之上,窝阔台委婉地表明希望二位兄长重归于好的愿望。术赤神态平和,主动向察合台举起酒杯,察合台爽快地表示愿意尊重父汗的安排,在未来的军事行动中唯令是从。

窝阔台的一颗心终于放下了。

拔都的一颗心也终于放下了。

拔都向三叔汇报了玉龙杰赤后城混乱的状况。以一些法官、神职人员为代表的主和派始终没有放弃和谈的努力,札兰丁的高压政策已引起许多市民的不满,只有军队拥护札兰丁,在这种情况下,军队与市民的关系日趋紧张。拔都认为,只要蒙古军不停止攻击,玉龙杰赤后城指日可下。窝阔台担忧隔着阿姆河蒙古军的炮火无法发挥威力,拔都却胸有成竹,向三叔献上一计:即刻命工匠建造十余艘大型战船,战船之间以铁链相连,将火炮置于战船之上,运送至河心,就可解决火炮射程不够的问题。窝阔台略一思索,认为此法可行,当即嘱咐拔都、蒙哥二人共同监造战船。

过去的七个月中,由于术赤、察合台对于如何攻城意见得不到统一,蒙古军一度无所适从,纪律松懈,如今经过窝阔台的严格整军,很快恢复了往日的锐气。战船造好后,窝阔台下令对玉龙杰赤后城实施不间断的炮击。终于,城墙被炸开了许多豁口,蒙古军从这些豁口杀入城内。接下来的短兵相接更加激烈,每座房屋、每条巷道都是战场,几乎到了寸土必争的地步。整整七天,经过昼夜不停的巷战和肉搏战,不肯投降的守军残余被迫退至最后三个区,再也没有力量抵抗蒙古军的攻击了。

无奈,他们推举哈牙惕前去和术赤谈判。哈牙惕带着一名翻译来见术赤,提出了投降的请求:"我们已经领教了大王的怒火和威严,请大王网开一面,饶恕我们这些活着的、愿意归顺大王的人。"

术赤指着城中的遍地横尸怒不可遏:"你们的抵抗使我军遭受了惨重的

伤亡,领教了怒火和威严的人是我而不是你。即使我想宽恕,恐怕也无法平抑我军将士的仇恨和愤怒。"

谈判陷入了僵局。正巧拔都有事来见父王,看到哈牙惕,他有点惊讶。他问清哈牙惕的来意后,向父王低语几句,术赤的表情缓和下来:"好吧,我接受你们的投降,而且会恪守饶命不杀的诺言。"

哈牙惕略一施礼,转身退去。拔都主动将哈牙惕送出军营,对于他的恩人,他始终怀有感激之情。即将分别时,拔都问道:"清雅……"

哈牙惕回头望望拔都,神情中依然凝固着严峻和冷漠。

"你想知道什么?"

"清雅是否还在城中?她和家人都还好吧?札兰丁有没有难为他们一家?她给我留下过什么话吗?"拔都一口气问了好几个问题,这些都是他最关心的,事实上,自从离开清雅,他无时无刻不在惦念着她。

"札兰丁国王撤离后城前,带走了清雅和她的父亲。清雅临走前告诉我,她已托付你照顾她的嫂子和侄女。我把她们暂时安置在了一个安全的地方,等城中平静下来,你可以跟我去接回她们。"说到这里,哈牙惕明显踌躇了一下,"另外,还有一件事,我想我应该告诉你,清雅已经怀了你的孩子,就是因为这个缘故,我才会同意将你送出城堡。清雅是个勇敢的女人,我佩服她。我所做的一切都是为了她,所以,我不需要你来感谢我。"

拔都震惊地听完哈牙惕呆板的陈述,一时间百感交集。他恍然忆起清雅眉目间闪动的骄傲,忆起清雅对他说的从此不再孤寂的话语——原来这一切都是因为她有了他们的孩子。现在,札兰丁带走了清雅,清雅会如何呢?她该不会遇到什么危险吧?千万不要,千万不要!

"那么……"

"清雅还让我转告你一句话,她相信你一定能够实现自己的梦想:到许许多多地方,建立许许多多功勋,成为一个像你祖汗一样顶天立地的大英雄。这是她的希望,也是她的骄傲。"

拔都的胸中充溢着深沉的悲伤,也翻滚着相知的热浪。对于用这种方式与他永诀的清雅,他除了像她期望的那样勇往直前,也似乎再没别的方式可以让他无愧于她的爱恋与付出。

哈牙惕背向拔都而立,片刻,举步离去。他一直喜欢着清雅,清雅有一种非凡的魔力,使他愿意为之生,为之死。他明白,他和清雅之间不会有任何结果的,清雅尊重他、喜爱他如朋友、如兄长,但他在清雅的眼中从来没有看到过她说起拔都时的神采。她是拔都的,这种从身体到心灵的归属感最终打动了他,也使他克服了偏见和厌恶。在他与清雅的争论中,他平静下来,他放下了妒忌,是因为敬服一个女人对爱的执着和勇气,也正因为如此,他才会决定为了清雅而冒生命危险将拔都护送出城,然而,他永远不需要拔都来领情。

贰

玉龙杰赤平静了。

察合台、窝阔台引兵离开了玉龙杰赤,哈牙惕被委任为地方行政长官。拔都亲自接回了清雅的嫂嫂和侄女,并按照约定将她们送到苏如夫人身边。由于术赤兄弟三人在围攻玉龙杰赤的战斗中行动迟缓,贻误军机,成吉思汗无意为他们庆功,他只在自己的大帐中款待了拔都、南图赣和蒙哥三位孙子。

这是拔都最后一次见到南图赣,与堂兄弟的感情依然像小时候一样亲密无间。拔都返回玉龙杰赤一年后,得到了南图赣阵亡的消息。战报接连传来:札兰丁和灭里在哥疾宁纠集了七万骑兵,被成吉思汗亲率蒙古军击败,灭里饮剑而亡,札兰丁独自渡过申河(今印度河),逃往印度。蒙古大军继续完成对花剌子模境内的征服,与此同时,成吉思汗派长子术赤立刻分兵一万,援助正深入斡罗斯(今俄罗斯)境内追击宿敌的速不台、哲别二将。

篾儿乞残部可谓成吉思汗个人的仇敌。当年,新婚的孛儿帖夫人遭到篾儿乞部的掳掠,在敌营生下了术赤,并因此造成了成吉思汗与长子之间无法消除的隔阂。这件事对于自尊心和占有欲都无与伦比的成吉思汗来说,不能不说是他一生的隐痛。所以当篾儿乞部屡次遭到重创、被迫遁入钦察草原后,成吉思汗仍无意放过他们。如今,哲别、速不台二将孤军深入外高加索和欧洲地区已近两年,成吉思汗担心他们兵力不足,遂派术赤增援二将。术赤并非不想执行父命,怎奈他自攻克玉龙杰赤以来,一直缠绵病榻,不得已委派拔都代行军权。

蒙哥和兀良合台闻讯,主动向成吉思汗请缨,愿随拔都一同出征。

行前,拔都与父亲话别。术赤叮嘱拔都任何时候都要保持清醒冷静,绝不可以被胜利冲昏头脑,更不可以贪功冒进。

他给儿子讲述了一段往事:

成吉思汗刚刚君临蒙古草原时,尚有世代居于泰加森林的诸部落不肯归降。其中尤以图马惕部的女首领莎娜塔最为顽固,成吉思汗遂将征服图马惕部的任务交给了义弟同时也是蒙古"四杰"之一的博罗忽。

博罗忽身经百战，英勇无敌，如何能将莎娜塔这样的年轻女子放在心上。他急于消灭图马惕人，对敌方情况未做任何了解，贸然指挥大军向图马惕部发起强攻。莎娜塔却充分利用有利的地形条件，将博罗忽引入一条崎岖的小路，待博罗忽完全进入了她的包围圈，她便指挥军队从四面杀出，将蒙古军团围困于林中。蒙古军长于原野作战，在这样狭小的空间只觉四面受阻，纵有十八般武艺也施展不开，加上莎娜塔广布陷阱与地网，不断有人落入其间。经过一个多时辰的血战，只有不到半数的蒙古军拼死杀出重围，其余全部罹难，其中就包括素有"孤胆英雄"之称的博罗忽。

博罗忽死时，年仅二十六岁。

成吉思汗在汗营得知义弟阵亡的消息悲愤异常，当即就要御驾亲征，为义弟报仇。众将竭力劝阻，木华黎建议由术赤和曲出率领的北路军二征图马惕。其时，术赤和义叔曲出已降伏除图马惕外的所有森林部落，正在班师途中。成吉思汗强压怒火，传话二人："博罗忽败于轻敌。你们需谨慎行事，不可重蹈博罗忽覆辙。"

二人闻命，立刻掉转马头，挥师西进。术赤谨记父汗教诲，在充分了解了博罗忽失败的原因以及图马惕的地形情况后，与曲出定下避实就虚、声东击西之计，终于击败图马惕人并将莎娜塔生擒。

北路军返回主营后，成吉思汗单独召见了儿子术赤。术赤献上了博罗忽的遗物金刀，那还是多年前博罗忽在一次射箭比赛中夺魁后成吉思汗亲手挂在他腰间的。成吉思汗的目光一触到金刀，便像被火烫着一般闭上了眼睛。从小到大，术赤还很少看到父亲这般动情，这般难以自持。

成吉思汗详细地询问了术赤出征森林部落的情况，虽然欣慰，却也心情沉重。也许是博罗忽突然的亡故让他联想到什么，他充满忧伤地对术赤说道："你们兄弟几个，一定要好好的，我一生最大的心愿，就是希望在最后的时刻能看到你和你的弟弟们个个都在我的眼前。"

术赤讲到这里，声音轻轻颤抖起来，他急忙收住话头，不再说下去。

那个时候，他心里想的却是：不，父汗，我不愿送你，我宁愿在我孤凄的坟头，得到你一杯思儿的苦酒……

拔都深切地注视着父亲微微泛红的眼眶，他懂得父亲极力隐忍的伤感。

许久，术赤收回目光，与儿子四目相对。他的脸色重又变得平静温和。

"拔都。"

"什么？"

"为父也曾经差点失去你。也就是那一刻，为父才开始体会到当年你祖汗的心情。"

拔都轻轻地握住了父亲的手:"我明白您的意思。不过,您放心,我一定会战胜敌人,活着回来。"

"还有,就是任何时候都要尊敬速不台和哲别二人,遇事多与他们商量。他们是你祖汗麾下最优秀的将领,也是我蒙古的常胜将军。在军事指挥上,他们可以说颇得你祖汗真传。"

"儿子明白。请您也务必保重身体,凯旋之日,我陪您一起去看望祖汗。"

术赤点头微笑,心却像被撕裂一般痛苦难忍。他是不会再见父亲了,就让他尚且健康的形象,永远留在父亲的心中吧……

诚如成吉思汗所料,哲别、速不台二将所率两万将士由于长达两年的远征带来的损耗,只剩下区区一万人。正当二将为下一步的军事行动有所忧虑时,拔都引军赶到,两支蒙古军会师于斡罗斯南部草原。

远在异域,见到自己的战友,如同见到久别的亲人。许多将士紧紧拥抱在一起,眼中流下了激动的泪水。

哲别、速不台亲将拔都、蒙哥、兀良合台接入军帐,吩咐设宴。

拔都代替父亲,无奈坐于上座。一位年轻战士为拔都斟满了醇香的马奶酒。拔都正口渴得厉害,端起碗一饮而尽。年轻战士立刻又为他斟满了一碗,乌黑的眼睛里露出一丝笑意。拔都本想再喝,见年轻战士正盯着他看,反而不好意思起来,随手将酒碗搁置一边。

"兰容,你是不是太偏心了点儿,只顾让拔都哥喝酒。我和兀良合台早就渴了。"蒙哥难得地开了个玩笑。

"是啊,兰容,赶紧给我和小王爷倒酒吧。莫不成我们这么大的两个人在你面前,你都看不见?"兀良合台也笑眯眯地插了一句,然后又说,"兰容,你的这身军装倒是挺合体的,就是衬得你太白净太漂亮了。"

年轻战士回身狠狠瞪了他俩一眼。

拔都醒悟过来,端详了年轻战士片刻,笑了。

"真是兰容啊!四年没见,长大了。还别说,兰容穿上这身衣服,比蒙哥和兀良合台还威风。"

兰容脸微微一红。哲别笑着吩咐女儿:"兰容,别傻站着,快去给蒙哥小王爷和兀良合台斟酒。"

"哦。"兰容不情愿地答应一声,依次为蒙哥、速不台、父亲和兀良合台斟了酒,便出去了。

拔都与速不台、哲别谈起别后各自的情况。二将最关心花剌子模目前的战局，拔都便将玉龙杰赤取胜，札兰丁在哥疾宁纠集反抗力量，欲与祖汗对抗之事一五一十地讲给了二人，甚至包括父王与二叔之间发生的争端他也没有隐瞒。

差不多两年的时间，他们这支军队远离主力，深入钦察草原孤军奋战，速不台和哲别不能不惦记成吉思汗的安危。对于他们而言，只要大汗仍然健在，他们就能无惧于任何危险，因为他们非常清楚，任何时候，大汗都不会置他们的生死于不顾。何况大汗的智谋，也是他们信心的源泉……

哲别关切地问起大太子术赤的身体情况。拔都不愿撒谎，回说父亲自攻下玉龙杰赤后，身体状况一直不好，因此没有直接参与后期的战事。

哲别与术赤同一年出生，他在阔亦田大战结束后投奔成吉思汗，曾被编入术赤军中。那时候，术赤对他十分欣赏，极力拔擢，使他很快成为独当一面的将领，并在征战中崭露头角。

知遇之恩，哲别始终铭记在心。

正聊着，酒宴摆了上来。所有重要将领齐集大帐中，速不台、哲别仍将拔都、蒙哥兄弟让在首席，众人为庆祝重逢开怀畅饮。

酒至半酣，兰容怀抱火不思，在四个侍女的陪伴下来到大帐。

好像月光映进了眼帘，通明的灯火为之暗淡。兰容已经换了装束，一袭月白色的长夹袍，一顶银白色的罟罟冠，映出山丹花的容颜——这就是兰容这一刻在拔都、蒙哥和兀良合台眼中的形象。

兰容面对拔都坐下，娴熟地调了调火不思的琴弦。

一支熟悉的旋律在素净的手指和古铜色的琴弦之间飘出，回荡在大帐里，似小山涓流，似沙堤风露，时而低回流走，时而惊云裂帛。《哦，我的萨西塔》，那首在草原上广为流传的情歌。

酒宴上的气氛变得浓烈了，拔都的内心却充溢着无法排解的痛苦。他又在思念清雅，追忆着那两情相悦的时光。"我的萨西塔"，是勇敢的牧人心中的女神，而清雅就是他的萨西塔，是他用一生追寻的爱情和梦想。

最后一段由高亢渐趋深沉和缓，勇敢的牧人找到了他的萨西塔，萨西塔正坐在天使湖旁梳理着她乌黑的长发，她的眼睛闪烁着星星般的光芒。在执着的爱情面前，莽古思（魔鬼）的魔力消失了，萨西塔从镜子般明亮的湖面上惊喜地看到了正向她飞马驰来的那个人，看到了追寻着她的足迹历尽艰险、九死一生，终于在天使湖与她重逢的勇敢的牧人。她站起身，长发垂落在腰际，朝霞在她的脸上映出了夺目的艳丽，鸟儿为她唱起了动听的歌。她张开双臂，飞快地跑上前去迎接她坚贞的爱人……

颤动的尾音中，乐声戛然而止。短暂的沉寂之后，拔都带头鼓起掌来。立刻,掌声四起。

勇敢的牧人找到了他的萨西塔,他和清雅是否还有重逢之日?

"再弹一遍吧,兰容。我有个好主意,不如让兰容边弹火不思,边和拔都小王爷合唱这首《哦,我的萨西塔》,大家说好不好?"等掌声稍息,兀良合台意犹未尽地大声提议。果然,他的提议赢得了满堂喝彩。

"不行,不行,我哪里……"拔都想推托,但当目光触到兰容正满怀渴望注视着他的双眸时,不由得改变了主意。

"这首歌太长,我真的不太会唱。不如我和兰容合唱一首《初秋的草原》吧,怎么样?"

"好,就《初秋的草原》。"

拔都走下座位,来到兰容身边,兰容仰头望着他,嫣然一笑。

> 绿草和鲜花在马蹄下向前延伸
> 阳光洒在草原上
> 河洄路转,草长莺飞
> 杜鹃啼鸣,百灵歌唱
> 初秋的草原
> 灿烂辉煌
> 像姑娘思念的心
> 金色的旋律
> 在微风中回响
>
> 柔缓起伏的绿色
> 海浪般铺向远方
> 细密的草茎
> 相伴我的姑娘
> 乳白色的蒙古包
> 升腾起缕缕炊烟
> 常入梦乡
> 姑娘用一往情深
> 熬制着洁白的奶浆
>
> 花丛草尖的秋蝶
> 飞舞着弯弯曲曲的欢畅
> 七彩的鲜花

依然飘着淡淡的幽香
我初秋的草原哟
粗壮的苫草微露枯黄
那亘古不变的牧歌般的宁静，
仿佛姑娘思念的眼眸
深深眷恋
甜蜜忧伤

拔都的嗓音浑厚低沉，配合着兰容的甜润婉转，竟然恰到好处，使人沉醉其中，欲罢不能。一曲终了，大帐里重新响起热烈的掌声和喝彩声。

兀良合台还想让拔都和兰容再唱一首歌，这时，一名传令兵匆匆走入大帐，附在哲别耳边低语了几句，哲别的神情变得严肃起来。

"我知道了，去吧。"

大帐中的喧哗霎时消失了。拔都情知有异，俟传令兵离去，问道："哲别将军，发生什么事啦？"

"我们派到谷儿只王国的使者被杀害了。"

"谷儿只王国？"

"是的。我们的目标是钦察人，因为他们的首领收留了我们的敌人。我和速不台原想从罗南草原绕过外高加索向钦察人索要篾儿乞残部，可是格奥尔基三世在首都第比利斯以南摆下了战场。为避免与谷儿只开战，我和速不台派出了使者，没想到，他竟杀害了我们的使者。"

拔都沉吟着，蒙哥插进话来："谷儿只王国国力强盛，国民信奉基督教，而且他们的主要兵种也是骑兵，与我们相比，无论在人数和气势上都占优势。"

"小王爷如何知晓？"

"我在祖汗那里看到过这个国家的情报。"

哲别连连点头。拔都暗自佩服蒙哥的博闻强记。

"既然如此，将军有何对策？"

"请拔都小王爷示下。"

"将军何必客气！临来前，父王一再嘱咐我，一切听从哲别、速不台二位将军调遣。而今生死攸关，还请二位将军自在用计。"

"谢小王爷。我意以静制动，以守为攻。"

"我明白了，格奥尔基三世自恃占有天时、地利、人和，一定不会将我们这两万骑兵放在眼里。骄兵必败，先挫挫他们的锐气。"

"正是。"

"好,我愿为先锋,听将军调遣。"

"还有我!我和拔都哥同为先锋。"

"还有我!我愿与二位小王爷同为先锋。"

哲别、速不台欣慰的目光落在了三张英姿勃勃的脸上。速不台向哲别点了点头,哲别快步走到拔都刚才坐过的位置上坐了下来。

"拔都、蒙哥、兀良合台听令!"

"喳!"

"蒙哥做右翼,兀良合台做左翼,我和速不台统领中军迎敌。拔都率三千将士于侧后隐蔽。格奥尔基三世如果发动进攻,用箭墙将他们挡回去,绝不能让谷儿只骑兵冲破我们的阵地。一旦格奥尔基三世败退,拔都负责截断他们的退路,聚而歼之。"

"喳!"

三人衔命退去。兰容趁父亲没注意,和侍女悄悄离开了大帐。

蒙古骑兵和谷儿只骑兵在罗南草原摆下了战场。骄横的格奥尔基三世丝毫未将长途奔袭的蒙古军放在眼里,指挥三万骑兵向蒙古军阵地发动了第一次进攻。当谷儿只骑兵进入射程内时,蒙古军万箭齐发,冲在前面的谷儿只骑兵纷纷落马,后面的见势不妙,掉头逃走,蒙古军并不追赶。

格奥尔基三世仗着人多势众,稍事整军后向蒙古军发动了第二次进攻。谷儿只骑兵果然是一支训练有素的军队,有几次蒙古军的左、右翼同时出现了一些骚动,都被蒙哥、兀良合台顽强地挡了回去。如此数番,直至黄昏时分,谷儿只骑兵仍然无法冲开蒙古军的箭墙。

整整一天水米未进,谷儿只骑兵不堪再战,格奥尔基三世下令撤回城中。拔都怎肯容他全身而退,指挥三千骑兵从侧后杀出。蒙古军的作战风格一向是疾如闪电、气势如虹,而谷儿只骑兵士气已低落且猝不及防,不消一顿饭的工夫便被拔都军冲得七零八落。拔都挥刀杀入阵中,恰巧与戴着王冠的格奥尔基三世马头相向。格奥尔基三世在侍卫的保护下且战且退,拔都意欲将他生擒,拍马冲向格奥尔基。格奥尔基的侍卫都是些精心挑选、武艺高强、反应敏捷的年轻武士,他们见拔都来势凶猛,立刻有几名侍卫将国王挡在安全处,其余的抢前围住拔都,与拔都混战一处。拔都以一敌四,全无惧色。一时间刀来剑往,拔都非但不见有落败之势,倒是越战越勇。

格奥尔基三世看得心惊胆战,思虑片刻,暗暗向一个箭法精准的侍卫挥了挥手。侍卫会意,从背后摘下弓箭,悄悄地瞄准了拔都。弦,在侍卫手中慢慢拉满,拉满。就在这千钧一发的时刻,侍卫的身体突然向后仰去,跌落马下。格奥尔基三世惊愕地俯视侍卫,只见侍卫圆睁着一双眼睛,咽喉处赫然插着一支只有三寸长短、状如燕尾的竹镖,已经死了。他再也顾不得尊严,拨马夺路而逃。正围战拔都的四名侍卫不防有变,稍一愣神的工夫,两名已做了拔都的刀下之鬼,另两名见势不妙,弃了拔都,仓皇逃去。拔都一眼看见死于竹镖的侍卫的尸体,脚钩着马镫伏身拔下竹镖,想了想,已明白了格奥尔基突然逃遁的原因。他当即挥令大军紧紧追赶,格奥尔基三世仅带着少数残兵败将退守首都第比利斯。

拔都与前来接应的蒙哥、兀良合台会合,陈兵第比利斯城下。

兀良合台问及拔都与格奥尔基三世交战的经过,拔都取出竹镖,笑道:"多亏这支竹镖救了我,否则我早做冤死鬼了。"

兀良合台惊讶地看着竹镖:"这镖从哪里发现的?"

"估计是格奥尔基的侍卫想暗算我,被人一镖正中咽喉。"

"这不是兰容的燕尾镖吗?没想到才两年没见,这丫头的镖已经使得这么好了。"

"兰容?你确定是兰容吗?"

"小王爷有所不知,这燕尾镖原是我阿爸和哲别将军攻打沧州时结识的一位异人所制。这位异人在我阿爸身边待了一年,将燕尾镖传授给我,然后就四处云游去了。三年前,大汗决定出征花剌子模,兰容随哲别将军一同出征,非缠着我教她使用燕尾镖不可,我被她缠不过,随便给她说了说怎么用,又给了她五六支镖,只当哄哄她就算了。两年前,她和我阿爸、哲别将军一同远征钦察部,没想到她还真把燕尾镖练成了。"

"嗯……"拔都沉吟着,难怪刚才一错眼的工夫,他觉得有一张面孔极其熟稔。想必兰容一直都在暗中保护着他吧。

"对了,拔都哥,我差点忘了告诉你,哲别将军和速不台将军要你、我还有兀良合台到大帐议事。"

"哦,好。"

哲别和速不台在大帐等着拔都三人。哈马丹方面传来消息,先前归降的哈马丹军民杀掉了蒙古方面委任的波斯长官,起而复叛。对此,哲别和速不台不能坐视不理,他们想听听拔都的意见。

拔都也赞同先取哈马丹,他提出分兵一万,由他、蒙哥和兀良合台率领攻打哈马丹。哲别率五千人佯攻第比利斯城,速不台则率五千人驻扎罗南草原,一来可为两军后援;二来可以避免格奥尔基三世出兵援救哈马丹,从而造成对蒙古军的夹击。

哲别、速不台欣然采纳了拔都的建议。

拔都、蒙哥、兀良合台当即引军直扑哈马丹,哈马丹军民自知没有退路,万众一心,奋力抵抗蒙古军的进攻。然而,蒙古军毕竟拥有最先进的攻城器械,也不乏攻城经验和顽强的作战精神,数日后,在他们凌厉的攻势下,哈马丹军民被迫再次请降。这一次,拔都与蒙哥商议,审慎地选择了一位既为哈马丹军民所拥戴,又不希望继续与蒙古军为敌的当地名流出任地方行政长官。之后,拔都迅速回师与哲别、速不台会合了。

蒙古军对第比利斯城的数次攻打都无功而返,渐渐滋长了格奥尔基三世的轻敌情绪。格奥尔基三世对兵败罗南草原刚开始还记得教训,可是,他自恃兵力雄厚、城池坚固,又看到蒙古军在第比利斯城前束手无策,便开始考虑如何击败蒙古军,洗刷曾经战败的耻辱。

蒙古军对第比利斯城发动了第十二次进攻。与前十一次一样,他们对第比利斯高大、坚固的城墙仍旧显得无能为力。格奥尔基三世从城墙上看到蒙古军撤退时的凌乱队形,心中暗喜,当即传令大开城门,亲率三万军队追击。谷儿只骑兵横扫敌阵,蒙古军一触即溃,左、右两翼首先溃败,中军也难以久持,在哲别的指挥下穿过罗南草原一直向山区撤去。格奥尔基三世率大军穷追不舍,一直将蒙古军追到一处山谷。当谷儿只追兵全部进入山谷后,突然山谷一侧杀声震天,一支伏兵斜刺冲出,为首的将军正是拔都。格奥尔基三世这才发现中计。

与此同时,刚才还在溃逃的蒙古军迅速止步,掉转马头,返回敌阵。谷儿只骑兵中了埋伏,腹背受敌,惊慌失措。经过一场血战,两万精骑被歼,其余请降。格奥尔基三世被拔都走马生擒。战斗结束后,拔都亲手为格奥尔基三世解去绑绳,仍然尊以国王之礼。格奥尔基三世万般无奈,终于表示愿意归附,并同意蒙古军借城而过。

叁

蒙古军稍事休整,从外高加索进入了另一个世界——欧洲。

在草原上生活惯了的蒙古人,在中原和花剌子模这样的地方作战,总难免有身处异域之感。这里却一如他们的家乡,绿草如茵,鲜花似锦,草香、花香交织在一起,令人迷醉。

由于地形不熟,蒙古军进入了"坟墓"边缘:由高加索人、阿谢人、钦察人共同组成的联军伏击圈。

联军接连发起了几次进攻,均被蒙古军顽强击退。在联军最后一次进攻中,蒙古军第一次使用了"一窝蜂箭"。这是一种新式武器,经过匠人反复改进,一次能发射数十支特制的箭羽,杀伤力极强。此次,拔都奉命增援哲别、速不台二将,成吉思汗特意要他带上,危急时可作防御之用。但考虑到"一窝蜂箭"的箭羽制作需要花费不少时间,不到万不得已拔都并不想使用。面对"一窝蜂箭"的强大威力,联军方面显然一时被震慑住了,恰巧日落天暗,双方暂且收兵,哲别、速不台和所有重要将领一同回到大帐。

哲别的脸上隐隐挂着一丝忧虑。这是他二十多年的军旅生涯中人们很难看到的。

速不台默然摆弄着手上的空杯。一时间,谁也没有心情开口,大帐里弥漫着不安和沉寂。

时间一分一秒地过去,兀良合台先有些沉不住气了,他"嘿"了一声,一拳砸在桌子上:"我们太大意了,竟然中了敌人的埋伏!现在到底该怎么办?跟他们打消耗,我们可打不起。"

没有人回答他。

"幸亏天很快黑下来,帮了我们的忙,否则,我们今天能不能坚持下去也很难说。明天天亮后,我们的处境会更加危险,不是吗?"

依然没有人回答他。

"你们怎么都不说话?蒙哥小王爷,你倒是说句话呀!"

蒙哥抬眼望着他,嘴角居然噙着一丝镇定的笑意。这种镇定很快感染了兀良合台,他紧张的心情稍稍松弛下来。

"别慌!我们先听听拔都哥的想法。"

拔都望着蒙哥,他似乎从蒙哥的眼睛里看到了什么。这一刻,他对他的这位堂弟产生了一种发自内心的尊敬。要知道,蒙哥还只是一个十五岁的少年,面对险境却表现出如此的沉着和老练,实属不易。

"拔都小王爷,你想到办法了吗?"兀良合台问。

拔都点点头,又微微摇了摇头。

"又点头,又摇头,小王爷究竟什么意思?"

"兀良合台,你莫急,拔都哥的意思我懂。其实我也一直在想,如果祖汗碰到了这种情况,他会怎么做?"

"他会——"

"各个击破!"拔都、蒙哥、兀良合台异口同声。

"是的,祖汗会采取各个击破的战术,这也是我们目前唯一的生路。但是祖汗会选择谁呢？"

"只有钦察部。"蒙哥沉静地回答。

"先打钦察部？"兀良合台问。

"不是,是要让钦察部不战而退,这样,剩下的两部一定会自乱阵脚。"

"蒙哥小王爷,你为什么这样认为？钦察部收留了我们的敌人,也是我们这次攻击的主要目标,他们怎么肯不战而退？"

"严格来说,钦察部与我们族源相同,游牧习俗也相同。当年,斡罗斯境内的各公国对钦察部的劫掠行为深恶痛绝,意欲联合将其铲除,但钦察部的首领抢先一步,将自己的女儿嫁给了其中一位大公,以此换得了容身之处。钦察部现在的这位首领叫迦迪延,他骁勇善战,可惜有些刚愎自用,而且生性贪婪。"

"如此说来,小王爷一定知道迦迪延为什么收留篾儿乞部？"

"联姻。与钦察部当年如出一辙。"

"你如何知道得这么详细？"

"我自幼在祖汗身边长大,常常得以聆听祖汗的教诲。祖汗常说,要想击败对手,就必须先了解对手。耳濡目染,我对送达汗廷的各类情报以及可能搜集到的介绍世界各地的图书资料都比较留心。不过,我的这些纸上谈兵说到底只能给哲别、速不台二位将军和拔都哥做个参考罢了。"

哲别、速不台一直静听着三个年轻人的议论,作战思路也在他们的议论中更加明晰了。年轻的一代将领正在迅速成长、成熟,这是最令哲别、速不台欣慰的地方。在并肩作战的这段日子里,拔都的沉稳、蒙哥的机智、兀良合台的勇敢可谓各有所长,相得益彰。

将领们低声交谈着,大帐里响起一片"嗡嗡"声。哲别、速不台专心地察看着地图,终于,哲别指在一处,速不台会意地点了点头。

哲别抬眼扫视着大帐,所有的目光立刻集中在他的脸上。

"我刚才和速不台将军商议了一下,目前,能让钦察部主动撤离的确是上上之计。自从深入钦察草原以来,我们获得了大量的战利品,可派人将这些战利品赠送给钦察部迦迪延首领,只要他答应撤军。另外,我和速不台将军已经想好应变之策,一旦钦察部不同意撤军,执意与我为敌,我们在明天早晨开战时就必须全力攻打阿谢人的阵地。从今天交战的情况来看,三支军队中阿谢军实力较弱,我们集中优势兵力攻其一点,然后向伏尔加河下游方向撤退,只有这样,我们才能置之死地而后生。"

"就这样决定。现在我们来商量商量派谁去游说迦迪延首领。"

大帐中出现了短暂的静默。接着,兀良合台急切的声音和拔都沉静的声音同时响起:"我去!"

哲别显然有些意外,探询地望着速不台。

"不行!"速不台斩钉截铁地拒绝了他们的请求。

"为什么?阿爸,你是担心我完成不了任务吗?就算钦察部是龙潭虎穴,也不见得就能奈何得了我。"

"并非如此。速不台将军只不过担心迦迪延知道了我们的真实身份,会拿我们做筹码,到时我们的军队就会投鼠忌器,反而要缩手缩脚。是这样吗,速不台将军?"

"对。"

"但不知将军反过来想过没有,正因为危险,才更有成功的把握?蒙哥不是说迦迪延既勇敢又刚愎自用吗?这样的人,必定崇尚勇气,而我们示之以勇,就能先在气势上压倒他们。迦迪延未必不会想到'筹码'的问题,他也明知我们会首先想到这一桌,在这种情况下我们还敢去,证明我们早有应对之策。如此,又可以在实力上迷惑他们。当然,更重要的是,迦迪延是个贪财的人,一个贪财的人,如果让他在毫发无损的情况下就能获得他经过多少场战争也未必能获得的财宝,这样的买卖该具有怎样的诱惑力,倘若失去了这次机会,即便联军打败我们,他最多也只能获得其中三分之一的战利品,战与撤,哪一种对他和钦察部更合算,那么他最后一定可以算清楚的。权衡种种利弊,这个使者,我最适合担当。"

"不行。"

"将军还顾虑什么?"

"万一……"

"万一拔都哥出了什么事,将军无法向我祖汗交代,是吗?"

蒙哥与拔都对了对眼神。蒙哥已经完全理解了拔都的想法,尽管他同样担心拔都的安全,但是,作为弟弟,他必须尊重拔都的任何决定,并且协助他达成他的心愿。

速不台沉默着。

"拔都哥的分析是有道理的,我相信他有这样的信心也有这样的能力说服迦迪延首领。说真的,既然我们面对的原本就是一场置之死地而后生的战斗,那么为什么不可以冒这个险呢?"

"即使要冒险也应该由我去。阿爸、哲别将军,你们不要再犹豫了,我这就出发。"兀良合台站了起来。

"不可以!好兄弟,我懂你的好意,不过我心意已决,无论如何,我都要去会会迦迪延。哲别将军、速不台将军,我只有一个请求,万一我发生了意外,请你们一定不要因为顾忌我的安危而改变既定的作战方案,成败在此一举。你们只需牢记,祖汗还在等着你们的好消息。"

哲别与速不台面面相觑。从拔都平静的神态中他们可以看出他如铁的意志。

终于,哲别下了决心:"兀良合台,你将礼物送到钦察部营外,然后留在那里,等待接应小王爷。我将亲自挑选十名武艺高强的侍卫陪小王爷一同入营,迫不得已时设法劫持迦迪延,以为退身之计。"

"喳!"兀良合台虽不情愿,也只能勉强接受了将令。

"事不宜迟,我也准备准备。"

"拔都哥,等一等。"蒙哥离开座位,走近拔都。拔都深情地拍了拍堂弟的肩头,他很清楚,蒙哥在由谁去做使者这个问题上从来没有参与争执,是因为他深知一个十五岁的少年对迦迪延而言根本不具备这样的威信和说服力,所以才没有去表现自己的无畏。蒙哥的确是在祖汗身边秉承教诲的,什么事能做,什么事不能做,他总能明智地予以分析和判断。而这一点,即令拔都也不能不为之叹服。

"蒙哥,你有话说?"

"也没什么。我们会做好一切应变的准备,总之,你要照顾好自己。"

"我知道。"

蒙哥做了个手势,忙哥撒儿急忙走到他身边。忙哥撒儿自幼跟随四太子拖雷,能骑善射,力大无穷,保护主人时像马和狗一样忠诚和警觉,深受拖雷的宠信。此次蒙哥远征钦察部,拖雷特意将忙哥撒儿赐给儿子,这样,忙哥撒儿就成了蒙哥的亲随。

"让忙哥撒儿跟你一起去吧,他可是个好伴当。"

"好,就让忙哥撒儿跟我一起去。忙哥撒儿,我们走吧。"

"喳!"

拔都、兀良合台很快做好了准备。天,已经完全黑了下来,除了担任警戒的巡哨的火把,只有地上的篝火与天上的繁星遥相辉映。哲别、速不台将拔都、兀良合台送出大营,该交代的都交代了,哲别、速不台唯有暗暗祈求长生天保佑拔都化解危机,平安归来。

厚重的夜幕渐渐吞没了一切,也掩盖了一场将要进行的交易。

钦察部的首领迦迪延原本无意与蒙古军派来的使者相见,然而,蒙古军方面呈上的礼单实在太具有诱惑力了,礼单上几乎罗列了蒙古军远征以来历次战斗所获得的战利品中的大部分,都是奇珍异宝。这且不论,更让迦迪延惊讶不已的是,蒙古军的使者竟是成吉思汗的孙儿、大名鼎鼎的拔都。

在一种奇怪的心理支配下,迦迪延同意会见拔都。不过,他提出了一个要求:拔都只能带一名副使入见。

迦迪延的大帐戒备森严,武艺高强的侍卫环帐而立,虎视眈眈地监视着每一个进入大帐的人。拔都施礼毕,向迦迪延呈上了一盒均匀无瑕、晶莹剔透的极品珍珠和一柄削铁如泥的南国宝剑,宝剑的剑鞘上镶嵌着红、绿宝石和红丝、黄丝、青丝玛瑙,形成了山峰和烟松的图案。不说别的,单这两样礼物,就让迦迪延大开了眼界。

拔都始终注意着迦迪延的表情。

迦迪延将礼物玩赏良久,方抬头端详着拔都。朦胧中,拔都的脸容极其坦率平和。在对哈马丹王国以及谷儿只王国的历次战斗中,拔都、哲别、速不台这些勇士的名字早已传遍钦察草原。没想到现在拔都竟会自己送上门来!这究竟是这位年轻人自恃有武力强大的蒙古大军做其后盾,还是因为他太看重勇士的荣誉,乃至不惜以身涉险?无论出于什么样的原因,迦迪延都不能不为拔都的勇气所震慑。

"你,要什么?"思索良久,迦迪延瞥了拔都一眼,审慎地开了腔,声音生硬得像块岩石。不及拔都回答,他就移开目光,开始来回挥动着宝剑。这的确是一把价值连城的宝剑,迦迪延暗想。

"请你撤兵!"

拔都的回答如此简洁。迦迪延的手一顿,将剑尖指向拔都的方向,笑了:"为什么?"

"这对我们双方有利。你可以兵不血刃得到全部战利品,我们也可以腾出手来收拾那些阿谢人和高加索人,他们才是我们的敌人。"

"对我而言,蒙古人才是敌人。"

"我们有相同的信仰、相同的族源,我们最终会殊途同归,站在一起。而他们不同,他们和我们、和你们都不是同路人,暂时的联盟注定成不了永远的朋友,宗教信仰和族源的差异是你无法忽视,也是你无法抹平的。"

"即便如此,可只要抓住你,我一样能得到我想要的东西。"

"你得不到。你应该清楚,蒙古人一向以服从命令为天职,他们真正要服从的人只有成吉思汗。如果你将我作为要挟,你将一无所获。另外,成吉思汗有许多儿子和孙子,所以,与胜利相比,生命并非最重要的,否则哲别、速不台他们也不会冒险同意我来见你。更何况,我相信迦迪延首领对勇敢和荣誉的尊崇,小人之举恐首领不愿为也不屑为之。"

"你的这些话说服不了我。我才不去管有没有永远的朋友,我只要知道暂时的敌人是谁就行了。再说,做一次小人又何妨!不瞒你说,我还真想领教领教蒙古军的战斗力,据说很强,是吗?"

"那么等待你的将是惩罚和悲惨。花剌子模已经臣服,想来你不会不清楚他们君主引火烧身的缘由吧?"

"知道又如何?难道迦迪延怕你们不成!来呀——"

帐门被悄无声息地推开了,一个穿着白色内衣、披散着头发的小女孩蹑手蹑脚地溜进了大帐。当她看到居中而坐的迦迪延时,便张开小手向迦迪延跑去。突然,她的脚被卷起的地毯绊了一下,身体向前扑去。拔都眼疾手快地扶住了她。

迦迪延的脸霎时变得惨白。

这突如其来的变故,使大帐中的武士也惊呆了。

小女孩抬头望着拔都。她长着一头栗色的卷发和一双黑蓝色的眼睛,鼓鼓的小脸异常白皙。大概是因为惊奇,她睁着一双亮亮的眼睛直望着拔都,脸上不经意地露出了一对可爱的笑靥。

"你是谁?"她天真地问。

"冰姬,快过来!"

小女孩却依然盯着拔都。

"阿爸,他们是谁?我没有见过他们,是吗?"

迦迪延感到自己简直要疯了,连声音也变得颤抖起来:"冰姬,快过来!你听到没有?到阿爸这边来!"

拔都的心头微微一震,他已经知道小女孩是迦迪延的什么人了。这是一个千载难逢的机会,迦迪延的女儿就在他的面前……

拔都伸出手去,迦迪延的心停止了跳动。

第四章

伽勒伽河之战

壹

拔都抚摸着小女孩美丽的卷发，温声回答："我们是你阿爸的客人，我叫拔都。你阿爸在叫你，快过去吧。"

"好的，我就去。"小女孩乖巧地回答着，蹦蹦跳跳地跑到了迦迪延的身边。迦迪延一把将她揽在怀里，他坚实的双臂居然在微微颤抖。

小女孩惊讶地望着父亲："阿爸，你怎么啦？"

迦迪延嘴张了张，好不容易才回答："没事，阿爸没事。冰姬，你怎么不睡觉？你阿妈呢？"

"你今天不是让大夫给阿妈开了一剂安神的药吗？阿妈服了药，睡得很好。我睡不着，看到大帐的灯亮着，我想你在这里，就来了。"

迦迪延长长地嘘了口气。

小女孩将嘴附在迦迪延的耳边，悄声说道："阿爸，那边那位大哥哥我怎么从来没见过？还有那位大姐姐，你看她长得多好看！"

迦迪延这才打量起拔都身边的翻译兼副使来。这之前，他的视线一次也没有在"他"的身上停留过。他不能不惊诧于女儿的眼力，这或许就是一颗天真无邪的童心所特有的敏锐吧。

"阿爸，他们是你的朋友吗？"

"哦，他们嘛，阿爸正有事情与他们商谈。你是小孩儿，不应该在这里听的，回去睡觉好吗？"

"是秘密吗？"

"是的。"

"那好吧,我先回去睡觉了。你也快点过来。"

"好的。忽滩,送小公主回去。"忽滩是迦迪延的心腹爱将,迦迪延对他十分信任,胜如手足同胞。

忽滩应声欲抱小女孩,小女孩却使劲挣脱了他的手臂,飞快地跑到拔都的身边。"我要去睡觉啦。明天,我可以来找你玩吗?"她仰望着拔都,充满期待地问。

"明天恐怕不行。以后吧,好吗?"

"那么说好了,你一定要来找我啊。"

"好。一言为定。"拔都爱抚地拍了拍小女孩的脑袋。小女孩心满意足地笑了,让忽滩牵着她的手,离开了大帐。

大帐中恢复了耐人寻味的寂静。

迦迪延探询的目光不断地扫过拔都和他的"副使"。刚才那一刻,他真的被吓坏了,女儿是他的命根子,是他在这世上最珍爱的一切。他知道,一旦拔都劫持了女儿,他恐怕只有无条件地同意拔都提出的一切要求。但拔都并没有这样做,从这点来看,这位年轻的蒙古将军倒还算得上光明磊落。下一步,他该如何回复拔都?撤军吧,将来无法向阿谢人和高加索人交代;不撤军吧,又难免要与武功鼎盛、所向披靡的蒙古人交战,弄不好还会拼个两败俱伤。唉,他究竟该怎么做,才能确保钦察部的利益不受损害?

拔都静静地等待着。尽管内心焦急异常,他的神情里却透出几许闲适。

忽滩匆匆返回了大帐。他瞟了拔都一眼,走到迦迪延身边,向他低低耳语了几句,迦迪延点着头,脸上露出一丝微笑。

忽滩再次离开了大帐。大约一刻钟的工夫,他端着一个雕刻着图案的红漆木托盘回到大帐中。托盘上放着两个光润洁白的细瓷酒杯,里面盛着葡萄酒,或者说是像葡萄酒的液体,若明若暗的烛光投射在酒杯中,不怀好意地闪动着血蓝色的光芒。

迦迪延与忽滩相视而笑。迦迪延做了个手势。

忽滩端着托盘走近拔都和他的"副使"兰容。迦迪延缓缓说道:"按照我们钦察人的规矩,一切交由万能的天来决定。这两杯酒一杯有毒,一杯没有毒。你可以任选一杯,如果你喝过后能活着走出大帐,迦迪延将兑现承诺,罢兵离开战场。当然你们现在有两个人,也罢,迦迪延允许你们中能够活下来的那一个走出大帐,迦迪延仍愿兑现诺言。"

拔都注视着迦迪延:"果真?"

"迦迪延说话从来一言九鼎。"

"好!既然是钦察部的规矩,我愿将生死交给万能的长生天。"

拔都微笑着望了兰容一眼,所有的嘱托都在目光里刹那间交流了。他伸手欲取酒杯,就在这一瞬间,兰容突然以快得惊人的速度将两杯酒同时抢在手中,一饮而尽。她的敏捷让拔都大吃一惊,想要阻止已经来不及了。

"兰容!"

烛火在兰容的眼中轻松跳起了死亡的舞蹈,她的胸口有些闷,却并无特别的剧痛之感。脑海中的空白处正在不断地扩大,侵蚀着她的思维,她知道在她说完要说的话前不能让意识完全消失,她费力地抬起沉重的眼皮,望着烛光后居中而坐、正吃惊地张着嘴的迦迪延。

"活着的人走出大帐。"她一字一顿地说。她的嘴唇干涩,唾液粘在了舌头上,使她每说一个字都分外艰难。即使可以察觉到生命在一分一秒地流逝,她的视线仍然不肯离开迦迪延。终于,她看到迦迪延点头了,很缓慢、很肯定的样子。接着,所有的力气都耗尽了,她的身体倒向拔都的怀抱。

"兰容!"

拔都撕心裂肺的呼唤在兰容的耳边变得遥远了,她的视线越来越模糊,拔都的面容却在她记忆深处被无限地放大,除了这张脸,她的四周只有正在吞噬一切的黑暗。黑暗的尽头,她明白了自己的情爱所系,那竟是许多年前第一次相见时就已铭刻心头的少女的柔情。

"带我……回家。"她挣扎着说,声音微弱得近乎耳语。眼睛完全看不见东西了,她伸出手,摸索着拔都的脸,拔都立刻握住了她的手。她感到他的手格外的温暖有力,心满意足地叹口气,闭上了眼睛。

"我带你回家!"这是她能听到的最后一句话,恍若吹过草尖的风,在她残存的记忆深处摇曳着,然后慢慢地消逝在远方。

大帐中陷入了死一般的寂静。拔都俯身抱起兰容,向帐门外走去。没有人阻拦,迦迪延和忽滩还愣愣地看着他们。许久,迦迪延想起什么,向忽滩使了个眼色,忽滩立刻跟了出去。

"请等等!拔都将军,我们的……"

拔都站住了,沉默片刻,平淡的声音里透出些许艰涩:"你说礼物吗?你派人跟我们的忙哥撒儿将军去取好了。按约定,剩余的一半我们将在钦察部撤军后派人奉上。"

"好。有请忙哥撒儿将军带路。"

忙哥撒儿惊愕地望着拔都怀中的兰容:"小王爷,她……她怎么了?"

"我要带她回营。去执行你的任务吧。"

"喳!"

忽滩的脸上蓦然闪过一丝诡谲的阴笑。

一直悬着心的哲别、速不台、兀良合台和蒙哥终于盼到了拔都平安归来。

拔都顾不得向他们解释什么，一边吩咐侍卫去传军中大夫，一边在众人的簇拥下将兰容送回大帐。不多时，大夫匆匆赶到了，为兰容把了脉。拔都焦虑地注视着大夫的表情。

"怎么样？"

"小姐的脉象虽然微弱，却还平稳，当无大碍。不过——"

"不过什么？"

"小姐这样昏睡，我考虑是服了什么药物所致。"

"不是中毒吗？"

"没有中毒的迹象。小王爷为何这样问？"

直到这时，拔都才将他与迦迪延谈判时发生的一切原原本本地讲给大家听。讲到迦迪延的要求和兰容奋不顾身地抢过两杯酒一饮而尽时，他的双目微微濡湿，声音也哽住了。

哲别在女儿身边坐下来，深情地握住了女儿的手。

"哲别将军，我……"

哲别微笑着阻止了拔都的话："别说了，小王爷。兰容这么做是对的。别说此事有惊无险，纵使兰容真的有性命之忧，只要此去能说动迦迪延罢兵，保证小王爷安然无恙，她就不愧是我哲别的女儿。"

"大夫，你能肯定兰容确实没有中毒吗？"速不台仍旧不放心地追问。

"能。"大夫肯定地回答，"小姐没有一点中毒的症状。"

"既然不是毒酒，迦迪延究竟要的什么鬼把戏？难道他只是要试试小王爷的胆量如何？"

"不！那两杯酒中，一杯的确是有毒的。"蒙哥若有所思地插进话来。

刹那间，所有的目光都齐刷刷地落在了蒙哥的脸上。

"我想起了一个故事，是小时候额吉讲给我听的。很久以前，有一位姑娘爱上了一位小伙子，姑娘的父亲坚决反对这门亲事，为了不让姑娘跟小伙子见面，他将姑娘软禁在城堡里。姑娘不肯屈服，以绝食向父亲抗争。她的身体一天天虚弱下去，眼见她生命不保，父亲只好将她放了出来，还让人叫来了小伙子。当着他们两人的面，父亲命人端来两杯酒，他对小伙子说，这两杯酒中，一杯有毒，一杯没毒，如果小伙子侥幸喝到了没有毒的酒，他就允许小伙子娶他的女儿；如果小伙子喝到了有毒的酒，那是天意让这对年轻人分开。为了心上人，小伙子同意用生命来做最后一搏。然而，在他还没有选择好要喝哪一杯酒时，姑娘抢先将两杯酒全都喝下了。原来她认为两杯酒中都有毒，小伙子无论喝哪一杯都难逃一死，既然如此，不如让她去死。她希望小伙子能够活下来，今后还有机会开始自己的新生活。结果，姑娘并没有死。她的父亲为了防止这样的事情发生，事先在一杯酒中放了毒药，在另一杯酒中却放了毒药的解药。姑娘将两杯酒一起喝下时，已经将其中一杯的毒性解除了。到了这一刻，姑娘的父亲终于被两个年轻人坚贞的爱情感动了，同意了他们的婚事。额吉说，这个故事发生在古巴比伦王国。从那以后，古巴比伦王国的人们每当难以做出抉择时，常常会采用这种古老的方式来帮助他们做出决断。没想到钦察人居然也会采用这种方式。幸亏兰容将两杯酒都喝下了，否则，后果不堪设想。"

大夫首先舒展开微蹙的眉头："这就清楚了，毒药和解药相互发生作用，导致了小姐的昏睡。如果我的判断没错，不出一个时辰，小姐就会苏醒。现在还是让她好好睡一会儿，大家都先请离开吧。"

"我想留下来陪着兰容，可以吗？我不会影响她的。"

"哦？好吧。小姐醒过来后，记住给她多喝些水。"

"我知道了。哲别将军，外面的事就交给你和速不台将军了。一定要注意观察钦察部的动静。"

"明白。你放心吧，小王爷。"

大帐中现在只剩下拔都和兰容。拔都在兰容身边坐下来，长久地凝视着兰容沉睡的面容。

他想起耶律楚材帐中的一幅画。耶律楚材，这位深受祖汗敬重的契丹族贵族，是位纯粹的学者和优秀的政治家，也是拔都的老师。耶律楚材的身上，曾经的游牧民族的豪放只余下淡淡的影子。

契丹族入主了中原，又被女真人建立的金国挤出中原，耶律楚材却在中原接受了影响他一生的文化教育。他崇尚以儒治国，以佛治身，即使当他最终成为成吉思汗的高级幕僚，他依然用执着的仁爱精神影响成吉思汗和蒙古铁骑。与此同时，耶律楚材酷爱文化艺术，无论蒙古人到了哪里，他首先要保护的除了百姓，就是书籍和各个民族的艺术珍品。

当时，蒙古军刚刚攻下河中地区，拔都去看望耶律楚材，在他的帐中看到了这幅画。后来他才知道这是耶律楚材抢救出来的一位伊斯兰民间画家的杰作——画作的名字就叫"睡"。

应该说，拔都第一次被震撼是因为这幅画的色彩极其绚丽：深蓝色的天幕，仙境般的风光，海滩与贝壳映衬着羽毛斑斓炫目的水鸟，海浪拍打着黑色的礁石，翻卷起银色的浪花。礁石的中央，一位少女正在沉睡。她的头微微侧向一边,长发从一侧拢过脖颈,披散在丰满的胸脯和纤细的腰肢上,一袭金色的羽衣,闪耀着火焰般的光芒。有一团火焰照亮了她的脸,那是一张象牙般细腻洁净、栩栩如生的脸,粉红的嘴微微张开着,密密的睫毛覆住了眼睛,在海浪和水鸟的欢鸣中,她竟睡得那般恬静安然。这动与静,这灿烂与淡雅,竟在浪漫灵动的氛围中实现了惊人的协调。

艺术的感染力是无限的,拔都在被打动的同时,也渐渐理解了为什么耶律楚材会那样不遗余力地保护文化艺术。正如耶律楚材所说,艺术是文明的一部分,欣赏它们是解读文明的开始。

在奉命出征玉龙杰赤前夕,耶律楚材将这幅画送给了他。他明白耶律楚材的心意,他无非是希望在新的征服地自己能迅速地适应新的文明。

画中少女的眼睛是否也像兰容的眼睛那样幽深那样纯洁呢?在他的想象中,兰容与画中熟睡的少女融为了一体。等到结束这次远征,有了合适的机会,他一定要将这幅画送给兰容。

生死与共的情谊是不容亵渎的,只是,他又该如何酬答这份深情?

"拔都……"

兰容微弱的低语将拔都的思绪拉回到现实中, 他立刻温柔地回应道:"我在这儿。你醒了吗,兰容?"

兰容睁开眼睛,一脸惊奇地注视着拔都,她的眼神竟让拔都有些心酸。

"兰容,你怎么样啦?哪里不舒服吗?"

"我这是在哪里?"

"在我们的营地。"

"这么说……酒里……你果真平安吗?"

"我很好。我们都没事了。"

"迦迪延答应我们的条件了吗?原来他只不过要试探试探我们!还好,我们总算通过了他的考验。"

"兰容,你为什么那么傻!倘若你出了意外,我要负疚一辈子吗?"

"我没关系的。只要你平安无事,只要你能记得我,我就别无所求了。"

"答应我,以后不可以这样。"

"你先答应我,保重自己。"

"我答应你。"

"一言为定?"

"一言为定!兰容,我去倒水给你喝。"

兰容顺从地听任拔都忙前忙后地照顾她。这一刻对她来讲弥足珍贵,她想,如果有一天她必须嫁给自己不爱的男人,她仍然可以带着这段回忆慢慢地老去,慢慢地走向生命的最后归宿。

哦,不,不对,她现在就想到死是不是为时尚早？她毕竟只有十九岁啊,可是,她的内心却突然有了一种历尽沧桑的感觉,尤其是经历了这场生离死别之后,她唯愿永远不要醒来。她知道终究会有那么一天,她,一个藏着爱却要带着躯壳嫁给别人的女人,再也无法去品味去感受这样的心醉和心碎。

兰容的眼中渐渐蓄满了泪水。

"兰容,你怎么啦？是不是哪里不舒服？"

"不,不是。我只是……只是……有些想家了。"

拔都微微笑了,在兰容身边坐下来,体贴地拢住了她的双手:"等歼灭了篾儿乞人,我们就回家。"

"你跟我们一起回去吗？"

"嗯,回去。我想念祖汗,我想与他待上一段时间,再返回父王的封地。路途这么遥远,以后想见都会很难了。"

兰容的眼神黯淡下来。是啊,拔都还要回到大太子术赤的封地,果真如此,今后的日子里留给她的或许只有无穷无尽的思念了。

帐外隐隐传来了刀剑撞击的声音,夹杂着阵阵急促的脚步声,天窗里透出一丝光亮。拔都专注地倾听着外面的动静。

"去看看吧。"兰容推推拔都的手。

"不用,我陪着你。有什么事儿,他们会来通知我的。"

"别担心我,我这里没事,真的。"

拔都稍稍犹豫了一下:"好吧,等击退了阿谢人和高加索人,我再来看你。你这会儿身体还很虚弱,千万不可以随便出去,知道吗？"

兰容轻轻"嗯"了一声:"别忘了答应过我的事。"

"你放心吧,我会保护好自己的。"

军中大夫匆匆走进大帐:"小王爷,哲别将军请您过去。小姐这里由我来照顾。"

"我正要去。钦察部有什么动静？"

"他们撤离了营地。"

贰

钦察部不告而别,在其盟友军中造成了极大的恐慌。蒙古军充分利用这一有利态势,向阿谢、高加索二部营地发动了攻击。军心不稳的阿谢和高加索军队一触即溃,仓皇逃回本营。蒙古军并不斩尽杀绝,而是按照既定计划,派出轻骑,押送礼物,在斡罗斯边境追上了乘夜撤离的钦察部。

迦迪延见拔都果真如约送上了另一半礼物,内心十分喜悦。两下相见,拔都与迦迪延简单客套了几句,便提出了再度合作:迦迪延交出受其庇护的篾儿乞人,蒙古军则将此次战胜阿谢和高加索军队的所有战利品一并赠送迦迪延。迦迪延一听蒙古军又要他交出篾儿乞残部,勃然大怒,痛斥拔都无信无义。

拔都微微笑道:"首领此言差矣。篾儿乞人原本就是我军长途奔袭的主要目标,岂可轻易放弃!但我军绝不想与迦迪延首领为敌。我可以保证,只要迦迪延首领交出篾儿乞人,我军绝不难为首领以及您的亲眷。只是,篾儿乞人与我蒙古人仇深似海,不能将其歼灭,我们就无法向我祖汗交代。迦迪延首领,您是识大体的人,我们之间曾有过一次愉快的合作,相信这一次您一定还会选择继续与我们合作。其实,您又何苦为了那些反复无常的篾儿乞人,与我蒙古军为敌,乃至玉石俱焚呢?"

"呸!好小子,你还敢教训老夫!好,我迦迪延今天就告诉你,你不要得寸进尺!交出篾儿乞人,你今生休想!"

拔都依然微笑着注视着迦迪延:"那么,对不起,我只好得罪了。"

迦迪延抽刀在手,不容分说砍向拔都:"好小子,先吃我一刀!"

拔都敏捷地躲过了迦迪延的马刀,拨马回归本阵。速不台、哲别、兀良合台、蒙哥当即挥令蒙古军分四路冲入钦察军。两军展开了激战,蒙古军直捣中路,越战越勇,迦迪延不敌,被迫逃入斡罗斯境内。

迦迪延被迫派人向女婿求援。

当时的斡罗斯境内被众多公国割据。多年前,迦迪延将亲生女儿中最美丽的一个许配给了这些公国中势力最强大的哈里克斯大公。看在姻亲的分儿上,哈里克斯大公召集各公国大公商议抵御蒙古军队一事。大公们争论不休,但哈里克斯认为,钦察人虽与斡罗斯各公国为敌,可如今大敌当前,如果将钦察人推向蒙古人,只会壮大蒙古人的力量,而那时,斡罗斯各公国势必在本国国土上抗击蒙古人。为今之计,不如在钦察草原与蒙古人决战,将他们挡在国门之外。

哈里克斯说服了部分大公,很快集结起三个公国的力量,基辅、契尔尼戈夫、加利西亚共八万大军,出兵钦察草原。

哲别、速不台无心与斡罗斯各公国的军队为敌,遂向三公国分别派出了十名使者,表示他们没有任何进犯斡罗斯的意图,只是奉命追击仇敌篾儿乞人以及包庇了篾儿乞人的钦察人，他们希望三位大公不要轻信钦察人的挑拨，倒不如与蒙古人联合，趁机除掉为害斡罗斯多年的钦察人。

尽管使者使尽浑身解数，一再晓以利害，三国大公丝毫不为所动，不仅如此，他们还杀掉了八名使者，并将另两名使者打得遍体鳞伤放了回去。哲别、速不台怒不可遏。自古两国交兵不斩来使，斡罗斯对蒙使非杀即辱，看来不打是不行了。曾几何时，沙王就是因为无故杀害使者而引火烧身，不想今天斡罗斯联军又重蹈覆辙。

历史上著名的伽勒伽河(即卡尔卡河，北顿河支流，汇入顿河)大会战拉开了序幕。

三个公国出兵八万，迦迪延出兵两万，共十万人。十万对两万，决战双方的兵力可谓众寡悬殊。速不台和哲别连夜召开了紧急军事会议，确定了初步的作战方案。次日，拔都、兀良合台率领的蒙古前锋部队首先向联军做了一次试探性的进攻，战斗中，兀良合台肩上中了敌人的冷箭，拔都也自知不敌，急忙下令撤退。迦迪延急于报仇，不等与其他公国军队会齐，与女婿哈里克斯一起指挥部队率先渡过第聂伯河，一路对蒙古军穷追不舍。速不台、哲别且战且退，同时派出拔都、兀良合台、蒙哥各率一千人沿途不断袭扰敌军，同时又不正面交锋，而是故意示弱于敌，以期骄纵敌人。

联军大将朱利将军身经百战，经验丰富，他见数日来蒙古军退而不乱，便劝说哈里克斯和迦迪延小心从事。他说："这几日追击，蒙古军始终进退有度，这是一支士兵训练有素、主帅有勇有谋的军队，他们虽然人数远远少于我军，却可能是我们的强敌，大公万万不可掉以轻心。"

哈里克斯不以为然，回以哈哈大笑。朱利见无法说服哈里克斯和迦迪延，仰天长叹道："竖子不足与谋。想我朱利南征北战多年，还没有见过这样骑术谙熟、射技惊人的军队，只怕我们这数万人迟早要折在蒙古军的手中。"

哈里克斯充耳不闻，依旧挥令大军继续追击蒙古军。

整整九天，双方马不停蹄。迦迪延和哈里克斯所率军队将其他两公国的军队越甩越远，当他们在伽勒伽河畔追上蒙古军时，已然筋疲力尽了。

这一天正是一二二三年五月二十八日。哈里克斯和迦迪延商议后分成南北两路大军沿伽勒伽河畔安营扎寨，哲别派拔都率六千骑兵伪装进攻钦察阵地，不久又佯退。迦迪延不辨真伪，率北路军抢先渡过伽勒伽河，却正好投入了蒙古军布下的罗网中。哲别、速不台派拔都、兀良合台、蒙哥统率一万人充当右翼，直冲钦察军营阵，二将则自率左翼部队切断了钦察军的后路。钦察军哪里抵挡得住蒙古军的凌厉攻势，全线溃退。哈里克斯急派南路军增援，却被溃败中的钦察军将战斗队形冲得七零八落。哲别、速不台乘势渡过伽勒伽河攻打斡罗斯联军各部,大获全胜。迦迪延率领残兵败将退回了钦察草原自己的主营地。

是役,斡罗斯联军损兵七万余人,有七十位贵族阵亡,在蒙古军强大的攻势下,斡罗斯联军的大公被迫请降。

哲别、速不台原也无意与斡罗斯各公国为敌。大公既降,他们率领大军沿伽勒伽河顺流而下,取道进至康里部。康里部首领举部来战,兵败后投降。考虑到远征军已经教训了钦察部,歼灭了篾儿乞人,圆满完成了成吉思汗交给他们的任务,二将萌生了回师的念头。长期远离主力孤军作战,孤立无援的忧虑弥漫于整个军营,远征的疲劳及思乡厌战的情绪甚至影响到哲别、速不台本人。可是在没有接到成吉思汗回师的命令前,二将以及拔都等人对下一步的行动也有些茫然。

一二二四年,成吉思汗自河中班师,并召哲别、速不台二将率军东归。不久,信差到达,传令远征军班师,全军闻讯一片欢腾。速不台长长地吐了口气,即便胜利也未让他如此舒畅。

"总算可以回去了。"他轻松地对哲别说。

哲别微微笑了一下,脸色十分难看。

"哲别,你怎么……"速不台上前握住哲别的手,又急忙缩了回来。哲别的手心像烧红的烙铁一般滚烫。

"近日常觉身上不适,或许生了病。"哲别轻描淡写地说。

速不台急请随军大夫为哲别诊治,大军开始缓缓班师。

哲别的病情不但不见好转,反而一日重似一日。兰容忧心如焚,每日端汤喂药,服侍父亲于病榻前。速不台、拔都、兀良合台、蒙哥天天都来看望哲别,尤其速不台,唯恐哲别有个好歹。多年的并肩战斗,哲别、速不台二人早已结下了深厚的友情,他们彼此信赖,心心相印,正是靠了他们的默契配合,才创造出了一个又一个的军事奇迹。速不台甚至一次又一次问自己,经过几年艰苦卓绝的征战,哲别你真的就不想再看看魂牵梦绕的蒙古草原了吗?

哲别病入膏肓,唯头脑依旧清醒。一次从昏睡中醒来,他拉住正坐在他的身边忧虑地俯视着他的速不台,平静地最后一次吐露心曲:"速不台,我恐怕看不到故乡的草地了。来时没觉得这段路如此漫长,回去却觉得它没了尽头。其实,我多想再看一眼草原,再上不儿罕山狩一次猎。我更想念大汗。二十三年了,我时刻不曾忘记从我手中射出的那罪恶的一箭,每当想起,我都会追悔莫及。"

当年,哲别在成吉思汗统一蒙古的阔亦田大战中,一箭射中成吉思汗的脖颈,致使成吉思汗陷入危险,堪堪与死神擦肩而过。然而,战斗结束后,哲别却投降了成吉思汗。他并没有隐瞒自己就是射伤成吉思汗的人，正是因为他的坦诚，成吉思汗非但没做任何计较，反而将他置于左右，委以重任。为了回报成吉思汗的知遇之恩，哲别从此南征北战、东伐西讨，马不停蹄地奋斗了二十三年，创造了众多的军事奇迹，他本人亦成为蒙古历史上名垂千古的常胜将军。

"那时各为其主，大汗何曾计较过你的过失？他始终很信任你。"

"我知道。大汗给了我所有的一切，我却再不能有所回报。我最大的遗憾就是从此后不能在他麾下效力了。"

"不！你不要说这样的话，你只要安心养病，一定会康复的。"速不台再也掩不住满腔痛苦，揪心地背过脸去。

拔都、兀良合台、蒙哥也来看望哲别，这一天他们陪了哲别很久。夜深了，哲别屏退众人，他还有些话想单独对拔都和兰容说。

拔都握住了哲别伸向他的手，这只手不像前些日子那样滚烫了，倒是汗涔涔、凉津津的，那张病倒后就一直显得灰暗的脸上也呈现出反常的红润和生气。一种不祥的预感紧紧攥住了拔都的心，使他无法强作欢颜。

"小王爷……"

"是，我在。"

"兰容……"

"阿爸……"

"小王爷，我可以拜托你一件事情吗？"

"您说。"

"我只有兰容这一个女儿，我想请你替我照看好她。"

"我会的。一定。"

"不，阿爸，我不要听您这么说，不要！"

"女儿，不要打断阿爸，让阿爸把话说完。小王爷，你是我唯一想到和希望托付兰容的人。让她做你的妹妹吧，照顾她，行吗？等她出嫁的时候，请小王爷作为她娘家的哥哥送她出嫁。"

拔都与兰容默默对望，兰容哭得红肿的眼中闪现出点点充满着深沉眷恋的泪光。

"请您放心，从今以后兰容就是我的妹妹。"拔都更紧地握住哲别的手，庄重地许诺。

哲别的脸上浮出一丝欣慰的笑意，他久久凝视着女儿。兰容的一颗心仿佛被什么东西狠狠抽打着，那种独自面对死亡的无助的感觉又出现了。她知道父亲这么做，既是为了她，也是为了最后一次报答大汗对他父女的恩德。

可是,这一刻她宁愿父亲永远不要再说下去了。

"听你这样说,我就放心了。四年前,窝阔台三太子在一次酒宴上向大汗提出,希望能将兰容许配给他的爱子阔出,大汗同意了,还说到时会亲自为兰容和阔出小王爷主持婚礼。这是大汗和三太子的格外恩典,我哲别当真无以为报。这些年来,我一直征战在外,又遇上兰容的额吉病故,否则,他们的婚事或许早就办了。遗憾的是,我恐怕看不到大汗为我的兰容主婚了。我希望小王爷你能代我完成这个心愿,代我将兰容送上白帐牛车。"

"好!"

哲别似乎累了,慢慢合上了眼睛。拔都和兰容守候在哲别的身边,这天,哲别终究没能再看一眼他深深眷恋的蒙古草原。

入殓那天,全军悲悼哭泣。哲别戎马一生,以他的智慧、谦逊和勇敢赢得了全军将士的尊敬与爱戴,奈何他过早逝去,徒为生者留下了永久的遗憾。

夏季,成吉思汗率领的蒙古大军在额尔齐斯河畔驻营,等待哲别、速不台二将的归来。夏往秋至,爽爽清风,悠悠白云,都在欢迎远征归来的勇士。成吉思汗早早候在行帐前,翘首期盼着阔别三年的远征将士,期盼着他的"猎鹰"、他的"利箭"。

远征军徐徐开进营地,主营沸腾了。拥抱、欢笑、泪水,说不尽的离别思念,道不完的重逢喜悦。成吉思汗受这种热烈气氛的感染,越发焦急地用目光搜寻着那两个他所熟悉的身影。

是速不台吗?骑着黑骏马,英姿勃发,正催马向他飞驰而来。是速不台!成吉思汗拍马迎了上去,马头相撞时,两人同时跳下马背。

"大汗……"不等速不台见礼,成吉思汗已与风尘仆仆的爱将紧紧拥抱在了一起。

"大汗,"待激动的情绪稍稍平复,速不台百感交集地凝视着已见苍老的大汗,如梦似醒,"您身体还好吗?"

"好。好。速不台,哲别呢?你们俩怎么没在一起?"

速不台隐忍的悲哀再也掩藏不住:"哲别他……他……"

如同骤然掉入冰窟,成吉思汗由于内心的剧痛而显得麻木了。喧闹的军营骤然静得没有一点声音。哲别的灵柩在环绕的人群中被缓缓推来。成吉思汗热泪盈眶。这就是哲别吗?他只有四十二岁,真的就这么匆匆而去?甚至还来不及看一眼故乡的草原?成吉思汗扶棺痛哭,所有的将士都跪伏于地,环绕着哲别的灵车,悲戚声四起。

许久,成吉思汗强忍住痛苦问道:"哲别是不是阵亡?"

"不。"速不台流着泪回答,"战神永远垂青他,他是被病魔夺去了生命。"

哲别被埋葬在额尔齐斯河河畔。额尔齐斯河河水忧伤地拍打着河岸,似为将星早殒而伤悼不已。成吉思汗亲自洒酒祭奠英灵。杯杯苦酒渗入泥土,为哲别,为博尔术,为木华黎,为他的孙子、女婿,为忽兰,为所有那些倒在了征途上的将士们。时光如水岁月无情,西征缩短生离死别的距离,假如没有思念没有情谊,便不会这般悲伤这般叹息。

大军休息几日,徐徐东返。拔都遣军队先回玉龙杰赤向父王报告远征的消息,他自己则随着祖汗回返蒙古主营。或许是预感到此次一别将很难再见到祖汗,拔都格外珍惜在祖汗身边的日子。成吉思汗也舍不得孙子离去。自从攻打玉龙杰赤开始,成吉思汗就再没有见到过长子术赤,因此,能与爱孙朝夕相处,对年事已高、精力和体力都大不如前的成吉思汗来说未尝不是一种慰藉。

回师途中,成吉思汗单独召见了老将速不台。速不台向成吉思汗汇报了他们远征钦察草原及斡罗斯各公国的详细经过。哲别、速不台的远征可谓硕果累累,在近三年的转战里,他们扫荡了高加索山脉南北,征服十四国,破城七十余座,行程五千余公里,以极小的代价取得了辉煌的战绩。不仅如此,当成吉思汗得知两位孙子拔都、蒙哥,年轻的将领兀良合台都在远征中表现出色,他心里不由既宽慰又自得。

事实上,速不台带回的关于欧洲各国的情报远比胜利本身更为重要,此次远征为十年后拔都征服欧洲开了先河。

叁

大军缓缓开入原西辽境内,成吉思汗决定择日款待所有战功卓著的将领、重臣以及他们的亲眷。这时,拖雷之子,成吉思汗的两个孙子忽必烈、旭烈兀奉孛儿帖夫人之命前来相迎。

蒙哥、忽必烈、旭烈兀、阿里不哥皆苏如夫人亲生。拖雷膝下有子十人,蒙哥为诸兄弟之长,忽必烈排行老四,旭烈兀排行老六,阿里不哥排行老七。

与母亲教子有方有关,苏如夫人为拖雷所生的四个儿子长大后都很有作为。蒙哥是继窝阔台汗、贵由汗之后蒙古历史上最有成就的第四代大汗,他为人深沉严谨,不喜宴乐,一生宵衣旰食,好学不辍,是当时有名的数学家。他是第一个将欧几里得《几何原本》翻译并介绍到中国来的人,及至继承汗位,凡有起草公文之类,事必躬亲,算得上成吉思汗家族中文化修养最高的一位大汗。

忽必烈是元朝开国君主,他完成了中国的统一,建立了繁荣昌盛、版图横跨欧亚的大元帝国。旭烈兀则是蒙古四大汗国之一伊利汗国的开创者。阿里不哥英勇善战,屡建奇勋,深受父亲拖雷和长兄蒙哥的倚重。多年后,在蒙哥病逝钓鱼台、汗位犹虚的情况下,阿里不哥依靠许多贵族的拥戴,起兵与忽必烈争夺汗位,兄弟拥兵对垒四年,最终阿里不哥败北。但与其说阿里不哥败给了忽必烈,不如说蒙古习惯法败给了早已形成体系的汉法。治理汉地是使用汉法还是使用蒙古习惯法是蒙哥、忽必烈、阿里不哥三兄弟全部争端中最本质的原因。忽必烈顺应了历史发展的潮流,最终也就承担起了推动社会进步的重责。

九岁的忽必烈有着早慧儿童所特有的聪颖、机敏,弟弟旭烈兀比他小两岁,也是十分俊秀活泼,成吉思汗看到两个爱孙如此可意,不由笑逐颜开。晚年的成吉思汗弥感天伦之乐的可贵。

两个孩子有模有样地给祖汗见过礼,又见过父王拖雷和哥哥拔都,便缠绕在祖汗身边,丝毫不觉生分。成吉思汗张开双臂,将两个孙子抱在怀中,他先问忽必烈:"告诉祖汗,你喜欢做什么?"

"围猎。"

"围猎啊……旭烈兀,你呢?"

"我和四哥一样。"

"好好,祖汗过几天就带你们俩参加围猎。"

忽必烈睁着一双明亮的眼睛,不眨眼地注视着祖汗慈爱、威严的脸庞。成吉思汗察觉到了,含笑问:"你还记得祖汗吗?"

忽必烈使劲点了点头。

"祖汗出征的时候,你和旭烈兀还是两个小不点儿呢。旭烈兀刚刚两岁,转眼间你们已经长这么大了。"

忽必烈抱住祖汗的脖子,俯在他的耳边悄声说:"我做梦梦见过祖汗,骑着高头大马,像天神……不,比天神还要威风!"

"哦?真的吗?"成吉思汗开怀大笑。

旭烈兀急了:"祖汗,四哥跟你说什么呢?"

究竟有多久了,没有听到过父汗这般酣畅的笑声?在一旁默默注视着父汗愉悦的笑脸,拖雷的心却在隐隐作痛。博尔术、木华黎、哲别的相继病逝,给父汗带来的打击实在太大了,那以后父汗日渐憔悴,往日总是神采奕奕、精力充沛的脸上时常显露出疲惫和茫然。也许母亲正是为此才派来了忽必

烈和旭烈兀这两个孩子？无忧无虑的童真笑脸永远是人们忘却忧烦的良药
……

根本来不及品味骨肉团聚的快乐，拖雷用他的全部身心关注着父汗。他
很清楚将来他的儿子们绝不会像他爱父汗一样爱他的，因为他们永远不可
能像他一样拥有成吉思汗这样的父亲。

拔都看到四叔拖雷惆怅的眼神，他完全明白四叔此刻的心情，因为那也
是他自己的心情。

"拖雷，孩子们大老远来了，你也不说上几句话？"成吉思汗突然冲儿子
说道。显然，儿子的沉默让他感到难以理解。

拖雷像被看穿心事似的有些慌乱："嗯……嗯，奶奶身体好吗？"

"好。"回答的是忽必烈，停了停，他又补充了一句，"大家都很好。"

得！这下四叔拖雷要问的第二句话也被挡了回去。拔都想笑，却终究化
作一声叹息从嘴边滑落心底。

"既然要组织围猎，儿臣是不是出去安排一下？"

"也罢，你去吧。"

拔都站起身："孙儿也去？"

"你不用。咱们爷儿四个好好在一起聊聊，聚聚。"

"好。"

父亲不在，两个孩子更加无拘无束，他们开始缠着拔都，要他讲远征钦
察草原的事情，拔都见祖汗用鼓励的眼神望着他，就真的给两个孩子讲起了
他亲历的几场战争。午宴摆上时，他们的谈话还在继续。

成吉思汗也听得很认真。拔都讲完，忽必烈掰着手指头说道："追击战、
伏击战、围城战、运动战、歼灭战，还有分化瓦解，各个击破……这些都是祖
汗经常使用的战略战术，想不到速不台、哲别二位将军和拔都哥也全都用到
了。等我长大做了将军，我也要用这些方法去战胜敌人。"

"你说什么？"拔都有点吃惊。

"我说的不对吗？摩诃末·沙就是死于速不台将军和哲别将军的追击战
中。远征军战胜谷儿只的十字军，用了伏击战术。迫降哈马丹，又用了围城攻
坚的战术。拔都哥说服钦察部不战而退，才将钦察、阿谢、高加索人分化瓦
解，各个击破。至于伽勒伽河会战，则是我们在运动战中歼灭了敌人。"

拔都怎么都没想到年幼的堂弟居然有着如此心胸、头脑、颖悟和天分，
他对远征斡罗斯的总结一语中的，这实在不像一个孩子所能达到的智慧。如
果不是忽必烈就在他的面前说出这样一番话来，他无论如何都不敢相信。

成吉思汗同样惊奇不已。孙儿忽必烈出生在金中都陷落的那一天，当

年,相士皆云此儿生有福相,日后将平定天下。莫非,这就是长生天给他的启示?

为了爱孙,成吉思汗特意举行了大规模的围猎。

初次参加围猎的儿童要由长者揩拭油脂于中指,以示祝福。成吉思汗亲自为两个孙子举行了这样的仪式。孩子们柔软的手指停留在他们祖汗已经粗糙的手掌中,生命将在他们身上得以延续,还有希望……

忽必烈、旭烈兀按捺不住勃发的兴致,催开坐骑,跃跃欲试。猎物被圈赶到一处,成吉思汗带着两个孙子先行进入狩猎圈,将士们紧紧相随。两个孩子一心要在祖汗面前显露本事,专心致志,举弓待发。忽必烈首先射中一只雪兔,旭烈兀随之射中一只瞪羚,众将一起喝彩。雪兔、瞪羚皆善跑善跳之物,可见兄弟俩已谙熟弓马之道。

围猎进行到最后,照例由德高望重的长者出面为幸存的动物求生。成吉思汗不直接回答,而是问身边的忽必烈是否准请。忽必烈不假思索地回答:"准。不可竭泽而渔,还宜网开一面。"

成吉思汗闻言欣然准奏。

耶律楚材正在拔都身边,听到忽必烈的回答,不由向拔都赞道:"皇孙小小年纪,出语不凡,将来或可成就大业。"

拔都点头,深以为然。

蒙古大军东返后,术赤留在了花剌子模自己的封地,成吉思汗数次派人召见,术赤皆推病不至。成吉思汗异常失望,幸好有爱孙拔都陪伴身边,术赤又派儿子斡尔多、别儿哥和女儿薇萱前来拜见祖汗,如此,方稍解成吉思汗心头悬思。

薇萱是当年术赤率军攻打太原时收养的孤女,自幼聪明乖巧,深得术赤夫妇钟爱,视若己出。薇萱比拔都小八岁,与拔都感情最为亲密。五年未见,拔都蓦然发现,长成少女的薇萱越发出落得千娇百媚,如花似玉,若不是在祖汗的大帐相见,拔都差点都不敢相认。兄妹四人陪祖汗吃过午饭,斡尔多和别儿哥急着找蒙哥和兀良合台打马球,拔都便带薇萱到三叔窝阔台的营地看望兰容。

自父亲病逝,兰容一直郁郁寡欢。成吉思汗怜惜兰容孤苦无依,又是三子窝阔台未过门的儿媳,遂让窝阔台担负起照顾之责。拔都受哲别临终托付,将兰容认作妹妹,然而,为了不在阔出和兰容之间造成不必要的误会,拔都始终小心翼翼地避免让自己过多地介入兰容的生活。何况他也相信,以阔出对兰容的钟情,一定会照顾好兰容。

不出拔都所料,阔出果然与兰容在一起。拔都与二叔察合台、三叔窝阔台的儿子们始终不像他与四叔拖雷的儿子们那样亲密。这中间固然有性格方面的因素,更主要的还是受父辈影响。对于父亲的身世之疑,以及父亲多年来承受的猜忌白眼,拔都的内心难免也蒙有一层淡淡的阴影。特别是每每虑及包括二叔在内的许多人对父亲表现出的不公正,拔都便会感到一种无法排解的无奈和不平。

西征前为确立汗位继承人,父亲与二叔发生了一次激烈的冲突。当时,为了不让身为长子的父亲成为合法的汗位继承人,二叔甚至公然污辱父亲是篾儿乞人的野种。性情隐忍而平和的父亲生平第一次动手打人,而且打的还是自己的弟弟。事后,为了缓和兄弟间的矛盾,也为了未来的征伐大业,祖汗毅然决定确立三叔为继承人。这或许是一次明智的选择,却在父亲的心中造成了永久的伤害,同时也让拔都明白了父亲深藏了大半生的痛苦和自卑。

父辈间的隔阂不可能不影响到孩子们,不过对于敦厚善良的阔出,拔都还是打心眼里喜爱的。何况,阔出毕竟是兰容未来的丈夫,就凭这一点,也能得到拔都的尊重。

拔都意外来访,兰容喜出望外。四人在帐外相见,阔出抢先上前施礼,神情中流露出些许腼腆。阔出的脸容酷似窝阔台,性格上也继承了其父的大度和宽厚,窝阔台一向对他格外钟爱。经年未见的堂兄弟,彼此间都有些陌生,拔都与阔出简单地寒暄了几句,便示意薇萱见过阔出和兰容。阔出惊喜地向薇萱颔首致意,兰容则拉过薇萱的手,出神地凝视了良久,幽幽叹道:"长了许多了。小的时候像个精致的瓷娃娃,如今大了,越发漂亮了。我真嫉妒死你了。"

薇萱撒娇地与兰容拥抱:"姐姐才是我们草原上真正的大美人,我更羡慕姐姐呢。我说的对吧,二哥?"

兰容心绪复杂地望了拔都一眼,又急忙移开了视线。

比起数月前,兰容的脸色稍稍有了些光泽和红润,然而,她的双眸中依然凝结着深深的哀愁。四目相对的瞬间,拔都的心也隐隐作痛。对于这个曾用生命保护过他的女子,他甚至不知如何才能不辜负她。他只能祈求长生天多多眷顾兰容,赐给她更多的平安、宁静、幸福。

"姐姐,我和哥哥有件礼物要送给你,这是我们临来前拔都哥哥特意嘱咐信使要我们带来的。"薇萱突然想起什么,从马背上取过一个精心装裱的画轴,小心翼翼地在兰容面前展开来。

"这幅画的名字叫《睡》,哥哥说,姐姐就是画里的少女。"

兰容的脸上泛起了浅浅的红晕，她的思绪重被拉回钦察草原的日日夜夜，那时她与拔都并肩战斗，同生共死……

一阵杂沓的马蹄声传来，由远及近，四个人循声望去。

"大哥？"阔出的声音里透出些许疑问和惊讶。

拔都也认出了贵由。贵由的衣着一丝不苟，如同这位皇子的为人，严谨得近乎刻板。说来也怪，在成吉思汗的孙子当中，唯独拔都与贵由无论从性格、气质还是为人处事上完全不同。

阔出向前迎了几步。贵由大概已经看见了他们，径直向他们这边驰来，身后几位侍卫紧紧相随。

阔出与贵由是同父异母的兄弟。贵由是窝阔台的长子，阔出则是窝阔台的三子。窝阔台对贵由始终不甚钟爱，因为这个缘故，贵由对阔出又妒又恨，只是由于阔出的一再忍让，兄弟俩的矛盾才勉强没有进一步激化。

"大哥，你要去打猎吗？"俟贵由在几步之外勒住坐骑，阔出过去为他牵住马缰，不失客气地问。

贵由瞟了拔都一眼，眼神中闪露出内心的倨傲与淡漠。然而，他将目光转向薇萱时，竟似被什么东西击中一般，原本冷峻的脸上先是现出惊羡与渴慕，随即布满了红潮。

薇萱帮兰容收好画轴。她并不认得贵由，所以贵由的异样也就丝毫不在她的心上。她唯一的印象是贵由太瘦了，脸上的线条也太过凌厉，一点不像她的拔都哥。倒是兰容很得体地向贵由施了半礼，贵由的嘴角僵硬地牵动了一下，算是答礼。贵由的表情多少有些尴尬，他原本希望找个借口来看望兰容，没想到阔出又在这里，这让他不仅感到别扭而且心生憎恶。

贵由、阔出、兰容自幼一起长大，情窦初开的时候，贵由和阔出都悄悄喜欢着温柔可人的兰容。身为长子，贵由深知父王最钟爱比他小几岁的三弟，所以，他从来不去和三弟争一切东西，包括女人。然而，在父王的荫庇下，他却一次次落败于三弟。在兰容成为三弟未婚妻的那一刻，他暗暗发誓，只要长生天还能赐给他机会，哪怕只有一次，他也要报复，不择手段地报复。

他听到阔出说了句什么，却没往心里去，直到阔出又说了一遍，他才应付似的"唔"了一声。阔出神情奇怪地望着他，半晌，他终于反应过来阔出是在邀请他回帐中小坐。

"薇萱，过来见过三叔的长子，你应该叫他贵由哥。"

拔都招招手。薇萱听话地走过来，一双顾盼的大眼睛调皮地睃着贵由。她清澈的眼波让贵由感到一阵慌乱，这是贵由过去从来不曾产生过的感觉。

"薇萱见过贵由哥。"

"不必,不必。我只是路过,就不进去了。我还有事,先走了。"贵由言不由衷地说着,眼睛的余光迅速地掠过薇萱。此时此刻,他特别希望拔都或者阔出能够挽留他,哪怕只是出于客套。当这个愿望落空后,他只好悻悻然地翻身跃上马背,连句告辞的话也没说便猝然离去。拔都、阔出莫名其妙地对视一眼,又不约而同地摇了摇头。贵由就是这样,让人无法捉摸。其实拔都和阔出哪里知道贵由内心的想法,若非碍于已经说出口的话,加上对拔都和阔出根深蒂固的成见,贵由这一次真的很想留下。

四人回到帐中,兰容、阔出尊拔都上坐。蒙古大军回师途中,窝阔台曾与父汗商议过想将兰容与阔出的婚事办了,然而兰容坚持要为父亲守孝三年后再谈婚论嫁。考虑到她态度坚决,又是出于对父亲的一片孝心,窝阔台与成吉思汗不忍过分违拗,只得按照她的心愿将婚事向后推了。

帐中靠里的桌上摆着已成残局的棋盘,显然拔都、薇萱来之前阔出和兰容正在对弈。拔都问道:"阔出,你能比过兰容吗?"

阔出有点不好意思地一笑:"兰容让着我时,可以的。"

拔都起身踱到棋盘前,看了片刻:"这么说,这边是你的棋子?"

"是的。"

"我看,不如你们把这盘棋下完吧。"

"我已经没有招了,正准备认输呢。拔都哥,你来怎么样?"

"不瞒你说,我也是兰容的手下败将。"

兄弟俩相视而笑,原先的拘谨一扫而光。

几位侍女进来,很麻利地在桌上摆满了各式精致的茶点、奶食品和一壶醇香的马奶酒。拔都蓦然想起他在花剌子模吃过的清雅亲手为他做的馒头、烙饼,一股浓浓的思念之情油然而生。一转眼,他已整整五年不曾得到过清雅的任何消息,也不知道清雅是否已离开花剌子模去了欧洲?还有清雅腹中的孩子,到底是男还是女……远征军从斡罗斯撤军与主力部队会合后,拔都一直留在四叔的营地,每天都能见到四婶苏如夫人,见到清雅的嫂子和两个侄女。他很庆幸清雅选择了四婶托付她的嫂子和侄女,在四婶的精心照料下,不仅两个孩子——修眉和雪雪越长越讨人喜欢,清雅的嫂子也从身心两方面恢复了健康……

"拔都哥,这次远征收获一定很大吧?"阔出一边为拔都斟酒,一边关切地询问。

拔都急忙收住飘远的思绪:"很大。这得归功于速不台将军和哲别将军指挥得当,否则,孤军深入,稍有差池,后果不堪设想。"

阔出、薇萱急忙看了兰容一眼。拔都意识到也已晚了,暗悔自己不该又触及兰容内心的创痛。

帐中的气氛变得稍稍压抑了一些。拔都有意不去看兰容,很自然地提起另一个话头:"祖汗的一生,似乎一直创造着奇迹,统一蒙古各部时如此,西征时如此,对斡罗斯的远征亦如此。但若不是大举西征,金国的灭顶之灾就在眼前,是沙王给了金国的皇帝喘息之机。现在大军东返,唯一的遗憾是留下了札兰丁这个后患。"

"我一直想不明白,祖汗在申河追上札兰丁时,明明可以将札兰丁一箭射死在申河中,为什么反倒放了他一条生路?"

"英雄之间,总难免惺惺相惜。札兰丁虽然是反抗祖汗最坚决的人,但他的勇猛无畏却可以成为军人的楷模,恐怕正因为这个缘故,祖汗才毅然放他遁去。这件事,换了你、我就不会有祖汗的这种气度了。不过,札兰丁不除,势必会为将来的军事行动埋下隐患。"

"我观札兰丁为人行事虽有蛮兵之能,勇猛异常,却无统将之才,亦无人君之度。承大位不知谨慎从事,临战阵缺乏先见之明,这样的人,得不到百姓的真心拥护,即便可以得逞一时,终难长久。何况,札兰丁本性骄奢,为人悭吝,只可同患难,不可共富贵,怎似大汗有度量、能容众、敬天地、重信义?如果将大汗的人格魅力与札兰丁的致命弱点稍做对比,两者高下立判,正因为如此,札兰丁空占着天时、地利、人和,仍然屡战屡败,最后还落了个逃亡他国。所以我想,札兰丁就算卷土重来,也不足为惧。"

兰容平静地插进话来,阔出和薇萱惊奇地望着她。薇萱半是惊讶半是钦佩,阔出则完全出乎意料。这些话他过去从来没听兰容说过,他万没想到看似娇弱的兰容竟有这样的头脑与心胸,他以前对兰容的了解实在太少太少了。意识到这一点后,他不免感到懊悔,又有些自责。他暗暗地想,他真的还需要一段时间来重新认识兰容,如果做不到这点,他又怎么可能真正走进心爱人的内心?拔都却丝毫不觉得惊奇。在斡罗斯的一年里,他与兰容朝夕相处,深知兰容秉承了其父过人的智慧。只可惜她是个女子,在草原上,一个女子,无论她有多么优秀,也无法主宰自己的命运。所以,兰容反而不能像清雅那样,选择一种属于自己的自由自在的生活。

不知为什么,自从兰容从他手中夺过那两杯毒酒后,他每次想到清雅,总会不由自主地想起兰容,而想起兰容,脑海里又会立刻浮现出清雅的身影。对于这两个几乎同时出现在他生命中的女子,他甚至辨别不清哪一个恩重,哪一个情深。

帐中出现了片刻的沉寂。薇萱轻轻地叹了口气。

拔都不觉笑了:"小孩子家,你叹什么气?"

"我在可惜兰容姐怎么是个女孩子,如果她是男孩子,一定是个了不起的将军。你说呢,阔出哥哥?"

阔出连连点头,望着兰容的目光里除了不变的爱恋,又多了几分称羡。

兰容向阔出报以勉强的一笑。倘若同样的眼神出自拔都,她一定会觉得很甜蜜,可是对阔出,她从来不想也不愿打开心扉。有时候,她觉得自己对阔出很不公平,阔出的深厚情谊在她的心海中激不起任何涟漪。与阔出在一起,她只有宁静的快乐,却感受不到任何激情。也许天地间的一切情缘自有定数——让有情的无缘,有缘的无情?

拔都的神态变得庄重起来,在斡罗斯他已习惯与兰容探讨此类问题,兰容思维的细致敏锐往往对他大有裨益。

"兰容说的对。虽然如此,我们仍然不可以大意,札兰丁一旦复辟成功,毕竟会为我们带来许多无法预料的麻烦。我想,对花剌子模境内的征服既然已告一段落,下一步祖汗一定会集中精力对付百年世仇——金国。若不是父王的身体大不如前,我真想留在祖汗身边,参加日后的军事行动。对中原的战事与对斡罗斯、钦察有很大不同,按照祖汗'先攻夏,后伐金,再图宋'的战略方针,下一步,祖汗恐怕会将剑锋首先指向先降后叛且背信弃义的西夏人。值得欣慰的是,在祖汗创业的几十年中,从最初的统一战争,到为了适应对西夏、金、花剌子模战事的需要,军队兵种已发生了很大的变化,从单纯的骑兵作战模式逐渐发展到以骑兵为主,签兵、步兵、炮兵、工兵、通信兵甚至水兵多兵种协同作战的立体模式,这样组织起的进攻的确是其他国家望尘莫及的。"

"立体进攻固然重要,但若不同时采用灵活多变的战术,空有齐全的兵种恐怕也无济于事。我常听父亲赞叹大汗对于战机的把握和用兵的高妙,在实战中,或纵深突破,或迂回包围,或诱敌伏击,无不运用自如。即便是在攻坚战中,大汗也会因地制宜地,采用攻心、火攻、水攻、坑攻、诈术、围城打援、弃难就易、声东击西等战术,绝不墨守成规。所以,大汗才能在统一蒙古、攻夏、攻金、西征的过程中创造一个又一个以少胜多、以弱胜强的奇迹。父亲每每谈起,都感佩不已,并以此作为自己指挥军队的准则。"

"是啊,它也将是我的准则。阔出,你身边将来会有一位了不起的参谋,别辜负了兰容。"

"我会的,请你放心。"

阔出正视拔都,严肃地回答。拔都蓦然想起自己在哲别病榻前许下的诺言,在为兰容庆幸的同时又有一种说不出的淡淡的凄凉。

兰容的脸上掠过一抹不易觉察的阴影,方才的谈兴一扫而光。

稍一沉默，阔出问道："拔都哥，你不准备留下来吗？"

"恐怕不能了。父王他……"

"父王一直病着，他也很希望二哥早些回去，他好像有许多事许多话想向二哥交代。"薇萱插话道。

兰容紧紧注视着拔都，拔都温存地笑道："兰容，我会找机会来看望你的，你放心，你出嫁的时候，哥一定亲自来送你。"

兰容凄然无语。这时，帐外传来一个娇脆的声音："兰容姐，我可以进来吗？"

兰容闻言立刻起身，迎出帐外。拔都无意中瞟了阔出一眼，却见阔出的神情发生了微妙的变化，眉宇间似乎流露出某种疑惑和厌烦。拔都正有些奇怪，兰容已经挽着　位女子的手走进帐内。

"哟，兰容姐这里有客人啊，阔出小王爷，你也在？"女子看见帐中的三个人，落落大方地笑道。

阔出正襟危坐，对于女子热情的问候，只回以冷漠的颔首。

拔都、薇萱出于礼貌，向女子微微一笑。这是一位浓眉大眼的姑娘，与兰容小巧精致的脸容不同，她脸盘圆圆的、大大的，无论眼睛、鼻子还是嘴都与她的脸型很相配，显得热情外露，而且，她虽不似兰容清秀端庄，妖娆的体态却有一种说不出的风流。

"海迷失，请坐。我来介绍一下，这位是拔都小王爷，这位是薇萱公主。"

"原来是拔都小王爷和薇萱公主！"海迷失有点夸张地惊呼一声，随即将手中的篮子放在桌上，向拔都和薇萱行了个屈膝礼。礼毕，她不等兰容再次相让便坐在阔出身边，一双灵活的眼睛无所顾忌地在拔都脸上转来转去。

拔都倒被她看得有些不好意思了，只好搭讪着笑道："海迷失姑娘是哪部人？"

"斡亦赤惕部。我阿爸是斡亦赤惕部的首领，我是他的幼女。当年，术赤大太子统率北路军征伐森林部落，我阿爸身为森林各部之首，因敬慕大太子为人，遂与大太子相约为兄弟，主动充当北路军前锋，说降森林各部。这段往事，不知拔都小王爷是否听说过？"

"听说过。原来是忽图合首领之女，失敬了。"

"没什么，我不介意的。哎呀，光顾了说话，忘了我带来的东西了。兰容姐，这篮子里是我亲自做的点心，大家一起尝尝如何？"

海迷失的手艺堪称一绝，她端出一碟碟色形各异、酥香诱人的点心，大家一边品尝，一边赞叹不已——除了阔出。自从海迷失进入帐中，阔出就一直保持着奇怪的沉默，大家渐渐都注意到了这种反常，只有海迷失浑然不觉,依旧谈笑风生。

不知不觉中,帐中的光线暗淡下来。斡尔多、别儿哥、蒙哥、兀良合台打完马球也来看望兰容,兰容这座不大的帐子一下变得热闹非凡。阔出原本想走,见堂兄弟们好不容易欢聚一堂,也就打消了离开的念头。海迷失帮助兰容得体地照应着大家,她欢快的情绪使大家都受到感染,气氛变得轻松愉快起来。兀良合台只在薇萱很小的时候见过她,如今见到长大后的薇萱,简直惊为天人,爱慕之心油然而生。他这个人素常不拘小节,任何时候都爱开个玩笑,可是这会儿因为心里担了份不便明言的心事,反而拘束了许多。

阔出只想着兰容,看到兰容终于展露出真正愉悦的笑容,他居然有些感激起海迷失来。

阔出对海迷失的戒备是有原因的。海迷失与贵由的生母乃马真关系十分密切,乃马真有一次甚至要忽图合应允将海迷失许配给她的儿子贵由。乃马真既是窝阔台的六夫人,也是一位性情强悍、敢作敢为的女人,为此,窝阔台对她一向让着几分。这些年来,由于阔出母亲的得宠,乃马真十分嫉恨他们母子,背地里对他们母子没少加以轻辱,偏偏阔出的母亲生性软弱,对所有的委屈一概逆来顺受,委曲求全。有几次,阔出很想告诉父王真相,然而母亲说什么也不同意,孝顺的阔出只好将愤怒压在心底,尽量避免与乃马真以及贵由发生不快。这且不论,阔出最终了解海迷失是个怎样的女子,还是在与她朝夕相处之后。

整个西征期间,阔出奉命率领一支蒙古军配合父王行动,这支蒙古军恰好由忽图合的原斡亦赤惕部组成。由于这个缘故,阔出与忽图合的爱女海迷失失日渐熟识起来。对于热情如火的海迷失,阔出虽不怀男女爱恋之情,却也十分喜欢。直到他很偶然地发现,海迷失之所以放弃了贵由而主动接近他,只不过是因为他是窝阔台最心爱的儿子,将来有可能成为父王的继承人,因此,嫁给他便意味着可以成为蒙古的皇后。海迷失的心计让他觉得可怕。从那以后,他明显地对海迷失变得冷若冰霜,甚至时常避之唯恐不及。

远征军回返后,他深爱的姑娘回到了他身边。他想不明白海迷失究竟用了什么样的手段,在很短的时间内成了兰容的朋友,他更不明白为什么海迷失要接近兰容。有几次,他想提醒兰容,可是每一次话到嘴边又咽了回去,兰容刚刚经受了失去父亲的打击,他实在不忍心再为兰容增加一点点烦恼了。

侍女进来点起了油灯,兰容这才意识到天已不早,急忙吩咐准备晚饭。侍女刚刚离去,帐外突然传来了一个浑厚的声音:"这里好热闹啊!你们的聚会可不可以让我这老头子也参加进来呢?"

大家循声向帐门口望去,不由都愣住了。

兰容第一个反应过来,她站起身,脸上露出笑容,一双美如晨星的秀目中闪现出前所未有的光彩。

第五章

巧计避祸殃

壹

拔都时常在想,祖汗与众不同之处,是否就在于他即使身为帝王也无法改变的那种典型的草原人性格呢?

那晚在兰容的帐中,祖汗同他们一帮年轻人一起说笑、做游戏,他发自内心的真实的快乐里哪有一点处理军政庶务时的威严。特别是对兰容,祖汗表现出万般关切,这种慈爱的流露连他们这些亲孙子也不能不为之感动。这或许就是一个人的两面性吧,对敌人,他冷酷无情;对亲人、朋友、功臣宿将,他却柔情似水。如果说,大战中的祖汗令人崇拜,日常生活中的祖汗则让人热爱。

辞别祖汗的时候,他的心里真的很难过,哪怕此时回想起来,他依然有着种种不舍和心痛。如果不是因为担心父亲,他倒真的很想留在祖汗身边。而祖汗也同样担心他的长子,所以叮嘱他们兄弟几个到家后一定要尽快给他捎个准信回来。

自从辞别祖汗踏上归途,拔都的脑海里总会浮现出亲人相聚时的桩桩幕幕。对于即将远离蒙古本土戍守封地的他,这一切都将是弥足珍贵的回忆。

祖汗的笑容里分明多了几许沧桑,永无止境的征伐之路将生变成了对死的祭奠,将爱变成了对恨的诠释。依然雍容华贵的四婶苏如鬓角也有了银丝,让人联想到岁月的无情。快乐是属于在帐外嬉戏的旭烈兀、阿里不哥、修眉、雪雪这些孩子们的,而不属于任何一颗久历战争后被磨得粗粝的心。海迷失跳着欢快的挤奶舞,兰容为她抚琴,阔出爱恋的目光绝不肯从兰容脸上稍离。这该是祖汗的金顶大帐中最温馨的一幕了吧？但愿幸福从此与兰容相伴，而他也就可以慢慢放下对兰容的牵挂和不舍。蒙哥背诵着祖汗制定的《大札撒》作为宴会的开场，他富有穿透力的声音使人肃然起敬。同样的少言寡语，蒙哥与贵由相比又有太多的不同，蒙哥的身上谦逊睿智、沉明决断兼而有之，贵由表现出来更多的是不可理喻的唯我独尊。从长远考虑，拔都觉得祖汗本应该选择四叔拖雷作为他的汗位继承人，因为四叔的确有几个出类拔萃的儿子，尤其是蒙哥。

别儿哥在马上昏昏欲睡，斡尔多又热又渴，不住地喝水，就连小百灵似的薇萱也在路上中了暑，吃了药后在马车中睡着了。漫长的旅途是孤寂的，加上拔都惦记着不知近况如何的父王，恨不能一步跨回家中。天近傍晚时，一行人上了山路，炎热的暑闷终于被山风吹散。别儿哥和斡尔多都有了一些精神，拔都掀开车帐，唤醒了薇萱，要她下车走走。

薇萱的头不疼了，又开始变得活泼起来。她拉着马缰，与别儿哥边走边开始斗嘴，斡尔多和拔都对此早就习以为常，丝毫不加阻止。别儿哥一向笨嘴拙舌，哪里说得过伶牙俐齿的薇萱，不一会儿被薇萱说得张口结舌，只剩下生气的分儿了。

拔都看别儿哥满脸涨得通红，不觉好笑地劝道："薇萱，你就饶过你三哥这一次吧。他哪次不是甘拜下风！"

别儿哥不服气地撇了撇嘴："女孩子家，又凶又刁，嘴还这么厉害，只怕将来连个婆家都找不到。"

薇萱轻轻哼了一声："那岂不更好！我还不想嫁人呢。"

"别！你不嫁人怎么办？莫不成要缠着二哥一辈子？"

"对，我就要缠着二哥一辈子。你眼红怎么着？"

"你得问二哥愿意不愿意？"

"你愿意的。是吧，二哥？"

拔都微笑："哪有做哥哥的嫌弃自己妹妹的道理，何况是薇萱这么聪明漂亮的妹妹！不过，话又说回来，二哥还是非常想将你体体面面地嫁出去。你有了好的归宿，二哥才能真正地放心啊。"

"怎么样？一厢情愿了吧？喂，听三哥的，你嫁给贵由哥算了。你没发现他很喜欢你吗？这些日子，他总找借口来看望我们，傻子也知道他是来看你的。就他盯着你看时的那种眼神呀，我现在想起来都觉得有些……有些肉麻。"

"我为什么要嫁给他？他那么瘦，我不喜欢两颊没肉的男人。"

"瘦归瘦，他可是三叔的长子，三叔是祖汗的继承人，说不定哪天他也能做大汗呢。你不想做皇后吗？"

"我才不稀罕。他虽是长子,做大汗也不见得就能轮到他!谁都知道三叔最宠爱阔出哥哥了,我看啊,兰容姐才有做皇后的命。"

"你没有吗?如果没有,不如嫁给兀良合台。凭我的直觉,这小子大概第一眼见到你就迷上了你,要不他怎么跟贵由哥一样,时不时找个借口来我们的营地?而且一见你,脸也红了,舌头也短了。要我说,不当皇后,当个将军夫人也不错嘛。你这么刁蛮任性,嫁个忠厚老实的丈夫,一定对你言听计从。"

薇萱用目光狠狠剜了别儿哥一眼,破天荒地没反驳。

"怎么样?让我说中了吧?"

薇萱仍不理他。

拔都端详着薇萱莹润无瑕的脸颊,目光中流露出内心的关切。

斡尔多有些惊讶:"这些都是真的吗,薇萱?我和拔都这些日子一直都陪着祖汗,回营地回得少,没去注意这些细节。想不到别儿哥平素大大咧咧的,居然也有这么心细的时候。"

薇萱很留意地观察着拔都的表情。

稍停,拔都问:"是这样吗?"

薇萱犹豫了一下,诚实地回答道:"他们的确来过几次。三哥没说,我也没想那么多。二哥,你……"

"告诉二哥,你喜欢兀良合台吗?"

"我也说不清。"

"说不清吗?证明还是喜欢了。薇萱,二哥觉得,你的眼光果然不错。如果与贵由相比,二哥的确更希望你选择兀良合台。他是个非常优秀的人,不仅有着与他父亲一样出类拔萃的军事才能,而且对朋友、对感情忠贞不贰。如果你选择了他,二哥就可以放心地把你托付给他了。"

薇萱的眼睛里闪过了一丝微弱的惆怅:"这些是二哥的真心话吗?"

"当然了。二哥再糊涂,也不会拿你的终身大事当儿戏呀。"

"不过……"

"不过什么?是不是兀良合台还没有向你表白?"

"瞧二哥说的,我和兀良合台相处的时间又不长,他怎么会向我表白呢?就算他表白了,我也不一定就会接受啊。那样子,岂不是太快了?二哥,你总不会那么急着把我嫁出去吧?"

"急倒不急。二哥只是担心……"

"担心?"

"算了,不说了。如果兀良合台不敢提亲,我会亲自找他说的。"

薇萱沉默了片刻:"不说我的事了。二哥,我想问你一句话,如果兰容姐姐没有许配给阔出哥哥,你会娶她给我做嫂嫂吗?"

拔都显然没料到薇萱这样问,愣了一会儿,才笑道:"哪有这样的'假如'啊,一切都是天意。"

"我就是觉得有点可惜。"

"别可惜了。你放心,二哥一定会给你把嫂子娶回家门的。"

"那就娶兰容姐姐那样既娴静又聪明,还对二哥一往情深的,不要娶像海迷失那样的。"

别儿哥惊讶地问:"为什么?我觉得海迷失蛮好的嘛,又热情又大方,还多才多艺。二哥娶了她有什么不好?"

"你光知道看谁的脸蛋长得漂亮,谁的腰肢柔美,你怎么能看出好歹来。"

"你厉害!那你说,你看出什么好歹来了?"

"你难道没有注意,那天在宴会上,海迷失其实是故意将酒洒在二哥衣服上的。用这种方式接近二哥,亏她想得出来。"

"我的天!就算海迷失是故意的,那又能说明什么?"

"说明她这个人很有心计。你们难道都没觉得,那天她来兰容姐姐的帐子,阔出哥对她的态度十分反常吗?当时我就在想,阔出哥应该是她的猎取目标,因为阔出哥将来是有可能继承汗位的。可是,后来她怎么突然又算计上了二哥,我就十分纳闷了。"

"你凭什么这样说?"

"直觉。"

"好,就算你说的都对,我倒想问你了,爱慕二哥也有错吗?"

"二哥的梦想是成为祖汗那样的人,这并不容易。所以,二哥要想成功,就必须娶一位贤淑但不缺少智慧的女人做妻子,只有这样,二哥才能真正做到心无旁骛。"

"奇怪,娶了海迷失难道就不能心无旁骛了?"

"是。"

"二哥,你说,薇萱这小丫头是不是有点危言耸听?"

拔都只笑不答。

海迷失将酒洒在他的衣襟上时,他从海迷失为他擦拭酒液的手的力度上,的确感受到一种暧昧的暗示。不过,当时他无暇品味海迷失的用心,他在注意倾听着祖汗与速不台这些老臣的交谈。他知道很快又要有新的军事行动,这一次祖汗要彻底征服西夏。

都说女人的心是最细的,现在他信了。在他的印象中,薇萱还是个不谙世事的小姑娘,没想到她却以女人的直觉和敏锐洞悉了一些他原本没注意的事情。平心而论,他并不讨厌海迷失,甚至还很喜欢她开朗大方、无拘无束的性格,但仅此而已。对海迷失,他绝无丝毫的非分之想。他倾心所爱的女人始终是清雅。这个给过他青春欢爱的女子,也以一种绝代风姿牢牢占据着他的内心,使他深深陷溺,如醉如痴。这大概就是清雅吧,留给他一个倚门而望的身影,却用这身影牢牢牵住了他回视的目光,直至一生一世。

说说笑笑间,夜色渐浓,一行人刚好下了山路。山下是荒凉的戈壁草原,拔都决定就地过夜。随行的侍卫们忙着搭建帐篷,支起灶火,准备宿营。拔都带着薇萱重新登上山路,站在一块突起的岩石上向四周眺望,他要知道他们所处的环境是否安全。当他将目光移向东方时,突然看到一束耀眼的白光划破半个天空,迅速地向西沉去,转瞬便消失得无影无踪。

薇萱惊讶地喊了起来:"二哥,你看,那是什么?"

拔都由于震惊,没有立刻回答。

他看到过完全一样的景象,那是同清雅在一起时。清雅告诉过他,每当天上有一颗流星坠落,地上就会有一位巨人离开尘世。难道……

不!

"快!薇萱,我们下山!"拔都拉了一下薇萱,急急忙忙地向山下走去。他走得飞快,薇萱简直跟不上他。

"二哥,到底出了什么事?"薇萱惶急的、气喘吁吁的声音里透着前所未有的恐惧。

拔都一句话不说。何况,他确实也说不清,为什么方才那一刻,他的心脏竟似被什么东西狠狠击打了一下,一种不祥的预感刹那间占据了他的整个身心。他仿佛听到远方传来了一个苍凉的声音,在冥冥中向他召唤,召唤他快点,再快点,他毫不犹豫地选择了服从。

侍卫们已经架起行军锅。拔都几步跨到自己的坐骑前,翻身跃上马背。

"大哥,带上两匹从马,立即出发,一定要在最短的时间内赶回玉龙杰赤!别儿哥,你和其他人随后跟上来,记住,一定要照顾好薇萱,他们这些人的安全就都交给你了。"

"二哥,出了什么事?"

"不知道!我真的不知道!可我需要马上见到父王。我和大哥先行一步,一切都拜托你啦。我回到玉龙杰赤,派人接应你们。路上,千万不要逞强好胜,不要轻易与花剌子模人发生冲突。明白吧?"

"哦,明白。"别儿哥疑疑惑惑地应了一声。不容他再问什么,拔都和斡尔多已经一前一后跃马融入了苍茫的夜色。

拔都的预感在父王的病榻前得到了印证。

分别近两年,拔都无时无刻不在牵挂着父王的病体,不料再见时,父王正悄然走向生命的尽头。

弟弟昔班忧伤地守候在父王的身旁,看到两位哥哥回来了,他站起来,扑进斡尔多的怀中,低声抽泣起来。

斡尔多心里乱糟糟的,无暇叙说别离之情。拔都几步抢到床前,焦虑地俯视着昏睡中的父王。酥油灯一闪一闪地映照在父王蜡黄的脸上,奇怪的是,这张脸容此刻竟显得异常安详。

仿佛感觉到儿子的气息,术赤倏然睁开了紧闭的双眼。他终于确信是拔都和斡尔多回来了时,脸上不觉露出一丝慈爱的微笑。"拔都,你们回来了?"他稍稍合了合眼睛,似乎要积攒一些力气。

"是的,父王。"拔都坐下来,握住了父王伸出毯外的一只手。

"好,回来就好!我一直在等你们。"

拔都心痛欲裂,想说什么,又哽在了喉中。

"拔都,你瘦了。远征顺利吧?"

"很顺利。我们征服了许多城堡。"

"你祖汗……他身体还好吗?"

"祖汗依然硬朗,只是比五年前苍老了一些。"

术赤微微叹了口气:"父王真想他啊!是啊,五年了,父王已经整整五年没有见过他老人家了。"

"那么……"

"在花剌子模,父王本该去看望他老人家的,可是……这也许是一种变相的报复吧,没想到最后被报复的却是父王自己。"

"父王?"

"一个人,在他生命行将结束的时候,不断地想着他竟然再也看不到他此生最牵挂的人,哪怕只有一眼,这该是怎样一种刻骨铭心的憾恨哪!而这,就是父王此刻的最真实的心境。"

"您别这么说!您千万要振作起来,等您的病好一些,我就护送您去看望祖汗。我们临回来的时候,祖汗还一再嘱咐,希望您尽快回到蒙古本土,他有许多话想对您说。"

术赤的脸上掠过一抹忧伤的笑容:"是吗?只怕我这个不孝子又要让他老人家失望了。拔都……哦,斡尔多,你也坐下,坐近些,父王有一件很重要的事要跟你俩商量。"

机灵的昔班立刻给大哥搬来了一把椅子，斡尔多就在拔都身边坐了下来，轻抚着父王肿胀的胳膊。

"斡尔多、拔都，诸子之中，以你二人为长，父王是想就王位的继承问题听听你俩的意见。"

斡尔多与拔都惊讶地对视一眼。拔都刚说一句："这个何须商量……"

斡尔多已抢过了话头："父王，依儿臣之见，二弟拔都自幼心怀大志、深沉自重、处事敏决，而且，诸兄弟中唯有二弟深谙祖汗兵略，每逢大战，常能根据对方的国情、民情、敌情、战情，采取机动灵活的战术，因此，自从征以来，百战百胜，这一点，实在是儿臣所不能相比。儿臣自忖，儿臣虽为长子，然个性优柔寡断，远不如二弟在将士臣民中更具威信。倘若父王将这偌大的汗国交给儿臣治理，只怕会葬送祖汗和无数将士辛苦创建的事业。儿臣恳请父王将王位传于二弟，儿臣愿辅佐二弟，尽心竭力，成就一番伟业。儿臣此心，苍天可鉴！"

"大哥！"

"什么都不要再说了，我决心已定！父王，就请将王位传于拔都，儿臣恳请父王立刻传谕。"

术赤凝视着斡尔多，深感欣慰。他有这样的儿子们，即使他身赴天国，又有什么可值得担心的呢？的确，从长远考虑，他更倾向于将王位传于次子拔都，因为拔都处事仁明，遇下有恩，才智出众，战功卓著，但斡尔多毕竟是他的长子，如果斡尔多觊觎王位，贸然将王位传于拔都，只怕将来要发生兄弟阋墙的悲剧，而这恰恰是他最不愿意看到的。好在他了解自己的长子，斡尔多自幼与拔都手足情深，对拔都的出类拔萃的天分充满了钦敬，他坚信斡尔多一定会推举拔都，果然不出所料，他可以安心了。

"好吧，就依你所请。你代为父传众人入见。"

"喳！"

贰

术赤强撑起病体，举行了简单的传位仪式。然后，他屏退众人，只留下拔都一人。他还有许多事情需要向拔都交代。

这一个晚上以及接下来的一天，拔都一直陪伴在父亲身边。虽然心中充溢着永诀的悲怆,拔都却更加了解埋藏在父亲心灵深处的悲哀与幸福,了解了父亲坎坷而又充实的人生历程。

天色渐暗时,术赤重新陷入昏睡,拔都久久凝视着父亲,又是一夜不曾合眼。不知何时,阳光穿过天窗投下了一束光亮,一阵急促的脚步声由远及近。突然,殿门被打开了,别儿哥和薇萱出现在门前。

"父王!"薇萱扑到父王面前,摇晃着父王的肩头,哭了起来。

斡尔多与昔班也进来了。别儿哥呆呆地站在拔都的身后,拼命吞咽着内心的哀伤。

许久,术赤再次艰难地睁开了眼睛,他的心智一时陷入混沌状态,视力也更加模糊了。

"拔都……"他喃喃地唤道。

"父王,薇萱和别儿哥回来了。"拔都忍住悲伤应了一声。

术赤轻抚着女儿妩媚的脸庞,嘴角露出一丝慈爱的微笑:"是我的薇萱吗? 真的是我的小开心果吗?"

"父王,是我。"

"你在哭吗? 不要哭,不要哭,父王这会儿感觉好多了。"

"父王!"别儿哥跪倒在父王的病榻前。

"别儿哥,我的儿子,你也回来了? 儿子,为父已将王位传给你的二哥,从今以后,你要尽心竭力辅佐你二哥,切不可萌生异志。"

"我会的! 父王,我会好好辅佐二哥的!"

"这就好。拔都,父王死后,就将父王葬在封地,不要送回蒙古本土了。就让五年前的父王永远留在祖汗的记忆中吧。"

"儿臣……谨遵父命。"

"还有,拔都,将来,切不可争夺蒙古国的汗位。"

"您放心,父王。"

"善待你的兄弟,照顾好薇萱。"

"我会的,父王。我会的,您放心吧。"

术赤无限留恋地凝望着他的孩子们。渐渐地,他的眼睑似乎有千钧般沉重,他开始揽不住越飘越远的神思。终于,他放弃了。在生命留存的最后一刻,他仿佛看到父汗正向他走来。他的脸上浮出一丝思念的微笑,"父汗……"他柔情地轻轻呼唤,这也是他留在世间的最后一句话。

两颗晶莹的泪珠从他紧闭的眼角滚落下来。

"父王,父王,您怎么了?您为什么不说话了?您答应过我,等我从蒙古草原回来后,要带我去打猎的啊。难道您忘了吗? 求您了,您跟我说句话好吗?

我好害怕……"薇萱依然用手摩挲着父亲苍白的、冰凉的脸颊,似乎还想唤醒父亲。斡尔多强忍悲痛拉了妹妹一下,随即跪了下来。拔都、别儿哥、昔班一起跪在他的身后,啜泣声迅速地连成了一片。薇萱呆呆地望着父亲安详的面容,终于明白了什么,她紧紧抱住父亲的遗体,迸发出撕心裂肺的哭喊:"父王,您醒醒啊,您难道真的不管薇萱了吗?父王!父王!"

许久许久,斡尔多强使自己止住悲泣,面对几位弟弟,沉沉地吩咐道:"别儿哥、昔班,你俩去请众位母妃来见父王最后一面,父王的后事还需与她们商议后再行操办。拔都,你速速准备,过几天抓紧时间返回蒙古草原,一来将父王病故的消息通知祖汗,二来就王位继承一事聆听祖汗的教诲。薇萱,好妹妹,不要再哭了,你……你就帮大哥给父王擦擦……身子吧。"

遵照斡尔多的安排,父王入殓后,拔都带着数百名侍卫日夜兼程重返蒙古本土。成吉思汗骤然得知爱子病逝的消息,精神上遭受到巨大的打击,这之后的三天,他一直将自己独自关在帐中,对任何人不予接见。

拖雷和苏如夫人闻讯带着儿子蒙哥、忽必烈、旭烈兀前来探望拔都。成吉思汗的四子当中,拖雷与大哥术赤情谊最深厚,不承想花剌子模一别,竟是天人永诀。拔都见过四叔、四婶和堂弟们,却是相顾无言。这一刻,任何言语都显得多余了,每个人都用各自的方式寄托着对死者的哀思。

拔都像四叔一样,内心对祖汗充满了深深的担忧,但无论是谁,都不敢贸然打扰成吉思汗。

三天后,成吉思汗强打精神召见了孙子,询问儿子临终前对王位做出的安排,得知已由拔都继承父位,他在痛苦之余,稍感宽慰。

术赤的封地远在花剌子模和钦察草原一带,如果没有一个强有力的领导人,那些被震慑而降的城市就可能起而复叛。何况花剌子模旧主札兰丁已逃往印度,这位性格坚强的铁血国王断然不会放弃复辟的梦想。可以这样说,札兰丁一日不除,蒙古在新的征服地势必面临着诸多挑战和艰险。术赤诸子尽管各有所长,但综合各方面的条件,拔都的确是最合适的王位继承人。

成吉思汗神思倦怠,形容憔悴,仿佛骤然间衰老了十岁。看到父亲的病逝对祖汗的打击如此之大,拔都心里十分难过。草草吃过午饭,成吉思汗推说累了,要独自待一会儿,大家不敢违拗,遵命离去。正巧速不台父子也来看望拔都,在帐门外遇见,拔都遂邀请速不台父子同到四叔的营地小聚。

父汗不在跟前,拖雷详细问起大哥病逝前后的情形,众人皆嗟叹不已。一路上,苏如大人以她特有的慈祥柔声宽慰着拔都,拔都忧伤的心情稍稍有所缓解。

为了转移拔都的注意力，拖雷约略问了问札兰丁的情况。

札兰丁逃往印度后，召集起旧部四千余人，印度王担心札兰丁的势力扩张对他的统治不利，决定向札兰丁用兵。札兰丁提前得到情报，与诸将商议后渡过申河，回到花刺子模，以图恢复祖业。

在花刺子模，札兰丁又兼并了其弟的两万余军队，加上许多被蒙古征服的城市和军队起而复叛，札兰丁的势力进一步壮大。因为不想立刻与蒙古军正面交锋，札兰丁开始向周边地区扩张，先征服阿拉伯诸地，继而谋征谷儿只王国。拔都因父王病逝，成吉思汗的用兵重心南移，只得暂时收拢兵力，以随时抗击札兰丁的蚕食。至于最终永久性地解决问题，他觉得还得再一次对花刺子模大举用兵，消灭札兰丁，铲除后患。

拔都在四叔的营地小住了几日。他放心不下祖汗，每天一大早都会骑马去主营看望祖汗，下午才返回四叔的营地。成吉思汗的精神状态一直不好，吊唁之事也就只能往后推了。

转眼四年过去，清雅的两个侄女修眉和雪雪已经一个六岁，一个五岁了。小姐妹长得眉目如画，颇得几分她们姑姑的灵秀模样。每天上午，她们都要在规定的时间内同旭烈兀、阿里不哥一起念书习字。闲暇时候，几个孩子喜欢到野外玩耍，两张小脸蛋晒黑了许多，像两匹健壮的小马驹。

蒙古征金战争开始后，中原许多有识之士接踵来到漠北，希望在异域大展宏图。对于他们，成吉思汗一律待若上宾。他们中的某些人，被拖雷和苏如夫人延聘至四太子府，教习他们的孩子学习文化。苏如夫人自己亲生的四个儿子中，蒙哥、忽必烈最好学，旭烈兀、阿里不哥却很贪玩，于是，修眉和雪雪这对小姐妹便有了一个重要任务：督促旭烈兀、阿里不哥学习，否则，她们将拒绝与他俩一起玩耍。苏如夫人的这个办法很灵，旭烈兀、阿里不哥顽皮归顽皮，偏偏很买小姐妹的账，每天总要乖乖地把功课做好，才敢出去玩耍。

修眉、雪雪与拔都好像有一种天然的亲近感，只要拔都不忙，她们就会缠着拔都带她们骑马。与她们相伴，总能让拔都回想起他在玉龙杰赤的那间地下室里养伤的日日夜夜，时光的流逝从未让拔都忘却过他心爱的姑娘，相反，对于清雅的怀念，早已成为他生命中不可或缺的一部分。

兀良合台留下来一直陪伴着朋友。拔都原以为兀良合台会向他问起薇萱，不料兀良合台只字不提。对此，拔都一来心情欠佳，二来猜不透兀良合台的真实想法，也就没有贸然相问。

前来看望拔都的人络绎不绝，不过，当贵由突然出现在拔都的面前时，拔都着实吃了一惊。

贵由嗫嚅着向拔都表示了慰问,拔都礼貌地做了答谢。直觉告诉他,贵由的来意绝非如此简单。果然,稍稍寒暄后,贵由沉默下来,瘦削的脸上露出紧张思索的神情。

拔都注视着他,耐心地等待着下文。

贵由似乎下了决心,涨红了脸说道:"拔都,也许这种时候我不该谈到这个话题,可是我们兄弟难得相聚,如果现在我不说,只怕以后更没有机会说了。请你原谅我的唐突。"

"没关系,你说吧。"

"我喜欢薇萱。"贵由一反常态,直截了当。

拔都似乎并不吃惊。

"我听说,前些时候你成了亲。我还没有来得及恭喜你。"

"海迷失是母亲为我定下的妻子,可我喜欢的是薇萱。我想,海迷失应该不是什么障碍。"

"当然不是。贵由,你知道,薇萱虽然是我父亲收养的女儿,但我一直都拿她当自己的亲妹妹。父亲临终前还一再嘱咐我,让我好好照顾薇萱。对于她的终身大事,我这个做哥哥的的确没有权利干涉。这样吧,回去后,我会将你的心意转达给她,至于她愿意嫁给谁,我们还是尊重她自己的选择。"

"也好。我静候佳音。"

贵由再没什么话说,起身告辞了。在帐门口,他们与兀良合台打了个照面,兀良合台急忙上前见礼,贵由却只用鼻子"哼"了一声便跨上马鞍,扬鞭而去。他傲慢的举止令拔都十分不快。

"他还是那样,一点没有长进。"

兀良合台若无其事地笑了:"随他去吧。嗨,小王爷,他来做什么?"

"向薇萱提亲。"

兀良合台脸色倏然变了。拔都注意观察着他的表情。

良久,兀良合台才勉强笑道:"是么?"

"是的。不过,我知道薇萱心里喜欢的是别人,薇萱不愿意,我是不会把薇萱嫁给他的。"

"可如果你拒绝了他,他会恨你一辈子的。"

"就算是这样,我也不能拿薇萱的终身大事做交易。兀良合台,我想问你一句话,你必须如实回答我。我们一起待了好些天了,你一个字不提薇萱,你当真一点都不惦记她吗?"

"不,不是。我不想在你遭逢这么大的不幸时还用儿女私情烦你。何况,薇萱是那样高贵的一个女孩子,能与她做朋友我已经很知足了,哪里还能再存非分之想?"

拔都伸手用力地按住了兀良合台的肩头,目光中闪现出丝丝暖意。兀良合台看得懂他的目光,那是责任感和忠实于友谊的天性流露,哪怕为此得罪未来的大汗长子也在所不惜。

怀着无可名状的复杂感情,兀良合台回以轻轻一握。

叁

成吉思汗选中孙子阔出代表他前往玉龙杰赤吊唁大太子术赤。阔出与拔都相约同行。阔出走后,成吉思汗将兰容接到了蒙古主营住了几个月。今天,兰容送别了要去花剌子模迎娶薇萱的兀良合台,回到自己的营地。

日近黄昏,兰容点起酥油灯,屏退了侍女,安静地做着针线。这是一双灰黑色的战靴,兰容想在阔出回来前做好它,等阔出回来就可以穿了。说也奇怪,阔出在身边的时候还不觉得什么,现在他远在万里之遥,她倒真有些惦记他了。

帐门"哗啦"响了一下,兰容以为是风,并未在意。

帐门"哗啦哗啦"地响得更厉害了,好像有人在使劲推门。兰容将靴子放在箱盖上,问道:"是谁?"

"贵由。让我进去。"门外的声音含糊不清。

兰容刚刚打开帐门,贵由便踉踉跄跄地跌进门来。

兰容吃了一惊,急忙将贵由扶起,让他坐在一把圈椅上。贵由的两只眼睛布满了血丝,脸几乎成了紫青色,浑身上下散发着浓烈的酒气。兰容见他喝成了这样,忙去倒了碗水来,放在贵由的面前。贵由正感口渴,端起大碗猛喝了一气,倒有一半顺着脖颈洒在了衣襟上。

兰容又是好气又是好笑地拿过水碗,正欲离开,贵由欠起身子,一把抓住了她的两只手。

碗,掉在地上碎了。

"你做什么?放手!"兰容猝不及防,又惊又怒,一边试图摆脱贵由,一边怒喝道。可是,贵由的力气实在太大,兰容怎么也挣不开,反而被贵由拉到了身上,差点跌坐在他的怀中。

"你怎么能这样!你再不放手我要喊人了。"

"喊……人？你……你喊，让……人……看……看看，阔……出的……未婚妻，跟……谁在……一起。"

兰容好不容易抽出一只手来，狠狠地扇在贵由的脸上。

贵由愣了愣，好似蒙了一般，放开手，睁着一双无神的眼睛望着兰容。兰容本来一肚子怒气，看到他这样，又有些心软了。

"看你醉成了什么样子！你等着，我去叫人送你回去。"

"不，你别走！"贵由重新拉住了兰容，"你告……诉我，你们，你们所有的人是不是都讨厌我？"

听到贵由如此悲切的问话，兰容一时倒不知该如何回答了。许多年前，她、贵由、阔出一同长大，那时她就不太喜欢贵由，总觉得贵由对人对事斤斤计较，不像阔出雍容大度，处处谦让，所以更多的时候她宁愿与阔出相处。现在，她已经是阔出的未婚妻，再有一年，她的守孝期满，就要同阔出成亲了。她小心地恪守着这个婚约，尽管她并不快乐。可是，对于贵由，她又能说什么呢？天性的善良使她不忍心伤害任何人。

"是不是？"

"没有。贵由，你放开我的手，听我说。"

"我不！我不！我知道你们都不喜欢我。从小，你就喜欢阔出。长大了，你喜欢谁，我心里清楚。他把薇萱嫁给了兀良合台。他宁可把薇萱嫁给兀良合台也不肯嫁给我。你知道吗？"

贵由不但不肯放开兰容，反而抱得更紧了。他口齿不清，语无伦次。兰容开始还有些不明白他在说什么，最后一句却听懂了。原来是为了薇萱！阔出在托信使捎回的信中说，贵由派人向薇萱求婚遭到了拔都的拒绝，非但如此，拔都反而遣使请求成吉思汗将薇萱许配给兀良合台，成吉思汗不知道贵由向薇萱求婚一事，加上他对兀良合台十分器重，遂对拔都的请求欣然应允。今天，兀良合台辞别了成吉思汗去娶亲，隆重正式的婚礼将在一对新人返回后举行。贵由大概是为这件事心里不痛快，才喝得酩酊大醉。

"拔都，我要报复！我一定要报复！你等着吧，你等着，总有一天，我要让你死无葬身之地！"

贵由不断地喊叫着。兰容冷冷地望着他，心里却对拔都的命运和前途产生了隐隐的忧虑。她深知贵由的性情，贵由是个睚眦必报的男人，身为未来大汗的长子，拔都今天得罪了他，很可能就为自己的明天埋下了祸患。

"兰容，我知道，你喜欢的是拔都，不是阔出，当然，更不是我！"贵由瞪着蒙眬的醉眼盯着兰容，脸上露出了不阴不阳的笑容。他的手，随着话音向兰容柔软的乳峰探去。

兰容用力挣脱了贵由的纠缠。她的胸脯剧烈地起伏着,贵由公然的羞辱让她像吞吃了苍蝇一般感到恶心。

"我不想跟你说什么。你醉了,我去叫人,送你回去!"

贵由失神地看着兰容向门口走去。突然,他一跃而起,从后面将兰容拦腰抱起,扔到了床上。兰容奋力挣扎着,贵由用手掐住了她的脖颈。

"我喜欢你!我一直喜欢你!你难道不知道吗?今天,我一定要得到你!"贵由神经质地大笑起来,笑声里充满了不顾一切的疯狂。

"放开我!你这个浑蛋!"

"我浑蛋,我就是浑蛋!怎么样?不要动,否则我杀了你。拔都让我痛苦,我要让他更痛苦。还有阔出,这个傻子把你当成他的命根子,我今天先杀了你,看看他怎么做他的新郎。"

"杀吧!如果你不杀我,我一定会将你今天的所作所为全都告诉大汗。"

"告诉大汗?我让你告!我让你告!"贵由的野性被激发了,由来已久的爱而不得、失落妒忌在这一刻都变成了对兰容的仇恨。他的手掐得更紧了。他的脸在兰容的眼中不断变形、变形,终于,兰容的眼前出现了白茫茫的一片,神思飘离的瞬间,她仿佛看到了父亲。

兰容怀着对长天生的感激,放松了全身。

贵由感到了异样。他的手一下松开了,呆若木鸡地望着一动不动的兰容。

发泄完了仇恨,就只剩下空虚。

贵由的酒完全醒了。

我杀了她!我会死!我会因此而死的!贵由迟钝地想着,奇怪的是,他并不很害怕,也没有太多的惊慌。

童年时代的兰容,拖着两个小辫,穿着一身合体漂亮的蒙古袍和一双头尖尖的绣着图案的靴子。那是贵由第一次见到兰容,尽管他还是个孩子,心里却有一种莫名的慌乱和喜爱。

但是兰容的眼睛总在对着阔出微笑。

现在,这双盈若秋水般的眼睛闭上了。贵由想到阔出会因此疯狂,拔都会因此自责终身,心里居然产生了一种奇异的快感。是他杀了兰容,而他,心甘情愿地陪着兰容去死。

或许只有这一刻,他才恍然意识到自己始终都在爱着兰容。

之所以钟情薇萱,不过是对兰容的爱的延伸。

贵由从靴中抽出了一把锃亮的匕首,镇定地在越来越暗淡的油灯下晃了晃。是的,就用这把匕首。

　　一阵冷风灌入帐中,贵由浑身打了个寒战。他回过头,发现帐门半开着,心想一定是兰容见他醉得厉害,没顾上关门。这时,一个可笑的念头掠过脑海,他觉得还是应该先把门关上,既然要死嘛,他就应该躺在兰容的身边,在做完他想做的事时,他不想让人过早地发现他们。他拖着沉重的步子向门口挪去,他的一切行动都像是幽灵,甚至连思维也像。在门前,他伸出推门的手停在了半空,他看到静夜中一双眼睛闪着怒火,正冷酷地逼视着他。

　　他与这双眼睛对峙着,终于,他颓然垂下手臂,退回到帐中。

　　海迷失随着他走入帐中,随手关上了帐门。

　　"你来做什么?"他丧气地问。

　　海迷失没有回答,快步走到失去知觉的兰容面前。

　　"你把她怎么啦?"

　　"我杀了她。"

　　"你? 杀她? 为什么?"

　　"不知道。"

　　"你手里拿着匕首要做什么?"

　　"偿命。"

　　"为兰容?"

　　"是。反正我也活不成了。"

　　海迷失轻蔑地看着贵由:"你不会死的。我也不会让你死。"她伸出细长冰冷的手指侮慢地捏了一下兰容的脸颊,这张脸细腻得让海迷失妒忌。兰容的脸依然温热,海迷失的手指还能感觉到她微弱的鼻息。谢天谢地,幸亏兰容只是一时昏厥过去,否则……尽管她说了不能让贵由死,然而想到成吉思汗一定会追查兰容的真正死因,到时,她又怎么可能保住贵由的命? 弄不好还会连累到她。她刚才那么说,只不过是因为她打心眼里讨厌贵由惊慌失措的样子,更不允许贵由为了兰容的死而自杀。

　　贵由一下子蹲在地上,抱住了脑袋。匕首不知不觉地滑落在脚边,他却没有力气重新拾起。他不想看海迷失,他甚至有点恨海迷失。当初,他娶海迷失为妻只是因为他那位性格刚强的母亲要他这么做,而海迷失妖娆的身姿也的确能够挑逗起他的情欲,可他心里想着的是薇萱,是兰容。现在,他同时失去了薇萱和兰容,海迷失的一句话又让他失去了死的勇气,他甚至不知道自己该如何面对所发生的一切。

　　"只有我能救你!"

　　海迷失更加镇定,语气里还流露出一丝丝轻蔑。贵由抹了把汗湿的脖颈。谁能救得了他？兰容是哲别唯一的女儿，是成吉思汗心坎里的明珠，现在他杀了兰容，成吉思汗不把他五马分尸恐怕就算是顾念着祖孙之情了。

"只有我能救你！"

海迷失又重复说了这句话，贵由怀着一丝疑惑抬头窥视着海迷失。说真的，同床共枕半年有余，他居然一点也琢磨不透这个女人。在床上，她让他销魂，一旦下了床，她就让他无法靠近。

海迷失的眼中闪烁着奇特的光芒，贵由像被灼了一下，慌忙避开了她的视线。他咕哝了一句："你怎么救我？"

"兰容没死。"

"什么！"贵由突然挺直了身子，急切地就要向兰容扑去。海迷失用身体挡住了他。

"你不能过去。"

"兰容真的没死？"

"没有。但你还是要死。"

"你……你什么意思？"

"如果兰容将今天发生的一切告诉你的祖汗，你一样要死。"

贵由倒吸了一口冷气。海迷失说的对，如果兰容将一切告诉祖汗，他只有死路一条。但现在，他已经不想死了。他失神地望着海迷失。这个女人，她多镇静啊，她真的心里有数？

"你怎么救我？"

"待会儿她醒了，你看我怎么做，你就怎么做。"

海迷失的话音甫落，兰容微微咳嗽了一声。海迷失认真地审视着她，突然，她迅速拉着贵由跪了下去。

兰容剧烈地咳嗽起来，一点点、一点点睁开了眼睛。她挣扎着抬起头，一眼看到贵由和海迷失正跪在她的床前。贵由低着头不敢看她，海迷失的眼中却闪烁着晶莹的泪光。她的脑海中一片迷茫，一时不明白是怎么回事，直到脖颈上的一阵剧痛传来，她才回想起方才发生的一切。

"你们……"她的嗓音沙哑，每吐一个字都异常艰难。

"姐姐，你醒了？你真的醒了？刚才，刚才可真的吓死我啦。"海迷失激动地扑上去握住了兰容的手。

"你……"

"究竟发生了什么事？我进来时，贵由他正要……我吓坏了，硬是从他手里夺过了匕首。可无论我问他什么，他都一言不发。姐姐，你们到底怎么了？你脖子上的瘀痕……是他弄的吗？"

兰容一言不发。

"真的是他……怎么会是这样？他曾经那么真心地爱着姐姐。"

兰容无语。

"姐姐,本来我来看你,是想告诉你我怀孕了,想让你为我高兴,没想到他竟然……他做了对不起姐姐的事,他该死。可是,他毕竟是我肚里孩子的父亲,我不能让孩子一生下来就没有父亲,与其这样,不如让我……"海迷失看到了地上的匕首,一下子取在手中。

"别！你不要这样！会伤了孩子！贵由快拦住她,千万不要伤了孩子！"兰容焦急地欲起身,却头一晕,重又跌倒在床上。

贵由慌乱之下,用力抓住了海迷失的手腕。海迷失倔强地扭动着身体,试图挣开贵由。兰容担心地看着她。

"不要管我！你做了这样的事情,我们还怎么有脸面对兰容姐,面对大汗和父王！"

"海迷失,你不要这样乱挣乱动！你放心,今天的事我绝不告诉任何人。我不会让你的孩子没有阿爸的。"

海迷失泪眼蒙眬地望着兰容："姐姐,你说的是真的吗？"

"我怎么可能骗你。"

"姐姐,你真是太好了。你太善良、太仁慈了。贵由,姐姐她宽恕了你,你快给姐姐磕个头,说声对不起！"

贵由果然向着兰容磕了三个头,兰容厌恶地闪避了一下身体。

"姐姐,我知道阔出这几天就要从花剌子模回来了,他回来后看到姐姐受到这样的伤害,心里一定很难过。到时候,我真担心他会恨贵由……"

"不会的。我既然答应了你,就会把所有事情都处理妥当。好了,海迷失,我不大舒服,你先带着贵由回去吧。我想休息了。"

"行,姐姐,我听你的。可是,姐姐你也答应我,不可以做什么傻事。你和阔出就快成亲了,我一直盼望着能做你的伴娘。"

兰容苦笑了一声："回去吧。"

海迷失从地上扯起贵由："那,姐姐你好好休息,我们先走了。明天,我再来看你。"

贵由像木偶一样任由海迷失摆布。他的心境很复杂,既厌恶海迷失用这种方式为他摆脱了困境,又不得不感谢她巧妙地救了自己。他没想到海迷失竟然比他更了解兰容。以兰容的善良,用肚子里尚未出世的孩子来打动她,的确比任何言辞都要奏效。不过,海迷失真的怀孕了吗？他怎么一点都没有觉察出？也许他真的对海迷失亏欠太多了,毕竟夫妻一场,这一次又是海迷失凭借她高超的演技救了他,无论如何,将来他得对海迷失更好些。再说,海迷失的确是个应变力很强的女人,如果他仍然不想放弃他的雄伟抱负,作为妻子的她,其头脑和心计对他来讲都是一笔不可多得的财富。

对贵由歉疚的表情,海迷失视若无睹。不是因为她无法原谅贵由的所作所为,而是因为她根本不在意贵由。她怀孕已经有五个月了,但她一直没有告诉贵由。其实,怀不怀孕她倒不在乎,她在乎的只是怀孕这件事本身。对于一个蒙古女人来讲,能否生下儿子将直接关系到她未来的身份、地位,所以,她必须要一个或者几个儿子。

有一次她怀着一种冷漠的心境想道,如果这个孩子是她和阔出的,她会不会感到快乐呢?最后得出的答案是不会。她的确喜欢过阔出,因为阔出是窝阔台最钟爱的儿子,而窝阔台又是未来的蒙古大汗。

仅此而已。

她也欣赏过拔都的敢作敢为,但她自知不可能把握住拔都这样的男人,千思万虑之下,她终于决定将这两个男人统统抛开。她嫁给贵由时稍微有一点伤感,这份伤感来自于对兰容的嫉恨。尽管兰容天生丽质,却不似她风情万种,荡人心魄。她从十几岁起就了解自己对男人所具有的魅力。她为此沾沾自喜,直到遇见兰容。她想不明白,为什么她真正看重的男人都钟爱着平淡无奇的兰容?她心里越是憎恶,越让自己表现出非凡的热情。她要看看,她一定要看看,她无数次算计,甚至强迫自己嫁给贵由,最后她一定要看看谁能做蒙古帝国的皇后。

尔鲁教主断定她有皇后命,但不能嫁给阔出。对于笃信萨满教的她来说,这位有着异于常人之能的年轻教主的话,是她行为的准则和为之奋斗的动力,只要能达到目的,她会不惜一切。

只顾想着心事,一不留神,海迷失的一只脚踩在了勒勒车轧出的沟坎中,身体向前倾去。贵由眼疾手快地一把抱住她。海迷失第一次在贵由的眼中看到了温情,作为回应,她巧妙地将冷漠的心境掩藏在妩媚的眼波之后。

她知道,她开始赢得了贵由。

然而,贵由能像她所期望的那样去赢得天下吗?

第六章

人算·天算·胜算

壹

在玉龙杰赤,拔都依然关注着祖汗直接指挥的征服西夏的战争。

信使频繁往来于成吉思汗以及四位太子的封地,传递着各种各样的消息。成吉思汗建立的驿站继续发挥着重要作用,它使来自中央的命令可以迅速传达到蒙古帝国统治的亚欧大陆的每一个角落,又可以将四面八方的政治、军事动向以最高的效率汇集到成吉思汗的行营。

战报不断传来,有喜有忧。

一二二五年秋,成吉思汗祭旗后出征西夏。

西夏初降时,其国主李安全曾允诺一旦遇有战事,西夏将作为蒙古国的左右手共同出征。然而当蒙古准备西征之际,西夏方面非但拒绝发兵,还出言不逊。当时,为了西征大业,成吉思汗默默地隐忍了,只说:"待我握金勒凯旋,必亲提大军惩处背信弃义的西夏。"

成吉思汗是个具有顽强意志和强烈自尊心的人,他绝不会逆来顺受,更不会自食其言。但他不顾长年征战和年事已高带来的疲乏,再次策马河西的真正原因在于:为了彻底征服金国,就必须首先消灭西夏。

早在一二一六年,金叛将蒲鲜万奴在辽东之地建立了一个带有割据性质的国家政权,对外以"东夏"称之。西夏公开叛蒙后,西夏、东夏、金便形成联合抗蒙的态势。拿下西夏、东夏,是全力攻金的前提。

一二二五年冬,成吉思汗率领大军来到阿儿不合地区。眼前出现了荒凉的空地,山间森林覆盖,常有野驴出没其中。成吉思汗一生酷爱围猎,见此情景,按捺不住勃发的兴致,要将士从林中将野驴赶至空地。他奔腾驰跃,箭发中的,赢得阵阵喝彩。这时,一头野驴从他的赤兔马前横穿而过,赤兔马受惊,猛然昂头扬蹄。成吉思汗不及防备,勒不住马缰,竟被掀落在地上。

蒙古军到达贺兰山与西夏军队相遇时,已是一二二六年春天。

西夏军提前沿贺兰山摆下战场,意欲乘蒙古军远道奔袭、人马疲惫之际,打它个措手不及。

面对来势汹汹的西夏军,成吉思汗镇定如常。他命军队四下散开,待敌军逼近,以弓箭相迎。一时间,西夏军中箭者不计其数,余者仓皇后退。

西夏军首战失利,但很快组织起第二波强攻。

西夏军以逸待劳,原也占尽优势。只可惜他的对手是成吉思汗,是蒙古军,不是那种久不经战阵的乌合之众。倘西夏军凭险固守,或许还能多坚持几日,无奈他们的统帅太不了解蒙古军的实力和特点。蒙古军久经沙场,纪律严明,即使经过长途跋涉,也能保持旺盛的体力和战斗力,还能做到令行禁止,忙而不乱。面对这样的强敌,固守犹难自保,何况还像西夏军一样自投罗网?

西夏军的第二次进攻来势更猛,成吉思汗仍以前法相对,命将士散得更开,渐对西夏军形成半包围之势。西夏军抵挡不住蒙古军的利箭强弩,又被击溃。

西夏军见制人不成,反受人制,不敢发动第三次进攻,意欲收兵。成吉思汗哪容他们全身退守本营,挥令大军从三面杀出。这一场殊死拼杀,直将西夏军杀得尸横遍野。

一二二六年夏季,甘、肃二州陷落。为避暑,蒙古军兵发浑垂山。

成吉思汗将大军分作三路。他和拖雷率领主力继续征服西夏;察合台领兵赴辽东征剿蒲鲜万奴;窝阔台进入金腹地攻取金首都汴京。

蒙古军继续东进,拖雷领兵攻克西凉府,成吉思汗移师城中。

此时,蒙古其余几路大军也是捷报频传。二太子察合台顺利剿灭"东夏",蒲鲜万奴兵败被捉,性如烈火的察合台等不得请示父汗,即将他推出斩首。与此同时,窝阔台经西安府逼近汴京,沿途势如破竹,所向披靡。汴京凭借黄河天险,虽难遽破,金帝却更加迫不及待地希望与蒙古方面议和。

一二二六年十二月,西夏重镇灵州陷落。一二二七年四月末,蒙古大军包围西夏首都兴庆府。

六月,成吉思汗因体力不支到六盘山养病。

拔都接到六月的战报已是一个多月之后。头一天的夜里,他梦到祖汗骑着赤兔马在不儿罕山游猎。突然,一群五彩斑斓的瑞鸟"啾啾"鸣叫着,向成吉思汗飞来,它们围绕着成吉思汗上下翻飞,渐渐地飞舞成一只硕大的仙鹤。仙鹤翩翩起舞,成吉思汗的周身开始闪射出一道道耀眼的光芒。拔都睁大眼睛看着祖汗。这时,他的耳边传来悠扬的乐声,有那么片刻,他的眼前被金光罩住了,什么也看不到,当光芒一点一点消失后,仙鹤不见了,祖汗也不见了。拔都大声呼唤着祖汗,从梦中惊醒过来。他望了望窗外透出的光亮,回想着孤零零茫然站立的赤兔马,心里如同被掏空一般难受。

斡尔多最先拿到战报,早早来到拔都的寝帐。征服花剌子模后,拔都的临时驻跸地仍在玉龙杰赤。拔都请大哥坐下,不及起床便向大哥讲起他刚才的梦境。他讲得很细,不肯漏掉任何细枝末节。讲毕,兄弟二人面面相觑,心里都有一种不祥的预感。

良久,斡尔多勉强笑道:"战报说祖汗在六盘山养病,也许……"斡尔多本想说也许祖汗已经好多了,可是他天性不善遮掩,内心深处一阵阵涌动的惶惶不安的心潮让他不由自主把话咽了回去。

拔都不敢再看斡尔多,也不敢再想。

斡尔多强打起精神:"你……"

拔都打断了他的话,"大哥,我想去看望祖汗。"

"去六盘山吗?"

"是。"

"如果想去,就让别儿哥陪你去吧。"

"别儿哥得留下来。他和札兰丁数次交手,对札兰丁的战法很熟。现在,好多被我们征服的城市都在蠢蠢欲动,有他配合大哥指挥军队,大哥可高枕无忧。当然,我知道,札兰丁暂时不会有大的动作,不过,我们还是要加倍谨慎,防患于未然。"

"也好,那就让昔班跟你去吧。他跟我说过好多次,想让我给他找个回蒙古本土的差使,哪怕做信使都行。"

"是吗?他的这种心境倒与我不谋而合。蒙古本土永远是我们的家,我们的根。而在这里,总难免有一种身处异乡的孤独感。记得父亲去世那年我回了一趟蒙古,一晃两年过去了。两年中唯一的变化是薇萱和兰容都出嫁了。我想,这次回去,等见过祖汗之后,我一定设法去看望一下薇萱和兰容。兰容在信上说,她与阔出成婚时,是从祖汗的大帐中出的嫁,我曾答应过哲别将军要亲自将她送上白帐牛车,却因为花剌子模发生叛乱,不及赶回,食言了。兰容倒是很体谅我,一直有信来,这一点薇萱可不如兰容,一年多了,她居然一封信也没有写给我们。"

"兀良合台不是经常有信来吗?说薇萱头胎生了个非常漂亮的女儿。他还请你给孩子起名,你给孩子起名'诺敏',你忘了吗?"

"哪里能忘。其实我也不是真的埋怨薇萱,只不过有些想她了。这丫头从小就喜欢跟在我的身后,二哥二哥地叫着,非缠着我跟她玩。那个时候真够烦她!现在有一年多没听到她的声音,反倒觉得缺点什么了。"

"是啊。我知道你性子急,既然要出发,我去做些准备吧。"

"把前不久起儿漫王国进贡的那对紫晶日月杯带上。祖汗一定喜欢。"

"好的。"斡尔多答应着,心头微微颤了颤。

拔都的眼睛里流露出同样的隐忧。

为祖汗准备的礼物,祖汗还能用得上吗?

拔都在途中与信使相遇。

一二二七年十月十二日,就在拔都梦到祖汗的第二天,成吉思汗在六盘山的行宫溘然长逝。

祖汗的病故,使拔都在悲痛之余,敏锐地预感到,蒙古国内围绕着汗位之争,将掀起新的波澜。

成吉思汗生前,曾将蒙古军占领地区分封给诸子,作为世袭的封地:长子术赤拥有里海与花刺子模之地;次子察合台的封地东起畏兀儿(今维吾尔)及海押立,西抵阿姆河两岸;三子窝阔台的封地在叶密河流域一带;四子拖雷的封地,则承袭了蒙古本土。此外,成吉思汗逝世时,将自己掌管的十二万五千户的兵力,十万一千户留给了幼子拖雷,其余的分给察合台、窝阔台及众位兄弟。这样一来,窝阔台继承了汗位,拖雷则继承了蒙古帝国的实权。

按照蒙古习惯法,后汗即位,仍需经过忽里勒台大会的选举,只有在这种贵族议事会上得到认可,大汗的继立才具有合法性。本来,蒙古军第一次西征前,成吉思汗已经指定窝阔台为他的合法继承人,可是更多的贵族和将领心中却暗暗倾向于秉承了其父遗风的拖雷。在这种情况下,加之西夏刚刚臣服,对金的战事也在如火如荼进行当中,诸王、贵族、功臣勋将便相约,待时机合适再行召开忽里勒台大会,以便最终确立大汗人选。

拔都参加完祖汗的葬礼当天就发起了高烧。高烧数日不退,拔都吃不下任何东西,消瘦了不少。大夫说这是连日奔波加上伤心过度所致。苏如夫人放心不下,派蒙哥将拔都接到自己的帐中精心治疗、调养。

拔都的病刚刚有了起色,耶律楚材便专程来拜访拔都。

对于这位祖汗一生信任的贤臣的来意,拔都心里十分清楚。

两年多未见,耶律楚材依旧风度儒雅,飘然出世,只是比起那时来,鬓角多了丝丝白发,脸上也增添了倦意沧桑。拔都孩提时代与耶律楚材有过师生之谊,对他敬重异常。而耶律楚材对拔都,也一向坦诚相见。即使后来拔都成为独当一面的将领,乃至继承父亲的王位,仍对耶律楚材执弟子礼。这一次,若非生病耽误,他一定早去拜访耶律楚材了。

两人相见,耶律楚材请拔都屏退众人。然后,他坐下来,以一种率性执拗的态度与拔都促膝长谈了整整一个晚上。

事后回想起来,谈话的内容始终围绕着汗位这个主题进行,这应该是最敏感的话题,拔都却无意回避。更有意思的是,整个谈话过程中,多是耶律楚材提问,拔都回答。就如当年拔都给耶律楚材做学生时,经常都是拔都提问,耶律楚材不厌其烦地予以回答。

拔都清楚地记得,在说了几句客套话后,耶律楚材开门见山地问:大汗生前已确立三太子窝阔台为汗位继承人,作为长子系的代表人物,是否心甘情愿地奉窝阔台为主?

拔都诚实地回答:祖汗有他自己的考虑。不过,我个人认为,三叔窝阔台有一些地方确实不及四叔拖雷。

耶律楚材问:哪几个方面?请小王爷直言相告。

拔都答:我说三点吧。一是胆略不如;二是军事指挥才能不如;三是自制力不如。我四叔自幼跟随祖汗身边,受教最多,也秉承了祖汗过人的智慧和胆识。他不仅在一次次大战中树立起自己崇高的威信,而且对酒色都有严格的节制。这些方面,我三叔要差些。

耶律楚材问:那么,你觉得你三叔有哪些优点?

拔都答:三叔为人宽容、谨慎、公正、谦让,善于处理兄弟子侄间的矛盾,同时不缺乏对祖汗事业的忠诚和敏锐清醒的头脑。

耶律楚材问:你认为统治如此庞大的国土,更需要的是杰出的军事素养,还是灵活的政治头脑?

拔都答:二者兼备,缺一不可。老师不是常常说,马上可以打天下,马上不能治天下。如今的蒙古帝国,万象更新,征服与治理并存,更需要一位兼具军事家和政治家素质的领导人,如祖汗一般。

耶律楚材问:如果让你推举,你更倾向于谁?

拔都答:我四叔拖雷。这是从长远考虑。四叔个人能力固然是一方面,更重要的是,四叔有几个出类拔萃的好儿子,他们是我蒙古帝国的未来。

耶律楚材沉默了片刻,接着问:一旦忽里勒台大会遵从成吉思汗的愿望,正式确立窝阔台三太子为继承人,你是否仍坚持自己的观点?

拔都答:对。

耶律楚材问:以你的影响力,你难道不担心此举可能引起汗位更大的纷争?

拔都答:人心所向,岂是个人所能左右?我虽更倾向于由四叔继承汗位,但我会信守盟约,全心全意地维护蒙古国的团结。

耶律楚材问:倘若四太子对汗位无所觊觎,你将如何?

拔都答:尊重四叔的心愿,全力辅佐新汗。

天亮时,耶律楚材离去了,带着信任,也带着一丝焦虑。拔都骑马一直将耶律楚材送到营外,他明白,在三叔没有登上汗位之前,这位对蒙古国、对三叔忠心耿耿的贤臣,绝不会放弃任何努力。

拔都没有向四叔提起耶律楚材来访一事。不久,借着叔侄单独相处的机会,拔都直言不讳地问及四叔对三叔将要继承汗位的看法。拖雷明确表示,他曾在父汗面前立下誓言,全力辅佐三哥,他永远不会自食其言。何况,他心里十分清楚,无论他还是窝阔台,身边都自有一群忠贞不贰的拥护者,倘若为了争夺汗位而兄弟相残,只会加速蒙古帝国的分崩离析,令父汗艰苦创建的事业毁于一旦。

拔都终于理解了四叔对权力的淡泊和一切以蒙古帝国利益为先的良苦用心,他决定暂时留下来,协助四叔收复被金国重新占领的山西平阳、太原诸城,清除金国外围的抵抗力量。

拔都与蒙哥、兀良合台再度合作。此时,攻打甘肃大昌原的一支八千人的蒙古军,为忠孝军提控完颜陈和尚率四百骑兵所破,大昌原落入陈和尚之手。大昌原一战乃蒙金战争近二十年来金国所没有的第一次大胜利,捷报传来,满朝振奋,金军士气大振。拖雷闻讯异常震怒,传命拔都、蒙哥、兀良合台立刻兵进甘肃,夺回大昌原。担任先锋的拔都仔细研究了敌情,派出快骑请求四叔收回成命,暂避其锋,仍按原计划攻取平阳、太原诸城。与此同时,蒙哥派出的使者也向父亲呈上了内容相同的敌情分析。通盘考虑后,拖雷一贯的冷静占了上风,决定由拔都、蒙哥、兀良合台率左翼,阔端、阔出兄弟率右翼,协力攻取平阳、太原诸城。

一个月之后,左、右两翼如期在太原会师。

拔都与兰容难得有机会小聚了数日。

兰容与阔出成婚不久,阔出便奉命出征金地,夺回被金军占领的雁门关。阔出新婚燕尔,不舍得与兰容分离,遂将她带到了前线。蒙古军对雁门关数攻不下,阔出苦思对策不得,兰容献地道计:趁夜色掩护,全军一起动手,连夜挖出一条地道接近城下,然后用烈性火药炸开城门。阔出依计,城门破时,引军强攻,一战得手。但金守军仍凭借关内一些要塞顽强抵抗,兰容担心蒙古军伤亡太重,忙派人召集城中妇女和老人,经过一番苦口婆心的开导,这些人大多同意帮助蒙古军劝说自己的亲人。此举果然奏效,次日清晨,守军尽数归降。阔出接受了兰容的劝告,与已降金军和睦相处,雁门关很快恢复了安定,变成了蒙古军的铜墙铁壁。

雁门关之战,使阔出对兰容的才能有了进一步的了解。成吉思汗病逝六盘山,面对依然处心积虑要夺回雁门关的金军,阔出返回蒙古奔丧前,将帅印交给了兰容,由她坐镇雁门关。然而正是这个决定带给了阔出无穷的悔恨。由于不间断的紧张和操劳,兰容在没有太多先兆的情况下突然小产了,而且,由于血流不止,兰容陷入昏迷之中,随军大夫束手无策。在这生死一线的紧急关头,幸得一位正旅居雁门关的女神医救治,兰容才保住了性命。等兰容稍稍恢复后,女神医不无遗憾地告诉兰容,她的子宫受到感染,以后再也没有可能怀孕了。

对一个蒙古女人来讲,这个打击几乎是致命的,兰容却以超乎寻常的勇气保持着缄默。她无法忘记那一天,阔出匆匆从蒙古主营返回,从病床上抱起她,只反复说着一句话:不要离开我,不要离开我……她看到阔出眼中的脆弱、惊慌、揪心与无助,那像孩童般单纯的眷恋,使她必须站起来,与这个男人一同承受这苦难。是的,她曾数次与死神交臂,现在她不能再辜负阔出,辜负这个爱她胜过爱自己生命的男人。

久别重逢,拔都情不自禁地以长兄的礼节拥抱了兰容。兰容的眼中闪动着晶莹的泪光,却在转瞬间代之以恬淡的微笑。拔都不无担忧地凝视着她,大病初愈的兰容,脸上仍透着几分苍白。

兰容请拔都坐下来。一个三四岁的小男孩在兰容身边依绕嬉戏,即使拔都在场,孩子也并不畏怯。看得出,兰容对这个孩子异常钟爱。

孩子叫失烈门,是阔出的长子,窝阔台的爱孙。孩子的母亲是阔出的长妻。阔出的这一次婚姻中丝毫不存在爱情,只是为了成全政治目的。好在阔出天性忠厚善良,他虽不爱孩子的母亲,却给予了她足够的尊重。得知兰容流产并且不能再孕后,窝阔台出于怜惜,做主将失烈门送给兰容抚养。失烈门的母亲没有提出任何异议,一则她已有了第二个儿子;二则她自知在公公与丈夫的心目中,她的地位永远无法与兰容相比,她是个聪明女人,宁愿选择与兰容和睦相处。

童真无异于一剂良药,自从失烈门来到身边,兰容的目光里就多了一种无法形容的温和与安宁。看到此情此景,拔都不由想起了那句在草原上广为流传的谚语:是什么让女人美丽?是母爱;是什么让女人坚强?还是母爱。

贰

自从有了失烈门,兰容一向洁净的住所显得凌乱了一些,但也温馨了许多。拔都与兰容依然像以前那样无话不谈,他们谈到共同惦念的至亲好友,谈到钦察草原的日日夜夜。后来,他们谈起薇萱的出嫁,兰容蓦然感到脖颈处剧烈地跳痛了一下,她下意识地用手轻抚着脖颈,嘴角露出一丝苦笑。

阔出一向话不多,只偶尔插上几句,多在品茶和倾听。每次与拔都在一起,阔山多多少少总有一些淡淡的失落感。这并非通常意义上的嫉妒,而是一种自愧弗如的心理在作祟。三人正谈着,阔端抽暇来看望三弟和弟媳,蒙哥、兀良合台处理完军中事务也来看望兰容。几个年轻人重新聚在一处,回忆起几年前在兰容帐中的小聚,不免生出诸多感慨。

这次,蒙哥带来了弟弟忽必烈。这个十四岁的少年,阔面大耳,眉目清俊,举止落落大方,谈吐机敏得体,举手投足间酷似祖父成吉思汗。看到他,拔都不仅想起了五年前他与弟弟旭烈兀到原西辽境内迎接祖汗的情形,那时,拔都就曾为这个孩子表现出来的远见和才智惊叹不已。

如今,看到已经长成少年的堂弟,有着与祖父如此酷似的形容,拔都的心中更是对他产生了许多亲近之感。

拔都知道,这些年,在四婶苏如夫人和歧国公主力主下,四叔拖雷陆续延聘和网罗了一批德才兼备、学识超群的中原大儒进入四太子府,专门教习蒙哥兄弟学习各类社会和自然知识。这些人多为宋金时期的一代宗师。在这些人的着意熏陶和潜移默化下,蒙哥和忽必烈两兄弟渐渐脱尽了蒙古人重武轻文的遗风,他们两个,一个终生酷爱钻研数学和律法,孜孜不倦,造诣颇深,一个喜欢与人探讨历代帝王的成败得失,往往语发中的,被钟爱他的祖父称作“少而有大志,乃我家千里驹”。尽管如此,同样儒雅好学的兄弟二人,其内在气质又有着明显的不同。蒙哥示之以人更多的还是蒙古人的特质,既崇尚科学,又崇尚武力,甚至对于每一场战争也像他所钟爱的数学一样,精益求精。忽必烈则表现得舒闲懒散,不以物喜,不以己悲,这种深沉的个性使他小小年纪就开始具有一种独特的魅力。

兰容很喜欢忽必烈,趁着给忽必烈斟茶的间隙,柔声问道:“我听你大哥说,你最近正在研究元好问的诗词,是吗?”

“不仅是诗词,还有他正在编纂的金国君臣的遗言往行。收获很大。元好问不愧是金国的文坛盟主,实在了不起!"

"我也听人们传说,他七岁就获神童之称,古文、诗词造诣很高。"

"对,他的散文结构严密,众体皆学;他的诗和词苍凉沉郁,风格刚劲,反对柔靡雕琢,崇尚天然与纯真,颇有北方诗人的特色。不仅如此,他还兼通九数天元之学,是个文理兼通的奇才。"

"文理兼通吗? 如此说来,他与蒙哥有些相像喽?"

蒙哥急忙摆手:"我哪里能与元好问相比! 没有可比性,没有可比性。"

"志向不同嘛,环境也不同。如果你不是生在帝王之家,不是生在蒙古,一定也是个大学问家。"兰容坚持道。

蒙哥倒觉得有些羞惭。忽必烈像个大人一样喟叹道:"只可惜这样一个人才,不肯为我蒙古所用。"

"人各有志,岂能强求!"

"兰容姐,你也了解元好问吗?"

"了解谈不上。不过嘛,我和他的一个朋友认识。"

"真的? 是谁?"

"猜猜看。"兰容卖起了关子。

"你怎么会认识元好问的朋友? 是梦到的吧?"拔都开了个玩笑。

"是他的家仆吗?"阔端问。

"亲戚。一定是亲戚。"兀良合台肯定地说。

兰容只笑不语。

"兰容姐,你快告诉我吧,到底是谁? 你有没有见过元好问本人呢?"忽必烈情急之下,摇着兰容的手催促道。

兰容轻轻地刮了一下忽必烈的鼻子:"看你急的! 好吧,就告诉你,我啊,一次也没有见过元好问本人,但我的手中真还有元好问的东西。"

"真的吗? 是什么?"

"他的亲笔题扇啊。"

"你怎么会有他的亲笔题扇? 是买到的吗?"

"真是个小傻瓜,难道得到元好问真迹的人肯轻易出卖吗? 那可是千金难求的宝贝啊。"

"快说说,你是如何得到的? 怎么没听你说过? 这会儿带在你身边吗?"阔出有些惊讶,连连追问道。

"是啊,兰容姐,你先让我们看看,到底是个什么样的题扇。"蒙哥也急于见识一下。

兰容笑着,变戏法似的从忽必烈的身后取出一个雕琢着花纹的精致扇盒。打开来,里面是一把绸面折扇。

"就是这个吗?"忽必烈崇敬地将折扇取在手中,小心地打开。端庄的、墨绿色的绸面上,题着一首七言绝句。诗后有元好问的宝印。

"题的什么?"拔都不认得上面的字,好奇地问。兀良合台只用眼睛匆匆瞟了一眼扇面,丝毫不感兴趣。

"我来念念:随营木佛贱干柴,大乐编钟满市排。掳掠几何君莫问,大船浑载汴京来。"忽必烈慢慢地念着,有些字他认起来也稍稍吃力。

"什么意思?"阔出问。

忽必烈眯起眼睛,深思了片刻:"我想,这首诗说的应该是宋靖康二年宋徽宗、宋钦宗及满朝文武大臣,后宫歌女,赵氏宗室,还有大量的金银财宝,典册文书,仪仗法物,被金军押送着凯旋的情景吧。读着这首诗,仿佛可以听得到亡国之君在屈辱的旅途上,伴和着北风悲咽哭泣,偶尔传来金军的吆喝声和戈戟撞击发出的叮当声,令人心惊。触目所及,前途茫茫,无星无月,只有苍凉一片。寥寥数笔,竟如此传神,不愧是大家手笔。"

众人听着,不甚了了,只有蒙哥和兰容脸上露出赞许的微笑。

"是这样的,送我扇子的人也是这么说的。她手上有两把元好问的题扇,一把墨绿色绸面的,给了我。另一把粉蓝色纸面的,她自己留下了。"

"你还记得上面题着什么诗句吗?"

"我只记住一句:'雁雁相送过河来,'还是强记住的。"

"我知道了。这是元好问的《续小娘歌》中的第五首,全诗是这样的:'雁雁相送过河来,人歌人唱雁声哀。雁到秋来却南去,南人北渡几时回。'描写的仍是南人北渡的忧愁。"

"说的一点没错。忽必烈,你这小孩子真是勤勉多思啊。"

"兰容姐,我已经不是小孩子了。"

"是吗?是啊,我怎么忘了,我们的忽必烈的确长大了。"兰容笑着,收起折扇,放入扇盒,递给忽必烈,"我把它送给你。"

"可是……"

"这些文人的东西,我不太懂。我想,应该把它送给相宜的人。既然你这么喜欢元好问,就收下吧,或许将来用得上。"

忽必烈兴奋得脸都红了:"真的吗?"

"当然。当初送我扇子的人是因为身边没有更好的东西给我留做纪念,才把扇子送给我的。其实即使没有扇子,我也不会忘记她的。"

"那我……就谢谢姐姐啦。"忽必烈双手珍惜地接过扇盒,细细把玩良久,方才将扇盒藏入怀中。这或许就是冥冥中的机缘,后来,忽必烈果然与元好问相识相惜,元好问虽始终不肯北赴漠北草原为官,却将中原许多有识之士推荐给了忽必烈,其中就有他的挚友、忽必烈的谋臣张德辉。

"兰容,你还没有告诉我们,你的朋友是谁?我们认识他吗?"阔出终于问到了他最关心的问题。想到妻子有一个连他也不知道的好朋友,他的心里真还有一些说不清道不明的妒忌。

"她是个大夫。"

"噢,你说的就是在雁门关救了你的那位女神医吧?"

"是她。她也曾给元好问的夫人和女儿治过病,元好问为了感谢她,特意题了两把扇子送给她。"

"扇子的来历原来是这样。这位女神医叫什么名字?为什么每次你提起她的时候总有几分神秘?"

"她本来就是个很神秘的人物。她的脸上总是遮着一块灰黑色的面纱,看不清她的脸。她的体态很美,走起路来脚步轻盈像位仙子。她的身上还有一种特别好闻的气味,一缕一缕的,像花香,又像草香,又什么都不太像。总之,凡是见过她的人,都不会忘记她那特别的美。"

拔都不觉将杯盖掉在了地上,摔碎了。

"你怎么啦,拔都哥?"兰容惊讶地望着神色突变的拔都。

拔都显然方寸大乱,只顾呆呆地盯着兰容,眼神中满是迷离、忧伤。

"拔都哥,你怎么啦?"兰容吓坏了,焦急地问。

拔都闭了闭眼,强使自己恢复了理智。

"你说的……那位女神医叫什么名字?"

"我也不知道,我只知道她姓沈。"

"姓沈?姓沈……她的身边是否还带着孩子?"

"我没有见过。阔出从蒙古主营回来的前一天,她来向我告辞,说她要离开雁门关了。临行时,我以玉镯相赠,她说什么也不肯收下,只要了我常用的一枚象牙顶针。她却把扇子留给了我,说是让我将来送给我身边喜欢元好问的人。她还说,值得我送扇的人,一定不是个平凡的人。"

"她有没有说她要去哪里?"

"杭州和苏州,然后是福州。拔都哥,你认识沈大夫,是吗?"

"我……"拔都心乱如麻,欲言又止。

所有人的目光都落在拔都失神的脸上。

清雅,清雅,为什么你总像一阵风,从我的面前吹过,就消失在我无法追寻的远方?难道你此生真的不再与我相见了吗?

一二二九年春，蒙古帝国诸王、贵族和功臣勋将从汗国的各个地方齐集客鲁伦河河畔成吉思汗之大斡耳朵(斡耳朵意指行宫)。术赤诸子斡尔多、别儿哥自里海之北，察合台率诸子诸孙自伊犁河流域，窝阔台率诸子自叶密立河畔来会。汗位悬虚达一年半之久，一直由拖雷监国。现在，推举新的大汗已迫在眉睫。

会前，拔都奉命去迎接刚从封地返回的二叔察合台。转眼又有一年多拔都不曾与二叔会面了。参加完成吉思汗的葬礼，察合台就回到了自己的封地，没有参加其后的征金战争。

看到久别的二叔，拔都内心油然而生的敬重使昔日的隔阂变得微不足道。察合台同样如此。

在成吉思汗诸子中，察合台素以刚勇善战、执法严峻著称，而且，他依然保持着昔日豪爽、直率的禀性。拔都与二叔聊起一些西征的趣闻，心情十分愉快。察合台突然想起什么，笑眯眯地问道："那次你在玉龙杰赤受伤，是谁救了你？你对你祖汗也没说起过，我猜想是不是一位姑娘？"

拔都笑了，不置可否。

"还不说吗？看样子二叔猜对了。要不，你小子怎么这么多年不肯娶亲，是不是因为忘不掉她呢？不过，总不成亲也不是个办法啊，这样吧，小子，哪天二叔邀请你去我那儿做客，不是二叔吹牛，我们那里的姑娘一个赛一个水灵，你随便挑一个，二叔为你主婚。"

拔都依然笑着应承："行，一切听从二叔的安排。对了，二叔，我听说您在自己的封地制定了一套条理分明的法令，颁布后严格执行，您治下的臣民秩序井然，短短一年就收到了秩序恢复、诸城大治的奇效。而且，凡来往于中原与西域的商人、旅客，只要接近您的军队，在任何一段道路上都无须保镖和卫士，所以人们流传着这样一种说法：'一个头顶黄金器皿的妇女可以不用担心害怕地单独行走。'您对封地的治理，也会给我提供值得借鉴的模式，侄儿的确很需要去您那里看一看，多学点东西。"

"你真这么想吗？好，小子，你这么说二叔信，也爱听。说句实在话，别看二叔从小不服气你父王，不过有一样东西二叔始终比不上他，那就是他有你这样的儿子。我想，即使我的南图赣活着，也比不上你的心计和胆识。"

"别这么说，二叔。我和南图赣从小一起长大，他不仅是我的兄弟，也是我最好的朋友，只可惜……这么多年了，我心里一直都很怀念他。"

"是吗？有你这句话，南图赣九泉之下也该瞑目了。"

拔都不希望二叔继续沉浸在对悲伤往事的回忆中，谈起了别的话题。然而有一个最敏感的话题他们稍稍触及便小心翼翼地回避了，这个话题就是关系着蒙古国前途命运的汗位选。叔侄二人的心中其实萦绕着相同的疑虑和不安，他们无法想象，在即将召开的忽里勒台大会上，究竟会出现怎样难以控制的复杂局面。

斡尔多、别儿哥是最后两位到会的术赤家族的亲王，选汗大会定在三天后举行。

叁

出人意料的是，大会一开始便出现了戏剧性的变化。

根本没有剑拔弩张的气氛，大断事官宣读了成吉思汗的诏命后，窝阔台起身逊谢，再三引避，他言辞平和，甚或是恳切。

"虽有父汗遗命，然我蒙古传统，幼子继承父亲遗产，主其家帐。大那颜（拖雷监国后，国人皆以'大那颜'呼之，以示崇敬）是父汗幼子，又长年跟随在父汗身边，比诸兄更多地得到了父汗的言传身教，威名远播边陲。何况，长兄术赤虽逝，我上犹有二兄察合台，他襄助汗业，功不可没。兄弟皆在侧，窝阔台何敢恬登汗位？"

窝阔台居然如此开场，的确出乎在座众人的意料，当他说完后，惊讶的人们或面面相觑，或小心翼翼地躲避着其他人探询的目光。隐隐的不安像飘动在风中的雨丝，游来荡去，大帐里沉寂得只能间或听到一两声轻微的咳嗽声和将茶杯放回桌上的碰撞声。

在静默与抉择中，拔都沉思的目光飞快地掠过耶律楚材的脸。耶律楚材脸色淡定，肃然凝视着面前的杯盘。

以退为进，哪怕真的与汗位失之交臂也可以获得应有的尊荣，这大概就是明知不可为而为之的智慧吧？

如果一开始三叔就抱着志在必得的心理，恐怕在座的有三分之二的人会明确表示拥护四叔，而到那时，只怕三叔失去的不只是汗位。然而，这个小小的计策奏效了，即使内心仍然倾向于四叔，人们终究不能不考虑成吉思汗的遗命。毕竟对于版图日益扩大的蒙古帝国而言，更需要一位公正大度、有自知之明的君主，亦如成吉思汗所希望的那样。

拖雷最先从惊愕中清醒过来，他看着窝阔台，平静地说道："我曾在父汗面前立下誓言，愿奉三哥为汗。请三哥不要犹疑，我当全力辅佐三哥，绝无二心。"

"是啊,是啊,我赞同四弟的话。"察合台从座位上站了起来,或许是急于剖白对父汗遗命的忠诚,他的声音显得有些激动和焦灼,"西征前是我首先提议父汗立三弟为储君,我怎么可能为了觊觎汗位而自食其言呢?当年,父汗正是从全局考虑,觉得三弟比我们几个人更适合于统治这辽阔的版图,才既没有遵从自古相传的幼子守灶的旧习,也没有从术赤和我之中选择未来的接班人。父汗的深谋远虑在座的众人恐怕谁也不会提出质疑。既然是父汗的决定,就请三弟不要谦让,在得到忽里勒台大会的正式确定后,从速登临汗位。汗位悬虚已有一年半之久,不能再无休止地耽搁下去。窝阔台,我只想以兄长的身份请你牢牢记住一点,你、我、拖雷,还有已经离开人世的大哥术赤,我们都是成吉思汗的儿子,对于我们而言,最重要的不是谁该成为大汗,而是这个成为大汗的人必须有足够的智慧不让父汗开创的事业半途而废,除此之外,你所有的顾虑都应该抛诸脑后。"

"可是……"窝阔台还想推辞,察合台却不容他说下去。他面对众人,举起了自己的右手,"请支持窝阔台的人,举起你们的右手。"

拖雷第一个举起手来。

接着是耶律楚材、蒙哥、不里,最后,所有的手都举了起来,大帐中响起一片既轻松又有几分无奈的喧杂。

术赤长逝,察合台自然成为成吉思汗的四个嫡子中年纪最长的一个,他本人又自幼扈从其父,东征西伐,屡建奇功,因此,他此时的地位是崇高的,也是举足轻重的,他在关键时刻一言九鼎坚持父汗的遗命,加上拖雷的再三逊让,使许多尚且徘徊观望的王公贵族,也心甘情愿地将窝阔台推上汗位。

察合台的脸上露出欣慰的笑容,他望着耶律楚材,用一种轻松的语气说道:"楚材,你来推算一下,哪一天是登基的吉日?"

"臣早已算过,正在今日,此时。"耶律楚材恭敬地回道。

"既然如此,我们何不举行完大典再行欢宴。诸位以为如何?"

自然,无人表示反对。窝阔台家族的人个个喜形于色。

耶律楚材缓缓地站了起来,走到察合台面前,深施一礼。

"楚材,你有话说?"

"二太子,请恕臣冒昧。"

"不妨,请讲。"

"臣以为,君大如天,届时大典,请二太子纡尊降贵,带头行跪拜之礼。"

察合台似乎有些意外,一时没有回答。

蒙古习俗,自古以来,兄不跪弟。

对于这个显然过分的要求,有些人交头接耳,有些人愤然作色。耶律楚材却无忧无惧,双眼直视着察合台,目光中虽有恳求,更多的却是坦荡和信任。窝阔台正欲上前阻止,察合台伸手拍了拍耶律楚材肩头,赞赏地笑道:"多亏你提醒,理应如此。为什么我们的大汗就不能享有宋、金皇帝至高无上的尊荣?三弟是当之无愧的天命之主,跪他,就是跪天。从今往后,我们的确很有必要借鉴一些在宋金宫廷早已约定俗成的礼仪,以此来完善帝国的秩序。楚材,这是一件大事,就交由你来完成吧。"

"臣当殚精竭虑,不负二太子所托。"

耶律楚材朗朗答应着,一身轻松地向自己的座位上走去。经过拔都身边时,他微微停了停,捋了捋一蓬长长的美髯。拔都太熟悉他的这个动作了,每当耶律楚材感到如释重负时,都会梳理一下他所珍爱的长胡子。是啊,五百多个日日夜夜的努力和煎熬,终于换来了功德圆满,如果换做拔都自己,也会为之振奋。耶律楚材的忠诚,日月可鉴。

窝阔台的表情凝重,不知道在想些什么。察合台轻轻催促道:"三弟,该祭天地祖宗,准备登基了。"

"不忙,二哥!"

"怎么?"

"我有一句话必须在即位前当众讲明。否则,我心不安。"

"哦?有什么话你就说吧。"

"二哥,四弟,你们一定还记得那一年我们将要西征前,父汗当着我们几个兄弟的面确立我为汗位继承人时,我曾对父汗说过什么?"

察合台挠挠头,一时想不起来他说过什么,倒是拖雷记得很清楚:"是不是三哥对父汗说,怕你自己将来子孙不肖,会辜负父汗和诸臣百姓的信任?"

"对,对,我也想起来了,你是说过这样的话。不过,三弟你旧话重提,究竟是什么意思呢?"

"今天的我还有同样的忧虑。我担心我的子孙不肖,会辜负兄弟们和所有在座诸位的重托,所以这个汗位由谁继承我还想请大家从长计议。没有谁的生命可保长久,假如有一天我离开了人世,而我的子孙当中又没有人拥有君临天下的雄才伟略,我担心我今天的登基反而会害了他们。为人君,理应无愧于天下苍生,为人父,却难免有自己的私心。"

"三弟,不是我说你,你想得未免太多了。你膝下子孙也有数十人,难道其中就没有一二个人君之选吗?如果你还是顾虑重重,我们今天在这里可以当面立下誓言,这样你就可以相信我们了吧。"察合台转向众人,目光炯炯,"来,你们像我一样起誓吧。"

"凭着长生天的意愿我们起誓:愿奉窝阔台为君!只要窝阔台系一脉尚

存,誓不奉他系后王为君。如有违背,愿遭天谴!"

"凭着长生天的意愿我们起誓:愿奉窝阔台为君!只要窝阔台系一脉尚存,誓不奉他系后王为君。如有违背,愿遭天谴!"

以拖雷为首的众人,随着察合台的誓言一字一句地重复着,声音虔诚、整齐、响亮。只有一个人始终冷眼观察着所发生的一切,内心充满了莫名的厌恶和忧虑。

这个人就是拔都。

有时候,清醒也是一种痛苦。

拔都一直都在想,三叔这样欲擒故纵,会不会就是为了赌一赌此时此刻的结果呢?

这是耶律楚材胸有成竹的谋断,还是三叔莫测高深的心机呢?

当年,祖汗灭国四十,拓地万里,建立的蒙古帝国是一个极为复杂的政治联合体。祖汗深沉有大略,用兵如神,武功盖世,身边谋臣济济,战将如云,手中又直接掌握着万余名"制轻重之势"的护卫军,威望不可动摇。尽管如此,在祖汗病逝后,由于境内被征服的民族众多,各民族语言、风俗习惯、宗教信仰的不同以及各自社会发展水平的参差不齐,辉煌一时的蒙古帝国其实也有许多离心离德的隐患。

大概二叔和三叔,包括四叔在内,都已意识到同样的危机,所以只能用兄弟间的团结来维系蒙古帝国的统一。即使他们明知道所有东西终将随着时间的改变而改变,仍然在为之努力。

他们的努力是悲壮的。

然而,悲壮的努力就是最好的吗?

不是的。

最好的努力应该是尽可能为帝国选择一位谋断深远、睿智公允、万众仰服的贤明之主,而不是不分青红皂白地将帝国变成家族的产业。

三叔恰恰选择了后者。

窝阔台听到了他希望听到的诺言,严肃的脸上终于露出一副开朗的笑容。他在察合台、拖雷等人的簇拥下,举步向成吉思汗的御座走去。拔都紧随在二叔的身后,与蒙哥同行。拔都扭头看了一眼若有所思的蒙哥,发现蒙哥似乎也在看他,即使在四目相对的短短瞬间,拔都也能看懂蒙哥的内心。

的确,他们是堂兄弟,更是知己。

贵由恶毒的目光在阔出容光焕发的脸上扫来扫去,这就是二叔他们都错了的缘由。

窝阔台顺利登上汗位,察合台居功甚伟,接连几天宴会上,他都喝得酩酊大醉。一日,趁着酒醉,他非要同窝阔台打赌赛马,窝阔台笑着同意了。兄弟二人说定了比赛的终点,察合台要拔都、蒙哥二人一个在终点,一个在起点,分别做个见证,窝阔台一一随他安排。

察合台的马疾驰如风,行至一半时,他便将窝阔台甩到了后面。当窝阔台跃下马背时,察合台正坐在地上,已经喝了一皮囊的水。看到窝阔台,他自鸣得意地戏谑道:"大汗该磨磨马镫了。"

窝阔台一笑置之。

他只把这场比赛当成小小的游戏而已。回去的路上,见二哥的醉意更浓了,窝阔台放心不下,要拔都送二叔回去。当晚,拔都就宿在二叔的营帐。

夜里,拔都被一阵响动惊醒。他拨亮了油灯,见二叔正坐在床边发呆。

"怎么了? 二叔。"拔都奇怪地问道。

察合台使劲地皱着眉头,像是在努力回想着什么事情。

"您不舒服吗? 要不要叫大夫? "

"没事,我没事。拔都,今天下午,我是不是同大汗赛马了? "

"是啊。怎么您忘了? "

"我还超过大汗了? "

"有一箭之地。您还开玩笑说让大汗磨磨马镫呢。"

察合台狠狠一拍脑门:"太不应该了,太不应该了。"

"有什么不妥吗? "

"你想,我是大汗的哥哥,大汗刚刚登上汗位,有多少双眼睛在看着我的所作所为呢。所以,我怎么能够与大汗打赌还胜过他呢? 这实在是一件大不敬的行为。如果别人也学我,对大汗无礼起来,岂不是我之过? 明天,你要陪我到大汗那里,我要当面向他请罪,请他治我的罪。"

"不用吧? "拔都觉得二叔未免有些小题大做。

"必须如此。中原讲究君臣有别,我蒙古建国二十三年,既要保持自身勇武粗犷的特色,也该借鉴一切对治理国家有益的经验。新汗初立,威信的建立需要我这个哥哥来助一臂之力。"

拔都答应着,不禁有些哑然失笑,又深受感动。没想到一向性如烈火、刚正不阿的二叔,竟也有如此细致的时候。

察合台说到做到,第二天天刚刚亮,他便来到窝阔台汗的大帐,向大汗请罪。窝阔台哪里肯同意:"二哥,你在说什么啊?就这么一桩小事,值得为它介意吗? "

察合台执拗地坚持道:"这不是小事情,这关系到我蒙古帝国的威严。如果今天大汗不治我的罪,明天恐怕就会有更多的人对大汗无礼,久而久之,大汗颜面何在？请大汗不必顾及兄弟情分，错就是错，错了就该受罚。臣恳请大汗降罪。"

窝阔台犹豫片刻，勉强说道："好吧，既然如此，我就罚你进献九匹骏马赎罪吧。"

"喳。"

察合台再次表现出他的雷厉风行，不仅于次日向窝阔台进献了九匹骏马，还在文武百官面前举行了隆重的臣服之礼。拔都直到此时方才真正明白了二叔的良苦用心，二叔这种不以尊长自居，勇于责己的行动震惊了朝野，自此以后，王公贵族对新汗俯首帖耳，自觉地选择了顺从之道。察合台的所作所为，在极大程度上帮助窝阔台树立了绝对权威。

第七章

最毒妇人心

壹

窝阔台召开了登基后的第一次忽里勒台大会。

会上窝阔台认为首先要做两件事：一是扩建和改革驿站；二是完成父汗遗愿，大举攻金，征服金国。

驿站制度始于成吉思汗时代，用以通达边情，布告号令。然而，由于版图的扩大，战线的拉长，原来的驿站已经不能适应如今的需要。使臣往来，路远行迟，常常因此延误中央命令的迅速传达。

窝阔台一一征询了察合台、拖雷、拔都对改建帝国驿站的意见。

察合台、拖雷皆表示赞同。察合台说："改建驿站一事，是件利国利民的大事，我当然完全支持。回去后，我就着手进行驿站改建。从封地之首设立驿站，东迎大汗所置驿站，拔都自他的封地之首设置，西迎我所置驿站。这样，我们就能建立起一条横贯亚欧大陆的交通大干道。"

窝阔台看了看拔都："拔都，你以为如何？"

"二叔说的有理。扩建和改革驿站是大工程，每一个细节，比如驿站的路线、地点、编制、设施、纪律、负责人等等，所有这些琐碎的事情都不能忽略。因此，我有些不成熟的想法，想说出来供大汗、二叔、四叔参考。"

"你有什么想法但讲无妨。"

"首先，大汗可否颁布一道圣旨，通令全国各千户遵照大汗的要求，每年一群羊出二岁羯羊一只，一百匹马出一岁羊一匹。出骡马，设马夫，派遣马夫、司库、司粮。其次，对于勘定的驿站地点和各千户能不能不折不扣地执行大汗的圣旨，必须派出得力的大臣亲自监督和掌管。然后，驿站创置后，每一站相应设置驿马二十四,马夫二十名。驿马、汤羊、乳马、挽牛、驮车等都必须有相应的定数,不可随意更改。对于分派到的任务,完成者予以褒奖;阳奉阴违、偷工减料者,倘若缺少一条短绳,当割去此人的半片嘴唇,如果缺少车辐,当割去此人的半边鼻子。只有赏罚分明,才能确保没有人敢公然违抗大汗的命令。"

"还有吗?"

"为使大汗或诸王的急使畅行无阻,便于办理重要事务,还须从诸王处派出一些急使坐镇驿站,用于联络。一旦驿站制度健全完善,势必增强和畅通统帅部与欧洲、西亚、中亚、南宋、高丽等各条战线的通信联络,及时地了解作战情况以及送递作战命令。所以,把上述所有细节问题都考虑周全了,即使不能立刻要求面面俱到,也能对随时出现的问题做到心中有数,并找到应对之策。"

窝阔台欣慰于拔都的远见:"拔都,你的所思所想与我可谓不谋而合。你所提的每一条建议,我都会详加斟酌,完善并确定后颁布实施。在座的诸位还有什么补充的?不妨提出来,我会一并加以考虑。"

察合台的次子贝达尔补充了一条建议:各千户出户站和马夫后,要确保户站和马夫的供给,这样道路畅通,沿途就可以不再惊扰百姓。窝阔台认为有理,让负责文书的官员一并记下了。

大家讨论了一会儿,基本都赞同拔都和贝达尔的意见,窝阔台大喜,当即分派了负责勘察的官员,限时出发。然后,他请大家休息一会儿,喝喝茶,或者出去轻松一下,随后继续讨论出兵金国的有关事宜。

自从一二一一年成吉思汗大举攻金,至一二一五年几陷金国三分之二州郡,一举灭亡金国似乎易如反掌,只在须臾间。然而,正当金国岌岌可危时,蒙古与花剌子模之间爆发了战争。这桩意外,使金国获得了苟延残喘的机会。

蒙古倾力西征的七年间,原本正是金国展开反攻的大好时机。金宣宗却坐失良机,不思收复失地,反而忙于同邻国西夏、南宋大动干戈,意欲将金蒙战争的损失转嫁到这两个国家。他这种战略决策上的错误,直接帮助蒙古留在金地的少量部队不仅未被各个击破,还站稳了脚跟。至金宣宗病危,传位于太子完颜守绪(一二二三年即位,史称金哀宗),金国土地只剩下东西狭长两千余里的疆域,是原国土面积的五分之一。此后,金哀宗紧缩兵力,以精兵二十万死守潼关、洛阳、汴京等军事重镇。

战争的话题似乎总是严肃一些的,汗帐中的气氛不再似方才热烈,相反,倒是显得沉闷了几分。

窝阔台命拖雷宣读了成吉思汗的遗嘱：

金屯兵潼关，南据连山，北限大河，难以遽破。若假道于宋，宋、金世仇，必能许我，则下兵唐、邓，直捣大梁。金急，必征兵潼关。然以数万之众，千里赴援，人马疲敝，虽至弗能战，破之必矣。

"联宋灭金"是成吉思汗临终时提出的对金作战的总体方略，这在蒙古国的决策层并非秘密。窝阔台之所以要拖雷先宣读这份遗诏，无非是要表明他继承父志的决心。既然总体的作战方针已经确定，需要商量的就是在何时、何地、如何开始施行的问题。

窝阔台决定由他亲率大军伐金，拖雷率蒙哥及诸将随行并担任先锋，察合台和拔都出兵相助。

拔都的目光与二叔在沉思中相遇。

忽里勒台大会结束后，察合台将返回封地，坐镇中亚，以确保蒙古国的后方安全。不过，为了支持伐金大业，他决定分兵一支，留下能征善战的次子贝达尔，由他统率军队，全力配合窝阔台汗。

别儿哥热切地盯着二哥的脸。他早已跃跃欲试，希望能够像贝达尔一样，在中原战场上大显神威。拔都明白弟弟的心思，默默思考着这件事，有一阵子没有表态。

拖雷从蒙哥手里接过地图，专注地研究起来。众将领三五成群地议论着从哪里开始进攻之事，大家争执不下，辩论的声音渐渐分成了几派，声浪开始一浪高过一浪。

拔都静静地倾听着，似乎忘了自己正在思考的事情。

直到拖雷抬起头，蒙哥做了个手势，大帐中才安静下来。

"大汗、二哥、拔都，你们来看这里，这条进攻线路。"拖雷将地图平铺在窝阔台的面前，他的手指缓慢地从地图上滑过，在每一个重要的位置上都着力点一点。窝阔台思索着，脸上流露出赞同的神情。

片刻，窝阔台用眼神征询了一下察合台和拔都的看法，尤其是拔都。拔都的沉默让窝阔台多少有些疑惑和担忧。

察合台依然快人快语："从这条路线进攻，应该是最容易实现我们假道于宋的意图。完颜守绪即位后，一改其父将主力转向南宋、西夏，企图扩大疆土，以便在战争失败后逃往南方立国的国策，集中一切力量储备河防，确保河南，巩固秦陇，争取时间恢复实力。为此，他对外与宋、夏和好，多次遣信使周旋其间；对内强兵利器，大胆起用抗蒙将领，广征各路义士，在重要州郡、可守之地集中民粮牲畜，加修城堡工事，以利坚守。不能不说完颜守绪是个非常有作为的皇帝，对付他，的确需要多动动脑筋。"

窝阔台点了点头,"是啊,金在大昌原一战取得大捷后,陈和尚的忠孝军已经成为金军的一杆旗帜,它对金军士气的鼓舞作用,我们的确不可低估。近来,我时常在想,父汗密授的遗策中,最首要的用兵规则就是不能过早地暴露我们的意图和行踪。为隐蔽大军南征,必须首先夺取秦、晋,尔后假道于宋,从金国侧背进攻,逐渐消灭敌人的有生力量,然后对汴京实施围攻,逼迫金帝出降。在这一点上,大那颜与我的看法完全一致。"

"既然要隐蔽行踪,不妨采取一些伪装措施。我意以汉军就近进攻卫州(今河南汲县),威胁金都,策应主力进攻晋、陕。当然,这只是其中的第一步。"蒙哥插话道,此时,他对父亲和伯父的想法已了然于胸。

"让我想想……是个声东击西的好计策。那么,第二步、第三步呢?或许还有第四步、第五步,说来我听听。"

"攻取卫州后,可以派人前往金国议和,以麻痹金帝的斗志。金国集中精兵二十万,并力守河南,保潼关,而对陕西关中,仅以一部兵力予以防备,这正是金国的软肋。为彻底夺取秦晋之地,可命原在陕南作战的军队袭击潼关,攻取蓝田关,打乱金军的部署。这是第二步。待这一步完成后,为保障先锋部队顺利渡过黄河,进军陕西,可命主力屯兵于平阳(今山西临汾),以积极行动牵制潼关金兵。说到底,我们的目的仍是以己之长,克彼之短,不以一城一地的得失为重点,而是要在我军擅长的野战中消耗敌人的有生力量。"

蒙哥所献之计显然正中窝阔台下怀,窝阔台频频点头,内心深处却滑过一丝惆怅。当年,年少的蒙哥正是凭借着他的聪慧而获得窝阔台的钟爱,被窝阔台收为养子。现在,随着年龄的增长,蒙哥越来越表现出他的远见卓识,窝阔台在深深感到欣慰和为蒙哥骄傲的同时,却无法遏制另一种感情的滋生——即使他不肯正视——那就是防范和戒备。

如果蒙哥是他的亲生儿子,或者他最钟爱的三儿子阔出在继承了他的宽宏和谨慎之外,还兼备着蒙哥的过人智慧,那他将成为世上最幸福的父亲。他不知道自己为何会产生这样的想法,有时候他甚至觉得,长生天真的对四弟拖雷很偏爱。

老将速不台忍不住向蒙哥竖了一下大拇指。对老将军而言,这是他难得一用的赞赏表示。

贵由将脖子往后缩了缩,没来由地对速不台产生了一丝怨恨。

别弄错了,蒙哥算什么!我才是大汗的嫡亲长子!

窝阔台仍然希望听听拔都的意见。

"大汗,我和别儿哥愿听从大汗调遣。"拔都简洁地说。听说可以留下来,别儿哥顿时喜形于色。

"封地的事呢？"

"暂时由斡尔多代劳。"

窝阔台考虑了片刻："你和昔班留下来，别儿哥随斡尔多回到封地。别儿哥英勇善战，有他坐镇钦察草原，对新的征服地将产生威慑作用。"

"大汗……"

"别儿哥，我了解你求战的心情，不过，现在正是非常时期，斡罗斯、钦察、不里阿耳等国尚未完全臣服，随时有可能起而复叛。我希望你以大局为重，治理好你父亲的封地，我为你记头功一件。"

别儿哥沮丧至极，却又不能违抗命令。

拔都轻抚着弟弟的肩头，别儿哥犟了一会儿，终究回以一握。战争无常，从此关山万里，还不知何时才能相聚！别儿哥不想因为一时的赌气，而换回日后无穷的悔恨。

其时，金国迁都汴京近二十年，其赖以立国者，唯潼关、黄河二险。窝阔台深知，若兵出宝鸡，攻入汉中，一月之内可直捣唐、邓，届时，大事可成。联宋灭金，在此一举。窝阔台决定三路大军齐发。右路军由大那颜拖雷率三万精骑经凤翔入宝鸡，沿汉江而下，迂回唐邓，直逼汴京。这三万精骑中，就包括拔都的一万军队和贝达尔的一万军队。中路军由他本人亲率主力，先拔河中府，强渡孟津，进逼汴京。左路军则由原驻河北、山东的蒙汉军编成，从济南出发，向汴京东侧挺进。

见大家均无异议，窝阔台取令箭在手，命拖雷、拔都、贝达尔率本部先行出发，渡荒漠，越阴山，取山西，进入陕西境内，分兵攻打凤翔、宝鸡等金国战略据点。命贵由配合速不台父子攻打小潼关。

众人领命而去。

贵由回到海迷失的寝帐，犹自生着闷气。海迷失有点厌恶地瞟了一眼贵由那张一生气就会发黄的脸，淡淡地问道："怎么啦？"

贵由将父汗命他协助速不台父子攻打小潼关之事原原本本地讲给海迷失听。他真的想不明白，他身为汗子，父汗非但不让他独当一面，还要让他听命于速不台，这岂不是故意让他难堪？

"老三呢？"海迷失最关心的仍是阔出、兰容。

"当然随父汗主力行动。父汗还当着大家的面夸奖兰容，说她有其父遗风，是个难得的将帅之才。"

"是么？这么重要的军事会议父汗也让兰容参加了？"

"参加了。父汗还很欣赏她的建议，都采纳了。"

海迷失顿了顿,将头一昂:"这次,我陪你一同出征。"

"你?"贵由刚想说你去能做什么,见海迷失乜斜着眼睛,眼角挂着讥诮的笑意,急忙将要说的话咽了回去。

"你不是讨厌速不台父子嘛,我跟在你身边,说不定能找到机会将他们父子俩一起除去。"

贵由浑身一震,顿生寒意——真是人心莫测啊。他抬眼惊惧地望着海迷失。

可是,海迷失已经将头别了过去。

事实上,人世间最阴险的,莫过于被女人的嫉妒心吞噬的灵魂。

贰

不几日,拖雷率领三万大军祭旗出征。

金帝守绪得知蒙古军大举进攻,急召丞相完颜合达、定远大将军完颜陈和尚商议对策。完颜合达建议将忠孝军调往河南,加强京城外围防御,同时遣使赴南宋,约请出兵,共同抵抗蒙古军。陈和尚却主张将蒙古军阻于渭河之北,以十五万对三万的绝对优势兵力,将蒙古军一举全歼。完颜合达、陈和尚争执不下,守绪无奈采纳了完颜合达的建议。

拖雷派拔都攻打凤翔,派贝达尔绕过凤翔,夺取凤翔西南的军事重镇宝鸡,派蒙哥进至宋境内,与宋帝商议借道事宜。拔都、贝达尔进展顺利,而奉命攻取小潼关的速不台父子却遇到了麻烦。速不台攻破小潼关后,与贵由相约,由他和兀良合台率部深入金军防线,纵深骚扰,贵由在小潼关引军接应。贵由满口答应下来。岂料,速不台父子在朱阳遭到金军围攻,向贵由求援,贵由非但拒不发兵相助,反而弃了小潼关,使速不台父子陷入腹背受敌的危险境地。兀良合台只得护着父帅拼死突围,被金军一路追击,在倒谷口遇到薇萱公主率领的一支神箭队接应才算脱险。神箭队虽说只有百余人,但全部是百发百中的神箭手。金军吃了百余箭后,慑于蒙古箭雨的威力,这才弃甲曳兵,退回小潼关。

速不台自青年时代追随成吉思汗,历经无数次大小战役,从无败绩,小潼关一役是他最惨重的失败。望着逃出来的不到四分之一的将士,速不台捶胸顿足,老泪纵横。兀良合台恨透了贵由,依他的脾气,就要直诉窝阔台汗,向大汗讨个公道。速不台却不允许,他情愿一人承担所有战败的责任。不久,圣旨到军中,命速不台率所余兵马扈从拖雷南征,对于小潼关战败一事,却只字未提。

速不台领旨谢恩,自责更深。

兀良合台却是喜出望外,又可以和拔都并辔而战了,一念及此,积压心头已久的阴霾一扫而尽。

拔都亲自在五十里外的抵阳桥迎接速不台父子。直到这时,速不台父子方才得知,贵由撤兵后,海迷失先去见了乃马真皇后,按照她与贵由事先的商议,将战败的责任全部归罪于速不台恃功自傲,不听劝阻、贪功冒进,乃马真皇后不辨真伪,照样向丈夫说了一遍。窝阔台汗听信谗言,勃然大怒,决心追究速不台之罪。他派出快骑与拖雷商议,拖雷当时尚不了解小潼关一战的真实情况,但他爱惜速不台乃两朝老臣,智勇无双,遂婉言劝说大汗,胜败乃兵家常事,宜令速不台父子立功自救。窝阔台这才息怒,不再追究战败之责。

对于这件事的来龙去脉,拔都为何了解得如此清楚,拔都没有细说,速不台父子也没有深问。但有一点速不台父子确信,宫廷内部的事情,只有宫廷内部的人才可能知道。事实正是如此。窝阔台汗态度的转变,不仅仅因为他听从了拖雷的劝告,念及速不台父子的无数战功,不愿意轻动功臣;更因为阔出、兰容领兵攻取小潼关后,兰容派快骑及时呈上了由她亲自起草的战报。战报的部分内容取自对敌人战俘的审讯。窝阔台看毕,方才了解了速不台父子在没有任何外援的情况下,是如何向纵深挺进,又如何以少数兵力连克数城,取得了辉煌的战绩。在战报的末尾,兰容毫不隐讳地断言,速不台父子虽败犹荣,事出有因。

窝阔台差点错杀大将,对长子贵由更加恼怒。但这件事毕竟涉及六皇后乃马真和儿媳海迷失,思前想后,他也只能睁一只眼闭一只眼,将这件事情绝口不再提起。

拔都也是在接到兰容的来信后,才了解到小潼关一战的真相,当时,他几乎被惊出一身冷汗。

为确保蒙古军队东进中无后顾之忧,拖雷分兵两路,命速不台率东路,兀良合台率西路,顺路扫荡四川北部的宋军。九月至十一月,速不台父子连克宋军,破城池一百四十余座,四川北部均落入蒙古军之手。

此时,蒙哥遣往宋廷商议借道一事的使者,于途中被宋将擒杀。蒙哥闻讯,怒斥宋廷言而无信,约拔都夹击兴元府。兄弟联手,兴元府一触即溃,主帅弃城而逃,军民死伤无数。宋帝这才惊慌起来,匆忙拒绝了金国共同抗蒙的要求,同意与蒙古重修旧好。

拖雷借道于宋,指挥三万骑兵向邓州挺进,他们面对的将是金国最精锐的步骑兵。一二三一年十二月,蒙古军仅用四天时间便全部渡过了汉江,准备攻打邓州城。

完颜合达率诸军入邓州,陈和尚率忠孝军,武仙尽发本部军马,张惠率步军随行。这几支军马加上其他调集到的军队,共计十五万人,其兵力是蒙古军的五倍,而他们的将领都有着多年的对蒙作战经验。

蒙哥侦知完颜合达在禹山前后设有重兵,准备凭借地势之险伏击蒙古军。拖雷接到了蒙哥的情报,当即决定大军不发,只派拔都率小股轻骑避开金军正面,迂回山后,向金军发起进攻。

金军不得不战,两军短兵相接。陈和尚督军力战,拔都退走,再战,再退,又战,又退,如此三番,蒙古军始终不与金军正面交锋,而自禹山退出十五里,扎营于汉江对岸的枣树林中。

拔都命令部队马不卸鞍,白昼作食,不使林外听到声响,暗中却时时窥视金军动态,以寻找有利战机。

陈和尚突然失去了蒙古军的踪迹,急忙派出侦察部队寻找,同时将近期战况禀明主帅。

第四天,金军巡逻队回报蒙古军动向,还带回了十个蒙古士兵。这十个蒙古士兵,一个个敝衣瘦马,形状异常凄惨。他们向陈和尚泣述了拔都为避金军锋芒,一日数迁,使他们不胜其苦的情形,请求陈和尚收留他们。陈和尚心生怜悯,命人给他们换上新衣,亲自设宴款待他们。

席间,陈和尚问起蒙古军行止,十个蒙古士兵竞相回话,陈和尚与获取的情报对照,发现他们所说都是实情,终于放心地将他们收留于营内。

第三天夜晚,十个蒙古士兵突然夺取金军马匹,悄然离去。陈和尚这才知道他中了拔都的诈降之计。这十个蒙古士兵其实正是拔都派出的细作,探明了金军的兵力部署和辎重等情报后立刻离营而去。陈和尚大为懊丧,为了防止不测,加上粮草告罄,他只得率部回邓州城补充军粮。

陈和尚率领金军刚刚行至枣树林,就遭到蒙古军的袭击,金军猝不及防,仓促迎战。交战中,拔都仅以百骑夺取金军辎重,陈和尚不得已重新退守邓州城。拔都乘夜追至邓州城,在城外驻扎下来,等待与主帅会合。不久,拖雷领兵赶到,两下合兵,全力攻打邓州城。

邓州城城防坚固,蒙古军连攻三日不克。拖雷考虑到攻打邓州城代价太大,不如放弃围攻。他留下一部牵制邓州城的金军,其余大部兵分六路,绕过邓州城,向金首都汴京方向进发。这六部人马分别由他本人、拔都、蒙哥、速不台、兀良合台和忙哥撒儿率领,沿途横扫各州郡,切断邓州与汴京的联系。

拔都攻取南阳诸城后,进展神速,兵至沙河北,等待与其余数军会合。

　　此时,镇守邓州城的完颜合达与诸将商议,既然蒙古军北上,坚守邓州城已失去意义,为防蒙古军趁虚奔袭京城,不如放弃邓州,赴京救援。

　　金十五万大军分路而行,沿途不断遭到蒙古军伏击。拔都率五千人诱敌,不与硬战,当金军扎下营盘时,即来袭扰,一日几次三番,搅得金军不得休息饮食,疲惫至极。

　　陈和尚向主帅建议到钧州城中整军,完颜合达也想早些摆脱如影随形的蒙古军,立即吩咐全军拔营。拔都命军队伐木设障,尽力迟滞金军。陈和尚身先士卒,拔树开道,好不容易夺得一条去路。

　　眼见离钧州城只有三十五里地了,天公却不作美,傍晚时分,下起了连绵细雨,至深夜气温骤降,大雪簌簌而落,金军不能前进,就地扎营。蒙古军却似拖不垮的铁军,连夜袭击了陈和尚的营地,陈和尚损失数百人,气得嗷嗷直叫,恨不能生啖拔都之肉。

　　完颜合达在中军帐急召陈和尚、武仙、张惠等主要将领商议御敌之策。摇曳的灯光下,完颜合达愁眉不展,似有重重心事。

　　陈和尚性急,率先问道:"主帅召我们来有什么事?"

　　完颜合达拿起桌上的圣旨出示给众将,原来是蒙古军逼近京城,金帝命合达速率军马赴京。

　　"说的容易!就这个样子走路,好似乌龟爬行,何年何月才能到得京城!"武仙不耐烦地发了句牢骚。

　　"是啊。这个拔都实在难缠,我手下的将士已经三天水米不沾牙了,如果不想出办法来对付他,只怕我们这些人都得被他在途中拖死。"张惠也随声附和。

　　陈和尚白了他俩一眼:"现在来抱怨顶个屁用!依我说,蒙古军的人数不到我军的五分之一,我们索性边打边走,强行开出一条路来。"

　　"要是能打早打了。他们的骑兵但凡出击,一向快如闪电,进退自如,就凭你,逮得住他们的影子吗?"武仙冷冷地顶了他一句,"这个拔都,是成吉思汗的孙子,我同成吉思汗的蒙古军打了二十年的仗,对于他们的战法,比你了解得更清楚。"

　　陈和尚轻蔑地瞟了武仙一眼:"我看你是打败仗打怕了。"

　　"你!"

　　"好啦,好啦,争这些没用!我们还是研究一下作战方案。"完颜合达用手指敲着桌子,打断了他俩的争吵。

　　陈和尚干脆地说道:"打是唯一的出路。我来打头阵!"

　　完颜合达不胜拔都日夜骚扰,也有意一决雌雄,故蹙目凝视武仙等人,大家只好点头称是。

翌日,蒙古数路大军全部会齐,拖雷三言两语交代了每个将领的任务。蒙古军依然如前,边打边退,渐次退至离钧州只有十余里的三峰山东北和西南。三峰山地处金国的后方,防御力量相对薄弱。战区北部是伏牛山东段,地形平缓,利于骑兵运动。金军分兵袭击东北和西南,蒙古军又退到三峰山东侧。完颜合达命万余骑兵,冲击蒙古军战阵,拖雷指挥部队且战且退,不觉间将金军全部引进三峰山。金军久战疲劳,在山中又遇大雪,金军将士僵立雪中,手足冰麻,刀剑竟不能举,急忙就地生火宿营。这一夜,军中怨声盈耳。

次日,完颜合达带领诸将巡视阵地,发现他们已被蒙古军团团围困在三峰山上,若想突围,将士畏惧蒙古军弓箭,必不肯争先。完颜合达与诸将相顾无言,一筹莫展。

转眼,金军受困已过三天,粮草早已告罄。有时,隐隐闻到蒙古军烤肉的香气,饥饿难当的金军将士唯有叹息。完颜合达知道再这样下去,军队很可能哗变,决心强行突围。

拖雷好像猜知了完颜合达的心意,次日一早,让开去钧州的一条路,放金军北上,却派拔都和蒙哥设伏于道路两边。完颜合达明知有诈,但到此时,与其等死,不如拼死杀开一条血路。不承想,金军久困多时,恨不得立刻离开这生死之地,将士竞相争路,一时间,人马相踏,乱作一团。

拔都、蒙哥适时出击,金军全线崩溃,势如崩山。张惠等先后战死,武仙率三十骑逃入林中,败走密县,自此销声匿迹。完颜合达、陈和尚率数百骑拼死逃入钧州城。不久,钧州城被蒙古军攻破,完颜合达阵亡。陈和尚在战事稍停后,从隐蔽处欲逃到城外,被蒙古士兵俘获,拔都与蒙哥屡劝其投降无效,推出斩首。至此,金军十五万精锐被消灭殆尽,抗蒙名将多折于此役,金国失去了它赖以维持的最后一支生力军。金帝在汴京得知败讯,涕泪滂沱,如丧考妣。

数日后,窝阔台亲临拖雷兵营,犒赏全军将士。

拔都原想参加接下来的围攻汴京的战斗,但是花剌子模战局有变,札兰丁卷土重来。窝阔台汗决定让拔都和昔班带领本部人马速返封地,先稳定住封地局势,待攻灭金国,再行大举征伐。

窝阔台亲自设宴为拔都饯行。拖雷亲将拔都和昔班送出钧州城,挥别的那一刻,他们并没有想到,此别即永诀。

叁

尔鲁紧张地将两只手扭来扭去，汗水顺着额角不停地滴落，连靴子里的一双脚似乎都浸在水里。可是，他不敢发出一点声音。他是被海迷失秘密召来最后敲定那桩事的，其实这也是近一段日子以来他与海迷失反复商议过，只有到了今天才准备付诸实施的一件要命的事情。显然，海迷失早有准备，当他悄悄潜入海迷失的寝帐时，帐中只有海迷失一人在等他。

此刻，透过朦胧的光线，尔鲁看到海迷失正合目端坐。她保持这个坐姿已经有一些时候了。不知道是不是心理作用，尔鲁总觉得海迷失从左眼经过鼻梁到右颊隐隐游动着一道生硬的纹路，将她的脸一分为二，看起来既滑稽又可怖。她到底要怎么样啊？大那颜拖雷天黑前恐怕就要回到汗营，如果她还不做出决定，他们只能放弃这唯一的机会了。

尔鲁不耐烦地掐了掐自己的耳朵。他妈的，女人就是女人，当初一起定计的时候，她比谁都坚决，事到临头，她莫非要打退堂鼓？倘若如此，这种女人他今后一定得离远些，免得她成事不足，败事有余，以免连累他大教主做不成，反落个身首异处。

太阳落下去了吗？这帐里怎么越来越暗了？尔鲁正想起身，海迷失蓦然睁开了眼睛，眼中闪动的亮光竟让尔鲁打了个哆嗦。

"怎么了？你害怕了？"海迷失起身走到尔鲁面前，俯视着他额头上一下子沁出的密密麻麻的汗珠，轻蔑地问。

"怕？鬼才不怕！"

"好没出息，亏你还是个男人！"

"这种事，弄不好就要人头落地，不怕那是假的。"

"行，我的大教主，你可以害怕，不过，你应该比谁都清楚，这事你做一半也是死，为何不做下去？做下去或许还能为自己争取一条生路。大那颜始终是我们的心腹之患，当年，成吉思汗留下遗命，要他的三儿子、我的公公窝阔台继承汗位，可大家都清楚，多数人的心里还向着大那颜。若不是这位大那颜谨守承诺，我公公能不能登上汗位恐怕还是个未知数呢。如今，他领兵将金帝逼得上天无路，入地无门，特别是钧州三峰山一役，他以少胜多，大破金军十五万步精兵，金国精锐及名将几乎尽折于此役，他的威信更是直追成吉思汗。不是已经有人在私下议论了吗？说他是成吉思汗再生。他若活着，只怕我们谁都活不好。所以嘛,总得有人要冒这个险。至少大那颜死了,能确保汗位不会落入拖雷手中,假以时日,未必贵由就与汗位无缘。"

"既然如此,我们何不连大汗……"

"不可造次!你堂堂大主教的符水,一下喝死两个成吉思汗的儿子,你恐怕不是要人头落地,而是要被五马分尸了吧?"

"那么,我该……该……"

"慌什么!刚才我一直在推敲我们的计划,看看哪里还有破绽。这样,你帮我再从头理一遍,我们必须确保万无一失。"

"喳。"

"我的公公什么都好,可惜是个酒鬼。你精通医理,的确可以肯定,他最近出现的什么胸闷、心悸、多梦以及这样那样好似鬼魅缠身的症状,都是因为不断酗酒而致?"

"当然。"

"所以你顺势说了一些模棱两可的话,让他相信,仅仅三峰山一役就死了十几万人,难免会有冤魂索命?"

"对。"

"他也深信不疑?"

"是的。"

"你出来后直接将这件事告诉了我,然后我们一起商定了这个'李代桃僵'之计,这件事绝没有第三人知道?"

"没有,我确定。"

"好,如此看来,只要考虑谨严,大计可成。近来,你给大汗喝的符水虽然不会致命,但也不会让他的病情好转,所以,大汗自以为来日无多,才着急从前线召回大那颜,准备交代后事。我还有两件事问你,你觉得大那颜肯为大汗去喝你念过咒的符水吗?倘若大那颜真的喝了符水,你又有什么办法让大汗的病很快好起来,从而让他相信你的符水和谶言的灵验呢?"

"大汗除了服用我的符水外,同时也在服用一些调理身体的丹药。这段时间,若不是我用符水控制着,他的病早该好啦。到时,我只需给他换成白水,他的病自然一日好似一日。至于大那颜肯不肯喝我用来驱逐鬼神的符水,那我就没把握了,这得看天意。"

"大那颜生性忠厚,又与大汗手足情深,替大汗喝一碗赎罪的符水,想必一定心甘情愿吧?不过,万一他不肯,我们也有办法。就让大汗再病上个三五个月吧,到时,我们就对大汗说,大那颜对他哪有半点兄弟情谊,大那颜心里一定巴不得大汗一病不起,好让他取而代之。大汗对大那颜未必就不存忌惮之心，又见大那颜对他的情分不过如此，必然心生隔阂，日渐冷落。而我们，只要在这把火里适时地添添油，何愁没有除去大那颜的机会。"

"妙，妙！'李代桃僵'之计不成，我们就给他来个'一石双鸟'之计。反正大汗嗜酒，保不准哪天病入膏肓，不治身亡。贵由王爷身为大汗长子，顺理成章继承汗位，到那时，您可就是万人敬仰的皇后了。"

尔鲁越说越高兴，不由得手舞足蹈，唾沫星子四溅。海迷失白了他一眼，冷冷一笑："你想得未免太简单了。我倒不希望大汗早死，不要说他早就有意立老三阔出为嗣子，就算他这会儿已经立了阔出为嗣子，他死后阔出也未见得就能顺利即位，更何况我们这位与人没有任何恩义、连自己亲生父亲对他也不甚钟爱的爷呢？你千万不要忘了，在外边，有手握重兵、战功卓著的拔都，在我们眼前，还有公认博学多才、深沉睿智的蒙哥呢！若要我说，这些个王公贵族，大部分心里恐怕拥护他们更甚于拥护阔出。阔出尚且不能与他们竞争，我们的这位爷连这种梦都休想做完整。"

尔鲁顿时泄了气："既然如此，我们岂不是空忙一场！"

"事在人为，你急什么！你不是给阔出看过相吗？你跟我说他耳郭内敛，眉有横骨，虽富而不扶，必主短命。若不是听了你的，当初我也不至于匆匆忙忙改变主意嫁给贵由。"

"那是。我还看出你有皇后相呢，应验之时，你当如何谢我？"

"你想我说多少遍呢？"海迷失从鼻子里"哼"了一声，又急忙正色嘱道，"你该去大汗那里了。这会儿，只怕大那颜已经到了，你去听听他们说些什么。倘若需要你时，便是天助你我，切莫坐失良机。另外，无论大那颜是否喝下符水，你都一定要镇静，切莫露出马脚。"

"性命攸关的事，我知道该如何做。问题是……"尔鲁微微蹙起眉头，欲言又止。

"怎么？"

"我要讨你一句准话，如果大那颜死了，大汗也殡天，你如何能确保贵由登上汗位？"

"举帝国之富，收买人心。"海迷失干脆地回答。

尔鲁似乎下了决心，不再多问，转身离去。

海迷失一直目视着尔鲁探头探脑地溜出大帐，这才慢慢地坐下来，用手狠命揉着闷疼的太阳穴。此时，她感到浑身如虚脱一般，一股股冷汗瞬间打湿了她苍白的面颊，浸湿了她的全身。

长生天保佑我！如果事情败露，我将死无葬身之地！

她开始不断地祈祷着，接着变成了哀告，然后迸出了咒怨，最后沉默不语。良久,她抬起头来,眼中闪动着奇怪的光芒,在越来越浓重的暮色中,犹如来自地狱的两道寒光。

拔都在他的封地得知噩耗时,刚刚结束对出使蒙古归来的使者团的款待。随着征服地局势的稳定,拔都开始派遣花剌子模河中地区以西的诸国小王到蒙古朝觐窝阔台汗。窝阔台兴致勃勃地在首都哈剌和林接见了这些首次来朝的人,并委托使者团对拔都致以问候和赞赏。

当年,成吉思汗在第一次西征结束后,将新的征服地,即畏兀儿(今维吾尔)、原西辽诸国、花剌子模辖地、斡罗斯诸公国一分为三,封给了他的三个儿子,这些封地后来成为金帐汗国、察合台汗国、窝阔台汗国的雏形。而后,拖雷之子旭烈兀于一二五八年征服波斯,一二六四年被忽必烈册封为伊利汗国。这样,就形成了蒙古历史上著名的四大汗国,它们共同听命于中央政府。

四大汗国中,术赤及其后人先领有今额尔齐斯河以西,咸海、里海以北大片地区。拔都统率诸王长子第二次西征,辖地扩大,东起额尔齐斯河,西至多瑙河,南从高加索,北括斡罗斯,定都于萨莱城。察合台及其后人领有西辽旧地,包括天山南北路(今阿姆河、锡尔河之间的地区),建都阿里麻里(今新疆霍城县西北)。窝阔台及其后人领有今额尔齐斯河上游和巴尔喀什湖以东地区,建都叶密立(今新疆额敏县)。旭烈兀及其后人领有东起阿姆河,西至地中海,北至高加索,南抵印度洋的广大地区,建都于大不力士,其后成为元朝沟通亚洲与欧洲经济、文化的重要枢纽之一。不过,伊利汗国经数汗后被成吉思汗的旁系取而代之,后又被帖木儿王吞并。帖木儿的五世祖忽察尔是成吉思汗的堂弟,他们有同一个祖父,帖木儿在重新统一东西察合台汗国、并入伊利汗国及钦察汗国部分领土的基础上建立了帖木儿王帝国,帝国强盛时据有约一千一百万平方公里的广阔领土。一个世纪后,帖木儿王帝国被金帐汗国昔班(昔班系术赤第六子,拔都之弟)的后代昔班尼汗灭亡,帖木儿王的六世孙巴布尔却在印度建立了莫卧儿帝国,莫卧儿帝国立国三百三十一年,经十七代君主,于十九世纪中叶在印度成为英国的殖民地时灭亡,自此,在欧亚大陆上纵横驰骋了六百余年的蒙古人退出了世界历史舞台。

三峰山战役结束后,拔都奉命回到封地,继续开疆拓土。其间,逃往印度的花剌子模国王札兰丁召集旧部,与蒙古军展开了长达六年的拉锯战。一二三一年八月,札兰丁兵败逃入山中,在劫掠随后逃入的库尔德人时被俘并遭其杀害。札兰丁既死,拔都迅速稳定了封地的秩序,开始考虑彻底征服斡罗斯诸地。然而此时却传来了拖雷的死讯。

拖雷的葬礼将在蒙古诸王到达后按照大汗的规格举行。

四叔突然病故让拔都深深地为之震惊，并感受到生命无常。

在拔都的内心深处，除了祖父和父亲，四叔是他最亲近、最敬佩的人。四叔在三峰山毕其功于一役，挫其锋，折其锐，离灭亡金国仅一箭之遥，拔都常常以此为动力，发誓有朝一日也要像祖汗和四叔那样成为一代天骄。记得四年前，拔都回蒙古参加选汗大会时与四叔有过一次推心置腹的长谈。四叔说，他这一生最大的愿望就是完成父汗的遗愿，联宋灭金。不料，金国尚未完全征服，四叔却先走完了年仅四十三岁的一生，遗恨在天。

拔都将国中诸事交付斡尔多和别儿哥，自己带着弟弟昔班和前来报信的阿都合策马同行。阿都合早不是西征时的那个孩子了，他长得挺拔英俊，举止高贵，言谈庄重。这许多年来，阿都合一直随侍苏如夫人和蒙哥，已经从血液里将自己融入了主人一家的生活。他忠实地爱着主人家的每一个人，尤其是苏如夫人，他像爱亲生母亲一样爱她，敬重她，不惜为她牺牲生命。

这一次，阿都合是苏如夫人亲自挑选派往拔都封地的。

大那颜拖雷的死对阿都合的打击不亚于拖雷家族的任何人。他的心里一直存在着一个疑问：那一天，他随大那颜返回蒙古本土时，大那颜还十分健朗，生气勃勃，谈笑风生，怎么会在见过窝阔台汗后就病倒了，而且仅仅过了三天便不治而亡？还有苏如夫人奇怪的态度。她在窝阔台汗亲自赶来看望她时，神色十分平静，只是反复强调，她和她的儿子们像大那颜一样热爱着蒙古的每一寸土地，每一位子民，这就意味着他们同样热爱这一切的代表——大汗本人。听了她的话，窝阔台汗突然泪流满面，情难自己……

压抑的心情让旅途变得沉闷。昔班见二哥和阿都合都不肯多说什么，自己也不敢多嘴。昔班对四叔病故的感触不如二哥那么强烈，他倒是为此行又能见到只比自己大几个月的忽必烈而暗暗兴奋。在四叔的四个嫡子中，昔班一向与少有大志、深得祖汗嘉许的忽必烈感情甚笃。

两团巨大的阴影曳地而起，急速西移，秃鹰尖利的叫声让人格外心悸。拔都略问了问四叔去世前后的情形，阿都合的回答稍稍带着犹豫。拔都对尔鲁产生了疑问："他是个什么样的人？萨哈木呢？"

萨哈木是位德高望重的萨满教教主，成吉思汗生前对他十分宠信。此人与拖雷的私交也十分密切。

"萨哈木这些年游历于草原，为那些贫苦的牧民施医治病，基本不大管教中之事，所以，海迷失夫人就向大汗推举了尔鲁。这个尔鲁倒也有些特异之处，我就亲眼看到过他赤身裸足坐于冰面之上，脸色红润不变，而身下雾气腾绕，犹如驾云。大概因为这个缘故，大汗任命他为新的教主，接替了原来萨哈木的位置。不过，这个人阴阴的，很让人讨厌。"

拔都眉头微蹙，没再问什么。

阿都合犹豫良久，到底还是将内心的疑虑向拔都和盘托出……

苏如夫人见到拔都时，泪水潸然而下。拔都强忍着内心的悲伤，简短地安慰了四婶几句。蒙哥和弟弟们都闻讯赶来看望堂兄，兄弟几个刚坐下说了几句话，耶律楚材带来了窝阔台汗的口谕。

按照苏如夫人的请求，窝阔台汗传谕，拖雷的遗体将由老教主萨哈木亲自护送，往起辇谷安葬。

拔都与耶律楚材久别重逢，以拥抱礼相见。

耶律楚材又施礼见过苏如夫人和蒙哥兄弟。苏如夫人请耶律楚材坐下，亲手奉茶，耶律楚材既惶恐又感动，一时竟不知如何是好。

拔都细细打量着耶律楚材。他见耶律楚材容色憔悴，比起三年前苍老了许多，心中暗暗忧虑，委婉地劝道："老师一定要保重身体，不可太过操劳。"

耶律楚材苦笑："我倒没什么。我现在最担心的是大汗嗜酒，于国于己，实有百害而无一利。"

"大汗是从什么时候开始经常酗酒的？"

"近两年的事情。严格来说，是在三峰山战役之后。宋使来朝，献给大汗几十车窖藏多年的桂花美酒，从那以后，大汗就喝酒喝上了瘾。恕我直言，在这一点上，大汗的自制力的确不如先汗。"

"这样下去终究不是个办法，我想，首先应该让大汗认识到酗酒的危害，只有这样，大汗才有可能戒掉酒瘾。"苏如夫人沉思着说道。

"是啊，我也这么想。夫人，您想到什么办法没有？"

"让我想想……有个办法可以一试。这样吧，你回去告诉大汗，就说我有事想同他商量，请他务必来我家中一趟。"

"我就去。"

"我也陪您去。我先来了四叔家里，还没有去觐见大汗呢。"

"好的，你随我来。大汗也希望见到你呢。"

与三叔一别两年多，再见三叔时，拔都简直大吃一惊。

这……这真的就是那个曾经叱咤风云、所向披靡的蒙古大汗吗？

一张灰白的、浮肿的脸，一双混浊的、没有一点神采的眼睛，如果是在路上相遇，拔都一定会以为自己认错了人。

拔都大礼拜见三叔，窝阔台只倦怠地向他挥挥手，要他起身，竟一句也没问封地的情况。听耶律楚材说苏如夫人要见他，窝阔台当即带着耶律楚材、拔都乘车来到大那颜的帐幕。他们刚一进门,就看见一口里里外外都长满了绿斑,使人看后忍不住作呕的铁缸摆在大帐的一侧。

苏如夫人带着儿子们恭迎大汗。

"这是什么?"

"回大汗,这是一个酒缸。大那颜生前曾在这个酒缸里存放了许多美酒,埋在地下,准备过些时日再取出饮用。据说酒经过窖藏后味道会更加醇厚。昨天,我突然想起了这缸酒,就让蒙哥他们几个挖了出来,想献给大汗。可是,大汗您看到了,这就是他们挖出来的酒缸。"

"唔……"窝阔台慢慢抠起一片缸上暴起的铁皮,若有所思。

"大汗,人乃血肉之躯,难道会比钢铁更坚硬吗?"苏如夫人从一侧观察着窝阔台的表情,婉转地问道。

窝阔台望了一眼苏如,那双他所熟悉的聪慧的眼睛里满含着期待。

"唔……我明白了。"

"大汗,请保重!您是蒙古国的希望所在,请您珍惜您的国家,您的臣民!"苏如恳切地劝说着窝阔台。

拔都、耶律楚材、蒙哥兄弟一起跪倒在窝阔台面前,窝阔台一一搀起他们,然后握住苏如的双手,轻轻地拍了拍。

"谢谢你,苏如,谢谢你们大家的良苦用心。我过去从来没有想到,酒的危害竟有如此之大。现在,我也该警醒了。"

"父汗曾经说过,酒少饮安神,多饮则伤身。所以,他老人家一生对酒色都十分有节制。"

"是啊,在这点上,我的确不像是成吉思汗的儿子。不过,我会牢记这个酒缸,否则,我也愧对大那颜在天之灵。"

苏如夫人点了点头。

窝阔台果真一言九鼎,自此不再酗酒。他将更多的精力放在户外活动上,很快又恢复了昔日的锐气与朝气。

拖雷病逝于一二三三年十月。这一年的二月,拖雷领兵攻克了金都汴京。由于此前金哀宗已逃往蔡州,拖雷在肃清了汴京外围的军事力量后,先后攻克了洛阳等城,与宋军并力进攻蔡州。

拖雷的葬礼刚刚结束,窝阔台汗以加强攻金力量为由,将原拖雷属部一千户划归次子阔端统辖,此举,立刻在拖雷家族引起了不小的震动。

很多人都无法理解窝阔台的决定,包括拔都在内。难道真如人们传言的那样,窝阔台汗在有计划地削弱拖雷系的力量吗?

　　只有一个人如同什么事也不曾发生过,保持着她一贯的冷静,这个人,就是拖雷系的核心人物苏如夫人。

　　她安详地接待并送走了大汗的使者。他们交谈的时候,拔都一直都待在四婶的身边。拔都不得不承认,他这位四婶的内心,就仿佛一泓清泉,你随时随地可以看到水底的石头,却永远掌握不住水流的方向。

　　蒙哥来见母亲。他虽不像几个弟弟那么愤愤不平,但显然情绪低落。

　　苏如夫人要儿子坐下。

　　"额吉,怎么谈的?"

　　"明天,阔端来接收他们。"

　　"您同意了?"

　　"同意了。"

　　"为什么?"

　　"儿子,你觉得额吉这样做不妥吗?"

　　蒙哥沉默了片刻:"我想向大汗问个究竟。"

　　"不可以,儿子。你自幼读了许多书,应该知道这样两句话:普天之下,莫非王土,率土之滨,莫非王臣。我、你,我们所有的人都是大汗的子民,大汗有权决定我们的一切。对使者,我也是这样说的。"

　　"可我就是想不通。父王刚刚去世,大汗竟然不顾念手足之情。"

　　"如果大汗不顾念手足之情,被拨走的远不止一千户。"

　　"额吉,你想过没有,如果祖汗留给父亲的遗产都被这样瓜分掉,我们将来还怎么在草原立足?"

　　"一个人的腿上长了毒疮,你担心要被大夫挖去一块肉,最后,你就会被迫失去了整条腿。与其如此,不如我们自己用刀先将毒疮剜去。"

　　蒙哥愣愣地望着母亲。

　　拔都的脑海中闪过了一道亮光,他已经领悟到四婶的良苦用心。

　　这个毒疮应该就是窝阔台汗的心病:拖雷家族的强盛势力对大汗而言,永远都是潜在的威胁。

　　的确,有的时候,小不忍则乱大谋。

　　阔端并没有在第二天前来接收他的新部众。许多天过去了,他才在父汗的一再催问下勉强起身,来到苏如夫人的寝帐。而且,他丝毫没有人们想象中的理直气壮,倒显得神态惴惴。

　　苏如夫人热情地接待了阔端。她早将诸事安排妥当,只等着阔端来交接。阔端什么都不问,收了名册就要离开,苏如夫人留住了他,请他一起用晚餐。席间,还送给他一双她亲手缝制的皮靴。

这一晚,阔端一直陶醉在一种温馨的气氛中。他是那样羡慕蒙哥兄弟,羡慕他们有这样一位聪慧、善良的母亲。

阔端将苏如夫人的态度如实地禀明了父汗。这些,窝阔台也听使者说起过。他终于相信了拖雷家族的忠诚,甚至有些后悔自己不该不听耶律楚材的劝告,而听信某些人的谗言,做出了谋夺拖雷家族利益的蠢事。

他召见了苏如夫人。

苏如夫人一如既往,对他充满了真挚的感情。想起苏如劝他戒酒的苦心,想到拖雷死后苏如的忠贞,他的眼圈红了,他不是用语言,而是在心底发誓,他一定要替拖雷保护好他的家人。

蒙哥也开始理解他的母亲。

一个女人,凭着她的深谋远虑与平和大度,安全地度过了一场危机,保住了她的家人和家族。

不久,捷报传来,蒙宋联军攻克蔡州,金朝灭亡。

这一天是一二三四年的二月九日。

第八章

斡罗斯烽火

壹

至一二三五年，窝阔台遵照父汗的遗诏，已基本完成了开拓疆土的重任。

在中亚，蒙古军消灭了以花剌子模札兰丁为首的残余复辟势力后，继续向谷儿只等地进军；在东方，降服了高丽，完成了联宋灭金的计划，使蒙古汗国东、南两面得以基本安定。

然而喜中有忧。

在此期间，原本降服的钦察、斡罗斯、不里阿耳等国却趁着蒙古兵势稍弱，起而复叛，对蒙古在这些国家的统治造成了极大的威胁。根据拔都的战报，窝阔台汗审时度势，决定派遣十万大军远征欧洲，史称蒙古军第二次西征，也称拔都西征。

由于路途遥远，任务艰巨，为确保最强的战斗力，定策西征军为"长子远征军"，由四系诸王的军队组成，各军统帅皆为诸王的长子长孙。因拔都是术赤王位的继承人，又曾领兵远征斡罗斯，因此，窝阔台任命他为西征军最高统帅，前敌总指挥，而老将速不台为副统帅，协助拔都主持全面军务。

同时，根据需要，将战斗序列一分为四：第一军是属于术赤系的拔都军，拔都自任主帅，斡尔多、别儿哥、昔班率军从之。第二军是属于察合台系的不里军，不里为主帅，其叔贝达尔率军从之。不里是察合台的长孙，察合台对他十分钟爱，亲自将孙儿抚养成人。第三军是属于窝阔台系的贵由军，贵由为主帅。第四军是属于拖雷系的蒙哥军，蒙哥为主帅。

一二三六年秋，西征军在伏尔加河下游草原集结完毕，拔都召开首次作战会议,研究作战方案。速不台认为应首先分兵进攻不里阿耳和钦察,以排除两翼之障碍,而后才能集中全力进攻斡罗斯。拔都采纳了速不台的建议。作战会议上,拔都仍请速不台详述作战计划,诸王并无异议,决定兵分两路,由速不台率不里军攻打不里阿耳,蒙哥率本军和贵由军攻打钦察部。

将贵由军和不里军分开,是蒙哥与拔都密商后所献之计。

贵由素与不里交厚,此二人飞扬跋扈、桀骜不驯,拔都对他们深感头痛。蒙哥却觉得,不里作战勇敢尚可利用,此外,不里的叔叔贝达尔是个难得的将才,其人心思缜密,每逢行军打仗无不殚精竭虑,只要虚心结纳,不难引为知己。至于蒙哥,他曾为窝阔台汗养子,与贵由一同长大,对贵由刻板矫情、好大喜功的毛病一清二楚。临出发前,窝阔台汗特意召见蒙哥和贵由,叮嘱贵由行军打仗多与蒙哥商议。贵由对于父亲还是有几分惧怕的,对蒙哥也存几分相让之心。蒙哥自觉可以掌握贵由,因此主动提出让贵由与他配合,扬其长,避其短,这样一来,既可以保证作战计划的顺利实施,又可以减少诸多来自内部的阻力。

当然,蒙哥此举更多的还是为拔都考虑。贵由对拔都极端嫉恨,蒙哥担心贵由会出于报复之心,破坏拔都的安排。

不里阿耳军的实力弱于钦察部。很早以前,不里阿耳就分为东西二部,东部为伏尔加不里阿耳,在五世纪末分出一部,西渡第聂伯河而立国,即今之波兰。余者西接斡罗斯,南邻钦察,为斡罗斯东面屏障。钦察乃突厥种游牧部落,据有马尼赤低地、黑海低地、顿河、伏尔加河、乌拉尔河下游肥沃地区,数千里平川,以游牧为生,不立城邑,与东罗马帝国、匈牙利、斡罗斯、不里阿耳、康里诸国为邻,为斡罗斯南部屏障。钦察兵种皆骑兵,长于运动战,算得上蒙古军的对手。

作战方案既定,两路蒙古大军在速不台和蒙哥的指挥下分兵挺进不里阿耳、钦察诸部。不久,捷报传来,速不台军数战迫降不里阿耳人,拔都率主力进驻其首都不里阿耳城。另一路大军在蒙哥的率领下步步为营,经数月基本肃清钦察部外围力量,将军队集结在伏尔加河东岸,预备渡河。此时,已是次年春季,拔都决定重拳出击,从不里阿耳转攻钦察。

伏尔加河西岸,钦察主力严阵以待。蒙哥命军队大量宰杀牛羊,剥下整张皮,吹气后结成皮筏,再用木杆制成桨。又组织了两千人的先锋部队,配备一百只船,每人携带鞍具、行装和能喂三天的马料,乘马用缰绳连结起来在船后跟进游渡。待一切准备就绪,蒙哥陪同拔都视察了阵地。

一匹快骑飞驰而来,原来是窝阔台汗的信使。信使除了带来大汗对诸王将领的嘉勉令外,还带来一封兰容写给拔都的书信。

前不久,蒙古中原战场的中路军统帅阔出病逝于京湖前线。拔都在远征途中闻知噩耗,无法亲往吊唁,只能派出使者代表西征军的诸王将领分别向大汗和阔出的诸夫人表示慰问。与此同时,他给兰容写了一封书信,委婉地向这个不幸而又坚强的女子表达了沉埋在心底的情意。他希望兰容等他——也许一年,也许两年——初步平定钦察和斡罗斯后,他会向大汗提亲,请大汗允许他娶兰容为妻。这些日子以来,尽管战事繁忙,他仍然盼望着兰容的答复。

此刻,信就在拔都的手中,拔都却蓦然觉得这封信很沉重,很沉重。他慢慢地将信封撕开时,竟不小心将里面的信也撕去了一角。

兰容的笔体依然清秀端庄,不见丝毫凌乱。

拔都哥:

前方战事如何?哥哥一切安好?

来信查收,知拔都哥心意,竟恍如隔世。

夜晚,伏案而书,想到从此后与你将是咫尺天涯,不觉寸心如捣,几次搁笔,最终决定据实以告。

想兰容身为女子,何其不幸!幼年,或许是每个女孩子应该在母亲身边撒娇的年龄,我却从不记得生母模样,只有父亲含辛茹苦,将我抚养成人。原想能与父亲相依为命,不料,父亲在西征途中又弃我而去。

回到蒙古草原,祖汗怜我孤苦,将我收留帐前,百般呵护,但我的内心却眷恋着一个永远不可能共度一生的男人,不得已去践行另一个并非我所愿的婚约。

渐渐地,我学会让自己心若止水。

因为那时我并不知道,我所遇到的是一个多么宽厚、多么善良的男人。

我想,这就是长生天后来加在我身上的报应:阔出是爱我如命和值得我倾心去爱的男人,然而,在他可以与我朝夕相伴的时候,我却让岁月蹉跎而过,从来没有试着去用心珍惜。

我无法忘记,在最后的时刻,阔出紧紧握着我的手,眼睛里流露着我所熟悉的执着和柔情。他对我说:兰容,不能陪你了,对不起。我们在一起的时间太短暂了,我真的觉得不甘心。如果长生天能给我们九十年,而不是九年,我一样会每一天都认认真真地爱你。替我活下去,以后,你的痛苦和快乐就是我的痛苦和快乐,你的眼睛看到的,就是我在天上看到的。假如有一天你有了自己的归宿,也请你在心里留一处位置,否则,我会感到孤独。

爱到生死难忘,就是阔出,就是我的丈夫。

我的丈夫,带着我对爱的迟悟,被埋入我的内心深处。

从墓地归来，面对空空的大帐，我第一次问自己，我是不是真的是一个不祥的女人？大汗召见了我，他希望我亲自来抚养失烈门，我拒绝了。我告诉大汗，我爱失烈门如同爱自己的亲生儿子，可是不要让他跟着我，我是个不祥的女人，会害了他的。让他同大汗一起生活，大汗的福气会让他禄寿绵绵。大汗同意了，因为我用一个最简单的理由说服了他。

真的，我是一个不祥的女人。

拔都哥，我已经连累了一个男人，怎么可能再去连累你呢？

不要为我感到内疚，你的爱如同阳光，只要我一息尚存，就可以感受到它的温暖，但是绝不能据为己有。

问一句不该问的话，拔都哥的内心一定也珍藏过一个了不起的女人吧？虽然这个女人离你很远，但她仍然是你此生的最爱。我记得，有一次，当我们偶然提起一个姓沈的女大夫时，拔都哥，你的那种拼命隐忍却又无法遮掩的哀愁让我终于有机会看懂了你的情爱所系。

爱，有时的确很奇妙。

《睡》陪伴着我，对往事的回忆陪伴着我，我想，这些足够了。

可以让我在远离你的地方默默地为你祝福，是我的幸运。如果有来生，仍愿与你相遇相知。有一天当我离去时，《睡》将随我一起化作青烟，那时，对你的祝福将会镌刻进我的灵魂之中。

即使这灵魂有一天也会变得苍白。

哥哥，为了我，为了所有挚爱你的人，保重。

妹兰容于哈剌和林

拔都将信反复读了两遍，默然。

"兰容姐说些什么？"蒙哥关切地问。

拔都将信递给蒙哥，蒙哥匆匆地扫视着，然后将信还给拔都。

片刻，蒙哥似说给拔都，又似自言自语："唉，真的想不明白，兰容姐这么好的女人，为什么偏偏如此命苦呢！"

拔都无言以对。

"你打算怎么办？"

"除了尊重她的选择，我还能做些什么！"

蒙哥无声地叹了口气。

"好啦，先不说这个啦。"拔都将信细心地叠好，连信封一起放进搭在马背上的褡裢中，"明天，造好的木船够用吗？"

"没问题，够用。木船载先头部队先过，军马随船跟进。如果不出意外，后续部队将在三天内全部渡河完毕。钦察部原本与我们相同,善于野战,如果他们利用熟悉地形与我们周旋,我们恐怕还真的拿他们没办法。迦迪延却选择了阵地战,这是他自寻死路。"

"虽然如此,我在想,明天,我们的先头部队向西岸靠近时,他们一定会用箭阻挡我们,这一点不可不防。"

"第一批渡河的人我选的都是百里挑一的神箭手,船头我还让工匠们设计了固定盾牌,与钦察人对射我们占绝对优势。"

"很好。交代将士们,一旦船只碰到西岸砂底,要立刻弃船去抓游过来的战马,乘马对敌人实施突击。如此,必定可攻破敌人第一道阵地。倘若敌人遁入第二道阵地,先不忙追击,只做佯攻,掩护后续部队全部过了河,再拼力攻打不迟。对钦察部,成败在此一举!"

"一切都已安排妥当,请统帅等我的好消息。"

"要注意安全!"

"我会的,放心。"

拔都的目光穿过夜幕,投向河岸的对面,那里依旧人影幢幢。明天,就是生死一战,迦迪延未必可以睡得安稳吧?

蒙哥与拔都并肩而立,似乎可以感觉到一种无以言喻的沉重从拔都的心里传向他的心里。

我是一个不祥的女人……

怎么会这样?

只剩下最后一滴酒了,慢悠悠地、慢悠悠地,滴进了杯中。

迦迪延愁绪满肠,在临时搭建的小草棚中,他使劲地晃着手里的铁皮壶,一边咒骂着一边忿忿地将它扔了出去。

铁皮壶砸在了草棚子的门上,发出"咣当"一声响。随着响声,一个魁梧的身影出现在门口。

迦迪延一时竟没有认出来者是谁。

酒入愁肠,一向海量的迦迪延居然醉了。

往事恍若烟云,不知何时蒸发成一股股灼热的气流,将迦迪延拖入其中。迦迪延根本不想挣扎,任由气流将他旋上旋下,卷来卷去。恍惚间,他想起了与蒙古军激战的一幕幕,想起了女儿冰姬。

蒙古大军一开始对不里阿耳实施围攻,迦迪延就派人将爱女送到了斡罗斯她的同父异母的姐姐那里。诚如迦迪延所料,短短十数日,不里阿耳战败而降,蒙古军遂全力转攻钦察部。迦迪延沿河岸拒敌,原以为可以支撑一段时日,岂料拔都、蒙哥丝毫不给他喘息之机,不等斡罗斯援兵赶到,便强行渡河,攻破了营寨。他手下的六万将士,大部或歼或降,只有他和忽滩率领不到两万人向西逃窜,躲在了伏尔加河西岸的密林之中,暂时避开了蒙古军的锋芒。

躲入密林深处后,迦迪延也曾试着振作起精神,好好思考一下钦察部的命运和下一步的行动,然而,大脑却仿佛生锈一般,已经失去运转的能力。万般无奈中,他想起突围前自己顺手藏在珠宝箱里的一壶果酒,顿时如获至宝,借故支走了夫人娜塔佳,独自痛饮起来。

"首领。"来人俯身捡起酒壶,放到鼻子上闻了闻,脸上露出一丝轻蔑,随手将酒壶扔到了门外。

眼前的迷雾消散了一些,迦迪延认出了来人。"忽滩,是你吗?"

"是我,首领。你醉了。"

"我没醉。你为什么扔掉我的酒壶?"

"首领,我准备了一桌酒菜,想请你过去一同享用。"

"我不去,除非你把我的酒壶捡回来。"迦迪延突然像小孩子一样耍起了脾气,忽滩快步走到了他身边。

"好的,好的。走吧,首领。"

忽滩近乎从地上拎起了迦迪延,把他架到了自己的胳膊上。迦迪延浑身软得像一摊烂泥,跟跄着被忽滩拖出了草棚。

忽滩也住在草棚里,住得与迦迪延不远。迦迪延刚刚走到草棚子前,就闻到一股香气扑鼻而来。

"什么?"他下意识地咽了口唾沫。

"我打了些野味,请首领过来喝一杯。"

自从退到密林里,迦迪延就没有吃过一顿像样的饭了,更别提还能有肉吃。尽管醉意蒙眬,他的精神却为之一振,迫不及待地推门走了进去。

忽滩不知从哪里搞来了一张小桌子,上面摆着一盆炖好的羊肉。迦迪延一点不客气,跌坐在桌前,抓起一根肉骨头,狼吞虎咽地撕啃起来。

忽滩笑眯眯地看着他,为他斟满了一碗酒。

居然是上好的葡萄酒。

迦迪延捧起酒碗,一口气喝了个底朝天。然后,他咂吧咂吧嘴,伸手去抓一块从骨头上脱落下来的肥肉。

迦迪延贪婪地吮吸着手上的油脂,目光偶尔掠过了忽滩的脸,突然觉得有些异样,吸食的动作停了下来。

有什么地方不对呢?

迦迪延费力地眨眨眼。忽滩依然一副笑容可掬的样子。

对了，就是笑容。自从蒙古西征军进攻钦察部以来，迦迪延就没在忽滩的脸上看见过一丝笑容。

"你……"

"多吃点，我陪你。这羊肉炖得很香啊。"

"林子里有羊？"

"有羊。有酒。"

"在哪里？"

"你再喝一碗酒，我告诉你。"

迦迪延不由自主地接过酒碗，一饮而尽。

"在哪里？在哪里？"

"林子里肯定有野味了。不过，酒嘛，是我的人从林外带回来的。"

"林外？"

"对呀。首领，这可是你的不对了，你难道不知道我们现在已经被蒙古军包围了吗？"

"你说什么？"迦迪延浑身一震，酒立刻醒了一半。

"就在我的人从林外取回酒时，蒙古人已经包围了我们的藏身之处。现在大约有一个时辰了吧，我们完了。"

"你……开玩笑？"

"不！我说的每一句话都是真的。"

"你骗人！如果……为什么……"迦迪延想怒吼，偏偏嗓子里挤出来的话既嘶哑又无力。

"你是想说，如果蒙古人真的包围了我们的林子，为什么没有发起进攻？因为我不让。我让他们给我两个时辰准备。"

"你……不让？"

"是啊，我想做些准备。"

"准备？"迦迪延好像完全糊涂了，睁着通红的眼睛呆望着忽滩。

"你我主仆一场，无论如何，我总得尽尽心，给你送行一下吧？"忽滩将头一仰，哈哈大笑起来。

迦迪延渐渐地明白了什么，手向腰间伸去。

然而，他的手握了个空。一向片刻不离身的宝刀只剩下刀鞘还挂在身上。

"怎么，要用刀吗？这肉炖得很烂，应该嚼得动吧？看来，你真的老了，牙也不好用了。"忽滩继续无所顾忌地嘲笑着迦迪延。

"你想干什么？"

"蒙古军袭破我们的营寨时,我就建议你投降,然后从长计议。你偏不肯。事到如今,我们这两万人是上天无路,入地无门,我不能眼看着你再把我们这些跟随你多年的弟兄们一个个都葬送掉,所以我就瞒着你跟蒙古人商量好了,只要我投降,他们就遵守诺言,饶命不杀。"

"卑鄙! 你这个卑鄙小人!"

"除了你,不会有谁认为我卑鄙的。我委曲求全,救了弟兄们,他们感谢我还来不及呢。不过,你说的倒也没错,我是卑鄙。我跟了你这么多年,一直受你的牵制,早想有朝一日取你而代之。"

"你要杀了我?"

"不杀了你,我如何做钦察部的首领。"

"只可惜我瞎了眼,一直拿你当兄弟。"

"你一定后悔没早听你那位娜塔佳夫人的劝告,对我留个心眼吧?晚了,晚了,女人的话有时还是可信的。"

"混账! 我现在就杀了你!"迦迪延一跃而起,向忽滩扑去。愤怒令他爆发了巨大的力量,他的双手已经伸向了忽滩的脖子,但动作却突然出现了定格,身体僵立在原处,脸上现出一丝迷惑的表情。

一柄弯刀赫然插在他的胸口。

忽滩的手握着刀柄,嘴角噙着一丝冷笑。

"我本来不想这么快就杀你,我还有些话没对你讲完呢。不过,既然你急着去死,我也无话可说了。你放心,我会代替你成为钦察部的新首领,为弟兄们争取一条活路的。"

忽滩狞笑着,将弯刀往里一送。迦迪延闷哼一声,软软地瘫倒在地。

忽滩俯视着迦迪延。迦迪延大睁着双眼,已经死了。这样死去,他一定心有不甘,否则他又怎会死不瞑目?

门外传来一声轻微的响动。

忽滩警觉地走到门边,推门向外看了看。然而,什么也没有,只有冷风穿过丛林,发出一阵阵怪异的啸声。

忽滩骂了一句,返回里面。

迦迪延的尸体横陈,忽滩琢磨着该如何处置他。突然,他想起什么,将迦迪延的尸体拖到草棚的后面,扔进一个废弃已久的陷坑中。然后,他抽出腰刀,急匆匆地向迦迪延的住处奔去。

迦迪延的草棚里空无一人。他放心不下,走出棚子,四下搜寻了一番,仍然不见要找的人。这时,他看到娜塔佳夫人身边的一个侍女从另一条小道向草棚走来,他急忙闪进棚子,耐着性子等待着。

　　侍女推开吱嘎作响的木门,一个冰冷的、坚硬的东西抵住了她的脖子。她想叫,声音却被忽滩恐怖的眼神堵回了嗓子眼里。

　　"将……将军,您……您要……做什么?"

　　"我问你,夫人呢?"

　　"夫……夫人?"

　　"你有没有看见夫人?"

　　"没,没看见。"

　　"你不是总陪着夫人吗?你从哪来?"

　　"夫人……让……让我采些蘑……菇,给首领熬汤。"

　　忽滩这才注意到,侍女的臂弯中挎着个篮子,里面果然装着半篮蘑菇。他一把推开了侍女,侍女趔趄了几步,倒在地上。

　　"将军……您……"她仰视着忽滩,脸色煞白。

　　"如果见到夫人,告诉她,首领在我那里。"

　　"啊……好,好的……"

　　忽滩收起腰刀,摔门而去。

　　他妈的,这个臭女人!她居然还有闲心给她的死鬼丈夫熬什么蘑菇汤,也好,就让迦迪延去地下喝吧!

　　"咚!咚!咚!"三声号炮响起,这是蒙古人与忽滩约定的信号。只剩下半个时辰了,半个时辰后,忽滩必须率部出降,否则,蒙古人就要对林子里的两万钦察将士发起进攻了。

　　忽滩忽然笑了,笑容比哭还难看。

　　迦迪延大概到死也不知道,蒙古人怎么会这么快找到他们的藏身之所,接踵而至。蒙古人是他忽滩引来的。为了表示投降的诚意,忽滩派人去与蒙古人联络时,就将他们的行踪暴露给了蒙古人。

　　这些日子以来,兵败后一蹶不振的迦迪延像一只丧失了行动能力的困兽,甚至失去了垂死挣扎的勇气,每天躲在他栖身的小草棚中,对任何事都不关心、不过问,除了娜塔佳夫人,任何人都不接见。

　　而这恰恰给了忽滩取而代之的机会。

　　短短的时间里,忽滩利用将士们不肯坐以待毙的心理,积极活动,争取到了多数将领的支持。倒是娜塔佳夫人以女人特有的、敏锐的直觉觉察到忽滩的异举,她一再劝告迦迪延要小心提防忽滩,迦迪延却不肯听。为了以防万一,忽滩在约定的投降之日对迦迪延下了毒手。

迦迪延不会再妨碍他什么了,可是,没能连同娜塔佳夫人一并除去,忽滩终究有些不甘心。

这个女人到底躲到了哪里?

没有时间了,要做的事还很多。他得告诉大家,迦迪延因为不愿意投降蒙古人所以自杀了。即使有人怀疑,面对咄咄逼人的蒙古军,大家也只能先将所有的疑问埋在心里。唯一需要瞒住的是拔都。他之所以不带着迦迪延的尸体去邀功,是因为他深知拔都的为人。这位嫉恶如仇的西征军统帅,如果知道是他杀害了自己的主子,一定会怀疑到他投降的诚意。

这才是最要命的。

至于投降蒙古人以后该怎么做,他已经有所筹划。

贰

蒙古军对钦察军队的接收很顺利。拔都听说迦迪延已经自杀,深觉惋惜,拨出一些银两来,要忽滩将其厚葬。忽滩诺诺而退。拔都却没有注意到,忽滩在转身的瞬间,眼中闪过怎样得意的狞笑。

西征军在林外稍事休整,拔都命忽滩前去攻打钦察东北部伏尔加河沿岸的几个尚未投降的小部落,彻底平定里海和高加索以北的广大地区,清除蒙古西征军进攻斡罗斯的全部屏障。这些部落没有多少战斗力,不需要大动干戈,拔都便将征服任务交给了同样能征善战的钦察军。

忽滩巴不得赶紧远离蒙古军,便欣然领命。

蒙哥对忽滩放心不下。拔都劝道:"当年,我们的祖汗刚刚创业之时,他自己的亲叔叔、族叔和堂兄都曾率部追随于他,后来这三个人为了战利品分配之事与祖汗发生了矛盾。面对他们随时可能离去的危险,祖汗泰然处之。祖汗认为,唯有同心同德,才能共举大业,能够经受得住时间考验的忠诚才最值得珍惜。后来,这三个人果然叛逃,祖汗仍然没有派兵追击他们。变生肘腋,乃兵家大忌,如果心怀二意,还不如早一些让他们远离。"

蒙哥理解了拔都的谋略。

蒙古军经过休整,准备向斡罗斯挺进。

连续两个白天,拔都、蒙哥兄弟都在忙于安置那些被驱至林外的钦察百姓。这天,天近傍晚,拔都请速不台、蒙哥、贝达尔等人来到他的大帐,共同研究斡罗斯的地理现状和敌情,确定下一步的进攻方向。

蒙哥呈上了他精心整理的关于斡罗斯的情报。情报共两页,分成四个部分,每个部分的内容都言简意赅。这正是蒙哥的特点。

第一部分,介绍了斡罗斯的地理特征:斡罗斯地理环境恶劣,公国众多,造成各公国疆域偏小,东、南以不里阿耳、钦察为界,西接波兰,西南与匈牙利为邻,北为白海。境内一般地势低平,北部积雪消融季节,淖沼泥湿,路途险阻,大部队运动受限。但在冬季河川封冻后,畅通无阻。

第二部分,蒙哥特别做了说明:斡罗斯境内城堡均为木建,对于炮石轰击,抗力甚小,且易燃火。

第三部分,介绍了斡罗斯的国情:蒙古军第一次西征到第二次西征,其间足足间隔了十四年。蒙古军第一次西征时,即一二二三年至一二二四年,哲别、速不台、拔都在伽勒伽河大会战中打败了斡罗斯、钦察联军,当时,斡罗斯举国震动,其境内各城镇基本处于敌到乞降的状态。幸而蒙古军未进占斡罗斯全境,加之斡罗斯军队只是丧师于境外,境内未被骚动。俟蒙古军东返后,斡罗斯内讧如故,诸部之间彼此构怨,自相攻伐,不能相辅,根本没有利用这十四年来认真备战。因此,蒙哥断言:今日的斡罗斯并不比十四年前的斡罗斯更具有战斗力。这句话,他特别用红笔做了标注。

第四部分,是关于斡罗斯军队的概况:斡罗斯马匹强壮,负荷大,但驰骋较慢,远不及蒙古马轻捷矫健、行动敏速。斡罗斯各公国军队,只习惯利用战阵拒敌。在作战方法上,侧重剑击。在战术思想上,对弓箭、炮石虽采用,但主张专守防御,不善于包围、迂回、突击等机动战法。

蒙哥向各军统帅提供这样一份情报的意图显而易见,自古以来,轻敌冒进乃兵家大忌,畏敌如虎更不可取,战争胜利的关键在于知己知彼,在于统帅正确的决策和将士们默契的配合。

拔都要大家针对这份情报说说各自的看法。其实,从内心深处来讲,他更希望听听贵由的分析。自西征以来,贵由始终都处于被动地执行所有作战命令的状态,或者消极地配合蒙哥的军事行动。他的这种无可无不可的暧昧态度,不能不让拔都感到深切的忧虑。

贝达尔性急,抢先说道:"既然斡罗斯境内城堡多为木建,何不用火攻,烧它个片木不存!"

速不台捋着胡须,颔首表示赞同。

别儿哥问蒙哥:"先从哪里入手?"

"当然是从北向南推进。依我的意思,先拿下梁赞城,再攻打莫斯科。"

"和我想的一样。统帅,把梁赞城交给我吧!由我来打头一仗!"别儿哥兴奋地请战。

"贵由,你呢?你怎么看?"拔都看了看贵由,问。

贵由冷冷地瞟了拔都一眼:"如果你这位统帅只能依靠别人来帮你拿主意,你是不是该主动让贤了?"

贵由如此回话实在出乎所有人的意料,大家都愣住了。贵由恍若未见,依然一脸不屑的样子,拂袖而去。

过了好一会儿,别儿哥最先醒悟过来,抽出佩刀,就要去追赶贵由。拔都一把拉住了他:"你要干什么?"

别儿哥气得脸色铁青:"这个浑蛋!浑蛋!他凭什么污辱人!我这就去跟他比比看,如果他胜了我手中的刀,或者是杀了我,我服他是个好汉!如果他只是溜嘴的匹夫,我认得他,我手里的刀可不认得他。"

"休要胡来!"

"二哥,你竟然连这样的污辱也能忍得下?你……你真不像是祖汗的孙子。你快放开我!放手!"

"别儿哥,现在不是斗气的时候。无论贵由怎么说怎么做,我都不能因为他几句褊狭和过激的话就乱了方寸,影响既定的作战方案。现在对我而言,最重要的是拿下斡罗斯全境,你懂吗?"

"可是……"

"别儿哥,少安毋躁!一切听从统帅的安排!"蒙哥强压着对贵由的厌恶,徐徐劝道。

拔都环视着众将,除不里多少显得有些不安外,人们的脸上皆流露出忿忿不平的神色。也许别儿哥说得对,祖汗是从来不受辱的,蒙古人是从来不受辱的,但为了大局,只能将万丈怒火化作云淡风轻。

"蒙哥听令!"

"喳!"

"你率一支侦察部队先行出发,沿途负责勘察地形、道路、河流、山脉,准确地将其绘成地图,向我呈报!"

"喳!"

"速不台!"

速不台向前跨上一步:"末将听令!"

"我将主力一分为二,你率其中一支主力跟在蒙哥之后向梁赞城进发。沿途如遇斡罗斯军队骚扰或抵抗,坚决予以消灭!在没有到达梁赞城前,要留心捕捉敌情,封锁消息,尽量隐蔽军队的行踪。"

"喳!"

"斡尔多!"

"在！"

"你负责畅通统帅部与各军之间的通信联络，确保后勤部队的给养供应。这一点事关重大，切不可掉以轻心！"

"明白。我已下令征用了五千多匹骆驼、两千匹弩马，专门用来运输帐篷、毛毡、铜锅、面粉、饲料、干肉、食盐、油脂等物资。另外每个骑兵换乘的两到三匹战马，运送武器的车队，都已经备好，将随军队一起跟进，不会影响统帅的行动。"

"好！别儿哥！"

"统帅，我愿与速不台将军同为先锋！"

"好吧。但一切须听从老将军将令！"

"放心好了，我又不是贵由！"

拔都瞟了别儿哥一眼，别儿哥仍是一脸怒容。

"贝达尔、不里！"

"在！"

"你们，还有贵由，随本帅一同行动。你们可下去稍做准备，明晨蒙哥先行出发。余者，随时听调！"

"喳！"众人应着，一起退下。

目视着众将接令离去，拔都稍稍活动了一下筋骨。此时，他已将贵由引起的不快彻底置之脑后。

昔班匆匆走了进来："二哥。"

"怎么？"

"我带人安置钦察百姓，在林中发现了一个妇人，冻得昏死过去了。我让人把她救了出来，你说该怎么办？"

"是么？人在哪里？"

"我的帐子。"

"哦，带我去看看。"

拔都随着昔班来到他的帐中。被救出的妇人平躺在地铺上，脸色乌青，气息微弱。昔班的侍女伊琳正在照看她。伊琳年方十五岁，胆子一向很大，她正慢慢地帮妇人揉搓着手、脸。看到拔都进来，她起身让开了地方。

拔都俯身看了妇人一眼，顾不得多想，让昔班和伊琳赶紧去铲了一袋雪送进……他跪在地上，用刀割开妇人的皮靴和衣服，费力地帮她褪去与脚冻在一起的靴子和身上的衣袍，只留下一身内衣。

昔班和伊琳将雪袋子放在拔都脚边。

"昔班,你去我的帐子取防冻膏和野猪油来。伊琳,你照我的样子,帮我用雪搓她的脸、耳朵和手,搓手可以用些力,搓脸和耳朵一定要轻缓。我来给她搓脚。冻成这个样,还不知道这双脚能不能保住。"

"好的。"昔班应着,飞快地出了帐子。伊琳捧起一捧雪,开始为妇人揉搓起来,她的动作居然很娴熟。

拔都一边用雪来回搓着妇人的脚,一边惊讶地问道:"做得很好。你从哪里学来的?"

"有一次我哥哥的脚冻伤了,回来后他自己就是这么治的,结果一点没留下残疾。"伊琳在手上哈了口气,又捧起了一捧雪。

"你哥哥编在谁的部队?"

"他原来是大那颜的宿卫长,后来,大那颜让他跟了蒙哥小王爷。"

"你哥哥叫什么名字?"

"忙哥撒儿。"

"原来是忙哥撒儿啊。那你怎么会跟了昔班?"

"我会绣香袋,昔班王爷喜欢得不得了。这次,蒙哥王爷参加西征,就把我带来伺候昔班王爷了。您不知道吗?"

拔都隐隐想起,昔班的确给他提过这件事,但他一心只顾考虑西征军面临的战局,根本没往心里去,过后也就忘记了。

伊琳用力搓着,不多时,便累得满脸通红,鼻子上浸出了汗珠,说话也呼哧带喘了。拔都看着她,微微一笑,正好昔班取来了冻伤膏,拔都就让伊琳歇一会儿。雪不够了,昔班和伊琳又去取了一袋雪来,拔都不厌其烦地用雪一遍又一遍地擦拭着妇人每一处冻伤的地方,特别是两只脚。

昔班想给他帮忙,拔都担心昔班手劲太大,会搓伤妇人受过冻的肌肤,不肯用他。伊琳歇了过来,又帮着拔都给妇人按摩。渐渐地,妇人的四肢变得温热起来,胸脯的起伏也有了力量。

拔都用手试了试妇人肌肤的弹性,终于松了口气。

"可以用冻伤膏了。"

"噢。"昔班打开了药盒,挑起一点黑色的药膏,就要往妇人的脚上抹。

伊琳急忙抢过药盒:"不是这样的,你看,得这样。"她将药膏挑在手心,用两只手搓匀后方才涂在妇人冻伤的地方。她的一举一动格外灵活,拔都和昔班暗想,别看忙哥撒儿五大三粗的,却真有一位巧慧的妹妹。

涂好了药膏,又搽上一层野猪油,拔都要伊琳去抱来一床毛毯给妇人盖上,然后嘱咐伊琳隔一段时光给妇人喂几口温热的水,晚上擦去旧药膏,再重新涂一次新的药膏,以后每天早、中、晚各弄一次。交代完这些事,拔都惦记第二天一早就要出发的蒙哥,先行离去了。

按照预定的计划,拔都与蒙哥、斡尔多、速不台以梯形队阵向北斡罗斯推进。

数日后的一个傍晚,拔都吩咐下营。

伊琳领着一位妇人来见拔都。妇人不到四十岁的模样,眉眼周正,腰身依然很苗条。大概是伊琳帮她打扮的,她穿着一身灰蓝色的蒙古袍,戴着一顶形状像花瓶一样的罟罟冠。在伊琳的指引下,她拜见了拔都,神态虽稍稍有些拘谨,举手投足间却显示出一种不寻常的从容和优雅。

"王爷,这位是哑姨。"

"谁?"

"就是我们从林子里救出来的那位妇人啊,难道您忘了吗?王爷,您的冻伤膏真是神了!你看哑姨,她一点疤痕,一点残疾都没落下。只可惜她不会说话。"伊琳还在天真烂漫的年龄,即使面对拔都,也丝毫不觉得敬畏,说起话来就像竹筒倒豆子,噼噼啪啪,干干脆脆。

拔都注意地看着妇人。

妇人局促不安地垂下了头。

"哦……"拔都想说什么,却又不知道从何说起。

伊琳帮了他一把:"哑姨听我说是您救了她,一定要来当面拜谢您。她的耳朵没毛病的,您说什么,她都听得见。"

拔都有点尴尬地一笑:"没什么,没什么要说的。伊琳,她才好些,你留心照顾她。知道吗?"

"我会的。我已经认了哑姨给我做姨娘,处了这段日子,我差不多能跟哑姨用手势交谈了。"

"是么?这就好,这就好。伊琳啊,如果没有其他的事情,你们先回去吧。我还要出去巡视一下军营。"

"行!那我们走了。王爷,哑姨说,以后她想来帮您做些帐子里的事,希望您不要嫌弃。"

拔都吓了一跳,急忙摇了摇手:"不用!不是嫌弃,真的不用!"

伊琳一笑,拉着哑姨出去了。

尽管拔都说了"不用",但自此后,只要大军下营,哑姨一定会来拔都的大帐,帮他将一切都收拾安顿得井井有条。有时,哑姨还会亲自下厨,做上几样可口的点心,熬好茶,放在桌上。一开始,拔都真还有些不习惯,慢慢地,也就习以为常了。再说,大战日益逼近,拔都需要将更多的精力用于对战事的关注上,对于身边的琐事,只好随遇而安了。

梁赞城与不里阿耳、钦察相邻。其城主在蒙古西征军尚未攻下不里阿耳和钦察前,就征集了城中所有十六岁以上的男子入伍,除此之外还加强和巩固了城防设施,做好了与蒙古军决一死战的准备。

梁赞城四周被高土墙环绕,土墙外侧栽了一层巨大的木桩,木桩表面泼水成冰,冰坡光滑,根本无法攀援。城堡的内墙是用巨大的柞木围成的木防栅,城内碉楼林立,岗哨密布,并储备有大量粮食物资,实为易守难攻之城。

速不台遇到了冰坡攀援不上的困难,首攻受挫。

第二天,速不台没有立刻指挥攻城,而是命令军队沿梁赞城四周筑起了一道长围,以断绝城内守军的退路。

长围筑好,拔都率领的主力与速不台会合了。

速不台向拔都详细汇报了梁赞城的守备情况。这些,拔都在行军途中就已接到过蒙哥的战报,并为此做了相应的部署。

拔都在速不台的陪同下,与贝达尔、贵由、别儿哥、不里等人骑马巡视了梁赞城一周。拔都看到从梁赞城的正门向左右依次排开的碉楼暗堡最为集中时,心里不由暗生一计。

回到帅帐,斡尔多带着一位中年汉子来见拔都。

在拔都自己指挥的军队当中,有一支完全由各类技艺精湛的匠人所组成的特殊部队,人数达到千人之多。平素,拔都除赐给他们一定的生活用品外,还允许他们靠手艺赚取和积攒钱财。他们中间,无论哪一个死去,拔都都会予以厚葬,同时将新的人员补充到队伍中。一旦遇到战事,拔都就将他们集中起来,随大部队转战,专门负责各类攻城器械的制作。

中年汉子是一位技艺精湛、经验丰富的西域匠人,蒙古军第一次西征时,他就追随了大太子术赤。十多年间,术赤父子将他从一名普通的匠人提升为千户长,他知恩图报,在术赤逝后,对拔都忠心耿耿。

拔都递给中年汉子一张图纸,上面画着木楼的图样。中年汉子仔仔细细研究了好一会儿,问道:"统帅要木楼何用?"

"置放弩石机,直接制约城上守军,燃毁城中木制建筑。"

"如此,木楼须与城墙等高。另外,还须按比例从下向上增加几根横木,使木楼的承载力更强。"

"是这个意思。这张图只是我的初步构想,具体的设计还得劳你完成。我要五十个这样的木楼,每个木楼上可以放置两个弩石机,我再给你多派些人手,你估算一下,需要多少时间可以完成?"

"七天。"

"那么,现在云梯造得如何了?"

"按统帅规定的数额,已经制完。我还命人制作了一批雪橇,可将其他攻城器械很快运送过来。"

"很好。你的确是个有心人,当年父王没有看错你!"

"大太子没有看错小人,小人也没有跟错主子。"

拔都绕下帅案,轻轻拍了拍中年汉子的肩头:"看你的啦。有什么事,你与我大哥商议,需要多少人,多少银两,都由我大哥备齐。等木楼建起之后,我一定第一个登上木楼,为我的炮手们助威。"

"喳!"

拔都传令宗王别儿哥、昔班、贝达尔、贵由、不里,大将忙哥撒儿、阿都合等人,要他们在七天中,每日轮流对梁赞城发起佯攻,遇梁赞城守军抵抗激烈,立刻撤下。众人不知他葫芦里卖的什么药,又不便深问,答应着,领命而退。

转眼七天一晃而过。

七天中,蒙古军进进退退,对如何拿下梁赞城显然想不出更好的办法。梁赞城守军见蒙古军的攻城力量不过如此,对蒙古军的战斗力不由产生了怀疑,轻敌的情绪在不知不觉中滋生着,甚至包括城主本人,也不像开始那样每日处于高度紧张的状态了。

拔都的目的达到了。

第八天夜里,梁赞城下,五十个木楼一字排开,每个木楼上都配备着六名炮手和两台经过精心改进的弩炮。木楼的两侧分别置有六个用于运送石块和火药罐的空心筐,每个空心筐通过几个滑轮可在楼顶、楼底很容易地滑上滑下,使石块和火药罐能够被源源不断地输送上来。

黎明前的黑暗像黑纱一样浮动着,卷舒着,木楼像沉默的巨人,在最后的黑暗中等待着发出呐喊。

拔都缓缓地登上了正对着城门的一座木楼。

梁赞城的城墙上晃动着守军的身影,影影绰绰,拔都稍稍观察了片刻,向屏息以待的炮手做了个手势。

巨大的石块带着可怕的呼啸声落在了城门左边的碉楼上,碉楼被砸开了巨大的豁口。接着,一百台弩石机一起向梁赞城发射着巨石和火药罐。由于是平射,巨石和火药罐可以很容易地躲开城外木桩的阻拦,准确地落在城头的碉楼暗堡和守军的身上。火药罐在木栅栏和建筑物上碎裂,喷射出股股火焰,引起冲天大火。火起后,城内陷入了一片恐慌之中。

此时,梁赞城的守军在蒙古军炮火的连续轰击之下根本无法组织抵抗,速不台不失时机地挥令大军攻城。无数云梯被竖在城墙上,一个安装着轮子用巨大原木制成的槌子不停地撞击着城门,蒙古军从城上、城下同时发起进攻,很快冲开了梁赞城守军的第一道防线。

梁赞城守军被迫退到第二道防线意欲顽抗,拔都依然以弩石机开道,整整七天的肉搏战后,蒙古军终于攻下梁赞城。

梁赞城城主战死。拔都决定乘胜攻打莫斯科城。

莫斯科城建城虽有百年,但城墙及房屋俱为木制,守备也不完善。蒙古军只用了五天便攻下该城。此时,已是一二三八年春天。

梁赞、莫斯科二城俱下,全军正在兴高采烈,这时却接到探子密报:钦察部首领忽滩领兵攻下钦察周边诸部后,集结起原钦察旧部四万帐逃到匈牙利边境,得到匈牙利别剌四世的接纳。

拔都为自己的疏忽悔之不及,急忙具书向窝阔台汗请罪。他却不知道,有两份密报比他的请罪书更早一步送达。这两份密报,一份是贵由弹劾拔都的奏折,一份是蒙哥亲自起草的长达万言的战报。在战报中,蒙哥详细向窝阔台汗汇报了蒙古军征服不里阿耳、钦察、梁赞、莫斯科等部及城池的全过程,却没有一句话为拔都开脱。

不久,急使赶到前线,宣读了窝阔台汗的圣旨:鉴于拔都指挥有方,西征军战果显著,不究拔都对钦察部首领忽滩失察之过。拔都继续担任西征军统帅,责成早日平定斡罗斯全境。

拔都面向东方,叩谢大汗对他的信任和恩宠。

贵由的脸色却变得异常难看。

叁

为荡平北斡罗斯全境,拔都在他的军帐召开了一次临时性的作战会议,要求千户长以上诸将全部参加。会上,拔都决定兵分三路,从东、西、中路全线进攻,然后转向西南会合。

按照拔都的作战部署,三路大军分进合击,转战万里,攻克数十城,于一二四〇年夏末如期会师于伏尔加河下游,避暑休兵。

夏末的天气依然显得酷热异常,尤其中午。拔都常常吃过午饭就到林中的小溪边纳凉。哑姨一如既往地每天早晨帮拔都收拾帐子和做些小吃。对于哑姨的好意,拔都十分感激。

哑姨会做一种鲜果汁,头一天深藏在地窖中,第二天取出来饮用酸甜怡人，清凉爽口。拔都喝了几回觉着不错，便让哑姨和伊琳午饭后送一桶到林中，同时派人去邀请速不台、蒙哥，一来他想让他们都品尝品尝哑姨的手艺；二来也是有一些事情需要与他们商议。

速不台、蒙哥准时赶到，三人见面，十分高兴。

蒙哥习惯于随身带着地图。溪边，三个人索性敞开衣襟，一边品尝着可口的果汁，一边围着地图席地而坐，研究起南斡罗斯的形势来。诚所谓英雄所见略同，三个人的想法完全一致：攻打南斡罗斯，必先攻取基辅。

基辅曾为南斡罗斯都城近三百年，后政治中心北移，但仍保持着数百年大都市的泱泱气势。不仅如此，基辅的地理位置也十分重要，它位于第聂伯河中游西岸，国民利用第伯聂河、黑海与东罗马帝国通商贸易，国力十分强盛。

事实上，对于南斡罗斯诸公国而言，基辅不啻它的心脏，一旦击中心脏，其他公国的抵抗信心就会大打折扣。

哑姨正在给蒙哥添果汁，一滴果汁溅在蒙哥的手背上。

蒙哥抬眼望望哑姨。只见哑姨的脸上迅速地闪过一丝焦虑不安，转眼又平静如初。

"速不台、蒙哥，你们看这里……"拔都的手在基辅外围的几个重要城镇上圈了个圈。

蒙哥打断了他的话："伊琳，你的眼睛怎么闭上了？"

伊琳揉揉眼，困倦地呢喃："是么？"

"看你都困成什么样了，真是小孩子觉多。不如你和这位……这位夫人先回去休息吧，这里不用你们伺候了。"

伊琳看了看拔都，拔都点点头。伊琳高兴地拉着哑姨离去了。

"拔都哥，这个哑妇人是钦察人吗？"

"是啊。"

"她在你帐里吗？"

"不。她和伊琳在一起，是昔班帐里的。伊琳认她做了姨娘，大家就都随伊琳管她叫哑姨。"拔都简单地讲述了哑姨被救的经过。

"那么，她是先天就哑，还是因为那次冻伤造成的？"

"不知道，我从来没问过。蒙哥兄弟，你怎么对她的事这么感兴趣？"

"哦……也没什么。我觉得她不像个女侍。"

"不过她做事蛮勤快的。"

"好啦，先不说她啦。拔都哥，你接着刚才的话说。"

"好吧。我有个想法，你们来看地图，如果我们想顺利拿下基辅，就必先扫清外围,而后攻取中心。你们以为如何?"

速不台将他的大巴掌重重地拍在地图上,说了句粗话:"娘的,就这么着!清理外围的这几仗就交给我吧,保准打他们个哭爹叫娘。"

蒙哥笑了:"速不台将军还是这么的老当益壮。"

"谁说我老了?"速不台嘴里虽然不服气地反驳着,却掩不住眉目间骄傲和欣慰的神情。他追随成吉思汗四十年,是最受成吉思汗倚重的爱将之一,现在,已过花甲之年的他愿把自己的全部智慧献出来,献给窝阔台汗,献给拔都和蒙哥,唯有如此,当那天来临之时,他才能够无愧地去天上与成吉思汗相聚。

拔都赞同速不台的想法:"我正是此意。一旦基辅周边诸城皆下,蒙哥兄弟,我想仍由你率军先行,负责侦察敌情和地形。"

"明白!"

"好,明日与诸王共议后,就劳速不台将军择日出征。"

"不必择日!议定就出征!"

"我让别儿哥配合你。"

"行。"

速不台不愧是久经沙场的老帅,又有别儿哥这员虎将相辅,不到一月,连下基辅周边三城,之后兵进顿河,切断了基辅的外援。

深秋,蒙哥经过侦察,发现第聂伯河河防甚严,且河水尚未结冰封冻,大军无法渡河。立马河东,基辅城池隐隐在望。蒙哥派出使者招降,坐镇城中的哈里克斯大公杀掉使者,拒不投降。

贵由率军先到,听说使者被害,就要强行渡河,攻打基辅。蒙哥不允,堂兄弟为此争论起来。贵由百劝不听,蒙哥见自己实在无法说服贵由,只得同意先派小股部队做一次试探性进攻。

贵由派一支五百人的小部队趁着夜色掩护悄悄渡河,一开始他们并没有遇到任何阻碍,船近岸边时忽然从岸上射出无数支燃烧的火箭来,船上的蒙古士兵纷纷落水。负责偷袭的将领情知不妙,急忙下令后撤。对岸的敌军也不追赶,幸亏如此,五百将士总算逃回大半。

蒙哥一个字也未责备贵由,甚至对此事提也未提,只忙着对阵亡将士的后事做了安顿。蒙哥太了解贵由的性情,他深知,如果他责备贵由,贵由就会反过来埋怨他不该只派五百人渡河偷袭,这样争执下去,结果就是让更多的人因为他们兄弟的不和成为他乡含冤莫白的鬼魂。

贵由知道对岸的基辅军队防守甚严,终于不再固执己见。他与蒙哥兵合一处,等待与拔都率领的主力会合。

南斡罗斯的这个冬天似乎来得迟些。蒙古军与基辅军隔岸对峙,双方谁也没有主动向对方发起任何攻势。终于,像拔都久已盼望的那样,在一夜凛冽的寒风之后,第聂伯河的河面上结上了一层薄冰。

之后的几天,气温开始连续下降,河面终于完全封冻。

随着河面的封冻,天堑变成了一马平川。

拔都下令攻打基辅。

斡尔多指挥后勤部队驾驶着雪橇,将攻城器械运往前沿阵地。贵由主动要求担任先锋,拔都不好反对,安排蒙哥为之后援。

哈里克斯大公早已撤回守河将士,增筑了城防。他还安排好强弓毒矢,秣马以待。当贵由指挥首攻部队逼近壕外时,哈里克斯大公令弓箭手齐放毒箭,蒙古军几次进攻都被射退。

贵由首战失利,心中焦躁,命部队稍事休整,再次攻城。这一次,蒙古军越过城壕,靠近了城墙,哈里克斯大公命守军从城上投掷巨石,蒙古军死伤达千余人,贵由被迫下令退兵。

次日,贵由组织敢死队登城,又被击溃。

第三日、第四日,基辅城如同一尊无法击垮的巨人,仍雄视着曾经马踏欧亚的蒙古铁骑,而蒙古军方面,死伤已达到四千人。

贵由心急如焚,望城兴叹。

贵由如此急于拿下基辅城,完全出于私心。

对于这次远征欧洲,贵由原以为父汗无论如何都会以他为统帅。因为于情,他是大汗的长子,而这支西征军又叫长子远征军;于理,他自认为自己的军事指挥才能绝不输于拔都、蒙哥。

岂料,父汗却毫不犹豫地任用了拔都,这不能不令他大失所望。不满使他在整个西征过程中都采取了消极的态度,他从不主动争先。唯独这一次,他一反常态地争取担任先锋,其中的原因在于不久前他收到海迷失的一封密信。

阔出病故后,窝阔台汗将爱孙失烈门接到身边抚养。对于大汗的意图,诸王贵族心知肚明,却不以为然。失烈门年幼,没有足够的威信可以驾驭王公贵族、功臣宿将,这样,身为大汗长子的贵由便重新具有了问鼎汗位的希望。六皇后乃马真正在暗中活动,广泛地收买人心,而海迷失利用萨满教教主尔鲁的影响,也配合婆婆,积极地争取各方面的支持。

在这种情况下,海迷失代表婆婆授意贵由,无论如何要在欧洲战场上多立战功,也只有凭借战功,贵由才能树立起大汗长子的威望,增加争夺汗位的筹码。

没想到,基辅城竟是一块如此难啃的骨头!

蒙哥在贵由的陪同下巡视了基辅城郊,知道基辅城确实易守难攻,苦苦思索之下,他想出一计。而贵由到了此时,也只能同意蒙哥的计谋。蒙哥一面派急使向统帅拔都请求增援,一面与贵由率部急速撤退。

基辅城中,哈里克斯大公看到蒙古军突然无功而退,急忙下了城墙,率部穷追。双方在第聂伯河畔展开激战,打了个棋逢对手。哈里克斯大公见相持下去对己方不利,挥令撤退。蒙古军并不追赶,只在原地待命。

第三天,拔都亲提大军赶到。既与主力会合,贵由、蒙哥重新指挥大军攻城。

基辅军队拼死据守,不料城中突然火起并且城门大开,蒙古军从城门杀入城内,哈里克斯大公被迫退守城堡。

这正是蒙哥向贵由所献之计:趁哈里克斯大公出城追击蒙古军之际,命一部分士兵化装成协助基辅军守城的钦察士兵模样,混入城中待命。一旦蒙古军对基辅发动进攻,立刻大开城门,以为内应。

蒙哥的计策获得了成功,基辅城轻易地落入蒙古军手中。

哈里克斯大公在城堡中率残部死战,被拔都从木楼上发一箭射中头部,侍卫们急忙将他抬回府中。哈里克斯的神志尚且清醒,绝望的目光在围绕着他的几十个姬妾中搜寻着,却没有发现他希望看到的那张面孔。

当年,钦察部首领迦迪延将自己的爱女西娃嫁与哈里克斯为妻。一开始,哈里克斯对容貌美丽的西娃十分宠爱,后来,哈里克斯发现西娃有一种奇怪的洁癖。婚后的几年西娃还能勉强加以克制,但随着时间的推移,西娃的这种洁癖发展到只要哈里克斯一碰她身体的任何一部分,脸上就会显出极度痛苦的神情。这种神情不可能不伤害到一个男人的自尊,哈里克斯厌恶之余,对西娃也就冷淡了许多。

哈里克斯万万没想到,西娃居然还有一位美貌更胜于她的同父异母的妹妹。从冰姬出现在哈里克斯面前的那一刻,哈里克斯便被这个像冰山雪莲一样冷艳的年轻姑娘迷住了。

可是,冰姬少言寡语,从来不笑,她的沉静好似一座冰峰。

也许不是同一个母亲又自幼分离的缘故,西娃和冰姬之间谈不上有多深的感情。本来,冰姬是投奔西娃而来的,西娃却从不邀请冰姬到她的帐中做客,也不让冰姬与她住得太近。哈里克斯义不容辞地担当起照顾冰姬的责任,当然这种义不容辞里很大一部分是出于他对妻妹的倾心。

钦察部兵败,迦迪延自杀的消息传到基辅后,哈里克斯原本担心冰姬会痛哭。令他始料不及的是,无论冰姬还是西娃,对这个消息的反应都相当的淡漠。

淡漠的眼神如此相似,相似的淡漠却有着完全不同的内涵。

西娃的眼睛里是对亲情的麻木。

冰姬的眼睛里是对命运的预知。

可惜,哈里克斯看不懂。

蒙古大军横扫北斡罗斯时,冰姬劝说哈里克斯早做防备。这时发生了一个小小的意外,一向喜欢自己做衣服穿的西娃,裁剪衣服时不小心让剪刀划破了手指。本来,手指破了就破了,谁也不会当回事,西娃却因为过度的紧张和伤口感染后拒绝就医,枉送了性命。

西娃死在妹妹的怀中。永诀的那一刻,她不再拒绝别人的怀抱。

甚至第一次,她向妹妹露出了浅浅的笑容。她的笑容宛如丽日晴空,灿烂得没有一丝忧愁。

哈里克斯有些伤感。不管怎么说,他的确爱过这个女人。冰姬却是一如既往的平静,安葬姐姐时,她突然对哈里克斯说:"我一直想,西娃姐姐一定早就在盼望着这一天吧。"

哈里克斯张着嘴,呆呆地望着冰姬。

迦迪延的两个美丽的女儿,哪一个都让哈里克斯琢磨不透。

第九章

燃烧的多瑙河

壹

　　蒙古人很快打到了基辅城下，冰姬以一种让男人汗颜的无畏投入到一场场酷烈的保卫战中，直到哈里克斯自己被蒙古人的箭射中，冰姬仍然还在最前线，与蒙古人做着殊死搏斗。

　　或许冰姬会死吧？如果她死了，在地下，哈里克斯一定会向她郑重其事地求婚，这可是活着时哈里克斯唯一未能实现的心愿。

　　不过，冰姬会同意吗？会吗？为什么她自始至终都不肯对他，或者对任何人笑一下，哪怕转瞬即逝都不可能？

　　就当她会吧，反正他们都要死了。死在蒙古人的铁蹄之下。

　　哈里克斯长长地叹了口气，冰姬冷漠的蓝黑色的眸子一点点碎裂成夜幕中眨动的星星，哈里克斯合目而逝。

　　一颗巨石坠落在大公府的院内，人们惊慌失措，四下逃散。

　　哈里克斯的尸体孤零零地躺在他的床上。生前，他怎么也没想到，最后为他收尸的，会是一位蒙古人的统帅。

　　大公府暂时做了一回统帅府。清除最后的抵抗力量，着实让蒙古将士费了一番周折。到处都是巷战，到处都是凝固的血和横七竖八的尸体，差不多用了整整七天的时间，蒙古人才在一双双强压着仇恨的眸子中捡拾起城市的平静。

　　一位年轻的将领被忙哥撒儿反绑着双手，几乎是被推到了拔都的桌案前。拔都示意忙哥撒儿放开他。

　　年轻将领向拔都怒目而视。他的脸上、衣服上、手上到处都是血污，根本看不出他的本来面目,但是他的一双眼睛,仿佛黎明的第一线曙光照射到的海水,黑蓝黑蓝的,深邃而又神秘。

拔都笑了。他像他的祖汗一样,对那些有气节的人,哪怕是敌人,也怀有一种由衷的崇敬。

"怎么,你还不打算投降吗?"他温和地问。

年轻将领叽里咕噜地冒出一大串话来,拔都没问翻译他说什么,事实上,他完全能猜得出他说了些什么。

拔都抽出腰间的弯刀,亲自为年轻将领挑开了绑绳。

年轻将领怔怔望着他。

"你走吧。"拔都回手将弯刀重新插回鞘中,依然温和地说。

年轻将领显出一脸轻蔑:"你们蒙古人,对于敢于抵抗的敌人,不是格杀勿论吗?"他用生硬而清晰的蒙古语说。

拔都大为惊奇:"你会讲我们的语言?"

年轻将领不答。

"一般来说,是的。不过,蒙古人敬重英雄。"

年轻将领这才认真地看了拔都一眼。带着憎恨,却憎恨不起来。也许正如拔都所言,惺惺相惜是酷烈的战争中最难得的温情。

何况,眼前的这张英俊刚毅的面孔竟如此熟悉,熟悉得好似在哪里见过。

走吗?

可是,他能去哪里?

基辅城已经被蒙古人占领,整个南斡罗斯很快就会同北斡罗斯一样成为蒙古人的土地,天下之大,哪里还有他的容身之处?

他犹豫着,转身向门外走去。在门边,他又站住了。

拔都注视着他的背影。

"如果我留下来呢?"半晌,他朗声问。

"欢迎。"

"我给你养马吧。"

"嗯……"

"怎么?"

"你叫什么名字?"

"你可以叫我狄米。"

"这么说,狄米不是你的真名?"

"不是。"

"我的养马倌,都由我的侍卫兼任。"

"是么？我就做你的侍卫。不过,你信得过我吗？"

"当然。说真的,我的确希望你能留下。"

"为什么？"

"为了我刚才说过的原因,你是我见过的最英勇顽强的战士之一。"

"可惜……"

"战败不是你的责任，只不过你们的对手是世界上最强大的一支军队。我让昔班带你下去,安排个住处。你也该换件衣服,把脸洗干净。"

"我想先去看看你的那些骏马。"

"好吧。昔班,你带他去。然后通知诸王,等到速不台将军、别儿哥赶来时,我就在基辅城中大宴三军。"

"喳！"

年轻将领的眼中闪过一丝复杂的光芒。

狄米对养马还真是在行,不出两个时辰,就与拔都饲养在马厩里的几十匹战马处熟了。拔都自己的马匹虽然不多,但都是万里挑一的宝马良骥。其中有一匹白马近两三日就要产崽,狄米对它照顾得格外上心。

傍晚,狄米遛完马回到住处,远远地看到两个人站在自己的帐子前,走近了,他认出女孩子是伊琳。伊琳是昔班的侍女,他在昔班的帐幕里见过。另一个人,高大魁梧,怀中抱着一大堆东西,遮得他的脸都看不清了。

狄米惊讶地望着他们。

伊琳看到他,倒是长长地舒了口气:"谢天谢地,你可回来了。你再不回来,我哥该累死了。本来我们想把东西给你放到帐子里,可是你不在,我们就没敢进去。你的脾气那么古怪,别再惹你不高兴。"伊琳依然是孩子性情,快言快语,狄米倒被她的直言不讳逗得脸上闪过些许笑意。

"你哥？"

"我哥叫忙哥撒儿,是蒙哥小王爷的侍卫长,被我抓差来给你送东西。你先别问那么多了,赶紧让我们进去吧。"

狄米打开帐门,摸索着点亮油灯,伊琳帮着哥哥将东西放在帐子里头,狄米这才看清,原来是一整套簇新的被、褥、毛毯、枕头、盥洗用具等生活用品。

"这是……"

"统帅让我给你送来的。他说,你还有别的什么需要,尽管告诉他,他一定会设法为你备齐。"

"统帅？"

"是啊。"

狄米的嘴角掠过一抹冷笑："你们大汗对他的侍卫都是这么体贴照顾的吗？"若无其事的言辞中却隐含着轻蔑和不恭。

"统帅对手下将士一向很好。不过，统帅对你倒是格外体贴照顾，我想，这一定是因为统帅很欣赏你吧！他一直说，你是个英雄。"伊琳没有听出狄米话里的讥讽，倒是很认真地回答了他的问话。

狄米心中猛然一跳，他不知道自己的脸色是不是变了，急忙侧过身，对伊琳的话做了个不置可否的表情。

"好啦，东西送到了，任务完成了。哥，咱们走吧，统帅一定还在等着我回话呢。狄米，你也早些休息，别太辛苦了，这也是统帅要我转告你的。"

忙哥撒儿点点头，伸出蒲扇一样的大手在狄米的肩膀上拍了拍，狄米疼得一缩身子。"小兄弟，我们走了。改天我带你去跟我的那些弟兄们喝酒。你别总一个人闷着，多交些朋友就不会感到孤单了。"

狄米哭笑不得。这兄妹二人的性格倒是如出一辙，不过，他突然发现自己其实并不讨厌他们。

不，非但不讨厌，相反，他开始喜欢他们了。

俟忙哥撒儿兄妹离去，狄米简单收拾收拾，躺下了。然而置身于温暖舒适、散发着好闻气味的被褥中，他却失眠了。

他想起父亲和母亲，泪水一滴滴滴落下来，慢慢地打湿了枕头。后来，拔都那张似曾相识的脸庞出现在他的脑海中，他努力回想着自己曾在哪里见过他，可他实在想不起来，只好放弃了。

那张脸……是仇人的脸吧？

就这样想着仇人，至少他不会感到那么孤独。

做了拔都的侍卫，狄米能够见到拔都的机会却不是很多。他大部分的时间都待在马厩里，对于照顾拔都的爱马，他倒是乐此不疲。

第三天的晚上，白马产下了一只小马驹，狄米爱得不得了，整整一宿，不眠不休地照顾着"母子"俩，直到确定"母子"平安，他才捶着酸痛的肩膀和腰肢从"产房"里钻了出来。

当他直起身时，他不由愣住了。

拔都站在"产房"外，正向他微微笑着。

在最初的刹那，他以为自己产生了幻觉。

"你……"

"累了吧？"拔都柔声问。他的笑容好……亲切。

"你什么时候来的？"

"来了一会儿。他们说，你还在里面。"

"哦，你放心，它们都很好。"

拔都点点头："狄米。"

"什么？"

"今天是个好日子，值得庆祝。我让他们在你的帐子里备了早餐，你可以陪我喝一杯吗？"

"早晨就喝酒？"

"只是葡萄酒而已。走吧。"

狄米觉得自己应该拒绝，可他并不想拒绝。这种心不由己的感觉让他很无奈。

早餐居然很丰盛，有煎蛋、煎肠、面包、手把肉、炒米、果子、奶皮、白奶油、酸奶、牛奶、奶茶，还有葡萄酒……林林总总地摆了一桌子。狄米请拔都坐下来，为他和自己斟上葡萄酒。

"就我们两人吗？"

"是。"

"这么丰盛的早餐只有两个人享用，太浪费了。"

"我想单独和你吃顿早饭。"

"为什么？"

拔都没回答。狄米抬起头，正遇上拔都凝视的目光，那目光里有一种特别的东西，让他的心情不由一阵凌乱。

两人喝了第一杯酒，便闷声不响地吃了一会儿饭。后来，还是拔都打破了沉寂："狄米，你给小马驹起名字了吗？"

"起了。我叫它'乌格'（蒙古语，'话'之意）。"

"什么？"

"'乌格'。很重要的意思，每个人不是都得说吗？"

"又是'乌格'啊……"拔都喃喃着，似有无限感慨。

"怎么了？"

"我想起了一桩往事，是父亲讲给我的。那时候，正是父亲生命中的最后两天，他给我讲了许多关于他与祖汗之间的事情。桩桩件件，他都记在心里。当时，他是那样思念祖汗，却又无法再与祖汗相见，回忆是他寄托思念与爱的唯一方式。我隐隐有种感觉，在父亲即将离开人世的时候，他一定是希望有个人知道，这世上恐怕再不会有如祖汗和他一样将彼此视作生命的父子。"

狄米被拔都忧伤的语气打动了,同时对"乌格"这个名字也产生了许多好奇,这种好奇压倒了他对拔都的戒备:"可以……可以讲给我听吗?"

拔都望着他,片刻,点了点头。

术赤出生在篾儿乞部。三岁之前,他一直以为篾儿乞部的三王爷赤勒格尔就是他的父亲。后来,他回到了生父身边,但是他与赤勒格尔的缘分并未结束。一次,他因旧病复发昏倒在林中,是赤勒格尔救了他,当赤勒格尔询问他的名字时,他随口编了一个名字:乌格。

差不多一年之后,赤勒格尔在探望术赤的时候病逝了。

又过了四年,蒙古与乃蛮的战争结束,成吉思汗至此在占据中部草原后又荡平西部草原。但那些屡次遭受成吉思汗军事打击的敌对部落首领却不甘心他们的失败,他们在草原边陲集结起来,准备做最后的顽抗。

在这些部落中,就有篾儿乞部的脱黑堂和忽都父子。

短暂的夏季一过,为一举完成草原统一大业,成吉思汗亲提大军直扑叶迷失河畔,追剿在那里集结的各敌部残余力量。这一场战事进行得异常顺利,除乃蛮部的忽出鲁克、斡亦赤惕部的忽图合、篾儿乞部的忽都带领少数残兵败将侥幸遁走外,其余首领在此役中尽数身亡。

就是这逃出罗网的三个人的命运也各不相同。忽出鲁克后来逃往西辽,做了辽皇的乘龙快婿;忽图合投降了成吉思汗,与神箭合撒尔联姻;忽都则逃到了钦察草原,将容貌出众的侄女嫁与迦迪延,以此换来了容身之处。

忽都虽然逃脱,他的小儿子乌格却做了蒙古军的俘虏,被押到术赤的军帐,等候术赤的发落。

不知是出于对乌格年轻机敏的怜惜,还是出于乌格与他同名的惊喜,术赤对乌格一见如故。他招呼乌格坐在身边,问了些鞍马弓箭之事,乌格对答如流,术赤对他更加赏识,决定予以留用。

其后一段日子的朝夕相处,术赤与乌格之间建立起真挚的友情。为报答术赤的知遇之恩,乌格表示只要成吉思汗不计前嫌,他愿去劝说父兄以及篾儿乞残余力量投降。术赤十分高兴,但考虑到父亲此前已明令对脱黑堂父子及其儿孙杀无赦,他打算先征得父亲的同意。

战后庆祝胜利的宴会给了术赤一个机会。

宴会进行到一半时,术赤趁着父亲高兴,向父亲提出了赦免乌格的请求。成吉思汗的脸色顿时沉了下来,不等儿子把话说完,便毫不犹豫地拒绝了:"不可以! 你身为一方主帅,为什么非要违抗军令呢?"

成吉思汗前所未有的愤怒使原本喜气洋洋的大帐霎时归于沉寂。

术赤愣住了。他原以为父亲会理智地处理这件事，没想到父亲对篾儿乞人的仇恨竟是如此根深蒂固。

可让乌格这样去死，他实在不甘心。

"父汗，您冷静点。脱黑堂已经死了，乌格还只是个孩子，他只有十七岁。您为什么一定要赶尽杀绝呢？"

"你不必多言。忽都的儿子非死不可！当然，我不阻止你去送他。"成吉思汗的语调反而低沉下来，唯目光中流露着无情的杀机。

"如果我拒不执行呢？"被逼到死角的术赤奋力反抗着。

"你没有这个机会了，乌格已在我的营地。"

"什么！"术赤的嘴唇一下变得灰白，"您……您居然……您不觉得自己这样做太卑鄙了吗？"

成吉思汗一时语塞。他万万没想到他的儿子会在大庭广众之下指责他卑鄙。过去，外人都知道他与长子间关系微妙，但将矛盾这样公然暴露于众人面前，这还是头一遭。一切都是因为乌格——忽都的儿子。

术赤的心好似要炸开般难受。他宁愿去死，也不愿忍受这种痛苦，如果父亲不能相信他，那么这样的父子关系该是怎样令人悲哀！原来想好的话一句也说不出口了，术赤愤然离席。

"术赤，你……"眼看着儿子就要跨出帐门，成吉思汗的决心动摇了。他想着儿子的恳求，打算让步，或者干脆放弃原则。

"您还要说什么？"术赤冷冷回视父汗，"您是不是觉得我出生在篾儿乞部，也应该跟脱黑堂一块儿去死呢？"

"你！"成吉思汗怒极，下意识地攥紧了酒杯。突然，酒杯在他的手中碎裂了，鲜血从他的手心里一滴滴滴落在桌子上。

术赤看到了父亲的血，突然觉得自己的手心里传来一阵剧痛，这剧痛转眼又从他的手心传遍了他的全身。

父亲，对不起，我不是故意的。可您不该这样对待乌格。就因为他是篾儿乞人，他就"罪无可赎"了吗？

术赤转身离去了。

成吉思汗命令继续开宴。刘仲禄想给他先包扎一下伤口，被他粗暴地拒绝了。

众人面面相觑，索然无味。即使武士们献上了豪放遒劲的马刀舞，大帐中也依旧毫无喜气。

"大汗……"博尔术趋前，成吉思汗知道他想说什么。

"去吧,看住术赤,不要让他乱来。"

术赤打听到关押乌格的地方。帐外,守备森严,乌格戴着沉重的木枷,低头坐在角落里。

术赤强忍一腔痛苦,快步走到他的身边。

乌格惊醒似的抬起头,看见术赤,脸上露出一丝微笑:"大太子,你来送我?"

"乌格,是我害了你!我本该让你早早离开,远远离开。既然我不能救你,就不该留下你。"

乌格却很平静:"你别太自责,这不是你的错!谁让我是忽都的儿子呢?有些仇恨是化解不了的。说真的,大太子,就算你放我走,结果也不会比现在这样更好。我从出生起,就随祖父、父亲过着漂泊不定的生活,枕着盔甲睡觉,甚至连喝的酒里都有一股血腥味儿。我早厌烦了,厌烦透了。为这个,父亲没少骂我是胆小鬼,说我不配做他的儿子。"

"其实我和你一样,我的剑下不知倒下过多少人,可我一见到血,仍有一种要作呕的感觉。"

"所以我们成了朋友。大太子,听我说,不要难过,刚才我睡着了,睡得很踏实。我想,死对我来说真的不算是一件坏事。人活百年,终有一死,但不是每个人都能在死前结识一位心心相印的好朋友。"

"乌格,对不起,没想到杀死我好朋友的人竟是我父亲。"

"这也许就是命中注定吧。大太子,我愿意你送我。"

"我送你。也许很快,也许几十年,我们总会相见。"

"我不希望很快。大太子,你要保重。几十年的时间不算长,我们就以几十年为期,再续今日的友情。"

"我答应你。"

宴会结束后,乌格被处死了。术赤表现得很平静,只有了解他的人才能看出他眼中时时闪现的茫然的光芒,才知道他的内心承受着怎样的煎熬。

术赤始终不肯原谅他的父亲。除了军事会议,他借故推掉了一切可能与父亲见面的机会……

拔都的故事讲完了。

当拔都提到忽都的名字时,狄米的脸色变幻不定,但是后来,他的注意力完全被成吉思汗和术赤这一对父子吸引了,他更关心术赤是否能对父亲打开心结。

"后来呢？"拔都话音一落，他急切地问。

"后来？"拔都一时没明白过来。

"是啊，后来。术赤，哦，对不起，你父亲最后原谅成吉思汗了吗？"

"怎么说呢？除非父亲从此再也见不到祖汗。否则，只要祖汗对父亲表现出一点点父爱，他就会从心里原谅祖汗的一切过错。过去如此，在父亲的一生都是如此，他自己也不明白这是怎么回事。"

"赤勒格尔呢？你父亲的内心怎样看待他？"

"在赤勒格尔临终的时候，父亲曾唤他'阿爸'，赤勒格尔是怀着欣慰的心情离开人世的。不能否认父亲对赤勒格尔有感情，但那是感激、怜悯、内疚与悲悼之情，它们构成了父亲爱的全部内容。然而，他只愿意作为成吉思汗的儿子活着。心有所属，爱有所属，这是父亲无法摆脱的宿命。再说乌格之死，其实后来父亲也明白，如果他与祖汗之间多些了解，多些体谅，乌格原本是可以不死的，恰恰是他心里的阴影最终将乌格推上了死亡之路。"

"但你祖汗为什么那么仇恨篾儿乞人？是因为他的妻子曾被篾儿乞人掳掠过吗？"

"这只是其中一个原因。祖汗是个自尊心很强的人，妻子遭受掳掠的确是他难以忘怀的耻辱。但还有另外一个原因。"

"什么？"

"为了父亲。"

"术赤太子？"

"对。说真的，祖汗与父亲之间的父子之情一直很微妙，也很复杂，父亲活着的时候，对祖汗总是若即若离，这使父亲于祖汗而言从来没有真正的归属感。而祖汗一生都是想拥有父亲这个儿子的，正因为无法如愿，正因为心中藏着深深的遗憾，他才会如此仇恨篾儿乞人。"

狄米沉默了，过了一会儿，叹了口气。

"怎么？"

"因为仇恨，就要对篾儿乞人斩尽杀绝吗？"

"不是的。对于放下武器的篾儿乞人，祖汗都是饶命不杀的。祖汗的义弟是篾儿乞人，受到祖汗重用的将领，包括我的军队里，也有不少篾儿乞人，他们对祖汗、对伯汗、对我忠心耿耿。但是对于顽抗者，绝不能心慈手软，这从长远来说还是出于确保本土安全的考虑。"

狄米突然对这个话题有些厌烦。

"你呢？"

"嗯？"

"我是说你的心里就没有阴影吗？"

"什么阴影？"

"你能确信自己是成吉思汗的孙子吗？"

拔都爽朗地笑了："不必确信，我从来就没有别的念头。想到我是成吉思汗的孙子，是一件像呼吸一样自然，像血液在血管里流动一样真实的事情。所以，我连一闪念的怀疑都不曾有过。"

狄米注视着拔都。他不想骗自己，他喜欢这个人坦率、开朗的性格。

他稍一犹豫："那么，你为什么会把这件事讲给我听呢？"

拔都一愣，神态发生了微妙的变化，片刻，他嗫嚅着："也许……也许……是因为'乌格'这个名字吧？"

看到他的脸上不自觉地现出赧颜，狄米的心头又是一阵迷乱。

贰

五天后，速不台与别儿哥率领大军从顿河附近返回。

拔都将饮宴处定在了哈里克斯的大公府。

一切都已准备妥当，酒宴即将开始，除了贵由和不里二王尚未到场，其余诸王和重要将领皆齐集宽敞的大公府大厅。

速不台、蒙哥、贝达尔等人共尊拔都上坐。拔都心怀坦荡，不善客套，推辞不过也就坐了。蒙哥一面派人去催请贵由、不里，一面亲手执盏，斟了一杯酒，恭恭敬敬地献给拔都："拔都哥，这杯酒我敬你。斡罗斯、钦察、不里阿耳皆已降服，你居功至伟。"

拔都急忙起身，推辞道："我岂敢贪功。这都是老将军速不台和各王兄弟的功劳，是西征将士浴血奋战的结果。"

"虽然如此，王爷身为全军统帅，理应代全体将士受这一杯酒。"忙哥撒儿起身劝道。

"是啊，请统帅先饮过此杯，我们的宴席也好开始。"年过六旬却威风不减当年的速不台也笑眯眯地劝道。说实在的，这段日子以来，战事进展顺利，老将军的心中十分欣慰。

"好吧。"拔都不再推辞，接酒一饮而尽。

速不台也敬一杯："请统帅再饮一杯。"

拔都依然领受了。他放下酒杯时，发现贵由、不里不知何时站在门口，贵由瘦削的脸上涨满了红潮,不里的眼睛里却喷射着怒火。

拔都的心头悸动了一下,神情慢慢变得严肃起来。

蒙哥敏感地循着拔都的目光向门口望去。"贵由、不里,你们来晚了。站着做什么?快过来吧。不里,你是晚辈,理应向统帅敬杯酒。"蒙哥感觉到不里的敌意,赶忙故作轻松地打圆场,言语平和却不容抗拒。

贵由、不里一言不发地走到拔都的桌案前。蒙哥倒了杯酒,递给不里,不里缩手不肯接,贵由反倒接了过去。拔都慢慢地坐回到自己的座位上,突然,贵由一扬手,将一杯酒全都泼洒在了拔都的脸上。

拔都猝不及防,一时有些愣住了。

大厅中欢快的气氛陡然变得紧张起来。不安的骚动传遍了大厅的每一个角落,一位年轻的侍卫下意识地攥紧了腰刀,他就是狄米。

狄米强忍怒火,上前为拔都擦拭着酒液。贵由喝道:"滚!"

狄米不为所动。

拔都向狄米微笑道:"你下去吧,没关系的。"

狄米不情愿地退到一旁。

拔都的脸上出现了一种无法解读的表情,不过,转瞬即逝。

拔都的从容进一步刺激了贵由敏感的神经,他犹如一头暴怒的野兽,一脚踹开桌案,劈手揪住拔都的衣领。他的手劲过大,拔都竟被他拽起,向前趔趄了几步,方才勉强站住身形。

"你要做什么?"

"把你先喝的两杯酒吐出来!"

"哦?"

"吐出来!"

"你的愤恨仅仅是因为我比你先饮了两杯酒?"

"你难道忘了我是窝阔台汗的长子吗?你敢心安理得地坐在最尊贵的位置上,我早就该教训教训你了!"

"你心里真是这样想的吗?恐怕未必如此吧。贵由,你为什么会这样愤怒,我非常清楚。"

"浑蛋!住嘴!你有什么资格对我这么放肆?你这个长胡子的妇人!瘸腿的匹夫!"

"贵由叔说的对。这仗是你一个人打的吗?凭什么你独占功劳?你真的以为我们服你不成?你……我……"不里本是个干柴性子,又一向与贵由交厚,见贵由已经动了手,他的嘴笨,想说什么说不出口,不觉暴跳如雷,扯下背上的弓向拔都挥去。蒙哥离三人最近,眼疾手快地挡了一下,不里的弓只在拔都的脸上划过浅浅的一道痕迹。

"好啦！你们闹够了没有！贵由，松开你的手！你这样对我们的哥哥拉拉扯扯，乱发脾气，成何体统！不里，把弓放下！"

刚才，一切事情都发生得太过突然，不仅其他人，蒙哥一时也蒙住了。眼见不里又要对拔都动手，蒙哥方才清醒过来，上前一步，一把夺过不里手里的硬弓，狠狠地掷在了地上。

"你！"

别儿哥正要从座位上站起来，被斡尔多伸手拉住了。别儿哥的眼中喷射着怒火，贝达尔的脸色同样不好看，他是为自己侄儿的行为感到羞耻。

然而，面对如此污辱，拔都自始至终保持着令人难以理解的冷静和沉默。

"蒙哥，不关你的事！让我教训教训这个妄自尊大的匹夫！他也太不把你我兄弟放在眼里了。他真的认为西征的功劳都是他自己的吗？"贵由愤然说道。

"拔都哥从来没有这样认为过。倒是你们，贵由、不里，你们今天的所作所为真让我为你们感到丢脸。我知道你们心里在想些什么，不过我告诉你们，在这里，拔都不仅是我们的兄长，更是西征军名副其实的统帅，你们的做法已经完全违背了祖汗制定的大札撒。你们的无理取闹，只会让将士们寒心。我想，你们大概也不希望大汗了解这件事的始末吧？"

贵由的脸由红转白，由白转青，声音比刚才更加嘶哑："你想用父汗来压我们吗，蒙哥？"

"对于违背大札撒的人，难道还有比这更好的选择吗？贵由，不里，我真心地希望你们能向统帅道歉。"

"荒唐！教训一个不懂规矩的人，居然要道歉？"

"其实，真正不懂规矩的人是你们！我已经说过了，如果你们立刻向统帅道歉，我可以看在兄弟叔侄的情分上不将今天的事禀明大汗。如果你们依然执迷不悟，一意孤行，为了维护统帅和西征军的威严，我只能将你们的行为如实上禀，一切听凭大汗裁夺。"

"这么说，你要跟我作对到底了？"

"是又如何？"

面对蒙哥的愤怒，贵由和不里竟不免有些心虚理亏。说也奇怪，贵由并不把声威显赫的拔都放在眼里，他也从来不曾忘记薇萱出嫁时他发过的誓言。但是蒙哥不同。蒙哥自幼生长在祖汗身边，秉承祖汗的言传身教，形成了特殊的威仪，即使窝阔台汗本人对蒙哥也是优渥有加、言听计从。然而在这样的场合下,让一个比自己还小两岁的堂弟当众斥责,贵由实在放不下面子来,思前想后,只得愤而离开。不里平静下来,犹豫再三,终究向拔都认了错。

拔都以他特有的宽容原谅了不里。

仿佛不经意间,拔都与蒙哥的目光交会在一起。速不台看到他们相视一笑,这是心心相印的友情,与血缘无关。

蒙哥言出必行,宴席结束后即派弟弟旭烈兀将宴席上发生的冲突原原本本地禀报给大汗窝阔台。窝阔台正为西征军进展神速而喜悦,没想到听闻自己的长子生出如此事端,不由勃然大怒,当即传命使者随旭烈兀赴西征军传他的口谕:贵由立刻回到军中,向拔都认错,否则将流放边远,永不叙用。

使者还给贵由带来了一封海迷失的密信,这是在海迷失得知使者将要动身时匆忙间草就的。密信措辞严厉,告诫贵由小不忍则乱大谋。信中还借乃马真皇后的话说,阔出病故后,窝阔台汗有意将年幼的爱孙失烈门确立为接班人,贵由必须抓紧机会,再立战功,千万不要让自己成为被大汗彻底遗弃的人。贵由一向对母亲言听计从,再则迫于父汗的压力,不得不重返西征军中,向拔都认罪。

一场风波暂时归于平静。

拔都当即起营,兵分三路,继续向西挺进。途中,拔都的战马突然失蹄,将拔都摔在马下,所幸路上积雪厚重,拔都无甚大碍。

蒙哥闻讯赶来,亲自检查了战马,终于在马蹄中找到一颗细小尖利的铁钉。蒙哥分析后认为,这枚铁钉显然被麻醉剂浸过,然后钉在了马蹄上。一开始,战马不觉疼痛,行走如常,随着药力消失,战马渐渐不堪其痛,才将主人甩在马下。

那么,究竟是谁做了手脚呢?

蒙哥的脑海里闪过狄米的身影。

狄米是个既细心又负责的马倌,自归降后,他将拔都的战马一匹匹养得膘肥体壮,其中就包括拔都最常骑的两匹战马。拔都对于狄米的信任确实异于常人,许多事情他都会直接交代给狄米,正是这个缘故,拔都出发前要骑哪一匹战马只有狄米最清楚。如果说做手脚,狄米的嫌疑最大。

不久,狄米被带到拔都和蒙哥的面前。

狄米很镇定,迎着蒙哥质问的目光。

"一定是你做的吧?"蒙哥开门见山地问。

狄米看了看拔都,拔都的目光里闪动着含义莫辨的光芒,似乎是不愿意相信,又似乎是不愿意让狄米承认。

"是。"狄米干脆地回答。他的干脆让蒙哥和拔都都不免感到意外，他们迅速地对视了一眼。

"为什么？"蒙哥问。

狄米挑衅地望着他，嘴角掠过一抹冷笑。

拔都虽不意外，内心深处却是五味杂陈。

"可是，你为什么不逃走？"良久，拔都平静地问。

"啊？"

"你有足够的时间离开，为什么要留下不走呢？"

狄米可能没料到拔都会这样问他，不由愣住了。

是啊，为什么？

莫非……我自始至终，根本就没有逃走的打算？

微妙的寂静笼罩了大厅中的三个人，蒙哥是若有所思，拔都和狄米则因各怀心事，一时间都没有话说。

许久，还是拔都率先打破了沉默："现在，你的心里是否好受了一些？"

"好受？"

"你一定是想明白了，才会出此下策。"

如果我能将一切都想明白，那我一定会让你的战马在战场上失蹄。狄米默默地想着。就是因为有太多事情我无法想明白，才想将这一切早点结束。否则，只怕我再也无法对你动手。

从天窗射进来的光线照在了狄米那张毫无瑕疵的脸上，他睁着一双黑蓝色的眼睛，坦然地凝望着拔都。

蓦然，拔都的脸上流露出一种深切的痛苦。

"你，真的就那么想让我死？"

"不！"回答来得如此之快，狄米还没有做好准备，这个字已经脱口而出。话一出口，他几乎是懊悔地狠狠咬住了嘴唇。

蒙哥早已觉察出拔都与狄米之间不同寻常的关系，他默默地在椅子上坐下来，不动声色地听着拔都与狄米的对话。

"现在，你有什么打算？"

"死。"

"为什么？"

"又是为什么！也罢，我告诉你：当初我之所以选择投降，就是为了有机会可以杀掉你，为我的父母亲报仇。虽然我没有达到目的，但我已经做了自己该做的，我可以去地下见他们了。"

"你的父母，可以告诉我他们是谁吗？"

"你没有必要知道。"

"既然你如此仇恨我,无法原谅,你就走吧,走得越远越好。"

"你不杀我?"

拔都慢慢地走近狄米。他离他那样近,久久地凝视着他,狄米甚至可以感受到他温暖的气息。这使他想起"乌格"出生那天他们独处时的情景。那天,他们俩居然像朋友一样倾心长谈,无拘无束。

"你不杀我?"狄米再一次徒劳地问。

拔都转过头,痛苦地挥了挥手:"来人,带他出去。"

"等一等!告诉我原因。"

"我不知道……"拔都喃喃道。

"我知道!"一个声音传入帐中,不啻一声平地惊雷。

拔都、狄米、蒙哥一起循声望去。

"哑姨?"

"阿妈!"

"阿妈……阿妈,真的是你吗?我不是在做梦吧?"狄米挣脱开士兵,扑进了哑姨的怀抱。

"不是,冰姬。不是,我的女儿。这不是梦!真的没想到还能再见到你,让阿妈好好看看你!"

望着相拥而泣的一对母女,拔都和蒙哥都觉得不可思议,愕然呆立在一旁。

"阿妈,你怎么会在这里?"

"是拔都王爷救了我。"

"这怎么可能!"

"是真的,女儿。拔都王爷救了我,还收留了我。他不是你的仇人。这几年来,阿妈活着的唯一心愿就是找到你。"

"可是,他是杀害阿爸的凶手。"

"不!你阿爸是被忽滩杀死的。"

"忽滩?"

"是,阿妈亲眼看到他杀害了你的父亲,可惜那时,阿妈已经什么都挽回不了了。为了不被忽滩灭口,阿妈东躲西藏,不慎掉进了深沟。如果不是拔都王爷和他的士兵救了我,阿妈恐怕现在早已经不在人世了。"

"可是,他侵占了我们的家园,阿妈你难道真的不恨他吗?"

"女儿,我们篾儿乞人与蒙古人世代为仇,这样的结局是注定的。"

蒙哥恍然大悟:"你是娜塔佳夫人?"

"是的,我就是迦迪延的妻子,这个孩子是我和他的女儿,冰姬。"

此时,拔都也不再感到意外:"你为什么不早一点告诉我?"

"冰姬的父亲死后,我万念俱灰,若不是惦记尚在基辅的冰姬,我又怎会苦苦挣扎着活下去?每当我想起往事,我不想再说什么,我只想默默地等着我女儿的消息。"

"阿妈!"

"孩子,我的好女儿。我们终于团聚了,再也不能分开了。"

"是的。阿妈,我们一起走吧。"

"你想好去哪里了吗?"

冰姬欲言又止。是啊,她们能去哪里呢?

拔都定定地望着狄米,不,冰姬,许多年前的那一幕他记忆犹新,那时的孩子已经长成了如此美丽的女子,他从见到她起就希望她能留下来。可是,他不知道,冰姬,倔强的冰姬,她会留下来吗?

蒙哥将拔都的神情完全看在眼里,心思稍稍一转,走下案台,向娜塔佳夫人使了个眼色。

娜塔佳夫人会意:"女儿,阿妈去向伊琳告个别,她是一个很好的孩子,阿妈不能一声不响地就离去。你在这里等阿妈回来。"

"请等一等,娜塔佳夫人,我有几句话想跟你谈谈。"蒙哥似很随意地说了一句,陪着娜塔佳向帐外走去。

他摆了摆手,侍卫随他悄然退出。

大帐中只剩下冰姬和拔都了。

拔都与冰姬的目光交织在一起,在他灼热目光的注视下,冰姬的脸上不觉泛起了一抹淡淡的红晕。

犹豫了许久,拔都终于嗫嚅着吐露出心底的秘密。

"冰姬,当你还叫狄米的时候,我就觉得自己在哪里见过你……那一年,在你父亲的大帐中,你大概只有三岁吧,我第一次见到你。我至今还记得你那可爱的样子:黑蓝黑蓝的眼睛,栗色的卷发,像一个碰不得的瓷娃娃。一转眼,十八年过去了,瓷娃娃长成了一个美丽的姑娘,而我,仿佛在梦中一样。"

冰姬的记忆之门同样被打开了,她也终于明白了那种由来已久的似曾相识的感觉究竟源自何处。

"你,知道我是女子?"

"一个让男人汗颜的女子。我从一开始就知道。"

"可……"

"我想留下你,我就是想将你留在身边,想看着你,这是我过去对任何人都不曾有过的感觉。"

"我留下来是为了杀你。"

"最终你没有。你知道落在雪地里我会很安全。"

冰姬低下了头,扪心自问:她究竟为什么不想杀他?她不是要给父母亲报仇的吗?难道……难道她的心里真的早就产生了别样的感情?

那天在宴会上,她作为他的侍卫目睹了他被自己的堂弟和侄儿羞辱,当时她真恨不得亲手杀死贵由和不里。她本来应该为他的一再忍让而感到不值,当时却偏偏只觉得心痛。也许就是从那时起,或许更早,在她决定留下来伺机刺杀他的那一刻,她其实就已意识到自己正在犯着一个致命的错误。

她的感情在部族灭亡的仇恨和对他的景仰的矛盾中饱受折磨,几乎快让她发疯,她强忍着,直到她发现自己越来越分不清爱与恨的界限时,才义无反顾地要了结这一切。

他摔在了雪地上,很厚很厚的雪,这是她为父母,为部族所能做的,也是他应该得到的。她不管这算不算自欺欺人,反正当她用这种方式为自己报了仇后,内心第一次恢复了坦然和宁静。

她等待着,很执着,也很急切。她还想见他最后一面。

她渴望他能给她一个结局,可他依旧很宽容。他的眼神分明告诉她,他永远不会伤害她。而她,是否也应该宽容他呢?

拔都握住了冰姬的双手,冰姬挣了一下,没有挣脱掉。拔都厚厚的手掌很温暖,冰姬情愿永远被他这样握着。

"你……"

"冰姬,忘掉仇恨,留下来吧。"

"我……"

"答应我,做我的妻子。"

"不!"冰姬突然涨红了脸。

拔都情难自已地将冰姬紧紧搂在怀中,低下头,将深深的吻印在了冰姬湿润的双唇上。这是他少有的激情外露。爱,似乎在这一刻凝固了一切,也化解了一切。

冰姬仿佛一只受惊的小鹿,不争气的泪水夺眶而出。

"答应我,好吗?"

"好!"仿佛不经意志的许可,回答便冲口而出。

拔都稍稍松开了冰姬,笨拙地为她拭去泪水。"你在流泪?"

"是的。我原以为,从此再也见不到你。"

"为什么这样想？"

"你亲口说的，要我走。"

"小傻瓜！即便你走了，我还是要去寻你回来。"

"真的吗？"

"我何曾骗过你。我不会真的让你离开我的，对你，我有太多的不舍。"

"你从什么时候开始知道的？"

"你三岁的时候。"

冰姬破涕为笑。

"走吧，小傻瓜，我们这就去征求你母亲的同意。"

"不用了，娜塔佳夫人正准备为你们祝福呢。拔都哥，我已代你向她提过亲了。"不知何时，蒙哥出现在帐门口，微笑着说道。

拔都柔情地望着冰姬。

"这样的神仙眷属，连长生天也一定会保佑的。拔都哥，等我们平定了斡罗斯全境，就按照我们蒙古人的习俗，举行一个盛大的婚筵吧。刚才我还在跟娜塔佳夫人商议这件事。冰姬姑娘的身上，一半流着我们蒙古人的血，她的勇敢顽强也与我们蒙古人无异，而且，她是这样美丽，她能做你的夫人，真是天作之合。如果你们信得过我，大婚的一切就都交由我来安排吧。"

"谢谢你，蒙哥。"

蒙哥的脸上露出了开朗的笑容。西征以来，这是最让他畅快的一件事。他要立刻写信告诉母亲这个好消息，相信母亲也会为拔都祝福的。

娜塔佳夫人走进大帐，冰姬扑进了她的怀中。母亲的泪水滴落在女儿的秀发上，但这一次，是幸福的眼泪。

随着斡罗斯各公国的相继臣服，地处中欧的波兰、匈牙利首当其冲地成为蒙古西征军的下一个军事目标。

迦迪延遇害身亡后，忽滩攫取了钦察部的首领之位。他假意归顺了蒙古人，暗中却率部四万逃至匈牙利境内。匈牙利别剌四世意欲借助这支力量对抗来势汹汹的蒙古军，欣然同意接纳钦察人，他与忽滩相约，钦察人改奉基督教，别剌四世则亲赴边地，迎接忽滩，厚礼款待。遗憾的是，钦察人恶习难改，入境之时，掳掠奸淫，无恶不作，引起了匈牙利百姓的憎恶，由此也产生了对别剌四世的不满。

匈牙利国境三面环山，险扼四塞，地势极佳。首都在多瑙河畔，分为东西两部，河东为佩斯特，筑有离宫，乃别剌四世驻地；河西为布达（二城今合为匈牙利共和国首都布达佩斯）。

不仅如此,匈牙利还与波兰唇齿相依,两国联姻,利害一致。

冰姬与拔都成亲之夜,曾泣请拔都出兵匈牙利,征伐忽滩,为死去的父亲迦迪延报仇,拔都毫不犹豫地答应下来。但拔都做出这个决定却并非出于儿女私情。在征服斡罗斯的过程中,拔都就已经深刻地认识到,如不击破欧洲中部的敌对力量,蒙古军对斡罗斯的占领就有如芒刺在背,随时会危及自身的安全。正是为了服从大的战略需要,拔都才决定乘胜用兵中欧,彻底扫除威胁。

拔都与蒙哥、贵由、不里等人以及老将速不台一起详细研究了作战计划。一年前的宴会风波,拔都记忆犹新。虽然蒙哥仗义执言,先迫使不里认错,后又将贵由的无状禀报了大汗窝阔台,窝阔台也遣使对长子做了严厉的训诫,并责令他返回军中公开向拔都认错。然而,表面的和解却孕育了更深刻的嫉恨,拔都心里很清楚,他绝不能放心地依赖与他貌合神离的贵由和不里。

会上,拔都决定,先由蒙哥率一支部队进入波兰,搜集情报,等春天来临,再兵分两路,同时进攻波兰、匈牙利。

蒙哥的情报一份接着一份送达帅营,详细地叙述了波兰的地形和军队概况。在冬雪融化之时,拔都当即遣贝达尔率五万将士进攻波兰,他与速不台率七万蒙古军进击匈牙利。

拔都首先遣使向匈牙利王别剌四世劝降。别剌四世不愿归附,令军队誓死扼守喀尔陌阡山各隘口。

拔都以别儿哥为先锋,迅速突破隘口,长驱直入,势如破竹。

布达城中,别剌四世正在举行军事会议,闻知败讯,忙遣将领速回军中,整军向佩斯特城聚集。同时送信给钦察首领忽滩,约他共同抗击蒙古人。之后,别剌四世将家眷送往奥地利边境,自己则坐镇布达城对岸的佩斯特城中,准备等诸军会齐后,与蒙古军决战。

拔都一马当先,攻至佩斯特城下,见城防坚固,想诱敌出击。蒙古军不断向别剌四世挑战,别剌四世只管坐等援军,避不出战。

驻守佩斯特城的将领大多忍耐不住,要求出城与蒙古军一决雌雄,大主教玉果邻也向别剌四世请战,别剌四世一概不予理睬。玉果邻鄙视别剌四世的怯懦,擅自率少数部队出城与蒙古军作战。蒙古军佯装败退,越过一片沼泽地,玉果邻不知是计,趁势穷追不舍,结果匈牙利士兵身披重甲,陷入泥泞之中,进退不得。这时,蒙古军万箭齐发,匈牙利军流血漂橹,玉果邻仅带四人逃回城中。

别剌四世倒没有埋怨玉果邻擅自行动,玉果邻却深恨别剌四世不予增援,导致兵败,愤然回到府中。

不久,忽滩率钦察援军赶到。玉果邻一向不信任钦察人,便遣家仆四处放出风声,说蒙古人中多钦察人,如果不杀忽滩,恐为内变。别剌四世耳软心活,真的将忽滩投入狱中,忽滩被活活折磨致死。这样一来,别剌四世不仅失去了一支熟悉蒙古军的战斗力量,而且还增添了许多纷扰。忽滩死讯一传出,城内争杀钦察人,钦察人奋起还击,大肆掳掠后逃入保加利亚境内。

四月初,贝达尔在波兰战场里格尼志一役中全歼波德联军,为拔都攻打佩斯特城解除了后顾之忧。

与此同时,匈牙利的各路援军会集佩斯城,约四十万人。别剌四世有恃无恐,挥军出战,这就是历史上著名的赛育河之战。

敌众我寡,拔都不战自退,选好地势,先营于赛育河河东。赛育河两岸,河东多沼泽,地险易守;河西却地势开阔,站在对岸高处可一览无遗。

不久,别剌四世进至河西,扎下营来。别剌四世与诸将视察了战场,见附近有一座石桥,担心蒙古军在此处渡河,遂派出三千精兵坚守。

匈牙利大军就在河西环车为营,悬盾于上,俨如堡垒。拔都不敢轻举妄动,派蒙哥再率小股部队临岸侦察。蒙哥还报,对岸结营虽严,防备却很松垮,有懈可击。

拔都疑虑顿消,决定乘夜进攻。他派昔班率军夺桥,不里从下游潜行渡河,迂回到匈牙利军队侧后发起突袭。

昔班在河岸设置了七个投石机,对石桥守军一番轰击,匈牙利军被迫后撤。昔班迅速占领了石桥,拔都指挥主力骑兵飞奔过桥,攻击匈牙利军,但匈牙利军兵多势众,寸步必争,双方僵持不下。

次日黎明,不里迂回至预定地点。只听三声炮响,拔都与不里从正面与侧后同时向匈牙利营地发起进攻。匈牙利军全营慌作一团,玉果邻率兵出战,大败而还,其余诸将出战,均负伤而归。如此三番,别剌四世心中惊恐,失去了力战必胜的信心。

两军战至中午,匈牙利军营变生肘腋,一部士兵出营逃命,蒙古将士乘机杀入营地,用刀斩断绳索,掀翻营盘。匈牙利士兵见逃走无望,誓死抵抗,人数愈见愈多,拔都忙下令开围纵逃。匈牙利军将士见有路可逃,争相逃命,但因结帐过密,帐绳阻挠,许多人纷纷跌倒,成了蒙古军的俘虏。

别剌四世闻知大主教玉果邻阵亡,吓得赶紧换上士兵衣服,杂于众人之间,从蒙古军围攻漏缺处单人独骑向奥地利方向遁去。在那里,他与自己的家眷团聚,后隐居于一座海岛。

蒙古将士趁势追击溃逃匈牙利军,匈牙利军弃甲曳兵,疲惫至极,多于溃逃路上被各个歼灭;部分慌不择路,陷入沼泽之中。赛育河之战,蒙古军大获全胜。

大将忙哥撒儿打扫战场时,缴获匈牙利国王玉玺,献给拔都。拔都不取,请贵由转交窝阔台汗。

短短九个月,拔都完成了对波兰、匈牙利两国的征服,准备继续挥戈西进。消息传到欧洲各国,引起了极大的惊恐和震动。因为当时欧洲各国均势单力薄,还没有一支军队可以抵挡住蒙古军的进攻。英国巴力门议会做出决议,不允许船舶出海捕鱼,以防蒙古军乘虚而入。

拔都将西征军暂时集结于赛育河畔休整。对已被征服的波兰与匈牙利两国,拔都指定了原王族之后出任国王,继续治理本国。

冬季,拔都派速不台和蒙哥率两支军马渡过多瑙河,继续向西扫荡。所到之处,无不望风披靡。

正当各国惶惶不可终日之时,窝阔台汗驾崩的凶讯传到蒙古西征军中,拔都当即下令东返。窝阔台汗的逝世拯救了欧洲。

拔都派斡尔多、昔班随贵由、蒙哥等东返蒙古草原,参加窝阔台汗的葬礼。他则来到伏尔加河畔风光优美的萨莱城,定都于此,正式建立了后来统治欧洲长达二百六十二年的金帐汗国。

叁

四川,兀良合台军营。

吃晚饭前,兀良合台、薇萱公主召来女儿诺敏,准备与她商议一件事情。三年前,正当拔都在西征战场大显神威、屡建奇功之时,诺敏的弟弟,年方十三岁的阿术代表父母回蒙古草原探望窝阔台汗,在苏如夫人的营地见到了忽必烈。忽必烈喜爱这个孩子的聪慧与机智,意欲将他留在身边亲自照拂、培养,遂写信征求兀良合台的意见,兀良合台欣然应允。

诺敏的弟弟阿术与她的年龄只相差一两岁,姐弟俩形影不离,感情十分亲密。如今弟弟不能回来,诺敏难免感到孤寂,一日溜出军营游玩,不料在山中被毒蛇咬伤。情急之下,诺敏大声呼救,幸好一位青年正在山中打猎,被她的呼救声引到身边。当时,诺敏的意识尚且清醒,青年看了一下她的伤势,急忙背起她,一路奔跑着回到自己在山下的家中。

路上,诺敏陷入昏迷之中。青年的母亲是位精通医术的女大夫,她为诺敏解了蛇毒。诺敏苏醒时,首先映入眼帘的是父亲和母亲疼爱的脸。由于昏睡,诺敏对后来发生的事情并不知晓,她只记得是一个小伙子来到她身边,将她背在背上……她的记忆到此为止,如今死里逃生,她急于见到自己的救命恩人,父亲告诉她,他已派人去请了。

第二天,父亲真的将她的救命恩人带到她的面前。直到这时,诺敏才知道青年叫齐尼兰萨。齐尼兰萨长着高高的个头,眉眼乌黑俊秀,看着很精神也很帅气。为报答齐尼兰萨和他母亲对女儿的救命之恩,兀良合台想将齐尼兰萨全家都接到自己的军营,却被齐尼兰萨婉言谢绝了。不过,应兀良合台之请,齐尼兰萨在军营待了几天,诺敏完全康复后,他才回到了母亲身边。

齐尼兰萨与母亲和孪生姐姐一起生活,姐姐叫百灵,姐弟两人的个性都很独立。诺敏病好后经常去齐尼兰萨家里玩耍,很快与他们全家处熟了,她的天真与善良赢得了女大夫的喜爱。后来,女大夫病倒了,兀良合台和薇萱公主倾尽全力,多方请人医治,诺敏更是不辞辛苦地与齐尼兰萨和百灵一道服侍在她的病榻前。然而所有的人回天乏力,女大夫病势日沉,终于不治。她去世后,齐尼兰萨按照她临终前的嘱托,做了诺敏的侍卫。他的姐姐百灵,则独自留在家中。

应该说,齐尼兰萨是个踏实可靠的侍卫,人也极其聪明和勤奋,兀良合台教他骑马、射箭、摔跤,他一学就会,尤其他的箭法,没用多久在整个军中无人能及。兀良合台很欣赏这个年轻人的才华,也知道女儿对他芳心暗许,可齐尼兰萨的想法不好琢磨,他对诺敏尽心尽责,却始终不曾接受她的感情。

兀良合台和薇萱及女儿诺敏商量的事情,是想让女儿代他们远赴萨莱城,看望拔都汗和冰姬皇后。薇萱与几位哥哥分别数年,十分想念他们。半年前,窝阔台汗病逝,薇萱与丈夫回蒙古奔丧,见到了大哥斡尔多和弟弟昔班,却没有见到二哥拔都,得知二哥已定都萨莱城,薇萱那时就有省亲的念头。

由于战事需要,兀良合台不久回到四川驻防,斡尔多、昔班则为来年推选新汗之故,暂时留在蒙古草原。四川是蒙宋势力角逐的前沿阵地,蒙古又因窝阔台汗病逝局势不稳,薇萱不敢离开军营,与丈夫商议后,决定派女儿诺敏代他们前往萨莱。诺敏只在小时候见过舅舅,对舅舅的记忆早已模糊,但舅舅是一位除成吉思汗外最令她崇敬的英雄,萨莱又是一座遥远的有着异国情调的都城,如果不是因为齐尼兰萨,她未尝不愿意听从父母的安排做这一趟远行。她的心情十分矛盾,推说要做些准备,闷闷不乐地来到营后齐尼兰萨经常练习射箭的地方。

齐尼兰萨果然在这里。他刚将一支箭搭在弓上,看到诺敏,有些奇怪,急忙放下弓箭,走到她的面前。

诺敏的脸色不同寻常,齐尼兰萨有点担心,问道:"你怎么了?"

"齐尼……"诺敏只唤了这一声,便哽住了。她眼泪汪汪地望着齐尼兰萨。

"到底发生了什么事?"齐尼兰萨的声音里一反常态地透出几分焦急。平常,他与诺敏很少交谈,即使交谈,语调里也听不出任何感情。

"齐尼,我舍不得离开你。如果我走了,很长一段时间回不来,你会不会把我忘了,娶了别的女孩子?"

齐尼兰萨难得地笑了一下:"我能娶哪个女孩子?除了你,我的身边还有别的女孩子吗?"

"怎么没有?你也瞒不过我。"

"好啦,别瞎想了。你要去哪里?"

"很远的地方。"

"很远吗?既然很远,你阿爸和额吉怎么舍得让你去?"

"就是他们让我去的,是去我舅舅那里。"

齐尼兰萨好似没听懂:"你舅舅那里?那是哪里?"

"萨莱啊。不知道你有没有听说过这个地方?它是金帐汗国的首都。阿爸和额吉想让我代他们去看望我拔都舅舅。我要跟……"

诺敏只顾往下说着,却没有注意到齐尼兰萨震惊的表情,当她提到拔都这个名字时,齐尼兰萨再也忍不住,打断了她的话:"你说的拔都,可是成吉思汗的孙子,西征军的统帅拔都汗?"

"当然了。难道除了他还有别人吗?你又不是不知道,我额吉是拔都汗的妹妹,那我舅舅肯定是拔都汗了。"

"这么说,你要去的地方是拔都汗那里?"

"是啊。"

"你跟谁去?什么时候动身?"

"很快就会动身。选汗大会结束后,我与斡尔多舅舅、昔班舅舅同行。就是这次时间安排得太紧,恐怕见不到苏如奶奶了。"

"苏如夫人?"

"她是蒙哥王爷和忽必烈王爷的额吉。我跟你说过的,我弟弟阿术现在就随侍在忽必烈舅舅身边。"

"如果是去萨莱,我也要去。"

诺敏以为自己听错了:"你说什么?"

"我陪你去。"

诺敏愣愣地望着齐尼兰萨。

"怎么？"

"我没想到……"

"这样不好吗？"

"你能去，我当然最高兴了。可是，那么远的地方，你会陪我一起去，我真的有些意外。"

"不用意外，我说真的！"

诺敏兴奋地抓住了齐尼兰萨的胳膊，笑逐颜开："我可不可以当作这是因为你舍不得离开我呢？"

齐尼兰萨望着诺敏泪痕斑斑的笑脸，第一次对这个既可爱又痴情的女孩儿产生了一种莫名的心动。此前，他纯粹是为了兑现对母亲的承诺才同意给诺敏做侍卫的。他和百灵商议过，他只做三年侍卫，算是报答兀良合台夫妇千方百计为母亲治病以及诺敏尽心服侍母亲的恩德。三年的期限一满，他就向兀良合台辞行，然后和百灵前往萨莱，毕竟那里才是他们姐弟向往的地方。但现在的情况发生了变化，既然诺敏也要去萨莱，他至少不用为到时该如何离开她而为难了。

事实上，想到他的离去会让诺敏伤心难过，他终究有些不忍。

"不管你以前对我多么冷淡，你心里还是在意我的，我说的没错吧？"诺敏不依不饶地追问着，她一定要听到齐尼兰萨的回答。

齐尼兰萨只笑不语。

"说呀，我要你亲口说出来！"

齐尼兰萨任诺敏抓着自己的胳膊，好笑地注视着她。有那么一会儿，他不知想什么想得有些出神。他的心情的确很愉快，因为他知道，不远的将来他和百灵就能见到那个人了，而这件事远比世间任何其他事都重要。他掏出一块手帕，递给诺敏，故作严肃地说道："看你，又哭又笑的。你千万别想多了，我是你的侍卫，当然你到哪里我都得陪着你保护你了。"

诺敏却不管他嘴上怎么说，她只是觉得这一切都太过圆满了，圆满得让她以为自己是在做梦。突然，她想起一件事来："你走了，百灵姐怎么办？"

"她当然也去。"

诺敏惊讶地睁大了眼睛。

齐尼兰萨又强调了一句："百灵也跟我们一起去。"

"萨莱太远了，你确定她愿意跟我们一起去吗？"

"当然确定。萨莱是她最向往的地方。"

"为什么？"

"因为……这个……"齐尼兰萨刚才说得太快,这会儿倒有些支支吾吾了。

诺敏不解地望着齐尼兰萨。

齐尼兰萨顿了顿,费力地寻找着合适的表述方式:"她不是……不是喜欢旅游嘛,萨莱城她还从来没有去过呢。"

"百灵姐也能去,我就放心了,要不你一定会牵挂她的。我原本还为要离开你犯愁呢,现在不用愁了。天哪,太好了,这个结果简直好得超乎我的想象。我们这就去见我父帅,说你要陪我一起去,好不好?"

"不急吧?我看不如先把这个消息告诉百灵。"

"不嘛,一定要先跟我父帅说。"

"为什么?"

"我怕你会改变主意。跟我父帅说了,你就没法变卦了。"

"你呀……也罢,就听你的,先去见你父帅吧。你觉得,你父帅会同意吗?"

"他呀,肯定求之不得。"

萨莱城。

拔都密切关注着选汗大会的结果,他知道诸王将从窝阔台汗的后人中选择一人继任汗位。尽管在他内心深处,明知道无论年纪尚轻的失烈门,还是身为大汗长子的贵由,都绝对不是合适的嗣位人选。然而,囿于当年在窝阔台汗面前许下的誓言,他一时也不知道该做出怎样的选择,只得静观其变。

不出拔都所料,王公贵族多数不服窝阔台汗指定的接班人失烈门,又有乃马真皇后从中作梗,选汗大会没取得任何结果。诸王决定暂时由乃马真皇后监国,等到来年再次召开忽里勒台大会。

斡尔多和昔班于次年夏秋之际回到了萨莱城。与他们同行的,还有诺敏以及百灵、齐尼兰萨姐弟。

斡尔多吩咐诺敏先去拜见舅舅和舅妈,他让诺敏告诉拔都,他和昔班安排好晚上的宴席后大家在宴会上见面。斡尔多这样做,既是想让诺敏先与冰姬皇后熟悉熟悉,同时,也是为了给二弟拔都一个惊喜。

齐尼兰萨陪着诺敏来到汗宫。

趁着拔都一心都在外甥女身上,齐尼兰萨悄然退到宫外。他在宫门前站立了好一会儿,借以抚平像波涛一样起伏不定的心潮。如果此时有人看到他,一定会看出他异样的脸色。他并非没有设想过与那个人见面的情景,也无数次告诫自己一定要镇定要平静，可是方才那一刻，他第一眼看到那个人时，却蓦然发现自己之前的所有准备都派不上用场，他的眼窝酸涩，脸颊滚烫，一颗心跳得好似要蹦出喉咙。如果不是那个人根本没有注意到他，他说不定会真的失态。

幸好他还有机会避开，还有机会整理好自己的表情。

年方十七的诺敏长得娇小玲珑，粉嫩精致，犹如江南少女一般清秀可人。她的性格活泼开朗，简单透明，而她的母亲薇萱公主在她这个年龄，在丈夫军中已是独当一面的女将军了。

诺敏丝毫不知道认生，见过礼后，她就跑到拔都和冰姬面前，坐在了他们俩的中间。

冰姬喜爱地拉过诺敏的手。诺敏稍稍侧过头，盯了冰姬片刻，粲然一笑："皇后舅妈，你怎么长得这么好看？"

冰姬笑了，捏了捏诺敏的鼻子："你也蛮漂亮啊！"

"真的吗？可我觉得我的脑门太大了。还有，皇后舅妈的眼睛像宝石一样，亮亮的，能照见我的影。我就不行了，眼睛有点小，而且也不像舅妈的那么有神。我说的对吧，舅舅？"

拔都只是笑，却不回答。

"你可真会奉承人！这么甜的小嘴，随谁呢？"

"肯定不是随我阿爸，他的嘴可笨呢。我弟弟阿术也没随他，额吉说，阿术像舅舅，将来肯定有出息。"

"好多年没见过阿术了，他应该长大不少了吧？"

"嗯，他已经十六岁了。这些年，他经常随我阿爸和额吉出征，连阿爸都说他脑子特别好用。而且，你们别看他年龄小，他可是打过好多胜仗呢。"诺敏用心介绍着弟弟，骄傲之情溢于言表。

拔都感叹道："速不台老将军家，已是一门两代军事奇才，如今后继有人，真乃我蒙古之幸。"

诺敏此时尚且不知道，母亲薇萱公主在她离开后才发现自己有了身孕，这个孩子怀得有些意外，她也为此受了不少罪。次年，孩子出生，兀良合台中年得女，喜不自胜，对这个从天而降的女儿爱若至宝，他给女儿起名清风，但凡有空，就会抱着她逗她玩耍，还说要把她培养成女将军。而对于诺敏和阿术，他似乎从没有这样的闲情逸致，薇萱公主偶尔也会抱怨他的偏心，他却全当耳旁风，乐在其中。后来，清风与忽必烈的儿子们相识，并最终成为王妃。当然这是后话。

冰姬柔声问："这一次，怎不让阿术跟你一起来？"

"他现在做了忽必烈王爷的宿卫。因为王爷喜欢我弟弟,阿爸就让弟弟跟随在王爷身边秉承教诲。"

"忽必烈又是……"

"他是我四叔拖雷的四儿子,也是蒙哥的胞弟。蒙哥、忽必烈、旭烈兀、阿里不哥,他们都是我四婶苏如夫人所生,蒙哥你是熟悉的,我四婶教子有方,她这四个儿子可都不是等闲之辈。"

"对,我阿爸和额吉也跟舅舅说的一样。不过,在所有的王爷中,我阿爸最欣赏的还是忽必烈王爷,他说忽必烈王爷是人中龙凤。"

"听你这么说,我倒想见见他了。"

"会有机会的。"拔都握了一下冰姬的手。

"对了,舅舅,舅妈,我差点忘了告诉你们,这次我来,阿爸和额吉还让我给你们带了许多礼物呢,每一件都是额吉千挑万选出来的。"

"你阿爸、额吉真是费心了。谢谢他们,也谢谢你。"

"诺敏,告诉舅舅,你阿爸、额吉这些年是不是一直都驻跸于四川?"

"是啊。大汗爷爷病逝后,我们和阔端王爷回蒙古老家待了半年,后来,阿爸和额吉就又回四川了。"

一二三四年正月,蒙宋联军攻下蔡州,金国灭亡,蒙宋朝廷按约定平分河南诸地,陈蔡以北属蒙古,陈蔡以南属南宋。之后,蒙宋各自撤军。

蒙古军的撤离,让南宋君臣感到有机可乘。一部分朝臣向宋帝(即宋理宗)建议,既然蒙古北撤,汴京、洛阳一带防守势必空虚,不如乘机收复三京(汴京、洛阳、商丘),扩大地盘和势力。大部分朝臣表示反对,担心与蒙古轻开战端,会招来灭国之祸。宋帝则一意用兵。

由于蒙古方面没有防备,南宋军队很快攻下汴京和洛阳。窝阔台汗在蒙古得知南宋入据河南之事,当即派大军夺回二城。洛阳宋军一触即溃,逃跑途中士兵落入洛水溺亡者无数。汴京无粮,屡催朝廷运粮接济却日久不至,蒙古军决黄河水灌城,宋军多被淹溺,被迫突出重围。至此,南宋意欲收复三京的企图全部落空,不得不缩紧兵力,转攻为守。

但在窝阔台汗一朝,蒙古帝国的铁蹄始终踏向西方,对南宋只有一些小规模的战争。窝阔台汗去世后,蒙古内部忙于汗位之争,更加顾不得灭亡宋朝,统一全国,这些都在客观上给宋朝加强军备,控扼险阻,阻止蒙古军南下创造了先决条件。

四川战区的主帅是窝阔台汗次子阔端。阔端以兀良合台为先锋,经过多年战争,逐渐在蜀地建立了扼控四川的战略基地。窝阔台汗病逝后,兀良合台回蒙古吊唁,半年后重返四川。这些情况,拔都通过来往于汗国之间的战报都有所了解,他只想知道他所惦念的亲人的近况。

"你们在蒙古住了半年,都在谁的营地?"

"奶奶啊。苏如奶奶。"

"这么说,你一定常见到修眉和雪雪姐姐了?"

"嗯。舅舅,这些年你一直都在打仗,一定不知道,修眉姐姐嫁给了旭烈兀王爷,他们的孩子都有两岁了。他们俩过得可幸福呢,毕竟从小一处长大,修眉姐姐把旭烈兀王爷的脾气拿得准准的。雪雪姐姐就没有修眉姐姐幸运了。我听奶奶说,雪雪姐姐一开始本来被许配给萨哈木教主的儿子,可是他们两人还没来得及成亲呢,萨哈木教主的儿子就在与南宋的汴京一战中阵亡了。噩耗传来,雪雪姐姐跟奶奶说,她要一辈子待在奶奶身边侍候她。后来也不知怎么回事,贵由王爷的儿子忽察喜欢上了雪雪姐姐,非要娶她。海迷失舅妈就托乃马真皇后向苏如奶奶提亲。乃马真皇后提了好多次,贵由王爷也亲自找过奶奶。奶奶实在没办法了,问起雪雪姐姐的意愿,雪雪姐姐不想让奶奶为难,只好同意了。不过,忽察现在年龄还小,明年才能完婚。雪雪姐姐每每跟我们说起这件事,都说好笑得很,忽察哪里是要娶妻子,分明是要娶个保姆回家照顾他。"

冰姬听诺敏一会儿工夫冒出一串名字来,三言两语的还把事情说得挺明白,忍不住笑了:"这孩子,不光嘴甜,口齿也真够伶俐。"

拔都笑着点头。

"苏如奶奶也好吧?"

"好。拖雷爷爷去世得早,部族里大事小情都得等着她拿主意,连大汗爷爷也很尊敬她,常常找她商量许多大事呢。现在,蒙哥王爷回来了,奶奶就把掌管部族的权力交给了他。有一次,我听阿爸和额吉谈起奶奶,说奶奶是这世上最有心胸和智慧的女人。"

冰姬不止一次听拔都讲起过苏如夫人,虽然从未谋面,心里却十分钦敬。这会儿听诺敏说起,更有一种认同感。

冰姬看了看窗外的天光,转身向拔都说道:"大汗,你和诺敏先聊着,我过去看看孩子。要是孩子醒了,我带他过来。"

"太好啦。是弟弟还是妹妹?多大了?"

"是你的弟弟。就快过周岁生日了。"冰姬爱宠地拍拍诺敏的脸,起身走了。

拔都突然想起跟诺敏一起来的小伙子:"刚才那个小伙子是……"

"他叫齐尼兰萨,是我的侍卫。"诺敏爽快地回答。

"他也在你阿爸的军中？"

"嗯。他是我阿爸三年前驻守四川时收留到帐下的。那时我嫌军营里太闷，有一天瞒着阿爸和额吉到山里玩耍，结果被毒蛇咬伤了，幸亏齐尼兰萨路过救了我。阿爸很欣赏他，就把他留在了军营。齐尼兰萨话不多，武功特别好。阿爸教他骑马、射箭、摔跤，还说他在这些方面简直是个奇才，一点就通。阿爸回蒙古吊唁时，留下齐尼兰萨协助镇守四川，他没有和我们一起去蒙古。后来，阿爸准备派我来看望舅舅、舅妈，他听说后，请求阿爸要一同前来。阿爸对我放心不下，本来早有这个意思，就同意了。"

"他的家人呢？留在四川了吗？"

"在四川的时候，他的额吉就去世了。他还有个姐姐，也跟我们一起来了。不过，她不肯到宫里来，暂时住在驿馆里。她说，等我们安顿下来，就让齐尼兰萨出去打听打听，看能不能在城中租一所或买一所房子住，哪怕小点，也算有了自己的家了。"

"这么说，她和齐尼兰萨准备在萨莱城定居了？"

"这我没想过。齐尼兰萨和他的姐姐做什么事都有些古怪，不过，他们人真的非常好。"

"他们的阿爸是做什么的？"

"不知道。他们也从来不提。"

"是吗？你呢？准备在舅舅这里待多久？"

"阿爸和额吉的意思是让我在萨莱城多待一段时间，留在您身边替他们照顾您。不过……"

"不过什么？"

"我不知道齐尼兰萨愿意在萨莱待多久……"诺敏心思单纯，心里怎么想嘴上就怎么说了。

拔都认真地俯视着诺敏："你喜欢齐尼兰萨？"

"他总把我当小孩子，一点也不在意我。"诺敏叹口气，转而又笑了，"管他呢，反正我会缠着他的。缠他一辈子，看他怎么办？"

拔都被诺敏坚决的语气逗笑了："是吗？舅舅倒是得好好留意一下这个年轻人了，你既然来了舅舅这里，婚姻大事还得舅舅给你把关，如果齐尼兰萨真的像你说的那么好，舅舅可以为你做这个主啊。"

"真的吗？舅舅您说话可算数？"

"当然算数。既然这个齐尼兰萨早晚要做我的外甥女婿，就不是什么外人啦，不如我派人去帮他姐姐在城里找个住处吧。"

"哦，算啦，我想他们俩不会接受的。不过，等百灵姐住下了，我可以带您去她那里玩棋,百灵姐的棋下得可好呢。"

"姐姐叫百灵?"

"嗯。很好听,是吧?"

"是啊,很好听。就这么着吧,为了我的宝贝外甥女,多会儿用得上我的时候,我一定屈尊一回了。"

"谢谢舅舅。"

第十章

谁主沉浮

壹

　　拔都从来都是个一言九鼎之人。虽然汗国诸事繁杂,牵扯了他很大一部分精力,但听说百灵果真在城外买了一处房子住下,他还是抽出空来跟诺敏去了百灵的小屋探访。

　　这件事他没有告诉冰姬。倒不是有意相瞒,而是觉得没有必要。近一段时间的相处, 他对齐尼兰萨颇有好感, 也默许了他作为未来外甥女婿的身份, 既然有了这层关系,他很想尽自己所能为齐尼兰萨的姐姐提供一些帮助,这在他是件轻而易举的事情。至于下棋,只不过是个借口。

　　百灵的小屋没有上锁,拔都和诺敏推门而入,发现屋内空无一人。诺敏走到门边,探头向门外喊道:"姐姐,百灵姐,你在哪儿啊?我给你带来了一位客人。"然后回头向拔都笑道,"说不定又有谁把百灵姐请去做客了,您别看百灵姐来的时间短,在这里,大家可是都很喜欢她呢。舅舅您稍等,我去找找看。"

　　拔都没有回答。一向粗心的诺敏并没有注意到舅舅急剧变幻的脸色。

　　屋内萦绕着一缕若有似无的幽香,拔都的心剧烈地跳动起来。

　　好似一个遥远的但永远刻骨铭心的旧景突然重现, 他完全被一种奇妙的感觉击中了。

　　不知何时,一位年轻的姑娘悄无声息地出现在门前,她的双颊绯红,黑黑的眸子闪闪发亮。

　　拔都惊愕地望着她。

　　在最初的一瞬间,拔都以为自己重又回到了玉龙杰赤的那个城堡,回到了那间他珍藏在记忆深处的地下室。他从无尽的黑暗中苏醒过来的时候，看到地下室的门打开了，一个美丽的身影正一步一步走下木梯……

"就是这里了。"伊琳指着最西端的一间小房子，悄声说。

冰姬与拔都成亲时，昔班出于对二嫂的尊敬，将机灵、勤快的伊琳送到了二嫂身边，此后，伊琳就一直忠心耿耿地服侍着冰姬和娜塔佳夫人。这些年来，娜塔佳夫人视伊琳如亲女，冰姬待她也像亲姐妹一样。不久前，伊琳听到了一个传言，她将这个传言偷偷地告诉了冰姬。这会儿，她正带着冰姬探访那位传言中的神秘人物。

木制的门是古铜色的，刚刷过油漆不久。冰姬的心古怪地跳动了一下，随即定下神来，几步走到门前。她刚要敲门，突然又想到什么，稍一犹豫，快速地伸手握住了屋门把手。小屋的门根本没有上锁，冰姬只轻轻一转，门便悄无声息地打开了。

这是一间典型的斡罗斯风格的小木屋，空间不大，但因为里面陈设简单，丝毫不显得凌乱，反倒觉得简洁明快。小屋的左边整齐地摆放着一张小木桌和几把靠背椅，看起来像新购置的，右边并排放着两个二十厘米高的支架，架上摆着一个纹理自然、漆着桐油的长形木箱。屋后靠里的地方有一张很窄的小木床，床角溜墙放着棋桌和两个鼓凳，想来是小屋的主人与人对弈所用。小屋没有任何特殊之处，却洁净得一尘不染。更奇妙的是，一踏入屋中，一阵幽淡的香气便扑鼻而来，丝丝缕缕，沁人心脾。然而，这又绝非花草的香气，冰姬很快便想起了传言，而这也正是她今天到这里来的原因。

冰姬怀着敌意环视了小屋一周，之后才将目光落在床上一位衣着简朴的年轻女子身上。此时，女子正专心致志地做着针线，丝毫没有发觉有人走进屋来。冰姬被女子手中的物什吸引住了，那是一顶宽檐尖顶的便帽，便帽的用料很讲究，是那种经过精心加工的细毡，式样也很别致，颜色则是很漂亮的褐色，上面还有几道米色的细纹。这该是一顶男人的帽子吧？莫非是为他缝制的？冰姬这样想着，心里重新被酸涩和愤懑塞满了。

为了引起女子的注意，伊琳在门上敲了几下。

女子抬起头来，惊讶地看着冰姬和伊琳，脸上滑过一丝不悦，但转瞬即逝，好像冰姬主仆的到来是世上最正常不过的事情。

"你们……"

"还不见过皇后！"伊琳看不惯女子仍然坐在床上，无动于衷，大声地做了通报。

"皇后？"

冰姬摆了摆手,伊琳不情愿地住了口。

女子站起身来:"你们来这里是要见我吗?"

冰姬尚未回答,伊琳抢先说道:"对,我们就是要见识见识你这位花……花妖。"

"花妖?"女子哑然失笑,"我叫百灵。"

"我管你什么'百灵'不'百灵'!这是我们的冰姬皇后,你难道从未听说过吗?为什么还不见礼?"

"冰姬皇后我当然听说过,不过,我真的不清楚你们的来意。如果你们只是想看看我,那么你们已经看到了。如果你们是有话想对我说,就请说吧。"百灵不卑不亢地回道。

"你!"伊琳愤怒至极,一时语塞。

冰姬冷冷地注视着百灵,百灵莫名其妙地感到一点不安。

空气一点点凝结起来,在尴尬的静默中,百灵缓缓起身,去搬了把椅子,放在冰姬的身后。

"你知道我,是吗?"

"我不敢确定。"

"为什么?"

"我想,应该不会有什么人胆敢冒充皇后。可是,如果是尊贵的皇后,又为什么肯屈尊驾临我这间陋室?"

"比我更尊贵的人也曾来过这里。"

"您是说……"

"是的。我听说了所有的传言。"

百灵沉默了片刻:"或许并不像您想象的那样。"

"即便如此,我也不能允许这些传言继续存在。"

"您要如何?"

"请你离开!"少顷,冰姬一字一顿地说,每一个字都异常用力。

"离开?"

"对,离开萨莱城。"

"为什么?"

"你应该知道。"

"我不知道。而且,我想不明白,即使您身为皇后,也没有权利提出这样的要求。"

"我可以给你一大笔钱,只要你同意离开就好。"

"我不需要钱。我喜欢待在这里。"

"你不要逼我。"

"是您在逼我。"

"你太……你难道不明白，只要我不让你住在萨莱城，萨莱城就不会有你的容身之所。"

"这个我当然相信。不过，皇后，我还是想请您告诉我，您执意要撵我走，究竟是为什么？"

"为了我的丈夫。"

"大汗？哦……我懂了。"

"你懂了？"冰姬疑惑地反问。

"是的。皇后，恕我直言，大汗他可是蒙古人，在蒙古草原，一个有能力的男人可以娶很多妻子，相信大汗也不例外。而您贵为皇后，应该有义务为大汗安排好这一切。"

"这是我和大汗的家事，怎么做，我自有分寸，还轮不到你一个外人说三道四。即使大汗真的要纳妃子，我也不会让你这种身份不明的人……"冰姬发现自己说溜了口，急忙拦住话头。

百灵讶然望着冰姬，一时只觉得啼笑皆非。

不知是因为激动还是因为痛苦，冰姬白皙的脸上泛起了红潮，嘴角微微翘起，俏丽耐看的鼻尖也呈现出一种近乎透明的粉红，蓝黑色的双眸仿佛藏于高山之巅的两泓湖水，容纳着蓝天的洁净和深邃，在寂静中碧波荡漾。百灵从来不曾怀着这样的心情端详过任何其他的姑娘，她突然发现，她其实一点也不讨厌冰姬，相反倒是有些尊敬和喜爱她了。毕竟，冰姬深深爱着的男人，也是她百灵生命中最重要的男人啊！

"您很爱大汗，是吗？"

"他是我生命中唯一的男人，唯一的爱。"

"许多年前，有一个女人也曾这样……像您一样爱过一个男人，然而后来她却选择了离开。爱与爱多么不同。"

"你在说谁？"

"您不认识。"

"也许我很自私，可我情愿自私。"

"为了爱，即使自私也值得赞赏吧。"

"你说什么？"

"没什么。皇后，莫非您真的听说了什么对大汗不利的传言？"

"这个……倒是没有。"

"那么？"

"百灵姑娘,我当真不知道你从哪里来。你是蒙古人吗?"

"一半是。"

"嗯?"

"像您一样,听说您的母亲是蒙古篾儿乞人。皇后,大汗是个心胸坦荡的人,他从来不曾做过有负于您的事。我与大汗的关系真的与您想象的不一样,您即使不能相信我,也请您一定要相信大汗。"

"相信大汗?"

"您是他在世间最珍惜的女人,难道您的心会对此有所怀疑吗?"

"没有。"

冰姬注视着百灵,脸色变得和缓了许多。

"皇后,现在在您的眼中,我还像个花妖吗?"

"或许更像一位美丽的花仙吧。我想这应该就是大汗格外钟爱你、喜欢来这里的原因吧。"

"虽然如此,却与私情无关。大汗对我而言,就像我的亲人一样。"

冰姬怔怔望着百灵,百灵的目光纯洁坦荡,这绝不是一个心中有愧的女人的目光,难道真的是她误解了这个女子?

伊琳对皇后和百灵的对话越听越糊涂了,她尤其感到奇怪的是,皇后原本是来兴师问罪的呀,怎么越谈倒越心平气和了?莫非这个叫百灵的姑娘真的是花妖不成,否则她哪来这么大的妖法呀?

"百灵,水滚了。"门外有人吆喝了一声。

百灵有点不好意思地一笑:"我怎么忘了。皇后,您稍待,一会儿我给您沏杯茶,茶叶是我从中国的福建带来的,您尝尝味道如何。"百灵边说边走了出去,裙裾飘动间,一缕幽淡的清香重新弥散开来。这绝不是衣服的薰香,也不是什么香囊之类的东西散发出的香味,冰姬甚至觉得这种香气不是来自人间。伊琳走到门前,警觉地向外张望着,冰姬坐着没动,她丝毫不想借故告辞,对于这个谜一样的姑娘,她真的产生了浓厚的兴趣,而且这种兴趣已经超越了当初的猜忌。

不多时,百灵拎着茶壶进来了,她将茶壶放在小木桌上,又到箱子里取出茶托和茶杯来。这是一套价值不菲的茶具。茶壶被烧制成王冠的形状,上面的彩绘色泽艳丽,锦鸡与远山闲云相配的图案凹凸有致,栩栩如生。茶托是庄重的紫蓝色,衬着四只平底圆口的茶杯,茶杯细白如玉,杯口绘有两窄一宽三道紫蓝色条纹,与茶托格外协调。

百灵在茶壶里冲入茶叶,顿时,阵阵茶香弥散开来,有点像冰姬刚进门时闻到的清香,又不尽相同。百灵将茶杯用热茶先冲洗了一遍,然后用另一只茶杯反复冲着茶,直到茶汤的颜色呈现嫩绿色,才将第一杯茶恭恭敬敬地献给冰姬。一杯"青山绿水"足以诱人了,更为奇妙的是,烧制在杯底的羽衣飞天还好像随着袅袅升腾的水雾一点点浮出水面,反弹着琵琶,衣袂飘飘,美妙绝伦。冰姬和伊琳都看得呆了,她们怎么也想象不到,人世间还有如此精湛的技艺,即使冰姬这些年随着丈夫远征各地,见多了世上琳琅满目的手工艺品,但像这样堪称杰作的瓷器还是头一次见到。

百灵将冰姬不胜惊羡的神情看在眼里,淡然一笑:"这套茶具是我家的家传之物,素常不大使用的。皇后请尝尝这茶合口么?我倒是一向很偏爱这种茶的味道。那一年,我和弟弟离开武夷山时,特意上山去采的,当地人管它叫作武夷云雾,我用特殊的方法保存到现在,口感依然馥郁芬芳。可惜一路辗转,所剩不多了,我也舍不得再喝,只用它来招待最尊贵的客人。"

"你还有个弟弟?"

"是。我们是孪生姐弟。"

"怎未见他?"

"他在公主驾前当差,十天半月回不来了。"

"哪位公主?"

"诺敏公主。我们就是和她一起来到萨莱城的。"

"让我想想……诺敏是八月份回来省亲的,不久正赶上大汗选拔宿卫,诺敏身边的一位小伙子箭法出众,被大汗一眼看中,留作宿卫后补,暂时仍随行诺敏左右。你说的可是这位小伙子?"

"是。通过诺敏,我们才认识了大汗。"

"我明白了。可你为什么要一个人住在这里?"

"我这个人闲散惯了,最不耐烦宫里的繁文缛节。一个人住在这里,自由自在。"

"是吗?咦!怎么不见了?"冰姬吃惊地探看着茶杯,透过碧绿清亮的茶水,刚才还在雾气中翩翩起舞的仙女重又沉落在杯底。

"哦,皇后有所不知,这个飞天只在热气升腾时浮现出来。刚才,我们光顾了说话,热气散尽了,飞天也就沉下去了。"

"飞天?好美的名字!"

"在西域敦煌,有一座莫高窟,那里的壁画都是根据佛经故事创造出来的,其中的飞天是我最钟爱的形象。"

"你还去过哪些地方?"

"我从生下来,就随母亲和外祖父游历了许多国家和城市。直到外祖父去世,母亲才带着我和弟弟回到母亲的出生地大理。后来因为一些别的原因我们又去了四川。当时,母亲已染病在身,我们借住在母亲朋友的家中,与兀良合台将军的军营相隔不远。不久,我弟弟认识了诺敏公主,此后诺敏公主和她的父母一直很关照我们全家。母亲病重期间,兀良合台将军和薇萱公主也给了母亲最大的帮助,可她的病情发展太快,所有的大夫都束手无策。母亲……"百灵顿了顿,想到母亲的病逝,她的痛苦依然如故,"母亲临终时留下遗言,希望弟弟和我能够报答公主全家的恩德,所以弟弟做了诺敏公主的侍卫,一直跟随在公主身边。"

"你的母亲也是位奇女子啊。你父亲呢?"

"我没见过父亲。不过,我知道我的父亲足以令我和弟弟自豪,因为母亲眷恋了他一生,从未改变,从未忘怀。"

"有这样一位母亲,难怪你会与众不同。"

"您过奖了。皇后,请用茶。"

冰姬轻呷了一口茶水,果然是好茶,微苦而后甜,回味直透五脏六腑。

"怎么样?"

"很好。你也喝啊。"

"唉。"百灵答应着,这才为自己和伊琳各斟了一盏茶,"皇后,等一会儿您走的时候,我想把这套茶具送给您。母亲去世时把这套茶具留给了我,可我却难得再找个人和我一起品茶了,今天我原本准备再冲一次茶就收藏起来。真是机缘巧合,我就把它送给有缘人吧。说起来,这套茶具是产于北宋年间的上等官窑瓷器,千金难求,正合您和大汗使用。"

"这如何行?万万不可!"

"我真心送给您,请您不要推辞。要么,您就当我是在贿赂您。说真的,能贿赂一位高贵的皇后,百灵何其有幸!"百灵说着,忍不住笑起来,她一脸调皮的样子,让冰姬也有些忍俊不禁。直到此时,冰姬似乎才稍稍明白了丈夫喜欢百灵的原因,百灵开朗、机智、淳朴的个性确令人甘之若饴。原本她是怀着满腹猜忌来到这里,可是这一刻,当所有的疑虑都成为过眼云烟,冰姬反而产生了一种隐秘的希冀,希望百灵能够成为她的朋友。是啊,虽然贵为皇后,她身边最缺少的恰恰是一位可以无所顾忌、一吐衷曲的闺中密友。

伊琳莽撞地插了一句:"你把这么贵重的礼物送给皇后,不会是有其他什么目的吧?"

百灵一笑,机敏地回答:"当然有了。"伊琳不觉瞪大了眼睛,冰姬的脸上却露出早知答案的默契。"说起来嘛,目的只有一个,贵重的东西也需要高贵的人来使用,这样才物有所值。"

冰姬站起身来:"百灵,谢谢你的话,你的茶。时间不早了,我该回去了。

你的礼物就等下次大汗来时帮我带回去吧。"

"这么说,您相信我了?"

"其实,相信不相信你都已经不重要了,你是个好姑娘,配得上大汗对你的喜爱。"

"您也配得上大汗对您的情有独钟。"

"情有独钟吗?"

"是。

"谢谢。"

"皇后,希望以后能经常见到您。"

"如果你愿意,可以到宫中去找我,我将随时欢迎你。"

"我会的。"

贰

湛蓝的天幕下,草原不断地向前延伸,无休无止,无边无际。丝丝缕缕的白云映衬着被雨水洗过的天空,却将深邃隐在澄净之后。一条银亮的小河随意地伸展着柔美的曲线,任一群羽毛浅灰的水鸟在碧波中觅食嬉戏。羊群优雅地点缀在草丛之间,懒洋洋地啃着青草。

被青草环绕着的天使湖,庄静如处子,绝不因任何旅者的脚步而稍稍改变她的深沉,即使你从湖中掬起一捧水,不经意地拨动了水弦,她也只是优雅地漾起波纹,之后将波纹送走,重又柔柔地注视着你有点起伏不定的眼睛、鼻子和嘴唇。

站在湖边,猛吸一口清新的空气,心胸也为之豁达起来,草原是美丽的,天使湖是美丽的,可以包容一切的无私的爱是美丽的。

百灵用力伸展着腰肢。

耶律恪痴痴地凝望着她。

耶律恪是乃马真皇后派到萨莱城游说拔都的。几年来,拔都都没有去参加忽里勒台大会,这种消极抵制的态度,造成了汗位悬虚已近五年。五年间,乃马真皇后摄政,迷恋巫术,信用佞人,硬将一个好端端的国家搞得乌烟瘴气,民不聊生。一代贤相耶律楚材被乃马真皇后无故罢免,忧愤而死。许多重臣心灰意冷,不问朝政,国事日非。

拔都身在萨莱城,却无时无刻不在关注着蒙古本土的政局。对于因汗位悬虚和皇后监国带来的弊端,他的内心非常清楚,也十分焦虑。然而,将国家交给贵由,他的确不甘心,更不放心。贵由狭隘、自私,绝非汗位的合适人选。

耶律恪来到萨莱城已经三天了,这三天中,他一直都在与拔都密谈,也一直不遗余力地劝说拔都放弃他的坚持。

耶律恪告诉拔都,乃马真皇后这次之所以如此着急召开忽里勒台大会,与她近来身体欠安有关。这些年,乃马真举帝国之富,广泛笼络人心,几乎说服了所有王公贵族,要他们支持贵由。但是,如果没有拔都的首肯,这些人也不敢轻易表态或有所举动。第二次西征的赫赫战功使拔都个人的威望已达到无人敢望其项背的程度,许多人宁可得罪贵由,也不愿得罪拔都。如果拔都不同意,或者说不默许贵由嗣位,蒙古帝国四分五裂的危机,就不再是一种倾向,而是随时可能爆发。

耶律恪有着如他父亲耶律楚材一样清醒、敏锐的头脑。父亲含恨而逝后,他更加看淡了名利和地位。但他深爱着他从小生于斯长于斯的蒙古草原,他真的不希望这个如日东升、朝气蓬勃的国家因为汗位之争而衰落。这正是他肯接受乃马真皇后的派遣,来萨莱城做一名说客的原因所在。而比这更重要的原因是,萨莱城还有一位他日思夜想的姑娘。

说服拔都并不容易,不过,耶律恪还是成功了。拔都考虑了三天,终于向耶律恪说道:"你代我问候新汗。"

耶律恪必须尽快返回蒙古本土,将这个消息告知乃马真皇后。临走前他抽出一点时间,来向百灵辞行。

百灵侧身拔下一根细草,放在嘴里慢慢嚼着。她对耶律恪似乎无话可说,而耶律恪却是一肚子的思念不知从何说起。自从二人偶然相识,时间和距离都不曾让他忘情于这个与众不同的姑娘。

百灵望着天使湖,避开了耶律恪温柔的注视。

"百灵?"耶律恪终于打破了沉默。

"嗯。"百灵心不在焉地应了一声。

"你没有什么话要对我说吗?"

"没……有。哦,不,齐尼兰萨和诺敏就快成婚了,你能参加他们的婚礼吗?"

"我当然想。可惜……"

百灵的眼神黯淡了一下,她不能让他知道,她是多么希望他留下来——永远留下来。

"我明白。你也是身不由己。"

耶律恪岔开了话题:"齐尼兰萨做了拔都汗的侍卫?"

"新近补的。"

"他好像比以前瘦了一些,不过更精神、更快活了。"

"是啊,他找到了自己梦寐以求的生活。"

耶律恪和百灵又沉默了。一阵清风拂过,天使湖涟漪泛起。天使湖边上盖着几间造型迥异、各具特点的凉厅,凉厅前铺着砂石小路,彼此相通,颇有几分江南气息。诺敏给耶律恪介绍过,这些都是百灵的创意。天蓝湖碧的时候,拔都汗、冰姬皇后和百灵就会在这里对弈。而且,原本这也不叫天使湖,是百灵给它起了这个好听的名字,拔都汗就将它正式命名为天使湖了。

"百灵。"

百灵回头看着耶律恪,耶律恪看得到她的微笑,却看不到她的悲伤。

"你说。"

"等我办完这件事,我能不能回来找你?"

"找我?"

"是,找你……向你求婚?"

百灵的脸突然变得苍白。

"百灵,你……或许,你在这里已经有了心上人?"耶律恪似乎感觉到了什么,忐忑不安地小声问道。

百灵噙住泪水,急忙扭过头,望着天使湖那边的草地。

耶律恪明白了。理智与内心的失落、凄凉激烈搏斗着,使他不知该说些什么才好。当他重新开口说话时,语气倒是一如既往的平和。

"请原谅,我不该太唐突。"

"对不起。"

"你很爱他,对吗?"

"他……对我来说很重要。我不能离开他。"

"我很羡慕他。"

"耶律恪……"

"什么?"

"忘了我吧。"

耶律恪低头不语。

百灵的泪水悄然滴落在天使湖边。

那天,当她听说耶律恪来了时,她悄悄地哭了一夜。她知道,这一次,她再也无法回避那个终将令她和耶律恪痛苦的话题。是啊,她怎能不伤心不难过?毕竟,她要放弃的是她原本准备相守一生的爱情。

耶律恪,并非你所想象的那样,我生命中最重要的男人其实是我的父亲。拔都汗他是我的亲生父亲。

我和齐尼兰萨好不容易找到了他,同他在一起,我们都不可能再离开他,离开萨莱城了。

所以,我只能拒绝你。原谅我吧,耶律恪,我唯一能为你做的,就是一生将你装在心里,直到生命的最后一刻。

祝福你,耶律恪!

耶律恪的嘴角颤动着,牵出了一丝勉强的笑容。在相识的那些日子里,他自认为他看得懂百灵的内心,现在从头回想,他才恍然记起,事实上他和百灵从没有向对方表白过什么。他的自信在物是人非中支离破碎。他并不怨百灵,对他而言,百灵永远是一位纯洁美好的姑娘。

祝你幸福,百灵!

忽里勒台大会后,贵由如愿以偿地登上了大汗的宝座(这一年是一二四六年)。拔都还是没有亲临大会,只派来了一位能够代表他本人的使者。

贵由暂时忍下了这一口气。他并不感谢拔都的让步,相反,他绝不会忘记,假如不是拔都的反对,他绝不会花了五年才坐上他梦寐以求的汗位,这个汗位曾经那么近在咫尺却又遥不可及。

作为施政的第一步,贵由首先起用了那些被他母亲乃马真无故罢免的老臣。为此,贵由还和意见严重分歧的母亲发生了争吵,不过,最后乃马真还是让步了。

不管怎么说,蒙古现在的主人是她的儿子。

这件事大大提高了贵由的威信,却影响了乃马真的健康。不久,乃马真要求回到窝阔台汗国的都城叶密立颐养天年,后来就在那里病故。

最心满意足的应该是海迷失。

海迷失在贵由继立的过程中用尽了心机,被贵由立为皇后。

尔鲁的预言变成了现实。

海迷失邀请在哈剌和林的所有宗王家眷到她的宫帐祝贺,她为她们准备了宴会,同时名正言顺地收取贺礼。

苏如夫人带着儿媳们稍后来到海迷失的宫帐。即使对苏如夫人,海迷失也丝毫不想掩饰她的倨傲。

苏如夫人却安之若素。

修眉看不惯海迷失盛气凌人的样子,借口去找雪雪,离开了宫帐。她和雪雪一同返回时,除了兰容,其他被邀请的人都到了。

兰容身体不适,没来参加宴会。

海迷失很不满,要雪雪再去一趟,务必将兰容请来。雪雪初时不肯,看到苏如夫人正沉静地望着她,这才勉强去了。

许久,兰容才在雪雪的搀扶下来到海迷失的宫帐。她的脸颊蜡黄,额头上浸出细密的冷汗。苏如夫人上前拉住她的手,关切地问道:"孩子,你这是怎么啦?"

"肚子有些痛,一会儿就没事了。"兰容的声音虚弱而沙哑。

"让大夫看过了吗?"

"老毛病了,不用看。"

"有病可耽误不得。正好萨哈木昨天回来了,待会儿传他过来给你看看。"

"好啦,四婶,让我们的病美人先坐下吧。喝口热茶,或许肚子就不疼了。"海迷失讥诮地说道。

苏如夫人仿佛没有听见:"修眉,你去请萨哈木过来。"

"真的不用。四婶,我这会儿疼得不打紧了,不要耽误了宴会。"

海迷失冷冷地哼一声:"如果不是等你,早就开始啦。"

兰容吃惊地望着海迷失。这个眉目间挂着恶意的女人,难道就是那个曾经兰容姐长兰容姐短的海迷失吗?她怎么会突然变成这个样子?

苏如夫人拉着兰容坐在自己身边,修眉立刻倒了一杯滚烫的茶放在兰容的面前。

兰容正欲端起茶杯,腹中一阵剧烈的疼痛传来,她急忙紧紧捂住了肚子,转瞬间已是大汗淋漓。

苏如夫人不再犹豫,立刻传来侍卫,要他们马上套车将兰容送到萨哈木的帐中诊治。她亲自相陪。兰容是她最珍爱的孩子,与担忧兰容的病情相比,海迷失的愤怒丝毫不在她的心上。

其他的女眷原本就不愿意参加海迷失借以炫耀的宴会,这会儿见苏如夫人、修眉、兰容都走了,她们乘机告辞,一场宴会不了了之。

海迷失以为兰容故意给她难堪,望着空荡荡的大帐,气得一把将桌上的酒盏、菜肴全都扫落在地上。

她恨兰容,但她更恨苏如夫人。

苏如夫人在蒙古臣民中所具有的威望,是她,甚至是她的婆婆乃马真皇后都永远无法企及的。这个女人像一座山横亘在她的眼前,让她无法逾越,又不能不怀有深刻的忌惮。她希望随着贵由汗位的稳固,她总有一天能够想到一个万全之策,像除掉大那颜拖雷那样,将眼中钉苏如夫人一并除去。

当然,这并不容易,要冒很大的风险,还需要她认真谋划。

不过,这件事目前还未到时机。与苏如夫人相比,她首先要对付的是兰容。

幸亏萨哈木救治及时,兰容的病情暂时得到了控制。这是当年流产留下的虚症,这些年,因为久治不愈,落下了严重的病根。兰容虽然感激苏如夫人的好意,但海迷失在宴会上的态度是个危险的信号,她不愿意给苏如夫人带来麻烦,执意回到了自己的帐子。雪雪和修眉轮流照顾着她。尤其是雪雪,这位倔强善良的姑娘,实在看不惯婆婆海迷失的所作所为。

过了一些日子,海迷失也假意来探望兰容,她见雪雪正在帐中服侍兰容,十分不满,呵斥道:"雪雪,你怎么不待在自己的帐里?病人需要静养,难道你连这点道理都不懂吗?"

雪雪懒得理她,没有回答。

"雪雪,你先回去吧,我和你额吉说会儿话。"兰容温存地说。

雪雪扶着兰容坐了起来,在她身后垫了个枕头,将一杯热好的牛奶放在她的手里,这才离去。

海迷失向雪雪的背影啐了一口:"瞧一瞧,这就是我们那位贤惠的四婶教出来的,连起码的礼貌都没有。"

兰容心生厌恶,呷了一口热奶。

见帐内没有别人,海迷失自己拣了个凳子坐在兰容的床前:"你怎么样了?肚子还很痛吗?"她的语气虽热切,却不怀好意。

"好多了,就是身上还软,使不上劲。"

"你一定是心里不痛快才生病的吧?"

"什么?"兰容一时没听懂。

"如果阔出不死,皇后的位置本来应该是你的。"

兰容惊讶地望着海迷失。

过了一会儿,她语气淡淡地问:"你怎么会有这样的想法?"

"怎么,我不该有这样的想法吗?"海迷失眼睛睁得大大的,故意装出吃惊的样子,"阔出死了,对你的打击一定很大吧?"

"阔出是我的丈夫,对于他的早逝,我当然感到难过,也备受打击。可是,如今我心里已经平和了许多,毕竟总有一天,我们还会在一起。"

海迷失冷冷一笑:"兰容,你知不知道,我一向最讨厌你用这种居高临下的态度跟我说话。"

"我有吗?"

海迷失自顾自地说下去:"其实,我也不妨告诉你,我忍你很久了,很久了,我一直很痛苦。你懂得这种痛苦吗?我总问自己,什么时候我才可以不必再忍下去?你告诉我,什么时候?"

"原来,你一直都在恨我。"兰容轻缓地说道。她还是第一次看清了海迷失是个怎样的女人,不过,自从阔出死后,再也没有能让她感到惊奇的了。

"当然。我干吗要瞒你!你一直都在跟我抢,抢阔出,抢贵由,抢成吉思汗的宠爱,抢窝阔台汗的信任……可那又能怎么样?阔出早早死了,你做了寡妇。贵由是我的,是我造就了他,没有我,就没有他的今天!你有什么?你膝下连一儿半女都没有,你不觉得自己活得很失败吗?"

兰容感到一阵眩晕,急忙闭了一下眼睛。

"我说到你的痛处了吧?"

兰容稳了稳心神,平静地望着海迷失:"莫非你今天来,就是为了跟我说这些的吗?"

"是。"

"我从来就不知道,你也爱过阔出。"

"爱他?"海迷失笑了起来,声音尖利而生硬,"你真的以为我爱他?我爱的只是离他很近的权力。谁让他是窝阔台汗最心爱的儿子呢!只可惜他天生短命,否则,我又怎么会嫁给贵由!"

"你怎么知道贵由一定会继大汗之位?"

"他是大汗的长子,又是乃马真皇后的儿子,他有机会。就算这是一场赌博,我也要赌下去,事实证明,我赌赢了。"

"赌赢又如何?"

"有赢就有输,我赢了,说明你输了。"

"那么,你今天来,就是为了羞辱我吗?"

"对。"

"我曾经一直把你当成我的朋友。"

"那是你有眼无珠,你很蠢。"

兰容望着海迷失,微蹙眉头,轻声地叹了口气。

"你一定是想说什么。想说什么就说吧。"

"我在想,你的悲剧就在于你可以爱,却从来没有爱过任何人。"

"爱吗?我倒不知道这世上有谁值得我去爱他。"

"所以你的心才会变得如此冷酷,你脸上的线条才会变得如此严厉,因为你感受不到爱,也就无法感受到幸福。"

"你说什么?"

"你可以走了。"

"你在撵我吗？"

"算是吧。"

"别忘了,我是当今皇后。"

"还是一位心机深藏的女人。"

兰容再不愿跟海迷失多说什么,她微微合上眼睛。虽然看清了海迷失的真实面目,但她的心情却很平静。

海迷失可以感受到这种平静。挫败感让她一腔怒火无处发泄,她瞪着兰容,瞪了好一会儿,然后,愤然起身。

看着海迷失的身影消失在帐外,兰容剧烈地咳嗽起来。

叁

雪雪离开兰容的帐子,径直返回自己的住处。在帐门前,她与刚刚打完马球回来的忽察撞了个正着。

"怎么啦,夫人？"忽察见雪雪一脸怒气,慌忙问道。

雪雪冷漠地瞟了一眼忽察,没有立刻回答。忽察比雪雪小好几岁,但忽察从情窦初开时就迷恋雪雪,这种迷恋在他与雪雪成婚四年后依然有增无减,所以,他特别怕惹雪雪生气。

"到底怎么了？是谁欺负你了？你告诉我,我去找他算账！"

雪雪白了他一眼:"就算我告诉你,你也不敢把她怎样！"

"我倒不信了,这草原上还有我忽察'不敢把他怎样'的人！你说吧,是谁？"

"是你母后。你敢再说一遍找她算账吗？"

忽察立刻蔫了。

"不敢了吧？哼！"

"雪,我母后怎么惹你不高兴啦？"忽察赶忙软下口气,说道。

"你是没看到她那副飞扬跋扈的样子。她干吗总欺负兰容婶婶？看兰容婶婶这也不顺眼,那也不顺眼,兰容婶婶已经够可怜的了,一个人孤零零的,又生着病,她就不能对兰容婶婶好些吗？"

"你这么说我倒想起来了。有一次母后和父汗吵架,我听他们的意思,父汗年轻的时候也喜欢过兰容婶婶。"

"蒙古有她这样的皇后,真是不幸,也不怨大家都不喜欢她,心里对她不服气。自从她当了皇后，我就没见她做过什么正事，不是罢这个的官，要那个的命，就是成天跟尔鲁混在一起，鼓捣些什么喝了可以长寿的符水。我看你父汗不喝还好，越喝身体越虚弱……"

忽察吓坏了，一把堵住了雪雪的嘴。他的眼睛迅速地四下溜了一遍，见周围没有人，这才稍稍定了定心神："我的心肝，你不要命了吗？你真是什么话都敢说！快回帐去，这些话可乱说不得，小心让人听了去，告诉母后。"

"怕什么！她最好让你把我休了，我立刻就回苏如夫人身边。再大不了，一条命给她。我死都不怕，还怕她听见不成。"

"你不怕我怕。她要真把你休了，我怎么办？再说，我可不能让你被她杀死，我舍不得。"

"少说这些没用的！你若真舍不得我，以后就收收心，别每天就知道疯玩傻乐。你已经二十一岁，是个成年人了，也该学着处理处理政务什么的，别总让我瞧不起你。"

"行，听你的。我都听你的还不成吗？雪，别生气了，如果我的毛病都改了，你也答应我一件事呗。"

"什么呀？"

忽察拉着雪雪的手，撒娇般地往她身上腻："你看，你姐修眉都生了三个孩子了，你也给我生个孩子好不好？"

雪雪真是无语了。天哪，这是她的丈夫吗？他倒像是她的儿子。

"如果你答应我，我就告诉你一个秘密……"

"什么秘密？"

忽察欲言又止："算了，你不知道也好。"

"讨厌！你不愿意说我还不愿意听呢。"

"你跟我回帐里，我再告诉你。不过，我的姑奶奶，这是件绝对机密的事，你听了可千万不要说给别人听啊！"

雪雪不理他，扭身进了帐子。

忽察紧紧跟在她的身后，小心地关上了帐门。"雪，我跟你说，这件事情确实透着点古怪，父汗说，他要组织第三次西征，征服整个欧洲。"

雪雪不再耍脾气说话，她敏锐地望着忽察。如此大规模的征战，为何不提前通知召开忽里勒台大会呢？这岂是一件一个人说了就算的事情！

忽察说得对，这件事情的确透着古怪。

晚上，雪雪睡得一点也不踏实，天快亮的时候，她梦到兰容吐血，猛然惊醒过来。

忽察睡得像一头猪,呼噜打得震天响。雪雪蹑手蹑脚地下了床,她决定先去看望兰容,梦里的情景记忆犹新,她实在放心不下。

兰容的一个贴身侍女正倚立在帐门前,见她走近,立刻为她打开了帐门。

帐中空无一人,雪雪感到十分奇怪,环顾了毡帐一周,总觉得有什么不对。突然,她的脑中电光一闪,这个帐中少了一样兰容最珍视的宝贝,就是那幅名画——《睡》,其他的陈设依然如故。

"兰容夫人呢?"

侍女流着泪指了指桌上。桌上放着一封信,信封上写着:苏如夫人亲启,字体娟秀,分明是兰容的笔迹。

"到底出了什么事?"

"夫人走了。"

"走了?去哪里?"

"不知道。夫人没有说,她只说,她要去她该去的地方。"

"该去的地方是哪里?"

"不知道,我真的不知道。雪雪夫人,我好害怕。"

"别怕。告诉我,兰容夫人再没有交代你什么吗?"

"她说你一定会来的,让我等着你。她还说,等我见了你后,就把信交给你,然后跟你去见苏如夫人,苏如夫人一定会照顾好我的。"侍女语无伦次地哭述着,显然,兰容的突然离开让她完全乱了方寸。

雪雪眉头微蹙:"好了,别哭了。来,告诉我,昨天从海迷失皇后来之后到兰容夫人离开的这一段时间,究竟发生了什么事情?"

"让我想想。昨天,海迷失皇后来这里看望夫人,您一走开,她就说了许多不中听的话,夫人没回什么,我感觉夫人也不是特别在意。晚上我正侍候夫人就寝,夫人说她心里闷得慌,要到帐外站一站。我不放心,跟着夫人出去了。不一会儿,夫人呕吐起来,外面天很黑,我没看到夫人吐的是什么。等夫人回到帐中,我发现夫人的嘴唇上都是血迹,才知道夫人吐了血。我吓坏了,就要去找大夫,夫人说什么也不让我去,她跟我说,她的病,找大夫没有用的,她自己知道。她让我给她倒杯水来,然后就坐下来写信。写好了信,她穿戴整齐,把画从帐壁取下来,和一些衣物首饰打在一个包裹里。她对我说,她要去一个美丽的地方,那里一年四季天都是蓝蓝的,水都是清清的,她只有去那里静养,病才能好,等她的病好了,她再来看望我们。我问她那是哪里,她说,很远。说完,她到马厩牵马,然后向我挥了挥手,就走了。"

雪雪的脑子里乱乱的,追问道:"你看见夫人朝哪个方向去了?"

侍女向西一指。

"你跟我去见苏如夫人,带上信。"

苏如夫人得知兰容突然出走,也是吃惊不小。她急忙展开信笺,信的内容一目了然:一幅图,两行字。图中画的是一座山,山上有树,山顶有湖,寥寥数笔,极有神韵。图下是一行字:去一个我向往已久的地方,不要为我的离去担心,我会珍惜自己的。兰容。

苏如夫人凝神深思着。

"额吉,怎么办?"修眉担忧地问。

"要不要派人找她?"雪雪也问。

"试试吧。先去哲别将军的墓地,如果她不在那里,就把这件事通知拔都汗。"

"您说到拔都汗,我想起一件事来。昨天,忽察告诉我,大汗正准备进行第三次西征,他还让我千万保密。"

"第三次西征?"

"是啊。我也觉得这件事有点离奇。"

"不对头!阿都合,你进来。"

阿都合应声而入。

苏如夫人简短地向阿都合交代道:"你准备一下,今夜秘密离开,火速前往萨莱城。记住,你此行须十分谨慎,尽量不要让驿站的人认出你。你走之前,我让蒙哥把金牌给你,这样你一路上就可以畅通无阻了。到了萨莱城,见到拔都汗,你就把贵由汗准备西征的事告诉他。兰容的这封信,你也一并交给他,然后,你速速返回。我会告诉别人我派你去寻找兰容,现在的事还没到特别紧急的地步,不会有人起太大的疑心。"

"喳!"

"长生天保佑!但愿贵由汗不要做出同室操戈的蠢事,否则,那将是我们蒙古国的灾难!"

海迷失第二天就得知了兰容出走之事。一开始,她以为这件事与苏如夫人有关,后来发现苏如夫人也正派人四处寻找兰容,就打消了这个念头。贵由听雪雪说兰容离开的前一天海迷失曾去探望过她,敏感地意识到一定是海迷失说了什么不中听的话,兰容才放弃了阔出遗下的家业,抱病出走。

海迷失向贵由提议赶紧接收原阔出属下的部众,贵由没好气地回道:"这件事急什么!还是先找回兰容要紧。她不只是阔出的遗孀,还是我父汗生前最信任的人。如果别人怀疑是我们将她排挤走了,一定会小瞧我们的,说我们连个女人都容不下。"

海迷失的眉毛立刻竖了起来:"你在指责我吗?"

"你还是给我省点心吧,凡事别太过分了。"

"你竟敢这样对我说话!难道你忘了你是怎么当上大汗的?这才多久,你就翻脸无情了?好,好!我知道了,你大概对你那位弟媳还是旧情难忘吧?寻了她回来,这个皇后位子你要给她去坐,对吧?"海迷失指着贵由的鼻子,又哭又骂,唾沫星子四溅。

贵由十分反感,铁青着脸拂袖而去,他走到门前站了站,抛下了一句话:"不可理喻!"

海迷失见失去了发泄的对象,更气得发疯,顺手操起一个青花瓷瓶,向门口扔去。这个名贵的青花瓷瓶,还是不久前宋帝派使臣出使蒙古时,作为礼物进贡的。

阿勒赤带刚刚走进帐中,见有个东西向他砸来,急忙双手接住。这阿勒赤带是贵由和海迷失身边的红人。

"怎么啦,皇后?"阿勒赤带爱不释手地玩赏着花瓶。花瓶质地细腻,白间夹蓝,花纹均匀,绝对是瓷器中的极品。

"你来得正好。"海迷失不想告诉阿勒赤带她与贵由发生争吵之事,招了招手,示意阿勒赤带走近些。

阿勒赤带赶忙将花瓶放回了原处。

"皇后有何吩咐?"

"你一会儿出发,去找一个人。"

"谁?"

"兰容。"

"阔出妃,她怎么啦?"

"她不见了。"

"不见了?她能去哪里?"

"我担心她已经知道了大汗准备西征的计划。刚才我本来想提醒大汗,他却不肯听我说。如果兰容把消息告诉了拔都,拔都一定会起疑心的。这对大汗不利。"

"我说呢。刚才我来时,与大汗打了个照面,他气冲冲的,跟我一句话没说就骑马走了。"

"先不管他。你安排一些人手,从四个方向去追兰容。你带人向西去,沿驿站一直走,到拔都的地界再返回。我想,如果兰容是去找拔都,她一个女人,再怎么也不可能比你的马快。重要的是,我们的计划还没有开始实施,绝不能让她把秘密泄露出去。"

"好。追上她怎么办？带回来？"

海迷失的眼睛里倏然闪过一道凶光："好蠢！带她回来做什么！把她就地解决掉，别人问起，就说活不见人，死不见尸。"

阿勒赤带吓了一跳："她可是阔出王爷的宠妃。"

"阔出？阔出早就只剩下一把骨头了。"

"万一追不到呢？"

"那就探听一下拔都的动静，回来报我！"

"喳。"阿勒赤带躬身而退，心中却想，但愿不要让他追到兰容，如果有一天让拔都汗知道了兰容的死因，那他可真是死无葬身之地了。到时候，别说海迷失皇后，就是大汗本人也保不住他。

而且，他们也未必会保他。

第十一章

汗位之争

壹

拔都在萨莱城接到了苏如夫人的密信，得知兰容突然出走和贵由汗密谋西征的消息，他的心中充满忧虑。他告诉阿都合，他会派人寻找兰容，一旦有消息，他一定尽快通知苏如夫人。

阿都合不敢停留，仅仅在萨莱城住了一日，第二天便杂在商队中返回蒙古本土。拔都吩咐贴身侍卫整装易服，快马加鞭向东奔去，一路仔细探听消息。对于贵由汗密谋西征一事，他并不急于采取行动，而是密切关注着蒙古本土的动向。

对于麾下只有区区四万蒙古骑兵，却统治着东到额尔齐斯河，西至波兰、匈牙利的广阔领土的拔都，贵由绝对不敢掉以轻心。这也正是贵由仇视拔都的原因所在。

在贵由的印玺上刻着这样一段文字："天上之上帝，地上之贵由汗，奉天帝命而为一切人类之皇帝。"这段文字真实地反映了贵由的天命观。他不能容忍这个世界上还有一支比他更强悍的力量存在，为此，他必须剪除拔都。

寒暑易节，一晃而过。

一二四八年初，登上汗位第三个年头的贵由汗，借口窝阔台汗国的世袭领地受到威胁，举大军西进。祭旗出征那天，突然阴云密布，狂风大作，代表贵由汗的大纛被吹落在地。贵由心中忐忑不安，海迷失就在军阵前请尔鲁卜了一卦，结果尔鲁解释卦象大吉。海迷失又列出当年成吉思汗西征时就曾出现过六月下雪十二月打雷诸如此类的怪异天气，仍一举征服了花剌子模的旧事，贵由这才打消了疑虑，继续领兵西进。

不久,贵由的大军进至伊犁河和伊塞克湖之间的阿拉套山中。

拔都很快得到了准确的情报,派出弟弟别儿哥和昔班在七河地区陈兵以待。

一场冲突一触即发。

按照贵由的打算,他只想在阿拉套地区休息一天。可是到了下午,贵由突然发起了高烧。军中大夫给贵由号了脉,开了处方。贵由服过蒙药,按照大夫的嘱咐,在军帐中静养。

忽察和脑忽兄弟前来探望父汗,见父汗刚刚入睡,失望地回去了。

脑忽闲着无聊,约忽察打一会儿马球。忽察想起雪雪的劝告,怕雪雪知道了又要埋怨他,就拒绝了。脑忽十分生气,独自骑马走了。雪雪向忽察问起父汗的病情,忽察说父汗睡着了,雪雪放心不下,亲自熬了一碗参汤,端到贵由汗的大帐。

这次出征,贵由没有让海迷失随行,也没带其他妃子。心地善良的雪雪责无旁贷地承担起照料他生活起居的重责。

兰容离去后,贵由与海迷失的感情日益恶化,经常争吵不休,令他厌烦至极,连带地对其他妃子也失去了兴趣。他名正言顺地派出许多支人马寻找兰容,结果却是让他一次又一次地失望。最初,他曾怀疑兰容去了金帐汗国,后来知道拔都也在寻找兰容,才明白兰容根本没去那里。那么兰容究竟能去哪里呢?因为失去,贵由终于明白他从来不曾忘情于兰容。他少年时有过许多的梦想,成为一名大汗曾是他最大的梦,他实现了;兰容是他的另一个埋藏得最深的梦,却真的永远成了一个梦。

出征前,海迷失问他是否需要她伴驾,他一口回绝了。海迷失笑笑作罢,看样子巴不得这样。为了给自己少惹些麻烦,他决定哪个妃子也不带,免得他出征回来又给海迷失造成口实。

贵由只小睡了一会儿,做了几个稀奇古怪的梦。他醒来一眼看见雪雪正担忧地俯视着他,强打起精神笑道:"雪雪,你来了。"

"我给您熬了碗参汤,您起来喝些吧。"

"噢。"

贵由觉得心口堵,勉强喝了两口汤,再也喝不下去了。他的目光落在用红绳子拴在壁帐上的一个状似葫芦、色泽莹润的玛瑙瓶子上,那里面装着尔鲁为他出征配制的药丸。临行前尔鲁一再嘱咐他,精神不济时可服用一丸提神,但切不可多服。一路行来,他已服过多次,每次都有种脱胎换骨般的轻松。他现在对这种药的依赖越来越大,也越服越上瘾。看到玛瑙瓶子只剩下一只,他倒有些担心剩下的药丸不足以让他支撑到战争结束。或许,他该派

个人回去,让尔鲁再多制些同样的药丸出来?尽管尔鲁说过配制这些药丸的
原料十分难得,他也不管,他偏不信天底下还有什么是他这位大汗所得不到
的。尔鲁必须再多给他配些药丸送来。

"您……"雪雪见贵由汗的眼神有些恍惚,不由关切地问道,"不想喝了
吗? 您要什么? "

贵由指了指药瓶。

"是这个吗? "雪雪将玛瑙瓶取了下来。

贵由接过药瓶,急切地倒了两丸,含在嘴里。前些日子,一丸药的药力对
他已不起作用了,他只得增加到了两丸。

他等着,什么反应都没有,额头渗出密密的汗珠来。

"父汗,您怎么啦? 我去叫大夫……"

"别。"贵由止住雪雪,又倒了两丸放在嘴里。很快,他感到四肢百骸的血
脉都畅通了,这真是一种如仙似醉的感觉。

他满意地嘘了口气:"我没事了,雪雪,你回去吧。"

雪雪见贵由灰暗的脸色泛起了些许红润,精神状态也好了许多,不由暗
暗称奇。这到底是种什么药呢? 为什么这么神奇?

"您想吃些什么? 我去准备。"

"不用。这会儿我困了,如果我想吃什么,会叫阿勒赤带去弄。雪雪,一路
行军,你也辛苦了,早点回去吧。"

"好。"雪雪顺从地正欲退下。

"雪雪。"

"什么? "

"告诉阿勒赤带,让他守着帐子,没有我的允许,任何人不得进入。我要
好好地睡一觉。"

"好。"

次日一早,忽察在雪雪的催促下,约上脑忽一起来看望父汗。贵由刚刚
起床,正由阿勒赤带服侍着用早饭。天将亮的时候,他被胸口一阵剧烈的疼
痛弄醒了,吃过尔鲁的药后,这才好了许多。

只不过这一次,他一下吃了六丸。

贵由原想派阿勒赤带火速返回,向尔鲁索药,阿勒赤带放心不下大汗,
建议由他另派几名亲信回去。这会儿,贵由见忽察兄弟进来,示意阿勒赤带
先行回避。

忽察和脑忽一边一个坐在父汗身边。

贵由看着两个少不更事的儿子,心里一阵难过。说真的,忽察和脑忽虽

是他的亲生儿子,他却始终不甚钟爱他们。当然,他也知道,他的儿子们对他同样敬而远之。

大帐中出现了令人尴尬的静默。父子三人都在搜肠刮肚找着合适的话说。

雪雪端着一盘贵由平素最爱吃的咸炸面圈,来到大帐。看见她,父子三人都不由自主地暗暗松了口气。

雪雪注意到贵由汗的脸发红,一双眼睛亮得异乎寻常,敏感地意识到贵由汗又服用了那种药。

"父汗,我给您做了您最爱吃的点心,您要不要吃些?"

"难为你了,雪雪。"

雪雪倒来奶茶,忽察给她让开了自己坐的位置。

雪雪开始并不喜欢父汗,尤其讨厌海迷失皇后。自从父汗生病,雪雪对他的态度才发生了明显的变化。也许,她第一次意识到,父汗也是人,也有脆弱的时候。

贵由不忍拂逆雪雪的一片孝心,拿起一个面圈,慢慢地送到嘴里。他暗想,苏如夫人的确是位了不起的女人,不仅培养出四个出类拔萃的儿子,还教育出修眉和雪雪这样聪慧懂事的女孩。

一种熟悉的欲望如暗流涌动,贵由发现自己对那药的需求越来越大,而且间隔时间越来越短。

奶茶在嘴里变得苦涩,难以下咽。贵由用意志与欲望对抗着,他必须延长服药的间隔时间,否则,那一瓶药会很快被他用完,到那时,如果尔鲁还没有配制出新的药来,他只能停止他的征服计划了。

随军大夫来了,给贵由号脉检查。贵由的脉象很是奇怪,好似从山崖一泻而下的河流,汹涌澎湃,泥沙俱下。

贵由格外注意大夫的表情,问道:"怎么样?"

大夫一时不知该如何回答,急得满脸是汗。

"你如实说,我不降罪。"

"大汗,恕臣直言,您是不是还服用着其他药物?"

贵由看了一眼枕边的玛瑙药瓶:"是的。"

"千万不能再服了。大汗的脉象,看似强健,实则危险。臣这就下去给大汗配药来,为大汗调养调养。臣告退。"

贵由越来越感到不适了,骨节酸痛,周身如被烈火灼烧一般。他急于支开儿子和儿媳:"雪雪,你去问问大夫配些什么药,能不能加些帮助消化的。忽察、脑忽,你们两个人也不用待在这里陪着我,人多我反觉精神不爽。"

忽察、脑忽顿觉松了口气，躬身而退。雪雪扶着贵由躺下，为他掖好被角，这才离去。

当大帐中只剩下贵由一人时，他颤抖的手伸向了枕边的药瓶……

大概是药丸的作用，贵由这一觉睡了很长时间，他彻底醒过来已是深夜。大帐中点着一盏酥油灯，光线十分暗淡，为了不影响他的睡眠，侍卫和侍女们都悄悄地守候在大帐之外。

贵由看到，昏暗的灯影后好像坐着一个人。

他顾不得多想，伸手去摸药瓶。

人影悄无声息地移近贵由。

他慢慢适应了光线，视力变得清晰起来。在那个摇摆不定的人影上，他辨认出一张熟悉的面孔。

一时间，他以为自己是在做梦。

那张熟悉的面孔静静地俯视着他。

"你？"他张大了嘴。

"大汗。"

"怎么会是你？"

"很意外是吗？"

"这……这不可能。"

"我惦记你，过来看看你。"

"真的是你吗？"

"是我。"

"我曾派人到处找你，都没有找到。"

"我住在阿拉套的山间，我爱这里的宁静。"

"不！不可能！"

"大汗，你不要害怕，我不会伤害你。"

"可是，真的是你吗，兰容？"

"是我。"

"你怎么会来？"

"我听说大汗的军队正好驻扎在阿拉套。近在咫尺，我很想再见你一面。"

贵由凝望着兰容，他不能确定自己是醒着还是在睡梦中。

灯光下，兰容的一张脸简直美得不可思议。

"你还活着？"

"是的。"

"你知道吗？我一直都在想念你。"贵由喃喃自语。

兰容微微一笑，并没有靠得太近。

"兰容……"

"大汗，听我一句劝。"

"你想说什么？"

"不要轻启战端。否则，你会成为蒙古国的罪人。"

"你还要替拔都着想？是拔都派你来的吗？"

"不！我替蒙古百姓求你。如果你不罢兵，长生天也会惩罚你的。"

"你不懂。你何曾懂得真正的我！"

"我懂。你想成为千古一帝，超越祖汗和父汗。你从小就有这样的雄心，只可惜，你真的做错了。"

"我做错了吗？"

"是的，你错了。"

"兰容，告诉我，你是不是一直讨厌我？"

"瞧你说的什么话，我从来不曾讨厌过你。只不过，你与阔出不同，你的性格有些古怪，不容易让人接近。"

"你仍然爱着阔出？"

"一生一世。"

贵由的心中泛起一阵酸涩。

"那么，拔都呢？"

"他在我的生命中占据着重要的位置。"

"你原本深爱着他，不是吗？"

"阔出出现后，我的爱给了阔出。虽然如此，拔都始终是我愿意用自己的全部身心去为他祝福的人。"

贵由心如刀绞，本能地去取药瓶。

兰容先将药瓶取在手中。贵由看见她的手腕上戴着一副金手镯，手镯的上面嵌着一颗罕见的、红色的宝石。

"这是什么？"兰容倒了一颗药丸出来，用舌头舔了舔。

"药。"

"谁给你配的？尔鲁吗？"

"是的。"

"大汗，你不能再吃这种药了，吃多了只会对你有害。"

"是吗？不过我现在顾不上那么多了。"

兰容的脸上露出了些许惋惜，她想了想，将药瓶还给了贵由："大汗，我言尽于此，该走了。请你保重，也请你尽快收兵，汗国还有许多事情等着你去处理。"

"不，你不要走，你不能走！你还有许多话想对你说。"贵由一把抓住兰容的手腕，兰容怜悯地看了他一眼，挣脱了他的束缚，飘然而去。

金镯上的红色宝石却留在了贵由右手的手心里。

贵由全身颤抖着，急忙倒了一把药丸放进口中。他感到从眼睛、鼻子、嘴、脖颈到四肢百骸都开始升腾起一团火焰。被焚烧的感觉原来如此痛苦！

这是梦，这一定是梦。他对自己说，下意识地看了看自己的右手。

他清楚地看到自己右手的手心中，真的握着一粒红色的宝石。鲜红鲜红的宝石，像一滴血。

他大叫一声，一口鲜血喷射而出。

药瓶滑落在地，药丸滚落出来。

清晨，阿勒赤带走进帐子，看到满地是红色的药丸。他几步抢到贵由的床前，发现贵由仰面躺在床上，被面、枕边到处都溅满了暗色的血污，人，已经没有了气息。

贵由的右手却始终紧紧地攥着。

父汗突然病故，使忽察和脑忽兄弟彻底乱了方寸。幸亏雪雪和阿勒赤带两人还能勉强保持镇定，他们商议了一下，决定暂时秘不发丧，立刻撤军，由忽察和脑忽兄弟扶棺返回哈剌和林。

贵由军突然撤走，引起了别儿哥和昔班的怀疑，他们担心有诈，一直等到确切的消息传来，才徐徐撤回本土。

海迷失骤闻噩耗，居然不动声色。她一面安排将贵由的灵柩送往窝阔台汗国的首都叶密立安葬，一面派出使臣将讣告送往各地。为了争取到蒙古贵族中最有权势的人的同情，海迷失遣特使去见苏如夫人和拔都汗，向他们通报了贵由病故的消息。

苏如夫人请使臣带回一件丝绸衣服和一顶华贵的罟罟冠，以示对贵由的哀悼和对海迷失的慰问之忱。拔都原本心胸广阔，如今逝者已矣，他与贵由之间的一切恩怨也就烟消云散。他派弟弟昔班替他参加了贵由汗的葬礼。临行前他要昔班转告海迷失，要她一如既往，与大臣们共同治理朝政，照拂一切庶务。不仅如此，拔都担心海迷失骤然临朝，无力担当重任，还特地吩咐那些幼辈宗亲们做她的辅弼，一直到忽里勒台大会选出新的大汗为止。

海迷失在瞬间登上了权力的顶峰，体会着当年她的婆婆乃马真临朝时那种颐指气使的快意。

她的眼睛里重又出现了那种掩饰不住、扬扬得意的神情,而全然忘却了丈夫刚刚故去的痛苦。

她甚至忘了,当太阳升起时,就是新的一天。

贰

拔都勒马回视齐尼兰萨,嘴角溢出一丝闲适的笑意。

齐尼兰萨的额头、鼻尖都渗出了细密的汗珠,涨得通红的脸上像孩子一样流露出内心的畅快。自从两年前成为拔都的贴身侍卫,齐尼兰萨早已习惯了与拔都朝夕相处。随着时间的推移,许多人为设置的障碍消失殆尽,齐尼兰萨已从心里认可了他与拔都之间的血脉联系。尽管他也许此生都不会与父亲相认,但只要他一息尚存,就会为自己是拔都的儿子而对蒙古人崇敬的长生天心存感激。

秋天的天使湖,犹如一位神秘的少女,随心所欲地展现着如梦似幻的色彩。清晨,湖水若蓝若绿,水面上升腾着淡淡的雾气,将灵动的水纹隐藏在轻纱之后。中午,湖水完全变成了蓝宝石的颜色,闪闪发亮,纯净得没有一丝一毫的瑕疵。而当夕阳西下,湖面就不再蓝得那么一成不变,那么惹人心醉,深沉的温柔开始被火样的热情取代,波光粼粼,忽而橘绿,忽而金粉,忽而朱蓝,忽而墨紫。直到夜幕降临,她才尽敛光华,将全身都紧紧裹在蓝黑的袍子里,悠然自得地仰望着满天繁星。

天使湖的三面被起伏的丘陵和茂密的原始森林环绕。湖心有一座小岛,摇橹而至,岛上奇花异石,俯拾即是;林荫小道,曲径通幽,别有洞天。在湖心岛的最高处,修建着一处八角四柱亭,名曰"揽风"。亭中有石桌石凳,坐在亭中,观四周景致,美不胜收;听林涛阵阵,暑意顿消。小岛的码头设在朝向萨莱城的一面,这一面连接着辽阔的草原,近几年湖边陆续修建了许多亭台楼阁和卵石小道,间或点缀着几座蓝色的、白色的蒙古包,错落有致,丝毫不受雕琢之累,倒是增加了不少情趣。天使湖原本是一处人迹罕至的天然湖泊,偶尔被喜爱四处游玩的百灵发现,此后,拔都吩咐匠人精心改造,渐渐成为今天的模样。

也许这也应该算百灵的功劳。

拔都和别儿哥约好了在这里见面。别儿哥鞍马劳顿,拔都想让他放松一下,命人将宴席设在了湖心岛。

"累了吧?"见齐尼兰萨催马走近,拔都问道。

"不累。"

"看你,出了这么多的汗。"

"我尽力了,可还是输给了您。"

拔都用爱抚的目光注视着年轻人。其实,他知道齐尼兰萨是故意落在后面的,就像当年他与祖汗打马球,故意让自己输给祖汗一样。

因为与输赢相比,能让自己爱着的人开心才是最重要的事。

他与贵由之间缺少的恰恰就是这种情谊,而兄弟间的相知相惜,却存乎他与蒙哥之间。

贵由在阿拉套山区暴病身亡,使蒙古帝国避免了一场可怕的灾难。在新汗尚未选出之前,苏如夫人和拔都都默许由皇后海迷失暂且摄政。遗憾的是,海迷失丝毫不具备她婆婆乃马真太后的魄力,完全辜负了人们对她的信任。在不过一年的摄政期间,她大部分时间都单独与萨满教的巫师们在一起,从不认真治理国家。她的两个儿子忽察和脑忽则建立了自己的府邸,与母后对抗。如此一来,蒙古帝国就出现了异常混乱的情况,一个地方有三个统治者,弄得群臣和百姓无所适从,不知该听谁的指令。

在这种毫无法度的情况下,王公贵族们按照自己的意愿去做生意,各地的达官显宦结党营私。也有一些贤明的大臣向海迷失皇后进言,希望她以社稷为重,扶正祛邪,海迷失皇后却一律屏而不纳。她的一意孤行,将强大的蒙古帝国渐渐拖入了灾难的深渊。

所有这些情况,通过往来于各个汗国之间的使臣、旅者之口,不断传入拔都的耳中。拔都的内心十分不安,他感到自己绝不能再坐视不理了。此时,他正罹患足疾,行动不便,遂以兄长的身份,派别儿哥出使察合台汗国、窝阔台汗国和蒙古本土,要求全体宗王和贵族到他的驻地来,以便举行忽里勒台大会,推举新的大汗。日前,别儿哥捎回口信,确定在今天中午返回。

拔都和齐尼兰萨将马牵进马厩,然后步行向码头走去。齐尼兰萨知道父亲的内心并不轻松,蒙古帝国的政局错综复杂,牵扯着父亲很大的精力,而且正在影响着父亲的健康。

的确,正如拔都猜到的那样,刚才齐尼兰萨与拔都赛马,是有意落在后面的,他只想做些什么,哪怕能换来父亲片刻的欢愉。

一只小船正等在码头。齐尼兰萨先跳上小船,将手伸给父亲。当父亲握住他的手时,他看到父亲的眼中闪过欣慰的光芒。

湖心岛上炊烟袅袅,百灵正忙着和侍女们一起炖肉、烤肉,别儿哥平素最喜欢吃百灵做的炖羊肉和烤鹿肉,今天,百灵给他准备了不少。拔都和齐尼兰萨还没有上岸,就已经闻见阵阵诱人的香气了。

"百灵的手艺实在好,别儿哥一定又该乐得合不拢嘴了。"拔都轻叹着向齐尼兰萨说,齐尼兰萨微微一笑。

别儿哥果然守时,恰在中午时分赶到了湖心岛。这时,百灵的羊肉刚刚炖好,鹿肉也烤得恰到好处。

别儿哥食欲大开,风卷残云般一会儿就吃了一盘羊肉和一盘鹿肉,这才满意地抹抹嘴:"我就说嘛,走到哪里吃什么,也比不上吃咱们百灵做的炖羊肉和烤鹿肉。这些天我在路上就想,等我回去,一定要美美地大吃特吃一顿。咦,你们怎么都不吃?百灵你笑什么?"

"王爷,你忘了喝酒啦。以前,你都是先喝酒,后吃肉的。"

"乱了,乱了。我糊涂了。"别儿哥承认道,众人都笑了起来。

"还是我们的湖心岛,景好,肉更好。百灵,你的名字是谁给你起的?你真的像一只给人带来快乐的百灵鸟。"

"王爷的嘴什么时候变甜了?"百灵戏谑地笑道,避而不答。

别儿哥接过百灵递给他的酒碗,一饮而尽。

"百灵,我能不能问问你,你到底从哪儿来?"

"王爷真是明知故问,我不是跟诺敏公主一起来的吗?"

"不是,我不是这个意思。我怎么总觉着你和齐尼兰萨身上有些特别的地方,嗯,是奇特。"

"哪里奇特了?"

"怎么说呢,不像草原人吧。"

"我和齐尼兰萨在中原生活的时间要长些。难道因为这样,王爷就不喜欢百灵了吗?"

"哪里是不喜欢,是更喜欢才对。百灵,你知不知道,我第一次看见你,就没有一点陌生的感觉,倒觉得你很像是我们一个失散已久的亲人。"

百灵慌忙看了父亲一眼,表情有些紧张。

拔都体贴地将话题岔开了:"别儿哥,说说你出使的情况吧。"

"唉,不提也罢,挺气人的。"

"是么?海迷失皇后怎么说?"

"海迷失那女人居然说,蒙古国的根本在斡难河和克鲁伦河,我们为什么要到钦察草原去开忽里勒台大会呢?"别儿哥十分讨厌海迷失,从不称"皇后",一开口就是"那女人"。

"其他的人呢?"

"有反对的,也有赞成的。不过,苏如夫人完全赞成。她跟我说,她年龄大了,来不了啦,否则,她真想来看看钦察草原的美丽风光。同样都是女人,海迷失与四婶之间的差别实在太大了。百灵,这叫什么来着?"

"不可同日而语。"

"对,就是'不可同日而语'。"

"这些都在我的意料之中。那些反对的人,我谅他们最后也不敢不来。即使他们本人不来,也会派来使者。"

"二哥,这里只有你、我、百灵、齐尼兰萨,大家都是自己人,我有话不妨直说了。这次出使本土,你知道我有一种什么样的感觉吗?我感觉那些王公贵族,他们当中的许多人对你还是服气的。你是长支子孙,两次西征,战功显赫,如果让大家公平地推举,我看好多人更倾向你,没准这回汗位非你莫属。"

"别这么说,也不要这么想。你知道,我对汗位毫无兴趣。"

"为什么?"

"你难道不记得父王临终前是如何叮嘱我们的吗?他说,让我们永远不要与三位叔叔的后人争夺汗位。他不希望我们陷入权力之争。其实,即使没有父王的临终嘱托,我对汗位也不会怀有觊觎之心。"

"你要这么说,我倒觉得当年祖汗将汗位传给三叔是有失公允的,于情于理,汗位都应该是父王的。"

"怎么说?"

"父王生前,为祖汗的事业东拼西杀,立下了赫赫战功,他有这种资格。更何况,父王又是祖汗长子,为什么就不该继承汗位?"

"汗位不一定要传给战功显赫的人,而是要传给懂得如何治理国家的人。你能说祖汗选择三叔选择错了吗?"

别儿哥一时语塞:"反正……"

"别儿哥,父王从未因祖汗将汗位传给三叔而觉得委屈,他一生最爱戴最崇敬的人始终都是祖汗,否则,在他临终的时候,他也不会那样殷切地嘱咐我们。这点我想你应该像我一样清楚。"

"我也没有觊觎过汗位。可是,你有这个能力。只要你愿意,凭着你的威望,这个汗位对你来说绝非遥不可及。"

"不,我并没有你所说的那种能力。别儿哥,你还不完全了解我,我或许可以统治这块横跨欧亚的广袤土地,却没有统治中原百姓的信心。那里的百姓需要一个像三叔窝阔台汗那样宽仁睿智的人做他们的皇帝。"

"这么说,你决定要放弃?"

223

"当然。"

别儿哥稍稍沉默了一会儿:"好吧,我尊重你的决定,不再存有这样的想法。"

"谢谢你。"

"谢什么!谁让你是我二哥呢。"

齐尼兰萨瞟了百灵一眼,百灵正深情地凝望着父亲,眼睛里噙满了泪水。

一个没有权利欲和野心的父亲,多好。

"二哥,对于汗位的人选,你认为谁最合适?"

拔都深思片刻,将目光投向蔚蓝的湖面。"黑夜能掩盖花朵的颜色,却不能掩盖花朵的芬芳;有些人深藏不露,却是蛰伏的蛟龙。我心中有数。"

蒙哥带着忽必烈和旭烈兀日夜兼程赶到拔都的驻地。

数年不见,拔都与蒙哥亲切拥抱。蒙哥深沉的气度没有丝毫改变,风尘仆仆的脸上,双目炯炯有神。看到他,郁结在拔都心中已久的忧虑顿时烟消云散,他明白,他的眼光绝不会出错。

跟在蒙哥身后向拔都见礼的忽必烈和旭烈兀,无论在外形还是气质上都有着很大的不同。旭烈兀是一位典型的武将,黄黄的皮肤,短短的胡须,头发在两耳后梳成辫子,戴着尖顶的毡帽,一只耳朵上挂着一颗蓝宝石耳环,腰上束着一条粗粗加工过的鹿皮皮带——那是他出征花剌子模的战利品,上面嵌满了各式各样的珍珠、玛瑙和翡翠,十分名贵。忽必烈衣着朴素,气度非凡——他不仅在相貌和气质上都很好地重现了成吉思汗的风采,而且在以征伐为能事的草原人中,也是一位罕见的慎思明辨的人,拥有着健全的常识,善于听取各方面不同的意见,善于权衡利弊,这就使他尽管外表和为人看起来极其谦和,却仍然不能不令人肃然起敬。

斡尔多、别儿哥、昔班也从各自的领地赶来与蒙哥兄弟见面,拔都请大家一起回到宫中。

冰姬皇后、百灵和诺敏公主早就准备好了丰盛的宴席。三个美丽的女人,像三座最明亮的灯盏,让每一个男人都为之赏心悦目。

忽必烈还带来了阿术,诺敏和弟弟久别重逢,兴奋得热泪盈眶。她向众人告辞,拉着弟弟的手去看望她的孩子。

拔都郑重其事地向冰姬和百灵介绍了蒙哥兄弟。百灵目光闪闪,似乎格外注意忽必烈。这倒不完全是由于忽必烈出众的气质,更主要是因为他的手中握着一柄扇子,墨绿色的绸面,庄重素朴。如果百灵没有猜错,那上面应该题写着元好问的那首《癸巳五月三日北渡》。当年,母亲告诉过她,她有两柄元好问亲自题写的折扇,一柄在雁门关时送给了朋友。母亲希望有一天,百灵回到蒙古,就将另一柄扇子送给持有其中一柄扇子的人。

冰姬也很注意忽必烈。她第一次听诺敏讲起她父亲兀良合台给予忽必烈的评价时,就对蒙哥的这位弟弟充满了好奇。此时,她觉得兀良合台的确拥有一双慧眼,这位王子的确是"人中龙凤"。

拔都首先问候了苏如夫人。许久没见四婶,他的心中十分想念。蒙哥告诉拔都,他母亲一切都好,却隐去了母亲视力一日不如一日的事实。这一方面当然是不想让拔都牵挂,另一方面也是因为他心里也不愿正视这个残酷的事实。

拔都又问起海迷失皇后,旭烈兀撇撇嘴,回道:"还是老样子!"

"大汗,请客人们入座吧?"冰姬提醒拔都。

拔都一拍脑门,朗朗笑道:"是啊,快坐,快坐!明天,我带你们去看白桦林,去看天使湖,去伏尔加河荡舟。我们兄弟久别重逢,你们一定要在我这里玩个痛快。我们一起等着那些人的到来!"

蒙哥与拔都会意地对了对眼神。许多年后,他们依然心意相通。

叁

拔都最初倡议召开这次忽里勒台大会时,的确遭到了窝阔台家族和察合台家族中某些人的坚决反对,但随着苏如夫人——这位在蒙古帝国最具威望的实力人物——派出了蒙哥兄弟后,他们反对的声音越来越低,最后不得不纷纷派出自己的代表。

不久,参加会议的代表们陆续到达。

拔都将会址选在了天山西麓的伊塞克湖畔。

正值盛夏,伊塞克湖两岸却是凉风习习,气候宜人。拔都将选汗大会的会址选在这里的确经过了深思熟虑,他希望风尘仆仆的诸王、贵族们在会议间歇时,能够饱览这个中亚"热海"的秀丽风光。他相信,湖边草地上盛开的鲜花,成群的野鸭、飞翔的天鹅和触目可及的异国情调,一定会让参加会议的代表们在紧张之余放松一下紧绷的神经。

依湖边次第搭建的蒙古包,以其素雅的色调,与天上或卷或舒的云朵、地上洁白如雪的羊群浑然一体,勾勒出伊塞克湖静谧的图景。珍珠般撒落在草原上的蒙古包,犹如众星拱月,环绕着一座可以容纳数百人、蓝白相间的崭新大帐,这就是推举新汗的会场。在接下来的日子里,人们将在这里推举蒙古帝国的新汗,决定蒙古帝国的未来和命运。

手握重兵、威震八方的拔都,凭借其长支子孙的身份以及三个汗国中领土最广阔的金帐汗国大汗的资格,召开这样一个重要会议,本身有其合理性与权威性,因此,大多数王公贵族还是愿意服从拔都的安排的。最后,连海迷失本人慑于拔都的威望,也派出了自己的特使阿勒赤带。只有脑忽和忽察在动身去见拔都的半路上折回,他们觉得,无论如何,拔都会在他们当中选择一个嗣位,因为在贵由汗的亲生儿子中,只有他俩最有资格继承父位。

大会在祭拜了成吉思汗后正式举行。

偌大的蒙古大帐中,拔都坐在主人的位置上,其他王公贵族按照各自关系的亲疏远近选择座位,形成了一个个有趣的小团体。

窝阔台汗的次子阔端主动与蒙哥兄弟坐在一起。在窝阔台系诸王中,除去病故的阔出,就只有阔端始终同蒙哥兄弟保持着良好的关系。这一方面是由于他与自己的亲兄弟感情疏远,另一方面则是出于对苏如夫人的感念。

身为窝阔台汗的次子,阔端因生母的地位不如父亲的其他后妃,加之母亲早逝,从小备受兄弟们的歧视、排挤,在家中和父亲的心中都没有多少地位,更别提能与三弟阔出或大哥贵由一争长短。但阔端是个心胸宽阔、头脑敏锐的王子,有着令人惊叹的行政管理能力和军事指挥才能,当他渐渐长大后,父亲看到了他的潜能,便放手让他独当一面。

当年,他的父亲窝阔台汗在拖雷大那颜病逝后,为了进一步削弱拖雷系的实力,将原拖雷系的部分属民划到他的属下。他奉命去接收新部众时,苏如夫人晏然自若地接待了他。那一刻,面对苏如夫人那双聪慧的、仿佛能够洞察一切的眼睛,他不由自主地为父汗的做法道歉。苏如夫人微笑着,态度坚决地告诉他:蒙古帝国是属于窝阔台汗的,拖雷家族的每一个人也是属于窝阔台汗的,既然都是大汗的子民,大汗就有权力支配他们的归属。不仅如此,苏如夫人还谆谆告诫将要离去的部众,要他们服从大汗的安排,继续效忠新的主人。由于苏如夫人的宽容和理解,阔端对新部众的接收十分顺利。这之后,阔端的心灵深处,对苏如夫人的崇敬渐渐演变成了对母亲的眷恋,自幼丧母的阔端,崇敬的是一个女人博大的胸襟,眷念的是他失去已久的母爱。

会场的气氛隐隐有些压抑,人们既然无法琢磨透他人的心思,就只能尽量先掩藏起自己的内心。

拔都提议大家先饮三杯法兰西葡萄酒。第一杯,祝愿蒙古帝国繁荣昌盛。第二杯,祭奠列祖列宗在天之灵。第三杯,预祝新一任蒙古大汗顺利产生。三杯酒后,大家紧张的心情松弛了许多,开始品尝摆放在长桌上的各色甘醇的果酒、葡萄酒、马奶酒和品种繁多、色泽诱人的中亚果蔬。拘谨被打破,交头接耳的嗡嗡声迅速蔓延,像无数只蜜蜂被关进了石龛中。

别儿哥带着齐尼兰萨走到帐门前,守住了帐门的两边。

人们注意到了这个不同寻常的举动,慢慢停止了交谈。

拔都从容地扫视着众人,做了个手势,示意开始。

阿勒赤带首先站起身来。他是海迷失皇后的特使,在这样的场合,他本人就代表着正在摄政的皇后。

"我代表海迷失皇后感谢拔都汗为了蒙古帝国的未来而倡议的这次忽里勒台大会。我希望在座诸位都不要淡忘当年各位立下的誓言:只要窝阔台系一脉尚存,将不奉他系为主。如今,虽然贵由汗病逝,他的子孙尚在,窝阔台汗的子孙尚在,他们中的贤明者应当成为我们新的国主。"

"就是贵由汗那两个不懂事的小孩子吗?一个成天与萨满教的巫师混在一起,游手好闲,不务正业;一个体弱多病,只知与妃子风花雪月,再就是胡乱挥霍。如果阿勒赤带特使指的是这兄弟俩,我倒宁愿学学我们的老教主萨哈木,归隐山林喽。"

"是啊。自从海迷失皇后摄政以来,她与她的两个儿子各有各的府邸,政令往往朝令夕改,弄得各级官吏无所适从,好端端的一个国家,硬让他们三个治理得支离破碎,千疮百孔。如果还要选择他们中的一个为新汗,我看咱们的国家真的没什么希望了。"

反驳的声音首先出自成吉思汗几位兄弟的后王们。随后,人群中响起了一阵附和的讥笑声。

阿勒赤带脸上的表情显得有些僵硬,不一会儿,他朗声道:"我所说的并不是脑忽和忽察这两位小王爷,我说的是窝阔台汗生前最钟爱的失烈门王爷。在座的诸位哪个不知道,当年窝阔台汗曾将失烈门确定为自己的继承人,现在,由失烈门来继承汗位应该是顺理成章的吧?"

阿勒赤带果然十分聪明。他在来伊塞克湖之前曾与海迷失反复磋商过会上可能出现的各种情况。他和海迷失都清楚,脑忽和忽察虽为汗子,但平素所作所为一向不得人心,他们被确立为汗位继承人的可能性微乎其微。为了确保汗位不落入术赤系或拖雷系,除了要笼络好察合台系诸王外,只有推举失烈门作为窝阔台系的人选,才能为自己争取到更多的支持。一旦失烈门嗣位,海迷失自信仍旧可以操纵这位年轻、缺少主见的王爷。

果然,阿勒赤带说完这一番话,许多人都沉默下来。

在这难堪的、微妙的寂静中,一个陌生的声音从容不迫地响起,有些人一时竟没辨别出讲话的人是谁。

"那么,当年又是谁先破坏了窝阔台汗的遗嘱呢?"声音里没有丝毫嘲弄的意味,倒是充满了平静的说理。

阿勒赤带顿时无言以对。

众目睽睽之下,忽必烈镇定地走到了大帐中央,让更多的人能够听清他所说的每一句话。

"是乃马真皇后和贵由汗本人。"

像一粒石子投入水中,水面激起涟漪,转而又归于平静。

忽必烈继续说道,声音不疾不徐:"按照窝阔台汗的生前意愿,贵由并不具备继承大汗之位的先决条件,否则他身为大汗的长子,大汗不会轻易地将他早早摒弃在汗位继承人之外。然而,汗位悬虚达五年之久,乃马真皇后的摄政又造成了许多弊端,为了尽快消除蒙古国的混乱局面,在胸怀社稷的拔都汗的默许下,贵由终于战胜了失烈门,登上了至尊宝座。五年哪,我们中的许多人仅仅是为了遵守对窝阔台汗立下的誓言,才眼睁睁地看着曾经生龙活虎的蒙古帝国一步步被拖入背离秩序的灾难的深渊。贵由汗即位后,虽然也做了一些努力,重新起用了被他母亲乃马真皇太后无端罢免的宰辅大臣,恢复了窝阔台汗在世时的许多有益于国计民生的政策,但他的行为仍然处处受到皇太后的掣肘,以至于在位仅三年便抑郁而终。我的确没有资格猜度当年窝阔台汗将汗位约定在窝阔台系的初衷,也不想评论这种约定的对与错。我只是想提醒在座的诸位,当年,成吉思汗确立汗位完全是从大局考虑,希望蒙古帝国千秋万代。他并没选择长子,也没有选择自己最偏怜的幼子,而是将汗位传给了素以宽宏之量、忠恕之心而称颂于各族百姓的三子窝阔台。事实证明,成吉思汗的选择使他创立的事业得以发扬光大。窝阔台汗在位的十三年间,蒙古版图空前扩大,从贝加尔湖至扬子江,从日本海至亚得里亚海,窝阔台汗用他的智慧维护了我们这个新兴民族的团结和繁荣。然而,从窝阔台汗去世后出现的贵由和失烈门的汗位之争,到乃马真太后和海迷失皇后的相继临朝摄政,这十年间的蒙古政局如何,即使我不多言,想必在座的诸位也是有目共睹的。可见,一切都应了贤相耶律楚材时常挂在嘴边的那句话:天下乃天下人之天下,唯有德者居之。换句话就是,今日的蒙古国乃蒙古人共同的家园,只有成吉思汗的才德兼备的子孙才有资格成为接班人。所以,为了祖宗的事业,蒙古的未来,我们难道不应该摒弃成见,让我们之中最有能力、最有智慧的人成为草原的共主,去领导我们开拓更伟大的事业吗?"

他这一番慷慨陈词显然意犹未尽,在阿勒赤带愤怒的沉默中,忽必烈得体地深施一礼,回到了自己的座位上。

忽必烈话中的道理显而易见,许多人暗自点头。

蛰居潜邸,韬光养晦,终日以结交各民族尤其是汉民族中的饱学贤能之人为乐事,以关心国计民生为己任,这一切都使忽必烈显得不同凡响,也使他有别于他的众多堂兄弟。此刻,这位年轻王爷不急不缓的辩驳,丝丝入扣的分析,似乎拨开了一些人心中的迷雾,也让人们对他刮目相看。

当然,还有另外一个原因。

在成吉思汗的众多儿孙中,只有忽必烈从神形两方面再现了他祖父的绝世风采。面对忽必烈,如同面对年轻时代的成吉思汗,这在许多功臣勋将心中不可避免地会引起许多亲切的联想,温暖的信任。

哪怕忽必烈并不是成吉思汗!

阿勒赤带心急如焚。他暗暗埋怨脑忽、忽察、失烈门不来参加大会,使窝阔台系显得势单力孤,又埋怨与拔都一向不睦的不里一言不发,让这个从不引人注目的忽必烈占尽先机。但埋怨归埋怨,他也很清楚,即使那三位自以为是的王爷真的到场,也不见得就能和衷共济。一旦脑忽、忽察、失烈门为汗位发生争吵,只怕更会令人齿冷。

蒙哥向忙哥撒儿使了个眼色,忙哥撒儿心领神会,扯起他特有的大嗓门嚷嚷起来:"忽必烈王爷说的对,我们是该为我们的蒙古帝国选择一位英明的共主。我有个提议,在我们这些人当中,拔都汗身经百战,功勋卓著,推举他为汗,恐怕没有人会提出异议。我说的对吗?"他的声音真够大的,他身边的几位王爷耳膜被震得"嗡嗡"作响。

"对!说得对!我们同意推举拔都汗。"在场的王公贵族中多一半人立刻表示赞同,并向拔都举起了酒杯。其实,在此之前他们就已暗暗属意于拔都,忙哥撒儿的提议正合他们的心愿。

"让我们为拔都汗的健康干杯!"蒙哥率先将杯中酒一饮而尽。

"祝拔都汗健康!"阔端积极响应。

大帐中的气氛变得活跃起来,除了为数不多的几个人尚且心有不甘,其余的人都喜形于色。

阿勒赤带向不里投去求助的一瞥。

不里假装没有看见。他很清楚今天的拔都无论从威望上还是拥有的实力上都无人可以望其项背,这样的结果早在他的预料之中。何况,不里尚有他自己的难言之隐。自祖汗察合台去世,察合台一系的影响力就大大降低,察合台汗国的实力也远远不及金帐汗国以及控制着蒙古帝国命脉的拖雷家族。当年,在西征时,不里、贵由与拔都发生过激烈的冲突,事后,虽然蒙哥瞒下了不里的无状,却仍为窝阔台汗察知。出征波兰、匈牙利之前,窝阔台汗在褫夺了贵由的属部作为惩戒之后,想要降罪不里,多亏拔都不计前嫌,以不里年轻不懂事、作战勇敢为由说服了窝阔台汗,仍将不里留在军中,从而为不里挽回了面子。这件事使不里一直欠着拔都一个人情。尽管此时他并不情愿将拔都推上汗位,但事实上他也无由反对。此外,他打心眼里瞧不起忽察、脑忽、失烈门这三个毛头小子,海迷失又是个利欲熏心的女人,与其让这些人登上汗位,将好好的蒙古帝国搞得乌七八糟,还不如将社稷交给拔都……

阿勒赤带见自己得不到任何支持,急得抓耳挠腮,额头上也冒出了颗颗豆大的汗珠。

拔都瞟了他一眼,从容地挥挥手,洪亮的富有穿透力的声音霎时压住了大帐中轻微的喧哗。

"我感谢诸位对我的信任,不过,我并不适合出任蒙古大汗。我认为,可以成为蒙古大汗的人,务必要具备一种品质,那就是大智慧,大气度,像我的祖汗成吉思汗那样,不仅要具备杰出的军事才能,更要具备高瞻远瞩、纵横捭阖的政治家素质。不瞒诸位,从我倡议召开这个忽里勒台大会开始,我一直都在认真考虑这件事,现在,我想提出一个人选。"

说到这里,他停了一下,见大家都在或紧张或焦急地等待下文,他便从容不迫地说了下去:"这个人常年跟随在成吉思汗身边,耳闻目睹过成吉思汗的札撒和诏令,这样的经验使他具备了一个大汗所必需的禀赋和才能。非但如此,他还见过世上的善恶,尝过一切事情的甘苦,不止一次地统率军队到各地作战。他是一位了不起的统帅,才智出众,在窝阔台汗、将领和战士的心中,都受到了最充分的尊重。这个人就是蒙哥。按照蒙古人的习惯,父亲的家业是由幼子继承的,而蒙哥正是成吉思汗的幼子拖雷的儿子。可以说,蒙哥具备了登临大统的全部先决条件。为今之计,要重振蒙古帝国的声威,大汗之位非蒙哥莫属!"

也许是太出乎意料,大帐中重又出现了耐人寻味的沉寂。

这样的沉寂究竟意味着什么呢?

也许过了很久,也许仅仅是片刻,蒙哥站了起来,所有的目光刹那间都汇聚在了他的身上。

蒙哥镇定地说道:"如果拔都汗不肯继承汗位,又有谁可以安然坐在这个位置上呢?我的资历和战功都无法同拔都汗相比,虽然拔都汗推举我,我却不敢担此大任。"

"蒙哥兄弟,你何必自谦呢?你的能力如何,是不是可以当此大任,每个人心里都有数。拔都汗推举你为汗，必然有他推举你为汗的道理。何况，我个人也认为，你是最合适的人选。"斡尔多沉稳地劝说着蒙哥。

"是啊，为了我们共同的事业，你就不要固辞了，不要冷了我们这些信任你的人的心。"阔端从惊愕中清醒过来，怀着真诚的喜悦直抒己见。

贝达尔也说："蒙哥兄弟，西征途中我们哥俩一直在一起，算得上出生入死的战友了，那时候，征钦察，平斡罗斯，你指挥的几场大仗让我心服口服。况且，当时若没有你顾全大局，西征军很有可能会因为个别人的不服管束最后无功而返，就凭这个，我也服你。"

蒙哥还想推辞，拔都却不容他再说什么，站起身，面向众人说道："如果大家同意我的提议，就请鼓掌通过吧。"

既然拔都无意汗位，术赤系、察合台系、窝阔台系都有人如此拥戴蒙哥，蒙哥的才识胆略又向为众人所知，大家也就不再表示反对，于是，掌声伴着欢呼声同时响起，此起彼伏，经久不息。

不里实在坐不住了，俟大帐中众人热烈的情绪稍稍缓和下来，他站起身冷冷地责问道："帝位当属窝阔台系。拔都汗，我想请问你，你有什么权利将汗位擅自决定转让给他人？"

拔都淡然一笑："对此，刚才我已经做过说明。我之所以拥立蒙哥，并非一时的感情冲动，而是考虑到要统率领土如此广袤的蒙古帝国，绝不是贵由汗遗下的那几个不懂事的孩子所能担当得了的，包括失烈门在内，都不具备这样的深谋远虑，只有蒙哥才能担当起这个重任。"

"你们公然违背窝阔台汗的遗命，将汗位转让给他人，你们这些人是要受到长生天的惩罚的。"阿勒赤带声嘶力竭地吼道。

"请你说得明确些，什么叫作'转让'给他人，阿勒赤带特使？难道蒙哥不是成吉思汗的孙子吗？在成吉思汗的子孙中，你能找到比蒙哥更得成吉思汗的赞许、信任、器重和喜爱的人吗？如果连蒙哥都不具备继承汗位的资格，汗位只能属于根本不具备继承汗位资格的脑忽、忽察、失烈门，那么，我请问你，你想将我蒙古帝国引向何方？你这样苦苦坚持，到底是何居心？"拔都瞥了一眼面红耳赤的阿勒赤带，心平气和地问。

"你一定要说脑忽、忽察、失烈门都没有资格，那么窝阔台家族就没有别人了吗？阔端王爷是窝阔台汗的次子，他的才能不下于蒙哥，为什么他不能成为汗位继承人？"

阔端的脸上浮出了一丝苦笑："承蒙阿勒赤带特使这时候想起了我。倘若我猜得不错，在此之前，恐怕特使一次也不曾想过我吧？对，我是窝阔台汗的次子不假，不过，我尚有自知之明，自认不具备领导一个横跨欧亚大帝国的智慧,以前不具备,现在同样不具备。至于我的才能,我常常想,如果我能及蒙哥兄弟的一半,我也会为之感到自豪。"

阿勒赤带怒极,一时竟找不出合适的话来反驳。

不里还想做最后的努力:"贝达尔叔叔,你难道忘了当年察合台汗是怎样忠于窝阔台汗的吗?他与窝阔台汗情深义重,一生唯大汗马首是瞻。我们都是他的儿孙,怎么能违背他老人家的心愿呢?"

"爱父亲和对国家忠诚并不矛盾。当年,父亲之所以用生命维护窝阔台汗,绝不单纯出于手足之情,更多的是因为窝阔台汗代表着国家。我倒觉得,我需要向父亲学习的,是他终其一生,从不贪逐权位。我虽是一个只会打仗的粗人,对于是非还能看得清楚,正因为我是察合台汗的儿子,我才不会为自己的决定后悔,更不会自食其言!"

不里无奈地望了阿勒赤带一眼,他用目光告诉阿勒赤带,他已经对发生的一切无能为力。

阿勒赤带愤然离席。刚至帐门前,齐尼兰萨用长剑挡住了他的去路。

阿勒赤带没料到有人敢阻挡他,勃然作色:"你!你要做什么?"

"没有拔都汗的允许,任何人不得擅自离开会场!"齐尼兰萨不卑不亢、面无表情地说道。

"混账!我是海迷失皇后的特使,你个小小的侍卫官,竟敢阻挡我!我看你是活得不耐烦了!"

"抱歉,在这里,我们只听从拔都汗的旨令。如果你坚持离开,必须留下一样东西。"

"什么?"

"项上人头。"

阿勒赤带怒气冲天,猛地向齐尼兰萨挥出一拳,这一拳正中齐尼兰萨的脸颊,齐尼兰萨的脸顿时肿了起来,一股血水顺着嘴角汩汩而下。大帐中响起了一片"嘘"声,齐尼兰萨却一动未动,依然仗剑而立,目光如炬似电。

阿勒赤带回过头,正欲指责拔都,却发现众人都用一种鄙视的眼神注视着他,到了嘴边的话不得不强咽了回去。他想离开大帐,看年轻卫士的样子,只怕他一意孤行,拔都真的要拿他杀一儆百。若回座位上,他又觉得面子上下不来,思前想后,倒有些进退两难了。

别儿哥强压怒火,走过来拍了拍阿勒赤带的肩头。阿勒赤带不由自主地哆嗦了一下。草原上谁都知道,别儿哥是个杀人不眨眼的魔王,阿勒赤带怕他比怕拔都尤甚。"行了,阿勒赤带,别再耍小孩子脾气。如果你想方便一下,我让齐尼兰萨带你去。"他近乎嘲弄地说。

"不必了！我等会议结束再去！"阿勒赤带气哼哼地应了一句，算是给自己找了个台阶，垂头丧气地回到了座位上。

不管心里怀有怎样的想法，这一段小小的插曲却让众人明白了自己应当扮演的角色。接下来的讨论很顺利，与会人员一致通过：次年春天将在克鲁伦河畔再次召开忽里勒台大会，以便在各系诸王都到场的情况下正式确认伊塞克湖协议，风风光光地将蒙哥拥上汗位。拔都看着与会王公贵族纷纷立下协约，包括不里和阿勒赤带都被迫认可了伊塞克湖协议，这才沉缓、清晰地向别儿哥、齐尼兰萨嘱咐道："别儿哥，宴会就要开始了，你回到自己的座位上，与大家一起开怀畅饮你面前的美酒吧，你要为了蒙哥多喝几杯。齐尼兰萨，大帐的安全就交给你了。等到会议结束，别儿哥和昔班还要负责将我们未来的大汗蒙哥安全地送回他的营地。"

"喳！"

拔都看着蒙哥，举起了酒杯。蒙哥的脸色始终很严肃，这与拔都自己的心情倒是不谋而合。拔都很清楚，虽然有着他的热心拥戴，蒙哥的即位仍会碰到来自方方面面的阻力。但是拔都决不放弃。蒙哥是他心目中唯一可以领导蒙古帝国走向繁荣昌盛的大汗人选，为了确保蒙哥登上汗位，哪怕到时被迫动用武力，他也会在所不惜。

冰姬皇后拍拍手，一群经过精心挑选的钦察舞女鱼贯而入。

宴会开始了。

鲜花与美酒相伴，伊塞克湖美丽的风光让人们沉醉。数日后，参加会议的人们陆续返回驻地。拔都与蒙哥兄弟依依惜别。

为确保蒙哥的安全，拔都派别儿哥和昔班率领军队一直将蒙哥兄弟护送到哈剌和林附近，以便来年在全体宗王的参加下，体面地将蒙哥拥上大汗的宝座。对拖雷家族而言，能与汗位结缘固然是件喜事，而忽必烈也多了另外一个惊喜：在他即将动身的早晨，他发现自己的皮囊里不知何时多了一柄粉蓝色纸面的折扇，上面题写着元好问的那首《续小娘歌》。这可是他向往已久的宝贝，莫非是长生天赐给他的吗？

直到蒙哥一行返回，海迷失皇后和她的两个儿子才意识到事态的严重，他们立刻派出使者去见拔都说："我们不同意选举窝阔台系以外的大汗，伊塞克湖协议是一个无效协议。"拔都一笑置之，不予理会。

然而，与拔都和蒙哥的事先预料相同，虽然诸王立下协约，蒙哥的即位仍然遇到了不少阻力。海迷失皇后的从中作梗，窝阔台系和察合台系中某些人的坚决抵制，都让原本美好的帝国前景蒙上了前所未有的阴霾。

海迷失不甘心自己的失败，联合察合台系宗王不里等人不断派人质问拔都，他们的理由无非还是："帝位应当属于窝阔台系，你怎能擅自决定转给他人？"对于质问，拔都仍以他在伊塞克湖忽里勒台大会上说过的话相对："我已有言在先，绝不能收回。我之所以拥立蒙哥，并非一时的感情冲动，而是考虑到要统率领土如此广袤的蒙古帝国，不是贵由汗遗下的那几个不懂事的孩子所能担当得起的，只有蒙哥才能担当起这个重任。"

这一年在争吵中度过，忽里勒台大会未能如期召开。

光阴荏苒，转眼又是一年。蒙古各宗王之间仍然没能达成协议，拔都多次催促开会，但仍无法确定会议日期。

难道，伊塞克湖协议真的终将成为一纸空文吗？

第十二章

雄视欧亚

壹

"额吉,我们怎么办?"蒙哥的内心虽然焦急,语调却很沉稳。忽必烈警觉地走到门前,向帐外张望了一番,这才小心地拉好了帐门。旭烈兀、阿里不哥从座位上挺直了身体,不约而同地盯着母亲。

苏如夫人用洁白的丝绢拭去嘴角的茶渍,望着她的儿子们微微一笑。她镇定的情绪很快感染了蒙哥,蒙哥的心里松弛了一些。

蒙哥面对母亲坐下来:"额吉,我和弟弟们获得的各方面的消息都证实,以海迷失为首的窝阔台系、以不里为首的察合台系诸王正在积极活动,试图将脑忽、忽察或失烈门推上汗位。再不济,至少也得将汗位留在窝阔台系手中。海迷失的做法与当年乃马真太后的做法如出一辙,都是举帝国之富,收买人心。虽然今非昔比,诸王们对这三个人并不看好,可我们仍然不能掉以轻心。脑忽、忽察毕竟是贵由汗的亲生儿子,失烈门又是先汗窝阔台在世时亲自指定的汗位继承人。目前,除术赤系外,其他各系诸王的态度大都模棱两可,彼此间争论不休。原定四月份召开的选汗大会,转眼已经过去了八个月,仍旧无法举行。现在的形势可谓瞬息万变,额吉,我所担心的是,虽然有拔都汗的鼎力支持,只怕阻力仍然比我们想象的要大。"

"是啊,额吉,如果大哥这次不能顺利即位,我们的处境就会变得很危险。当务之急,是必须保证大哥如期即位。"忽必烈眉头紧锁插话道。

苏如夫人将丝绢折叠起来,细心地放在案几一角,这才慢声细语地问道:"忽必烈,贝达尔和阔端那边怎么说?"

"贝达尔西征时曾与我大哥并肩作战,阔端又感念额吉当年不计较窝阔

235

台汗将父王的属民赐给他一事，这两个人都明确表示不会改变他们在伊塞克湖大会上的誓约，愿意拥戴我大哥成为蒙古新汗。不过，阔端毕竟是失烈门的亲叔叔，贵由汗的亲弟弟，看得出他心里确有许多为难之处。"

"不奇怪！他们的态度与我预想的一样，这说明窝阔台系和察合台系并非铁板一块。既然诸王中最具声望和实力的拔都汗都不觊觎大汗之位，察合台系诸王自然更与汗位无分，现在又有贝达尔从中协助，说服察合台系大部分诸王站在我们一边应该不成问题。如此一来，海迷失也就孤掌难鸣了。"

"问题在于，其他各系诸王都在观望之中，该如何说服他们，让他们支持我大哥登基呢？"

苏如夫人稍稍深思了片刻，脸上闪过一丝复杂的表情。

"也许……"

"额吉您说。"

"没有太好的办法，为今之计，只能将一段往事公之于众。"

"什么样的往事？"蒙哥、忽必烈、旭烈兀、阿里不哥异口同声地问道。

苏如夫人忧伤地叹了口气，眼圈微微红了："那是一桩埋在额吉心里已经十八年的往事啊，也是额吉心里最深刻的痛，如果不是为了今天，额吉永远不想再对任何人提起。"

"额吉，是不是与我父王的死有关？"蒙哥敏锐地问，神情异常严肃。

"你如何晓得的？"苏如夫人惊讶地望着儿子。

"额吉莫要再问。我只想知道，我父王当年究竟是怎么病故的？为什么那么突然？"

"你父王……喝了尔鲁的符水。"

"尔鲁的符水？我一直都在疑惑，为什么父王从前线急着赶回来看望卧病在床的大汗时身体还很健康，从大汗处出来后就病倒了，而病重的大汗却不药而愈。这中间一定有什么蹊跷。想不到真实情况竟是如此。是大汗设计的吗？"

"不！儿子，不！应该不是。"苏如夫人用丝绢擦了擦眼睛，语气中饱含着深深的忧伤，"那天，你父王从大汗宫帐回来时脸色就十分难看，侍卫长想给他请大夫，他说什么都不让。他告诉侍卫长：他不是生病，而是中了毒，符水里有毒。他从前线一回来没顾上回家就去探望大汗，当时，大汗病得正重，在病榻上将国事完全委托于他。他们正在交谈，尔鲁进来了，你父王看见尔鲁好像有话要对他说，就跟着尔鲁出去了。在大汗旁边的帐子中，尔鲁很严肃地告诉你父王，他请示过神了，神晓谕他说，大汗这次生病是因为一生杀戮太重，为此，长生天认为他应该赎罪，早早归去。你父王觉得自己杀戮更重，情愿以身相代,接受长生天的惩罚。他和尔鲁回到大汗身边,将尔鲁的话告诉了大汗,大汗很感动,但无论如何不要你父王用生命来交换他的生命。你父王执意要以一己之身承受一切,尔鲁就让你父王喝下了他念过咒的符水,并说只有这样才能换来大汗康复。你父王喝下符水后又与大汗谈了很久,直到大汗睡去他才回到住处。这一躺下,他就再没能起来。他让侍卫长转告额吉先有个心理准备,他说,这一次即使不是为了成全他与大汗的手足之情,就算仅仅是为了成吉思汗所开创的事业,为了蒙古国的安定和团结,他迟早必须也必然选择死亡。因为只有他死了,才能确保不会发生兄弟阋墙的悲剧,才能不给那些阴谋者以可乘之机。他要额吉一定答应他一件事,就是不要将他死亡的真实原因告诉你们兄弟几个。你们都是成吉思汗的孙子,你们一定要忠心地辅佐窝阔台汗,不管怎么说,窝阔台汗毕竟算得上是一代名君。当年你们的祖汗选择他成为蒙古帝国新的大汗是经过了深思熟虑、反复权衡的,而事实也证明,窝阔台汗没有辜负你们祖汗对他的信任和倚重。为了成吉思汗未竟的事业,你们,还包括额吉在内,都必须放下个人恩怨,将目光看得更远,将心胸放得更开阔。额吉答应了他。额吉怎么可能不答应他呢?有谁能拒绝这样高尚的请求?以后的事情你们都清楚,由于你们父王的死,你们得到了窝阔台汗始终如一的保护,尽管其间窝阔台汗听信他人的挑拨,也做出过试图削弱拖雷系实力的举动,但总的来说,他对你们兄弟几个的关爱和信任,在许多方面不亚于他自己的亲生儿子。额吉也是许多年后才彻底地理解了你们父王的苦心,他用自己的死维系了一个新兴的民族,让它不要那么快地走向四分五裂。"

"可是,您的心何曾停止过思念?父王去世后我无数次地看到您在偷偷地流泪。额吉,您知道吗?您那双曾让多少人得到过温暖和慰藉的眼睛,现在已经视物不清了,尽管您在竭力掩饰,尽管我和弟弟们一直装作看不出来,可您知道吗?这样做只能让我们心里更加难受!"

"额吉不告诉你们,是不想让你们太过为我担心。没什么的,真的没什么。额吉从十六岁起就跟随在你们的祖汗和父王身边,马蹄所到之处,都留下过额吉的目光,额吉已经很知足了。额吉也许有一天会看不见一切,可额吉的心很亮,在额吉的心里不会有阴影和黑暗,而且,无论你们身在何处,额吉都不会停止对你们的牵挂。"

"额吉,我……我不知道还能说些什么,请您受儿子一拜!"

蒙哥跪倒在母亲脚下,眼里闪耀着晶莹的泪光。忽必烈、旭烈兀也跪在了大哥的身后。只有阿里不哥挺立不动,他的眼里喷射出仇恨的怒火。突然,他转身欲走。蒙哥头也不回地喝住了他:"你要干什么?"

"我去杀了尔鲁！"

"你现在杀尔鲁只能授人以柄，难道你想让我们的父王白白地牺牲吗？"

"我就是不想让父王死得这么不明不白，才让尔鲁讲明白当初是谁指使他杀害父王的。我要给父王报仇！"

"你说的对，肯定有人在指使尔鲁，否则他绝对没有这个胆量。至于这个人是谁，父王当年一再嘱托过母亲不要追究。父王这么做无非是为了维护蒙古帝国的长治久安，现在正值多事之秋，我们绝不能因为个人恩怨将父王不惜以生命来维护的国家推向万劫不复的深渊。阿里不哥，我们都是父亲的儿子，你问问忽必烈，问问旭烈兀，我们哪一个人不想给父王报仇？可现在还不到时候！我向你保证，尔鲁一定会死，而且这一天为期不远！"

"是啊。阿里不哥，你要听大哥的话，凡事三思而后行，千万不可莽撞行事。"忽必烈起身拉住阿里不哥的手，阿里不哥虽不情愿，还是跟着忽必烈跪下了。

"都起来吧，孩子们！"苏如夫人用她仅存的一点点视力温情地注视她的孩子们，兄弟四人听话地站了起来。

蒙哥已经明白了母亲的意图。

忽必烈也明白了母亲的意图。

将真相公之于众，但只是真相的一部分，即当年父王是为了替窝阔台汗接受长生天的惩罚，而喝下有毒的符水。父王对窝阔台汗的手足之情以及大无畏的牺牲精神，不可能不引起王公贵族和黎民百姓的同情与崇敬。至于那位对众望所归的大那颜下了如此毒手的幕后指使人是谁并不重要，重要的是这种不光彩的行径足以让人们对窝阔台系产生疑虑和不满，转而寄希望于大那颜的儿子们可以重振祖业。隐忍了十八年的真相，在此时公开，不亚于一桶引爆的火药，将在很大程度上改变人心所向。这是母亲的心计，是母亲用泪水和心血为她的儿子们铺设的通向汗位的最后一条捷径。

那么，该选择谁来担当这样的使命呢？

蒙哥和忽必烈同时想到了一个人。

这个人归隐已久。他曾历经成吉思汗、窝阔台汗两朝，并在窝阔台汗的登基大典上发挥过重要作用。他同时还是一位德高望重的大夫，一位怜贫惜苦的长者，因为这个缘故，即使在他主动归隐之后，许多草原人依然对他奉若神明、礼敬有加。

他就是尔鲁之前的教主萨哈木，拖雷生前的挚友。

即使在拖雷病故之后，苏如夫人和她的孩子们依然与萨哈木保持着非常亲密的联系。

"额吉,让我去吧。"忽必烈说。

"我去。"蒙哥平静地说。

苏如夫人摇了摇头:"不,你们兄弟谁去也不合适。让修眉带着孩子们去吧,谁都知道,老萨哈木喜爱修眉像喜爱自己的亲孙女,修眉带着孩子们去看望他,谁也不会起疑心的。"

蒙哥和忽必烈怀着无以名状的心情凝望着母亲,母亲竟然替他们兄弟设计好了一切。其实,这许多年来,他们兄弟哪一次不是仰仗着母亲的心计、智慧和无畏才躲过了无数明刀暗箭?作为拖雷系的灵魂人物,母亲正是凭借她的忍耐,她的号召力,才确保了拖雷系没有被蚕食、被分化,甚至可以这么说,没有母亲,就没有他们兄弟几个以及拖雷系的现在和未来。

"我去叫修眉来。"旭烈兀起身离去。

苏如夫人的脸上浮现出一抹夹杂着欣慰和辛酸的笑意。她完全料得到,一旦拖雷的死因被众贵族及百姓得知,会产生什么样的效果。这个效果所产生的作用将远远超过海迷失的那些财宝。

在静默中,蒙哥与忽必烈彼此交换了一个心照不宣的眼神。蒙哥恍若看到了自己的未来,让拖雷系取窝阔台系而代之,这大概才是母亲珍藏多年的对父王最刻骨铭心的承诺。

"阿里不哥,暂时要忍耐,懂吗?"苏如夫人柔和地叮嘱。

阿里不哥点头答应了。这一次,他没有再犯犟。

"夫人,别儿哥王爷到了。"侍卫的话音尚未落地,别儿哥已经风尘仆仆地出现在帐门口,他的身后紧跟着齐尼兰萨。

别儿哥还是老样子,不等蒙哥带着两个弟弟上前见礼便亮起嗓门大声嚷嚷起来:"四婶,蒙哥,我来了。我这次是带着军队来的,拔都汗派我和齐尼兰萨来保护你们的安全,他说,无论如何要确保忽里勒台大会顺利召开,确保四婶全家尤其是蒙哥的安全。拔都汗还交代,在此期间,我如何行动都听从四婶的调遣。"他拉过齐尼兰萨的手,介绍道,"这个精神头十足的小伙子叫齐尼兰萨,是拔都汗身边最得力、武艺最好的宿卫,蒙哥见过的,拔都汗专门派他来贴身保护蒙哥。"

苏如表示感谢。

"谢什么!四婶,拔都汗的脚疾又犯了,这次不能亲自来,不过,他已经派信使将他的口谕带给所有需要参加忽里勒台大会的王公贵族,让他们务必如期举行会议,不得再做无谓的拖延。拔都汗的口谕中有这么一句话:凡是违反成吉思汗大札撒的人都得掉脑袋。谁都知道,他这个人一向一言九鼎,说到做到,接到他口谕的人不可能不好好掂量掂量。四婶您就放心吧,蒙哥这次一定可以顺利即位。唔,四婶,能不能给我熬些奶茶喝,我的嗓子干得都冒烟了。"

苏如夫人笑了,蒙哥兄弟也笑起来。

齐尼兰萨却只顾呆呆地望着苏如夫人,一时间只觉百感交集。

她真的就是母亲一生不曾忘怀的那位夫人吗?尽管年轻与美貌不复当初,仁慈高贵的容颜却依然如旧。望着她的笑容,齐尼兰萨从内心里产生了一种莫名的依恋。还有舅妈和两个表姐,这一次回到蒙古,一定可以见见她们吧?即使不能暴露自己的身份,哪怕能与她说上几句话,也多少可以慰藉内心深处对母亲的怀念了……

蒙哥的目光无意中落在齐尼兰萨俊秀的脸上,他吃惊地发现,齐尼兰萨的侧影竟与拔都那般酷似。

这是怎么回事?奇怪!

贰

晨曦剪开天幕的一角,用变幻不定的色彩涂抹着伏尔加河粼粼的水波,起伏的河面由墨黑到暗灰到橘粉到血红,色彩与色彩之间的界限并不明显,倒是常常随着光影的交错混杂在一起。日出的壮丽是秋天赠送给伏尔加河最美的礼物,拔都发现自己已经很久没有心情欣赏这样的景致了。

百灵悄然伫立在父亲身边。今天,是她邀请父亲来看日出的。她知道,自从贵由汗驾崩以来,父亲难得有片刻的轻松。为了蒙古帝国的将来,他将自己变成了一柄随时准备征战的刀。如今,蒙哥汗凭借父亲的支持和自己的智慧终于稳定了蒙古政局,父亲欣慰之余,却感到前所未有的疲累,人也一下苍老憔悴了许多。父亲的变化令百灵心痛和心碎。

昨天傍晚,百灵收到了齐尼兰萨托信使带回的家信,信用汉文写成。尽管能说好几个国家的语言,百灵和齐尼兰萨最擅长使用的文字仍然是方块字。齐尼兰萨的这封信很长,在信中,他详细叙述了蒙哥汗登基后发生在蒙古的一场惊心动魄的宫廷政变。这场政变几乎成功。如果成功,历史将被改写。

百灵将这封信读了一遍又一遍,通过齐尼兰萨细致的描述,她似乎看到了信中的每一个人。这些人里,有些仅仅是名字为她所熟知,有些她却从未听说过。但他们的命运却一样牵动着她的心,让她身不由己地跟着齐尼兰萨一同去经历,去感受。

信是这样写的:

百灵,见信如面。

自回到蒙古草原,似乎一切都不一样了。

如父亲所愿,忽里勒台大会在我和别儿哥叔叔到达后的一个月内如期召开。其间,我听到了一桩令人震惊的传闻,即当年拖雷大那颜是喝了教主尔鲁的符水,替窝阔台汗去死的。这个传闻真实程度如何不得而知,不过它产生的作用却出乎意料的巨大,它促使原本许多犹豫观望的王公贵族都迅速转变了态度,非常积极地前来赴会。所以,当诸王贵族们第一次集会时,除了海迷失皇后和少数的窝阔台系诸王外,其他的人都参加了大会。

鉴于窝阔台家族的抵制态度,为了促使海迷失皇后和她的两个儿子脑忽、忽察尽快前去参加大会,苏如夫人和其他先期到会的诸王商议,给他们送去了一封措辞温和的信,信上说:"成吉思汗家族中的大多数人已经会齐,忽里勒台大会因你们拖延至今,再没有耽搁的必要了。如果你们有和解和团结的愿望,请尽快出席忽里勒台大会,庶几朝政可以一致处理,猜忌、携贰可以从速消除。"

信送去后,海迷失皇后大概感觉到再拖延下去也没什么意义,只得让她的两个儿子启程,她自己却拒不前来。而脑忽、忽察以及其他几位窝阔台系的王爷虽然已经动身,途中却依旧磨磨蹭蹭。眼看约定的时间已过,与会人员只好在他们缺席的情况下将蒙哥汗拥上汗位。

蒙哥汗的即位与一年多前在伊塞克湖畔举行的那次选汗大会相比,少了许多掣肘,大家承认既定的事实,众口一词:汗位非蒙哥莫属!就这样,蒙哥体面地成为蒙古帝国的新一任大汗。

你是否还记得那一次,伊塞克湖选汗大会上的情形?你作为冰姬皇后的侍女也在会上。父亲让别儿哥叔叔和我持剑分别站在帐门的两边,并严令凡是敢因为不满擅自离会或故意挑起事端者格杀勿论!反正我是记忆犹新。伊塞克湖原本清爽的空气与大帐中紧张的气氛形成了鲜明的对比,拖雷系与窝阔台系互不相让,当时剑拔弩张的情形很久之后依然常入我的梦中。值得一提的是,父亲崇高的威望起了至关重要的作用,尽管有着种种分歧,最终大家还是接受了父亲的提议,同意蒙哥为汗位继承人。

然而这一次完全不同。蒙哥汗的即位过程虽然顺利,但其后发生的事情却称得上凶险万分了。

为蒙哥汗的即位大典做着准备的同时,一场阴谋也在悄悄的酝酿之中。

事情的起因是这样的。窝阔台系诸王迫于形势，表面上不得不表示服从我们父亲的安排和忽里勒台大会的决议，并动身前往参加蒙哥汗的即位大典，暗中，他们却不想就这样失去他们的天堂。在海迷失太后的唆使下，她的儿子脑忽和另一个窝阔台的孙子失烈门，带着军队和装满武器的大车，向蒙哥汗的大帐逼近。他们是想以迅雷不及掩耳之势包围蒙哥汗，然后将他废黜掉。

你简直无法想象，当脑忽、失烈门等人磨刀霍霍，准备向蒙哥汗的新政权杀来的时候，蒙哥汗还被蒙在鼓里。如果不是他的一位鹰夫为寻找走失的白骆驼，很偶然地发现了这个罪恶的阴谋，恐怕庆祝蒙哥汗登基的喜庆宴会就要被鲜血染红，而我们这些人也会因此身首异处。

幸而苍天不佑阴谋者，脑忽和失烈门等人到底败露了。蒙哥汗的确是父亲一再赞许过的那种人，面对这突如其来的危险，他竟然于谈笑间就将脑忽、失烈门置于了他的掌握之中。脑忽、失烈门原本还竭力为他们的不轨行为狡辩，但在大量的人证、物证面前不得不俯首认罪。据说，蒙古立国至今，从未发生过类似的事情，因此，蒙哥汗想宽大为怀，不予追究。但别儿哥叔叔坚决不同意，他认为，如果这次迁就他们，无异于姑息养奸，只有进行严厉的审判，才可以做到惩前毖后、杀一儆百。蒙哥汗权衡再三，终于采纳了别儿哥叔叔和其他许多将领的这一意见。

审判时我也在场。蒙哥汗将宗王和将领们召集在一起，让他们就脑忽等谋反的事谈谈各自的看法。人们意见相左，争执不下，只有一位大臣始终默默不发一言。蒙哥汗很奇怪，征询他的意见，他推辞不过，讲了下面这个意味深长的故事——"当年，马其顿国王亚历山大征服了世界许多地区，在他打算进军印度时，他的部下纷纷要求独立，他束手无策，遂派人向贤明智慧的亚里士多德请教，询问该如何制服这些专横跋扈、不听钤束的将领。亚里士多德并未回答，只是将使者带入花园中，让他把根深叶茂的大树拔掉，在原来的地方栽上小树。亚历山大大帝从这件事上悟出了玄机，下令处死那些飞扬跋扈的部下，而让他们的儿子统率父亲遗下的军队。从此令行禁止，没有人敢抗命不遵。"不瞒你说，他的故事我听得稀里糊涂，蒙哥汗的脸上却露出如释重负的笑容。翌日的审判大会上，蒙哥汗下令将那些唆使宗王叛乱的将领们全部处死，共有七十七人引颈就戮。脑忽和失烈门遭到贬降，跟随忽必烈王爷出征南方。

事情到此并未结束，蒙哥汗不想就此放过真正的幕后策划人。他让我担当了这个使者，向海迷失皇后和她的另一个儿子忽察转述他的口谕："倘若你们没有跟这些人共同策划阴谋，没有赞同或帮助他们，那么你们该到朝廷来讲明一切，这对你们的前程至关重要。"海迷失皇后当即"赏"了我两个耳光，命侍卫用棍棒把我撵了出去。这且不论，她还站在帐门外的草地上指手画脚，又哭又叫，说："你们所有的宗王都曾经立过誓言，大汗之位永远属于窝阔台家族，别人不得觊觎，不得染指。为何现在又食言自肥呢？"当年，我们跟随母亲、外祖父周游世界各地，也曾见过很厉害、很泼辣的女人，但没有一个可以与海迷失皇后相比。因为她绝不是单纯的泼妇，她通身散发着一种让人恐惧的杀气。你没有看到她当时那双血红的眼睛，我想，如果她带着刀子，一定会先杀了我吧。

从海迷失皇后这里碰了钉子，我只好又来到忽察王爷的住所。忽察王爷一样对我或者说对我的使命充满了反感。他一定认为，蒙哥汗传讯他，是对他莫大的羞辱。开始，他根本不肯见我，可是他身边一位年轻美丽的妃子却私下里召见了我。她很随便地跟我交谈起来，我一眼就看到了她脖子上挂着的形如飞鱼的护身符。

百灵，是飞鱼护身符！

那是外祖父家的家传之宝啊，外祖父曾将其中的一个给了舅舅家的两个女儿，另一个给了我和你。我突然意识到她一定就是母亲多次给我们讲过的舅舅家的那两个女儿之一，心里一阵激动，脱口问道："你叫沈修眉吗？"她很惊奇地看着我，若有所思地回答："我叫沈雪雪，修眉是我的姐姐，她是旭烈兀王爷的夫人。"然后她反问我，"你怎么知道我姐姐的名字？"我差一点告诉她我是谁，但我想起我们对母亲的允诺，只好说我听说的。人们一直都在传言，苏如夫人教养出来的两位姑娘，犹如落在我们草原上的两颗最明亮的星星，所有的王公贵族都希望能将她们迎回自己的帐中。然而，她们长大成人后，一个嫁给了苏如夫人的儿子旭烈兀，一个嫁给了忽察。

我这么一说，她有点困惑地笑了笑，也就不再追问了。她对蒙哥汗即位前后发生的事情问得很细，最后她明确地告诉我，蒙哥汗的即位乃天意。忽察王爷如果执迷不悟，很有可能将整个帝国推入战争的深渊，她一定不允许这种情况的发生。她让我稍等一些时候，她将亲去劝说王爷同我回返蒙古宫廷。而我，这一刻无论她说什么，我都只是机械地点头称是。我心里就想着一件事，她是我的姐姐，是除了父亲和你之外与我血缘关系最近的亲人。而且，她长得真有些像她的姑姑，我们的母亲！不仅外貌像，她的气质，我该怎么形容才对呢？或者说是那种与生俱来的娴雅高贵吧，也一如为我们操劳了一生的母亲。

雪雪姐姐是怎么劝说她丈夫的我不得而知，但忽察出来后对我的态度发生了明显的变化却是事实。他热情地款待了我，雪雪姐姐也在一旁作陪。第二天，忽察便动身与我一同去觐见蒙哥汗，同行的当然还有雪雪姐姐，她要去看望苏如夫人和舅妈，当然此去还能姐妹团聚。血缘关系的力量真是奇妙,雪雪姐姐与我不知不觉中产生了心灵的契合,有了雪雪姐姐相伴,旅途不再孤寂和艰辛,我们很快回到汗廷。

忽察主动向蒙哥汗请罪,承认自己确曾对大汗的使者和大汗本人不敬,但他实实在在没有参与脑忽和失烈门的叛乱。至于他没有参加叛乱的原因,他坦言是因为他娶了雪雪妃子后,对自己以前放荡不羁的荒唐行为深感后悔,渐渐地就与脑忽和自己的母亲疏远了。脑忽决定暗杀新任大汗时,根本就在瞒着他。蒙哥汗听了他的话,笑着问我:"你在中国住过,一定知道中国有句俗话是怎么说的?"我回答大汗:"妻贤夫祸少。""对,妻贤夫祸少!"蒙哥汗说着,哈哈大笑起来,他爽朗的笑声让我明白,他彻底相信了忽察的清白。雪雪姐姐的明智,帮助忽察躲过了这场无妄之灾。

蒙哥汗虽然大度,对于反对者却绝不心慈手软。他听说海迷失皇后拒绝来朝见他,还暗讽他篡夺了本应属于窝阔台系的汗位,顿时勃然大怒,命忙哥撒儿协助我立刻前往海迷失的驻地羁押这位做过皇后并摄政过的女人。忙哥撒儿既是蒙哥汗的亲信将领,又是一位武勇之夫,我算领教了他火爆的脾性。他一到海迷失皇后的帐前,不容分说就让士兵将皇后绑了起来。我不敢阻止他。我知道,即便我阻止,他也不会听我的话,他的背后,站着的毕竟是性情沉毅、敢作敢为的蒙哥汗。

海迷失皇后的双手被缝在皮囊中,就这样被一路带回蒙哥汗的大帐。与她同时被押回接受审讯的还有失烈门的母亲。蒙哥汗仍派忙哥撒儿审讯海迷失皇后,同时让我和另一位史官作文字记录,我用汉语,另一位史官用蒙语。忙哥撒儿的审讯真让人瞠目结舌,他居然命人剥去海迷失皇后的衣服,让她赤身裸体地站在自己的面前。海迷失皇后愤怒地大喊:"我的身体只能袒露在已去世的贵由汗面前,你怎能让我在大庭广众之下如此出丑。"我和史官都看不下去,假装看着我们自己面前的纸和笔。

忙哥撒儿根本无动于衷,厉声开始了他的审讯。在桩桩事实面前,海迷失皇后不得已承认了她鼓动儿子脑忽阴谋叛乱的事实。忙哥撒儿得到了海迷失皇后的口供后,也不去请示蒙哥汗,直接命人用一张大毡将海迷失皇后和失烈门的母亲一并裹起来,投进了波涛汹涌的大河里。可怜一位曾经左右过蒙古政局的女人,竟落得个如此悲惨的结局!

海迷失皇后死后的第二天,人们在尔鲁自己的帐中发现他已神秘地死去。他背靠在帐中角落,身体站立不倒,身上无一处伤痕,也不像中毒身亡。他的脸上有一种表情,一种无法形容的表情。那表情用"恐怖"、用"悔恨",用任何字眼都无法准确描述,却让所有第一眼看到这种表情的人都从心底里感到"毛骨悚然"!

尔鲁究竟是怎么死的?更多的人都在猜测,是由于他恶贯满盈,人不报天报,而我也有些相信这样的说法。

但愿吧。

随着阴谋者被一一剪除,蒙古政局趋于稳定。蒙哥汗留我在汗廷效力。本来,我应该答应他,我的身上毕竟流着父亲的血,为这个朝气蓬勃的新政权效力也是我天经地义的责任。可我犹豫了片刻,告诉他,暂时不行,我还有两件事要办。一件事是先回趟四川,祭拜我的母亲;第二件事是回到萨莱城,亲口求得拔都汗的允诺。蒙哥汗以他特有的宽宏大度答应下来,只是叮嘱我要早去早回。

也许直到这一刻,我才真正理解了母亲让我们回到父亲身边,帮助他、保护他却不要与他相认的深意。她是怕我们卷入血腥的、惨无人道的权力之争中啊,她希望我们的一生都过得宁静、坦荡、祥和。母亲是对的。我们的外祖父出身女真皇族,而他的全家除了外祖父之外不正是因为出身高贵,具有号召力而成为政敌的眼中钉,乃至最终被满门抄斩吗?如今,我又亲身经历了蒙哥汗镇压政敌的全部过程,我看着那么多人在我面前引颈就戮,心里真有种说不出的厌恶,说不出的恐惧。这远不像在战场上与敌人厮杀,战场上,你面对的是敌人,这里,你面对的是同胞。

我开始怀念我们与母亲、外祖父度过的那些优游山林的日子,不过,我清楚,我无法逃避被注定的命运。换言之,我是蒙古人的儿子,所以,不管我多么犹豫,唯一能做的仍是听从蒙哥汗的调遣,为他而战,为他而死。

我打算从四川回来后就去看望父亲和你。父亲年逾半百,我感觉他的身体大不如前,人也苍老了许多。离开他的这段日子我越来越克制不住与他相认的冲动。我真的好想叫他一声父亲。

父亲,但绝不是父汗。他永远不是我们的父汗,而只是将他的骨、他的肉、他的血液做成了我与你的父亲。

我想,我此时开始领悟母亲的真正用意,她是希望我们永远不要为权力迷失了善良的本性,她不让我们相认的只是父亲的权力,而不是父亲本身。百灵,我知道你会赞同我。有的时候,当你与父亲在一起的时候,你的眼神告诉我,父女割不断的情感在你的心中,是比语言更刻骨铭心的依恋。所以,在我回来之前,你与父亲是否相认,以何种方式相认,都由你斟酌而定。

我抓紧时间给你写这封信,诺敏正在安排收拾行装,两个孩子已经等不及要出发了。

对了,还有一件非常重要的事差点忘记告诉你。

在我给你写信的几天前,我专程去看望了耶律铬。他还住在他家的老房子中,他的母亲已经去世,偌大的家中只有他孤身一人,显得十分空阔凄凉。耶律丞相这所房子的建筑风格、式样都与他当年隐居于中都西山时的居所完全相同。大厅里并排挂着耶律丞相在新居落成后题写的两首绝句，很能反映出耶律丞相当时的喜悦心情。如今，耶律恪将它们都重新装裱过了，又增添了几分新意。这两首绝句一首是《题新居壁》："旧隐西山五亩居，和林新院典弄同，此斋唤醒当年梦，白昼谁知是梦中。"另一首是《喜和林新居落成》："登年凭轼我怡颜，饱看和林一带山。新构幽斋堪偃息，不闲闲处得闲闲。"我把这两首诗都记下了抄给你，我知道你一定喜欢。

我和耶律恪聊了许多，心中在想，如果不是因为耶律恪的父亲在遭受乃马真皇后的贬谪之后抑郁而终，使他从此无意于仕途，他完全可能成为像他父亲一样的了不起的政治家和一代名相。他也像他的父亲那样清廉自守，品德高洁。他的家中，除了几件简陋的摆设，就只有书柜上一排一排的书。交谈中我得知他至今尚未成亲，然后，他就有些默默出神，眼神流露出的茫然是你与他分别时我曾看到过的。我怕他不愿让我察觉到他的失态，就起身去翻看他的藏书。不经意的，我发现了和其他书籍一起摆放在书格里的他的画稿，这些画稿他都整整齐齐地装订成册。

当我打开画稿时，我简直惊呆了，画稿上的每一页都是你！从河面吹来的风拂动着你的长发；穿着一身猎装骑在马上的你英姿飒爽；盯着棋盘的你面容宁静安谧……我也不知道自己是怎么回事，突然觉得眼睛酸酸的，只得闭了好一会儿眼睛才继续翻看下去。当我抬起头时，耶律恪正站在我的面前，他的脸涨得通红，大概是因为我无意中发现了他的秘密。

我同样很尴尬，将画稿还给他时半晌无语。

百灵，你是否相信这世上真的有一种男人会把爱情当成自己的生命？如果你不信，这一刻我却信了。

那一年，你为了不离开父亲身边狠心地拒绝了耶律恪，这许多年来他却无时无刻不在思念和牵挂着你。只不过与许多男人不同的是，这些思念和牵挂都被他默默地埋在了心底。

百灵，等我从四川回来后，我将邀请耶律恪和我同行，希望到时你能珍惜这段迟到的姻缘。我知道你其实始终都在深爱着耶律恪，只不过因为你觉得对父亲而言你是唯一的，对耶律恪而言女人却不是唯一的，你才忍痛选择了放弃。现在你已经知道了，对耶律恪而言你同样是唯一的，那么你还会再次放弃吗？

别让我失望，别让父亲失望，有父亲，还有我、诺敏的祝福，做新娘时的百灵一定美得超凡脱俗。

别不赘言，见面再述。

蒙哥元年春齐尼兰萨于汗营

叁

　　太阳终于完全跃出了地平线，在起伏的河面上跳跃的万道霞光敛去了诱人的色彩,渐渐变得透明。日出的瞬间,因为灿烂,所以短暂。草尖上、木屋上,所有残留的阴影都被一扫而尽,新的一天开始了。

　　百灵恋恋不舍地从河面上收回目光,这才发现父亲正慈爱地注视着她,她亦回以温柔的微笑。

　　"真美! "

　　"以前也看日出吗? "

　　"常看。每到一个新的国家,母亲所做的第一件事就是带我和齐尼兰萨去看日出。她说,日出之美就在于你每次所看到的日出和日出时的绚丽留给你的震撼都不尽相同。"

　　"你终于肯对我提起你的母亲了? "

　　"对不起。"

　　"有什么对不起! 不过,我还是很高兴。记得三十年前,一位我深深爱着的姑娘告诉我,她天生是一篷流浪的帆,她的父亲是一只漂泊的船,船不可能安顿下来,帆就不会让船独自漂泊。这许多年来,我常常在想,她一定也看过许多国家的日出吧! "

　　"是的,一定。她叫什么名字? "

　　"清雅。沈清雅。"

　　"就是那一次,她选择了离开您,是吗? "

　　"她想去欧洲旅游,想到埃及去看金字塔。这是她的梦。然后她会回到大理去,因为她母亲的灵魂就安息在那里。"

　　百灵的眼中蓦然溢出了泪水,她慌忙扭过头,望着河面上出现的第一只小船正孤独地摇来摆去。

　　"您所爱着的人是不是就像那只小船呢? "良久,她自言自语。

　　"不。从这里你看不到船上装着什么,听不到摇橹的船夫或许正在快乐地吹着口哨。我也是在很久以后才明白,为什么那一天清雅会对我说,如果她只是得到了我的爱,离开了我后她一定倍感孤独,思念会让她憔悴。可是,当爱在她的心里扎下了根,与爱相守,她的一生将何其富有。可惜我当时根本不明白她在说些什么,我的心被爱与苦涩塞得满满的,一点儿也看不懂她眼中闪烁着的幸福的神采。她并不强求我明白。她坐下来,拉着我的手,坚决地说,我们的缘分只剩下不多的几天了,当缘分尽时,就让所有的情爱随风而去。一旦我走出这座城堡,回到我父亲和祖汗身边,就要把她当作一个虚幻的梦封存在我的记忆中,不要轻易去开启去回忆。她只想成为我的一个美丽的、秘密的梦,除此之外,她别无所求。"

"她说的每一句话,您都记得这么清楚?如果她知道这一切,该有多么开心! 不,她知道,我相信她一定知道。否则……"

"否则,她就不会吹着快乐的口哨,摇着橹穿过一个又一个国家,最后把她最珍贵的一切都卸在了萨莱城。"

"您……原来您早就知道……"

"傻孩子! 清雅她告诉过我啊,她母亲的家族有一种特点,凡这个家族的女孩结婚生子,多为孪生。何况,这世上能有几个人的相貌与她那般相像,能有哪个女孩子有她那种奇异的体香! "

百灵激动地望着父亲,任凭泪水滚滚落下。"可您从来没有追问过我们什么。"

"我已经得到了清雅的恩惠,又何必去在意称谓的改变。尊荣往往与猜忌相伴,清雅那样聪明,岂能不虑及这一层。"

百灵泪眼婆娑地望着父亲:"我懂了。"

"说说。"

"难怪母亲会眷恋您一生。因为您——值得。"

"是吗? 这是我迄今为止听到的最动听的褒奖。"

百灵知道父亲在跟她逗趣,便破涕而笑了。

伏尔加河中的船只渐渐多了起来,船工的号子隐隐可闻。百灵突然想起她与耶律恪初次相遇的情景。

那天,她、齐尼兰萨和诺敏正在琼华岛游赏,见一位书生行吟于长桥之上,如痴如醉,旁若无人。书生布衣麻履,葛巾束发,看样子是位家境贫寒的学子。诺敏调皮,紧随书生之后,学他缓步慢行,或敛首深思,或仰头长吟,齐尼兰萨和百灵远远地躲在一旁,笑得前仰后合,书生竟全无知觉。

诺敏正学得兴起,不料脚下被什么东西绊了一下,惊叫一声,身子向桥栏倾去。书生惊觉,愕然看着诺敏头上的金簪滑落,掉入水中。接着,令人万万没料到的情形发生了,书生看了满脸懊悔的诺敏一眼,竟一个猛子扎入水中。等齐尼兰萨和百灵急忙赶到时,书生已从水中摸到了金簪,笑着抛向诺敏。

这一桩意外使百灵三人,尤其是齐尼兰萨对书生刮目相看,亦成为四人相识的肇端。此后,因为彼此志趣相投,四个年轻人相偕游玩了中都著名的八景:琼岛春阴、玉泉垂虹、太液秋波、居庸叠翠、蓟门飞雨、西山积雪、卢沟晓月、金台夕照,尽情饱览松桧苍蔚、芰荷卷舒,流连歌声戛玉、暗影流香。快乐的时光总嫌短暂。不久,诺敏的父亲兀良合台奉诏要回蒙古草原,诺敏随行,齐尼兰萨和百灵则需回返四川。耶律恪便在玉泉为百灵、齐尼兰萨、诺敏饯行。玉泉位于宛平县西北三十里,山上有石洞三个,甘泉涌出,色如素练,山上建有芙蓉殿,曾为金章宗避暑之处。玉泉垂虹,乃中都八景之一,虽因战乱失于修葺,亭台楼榭多有破败,天然美景依旧。

耶律恪专择芙蓉殿后一平整山石,自备酒菜,与挚友把酒言欢。临别之际,百灵三人方才得知耶律恪竟然是蒙古名相耶律楚材之子……

“孩子,想什么呢?”见女儿默默出神,拔都关切地问。

百灵急忙收回思绪,淡然一笑:“想一个人。”

“是耶律恪吧?”

百灵惊异:“您如何知道?”

“知女莫如父嘛。齐尼兰萨有封信来,信中只说了一件事,就是希望不久的将来我可以为你和耶律恪主婚。”

“是这样啊。”

“孩子,陪我沿河边走一走。”

百灵伸手搀住父亲,顺从地走在父亲身边。拔都的脚疾未愈,行走显得有些艰难。

父女俩边走边谈。他们的话题随意变换着,从耶律恪到蒙古贤相耶律楚材,从乃马真皇后抑沮贤良,到海迷失蠹国乱政,从蒙古帝国经历的十年政局不稳,到蒙哥铁血丹心、澄清玉宇……百灵比任何人都要了解父亲内心的喜悦。两年有余的时光,她亲眼看着父亲为了窝阔台系和拖雷系的皇位之争食不甘味,夜不成眠,如今大局已定,父亲终于卸下了思虑的巨石。毕竟,在父亲的心目中,只有蒙哥汗才是继成吉思汗之后最杰出的一代君主……

拔都似乎从来没有这样愉快过,百灵也从来没有这样愉快过。父女俩无拘无束地闲聊着,想到什么说什么。一个人说的时候,另一个就会认真地倾听。这些年来,百灵与父亲还难得有这样亲密的时刻。

前面出现一个坎沟,百灵的手稍稍钩紧了父亲的肘弯。“小心点,父亲!”她很自然地说道。

拔都蓦然驻足,回望着女儿美丽明净的双眸。由于激动和欣喜,他连眼角的褶皱里都焕发出奕奕的神采。

“你叫我什么?”

百灵深情地回道："父亲！其实在我心里，我已经无数次地这样叫过您了。还替齐尼兰萨。他说，您永远是我们的父亲，而不是我们的父汗。"

"我懂，这也是你们母亲的愿望。我真的很高兴，能做你们的父亲，而不是做你们的父汗。"

"谢谢您，父亲。母亲爱了您一生，我们同样爱您。"

"孩子，能给我讲讲你们的母亲吗？这些年你们都去了哪里？为何又从大理到了四川？"

百灵深情地点了点头。

"从我记事起，我和齐尼兰萨就在马车上或者挑夫的竹筐里颠簸。等我们稍大一些，外祖父和母亲开始教我们认字，哪怕是在旅途中，只要有一点点闲暇，母亲都会督促我们读书、写字。没有纸和笔，母亲就让我们用棍子在地上写。齐尼兰萨是个小调皮，常常偷懒，这时，母亲就会说，等我们长大了，总要回到父亲的身边，如果我们没有真实的才学，她就不会让我们去见父亲，因为我们的父亲是个了不起的大英雄，她不想让父亲为我们感到失望。听她讲父亲的故事，我和齐尼兰萨永远听不厌。就这样，时间一天天过去，我和齐尼兰萨看着日出无忧无虑地长大。旅途艰辛然而快乐，当然有时也难免遇到危险。最危险的一次是我们刚到匈牙利的首都，正赶上蒙古大军要进攻匈牙利，匈牙利人就把我们当作奸细抓了起来。幸亏母亲遇到一位熟人，这个人与别剌四世很熟悉，他亲自向别剌四世说情，别剌四世才特旨放了我们。当时，我们并不知道这支蒙古军的统帅是您。母亲一心一意考虑我和齐尼兰萨的安全，决定暂时先回大理。在返回的途中，外祖父病逝了。按照他的遗愿，我们将他的骨灰撒在了回来时经过的第一条小溪中。本来，母亲打算在大理安定下来，然而不久，她听说一支蒙古军正在四川作战，这支蒙古军的主帅是您的堂弟、窝阔台汗的次子阔端，主将是您的挚友兀良合台将军，便决定带我们去四川成都投靠外祖父的一位朋友。后来我们才知道，母亲当时已经发现自己患了病，她精通医理，感觉这次生病不同以往，很可能因此一病不起，才想尽快将我们送回您的身边。齐尼兰萨特别想参加兀良合台将军的军队，母亲怕他出危险，无论如何不肯同意。事有凑巧，兀良合台将军的人攻陷成都后，大量伤病员需要治疗，而当地大夫人手不够，将军的手下便找到了母亲。这时，齐尼兰萨与诺敏也相识了。经诺敏介绍，齐尼兰萨得到兀良合台将军的器重，让他做了诺敏的侍卫。母亲放下了心，病却一日重似一日，临终前她一再叮嘱我们，要我们到钦察草原找您，但不许我们与您相认。我们唯一能做的事情就是关心您、保护您。窝阔台汗病逝后，将军安排齐尼兰萨护送诺敏到您的封地省亲。我们一路辗转，终于回到了您的身边。以后的事情您都清楚了。自从与您朝夕相处以来,我和齐尼兰萨越来越尊敬和喜欢您,若不是为了信守对母亲的承诺,我们可能早就与您相认了。也许母亲真正担心的只是我们的血统一旦得到认可,就有可能卷入残酷的权力之争,她希望我们尽可能地远离无谓的纷争,而不是真的不要齐尼兰萨和我认祖归宗。我和齐尼兰萨经过了这么多年才开始领悟她的真实用意,事实上我们对权力、地位也从未产生过任何奢望,所以,我们现在终于可以问心无愧地叫您一声父亲了。"

拔都的双目微微濡湿了,他拍着百灵搭在他臂弯上的手,一字一顿、清晰地说道:"我的女儿,你知道吗?当我还是成吉思汗的孙子时,我的命运就被注定了。可是,我的一生却因为遇到你们的母亲更加多姿多彩。你们的母亲是个不同寻常的女人,她对权力不屑一顾,却希望她所爱的人顶天立地。"

他和女儿相依相偎,继续向前走去,语气渐渐变得激昂,掷地有声:"这三十年来,我不曾有一刻忘记过清雅,有许多事我都是在为她而做。现在,我想,我做到了。我,拔都,一个蒙古人,站在伏尔加河畔遥望蒙古草原,祈愿蒙古民族永远昌盛。我的身后,不仅屹立着金帐汗国,更屹立着横跨欧亚大陆的蒙古帝国。这,永远是我力量的源泉!"

百灵扭头凝望着父亲,目光中闪射出骄傲的神采。

即便这一刻她不会知道她父亲所建立的金帐汗国此后将傲立于欧洲长达二百六十二年,并最终悄然影响了欧洲的历史进程和文化发展,她也知道这个与她一起迎接日出的人是她的亲生父亲。

而这,就已经足够了。

蒙古帝国

包丽英 著

③ 皇皇盛世

长江出版传媒　长江文艺出版社

目 录

第一章

蒙哥时代：无限江山

壹

当念到"慈心澹澹,其音已渺;慈恩绻绻,其颜宛在。念母永归,无复来朝;设祭灵前,矢心以辞"时,主祭人的声音明显地哽咽了。泪水不断地滑下他的面颊,滴在祭文上,留下斑斑点点的痕迹。他的鼻翼两侧红肿得厉害,再被泪水浸洇,有种痒痛难耐的感觉。他顾不上去管这些,伴着身后四起的悲声,将祭文投入火盆。

祭文落处,刹那间卷起一团明亮的火焰,随即化作袅袅青烟。当青烟散去,只余一撮灰烬。生命不过如此,无论怎样灿烂地燃烧,终将化为虚无。

主祭人深深地吸了口气,将迷蒙的目光投向草木葱茏的肯特山。起辇谷——成吉思汗家族的墓葬地,便位于肯特山下的某处。八月的一天,这里正在举行苏如(即蒙古四帝之母唆鲁和帖尼)夫人的葬礼。

苏如是成吉思汗幼子拖雷的正妻,亦是蒙哥、忽必烈、旭烈兀、阿里不哥四兄弟的生母。蒙哥登基次年(1252年),苏如因病去世,遗体被送回起辇谷安葬。请旨护灵和主祭的人,正是汗弟忽必烈。

起辇谷的一处空地上,一个巨大的坑穴被事先挖掘出来。坑内,一顶白色的帐幕门扉洞开。夫人的棺木被安放在帐幕正中央,棺木前放着一张长条案,案上摆满了牛肉、马肉、羊肉和马湩、马乳等各色供品。此外,给夫人陪葬的还有九匹鞍具齐全的白色骏马。夫人生前用过的金银器皿、珠宝首饰亦将随她埋入墓穴。

忽必烈来到墓穴旁边,最后一次向母亲的棺木行九叩之礼。从此,能与母亲相见的地方,只剩在梦里。唯有想到母亲能与父亲在天上重聚,心里方略觉宽慰。假如不这么想，他实在不知道用什么方式才能化解汹涌而至的悲伤。

礼毕，人们开始动手填埋墓坑。待墓坑被填平，一万匹马践踏九遍，接着将原先连根揭起的草皮重新覆盖在上面，地貌遂又恢复到和原先差不多的模样。两堆熊熊燃烧的篝火旁边各立一柄长矛，一根指头粗的牛毛绳索系在矛尖上，绳索上缀满各色各样粗麻布布条。两名女性萨满在火堆两边洒水和念诵咒语，这是一种萨满教的净化方式，它既为死者祈祷，也为生者祝福。

当所有的仪式结束后，长长的送葬队伍默默穿过绳索和两堆篝火，顺着来路返回灵帐，他们还要再待一个晚上。

谁都不说话，除了偶尔传来几声马匹的嘶鸣，归途比来时更加沉闷，似乎人们的精气神都已被消耗殆尽。

前面隐隐约约出现了数十座新起的帐幕，忽必烈回头看了儿子一眼，却见真金的眼睛紧紧盯着一个地方，稚气的脸上满是担忧的神色。

忽必烈一惊，顺着儿子的视线望去，才发现引起儿子担忧的人，是侄女墨卡顿。

自母亲苏如夫人去世，墨卡顿一直都在生病。这次远赴起辇谷，蒙哥和忽必烈本不欲让她同行，但墨卡顿坚持要送奶奶最后一程。

墨卡顿是忽必烈的堂兄阔端之女。阔端系蒙古第二任大汗窝阔台的次子，第三任大汗贵由的弟弟，封地在甘青（今甘肃青海）一带。窝阔台、贵由执政期间，阔端亲自主导了吐蕃和平归附，是蒙古政权向元朝过渡过程中一位极有作为的宗王。蒙哥即位当年（1251年）年底，阔端在凉州王府病逝。

阔端膝下人丁不旺，只得三子一女。其长子早逝，幼子只必帖木儿后嗣凉州王位，次子蒙可都与唯一的女儿墨卡顿同时还是蒙哥的养子养女。苏如夫人生前，于众多孙儿女中，最钟爱的孩子正是墨卡顿。临终前她对蒙哥说：她的孙女们，有的是带着她的血脉，有的是带着她的祝福降生，只有墨卡顿，是带着她的心，她的眼睛，她的筋骨来到世间。她希望蒙哥未来让墨卡顿自己选择人生，蒙哥答应了母亲的请求。而忽必烈事母至孝，只要是母亲所爱，他无不视为珍宝。

忽必烈调转马头，来到墨卡顿面前。他跳下马背，对墨卡顿说道："丫头，还剩四五里路呢，不如你跟四叔同乘一匹马吧。"

忽必烈是大那颜拖雷的嫡次子，在拖雷的十个儿子中排行第四。另外两个，嫡三子旭烈兀排行第六，嫡幼子阿里不哥排行第七。

墨卡顿抬头看了四叔一眼。她的脸颊烧得通红，平时神采奕奕的眼睛也仿佛蒙上了一层雾翳。她已然坐不稳鞍桥，身体开始摇摇晃晃。

忽必烈向墨卡顿伸出了手,墨卡顿刚刚握住,蓦觉两眼一黑,整个身体倒向忽必烈的怀抱。

"丫头!"

"姐姐!"真金惊叫一声,拍马来到父亲近前。

忽必烈抱起墨卡顿,将她放在自己的鞍桥之上。他跳上马背,飞快地向灵帐方向驰去。真金紧紧跟随在父亲身后。

经过御医许国祯的治疗,墨卡顿的病情很快稳定下来。许国祯初为金国名医,青年时代来到草原,追随四太子拖雷。蒙哥即位后,许国祯始入宫廷,但他既不愿掌管内医院,又不耐官场束缚,蒙哥考虑到忽必烈即将远征大理,遂将许国祯拨在忽必烈帐下听用。

忽必烈需在次日启程,返回汗营,可见墨卡顿身体虚弱,不免有些犹豫。真金自告奋勇地留下来陪伴姐姐,等姐姐痊愈并为奶奶守灵一百天后再一同返回首都和林(今蒙古国哈拉和林)。年方九岁的真金是忽必烈次子,系王妃察必所生。忽必烈长子早夭,现在真金是诸弟之兄。真金与墨卡顿自幼在奶奶身边一同长大,他们之间的感情远比许多亲姐弟更为亲近。真金关心墨卡顿不假,不过,与其说是他照顾姐姐,倒不如说是忽必烈放心地把他托付给了墨卡顿。

忽必烈返回汗营,蒙哥在万安宫接见了他。忽必烈拜见兄长时,有好一阵儿,兄弟俩相顾无言。

蒙哥从漠南草原紧急召回忽必烈,一为母亲病重之故,他想让忽必烈与母亲见上最后一面;二为商议兵进大理一事。

蒙古帝国在窝阔台(1229年至1241年在位)去世后,经历了六皇后乃马真摄政、贵由登基称汗和贵由皇后海迷失摄政三个时期,三个时期加起来将近十年。这十年,堪称蒙古政局混乱不堪,汗廷毫无作为的十年。应该说,若非窝阔台系明显缺乏令人信服的领袖人选,蒙哥未必能从窝阔台一系手中夺取汗位。

蒙哥登基后,立刻对朝政进行了大刀阔斧的整顿与改革。短短一年,蒙古军政秩序渐次走向正规,举国上下处处呈现出兴旺景象。而权力的稳固,经济的复苏,士气的高涨,也激发了蒙哥继续开疆拓土的热情。

多年前,成吉思汗第一次西征结束后,将新的征服地——原西辽国诸城、花剌子模辖地、斡罗斯诸公国一分为三,分封给除拖雷以外的其他三位嫡子,这些封地后来成为金帐汗国、察合台汗国、窝阔台汗国的雏形。三大汗国在窝阔台、贵由和蒙哥统治时期,共同听命于中央政府。

俟成吉思汗回师本土，波斯局势出现动荡。逃往印度的花剌子模末代王札兰丁不被印度王容留，只得转回波斯，寻机收复失去的国土。

花剌子模君主摩诃末·沙死后，诸子只余札兰丁与嘉泰丁二人。其中，嘉泰丁的实力强于其兄。嘉泰丁为人暗弱淫佚，手下将领多割地自主，兵燹之后，往往继以暴征。另外，嘉泰丁的军队多由突厥人组成，嘉泰丁无法给他们提供军饷，只能听任他们强夺民物，胡作非为。嘉泰丁的无能，令札兰丁有机会夺取其麾下军队。之后，札兰丁领兵攻下伊剌克、呼罗珊、阿哲尔拜展、谷儿只等地，实力的壮大，使札兰丁有资本与蒙古军展开了长达六年的拉锯战。

札兰丁在波斯复辟的消息传至汗廷，窝阔台派名将绰儿马罕率三万蒙古军往征札兰丁，绰儿马罕先下呼罗珊，随即进兵伊剌克。

几番接战，窝阔台汗三年(1231)八月，札兰丁兵败逃入山中，在劫掠随后逃入此地的库尔德人时遭到杀害。札兰丁既死，绰儿马罕迅速稳定了封地秩序。后又经拜住、宴只吉带二将对波斯高原用兵，至蒙哥统治时期，只剩木剌夷、报达、西里亚三国尚且处于独立状态。

暂时，蒙哥尚未将注意力转向这几个国家，他关注的重点在于南方。蒙古征服西夏与金国后，开始与占据西南、南及东南的三个国家——吐蕃、大理，南宋直面。吐蕃在二任汗窝阔台和三任汗贵由时期，通过皇子阔端的多年经略以及他与萨迦派第四祖萨迦·班智达的凉州会谈，已正式归附蒙古。解除了来自西南的后顾之忧，征服南宋必先征服大理已成为蒙古君臣的共识。

南征目标既定，推进时却面临着现实困难：南宋方面实行了坚壁清野，汗国经济尚在恢复中，蒙古缺少立刻对大理国发动进攻的条件。为此，蒙哥派胞弟忽必烈开赴漠南汉地，置经略司于汴梁，向四川、两淮、襄阳等方向的各军事要地均派驻镇守部队，使其屯田，防守兼备，以图宋朝。

这次召回忽必烈，蒙哥就是要听听他的汇报。

贰

忽必烈总领漠南军事后，在郝经、赵璧、姚枢等藩府汉臣的帮助下，一边忙于在南宋京湖、两淮防区的北部重镇唐、邓、汝、蔡、亳、颍等州筑府屯田，一边在河南大治弊政，兴利除害。

作为全部计划之一，忽必烈经中央批准，命六朝(指成吉思汗、窝阔台汗、乃马真摄政、贵由汗、海迷失摄政、蒙哥汗六朝)老将、都元帅张柔移镇亳州；命万户史枢驻守唐州，命万户史权镇守邓州。史枢、史权二人皆为六朝元老、国公史天泽的侄儿，天泽行三，史权系天泽长兄天倪之子，史枢系天泽次兄天安之子。同时，蒙哥亲旨对巩昌总帅汪德臣委以重任，命他修复历次攻蜀战争中遭到毁坏的沔州城垣和房屋，重置官署。德臣顺利达成使命，受到蒙哥嘉勉。

德臣其人，系世显长子。

金国初灭，蒙古与宋朝以陈州、蔡州为界，平分河南诸地。蒙古撤兵后，只留下一支汉军在陈蔡以北驻守。宋廷见有机可乘，试图一举收复"三京"(即汴京、洛阳、归德，也即今开封、洛阳、商丘)，理宗皇帝派大将集结兵力北上，却因各种原因失败而还。窝阔台怨怒南宋背盟，兵分三路对南宋发动进攻，他将西路军的统率权交给了次子阔端，任务是攻取四川诸地。

虽为窝阔台次子，阔端既不像兄长贵由那样，身后有个强势的母亲为其支撑，也不像三弟阔出那样，自幼深得父亲宠爱。相反，生母早逝令阔端在孩提时代承受过太多委屈，也几乎从不被父亲关注。所幸阔端意志顽强、胸怀大志，当他长成少年，逐渐展露出令人惊叹的行政管理能力和军事指挥才能时，他的才智渐为祖父和父亲所认可。西征结束后，成吉思汗开始让他像拔都、蒙哥等人一样独当一面。窝阔台即位后，更是将原西夏故地交与次子治理。

其时其地，金国虽亡，仍有秦(今甘肃天水)、巩(今甘肃陇西)等二十余州未下，尤其是亡金巩昌府总帅汪世显据地坚守，不肯出降。倘若阔端率西路军离开陕甘，最担心汪世显兵出巩昌，抄其后路。为确保无虞，阔端决定暂缓南下，改道西进，先行收复秦巩未降诸州。

十月，西路军进至巩昌城下，做好攻城准备。不料这时战局发生变化，汪世显不战而降，率着老军民，携牛羊酒币，迎候在道旁。阔端也不下马，传来世显，问道："我征伐多年，所到之处皆望风而降，为何只有你据城固守，与我对抗？"

世显神态从容，不卑不亢地回答："身为人臣，岂可有负圣上重托？卖主求荣之事，罪臣断断不会做，不屑做。"

"金亡已久，你究竟为谁而守？"

"国虽亡，君虽逝，身为主帅，却不能不为巩昌城无数军民着想。大军一批批攻来，罪臣无所适从。今观大王所率军队，宽厚不杀，罪臣思虑大王必能保全合城军民，是以出城来降。"

阔端闻言甚喜,这才跳下战马,与世显正式叙礼相见。礼毕,阔端主动与世显携手入城,一路谈笑风生。阔端的性格与长兄贵由完全不同,既不好大喜功,又遇下多有恩义,是以部将皆愿为其所用。他对世显一见如故,早怀将其收在麾下之念,而世显见阔端质朴随和,虚怀若谷,亦萌相随效力之心。

当晚,阔端在军帐设宴款待世显全家及部曲。其时世显膝下已有五子(世显共七子),次子德臣年方十三岁,进退得体,眉目聪慧,十分引人注目。阔端问些读书鞍马之事,唯德臣对答如流。阔端格外喜爱这孩子,遂让德臣入王府随侍左右。

阔端仍委世显巩昌府总帅一职,世显欣然拜受。

对世显下属,阔端一律予以任用重赏。世显表示,愿尽起巩昌诸军从征蜀地,阔端喜悦,问以征南大计。世显胸有成竹地回答:"当年,成吉思汗攻金时,唐朝名将郭子仪之后郭宝玉观天而降。成吉思汗垂问平定中原之计,郭公回说,'中原势大,不可轻忽,西南诸蕃勇悍可用,宜先取之,借以图金,必得志焉。'成吉思汗深以为然,遂以武力震慑诸蕃,不使其成为金之鹰犬。但当时成吉思汗进攻重点不在诸蕃,而在西方。今夏、金相继灭亡,蒙宋交恶,天子若志在统一中国,末将仍以郭公之计奉主帅——灭宋,需先平定西南诸蕃,南方大理。"

世显逝后,德臣继续受到重用。德臣青出于蓝,勇冠三军,名动蒙宋。蒙哥即位之初(1251年),南宋名将余玠趁蒙古政局未稳,重整四川防务,直达被蒙古占领十几年的汉中地区。德臣与邻近各军昼夜驰援,余玠闻其名而退。不久,蒙哥召德臣入朝,换赐新符印,令其仍任原职,德臣所奏地方利病诸事,亦被蒙哥悉数采纳。

忽必烈受命总理漠南军事,少不得德臣等能臣名将辅佐。日后,德臣之兄弟子侄将为忽必烈之臣,这里预作交代。

在接到母亲病重的消息返回和林前,忽必烈已派出使者赴大理谕降。不过,多年的经验告诉他,不经过战争,蒙古不可能拿下大理。

蒙哥先询问了安葬母亲的情况,忽必烈回说一切顺利。

"起来吧。"蒙哥指指鼓凳,示意忽必烈坐下说话。

忽必烈的神情显得哀伤、倦怠,他并未从母亲长逝的痛苦中挣脱出来。

"墨卡顿没事吧?这孩子走的时候一直发着高烧,我说不让她去,她不肯,真是个倔丫头。"

"额吉安葬那天,她昏倒了。我让许御医给她做了诊治,总算退了烧,病情也稳定下来。这孩子,重感情,明事理,难怪额吉在世时把她当成眼珠子般珍爱。"

蒙哥点头，"论起事亲至孝，我自己的几个儿女，还有那么多侄儿侄女，谁也赶不上她和真金。对了，真金回来了吗？"

"没有，他和墨卡顿在一起。"

蒙哥一副早已料到的表情。

蒙哥于众多子侄中一向偏疼真金。真金虽年幼，却十分懂事。蒙哥登基后，一次因生病身体发热，夜晚烦躁难以入眠。依祖制，大汗、宗王生病，兄弟子侄需轮流侍疾。别的孩子常常是陪着陪着就睡着了，只有真金，为了让伯汗减轻病痛，整整一宿一眼未合，边陪伯汗聊天，边用新汲的井水为伯汗擦拭身体。第二天早晨，蒙哥的烧完全退了，他这才发现，真金的一双小手被冷水激了一夜，手背、手心都已皲裂，却居然一声未吭。当时，蒙哥心疼地埋怨真金，真金却笑着说："没事儿，侄儿并不觉得多痛。伯汗生病，侄儿只恨不能以身相代。伯汗是我蒙古国的希望，只要伯汗平安健康，侄儿于愿足矣。"

真金并非只是嘴上说说。后来又有一次，蒙哥背部长痈，深受其苦。真金从大夫那里听说，只有将毒疮里的脓血清理干净，疮口才容易愈合。这孩子竟不嫌污秽，用嘴将其毒疮里的脓血一点点吮出。亏了他，蒙哥的病很快痊愈。这两件事令蒙哥对真金的品性有了深刻了解，也令他爱惜这个孩子胜如亲生之子。

忽必烈当然清楚兄长的这番感慨发自内心。他沉默片刻，将话题转到他最近正在筹划的一件事上。

"大汗容禀：臣弟自经营漠南汉地，按照大汗安排，遣张柔、史权等屯田唐、邓等州，授之兵牛，敌至则战，敌退则耕，确实在很大程度上起到了加强西起邓州，东至黄河口的防卫能力。但臣弟考虑，河南、四川等地的州治多在水上筑成，今既派将屯田镇守，何不因势利导，同时开展蒙汉两军的水上训练？"

"这个计划有点意思，你不妨再说得详细一些。"

"大汗本意，屯田是为日后征宋战争做好粮食储备，落实到具体操作，镇守军队不同程度地在沟通水运方面做了大量工作。比如张柔，他在亳州开通河运，立栅水中，遍置侦逻于水路，确实起到了训练水军的作用。我们与南宋一战，最后必定决于水军力量的高下。依臣弟愚见，我们何不将张帅的做法推广开来？大汗知道，邓州、唐州的治所建于汉水支流的湍水、堵水，颍州的治所建于颍水，光州的治所建于淮水支流的黄水等，这些地方都适于我们建立水军。其实，自祖汗以降，为适应战争需要，我们在全骑兵的基础上陆续建立了边兵、签兵、炮兵、步兵、通信兵、水兵等七个新兵种；到窝阔台汗时代，又组建了匠军这样专门的技术兵种和质子军。与别国相比,我们也算得上诸兵种俱全。另外,我们在统一蒙古、征西辽、攻西夏、灭金以及祖汗、拔都汗、绰儿马罕的三次西征(绰儿马罕的第三次西征一般认为是为成吉思汗的第一次西征扫尾。史书上所载的蒙古第三次西征,专指旭烈兀西征)中,炮兵、通信兵、工兵这三个兵种算是发展最快的。比较之下,只有水军发展明显滞后。未来,我们若想征服南宋,须尽快建立起一支强大的水军才行。"

蒙哥怀着一种无以名状的心情注视着四弟,并未立刻做出答复。祖父在世时,母亲在世时,常说四弟"思大有为于天下",如今,经过一年独当一面的历练,四弟越发表现出不凡的政治抱负和政治远见。仅从才能评判,他的三个胞弟各有所长,忽必烈心机深沉,敏慧好学,胸怀大志;旭烈兀英勇善战,指挥有方;阿里不哥崇尚武功,荣誉感极强。他们中无论哪个都能让他委以重任。然而,在三个胞弟当中,最让蒙哥感到放心不下的,恰恰是四弟忽必烈。若说蒙哥本身是一切旧有传统、旧有法律和旧有规则的维系者,忽必烈则一直在做着改变和打破这旧有一切的尝试。当然暂时,兄弟间若有若无的矛盾被很好地隐藏于"让马蹄踏出更远"的豪情壮志背后。即便如此,蒙哥面对四弟时,总无法避免让感情的天平在爱护与猜忌间摇摆不定。

"大汗?"忽必烈丝毫不去回避兄长探究的目光。兄长那张棱角分明的脸庞,在他心中一向代表着智慧与决断。事实上,他从孩提时起就对兄长怀有一种类似于对父亲的敬重。此刻,他只是对兄长的沉默感到奇怪。

蒙哥"唔"了一声,匆忙收回飘远的思绪,走下桌案,在忽必烈对面的鼓凳上坐了下来。兄弟俩离得如此之近,忽必烈蓦然发现,登基后不间断的操劳,令兄长的形容发生了不少改变:依旧深邃的目光,却遮不住岁月在额头、在眉眼、在两颊、在唇角刻下的憔悴与苍老;算不得魁梧却绝对算得上挺拔的身躯,如今因终日伏案,竟出现了些微的佝偻;气势虽在,曾经的意气风发却已消失不见,反而呈现出一种无以言说的孤寂……

看着面前既熟悉又陌生的兄长,忽必烈的心中不禁更加难过。

叁

"忽必烈。"

"是,大汗。"

"你的想法很好,就这么办吧。若在临水州治建立水军,利州(今四川广元)应该是首选地点。利州治在汉水,又是入川的咽喉要冲,战略地位重要,兼占天时地利之便。依我之见,当务之急还是要在川蜀之地建立起稳固的战略阵地。如你所说,一是修筑利州,驻守屯田其地,二是从蜀地监视西羌,不使蕃人断我后路。你觉得诸将中谁堪当此大任?"

"这个么,大汗心中一定早有合适人选。"

"你呀,还是一如既往地敏锐,一下子猜中了我的心思。"蒙哥微叹,语气似赞似嗔。停了停,他又说道,"数月前,我命汪德臣领兵入蜀,亦是为你南征大理做个铺垫。"

蒙哥汗二年(1252年)冬,汪德臣领兵入蜀,掠成都,迫近其南一百五十公里的嘉定(今乐山),后虽被余玠率援军击溃,德臣却如蒙哥所愿,成功地打通了忽必烈南征大理的通道。

遗憾的倒是余玠——当然对蒙古君臣来讲是件好事。余玠经略四川功勋卓著,并取得嘉定会战的大捷,反遭谗臣妒忌诬陷,被皇帝(其时正值理宗在位)召还临安(今杭州)。余玠本想向皇帝申辩,岂料皇帝避而不见,根本不给其分辩的机会。这位与孟珙齐名的南宋名将愤懑成疾,于七月在家中服毒自尽。余玠死后,生前官职尽被削夺,家属、亲信亦遭迫害。

"大汗深谋远虑。将利州交给德臣,他必不负大汗所托。"

"既然我们的想法一致,这道旨意不若由我亲自来拟吧。"

"大汗……"

"怎么了?"

"拟旨的事交给阿兰答儿好了。大汗事必躬亲,岂不太过劳累?我真的很担心你的身体。"

"不妨事。倒是你,母亲的葬礼刚刚办完,你刚从起辇谷返回,何不在汗营待上一段时间,休整一下也好。你说呢?"

"大汗的好意臣弟心领了。臣弟想将漠南军务安排妥当,早日出兵大理。"

"哦,你打算何时离开?"

"明日一早。待征服大理,臣弟再与大汗倾心长谈。"

蒙哥多少有些难舍,"也罢。"

南征和西征,是蒙哥征服计划中的两环,他把南征的任务交给了四弟忽必烈,西征的任务交给了六弟旭烈兀。蒙哥的弟弟们皆有才华,他们都是在蒙哥的新政权中最受信赖和倚重的人。

即使忽必烈远在漠南,也听说过几个月前在和林所发生的一起针对蒙古大汗的暗杀活动。事实上,这起暗杀活动,成为蒙哥组织第三次西征的导火索。

被派来执行暗杀任务的,是亦思马因宗教国的四百名刺客。

亦思马因宗教国亦称木剌夷。"木剌夷",阿拉伯语原义为"迷途者"。亦思马因派是伊斯兰教什叶派的一支,起源于阿里第六代继承人亦思马因,后以其名为国名。哈散萨巴执政时是该教派最强盛的时期。十一世纪末哈散从塞尔柱王朝的突厥人手中夺取阿剌模特堡,并以此作为根据地逐渐占领了附近诸乡,组建了鲁德八儿地区,在险峻之处建堡以守。其后,他还派遣传教士到库希斯坦地区扩大自己的势力范围,据险设堡,招收门人,从而建立了一个独立的宗教国家。

这个国家素有"暗杀之国"的称谓。其君主自称"山中老人",是个令人闻之胆寒的人物。此人统治期间,广蓄死士,灌输盲从思想,门徒亦多以刺客为主。但凡君主有命,死士、刺客便奔赴各地,专门进行暗杀活动,这也是亦思马因人被良善的伊斯兰教徒称为"木剌夷"的由来。

成吉思汗西征花剌子模时,木剌夷教主札勒哀丁致书蒙古,纳款请降。札勒哀丁逝后,其子阿老瓦丁嗣位,时年九岁。阿老瓦丁自幼娇生惯养,又未受系统教育,这使他养成了唯我独尊的性格,绝不允许任何人对他稍有忤逆,也不允许任何人告之以凶讯,否则,必遭严惩。

及长,阿老瓦丁患有心疾。医生担心性命不保,无人敢为他诊治,门下教徒同样不敢将实情禀报,结果,阿老瓦丁心疾加重,导致疯癫。如此一来,大家对他更是避之犹恐不及。

阿老瓦丁独处在闭塞的环境里,人们看他昏昧不明,国事日非,开始寄希望于他的儿子鲁克赖丁。阿老瓦丁本来已将鲁克赖丁立为储君,当他发现自己的儿子深受臣民爱戴时,又产生了强烈的忌恨。依照该派教规,初次指定便不能挽回,他欲改立他子为嗣,臣民不服,结果导致父虐其子,子不信父,父子矛盾加剧。

这且不论。这样一位时而清醒时而疯癫的君主,不知为何突然将暗杀矛头指向了蒙古大汗。

汗廷守备森严,想接近蒙哥汗势比登天。先行潜入和林的刺客行踪很快被蒙古方面侦知,这些人中不及逃走者均被蒙哥的卫队控制起来。经过严刑拷打,他们交代了此行的人数和任务。

蒙哥在万安宫看过亦思马因人的口供,不由得勃然大怒。

想他与亦思马因教主相隔甚远,竟蒙教主"看得起",一出手就向和林派出了如此豪华的刺客阵容。

十多年前，蒙哥率领拖雷系长子远征军出征，路过西域时，哥疾宁大法官苫思丁前来谒见。苫思丁身着镇子甲，蒙哥惊闻缘故，苫思丁回答，他常穿此甲，是为防止被亦思马因人暗杀。随即，他向蒙哥详述了亦思马因人的暴行。蒙哥对这件事记忆犹新，没想到他还没有腾出手来重整和重建波斯秩序，亦思马因教主倒先派遣刺客，向他发起挑战了。

了解了刺杀案的始末，蒙哥命汗使去传旭烈兀入见。

一早，旭烈兀奉旨来到万安宫。蒙哥留他研究敌情，整整一上午俩人几乎没动地方。中午时，蒙哥倒没觉得什么，他早已习惯日理万机，旭烈兀却深感疲倦，对于长兄的勤勉，他真是想不佩服都不行。

旭烈兀的个性好动不好静，堪堪盯着地图和情况介绍看了一上午，他只觉得头昏脑涨，哈欠连连。见他这样，蒙哥好笑之余，不免有些担心。旭烈兀前去征战的三个国家，大都属于难啃的硬骨头。蒙哥最怕的是旭烈兀不能对敌情做到了然于胸，会引起指挥上的误判。转念一想，旭烈兀本人英勇善战，粗中有细，手下人才济济，特别是有像乞的不花、郭侃这样的名将辅佐。他既决定将西征重任交给胞弟，便应该相信胞弟能够审时度势，不辱使命。

蒙哥将地图推在一边，侍卫长玉昔帖木儿进来询问是否开饭，蒙哥遂留旭烈兀在万安宫吃了一顿简单的午餐。即将远征，旭烈兀最挂念的人还是四哥忽必烈。自蒙哥登基，兄弟阴差阳错，已有一年不曾见面。

旭烈兀拜辞蒙哥，举步欲行，突然想起什么，说道："大汗，你这样不对。"

蒙哥没听懂，问："什么不对？"

"你不能一味操劳，要多当心身体才行。说真的，我和四哥都很为你担心，你看看你，最近又消瘦了许多。"

蒙哥心头一热，忽必烈也不止一次对他说过同样的话。父亲去世后的艰难日子里，他与弟弟们风雨同舟，这让他们兄弟间的感情十分亲密。

"这个，你无须担心。"他微笑着说，又嘱咐玉昔帖木儿，"传阿八哈来见我。"

阿八哈是旭烈兀诸子之长，出生于窝阔台汗六年（1234 年），比忽必烈的次子真金年长九岁。阿八哈自幼常随父亲出征，深得父亲器重，已被立为王位继承人。

在众多子侄中，除真金外，数阿八哈最得蒙哥钟爱。这两个孩子，几乎都是蒙哥看着长大的。

蒙哥召见阿八哈的目的，是要侄儿将三个目标国的有关情况写份简明扼要的报告给他，不只要写，还需背熟。而再次召见阿八哈的时间，定在三天后。

在拖雷家族，在蒙古帝国，从未有人敢真的冒犯蒙哥的威严。任何人，甚至对蒙哥有知遇之恩的金帐汗拔都甚至忽必烈甚至旭烈兀都不具备这样的胆量，更别提作为子侄辈的阿八哈。此时，见伯汗明确下达了任务，阿八哈纵然满心不情愿，也只得苦着脸接受了这个对他来说根本没有可能完成的任务。

阿八哈的为难，蒙哥假装没看见。

肆

奇迹出现了。

三天后，阿八哈不仅将报告交给了伯汗，而且面对伯汗侃侃而谈，思路极其清晰。

阿八哈呈给伯汗的报告分为四个部分，前三个部分是关于三个国家——木剌夷、报达阿拔斯王朝、西里亚的情况简介，第四部分则是关于这三个国家的地理军事概况。

不久前刚发生木剌夷刺客刺杀蒙古大汗一事，阿八哈对这个国家最熟悉。讲述完木剌夷的情况，他转入对报达阿拔斯王朝和西里亚的介绍。

八世纪中叶，奴隶出身的波斯人阿布·穆苏里姆，在呼罗珊发动起义。他主张减轻租税，取消劳役，在社会下层获得广泛响应。他与倭马亚哈里发的军队展开激战，大获全胜。可惜由于各种原因，胜利果实被伊剌克大地主阿布·阿拔斯篡夺。

阿拔斯自称哈里发，建立了阿拔斯王朝。在中国史书上，其国被称之为东大食或黑衣大食，首都为报达（今巴格达）。八世纪中期至九世纪中期是该国的黄金时期，藩属国众多，辖地深广，整个阿拉伯国家的农业、手工业和商业极其繁荣，首都报达不仅是政治、军事中心，还是手工业及商业中心。来自埃及、印度、中国、东罗马的商人云集此处，商品皆经水路达遏水和额弗拉特河（即幼发拉底河）输入和输出。

十世纪开始，层出不穷的农民起义和内部倾轧造成阿拔斯王朝的衰落，其领土日益萎缩，只剩下报达周围的狭小地域。十一世纪中期，塞尔柱突厥人侵入报达，其首领自号"算端"，掌握军政大权，哈里发仅在名义上保有了伊斯兰教袖的地位。

窝阔台汗十三年(1241年),穆斯塔辛即位,是为黑衣大食第三十六代君主。穆斯塔辛专务逸乐而不理朝政,故该国政治状况极不乐观。

西里亚属于亦思马因派势力范围,系西里亚之库尔德人萨拉丁废去埃及法提玛王朝最后一个哈里发而建,萨拉丁自称算端,在埃及建立阿尤布王朝(1171年至1259年),以武力收复了西里亚、大马司(即大马士革)和两河流域的北部地区。随后,萨拉丁在提庇里亚战役中消灭了十字军主力,陆续收复了阿克、提尔、西顿、贝鲁特等沿海城市,占领耶路撒冷。至蒙哥汗统治时期,该国趋于衰败。现在的纳昔儿王软弱无能,但西里亚的大部分地区仍在其统治之下。

四个部分中,只有最后一节才是阿八哈的兴趣所在。他从八岁起随伯汗和父王出征,养成了关心敌方地理环境、城防部署、军队配置的习惯。

这部分文字最为详细,阿八哈只拣紧要的内容做了介绍——

木剌夷、报达、西里亚三国,其版图西起地中海东岸,东抵申河,北起黑海、里海与咸海一线,南达波斯湾、阿曼湾与阿拉伯海(领土包括今天的土耳其、伊朗、伊拉克、叙利亚、阿富汗、黎巴嫩、巴勒斯坦等国全境与约旦、巴基斯坦以及中亚和高加索地区的部分国土)。其境大部处于波斯高原,一般在海拔九百米至一千五百米之间,境内东北部为厄尔布尔士山脉,地势大体由东北向西南倾斜。

亦思马因人在厄尔布尔士的主脉与支脉之间据险设堡,建立了库希斯坦与鲁德八儿地区。库希斯坦地区以哈音城为首府,另设两个军事重镇,三城按东、西、南依次排列,成三足鼎立之势,相互照应,使攻城者难以各个击破。鲁德八儿区地处里海正南厄尔布尔士的主山脉中,地形最为险固。它以阿剌模特为主堡,亦思马因派教主多居于该堡之中。

阿拔斯王朝以兴都库什山脉为东大墙,连绵的群山对东面来敌形成阻碍。山带以西为额弗拉特河和达遏水冲积而成的美索不达米亚平原,即古巴比伦文化的发祥地。这一地域交通方便,物产丰富。首都报达城处于达遏水中流,跨河分为东西二区,内设子城,城墙上筑有戍楼一百六十三座,防御能力极强。

西里亚西临地中海,东邻报达国,北界土耳其,南接埃及。国内较大的河流有额弗拉特河,都城大马司是政治、宗教、军事中心。其地形状况除沿海地带有狭长的平原、绿洲和南部的沙漠外,全境大部以高原、低丘为主。东北部的一小块美索不达米亚平原地带为西里亚最富庶和交通便利之处。其国城防不及木剌夷和报达。

蒙哥的确没想到阿八哈能交出这样一份文辞简练、言之有据的报告。阿八哈酷似其父,颇有武将风度,刀箭功夫出类拔萃,却不喜读书,不善积累。蒙哥有意难为这个孩子,正为了借此提升他的能力。

出人意料的是,阿八哈不但完成了任务,而且完成得相当出色。喜悦之余,蒙哥赏赐给阿八哈一柄宝刀,还允许阿八哈到自己的马厩里,随便哪匹马,只要相中就可以骑走。

阿八哈不放心,叮问:"无论哪匹马都行?伯汗最心爱的御马也行?"

蒙哥一笑,"君无戏言,哪匹都行。"

阿八哈谢恩,匆匆而去。他生怕伯汗过一会儿会改变主意。

蒙哥目送着阿八哈的背影消失在宫殿之外,摇摇头,嘴角溢出一丝微笑。

"你也来看看。"他拿起报告,递给了正在一旁侍立的阿兰答尔。

阿兰答尔青年时代做过蒙哥的宿卫,是蒙哥驾前最受倚重的大臣之一。此人才华出众,足智多谋,对蒙哥忠心耿耿。蒙哥一朝的旨意,多经阿兰答尔之手起草。

阿兰答尔接过报告,飞快地浏览了一遍。

"你的想法如何?"

"言简意赅,面面俱到,文字丝毫不见生涩繁复。这……大汗,恕臣直言,阿八哈王子应该写不出这样的报告。"

蒙哥不以为意,"写出来写不出来又有什么关系。"

"恕臣愚钝,臣不明白大汗的意思。"

"阿八哈已将报告内容烂熟于心,如此便足够了。何况,能为阿八哈写出这个报告的人,一定不是等闲之辈。阿八哈的身边有此等能人辅佐,是阿八哈的运气,也是旭烈兀的运气。阿八哈将来是要继承王位的,身为主君,必须具备发现人才的眼光和笼络人才的手段。"

"原来大汗的想法如此——但不知这位能人是谁?"

"不瞒你说,我也有些好奇。不过,还是装糊涂的好。阿八哈正在兴头上,别辜负了他这三天认真准备的辛苦。"

蒙哥和阿兰答尔都没猜错,阿八哈身边确有能人相助。这个能人,其实还只是个十六七岁的少年。阿八哈与少年有很深的牵绊,却没有很深的缘分。若干年后,长大后的少年将成为忽必烈的驾下之臣。

"大汗真是疼爱自己的侄儿。"阿兰答尔微微慨叹。

"我希望祖汗开创的事业后继有人。何况,你说得不差,我虽有数十个侄儿,但我的确比较偏爱真金和阿八哈。尤其是真金。这孩子一片纯孝之心,纵然是我自己的儿子,也有不能与他相比之处。"

阿兰答尔点头。虽然,阿兰答尔从不喜欢四王爷忽必烈,可真金只是个孩子,他对真金不怀偏见。

阿兰答尔建议蒙哥休息一会儿,蒙哥拒绝了。阿兰答尔还想再劝,见蒙哥已开始批阅奏折,只得诺诺而退。蒙哥自登基以来,经常处于极度操劳的状态,阿兰答尔不能不为他的身体感到担忧。

伍

蒙哥是蒙古帝国第四任大汗(1251 年至 1259 年在位)。

汗位从窝阔台系转入拖雷系,或许日后在一定程度上造成了政局动荡,但在蒙古四任大汗中,蒙哥的确是一位堪与成吉思汗和窝阔台汗相媲美的君主。

何况,拖雷系取窝阔台系而代之,不能不说事出有因。

窝阔台登基时,与会王公贵族发下誓言,将汗位约定在窝阔台一系。窝阔台诸子中,最优秀的当属次子阔端,然而窝阔台一向钟爱三子阔出,六皇后乃马真则偏爱长子贵由,汗位显然与阔端无缘。

阔出在征南前线病逝,窝阔台又将其子失烈门立为汗位继承人。自此,窝阔台的儿孙们围绕汗位的争夺从来不曾停止过。

1241 年腊月,窝阔台病故。按照他的生前安排,应由失烈门继承汗位。然而,还是少年的失烈门未有机会建立起令人信服的功业,人们对他并不心服。加上乃马真百般阻挠,他的登基之路困难重重。

乃马真想将长子贵由推上汗位,同样遭到抵制。最大的阻力来自于金帐汗拔都。远在萨莱的拔都,身份太过重要,他既是成吉思汗长子术赤之子,又是金帐汗国的创立者,他的意见人们不敢不认真对待。另外,贵由遇下寡恩,这也是他不受拥戴的内在原因。

至于窝阔台的其他儿子,阔端经营着西夏故地,无意卷入大哥与侄儿的汗位之争。另外,他多承四姊苏如顾惜之恩,亦与蒙哥私交极好。合失酗酒,早于父亲亡故。合丹曾与贵由一同参加第二次西征,西征军攻下基辅后,发生了贵由公然羞辱统帅拔都一事。当时,对于胞兄的气量狭隘,合丹深感羞愧,可以说,这件事在合丹心中留下了难以消除的阴影。

窝阔台的儿孙不能团结一心,毋宁说正是汗位易主的先兆。

贵由派与失烈门派争执不下的结果,是忽里勒台(指集会)上王公贵族被迫做出由六皇后乃马真暂摄国政的决定。

在近五年的摄政中,乃马真总算为长子登基铺平了道路,贵由如愿成为蒙古帝国第三任大汗(1246年至1248年在位)。贵由执政期间,政局依旧混沌不明,他本人体弱多病,大汗的舞台似乎并不适合他。至少,他没有机会展现出令人信服的才干。

贵由在位不到三年崩逝,其后,由皇后海迷失暂摄国政。海迷失本人以及她与贵由所生诸子的倒行逆施迫使人们思考, 当年的约誓是否真有遵守到底的必要? 为了遵守誓言,是不是就必须以国家的灭亡作为代价?

累积十年的弊政需要一个强有力的领导者来革除,蒙哥正是在这种强烈求变的心理中真正进入人们视野的。

其后,经过一番激烈的斗争,在金帐汗拔都的热心拥戴以及绝大多数人的拥护下,蒙哥成为蒙古帝国第四任大汗。蒙哥登上汗位的第一件事,便是惩治异己势力,巩固拖雷系从窝阔台系夺取的权力。

蒙哥在位时,已有的三大汗国——金帐汗国、察合台汗国、窝阔台汗国共同听命于中央政府。据有半个世界统治五色民族的帝国,在蒙哥的铁血政策下,其巨大的离心力尚被控制于隐而不发的阶段。包括窝阔台之孙合失之子海都,无论对蒙哥从窝阔台系夺取汗权如何心怀怨恨,只要蒙哥活着,他就丝毫不具备向蒙哥宣战的胆量和实力。甚至,倘若不是蒙哥逝后拖雷系发生阿里不哥与忽必烈的汗位之争,海都能否抓住时机,以一己之力重建窝阔台汗国亦在未知之间。

何止是海都和他的窝阔台汗国。假如没有蒙哥,没有蒙哥执政的九年,真的很难说会有元朝的建立和伊儿汗国的产生。

历史没有假设。

在前行的历史中,分久必合、合久必分或许才是大势所趋。

既是大势所趋,便不能单纯地将汗位更迭视为帝国发生分裂的诱因,也不能单纯地将后来发生的汗位之争视为分裂的主因。仅靠一两代人或两三代人的忠诚所维系的统一,当忠诚不在,分裂终成必然。

唯一可以肯定的是,蒙哥一手缔造了蒙古帝国的团结与强盛。

当然, 这也是作为大政权实体存在的蒙古帝国最后所拥有的团结与强盛。

若干年后,元朝也有过两次统一。一次在成宗时,一次在武宗时。但元朝皇帝在作为藩属的各汗国所能行使的权力, 与各汗国作为帝国一部分的前四任蒙古大汗所能行使的权力相比,已是不可同日而语。

在阿兰答尔心中,蒙哥是仅次于成吉思汗的明君。他与祖父成吉思汗相比,或许军事指挥才能有所不及,但他也有祖父不能相比的长处。

从还是个孩子起,蒙哥已显示出与众不同的性格特点。这种不同之处表现在,他的优点似乎正是他的缺点,而他的缺点似乎又正是他的优点,一切要看人们想从哪个层面去理解。

打个比方,蒙哥性格沉毅,不喜宴乐,不好奢侈,一丝不苟。从一个角度看这是身为君主的严谨与自律,换个角度却是呆板与不近人情。

让阿兰答尔印象深刻的有这么两件事。

一件事是蒙哥登基后,立刻下令停止了对首都和林的扩建及修缮。蒙古帝国数十年间所积累的巨大财富,即使经过了窝阔台之后和蒙哥之前差不多十年的人为消耗,造成国库空虚,民力凋敝,然而以牧业为主的草原经济并未遭受毁灭性打击。蒙哥登基后的励精图治,使经济在短期内得到复苏。在这种情况下,早先开始的工程并不存在资金问题。蒙哥却认为没有必要为了帝国颜面而劳民伤财,有限的人力物力应该用在更加需要的地方。

另一件事与金帐汗拔都有关。本来,没有拔都的鼎力相助,便不会有蒙哥的登基,没有拖雷家族取窝阔台家族而代之,这在汗国绝非秘密。对于这位在一次次征战中与自己并肩作战的知己,蒙哥一直将其视为恩兄。即便感情深厚至此,当拔都向蒙哥提出,希望赐银万锭,用来购买珠宝以做赏赐之用时,蒙哥仅以千锭相赐。他还亲自写信告诫拔都,先汗积累的财富,不是用来赏赐功臣的。兄为诸王之首,理当做出表率。阿兰答尔听相熟的使臣说起,当时拔都接到蒙哥手谕后,不禁苦笑着说了一句,蒙哥还是如此不通人情。

阿兰答尔当时并不知道,数年后,拔都病逝的消息传到和林,蒙哥闻讯失声痛哭。他遣使吊唁,在他亲自撰写的祭文中有这样一句话:今生兄弟知己,来世知己兄弟。惺惺相惜之情,由此可见一斑。可即便是惺惺相惜的兄弟与知己,蒙哥也绝不会为之废弃国法律令。

蒙哥正是这样的人,不徇私情使他显得不近人情,为维护国家利益,他不惜被人指责为严酷冷血。但无论结果如何,当窝阔台一心想要建立起如父亲一般的伟业时,蒙哥是以超越父祖作为人生的奋斗目标。

仅此,足以令阿兰答尔以忠诚相酬,永生无悔。

陆

第三次西征前的忽里勒台在万安宫举行,战前的各项准备工作仍是巨细无遗。

这次忽里勒台忽必烈不得与会。中原不比蒙古,诸事繁杂,令忽必烈无法分身。

各系均派遣一名至数名宗王及功臣宿将参加大会。会上,蒙哥首先明确了第三次西征的主帅人选,这个人是他的六弟旭烈兀,同时令诸王贵族各自抽调十分之二的军队扈从西征。这是从成吉思汗立国以来形成的惯例,大家均无异议。此时的蒙哥并无将新征服国家交给旭烈兀统辖的想法,旭烈兀同样不存此念。若非世事难料,也许真的不会有伊儿汗国应运而生。

说到底,一切皆是天意使然。

忽里勒台结束后的当年七月,先锋也的不花率一万两千人出发,开往敌境。也的不花的祖上是乃蛮人。近半个世纪前,成吉思汗征服乃蛮部,也的不花的曾祖及祖父以才学俱佳得到重用,供职于蒙古宫廷。也的不花自幼入侍四太子府,秉承拖雷夫妇的亲自教诲,对拖雷家族忠心耿耿。及长,胆识兼备,卓荦超伦,在军中享有崇高威望。此番第三次西征,蒙哥任命他为大军先锋。

八月,苏如夫人病逝,忽必烈返回汗营,旭烈兀正在察合台汗国附近为也的不花送行,蒙哥未让他参加母亲葬礼,只命他就地遥祭。由于这个原因,忽必烈又一次与旭烈兀失之交臂。

十二月,墨卡顿和真金从起辇谷返回和林,蒙哥派卫队将墨卡顿送回凉州。阔端在蒙哥登基当年的十二月(阴历已是1252年初)病逝于凉州王宫,临终前将王位传于次子蒙可都。阔端长子夭亡,幼子只必帖木儿只有几岁,蒙可都是唯一合适的继承人。合适归合适,真以蒙可都嗣位,并非没有缺陷,蒙可都是典型的武将性格,冲锋陷阵在行,若让他终日面对案牍文书,无异于将一头猛虎关入笼中,他岂止是不得自在,简直烦躁不安。他曾多次致书养父蒙哥想让出王位,蒙哥当然不能同意,为了安抚他,蒙哥只得从速派回墨卡顿。

蒙哥此生,最敬仰的女性有四人,一个是曾祖母,一个是祖母,一个是母亲,还有一个,就是他的三姑监国公主阿剌海。蒙哥最欣赏的女性有三人,一个是他的弟媳察必,察必既是忽必烈的贤内助,也是苏如夫人生前喜爱的儿媳。另外两个都是晚辈,其一为侄媳兀鲁忽乃,她如今是察合台汗国政绩斐然的女摄政;其二是自己的养女墨卡顿。二八芳龄的墨卡顿,头脑清醒,知人善任,处理王府事务得心应手,举止风范俨然监国公主重生。

不留墨卡顿,正是为了减轻蒙可都的压力。

至于真金,蒙哥让他在自己身边多待了一段时间,直到白月来临,才让他回到漠南草原。

蒙哥汗三年(1253)五月,战前烦琐的准备工作基本结束,旭烈兀尚需返回封地,对封地诸事做出安排,而后直接率军西征。离别在即,旭烈兀往万安宫拜辞兄长,蒙哥未允,当晚设家宴为他饯行。

既是家宴,蒙哥只邀请了陆续返回汗宫的几个兄弟。蒙哥登基后,令九个弟弟分驻于不同地方,平素没有特别重要的事情,十兄弟几乎很难聚齐。久别重逢,兄弟间不拘礼数,谈笑风生,气氛融洽温馨。这是蒙哥为旭烈兀壮行的方式。在拖雷十子中,旭烈兀在尚武和善战两方面深肖其父,同时,旭烈兀像父亲一样极重情谊。蒙哥了解胞弟的性格,即使弟弟一句话不说,他也知道他想些什么。这些日子,按照蒙哥的要求,兄弟多数赶回和林,一为旭烈兀送行,二为觐见大汗,三为兄弟相聚。

众兄弟中,依然只有忽必烈无法奉诏。他日前屯兵六盘山,准备南征大理。旭烈兀从心里感激长兄的安排,可临别不见四哥,难免让他心下怅然。

旭烈兀的年龄比忽必烈小两岁,他们既是一母同胞,又从小一处长大,感情远较其他兄弟深厚。自蒙哥御极,因种种缘故,二人几次错过了见面的机会。旭烈兀本来盼着走前能与四哥见上一面,岂料仍旧未能如愿。或许,冥冥中自有安排——兄弟不能相见,是因为兄弟再无相见之日。

八兄弟离席,一起向大汗敬酒。蒙哥先饮一杯,笑道:"今天的主角是我们的西征军统帅旭烈兀。第二杯,你们几个不妨代我一起敬他。第三杯,我们兄弟共饮。今日是家宴,除了老四出征在即不能返回,兄弟们难得一聚,三杯过后,大家何妨随意。"

长兄有命,弟弟们岂能不遵?他们将第二杯酒敬给旭烈兀。旭烈兀却之不恭,将杯中酒饮尽。第三杯,兄弟共饮,这才各自归座。

旭烈兀不忘请兄长赐教,蒙哥仍以前言相勉:"谨遵祖汗训谕,并以祖汗为榜样,诸民族自愿来归者善遇之,抵抗者殄灭之。"

阿里不哥的座位设在旭烈兀旁边。对于六哥被任命为西征军统帅,他的心里多少有些不服。作为拖雷嫡幼子,蒙哥出征时,阿里不哥需留镇和林,代行大汗之职,这个原因导致阿里不哥的身份虽尊贵,却没有机会比其他兄弟立下更多战功。

"六哥。"末哥过来给旭烈兀敬酒。忽必烈与旭烈兀,旭烈兀与末哥,年龄正好都差两岁,兄弟三人平素无话不谈,最为相知。比较之下,阿里不哥与这三人的关系反而没有那么亲近。

末哥重将酒杯斟满,"这杯,我代四哥敬你。"

前些时候,末哥奉旨至漠南草原巡视,中间绕道与四哥匆匆见了一面。

忽必烈知道六弟启程临近,可惜他不能亲自送行,深感遗憾。他再三叮嘱末哥,一定要代他敬旭烈兀一杯,这杯酒,他祝西征军旗开得胜,早日凯旋。

旭烈兀的眼眶泛起红色。他接杯在手,一饮而尽。借着这个动作,他强行忍回了惜别的泪水。

蒙哥走出御座,来到旭烈兀面前。他亲自为弟弟斟满一杯酒,说:"我也敬你一杯。"

"谢大汗。"兄长的盛情与关怀,令旭烈兀感激不尽。

"大汗,"旭烈兀回敬兄长一杯,"请你一定保重身体,不可太过劳累。待波斯全境平定,我便回来看你。"

"放心吧。"

旭烈兀从怀中取出一封信,交给蒙哥,"大汗,我给四哥留了封信。等他哪天回到和林,请大汗务必将信转交于他。"

"好的,没问题。"蒙哥将信收好,笑着问道,"又是向你四哥挑战吗?"他太了解他这两个胞弟,从小,旭烈兀凡事都喜欢同忽必烈争个高低。

旭烈兀也忍不住笑了。的确,他在给四哥的信中有这样一句话:你征大理,我征波斯,谁立的功劳多,谁才有资格在蒙哥汗驾前领第一杯酒。

大汗既已开头,兄弟们便没了顾忌,他们轮流给旭烈兀敬酒。旭烈兀纵然海量,也架不住这酒喝得又多又急,到最后,他酩酊大醉,失去了所有记忆。

第二天一早,旭烈兀告别大汗和诸位兄弟,开启了属于自己的未知征程。

这是最后一次,除忽必烈之外,兄弟还能相聚。

这是最后一次,旭烈兀还能走在青草初发的故乡草地上,还能用自己的眼睛,再看看故乡的蓝天白云、山山水水。

柒

旭烈兀离开汗营时,忽必烈早率大军抵达六盘山,准备从这里进兵大理。为商议借道吐蕃一事,他派人就近赴凉州邀请八思巴往他军营一会。同时,他令汪德臣驰报利州建城情况。

自成吉思汗开始,六盘山成为蒙古军队屯兵之地。这里草肥水美,蒙古军暑热时来此放养战马,秋凉马肥后起兵而去,已成定例。忽必烈自离京兆,率兵到此已有月余,眼见各部战马膘壮肚圆,这几天正合计着发兵时间。

德臣比八思巴早一日赶到忽必烈军营。与他同行的,还有他的四弟良臣。世显七子中,德臣排行第二,世显临终时,荐他继承巩昌帅位。老三直臣、老四良臣少年从军,初为德臣军中偏将,这兄弟二人皆英勇善战。贵由汗三年(1248年),直臣阵亡,是年良臣只有十七岁。德臣于诸兄弟中对比自己小九岁的四弟最为偏爱,常说四弟统兵才能与他相比不相上下。这次拜见总理漠南军事的忽必烈亲王,他特意带上四弟,既是为了给四弟争取一个尽快引起蒙古上层特别是忽必烈认知及认可的机会,也是为了落实巩昌守备军帅人选。

德臣兄弟于军帐中以大礼参拜忽必烈。忽必烈的个性颇似祖父成吉思汗,不耐俗礼,不拘小节。不等德臣兄弟礼毕,他走出帅案,一手一个拉起二人,笑道:"快起来,快起来。你们远道而来,何不坐下自在说话?这些个礼数能免不如免了吧。"

德臣与忽必烈打过交道,深知这位亲王的为人,笑了笑,在一旁的椅上坐下。良臣由于惊奇,眼睛一直盯着忽必烈,并未立刻入座。

虽是亲兄弟,德臣与良臣的外形完全不同。德臣身量不高,良臣却长身玉立。忽必烈上下端详了良臣一番,见这个青年目光如炬,一表人才,心中不免生出几分喜爱。"你叫良臣?汪公诸子,你当排行第四?"

"正是。殿下如何知晓?"

"我久慕汪公威名,可惜无缘谋面。汪公家事,我略知一二。来,坐吧。"他拉着良臣的手,让他坐在德臣身边,自己不回帅座,只在兄弟二人的对面坐下来,谈话随即切入正题。

德臣有备而来。此前,德臣择利州州东宝峰山修筑城垣,他在向忽必烈汇报了建城诸事后,为持久计,又呈请在利州地区免徭役,减课税,运粮、屯田以充实利州储备。忽必烈一概应允。随之,德臣请以兄长忠臣权领总帅府事,又荐四弟良臣为巩昌军帅,领兵屯利州嘉陵江南为外卫,同时屯田于白水。

忽必烈面露微笑,问良臣:"你兄荐你担任要职,你可有信心不负国家所托?"

良臣朗朗答道:"臣有信心!"

忽必烈遂准德臣所奏。

这个话题告一段落,忽必烈想起一事,问道:"德臣,你有多久没见小佛爷八思巴了?"

"臣最后一次见到小佛爷,是在阔端大王逝后。"

"如此算来也有一年多的时光了。你和良臣在我这里不妨多留几日，明日，我将在营帐设宴款待你兄弟二人和小佛爷。"

"莫非，殿下的意思是，明日小佛爷要来军营拜见殿下？"德臣先是一愣，继而惊喜交集。德臣少年随侍阔端，受阔端影响最深。阔端与萨迦派法主萨班，二人互为师友，又共同缔造了吐蕃和平归附的大好局面。不仅如此，阔端对萨班之侄八思马和恰那多吉二人更是爱若亲子。德臣在被蒙哥委以重任前，经常能见到萨班伯侄，他像阔端一样崇敬萨班，喜爱八思巴兄弟，尽管后来戎马倥偬，音空信渺，但昔日的感情并没有发生太多变化。

"是啊，按路程推算，他明天就到。"

"殿下，可否准我兄弟前去迎迓一程？"

"也好，将军请便。"

第二天巳时，侍卫来报，八思巴一行已至营外。

为示尊崇，忽必烈命子聪和尚刘秉忠及一干藩府将臣步出两里，代为迎接。

时间不久，侍卫来报，吐蕃僧人、萨迦法主八思巴求见。萨班圆寂时，将自己的法螺传给八思巴，如今的八思巴，是萨迦派第五祖。

忽必烈命传。

不多时，八思巴在德臣兄弟、子聪等人的陪同下来到大帐。大帐之中已摆好酒宴，忽必烈走下桌案，不等八思巴见礼，与他执手相见。

一别一年有余，忽必烈与八思巴异地重逢，都怀有几分真实的喜悦和激动。

说起忽必烈与八思巴的第一次见面，是在蒙哥登基后（1251 年）的当年十一月。

当时，正总领漠南军事的忽必烈出于继续贯彻"政教合一，以教统政，以政养教，政教一体"这一既定国策的需要，要求萨迦派新任法主八思巴尽快到金莲川与他相见。信到凉州，因阔端病重，蒙可都正以大汗养子身份坐镇西夏故地，他极想与四叔忽必烈一会，遂征得父亲同意，亲率军队护送八思巴。

月底，蒙可都与八思巴如约来到忽必烈军营。

其时其地，忽必烈身边不乏如子聪和尚刘秉忠、太一道教大师萧公弼这样的"告天人"，成吉思汗对天下宗教一视同仁的政策极大地影响了他的后继者。这些年，透过子聪和尚以及禅宗领袖海云法师，忽必烈对汉传佛教有所了解,也颇具好感。至于道教大师,忽必烈同样十分尊崇。但具体到他的幕府,子聪主要还是作为他最亲信最重要的谋士追随身边。他对藏传佛教知之甚少,这时执意召见八思巴,更多的是基于蒙古军进攻大理需借道吐蕃,在此之前,他必须获得吐蕃宗教领袖配合和支持这一战略考虑。

这原本是一次各怀目的的会面:忽必烈是为未来打算,八思巴则是不能拒绝大汗之弟的邀请。然而,令二人始料不及的是,初见之下,他们竟都给对方留下了良好的印象。

在成吉思汗的众多儿孙中,忽必烈是相貌与祖父最为酷似的一个。他的身材不似祖汗那般魁梧,却显得灵活矫健,动静自如。宽广的额头下,一双眼睛炯炯有神,棱角分明的脸上,鼻直口阔,大耳有轮。八思巴观面知人,觉得他福从相生,颇具佛缘,内心先不免生出几分好感。同样,丰姿俊逸的小佛爷学识丰富,聪慧机智,言谈间谦逊有礼,诚实无欺,也颇对忽必烈的心思。

设宴款待八思巴时,忽必烈好奇地询问:"你们吐蕃曾出现过哪些雄才伟略之人,能否请小佛爷赐教一二?"

八思巴略一沉思,答道:"我们吐蕃史上最杰出的人物有三位。第一位是松赞干布,他素以正直严明、智慧深远著称,始译佛经,创制藏文,为观世音菩萨化身。他曾结好唐朝,娶文成公主为妻,此后派吐蕃子弟赴中华求学,同时诚邀汉族各类工匠、僧侣、医药卜算之士入藏,通过加强两地文化、经济、宗教、学术等方面的交流,促进了吐蕃的发展,国势日益强盛;第二位是赤松坚赞,他是吐蕃王朝鼎盛之主,曾占领安西四镇,河西、陇右之地尽在其辖,一度攻入长安、成都,遣使印度迎请菩提萨埵,建桑耶寺,成立僧团,培养通译,遍译佛经典籍。晚年致力于唐蕃和好,为文殊菩萨化身;第三位是赤热巴金,为金刚手菩萨化身。他在位时唐蕃和盟,在拉萨大昭寺前立唐蕃会盟碑,永志两国友好,开设译场,集中人力物力译经,统一译名,藏文由此而趋于规范化。因崇佛之至,僧人任王朝高官,主持朝政,故而招致反佛大臣暗杀,吐蕃王朝即陷崩溃瓦解之深渊。"

忽必烈见八思巴对答如流,谈兴愈浓,"吐蕃以学识功德论,何人为尊?"

八思巴回答时骄傲之情溢于言表,"当以法主萨迦班智达为尊。"

忽必烈又问:"小佛爷曾追随法主多年,想必从他那里学得不少佛经大义?"

八思巴平静地回答:"法主学识功德犹如大海,小僧所学不过一掬之水。"

年仅十六岁的八思巴除佛学外,文学、史学造诣也相当深厚,他还精通吐蕃、蒙古、汉、畏兀儿等多种语言,出口成章。这一方面固然与伯父萨迦班智达对他的悉心教诲有关,另一方面也得益于他自己的潜心修持。在与忽必烈交谈的过程中,他引经据典,侃侃而谈,既表明了萨迦派的学识功德具有至高无上的历史地位,又表现出谦逊朴实的优良品格。忽必烈不觉从心底认可了这位小佛爷。

蒙可都与四叔盘桓数日,叔侄二人依旧无话不谈。蒙可都、墨卡顿兄妹虽是蒙哥的养子养女,却自幼深得蒙哥宠爱。这个缘由,令忽必烈不是将蒙可都和墨卡顿视为堂侄堂侄女,而是将他们视作兄长的亲骨肉。

从蒙可都口中,忽必烈得知阔端病势日沉,不免挂怀。十二月初,他赐蒙可都良马百匹,还给阔端准备了许多名贵补药,令蒙可都先行回镇凉州,以防不测。至于八思巴,忽必烈最初的想法是将他置于左右,让他成为自己的上师。蒙可都行前,他与蒙可都探讨过此事。既然这是四叔的意愿,蒙可都不便反对,欣然应允。岂料十二月底,蒙可都转回凉州不久,急使便送来了最令八思巴担忧的消息:阔端在凉州王宫病故,年仅四十五岁。

八思巴骤闻噩耗,如五雷轰顶,心神皆乱。

自从五年前(1246年)来到凉州,八思巴兄弟在阔端身边度过了自己的童年时光,得到阔端诸多照拂。可以这么说,阔端对他们兄弟既如父亲一般,又是他们最坚强的靠山。阔端的恩德,八思巴无时或忘。如今阔端长逝,八思巴哀伤痛惜之余,实在放心不下独自留在凉州的胞弟恰那多吉,放心不下公主墨卡顿和四岁的小王子只必帖木儿。忽必烈天生颖慧,善于体察下情,他见八思巴急于返回凉州奔丧,不好再作挽留,遂命部将代为护送。

第一次会面匆匆而散。再度相聚,忽必烈与八思巴简单寒暄了几句,见时间正好,命众人入席,一为八思巴、德臣兄弟接风,二为款待征途辛苦的藩府将臣。

在此后的相处中,八思巴用浅显的语言,给忽必烈讲述了西夏、大理等国君主信奉佛教的情况,以及藏传佛教在青藏高原确立和发展的历史。年轻的八思巴尤其善于抓住忽必烈的心理,经过他不遗余力的宣传,在短短时间内便对"思大有为"的忽必烈产生影响,使这位原本与众不同的蒙古亲王转变了单纯地利用藏人和藏传佛教为己服务的想法。比照历史上的先例,忽必烈意识到,要想得到佛教徒的真心拥护,他就必须效仿历史上那些崇佛的君主,与八思巴建立更进一步的关系。

他让王妃察必与八思巴结为施主与上师的关系。

至于他本人,首要考虑的还是如何尽快征服大理。

以白蛮族(今白族先民)为主体建立的大理国,已立国三百余年。若上溯到前面的南诏国，前后存在更达五百余年之久。该国南诏时附唐，建立大理国后，又向宋朝称臣纳贡，要求互市，宋朝也曾册封大理王白万为"云南八国都王"。但有一点，当时无论南诏国还是大理国，都保持着独立的政治格局，唐宋两个王朝即使在最强盛时也无法改变其政权体制。

而今，历史将统一的重任交给了方兴未艾的蒙古帝国。

八月，忽必烈兵进甘肃临洮，再度遣使赴大理劝降未果，决定兴兵讨伐。八思巴向忽必烈辞行，准备先行返回凉州，为伯父萨迦班智达的灵塔举行开光仪式。接下来，他打算按照伯父临终前的交代，回到萨迦随伍由巴大师受比丘戒。

萨班(指萨迦班智达)生前，座下有东、西、上三部弟子。萨班远赴凉州时，曾委托西部弟子伍由巴、东部弟子夏尔巴、上部弟子释迦桑波共同管理萨迦寺，处理该派一应事务。

大战在即，忽必烈原也无意将八思巴留在身边。行将分别，忽必烈向八思巴提出一个请求：按照佛教仪式为自己灌顶。

所谓"灌顶"，本是印度古代的一种仪式，国王即位时取四大海之水灌于头顶表示祝福，后来佛教密宗也采用了这种仪式。佛教的灌顶主要有传法灌顶和结缘灌顶两种，忽必烈倒是不拘哪种，唯希望通过灌顶，正式皈依佛教。

八思巴慎重考虑后没有马上同意，他对忽必烈说："恐您不能遵守法誓，况此次又无精通翻译者，不如日后再说。"

"须守何种法誓？"忽必烈好奇地问。

"灌顶之后，由上师坐上首，弟子当以身体礼拜，悉听上师首语，不违上师意愿。"八思巴据实以告。

忽必烈很干脆地回答："这个做不到。"

八思巴并不勉强，"前方战事要紧，灌顶之事，且待僧人下次拜会时再与亲王探讨不迟。"

"也罢。"

商议完此事，二人在营外惜别。八思巴返回凉州，忽必烈则继续挥师南下。

途经康区时，忽必烈遣使至粗卜寺邀请噶玛拔希前来会晤。

远在蒙古立国前，青藏高原上已形成了一些具有强大政治势力的教派。如宁玛派、噶当派、萨迦派、噶举派等，其中，噶当派人数最多，噶举派支系最多。此外还有许多小的教派。

对于吐蕃归附蒙古，噶举派各支系的反应与噶当派完全不同，他们的寺主无不积极靠拢蒙古上层,希望凭借蒙古统治集团的支持,进一步壮大自身的力量。

噶玛拔希是噶举派四大重要分支之一噶玛噶举派的第二任寺主。此人比八思巴年长三十一岁,在吐蕃是一位与萨迦班智达齐名的大喇嘛。忽必烈天性爱才,既知藏区有这样一位了不起的人物,自然极想将他网络麾下。

噶玛拔希应邀前往,在康区谒见了忽必烈。忽必烈见这位吐蕃高僧气宇轩昂、谈吐庄重,顿时对他心生敬重,有意将他与八思巴一并置于左右加以扶持。心思缜密的噶玛拔希并不看好尚且只是一名亲王、个人实力与其兄无以相比的忽必烈,他借口要到西夏故地传教,离开了忽必烈的军营。此后,他与他的噶玛噶举派一如既往地暗中结好大汗蒙哥。

八思巴并不知晓这些事。他甚至不知道,早期的忽必烈并未真正确定自己想要供奉的上师,至少,八思巴不是唯一的人选。对忽必烈来说,他即使多供奉几位上师也绝非难事。如同多年前他的祖父成吉思汗所说,无论佛教、道教、伊斯兰教、基督教、萨满教,我都加以保护,加以崇信,他们信仰的神或主,会保佑我战胜对手。从这个角度来说,倘若噶玛拔希不是选择了蒙哥汗,忽必烈与八思巴的关系很可能会走上另外一条道路。

第二章

大理烟云洱海雾

壹

蒙哥汗三年(1253年)九月,忽必烈率领征南大军来到戊剌(今四川松潘地区)草原。在这里,他将军队分为三路,分进合击,直趋大理国境。

蒙哥即位后,在总结窝阔台汗征宋失利的教训时,从长江防线不易突破这一具体情况出发,制定了"图蜀灭宋"的战略方针。具体落实时,他仿效祖父成吉思汗、伯父窝阔台汗"南北对进、分进合击"的战法,决定先克大理(今云南)、交趾(今河内),而后挥师北上,与南下部队会合,使宋朝处于腹背受敌的态势。

十月,忽必烈率领中路军来到位于玉翠山麓的黄龙镇,他让军队在这里稍作休整,同时向大理国太和城派出谕降使者。

大理之境,东起普安路之横山(今贵州普安),西至缅地之江头城(今缅甸杰沙),东西凡三千数百里;南起临安路之鹿沧江(今越南莱州省境的黑河),北至罗罗斯之大河,南北凡四千里。其行政区划为八府、四郡、四镇、三十七部。

太和城建于南诏前期,唐开元二十七年(739年)至大历十四年(779年)曾为南诏首都。其城西倚险峻的苍山,东临浩瀚的洱海,可据苍山洱海之险以守。东西不需夯筑城墙,只沿苍山佛顶峰至洱海建北墙,长约四里,从五指山北麓至洱海建南墙,长约三里,城内街巷道路以至房舍皆就地取材,用石块铺砌和建筑,建筑物较高,城的面积也较大。

大历十四年(779年),南诏与吐蕃联军企图攻略四川成都,兵败后南诏王担心吐蕃方面寻仇,遂将都城迁至太和城以南十五里处的紫城,此后,直至大理国时期,紫城一直是两朝都城。

以紫城为国都同样出于固守需要。紫城与太和城地理环境相同,皆西靠苍山,东临洱海,另外,紫城周围有溪水,可做天然护城河。

大理国中后期,国主段氏羸弱,国事多决于世袭丞相高氏一门。王位传至段兴智,正值蒙古武力强盛,而蒙、金、宋战乱频起之时,高家权势有所衰落,但高祥、高和兄弟仍牢牢掌握着朝权。

段兴智其人,性情阴柔却颇有抱负,他一心想夺回旁落的权力,也为此暗中运作多年。不过,考虑到高家这棵大树根深叶茂,拱卫首都的八府亦是高姓子孙世袭领地,他被高氏一门包围,不得不在表面上仍对高氏兄弟言听计从。

最初,政治实权主要掌握在高祥手中,高和为其辅佐,主管军事。数年前,高祥大病后落下头痛之症,自此性情大变,怠于政事,一切皆委以二弟高和裁断。高祥的让权,令高和顺理成章地将军政大权集于一身。与高祥相比,高和更为心狠手辣,更加善弄权术。

九年前(1243年),蒙古军曾试图绕道丽江夹攻川南,被高和引军击退。是役,蒙古与大理双方均死伤惨重,高和身受重伤。正当朝野皆以为高和断无生还之理时,他竟奇迹般地恢复了健康。

此役后的第三年(1246年),南宋方面专门派人赴大理吊唁阵亡将士,表彰高和战功,以示结好之意。高和一战成名,又得到宋朝嘉奖,威望开始超出国主段兴智和兄长高祥。

蒙古方面集结兵力,准备征伐大理的消息传到紫城后,紫城中形成已久的倒高势力活动日趋明朗。高和担心内忧外患难以应付,相比之下,他经营太和城和善阐府(今昆明)多年,在那里拥有巩固的根基,更便于控制国主。于是,他在蒙古军穿越忒剌草原之际,强行将段兴智移至太和城。不久,又将段兴智安置在善阐府。

忽必烈派出的三名使臣先行抵达太和城,时隔数日,信使送回这样的消息:高祥、高和兄弟拒绝投降,他们以使臣头颅悬于城门,昭示抵抗到底的决心。

忽必烈闻报大怒,命令大军日夜兼程,向大理国逼近。

十一月,兀良合台率领的西路军先行渡过金沙江,扫清了沿途障碍。十二月初,忽必烈率领的主力也陈兵金沙江畔,准备从这里进破会川都督府。

行军途中,子聪、窦默、廉希宪、赵璧等藩府儒臣反复向忽必烈进谏,请忽必烈不要放纵将士的愤怒情绪,在大理国大开杀戒。忽必烈被他们说服了,下令全军裂帛为旗,上书"止杀"。

这天日落时分，忽必烈带领一干幕僚巡视军营后来到江边，遥望着江对面依山而建的会川都督府。

阿术取出一张四尺见方的羊皮地图，铺在一块儿平展的石头上。阿术是蒙古常胜将军、开国名将、蒙古第一次远征和第二次西征的实际指挥者之一的速不台亲孙，是拥有"战神"之誉的兀良合台之子，他十三岁即为忽必烈宿卫，如今十九岁的他，已是忽必烈军中一员逢城必取、逢敌必克的虎将。

临战之时，必先反复察看地图，再结合己方获取的各类情报，尽量做到将出征之地的山川地貌、风土人情了然于胸，是忽必烈跟随祖父出征西夏时养成的习惯。阿术、子聪等都陪在忽必烈身边，一时间，大家默默看着地图，谁都没有说话。

虽是藩王，忽必烈麾下人才济济。且不说名门之后阿术，子聪、窦默、赵璧、许衡、廉希宪等都是藩府众多人才中的代表人物。子聪即子聪和尚，俗家名刘秉忠，他是著名佛学家、宗教活动家海云法师的弟子，兼通儒、释、道三教，是忽必烈最倚重的心腹谋臣；窦默，金元时期著名理学家、政治家、医学家，著有《针经指南》《标幽赋》，他还是王子真金的授业恩师；赵璧，大学问家、政治家，精熟蒙古语，负责为忽必烈讲解儒经。忽必烈命王妃亲制衣服以赐，见面时只称"秀才"而不称其名；许衡，有"百科全书式的通儒"之称，著名理学家、教育家，被誉为"朱子之后第一人"，著有《读易私言》《鲁斋遗书》，元朝建立后，与刘秉忠等议定朝议、官制，策划"立国规模"，拜集贤殿大学士，兼国子祭酒。后领太史院事，主持修历，与郭守敬等制仪象、圭表、测日晷景，编定《授时历》；廉希宪，畏兀儿（即今维吾尔）人，自幼生长于汉地，习学汉文化，善骑射，后入忽必烈王府任"怯薛"（侍卫），因他对《孟子》有独到见解，每与人论，必引《孟子》，忽必烈遂名以"廉孟子"。

此外随军的藩府幕臣还有姚枢、张文谦。姚枢，系政治家、理学家，兼通攻守之道及农业、水利，与许衡、窦默相交甚笃，才学相当，三人齐名。张文谦，与刘秉忠、张易、王恂、郭守敬并称"邢州五杰"。元朝统一南宋后，全面负责制定历法工作。王恂、郭守敬等在张文谦的支持和领导下，率南北日官在全国范围内进行了空前规模的四海测验，掌握了大量准确的天文数据，编定了当时世界上最先进的《授时历》。这二人在南征大军经过黄龙镇时，被忽必烈留下来指导当地百姓修建水渠。

研究过地图，经过讨论，作战方案随之形成。忽必烈将辎重部队留在后面，亲率一支轻骑连夜渡过金沙江。会川都督胆小如鼠，不经交战，弃城而逃。

当晚，蒙古大军在会川都督府驻营。

次日，一路向东，沿途拔除了几座被宋军占领的城池，又折而向南、向西,逼近摩些城寨。这是蒙古军进入大理国后的首重目标。

大理国是以白蛮(今白族先民)为主体建立的国家,境内有大大小小数十个部落,朝廷对这些部落的统治总体比较松散。在所有部落中,摩些蛮(今纳西族先民)是其中最强大的一支。酋长木氏阿良在大理被尊为大鬼主或大酋长,深受本部和他部部众敬重,甚至许多小部落的酋长需要得到阿良的承认才能行使权力。与已沦为高氏兄弟傀儡的国君段兴智相比,阿良拥有的权力是实实在在的。

大军进至距丽江十五里处,探马来报,阿良遣三名使者求见忽必烈大王。

这个消息有点出乎意料。为示对阿良酋长的尊重,忽必烈命阿术亲往迎接,他呢,以天为帐,以地为毡,端坐于马背之上,准备接见对方使者。

当年,成吉思汗征战西夏全胜归来,也是在行军途中以天为帐,以地为毡,于马背上接见了金国使者。金国名义上还算蒙古的宗主国,可武功日渐强盛的成吉思汗丝毫不将金使放在眼里,当他听说金章宗病故,卫绍王允济已登大宝时,非但拒绝行礼,反而向南唾道:"这样的人也配做皇帝么?"说完,打马离去。从此,蒙古正式与金国断交。成吉思汗的果决,至今仍为草原人津津乐道。

相似的情景未必会有重演的历史,此刻忽必烈最希望接见的,是蒙古帝国的新臣民。他舔舔嘴唇,燕真立刻奉上一皮囊山泉水,他喝了几口,润润嗓子,然后饶有兴致地观赏起四周触目可及的秀丽景致。

贰

工夫不大,阿术引着使者回来了。他给使者引见了忽必烈,三名使者跪倒施礼。

忽必烈跳下马背,要他们起身回话。三名使者中,为首的正使是位形貌昳丽、文质彬彬的青年。

青年内罩细绫罗衣衫,外披细毡,头发在脑袋后打了个总髻,态度不卑不亢,一看就知道是部族中有一定身份地位的人。忽必烈以为他是阿良的儿子,温声问道:"你可是阿良酋长的公子?"

青年回道:"酋长是小人的主人。"

"哦?你叫什么名字?"

"回大王,小人名叫阿挪。"

"本王还不知道,阿良酋长膝下共有几子?"

"酋长原生有一子,可惜二十岁上得了个古怪的病症夭亡了。现在,酋长膝下只有一女。"

"可惜了。"忽必烈叹道,停了停,又问,"阿良酋长的女儿可是叫罗凤?"

阿挪的脸上蓦然闪过一丝复杂难言之色,稍一停顿,方平静地回道:"是。"

忽必烈本想问问罗凤的情况,话到嘴边却变成了:"阿良酋长派三位使者求见本王何事?"

原来,有些感觉,有些微妙的感觉,只能放在心里。

忽必烈经过黄龙镇时,偶然遇到一位因偷吃供品被镇民拿住准备祭神的少女,忽必烈答应筹款为黄龙镇修建水渠,以解全镇干旱之苦,这才从镇民手中救下少女。姚枢和张文谦也是因为此事被暂时留在黄龙镇。之后,少女一直跟随在忽必烈身边。当忽必烈得知少女名叫罗凤,是摩些城寨阿良的掌上明珠时,对她愈发礼敬有加。但没想到,忽必烈率领中路军攻取会川都督府后,罗凤在一个晚上不辞而别了。

忽必烈以征伐大业为重,若有闲暇,仍不免会忆起那个天真活泼、俏丽可爱,并且在寂寞的征途中为他带来诸多快乐的少女。

阿挪退后一步,与两名副使再次恭敬地向忽必烈施礼:"大王容禀,酋长命我等迎接大王入城。"

一抹笑意扬上忽必烈的眉眼,子聪和尚和廉孟子总说,不战而屈人之兵,夺人之城,是为上策。看来,他们的坚持是有道理的。

"阿良酋长还有什么交代?"

"酋长正在对岸,准备迎接大王。酋长感于大王仁义之师,愿率先迎降,供大王驱策。并且,酋长愿为大王说降乌白鬼蛮三十七部酋,以为晋见之礼。"

忽必烈喜出望外,"阿良酋长果真愿为本王说降各部么?太好啦!如能少动刀兵收服大理各部,也是阿良酋长的无量功德。"

"请大王上马。"

阿术传下命令,三军俱动。忽必烈骑马,阿挪不离左右,步行相随。侍卫长燕真和阿术都未上马,他们将另两位副使隔在身后,警惕地注意着阿挪的一举一动。

忽必烈原本不是沉闷的性格,行军途中找人聊聊天未尝不是一种消遣。他饶有兴致地询问起阿良酋长的脾性、喜好,摩些城寨百姓的生活、习俗,这些,阿挪倒是回答得头头是道,忽必烈则听得津津有味。

不知不觉，大军已至江边，阿挪用手向前一指说："大王，你看。"

忽必烈举目望去，只见江岸之上，百余船只一字排开。江对岸，阿良酋长素衣出迎，他的身边还站着位体态窈窕、风姿绰约的妇人。显然，这是阿良派船工来接忽必烈和蒙古军过江。

忽必烈跳下马背，打算登船，燕真吓坏了，说什么也不同意。阿术建议由他率将士先行渡江，忽必烈带侍卫第二批过江。忽必烈执意不从，他说，他信得过阿良酋长。

无奈，阿术吩咐燕真，一定要保护好大王。阿挪陪着忽必烈上了第一条船，燕真和数十侍卫环立身后。这次，阿挪算是领教了蒙古军行动的神速，几乎是一盏茶的时间，第一批渡江的蒙古军已全部登上船只，其余之人不等船只来接，放下革囊、木筏，将马拴于革囊、木筏之上，人马一起泅渡过江，场面蔚为壮观。

忽必烈谈笑风生，他的胆气无法不令阿挪敬佩。船至江心，忽必烈走上船头，船离江边越来越近，忽必烈脸上的笑意也越来越浓。他向站在岸边恭候他的阿良挥手致意，阿良亦双手抱胸，躬身回礼。

船头靠岸，忽必烈第一个跳下战船。

阿良上前，伸出一双大手与忽必烈紧紧相握。年过半百的阿良，手上的力气不亚于年轻人。忽必烈微笑着。刚才，他对阿术和燕真说，他信得过阿良酋长，他的直觉从来都是准确的。

阿良与忽必烈简短地寒暄了几句，又将身边的妇人介绍给忽必烈。即使不用介绍，忽必烈也猜得到妇人是谁，原因在于罗凤与她长得太像了。罗凤告诉过他，在摩些城寨，人们都称她母亲为"孔雀夫人"。刚刚三十岁出头的孔雀夫人，成熟中又有几分天真迷人的韵致。

值得庆幸的是，孔雀夫人将这种韵致毫无保留地传给了她的女儿。

阿良酋长和孔雀夫人的态度……难道说，罗凤真的已经回到了摩些城寨？

孔雀夫人向丈夫使了个眼色，阿良会意，热情地说道："大王，请随臣良入城一叙！"

"好！"

丽江水城已在前面不远，三人登上象辇而行。

丽江水城建于金沙江第一湾附近，北望玉龙雪山，因金沙江在此称作丽江而得名。丽江水城乃摩些城寨的都府所在。

水城建于大砚镇，是当年阿良酋长为迎娶孔雀夫人而兴建。城四周青山环抱，坝区碧野，玉水潆洄，形如大砚。镇西南有文笔峰，像一支刚从大砚里饱蘸浓墨的巨笔,在蓝天白云映衬下,与水城相连,显得分外和谐壮观。

象辇缓缓驶入水城,在寨民们此起彼伏的欢呼声中绕城一周。

忽必烈注目观看着水城景致。这座水城,北依象山、金禹山、西枕狮子山、黄山,清澈的玉泉水,缓缓流至城头双石桥下,分成西、中、东三河,向东南两个方向不同的角度延伸并分成无数股小溪,淌遍小巷窄衢,形成主道傍河、小巷带渠、河畔渠侧垂柳拂水的美妙景象。

雄伟的玉龙雪山如扇面向水城展开,似乎要拥抱久别重逢、近在咫尺的恋人。极目远眺,玉龙雪山犹如凌空飞舞的银龙,气势雄劲磅礴。积雪和冰川是玉龙雪山的独特风光,晴日,银光四射,耀眼夺目;阴天,冰川生云,云戏白雪;月夜,月光融融,雪峰朗朗。山与城交相辉映,给人以无尽遐想。

城北端的象山脚下,岩缝间喷涌出数股山泉,晶莹剔透,澄碧如玉,当地百姓称它为"玉泉"。泉水在洼地积聚,形成宽阔的潭面,潭中碧水清澈,玉龙雪峰倒映其间。堤岸两侧,一侧是垂柳,另一侧是樱花树,俏皮的野蔷薇爬上树梢,腾挪盘桓,妩媚多姿。

水城四周不筑城墙。阿良酋长姓"木",若筑城墙,则成"困"字。城区中心区域,成排的铺面首尾相接,组成一个偌大的长方形街面,称为"四方街"。通往四方街的主要街巷,四周也由鳞次栉比的铺面相连接,浑然成趣,自成一体。居民群落布局匠心独运,依山傍水,引水傍道。街道逶迤随势自然,颇具特色。

大理王室的建筑与唐宋建筑风格相仿,阿良酋长不仅在丽江江畔建有华丽的水城,还在水城中筑有木宫。木宫是阿良夫妇日常居住以及处理部落事务的所在。到了大理后忽必烈才知道,罗凤并不住在水城,她七岁那年吵着闹着搬出了水城,独自居于城外玉龙山脚下的竹寨里。她这样做,主要是为了避开父母的管教,像个野丫头一样自由自在地在山间奔跑玩耍。

象辇停在离木宫二百步远的地方,阿良酋长和孔雀夫人请忽必烈下辇,改乘华丽的双人小轿。届时,将由轿夫抬轿,沿汉白玉台阶拾级而上,直至木宫的朱漆大门前。忽必烈入乡随俗,下得象辇正欲乘轿,忽听木宫左侧密林中传来一阵异响,接着,两支羽箭飞来,分别射入轿门两侧。

叁

燕真大惊,当即与一干侍卫将忽必烈团团围在正中。

阿良与夫人面面相觑,哭笑不得。

忽必烈不动声色,甚至连眼皮也未多眨一下。他示意燕真让开,移步轿门前,取下一支羽箭。

羽箭上钉着黄色的绸布条,布条垂落,上面画着一只鹰。

另一支羽箭上钉着粉色的绸布条,上面画着日月星辰。

忽必烈听窦默和赵璧给他讲过,摩些蛮普遍信奉"东巴教",相信天、地、山、水、风、火等自然现象及动植物皆有神灵。其先民系羌人一支,原居于西北河湟地区,后逐渐南迁,唐宋时始称"摩些蛮"。

受地域环境影响,摩些蛮百姓以游牧为主,畜牧业居于社会生产的主要地位。另外,摩些蛮的姑娘小伙、老人孩子皆能歌善舞。这些,皆与蒙古民族有许多相似之处。

忽必烈的脸上闪出一抹笑意。直觉告诉他,这个特别的欢迎仪式,应该是某个古灵精怪的女孩子特意为他准备的。

锣鼓声中,一群盛装的姑娘小伙叫着笑着从密林中钻出,他们不离树林,面对忽必烈和阿良夫妇,手拉着手跳起了简洁而又欢快的舞蹈。

音乐响起时,林中传出一个姑娘圆润动听的歌声。

接着,是姑娘们、小伙们应和的歌声,然后是合唱、领唱、对唱、和唱的形式就这样循环往复,错落有致。忽必烈不懂歌词,只觉得旋律婉转悠扬,十分好听。直到听了阿挪的解释才明白,原来这首长歌在摩些及大理各城寨流传已久,堪称摩些蛮的英雄史诗。歌词中一再诵讴的依格窝格是管理天地的兽神,这首歌讲述的就是他与诸恶神中地位最高、同时也是死敌的依古丁那施展各自神通,变化争斗的故事。史诗的最后,依格窝格历经磨难,九死一生,终于战胜依古丁那,让摩些蛮的百姓们过上了幸福的生活。

一旦了解了歌词大意,忽必烈愈觉兴味盎然。他原本是这样的人,对任何民族富于特色的文化及传统都乐意尝试和接受,而这,正是他与周围许多恪守蒙古旧有习惯的诸王——包括他自己的兄弟们在内都不尽相同的地方。

阿良的目光,偶尔落在忽必烈专注的侧影上。他得承认,对于这位蒙古统帅,他从一开始就怀有几分好感,现在,则在好感上又增加了几分感动和钦佩。其实,刚才密林中突然响起喧嚣的锣鼓声时,连他自己都不免吃了一惊。忽必烈却始终处之泰然。这种勇气,若非与生俱来,只能说明一件事——他相信摩些人的诚意,从他接受摩些人迎降的那刻起,便再未对他们产生过疑心。

这样的心胸可以征服天下。阿良毫不怀疑,他做出不战而降的选择是正确的。

歌声中，依格窝格、依古丁那的争斗仍在继续。

无数艰苦的较量后，正义战胜了邪恶，天地重分，海晏河清，无字的尾音绵长悠远，象征着人们的幸福绵长悠远。在最后一个音符渐渐消散在林中树梢时，姑娘小伙儿向两边散开，一头披红挂绿的大象扭动着肥硕的身躯，不慌不忙地走出密林。大象的背上，赤脚站着一个女孩，女孩长发披肩，头上戴着用彩绳编成的头饰，身上披着绯红夹白的旖服，犹如飞落人间的天使。

大象径直来到忽必烈面前停下，女孩滑坐在象背上，向忽必烈绽开了笑颜。那样子，调皮如初，可爱如初。

忽必烈的脸上笑意盈盈，温柔地望着女孩。他早知道会这样。从女孩站在象背上出现的那一刻，或许从歌声响起的那一刻，这一切，早在他的预想之中。即便一切在他预想之中，仍旧给他带来无限惊喜。

"嗨！"女孩随意地向忽必烈打着招呼，扮了个鬼脸。

"下来吧，罗凤。还不见过忽必烈大王！"阿良微责，语气里却隐含着宠爱。

罗凤真的滑下象背，忽必烈下意识地用手一接，罗凤的手乖乖地落在了他宽厚的手掌里。

"见到我惊奇吗？"

"你的欢迎仪式让我惊奇。"

"不让你惊奇，我就不是罗凤了。"

"罗凤，怎么跟大王说话呢！"

"大王，小女自幼野惯了，不懂规矩，还望大王见谅。"阿良边说边狠狠瞪了女儿一眼。

"没事，没事。"忽必烈连声说，猛然意识到自己一直握着罗凤的手，急忙松开了。众目睽睽之下，这样忘情的表现终究有些不妥。

罗凤丝毫不觉羞赧，只是满心欢喜地向他笑着。

"大王，臣良和夫人已备下酒席，特为欢迎大王和贵手下。其余人众于殿外设宴，务请大王赏光。"

罗凤跟在忽必烈身边，孔雀夫人语气轻柔地对她说道："罗凤，去穿上鞋子再进宫。"

罗凤看着自己的光脚，吐了吐舌头。忽必烈说："无妨。"罗凤仍乖乖地回去穿鞋了，显然，她不怕爹，但有些怕娘。

忽必烈略站站，看着罗凤离去的背影。罗凤光着脚，行走飞快，转眼消逝在密林深处。谢谢你,罗凤。忽必烈在心里说。

阿良酋长的木宫,从外观上来看似乎是一座典型的仿唐宋建筑,里面的布局则与唐宫宋殿完全不同,当然也没有汉地宫殿的规模和气势。阿良将宴席安排在木宫主殿无华殿。无华殿只在摩些城寨有大事要事发生时使用,平常,阿良夫妇都住在无华殿后面的水晶阁中。

木宫里的各处殿阁皆为木石结构,无华殿的四角竖有四根结实的立柱,立柱朴实无华,上面未雕饰任何花纹图案。大殿正中原本只设有圆桌圈椅,并无代表着唐宋皇帝高高在上的御案龙床。当年,阿良为爱妻建造木宫,绝非为彰显王者之尊,他是一部之主,从来无心将自己与段国主等同,这使他建木宫时只求舒适庄严。此番,为欢迎忽必烈,阿良依照汉地规矩,命人将殿中的圆桌圈椅全都撤去,只在大殿之中两两相对设下二十余席,每席可坐二人,居中一席,是专为忽必烈而设。

阿良携忽必烈入大殿,不失恭敬地将忽必烈让至上座,他与夫人在下首单列一席相陪,其余人众皆按职位品阶分左主右宾入座。

金宋时期的大理国,五谷、蔬菜、肉类、茶酒、水果等样样皆备,种类齐全仅次于宋地,纺织业也很发达。唯贵族与平民、奴隶在饮食和服饰上的要求等级森严,贵族能用、能吃、能穿什么,平民或奴隶限用、限吃、限穿什么,什么样的衣料什么样的颜色只能贵族使用,一切皆有明确规定,绝对不能混淆,不得僭越。

这种从南诏时期传承下来的等级制度,从参加宴会的人所使用的器皿上可见一斑。二十余席中,只有忽必烈面前摆放着一套金光闪闪、制作精美的纯金餐具,阿良酋长与孔雀夫人面前摆放着两套纯银餐具,余者只能使用竹制餐具。

对于这点,蒙古军出征大理前,忽必烈作为必须了解的知识听身边的儒臣详细讲解过,那时,他心里便多少有些不以为然。

草原人以游牧生活为主,性情开放豪迈,自成吉思汗以降,国家在饮食和服饰方面的限制远远少于位于西南边陲的大理国。忽必烈小时候曾亲眼看到过祖汗将一套黄金酒具奖赏给一名普通士兵,只因这名士兵在战场上立下擒获敌首的战功。他也曾看到过伯汗将一件珍贵的天鹅绒大氅赏赐给一个奴隶,只因这个奴隶在主人醉酒跌入冰窟时奋不顾身地救出了主人。得到黄金酒具和天鹅绒大氅的士兵和奴隶是可以随意使用赏赐品的,绝不会因为自身的地位而受到限制。

阿良夫妇下首还空出一席,忽必烈估计是为罗凤而留。阿良与忽必烈交谈时,酒菜齐备,侍女将每个人面前的酒杯斟满,悄然退下。

轻柔的音乐声停止,木宫总管宣布宴会开始。

肆

阿良率先发言,对忽必烈及其手下表示欢迎,他的致辞虽简短,却发自肺腑,充满热情。

忽必烈擎杯在手,以同样的真诚感谢阿良主动迎降之举。他说:"阿良酋长降于本王未战之时,为大理境内的各部寨主带了个好头,此乃本王之福,亦是摩些蛮万千寨民和蒙古军队之幸也。"

"大王言重了。是大王在金沙江畔裂帛止杀,臣良和摩些百姓感于大王仁德之师,是以情愿归附大王。"

"谢谢阿良酋长。本王向你保证,只要在大理征战一日,决不令军队滥杀无辜。"

"如此,何愁大理全境不归治于大王!臣良还有一事,想向大王奏禀。"

"请讲。"

"臣良决定归降大王之际,曾修书五十余封,派使者分送本境各府、郡、镇及各部,再三劝说其首顾全大局,主动迎降,免开战端。"

"五十余封?"

"大王可能有所不知,大理国除首府外,还设有八府、四郡、四镇及白乌鬼蛮三十七部。自高氏专政,八府尽为高姓一门子弟把持,至于四郡与四镇,既有高姓,也有别姓充任主将,三十七部则分别由各部首领掌管。八府、四郡、四镇之统领,仍以南诏时大、中、小、下四府主副将名谓称之,其大、中、小、下之分,是依据其统领所辖军队数量而定,数量最多者为大府,主将称为演习,副将称之为演览。例如,善阐府的演习是高智升,演览是杨喜辰。臣窃为殿下计,八府、四郡、四镇之首领肯听臣之规劝,愿主动迎降者恐十之不及其三,但白、乌、鬼蛮三十七部之酋长,半数以上与臣良私交甚好,臣良有把握说降他们中的半数或大部分。臣良此举,一则为助大王一臂之力,二则可令大理境内少见刀兵。"

忽必烈走下桌案,向阿良深深一揖,"酋长高义,本王当铭记于心。待大理全境平定,本王当上奏大汗,请大汗封赏酋长、夫人及所有摩些城寨百姓。"

阿良慌忙还礼,"臣良既降,理当如此。大王无须多礼,折煞臣良也。"

"酋长的意思,莫不是要本王在摩些城寨宁耐数日,静候各处回音?"

"正是如此。"

"好,本王愿一切听从酋长安排。"

"谢大王。请大王归座。"

忽必烈依从阿良心意,回到座位上。"阿良酋长,八府中,哪一府最难攻打?"

"当然是善阐府。八府之中,善阐府建在险要之地,演习高智升的权力最大,势力最强。刚才臣良跟大王粗略介绍过大理国的建制,所谓四郡,也是善阐府的分守机构,为其直属之郡。"

"四镇呢?"

"四镇建制以军事为主,控制着我国西北、西南、西部及东南部幅员广阔但经济、文化相对落后的地域。四镇首领,有别姓,也有高姓。"

"照酋长说来,除太和城外,善阐府的高智升将是本王的强劲对手。"

"也不尽然。高智升虽是演习,但其人贪婪多疑,在军中威信不高。倒是他的副将杨喜辰善于用兵,有统驭才能,深孚众望。"

"杨喜辰?这个名字为何听着耳熟?"

阿术插话道:"殿下,几年前,高和率领军队在九禾地区迎战我军,那位设计诱敌深入、给予我军重创的将领就叫杨喜辰。"

阿良接过话头:"当年因九禾大捷,杨喜辰从死人堆里救出高和,高和自此对他十分信任,派他协助高智升镇守善阐府。表面上看,杨喜辰是一位值得高氏兄弟信任的将领,但臣良与之打过交道,隐隐觉得他的内心是向着国主段兴智的,并不赞同高氏兄弟的所作所为。另外,高智升对他防范甚严,这也导致他与高智升一向面和心不和。"

"莫非说,杨喜辰有身在曹营心在汉的迹象?善阐府将帅失和,对我而言绝非坏消息。"

"臣良正是此意。"

"今后一切,仍需仰仗酋长运筹。"

"大王放心,臣良自当竭尽全力。"

忽必烈神采飞扬,举起酒杯,"来,我敬阿良酋长、孔雀夫人和在座各位一杯。本王先干为敬!"

"谢大王!"众人急忙起身,将杯中酒一饮而尽。

侍女上前,正欲为忽必烈斟酒,忽听一个悦耳的声音说道:"让我来。"

众人循声望去,只见罗凤和一个女伴正步入宫门,手中还捧着个包裹。她将包裹暂且转给女伴,先以摩些蛮贵族女子的礼节郑重其事地见过忽必烈,随后,她走至忽必烈的桌案前,拿起酒壶,亲自为忽必烈斟满了一杯酒。

"罗凤,你怎么才来?"忽必烈看着她,不由自主地问。问完,他才发现自己其实一直都在惦记着她。

罗凤一笑,向他神秘地眨了眨眼睛,"殿下,你还记得我们打赌的事吗?"

那是军队离开黄龙镇不久,罗凤与忽必烈赌马,赌注分别是忽必烈带在身上的一块玉珮和阿良酋长的象皮甲胄。罗凤给忽必烈说过,大理国有三样东西天下闻名:象皮甲胄、郁刀和白马。郁刀和白马还能买到,象皮甲胄却是千金难求。

比赛的结果,罗凤输了。此时若非罗凤提及,忽必烈早将这件事情忘怀了。

"怎么?"

"愿赌服输,我带来了。"罗凤示意女伴将包裹放在忽必烈面前,她亲手打开包裹,里面露出一副珍贵的象皮甲胄。看到这副象皮甲胄,阿良酋长的两只眼睛都直了,他正要起身,却被孔雀夫人暗暗伸手拽住了。

"殿下,这副象皮甲胄是我爹心爱之物,在大理各部独一无二。这也是我爹对殿下的一番心意。"

"罗凤,不,阿良酋长,你们的好意我心领了。常言道,君子不夺他人所爱,我怎能将酋长的珍贵之物据为己有呢?"

"殿下,你不用客气。我爹巴不得如此。你说是吧,爹?"

孔雀夫人用脚轻轻踩了踩阿良的脚背,阿良如梦初醒,急忙站起来,向忽必烈躬身一礼,"大王,臣父女一片诚意,还望大王不吝笑纳。"

"既如此,本王也该有所回礼才对。让本王想想,"忽必烈略一沉思,"阿术,去将我们的乐器取来。"

阿术去不多时,带着所有军中乐师回来了,乐师手中皆持乐器,计有笛、箫、笙、钹、贝、铎、钲、箜篌、拍板、方响、五弦琵琶、火不思、古琴、二胡、四胡、十三筝等等数十种。

"摩些百姓与我蒙古人无异,皆能歌善舞,本王便将这些珍贵的乐器、乐谱、乐工半数赠与阿良酋长和摩些城寨。"

阿良喜出望外,"谢大王。"

忽必烈赐给阿良的这些乐器,后在中原及江南漠北多数失传,却幸均为摩些蛮人及大理国境内的其他民族留存并传承下来。

是夜,酒宴尽欢而散。忽必烈将大军驻扎在城外丽江水畔。宴会时,他已与阿良商定,他将驻军三日,等候各府各寨的消息。另外,考虑到大军无事,他准备后天率军队进入玉龙山围猎,一来不致使将士闲闷,二来可借机筹措部分军粮。

一个月前,忽必烈率轻骑攻取川西南未降诸城,辎重均被他留在后面,迟二三日方能赶来与大军会合。此时是初冬季节,大理境内不觉过分寒冷,忽必烈打算举办一场中等规模的围猎,所获猎物,除制作肉干以备军队不时之需外,多余猎物皆分至寨民各户,亦可减轻阿良酋长和寨民的负担。

阿良欣然同意配合。

两天后,围猎正式拉开了序幕。

两万名骑马和挎刀、背弓的蒙古武士潮水般从森林中漫卷过来,呐喊声此起彼伏,成群的麋鹿、野猪、狐狸、原羚等猎物被赶出茂密的森林。

一千名管犬人携着五千条猎犬浩浩荡荡徒步随行左右,数百只金雕海冬青匍匐在鹰师的臂弯上,警惕地搜索着目标,随时准备振翅出击,用坚硬的利爪扼住猎物的咽喉使其毙命。

狩猎首领挥动令旗指挥所属的狩猎分队,按照指定的围猎方位、路线、任务实施围猎。围猎分为出猎、围猎、射杀、收场、分配五个环节。围猎圈达到事先规定的范围时,狩猎首领射出一支鸣镝,行猎随之展开。这是猎手们的最后冲刺,只见他们各显神通,刀、枪、箭、戟、绳索、布鲁、猎杆、套鞭等所有猎具齐用。骏马的速度和高超的箭术,猎犬的嗅觉和猎鹰的敏捷,一齐展现在声势宏大的围猎场。

四处出击的猎手们,有的飞马射箭,有的俯身取物,有的弯腰甩出布鲁,有的挥臂投出标枪,有的纵鹰擒物,有的出犬追击。即使最凶猛的野兽也脱尽了昔日的威风,它们躲无可躲,只能战战兢兢地等待着随时而至的猎取、杀戮。

罗凤猎得两只雄鹿,洋洋得意地圈马回到忽必烈身边。忽必烈万没想到罗凤的箭法如此了得,这时亲眼看到罗凤的表现,他才相信了书中记载:摩些蛮妇女体魄多健壮,臂力过人,行走如风,常与男子一般劳作、狩猎,不弱其父其夫其子,是以妇女在族中地位亦不亚于男子。

忽必烈夸了罗凤几句,罗凤一笑:"这回相信我的厉害了吧?有我这身本领,跟在你身边保护你肯定不比燕真差。"

忽必烈吃惊道:"你,总不会是要随我一起出征吧?"

"为什么不会?"

"这可不行。战争不是儿戏。你听我的,乖乖在城寨等我回来。"

"什么儿戏不儿戏,我干吗要听你的?我要去,你拦不住我,不行也得行。"

忽必烈还想说什么,军中长者旋至,为被围困的动物求生。忽必烈宣布罢猎。

猎物分配完毕,按照阿良的安排,蒙古将士与摩些城寨的寨民们在玉龙山下举行了盛大的庆祝活动。

首先由乐工舞伎表演了宫廷队舞,接着,乐音王队、寿星队、礼乐队、说法队依次出场。每支舞队又分出数个分队,而各分队的表演都有着不同的内容,不仅形式和风格各异,而且服饰和道具都经过精心的设计。在乐工的伴奏下,舞伎们用肢体语言讲述了一个个在草原上广为流传的故事,有《折箭训子》,有《功臣辩酒》,有《蒙哥登基》……这些舞蹈的编排,或大气磅礴,或谐谑成趣,或斗智斗勇,或令人捧腹。乐工与舞伎配合默契,他们精湛的表演引来阵阵喝彩。

接下来,是摩些城寨的少男少女们表演的《对歌》。《对歌》如同一幕舞台剧,内容讲的正是忽必烈会在黄龙镇偶遇罗凤的原因。罗凤的父亲阿良酒后与丞相高和打赌,输了阿良就要将罗凤嫁给高祥之子高西,二人为此签下字据。结果阿良真输了,只得同意让罗凤嫁入高府。罗凤为了逃婚,误打误撞跑到黄龙镇,这才得以与正在行军途中的忽必烈相遇。罗凤并没有亲自上场表演节目,她一直坐在忽必烈身边,给他讲解对歌的内容。看到忽必烈高兴的样子,她的心里甜甜的,脸上的笑靥时隐时现。

再来表演节目的,是刚刚离开勾栏(表演舞台)的教坊歌伎。这些美丽的女子,一个个罗衣水袖,轻抚琵琶,一展歌喉。最后,萨满宗教色彩、少数民族曲调、中原汉族歌舞和西夏旧乐兼容并蓄的乐曲轰然奏响,一队队头戴面具的舞伎飘然而至,他们装扮成各种神祇、动物载歌载舞,但见夜叉、飞天、龙王、龟、鹤、凤凰、乌鸦、孔雀、金翅雕依次亮相,菩萨、罗汉、金刚、僧侣、道士悉数登台。

黄昏时,山下开始弥漫着阵阵烤肉的香气。蒙古将士与参加围猎的摩些寨民一边尽情享用美酒佳肴,一边纵情歌舞,直至东方破晓。

伍

尽管玉龙山围猎时罗凤表示她要随忽必烈出征,忽必烈却只当她是小孩子情性,说说而已,心里并未十分当真。他很清楚,此事不光他不会同意,阿良酋长和孔雀夫人也绝不可能让女儿触瘴犯险。

阿良决定迎降时,审时度势,分别致信大理境内所有部酋。在他苦心劝说下,乌白鬼蛮三十七部中有十七个部落酋长明确回复,愿追随阿良归降蒙古。另有三个部落酋长不说降,也不说不降,尚在观望中。但八府、四郡、四镇中,只有地处西北部的成纪镇主将同意献城。

鉴于上述情况,忽必烈决定再次兵分三路:西路军由兀良合台父子率领,攻取乌蛮未降诸部;东路军由亲王末哥率领,攻取白蛮未降诸部;两军会合进击八府。忽必烈自率中路军,迂回侧后,穿过成纪镇,取其余未降三镇——金齿镇、蒙舍镇和最宁镇及四郡。待完成预定作战计划,三路大军会师龙首关,进逼太和城。

金齿镇位于大理国西部。兵至城下,忽必烈不令大军休息,即刻对金齿镇发动攻击。是夜未下。忽必烈命将士分十队轮流击鼓佯攻,不给城中守军任何休息之机。三日后,金齿镇守军心神疲惫,精力涣散,蒙古军以巨型撞木撞开城门,蜂拥入城,守将被擒,余众请降。

金齿镇既克,忽必烈挥师直扑蒙舍镇。黄昏时分,忽必烈吩咐燕真去通知王府幕僚及各军主要将领,少刻陪他一起巡视城池。燕真走后,他匆匆吃过晚饭,取出佩刀,来到帐门前。

他一脚刚刚踏出帐门,不禁被眼前人惊了个目瞪口呆。

罗凤神奇地出现在帐门外,正大睁着一双像黑葡萄一样亮晶晶的眼睛,带着满脸好玩儿的神情看着他。

不知她这个样子站了多久,忽必烈的手仍扶在门框上,恍如定格般。他不说话,罗凤也不说话。

他们互相望着,忽必烈是惊诧,罗凤是调皮。

罗凤的身后,肃立着她从摩些城寨带来的百余名护从。

"你!"终于,忽必烈说了一个字。不是他惜字如金,而是震惊让他无法表达自己的心情。

罗凤还给他的,却是这个"你"字的几十倍,"殿下,你是不是特别惊奇?没想到我会来,还比你早到蒙舍镇?告诉你,我都在这里等你一天了,我就想看看你见到我会是怎样的表情!唉,可惜了,你要是能看见自己刚才的样子就好了,瞧你那眼神,比见到鬼还吃惊。"

忽必烈松开扶着帐门的手,一把将罗凤拉入帐中,"你这……你这小东西!告诉我,你怎么会来这里?"

"我说过要跟你一块儿出征的,难道你忘了?"

"可你并没……"

"没跟你一起走是吗？那是我有样重要的东西没准备好，才耽搁了几天。"

"什么东西？"

"嗯，暂时保密。"

"你老实告诉我，这次，你爹和你娘知道你来找我吗？"

"他们不知道，我能把我爹这些护从带来么？好啦，殿下，我这一路上拼命追赶你，快要累死了，昨天也没睡好。你让我在你的军帐里睡一会儿行吗？"

"也好，你先睡吧。我出去巡城，等我回来，有话问你。"

"哦。"罗凤一边答应，一边连连打着哈欠。忽必烈取了块毛毯铺在地上，罗凤刚刚合上眼，忽必烈一句话尚未对她说完，她已然沉沉入睡。

忽必烈从帐壁上取下自己的藏青色大氅，轻轻盖在罗凤身上。他又吩咐燕真安排那些还候在帐外的摩些蛮护从吃些东西，休息一下。交代完这些事情，他离开了军帐。

忽必烈回到军帐时已是深夜时分。

罗凤大概真的累坏了，睡得很香很沉。忽必烈坐在她身边看了她好一会儿，她一点儿都不知道。

忽必烈用力掐了掐眉尖。明天要对蒙舍镇发起攻击，他在地毯上躺下来，看了几份战报。工夫不大，他也像罗凤一样入睡了。

罗凤是在军队向蒙舍镇发起攻击的巨大炮声中惊醒的。她醒来后的第一个念头就是去找忽必烈，奉命保护她的燕真却说什么也不肯让她跨出军帐一步。罗凤软磨硬缠，燕真丝毫不为所动。最后，罗凤以方便为借口也没能摆脱燕真对她的"监管"，偷偷跑出没多远便被燕真连背带扛地弄回了军帐。

回到军帐，燕真将罗凤放在地毯上，自己坐在帐门口不错眼珠地看着她。罗凤又气又急，用僰语骂了燕真几句，燕真听不懂，反而一脸的悠然自得。

在大理，几百年来曾存在过几个以洱海地区的白蛮和乌蛮为主体民族建立的政权，唐时被称为南诏，南诏灭亡后，又经历了长和、天兴、义宁三个短暂政权，直至五代十国的后晋天福二年（937年），始由段思平建立大理国。从南诏至大理国，皆以汉字为官方通用文字，除汉字外，当时还有一种"僰文"（白蛮文字）。僰文并非独立文字，它是利用汉字记录洱海地区白蛮语音，或将汉字笔画略作增损而构成的一种表意记音文字，在大理境内一直被贵族及儒生学者广泛使用。

忽必烈的情况特殊一些,他从少年时代起开始与汉族精英学者接触,后来出藩,更是得他们长伴左右,朝夕相处。据载,他虽无法用汉语自由表达,但基本能达到"耳授"的程度。

见燕真油盐不进,罗凤实在没辙了,只好隔一会儿瞪上他几眼,足足将他瞪了一百多回。

蒙舍镇的城防力量不及金齿镇,攻克金齿镇,蒙古军用了三天时间,攻克蒙舍镇,只用了一个白天。傍晚时分,蒙舍镇守军不敌而退,蒙古军开进城中驻扎。直到战事完全停止,忽必烈才派人通知燕真,要他将罗凤和她的百余名护从一并送进城来。

陆

蒙舍镇的城防建构与街市布局与成纪镇、金齿镇相差无几,唯有一样不同:城中军民日常饮用水皆汲自井中,而非取用江、河或山泉之水。

经过一天不停歇地攻城,蒙古将士早已饥渴难耐。罗凤进城时,看到离城门最近的一处水井边,许多士兵排队等在那里,另有几个士兵轮流摇着辘轳。显然,这些士兵不是等着灌满水袋,就是等着饮马。

一名王府侍卫出身的将领与燕真熟识,看到燕真和罗凤等人经过,急忙从刚刚摇上来的水桶里舀了一瓢清水请燕真先用。燕真与他闲聊几句,正要喝,想起什么,将这瓢水转递给罗凤。

罗凤毫不客气地接过去,但刚喝一口又急忙吐掉了。

"怎么了?"燕真诧异道。

罗凤的表情变得严肃起来,她俯在燕真耳边悄悄说了几句什么,燕真似乎有些不信,"真的吗?"

"你尝尝看。"

燕真闻了闻瓢里的水,又尝了一口,嘴里果然隐隐有股甜腥的味道。他一阵恶心,像罗凤一样,立刻将水吐掉了。

那位好意奉水的将领疑惑地问道:"这井水不对吗?"

燕真哪里知道,他自己还得问罗凤呢。

"公主,这水味道不对,难道是里面放了什么东西不成?"

"我想是三叶鹤草。"

"三叶鹤草又是什么玩意儿？"

"当然是一种草了。听我爹说，这种草很少见，只有在我们大理国才能见到。"

"那……这种草是不是有毒？"

"废话！若是没毒，他们何必把它加在水里！我以前听我爹说过，凡是浸泡过三叶鹤草的水被人误饮后，其毒性虽不至于马上置人死地，可中毒的人如同患上一种莫名的疾病，身体发热，上吐下泻，吃什么药也不管用。不到一个时辰，中毒之人就会全身酸软无力，别说行军打仗，连走路都成问题。"

"好厉害！好歹毒！公主，既然阿良酋长知道这种毒，他是否告诉过你，这种毒要如何化解？"

"事不宜迟，你先按我说的去做就是了。"

"你说。"

"记住，三件事。第一件事，你赶紧回去把这件事报告给殿下。第二件事，你立刻派你的侍卫，和我带来的护从，分头去查看是不是城里所有的水井都被下了这种毒。第三件事，你马上让这些士兵给我找来几口军用大锅，找来柴火，让他们协助我，我要熬药。从现在开始，所有的人都只能喝我用药草熬过的药水，不管多难喝也得喝。要是他们不肯喝，你就……让殿下下令杀了他们。"

"杀了他们？"

"你傻啊。吓唬吓唬而已。不过，吓唬归吓唬，这水可真不能喝了。还有，不管喝没喝过井水，所有人都必须喝我熬煮的药水。"

燕真吩咐他带来的侍卫和等着汲水的将士们一切听从罗凤指挥。他正要上马，罗凤叫住了他，"那个，第四件事……"

"你不是说三件事吗？"

"你太啰唆了。算了，被你一打岔，第四件事要说什么我也忘了，三件就三件吧。你赶紧照我说的去做。"

"好，我立刻进城面见王爷，禀明此事。公主，你可要抓紧时间啊。这里所有的人都归你指挥！人手不够的话，你随时派人通知我。"

"我知道了，你快走吧！"

燕真不敢再耽搁，拨马直奔忽必烈的帅帐而去。

罗凤用手一指刚才奉水的将领，"你，多带些人，跟我来。"

"是。"

等来到第二处水井前，罗凤才想起一事，她对着井水喃喃自语："我要说的第四件事是，本主神保佑殿下千万不要喝了井水，保佑他赶紧想出对策来……"

　　深夜,蒙舍镇的城门被人悄无声息地打开,大队身着蒙舍镇守军服饰的人马从城外蜂拥而入,迅速杀向蒙古军在城中的各个宿营地。

　　这些宿营地环绕中央帅帐而建。蒙舍镇将士将营地包围起来时,从里面传来的呻吟声尚且隐隐可闻。主将断定蒙古人中计,心中大喜,即刻麾令众军从四面向蒙古军宿营地发起攻击,他则率领殿军留在营外,准备截杀弃营而逃的蒙古人。

　　蒙舍镇守军刚刚扑进营地,却见营中火光四起,喊杀喧天,转眼间,被他们围住的各处营门洞开,无数蒙古骑兵潮水般从营中杀出。偷营不成,反遭奇袭,主将明白其计已破,不敢硬拼,下令突围。蒙古军岂容他们遁逃,将其团团围困在当中。

　　天色微明时,蒙舍镇将士除阵亡者外全部投降。蒙古军大获全胜,首功当推罗凤。

　　清理完战场,巡视过关押蒙舍镇百姓和降众的所在,忽必烈带着罗凤和一干侍卫回到帅帐,他想不受干扰地跟罗凤说上一会儿话。

　　直到这时,忽必烈才有机会向罗凤询问一些事情,比如,她是如何知道蒙舍镇的守军佯装撤退后会在井中投毒?她又如何知道这种毒来自三叶鹤草,并提前准备了相应的解药?

　　罗凤被他问得一脸迷惘,想了半天才回答:她带来的这些草药都是她爹临行前特意让她带上的,若非这些草药不容易一下备齐,她也不会推迟三天才从城寨出发。而她爹如此做,只是为了以防万一而已。

　　罗凤给忽必烈讲了这样一件事——这是她从她爹那里听来的——数百年前,唐朝李宓将军曾遭遇过相同的事情。那时南诏军民引诱败迹渐显的唐军并将其尽数歼灭的方式之一,正是在唐军汲水的井里加入三叶鹤草,使唐军饮用后丧失了战斗力。李宓可能至死也不知他究竟着了南诏人的什么道!至于当地人,自然知道三叶鹤草的解法,消灭唐军后,他们只需将另一种可解三叶鹤草之毒的草药加入井中,井水便又能像从前一样可供镇民取用。

　　按照阿良的想法,水中下毒这种办法在以江、河、山泉为饮用水的城池并不适用,在以井水为饮用水的城池则不得不防,正是考虑到这层,他才让女儿带上了一些常用的解毒药草,同时教会女儿辨识毒药的方法。另外,阿良还让女儿带来了其他诸如治疗疟疾、瘴毒的药材,以备大军路途所需。

　　弄明白罗凤恰巧带来解毒药草的原委,忽必烈更加感念阿良酋长的纯良至诚,忠义本性。

柒

蒙舍镇的局势刚刚平定,窦默求见忽必烈,忽必烈不令罗凤回避,将窦默传入军帐。窦默一见忽必烈,开门见山地说道:"殿下,老臣听说您正准备下令将城中百姓和降军全部处死?"

忽必烈坦然地承认了。

"殿下曾经裂帛止杀,为何在蒙舍镇改变初衷?"

"此处军民惯于使奸用诈,本王担心留下他们,将来徒生变乱。"

"殿下此言差矣。殿下所率乃仁义之师,岂可在蒙舍镇为泄一己私愤,而令天下军民心寒?"

"先生有所不知,祖汗生平最厌恶奸猾无耻之徒,他在世时,对于此等宵小从来都是必杀之以戒后人。"

"恕老臣直言,殿下曲解了圣主之意。"

"哦?"

"自古兵不厌诈,圣主所指,绝非战争中巧用计策赢得胜利的对手,而是生活中那些品质恶劣、心机奸诈的小人。对于这种小人,自然不可与之为伍。今蒙舍镇军民不同,他们同仇敌忾,以不敌之力另设奇计,无非是希望将我军尽数歼灭。他们的所作所为,其实只是为了赢得胜利,保住家园。"

"听先生之意,莫非对他们的做法颇为认同?"

"那时若换微臣为殿下守城,未必就不会采取相同的计谋。战争无常规,胜负是关键。为主效力者,只需仰不愧于天,俯不愧于地,内不愧于心。望殿下三思。"

忽必烈沉吟不语。

"殿下,信义是讲给天下人的,不是讲给某个人、某座城的。殿下若想以仁德赢得天下,不仅要有悲天悯人的心肠,还要学会原谅自己的敌人。"

忽必烈点头,"本王明白了。先生放心,待明日大军离开蒙舍镇时,本王自会释放所有蒙舍镇的百姓和降卒。至于蒙舍镇,请先生费心替本王另择主将镇之。"

"是,老臣定当不辱王命。"窦默心情愉快,施礼而退。

目送窦默离去,罗凤感慨道:"这老头儿,跟你说话真不客气。"

忽必烈不以为然,"夫子一向如此,习惯了倒不觉得什么。"

罗凤拍了拍忽必烈的胳膊,"你大人有大量,将来一定可以活到高寿。"

忽必烈笑道:"如此,便借你吉言了。"

从蒙舍镇进兵,攻打最宁镇的时候,忽必烈稍稍大意了些,罗凤便溜到了战场上去找他。又一轮进攻开始,忽必烈见流矢横飞,担心得要命。他正要吩咐燕真强行带走罗凤,恰在这时,一支箭从城头方向飞来,罗凤眼疾手快,用力撞开忽必烈,自己却被箭穿透了胸膛……

罗凤真正清醒时,已安睡在自己的竹寨中。忽必烈派燕真和许国祯已将她送回摩些城寨。途中,怕她太疼,更怕她闹着不肯回家,许国祯配制了一剂药,让她在昏睡中边疗伤边回到了父母身旁。

此后,忽必烈一直都是通过与阿良的往来书信了解罗凤的情况。

四镇俱下,忽必烈率中路军按照预定计划逐次拔除四郡,之后转进龙首关,与东路军和西路军会合。

四月,蒙古三路大军如期会师于龙首关。

高氏兄弟在龙首关、龙尾关置有重兵。龙首关距太和城七十里,龙尾关距太和城只有三十里,一旦两关尽失,太和城便岌岌可危了。高和决定亲往龙尾关督战,但在此前,他必须做完一件事。

忽必烈在众将陪同下巡视了龙首关周围的山形地貌。回到军帐后,他请众将都谈谈各自的想法。

阿术到底年轻,沉不住气,率先提议将刚刚会合的三路大军仍旧一分为三,由忽必烈所率的中路军负责正面佯攻,东路军和西路军迂回侧后,待两军迂回成功,再由东路军负责阻截龙尾关之敌,西路军配合中路军对龙首关展开进攻。这样一来可切断龙首、龙尾二关守军的彼此策应,二来前后夹击,龙首关必然难守。阿术所献不失为上策,忽必烈征询其余众将和幕僚们的意见,大家均表示赞同。

忽必烈依计而行,传下将令。俟众人离去,他留下了阿术。

阿术陪着忽必烈来到大帐外面。

落日的余晖映照在阿术英气的脸上,忽必烈看着他,内心颇感欣慰。经过远征大理的锻炼,阿术越发显示出他的机智果断。忽必烈相信,只要假以时日,阿术一定能建立起不逊于其祖其父的功勋。有一点忽必烈与祖父十分相像,他们天性爱才惜才。何况,阿术从小在忽必烈身边长大,忽必烈钟爱他的才干,更信得过这个年轻人的人品。

阿术不知道忽必烈在想什么,他想到了另外一件事情。

"殿下,臣刚刚得到消息,半空和寨的首领阿塔剌和他夫人已被高和软禁在太和城,高和的目的,大概是想通过这种方式令阿塔剌的家人及半空和寨的寨兵们投鼠忌器,不致因无法坚守而弃寨而降。"

大理境内的三十七个部落中,以波丽部和半空和寨最难攻打。两年前,高和为拉拢半空和寨,将高祥之女、自己的侄女匀康许配给阿塔剌。阿良迎降后,曾将各个部落的守备情况对忽必烈做了详细介绍。基于战略考虑,忽必烈在兵分三路时,命兀良合台绕过半空和寨不打,命末哥绕过波丽部不打,先下其他城寨。不料,忽必烈的这个部署引起了高和怀疑,他遂将阿塔剌骗到太和城软禁起来。

听阿术提及此事,忽必烈让他说说想法。阿术说:"阿塔剌虽是高祥女婿,但高氏兄弟并不信任他。他们一定以为,只要阿塔剌在他们手上,我们攻打半空和寨时,其子提奴必定破釜沉舟,与我决一死战。如此,也能达到高氏兄弟欲借提奴的抵抗,最大限度牵制和消耗我军力量的目的。他们哪里知道,背信弃义之人,只会加速众部酋的离心离德。"

忽必烈深以为然。

"殿下,高氏兄弟对自己的至亲都能这般无情无义,实在令人齿冷。待龙首龙尾二关俱下,臣愿请命为先锋,围攻太和城,誓取高祥、高和性命。"

忽必烈略一沉吟,"本王的想法,待攻下龙首、龙尾二关,本王与你父子二人兵分两路,本王和末哥大王引军攻打波丽部,你父子绕路而行,直驱紫城。一旦攻下波丽部,本王立刻转进半空和寨。"

"黑白鬼蛮三十七部只剩波丽部和半空和寨未降,因此,高氏兄弟赖以抵抗的除龙首、龙尾关外,只剩太和城、紫城和善阐府。殿下放心,臣父子定以两城一府来献殿下。"

高和亲自到龙首、龙尾二关督战,但也无法抵挡蒙古军的锋芒。龙首关三日而下,龙尾关四日而下,高和带领残兵败将逃回太和城。

龙尾关既下,蒙古军按计划兵分两路,由兀良合台、阿术父子率军攻打太和城及紫城,忽必烈则与末哥兵合一处,攻打白蛮波丽部。

忽必烈和末哥率领大军来到波丽部时,情势发生了变化,波丽部酋长细嵯甫请降。忽必烈兵不血刃拿下波丽部,安抚了细嵯甫后,遣末哥先行围困善阐府,等待与兀良合台会合,合力攻下善阐府。他则挥师攻打半空和寨。这时,高和已下令毒杀了阿塔剌夫妇,提奴尚且不知父亲死讯,已做好了抵抗的准备。

蒙古军几次对半空和寨发起进攻,均被提奴引军击退。

忽必烈不想在半空和寨做无谓的牺牲,一边遣使入城,将高氏兄弟毒死阿塔剌酋长的情况告知提奴,劝说提奴献城投降,一边派出几支小分队四处侦察地形,寻找半空和寨的突破口。

提奴对父亲的死讯将信将疑,他撵走使者,命令全军严阵以待。

第二天,蒙古军未向半空和寨发起攻击。第三天、第四天同样如此。提奴猜不出忽必烈在搞什么名堂,心中狐疑,十分不安。

第五天凌晨,看守水道的寨兵败回寨中,他们给提奴带回了一个最让他担心的消息:忽必烈数日不战,原来是派人暗中抢占了半空和寨的汲水水道。

半空和寨无井,全靠从山中汲水以供应日常所需,是以,无论官府还是百姓家中均无多少存水。忽必烈派出人马侦知此情,当即定下一计,令燕真率领五百名武艺高强的侍卫黛夜上山,一举夺得水道。

转眼,蒙古军切断水道已有数日。尽管提奴严令节水,断水的恐慌仍在城寨里弥漫开来。提奴数次派寨兵意图夺回水道,均被燕真引军击溃,而半空和寨因此损失的兵力,比之蒙古军围攻城寨时损失的兵力还要多出几倍。

半个月后,城寨中全面断水,要求投降的呼声从无到有,日渐高涨。提奴愁肠百结,束手无策。

寨中全面断水的第三个夜晚,为了夺回水道,提奴决定利用地形熟识,趁夜偷袭看守水道的蒙古军。这次,提奴不惜血本,几乎派出了山寨中全部的精锐力量,他很清楚,若这最后一次的努力也宣告失败,他只有向蒙古军投降一条路了。

攻击开始后,提奴率领军队一度攻占水道,蒙古军不敌而退。极度缺水的寨兵们面对眼前汩汩流动的泉水,再也无法抵抗其诱惑,蜂拥而上,抢饮甘泉。拥挤中,竟有不少寨兵被挤下水道,落入山涧。提奴无法阻止,正在心焦,蓦见燕真引军杀回。

蒙古军真是去得快,来得更快,显然一切早有筹算。与之相反,半空和寨的寨兵只顾拥在水道旁抢水喝,随身兵器扔得到处都是,眼看着蒙古军退而复返,仓促间根本来不及整军迎战。

提奴情知中计,带少数残兵败将拼死杀出重围,余者,不是被蒙古军剿灭,便是跪地投降了。

夺回水道的最后一线希望破灭,城寨之破已成定局,万般无奈下,提奴决定投降。

天明时,他提笔修书一封,派二十名使者进入蒙古军营,将信交与忽必烈。信中,提奴请求忽必烈大王给他两天时间,允许他安排投降诸事。

部分将领担心提奴在耍花招,不同意给他两天时间,请求乘胜攻打城寨。忽必烈耐心地说服了这些将领，痛快地答应了提奴提出的宽限两天的条件。这且不论，最令使者震惊也感动的是，忽必烈虽未将水道还给半空和寨，却命人备水百余桶，令使者带回寨中，以供寨中军民两天的饮水之用。

水到城寨，提奴心存疑虑，取水饮马，看到马匹皆安然无恙，才终于相信了忽必烈的诚意。

天地之大，无过于人之胸怀。提奴心想，这句耳熟能详的名言说的或许就是忽必烈这样的人吧？

捌

两日后，提奴率众出降。至前一晚，他已从其他渠道证实了父亲的死讯。

为报父仇，提奴主动提出协助兀良合台父子攻打紫城和太和城，取高氏兄弟首级。忽必烈同意了他的请求。

半空和寨既平，忽必烈入寨抚民。不久，兀良合台父子拿下大理国都紫城，忽必烈亲临紫城，他在任命紫城所有重要官员后，派兀良合台肃清善阐府外围力量，派阿术和提奴攻打太和城，他自己则率中路军回师摩些城寨。

自进入大理境内，历时半年，除尚有太和城和善阐府等少数几个城池未被攻陷外，其余城寨皆归蒙古所有。忽必烈准备一旦大理国主段兴智成擒，他便立刻率领主力返回漠南驻跸之地，只留两万人，由兀良合台父子率领，继续完成对大理偏远诸地及交趾（今河内）诸城的征服。

他很清楚，金国虽亡，国家已据有中原之地，但忙于开疆拓土的蒙古帝国还远远没有达到令天下归心的目的，为此，必须相应采取整肃吏制、鼓励农桑等一系列措施，为帝国积累财富，争取民心。

为此，他接受了子聪和尚、姚枢、张文谦（姚枢、张文谦在黄龙镇建渠工程完工后，已赶来大理与忽必烈会合）的建议，决定在金莲川附近选择合适的地点兴建府城，以作长期经营之打算。

五月，阿术和提奴在攻下太和城后，与末哥、兀良合台会合，包围了善阐府。

高氏兄弟于大理境内诸地皆失，被迫退守善阐府，这是他们最后的据点。

善阐府依山傍水，比之太和城更加易守难攻。末哥接受兀良合台的建议,将军队一分为四,由阿术率前军,末哥率中军,他率后军,提奴率半空和寨寨兵,四支大军轮番对善阐府发起进攻,战斗昼夜不停。

七日后,善阐府守军力竭,高和亲至城头督战,被阿术认出。阿术引弓搭箭,射向高和。在蒙古新一代将领中,阿术文武兼备,箭法尤其精准,只见这一箭闪过高和的头盔,正中他的鼻梁。

高和惨叫一声,倒在地上。随从上前救护,见他还有气息,忙将他抬回帅府。高祥闻讯赶来探视,军中大夫正给高和诊视,高祥从大夫的表情上,已看出高和的伤势不容乐观。

高和艰难地转了转头,视线落在高祥的脸上。他以为高祥一定会吩咐大夫想方设法救治他,不料高祥挥挥手,屏退了所有人,包括大夫在内。

寂静的帅帐里,兄弟二人脸对脸,互相看了好一阵。高和的头脑依旧清醒,他看到高祥的眼睛里,分明闪动着恶毒的光芒。

"大哥,救救我!"高和声息微弱地恳求,他说话的声音断断续续,高祥几乎听不清他在说什么。不过,无论高和说什么,对他来说都毫无意义了。

"大哥……"

"大哥?别,我当不起。我没有你这样的兄弟。"高祥冷冷地截断了高和的话。

"大哥,你怎么……危险……城中的局势很……"高和艰难地说着,听起来有点儿语无伦次。

高祥完全明白他的意思,"局势危险,很好啊。兵败的话,我会死,这又有什么!重要的是,我到底看到你死在了我的前头。"

高和震惊地望着兄长,"高祥,你这话是什么意思?你是在恨我在报复吗?"

"恨你?哼,没错,我恨不得亲手杀了你!但我没有报复你,这是本主神给你的报应!瞧瞧你的眼神,你终于觉得害怕了吗?你觉得自己死得冤枉吗?不管你在想些什么,都到地下去跟我的女儿和女婿解释吧。别忘了,是你害死了我女儿匀康,害死了她肚里的孩子。"

"可所有这一切我都是经过你同意才去做的呀。况且,我并没打算把匀康怎么样,我只是让她毒死阿塔剌。喝下毒酒,是她自己的选择。"

"匀康是个怎样的孩子,有着怎样的品性,你难道不清楚吗?你还说我同意?你竟然说我同意?我不同意行吗?我不默默地隐忍,死得一定比匀康还早。你手中握有权力时,握有从我手中窃取的权力时,你何尝顾念过我这个大哥!这几年,要不是我假装沉溺于酒色,假装浑浑噩噩地生活,恐怕你早将我除之而后快了。你说,我要你现在跟我说清楚,我那次生病,生那场差点儿要了命的病,是不是也是你的'杰作'?你到底在我的膳食里加了什么东西?"

高和笑了,笑声沙沙的,令人想起在草丛中爬动的蛇。

"你笑什么?"

"兄弟,这就是兄弟。"高和喃喃。

高祥面无表情。

高和伸手握住箭杆,他的呼吸越来越困难,必须拔掉这个可恶的东西才行。高祥知道高和要做什么,根本不加阻止。兄弟俩再次默默对视,这是他们用心力所做的最后较量,武器是眼睛。他们的目光里有着完全不同的内容,高祥是仇恨,高和是轻蔑。"仇恨"与"轻蔑"较量的结果,是高祥避开了自己的视线。

高和笑了,笑得很低沉,很得意。他大叫一声,用力拔出箭杆,鲜血顺着鼻翼流下他的脸颊,使他一张濒死的脸看起来格外可怖。

高祥摇晃着他的身体,"说,快说,你到底给我用了什么毒?"

"报应!"高和用尽全力大叫一声,松开手里的箭杆,头慢慢地歪向一边。

被高和的叫声引入屋内的人们都被眼前的惨景惊呆了。良久,他们看到高祥回过头来,高祥的脸色比死去的高和还要难看。

高祥果决地传下命令:"去请国主。传高演习和杨演览过来见我。"

高祥究竟怎样处理高和的遗体大家不得而知,反正等高智升和杨喜辰赶到帅府时,只看到高祥和他的贴身护卫。三人见面,高祥平静地说了一句:"高和死了。"

高智升和杨喜辰四目相对,谁也没有吭声。高祥自顾自地说下去:"我要带国主离开善阐府,现在就走。"

杨喜辰一言不发。高智升沉默片刻,问道:"丞相意欲退向哪里?"

"姚州。姚州地形复杂,正可与蒙古军周旋。若善阐府守不住,你们不妨尽快撤退,到姚州与我会合。"

高智升看了杨喜辰一眼,杨喜辰始终一副莫测高深的表情。

"杨演览,我们是守是走,你倒是说句话呀!"高智升看不透杨喜辰的内心时,往往会变得很烦躁。偏这又是经常发生的事情。他始终不敢对杨喜辰得罪太深,杨喜辰在将士心目中拥有的威望远非他可比,弄不好,他没把杨喜辰怎样,自己倒先栽在杨喜辰的手中。

高祥也看着杨喜辰。在他的心目中,杨喜辰是他弟弟高和的人。

对于高智升的诘问,杨喜辰平静地回答:"高丞相、高演习,你们一起走吧。杨某来守城。杨某答应你们,一定会坚守到你们安全撤出善阐府为止。"

高祥、高智升一惊。高祥问道："你这话是什么意思？"

高智升也问："你想怎么样？"

杨喜辰尚未回答，却见高祥的部将气急败坏地冲了进来，"丞相。"

高祥只觉心窝里顿时凉了半截，"怎么了？"

"国主他……他……不见了。"

高祥、高智升同时"啊"了一声，又齐刷刷地将目光投在杨喜辰脸上。杨喜辰泰然自若地迎住了他们的目光，神态平静如初。

"杨演览，国主为何会在善阐府失踪？"高祥问，尽量将语气放得和缓些。这也是没办法，此时的杨喜辰成了他们谁都得罪不起的人物。

"唔，不是大事，我派人接走了国主。"

"你？为什么？"

"国主待在我身边要安全些，他实在不想过这种疲于奔命的生活了。蒙古军围城时，他派人找到我，把他的想法对我说了。我按照他的意愿，派人把他接到了我的府上。"杨喜辰不慌不忙地解释着。轻描淡写的语气，却隐藏着不容置疑的威严。

"你！你！你！"高智升不妨杨喜辰来这一手，一时怒极，连句完整的话都说不出来了。他的脸色铁青，那样子仿佛被人勒住脖子，随时都会背过气去。

与高智升相比，高祥显得冷静多了，他试图说服杨喜辰，"杨演览，我高家待你不薄，你何故临阵变节，卖主求荣？"

杨喜辰微微冷笑，"高丞相此言差矣。杨某身为大理国人，心目中只有一个国主，就是段国主。杨某对段国主以性命相护，怎么能说杨某卖主求荣？至于临阵变节，杨某若果真临阵变节，何必苦苦劝二位即刻出城，拿住二位去向蒙古人邀功岂不更好？杨某与二位共事一场，不忍过分相逼。请二位带领你们的人马从速出城，杨某说到做到，一定会坚守到你们安全撤离为止。"

事已至此，高祥、高智升知道再说什么也是白费唇舌。三十六计走为上，倘若再拖延下去，只怕他们到时想走也走不成了。

杨喜辰果真是个一言九鼎的汉子，不仅将高祥、高智升放出善阐城，而且在确定他们安全撤离后，方命将士在城楼上升起白旗。

玖

兀良合台在第二份呈送给忽必烈的战报中，报告了段兴智归降的喜讯。

忽必烈将窦默为他起草的谕令交给传令兵,命送往兀良合台军营。谕令中,忽必烈说他将择定吉日,亲往紫城接见段兴智。

与此同时,由驿兵将大理全境平定的捷报呈抵和林万安宫。

在等待圣旨的这段时间里,数千里转战后回到摩些城寨的忽必烈,总算与罗凤有了一段独处的时光。

六月初,忽必烈在自己军营举办了一场盛大宴会,以答谢阿良夫妇,犒赏随他一起浴血奋战的将士。

在喜庆的日子里,在庆祝胜利时,在国家招待别国使臣或贵宾时,都会举行盛大的宴会,这种习惯从成吉思汗时延续至今。蒙哥即位后出于与民休养生息的考虑,想方设法充裕国库,加之他本人不喜宴乐,力行节俭,是以宫廷内举办宴会的次数锐减。即便如此,他对诸王、贵族所举办的极尽豪奢的宴会也不能完全加以限制,许多时候不得不选择睁只眼闭只眼。

至于忽必烈,他的个性本与长兄不同,他身上明显缺少蒙哥的严谨与沉毅,相反,他更像祖父成吉思汗,对任何新鲜事物都保有一颗不泯的童心。他喜欢探求,也喜欢尝试,能吃苦,同样不拒绝享乐。

他的另一个优点是心胸宽广,知错必改。这点,凡是跟随他多年的藩府将臣都了然于胸,他们很知道什么时候可以适当纵容他,什么时候又该跟他据理力争。例如,像今天这种铺排的盛宴,他们即便认为没有太多必要,也不会横加阻拦。

不管怎么说,在短短七个月的时间内,忽必烈征服了大理全境,如此显赫的战功,也确实值得庆贺一番了。

忽必烈从中原和蒙古带来的御厨,三天前已开始为宴会做着准备。在物产不如中原和南宋丰富的大理,他们挖空心思,煎炒烹炸炖,竟然制作出七十二道尽显蒙、藏、汉及大理本土特色的菜肴。宴会开始之后,这七十二道菜将分八次上完,每次上九道,暗合了蒙古人崇尚"九"的心理和习惯。

酒的种类倒是不多,只有马奶酒、西域葡萄酒、南宋的粮食酒、大理的果酒四种,但备量很充足,全凭个人喜好尽情取用。

罗凤也罢,阿良夫妇也罢,还是第一次参加如此豪放又如此奢侈的宴会。上次在弋刺草原上的黄龙镇,忽必烈也举办过一次宴会,但与此次相比,罗凤不过是随忽必烈吃了顿便饭而已。再往后行军和征战中的饮食更为简单,只有今天的此刻,罗凤才算是真正领略了肉山酒海的含义。

酒宴上最助兴的永远是音乐及歌舞。忽必烈这次出征大理,带了五十名乐师和二十余种近百件乐器随行。阿良酋长迎降时,忽必烈将一半乐师和乐器赐予摩些城寨。对忽必烈而言,这是一种特别的放松身心的办法,无论战事多么酷烈,但有闲暇,他必定会邀藩府将臣共赏歌舞,谈古论今。

第一轮九道菜很快被穿梭于大帐中的侍女摆在每个人面前,众人颇有默契地停下交谈,一起望向忽必烈。忽必烈明白他们的意思,满面笑容地发表了一个简短又不失热情的讲话,话音落时,音乐徐徐响起。

众人一起举杯,敬献他们的殿下。

罗凤不常饮辛辣的粮食白酒,大理地区虽有用各种粮食制成的白酒,然而工艺终究不及宋地。忽必烈为罗凤倒了一杯宋朝进贡的北宋名酒蓝桥风月,罗凤爽快地一饮而尽。

蓝桥风月果然性烈,一杯酒刚刚下肚,罗凤就有了种晕晕乎乎的感觉,脸颊阵阵发热,粉脸犹如艳丽的桃花。

忽必烈望着罗凤微微一笑,夹起块儿酱鹅脯放在罗凤面前的银盘中,催促她多吃些压压酒。

看到忽必烈大王对自己的女儿如此体贴,阿良酋长和孔雀夫人的心里都不由得暖融融的。毕竟是母亲,孔雀夫人感动之余,鼻子一酸,眼泪差点掉了下来。

当第二轮、第三轮的九道菜被侍女换上时,大帐中的气氛更加热烈,眼前只见觥筹交错,耳畔只闻笑语声声。

终于,七十二道佳肴全部呈上,忽必烈便于喜宴之上,当着众人的面,正式向阿良夫妇求婚,请他们将女儿罗凤嫁给自己为妃。

阿良酋长和孔雀夫人即使舍不得女儿远嫁,也不能拒绝忽必烈的请求。原因很简单,这不只是忽必烈的心愿,也是女儿的心愿。罗凤是个至情至性的女孩,从她爱上忽必烈的那刻起,她的心中眼中便只有她深爱的男人,哪怕前路多艰,她也只想跟随在他的身边。

这时面对着多少双眼睛,换了别的女孩,即便幸福,也会害羞。罗凤却丝毫不觉得羞涩,她睁着一双亮晶晶的眼睛,笑嘻嘻地看着忽必烈问道:"你确定吗?"

忽必烈有意模仿她的语气回答:"什么确定不确定的,我不是已经向你爹你娘求婚了吗?"

"这么说,你现在才是真正地相信我了?"

此言一出,除燕真之外众人都是一愣。忽必烈不免尴尬,端着酒杯的手轻轻一抖,几滴酒液洒出了杯口。

罗凤还想说什么,燕真急忙趋前说道:"公主,蒙舍镇多亏公主赠药解毒,最宁镇又是公主舍身救了殿下,臣感激不尽,还未顾上敬公主一杯。公主若不嫌弃,请喝了臣的敬酒。"

罗凤怎么可能嫌弃！在忽必烈的部曲中，燕真是蒙她赏赐"白眼"最多的一个，凭这，她与燕真的关系也比其他人随意。

她喝了燕真的敬酒，燕真又敬她一杯。经过燕真这么一打岔，她已经忘了自己刚才要说的话。

忽必烈从心里给燕真记了一功。罗凤天真烂漫，口无遮拦，若在大庭广众之下将那件事说了出来，可也真够他难为情的。

拾

其实，忽必烈虽与罗凤两情相悦，但他们真正走到求婚这一步，还是经历了不少波折。

攻打最宁镇时，罗凤为救忽必烈受伤。待罗凤伤情稍稍稳定，忽必烈派许国祯和燕真将她护送回摩些城寨休养。之后的信中，他答应过罗凤，只要他征战归来，肯定第一个去看望她。忽必烈是个一言九鼎的男人，他在攻下半空和寨，回到丽江附近驻营时已近亥时，尽管夜色深沉，归程疲惫，忽必烈仍信守诺言，带着燕真和一干侍卫前往竹寮。行至离竹寮不远，忽必烈留下侍卫，只带燕真步行往竹寮而来。

他们离竹寮十多米时，竹寮中的灯光突然熄灭了，片刻，又亮了起来。灯光重新亮起的瞬间，忽必烈看到了一个人。这个人是阿挪，正站在通往卧房门前的木台上。

挺拔的、犹如玉树临风般的身形，凝重的姿态，是阿挪给忽必烈留下的最为深刻的印象，因此，他绝不会弄错。

进入大理国前，通过窦默等人的介绍，忽必烈对大理国的习俗了解颇多。他知道，在大理国，女子的地位通常很高，她们不仅有权参决部族事务，而且在婚姻上有一定的自主权。特别是未嫁的姑娘，只要她有足够的魅力，可以拥有众多心上人……忽必烈的心里一直有些纳闷，他早发现，在摩些城寨中，阿挪似乎是个身份、地位都极为特殊的人物，这种特殊之处在于，整个摩些城寨，几乎所有人都尊重他，喜爱他，信任他，包括阿良夫妇和罗凤在内。而今，连忽必烈也分明感受到了这种特殊：与阿挪只有一面之交的他，却在蒙蒙夜色中一眼认出了他。

在摩些城寨，阿挪不仅会写最漂亮的字，会看天象，会制作钟漏、农具，会酿酒，而且会炼制神奇的药丸。阿挪的药丸治好过许多人的病。在方圆几百里的城寨中,阿挪比那些鬼主还要受人尊敬,甚至鬼主本人都得承认阿挪无所不知、无所不能。这样的阿挪,想必与罗凤有着某种特殊的关系,否则,阿挪夜晚出现在罗凤的竹寮就实在无法解释了。

阿挪在木台上停留了大约一刻钟,随后,他走下高高的木梯,离开了竹寮。

忽必烈不知道阿挪是否看到他,更不知道同时塞进脑海里的那些乱七八糟的念头哪一个才更接近真相。他只是那样站着,默默地站着,眼睛望着罗凤的竹寮,直到竹寮中的灯光又一次熄灭,他才离开了那里。

这件事在忽必烈的心中投下阴影,让他不仅"食言"——他没有像自己答应过的那样第一时间去看望罗凤——而且,他对罗凤的态度开始变得克制,克制中还有些许冷淡。罗凤再单纯开朗,也是恋爱中的女孩子,哪有恋爱中的女孩子对自己深爱的人在态度上的变化不在意,不敏感?忽必烈的疏远深深地伤害了她。那是一段对忽必烈和罗凤而言都极其痛苦的时光,最后若非阿挪出面向忽必烈解释了一切,一对有情人便很可能在误会中天各一方。

原来那天,阿挪是想劝罗凤不要离开摩些城寨,不要离开父母。阿挪的确爱慕着罗凤,但他知道,罗凤的心中只有她的"殿下"。他来到竹寮时天色已晚,当时,沐浴着清幽的月光,他突然想明白了一件事:罗凤是个痴情又执着的女孩,他的劝说毫无意义。而且,无论幸福悲伤,罗凤有权选择自己的人生。于是,他离开了竹寮。而忽必烈看到的,恰恰是阿挪出现在木台上和他离开的那一幕。

正式求婚前,忽必烈在向罗凤讲明此事并吞吞吐吐地道歉时表达了这样一种心意:"我记得你跟我说过,在大理许多城寨,女人地位很高,尚未出嫁的女子可以拥有许多心上人。我不想成为你众多心上人中的一个。"

罗凤这才明白忽必烈对她态度大变的原委。她很开心,她爱的人并没有食言,只是误会了她与阿挪的关系。她更开心,忽必烈为她吃醋的那段时间,事实上比她更受煎熬……话既谈开,罗凤立刻将不快不解通通抛到九霄云外,与她的殿下和好如初。

不负忽必烈所望,兀良合台的第三份战报送抵他的案头。善阐府被攻克后,高祥在高智升的保护下逃往姚州。兀良合台父子和提奴一路追击,在姚州附近将高祥生擒,继而攻克姚州。高智升自杀。提奴报仇心切,手刃高祥,取其首级。兀良合台同意提奴将高祥的首级带回半空和寨祭奠阿塔剌酋长的英灵。随后,兀良合台父子与提奴在姚州分兵,提奴转回半空和寨,持忽必烈所授虎符,仍为一寨之主。

六月中旬,圣旨到达,忽必烈遂在紫城隆重接见了大理国主段兴智。

紫城,是南诏时期的国都。城北二里点苍山的应乐峰麓,矗立着唐开成元年(836年)兴建的南诏崇圣寺三塔,大塔居前,两座小塔稍后,分南北而立,成三足鼎立之势。

南诏大衙门,有"上重楼"层叠之状,气势恢宏。重楼左右又有两条阶道相通,高二丈余,砌以青石台阶。楼前方二三里,南北城门相对,是平民、商旅来往的通衢。从楼下门行三百步至第二重门,有门屋五间。

入第二重门,行二百余步,至第三重门,门两旁排列着刀枪剑戟十八般兵器,上有重楼。入门是屏墙,又行一百余步,至大厅,台阶高达一丈有余,重屋制如蛛网,架空无柱。两边皆有门楼,下临清池。大厅后有若干小厅,小厅后即南诏宅第。

客馆在门楼外东南二里,馆前有一凉亭,亭临方池,周回一里,水深数丈,鱼鳖遨游其间。其大厅的建筑,也是中原自六朝以来颇为流行的一种无梁殿式。城南苍山玉局峰下,就是著名的五华楼。

五华楼是南诏时的迎宾馆,兴建于南诏王劝丰佑天启十七年(856年)。方形,周长五里,高十丈,楼上可住万人,楼下竖立着一排三丈多高的旗杆。这里是接待西南各族首领的寝宫。

忽必烈在五华楼接见段兴智时罗凤也在场。

现在,忽必烈俨然已将罗凤置于王妃的地位。对此,罗凤本人浑然不觉,她只是满足于这种能与忽必烈朝夕相处的日子。

罗凤很小的时候,段兴智经常能见到她,对她格外喜爱。而今罗凤有了好的归宿,段兴智真心实意地为她感到高兴。接见仪式上,忽必烈与段兴智言谈甚洽。作为亡国之君,段兴智一生懦弱,忽必烈并未因此看轻他。忽必烈的宽厚与仁慈,使段兴智和杨喜辰向他敞开了心扉。

仪式即将结束时,忽必烈亲自向段兴智宣读了蒙哥汗圣旨。在圣旨中,蒙哥效仿历代以夷治夷之故事,将段兴智封为"摩诃罗嵯"(意即"大王"),继续统治大理全境。而原善阐府演览杨喜辰审时度势,救主献城有功,被破格加封为大理国万户长,仍坐镇善阐府,辅佐段兴智。

与此同时,蒙哥出于安抚大理人心的需要,接受忽必烈的建议,下令在大理设立十九个万户,万户下设千户,千户下设百户。如此一来,既重用了故土统治者,又加强了对大理全境的军事管理。段兴智感于蒙哥宽宥重用之恩,与忽必烈约定,来年开春,他将亲自北上谒见蒙哥汗,届时,他希望能与忽必烈在万安宫重聚。

处理完一应事宜,忽必烈特意抽出半天时间带罗凤上街游玩。按照罗凤的指点,他到一家百年老店购得一匹大理白马和一把锋利无比的郁刀,如此一来,加上象皮甲胄,忽必烈拥有了罗凤所说的大理国所有宝物。

拾壹

忽必烈与罗凤的婚礼定在六月二十八日,此前的六月二十四日,是大理国万众狂欢的火把节。六月二十八日既是吉祥之期,同时也是忽必烈应罗凤之请,在大理度过火把节再将她带回草原。

火把节是大理国最重要的节日,每到这一天,人们都会整夜地点燃火把,在亮如白昼的场地上歌舞嬉戏,一直到第二天六月二十五日方才散去。

关于火把节,有两个不同版本的美丽传说。

其中一个传说是这样的:汉将郭将军杀害了大理首领曼阿奴,他见曼阿奴的妻子阿南美如天仙,便起了强占她的念头。阿南誓死不从,在六月二十四日这天夜里,点燃竹寮自焚以殉其夫。郭将军命附近的百姓和士兵赶来救火,大火扑灭时已是二十五日子时。人们在竹寮里找到阿南的尸体,发现她胸口上插着一柄短刀。想必阿南担心火势在她死前会被扑灭,是以在火中持刀自刎。据说郭将军看到阿南尸体的那一刻,眼中流下泪水,还说了一句话——恨不相识未嫁时。从此,每到阿南仙逝这天,大理境内的各族百姓相约持炬以吊,久而久之,形成了后来的火把节。

另一个传说是——南诏王皮逻阁为兼并其他五诏,以夏历六月二十四祭祖为名,召集各诏诏主会合于预建的松明楼,阴谋纵火将他们全部烧死。摩些诏——也就是阿良的先祖因路途遥远拒绝赴约,邆赕诏诏主欲往,其妻慈善夫人担心皮逻阁别有所图,劝夫君留在家中。奈何邆赕诏诏主不听劝告,执意前往,慈善夫人遂将一只铁镯戴在丈夫的手臂上。六月二十四日晚,松明楼火起,四诏诏主被烧死于楼中。当时四诏诏主皆只剩骸骨,其余三诏诏主根本无从辨认,只有邆赕诏诏主因臂上戴有铁镯被慈善夫人认回安葬。皮逻阁一向垂涎慈善夫人的贤德聪慧,其夫既死,他便派使者假借吊唁为名向慈善夫人求婚。慈善夫人断然拒绝,并说要她嫁给人面兽心的南诏王,除非天做地、地做天。她知道皮逻阁不会善罢甘休,随即做好了筑城抵抗的准备。果不出她所料,使者回去转述她的话后,皮逻阁恼羞成怒,立率大军进攻邆赕城。慈善夫人抵抗多日,终因城中断粮自杀。皮逻阁虽攻下邆赕城,却只能怏怏而回。后人感于慈善夫人之贤,遂在邆赕诏诏主死去的那天点燃火把以示纪念。

忽必烈敬重这两位忠烈节义的女子,对火把节也充满期待。

从紫城返回当天,罗凤仍住在竹寮中。火把节后,她回到爹娘身边将自己装扮一新。她出嫁的前一个晚上,阿良酋长和孔雀夫人在女儿的竹寮中待了很久,他们知道,一旦女儿成为王妃,随忽必烈大王回师北方,他们再想与远嫁到数千里之外的女儿见上一面,那绝不是一件容易的事情。

罗凤的心里还从来不曾像现在这样难过悲伤。这许多年来,她依仗着爹娘的惯宠调皮任性,为所欲为。尤其是爹,她总与爹争争吵吵,从来不把爹当成部族的酋长来尊敬, 爹表面上似乎很恼怒, 总是威胁着要踢她或揍她一顿,其实她知道,爹在内心是把这种争吵当成了生活中的一种乐趣,当成了对她的爱宠。如今,她就要离开他们,才发现自己有多么舍不得他们。

孔雀夫人送给女儿一盒粒大饱满、晶莹圆润的珍珠。这些珍珠,每一粒都是上品之选。这不算真正的陪嫁,只是一种珍贵的压箱之物。孔雀夫人把如此珍贵的礼物送给女儿,是想女儿到蒙古后,可以体面地把它分赠给忽必烈身边的人。

孔雀夫人嘱咐了女儿许多话,最多的,还是要她专心做一位好妻子,不能再像做姑娘时那么不懂规矩,随心所欲。罗凤虽未反驳,心里却不以为然。她知道,殿下最喜欢她的还是她无忧无虑的性格,何况,不论她有多爱殿下,也决不会因为殿下而改变自己。

改变了自己,这场婚姻将失去她的期待。

阿良是男人,是父亲,自然不会像妻子那样唠唠叨叨,可在内心深处,他舍不得女儿的心情绝不亚于妻子。

母女连心,哭了笑了,该嘱咐的都嘱咐了,罗凤告诉爹娘,殿下答应过她,等她怀上孩子后,一定派人把她送回大理待产。尽管不知道这个良好的愿望最终能否实现,但阿良夫妇的内心仍为之轻松了不少。忽必烈大王是个做大事的男人,难为他还有如此细腻的情肠。

事实证明, 忽必烈一言九鼎。一年多后的九月九日 (1254 年 10 月 24 日),罗凤为忽必烈生下一子,孩子满月那天,蔚蓝色的洱海上空白鹤竞飞、彩蝶曼舞。阿良夫妇陪着女儿按照当地的习俗祈福,他们一道将孩子放入一只插满鲜花、扎着彩带的竹篮中,徐徐推入碧波荡漾的洱海,不多时,竹篮便向湖心缓缓漂去……

这是后话。

见天色已晚,阿良夫妇告别女儿,罗凤一直将他们送出竹寮。孔雀夫人回身抱住女儿,在她的额头上深情地吻了一下。

"娘,你一定要照顾好自己,照顾好我爹,等我回来。我生产前一定回来。虽然路途遥远,你和我爹也可以去中原看我。对了,国主跟殿下约定,明年要亲往草原觐见大汗,到时候,爹和娘也一起去吧。"

"好,我们正有这个打算。"

阿良刚要扶着妻子登上马车,罗凤哽咽地叫住了他:"爹。"

阿良扭头,向女儿微微一笑,笑容十分勉强,"怎么?"

"爹,我走后,谁来跟你吵架呀?"说完这句话,罗凤泪水涟涟地扑进父亲的怀抱。自从过了十岁生日,她还从来不曾让爹拥抱过她呢。

阿良伸出一只手,笨拙地轻拍着女儿的后背。他的眼眶早已变得通红,幸亏有夜色做掩护,别人看不到他的失态。他不能让别人看到他流泪,孔雀夫人却顾不得许多,望着父女二人,泪流满面。

罗凤接着说了一句话,孔雀夫人听完,又破涕为笑了。

罗凤说:"娘,你抓紧时间再给我生个妹妹吧,我来教她怎么跟我爹吵架。"

忽必烈也有事情要问罗凤,不过那时他们已离开大理,正在班师途中。

忽必烈要问的是:"我们第一次相识,你不是给我看过手相吗?我一直想问你,你从我的手相上看出了什么?当时,你怎么不肯往下说了?是不是看不明白?"

罗凤回答:"才不是呢。现在告诉你也没什么了。不知道你注意过没有,一般人的手心里都有三道粗纹路,像个'川'字,还有许多细小纹路,枝枝杈杈的,因着长短、走向不同,显示着不同的运势和命运。你的手相非常特别,只有两道纹路,像一个反写着的'人'字,而且这个'人'字非常清晰,根本不受周围细小纹路的影响。我七岁时,爹请一位大理最有名的天师道道长给我算过一卦,道长说,我长大后,会嫁给一位手中握有'人'字的男人。那天看到你的手相……"

"我说你怎么突然手发凉、脸发红呢,难怪!"

"哼,要不是这样,我怎会先回城寨说服我爹迎降殿下?"

"的确,这是你的功劳。不过有一点儿我不明白,你爹一向把你当成命根子,又有这么个卦,为什么后来还要逼着你嫁给高西呢?"

"你刚来城寨时不是听过对歌嘛,那里面唱的就是这件事的始末。我爹好赌又讲义气,既然与高和立了字据,便不会言而无信。为这事,我离家出走,我娘也和他狠狠地吵闹了一次,他才改了好赌的毛病。"

忽必烈一笑,"这个毛病你也有些。离开黄龙镇后,你不是也和我打过赌,还输了我一件象皮甲胄吗?"

"那是我有意输给你的。"

"为什么?"

"当然是因为给你看过手相啊。"

"我想,这副象皮甲胄并非如你所说,是你爹要你献给我的吧?最大的可能是你偷出来送给我的。"

"你怎么知道?我爹告诉你了?"

"没有。是你爹当时的表情告诉我的。"

"我爹的表情?什么样的表情?"

"讶异,还有几分愤怒。"

"可你装作什么事都没发生,坦然接受了我的礼物,还对我爹表示感谢。"

"不然怎样?当着你爹和那么多人的面戳穿你吗?若我猜得没错,你是故意这样做,好让你爹有苦难言。事后,万一你爹责备你,你会这样对他说:我输了甲胄没跟你打招呼,你把我输给高西也没跟我打过招呼呀。你一定还说:你不用那么小气!你连城寨都能献给殿下,何况一副破甲胄!"

见殿下猜得分毫不差,罗凤开心地笑了起来。这一阵阵乐不可支的笑声感染了周围所有的人,他们彼此相望,脸上都不觉露出欣慰的笑容。

第三章

高原与高原相遇

壹

南征军回师时,萨迦派年轻的法主八思巴正在南下迎谒忽必烈的途中。

八思巴为伯父萨班的灵塔举行过开光仪式后,按照原定计划启程前往吐蕃。行至朵甘思(今四川甘孜、西藏昌都一带)时,他停了下来,原因有二:一是他从往来于朵甘思的客商口中得知伍由巴大师圆寂的消息;二是他从了解到的情况敏锐地意识到藏区形势正在发生微妙的变化。

在吐蕃的括户(户口普查)完成后,蒙哥正式按照各教派的势力范围将吐蕃分封给诸王,所有受封诸王均可根据自己的意愿与各教派直接建立关系。这种做法打破了过去蒙古汗宫及王室处理吐蕃事务都要经过萨迦派法主同意的惯例,也在相当程度上动摇了萨迦派一派独尊的地位。在蒙哥的分封中,萨迦派仍被划给阔端后人,这样一来,萨迦派的地位已输给蒙哥直接掌握的止贡派以及亲王旭烈兀掌握的帕竹派。另外,八思巴听说蒙哥已召请帕竹派的恰那贝、噶玛噶举派的噶玛拔希到他的宫廷,而萨迦派并未有人接到召请,形势的发展显然越发对萨迦派不利。在这种情形下,八思巴知道他即使返回萨迦,势必也难有作为。

面对种种变数,八思巴经过通盘考虑,做出了一个明智的决定:萨迦派若想保住宗主地位,非得赶快找到一位出身于拖雷系且权势过人的宗王做其靠山不可,这于萨迦派而言已成当务之急。自然而然地,他想起忽必烈。他与忽必烈有过两次相会,虽说时间不长,但聪明睿智的亲王却给他留下了极其深刻的印象。如今,伍由巴大师已逝,八思巴遂改变主意,中途折返南下,希望能早日见到正从大理班师的忽必烈。

吐蕃的归附，是蒙元历史上的一件大事，更是中国历史上的一件大事。

说起蒙古上层与藏传佛教的渊源，还得追溯到皇子阔端经营西夏故地之时。而阔端本人会对藏传佛教发生兴趣，主要始于一次看病的经历。

长年征战使阔端患上了严重的胃病，攻下成都后，其部将为他请来一位喇嘛大夫。每日朝夕相处，阔端与喇嘛大夫渐渐变得熟稔起来，治疗及处理政务之余，两个人也会谈古论今。喇嘛大夫是个既健谈又博学的人，通过他的介绍，阔端对藏传佛教在吐蕃的曲折发展过程有了一定的了解。

佛教传入青藏高原前，苯教曾是雪域居民主要信仰的宗教。苯教崇拜天、地、水、火、雪山等自然物，其发展分为三个时期：笃苯、伽苯和觉苯。笃苯和伽苯俗称"黑苯"，是原始苯教，而觉苯为"白苯"，是系统化了的苯教，为苯教主流。

公元七世纪，松赞干布以武力统一青藏高原各部，建立吐蕃王朝，迎来了历史上的辉煌时期。国力最为强盛时，其领土曾扩张到青海、西康等地。随着政权巩固，国富民强，松赞干布开始思考要用什么样的宗教作为集权国家的共同思想基础。

几经思考，他选择了佛教。

当时，由印度释迦族的公国酋长净饭王的王子乔达摩（释迦牟尼）所创立的佛教，早在南亚，中国广大地区兴盛起来。佛教对最高神的崇拜，以"缘起说"解释世界和对人生提出的"因果报应""生死轮回"等说教，颇受这些国家的统治者和民众的推崇，也与他们长期以来对生活、对人生的心理愿望相吻合。而这些国家在佛教传入后所呈现出的社会、经济的安定和繁荣，亦对松赞干布产生了强烈的吸引力。

公元632年，年仅十六岁的松赞干布亲往尼波罗（今尼泊尔）迎娶赤尊公主。赤尊公主主持修建了大昭寺。公元641年（唐贞观十五年），松赞干布又向处于佛教鼎盛时期的唐帝国求亲，太宗皇帝许嫁文成公主。文成公主主持修建了小昭寺。与此同时，为翻译梵文经典，输入印度佛法，松赞干布下令创制了新体藏文。

松赞干布逝世后，佛教在雪域高原几经兴灭，终于在十一世纪实现了教理的系统化和修持的规范化，迈上了"上路弘法"和"后弘期"的坦途。自此，来自异域他邦的佛教，经过藏民族的吸收与改造，逐渐发展成具有浓郁的民族特色、地域特色，并且可与汉地佛教、南传佛教相并列的佛教重要支派——藏传佛教。

前面已经说过，藏传佛教在漫长的发展过程中，逐步形成了一些具有强大政治势力的教派。详细点说，其中，宁玛派奉早期传密宗入吐蕃的莲花生为祖师，传法以分散发展为主，教徒一般是在家僧人，安家立业，该派僧人穿红色袈裟，戴红色僧帽，俗称"红教"。噶当派的奠基人是古格王朝从印度迎请的著名佛教大师阿底峡，它以显宗为主，主张显、密相互补充，在修习次第上主张先显后密。萨迦派是著名僧人款·贡却杰布（1034年至1102年）所开创的一个新教派。"萨迦"，即"白土"之意。当年，贡却杰布在后藏仲曲河谷一片呈灰白色土质的地方，建立起一座"白宫"，这就是有名的萨迦寺。因萨迦寺围墙涂有象征文殊、观音和金刚手的红、白、黑三色条纹，因此该派俗称"花教"。萨迦派不禁止娶妻，唯规定生子后不再亲近女人。噶举派系在家的佛学大师玛尔巴所创立，"噶举"意为佛语"传承"，平时，玛尔巴按照印度的密宗习惯，着白色僧裙和上衣，是以该派俗称"白教"。白教是支派最多的一系，有"四大八小"之说，四大支派分别为噶玛、蔡巴、拔戎、帕竹，帕竹之下又分出八小支派，这还不算其他更小的支派。

除上述这些势力影响较大的教派外，还有希解、觉宇、觉囊、廓札、夏鲁等一些小的教派。

喇嘛大夫本身是萨迦派僧人，他尤其推崇萨迦派现任法主，也即萨迦第四祖萨班·贡噶坚赞（1182-1251）。他告诉阔端，萨班二十三岁时受比丘戒，对"所有萨迦寺藏书均曾加以分析，并破一切邪见"，于藏学、文学、语言学上广有建树。他博学佛教经论，通晓五明，获得了"班智达"（大学者）的称号。他著述颇为丰富，其主要著作有《能仁教理明释》《乐论》《经义嘉言论》《语言摄要》《诗论花束》等几十种。不只如此，萨班还从印度佛教学者龙树等人所著的格言诗集《百智论》《修身论智慧宝树》《益世格言》《颂藏》《百句颂》中选辑七十余首，进行加工，加上自己所创作的三百多首，汇编成著名的《萨迦格言》。这部格言除了佛教内容外还吸收了藏民族的民间文学传统，并运用人们日常所接触到的事物及熟知的故事、传说进行比喻，很容易被各阶层人士理解和传诵，对扩大萨迦派的影响产生过重大作用。

在治疗的最后阶段，喇嘛大夫津津乐道地给阔端讲述了关于这位萨迦派第四任法主的种种灵异故事，特别是萨班坚定的信仰和出众的辩才。喇嘛大夫说，在印度有一批信仰大梵天、反对佛教的饱学之士，他们专程到吐蕃向萨班挑战，双方展开激烈的辩论，结果，萨班驳倒了他们，使他们皈依了佛教。他们出家时剃掉的头发一直保留在萨迦寺的钟楼上。在吐蕃，也有一位名叫涅秀·坚白恰那的佛学大师不服萨班的声望，派他九大弟子中最有学问的伍由巴·日贝僧格前去同萨班辩论，经过你来我往的辩驳，伍由巴承认失败。自此，伍由巴对萨班十分敬仰，愿长期服侍其左右，成为萨迦派最重要的东、西、上三部弟子中的西部弟子。此外还有古格王室成员,出身于西夏王族的领主等人,都是萨班的忠实信徒。

喇嘛大夫的讲述在阔端面前打开了一扇奇妙的大门,门里面有着完全不一样的景致。不妨说,阔端在这一时期对法主萨班生出的崇敬与向往之情,为日后著名的凉州会谈奠定了最初的感情基础。

阔端经营西夏故地多年,又奉命经略甘青诸地,这些地方,都有着坚实的汉传佛教和藏传佛教基础。宗教的影响往往是潜移默化的。尽管阔端像祖父成吉思汗一样信奉长生天,可他也像祖父一样,并不排斥其他宗教。占据临洮的出身于吐蕃望族的赵阿哥昌、赵阿哥潘父子归降后,阔端开始直面藏传佛教。尤其到了后期,为并域吐蕃的需要,他对那个神秘的地方和神秘的宗教都产生了了解的欲望。

<h2>贰</h2>

窝阔台汗十一年(1239),阔端决定对吐蕃进行一次军事试探。

是年秋天,阔端派大将多达那波率领一支军队途经青康多堆、多迈和索曲卡,进入前藏地区。蒙古军在藏北遭到部分噶当派僧人的武装抵抗,为起到杀一儆百的作用,多达那波下令烧毁了该派的寺院热振寺、杰拉康寺,并将抵抗者全部杀掉。

多达那波没有攻打热振寺和杰拉康寺之间的达隆寺,后来也没有进攻拉萨河上游著名的止贡寺。达隆寺和止贡寺分别属于噶举派的两个支系,当时有达隆寺为迷雾所笼罩,止贡寺因寺主懂得法术,从而使两寺免于战祸的传言。传言不过是为了遮掩其背后所隐藏的真相——噶当派僧人众多,又对蒙古军队进行了武装抵抗,由此遭到蒙古军的报复。而对致力于广收信众、光大教门的噶举派僧人来说,他们在西夏、西辽、高昌回鹘(元朝称畏兀儿)这些佛教国家传教时,已与蒙古人发生接触,对蒙古军的作战能力素有所知。他们不愿与蒙古人为敌,战争初始便暗中派人与多达那波接洽,多达那波求之不得,欣然充当了噶举派的保护者。

短短数月,多达那波一举平定吐蕃全境,遣使向阔端报捷。不久,信使带回阔端的命令:多达那波暂时留驻在吐蕃,着意经营。多达那波在吐蕃镇守期间,谨记成吉思汗对一切宗教一视同仁的训诫,与当地僧俗势力开始了和平接触和友好交往。他频繁召见噶举、萨迦、宁玛以及不久前与蒙古军有过敌对行为的噶当派僧人,与他们探讨吐蕃归顺蒙古的途径。他还帮助重建了不少毁于历次战火的寺庙,此举更是为他赢得了当地僧俗人众的信任。

十三年秋(1241年8月),窝阔台身染重病,许多时日缠绵病榻。阔端在凉州得知父亲的情况,担心西夏故地局势有变,而汪世显、塔海等将领转战于四川前线,按察尔在甘南坐镇未可轻调,他只得令多达那波从吐蕃撤回凉州。多达那波这次入藏,主要是了解吐蕃的政治、宗教现状,以便在未来的日子通过物色一位有声望有号召力的人物来凉州与他商讨如何和平解决吐蕃问题。

在确定入藏将领人选时,阔端是经过充分考虑才将这个任务交给了多达那波。阔端手下众将,如汪世显、按察尔、塔海、多达那波等都非只会用兵的武夫,他们哪一个都算得上文武双全。他们当中,最谙熟藏区事务,对吐蕃坚持怀柔政策的人是多达那波。阔端最终确定由多达那波带兵进据吐蕃,正是基于对他的品性和才能的充分了解。事实上,多达那波没有辜负阔端的信任,他在吐蕃驻留期间,充分掌握了吐蕃当地僧俗势力的割据情况,以及各教派的不同地位和不同实力。他将这些情况汇总后,向阔端作了《请示迎谁为宜的详禀》,详禀中最核心的内容是僧伽团体以甘丹(噶当)派为大,善顾情面以达隆法主为智,荣誉德望以枳空·敬安大师为尊,通晓佛法以萨迦·班智达为精。

多达那波建议阔端从上述人物中选择一位作为代表,前来凉州磋商吐蕃归附蒙古事宜。详禀送达王府时,阔端正在接待汗廷使者,他受父亲召见,需要立刻返回汗廷。听了多达那波汇报,他无暇细思,也没有给出明确指示。尽管如此,多达那波仍能看出主帅的心中已有倾向。

俟窝阔台病逝,宫廷陷入贵由与失烈门的汗位之争,阔端不愿置身是非漩涡,只得更加用心地经营西夏故地。

多达那波多次进谏,依旧希望阔端首先解决吐蕃问题。阔端接受了他的建议,派其作为金字使者,由军队护送,携带邀请诏书和礼物前往吐蕃,邀请萨迦派第四祖萨迦班智达赴凉州一会,共商吐蕃归附蒙古大事。

萨迦派的创始人贡却杰布出身于吐蕃王朝时期的贵族款氏家族。贡却杰布的祖先是吐蕃历史上第一批出家的"七觉士"之一,其家族有着很深的佛教渊源,在吐蕃拥有崇高威望。

从贡却杰布起,萨迦寺的寺主一直由款氏一脉族内家传。贡却杰布圆寂后,其子贡噶宁布(1092-1158)继承其衣钵。贡却杰布虽是萨迦派的创始人,但真正使萨迦派迈上宏大稳定之路的却是他的儿子贡噶宁布。

贡噶宁布一生勤勉。在他传法的四十八年间，他广招门徒，大力传法，被奉为"萨迦五祖"中的第一祖。贡噶宁布膝下共有四子，因长子英年早逝，次子索南孜摩成为萨迦第二祖，后来，三子扎巴坚赞继承兄位成为第三祖，四子贝钦沃布未出家，负责娶妻延嗣。

贝钦沃布生有二子，其长子跟随三伯父出家，为萨迦派第四祖，这就是在蒙藏关系史上占据重要历史地位的萨迦班智达·贡噶坚赞，世人多称萨班。次子桑察·索南坚赞负责延续子嗣。

萨班学识高超，熟知佛理，他的宗教活动虽以后藏萨迦寺为中心，但他在前藏的影响力同样不容小觑。

藏历第四饶迥木龙甲辰年（1244年）九月末，多达那波再次进入吐蕃。这一次，武力威慑被放在次要地位，多达那波向萨班宣读了阔端的诏书，这份诏书后来被收录在《萨迦世系史》中。

诏书全文如下：

> 长生天气力里，大福荫护助里。
> 皇帝圣旨里。
> 萨迦班智达贡噶坚赞贝桑布知之。
>
> 我为报答父母及天地之恩，需要一位能指示道路取舍之上师，在选择时选中了你，故望不辞道路艰难前来此处。若是你以年迈为借口（不来），那么以前释迦牟尼为利益众生做出的施舍牺牲又有多少？（对比之下）你岂不是违反了你学法时的誓愿？你难道不惧怕我依边地的法规派遣大军前来追究会给无数众生带来损害？故此，你若为佛教及众生着想，请尽快前来，我将使你管领西方之僧众。
> 赏赐给你的物品有白银五大锭，镶缀有六千二百粒珍珠的珍珠袈裟，硫磺色锦缎长坎肩，靴子（连同袜子）环纹缎缝制的一双，团锦缎缝制的一双，五色锦缎二十匹。着多尔斯衮和本觉达尔玛二人赉送。
>
> 龙年（1244年）八月三十日写就

叁

这是一封措辞还算温和的邀请书，里面所隐藏的强硬之意却任谁都不会误解。阔端明确告之吐蕃僧众和萨班本人：如不奉诏，他将再次对吐蕃动武。

萨班对阔端可谓知之甚深。阔端多年统军经略西北、西南地区，势力强大，在蕃人眼中最具威势。许多蕃人不知有蒙古大汗，但知有阔端。如今，阔端以诏书形式发出邀请，表明他并非以地方王身份邀请萨班，而是代表蒙古汗廷与萨班谈判。相应地，萨班的身份也绝非单纯的萨迦法主，而是代表着吐蕃各种僧俗势力。

萨班接旨后不敢怠慢。他请多达那波稍候一段时日，他将与吐蕃僧俗各界领袖具体协商后再赴凉州与阔端一会。多达那波同意了，他知道当条件不具备时，自己不能急于求成。

五年前，多达那波领兵突入吐蕃，对噶当派武装僧人的抵抗进行了无情镇压，从那时起，吐蕃僧俗人众特别是上层对蒙古的武力之盛就心存敬畏。相比之下，吐蕃经历了长期的分裂割据，根本没有一支力量堪与蒙古抗衡。萨班对此自有考虑。他在与各地方各教派势力广泛接触并充分商讨后，做出了前往凉州的决定。

是年，萨班六十有二，已是一位老人。他不顾年老体衰，同意远赴凉州，一方面固然是为吐蕃众生谋求和平，不使吐蕃僧俗重尝战祸之苦，另一方面则是为了到更远的地方弘扬佛法，让佛法的光芒照耀在蒙古的土地上。

为赴凉州之约，萨班做了精心准备。首先，因预料到自己此行不可能在短时间内返回，萨班将萨迦寺交给了他最重要的三个弟子——上部弟子释迦桑波、西部弟子伍由巴、东部弟子夏尔巴共同掌管。其次，他向各派发出邀请，请他们各自派遣一批精通"大小五明"的学者与自己同行。最后，他准备了大量的显密教经典。

释迦桑波、伍由巴和夏尔巴恳求萨班将他两个年幼的侄子八思巴和恰那多吉留在萨迦，至少将恰那多吉留在本寺，不要让年幼的孩子饱受鞍马劳顿之苦。这只是表面上的说辞，他们真实的想法是，法主萨班此去凉州前途叵测，万一发生变故，他们好尽心抚养八思巴兄弟中的一人，令其继承法主衣钵。

八思巴的父亲桑察·索南坚赞生于阳木龙年（1184年），作为家中幼子的他，担负着繁衍后嗣、掌管家务的重责。他一共娶了五位妻子，长妻为他生下八思巴（1235年出生）和恰那多吉（1239年出生），次妻为他生下仁钦坚赞（1238年出生）和一女，三妻生两女，四妻生一女，五妻生子意希迥乃（1238年出生），这样，八思巴同父异母的兄弟姐妹共计八人，他是家中长子，而恰那多吉是家中幼子。

八思巴出生于父亲五十一岁那年。当时桑察已步入老年,膝下尚未增添一子半女。八思巴恰在其父怀着绝嗣的恐惧时来到世间,他的出生给桑察和兄长萨班带来怎样的欢乐和希望不言而喻。

藏历阴土猪年(1239)十二月二十二日,桑察在拉堆圆寂,此时八思巴年仅四岁,恰那多吉刚出生不久,教育和抚养尚且幼小的八思巴兄弟的重任只能由伯父萨班承担起来。

萨班应召准备前往凉州时,八思巴年方九岁,恰那多吉五岁。尽管众弟子苦苦哀求,希望把恰那多吉留下,这孩子却坚决要与伯父和哥哥同往。待一切准备妥当,萨班偕两个年幼的侄儿,在多达那波和蒙古军队护送下,踏上了漫漫旅途。

萨迦派一直有法位相传的惯例,身为长子的八思巴是萨班的当然继承者。萨班带上他,既是为了随时随地对他进行教育,也是为了向阔端显示诚意。抛开这两方面的原因不谈,萨班也不能将侄儿独自留在萨迦寺。萨迦一系原本人丁不旺,老年得子的现象十分普遍。八思巴幼年丧父,身为伯父的萨班对他而言既是授业传法的老师,又是严厉慈爱的父亲。凉州之行或许前途未卜,藏区形势同样不容乐观,将八思巴兄弟带在身边,事实证明是个明智的选择。

路过苏浦时,八思巴正式受戒出家。萨班伯侄此行十分缓慢,里面有许多不得已的苦衷。萨班虽是在取得吐蕃僧俗上层的普遍支持后才决定前往凉州,可拥有信众最多的噶当派因曾遭受蒙古军队的攻击,对阔端的邀请自上而下都采取了消极抵制的态度。作为谋虑深远的萨迦派法主,萨班比任何人都清楚阔端的用意,阔端派多达那波以先礼后兵的姿态入藏,并非单纯地邀请一位高僧到蒙古传教,而是想找一个能代表吐蕃各界又被蒙古朝廷认可的代理人,与之商谈吐蕃归顺一事。一旦吐蕃之地并入蒙古版图,噶当派对蒙古人所怀有的敌意必将成为影响吐蕃稳定的隐患。为此,在与阔端商谈前,萨班必须尽可能地说服持不同政见的噶当派僧人,以期最大限度地取得他们的支持。

萨班担心久候会令阔端生疑,遂请多达那波代为说明他的意图及打算。阔端赞赏萨班的谋虑深远,回信嘱咐多达那波不必催促,只需尽心保护就好。

得到阔端的体谅,萨班焦虑的心情一扫而空。他一路传教,同时如愿说服了噶当派的不少高僧。两年后的一天,凉州城模糊的轮廓终于出现在萨班伯侄的视线中。

肆

　　原本，阔端一直期待与萨班的这次相见，然而当萨班即将抵达凉州时，他却因贵由登基在即不得不返回蒙古本土。直到协助贵由处理好朝中一些重要事务，阔端方从和林回到凉州。他一回凉州便召见了萨班，这也是在吐蕃(清朝时改称西藏)正式纳入中国版图过程中发挥过重大作用的两个伟大人物的第一次相会。

　　初见之下，阔端对萨班颇有好感。萨班体貌魁伟，品相端庄，言谈之间既谦逊有礼，又富于智慧。阔端请萨班上座，殷殷垂询："法主何故愿奉诏而来？"

　　萨班回答："伯父先法主在世时曾有预言，日后北方有迎请使者来，不要疑惑，应当前去，这对教法和众生都有利益。僧人谨记先法主教诲，为佛法而来，为吐蕃而来，为天下众生而来。"

　　阔端闻言，越发对萨班肃然起敬。

　　阔端知道萨班还带着两位侄儿，此时不见孩子，关切地问道："怎不见法主爱侄？"

　　萨班回道："未有召见，他们在府外等候。"

　　阔端微笑，"法主多心了，在我这里，没有诸多规矩，法主与我，只需自在相处可矣。多达那波，你去把两个孩子带进来。"

　　多达那波去不多时，带着八思巴和恰那多吉进来了。是年，八思巴十二岁，恰那多吉八岁，两个孩子都长得眉清目秀。尤其是八思巴，小小年纪，眉宇间已有几分英锐成熟之气，格外引人注目。

　　八思巴本名罗追坚赞。他三岁时能口诵《莲花修法》，众人惊异，皆以为圣者，故称"八思巴"(藏语意为圣者)。阔端将两个孩子唤在身边，拉着他们的手，上上下下端详了好一阵儿。他先问八思巴："这一路很辛苦吧？在凉州还住得惯吗？"

　　八思巴在后藏是公认的神童，非但记忆力超群，而且极有语言天赋。他一路上都在学习蒙古语，又在凉州待了半年多，这使他回答阔端的问话并不存在任何障碍，"法主为利益众生来到蒙古之地，法主不以为苦，小僧身为晚辈，又怎会感到辛苦？何况，小僧与伯父、弟弟多蒙大王关照，我们在凉州如回家一般自在。"

阔端对八思巴的机敏感到惊讶,转问恰那多吉:"你呢?"

阔端与八思巴说话的时候,恰那多吉的视线一直停留在阔端的脸上。他小小的心灵,对这个人似乎一点都不感到陌生。此时听到阔端问话,他语气认真地回道:"路上虽辛苦,但能与伯父和哥哥在一起,能见到大王,我已觉得十分幸福。"

听了两个孩子的话,阔端越发心生怜爱,让小哥俩坐在自己身边。他先向萨班转告了临来时贵由汗的嘱托,随后,他与萨班攀谈起来。他们的谈话不受约束,颇有几分天马行空。后来,宴席摆上了,宾客们陆续来到王府,这是阔端为欢迎萨班伯侄而举行的一场盛大的宴会。

俟宴会结束,阔端对萨班说:"我看八思巴继续跟随法主学习佛法,至于恰那多吉,从今天起,让他住在王府,着蒙古服,学蒙古语,法主以为如何?"

萨班如何不明白阔端的用意。阔端显然对吐蕃志在必得,为此才着意培养恰那多吉,以备蒙古未来之需。

"一切但凭大王安排。"萨班应允,语气神态沉稳如故。

其后的日子,阔端常与萨班谈论教法和吐蕃地方民俗风情,感情日渐亲厚。阔端尊重萨班,萨班对胸怀社稷、高瞻远瞩的阔端亦心存敬意。此时阔端身边,既有景教徒,也有萨满巫师,萨班未至凉州时,每逢大朝会和其他重大活动,习惯上由景教徒和萨满巫师坐在僧众之首。萨班来到凉州后,通过他的讲授,阔端开始明了佛教教义,成为黄金家族中第一个信奉藏传佛教和敬重喇嘛的亲王。此后,凡遇到相同聚会,均由萨班坐在众人之首。

阔端十分理解萨班弘扬佛法的决心。他在离开蒙古本土返回凉州前,已命多达那波在城外为萨班建造了一处府邸。萨班还利用王府的巨额拨款和当地信众的布施,按照天地生成的理论,以凉州城为中央,象征须弥山,兴修和扩建了东南西北四部寺宇,象征世界四大部州。东部为幻化寺(汉称白塔寺,距今武威城东四十里),南部为灌顶寺(汉称金塔寺),西部为莲花寺,北部为海藏寺。

回到凉州的阔端对萨班的传教一如既往地给予了大力支持,各寺广设讲场,供给一切所需。萨班讲经时,需有四名翻译把他的话同时翻译成蒙古语、畏兀儿语、汉语和当地安多藏语,其讲经场面弘大、信众听经风气之盛由此可见一斑。在阔端和萨班的共同努力下,原本在凉州早有基础的藏传佛教很快盛行起来。

阔端与法主萨班相见不久,王妃诞下阔端的第三个儿子,阔端把此子的出生视为佛缘,内心充满喜悦。

消息传到幻化寺,萨班命八思巴携带大量礼物前去看望小王子。恐怕真的是有缘,当八思巴俯视着小王子的时候,小王子竟在摇篮中睁开眼睛,一双眸子久久盯着八思巴的脸。那一刻,尽管自己其实还是个孩子,八思巴却被一种奇妙的感觉击中了,那是对生命的敬畏,更是一种类似于父亲般的柔软的爱。

在成为萨迦派大施主的同时,阔端仍然不忘他最重要的使命,他在与萨班经过长达半年的反复谈判与协商后,终于达成了吐蕃正式归附蒙古的重大协议。双方就隶属关系及户口登记、征收赋税、地方官吏任命与管理等问题,由萨班亲自执笔,写了一封致吐蕃各地僧俗首领的公开信,这便是历史上著名的《萨迦班智达致蕃人书》(简称《致蕃人书》)。

毫无疑问,《致蕃人书》既是一份凉州会谈纪要,也是一份蒙藏联合公告,更是一份西藏正式归入中国版图的重要历史文献。

《萨迦世系史》中全文收录了《致蕃人书》的内容。

萨迦班智达贡噶坚赞致乌思藏善知识大德及诸施主的信

祈愿吉祥利乐!向上师及怙主文殊菩萨顶礼!

具吉祥萨迦班智达致书乌思、藏、纳里速各地善知识大德及诸施主:

吾为利益佛法及众生,尤为利益所有操蕃语之众,前来蒙古之地。召我前来之大施主(指阔端)甚喜,曰:"汝领如此年幼之八思巴兄弟与侍从一起前来,是眷顾于我。汝以头来归顺,他人以脚来归顺,汝系因我召请而来,他人是因恐惧而来,此情吾岂能不知!八思巴兄弟先前已习知吐蕃教法,可仍着八思巴学习之,着恰那多吉学习蒙古语言。若我以世间法护持,汝以出世间法护持,释迦牟尼之教法岂有不遍弘于海内者欤!"

此菩萨汗王对佛教教法,尤其对三宝十分崇敬,以良善之法度护持臣下,对我之关怀更胜于他人。曾对我云:"汝可安心说法,汝之所需,吾俱可供给。汝做善行吾知之,吾之所为善否天知之。"彼对八思巴兄弟尤为喜爱。彼有"为政者善知执法,定有益于所有国土"之善愿,曾曰:"汝可教导汝吐蕃之部众习知法度,吾当使之安乐!"故众人俱应努力为汗王及王室诸人之长寿而祈祷祝愿!

当今之势,此蒙古之军旅多至不可胜数,窃以为赡部洲已全部入于彼之治下。与彼同心者,则苦乐应与彼相共。彼等性情果决,故不准口称归顺而不遵彼之命令者,对此必加摧灭。畏兀儿之境未遭涂炭且较前昌盛,人民财富俱归其自有,必阇赤、财税官及守城官(八剌哈赤)均由其人自任之。汉地、西夏、阻卜等,于未灭亡之前,将彼等与蒙古一样看待,但彼等不遵命令,攻灭之后,无计可施,只得归降。其后,因彼等悉遵命令,故现在各处地方亦多有任命其贵人充当守城官、财税官、军官、必阇赤者。吾等吐蕃部民愚顽，或企望以种种方法逃脱，或希求蒙古因路远而不来，或期待与蒙古交战而能获胜，凡以欺骗办法对待(蒙古)者，最终必遭毁灭。各处投降蒙古之人甚多，因吐蕃人众愚顽之故，恐只堪被驱为奴仆贱役，能被委为官吏者，恐百人中不到数人。吐蕃投顺者虽众，但所献贡品不多，此间贵人们心中颇为不悦。

前此数年，上部地方未曾被兵，余率白利归顺，因见归顺甚善，故上部阿里、乌思、藏等部亦归顺，白利各部亦归顺，故至今蒙古未遣军旅前来，亦已受益矣！此情上部众人或有不知者。当时，有口称归降但所献贡品不多、未能取信而遭兵祸者，其人民财富俱被摧毁，此事想尔等亦有所闻。与蒙古交兵者，往往自恃地险、人勇、兵众、甲坚、弓马娴熟，希冀战胜，但终遭覆亡。

众人或以为，蒙古本部乌拉及兵差轻微，他部乌拉及兵差甚重，殊不知与他部相比，蒙古本身之乌拉及兵差甚重，两相对比，他部之负担反较轻焉。

(汗王)又谓："若能遵行命令，则汝等地方各处民众部落原有之官员俱可委任官职，由萨迦之金字、银字使者召来彼等，任命为吾之达鲁花赤等官。"为举荐官员，汝等可派堪充来往信使者，将该处官员姓名、百姓数目、贡品数量缮写三份，一份送来我处，一份存放萨迦，一份由各方官员收执。另需绘制一幅标明某处已降、某处未降之地图，若不区分清楚，恐已降者受未降者之牵累，遭到毁灭。萨迦金字使者应与各处之长官商议行事，除利益众生之外，不可擅作威福，各地长官亦不可未与萨迦金字使者商议而擅权自主。不经商议而擅自妄行是目无法度，若获罪谴，吾在此亦难求情，唯望汝等众人齐心协力，遵行蒙古法度，必有好处。

对金字使者之接送侍奉应力求周到，盖因金字使者返回时，(汗王)必先问彼："有逃遁者乎？遇拒战者乎？对金字使者善为接待乎？有乌拉供应乎？降顺者坚诚乎？"若有对金字使者不敬，彼必进危害之言，若恭敬承事，彼亦能福佑之。若不听从金字使者之言，补救甚难。

此间对各地贵人及携贡品来者俱善礼待之，若吾等亦愿受到礼遇，吾等之长官俱应以上好贡品，遣人与萨迦之人同来，商议进献何种贡品为好，我亦可在此计议，然后回自己地方，对己对他俱有利益。我于去年遣人告知汝等如此方为上策之议，然未见汝等照此行事者，岂汝等愿在败灭之余方俯首听命耶？汝等今日不听吾言，将来不可谓："萨迦人去蒙古后对我毫无利益。"吾怀舍己身利他人之心，为利益所有操蕃语之众而来蒙古地方，听吾之言，必得利益。汝等未曾目睹此间情形，对耳闻又难以相信，故此仍有心怀犹豫者,诚恐将有如俗谚"安乐闲静鬼当头"所说之灾祸降临,乌思、藏之子弟生命将有被驱来蒙古之虞。我无论祸福如何,均无后悔,盖因上师及三宝护佑之恩或可得福也,汝等亦应向三宝祈祷。

汗王对我关切逾于他人,故汉地、蕃、畏兀儿、西夏之善知识大德及官员百姓均视为奇事,前来听经,十分虔敬。不必顾虑蒙古对吾等来此之人如何对待,均甚为关切,待之甚厚。听从我之人均可放心安住。

贡物以金、银、象牙、大粒珍珠、银珠、藏红花、木香、牛黄、虎(皮)、豹(皮)、草豹(皮)、水獭(皮)、蕃呢、乌思地方氆氇等物为佳,此间甚为喜爱。此间对于一般财物颇不屑顾,然各地可以自己地方最好之物品进献。

"有金能如所愿",其深思焉!

愿佛法遍弘于各方! 吉祥!

早在成吉思汗和窝阔台时期,利用教派势力统治吐蕃系蒙古既定方针。这一方针是根据吐蕃的特殊情况而制定。对蒙古,当时的吐蕃确实没有一个统一的政权来动员和组织大规模的武装抵抗,与此同时,吐蕃地域辽阔、气候寒冷、地形复杂等因素,也决定了蒙古单纯凭武力对吐蕃进行征服活动恐难长久。

成吉思汗在结束西征、东返蒙古之际,原本也有亲率西征军从吐蕃西面扫过,乘胜降服吐蕃的打算,终因雪域高原特殊的地理条件而作罢。作为一个善于审时度势且用兵灵活的政治家和军事家,既然用武力征服吐蕃不是最好及唯一的方式,其他方式不排除扶持有威望的宗教领袖出面劝说和号召吐蕃僧俗势力归顺蒙古。成吉思汗本人在世时没有机会将他的想法付诸实施,当他在西夏战场病逝后,他的儿孙们却很好地实施了他的计划。

萨班与阔端的凉州会谈,是中国乃至世界历史上的一项重大事件,它最早建立起了吐蕃也即西藏与蒙古统治集团的直接政治关系。阔端授予萨班管辖吐蕃全境的权力,从而达到统治吐蕃的目的,奠定了其后元政府在吐蕃建立行政体制的基础。而萨班亦在阔端的支持下,从一个教派法主登上了政治、宗教活动家的舞台,取得了在吐蕃僧俗势力中的领袖地位,同时成为蒙古在吐蕃进行行政管理的代理人。

应该说,吐蕃自古以来与中国内地保持着密切的关系。尤其在唐朝,不少汉族人进入吐蕃,而一些吐蕃贵族子弟也被派往唐朝国子监学习汉文化。当时,双方派遣的使臣可谓不绝于途,进行着修好、朝贡、互市、庆吊、会盟等活动。密切的经济文化往来也加深了两国的政治关系,公元 729 年,弃隶缩赞赞普向唐玄宗上表,称:"外甥是先皇帝舅宿亲,又蒙降金城公主,遂和同为一家,天下百姓,普皆安乐。"

唐末,吐蕃与唐朝皆经过战乱,吐蕃王朝崩溃,唐朝灭亡。进入五代十国至辽、金、宋时期,吐蕃与内地交通受阻,仍未完全割裂政治、经济往来。蒙元时,经过蒙古的武力威慑及和平谈判,吐蕃终于正式纳入中国版图。元朝建立后,萨迦派领袖八思巴被封为国师、帝师,领总制院(后改宣政院)事,总掌吐蕃政教大权。至此,西藏作为中国的行政区域、中国的西南边疆,方正式固定下来。

伍

贵由在位三年(1246年至1248年)而亡,3年后拖雷长子蒙哥在金帐汗拔都的鼎力支持下从窝阔台一系夺得汗位。

同年(1251年)八月,萨班在幻化寺圆寂,享年六十九岁。逝前,他当着阔端的面,将自己的法螺与衣钵正式传于年方十六岁的侄儿八思巴,并郑重地将八思巴和恰那多吉兄弟托付给阔端父子。

十二月,阔端在凉州王宫病逝。次年(1252年)二月,蒙可都正式嗣凉州王位。

在几乎同时失去了两个最有力的依靠后,八思巴肩负起将萨迦派发扬光大的重任。只是,面对变幻莫测、波诡云谲的局势,少年法主的内心也充满了迷茫。

蒙可都谨记父亲遗嘱,依旧将八思巴奉为上师。但蒙可都笃信藏传佛教的程度终究无法与其父相比,更多的时候,他都留驻于甘青地区,很少到寺庙礼佛,更不可能参加八思巴举办的法会。蒙可都的懈怠,在一定程度上造成了萨迦派在蒙古上层影响力的下降。

而且,是迅速地下降。

显然,这是一个对萨迦派的发展十分不利的因素。

更为不利的因素来自于吐蕃内部:蒙哥继位后,国势日盛,对吐蕃僧俗各界的影响力远远超过了其前任大汗。自此,吐蕃各教派和世俗首领都在积极靠拢汗廷,尤其是噶玛噶举派的大活佛噶玛拔希颇得蒙哥赏识,大有后来居上、取萨迦派而代之的趋势。另外,鉴于蒙哥对吐蕃各教派采取了一视同仁的政策,也使得阔端时期萨迦派一派独大的局面不复存在。

八思巴不得不经常思考诸如此类的问题。阔端去世后,蒙哥立刻接管了对藏区的统治权,随着蒙古政治权力的转移,靠近汗廷无疑是吐蕃各教派包括萨迦派在内的最佳选择。不仅如此,八思巴对噶当、噶举、宁玛这些在历史上与萨迦派存在竞争关系的教派同样不能小视。特别是,他对噶玛噶举派的大活佛噶玛拔希的影响力及活动力始终不敢掉以轻心。

在藏区,噶玛拔希的威望绝不亚于萨迦班智达本人,更别提尚且年少的八思巴。噶玛拔希绝不仅仅只是一位教主,他还承载着一种创举:藏传佛教区别于汉传佛教和南传佛教的最显著的特点——活佛转世制度便始于这位高僧。

从佛教后弘期到十三世纪初,已历二百余年,吐蕃各教派的创立也有了百余年的历史。随着各教派实力的增长,开始不同程度地遇到领袖人物的继承问题。

远在八思巴出生前, 噶玛噶举派僧人认定一个在康区出生的幼年僧人为其主寺楚布寺 (在今拉萨西北堆龙德庆县境内) 的创建人都松钦巴的转世,之后他们把这个幼儿接到楚布寺,让他接任了寺主之位。这位幼年僧人正是后来一度与八思巴命运产生关联的噶玛拔希 (1204 年至 1283 年),其转世也是藏传佛教中最早的"活佛转世"。

后来,这种转世制度在吐蕃各教派中被普遍采用。只有萨迦派从一开始与款氏家族直接结合, 没有采用该制度, 其领袖只能从款氏家族成员中产生。从萨迦第一祖到第五祖八思巴,因款氏家族后裔稀少,虽在一定程度上避免了对继承权的争夺,同时也造成了后继乏人的危机。

随着蒙哥即汗位,八思巴意识到,蒙哥的目标绝不仅限于吐蕃归附,他所追求的是对吐蕃的绝对统治权。为了实现这一目标,依靠和重用像噶玛拔希这样在吐蕃拥有崇高威望的宗教领袖,不但必要,而且必须。

事实上,蒙哥也正是这样做的。

蒙哥即位当年,颁布了一道免除僧人赋税、兵差、劳役,保护僧人以及承认萨迦派在吐蕃领袖地位的诏书。次年,又开始在全国范围内进行大规模的括户,并扩大了采邑分封制的范围,除在漠南汉地、中原地区、吐蕃地区都按人口征税外,金帐汗国、窝阔台汗国和察合台汗国也陆续开展了这项工作。

无疑,在蒙哥全国一盘棋的施政纲领中,吐蕃始终是他关注的重点地区之一。他根据吐蕃地区的实际情况,一方面派多达那波三次入藏,以武力征讨吐蕃未降之部;另一方面与各教派直接接触,加强联合,确定归属关系,以强有力的政治手腕将吐蕃纳入蒙古势力范围。期间,为便于清查户口时加强与各派宗教领袖和世俗领袖的联络,减少因括户所引起的惊惧及动乱,蒙哥命八思巴派遣僧人与使者一同前往藏区,以确保括户的顺利进行。

八思巴很好地完成了蒙哥交给他的任务。在配合金字使者安抚民众时，他还向噶当等各派高僧发出邀请，请他们来凉州给他担任授戒的堪布。

佛教僧人将受比丘戒视为人生中的大事，而通过授戒确定的师徒关系也最被看重。八思巴充分认识到与其他教派加强联系的重要性，试图用广请授戒师的办法来弥补他远离吐蕃以致与各派高僧接触较少的缺陷。

此时的八思巴，仍是阔端二子敬奉的上师，但八思巴像他的伯父萨班一样善于审时度势，他很清楚，为了完成伯父的遗愿，为了萨迦派的稳固与发展，他必须寻求拖雷一系的支持与保护。

只是，佛讲佛缘，他暂且还未确定，在拖雷系中究竟谁才是与他有缘的那个人。

八思巴从拖雷系慎重选择保护人的同时，蒙哥也正打算对堂兄阔端统治吐蕃的方式予以改变。

凉州协议签订后，阔端对吐蕃的管理相对宽松，各教派只要在名义上归顺汗廷，一般都能得到阔端的保护。蒙哥则不同，他要将吐蕃完全置于帝国统治之下。

在确定对吐蕃实施分封制前，蒙哥特意从中原召回忽必烈。当时，还是忽必烈远征大理以及与八思巴第二次会面前夕。蒙哥问忽必烈："去年，你在呈我的家信中说了你十一月邀请八思巴前往金莲川与你会面的情况，你对这个年轻人有何评价？"

忽必烈诚实地回答："臣弟与八思巴接触时间不长，不能说非常了解。但以臣弟的直觉，这位小佛爷是可以继承法主萨班遗志的人。"

"问题在于，他终究太年轻了。一个十七岁的青年，你认为他在吐蕃能产生多大影响？能有多大作为呢？"

忽必烈明白兄长的意思。萨迦派并非唯一与蒙古上层保持联系的教派，蒙哥同时还与噶当派、噶举派等宗教领袖保持着密切接触。然而，忽必烈慧眼识英才，坚信八思巴的人品、才华及能力绝对不容小视。

蒙哥自己并未见过八思巴，对这位小佛爷不存任何偏见。相反，八思巴在吐蕃括户中能够全力给予协助，也让蒙哥看到了他的忠心。他只是要将初步形成的方案拿出来与四弟商榷："凉州会谈后，萨班伯侄一直为堂兄父子所供奉，我想，我们不必改变这种现状。八思巴尚且年轻，还须潜心修持。我的想法是，除萨迦派之外，你、旭烈兀、阿里不哥、末哥，还有其他几位兄弟，要各自与吐蕃其他教派结成施主与福田的关系，而我，则与各个教派保持经常的接触，每半年听取一次你们的汇报。若运筹得宜，这种做法必有利于我们对吐蕃实施掌控。你以为如何？"

"大汗的意思，是仿祖宗故制，将吐蕃之地分封给诸王？"

"对，我正是此意。"

忽必烈明显地犹豫了一下。

平心而论，忽必烈不觉得这是最好的方式。毕竟，将吐蕃各教派分封给诸王，有利有弊，一方面固然可以加强对吐蕃的统治，另一方面也是对吐蕃现有分裂状况的确认。只是西征、南征在即，找到一种对吐蕃合适的统治方式又不是一件一蹴而就的事情，加之兄长对此已有谋划，忽必烈不想横生枝节。

"怎么，你有其他想法？"蒙哥敏锐地望着忽必烈。

忽必烈思索片刻，委婉地提议：对吐蕃的分封，应当同时兼顾蒙古的分封制度与藏区各教派林立的现实，使分封诸王能与吐蕃各教派结成彼此信任又彼此制约的关系，同时，允许诸王在自己封地内委派镇守官管理政务和税收。如此，在诸王忠诚于大汗的前提下，短期内倒是能起到对吐蕃地区强化管理，促使吐蕃的教令、军令、政令先行统一到汗国中的作用。

蒙哥采纳了他的建议。

陆

一路辗转，饱受风霜，八思巴在途中与顺利平定大理、正奉旨班师的忽必烈相遇时已是蒙哥汗四年（1254）初。

与前两次有所不同，忽必烈十分重视八思巴的这次到来，安排了远较前两次高出许多的欢迎规格。

在林立的仪仗中，以燕真的马队为前导，八思巴骑马穿行，忽必烈的幕僚与亲厚将领全在帐外迎候。

作为一位目光深远、头脑清醒的蒙古亲王，忽必烈深知八思巴的主动觐见有着怎样的意义。若说前两次八思巴的觐见还有受命而来的意思，那么此番则是年轻的法主反复思考后做出的选择。

在蒙哥的诏命中，已明确将吐蕃的蔡巴噶举派及其势力范围划给忽必烈，然而忽必烈并不情愿遵守这种划分。说得更直白一点，忽必烈根本不赞同在吐蕃实施分封制。他始终觉得，对吐蕃实行稳固的统治，朝廷要做的，绝不是实施分封制，而是要在藏区构建一种健全的且行之有效的行政体制。正因为想法与兄长不同,八思巴在此时主动归附,让他看到了通过八思巴在藏区建立新体制进而取得民众支持的可能。抛开他对八思巴早已形成的信任及好感不提,仅从政治角度考虑,他也十分看重八思巴的这次来归。

在此后的日子里,因双方都能本着诚意推心置腹,忽必烈与八思巴的关系很快变得密切起来。八思巴善于传教,不拘泥于佛教条文,总能巧妙地将忽必烈一家与佛教联系在一起,以佛教的形式道出忽必烈内心的愿望,这也是忽必烈很快将他奉为精神导师的主要原因。

忽必烈征服大理后从前线带回一枚释迦牟尼佛牙舍利,八思巴在军中得见这枚佛牙,十分欣喜,写了《释迦法王功德赞颂及祝愿文》,除表达自己对释迦牟尼的虔敬心情外,还将佛教"慈悲护持众生"的宗旨融入忽必烈"思大有为于天下"的理想中,使忽必烈确信,治平天下须争取佛教护佑。

不久,八思巴随忽必烈回到桓州与抚州之间的草地。南征归来的忽必烈,已产生在漠南草原建设一座城池的念头。

忽必烈远征大理的成功,使帝国的疆域又向西南延伸,既完成了对南宋的战略包围,又打通了向南亚、东南亚扩展的通道。而且,云南(忽必烈征服大理后,蒙哥接受他的建议,将大理改称云南)自此"衣被皇朝,同于方夏",不再是唐宋时的独立政权,而是被直接纳于蒙古帝国的统辖之下。

远征大理的成功,让忽必烈成为征服东方的最大赢家,他的军事才能为不少重武轻文的蒙古诸王贵族认可,亦为他日后争夺汗位加大了成功的筹码。

前次,忽必烈曾请八思巴为其灌顶,因无法接受八思巴提出的条件,导致此事被暂时搁浅。后来,忽必烈与王妃察必商议此事,察必提出一个折中的办法:"听法及人少时上师坐上首。皇子、驸马、官员、百姓聚会时,恐不能震慑,由王坐上首。吐蕃之事悉听上师之教,不与上师商量不下诏书。其余大小事项因上师心慈,难却别人之请,不能镇国,故上师不必过问。"

忽必烈觉得这个主意不错。

八思巴对于灌顶一事煞费苦心,派人召请数名精通汉、藏、蒙语及佛经大义的译师,做了最为详尽充分的准备。三月初三,八思巴为忽必烈等二十五名具缘的蒙古上层人士三次传授喜金刚灌顶。

作为接受灌顶所献的供养,忽必烈除向八思巴奉献了大量财物之外,还以亲王身份颁赐给八思巴一份诏书。这是萨迦派从蒙古帝国得到的第一份正式诏书,是以极其珍视。诏书后来一直被供奉在萨迦寺内,许多僧人对它的内容都能流利背诵。

忽必烈在诏书中明确指出，他是依靠成吉思汗和蒙哥汗的福德发布诏书，他和察必王妃都已接受灌顶，皈依佛法。他通过文字的形式，向属于萨迦派势力范围的后藏僧人宣告了他正式承认八思巴是自己宗教上的导师，并主动承担起保护以八思巴为首的萨迦派的职责。他的这一举动，对于当时地位已急转直下、处境举步维艰的萨迦派和八思巴而言，具有怎样重要的意义不言而喻。

为感谢忽必烈对萨迦派的鼎力支持，八思巴亦作颂诗以献。

> 由于先知所积的无数福德，
> 家庭及本身都富贵而完满，
> 由天神之主来做人间之王
> 成吉思皇帝于众生犹如太阳！
> 此人主的具足所有福业之子，
> 被贵人们当作顶宝一样尊崇，
> 善待众生使其能继绝存亡，
> 大地之主因此能战胜各方。（指窝阔台）
> 其弟具有福德如慈悲心肠，
> 敬奉皇帝使骨肉和谐欢畅。
> 用诸种方法利益其他众生，
> 此大智慧者为众人之圣贤。（指拖雷）
> 其长子更具有福德和威严，
> 具大慈悲对他人和母亲爱子，
> 事业自成受海内百姓所拥戴，
> 蒙哥皇帝是全世界吉祥之光。

自此，十九岁的八思巴成为比他年长二十岁的亲王忽必烈的上师。历史让忽必烈与八思巴选择了对方，也让他们在日后的交往中渐渐超越了一般意义上的政治需要，并因对彼此的信任和欣赏而产生了终生不渝的友谊。

第四章

钧考风波

壹

自奉旨总理漠南军事，一年中的大部分时间，忽必烈都与他的幕臣驻跸于金莲川，冬季来临，才会移驻他处。

金莲川，原名曷里浒东川，是金世宗在位时选择的一个理想的行营之地。大定八年(1168)五月，金世宗以"莲者连也，取其枝玉叶相连之义"，颁诏将曷里浒东川命名为"金莲川"。

桓、抚、昌三州构成的金三角，决定了处于这一重要地理位置的金莲川迎来了再度兴旺发达的历史时期。作为亲王的忽必烈，本身与同时代的许多蒙古皇室贵胄有着明显不同的政治抱负，早年即"思大有为"，广泛延揽人才，为未来的宏图大业做着精心准备。乃马真称制元年(1242年)，忽必烈曾诏请中原地区的佛教领袖海云法师到漠北藩府，谦问佛法大意，始喜佛教。海云南还，忽必烈请求他将爱徒子聪留给自己，海云应允。从此，子聪得伴忽必烈左右。子聪聪颖好学，兼通儒、释、道三教。他非但自己孜孜不倦地向忽必烈讲述治理天下的道理，还将友人张文谦、李德辉等中原名儒举荐到忽必烈帐下。

时隔不久，河北真定封地的董文炳、董文用等人，也先后奉召，成为忽必烈的亲信幕臣。金朝状元王鹗、文学泰斗元好问等社会名流也闻讯北上会见忽必烈。在这些巨儒和贤能之士潜移默化的影响下，忽必烈对博大精深、光辉灿烂的汉文化有了深刻的认识，并产生了强烈的汲取和学习的欲望。

蒙哥即位后，令忽必烈总领漠南汉地军政事务。一开始，忽必烈十分兴奋，以为可以在漠南草原大展宏图。幕臣姚枢提醒他，自古功高震主，将漠南军政大权归于一人,将会给政敌留下攻击他据守漠南、与漠北分庭抗礼的口实,忽必烈醒悟,立刻将政务奉还汗廷,自己只总理漠南军事。

事隔不久,忽必烈奉旨南下,驻跸于金莲川,征天下名士而用之,得开府,专封拜,建立了蒙元历史上著名的"金莲川幕府"。在这些通过各种途径聚集在忽必烈周围的社会名流中,既有满腹经纶的学者,也有精通治国之道的谋士;既有独具一技之长的工匠,也有英勇善战的武将。毫不夸张地说,金莲川幕府俨然已成为一个文武兼备、人才汇集的政治集团。在幕臣的协助下,忽必烈果断地起用各族人才,对蒙古传统的统治方略进行大胆改革,并以中原的邢州、河南及关中等地为试点开展综合整治,采用中原历代王朝沿袭下来的政治经济制度,即震惊朝野的"汉法",取得显著效果。中原汉地的各族才俊之士,普遍对这个文韬武略的蒙古亲王寄予厚望,奉他为中国之主,愿效犬马之劳。

中原农耕文化与草原游牧文化相碰撞,必将产生强烈的震荡。忽必烈的所作所为,与蒙古传统的统治模式背道而驰,不可能不触犯保守的蒙古贵族集团的利益,使他们在感到恐惧的同时为维护自身利益走向联合,对这位被他们视为"祖宗叛逆"的亲王群起而攻之。更为致命的是,这种忠实于"蒙古法"的情绪也影响到蒙哥本人,令他逐渐对自己的胞弟产生了某种忌惮之心。在这种情况下,完全可以想象等待着忽必烈的将是怎样的血雨腥风。

忽必烈对这股从朝堂吹来的阴冷之风并非毫无察觉,他只是过于乐观地估计了胞兄对自己的信任。他觉得,既然他的为政之道有利于国家强盛,便不必多做解释。何况,无论作为兄弟还是作为臣子,他都对当今大汗问心无愧。

他尚不知道,那雪片一样落在蒙哥手上的弹劾奏章,那日复一日充斥在蒙哥耳边的诽谤攻击,早在一步步动摇着蒙哥对他信任的根基。蒙哥原本是这样一种人:他从登基伊始,便将继续光大祖父开创的事业当成自己不可推卸的责任。他不是不讲情义,但也可以冷血无情。何况,他既有这种权威也有这种能力——由他赋予的权力,他随时可以收回。

同为蒙哥的胞弟,旭烈兀依然在西征战场上浴血奋战。阿里不哥却是所思所想与四哥最格格不入的人,他不光不赞同四哥的做法,为阻止四哥在漠南草原继续"胡作非为",他还联合蒙哥的信臣阿兰答尔、刘太平等人,一再向蒙哥提议对忽必烈在汉地培植的势力特别是财政收入状况进行考核。

在他们的坚持下,蒙哥犹豫了。

蒙哥暂时尚未做出最后决定,而恰那多吉的眼前已然出现了金莲川的花海。

这是八思巴的请求,他想在金莲川与胞弟一会。对于这个请求,忽必烈欣然应允。

与凉州相比,名闻遐迩的金莲川果然有着别样的风景。触目所及,但见湖泊如镜,小溪如练,森林与绿地错落有致,成群的梅花鹿、黄鹿、山羊、羚羊觅食其间,一动一静,生机无限。略带潮湿的空气中弥漫着悠远的清香,犹如大自然独有的赐予,令人心旷神怡。间或掠过的秋风微凉,在金色的花海中卷起阵阵波浪。花海之外,是缎带一般的闪电河,碧绿、鲜亮、珠光点点。多少年来,它总是缠绕着一望无际的草原,不知疲倦地向远方流去。

八思巴在行营外迎接胞弟,兄弟俩拥抱相见。一别一年多,八思巴对弟弟说:"你又长高了不少。不过,要是再胖点儿就更好了。"

恰那多吉害羞地一笑。

兄弟二人携手而行,边走边谈。自离开王府,八思巴始终都在惦记着王府中的每个人。他先询问了王妃的情况,恰那多吉回说,在佛主的帮助下,王妃的心情平静了许多,看样子,她已渐渐从阔端大王病逝的悲伤中挣脱出来了。

八思巴又问:"王爷(指蒙可都)有没有回来过?"

恰那多吉回道:"没有,可能没机会吧。一个月前他有信来,说他已从汗营直接开赴四川前线。塔海将军也回到了军中。原先在四川的按察尔将军被大汗派往青海驻地。"一年前,多达那波在青海去世,蒙哥接受蒙可都的建议,命按察尔接替了他的位置。

"小王子每天都去学堂吗?"八思巴说的小王子是指阔端幼子只必帖木儿。

恰那多吉回道:"每天都去。不过从前些时候开始,公主安排了一些侍卫,下午陪他练习骑射,有的时候还到州城附近打猎。他更喜欢这样呢。哥哥是没见他,他的一张小脸晒得黑黑的,一张口就离不开弓呀箭的,我看他快活得像在草地上撒欢的小马驹。"

真想念这孩子啊。对只必帖木儿,八思巴总怀有一种特别的怜爱之情。

"公主这次回来,是否还像以前一样忙碌呢?她一个姑娘家,王府的大事小情够她操持的。"

"岂止。王爷回不来,大汗有旨,她还得经常代王爷巡视封地。有时候看她那么操劳,我真的……"恰那多吉没再说下去。何况,他那种为她心疼的感觉也无法对别人言明。

自八岁来到王府,在恰那多吉枯燥孤寂的生活中,只有墨卡顿能轻易地走进他封闭的内心。只有墨卡顿,早在不知不觉中成为他埋在心底的最深牵挂。对于自己要走的路,恰那多吉从未有过逃避的念头。只是偶尔,他会这样想,假若他不是碰巧出生在款氏家族,不是碰巧见到阔端大王,他的人生,又将如何呢?他想象不出来。他只知道,假若他不是碰巧出生在款氏家族,不是碰巧见到阔端大王,他应该无法与墨卡顿相遇。

八思巴微微笑了。这几年,他们兄弟经历了太多事情,先是伯父示寂,接着又是阔端大王和苏如夫人辞世,再后来,蒙可都被蒙哥汗委以重任,离开王府。在这种情况下,八思巴即使有心为弟弟求娶公主,也没有合适的机会提出。八思巴很清楚,公主是蒙哥汗的女儿,她的婚事尚需蒙哥汗做主,八思巴虽与汗廷保持着密切的联系,惜至今无缘得到蒙哥汗的召见。不得召见,意味着无法当面恳求蒙哥汗将公主许配给自己的弟弟。这次,八思巴坚持接弟弟来金莲川小住,确实存有日后通过忽必烈王爷向蒙哥汗提亲之用意。

不多时,一行人来到忽必烈的宫帐。恰那多吉以蒙古宫廷礼节拜见忽必烈,忽必烈举目端详了他好一阵儿,温声问道:"你今年多大了?"

恰那多吉回答:"小臣今年一十六岁。"

"那么,你比我儿真金年长四岁。我与上师相识时,他也只有十六岁。以后,你可以和真金一起念书,我让真金陪你。来,坐下吧,陪本王说会儿话。"

恰那多吉态度谦恭地坐在忽必烈身边。他平素少言寡语,一旦交谈起来,却能让人感受到他的佛学、文学以及历史知识都相当完备,忽必烈对这个温雅俊美的少年更加喜爱。聊了差不多半个时辰,忽必烈命燕真带恰那多吉去拜见王妃察必,一会儿一块儿参加晚宴。

察必出身于弘吉剌氏,是济宁忠武王按陈的女儿。忽必烈在漠北潜邸时娶她为妃,对她极为宠幸。史书上称她容颜"极娇且媚",但她赢得忽必烈的敬重,容貌还居其次,最打动他的,让他迷恋不已的,是她的豁达大度与聪明睿智,这个女人于他而言,是位不可多得的贤妻。

当晚的家宴上,恰那多吉第一次见到从学堂回到府上的王子真金,以及真金的先生窦默老夫子。真金果然是他行前墨卡顿特意给他形容过的那种人,言谈举止与众不同,既谦和、彬彬有礼,又有一种内在的刚性。真金出生于乃马真摄政二年(1243),也许是自幼成长于忽必烈"广延文学四方之士讲论治道"的漠北潜邸之故,从小即濡染儒学,崇信儒术。年龄稍长,又在中原名士姚枢、窦默等人苦心孤诣的教诲下,更是脱尽草原游牧贵族重武轻文的陋习,日益显示出不凡的抱负。

真金对恰那多吉一见如故。真金本身是个亲和力很强的孩子,而恰那多吉只是生性腼腆,尤其在墨卡顿面前,常常无法直言内心所想,但这并不意味着他会拒人于千里之外。真金的善意显而易见,他们从佛学谈到儒学,很快发现彼此间有许多共通之处。忽必烈见两个孩子谈得来,问窦老夫子能不能再多教一个学生,窦默欣然接受。

窦默,与当世经学大师许衡、中原名儒姚枢等,都是从漠北潜邸时追随忽必烈左右的饱学之士。忽必烈让恰那多吉向窦默学习中原文化,是希望恰那多吉在目前这个阶段能够兼学百家,博采众长,不断增长知识,增加才干,未来用于关键时刻。在这点上,他的想法和做法都与已故的堂兄阔端一般无二。

贰

自秋初来到忽必烈身边,一晃已进入隆冬季节。纵然逐草而居的生活不及定居生活安稳,恰那多吉也很快习惯了。这是一段平静充实的日子,恰那多吉一直都在克制着,不让自己回想起凉州王府的一切。随着时间的推移,他对墨卡顿的思念与日俱增,他已想好,等过完正旦(阴历正月初一),他会请求哥哥帮他向忽必烈提出辞行。

每当想到墨卡顿,恰那多吉的内心除了思念外总有一些小小的怨怒与猜疑。离开凉州半年,墨卡顿只写来过两封信,两封信都是写给察必王妃的。尽管在信中,墨卡顿再三拜托四姊照顾好他,可这反而更让他失望。正是这次别离让他意识到,无论他如何在意墨卡顿,无论他如何在她的视线中,却似乎从未真正走进她的心里。

而他,从初见她的那一刻,或许已在悄悄期待着一个可以长相厮守的结局。

离正旦只剩半个多月,恰那多吉和真金不用再去上学。这天,真金兴冲冲地来找恰那多吉。恰那多吉的帐子离真金的住处只有不到两里地,不过平常,他们多在学堂见面。在草原,所有的帐门都不会上锁,真金叫了一声恰那的名字,没人应答,他见帐门虚掩着,便推门走了进去。

恰那多吉不在帐中,不知道去了哪里。真金眼尖,一眼看到床上那张四方小几上摊开着几页纸,毛笔架在笔架上,镇尺、砚台一应俱全。看样子,恰那多吉出去前正在写信或写文章。终究是个孩子,好奇心驱使真金走过去将那几页纸拿在手上,想看看恰那究竟写了什么。原来,这是一封写给墨卡顿的信,抬头有"公主"字样,真金不觉笑了。恰那在信中,描述了王廷为庆贺正旦所做的种种准备,他的笔触一如他的为人,细致,生动,娓娓道来,给人一种身临其境之感,只是从始至终,信中从未出现任何表露感情的词句。

真金翻到最后,见信已写完,只差落款。他一边琢磨着该如何拿这件事打趣恰那,一边将信放回案几上。这时,他的视线被一个小小的牛皮箱吸引了,它放在四方小几靠里一边,即使站在床边也能用手够到。这个牛皮箱,外形倒是相当普通,不过里面居然设有六个箱格,此时,箱盖打开着,箱中装着什么一目了然。信,都是信,除了信之外没有别的东西。六个箱格,四个箱格都被占满,目测一下,信件怎么也在百封以上。真金抽出几封看了看,只见每封的信皮上都标明了写信日期,最早的一封写于恰那到达金莲川的当天。如此说来,从恰那来到王廷,他每天都会给墨卡顿写一封信,到现在应该有一百六十封左右了。

真金呆了片刻。

接着,他醒悟过来,迅速将所有的信件还原,然后悄然离开了恰那的帐子。他的心跳得很急,脸颊生火,初时的坦然消失无踪,此时的他,生怕被别人尤其被恰那看到他在这里。

他也不知道自己怎么了,更不知道这突然的慌乱与惭愧从何而来。这会儿的心境与刚才完全不同,刚才,他还想着如何跟恰那开开玩笑,问他是不是喜欢上了墨卡顿姐姐。是啊,尽管他年龄小,未有如恰那一般的感情经历,可恰那的痴情依旧打动了他。那些可能永远不会交给墨卡顿姐姐的信让他明白了一件事:最深沉的爱往往不在嘴上,而在心里。他决定尽自己所能,帮助恰那实现他的心愿。

离正旦还有两天,藩府将臣纷纷从关中、河南、山东、河北诸地赶回金莲川,一为述职,二为相聚。因公务缠身实在不得离职者,也各自派来了子侄兄弟。六朝老将张柔之子张弘范和德臣之弟良臣差不多同时到达王廷,良臣是代兄入贺,弘范则另有公干。数月前,弘范奉父命北上觐见大汗,汇报父帅张柔在亳州建立水军的进展情况。弘范在汗营待了一段日子,辞行时,蒙哥命他带封家信给忽必烈,并将亳州屯田建军诸事一并面呈忽必烈。正好行前父亲也有这样的意思,弘范便从和林南行,直接来到忽必烈的行营。

弘范是张柔第九子,出生于窝阔台汗十年(1238),比恰那多吉年长一岁。他日后将成为元初最杰出、最重要的汉将之一。忽必烈对这位十七岁的少年将军格外看重,弘范亲眼目睹了忽必烈的风采,亦暗暗为之心折。

正旦之日,儒臣们照例要奉上《贺正旦表》,八思巴也献上了自己的新年祝词。

忽必烈是蒙古宫廷中愿意主动接受汉地传统文化及思想的代表人物，而汉历正月初一接受臣下朝贺只是忽必烈采行汉法的举措之一。八思巴既入藩府，自然受到这种习俗影响，每逢新年，都会写祝词向忽必烈一家表达祝贺之情。这后来成为一种定例，不论八思巴是在汉地，是在宫廷，还是在吐蕃，或者是在往返于汉地和吐蕃之间的路途中，都要计算好时间，在年前写好祝词，保证正月初一送到忽必烈的手上。八思巴所写祝词，在形式上类似于儒臣们的《贺正旦表》，在内容上则是佛教的祈愿文，祈愿佛法僧三宝护佑平安吉祥，护佑忽必烈一家福德圆满，健康长寿。这些祝词都是诗体，词句华丽、流畅，即使里面有许多佛教术语，仍不显艰涩呆板，不失为藏族古代诗词中的佳品。

朝贺完毕，忽必烈下令对藩府将臣及其家眷一并予以厚赏。这是忽必烈与长兄蒙哥最不相同之处：蒙哥沉断寡言，每逢行赏俱有计划。忽必烈则豪侈与简朴兼而有之，在藩府时对臣下，建立元朝后对四大汗国及藩属国的诸王贵族，对朝廷重臣的赏赐都极其慷慨。

隆重的朝会结束后，是持续三天的大型酒宴。这种酒宴在忽必烈立国后成为质孙宴（又称诈马宴）的前身，只是当时对王公大臣的服饰未做明确规定。同等规格的宴会忽必烈在远征大理时举行过一次，那次，是为庆祝胜利和答谢阿良酋长的鼎力相助。恰那多吉、张弘范都是第一次参加王廷酒宴，他们算是开了眼界。恰那多吉在凉州不止一次参加过阔端大王举办的宴会，弘范甚至有机会参加过一次蒙哥为接待欧洲使节举办的宴会，即便如此，无论哪次，从规模，从热闹和奢华程度上都无法与此次宴会相比。先不说别的，光酒的种类就多达几十种，有多种产自汉地的名贵粮食白酒，有西域葡萄酒、金帐汗国葡萄酒、吐蕃青稞酒，有黑马湩、甜马湩、酸马湩、奶酒，还有各种口感极佳且度数偏低的果酒、南方米酒等。除此，为了照顾参加宴会的子聪和尚、八思巴以及妇女孩子，宴会上还特意为他们准备了十多种果汁。

宴会在王帐旁边临时搭建的银顶大帐中举行。银顶大帐，顾名思义，系仿照成吉思汗的金顶大帐而建，包顶与帐中的立柱皆饰以银色，且比金顶大帐少用了九根哈那。虽面积不及，仍可轻松地容纳二三百人与宴。自窝阔台汗以降，蒙古宫廷接受贤相耶律楚材的建议，部分地采用了汉地礼仪，对君、王、臣、民的住所、衣着、日常用度、饮宴、出行等方面都做出相应规制，是以在大的方面忽必烈从不僭越。宾客在规定的时间里陆续入席后，可先行品尝各色点心、炸果子、奶皮子、白奶油、黄油、甜奶酪、奶干、软奶酪、炒米等蒙古人喜爱的小吃，牛、马、驼的鲜奶以及用黄芪、北芪、木香花、山丁果叶等熬制的奶茶。

俟吉时一到，忽必烈一家就座，由侍卫长燕真宣布酒宴正式开始。

酒宴之上，歌舞齐备，众人起立，恭祝忽必烈夫妻父子新年之喜。忽必烈照例请大家随意。侍者穿梭于其间，忙着将九道菜肴摆上众人面前的长条餐桌。第二个九道菜上桌时，前面的需及时撤下，如此类推，直到第九个九道菜摆上，所有菜品才算上齐。王廷的厨师，利用牛、羊、猪等家畜，鸡、鸭、鹅等家禽，鹿、驼、狍、幼獐、土拨鼠、天鹅、雉鸡等野味，以及山珍、冷水鱼、冬季可以储存的菜品煎炒蒸炸，精心烹制出九九八十一道佳肴，有些难得一见的珍馐，比如鹿唇、天鹅炙等，令在座所有人赞不绝口，回味无穷。

等到猫耳汤、荞面肠、葱花饼、馅饼等主食上席时，大家其实已经吃不动了，只是做个样子，稍做品尝。

忽必烈于豪爽的天性中也有细致的一面，这点从头天的宴会中规中矩，后两天的宴会安排得比较随意能够体现得出来。第二天和第三天的宴会，不会讲究那么多规矩，宾客们也不必完全按照职位身份高低就座，酒至半酣时，难免有走桌敬酒、随意交谈的现象，每当这时，忽必烈一概视而不见。

弘范、燕真、阿术、良臣等年轻将领凑在一起，大家谈些用兵之道布阵之法，十分投机。燕真向安童做了个手势，安童会意，走到真金身边，压低声音说道："哥，我们去那里坐一坐。"

安童是蒙古开国元勋木华黎的四世孙，也是真金的表弟。

真金正有此意。他原想叫上恰那多吉，见恰那正专心地倾听父亲与上师讲论佛法，便没有打扰他。

叁

郝经刚从山西赶回王廷，来得最晚。忽必烈知道他酒量不行，故意罚酒三杯。真金做过郝经的学生，担心先生不胜酒力，反正都是酒，他遂自作主张，命人给先生换上一种口感绵软的果酒。真金的贴心令郝经很受用，忽必烈也不介意，哈哈大笑。

郝经系山西陵州人，金末大家元好问即出于其祖父郝天挺门下。郝经家贫而好学，曾于铁佛寺苦读五载。后馆于张柔家，得以博览其丰富藏书。蒙哥汗六年（1256 年），受召北见忽必烈于沙陀，条呈数十事，甚受器重，之后留王府侍奉忽必烈。

在与忽必烈闲谈中，郝经得知前几日蒙哥汗有家信来，他担心这封信与攻宋计划有关，斗胆相询："臣闻大汗有家信来，莫非对攻宋一事已有谋划？"

忽必烈反问："郝先生还是不赞同蒙古倾力攻宋吗？"

"是。如今时局不稳，臣以为现阶段国家的当务之急是与宋廷讲和通好，以安百姓。一统天下者，以德不以力。敌方尚未有败亡迹象，我方已倾国而出，倘遇内乱外困，将陷我国于不利。"

真金、弘范、良臣等闻听忽必烈、郝经谈及未来战事，一个个脸上都露出关切的神情，侧耳倾听。其他人见状也停下交谈，大帐里突然变得格外安静，忽必烈和郝经的对话清晰可闻。

"祖父在世时，南攻唐兀惕（西夏），西伐哈剌契丹（即西辽国），降服畏兀儿，大举西征，尽皆奏凯；伯汗在世时，消灭金国，进行第二次西征，帝国版图继续扩大；今大汗登临汗位，组织第三次西征，吐蕃、大理无不俯首称臣，大汗建立的功业可追先汗。接下来，大汗想一统江山也在情理之中。"

"臣无非就事论事。想我国建立以来，连年征战，民困军疲，在短时间已凋敝的国力尚不足以支撑如此巨大的征伐行动。宋为定居国家，放弃野战，将攻克敌之坚固城池作为首要目标，诚以我之所短克彼所长。以臣揣测大汗部署，进攻重点当在西线四川防区，希求从西路取得突破，辅以中段京湖以及东段两淮防区。四川一带地势险恶，用我有限的兵力与宋庞大的军力拼消耗，加之没有强大的水军做后盾，假以时日，臣担心我军败绩必显。"

"先生有何良策？不妨赐教于我。"

"臣有二策：结盟饬备，以待西师；修德简贤，待时而动。"

忽必烈深思片刻："先生所言，我当尽快奏明大汗。说到西师，大汗修书还真为告知我六王爷旭烈兀在库希斯坦的作战情况。据报，六王爷率领西征军已攻克敌方大小堡寨二十余座，歼灭亦思马因士卒五万余名，战事进展顺利。另一件纯属家务，因事关本王侄女墨卡顿，与先生聊聊也无妨。先生在漠北时，墨卡顿做过先生弟子——当然，她也是先生门下唯一的女弟子。我记得那时，若非母后亲自出面讲情，先生还坚持不肯收下她呢。岂料先生后来对她青睐有加，赞赏倍至。一别若干年，先生想必也很惦念她吧？"

"是啊，臣几个月前还接到公主书信，她邀请臣到凉州做客。想起来，公主颖悟勤奋，眼界开阔，忠孝双全，真正难得。她若非女儿之身，当为王佐之材。"

"先生此言差矣。大汗对他的宝贝女儿可是委以重任，这小丫头坐镇王府，巡视边关，颇有当年监国公主的风采。"

郝经若有所思。他居蒙古多年，对成吉思汗在西征期间委任嫡三女阿剌海为监国公主，阿剌海内控北骑，外驭南兵，调配诸路，将臣咸服的往事耳熟能详。他暗叹蒙古习俗果然有别于中原，女子地位不亚于男人，这也是成吉思汗立国前后,不少女子能够参决政事,影响政局的原因。

"大汗的来信说些什么?公主怎么了?"

"我不知道该算作好事还是算作难事,你们汉人有句话是怎么说的?唔……让我想想……好女百家求,对,就是这句,'好女百家求'。这些年,向大汗求亲的人太多,各有各的方式,大汗都有些应接不暇了。大汗心中倒有几个中意人选,他来信与我和夫人商议,让我们帮他参谋参谋,看哪个可做朝廷驸马。"

郝经当即起身,抱拳施礼,"公主终身大事,非同小可,还望王妃、王爷千万费心。"

忽必烈笑道:"不必多礼。看来,夫人说得一点没错,为人刚正的郝先生,仁慈的内心却如奶油一般柔软。"

八思巴和真金的目光不约而同地落在恰那多吉的脸上。恰那的神情平静如初,几乎看不出任何变化。可不知为什么,他们分明感到一股寒寂之气,正一点一点地从恰那的周身渗出。

寒寂之气,那该是怎样的绝望啊!

八思巴知道自己不能再等待下去了,无论结果如何,他必须做出尝试。他十分后悔自己对这件事总是一拖再拖,这些年,他忙于传教,日夜操劳奔波,阔端大王病逝后,他更一门心思致力于萨迦派地位的稳固。这是其中一个原因。另一个原因是,在他的内心深处,仍将弟弟看成一个孩子。

真金微微抿住了嘴角。无论从弟弟的角度还是从朋友的角度,他都必须为恰那多吉争取一个机会,不过显然,他对这件事情另有筹算。

蒙哥汗五年(1255)三月,因需接受比丘戒之故,八思巴与恰那多吉向忽必烈辞行。恰那多吉先陪哥哥来到河州(今甘肃省临夏县),等哥哥接受比丘戒后,他准备回凉州一趟。他还有一个心愿未了,待他了结了这桩心愿,他想征得哥哥同意,转回萨迦寺,从此一心侍奉佛主。

四月中旬,八思巴到达河州,受到八思巴邀请的涅塘巴、恰巴等八位高僧陆续赶来河州与八思巴相会。五月十一日,八思巴从诸位高僧那里接受了比丘戒,成为一名具足资格的比丘。受戒仪式结束,八思巴又返回忽必烈暂住的忒剌地方,同时,他派人将弟弟送回凉州。

八思巴前往河州受比丘戒期间,忽必烈二度派遣金字使者召请噶玛拔希。忽必烈倒不计较噶玛拔希上次在出征大理途中离他而去一事,战争期间,他原也无意将八思巴和噶玛拔希长留身边。此次邀请有所不同,平定大理后,蒙哥仍命忽必烈总领漠南汉地军事,忽必烈求贤若渴,很想让噶玛拔希像八思巴一样成为自己的左膀右臂。

噶玛拔希迫不得已，前往金莲川与忽必烈见面，内心深处仍如两年前一样，无意将忽必烈视为自己和噶玛派的保护人。

年过半百的噶玛拔希老于世故，深知与其将自己和噶玛噶举派的命运交付给尚是亲王的忽必烈，倒不如交付给可以主宰忽必烈命运的蒙哥汗。何况，忽必烈身边已有八思巴，这位年轻的萨迦派法主，不仅为忽必烈所倚重，还深受察必王妃的尊崇。而他，和八思巴原本分属不同教派，许多年来，噶举派、萨迦派以相争为主，诚所谓道不同不相与谋，噶玛拔希绝不想与这样的人共事一主。这是其一。其二，他从不看好忽必烈的所作所为。别说是蒙哥和忽必烈，就是让他在阿里不哥和忽必烈之间选择，他也会选择阿里不哥。

每个人都有自己的执念，方外之人同样不能免俗。噶玛拔希拒绝了忽必烈对他的挽留和任用。他随便找个借口，决然离去。忽必烈失望之余，深为恼火。噶玛拔希的势利及多变，与八思巴的博学、忠诚、朴实及谦逊的品格形成鲜明对比，也令忽必烈对噶玛拔希不复再存擢用之念。

真金不用操心那些需要父亲操心的事情，他只是怀着焦虑的心情等待着姐姐墨卡顿的回信。直到得知恰那多吉已决定留在王府，而姐姐也向父汗禀明了心迹，他才终于放下心来。其实，恰那多吉离开金莲川时，他从恰那与自己告别的话语中，已确定恰那打算返回吐蕃。对恰那来说，无论他多么留恋自己从小长大的王府，也没有办法继续若无其事地待在那个伤心之地。

至于先回凉州王府，想必是恰那多吉还有未了的心愿。好在，真金的信比恰那本人更早到达王府。真金在信中提到恰那的那些信，还说他希望姐姐在自己最喜欢的人和最喜欢她的人当中做个选择。墨卡顿给他的回答是：她最喜欢的人和最喜欢她的人，很幸运的是同一个人。

有了墨卡顿这句话，真金为恰那多吉总算如愿以偿而开心不已。

肆

忽必烈不出征时，夏季通常在金莲川驻营，冬季则到桓、抚间临时寻找避寒之所，或在旧桓州，或在离燕京不远的奉圣州之北。金莲川幕府的幕僚们，大多习惯于定居生活，而不习惯"居穹庐，无城壁栋宇，迁就水草无常"的游牧生活方式。为了解决这一矛盾，忽必烈于蒙哥汗六年（1256）三月，命子聪和尚选择合适的地点兴筑新城。子聪根据《黄帝宅经》中"凡修宅次第法"

和"阳宅图说",相中了桓州以东、滦水北岸的龙冈为建城地点。

龙冈北依南屏山,南临金莲川,东与西两面皆是一望无际的广阔草原,地势平坦,适宜建城。

开平府从兴建到完成共用三年时间。第一年,始营宫室;第二年,复修宫城。建造开平府所用的数十万工匠皆来自中原及汉中地区,其他建筑材料如木料、砖瓦、石料等大多就地解决,桓、抚一带实在没有的,才由中原和燕山地区输运过来。

开平府的构筑运用了汉式古代筑城方法,这种方形城池可以说是自古以来平地筑城所沿用的形制。至于在城门外加筑瓮城,也是古代中国传统的建筑方式,早在汉代已被广泛采用,主要是为加强重要城门的防御。城内的宫殿式样亦模仿宋代城市建筑。如大安阁,是沿用了汴京熙春阁的建筑式样,并在阁后修建鸿禧、睿思二殿。城内的街道规范划一,东西南北各城门两两相对,但主要干道并不直通,皆有宫城或里城阻挡,并且常在道路的另一端与横街交会成十字路口。

开平府位于漠北草原的南缘,地处战略要冲。它北连朔漠,便于与和林的汗廷保持联系;南接内地,便于控制华北和中原。把开平府定为驻节之所,符合忽必烈以一个亲王身份总领漠南军事的需要,尤其是在元王朝建立的进程中,统治者的政治、文化、军事中心逐渐从和林向大都(今北京)转移。而开平城的修建,恰恰成为这个草原游牧帝国向中原王朝转化的过渡阶梯。

对于忽必烈在漠南推行的改革,蒙哥经历了从支持到放任到担忧到不悦到忍无可忍的全过程。按照蒙哥原来的意图,无非是以忽必烈镇守中原,旭烈兀镇守西域并统兵专征阿拉伯诸国——或者更准确点说,派两个亲弟弟分别控制帝国两翼,其目的是以武力和经济实力做后盾,确保帝国权力永远归属于拖雷系。

谁知忽必烈如同一头难以驾驭的猎豹,一旦出笼,便无所顾忌。蒙哥从各方面得到的情报都证实:忽必烈在漠北期间即已留心和关注漠南汉地事务,并在藩府中聚集了一批以汉儒幕僚为核心、文韬武略兼备的谋臣勇将。尤其在他受命总领漠南军事后,更加如鱼得水,不仅即刻移驻金莲川,筑城建府,而且继续延请各地名士,求教治国之道。如此所作所为,怎不令人产生疑虑?

忽必烈放手实行"新政",成效显著,深得中原百姓拥护。然而此举难免侵害了某些惯于肆意征索的蒙古贵族利益,这些人联合蒙哥近臣阿兰答尔、刘太平等人,以及朝中守旧势力,一而再再而三地抨击忽必烈用汉人、施汉法的"叛逆"行径。尤其,他们抓住忽必烈兴建开平城这个由头,屡进谗言,诬陷忽必烈"王府得中土人心,其志不在小","王府人擅权为奸利事(财赋输于王府),贪赃枉法,其谋不在近"。

耳闻目睹漠南汉地在各个方面取得的巨大进步,以及藩府势力日益壮大,百姓怀德,天下归心,蒙哥不能不问自己:他的四弟,是否还值得他信任?当疑忌开始充塞心头,久存于蒙哥与忽必烈之间关于如何治理汉地,是继续沿用"蒙古法"还是使用"汉法"的矛盾,到底不可避免地爆发了。

蒙哥汗六年冬(1256年腊月),蒙哥召开忽里勒台,决定亲征南宋。会上,他命幼弟阿里不哥辅助其子玉龙答失留守和林,自己则率蒙古主力分路南下。忽必烈未得与会,蒙哥以四弟患有足疾为由,令其留在桓、抚之间休养。这样,他就冠冕堂皇地解除了忽必烈的兵权。

会议期间,蒙哥将正在凉州一带建寺传教的噶玛拔希召至和林,封为国师,赐给他一顶金边黑色僧帽(此即噶玛噶举派黑帽系活佛转世系统的由来。噶玛噶举派创始人都松钦巴被追认为黑帽系第一世活佛,噶玛拔希为第二世活佛),并赐给他一颗金印。因得到大汗的扶持,噶玛噶举派的权势和影响很快超过萨迦派。

面对噶举派开始凌驾于萨迦派之上的现实,八思巴从未产生动摇,更不曾改变其继续依附忽必烈的决心。八思巴像伯父萨班一样,拥有一双慧眼,善于审时度势。当年,不过十一二岁的他,作为伯父最特殊的弟子,参与了伯父与阔端大王谈判的全过程。伯父在谈判中表现出的智慧,以及为利益众生不惜己身的牺牲精神,无不影响着八思巴的行为准则。这且不论,他在与忽必烈相处相随相知的过程中,确实对这位能力过人的亲王心存敬重。

蒙哥七年(1257年)春,蒙哥从漠北南下,经河西到达六盘山,以王府诸臣属多有擅权等事为名,派出亲信大臣阿兰答儿、刘太平等人理算陕西、河南等处钱谷,在忽必烈的封地关中地区设立钩考局,在行钩考(即审计),对忽必烈设置的官府机构和官员一一审查,罗列罪名。

在蒙哥"先除羽翼,后治魁首"的策略面前,忽必烈既忧且惧。作为一母同胞的亲兄弟,忽必烈比任何人都了解自己的兄长。自父亲辞世,是母亲和兄长共同撑起了拖雷家族,这也养成了兄长毫不容情的铁血性格。

钩考风波,是忽必烈有生以来经历的最惊心动魄的险情。当他得知自己在河南、关中地区所委官吏几乎全被严酷整肃时,既气愤委屈,又无助无奈。

几天前,忽必烈顶着被兄长再次误会的压力,从阿兰答儿手中救下了姚枢和廉希宪。依照他的想法,欲直驱兄长驾前申辩,关键时刻,姚枢、子聪等再三劝说他主动向蒙哥低头。他们深知,万一忽必烈只图痛快,与胞兄对质,很可能彻底激怒蒙哥,从而遭到终身监禁或流放边远的处置。常言道,覆巢之下安有完卵?一旦到了那种地步,他们这些藩府谋臣又焉得独善其身?个人荣辱且不论,最为可惜的还是忽必烈在汉地所实施的种种新政以及他们这些人协助忽必烈开创的大好局面就会因此半途而废。为今之计,倒不如以退为进,以守为攻。

姚枢极力劝说忽必烈:"大汗是国君,是兄长;殿下是臣子,是兄弟。殿下不能同大汗计较是非曲直。而今殿下远离在外,与大汗消息不通,是以大汗心疑殿下,才有钩考之举。依臣之见,殿下不如将诸妃子女遣归汗廷,做出在那里久居的打算。如此,大汗的疑心自能消除,君臣兄弟复可和好如初。"

忽必烈若有所思。

八思巴在关中地区传教,数日前才返回开平府,甫一回府,他为忽必烈举行了一场祈福仪式。通过姚枢和子聪和尚,他已察知钩考内幕,他对姚枢的建议深表赞同:"大汗听信谗言,猜忌殿下,此乃情理中事。试想,就眼下殿下正在兴建中的开平城而论,比之和林又将如何?无论规模、气势都在其上。同理,开平府比之万安宫又要高出一筹。另外,论实力,殿下已拥有亡金时期的全部版图外加吐蕃、云南、故夏之地,兵多将广,称雄一方。自古功高震主,殿下威震漠南,如何能不令大汗起疑?雪斋(姚枢号雪斋)先生所言,皆为殿下平安度过这一场劫难,望殿下三思。"

忽必烈仍旧心意难决。姚枢、八思巴对视一眼,知道不能太过心急,遂请忽必烈回府休息。

伍

忽必烈闷闷不乐地回到察必的寝宫。

忽必烈的矛盾在于他向兄长低头的代价是以家人做人质和放弃他在漠南草原开创的大好局面。直到现在,他仍不认为自己做错了什么,他所做的一切,都是为了国家。他将心事对爱妻和盘托出,察必婉言相劝:"大汗与你终究是亲兄弟,血浓于水。你们也曾患难与共,风雨同舟,大汗断不会只偏听一面之词就自断手足。你要为和解做出努力,将误会冰释,将猜忌化解。"

忽必烈困顿地坐在床上,已不想再去费心思考。

察必在他身边坐下来,将一杯热茶放在他的手中,温存地说道:"王爷,你听我说,你不仅是藩府幕臣的希望所在,更是中原百姓和蒙古百姓的希望所在。你切不可只为儿女情长,辜负了追随你的幕臣和百姓的心。"

"万一……"

"没有万一,生死皆由命。请王爷以我和孩子们做人质,去向大汗请罪吧,你一定要向大汗低头才行。只有大汗相信了你的诚意,只有获得了大汗的谅解,你才能真正安全。"

"问题在于,我真不知道自己犯了什么罪!"

"你总领漠南军事,大胆采行汉法,大胆起用汉族幕臣协助你治理汉地,你所做的一切本来犯了许多贵族的忌。你还把他们非法占有的土地夺回来还给百姓,他们仇恨你乃至想置你于死地都不意外。从你决心挣脱旧法的桎梏,用一种新的方式治理漠南草原起,谗言从来不曾离开过你。大汗不同,他是忠于祖宗旧法的,只能在有限的范围加以改变,这是你与大汗间最本质的区别。"

"难道这也算罪?"

"大汗认为有罪,便必然是罪。纵或大汗顾念兄弟之情,到底无法容忍你在漠南的所作所为。为今之计,你能向大汗证明的,只有忠诚。用忠诚去感动大汗,用光明磊落的胸襟去赢得大汗的理解,这才是我们唯一的生路。"

"我在漠南采行汉法,为的正是帝业永固,我问心无愧。我必须让大汗明白,用蒙古旧法治理汉地是根本行不通的。"

"不行,王爷,不行。你听我说,现在还不到时候,你唯一能做和必须要做的只有屈服。解释要等到以后。"

"这样一来,我怕你和孩子们会有危险。"

"不会的。相信大汗吧,不会的。即使有,我也无怨。夫妻同命,爱则同心,我与王爷青梅竹马,如何不了解王爷的为人!请王爷放心,我身在汗廷,但有风吹草动,必定察知,如此,还可助王爷一臂之力。"

忽必烈深切地凝望着爱妻。灯光下察必的面容出奇的温婉,但从那双熠熠生辉的双眸中,他看到的是一个女人甘愿为丈夫牺牲一切的决心。

第二天黎明,姚枢、窦默、子聪和尚再次求见,敦促忽必烈向蒙哥请归,以曲求伸,同时做好蛰居和林的准备。忽必烈思虑再三,总算下了决心:"我听你们的,我听你们的!"

在派出使者向蒙哥请求觐见的同时,忽必烈又派八思巴前往离抚州不远的佛教圣地五台山朝拜。

五台山,系中国佛教四大名山之一,据传为文殊菩萨显灵说法的道场。唐朝时,吐蕃曾遣使向唐朝求取五台山图,藏区第一座正规佛寺桑耶寺兴建前也曾派使者到五台山朝拜,由此可见吐蕃佛教界对五台山的重视程度。萨迦派以文殊菩萨为主要尊奉的神祇之一,据说萨迦班智达到达凉州后亦对五台山十分向往,甚至在梦中游历了五台山。

五台山东西长约九十公里,南北宽约六十公里,该地"岁积紧凉,夏仍飞雪,曾无炎暑"又被称为"清凉山"。其山层峦叠嶂,环绕东、西、南、北、中五峰(即五台:中台翠若峰,东台望海峰,南台锦绣峰,西台桂月峰,北台叶斗峰)。

五台山在北魏时即建有佛寺,北齐时山上扩建寺院二百余所。隋文帝下诏在五峰之顶各建一寺,并遣使在山顶设斋立碑。到盛唐时,五台山即以佛寺众多而享誉东亚,不仅有吐蕃僧人,还有师子(今斯里兰卡)、南天竺(今印度南部)、日本等国僧人专程至五台山巡礼朝拜。至唐开元以后,寺院已臻极盛,有大寺十二所。

此次,八思巴在忽必烈的支持下,开始了他的五台山巡视,其目的之一,正是为忽必烈祈福消灾。

在五台山期间,八思巴不但听受了诸多密法及诠释,而且写下了四十九篇(首)脍炙人口的诗文。在《赞颂诗——花朵之蔓》题记中,八思巴写道:"依忽必烈王之福德,讲经僧八思巴前来五台山向文殊菩萨祈愿时,释迦牟尼显示多种神变,因而生赞颂之心,为使解脱之法幢矗立、护佑众生之故,阴火蛇年七月八日于五台山写成此《赞颂诗——花朵之蔓》。"明白无误地表达了为忽必烈告天祈福的拳拳之心。

同月二十一日,他又做了《文殊菩萨五台山赞颂——珍宝之蔓》,这是一首吟咏五台山的、带有浓郁佛教色彩的诗作。八思巴从佛教的角度描写五台山,别有一番神秘的韵致和情趣。

> 如须弥山王的五台山,
> 基座像黄金大地牢固,
> 五峰突兀精心安排:
> 中台如雄狮发怒逞威,
> 山崖像白莲一般洁白;
> 东台如同象王的顶髻,
> 草木像苍穹一样深邃;
> 南台如同骏马卧原野,

金色花朵放射出异彩；

西台如孔雀翩翩起舞，

向大地闪耀月莲之光；

北台如大鹏展开双翼，

满布绿玉一般的大树。

七月末，八思巴离开五台山，返回抚州。

也许八思巴不是第一个亲身到五台山朝拜的藏传佛教领袖，却是对蒙藏佛教界影响最大的一个。五台普恩寺中的一座高十米的喇嘛塔，便是他的衣冠塔。后来，他的弟子、吐蕃高僧胆巴经他所荐谒见忽必烈后，曾受命住持过五台山寿宁寺。同样也是其弟子的元朝第四任帝师意希仁钦亦逝于五台山。可以说，自元朝以降，藏传佛教始在五台山兴起，五台山由此成为我国四大佛山中唯一的藏、汉佛教并重，青庙与黄庙共接，兼有汉传佛教和藏传佛教的大道场。

正处于特殊历史时期的忽必烈，能得到八思巴始终如一的精神支持，不能不说是一种莫大的安慰。

陆

忽必烈第一次觐见的请求被蒙哥拒绝了。

忽必烈第二次遣使六盘山，向兄长表明了自己愿意归牧于岭北草原的心迹。蒙哥见函，不禁心潮起伏。他不相信忽必烈会毅然决然地离开他苦心经营多年的漠南草原，更不相信他这个从小性格耿直倔强的胞弟会带领妻室，举家归隐和林。为证实他的猜测，他特降诏，许他留辎重随从，乘驿传觐见，日行二百里。

得到诏许，忽必烈当即携眷属向六盘山驰奔而来。

十二月，忽必烈如期来到冬营地。得知四弟兼程而至，蒙哥多少有点吃惊，为慎重起见，他命侍卫只准忽必烈一人入见。

蒙哥的宫帐内外守卫着三层箭筒士和带刀侍卫，他们用冷峻的目光逼视着一切进入宫帐的朝觐者。忽必烈来到宫帐前，主动摘下腰刀交给侍卫长玉昔帖木儿，几名侍卫护送着他进入帐殿。

忽必烈以隆重的九叩之礼拜见蒙哥。

蒙哥端坐于桌案之后。忽必烈能够奉诏而来,令他郁积在心头已久的愤怒不知不觉地平息了许多。

"起来吧!"许久,蒙哥只说了这一句话。

忽必烈抬头望着蒙哥,一双明亮的眼眸中早已蓄满了泪水。顷刻间,泪水顺着鼻翼两侧滚滚而下,越流越快,越流越多。多少思念多少痛苦都在这一刻化作了不愿轻弹的男儿泪。

蒙哥诸兄弟,除旭烈兀和阿里不哥外,都有一种差不多的特质:内敛,不喜也不愿流露真情实感。忽必烈尤其明显。若非郁闷的情绪积累到一定程度,忽必烈断断不会在他面前痛哭流涕。

蒙哥久久俯视着这个从幼时起最得他疼惜,稍长,他无论到哪里都喜欢带在身边的胞弟,脑海中闪现出一些零碎的却刻骨铭心的画面:父亲的骤亡,母亲的坚毅,他与弟弟们相依为命、风雨同舟的艰难生活……而今触景生情,内心不由泛起阵阵酸楚。

长别的五年,这还是兄弟二人头一次相会。无论心情多么矛盾,当兄弟重新聚首,天然的骨肉亲情到底逾越了误会和疑虑,血缘这根纽带又一次将两颗勃然跳动的心紧紧连在了一起。

一切,似乎都无须多做解释。

蒙哥微微叹了口气,走下桌案,双手扶起依然跪在地上的忽必烈:"来,起来,不要再跪着了。"

忽必烈站了起来,兄弟二人默默相对。

"大汗。"忽必烈唤了这一句,又哽住了。无法止住的泪水像断了线的珠子一样不断地流过他的面颊,他的难过他的委屈已经超出了自己能把握能控制的范围。从小到大,除了父母去世那天,他还从来没有这么多眼泪要流。一切的悲伤皆缘于兄长的误解,他不怕被人怀疑,唯独无法忍受被兄长怀疑。说他惧怕兄长并不完全准确,兄长的确拥有着令人惧怕的权力,可他的悲伤更多地来自于根植于内心的忠诚与崇敬,否则,他又怎会如此情难自抑。

蒙哥的眼眶泛起红色,为了掩饰油然而生的温情,他拉了一下弟弟的手,示意他坐在自己对面的鼓凳上。

"只有你一个人先回来了吗?"等忽必烈的情绪平复了一些,蒙哥一边掏出一方洁白的丝帕递在他手中,一边细细询问。

忽必烈用丝帕擦拭着眼睛:"不是,真金、八思巴和臣弟一起回来的。察必她们应该后天能赶到大汗行营。"

"哦? 小佛爷也来了吗? 到现在为止,我还没见过他呢。不是我责备你,真金自幼体弱,你何必让他与你一起赶这急路呢?"蒙哥一向疼惜真金,忍不住抱怨道。

"真金不听劝,他想早些见到伯汗。"

"他们这会儿人在哪里?"

"在帐外等候传唤。"

蒙哥思索了一下,传来玉昔帖木儿:"你先把真金和小佛爷送到隔壁大帐,让他们休息一会儿,然后吩咐备宴。"

玉昔帖木儿应声而退。

蒙哥转向忽必烈,缓缓说道:"就算事情过去了,大哥还得说说你。你呀,怎么过去的性格一点都没改改呢?历练了七八年,办起事来还是这么不注意分寸,这么冒失急进。这些年你在中原、汉中等地施行'汉法',虽说取得了一些成效,但你与你属下的擅权,早已引起朝野非议。"

忽必烈回答时语气里仍带着一些不甘。毕竟是兄弟,他习惯了开诚布公:"臣弟所行诸事,都是为了维护国家的利益和大汗的尊严,也是不得已而为之。地方上的豪强恶势力一日不铲除,漠南汉地一日不得安宁。"

蒙哥沉默片刻。马上得天下,下马治天下,在汉地,究竟是采行蒙古习惯法,还是采行汉法,的确是他与四弟间长久以来一直存在的争端。他的内心深处,是忠于蒙古"大札撒"(蒙古第一部成文法)的,即便这样,他仍然不能说,忽必烈就完全错了。有一点有目共睹,忽必烈坐镇漠南期间,开府金莲川,大胆采行汉法,的确收到了仓廪丰盈、天下归心的效果。

不仅如此,忽必烈始终拥有一批坚定的追随者。在这些人中,甚至包括八思巴这样的宗教领袖。

而他,真正不能接受的,难道竟是忽必烈的成功?

似乎,也不尽然。如同天意的启示,在这难得的不受任何外界干扰的瞬间,蒙哥蓦然发现,他从始至终都在担心着的,是忽必烈的背叛。

没错,是背叛,不是别的。

当年,蒙哥即位之初,曾发生过窝阔台后王阴谋政变一事,事后,蒙哥令三位策划政变的堂侄堂弟从征各地。不是他恪守传统,对亲族宽大为怀,而是他对他们真的不存杀意。

忽必烈不一样。他对忽必烈是存有杀意的。倘若确证忽必烈阴有异志,或许他盛怒之下真的会对胞弟痛下杀手。从最爱到最恨,其实没有那么遥远的距离。忽必烈,是祖父晚年最钟爱的孙子,是母亲生前最钟爱的儿子,是他从小到大最钟爱的弟弟。忽必烈的背叛,将意味着他们所有的人都看走了眼。

唯独这个,绝对不可以被原谅。

蒙哥不经意地转换了话题，"旭烈兀近期的战报你没收到吧？"

"是。旭烈兀那边的情况怎么样了？"

"继去年(1256年)十一月旭烈兀攻克麦门底司堡，十二月又下阿剌模特、兰巴撒耳二堡，至此灭亡了延续一百七十七年之久的亦思马因派宗教国。今年三月，旭烈兀已兵进报达。之前，窝阔台汗派大将绰儿马罕，贵由汗派宗王拜住攻打报达均无功而返。此番，因绰儿马罕在波斯病故，拜住奉命往见旭烈兀，向他汇报了报达国城坚民众且道路难行等情报，旭烈兀据此作了周密部署。他首先派使者入城向哈里发降谕，接着派拜住先攻取罗姆未下诸地，他本人则率部队由报达东三面发起攻击，以达到分进合击、集结优势兵力直插敌心脏的目的。十月，旭烈兀一举攻克了报达的门户打儿坦克要堡，十一月初，被遣往报达的使节团归营，向旭烈兀汇报了哈里发凌辱诅咒使节的情况，旭烈兀震怒，如今，三路大军已兵临城下。旭烈兀不愧是我们的好弟弟，值得我们为他骄傲。不过，我想告诉你的是另外一件事，旭烈兀在每封战报后面，必定加上一句'问四哥好'，或者是，'四哥若有赐教，请送达我处'。旭烈兀与你感情深厚，连我这个做兄长的都有些妒忌喽。"

忽必烈只觉得心里暖融融的，脸上总算露出了一丝笑容，"我也惦记六弟啊。这些年，我们十兄弟天各一方，不知何时才能聚齐。今晚的宴会，我要为旭烈兀的成就开怀畅饮，不醉不归。"

"也为你我兄弟的别后重逢和互相信任，你觉得如何？"

"大汗，我……"

"好啦，过去的事还是让它过去吧，你无须再为此难过。今天，我们只述离情，不谈其他。不瞒你说，我很想见见小佛爷呢，而且，我实在想念真金这孩子了。"

第五章

命运之选

壹

斡难河畔茂密的芦苇丛随风起伏,如海潮般涌动的苇荡深处,几队身着猎装的骑士身影时隐时现。渐渐地,成纵队行进的猎手们跃上了平坦的河边绿地,呈扇形分开,等候着命令。

"呜——呜——呜——"随着三声悠长的牛角号鸣响,宣布了夏季狩猎演习的正式开始。

一名传令兵拨马来到场地中央,挥舞着令旗高声宣布忽必烈的旨意:狩猎演习只准追逐野兽,不可射杀。有故意射杀麋鹿、羚羊、幼豹或者其他猎物者,按"大札撒"处置。命令被迅速传递下去,于是,"十户长听旨""百户长听旨""千户长听旨"的声音此起彼伏,回荡在没有凉意的风中。

仅仅片刻后,这支千余人的围猎队伍纵马消失在一望无际的草原上。

忽必烈一马当先,身后紧跟着二三十名侍卫。他手握硬弓,肩背一个牛皮箭壶,腰挂一柄弯头猎刀,胯下一匹雪蹄赤兔马,马走如风,远远望去,倒像一名英姿勃发的年轻骑士。到了近前,他那张惹人注目的脸膛,却显示出一位中年男子特有的风采。与兄长蒙哥偏于瘦削的长相不同,忽必烈的身材不高不低,不胖不瘦,面似银盆,额头宽阔,细长的眼睛上方,一双剑眉格外有神,两只长耳垂过双腮,威严之中透出几分慈祥。自携妻儿谪居斡难河畔,人们很难看到他有什么沮丧,为了国家的长治久安,他默默忍受了一切责难。

一左一右紧随在忽必烈身侧的是两个年方十三四岁的孩子,一个男孩,一个女孩。男孩子相貌不俗,五官与真金有几分相似,不过,比起真金来,他

103

的体格却要健壮许多。女孩子长着一双美丽的眼睛,像两颗闪闪发亮、晶莹剔透的宝石,又像高山之巅不染纤尘的清泉。这样一双眼睛,令女孩子的整个脸庞都显得生动无比。

男孩名叫忽哥赤,是真金同父异母的弟弟,在忽必烈十二个儿子中排行第五。女孩名叫落落,比忽哥赤小一岁,与忽哥赤乃一母同胞。自忽必烈的长子少年夭亡,真金成为诸弟之长,加上真金又是察必所出,乃忽必烈嫡子,忽必烈和察必自然对他寄予厚望。尽管宠爱真金,倒不妨碍夫妇二人对忽哥赤、落落及其他子女极尽关爱,尤其是落落,她和九妹龙儿自幼在察必身边长大,被察必视作掌上明珠,胜如亲生。

龙儿系大理公主罗凤所生,罗凤为忽必烈生育了一子一女。罗凤是个红颜薄命的女子,生下女儿只两年便因急病亡故。临终前,她将女儿托付给一直对她疼惜关照有加的察必,之后,她在她此生最爱也是最爱她的男人怀中合上眼睛。

罗凤逝后,忽必烈按照她生前的遗愿,将她的遗体送回云南安葬。

龙儿的年龄还小。这次,在察必的请求下,忽必烈难得同意带忽哥赤和落落出来参加围猎。两个孩子对一切都感到新鲜无比,在追逐猎物的过程中,不时发出兴奋的喊叫。每当这时,忽必烈的脸上都会泛起慈爱的笑容。

演习渐近尾声。远远地,一匹通体乌黑的骏马正向围猎场驰来,落落眼尖,一眼认出来人是王府总管阿合马。

阿合马的身上有着纯正的回回人血统。成吉思汗征服西域诸地后,将阿合马的祖父一族全部赐予当朝国舅,也即察必的父亲按陈那颜。阿合马是在国舅府出生的。察必出嫁时,爱女心切的按陈不只以金银珠宝还以不少家奴作为陪嫁,其时尚且年幼的阿合马便是其中之一。

或许是天赋异禀,阿合马年纪不大,却很会看主人脸色行事,加之做事勤谨,精于算计,这使他在一众家奴中迅速崭露头角,得到忽必烈的宠信。成年后,更由于理财之能被擢为王府总管。

落落不太喜欢阿合马,至于为什么,她也说不上,总之看他不是那么顺眼。这一方面是出于女孩子的直觉,另一方面则是受了哥哥真金影响。

自幼接受儒家文化教育,真金最大的理想是让百姓们过上休养生息、安居乐业的生活,他打心眼里厌恶某些蒙古贵族对财富的疯狂攫取,相应地也厌恶财富积累的两个途径:战争和经商。战争中的掠夺他尚无力阻止,巧取豪夺的商业行为则与他多年形成的思维定式格格不入。

偏巧阿合马是个天生的商人,具有商人的智慧和眼光。从他升任王府总管,王府再没有因为忽必烈对藩府旧臣的慷慨赏赐而经常出现入不敷出的状况,阿合马总有办法让王府的财政做到收支平衡。

阿合马的理财之能,令忽必烈惊叹不已,也令那些本身不擅长经商却渴望财源滚滚的达官显贵们趋之若鹜,纷纷将阿合马或像阿合马一样具有经商头脑的色目人作为自己的代理人。结果是,这些人如愿地从一宗宗买卖中获得利润,阿合马们中饱私囊,那些被加重了盘剥的奴隶、牧民和农民却因之更加贫困。

为此,真金鄙视阿合马。

为此,落落也鄙视阿合马。

真金不齿于阿合马的理财之能,尽管这是被他父亲一再称赏过的。

落落也不齿于阿合马的理财之能,因为这是她哥哥真金一向不赞同的。

机警过人的阿合马当然清楚真金对他的反感。不过,对他而言,真金尚且是个孩子,左右不了大局。重要的是忽必烈!能够决定他命运的人只能是这位敢作敢为的蒙古亲王,他一生的权势注定要拴在忽必烈的马镫之上。既然如此,他只需竭尽所能去赢得忽必烈的赏识即可。

未来,他要向世人证明一件事:他阿合马可不是个甘心平庸的商人,总有一天他要"理尽天下之财"!

阿合马的黑马像一股黑色的旋风,转眼旋至忽必烈的面前,"王爷!"

忽必烈笑呵呵地问道:"你怎么来这里了?是夫人有什么话要你交代本王吗?"

"不,是大汗的圣旨到了。"

忽必烈精神一振,"是么?拿来我看。"

忽必烈觐见后,蒙哥下令撤销了钩考局。由阿兰答儿、刘太平等人鼓动起来的轰轰烈烈的钩考运动不了了之。但蒙哥为了给蒙古贵族一个体面的交代,颁诏撤销了忽必烈设在漠南汉地的宣抚司、经略司等全部藩府机构,遣返了藩府汉臣。忽必烈交出了权力,也松下了绷紧五年的神经。

这一次的激烈冲突,表面上以和平的而非血腥的方式解决了,可最根本的矛盾远未消除。若蒙古上层一味拒绝接受汉法,那么蒙古帝国长期统治中原的梦想终将难以实现。忽必烈对此始终保持着清醒的认识。

是年(1258年)初,蒙哥率大军渡过黄河,拉开了亲征南宋的序幕。这时,忽必烈已被迫举家返回漠北草原。对权力尽失的忽必烈而言,这风波迭起的几个月,既是一段不堪回首的岁月,也是一段弥足珍贵的时光,因为,无论他的处境多么艰难,藩府旧臣依然无怨无悔地追随着、信任着、支持着他,从未有过任何改变。

游猎、饮宴,看似闲闲无事的忽必烈一直关注着前方战事。

贰

十余万大军兵分三路。蒙哥自率西路军进攻川蜀;南路军由兀良合台率领,经广西、贵州直趋潭州(今长沙);东路军则委派成吉思汗的侄孙、宗王塔察尔为主帅,六朝老将张柔副之,出荆、襄之地。

除兀良合台统率的南路军外,东、西两路大军的进展都不算顺利,东路军尤其艰难,他们进至鄂州(今武汉市武昌)沿江之地时,遭遇到宋军的顽强抵抗,不敌而退。蒙哥严旨切责,直言将对主帅予以惩处,这使塔察尔大为不满。

成吉思汗征服草原后分封天下,东部多封与兄弟,其后王被统称为"东道诸王";亲子多封在西部,其后王统称"西道诸王"。塔察尔是成吉思汗幼弟帖木格之后,为东道诸王之首。

塔察尔与蒙哥旧有宿怨。当年,成吉思汗之幼弟帖木格在得知窝阔台病逝的消息后,以吊唁为名,率重兵向和林方向逼近。所幸阔端和拖雷诸子都在汗营。乃马真命阔端率一万亲军侍卫,旭烈兀率拖雷家族的精锐骑兵赶赴边境,陈兵以待。

帖木格相当了解他这两位侄孙的统兵才能,阔端与旭烈兀二人年轻不假,可二人都是久经沙场的名将。他没有一举成功的把握,不免犹豫起来。帖木格行动迟缓为乃马真争取了时间。五天后,帖木格得知贵由和蒙哥已率长子远征军东返,且离和林只剩两日路程,他忙派长孙塔察尔代表他前往和林参加大汗葬礼,自己则率军队撤回到东部封地。

按照祖父的临别交代,口才与机变在帖木格家族均属一流的塔察尔为祖父的出兵找了个说得过去的借口:窝阔台汗新逝,长子远征军未归,帖木格王爷担心和林局势有变,是以率军队前来拱卫汗廷。毕竟成吉思汗活着时,帖木格一直肩负着这样的使命。考虑到帖木格中途罢兵,加上贵由的即位还需得到东道诸王的支持,乃马真顺水推舟,将此事放过不提。

帖木格原以为事情早已过去,贵由正式即位后,却突然要清算旧账。他命蒙哥、斡尔多(术赤长子,金帐汗拔都之弟)共同担任审判官,对帖木格发动叛乱一事进行审理。因叛乱发生在宗王内部,且未明朗化,蒙哥和斡尔多对审判都不积极,审到最后只将罪名引向帖木格的亲信,依律逮捕并处死了其中几名推波助澜的将领了事。问题是,当时帖木格已是一位耄耋老人,受此惊吓，数日后而终。塔察尔与祖父的感情极其深厚，尽管从理智上，他知道蒙哥是奉命行事，从感情上，他却始终无法原谅蒙哥。哪怕后来蒙哥贵为大汗，他承认也服从蒙哥的权威，唯有心里的那道坎儿还在那里，对塔察尔来说，只要他一天活着，那坎儿一天就难以跨越。

此番统率东路军，塔察尔面临的困难是实际的，蒙哥不分青红皂白的指责（至少塔察尔是这样认为），让他产生了抵触情绪，这之后，他执行汗命更加消极。

东路军受挫，使蒙哥的计划出现了巨大的漏洞。蒙哥在前方浴血奋战，忽必烈却在漠北草原终日消闲，玉昔帖木儿提醒他说："大汗对殿下素怀猜忌之心，是以不惮劳苦，乘舆远涉危难之地，亲历征战。如今，大汗身处困境，作为弟弟的殿下却逍遥自在，悠闲度日，倘或大汗听闻，圣心不悦，臣担心届时又将平地风波起。"

蒙哥南征时，玉昔帖木儿奉命守卫汗宫，忽必烈举行围猎，他也参加了。

忽必烈烦躁地说道："那你要我怎么办？我兵权已褫，你以为我愿意这样憋着吗？迟早会憋出病来。"

"殿下何不立刻遣使觐见大汗，要求出征鄂州。这或许正是殿下复出的大好时机。"

忽必烈觉得有理，当即修书一封，请求兄长允许他从征南宋。半个月后，他的家信送抵蒙哥的案头。

蒙哥不知忽必烈说什么，展信阅读：

> 长生天气力里，大福荫庇护里成吉思汗孙蒙哥汗陛下：臣弟足疾乃瘸疾，时而复发，折磨久矣。大汗日理万机，时派御医探病施药，臣弟感激涕零。今足疾已愈，大汗亲率征宋大军转战，臣弟安敢在斡难河畔独享清闲？祈愿大汗降旨，命臣弟亲率大军驰骋南国疆场，以效力大汗麾下，为我蒙古和先祖而战，即使血洒疆场，又何足为惧？
>
> 臣弟闻江南水乡湖泊纵横，河网密布，我军骑兵优势无法展开，加上宋军民坚壁清野，众志成城，致宗王塔察尔在鄂州战场无功而返。但若鄂州不下，势必对大汗攻宋产生诸多掣肘。臣弟思之再三，愿请兵再征鄂州，以为大汗侧援。
>
> 臣弟之心，耿耿如日月。大汗察之。
>
> 以书请战，敬祈钧裁。
>
> 　　　　　　　　　　　　　臣弟忽必烈戌日百拜顿首

蒙哥正为塔察尔攻打襄樊失利而烦恼,欲临阵换帅又难得其选。读罢忽必烈的亲笔信,他的胸中涌起一股无以名状的热浪。这个让蒙哥又爱又敬又不能完全放心的四弟,有的时候,蒙哥真不知道自己剥夺了他的兵权究竟是对还是错。

旭烈兀的第三次西征,以武力方式连接起亚欧、亚非、非欧的洲界,巩固了东西、南北方的交通要道,为当时国与国、地区与地区乃至洲与洲之间的政治、经济、文化、贸易往来创造了极为便利的条件,亦使蒙古国力进一步得到加强。在这种情况下,为完成统一大业,蒙哥定策对宋用兵。出征前,按照蒙古幼子守灶的习俗,蒙哥将军国庶务悉数委以胞弟阿里不哥。

唯独对忽必烈,他有意没做任何安排。

他等待着,也期待着。果然,背负着种种误解的忽必烈派人向他请战了。这虽在他意料之中,却也让他感到欣慰。从中,他体味到的是手足之情,是成吉思汗的儿孙所共有的血性。

非但如此,忽必烈征服大理的经验同样为他所需要。

从东路军在鄂州失利时起,他已在考虑更换东路军主帅,这一刻,他毫不犹豫地确定了主帅人选。

忽必烈急于知道大汗对于他要求参战的态度,他展开圣旨,目光飞快地从钤红的字迹上掠过,脸上露出如释重负的表情。

阿合马代他宣布罢猎。忽哥赤兴奋地问道:"父王,我也可以去吗?"

忽必烈笑了:"你老老实实和你哥哥一起待着,听额吉的话。"忽必烈说的"额吉"是指察必王妃。

忽哥赤失望地嘟起了嘴。

忽必烈不去管儿子,他让阿合马先送落落和忽哥赤回去,落落不肯。

"为什么?"忽必烈问。

"我不喜欢阿合马。"落落直截了当地回答。

众人皆愕然,阿合马有点尴尬。忽必烈微叱道:"不许胡说!"

"我没胡说。父王,您不是常教育我们做人一定要诚实吗?为什么我不能说实话?"落落眨着一双乌黑明亮的大眼睛,不解地问父王。

忽必烈语塞。对这个自幼心直口快、天真无邪的女儿,他还真的没办法解释。

"我送忽哥赤和落落回去吧。"玉昔帖木儿怕忽必烈责备女儿,主动请求。忽必烈身边的汉臣,包括真金在内,一般都将玉昔帖木儿称作玉昔。

忽必烈无奈，"好吧。落落和忽哥赤交给你了。阿合马，你待会儿跟我一起回营。"

"遵命!"阿合马的脸色已恢复正常，恭顺地应着。对于他这种隐忍功夫，连玉昔帖木儿都觉得委实不易。

阿合马目送着落落的背影，心头一阵刺痛。尽管明知不配，阿合马的内心仍珍藏着对落落的向往，他甚至想过，若落落只是个平民女孩该有多好，那样，等他有了足够的金钱和权力，就能名正言顺地将她娶回家门。可惜……

权势!他再次狠狠地想到了这个词。

叁

有了蒙哥汗的圣旨，忽必烈便可以名正言顺地召回那些跟随他多年，后因钩考风波被迫还乡的藩府旧臣了。时隔不久，子聪和尚刘秉忠、窦默、姚枢、郝经、廉希宪、赵璧等奉诏星夜兼程，齐集开平城，这时已是蒙哥汗八年(1258年)的夏秋之季。

忽必烈正待举兵南下，因佛教和道教在利益方面再度发生严重争端，双方均派代表告到蒙哥处，蒙哥遂让忽必烈先完成一个重要任务——组织第四次释道大辩论。

佛教与道教几乎是同时进入蒙古宫廷的。成吉思汗十四年(1219年)，蒙古开国名将木华黎将佛教禅宗海云法师(1202年至1257年)引荐给成吉思汗，之后，海云历成吉思汗、窝阔台、贵由、蒙哥四朝，又成为忽必烈之子真金的宗教老师，其地位极其显赫，被视为天下禅宗之首。同年，成吉思汗闻道教全真派领袖长春真人丘处机(1148年至1227年)之名，派近侍刘仲禄至莱州，邀请丘处机往西域相见。后二人相会于西征战场，成吉思汗对丘处机十分尊崇，此后全真派达到全盛。

释道之争由来已久，前两次释道辩论，蒙哥都亲身在场，佛教一方略占上风。第三次辩论，再次由迦湿弥罗(今克什米尔)僧人那摩(蒙古国师，1252年代替海云法师掌管天下释教)获得胜利。第四次辩论，释教一方仍以那摩为首，忽必烈向他举荐了一位年轻的同行——八思巴。

辩论双方各出十七人，双方约定，失败者要向胜出者敬献花环，还要接受对方教法。忽必烈主持辩论，姚枢、窦默、廉希宪等人担任证义(即辩论见证人)。

参加释道辩论，无疑给了八思巴一个展现自身才华的机会。佛教历来注重培养僧人的辩才及抽象思维能力，甚至可以说，佛教高僧无一不是优秀的辩论家。当年萨迦班智达就因参悟佛教深奥玄妙的教义且能言善辩享誉后、中、前藏地区。海云、达摩、噶玛拔希等高僧无一不是因为谙熟佛理、学识丰富、口才出众而得到历代蒙古大汗的青睐，被擢为国师。八思巴自幼在伯父身边接受严格的训练，佛学、文学、史学的知识储备都极其丰富。在跟随忽必烈的几年中，更是广泛接触各民族的精英人物，这一切都为他担当这种释道辩论的第二主要辩论人奠定了基础。

释道双方志在必得，一时间，你来我往，唇枪舌剑。当道士们提出以《史记》作为《老人化胡经》的依据时，八思巴开始出言反击，后发制人。他连连诘问，以高度严密的逻辑步步为营，使道教一方的十七人理屈词穷。忽必烈最终裁定道家失败，参加辩论的十七名道士被迫接受了出家为僧的惩处。

其后，八思巴为纪念释道辩论的胜利，写下《调伏外道大师记》。在这篇文章里，八思巴虽视道教为外教，但仍本着学者应有的客观态度，承认太上老君的神通。

道教在辩论中失败后，其势力及影响力有所下降。八思巴在辩论中显示出来的才华，使他名声大振，播誉汉地。同时，八思巴通过在汉地的活动和参加释道辩论，对汉地佛教、道教的历史与现状有了进一步了解，这为他日后领总制院事、掌管全国佛教事务准备了条件。

释道辩论结束之后，忽必烈急于奔赴南征前线。藩府旧臣多数随行，余者被忽必烈留在粗具规模的开平府。

忽必烈在濮州（今河南濮阳东）与宗王塔察尔会合。对于塔察尔兵败之责，他丝毫不予追究，反而一再强调南国水乡沟壑纵横、水网密布，而蒙古军队长于野战和长途奔袭，忽略了宋以逸待劳、据城而守恰恰是以其所长克我所短等客观因素，旨在为塔察尔脱罪。

塔察尔未料到忽必烈如此豁达大度，感动之余，心甘情愿地交出了东路军兵权。

忽必烈用兵，更胜塔察尔一筹。他不攻襄樊，而是从蔡州南下，直指汉江。不久夏往秋至，东路军一路攻城略地，很快全面突破宋军的淮西防线，直逼长江北岸。

在东路军一路斩将夺旗的同时，蒙哥亲率大军进攻四川钓鱼城。

钓鱼城三面环水，一面临山，易守难攻。

嘉陵江、渠江由北而下，在合州城下与涪江汇合后，走一个 V 字形，正好环围钓鱼城,然后向西南奔腾而下,注入浩浩长江。

钓鱼城南、北城墙最近处距嘉陵江二百四十步,城周长四十余里,有内城、外城和南北各一个一字城城墙,西有青华门,北有出奇门,南有始关门,东有东新门、奇胜门,东南有镇西门,西南有著名的护国门。南北依嘉陵江建有水师码头、演武场、敌楼、炮台。城墙、码头、炮台、城门、敌楼皆为玄武岩石构筑而成,曾被欧洲人誉为"东方的麦加城"。

城内的主要建筑是皇城、忠义祠和护国寺。

蒙哥汗九年(1259)春,蒙哥汗亲率大军进攻四川。至年底,川西、川北、川中大部分地区相继攻陷。

至此,宋朝军队在四川实际控制的地区只剩下川东的合州州治钓鱼城。

形势十万火急!

合州和重庆一北一南,都是嘉陵江上的沿江重镇,自然也成为宋朝军队在川东防御体系的支撑核心。合州地处要冲,屏卫重庆,地理位置极为重要。后期,四川制置使将合州州治迁到了钓鱼山上,并倾尽人力、物力、财力,扩建了钓鱼城。经过数年经营,钓鱼城俨然成为嘉陵江畔一座驻屯军民十余万、水源丰富、粮秣充足、街市繁华的川东军事重镇。

蒙古军进围钓鱼城。蒙哥派遣宋降将入城招降知合州王坚,王坚为坚定军民的抵抗决心,在钓鱼城的阅武场将使者当众处死。

蒙哥闻讯大怒,于二月初三亲率大军抵达钓鱼山下,指挥各路蒙古军猛攻钓鱼城。

这天,护国门城楼上,王坚身披涂金脊铁甲,头戴战盔,右手轻抚剑柄,在滚滚硝烟中巡视战场。他看到一名被蒙古军炮石击中痛苦呻吟的士兵。这是一张被炮火烧焦下颏的脸,脸上布满了燎泡,血水与脓水混合在一起,益发显得狰狞恐怖。

王坚看着医官给他清洗完伤口,对医官小声说:"你待在这里,尽量为伤员减轻一些痛苦。医药什么的还缺少吗?"

医官说:"现在最缺少的是人手,请大人尽快解决。"

"传令官!"

"到!"一个虎彪彪的小伙子应声站在王坚面前。

"传我的命令,立即从预备队抽调五百名士兵到七个城门抢护伤员。不得有误!"

"是!"传令官迅速退下。

医官看护完伤员,匆匆赶往前面,王坚喊住了他,"你叫什么名字?"

"下官名叫赵哲。"

"官居几品？"

"正七品保安大夫。"

"什么时候来合州的？"

"开战前夕。"

"目前伤亡情况如何？"

"受伤的七千八百九十三人中，有九百零三人因医治无效死亡。"

"什么兵器致伤？"

"火炮和弩箭。"

"唔……"王坚端详着医官染满血脓污秽的战袍，似乎在想着什么，最终只是说，"去吧。辛苦你了。"

医官躬身而退。

"张珏！"

"到！"号称"四川九虎将"的张珏虎虎生威地站在王坚面前。张珏官居从七品武略郎，是王坚手下的一员猛将。

"今天战况如何？"

"禀报大人，到现在为止，一天之内护国门击退蒙古军二十八次进攻，我方伤一百六十九人，阵亡八人，敌方的伤亡人数至少在我军的六倍以上。"

"其他防区的战况如何？"

张珏回答："青华门、南北一字城、出奇门、奇胜门、始关门、镇西门、东新门今天都遭到敌人的猛烈进攻，但进攻次数和猛烈程度显然不及护国门，看来，敌人是决定采取东西夹攻、两翼配合的战术，是以将主要兵力都用在了护国门和东新门上。"

王坚暗想，蒙哥把十万大军的主力全都用在了合州攻坚战上，看样子真是下了血本了。据他获得的战报，两个月来，蒙古军战斗减员达到三万七千人，疫病、暑热等非战斗减员也超过此数。

想到这里，王坚解开披风，山风撩起黑色的战袍，猩红的里衬随风抖动，仿佛一团跳动的火焰。他对张珏说道："传谕全军将士，再接再厉，誓保家园！胜利就在眼前！"

"是。"

天空中骤然响起一连串炸雷，大地为之颤动，空气中弥漫着浓烈的硫磺味道。顷刻间，大雨如注，狂风肆虐。战旗在暴风雨中剧烈地抖动着，似要被狂风撕碎。

这是四月初一的黄昏时分，长江中下游地区开始进入漫长的梅雨季节。

王坚早年曾在抗金名将孟珙手下效力。一次,他奉孟珙之命,率兵袭击邓州顺阳镇的蒙古军后勤基地,放火烧毁了聚集在那里的造船材料。后来,孟珙派遣部将率兵六千援蜀,王坚随从进入四川,此后的数年间,他在四川的抗蒙战争中冲锋陷阵,屡立战功,被逐级提升为武功大夫、遥郡团练使。

蒙哥汗四年(1254 年)夏,蒙将巩昌便宜都总帅汪德臣率军由其节制的川北向川东作试探性进攻。蒙古军沿嘉陵江南下,一直攻到了合州和广安一线,王坚等率宋部将顽强抵抗,一举挫败了蒙古军的迅猛攻势。捷报传来,宋理宗为表彰王坚的战功,下诏为王坚升迁两级,旋即又任命他为兴允都统制兼知合州。

这一次,王坚临危受命,可以说是寄托了宋朝廷守住四川的全部希望。

四川地区这场罕见的大雨从四月初一直下到四月二十一日方才放晴。

次日,蒙哥汗把自己的卫队一万余人也投入到攻城战斗中,强攻钓鱼城护国门。在付出重大伤亡之后,蒙古军总算攻占了护国门外城。宋将王坚亲率大军发起反击,不久又将外城夺回。

五月,蒙古军中瘟疫流行,战斗力大为削弱,攻城时断时续,毫无进展。

宋京西、湖北、湖南、四川宣抚大使贾似道为确保川东不失,顶着长江中游蒙古军的压力,冒险抽调军队,任命自己的亲信吕文德为四川制置副使兼知重庆府,率大军增援四川。同时,为鼓舞抗蒙士气,他奏请宋理宗下诏表彰王坚的战功。

六月初,宋援军一路苦战抵达重庆,旋即督率一千余艘战舰沿嘉陵江逆流而上,紧急增援钓鱼城。在三槽山,宋军遭遇蒙古军阻击。蒙哥亲自督战,蒙古步、骑两支军队利用弓弩和火炮控扼两岸,勋将史天泽遵照蒙哥谕旨,亲率水军顺流而下,冲击宋军船队。吕文德部伤亡惨重,不得不退回重庆固守山城。

蒙古军围城打援之际,汪德臣率部乘夜色掩护占领了外城的马军寨。

为夺回马军寨,王坚组织起两支敢死队,向立足未稳的蒙古军轮番发起攻击。两军激战直至天明,宋军强行攻入外城。这时,雷声大作,蒙古军云梯突然折断,后续部队增援受阻,先行占领马军寨的一千余名蒙古军将士被人数占据绝对优势的宋军尽数歼灭。眼看功亏一篑,德臣心急如焚,单骑驰立城下,向城上喊话:"王将军,我此来是为拯救合城军民性命。望将军不要再作无谓的抵抗,赶快出城投降吧!"

王坚回答他的是城上炮石齐下,德臣躲避不及,身负重伤,部将拼命将他抢回阵中,然而已是救之无及。

当晚,嘉陵江的水面被火把照得一片通明,三万蒙古军将士身披白衣,为汪德臣志哀。丧礼结束,蒙哥派出一支精骑随德臣十七岁的长子唯正(1242年至1285年)护送其父灵柩归葬盐川。

回到石子山大汗帐殿,蒙哥蓦觉得浑身发冷,头冒虚汗。他两眼一黑,一头栽倒在地上。

肆

宿卫急唤军医进帐,史天泽闻讯也匆忙赶来探视蒙哥汗。军医取出一些粉末状的药物喂入蒙哥口中。

不知过了多久,蒙哥缓缓睁开眼睛,看到卧榻旁忧心忡忡的史天泽,心里顿时明白了许多。"我刚才是不是晕倒了?"他声音低微地问。

"大汗,您这是积劳成疾兼急火攻心染上了瘟疫。染此瘟疫者,如若治疗不及时,几日后便会高烧脱水而亡。"军医心存忧虑,又不敢太过表现出来,他斟酌着词句,委婉地说道,"眼下我军将士多患此病,奈何药物奇缺,只能用大黄和一些中草药勉强控制,无法彻底治愈。还需大汗下令从中原速调药物和大夫前来才行。"

蒙哥侧身坐起,传下口谕:"诏命陕西政务大臣刘太平火速调运医药、粮草和医护人员开赴征宋前线,有延误者严惩不贷。"

两名信使驰马西出蒙古军营寨,奔赴陕西。数日后,蒙哥自觉身体轻松一些,遂令史天泽总帅入蜀的全部将士继续攻打钓鱼城。

合丹犯颜进谏:"大汗,我们集结大军攻打钓鱼城已逾三月,所费无数,人员伤亡惨重,却久攻不下。尽管川西、川北、川中之地尽为我军攻占,如今只为一个小小的钓鱼城,牵制我军主力,挫伤将士锐气不说,还影响到整个军事部署,臣以为实在得不偿失。依臣之见,不如留下三千精兵监视钓鱼城,围而不打,主力则顺嘉陵江南下进攻山城重庆。一旦重庆陷落,钓鱼城必成孤城一座,久而久之,弹尽粮绝,不攻自破。此为中计。"

合丹系窝阔台之子,目前也是窝阔台活在世上的唯一一个儿子。他曾与蒙哥一同参加第二次西征,二人是堂兄弟,更是心意相通的战友。十一年前(指1249年,蒙哥是在两年后的1251年正式继立为蒙古第四任大汗),在金帐汗拔都的主导下,蒙古汗位即将发生更迭。当时,合丹和阔端都是窝阔台家族中给予蒙哥支持最多的人。而蒙哥投桃报李,即位后从未将阔端和合丹排除在新政权之外。

蒙哥面无表情。

合丹的分析切中要害。正因为切中要害,才深深地刺伤了他的自尊心。作为西征、南征时在各个战场都所向披靡的蒙古大汗,各种惊涛骇浪他经历得多了,怎料会在钓鱼城这么个弹丸之地丢尽颜面——原本心情已是既焦虑又纠结,偏又遇上这么个不识时务的合丹,当面说出了别人想说不敢说,他自己也未尝不明白的话,他的不快可想而知。他双目炯炯地望着合丹,不动声色地问道:"那么,你的上计呢?"他的声音虽低沉,却坚定有力。

合丹依旧直言不讳:"分兵包围重庆、泸州,孤立合州,围而不打,断绝一切陆路、水路交通,集中兵力,围城打援,充分发挥我军骑兵、弓弩手、炮兵的优势,一举歼灭或重创宋陆路、水路增援部队,待其疲惫,一鼓作气攻克长江重镇泸州,嘉陵江重镇重庆。如此,宋苦心经营二十余年的长江防线或将全面崩溃。"

蒙哥点点头,苍白的脸上泛起一丝红晕,嘴角牵起了一个似笑非笑的纹路。"再谈谈你的下策吧,我的合丹弟弟。"

史天泽注视着蒙哥,心里暗暗替合丹捏着一把汗。合丹却不管不顾,他憋了许久的话,今日非得一吐为快:"下策就像现在这样,不惜血本,继续强攻连猴子都难爬上去的钓鱼城。在狭长的石子山两侧,我军根本难以展开,即使拥有炮兵、弓弩手、骑兵也无济于事。我们也曾付出重大伤亡才勉强攻入外城,但结果怎样?入城将士体力耗尽,后续部队无法跟上,一千余名将士枉作他乡之鬼。打到现在,全军纵然还剩七万将士,但其中有四万余人都患上了疫病。据报,每日死于疫病的人数不少于一百五十人,照这样下去,用不了多久,光是疫病,也足以让我们面临覆灭的危险……"

"够啦!身为孛儿只斤家族的子孙,你竟能说出这种长他人志气、灭自家威风的话,真让我为你感到羞耻。你若再危言耸听,扰乱军心,休怪我翻脸无情!"蒙哥恼羞成怒,打断了合丹的话头,厉声训斥道。

众将臣们被震慑,皆不敢再言语。蒙哥走下桌案,以不容置辩的口吻下达了命令:"七日后,寅时造饭,卯时攻城,投入全部预备军队,由我的一万名宿卫亲军充当攻城先锋,同时向钓鱼城七座城门发起全面进攻!"

"遵旨!"众人接旨,声音参差不齐。

合丹欲言又止,脸涨得通红。

史天泽低下头,遮住了满目忧虑。

　　石子山蒙古军营寨距钓鱼城护国门只有三里之遥,站在石子山上,护国门、青华门上的敌楼清晰可辨。

　　宋军的旌旗在晨风中轻轻摆动着。从石子山到钓鱼城的路上,两边悬崖壁峭,藤蔓缠绕。战马驮着抛石机、青铜火炮,沉重的铁蹄踏在山道上,迸出点点亮亮的火星。炮手们肩扛火药,跟在战马后面,踽踽前行。辎重车、兵器车、给养车像一条黑色的长龙,从石子山的西面和西北向前延伸,首尾相望,一览无际。

　　北面与出奇门毗邻的一字城虽被蒙古军攻占,但宋军在短时间内已加固了出奇门及其周围的城防工事。一字城城墙呈东西向从上至下裂开一道豁口,黑黢黢的,远远望去,仿佛中间留出一道空隙。

　　一字城北面和西面奔腾着汹涌的嘉陵江,宋军凿渠引水,构筑了宽十余丈的护城河,一股湍急的水柱从裂罅间涌出,奔腾而下。向上望去,一线青天破崖而出,让人目眩心惊。钓鱼城城墙沿西北、南、东北呈半圆形构筑,城高十二丈,怪石嶙峋,软藤垂挂。如此陡峭的城墙,别说兵士,即使灵活如猿,想要攀援而上,也需费番力气。

　　第八天卯时三刻刚过,蒙古军鼓声雷动,万弩齐发,巨大的火炮声、鼓号声、响箭声和数万名攻城将士的呐喊声交织在一起,在寂静的山城上空掀起一波又一波震耳欲聋的声浪。蒙古军的抛石机怒吼着,带着巨大的"嗡嗡"声,将铜盆大小的石块,雨点般地抛向钓鱼城。城楼纷纷倒塌,守城宋军死伤严重。

　　半个时辰后,蒙古军的云梯部队迅速架好云梯,攻城部队向钓鱼城的四个方向七个城门同时发动进攻,蒙古将士如潮水般地涌向云梯,灵活地攀援而上。蓦然,意想不到的情况出现了,只见云梯一个个开始倾斜,有的顺势倒下,有的拦腰折断。每个云梯上都有二三十名蒙古将士,随着云梯落势被重重地摔在城下的乱石中,死伤无数。原来王坚早就料到蒙古军久攻不下,必会酝酿一次大的攻势,于是提前在离城墙十余丈的地方,用巨石设立了许多小堡,这样,既可利用弓弩杀伤对方,又可用钩、戟等兵器刺杀攻城士兵和毁坏云梯。

　　不消一炷香的光景,蒙古军设在七座城门用于攻城的七十余架云梯有半数以上折断,人员伤亡一千余人。宋军得势,立刻对攻城的蒙古军实行了反击。滚木礌石轰然而下,火炮、土炮、火箭、火枪大显神威,弥漫的硝烟中,战马四散惊逃。弓箭手也不甘落后,弩箭雨点般射向蒙古军有些散乱的人马中,一批批攻城将士倒在血泊中。

　　蒙哥眼看着又有近两千名强悍的蒙古将士命丧在飞石、箭弩和枪炮之下，怒火中烧，他从腰间抽出弯刀，指挥批次跟进的蒙古军，掀起了第二次攻城的狂潮。"传我口谕，火炮手、火箭手、弓弩手、投石机手，瞄准敌人，给我狠狠地打！一定要将敌人全部消灭在钓鱼城上！"

此时的蒙哥，再不是那个人们所熟知的沉默寡言、温文儒雅的蒙古大汗了，他两眼通红，嗓音沙哑，如同一头暴怒的雄狮，随时都可能冲上去，张开血盆大口，将猎物一口吞下。

火炮和投石机又一次怒吼起来，炽热的金属弹丸炸落在城头，硝烟夹裹着弹丸和巨石落入城中，躲在角落里的宋军被巨石砸得血肉横飞，黑红的血水沿着城墙和台阶汩汩而下，汇成了一汪鲜血凝成的小溪。

钓鱼城的城墙堡垒出现了无数个石孔，从这些黑洞洞的石孔中发射出无数条火龙。火枪、突火筒和最原始的长竹竿火枪从枪管中喷射出炽热的枪弹，手持盾牌的蒙古军将士岂能抵挡住火药和枪弹的威力？尸首如麦秸一般密密麻麻地堆积在城下。

蒙古军弓箭手瞄准了城墙上的石孔射击，一支支利箭平稳地射入孔洞中，宋军射手猝不及防，中箭者无数。

带着进入地狱前的恐怖，战场上出现了短暂的沉寂。

这沉寂短暂到只容人稍稍喘了一口气。接着，"杀啊""冲啊""为死难的弟兄们报仇"，蒙古将士的吼声一浪高过一浪，掩盖了宋军的枪炮声。

几十架云梯重新架起，为减少对云梯的压力，同时给登城的士兵留有施展刀枪的余地，蒙古军每隔两米上来一人。而且，为了对付敌人的暗堡和火器，蒙哥重新调整了队形，持盾持剑者间隔一名箭筒士，箭筒士专门射击石孔里的宋军。每当石孔打开，宋军立即应弦倒毙。蒙古军经过这一番艰苦的鏖战，终于攻占了外墙。

当象征胜利的九斿白旗高高飘扬在护城门的敌楼上时，蒙古军全军将士忍不住热泪盈眶。他们站在被血水浸透的残垣断壁上，站在战友和敌人的尸体边，和着滚滚的硝烟和熊熊的烈焰，唱起了那首在草原上广为流传、充满了震撼力的《英雄史诗》。

门户既失，宋将王坚急忙从城内的插旗山、天池、钓鱼台调来火枪手和火炮手，向占领外墙的蒙古军发起了猛烈的反攻。

为夺回外墙，宋军方面亦可谓不惜血本，投入了所有的秘密武器——十余门射程可达八百步的新式旋风炮，以及飞火枪、梨花枪、突火枪、火筒等。

杀红眼的蒙哥亲率宿卫浴血奋战，突然，一枚铅弹击中了护国门外城城楼，瓦石散射，尘烟弥漫。

蒙哥从废墟中站起,拍拍身上的灰土,安然无恙。眼见敌方火力强大,部下伤亡惨重,他向宿卫下达了命令:"传令全军,马上撤离战场!"

蒙古军鸣金收兵。蒙哥命人从楼顶上拔下九旄白旗,望着城下两军将士的累累横尸,两行热泪悄然滴落。

作为曾经傲视世界的蒙古大汗,蒙哥或许过多地沉湎于枪弹和刀光剑影的壮烈场面,而忽略了预先估算、思考自己以及他人的力量。尽管他是个出色的数学家,但在进攻川东钓鱼城时,并未发挥出其逻辑严密、运算精到的优势——他太低估了宋军的抵抗能力,也忽视了年轻将领王坚的毅力和勇气,更忽视了地理条件的制约以及对方武器的改进。这是最为致命的一击。如今,望着满是硝烟的九旄白旗,唯一能让他稍感释怀的是他手下将士们前仆后继、英勇献身的壮举。他知道,正是这种力量铸就了几代蒙古大汗的辉煌。

夕阳映照在废墟上,空气中弥漫着令人作呕的气息。一种前所未有的厌倦感向蒙哥袭来,他浑身颤抖,头痛欲裂,突然所有的一切变得模糊不清,犹如幻影在他眼前跳跃。他再也站立不稳,摇摇晃晃地倒在了已变得稀稀拉拉的枪炮声中……

伍

七月二十一日,蒙哥在军中病故。

东路军陈兵江北,准备乘胜渡江,忽然信使求见,呈上了末哥的亲笔书信。忽必烈情知有异,接信匆匆浏览。信中,末哥向忽必烈通报了蒙哥在川东金剑山温汤峡(重庆北碚北温泉)驾崩,及大汗之子阿速带、养子蒙可都已将兵权交给由六盘山南下增援的诸王,二人扶柩北上的消息。在信的末尾,末哥预感到,随着长兄的病逝,蒙古将掀起新的汗位之争。他特别提醒忽必烈,目前蒙古西路军群龙无首,人心浮动,他劝说四哥从速撤军,准备议定选举大汗一事。

末哥是忽必烈的异母弟,在大那颜拖雷的十个儿子中排行第八。同胞兄弟中,忽必烈与比自己小两岁,如今西征未归的旭烈兀感情最好,异母兄弟中,忽必烈则与末哥手足情深,胜如同胞。此时的忽必烈尚且不知,末哥以及蒙可都在进攻蜀地过程中也染上了与蒙哥相同的疾病,这封信是末哥抱病而写。

读罢末哥的信函,忽必烈的内心剧烈地翻腾着,五脏似被利刃游走搅动着。见他的脸色突然变得异常难看,子聪趋前问道:"末哥王爷怎么说?"

忽必烈吩咐:"传命下去,全军就地驻扎,为蒙哥汗致哀!"说完这句话,他背过身去,眼中已是泪落如雨。

如山的兄长,是忽必烈孤军深入的底气所在。如今兄长长逝,何去何从,忽必烈也有些迷惘。谋臣多建议立即北归,忽必烈思虑良久,不为所动。如今,在蒙哥驾崩和西路军无法东进的不利形势下,东路军必须渡江接应奉旨经南宋辖区转战北上的南路军,否则南路军将有覆亡的危险。

为鼓舞士气,忽必烈听从子聪建议,在举丧三日后派近臣到军中慰劳,于是,将士人人踊跃,愿为效命。

九月四日,东路军抢渡长江成功。渡江后,忽必烈履行诺言,颁布了严肃军纪的各项命令:军士有擅入民家者,以军法从事;凡是俘获人口,全部释放。对俘虏中的儒士,忽必烈接受廉希宪的建议,予以"官钱购遣还家"的特殊优待,放还江南儒生多达五百余人。

数日后,东路军正式完成了对鄂州的包围。

然而,对鄂州的围攻并不顺利。

随着吕文德所部八万水陆大军自合州驰援,宋丞相贾似道督率的援鄂大军也从四面云集。两淮之兵尽集于白鹭,江西之兵集于隆兴,岭广之兵集于长沙,闽、越的舟师也奉命溯江逼近平江、建康、鄂州一带。

失去了西路军的策应,南路军又在进攻潭州时受阻,未能与东路军如期会合,这一切都使忽必烈面临的形势更加严峻。恰在这时,他接到察必的一封密信。察必的密信言简意赅,并无多余话语。信的内容是这样的:

> 我近日察觉阿里不哥居心叵测,抱有异志,恐欲篡位谋朝。朝中,他有阿兰答儿、刘太平、大汗之子阿速带等相助,羽翼渐丰。现在,阿兰答儿已率领漠北诸王的军队逼近开平。刘太平也已占据燕京,正在调动漠南兵力遥相呼应。国情似火,燃眉在即,妾忧心如焚。常言道:家不可一日无主,国不可一日无君。妾认为,夫君应为国家大局考虑,速罢兵北还,避免内乱,早日登极,以安天下。

读罢密信,忽必烈更有一种腹背受敌的感觉。他急命玉昔帖木儿去传郝经和张柔。

郝经不多时来到忽必烈的军帐,张柔安排宿营诸事,来得稍微晚些。

忽必烈将察必的密信递给二人。郝经就着张柔的手上匆匆看了一遍,随即说道:"王妃所言甚是,请殿下即刻退兵北返。"

"可是……"

"殿下所虑者,必是不愿半途而废。然情势危急,我军不思适时而退,一旦来月疫病盛行,只怕我军欲还不能。"张柔很自然地道出内心隐忧。

"我赞同张帅的分析。恕臣直言,此次大汗用兵宋廷,并未做好准备。诚所谓师不当进而进,江不当渡而渡,城不当攻而攻。何胜之有?至于殿下,您面临的真正危险并不来自于敌方,而是来自于内部。"

"即使我欲退兵,宋军数十万齐集鄂州,难道他们会眼睁睁地看着我脱离死地不成?"

郝经胸有成竹:"殿下容禀,宋人自偏安一隅,久不经战事。若殿下不惜以归还我军所占之地为条件与贾似道议和,他必求之不得。臣愿作为谈判代表与其斡旋,直到我军全部退出宋境为止。"

"一旦与宋签订和议,殿下当立即轻骑北返,控制燕京,进而稳定漠南汉地的动荡局势。此乃眼下唯一绝处逢生之路,也是决定未来国家命运之路,走与不走,全在殿下一念之间。"张柔也说。

"便依二位所言。不过,议和之事不妨再多等一日。战前贾似道曾数次派遣使臣宋京至我军请和,以向蒙古称臣及交纳岁币等作为议和条件。那时本王皆以'处于进攻中的蒙古军如脱缰骏马,一时难以驾驭'为由拒绝了他的请求。如今形势对我不利,我若主动议和,只怕会让贾似道看出我急于脱困,反而别生枝节。依我之见,我们不妨宁耐一时,先看看对方动静。"

"殿下所虑甚是。"

郝经话音甫落,忽见玉昔帖木儿挑帘而入,"王爷,宋使宋京求见。"

忽必烈目视张柔、郝经,三人脸上皆露出心照不宣的笑容。

宋京果然带来了贾似道的议和条款。条款如下:

一、宋朝皇帝向蒙古皇帝称臣。
二、岁向蒙古皇帝交纳岁币银二十万两,绢二十万匹。
三、双方以长江隔水为界,民间尚可选址划界贸易。
四、蒙古军于签字生效六日内撤军完毕。

忽必烈请宋京下去休息,说与众将商议后再行决定。宋京见忽必烈的态度不似围攻之初那般坚决,心中喜忧参半。作为贾似道一手拔擢的心腹府吏,宋京一向唯贾似道之命是从。这次的情况却有所不同,议和本来是瞒着皇上进行的,成功还好,即使有朝一日消息败露,皇上畏惧战争,或许会对参与其事之人网开一面,秘而不宣;如若失败,只怕他这个右丞相府秘书监四品职事官乌纱不保不说,贾似道为求脱罪,还会拿他试刀,永远封住他的嘴。

对于贾似道开出的条件,忽必烈没有立刻答复,是为等待接应兀良合台率领的南路军。鄂州久攻不下,好在南路军已北上,正在围攻潭州,为忽必烈减轻了不少压力。东路军其他各部也深入到宋腹地,对宋首都临安形成威胁。

忽必烈尚且沉得住气,贾似道则比他更加急于议和。他一面摆出与东路军决战的架势,一面催促宋京尽快说服忽必烈。经过一番谈判,双方达成和约,贾似道让开南路军必经之路,忽必烈与兀良合台顺利会合。随后,忽必烈做如下安排:仍令兀良合台统率南路军留驻江北,监视宋军北进动向,一旦有召,立即北返;将东路军统帅权交与张柔;他本人则与藩府众臣轻车简从,昼夜兼程,不数日即抵燕京。

冬十一月,留在开平府的八思巴及其他藩府幕臣陪同察必王妃赶到燕京与忽必烈相会。夫妻君臣久别重逢,喜悦之余,颇有几分隔世之慨。

陆

转眼,忽必烈从鄂州前线返回燕京已两月有余。为阿里不哥在漠南扩军一事,忽必烈与阿里不哥一直在互派使者交涉,这种相互间的扯皮为忽必烈等待北撤大军和联络那些支持他的宗王贵族争取了时间。

在和林,阿里不哥谋夺汗位的行动已趋于明朗化。阿兰答儿为阿里不哥分析当前形势时说:"既然四王爷对我们的计划有所觉察,再遮遮掩掩只能是欲盖弥彰。依臣之见,我们索性一不做二不休,从速召集各封地的王公贵族前来万安宫举行忽里勒台,按照旧制选举新的大汗。我蒙古自古有幼子守产之传统,您作为大那颜(指拖雷)幼子,拥有别人所没有的优势。为今之计,只有抢先登基,才能占据主动。"

商议完毕,阿里不哥向各汗国及诸王贵族封地派出急使,争取最大限度地获得支持。其中,东道诸王以塔察尔、移相哥为首,基本都支持忽必烈。西道诸王中,已成为金帐汗国四任汗的别儿哥(1257年至1266年在位)对阿里不哥表示支持,但借口路途遥远没有派出使者;其弟蓝帐汗昔班素与忽必烈交厚,明确拒绝了阿里不哥的邀请;察合台后王中有数人接信后即刻动身前往万安宫,其他人却以各种借口迟迟不肯赴约,正在摄政的兀鲁忽乃王妃尤其无意让富庶的汗国变成阿里不哥予取予求的"粮仓";窝阔台后王中,贵由幼子禾忽名义上是窝阔台家族的大家长,他一开始本来支持忽必烈,后来听从堂弟海都的劝告,转而支持阿里不哥。即使如此,禾忽的态度一直摇摆不定。最坚定支持阿里不哥的窝阔台后王只有海都一人。海都刚刚崭露头角,实力尚且不能与阔端后王及合丹父子相比。阔端之子只必帖木儿年幼不假,影响却不容小觑。另外,只必笃信藏传佛教,以八思巴为上师,也是忽必烈的忠实拥护者。

鉴于赴约的宗王贵族不多,忽里勒台无法举行,阿里不哥只好又与亲信商议:"这些人不是各存私心,便是惧怕我四哥威名。不如派急使至忽必烈帐殿,说服他前来参加忽里勒台,只要能将他骗来,不愁我找不到办法对付那些三心二意的宗王。"

对于阿里不哥的假意邀请,忽必烈婉言谢绝。

春末,宗王塔察尔等人和其他万户长纷纷赶来燕京与忽必烈会合。忽必烈原本期盼末哥和蒙可都能来汉地与他相会,这二人却因同样原因——染上瘟疫,治疗不及而在撤军途中先后病逝。事到如今,忽必烈只能寄希望于塔察尔。塔察尔是成吉思汗幼弟帖木格之孙,所属千户最多,威望最高。

忽必烈接收东路军军权时,为顾全塔察尔颜面,一再为其开脱。不仅如此,忽必烈还数次派廉希宪携带金银珠宝、酒肉牛羊犒赏东路军,暗中结欢于塔察尔。及至蒙哥去世,忽必烈又派廉希宪数往塔察尔帐殿问以军政大事,相约"若至开平,首当推戴,无为他人所先"。

忽必烈比任何人都清楚,在阿里不哥鞭长莫及的漠南及中原地区,他不仅拥有广泛的支持,而且在控制和调动进入汉地的蒙古军及汉军方面拥有无可比拟的优势。他若即位,必选开基之地。庚申年三月戌辰日(1260年4月12日),忽必烈派兵拘禁了阿里不哥派往燕京的使者,回到开平府商议拥立大汗一事。

三月甲午日(4月28日)。这天,开平城歌舞升平,喜气洋洋。开平府洪禧殿内武士环立。参加忽里勒台的除塔察尔(帖木格之孙)、移相哥(合撒儿之子)、合丹(窝阔台之子)、阿只吉(察合台之曾孙)、只必帖木儿(阔端之子)等东、西道诸王计四十余人外,还有木华黎之孙霸突鲁、速不台之子兀良合台以及张柔、史天泽、藩府幕臣等一干勋将权贵。

蒙哥即位后,为巩固拖雷家族的地位,曾将窝阔台的许多子孙都遣往其家族封地,唯独顾念阔端与合丹的拥立之功,一直对二人委以重任。合丹性情耿介,在攻打钓鱼城时与蒙哥发生争执,直言军队伤亡惨重系蒙哥指挥失当所致,引起蒙哥不满,不久即被调往殿军。尽管如此,合丹并未对蒙哥怀恨在心。只是如今蒙哥长逝,在忽必烈与阿里不哥之间,他更看重忽必烈的心胸气度、才华人品;阿只吉作为察合台从征军的一员年轻将领,隶属东路军,后归忽必烈麾下。他受忽必烈恩惠良多,于情于理都不可能支持阿里不哥;只必帖木儿年方十三岁,严格来说还是个孩子,但他的身份相当重要,他是阔端一系尚存世间的唯一子嗣。阔端生前握有重兵,秦巩甘青诸地的不少将领感怀其德,悉听节制,而今,只必帖木儿是其父遗产的继承人。这孩子的身份如此,即使他年龄尚小,也不会有人看轻他的实力。事实上,在忽必烈与阿里不哥争夺汗位的过程中,他始终都是这兄弟二人努力争取的对象。

当然,不只只必,还有墨卡顿。别看墨卡顿是女子,她在阔端部曲中的威望甚至超过了兄长蒙可都和幼弟只必帖木儿。

蒙哥汗九年(1259)春,墨卡顿在凉州筹备战马及军需,亲自运往四川前线。父女兄妹相见,蒙哥十分高兴,亲自为爱女接风,并当面许下诺言:待拿下钓鱼城,他将为女儿举行一个盛大的婚礼,让女儿风风光光地出嫁。

这是墨卡顿最后一次见到父汗和兄长。几个月后,墨卡顿在凉州接到父汗和兄长先后病逝的噩耗。

墨卡顿有心返回汗营奔丧,这次,恰那多吉态度坚决地出言阻止。这倒不完全是出于儿女私情,更多的是对未来政局的预判:恰那多吉担心一旦七王爷阿里不哥与四王爷忽必烈间爆发汗位之争,墨卡顿置身汗营,很可能成为阿里不哥制衡凉州军队的筹码。恰那多吉的内心是倾向于忽必烈的,在阔端大王病逝后,忽必烈已成为萨迦派的真正施主,尽管如此,恰那多吉对于忽必烈的信任主要还是建立在了解的基础上。

墨卡顿的个性远没有那么固执,她既然决定将终身托付给恰那多吉,心中已将他视为自己最亲近的人,恰那多吉的意见,她不能不认真考虑。事实证明,恰那多吉的担心绝非多余。蒙哥病逝后,蒙古主力撤回六盘山,与在这里看守辎重的贵族浑都海会合,这些军队归浑都海统一指挥,原地待命。浑都海公开向阿里不哥表明愿奉他为新汗的态度。此后,阿里不哥在朝廷重臣阿兰答儿、刘太平等人以及蒙哥诸子也即墨卡顿诸兄的支持下,正式以监国身份行使大汗职权。

一切都在紧锣密鼓的筹措当中。阿里不哥一面遣使召集诸王勋贵前往和林参加忽里勒台,一面派阿兰答儿往漠南抽取质子军,并令刘太平行尚书省事于关中,做好在南部战场与四哥一较高下的准备。接到阿里不哥令旨的人当中,不出所料有墨卡顿和弟弟只必帖木儿姐弟。

阿里不哥加紧谋夺汗位时,忽必烈尚在征南前线。墨卡顿借口甘青局势出现动荡,亲率一半凉州军队出镇临洮,以此避开了七叔的邀请。恰那多吉与墨卡顿相识九年,经常面对与她的分离,无论时间是长是短,他始终做不到习以为常。一次次的离别之苦带给他的隐痛不断汇聚,令他身心俱疲。将墨卡顿送出凉州城时,他第一次对她直抒胸臆:希望这是我最后一次为你送行。每次看着你离开,我很累,真的很累。墨卡顿温柔看着他,说道,我答应你,这一定是最后一次。等我回来,我会把所有的权力都移交给小弟。从那时起,我的身份将不再是蒙哥汗和阔端大王的女儿,我只想早点成为你的妻子,不会再让你为我承受离别之苦。

忽必烈从鄂州战场返回燕京途中,八思巴正留守开平城。他分别致信只必帖木儿、汪氏叔侄和吐蕃诸大德高僧,请他们顺天应时,支持和辅佐忽必烈。他从佛主指引的角度,以洗练的语言阐明了他的观点:忽必烈是不二的人主之选。

接到八思巴的信函,只必和德臣之子唯正倒没有太多犹豫。吐蕃各派高僧则因噶玛拔希与八思巴——这两位在藏区最具威望和影响力的宗教领袖政见不同,多数选择了观望。

只必动身前往开平时,刚刚回到王府的墨卡顿问他:"你考虑清楚了吗?"

只必回答:"是的。"

墨卡顿望着眼前这张稚气未脱的脸庞。小弟的脸上挂着微笑,这是一种做出决断后轻松的笑容。墨卡顿想,她总算能卸下肩上的重担了,像她答应过恰那多吉的那样。

只必问姐姐:"你真的不打算赴开平之约吗?"

墨卡顿摇摇头,"我既拒绝了七叔,便不能再答应四叔。父汗已不在人世,他们两位都是我的叔叔,都是奶奶的亲生骨肉,我不能辜负他们当中的任何一个。"

只必理解姐姐难以选择的心情,尽管这对他来讲不存在困难。他抱了下姐姐,在她耳边低声说道:"按你的想法去做吧。不过,这次到开平,我会跟四叔和上师讲明的,你该给恰那哥哥做新娘子了。"

墨卡顿看了恰那多吉一眼,大方地应允:"好。"

柒

如忽必烈所愿,塔察尔言而有信,于诸王中率先推戴忽必烈。

塔察尔等人此前已做好安排,或诱或逼其他宗王贵族相继劝进。结果,集会伊始,众人众口一词,皆愿奉忽必烈为君。忽必烈谦让三次,宗王贵族苦苦相劝,并跪伏于洪禧殿内厚厚的绒毛地毯上,解带脱帽,行三跪九叩大礼。

忽必烈始含笑允其所请。

鼓乐齐鸣中,忽必烈被扶上皇帝御座,正式登基,成为元朝第一任皇帝(庙号世祖,1260 年至 1294 年在位),同时掀开了蒙古历史的新篇章。即位之初,忽必烈采纳幕僚的建议,建元"中统",意为"中原正统"。

在由亡金名士王鹗所起草的诏书里,忽必烈明确表明了自己的治国态度:朕唯祖宗肇造区宇,奄有四方,武功迭兴,文治多缺,五十余年于此矣!盖时有先后,事有缓急,天下大业,非一圣一朝所能兼备也。爰当临御之始,宜新弘远之规。祖述变通,正在今日。

接下来,忽必烈照例要对东、西两道诸王大行赏赐,对功臣宿将予以封赏。这其中也包括刚刚有了崛起的迹象,但个人实力还不值一提的窝阔台后王海都,不过海都拒绝来朝,他支持的人是七王爷阿里不哥。

因蒙可都病逝,以汗子身份归葬起辇谷,忽必烈遂命只必帖木儿嗣凉州王位,以勋将塔海和按察尔佐之。

从新朝行政要员的名单里,可以看出忽必烈在政治上依靠的主要是汉、契丹、女真族儒士。在军事上,支持他的力量有两大类,其一是多数东道诸王、部分西道诸王、组成东路军的诸部蒙古军、北上途中病逝的末哥旧部;其二是史天泽、张柔等汉族世侯率领的汉军以及扈从南征的汪德臣旧部。

还在西征前线的旭烈兀所向披靡。短短七年,他兵锋所向,先灭亦思马因国,后攻破报达哈里发王朝,占领西里亚诸地,成功地将东起阿姆河,西至地中海沿岸,南自波斯湾、印度洋,北到黑海、里海一线的广大土地纳入蒙古版图。蒙哥病逝的消息传来,旭烈兀原想回国奔丧,行至帖必力思(今大不里士)时听说四哥忽必烈与七弟阿里不哥间发生了汗位之争。二人都是他的同胞兄弟,旭烈兀不愿卷入其中,遂滞留不前,在其占领区开始以"伊儿汗"(伊儿一词为附属之意)的名义发布命令。四年后(1264 年),忽必烈遣使至波斯,正式册封旭烈兀为伊儿汗,从此"伊儿汗国"作为蒙古四大汗国之一被载入史册。

尽管不愿也不能回国，旭烈兀仍致信阿里不哥，希望七弟能奉四哥为君。

他的信在六月初送抵阿里不哥手中。十天前，也就是五月下旬，阿里不哥在和林附近的驻夏之地匆匆即位，这样，蒙古历史上首次同时出现两位大汗，两位大汗都是拖雷嫡子，都具备一定的威望资格，都拥有自己的拥护者。

对旭烈兀偏袒四哥的心意，阿里不哥不觉意外，只觉愤怒。现在的阿里不哥踌躇满志，窝阔台系、察合台系的后王多数支持他，术赤系后王除昔班明确支持忽必烈外，第四任金帐汗别儿哥是支持他的，余者多抱中立态度。阿里不哥自己的诸兄弟中，末哥已逝，其余基本上分裂成两派。不管怎么说，公然写信劝他退让的只有旭烈兀。阿里不哥三下两下撕碎了旭烈兀的信，他对飘落在地上的纸屑说：六哥，你看着吧，我要让你看看谁才是最后的胜利者。

六月中旬，阿里不哥分遣东西两路大军，逾漠而南。东路军图犯开平、燕京，西路军由阿兰答儿率领，下河西走廊，以便与支持阿里不哥的浑都海以及已至关中行尚书省事的刘太平会合，进而控制关中地区，同时争取四川诸将。

阿里不哥深知，作为拖雷系的守灶幼子，他几乎掌握着整个漠北的军事力量，还有他在中原份地上的汉军以及扈从蒙哥南征的部分军队，仅对比军事力量，他比忽必烈更胜一筹。但从经济角度，忽必烈对汉地经营多年，掌握着漠南草原雄厚的财力物力，这一点又非阿里不哥可比。正因为彼此各有所长各有所短，谁能抢先控制川陕，掌握这里的军队和财富，谁就能掌握战争的主动权。

忽必烈命处事干练、精于谋划的中统朝官员廉希宪、商挺在五月初进据京兆，出其不意地捕斩刘太平等阿里不哥的心腹。待局势稍稳，希宪遣使传浑都海入朝，浑都海拒不奉命，杀使者，起兵响应阿里不哥。鉴于京兆之地并无兵备，希宪急命巩昌总帅汪良臣尽发秦、巩之军讨伐浑都海。起初，良臣犹豫不决，以未得到诏旨为辞推托。六盘山之军系蒙哥南征时的主力部队，皆精锐骑兵，良臣不愿与之为敌。这是一个原因。第二个原因，蒙哥生前，汪氏兄弟受其惠顾良多，良臣感怀知遇之恩，无以为报，是以，他纵然看好忽必烈，也不想卷入蒙古内部的汗位之争。

希宪、商挺临危处置，将忽必烈所授虎符、银印授之，称奉皇帝密旨，命良臣为总帅，统领陕西汉军守备沿河（渭河）一带。良臣得诏，遂尽起秦、巩之兵,发府中库银、帛劳师。又临时组织四千敢死队交给八春元帅,授以方略,谓六盘精兵,勿轻与战,但张声势,使其不敢来袭。果然,浑都海见京兆方面防范甚严,担心仓促间不能得手,遂率部西去,京兆之危旋解。

忽必烈一次陷入被动,幸得化解,再不敢掉以轻心,急命德臣长子唯正征集秦陇、平凉等处诸军,令八春招募陇右新军,至此,他初步掌控了川陕局势。

七月,忽必烈亲率东道诸王迎战阿里不哥,三战皆捷。此间,浑都海与阿兰答儿西路军会于甘州,合兵东进,先是击败了廉希宪派出的尾随监视之军,又遣人策动陇、蜀诸将图谋叛乱,关中形势重又变得紧张。忽必烈派宗王合丹增援希宪,希宪仍持皇帝诏命,遣良臣、八春与之合兵,分三路阻击。双方于珊丹之地接战,时值大风吹河,良臣令骑兵下马步战,首先突破其左翼,绕至阵后再战,击溃其右翼。八春攻其正面,合丹率精骑截其归路。浑都海、阿兰答儿兵败被擒,解往京兆。二将甫被押至希宪帐下,忽必烈派来的诏使已立军中,准备宣布对二将的赦令。

阿兰答儿和浑都海都是蒙哥驾前重臣,一文一武,忽必烈爱惜二人才能,很想饶他们一命,令其在自己朝中效力。希宪停诏不接,命人将阿兰答儿、浑都海于军前斩首祭旗。直到二人人头落地,希宪方接诏上表,自请停诏先杀及擅权命帅、调军、发库之罪。他的胆气令良臣、八春心惊,更令在四川钓鱼城敢与蒙哥据理力争的合丹赞佩不已。

忽必烈并未追究希宪之罪。希宪从藩府时追随他至今,他明白希宪对他的忠心和苦心。十月,阿里不哥见关陇援绝,兵食皆匮,乃假意请和。忽必烈令堂叔移相哥(合撒尔之子)驻守和林,自己则率军南返。

捌

阴历十二月(1261年初),忽必烈回师燕京。返京后第一件事是正式将藏传佛教确立为国教,同时任命八思巴为国师,授以玉印,令其统领天下释教。

至此,追随忽必烈已越八个年头(1254年至1261年),时年二十五岁的八思巴便不单纯是忽必烈的宗教导师,而一跃成为全国的佛教领袖了。原本海云、那摩比八思巴更早进入蒙古宫廷,也得到过历任蒙古大汗的推崇和重用,不幸的是他们先八思巴离世,为八思巴让出了施展抱负的舞台。至于个人威望和在藏区影响不亚于八思巴的噶玛拔希，又因在蒙哥汗后支持阿里不哥，被忽必烈排除在中统政权之外。可以说，当八思巴接过圣旨和玉印的那一刻，错综复杂的历史已然做出了明确的选择。

八思巴受封国师的第三天，燕真奉旨，率领一支精骑从凉州接回恰那多吉与墨卡顿。忽必烈于金殿之上，将恰那多吉封为白兰王，同时赐嫁公主墨卡顿。

恰那多吉与墨卡顿双双跪谢皇恩。

忽必烈走下御座，来到二人面前，伸手将他们扶起，凝睇良久。岁月如流水，改变了多少物与事，他的内心不无感慨。

他太清楚，恰那多吉与墨卡顿的一段姻缘，可谓一波三折。

五年前，忽必烈依八思巴所请，上奏蒙哥，希望将公主许嫁爱她至深的恰那多吉，之后蒙哥接到墨卡顿来信，察知女儿心意，倒也没有反对的意思。皆因女儿尚在守孝期，他权将此事往后放放。及至墨卡顿守孝期满，蒙哥与忽必烈间的矛盾又趋激化，蒙哥迁怒于追随忽必烈多年的藩府将臣，自然中间也包括八思巴这位为忽必烈所供奉的上师。而恰那多吉是八思巴的胞弟，蒙哥于是不再看好这段婚姻，只是囿于当年对母亲的承诺，一时不便将女儿另许他人。等蒙哥与忽必烈的误会冰释，蒙哥撤销"钩考局"时，已是蒙哥汗七年（1257年）年底。不久，蒙哥踏上征程。蒙哥汗八年（1258年），忽必烈接掌东路军帅印，因战事繁复，蒙哥几乎忘却此事。再往后推，则是蒙哥病逝，忽必烈与阿里不哥爆发汗位之争。

一别五年，重新站在忽必烈面前的恰那多吉少了几分天真，多了几分沉稳，少了几分腼腆，多了几分庄重，除此之外，他还是一样俊美，一样儒雅。

转眼间，忽必烈与侄女墨卡顿足足七年未得见面。母亲临终前曾对兄长说，墨卡顿是带着她的心，她的眼睛，她的筋骨来到世间。的确，墨卡顿雍容大度的气质、聪慧美丽的容颜，以及她懂事孝顺的品行都与母亲有许多相似之处，而这也正是忽必烈从墨卡顿孩提时代便格外看重她疼爱她的原因。说起来，这份心情，与当初兄长疼爱真金的心情并无二致。

墨卡顿迎住了四叔注视的目光，她的眼睛仍像小时候一样清亮有神。忽必烈想逗逗她，故意板起脸，严肃地问道："丫头，你还认得四叔吗？"

墨卡顿笑了。

"四叔可要认不出你了。事到如今，在四叔和七叔之间，你仍旧不肯做出选择吗？"

"不是的，我已经做出了选择。恰那的选择就是我的选择。"

"哦？原来是为了恰那。说真的，你和恰那，有件事让四叔很好奇。"

"什么事？"

"你们两个，到底是谁先向对方表明了心意？恰那吗？"

"恰那不会说的，他要说了，就不是恰那了。是我。是我对恰那说，愿意嫁他为妻。"墨卡顿爽快地回答。

"果真？"忽必烈举目望向恰那多吉。这一刻的恰那虽说羞莫能言，然而，藏在他眉眼间的盈盈笑意，以及那种由内而外、终于如愿以偿的幸福感却是想遮掩也遮掩不住的。

"这么说，四叔做主将你许配给恰那，总算做对了一件事？侄女啊，你要如何感谢四叔这个主婚人呢？"

"即使侄女不谢四叔，佛主也会保佑四叔平安长寿，帝业永固。"

忽必烈被她这番话说得笑起来，"照你这么说，为了长寿我也得赶紧给你们筹备婚礼了。是这样吧，国师？"

他说着，回到御座上坐了下来。孛儿只斤家族里，忽必烈与金帐汗拔都都是从年轻时就患有足疾，不能久站。

"是的，陛下。"八思巴看着弟弟和公主，这两个他生命中最重要的人，心中倍感欣慰。比起荣誉、地位、使命，弟弟和公主的幸福在他心中占据着首要位置。

"选日子的事不如交给子聪吧，看看哪天是合婚的良辰吉日。"

"父皇，子聪先生已算定，正旦的前五日是合婚的好日子。"真金插进话来。得知恰那和姐姐即将入城的消息，他颇有预见性地请子聪为他们算定了成亲日期。

忽必烈看着儿子，满意地一笑。他的儿子，任何时候都能令他为之骄傲。

真金举步走到墨卡顿和恰那多吉面前。十七岁的少年，已然脱去了五年前的稚气，越发显得形容端肃、仪表堂堂。

"王子。"恰那多吉轻轻唤道。直到今日，他仍旧不清楚真金究竟是如何发现他写信那件事的。不过，多亏了真金的帮助，他才终于等到自己倾慕多年的女子向他表明了心迹。

真金看着恰那和姐姐墨卡顿，眼神里是满满的喜悦。他真的很愉快，也有那么一点点羡慕。他生平第一次被一份纯真的感情打动，恰恰是五年前的那天，他看到了恰那的那些信，也看到了恰那钟情于姐姐的那颗心。

"姐姐，白兰王，不，姐夫，祝福你们！"他真诚地说。

恰那多吉向他伸出手，真金立刻回握了一下。谢谢你，真金。这句话，恰那多吉是在心里说的。

大殿中出现了片刻的沉寂。这沉寂意味深长，却令人心旷神怡。

第六章

世间取尊贵无越于真金

壹

前者,阿里不哥的假意投降换来了两大蒙古集团间的短暂和平,亦为他本人赢来了重整旗鼓的机会。中统二年(1261年)仲夏时节,阿里不哥出其不意,率军攻打驻守和林的移相哥。移相哥失备大溃,阿里不哥遂尽起精兵尾随而至。忽必烈在开平闻讯,匆匆集军迎战。他命赵璧率领蒙、汉军驻守燕京近郊及太行山一带,命张柔等七个汉军万户率兵北上,命燕真将右军,史天泽将左军,御敌于大漠南缘的草木土湖。诸军奋力还击,重创阿里不哥所部,俘获其士卒三千余众。赵璧、张柔一鼓作气追出五十多里,歼灭阿里不哥军大部。

阿里不哥损兵折将三万,被迫退回漠北。忽必烈仍想给阿里不哥一个认错的机会,下令不许追击。第二天凌晨,统领后军的蒙哥之子阿速带率精兵六万赶到,与阿里不哥会合。阿里不哥转身杀回,双方复大战于大兴安岭西麓的一处空地。午后,忽必烈亲自督战,击溃了敌军右翼,左翼却在阿里不哥的率领下顽强抵抗,直坚持到夜间。天色黑透后,双方各自鸣金收兵。

阿里不哥恐再战不利,乘夜撤退,驰归和林。忽必烈随即亲征和林。自金国灭亡,和林的粮食多靠大车从汉地运来,忽必烈下令停运粮食后,和林很快发生大饥荒,物价飞涨。阿里不哥料知不能在和林坚守下去,只得逃回自己的封地吉儿吉思地区。

对于阿里不哥的反复无常,忽必烈暂时倒无甚大忧。他深知,阿里不哥有个无法解开的死扣。多年来一直依赖中原在给养上予以支持的漠北草原,一旦切断供给,阿里不哥只剩向统辖西域诸地的察合台汗国寻求支持。察合台汗国的新汗阿鲁忽(察合台汗国第五任汗,1260年至1265年在位)虽为阿里不哥所立,但阿鲁忽头脑清醒,多谋善断,他审时度势,即位不久便倒向忽必烈。对忽必烈而言,若非顾念兄弟情谊,他一举击溃阿里不哥也不是没有可能。他给阿里不哥留了条退路,无非是希望有朝一日阿里不哥能够向他这个哥哥主动投降。

随着心情的放松,忽必烈忙里偷闲,偶起外出游猎之念。他见藩府旧臣、参知政事张易正好当值,遂邀他及百名侍卫随行。一行人行猎至下午,狩得不少猎物,唯饮水告罄,大家口渴难忍。返回途中,恰好经过一个"古列延"(营地),一行人在一座蓝白相间的帐幕前停下来,准备讨口水喝。

帐前,一位年轻姑娘正在用驼绒细心搓着毛线。远远望去,姑娘的侧影比之画中人物还要精致。再走近些,首先映入眼帘的是姑娘白皙的肤色,这种白皙使她不大像在草原上长大的姑娘。无论是她低垂的脸颊,还是露在衣领之外的脖颈,都如同象牙一般细腻洁白。接着,人们会注意到姑娘细细弯弯的眉毛,长长密密的睫毛,高高直直的鼻峰,从而猜想着她的美丽。姑娘大概听到了由远及近的马蹄声,抬起头来,好奇地打量着这队过路人。片刻,她将目光停留在忽必烈的脸上,不知为什么,她对这个气度不凡的客人,竟莫名地有种似曾相识的感觉。

忽必烈翻身跳下马背,姑娘客气地问道:"请问您有什么事吗?"

"我们打猎归来,实在口渴得厉害,你是否能给我们准备些水喝?"

"对不起,我父兄外出放牧未归,母亲也不在家中,恕我一个姑娘家不方便招待你们。"

"哦,是这样。"忽必烈上下打量着这个明眸皓齿、风姿绰约的姑娘,喜爱之情油然而生,"既如此,我不难为你了——我们走吧。"

他正欲上马,姑娘唤住了他,"您稍等片刻,我父亲和兄长马上回来。您看,他们已经回来了。"

顺着姑娘手指的方向,忽必烈看到三五个人赶着马群正向这边驰来。不多时到了近前,姑娘的父亲一眼认出忽必烈,慌忙跳下马背,上前跪行大礼,"陛下,真的是您吗?莫不是臣的眼睛看花了?"

"安都,是你?我的清平侯,想不到这里竟是你的'古列延'!"忽必烈淡然一笑,上前扶起安都。

安都出身后族,早年曾跟随忽必烈平定大理。此人性情颇为特别,不尚功名,也不愿在朝中居官。忽必烈在开平登基后,将其封为清平侯,任由他归牧乡野。不料竟在此处偶遇。

"您怎会出现在臣的营地？这太让人惊奇了。"

"是你的'古列延'挡住了我的去路，我正向你美丽的女儿讨口水喝。"

"阔阔真，还有你们几个，都愣在那里做什么？还不快过来拜见陛下！"

"不必多礼！清平侯，敢问令爱芳龄几何？"

"十八岁。她没见过世面，怠慢之处，请陛下见谅。"

"说什么见谅不见谅的！我倒觉得这孩子明理大方，十分难得。"

"陛下谬赞。请陛下、张大人入帐稍作休息。"

"天色已晚，不必麻烦了。我还要赶回皇宫。你若日后得空，不妨进宫与我一叙。不如我在这帐外的草地上，喝了水继续赶路。"

"且依陛下。"

不等安都吩咐，阔阔真已去提了桶水过来，忽必烈和随行众人畅饮一番，向安都告辞。回宫的路上，忽必烈颇有感触地对张易说："想不到安都竟有这样一位秀外慧中的好女儿。谁家若能娶回这样的女子做儿媳，那可真是福气。"

张易闻言心中一动。真金年及弱冠，忽必烈一直在给爱子物色伴侣，然始终没有中意之女。莫非……

次日，张易再访安都。正好阔阔真不在，张易开门见山地问道："侯爷，请问阔阔真小姐是否许配人家？"

安都回道："未曾。"

张易一喜，"何不让下官为小姐做媒？"

"请问哪家公子？"

"王子真金。"

安都大惊，"这是陛下的意思吗？"

"陛下回宫途中，对小姐赞不绝口，还说谁家能娶小姐为媳，那是这家人的福气。侯爷试想，这不是陛下相中了小姐又是什么？难道侯爷还有其他想法？或者并不希望小姐嫁与王子？"

"能与陛下结亲，是为臣者的荣耀，老夫岂有不知天高地厚之理！只是……"

"侯爷有话但讲无妨。"

"张大人恐怕不太了解我家的情况。老夫生子数人，膝下只有阔阔真这么个女儿。你莫看小女温柔谦顺，实则对人对事自有主见，决不肯随波逐流。不瞒张大人，小女容貌俊俏，提亲之人岂在少数，奈何小女坚心不嫁。老夫想着她或许有了心上人，问她，她说没有。后来她母亲细细询问，她才肯道出原委。原来数年前，她曾梦到一位少年，原以为只是个梦罢了，不料第二天她真的与梦中少年相遇。尽管当时二人未说几句话,她却认定只有这位少年才是她可托付终身之人。这些年,少年再未出现,她仍痴心不改。你想,事关小女终身,老夫如何不愁!但若太过逼迫,又怕违了孩子心愿,令她悔恨终生。"

"这样毫无结果地等下去,难道小姐真要为此蹉跎了青春不成!何况,王子品貌性情如何,您老又不是不清楚,错过了上哪儿去找这样的好姻缘。"

"是,老夫明白。可否请大人在老夫营地小住一日,待晚上阔阔真回来,我让她额吉探探她的心意,再劝劝她。明日给您回信。"

"既如此,下官恭敬不如从命。"

"老夫与大人多年未在一处喝酒。待酒席摆上,我们不妨畅饮一夜。"

"下官的酒量可与侯爷没法比。"

"知道,知道。不会喝多了耽误正事。"

张易的酒量的确不行,被安都和手下连敬几碗,已是酩酊大醉,昏昏睡去。直到第二天日上三竿,才迷迷糊糊地睁开了眼睛。他一眼看见安都正在他的帐中等候,"侯爷,什么时候了?下官是不是喝醉了?"

"没想到许久未见,大人的酒量一点不见长进。"

"恐怕永远也长进不了了。小姐昨晚回来没有?"

"回来了。老夫一早赶到这里,正是为了向大人报喜。"

张易精神一振,困意顿消,"如此说来,小姐同意了?"

"是啊。这回连老夫也没料到,小女只是犹豫许久,到底点了头。想必是小女前日见到陛下赫赫威仪,心中万分仰慕,虽说未必完全舍得下梦中少年,却更愿意成为黄金家族的女人。"

张易喜出望外,"应该说,是小姐命中该有这样的姻缘。我看小姐美中含福,岂是一般人家可以消受!侯爷,下官告辞,立刻回去禀明圣上。"

"一切尚需仰仗大人成全。"

"好说,好说。侯爷等着给小姐准备嫁妆吧。"

说罢,张易与安都相视大笑。

贰

真金的婚事几经商议确定下来,一个月后的九月二十日是真金迎亲的日子。开平府从九月初一开始为即将到来的婚礼忙碌,至九月十五日,开平城中的各个店铺和住户全都张灯结彩,预备庆祝王子成亲大礼。真金的反应与宫内宫外的喜庆气氛不甚协调,显得过于平静超然。父母之命他不能违背,唯成亲一点不令他激动。一个挥之不去的身影占据着他的内心,他不知道那个女孩是谁,更不知道女孩身在何方,即便如此,他仍执着地等待着女孩的出现。

只可惜,他的新帐,终要迎回别的姑娘。

迎亲队伍十八日抵达清平侯营地,这里,早已准备好送嫁的盛宴。所有的宾客齐集喜帐,担任司仪的张易看看大家,尤其是脸色酡红、喜气洋洋的清平侯安都,亮起嗓门,大声唱喝:"吉时到!"

霎时间,鼓乐齐鸣,男方傧相和女方傧相你一句我一句吟唱着对新人的祝福。新娘子在人们叹羡的目光下,款款步入大帐。只见她穿着一身水红色的宽袖蒙古袍,衣领和袖口绣着精致的白云图案,一条嵌满珍珠的腰带紧紧束在腰间,足蹬一双水红色的长筒皮靴。云月钗将瀑布般流泻的青丝绾起,一顶红色镶珠嵌宝的罟罟冠端端正正地戴在头上。

好个盛装丽人!大帐中惊叹声四起。

真金将目光移向阔阔真,顿时愣住了。

是她吗?真的是她吗?那个他在去六盘山途中短暂相遇的少女,那个他原以为今生今世再也不会相见的少女。

若是她,难道这世间真有这般令人不可思议的巧合?

不是她,她又何以会拥有让他镌刻在记忆深处的清丽容颜?

在张易的主持下,所有仪式都按部就班地进行着。真金的目光不时落在新娘的脸上,阔阔真浑然不觉。

拜过天地长者,新郎、新娘被送入早已为他们立好的新帐。

阔阔真垂头坐在挂着红色幔帐的床边,依旧微微垂着头,眼睛盯着靴尖。从她娴静的神态中,丝毫看不出她是喜悦还是忧伤。

"你……"真金犹豫着开了口。

阔阔真并不接话,默然等待着。

"那是肯特山吗?"仿佛不经意志的许可,这句话便冲口而出。此时,真金多么希望他的新娘子能够准确回答出下一句话来!

阔阔真浑身一震,抬头直望着真金。这还是她成亲以来第一次将目光移在真金的脸上,而且顾不得丝毫矜持。仅仅是瞬间,她认出了他,这是一张她从未忘怀过的脸庞,哪怕少年已长成了青年的模样,她也不会认错。尤其是他的声音!哦,长生天是不是听到了她的祈愿,才给她安排了这样一场完美的婚姻？

"不，那是阴山。"她的声音哽咽了，慢慢地站起身，向前走了一步。她含情脉脉地注视着真金，声音微微颤抖，接着问，"那是客鲁伦河吗？"

"不，那是黄河。"

一句话回完，真金已伸出手臂，用力地将阔阔真拥进怀中。

"真的是你！"这句话是两个人同时说的。

"原来你叫阔阔真，我不是在做梦吧？"

"原来你叫真金。真是……"阔阔真的泪水不断地滴落在真金的胸前。

"那天，应该问问你的部落，你的名字，可我也不知道才跟你说了两句话的自己怎么会那么紧张那么害羞，一颗心在胸腔里怦怦乱跳，差点让我坐不住马鞍。我怕被你发现我没出息的样子笑话我，只能慌慌张张地逃走了。"

"我也一样。你走后我一直都在后悔，不知道这辈子是否还能见到你。想是天意，那天见到父皇，总觉得在哪里见过他！后来，张大人来我家向我父亲提亲，我鬼使神差地就答应下来。"

"你是不知道，那天父皇和张大人打猎遇到你，回去后一再向母后夸赞，说光看你的相貌，就知道你是个有福气的好姑娘。他俩一唱一和，说得母后动了心，这才催着赶紧为我们完婚。要是早知道你是那个我在阴山脚下见到过的女孩，哪用他们这样大费周章，我自己已经向你求亲了。哪怕被你拒绝，我也要试上一试。"

"你说的话可都当真？我以为你早把我忘记了。我以为，只有我记得你，可又不知道该去哪里找你！"

"怎么可能忘了呢？一个傻丫头，连阴山、黄河都不认得，还以为走到哪里见到的都是肯特山和客鲁伦河。那又傻又认真的样子，我想忘了都不容易。"

阔阔真"扑哧"一笑，更紧地偎进真金的怀中。

"王子殿下！"帐外传来女方伴娘清脆的声音。

"什么事？"

"大家等着您和王妃出去宴饮呢，王妃还需要换装。"

真金附在阔阔真耳边悄声说道："我酒量不行，待会儿你得保护着我点儿，免得让他们灌得烂醉如泥，晚上不好……"真金故意停下来，不往下说了。

阔阔真的脸上腾起两朵娇羞的红云，捏起小小的拳头使劲捶了真金一下，"坏死了！想不到你也会欺负人！快出去吧，免得一会儿让他们拿咱们取笑。"

"来啦!"真金答应一声,笑着走出大帐。

阔阔真回到床边坐下,情不自禁地捂住了发烫的脸颊。

哦,长生天为我找到了他,我一定会握紧长生天赐给我的幸福。

我发誓,一定!

儿子婚礼那天,忽必烈的心情格外舒畅。儿子娶回个好姑娘固然让做父亲的欣喜,更令忽必烈高兴的是,在真金的婚礼上,阿里不哥竟派使者千里迢迢送来了他给侄儿准备的贺礼。同时,阿里不哥还托使者给忽必烈带来一封言辞恳切的家信。信中,阿里不哥说,草原今年遭逢旱灾,牛羊多有饿死,令他十分忧虑。另外,他在边境问题上与察合台汗国发生了一些摩擦,凡此种种,都让他不能如期谒见四哥。他希望四哥再给他宽限几个月的时间,等他处理好所有事情,一定亲赴燕京向四哥请罪。

忽必烈对弟弟的话深信不疑,当即传旨筹集赈灾物资,限时运往漠北。

叁

正在忽必烈有望彻底迫降阿里不哥时,中统三年(1262年)春,新兴的中统朝发生了一桩大事——益都世侯李璮叛乱。

骤闻凶讯,忽必烈迟疑片刻,他最担心的状况还是出现了。

自李璮降后,忽必烈为安抚这位山东世侯,非但授以高官厚禄,许以荣华富贵,甚至还从非常窘迫的军费中抽出一大部分赏赐给李璮。至于李璮掌握的军队,因考虑到山东半岛和两淮前线的重要,忽必烈即使是在征服大理期间也未动用一兵一卒。李璮的叛乱,不啻在背后重重捅了他一刀。忽必烈召集众将议事,做出如下安排:免去李璮的岳父、中统朝第一任平章政事王文统的官职,将其逮捕法办;命行军万户史天泽,汉军万户、安肃公张柔速率本部人马返回漠南,听候调遣;命赵璧行中书省事于山东,便宜行事。

至于阿里不哥,忽必烈要分兵山东,只能调派诸王和大将坐镇,并于诸世侯中抽调部分军队在开平、燕京一带布防。这种以守为攻的策略,客观上延缓了兄弟对决的时间。

右丞相史天泽受命挂帅,诸将皆受其节制。四月初,十七路人马完成了对济南府的包围。史天泽采用姚枢所献之计,令诸军对济南城筑环城围困,六月上旬,包围圈合拢。

受困期间,李璮曾遣使向宋廷搬兵求援。宋帝派遣八万水军从蕲州北渡淮河,推进到亳州、徐州一带,被张弘范引军击溃,至此,李璮失去了他在外面一切可能的军事援助,除坐以待毙外已是无计可施。

史天泽于合围次日下令总攻,叛军无力抵挡。城破后,李璮手刃爱妾,乘舟独入大明湖,自投水中,因水浅齐腰不得死,束手就擒。

李璮叛乱前,多与汉族世侯交通联络,相约举事。这些人中确有一部分持观望态度,不置可否。史天泽和张柔担心李璮将死之时胡攀乱咬,引发忽必烈的怀疑。万一忽必烈偏听偏信,大开杀戒,不只他们这些人前景堪忧,刚刚建立起来的中统朝也将沦入腥风血雨。是以他们密商立斩李璮,永绝后患。

果然不出所料,李璮及诸子被杀前,一口咬定史天泽、张柔等世侯多与其交通,欲趁新朝政权未稳,汗位之争未定,相约举兵,附宋叛蒙,各博事业。只是后来,这些人惧怕忽必烈威势,临阵反悔,只将他一人推出,权充牺牲品。

他的"控诉",真真让史天泽和张柔惊出一身冷汗。

李璮之乱既平,史天泽、张柔于皇帝驾前请罪。忽必烈并未追究二将擅杀之罪,亦未追查曾与李璮私下交通之人,这使新兴的中统朝在李璮伏诛后没有出现更大的政治动荡。相反,忽必烈嘉纳姚枢、窦默等人谏言,将主要精力放在关心民生、抚定民心上。但有一点毋庸讳言,自李璮之叛发生,忽必烈对于汉族官员的信任,确实不及他做藩王时和中统建元之初了。

对忽必烈而言,李璮叛乱未必全是坏事。他原本一直致力于加强中央集权,李璮叛乱给了他个合适的借口。他接受藩府旧臣廉希宪、子聪、窦默、姚枢等人建议,因势利导,大力改革旧有的军事采邑制度,以铁的手腕将诸世侯拥有的军队、地盘、权力全部收归中央,统一调配。经过一番整顿,那些从成吉思汗时代专擅一方、拥有相对独立地盘和权力的诸世侯,逐渐变成了中央派驻地方的高级将领。

李璮叛乱既平,忽必烈担心大名路水患复起,颁下两道圣旨。一道圣旨是任命阿合马为中统朝第二任平章政事。另一道圣旨是派藩府旧臣张文谦亲自负责大名河渠的疏浚工程。

秋天到来,忽必烈又派真金至大名路视察。

真金告别刚刚产下麟儿的娇妻,马不停蹄地赶赴大名(今河北省邯郸市大名县)。一到大名府,他一头扎进工地。

工地上处处呈现出繁忙景象,无数民伕肩拉背扛,正在工地上忙碌着。

真金四处走走看看,蓦然间,他看到河渠的前面蹲着一位身着土布长衫的青年,青年用手轻拍着额头,似乎正专心地琢磨着什么。真金觉得有趣,默默地停在他的身后。还是张文谦匆匆赶来的脚步声惊动了青年,他扭头发现真金,脸上闪过些许惊讶之色。

真金向他微微一笑。

青年不慌不忙地站起身来,真金这才有机会将他看了个仔细。只见青年散落在黑色纶巾外的头发上落着许多灰尘,衣角被压得皱皱巴巴,上面还沾着许多泥点。他的样子,颇给人几分落魄书生的感觉,然而,他的目光犀利,额头宽阔,又于不经意间显示出过人的智慧。若单单只看他那张晒成黑红色的方圆形脸庞,稍厚的嘴唇,他倒是显得很质朴呢。

"若思!"张文谦一边招呼青年,一边走到真金身边站住,"殿下,你什么时候到的?怎么也不提前通知为臣一声?幸亏臣的家人认出了你,否则,为臣还不知道你已到了工地。"

"我才到。张大人,这位是……"

"他就是若思——郭守敬啊。若思,这位是真金王子,他奉陛下谕令前来视察。他久闻你的大名,不止一次向我打听你呢。"

"原来是殿下!不才失敬了!"

"今日得见若思,真金何其有幸。"真金抱拳,真心实意地说道。

郭守敬字若思,窝阔台汗三年(1231)出生于河北邢台,因父亲早逝,由祖父抚养成人。祖父郭荣,本身是一位精通数学、水利的饱学之士,他将孙儿带在身边悉心抚养,希望孙儿长大后能够继承家传绝学,成为有用之才。当然郭荣并未料到,他的孙儿长大后会成为中国历史上一位杰出的天文学家、数学家和水利工程专家。

在祖父的严格教育下,郭守敬自幼养成了勤于思索的习惯,并有极强的动手实践能力。其时,正值忽必烈的重要谋士、大学问家子聪和尚因守父丧,于紫金山(位于邢台西南武安县境内)结庐读书,从学者有后来的大数学家王恂。郭荣素与子聪交厚,得此消息,立刻将爱孙送到其门下求学深造。

子聪和尚守丧期满,返回开平,暂居原来的府邸,郭守敬则回到家乡。蒙哥汗三年(1253年),子聪接到忽必烈书信,要他随征大理,他遂在行军途中反复向忽必烈提起王恂和郭守敬之能。子聪的许多溢美之辞使忽必烈牢牢记住了王恂和郭守敬这两个名字。

时隔不久,邢台一带需要整治河道,忽必烈向蒙哥举荐了郭守敬。不久郭守敬接到圣旨,负责工程的设计规划。他凭借家传绝学,深入细致地勘测了河水流速及流径,很快找到了问题症结,疏浚了壅塞的河道,使弥漫的水泽驯服,各归故道,顺利完成了整治任务。特别值得一提的是,在疏浚过程中,人们还挖出了埋藏近三十年的金代石桥遗物。

中统元年(1260年),忽必烈任命子聪的同窗好友张文谦出任河北大名路宣抚使,张文谦一力邀请郭守敬协助其开展工作。郭守敬每到一处,都要勘测和考察当地的河道和水利工程。

中统二年(1261年),王恂被召入宫廷,加封为皇子赞善,负责真金的日常教育。王恂仅比真金大十岁,二人朝夕相处,王恂对真金影响很深。

王恂精通历算之学,后来同郭守敬等编制《授时历》(《授时历》之名,系忽必烈取古语"敬授民时"之意,其精度与现在通用的公历《格列高里历》相当,但编订时间早于格历三百余年)。王恂在《授时历》中提出了"三次内插公式"和"球面直角三角形解法"等数学几何原理。真金曾为此向王恂求教,王恂不予讲解,他希望真金能够将精力放在学习治国安民之大略上,而不必留意数算之类的技艺。他每侍真金左右,必言历代治乱兴亡之得失,常常以辽金事为例,开导真金区别善恶,知晓得失,培养他的参政能力。

课余闲谈,王恂不止一次给真金讲起他与郭守敬同在子聪门下求学时结下的深厚友谊,以及郭守敬的天赋才华和超凡悟性。通过王恂的介绍,真金在赶赴大名府前已了解了许多关于郭守敬的珍闻逸事。比如,还在郭守敬年少之时,有一次,他根据书上的一幅插图,用竹篾扎制成一架测天用的浑仪,并堆土做了一个土台,然后将竹制浑仪置于其上,用以进行天文观测;再比如,郭守敬根据北宋燕肃一幅拓印的石刻莲花漏图,经过认真研究,最终设计出一种可以保持漏壶水面稳定、在当时非常先进的计时仪器……

王恂的推崇言犹在耳,不料,真金竟在工地与守敬偶遇,也难怪他的喜悦之情溢于言表。

肆

无独有偶。郭守敬因好友王恂做了皇子赞善,二人在书信往来时王恂经常会向他提起真金。郭守敬甚至知道真金这个名字的由来。真金诞生于忽必烈广延文学四方之士讲论治道的漠北潜邸。他出生时,正值海云法师在漠北宣扬佛法,忽必烈请求其为爱子摩顶立名。也许是缘法所致,海云法师格外喜爱这个孩子,对起名之事也极为用心。他足足考虑了两天,才慎重地对忽必烈说:"佛家有言,世间取尊贵,无越于真金。莫如为王子起名'真金'"。

因王恂之故,郭守敬与真金虽初次见面,对他竟不觉陌生,"殿下过奖了。请问殿下是否需要不才为您介绍一下工程情况?"

"当然需要了。不过,你先带我去看看莲花漏吧。听说,这是你少年时代就梦寐以求的计时仪器?"

"是。"

"殿下有所不知,若思已将作为装饰用的莲花进行改动,我们称它为宝山漏。现在,若思根据宝山漏的设计原理,又设计了一种大型计时器——七宝竹漏,正可做宫廷计时之用。"张文谦插进话来。

"真的吗?那我一定要向父皇奏明此事。宫中现在所用的计时仪器一直存有误差,父皇正为此苦恼,没想到你们已解决了这个问题。若思,我也这样称呼你好吗?尽管你在年龄上比我大一轮,而且像王恂先生一样是我的先生,但在我心中,你又如我的兄长一般。既是兄弟,我就可以对你随便些,你不会介意吧?"

郭守敬感动地点了点头。

"若思,你不是还准备呈上水利六事,有没有带在身边?"张文谦问。

"有。"

"先给殿下看看。"

"好。"郭守敬从袖中取出几页纸,递到真金手上,"还好,我今早刚刚誊写过一遍。不是正式呈文,上面只列了所呈'六事'的具体内容。您先过下目也好,我原打算等张大人回京时,托他转呈皇上。"

真金将纸张展开,只见上面用楷体工工整整地写着:

一、中都旧漕河,东至通州,权以玉泉水引入行舟,岁可省僦车钱六万缗。通州以南,于蔺榆河口径直开引,由蒙村跳梁务至杨村、还河,以避浮鸡淘浅风浪远,转之患。

二、顺德达活泉开入城避,分为三渠,引出城东,灌溉其地。

三、顺德沣河东至古任城,失其故道,没民田一千三百余顷。此水开修成河,其田即可耕种。其河自小王村经滹沱河,合入御河,通行舟楫。

四、磁州东北滏、漳二水合流处开引,由滏阳、邯郸、洺州、永年下经鸡泽,合入沣河,其间可溉田三千余顷。

五、怀、孟沁河虽已浇溉,尚有漏堰余水,东与丹河余水相合,开引东流,至武陟县北,合入御河,其间亦可溉田二千余顷。

六、黄河自孟州西开引,少分一渠,经由新、旧孟州中间,顺河古岸而下,至温县南复入大河,其间亦可溉田二千余顷。

真金一字一句地读着,读得很慢也很仔细,良久,他抬起头来,眼中闪动着喜悦的光芒。"太好了,若思!水利之事关乎国计民生,父皇一直深为挂怀。我边读边反复琢磨了你所呈六事内容,觉得每项计划都翔实具体、无懈可击,可见这是你掌握了丰富的第一手资料后方才拟就的。你说是吧,张大人?"

"殿下所言正是为臣所想。臣将与殿下一同返京,再向陛下举荐若思。"

"张大人爱才如命,理当如此。待我巡视过大名路的全部水利工程后,我也会向父皇呈上奏章的。至于若思欲呈水利六事,依我之见,不如请若思在父皇召见之时直接向他面陈。父皇一向务实,他自会形成自己的评价。"

"殿下考虑周全,臣心悦诚服。"

张文谦和真金回京后,忽必烈在开平府召见了郭守敬。觐见时,郭守敬有条有理地向忽必烈面陈了六项水利工程计划。忽必烈深为赞赏:"前者张爱卿和我儿向我举荐若思时,皆说若思之能,乃上天所赐!卿虽一介布衣,却早在为朝廷效力,这样的人才,我岂可埋没不用!若思听宣:我今命你为提举诸路河渠(正六品)。"

"臣谢陛下知遇之恩!"

"起来吧,若思。我不仅要对你破格任用,还要对你进行赏赐。我听张卿说,黄河中上游许多被破坏的渠道,也是你带领工匠、民伕日夜赶工,以最快的速度修复的。你的功劳,我都一一为你记着,我已命中书省拟文,赐你中统元宝五千锭(五十两为一锭)。"

郭守敬似乎有些意外,望着忽必烈,没有马上谢恩。

忽必烈俯视着郭守敬,脸上的笑意越来越浓。

"怎么了,若思?"片刻,他温和地问。

"陛下,您……真的要赐巨金给臣吗?"

"是啊,你不相信?"

"陛下天恩,臣感激涕零。不瞒陛下,臣真的是太需要这笔巨资了。"

"哦,你待如何?"

"陛下容禀:且不说水患治理和天文简仪的研制开发需要经费,臣正在制造中的第一架与天文仪器相分离的独立计时器具——巨型灯漏,所耗人力、物力、财力皆巨,都需要这笔开支。"

对于郭守敬的品性操守,忽必烈显然既意外又感动。

"臣还有一事奏请陛下,望陛下恩准。"

"卿但讲无妨。"

"臣曾考察过金口。金口乃燕京以西分引卢沟的一支东流,穿西山而出,其水自金口以东,燕京以北,灌溉良田若干,其利不可低估。后因战事频繁,看守者担心水渠失修,反酿祸患,遂以巨石堵塞其出口。今若按其已形成之水道,重新加以疏浚,使水得以流通,则上可灌溉农田,下可补充京畿水需。当然,为防患于未然,臣将带领工匠于金口西预开减水口,西南扩还大河,令其深广,以防涨水突入京畿城区,造成水患。"

"如此最好,准奏!"

郭守敬谢恩退下。直到这时,他才看到王恂。王恂立于文班之列,稳重从容的神态一如往昔。

同窗挚友于金殿重聚,王恂向他做了个手势。郭守敬熟悉这手势的含义:待一会儿退朝,我们去饮酒。王恂又指指真金,眨眨眼睛,做了个掏钱的动作。郭守敬猜了半晌,估计王恂是在说:我们喝酒,把王子请上,让王子付账。

他会心地笑了。

伍

诸事不断中,时光悄然流入中统四年(1263 年)。

这年的五月九日,忽必烈接受子聪建议,将开平府更名为"上都",置上都路总管府。同时,诏立为百姓治病的"上都惠民药局",升宣德州为宣德府,隶上都。此前,忽必烈已设立中央最高行政机关中书省,五月,又设置总领全国军政的枢密院。

十二月,忽必烈赐封真金为燕王,守中书令,次年(1264 年)又兼判枢密院事。

阿里不哥尚未投降,不过已不具备与忽必烈继续争夺汗位的能力。边患初定,新兴的中统朝政简刑轻,百废俱兴,百姓安居乐业,处处呈现出一派繁荣兴旺景象。随着国力日渐强盛,忽必烈开始考虑彻底改革蒙哥汗在吐蕃实行的分封制。

南征大理途中,为借道之故,忽必烈曾亲自领兵经过吐蕃地区,对吐蕃

"地广而险远、民犷而好斗"以及教派林立、无所统属的现象比较了解。即位后,他一直思考着一种能对吐蕃实行长远而又牢固统治的方式。当时,在蒙哥所分封的吐蕃领主中,大汗本人和阔端皆身故,阿里不哥与忽必烈拥兵对垒,旭烈兀率军西征,滞留在新的征服地。鉴于上述情况,对吐蕃的分封制加以改变已势在必行。

忽必烈即位后,先是撤回了蒙哥派往吐蕃的守土官,唯独保留了分封给旭烈兀的帕竹派,这是因为旭烈兀在忽必烈与阿里不哥争夺帝位的过程中,一直给予忽必烈坚定的支持。至于其他宗王在吐蕃的领地,早被忽必烈一并收归中央政府。

在吐蕃设置中央王朝机构,建立新的行政体制,少不了八思巴的协助。忽必烈决定派八思巴和恰那多吉一起返回萨迦。建元之初,忽必烈封八思巴为国师的同时,又将年轻敏慧的恰那多吉封为白兰王。显然从那时起,忽必烈已做好了以八思巴管理吐蕃宗教事务,以恰那多吉管理吐蕃军政事务的准备。

中统五年(1264年)五月一日,八思巴临行前,忽必烈赐给他一份诏书,藏文史籍中通常称为珍珠诏书。诏书全文如下:

> 长生天气力里,大福荫护助里,
> 皇帝圣旨。晓谕众僧人及俗民等:
> 此世间之完满,由成吉思皇帝之法度而生,后世之福德,须依法积聚。明察于此,即可对佛陀释迦牟尼之道生起正见。朕善知此意,已从明白无误之上师八思巴处接受灌顶,封彼为国师,任命其为所有僧众之统领。上师亦已对敬奉佛法、管理僧众、讲经听法修习等项明降法旨。僧人们不可违了上师之法旨,应敬奉佛法,懂得教法者讲经,年轻心诚者学法,懂得教法而不能讲经听法者可依律修习。如此行事,方合乎佛陀之教法,合乎朕担任施主、敬奉三宝之愿意。
> 汝僧人们如不依律讲经听法修习,则佛法又何在?佛陀曾谓:"吾之教法犹如兽王狮子,体内不生损害,外敌不能毁坏。"朕驻于通衢大道之上,对遵依朕之圣旨、懂得教法之僧人,不分教派一律尊重服事。如此,对依律而行的僧人,无论军官、军人、守城子官、达鲁花赤、金字使者俱不准欺凌,不准摊派兵差赋税劳役,使彼等遵照释迦牟尼之教法,为朕告天祝祷着。朕并颁发下圣旨使彼等收执。僧人之佛殿及僧舍里,金字使者不可住宿,不可索取饮食及乌拉差役。寺庙所有之土地、水流、水磨等,无论如何不可夺占、收取,不可强逼其售卖。僧人们亦不可因为有了圣旨而违背释迦牟尼之教律而行。朕之诏命于鼠年孟夏月一日在上都写来。

所谓珍珠诏书,是指以粉书诏文于青绘,而绣以白绒,网以珍珠,至御宝处,则用珊瑚。忽必烈在八思巴离京前颁发这样的诏书,显然具有委派八思巴管理吐蕃政教事务、建立行政体制的授权性质。至于忽必烈特意采用珍珠诏书这种特殊形式,也正是为了表明自己对八思巴此行的极端重视以及八思巴地位的崇高。从忽必烈之后,元朝历代皇帝给帝师颁赐珍珠诏书成为一种惯例。

同时,忽必烈赐予恰那多吉金印,命他掌管整个吐蕃地区。

五月五日,八思巴、恰那多吉、墨卡顿于金殿之上依依拜辞皇帝,拜辞察必皇后、真金王子以及燕王妃阔阔真。这还是十年中,忽必烈与八思巴第一次较长时间的分离。

中统三年(1262年),真金娶回了自己心仪的姑娘,婚后第二年,阔阔真即为真金生下长子甘麻刺。如今阔阔真又怀有数月身孕。阔阔真是个温柔贤德的女子,她孝敬公婆,珍重丈夫所钟爱的每个亲人。当年,墨卡顿和真金一起在奶奶苏如夫人身边长大,孩提时代的真金得到过姐姐诸多疼爱呵护。墨卡顿与恰那多吉婚后,姐弟得以常聚,仍像往昔一样无话不谈。阔阔真喜欢墨卡顿豪爽开朗的性格,前些时候她们甚至相约,等阔阔真生下第二个孩子,墨卡顿会代阔阔真亲自将孩子抚养成人。

如今,该嘱咐的都已嘱咐过,该交代的都已交代过,三个女人执手相看,禁不住泪水泫然。这种场合男人们还算镇定,终不过在强作欢颜。

最后一次施礼,最后一次挥别,墨卡顿的脸上绽开甜美的微笑,如同当年送别奶奶时答应了奶奶的要求一样,她要将这笑容永远留在四叔、四婶,留在真金和阔阔真的记忆中。她婚后第三年,母亲在凉州王府病故,她与恰那多吉回王府奔丧,从那以后,她的至亲骨肉只剩下小弟只必帖木尔一人。方才,金殿面君辞驾时,她将小弟托付给了四叔和真金。除了与小弟不能再见的遗憾,她已别无牵挂。

还有一句更重要的话,她把它放在了心中:保重!我的亲人!可惜,我不能说后会有期了!

忽必烈端坐于御座之上,目送着离去的三个人。不经意间,他的目光落在墨卡顿即将消失在大殿外的背影上。不知为什么,她的背影竟是那么压抑,那么陌生,呈现出一种再也无法回头的沉重。他蓦觉内心怅然若失。

第七章

若分而合若合而分

壹

七月初五,早至穷途末路的阿里不哥在政权分崩离析中率众来降。

上都宫城内的水晶殿气氛匐然。再过一刻钟,忽必烈将要在水晶殿内接见与自己对抗了足足五年的胞弟,接受他的投降,安排他的归宿。

真金一直候在殿外,他坚持在这里迎接七叔。忽必烈知道真金素来与七叔感情深厚,心内反觉宽慰。

按照祖宗惯例,罪人但凡服罪,肩上要披大帐的门帘入见。当阿里不哥出现在真金面前时,真金立即迎上,以子侄大礼见过阿里不哥。阿里不哥伸手扶起真金,注目端详,内心深处百感交集。无论阿里不哥心中对忽必烈做何感想,真金始终是他的好侄儿,否则,在派阿兰答儿向漠南扩军之际,他就不会反复叮嘱阿兰答儿,要他无论如何不可伤害真金和四嫂察必的性命。

"七叔……"真金唤了一声,哽住了。

"去通报吧。"阿里不哥沉沉地说道。这种场合,毕竟不是倾诉离情的时候。

真金站起,顺从地退去。

不多时,忽必烈传阿里不哥入见。阿里不哥的身后,紧跟着阿速带等宗王和其他亲信。这些人皆被五花大绑,只有阿里不哥一个人保持着相对的自由。

忽必烈借着水晶殿明亮的光线细细打量着他那又黑又瘦的幼弟,内心深处五味杂陈。"撒下披帘吧!"他对玉昔帖木儿下达了命令。

阿里不哥跪伏于地,沉默无语。

忽必烈叹口气，走下丹墀，将阿里不哥扶了起来，"弟弟，你瘦多了。你是否还在怨恨我呢？"

阿里不哥苦笑了一下，"一切都过去了。何况，我现在是你的手下败将，这样的感觉岂是一个'恨'字可以涵盖？我不恨你，真的。我只恨自己生不逢时。"

"不是这样的，弟弟。你似乎仍不明白，并非是你败给了我，而是已经不能适应形势发展需要的旧法败给了我所推行的新政。在我们兄弟拥兵对垒之初，你我力量对比并没有显著差异，五年后的今天，你却不得不以这样的方式承认失败。我了解你忠于祖宗之法的初心，可我们统治的毕竟是个日益庞大的帝国，若不具备'祖述变通'的勇气，只一味墨守成规、故步自封，又怎么可能让自己立于不败之地？"

阿里不哥执拗地沉默着。事实上，他已失去了争辩的欲望。

忽必烈挪动了一下隐隐作痛的右足，"好了，弟弟，你还是坐下说话吧。我知道你不会那么容易服气的。"

真金急忙去搬了张椅子放在离御座较近的地方，"七叔，您快请坐吧。"

阿里不哥一直看着忽必烈回到御座，才在自己的座位上坐了下来。

忽必烈向安童做了个手势。安童明白，这是要他开始对阿里不哥叛乱一事进行审理了。

"当年，蒙哥汗在世时，从没有人想过违抗他，更别提会发动叛乱来反对他。可现在，七王爷阿里不哥却这样做了。"安童字斟句酌地说着，语气极缓慢，每个字都清晰可闻，"大家都清楚，在当时的环境下，谁若怀有叛乱的动机，会受到最严厉的惩处。你们引起这样一场完全可以避免的战乱，令生灵涂炭，经济衰落，国家遭殃，巨额的战争经费加重了百姓负担，多少无辜之人死于非命——请问七王爷，你和你的追随者可知罪吗？"

"是啊，我们为什么都不回答安童代表忽必烈皇帝提出的问题？"阿速带轻蔑的目光扫过哑口无言、呆呆站立的诸王和贵族们，他的嗓音虽沙哑，语气却是少有的坚定，"当年，难道不是我们拥戴七王爷登上汗位的吗？难道不是我们这些人怀抱着这样一种愿望——有一天七王爷能带领我们去坐拥天下吗？如今，我们为什么都变成了哑巴？是不是因为该有人领罪的时候我们起了贪生之念呢？不是的话，就让我们这些真正的罪人站出来吧。站出来，勇敢地承认我们的罪行，然后，用我们的鲜血去洗刷七王爷的冤屈。"

阿速带的这番发言显然出乎所有人的意料，大殿上响起了一片"嗡嗡"声。

忽必烈丝毫不加以阻止，唯目光长久地停留在阿速带久病虚弱的脸上。此时，他的内心里涌动着一种说不出来的感动。兄长蒙哥的亲生骨肉中，玉龙答失已在一年前病逝,阿速带一直忠心耿耿地辅佐着阿里不哥。阿速带或许是蒙古习惯法的忠实拥护者,却没有任何野心和欲望,在他高尚的灵魂深处只有信义,只有忠诚。阿里不哥居然能拥有这样一份信义和忠诚,这不能不说是他最大的幸运。

审判按照法定程序有条不紊地进行着。

最终,诸王贵族们对阿里不哥等人审判的结果,是宣布他们有罪,阿里不哥的十名主要亲信被立即处斩。

忽必烈想饶恕阿里不哥和侄儿阿速带,他向宗王贵族征求意见。老于此道的塔察尔一早便洞悉忽必烈的真实心意,他说,等他与安童等人商议后再做决定。

忽必烈权衡再三,决定向全国颁发诏书,公开披露了这一事件的真相。次日,塔察尔和安童将诸王贵族形成的一致意见呈报给忽必烈,呈文用蒙古族最喜欢的诗歌形式写成:"我们该如何看待阿里不哥和阿速带的罪行呢?看在皇帝面上,我们一致同意赐他们活命!"

忽必烈正中下怀,当即御笔一挥,上书两个鲜红大字:准奏!

阿里不哥走了,在一个上都的早晚开始感受到丝丝凉意的季节里。

与阿里不哥一起离开的,还有阿速带。在上都的这些日子,忽必烈派御医许国祯为阿速带悉心治疗,他也诚意挽留侄儿在中统朝担任要职。阿速带拒绝了,他对四叔说,他很清楚自己的生命不会长久,若然离开人世,他想像曾祖父、祖父和父亲那样,长眠在环境清幽的起辇谷。

阿里不哥要回和林,从此,他将在那里终老。送别阿里不哥的那一刻,忽必烈感到了些许轻松,更多的是惆怅。一母同胞,只为那至高无上的权力,便拥兵对垒了四年(1260年至1264年)。尽管最终放下武器的是阿里不哥,谁又敢说他一定是真正的胜利者?忽必烈命真金护送阿里不哥一行出云中境,然后返回上都。

阿里不哥的事圆满了结,接下来,忽必烈该考虑如何发落噶玛拔希了。

五年前,蒙哥病故,噶玛拔希又选择阿里不哥作为噶玛噶举派的施主。忽必烈取得胜利后,噶玛拔希因涉嫌帮助阿里不哥叛乱而遭受监禁。只是对于他的处理,忽必烈一时间有些举棋不定。

忽必烈并非气量狭窄之人,可每当想起自己对噶玛拔希如此器重,两次遣使召见于他,虚心结纳,噶玛拔希每次都弃而不顾的往事,他终究有些不快。这且不论,就算他能理解、能原谅噶玛拔希选择兄长作为靠山,可在兄长病逝,他与胞弟争夺汗位的过程中,噶玛拔希又倒向胞弟,以国师身份忠心耿耿地为胞弟作法祈福,这便让忽必烈无法不对其心存芥蒂了。

忽必烈犹豫多日,决定还是见一见噶玛拔希。他命玉昔帖木儿和安童两个人去将噶玛拔希带到金殿。

尽管遭到监禁,生死未卜,噶玛拔希面对忽必烈时仍显得无忧无惧。他以佛家之礼见过忽必烈,然后便眼观鼻,鼻观心,垂首默立。

忽必烈端坐于御案之后,看了他好一阵儿。

在令人不安的沉寂中,噶玛拔希心静如水。

良久,忽必烈缓缓问道:"你没有什么话要对我说吗?"

噶玛拔希抬头看了忽必烈一眼,双手合十,"阿弥陀佛。请问,七王爷,他可还好?"

忽必烈万没想到噶玛拔希会问出这么一句话来,他都不知该如何作答了。"你还是先关心一下自己的生死吧。"愣了好长时间,忽必烈说道,是那种悻悻的语气。

"我生我死,全在陛下一念之间。若我佛召我归去,僧人愿遵从佛主的旨意。"

"如此说来,你到现在都不曾改变心意?"

"佛在我心。当年,僧人只是听从心的声音。我想,国师(指八思巴)也一定是如此吧。"

忽必烈的脸上闪过一丝心意难决的复杂之色。对于这位在吐蕃妇孺皆知的转世活佛,他虽不复擢用之念,但仍难免心存惋惜,"也罢,你且退下,听候我的诏旨。"

"是,僧人告退。"

不久,噶举派的几个支系纷纷派遣僧人进京,为噶玛拔希求情。忽必烈出于安定吐蕃局势的需要,顺水推舟,将噶玛拔希放回本寺继续修持佛法。

因中央王朝不再任用和扶持噶玛拔希,黑帽系的政教实力自此有所下降,既无法与如日中天的萨迦派比肩,甚至连本派的其他大小分支,如蔡巴噶举、帕竹噶举、止贡噶举,其影响力也开始超过该教派。直至元朝末年,在元顺帝的扶持下,噶玛噶举派才重新得势。

贰

为纪念蒙古政权重新归于一统,忽必烈接受藩府旧臣的建议,将中统五年改为至元元年(1264),同时大赦天下。

忽必烈在遣使向旭烈兀通告阿里不哥兵败投降的消息并对伊儿汗进行册封时,力邀弟弟回国与他一会。

转眼间,旭烈兀离开本土已逾十年。在异域艰苦奋战的日子里,他时常会想起自己与兄弟们相互扶持共同走过的时光,尤其是四哥,哪怕在梦中都会出现他与四哥一同长大的点点滴滴。五年前,他惊闻长兄驾崩,本想回国奔丧,可种种原因让他未能成行。如今,他真的很想看看四哥的上都城,看看和林的万安宫,看看所有让他记挂于心的亲人。

他择定吉日,以最隆重的礼节接受了四哥的册封。一个东自阿姆河,西迄小亚细亚,南濒印度洋,西南界阿拉伯海,东北与察合台汗国,北与金帐汗国相邻的伊儿汗国自此在波斯高原传袭百余年。

旭烈兀仍以马剌黑为首都,阿八哈继位后,始迁都于帖必力思(今大不里士)。

旭烈兀开始为回国做着种种准备。谁知启程日期临近,他却突然病倒了。这一病时好时坏,无奈,他只好决定派遣一支庞大使团,代他先行回国谒见四哥。

贡品好备,使团副使以下的人员好定,唯独由谁担任正使,旭烈兀斟酌再三后才想到一个最合适的人选。

对一个正使人选都如此挑剔,颇能反映出旭烈兀微妙的心思。旭烈兀与忽必烈的年龄只相差两岁,从小,旭烈兀与四哥的感情最为亲近,与此同时,他也时时处处以四哥为对手。

四十年前,祖父西征归来,旭烈兀与四哥奉祖母之命前去叶密立迎接祖父。祖父出征时,旭烈兀才刚刚出生不久,等到祖父班师,他已经七岁了。他对祖父原本没有任何印象,但在他的心目中,祖父是天底下最了不起的人。这份天真的崇拜,让他从未忘怀他与祖父第一次见面的情景。直到现在,他仍旧清楚地记得,那天四哥由于表现得体,深得祖父赞许。接着,四哥说了什么逗得祖父开怀大笑。那一幕,令还是孩子的他,生平第一次体会到妒忌的感觉。而这,成了后来他无论做什么都要与四哥一较高低的缘起。

多年后,大哥成为蒙古帝国的第四任大汗。四哥奉命南征,他为西征军统帅。他出征时,四哥因驻军六盘山未便返回,兄弟自此阴差阳错。这一直是他心底最深的遗憾。只是当时,他从未意识到,这一别可能就是永远。

假如大哥还活着,假如不是命运的安排,他永远都是大哥驾前的一员将领,而不会想着要在一片陌生的天地里建立自己的国家。

不!即使现在他也没有想过。他的伊儿汗国,永远是蒙古帝国的一部分。

这在他，是永远不会更改的信念。

再往后，大哥未留遗嘱而逝，四哥与七弟一南一北各立朝廷，国家陷入内战之中。他一则因埃及马穆鲁克王朝和金帐汗国对新兴的伊儿汗国虎视眈眈，二则不愿意卷入同胞兄弟的汗位之争，才暂时打消了东归的念头。四年的时光里，他顾念与四哥和七弟的手足之情，在二人之间一直扮演着调停人的角色。唯内心深处，他始终都是倾向四哥的，而且，他有种强烈的预感，七弟不会是四哥的对手。

果然，后来七弟战败而降。他则以欣然接受四哥的册封，表明了他愿奉四哥为蒙古之主的立场。

他曾想要超越四哥，当意识到没有这种可能时，内心的喜悦远远多于失落。事实上，对四哥的思念，早已融入他对故乡的思念中。对他而言，只要有根，他就不怕做一片落叶，只要有航向，他就无惧漂泊。

话又说回来，他对四哥钦佩归钦佩，到底不能完全泯灭他的好胜之心。为了让四哥知道，他的伊儿汗国同样强大同样富庶，他在选择贡品和贡使时都煞费苦心。而今万事俱备，别的犹可，唯有这个正使人选，他还须征得阿八哈的同意。

阿八哈出去打猎了，直到晚上，他才回到父亲的宫帐。

阿八哈是旭烈兀的长子，在诸子中最得父亲宠爱。旭烈兀西征时，让年龄比长子只小一个月的次子镇守封地，唯独长子，他总喜欢带在身边。这既是一种习惯，其实也是一种依赖。

阿八哈在父亲面前比较随便。别说父亲了，当他还是少年时，他在大伯和四伯面前一样嬉笑无忌。经过十年的历练，他的性格沉稳了许多，不过在父亲面前，尤其单独与父亲在一起时，他不需要那么多的繁文缛节。

他坐在父亲对面，笑眯眯地问道："阿爸，您找我？"

"吃晚饭了吗？"旭烈兀想跟儿子先说几句闲话作为铺垫，调节一下气氛。一会儿要跟儿子说的事，他清楚儿子一定不乐意。

"路上吃了。"

"今天打猎顺利吗？"

"打了不少。我让他们都卸在后营了。明天，阿爸尝尝野味。"

"你不留些吗？"

"我过来吃。"

"那更好。"

"阿爸。"

"嗯？"

"您的身体好些了吗？"

"好些了。只是喜欢出汗，让人感觉不舒服。"

"要不，请四伯从中国派些名医过来，给您瞧瞧病？"

"也行。"

"我听说使团过几天出发，余下的事，用我帮您安顿一下吗？"

旭烈兀闻言，正中下怀，"别的倒没什么了。只有一件事，为父想征得你的同意。"

"干吗这么说？您有事交代儿子不就行了。"

"必须征得你的同意。这次，为父想跟你借个人。"

"跟我借人？谁呀？"

"使团缺个正使。为父思来想去，觉得伯颜最合适。"

"您是说，想跟我借伯颜？"

多年前，朝廷酝酿第三次西征时，蒙哥曾让侄儿阿八哈撰写一篇关于征战三国的情况，阿八哈很好地完成了这个使命。那时蒙哥已猜知，阿八哈的身边必有能人相助。蒙哥唯独不知道，这个能人，其实只是个十六七岁的少年，名字叫作伯颜。

西征开始，伯颜进入阿八哈的藩府担任执事一职。这些年，阿八哈早习惯事无巨细皆与伯颜商议，伯颜对阿八哈而言，犹如他的左右手一般。若非如此，以伯颜的才能，在汗宫或军队担任要职都非难事，皆因阿八哈不欲伯颜离开，才向父亲请求，让伯颜多随侍自己几年。

旭烈兀对长子一向百依百顺。何况，自西征以来，他命儿子独领一军，委以重任，倘若儿子身边没有一个如伯颜这般头脑清醒冷静且谙熟指挥艺术的能臣从旁协助，他还真有些放心不下。

在一干才调秀出的年轻将领中，伯颜的个性最是与众不同。他清和平允，不骄不躁，他的才华好似芬芳的花朵，哪怕隐于草木之中，也会让寻香而来的人们看到它的绽放与绚烂。

旭烈兀知道儿子与伯颜友情殊深，果然，听了他的话，阿八哈半晌没作回答。

旭烈兀耐心地等待着，并不催促。

阿八哈思索良久，终究还是难下决心，"为什么一定要让伯颜担任正使呢？别人不行吗？"

旭烈兀微笑，"你若舍不得，不派伯颜也罢。这样吧，你另外给阿爸推荐个符合条件的人，这个人，不只亲身参与了西征中的每场重要战役，熟知波斯的历史现状和风土人情，而且精通多种语言，反应机敏，咳唾成珠。还有，这个人的外形条件至少也得像伯颜一样,身材魁梧,形容端肃。"

阿八哈苦笑了,"阿爸,您这是要选正使,还是要给伯父选妃子?"

旭烈兀微嗔:"浑小子,胡说什么呢!"

阿八哈的脑子飞快地转动着。他将自己熟悉的将领筛选了个遍,别说,同时符合上述条件的人,还真是一个没有。这似乎也从反面印证了,伯颜角立杰出,可遇而不可求。

"阿爸,我不明白了,选个正使而已,您干吗要这样斤斤计较,大费周章?"

"原因很简单,正使代表的,是我伊儿汗国的形象。"

"什么意思啊?"

"儿子,如今你四伯统治着五色民族,又据有龙盘虎踞的中原之地。我在波斯立国,纵然不比你四伯富有四海,可这里也有他所不能亲身领略的风景。我这一生,最崇敬的人是你曾祖,最畏惧的人是你大伯,最钦佩的人是你四伯。我钦佩你四伯不假,但不会轻易向他认输。"

"为什么?"

"没什么,习惯而已。我和你四伯,从小都想超越对方,这反而成为我们彼此间的激励。你四伯回到本土时,我正在为西征做着准备,连你奶奶的葬礼都没回去参加。等我离开本土前,你四伯又准备从六盘山兵发大理。这样那样的原因,让我们一次次错过了相见的机会。没想到这一错过,竟是十几年。我真的很想念他,想念故乡的草原,哪怕我与他暂时见不了面,也希望他知道,我的伊儿汗国,物产丰饶,人杰地灵,别有洞天。"

阿八哈纵然与父亲感情深厚,可像今晚这样,父亲对他开诚布公,一述衷曲,还是头一次。他开始理解父亲一定要选伯颜担任正使的苦心,本想答应下来,话到嘴边却踌躇再三。

"儿子,几个月而已,伯颜达成使命,还会回到你的身边。"

"我担心……"阿八哈欲言又止。

"你想说什么?直说无妨。"

"我素闻四伯爱才成癖。伯颜兼资文武,不说世间无二,也是凤毛麟角。您说四伯会不会把他留在中国?"

旭烈兀心想,这种事的确有可能发生。"儿子,你听阿爸一句劝,国家事大,个人事小。我与你四伯既为兄弟,兄弟之国,今后断不了各种交流往来。倘若伯颜真的被你四伯留在身边,并能建立一番功业,那里面也有你发现和举荐的功劳。何况,四伯为君,伯颜为臣,臣为君用,理所应当。"

阿八哈被父汗说服了,勉强同意"借出"伯颜。

告辞父汗出来,阿八哈回到王府,命人唤来伯颜,将父汗的决定告诉了他。伯颜默默听着,什么也没询问。

"你想去么?"阿八哈随口问了一句,问完,方觉是句废话。

伯颜平静地回答:"君主差遣,臣莫敢辞。"

阿八哈点点头,"你先做些准备,明天随我去见父汗。"

伯颜答应着,正要离开,阿八哈又叫住了他。他愣愣地凝视着伯颜,半晌才语重心长地叮嘱道:"此行路途遥远,你万事小心,早去早还!"

最后一句"早去早还",里面有种意犹未尽又直透心扉的无奈感。伯颜平素惯于不动声色,此刻也不免有些动容。他正视阿八哈,语气认真地回道:"臣,遵命!"

叁

忽必烈决定在上都度过炎热的七、八两个月,九月初再回返燕京。朝中之事他多委以年轻的中书省右丞相安童和平章政事阿合马共同商议,全权处理。

原中书省右丞相史天泽,在擒斩李璮后以体弱多病为名,主动要求致仕还乡,与他一同告老的还有安肃公张柔。忽必烈虽批准了他们的致仕请求,却不允许他们还乡,而是由国家出资,择燕京北郊风景秀丽处建起两处宅院,专供这两位七朝(成吉思汗、窝阔台汗、乃马真摄政、贵由汗、海迷失摄政、蒙哥汗、忽必烈至元朝)元老居住,以备随时顾问。之后,忽必烈大胆起用年仅十七岁便进入权力中枢的安童出任中书省右丞相,使这位名噪一时的少年才子得以在更广阔的舞台上施展才干和抱负。

至于阿合马,他原是察必皇后的陪嫁媵人,因擅长理财而受到忽必烈青睐。忽必烈对阿合马的重用,也反映出自李璮叛乱后,他对汉族士大夫的信任和情感,已开始蒙上了一层淡淡的阴影。

八月,忽必烈颁布了《建国都诏》,改燕京为中都(1272年改为大都),分立省部,准备定都。

这是忽必烈在上都和中都正式实行两都巡幸制的开始。此后,他又在中央政府设置总制院,领之于国师,掌管天下释教和蕃地事务。因其时八思巴已在赴藏途中,遂由其座下弟子代为领旨谢恩。

真金在云中境与七叔和堂兄依依惜别。目睹七叔和堂兄寂寥地离去,真金的心情异常复杂,既似失落,又似惋惜。为排遣离别带来的空虚,真金决定暂不回上都,而是转向燕山狩猎。

张易、孛罗带三百名侍卫随行。孛罗也是功臣之后,幼年入侍王府,与忽哥赤和落落公主一同长大。他武艺高强,胆大心细,这次送阿里不哥出境,忽必烈派他担任爱子真金的侍卫。

一行人晓行夜宿,眼看要进入燕山山麓。这天正往前行,走在最前面的卫队突然发现对面过来一支多达数百人的骑兵,中间行进着十数辆马车,马车上面皆装满货物。高高飘扬的鹰旗显示出这是六王爷派来的押贡队伍。

为安全起见,孛罗一马当先,迎着对方的骑兵驶去。

"什么人?"他问。

"你是什么人?"对方的士兵反问。

"我是皇宫侍卫孛罗。"

"哦,失敬了。我们是伊儿汗派往中国朝见忽必烈皇帝的使团,这位是我们的正使,阿八哈王子潜邸执事伯颜。"

随着话音,对方训练有素的骑兵向两边散开,让出中间一骑。

"在下押贡正使伯颜。"伯颜趋前,面对孛罗自报家门。

这是伯颜与孛罗的第一次见面,也是二人结下特别的缘分的开始:伯颜是留在中国的伊儿汗国人,孛罗则是留在伊儿汗国的中国人。终元一代,伊儿汗国与元廷的各种联系十分密切,这种密切除表现在两国贸易与文化交流频繁、贡使往来不断外,还表现在元廷与伊儿汗国间经常会有大臣的互换任用。比如伊儿汗国的名将伯颜、名医爱薛、天文学家札马鲁丁等,都被忽必烈款留于元廷担任要职;而元朝名将斡儿都海牙,后来的元朝丞相孛罗等,在出使伊儿汗国后,亦被四任汗阿鲁浑(1284年至1291年在位)款留于伊儿汗国。

真金催马赶上孛罗,在孛罗旁边勒住坐骑。他怀着喜悦的心情,将端坐于马背之上的伯颜上下打量了一番。

伯颜身体魁梧、容貌端肃,言谈举止间自有一派威仪。真金不禁对他一见如故。

真金首先问候了六叔旭烈兀和堂兄阿八哈。

伯颜一一作答,随后,他疑惑地望着真金,问道:"请问,您……"

"这是我们的燕王真金。"孛罗介绍道。

伯颜慌忙跳下马背,施以大礼,"臣见过燕王殿下。"

真金也翻身下马,上前搀起伯颜,"免礼。你原属哪一部族？"

"臣乃八邻部人。"

伯颜的曾叔祖纳牙阿在成吉思汗立国时曾被封为中路万户,祖父从成吉思汗征战有功,封为八邻部左千户及断事官。

真金略一思索,"六叔西征时,八邻部左千户率部从征,想来是你的父祖？"

"正是。"

"西征走后,你回过几次本土？"

"第一次回来。"

"请问你今年多大年纪？"

"臣痴长二十八岁。"

"那么,比我年长七岁。"

"殿下,请问您这是要往哪里去？"

"我打算入燕山狩猎,没想到在路上与你偶遇。"

"这个季节打猎实乃快事一件。可惜,臣无福陪殿下前往。"

真金向后看看车队,"这趟贡你担任正使对吗？"

"没错,另外还有几名副使。"

"你大概不知道,我父皇此时尚在上都避暑。你这会儿纵然进了中都,恐怕也得等上十天半月。依我之见,你不妨随我一同进山狩猎,迟几日再往中都不迟。"

伯颜有点犹豫。

"你一定是担心贡品发生差池。这事不难办,你且将副使和军队留下,孛罗和侍卫也留下,我、你、张易,我们只带二十人进山,速去速回,如何？"

伯颜也说不清自己到底怎么回事,真金的提议对他正中下怀。他看看孛罗和真金的卫队,下了决心:"一切但凭殿下做主。"

"孛罗,保护贡车的事交给你了。我们几日即返,还在这里会合。"

"是。"孛罗勉强应道。他原本对这次打猎充满期待,另外,他还担负着保护真金的重责。可燕王有命,他也不好违背。

燕山虽称不上万丈悬崖,确也山势险峻。山间古木参天,一向是在附近驻扎的军队进山行猎的最好去处。

小小的打猎队伍收获颇丰。中午正围坐在一处休息,一声凄厉的惨叫声骤然打破了山间的沉寂。

先是伯颜,接着是真金、张易和众侍卫从正休息的巨石上一跃而起,向喊叫声传来的方向飞速奔去。

一个少女正跪在山崖边,对着山下拼命哭喊:"弟弟,弟弟……"

伯颜在少女身后停住脚步,问道:"姑娘,出什么事了?"

少女回头看见伯颜和真金,好似见到救星一般,当即扑跪在他们的脚下,"二位大哥,求你们救救我弟弟!我和弟弟偷跑出来玩耍,谁知弟弟……求你们救救他吧,求你们想想办法,救救他!"

真金示意伯颜扶起少女。他从孩子摔落的位置向下望去,只见草树丛生,深不见底,别说人是否下得去,即使下去也未必能找到孩子。伯颜正想向真金说句什么,身后蓦然传来一个老者的声音:"这里怎么了?"

众人回头。一位须发皆白、精神矍铄的老者和两位十五六岁的少年不知何时悄然出现在他们身后。偌大的燕山出现几个人倒不稀奇,让人稀奇的是,其中一位少年乍看上去五官与真金颇为神似。

"莫不是有人摔下山崖?"老者看看众人的表情,已猜知八九。

少女回道:"老人家,是我弟弟。"

老者紧走几步,向山下探望着。片刻,他回头向两位少年说:"得有人下去看看。"

长相与真金相似的少年跨前一步,"我去。"

"不行,我去。"伯颜怎肯让一个少年冒险,摘下宝剑,递给侍卫。

"等等!"真金从腰间解下腰带。

蒙古人的习俗,腰带又宽又长。仿佛无声的命令,从张易到众侍卫都纷纷解下了自己的腰带。

一条长长的、结实的救命索顷刻间连成了。老者的目光掠过真金的面孔。他不得不承认,这位年轻人一瞬间想出的,恰恰是唯一可行的和可能的办法。

伯颜抢先将绳索系在了自己腰间。

肆

绳索一节一节地放了下去。

间或,下面传来一二声枝杈折断的声音,让山上的人心跳不已。

不知过了多久,真金感觉手上一紧,忙和侍卫一起用力向上扯起绳索。

伯颜上来了,身上、脸上到处都是划痕,怀中却不见孩子。

"孩子呢？没找到吗？"

伯颜深深地吸了一口气："看到了。可惜探不着。"

"多远？"

"一丈左右吧。挂在了树枝上，或许还有救。"

真金微微皱起眉头。他们已无任何东西可接续绳索。伯颜快步来到马前，取下他与真金的马鞭，将鞭端拴在一起，然后返身走回，将绳索交给张易，"上面交给你了。"又向刚才跟他抢着下山的少年笑道，"敢吗？"

"当然。"少年毫不犹豫地回答，"我会徒手攀登。"

少年灵活矫捷的身手消除了伯颜的顾虑，他此刻方知，相貌文弱的少年竟怀有一身绝技。许多年后，伯颜每逢回想起这次惊心动魄的救人场景时，总会说同样一句话：天外有天，人外有人！

斜阳在山间投下了浓重的阴影，仿佛经过了无尽漫长的等待，才见绳索剧烈地摇摆起来。张易和众侍卫急忙一齐用力。

怀抱着孩子的伯颜第一个攀上山崖，第二个是少年。

老者迅速接过昏迷不醒的孩子，就地对他实施了救护。孩子的手足尽皆骨折，若不是下落中被树冠挂住，恐怕难有生还希望。

即使外行也能看得出来，老者的接骨术堪称一流。只见他含了几口酒喷在孩子的骨折部位上，断裂的骨骼在他手中"噼啪"作响，不多时，便复合若初。之后，老者从随身携带的葫芦里倒出一粒红色药丸，拍入孩子的口中。他做完这一切，便盘腿坐在孩子身边，静等孩子苏醒过来。

孩子的脸上渐渐有了一些血色，真金回视张易，温和地吩咐："你去安排一下，做副担架来吧。"

老者与真金的目光相遇，真金向他伸了伸大拇指，神情中满是庆幸。这由衷的赞佩里绝没有一丝一毫恭维的成分，老者不仅接受了，而且深受感染。

这时，一直守候着弟弟的少女走到真金面前，静静地跪了下去，磕了三个头。她抬起头时，满脸都是感激的泪水。

真金扶起了她，"不要谢我！要谢就谢这位老人家和那两位勇士吧。"

少女果然走到伯颜和少年面前，不容她跪下，伯颜慌忙伸手去拦，无意中却抓住了少女一只柔软的小手。这只手在伯颜宽大的手掌里停留了短短一瞬，伯颜触电般地缩回了手，脸上顷刻间涨满红潮。真金看在眼里，微微一笑，转向老者尊敬地询问："老人家怎么称呼？"

"老朽姓高，祖籍幽州，三十年前因为战乱举家迁到天德军(今呼和浩特)，在草原上生活了近三十年。大约半年前，老朽带着这两个孩子回到幽州。俗话说,叶落归根,老朽现今已在幽州定居了。"

"老人家怎会来到燕山?"

"采药。燕山有许多珍贵的药材,老朽想带两个孩子出来见识见识。"

真金指指跟伯颜一起救人的少年,继续问:"他是您的孙子吗?"

"是。他的名字叫和尚,另一个叫王琢。王琢这孩子,父母都已去世,老朽认他做了干孙子,也算老朽的徒弟。和尚自幼喜欢舞枪弄棒,对医术一点不感兴趣,倒是琢儿悟性很高,酷爱行医救人。若非如此,老朽的医术恐怕要从此失传了。"

"如此说来,老人家也是有福之人。这两个孩子一文一武,实在令人称心。有些遗憾的是,这届的比武大赛已然结束,三年后,让和尚来参加下届的比武大赛吧。他有这么好的身手,肯定能获得不差的名次。到那时,在朝廷谋个一官半职也算这孩子没白习武一场,您说呢?"

"没错,理儿是这么个理儿。只要他争气,老朽定当全力支持他。"

"其他方面,您老还需要我帮助吗?"

"没有,没有。别的不敢吹牛,老朽给人看病施药,养家糊口绰绰有余。老朽不揣冒昧,问一句,你是哪家府上的少爷?看你行事做派,不是王公,也是贵胄。"

真金笑了,张易插话道:"您老好眼力。这位是燕王殿下。"

张易的声音够大,引得和尚、王琢和少女都向真金这里张望。

"燕王殿下?"

"是。当今圣上之子。"

老者吃了一惊,急忙退后一步,"原来是皇子,老朽失敬了。"

真金扶住老人,"老人家,您别客气了。皇子又当如何!不如您妙手回春,造福一方百姓。"

"皇子此言差矣!行医者,无论他是一位名医还是一位庸医,所救所害者终究有限。而为君为王者,大不相同。一代明君贤王,能让天下百姓过上富足安康的生活,而昏君奸王,则会将整个国家推入灾难的深渊,使百姓们流离失所,九死一生。所以皇子,老朽希望有朝一日您能成为这样一位大'医者',为天下百姓施尽仁术,让天下百姓尽享太平!"

真金被老者的一席话深深震撼了,他注视着老者满含希冀的双眼,深情地应允:"真金受教,绝不敢忘。"

时间不长,侍卫做好担架抬了过来,老者要王琢帮着他将孩子小心地放在担架上,一行人开始步行下山。老者递给少女一个很小的竹筒,详细地给她讲了一遍里面金疮药的用法,少女一一记下。真金看着少女收好竹筒,似很随意地问道："姑娘，你叫什么名字？家住哪里？我派侍卫先送你和你弟弟回家吧。"

"回燕王，我叫巧丛，家住燕山脚下。"

"巧丛？这个名字很熟悉。你是安童什么人？"

"他是我表哥。"

"原来是自家人。"真金这么说，是因为他与安童是两姨表兄弟。

真金又问老者："老人家，您要直接回返幽州吗？"

"不。燕山有几味药材，正是老朽所需。这几日，老朽将在山下暂住。"

"既如此，您何不住在巧丛家，一来可就近照顾孩子，以防发生意外；二来也不耽误您上山采药，一举两得。您说呢？"

"是啊，恩人爷爷，您随我回府去住吧。说真的，没您在身边，我心里很不踏实。"巧丛十分乖巧，也向老者恳求道。

老者不忍拂逆真金和巧丛的心意，稍一犹豫，答应下来。巧丛十分高兴，转对真金说道："燕王，天色不早，不如今天您也不要回城了，一起去我家休息好吗？我阿爸和额吉早想见您一面呢。"

巧丛的母亲是蒙古开国元勋木华黎的孙女，与安童的父亲乃同胞兄妹。巧丛的父亲则出身于契丹贵族家庭，曾供职于窝阔台汗末期的蒙古宫廷，做过数年的燕京镇守。贵由汗时，他受到排斥，遂辞去官职，回到漠北草原专心做了一位牧场主。巧丛自幼生长在这样的家庭，即使算不得见惯大世面，待人接物仍显得游刃有余。

可惜真金没法答应。他得到急使来报，父皇已从上都启程，正在返京途中。他不敢耽搁下去，决定立刻与孛罗会合。他吩咐伯颜押送贡品直接到燕京馆驿候旨，等待父皇接见。又叮嘱老者和两个少年，将来遇到什么事需要帮助，一定到燕王府找他。和尚和王琢一左一右站在真金身边，依依惜别。短暂的相处，两个少年对他已无初时的戒备，相反生出许多由衷的信赖，在他们心中，真金似乎不再是一位异族皇子，而是一位为他们所喜爱所敬重的兄长。

临别时，巧丛将一个木制护身符塞在伯颜手里，说："谢谢你救了我弟弟，这是我的谢礼。"说罢，羞红了脸，低头躲在一旁。

伯颜再愚钝，对少女的心意也不可能没有一点觉察，遗憾的是，他不能给少女任何回应。他答应过阿八哈王子，完成出使任务立刻转回伊儿汗国。对他来说，朋友间的一诺比任何事情都更重要。他从十六岁跟随在阿八哈身边，阿八哈对他而言，不只是主人，还是兄弟，是朋友。

伍

恐怕世上真有预感这种东西。

伯颜在中都觐见忽必烈，敬献贡品，上呈旭烈兀的书信。忽必烈于大殿之上第一眼看到伯颜，即产生了将这个年轻人置于左右的念头。伯颜初时不肯接受皇命，以阿八哈王子嘱他"早去早还"以及母亲还在波斯，不能与儿子长久分离为由推拒。忽必烈果断做出如下安排：遣伊儿汗国副使代替正使之职，携使团及丰厚的赏赐归国；亲自修书两封，一封给弟弟旭烈兀，一封给侄儿阿八哈；派己方使者随行，前往波斯接回伯颜的母亲；将巧丛赐予伯颜为妻（巧丛的事是真金告诉父亲的，忽必烈为留下伯颜，可以说煞费苦心）。安童是蒙古开国名将木华黎的曾孙，安童的母亲与忽必烈的夫人是亲姐妹，这样一来，伯颜的身份开始与皇室发生了关系。

一位君主，爱才惜才若此，伯颜深受感动，不得已，只好同意留在中国。当天回到馆驿，他另外修书一封，将歉疚与无奈述诸笔端，同时向阿八哈表达了这样一种心愿：今生君臣有分，来生仍愿相随。

阿八哈跟伯颜一样，纵有千般不舍，也不能违背"万王之王"的命令。他作为兄弟和朋友，而不是作为主人，亲自护送伯颜的母亲来到边境。拜别老夫人时，老夫人流下了伤感的泪水。从此，阿八哈与伯颜天各一方，再也无缘相见。尽管如此，直到阿八哈离世，伯颜与他一直都有书信往来。

忽必烈的理想是做一名与前四任大汗有继承关系的蒙古帝国第五任大汗。战胜阿里不哥后，他派出以拔都之弟、蓝帐汗昔班为首的使团前往四大汗国斡旋，希望诸汗回国，参加在蒙古本土召开的忽里勒台，对他的汗位正式予以承认。

昔班是在忽必烈与阿里不哥对峙的第四个年头上（1263年）来到开平城的。远在昔班与忽必烈还是王子时，二人便彼此相知相惜。友谊，在充满尔虞我诈甚至你死我活的宫廷里尤其显得难能可贵，他们格外珍惜。

蒙哥活着时，东西道诸王以及三大汗国的王公贵族完全听命于中央政府，那是中央政府对三大汗国拥有绝对权力的最后一段时间。蒙哥去世后，拖雷家族爆发了汗位之争，这件事在蒙古帝国内部造成分裂，同时成就了第四大汗国——伊儿汗国，也成就了海都。海都的崛起，进一步导致忽必烈的中央帝国失去了对除伊儿汗国之外的三大汗国的统辖权。即使后来,忽必烈终于战胜阿里不哥,成为继蒙哥之后的蒙古帝国第五位大汗,可他已无法阻止名义上仍将他奉为宗主,实际上已形成独立政权体系的三大汗国与中央政府渐行渐远。

忽必烈与阿里不哥为汗位而战时,在支持谁的问题上,蓝帐汗昔班与金帐汗别儿哥出现分歧,蓝帐汗支持忽必烈,金帐汗却支持阿里不哥。

阿里不哥避走封地吉儿吉斯,在经济上陷入困顿,在军事上则将长兄蒙哥留给他的精锐主力消耗殆尽。面对阿里不哥的无能,金帐汗别儿哥从初时坚决支持阿里不哥,到冷眼旁观兄弟之争,再到后来对忽必烈执掌国政乐见其成,他在态度上的转变,使昔班终于能放下所有顾虑,接受忽必烈的邀请,前往开平府觐见这位雄才大略的中原之主,同时也是他打心眼里喜爱的堂弟。

岁月无情,拔都立国后的二十余年间,术赤的儿子们多已离开人世,如今诸兄弟中活在世上的最年长者只有白帐汗斡尔多、金帐汗别儿哥、四王爷别儿哥察儿以及蓝帐汗昔班。虽说此前,在究竟奉谁为帝国之主的问题上别儿哥与昔班意见相左,然而涉及国家利益,他们尚能彼此妥协。至少有一点,兄弟二人都谨守分寸,毫不含糊,那就是别儿哥是金帐汗,为兄,为君,昔班是蓝帐汗,为弟,为臣。

至中统四年(1263年),蒙古帝国分裂的局面依旧存在,政局走向却是一目了然。阿里不哥已无力与忽必烈抗衡,投降只是时间问题。

对汗位,忽必烈当仁不让,但在做人上,他无疑是个颇有胸襟器识的人。他很清楚弟弟的处境,也了解他进退维谷的心情。为给阿里不哥一个台阶下,同时也为避免兄弟间的最后决战,他需要找到一个能为兄弟二人共同信服的人来充当他们之间的和平使者,劝说阿里不哥主动归降。这是其一。其二,在非常时期采取非常之法匆匆登临汗位的忽必烈,很想得到来自西道诸王和东道诸王的共同认可。从中统四年初,新的忽里勒台已在筹备当中。忽必烈的愿望是,一旦阿里不哥向他俯首称臣,他便在全体蒙古人的拥戴下,体面地成为中原王朝与四大汗国名副其实的共主。

对于上述两个目的,忽必烈在邀请昔班前来中国一会的信中做了明确说明。身为成吉思汗之孙,术赤之子,两代金帐汗拔都与别儿哥之弟,昔班从少年时代起就善于处理各种纷繁复杂的事务,他的个性耐心、细致、平和,深得父兄赞赏。

在第二次西征中,昔班跟随兄长拔都出生入死,立下赫赫战功。拔都定都萨莱分封诸兄弟时,将离自己最近的广大地区分给了昔班。战功卓著,口才惊人的昔班,又能秉持公正之心,这使他在蒙古帝国享有崇高威信。忽必烈希望昔班能以长子系宗王身份出面劝说阿里不哥,早日结束南北对峙。

昔班喜爱忽必烈,很愿意充当这个和平使者。

他来到阿里不哥的封地觐见这位左支右绌、一筹莫展的蒙古大汗。不能说昔班的劝说起了决定性作用,可他的劝说促使阿里不哥最终下定决心却是不争的事实。阿里不哥答应昔班,待他来年做些准备,就去开平府觐见哥哥。

为了更好地协助忽必烈,昔班决定放弃汗位,留在忽必烈的宫廷。从阿里不哥的封地离开,他先回了一趟蓝帐汗国,择定吉日将汗位传给儿子。安排好汗国事务,他开始代表元帝国在吉儿吉斯阿里不哥的汗帐以及四大汗国间奔走斡旋。

他的力量尚不足以阻止四大汗国之间、四大汗国与元朝之间的摩擦,尚不足以阻止各国为了利益之争兵戎相见,但有一点不能否认,他的奔走斡旋,确实在一定程度上起到了延缓矛盾激化的作用。

中统五年(1264年),在经过长达四年的汗位争夺战后,阿里不哥无法继续坚持,不得不向忽必烈请降。为纪念汗权分立状况结束,天下归于一统,忽必烈改中统五年为至元元年(1264年),同时,为弥补他在即位程序上的不合规制,他分别遣使通告别儿哥、旭烈兀、阿鲁忽、海都等汗国之主及诸王贵族,邀请他们前来祖宗之地召开忽里勒台,对他的汗位重新予以确认。

忽必烈的确赢得了与阿里不哥的战争,当事过境迁,放眼望去,他统治下的蒙古帝国早已不复兄长在位时的模样。一切都于不知不觉中发生改变,其中最重要的改变是,中央对于各汗国不再拥有绝对的宗主权。

对于他的邀约,四大汗国君主各有各的回应。

先说伊儿汗国。

在没有得到蒙古大汗册封前,伊儿汗国还不算正式建立,旭烈兀只是以"伊儿汗"的名义在波斯发号施令。"伊儿"一词,系藩属之意,旭烈兀以伊儿汗自称,本身表明了他对家族的忠诚。

旭烈兀始终都是支持忽必烈的。阿里不哥败降后,忽必烈立刻遣使对旭烈兀予以册封,敕命他管理波斯诸地。根据这一诏令,旭烈兀水到渠成地建立了伊儿汗国。至于回国参加选汗大会,旭烈兀更是早有此意。

伊儿汗国的情况大致如此,再说金帐汗国。

拔都活着时,金帐汗国与中央帝国的关系极其紧密。那时,金帐汗国是蒙古帝国不可分割的一部分,中央帝国对金帐汗国拥有绝对统辖权——即使到现在,也不能说不是。无论是否在事实上独立,金帐汗国毕竟脱胎于蒙古帝国,只是现在的蒙古帝国缺少一位像蒙哥那样为各汗国君王共同拥戴的英主。事实上,除伊儿汗国历代君王外,其他三大汗国君主都将忽必烈视为坐镇中原王朝的大汗,而非真正的蒙古帝国之主。

拔都去世后,蒙哥命其长子撒里答继承汗位,不料撒里答在归途中猝亡。蒙哥又命其幼子乌剌黑赤接替父兄之位,结果,乌剌黑赤即位不过一年多又撒手人寰。随着两位年轻大汗莫名其妙地死去,别儿哥在蒙哥汗七年被拥立为金帐汗国第四任大汗(1257年至1266年在位)。

别儿哥是拔都之弟,在汗位从窝阔台家族向拖雷家族转移的过程中,别儿哥像他的兄长拔都一样,是蒙哥坚定的拥护者,追随者,甚至,拔都将术赤家族保护蒙哥的任务交给了他。蒙哥即位后,因别儿哥有拥立大功,蒙哥命他坐镇谷儿只,扼守西亚通向钦察草原的陆上通道。

阿里不哥即位时,别儿哥遣使对他表示祝贺。但别儿哥与海都不同,他从来没有直接出兵介入过阿里不哥与忽必烈的争斗,他只是经常出面当个"和事佬"。究其原因,与他的弟弟、蓝帐汗昔班支持忽必烈有一定关系。在术赤诸子中,除了创建金帐汗国的拔都和他的继任者别儿哥外,实力最强大的是其长子斡尔多和五子昔班,别儿哥不会为了阿里不哥而与自己的弟弟发生冲突。

而今尘埃落定,对于忽必烈的邀请,特别是收到忽必烈丰厚的赏赐后,别儿哥相当痛快地答应如期赴会。

第三个,是察合台汗国。

察合台五任汗阿鲁忽(1261年至1265年在位)原本是依仗阿里不哥的扶持才得以坐上大汗之位,可他很有眼光,较早归附了忽必烈。忽必烈战胜阿里不哥后,诏令他管理原察合台汗国的所有领地,他也像旭烈兀一样以臣子之礼欣然接受了忽必烈的诏命。

这一次,他对参加忽里勒台格外热心,其中一个原因,固然是因为在忽必烈与阿里不哥中,他偏于欣赏忽必烈。另外一个同样重要的原因,是他的即位没有走符合法统的程序,尚需得到忽必烈的正式册封。

最后一个是窝阔台汗国。

三大汗国的君主都明确表明了态度,单看窝阔台家族首领海都了。海都尚未正式称汗,他刚将四分五裂的窝阔台家族封地统一起来,而且,与三大汗国相比,他还未及建立起健全的国家体制,一切尚在草创之中。可偏偏是这个个人实力远不能与其他三大汗国的君主相提并论的海都,让忽必烈领教了他的桀骜不驯。

第八章

海都的风景

壹

在忽必烈的人生历程中,海都绝对是个绕不开的名字。

纵然忽必烈一生为征服、为统一而战,却还是遇到一个无法征服的国家:日本国;遇到一个无法战胜的对手:海都。

隔海相望的日本国不能征服倒也罢了,至于海都,忽必烈是想战胜他的。可这位借助忽必烈与阿里不哥的汗位之争,在逆境中迅速崛起的一代枭雄,偏偏让自己活成了忽必烈的梦魇。

海都生于窝阔台汗七年(1235年)。在他不到一岁时,父亲合失因酗酒亡故。

窝阔台诸子中,除三子阔出是正妻合真夫人所生,为嫡子,次子阔端系妃子所生外,其余五子皆为六皇后乃马真所生。窝阔台曾将河西一带赐给合失,"合失",正是"河西"一词的变音。

合失像自己的父亲一样嗜酒如命,以致早早亡故。海都幼年时是在祖汗的照顾下长大,他目睹了祖汗对酒的依赖,也深知父亲早亡的原因。这些惨痛的记忆,让长大后的海都滴酒不沾。

祖父去世后,作为大伯的贵由没有为海都提供任何关照,祖母乃马真夫人忙于为长子继承汗位铺平道路,对差不多像孤儿一样的亲孙,她几乎忘记了他的存在。而这段被亲人彻底忽略的凄凉境遇,将一个冷酷自省、坚强不屈的灵魂置入海都体内,也在日后转化成他重建汗国的动力。

有些种子,顽强到即使将它扔进沙漠,它也会在沙隙中扎下根来,继而汲取地下的水分,苗壮成长,直至长成参天大树。

海都,应该就是这样的一粒种子。

当年,西征结束后,成吉思汗将原蒙古高原乃蛮部落的广阔土地和西辽国的部分领土,即额尔齐斯河上游和巴尔喀什湖以东地区赐予三子窝阔台,作为他的封地。

与此同时,窝阔台还是成吉思汗指定的蒙古帝国汗位继承人。

想必与这个身份有关,成吉思汗赐给窝阔台的封地,只是为了让三子在登临汗位前作为驻牧地使用,何况,这也是北方少数民族由来已久的传统:诸子皆有权继承一份父亲的"家业"。

成吉思汗去世后,窝阔台如愿成为蒙古帝国第二任大汗 (1229 年至1241 年在位)。这是帝国之汗,不同于诸汗国的大汗,简而言之,帝国之汗是君,诸汗国大汗是臣。作为帝国之汗,窝阔台既是帝国疆土的领有者和管理者,也是唯一有权对新征服领土进行分封的人,那时的他,踌躇满志,并不特别为自己子孙的生存空间感到担心。

事实也是如此。窝阔台即位后,把自己在叶密立的封地赐给长子贵由,把甘青之地赐给次子阔端,将河西走廊赐给四子合失。将西夏故地赐予次子和四子,说明窝阔台在父亲活着时并未得到一块儿面积可与其他兄弟相比的封地,这是日后导致窝阔台系后王的封地不是完整地域的原因。

这点,与术赤,与察合台的情况不同。

金帐汗国和察合台汗国是在成吉思汗给两个儿子术赤和察合台封地的基础上建立起来的。在走上独立发展的道路前,两个汗国已形成由长汗主政的家族式政治体系,同时具备相对固定、完整、广阔的疆域。

这点,与拖雷的情况也不同。

作为守灶幼子,拖雷继承了父亲遗产中的绝大部分,成吉思汗赋予他的是治理蒙古本土的权力。拖雷家族拥有的实权,既是促使汗位从窝阔台系向拖雷系转移的资本,也是后来伊儿汗国建立的坚强后盾。

察合台汗国由察合台回到封地后亲手创建;金帐汗国由拔都在窝阔台汗的支持下,率领长子远征军远征斡罗斯和欧洲,开疆拓土所建立,其基础仍是父亲术赤的封地;伊儿汗国则是拖雷之子旭烈兀受命西征波斯,组建的国家。三个汗国的形成过程从地域上来讲均给人以自然而然、水到渠成之感。

窝阔台汗国的建立则与其他三个汗国的建立不太相同,窝阔台本人并未亲眼看到其封地正式成为独立汗国的过程。

尽管如此,窝阔台的心里仍旧很从容。

窝阔台的从容基于汗位会在他的子孙间代代相传的信念,他忘了为另一种结果算计。在他活着时,在他的儿子贵由活着时,窝阔台一系的权位还算稳固。一旦汗权发生转移,窝阔台系后王不能像术赤系后王、察合台系后王那样拥有可做依靠的统一政治实体的弊端便完全显现出来。

窝阔台不会想到这些,至少在他活着时,他以为人们会遵守誓言。

虽然临终时,他或许意识到,世上最不可靠的,往往是誓言。

蒙哥即位伊始,不甘心失败的窝阔台后王脑忽、失烈门、忽图黑共同策划了一场政变。这场政变以流产告终,却给了蒙哥严厉打击他们的借口。落实到具体政策上,开始显示出察合台汗国与窝阔台汗国政权体制的不同。

无论如何遭到清洗,蒙哥都不能改变察合台汗国已形成体系的格局。窝阔台汗国则不同,其后王没有共同拥戴的长王,彼此各自为政,这种先天的不足,被蒙哥利用,对其分而治之。

蒙哥登基时,海都只有十六岁。他未参加失烈门等窝阔台系后王的谋叛行动,换个角度说,不会有人想到邀请他。被人忽略反倒成了好事,海都得到蒙哥的宽恕,并在海押立得到一块儿份地。

其时其地,蒙哥绝不会将这位还是少年的窝阔台后王放在眼里。

蒙哥统治时,是蒙古帝国最强盛的时期,也是已有的三大汗国作为蒙古帝国的屏藩空前团结统一的时期。这时海都即使心怀异志,也不敢重蹈失烈门三王的覆辙,更不会做出以卵击石的蠢事。

他聪明地选择了蛰伏待机。

他相信,机会总会到来。

尽管此前,他不知道需要等待的时间还有多久。

贰

在海都的观望中,蒙哥迅速稳固了地位,之后,为重振国威,蒙哥采取多种措施,制定并颁布了各种札撒条文。

在乃马真摄政的五年,蒙古帝国的各种律令逐渐失去权威,成吉思汗制定的《大札撒》趋于失效。贵由当政期间,虽采取过一定补救措施,可他本人疾病缠身,对许多事情都显得力不从心。在贵由之后摄政的海迷失皇后,根本是个索取无度的女人,她最大的乐趣是同商人做买卖,从中渔利。可悲的是,爱财如命的她,又不具备察合台汗国兀鲁忽乃王妃为国理财的能力。

事实上,当蒙哥从窝阔台系夺得汗位时,他所面临的法度不一、政出多门、诸王任意发布律令、主官随意征收税赋的现状已呈常态化。蒙哥即位不久即颁下圣旨,让诸王大臣在各自的封地及辖区追查他们滥行颁发的玺书和牌子,包括他们在成吉思汗、窝阔台汗、贵由汗时代颁发的玺书与牌子都得收回,不能收回者,发放者与使用者同罪。蒙哥用这种方式,首先达到了统一政令的目的。

接着,为整治政局和财税方面的乱局,蒙哥自中央到地方设置了达鲁花赤(大判事官)。他任命亲信将领忙哥撒为札鲁忽赤(大断事官);以孛鲁海掌文书省及财政内务两部事,主管征收赋税,授予官职,书写及颁发文诏等事宜;命晃忽儿为和林长官,阿兰答尔为副长官,主管宫殿、帑藏诸事;命胞弟忽必烈领治漠南汉地民户,主其军政诸事;命义叔察罕等重要将领分别统率两淮、四川、西蕃等地蒙古、汉军;命牙老瓦赤为燕京等处行尚书省事;马思忽惕主突厥斯坦、河中、畏兀儿诸城及其费尔干纳和花剌子模事宜,阿儿浑为波斯各地长官,阿里麻为亦思法杭和你沙不儿地区长官,分别主管这些地区财赋、民刑公事。

在向各地委派了一批贤能官吏后,蒙哥又下令在直辖领地、藩属国和各汗国进行人口普查,依据人口普查结果,重新核定税收标准。具体规定是:在汉族居住区和河中地区,富人缴纳十个底纳尔,穷人缴纳一个底纳尔;在牧业区恢复了窝阔台汗推出的"忽卜出儿"制,牲畜每百头缴纳一头,不足百头者免缴。商人须在登录户籍之地缴纳所得现金的一部分,对年老体弱者或失去劳动能力者实行免税制;另外,自成吉思汗起实行的豁免基督教、伊斯兰教、偶像教教士的政策依然有效;禁止追征以前欠税,对商人的欠款一律由国库付偿。

与改革同时进行的,是对各地驿站进行整顿。这项制度包括:限定马匹数目;严禁使臣及官员在执行公务时和其余时间停住民户,更不得有压榨或勒索行为;禁止商人使用驿站马匹。蒙哥的上述措施,确实对减轻民众负担发挥了巨大作用。

在蒙哥大刀阔斧整顿朝政,蒙古内部军政秩序渐次走向正规,举国上下呈现出一派兴旺景象的日子里,海都只能满足于在自己的封地做一名小小的领主,过着与尊荣和富贵无关的生活。

这时候,复国对海都真的只是一个梦想。唯一的好处是,这个梦想让海都忍过了所有艰苦的岁月,从来不曾自甘堕落。

身为成吉思汗的子孙，开疆拓土既是一种与生俱来的豪情，也是一种与生俱来的责任。随着政权趋于巩固，随着经济复苏和国力强盛，蒙哥决定完成成吉思汗与窝阔台汗未能完成的心愿。

与原始朴素的宗教信仰有关，在蒙古人看来，自日出之地到日落之地的广大领土，都系长生天所赐。受这种观念支配，自成吉思汗以来的历代统治者，都把征服战争看作是收复领土的战争。

蒙哥即位前后，蒙古帝国的势力已从中亚伸入欧洲。其中，察合台、窝阔台两系后王，分别在锡尔河以东至畏兀儿故地和伊犁河流域持续着他们的统治，金帐汗国的版图则从康里、钦察、花剌子模扩及北临白海、西抵多瑙河流域的广阔地区。在南方，蒙古势力已扩展到四川和西淮一带。三大汗国即使已出现分裂及彼此倾轧的苗头，只要蒙哥活着，他仍是各汗国共同尊奉的英主，而将祖先的事业发扬光大，仍是各汗国主君共同追求的目标。

在蒙哥一手创建的轰轰烈烈的伟业中，海都无奈地充当着一名看客的角色。

事实也是如此，守着区区两三千部民，形同流放的海都唯有充当看客的资格。

在成为窝阔台家族最优秀的子孙前，在让自己的名字成为窝阔台汗国最耀眼的名字前，海都从不引人注目。甚至，蒙哥不记得有这个少年的存在，更别提会在自己的政权里为他留下一席之地。

海都的登场，势必要等到蒙哥的离去。

蒙哥在南征战场离世，意味着他的后继者不再拥有对金帐汗国、察合台汗国和窝阔台汗国的绝对宗主权。而蒙古本土和中原之地，又爆发了蒙哥的两位胞弟——忽必烈与阿里不哥的汗位之争。

历史的脚步走到这里，给海都提供了机遇。

海都决定参加阿里不哥的阵营。海都从来不喜欢堂叔忽必烈，与忽必烈相比，他宁愿支持阿里不哥成为下一任大汗。

此时，海都的势力尚且微不足道，追随他的军队不过两三千人。对海都的靠拢，阿里不哥表示欢迎。他并不指望海都为他提供多少军队，他自己拥有的力量绝不逊于四哥忽必烈，他所需要的，是在和林召开选汗大会时，术赤的后王们、察合台的后王们、窝阔台的后王们济济一堂，风光地将他推上汗位。

至于海都，他真正的目的是趁阿里不哥与忽必烈拥兵对垒，拖雷家族无暇西顾之时，重新整合窝阔台家族的力量。

毋宁说这是一次押宝，海都押了一个必输无疑的人，却幸运赢得了这场豪赌。与贵由幼子、堂兄禾忽的摇摆不定不同，海都成了窝阔台系后王中支持阿里不哥最坚决的人，他几乎参与了阿里不哥与忽必烈间的所有战斗，在这些战斗中，他身先士卒，表现勇猛。他并不在乎阿里不哥一方是胜是败，他在乎的是，他在大小战役中获得了实战经验，他更在乎的是，每一次冲锋陷阵，人们都能在他身上看到一种希望，而这，是他借以复国的资本。

海都的勇敢与"忠诚"终于得到了回报。无论是否合法——忽必烈的即位也并非多么合法——阿里不哥毕竟是据有祖宗之地的蒙古大汗，大汗的身份，让他可以赋予海都更大的权力。在阿里不哥的支持下，海都从容整合了窝阔台后王零散的力量，在短短一年时间里，他成功地将被分割的窝阔台封地连成一片。这是他希望看到的汗国雏形，尽管远远不够。

直到退而为海都的辅佐，禾忽才意识到海都的可怕。遗憾的是，无论他有多么憎恨海都，一切显然为时太晚。从阿里不哥正式下旨，将窝阔台汗国交给海都管理起，海都已成为窝阔台家族名副其实的领袖。

海都对阿里不哥从来不抱希望。对他而言，他只是利用阿里不哥的支持，达到壮大力量的目的。一旦他的力量变得足够强大，无论阿里不哥还是忽必烈夺取汗位，都将成为他的敌人。

对于从窝阔台系窃取了汗位的拖雷家族，他绝不原谅。

叁

一旦站稳脚跟，海都便将目光转向离自己最近的汗国——察合台汗国。

在成吉思汗分封诸子时，察合台据有富庶的中亚之地。金帐汗国太过遥远，与中央的关系一向不如察合台汗国紧密。忽必烈和阿里不哥都想控制察合台汗国，忽必烈是为对阿里不哥形成夹击，阿里不哥是为扭转经济上的颓势。不管怎么说，斗得你死我活的两兄弟在这件事上想到了一起。

忽必烈派一贯拥护他的不里之子阿只吉回国争夺汗位，阿只吉是察合台长子南图赣的嫡孙，从身份上来讲具有继承汗位的资格。可这位王子命运多舛，在经过漠北草原时被阿里不哥的巡逻兵捕获，阿里不哥顺势扣留了他，另派名将贝达尔之子阿鲁忽回国夺取汗位，主持汗国政务。

蒙哥即位后，察合台汗国原本一直由二任汗哈剌旭烈（1242年至1246年在位）的遗孀兀鲁忽乃称制。兀鲁忽乃摄政的十年间（1251年至1260

年),国家安定富足。按照察合台的遗嘱,不是长子南图赣系的阿鲁忽原本没有继承汗位的资格,阿里不哥强行在察合台汗国行使汗权,不可能不在上层引发诸多不满。

阿鲁忽不像海都,他从来无意卷入阿里不哥与忽必烈的内战。他留在阿里不哥的宫廷是因为他在蒙哥南征时,是察合台系从征军的统帅之一,又跟随中路军行动。蒙哥病逝后,他跟随主力回到和林,这个偶然的机缘让他成为阿里不哥的拥护者。

阿鲁忽手持阿里不哥的圣旨,匆匆离开和林回到阿力麻里。此时,离蒙哥去世只有一年多的时间,察合台汗国尚未完全走上独立之路,大汗圣旨在汗国还有效力。于是,阿鲁忽在阿里不哥的支持下,未经太多波折便将堂侄木八剌沙撵下汗位,自己成为察合台汗国的第五任大汗(1260 年至 1265 年在位)。

阿鲁忽不是一位只会打仗的莽夫,他的才智谋略和尚武精神都不输于其父贝达尔。贝达尔在察合台汗国是一位家喻户晓的名将,当年,他在蒙古第二次西征中大败波日波联军,取得里格尼志战役大捷,使蒙古版图得以向波兰伸入。贝达尔的赫赫战功,至今仍在蒙古人当中被津津乐道。阿鲁忽有这样一位父亲,无形中为他夺取汗位增加了资本。换言之,父亲贝达尔的光环,如今闪烁在了他的头上。

面对非常时期通过非常手段夺取的汗位,阿鲁忽表现出智慧的一面。他广泛接触握有实权的亲贵大臣,以谦逊的态度同他们探讨国家事务。在施展手段笼络人心的过程中,他似乎很不经意地展现出治国才能。他的所作所为,在较短时间内为他争取到军心民意,汗国局势趋于稳定。

作为失势一方,兀鲁忽乃如何甘心儿子木八剌沙被撵下汗位?这个孩子是她和丈夫哈剌旭烈的希望。儿子尚未亲政便被无端废黜,她的愤怒可想而知。她原本是位颇有勇气的女子,经过考虑,她带着一双儿女前往和林同阿里不哥理论。阿里不哥并没有换掉大汗的正当理由,他在兀鲁忽乃的诘问下哑口无言。恼羞成怒的他,索性将兀鲁忽乃母子及亲随软禁在和林万安宫附近。

坐稳汗位的阿鲁忽,对阿里不哥的"忠诚"只持续了几个月。

阿里不哥自恃拥立阿鲁忽有功,开始向察合台汗国征集兵械粮饷,以充接济。同时,他命阿鲁忽防守西边的阿姆河,防止旭烈兀东援忽必烈。他的索取无度令阿鲁忽相当反感。而这时,忽必烈经半年平定李璮叛乱,兄弟间战争复起。阿里不哥屡屡失败,将阿鲁忽资助他的军械物资消耗殆尽。阿鲁忽为国家计,决定不再充当阿里不哥的"府库",他杀掉阿里不哥派往阿力麻里取运财物的使者,同时遣使向忽必烈纳款,正式承认了忽必烈的宗主权。

阿鲁忽的这一"背叛"行径,对阿里不哥来说无异于背后一刀。阿里不哥在万安宫闻讯,勃然大怒,当即发兵亲征阿力麻里。阿里不哥先胜后败,不得不释还被他扣押的兀鲁忽乃母子。他对木八剌沙的汗位予以承认,同时派亲军卫队护送兀鲁忽乃母子返回汗国。

按照阿里不哥的如意算盘,木八剌沙本是察合台汗国的合法大汗,必然拥有他的拥护者。一旦汗国出现两位大汗,内乱会给阿里不哥制造可乘之机。不料,阿里不哥再次低估了阿鲁忽的胆识。

与刚直不阿的父亲相比,阿鲁忽是位能屈能伸的汉子。他亲自在边境迎接兀鲁忽乃母子,不惜放下大汗身份,再三请求堂嫂兀鲁忽乃改嫁于他,条件是他会将木八剌沙立为储君。对兀鲁忽乃来说,这是为儿子考虑的交易,可这场交易的结果,让阿鲁忽确定了自己在继位上的合法性。

当时光流入中统四年(1263 年),阿里不哥越发显得势单力孤。无论他处于如何不利的境地,仍有一个人对他表现出少有的坚定和"忠诚",这个人是海都。在阿里不哥与忽必烈的这场旷日持久的拉锯战中,大部分时候海都都与阿里不哥并肩作战,进则同进,退则共退。他维护蒙古正统的决心,他的勇敢和仗义,都让他在窝阔台诸王贵族中赢得了广泛的拥护,他的长王地位更加稳固。

眼看着战机一次次溜走,海都早对阿里不哥失去信心。不过,阿里不哥试图控制中亚地区以期获取资源和经济支持的做法却给了他有益的启示:有朝一日,一旦他与阿里不哥或忽必烈当中的某位兵戎相见,他同样需要掌握富庶的中亚之地,获取与拖雷家族抗衡的资本。当然暂时,这个想法还存放在心里,他尚且没有这样的实力,尚且需要耐心地积蓄力量,等待机会。

阿里不哥投降后,忽必烈一直试图笼络海都。他将中原蔡州之地作为海都的采邑,累次征他入觐,每次海都都借口马瘦道远,拒命不朝。忽必烈邀请他参加忽里勒台,他同样坚决予以抵制,他的理由很直白,拖雷家族是从窝阔台家族窃取的汗位,忽必烈没有资格成为全蒙古大汗。

海都来与不来,在踌躇满志的忽必烈看来已经没有那么重要了。反正在窝阔台家族里他从来不缺少支持者,比如阔端后王、合丹后王,他们几乎全留在他身边,接受朝廷册封,享受朝廷俸禄。海都充其量只是合失之子,阔端、合失、合丹同是窝阔台汗的儿子,在身份上,海都绝不比他的堂兄弟们更高贵。既然海都不肯来,忽必烈索性将他抛在了一边。

经过汗使往来协商,会期初步定于至元四年(1267 年)。

忽必烈一边安心地等待忽里勒台召开,一边开始谋划南征,进而统一中国。

世间万物,大抵一时一地,变化多端。正当忽必烈期待着至元四年的到来,自己能在有全部西道诸王参加的情况下,对他从蒙哥那里继承来的汗位予以认可;正当他坚信,那一刻他获得的无上荣光,足以令他成为真正的蒙古共主时,一对具有武将气质的堂兄弟,共同拉开了战争大幕。

肆

对于旭烈兀占据着富庶的阿哲尔拜展(今阿塞拜疆和伊朗西北部),别儿哥始终无法释怀。至元二年(1265年),别儿哥亲提大军越过打耳班,准备以武力夺回阿哲尔拜展。旭烈兀亲率大军迎敌,双方各有胜负,很快陷入鏖战。正在这时,旭烈兀突然出现中风症状,继而在军营病故。旭烈兀去世时,只有四十八岁,这本该是年富力强的年龄。

丧礼结束,旭烈兀的遗体被送回马剌黑安葬。鉴于国不可一日无君,诸王贵族聚议,准备尽快拥立旭烈兀的长子阿八哈嗣位。阿八哈按照惯例一一相让诸弟,诸弟皆跪辞不受,于是,阿八哈决定暂摄国政,等待伯父忽必烈的正式册封。

即位仪式结束后,阿八哈以未奉伯汗之命,不敢就汗位,坐一凳上,执行最高权力,追认旭烈兀的一切遗命。之后,阿八哈下令迁都帖必力思,原来的首都马剌黑为驻夏之所。

尽管以摄政王自居,事实上,时年三十一岁的阿八哈已成为伊儿汗国的第二任大汗(1265年至1282年在位)。

金帐汗别儿哥原以为旭烈兀新逝,伊儿军队群龙无首,是他发动进攻的最佳时机。他万万没想到,继承父位的堂侄阿八哈,是个比其父还更厉害的角色。阿八哈长于指挥,尤擅防守,别儿哥被阻于边境之上,寸步难进。

在长达数月的相持后,金帐军与伊儿军谁也无法战胜对方,只得互派使者,议定各退一步。此后,两个汗国的关系有所缓和,别儿哥得到阿八哈的允许,可以在帖必力思建造大清真寺和作坊,这样在表面上形成了阿哲尔拜展由两家共管的局面。可惜好景不长,金帐汗别儿哥于次年(1266年)二月去世,拔都之孙忙哥帖木儿继承汗位,成为金帐汗国的第五任大汗(1266年至1282年在位)。初登汗位的忙哥帖木儿雄心勃勃,誓要夺回"祖宗传统之地"

阿哲尔拜展,如此,两国战火复燃。

这场由别儿哥亲手点燃的内战之火,从此越烧越旺,当海都重建窝阔台汗国后,忽必烈无奈地看到它烧到了自己的眼前。

至元二年至至元三年(1265年至1266年),伊儿汗旭烈兀、察合台汗国五任汗阿鲁忽、金帐汗国四任汗别儿哥在不到一年的时间内相继亡故。阿里不哥亦在和林郁郁而终。别人犹可,其中对海都最有利的是阿鲁忽的继任者木八剌沙开始亲政,这个青年暗弱无能,海都开始蚕食察合台汗国的领土,势力急剧膨胀。与此同时,海都与金帐汗缔结盟约,共同对付察合台汗国和伊儿汗国。

蒙古帝国的巨舟行驶到此处,两岸出现了海都的风景。

原定于至元四年(1267年)的忽里勒台确定不能召开,对于这个结果,正在训练水师,打算倾力南征进而统一中国的忽必烈除了失望还是失望,他还得西防海都,以免海都在完全控制中亚地区后对他构成威胁。

以蒙哥去世为分界点,金帐、伊儿、察合台三大汗国已在事实上独立。若非要找个标志,则是稍后由海都主导的"塔剌思会盟"。窝阔台汗国正在重建中,忽必烈能够实际控制的区域仅限于北半部中国、蒙古草原以及畏兀尔的东部与南部。以后还将包括中国的南半部。尽管如此,鉴于中国强盛的国力,元朝皇帝在相当长的一段时间内被诸汗国奉为蒙古大汗位的正统。忽必烈和他的后继者被认为是"一切君主之君主",诸汗国"君主中,如一人国有大事,若攻讨敌人或断处一大臣死罪之类,虽无须请命于大汗,然必以其事入告"。凡大汗诏令,均须以大汗之名列于前,至诸王上书,则以己名列于大汗名后。

凡此种种,充其量都只是表面上的东西。四大汗国中,伊儿汗国与元朝是兄弟之邦,旭烈兀及其后继者必须等到元朝君主册封才正大位。即便这样亲密的关系,元朝皇帝也无力干预伊儿汗国的内政。

为制衡海都,忽必烈派在朝廷供职多年又才能出众的八剌合回国接替木八剌沙的汗位。八剌合是南图赣三子帖散都哇之子,属于南图赣一系,按照察合台的遗嘱,他拥有继承汗位的资格。

八剌合回到汗国,发现人们对木八剌沙虽普遍感到失望,但他的地位尚未完全动摇。八剌合不敢拿出忽必烈的圣旨,只能暗中活动,笼络人心。一年后,他突然带领军队包围了汗宫。他当众宣布木八剌沙的罪状,将木八剌沙废黜,随后自己坐上汗位,成为察合台汗国的第七任大汗(1267年到1271

年)。

八剌合能政变成功,背后的支持者当然是忽必烈。八剌合也没忘记他对忽必烈的承诺,何况,从海都手中夺回察合台汗国领土是他身为大汗的责任。可出人意料的是,他首先发动进攻的目标并非海都本人,或者是被海都夺取的城池,而是忽必烈掌握下的西北重镇斡端。斡端守军只有数千人,无力抵御数倍于己的察合台军队,被迫撤走。斡端轻而易举地落入八剌合之手。

忽必烈在上都闻报,非但没有派人谴责八剌合的背信弃义,相反,他几乎默认了这个事实。

与血气方刚的八剌合相比,忽必烈智谋、心胸显然更胜一筹。至元五年(1268年),攻宋战争已拉开序幕,正全力南征的忽必烈无暇西顾,这是原因之一。原因之二,忽必烈深知八剌合要与海都争个高低,背后必须有强大的经济支持,八剌合夺取斡端的目的,正是为了获取一个相对稳定的物资供应基地。既然总要做出姿态,充当八剌合的后盾,忽必烈不妨暂且将斡端让给八剌合,等灭宋战争结束,他腾出手来,再从容收回斡端不迟。他相信到那时,不出意外的话,八剌合与海都鹬蚌相争的结果,是他坐收渔人之利。

八剌合同样没想到忽必烈会容忍他的行为,他把忽必烈的沉默当成是对他的鼓励。在重新整顿了察合台汗国的兵马后,他开始走上了与海都刀兵相向的道路。

海都的内心深处,未尝不在等待着一个机会,一个可以让他彻底击败八剌合的机会。其实,八剌合也罢,木八剌沙也罢,无非是个名字而已,无论哪个人成为察合台汗国的主人,都将首当其冲地成为他的对手。这是不容更改的目标,只有完全控制了察合台汗国,他,海都,窝阔台汗的亲孙,才能成为中亚霸主。而只有成为中亚霸主,他才能有与忽必烈一决雌雄的资本。

伍

八剌合与海都战于锡尔河(流经今吉尔吉斯斯坦、乌兹别克斯坦、塔吉克斯坦、哈萨克斯坦,注入咸海)流域。这仍是两支蒙古骑兵间的对决,兵锋正盛的海都略占上风。经过一天的战斗,傍晚时分,八剌合的军旗中箭,旗杆拦腰折断,士气由此受到影响,八剌合率军疾退到五十里外扎营。

次日再战,海都居然败于八剌合之手,退守讹答剌。为摆脱困境,海都匆匆派出信使,向远在拔都萨莱的金帐汗忙哥帖木儿汗求援。

忙哥帖木儿收到海都的求援信,不敢耽搁,很快征集起一支五万人的大军,交由四叔祖别儿哥察儿指挥,从钦察草原驰援海都。术赤膝下共有十四子,个个能征善战,其中,除别儿哥一度夺取了属于拔都系的汗位外,其余兄弟无不对拔都十分忠诚。正是这样的忠诚,使人们在别儿哥逝后将拔都之孙忙哥帖木儿拥上汗位,令汗统得以重归拔都一系。

术赤本人只活了四十五岁,其诸子寿命多超过五十岁,最长寿的是其五子昔班和长子斡尔多,昔班虚年活到八十九岁,斡尔多则活了七十多岁。拖雷家族也出了一位长寿者,即元朝开国皇帝忽必烈,虚八十而寿终。是年,别儿哥察儿年逾花甲,可他思维敏捷,行动灵活,身上不见多少苍老痕迹。另外,别儿哥察儿久经沙场,经验丰富,忙哥帖木儿对他十分信赖。

以别儿哥察儿为主帅的同时,忙哥帖木儿又派自己的儿子脱脱协助他。十四岁的脱脱,是位典型的少年将军。此时,还没人能想到,未来,脱脱会成为金帐汗国第八任大汗(1290 年至 1312 年在位),他同时也是汗国最杰出的四位雄主(指拔都、脱脱、月即别、札尼别)之一。

金帐军队来的正是时候,再晚一天,海都恐怕守不住讹答剌,他甚至做好了退守阿力麻里的准备。别儿哥察儿与海都取得联系后,从八剌合的背后发起攻击。八剌合不敌,向锡尔河西岸退去,不料途中,他中了脱脱的埋伏,这一败如同决堤的河水般一溃千里。

八剌合一直退到阿姆河以西才停下来。兵败如山倒,他失去了寻机与海都和别儿哥察儿决战的资本。海都有一个可靠的盟友,他不是没盟友,可他来不及向远在中国的忽必烈求援。何况,他知道皇帝正倾力南征,根本抽不出军队支援他。经过一番思虑,他做出一个可怕的决定:与其让经济繁荣、土地肥沃的不花剌、撒马尔罕等西部大城落入海都手里,为其增加复国的资本,倒不如将这些城市全部夷为平地,化为焦土,让海都即使战胜了他,也捞不到任何便宜。

八剌合的决定吓坏了当地居民。在八剌合之前,他们和他们的先辈已经历过六任大汗的统治,还第一次遇到像八剌合这样的疯子。即使察合台汗国六任汗木八剌沙缺乏治国才能,也不见得比有才能的疯子更具破坏性。眼看八剌合要采取行动,他们当中的头面人物与主官商议后,每人捐献出一部分银钱,加上库藏的黄金珠宝,他们携带厚礼前去向八剌合请愿。

看在财物的份儿上,八剌合答应再等等,但只要海都攻城,他便毁城。

察合台汗国到处都有海都的耳目,这些人迅速将八剌合意欲摧毁所有富城的消息通报给海都。海都担心自己逼之过急,八剌合真的会行这丧心病狂之举,遂派乞卜察克阻止别儿哥察儿继续向不花剌进军。

在窝阔台诸子中,合失与合丹皆以能征善战著称。合失比合丹不幸,因酗酒早早亡故。贵由之后,窝阔台家族与拖雷家族围绕汗位发生争夺,合丹支持蒙哥,蒙哥登基后,对合丹依然委以重用。忽必烈与阿里不哥争夺汗位时,海都加入了阿里不哥的阵营,合丹父子则留在忽必烈的朝廷享受荣华富贵。

阿里不哥战败后,合丹之子乞卜察克被派到合丹在蒙古西部的封地镇守。忽必烈的本意是希望乞卜察克能对海都起到一定的监视和牵制作用,没想到,时隔不久,乞卜察克竟然归附了海都。乞卜察克在给其父的一封家信中说,海都对传统的坚守,比起忽必烈皇帝的改弦更张更合他的心意。人常说,儿大不由爷,对于乞卜察克的选择,合丹也无可奈何。

乞卜察克排兵布阵的才能或许不及父亲,但在其他方面,他也有其父不能相比的长处。比如说,合丹的性格比较暴躁,不善变通。南征中,他因当面顶撞蒙哥被贬至殿军,归附忽必烈后,他与朝臣的相处都不算多么融洽。不打仗时,他常常纵情声色,在这点上,他与他的两位胞兄贵由、合失如出一辙。乞卜察克的性格却比较平和,他坚定,但不固执;宽容,但不盲从;灵活,但不圆滑。他的自制力很强,这是海都对他最欣赏的地方。

事实上,海都有一点与他此生最憎恨同时也是最钦佩的敌人——忽必烈很像,他既有爱才之癖,又有识人之能。自乞卜察克归附后,他对乞卜察克基本上能做到推心置腹,而乞卜察克感于他的知遇之恩,也将他视为终身之主。

乞卜察克的出使很成功,别儿哥察儿同意与海都一会,接着,乞卜察克又不避风险出使不花剌,说服八剌合与海都、别儿哥察儿谈判。至于三方会盟的地点,选在了塔剌思河(即流经今哈萨克斯坦、吉尔吉斯斯坦境内的塔拉斯河)附近的草原。

海都的真正目标只有忽必烈。只要海都一天不肯放弃称霸中亚,进而并吞中原和恢复曾祖成吉思汗时期的版图与政权体制这一既定目标,忽必烈就是他必须全力对付甚至必须一举铲除的人。至于术赤家族和察合台家族的后王们,他与他们尽管存在利益冲突,却远未达到必欲除之而后快的程度。

八剌合本来被逼至绝路,没想到还能绝处逢生,大喜过望的他顿时将自己对忽必烈的"忠诚"——事实上,到底有没有过忠诚都值得商榷——抛到九霄云外。他接受了海都的建议:对西部领地做个明确划分,以免日后三家仍是纷争不断。

至元六年(1269年)春,一个没有拖雷系后王参加的忽里勒台在塔剌思草原如期举行。在这次会议上,海都代表窝阔台系,八剌合代表察合台系,别儿哥察儿代表术赤系,宣誓要维护蒙古人传统的游牧风俗、生活习惯及社会制度。同时,三家还重新划分了势力范围:阿姆河以北的河中地区大部分划归八剌合,少部分由海都与忙哥帖木儿一分为二。伊儿汗国归入三家共同的势力范围——一旦消灭伊儿汗阿八哈,伊儿汗国的领土将由三家平分。

八剌合在面临亡国的紧要关头居然保住了汗位和领土,哪怕这领土只剩下阿鲁忽统治时期的一半,他也没什么可抱怨的。金帐汗几乎兵不血刃收回了被阿鲁忽占领的汗国在河中地区的领地,算是意外之喜。相较之下,最大的赢家还是海都。窝阔台汗国原本是在海都整合了窝阔台家族的封地,并逐步蚕食了察合台汗近一半领土后方才建立起来的,如今,非法变成合法,所有被海都侵占的领土得到确认,真正变成了窝阔台汗国的组成部分。

考虑到忽必烈强大的政治、军事以及经济实力,与会诸王贵族颇有默契地承认了忽必烈在东方的霸主地位。与此同时,为显示他们才是蒙古传统的维护者,他们遣使至元廷质问忽必烈抛弃祖宗旧法的行为,要求忽必烈"回归正途"。

这便是蒙古历史上最有名的两次会盟之一:塔剌思会盟。另一次是凉州会盟。一般认为,"塔剌思会盟"标志着蒙古帝国的正式分裂。

第九章

那一朵寂寥的花

壹

在海都为对抗忽必烈不懈奋斗的时候，忽必烈的身边也发生了一些事情，有家事，有国事。

第一件，是至元二年(1265年)忽必烈诏命真金巡抚镇海城。

元朝正式建立后，镇海城隶属岭北行省。其城系蒙古第一座城池，在成吉思汗立国后由开国功臣镇海带人垦荒兴建，后来便以"镇海"命名。镇海城在成吉思汗时代已是中原各地迁来的汉族及其他民族工匠聚居之所，城中设有许多仓廪，居民以从事手工业生产和屯田为主。另外，镇海城地近阿尔泰山，乃东西交通要冲，历任蒙古大汗都十分重视对镇海城的经营。至忽必烈一朝，该城已成为防守阿尔泰山沿边一线的军事重镇。

真金由王恂相陪，于八月十九日到达镇海城。巡抚镇海城，意味着真金正式进入权力中枢，而这，恰恰是王恂久已期盼的事情。自被礼聘为皇子赞善，王恂在真金身上几乎倾注了全部心血。他是如此迫切地希望真金尽快成长为蒙古宫廷的中流砥柱，成为他们这些试图通过推行汉法尽快治愈战争创伤的汉臣们的代表。

在镇海城半年多的时间里，真金结识了一位名叫尚文的朋友，后来，尚文在他的举荐下入朝为官；他还收留了一个名叫雅黛的孤女。对真金而言，这两件事都算是他的意外收获了。

离开镇海城，真金特意绕道去看望了在和林休养的七叔，没想到七叔已在弥留之际。去世前能见真金一面，对阿里不哥来说无疑是种莫大的安慰。

至元三年(1266年)秋，真金回到中都。回来后他才知道，伯颜已被父皇

179

委以中书省左丞相一职,这个消息让他倍感欣慰。

察必皇后和燕王妃阔阔真都极喜爱真金从镇海城带回来的小丫头雅黛。雅黛虽说年纪不大,却难得地美丽聪慧、言谈风趣、善解人意、惹人疼怜。阔阔真孝顺公婆,原想安排雅黛进中宫做婆母的贴身侍女,谁知察必爱子爱媳心切,反坚持要雅黛继续随侍真金夫妇。

近一段时间,朝中大事不多,忽必烈给儿子布置了一项重要任务:在国子监潜心读书。阔阔真不能就近照顾丈夫,放心不下,索性将雅黛派到了国子监,以便端个茶倒个水的,随时服侍真金和王恂。

对忽必烈而言,与儿子有关的事都是家事。

第二件,事关国事。

至元四年(1267年),忽必烈颁下两道重要旨意,一是在上都重建孔子庙,二是命太子太保、光禄大夫、参领中书省事刘秉忠(即子聪和尚,秉忠是其俗名,上都城的设计者。忽必烈以功诏命子聪还俗,并将驾前重臣窦默之女赐嫁秉忠)主持在燕京建造新都城,并以张柔同行工部事,以张柔八子张弘略为新城总管,一起负责建城工程。

张柔原本赋闲在家,接到圣旨,只得再度出山。刘秉忠经数月勘测,选定了原中都旧城东北一处空旷地域为新城址。他与郭守敬、札马鲁丁以及张柔、弘略父子几经商议后认为:新城的建造应当按照中国传统都城宫阙制度进行全面规划。

官至五品司天台提点的回回天文学家札马鲁丁出生于波斯帖必力思附近的马拉加城(今属伊朗)。他于真金出生后的第二年(1244年)来到中国。在朝廷任职期间,他不仅亲自设计、监造了七件西域仪象,而且经数年苦心撰写《万年历》,被忽必烈颁行天下。他另一个重大贡献是在至元二十三年(1286年)主持编纂全国地理图志《元大一统志》,这是一部经过15年完成的计483册共755卷本的全国地理图志,对明、清两代的中国制图学产生过深远影响。

札马鲁丁像郭守敬一样,也是终生为忽必烈所信用的科学奇才。

决定在燕京重筑新都,主要还是出于政治需要。

燕京古时名蓟,是燕国的都城。它坐落于燕山脚下,东环沧海,西拥太行,南临河济,北连朔漠。至春秋战国时,蓟已发展成为“富冠天下”的历史名城之一。自秦汉至隋唐,它逐步成为统一的中原地区的郡国和幽州的治所。与北宋对峙的辽国,改幽州为南京,又称燕京,为辽的陪都;与宋对峙的金国亦迁都于此，经营六十余年。可以这么说，燕京无论从其地理形势还是从历史积淀上，都优于远离中原的开平城以及和林。

忽必烈夺取汗位前，子聪和尚刘秉忠曾对他说："方今谁能重用汉族士大夫，又能推行中国原有的治国之道，谁就能成为中原之主，统治中国。"这对抱有统一愿望的忽必烈来说，无疑具有极大的启发与激励作用。后来，忽必烈奉蒙哥之命统领漠南汉地军事，初至燕京时，木华黎之孙霸突鲁亦曾向他进谏："幽燕之地，龙盘虎踞，形势雄伟，南控江淮，北连朔漠，且天子必居中以受四方朝觐。大王果欲经营天下，驻跸之所，非燕不可。"

藩府重臣郝经也力主忽必烈迁都燕京。他认为燕都东控辽东，西连三晋，背负天岭，瞰临河朔，南面以莅天下。忽必烈正是受这批开明的蒙古贵族和汉族谋臣学者的影响，才在打败阿里不哥后，采纳众议，迁都燕京。

忽必烈诞生那年，蒙古大军挥兵南下，攻破金中都，旋即大肆掠夺，继而纵火焚城。大火蔓延月余方息，一代宫阙付之一炬，只有位于东北郊外的大宁宫免于战火。

中统初年（1260年），忽必烈移驻中都后驻跸于大宁宫。大宁宫附近风景优美，忽必烈决定环绕大宁宫另建新都。他将这个艰巨的任务再度交给了刘秉忠。

秉忠领旨上任时，忽必烈对他说："上都为爱卿的杰作，我希望看到一个更加宏伟壮观的中都城再现。你此去中都兴建新城，我还是那句话，要人给人，要钱给钱，无论如何要保证工期和质量。你是否估算过，整个工期需要多长时间？"

秉忠胸有成竹地回答："臣仔细计算过，整个工程完工大约需要十六年。前期工程如宫城、皇城和外城的一部分则需要四年时间。"

为示重视，忽必烈令皇子真金亲送秉忠上任。

贰

新都城奠基之日，正是八思巴决定从吐蕃返回内地之时。

这些年，通过八思巴和恰那多吉的奏报，忽必烈对吐蕃的形势一直都在掌握中。

中统五年（1264年），八思巴和恰那多吉夫妇在蒙古士兵的护送下，充分利用新设立的驿站服务，行进速度比他们二十年前从萨迦到凉州时快了许多。

经过临洮，听闻只必帖木儿已从凉州赶至这里，八思巴、恰那多吉和墨卡顿既意外又高兴。

只必与二哥蒙可都不同，他受八思巴影响至深，八思巴与只必很早便形成了一种如父子亦师徒的关系。这个年轻人对佛教的信仰十分坚定，自他嗣凉州王位，在他的提倡和保护下，西夏故地萨迦派的信众与日俱增，而他的所作所为，也得到八思巴的充分肯定。

自幼与八思巴感情亲厚的只必，又是在姐姐墨卡顿和恰那多吉的关爱呵护下长大，在只必心中，这三个人无论哪一个都是他生命中最亲近的人。当得知姐姐将随国师、兄弟返回萨迦时，他无论如何都要赶来相送一程。

为与只必相聚，八思巴等人在临洮多待了几日。数日后，只必依依不舍地将八思巴、姐姐、姐夫送出临洮境。当弟弟挥别的身影在墨卡顿的眼中消失不见时，她不由得流下了眷恋的泪水。恰那多吉心疼妻子，顾不得众目睽睽，伸手将她搂在怀中，轻声安慰。

从临洮出发，八思巴沿途仍不忘为僧俗人众讲经传法。经过朵思麻地区时，他遇到了一个出生于秦州（今天水市）的孩子，这孩子正是后来成为元代著名译经僧的沙罗巴（1259年至1314年）。沙罗巴当时只有五岁，却难得聪慧无比，八思巴十分喜欢他，将他留在身边。之后，沙罗巴随八思巴兄弟返回萨迦，他先从恰那多吉学习佛法、藏语和蒙古语，三年后（1267年）恰那多吉去世，沙罗巴又得八思巴亲自教诲。八思巴返回大都时，将沙罗巴一同带回蒙古宫廷。十岁的沙罗巴因善吐蕃音，说诸妙法，兼解诸国文字，屡次充当忽必烈和真金向八思巴学法时的翻译。八思巴的名著《彰所知论》系他为真金太子讲授佛学所作，沙罗巴为其汉译者，同时，他还是八思巴讲法时的口语翻译。

除沙罗巴外，八思巴还遇到了一位处事干练，精通蒙古、汉、畏兀儿、吐蕃等多种语言的青年，名叫桑哥。桑哥出生于甘青藏区，最初担任译吏之职。他在汉藏交界地拜见八思巴兄弟，请求为其效力，八思巴遂将他收为侍从，一同带往萨迦。八思巴回朝后，将桑哥举荐给忽必烈，忽必烈赏识桑哥的才华，将他留在朝中当官，若干年后，桑哥成为大元王朝位极人臣、权倾一时的丞相。

不久，八思巴一行来到朵甘思的噶巴域，他在这里受到盛大欢迎，他举行法会时，听法僧俗信徒达一万人。为了纪念这次盛会，噶巴域自此更名"称多"（今玉树藏族自治州称多县。称多意为万人集会）。朵甘思丹麻人胆巴

(1230 年至 1303 年)也来迎接八思巴。胆巴幼年时即投在萨迦班智达座下,曾被派往西印度参礼高僧古达玛室利,尽得其传。八思巴见他学识渊博,将他带往萨迦,后派他回称多建寺传法。八思巴回朝时,胆巴随八思巴觐见忽必烈,受命住持五台山寿宁寺。再后,胆巴到大都及南方潮州为王公贵族授戒,赐号为金刚上师,圆寂后追封为大觉普惠广照无上胆巴帝师,乃一代名僧。

八思巴和恰那多吉一刻都不曾忘记忽必烈交给他们的使命。对他们而言,忽必烈不只对他们有知遇之恩,更是他们心目中的圣主明君。事实上,在元朝初期全国走向大一统的形势下,吐蕃不仅汇入了统一的潮流,本身也结束了分裂割据的状态。八思巴兄弟心甘情愿地顺应这一历史潮流,为增进藏区各地,藏区与内地政治、宗教、经济、文化上的联系做出了巨大贡献。

至元二年(1265 年)藏历新年时,八思巴一行顺利抵达拉萨。之后启程向萨迦进发,着手完成建立吐蕃行政体制的重大责任。

作为国师的八思巴,除致力于本教派的发展外,对其他教派亦采取了平等对待的态度。本来,忽必烈出于对萨迦派的尊崇,兼与八思巴感情深厚,想在吐蕃取缔其他教派,独尊萨迦。八思巴劝阻道:“吐蕃各教派虽教法有所不同,但除本教以外都属于佛教,并无差别。若不许各派自愿奉行其教法,不仅有损陛下的国政与声威,对萨迦派亦无助益。故请允许各教派有依其自愿信奉教法之权。”

忽必烈思之有理,自此不再提起这一话题。

八思巴兄弟时隔二十一年重返萨迦,无疑对萨迦派和吐蕃各地方势力都是一件震撼人心的大事。萨迦派特意为他们举行了盛大的欢迎仪式。当八思巴和恰那多吉并辔走向欢迎的人群时,他们的前面,是五僧五俗组成的前导,两边是夹道欢迎的僧俗人群。地上焚烧着香木,寺顶平台上,乐队吹奏着法螺和长号。手捧哈达的政、教代表各四人,正在大门口恭候八思巴兄弟的归来。

来不及缓解一下疲惫的身心,八思巴又开始陷入极度操劳中。他在胞弟恰那多吉以及异母弟仁钦坚赞、意希迥乃、公主墨卡顿和萨迦派僧人的全力协助下,秉承忽必烈的旨意,经与各方政教首领反复商谈,开始了建立吐蕃行政体制的工作。

当时的吐蕃,已进入封建农奴制度继续发展和巩固时期,各地的世俗封建主占有许多庄园和农奴, 各教派的寺院和宗教领袖也同样占有一定数量的庄园和农奴,而这些僧俗封建领主之间又存在着千丝万缕、错综复杂的关系,这一切造成了僧俗领主对农奴的占有关系并不确定,常因各种原因发生变动。反过来,这种变动也常常成为战争的起因。

随着吐蕃归入中央政府管辖,各地尚需建立一种稳固的社会秩序,进一步明确封建领主对农奴的占有关系。为此,对吐蕃历史及现状有着深刻了解的八思巴所要做的第一件事,是尽最大可能将这种关系确定下来,也即将吐蕃的近六十万人口划分为俗人民户与寺属民户,即米德和拉德。其比例大致为米德百分之四十,拉德百分之六十。

米德是世俗领主所占有的农奴,在人身上要依附于自己的领主,并世代保持这种依附关系。米德不仅承担领主的乌拉(即劳役)和贡赋,还在一定程度上承担国家即元帝国的乌拉和贡赋。拉德则是佛教寺院和宗教领袖所占有的农奴,他们向寺院和宗教领袖承担义务,并享有免差免税的特权。

以此为基础,八思巴借鉴蒙哥当年在前藏地区诏封万户长的做法,主持划分了十三个万户,重新调整和确定各万户的辖区,委任万户长和千户长,建立万户的管理机构。

这个过程尤其经历了各种矛盾与波折。

藏传佛教各派兴起时,并不是在一块整齐划一的地域中开展活动,而是各派的寺院和属民常常犬牙交错地混杂在一起。蒙哥在位时虽分封过一些地方首领为万户长,然而万户的机构和职权并不明确。八思巴划分十三万户,则是严格按照国家体制,调整和明确了各万户的辖地和属民,使各万户成为地域性的行政组织。从家族和教派政治走向地域政治是进步,却必然触及一些教派和家族的权益,由于这个缘故,十三万户的最终确立,是经过极其复杂的斗争才完成的。

至此,八思巴正式建立了管理吐蕃地方政教事务的萨迦地方政权,这个政权的最高首领是八思巴,以后为历任帝师。当帝师驻节大都时,则由萨迦寺寺主负责。其职权主要有:对各教派的寺院、僧人、拉德行使管辖权,法旨与圣旨并行于吐蕃;依据皇帝的授权,掌管吐蕃行政机构如万户、千户的设置划分,有权赏功罚罪;举荐和委任吐蕃各级官员,萨迦政权的本钦、朗钦和各万户长;通过萨迦本钦处理吐蕃的行政、户籍统计及诉讼等事务。

在帝师和萨迦寺寺主之下,是萨迦本钦。本钦意为大官,与蒙古诸王在自己属下所设的断事官相似,出任本钦的人通常是帝师的弟子或亲信。本钦之下是朗钦,掌管内务。朗钦之下,在各万户、千户设置朗索,形成一个系统。此外,八思巴还仿照蒙古"怯薛"制,设立了拉章组织。拉章组织由十三种侍从官员组成,如管理饮食的索本,管理卧室、被褥服装的森本,管理供佛祭神等宗教仪式的却本,管理接见招待的皆本,管理文书档案等事务的仲译,等等。

至于恰那多吉,忽必烈命他管理吐蕃军政事务。恰那多吉之后,元朝还封过三位白兰王。八思巴的侄孙索南桑布系元朝公主所生,又娶元朝公主,是第二位白兰王。索南桑布的异母弟贡噶勒贝坚赞也娶元朝公主,封白兰王,其长子索南洛追坚赞受封帝师,幼子札巴坚赞亦受封白兰王。这几位白兰王,都具有宗王出镇的性质。

此外,忽必烈还封自己的儿子奥鲁赤为西平王。西平王无权干涉吐蕃内政,但有权出兵镇压当地叛乱和调解教派僧俗纠纷。

在所有建制都能发挥作用,所有机构都能正常运转后,这个八思巴按照忽必烈的旨意建立起来的由萨迦政权管辖十三万户, 受白兰王和西平王监督, 并且完全置于中央王朝统治之下的政教合一的行政体制正式确立起来了。这个政权是元朝统治下的地方政权,是元朝统治吐蕃的基础,它的组织形式不仅沿用到元朝结束, 而且对明清两朝统治西藏及藏区各地政教合一的政权组织形式影响极大。

叁

八思巴为完成使命而殚精竭虑的日日夜夜, 三个弟弟和公主都是他最重要和最信赖的助手。尤其是恰那多吉,他是皇帝任命管理前、中、后藏地区的白兰王,这个身份使他在与世俗领主的谈判中发挥着独一无二的作用。

每天,无论多么繁忙多么疲惫,只要回到自己的宫殿,看见妻子温存快乐的笑脸,恰那多吉都会得到莫大的安慰。这是第一次,他有将这个女人的心牢牢握在手中的感觉,这种感觉不同于他在凉州、上都和中都时,那时候,似乎是他对墨卡顿的依赖更多一些。而他,从小的时候起,就想成为墨卡顿无可替代的依靠。

至元三年(1266年)正旦,八思巴在萨迦写诗遥寄忽必烈,祝贺新年。二月,八思巴在萨迦寺写诗二百零四颂,题为《珍宝之蔓》,寄给远在凉州的只必帖木儿。八思巴一生,从未忘记他在阔端身边度过的岁月。如今,阔端大王留在世上的骨血只剩下墨卡顿和只必,墨卡顿是弟弟生命中的至爱,也是他最珍惜最信任的亲人,而只必,他对这个孩子始终怀有父亲般的怜爱。

八月、九月、十月、十一月,八思巴连续接到忽必烈的四份谕令,每份都是催恰那多吉与夏鲁万户之女尽快完婚。

　　恰那多吉与墨卡顿婚后一直无所出。繁衍子嗣在款氏家族系头等大事，尽管八思巴的异母弟意希迥乃家中已诞下男丁，可忽必烈真正需要的仍是白兰王的亲子。八思巴不能违逆圣命，怎奈他一旦说起这事，恰那多吉都会表现得十分抗拒。恰那多吉尊重哥哥，不好与之争论，唯一的办法只有沉默。

　　最后，还是墨卡顿助了八思巴一臂之力。

　　八思巴不知道墨卡顿与恰那多吉究竟是怎么谈的，也不知道他们两个是不是发生了争吵，他只知道，仅仅在第三天，恰那多吉不仅同意启程去迎娶夏鲁万户之女坎卓本，而且催促哥哥马上动身。从那以后，从那刻开始，八思巴从恰那多吉的眼眸深处，再也看不到往日的神采。

　　至元四年（1267年）一月，恰那多吉在夏鲁领地与坎卓本完婚。四月，坎卓本被诊出怀有身孕，万户府上上下下都洋溢着喜庆的气氛，恰那多吉对坎卓本更加体贴入微。

　　五月中旬，真金收到了一封从吐蕃转来的家信，他只匆匆看了一行，便用手紧紧抓住了胸口。接着，他满头满脸满身都是浸出的冷汗，一张脸惨白如纸，不仅如此，他还明显出现了气促的现象。

　　雅黛正在真金身边服侍，见真金突然发病，吓坏了。她一边喊人去传御医，一边交代侍卫赶紧通知皇后和燕王妃。她不知道自己能为真金做什么，只是徒劳地不断地问着："燕王你怎么了？燕王你怎么了？"

　　真金什么也没回答，即使心口难受至极，他仍坚持着把信读完。当他的视线移到最后一行的落款时，他的身体一倾，倒在了地上。

　　许地闻讯匆匆赶到。许地是御医许国祯的三子，许国祯早年即在四太子拖雷府上供职，蒙哥即位后，请他担任御医，忽必烈出征大理时，又命他随征大理。许国祯的医德医品医术在当时皆无人可及，因而深得蒙哥兄弟器重。忽必烈登基后，令他掌管内医院，他固辞不受，只在内医院供职。许国祯膝下三子，唯独第三子许地真正继承了他的衣钵，而且大有青出于蓝胜于蓝之势。

　　真金自幼身体多病，一直都是许氏父子为他诊治。许地对真金的情况比较了解，不过真金突然昏倒的现象还不曾有过。他迅速稳下心神为真金作了治疗，随后传侍卫进来将真金送回床上。

　　经过针灸和一番推拿，真金苏醒过来，他大睁着双眼，眼神空洞地望着上方的床幔。许地关切地问道："燕王，你这会儿感觉怎么样？还有哪里不舒服？"

真金缓慢地摇了摇头。

不多时,阔阔真闻讯赶来。她看到真金脸色蜡黄、眼窝沉陷的样子,吓得哭了起来。真金费力向她摇了摇头,示意她自己没事。

许地宽慰阔阔真道:"燕王的病情这会儿稳定下来了,您无须太过担心。"

阔阔真问雅黛:"到底发生了什么事?燕王怎么会昏倒?"

雅黛听阔阔真这么一问,方想起真金昏倒时掉落在地上的那几页信纸,她急忙过去把散落的信纸捡了起来。没等她将信交给阔阔真,忽必烈和察必也闻讯赶到了燕王府。

察必匆匆来到真金床前。真金看到母亲,挣扎着坐直了身体。察必刚在床边坐下,真金扑进母亲的怀抱,像个孩子一样号啕大哭起来。

真金能哭出来,反而让许地松了口气。

其他人都很吃惊。真金自长成少年,越来越沉稳庄重,别说会这样情绪失控,哪怕伤心难过,也很少有人看到他流泪。

忽必烈注意到雅黛拿在手里的那几页信纸,问她:"这是什么?"

雅黛恭恭敬敬地将信递到忽必烈的手里。

原来,这是一封墨卡顿写给真金的家信。

信上的内容是这样的:

弟弟:

当你收到这封信的时候,想必我已经离开了人世。

我抓紧一切自己还能保持清醒的时间给你写这封信,因为再有几天,恰那就要回到萨迦。我不知道自己是否能够坚持到他回来,在此之前,我必须为他做些事。

还记得当年,你把恰那托付给我,现在,我要把恰那托付给你了。除了国师,你是我唯一能托付恰那的人。

你无须太为我伤心,我离开中都时已知自己身患重病,这病不仅无法医治,而且使我无法受孕。当时大夫说,我最多只剩半年时间。从小到大,恰那最怕与我分离的时刻,倘若这次是永别,我不知道他要如何承受。所以那时,我曾想过回到凉州,不再随恰那返回萨迦,可恰那悲伤失望以致愤怒的样子让我不得不妥协。妥协,是为恰那着想,也是为我自己着想,我想亲眼看到恰那拥有他的孩子,我觉得,只要有了孩子,有了寄托的恰那想必能面对我的离去。

意外地,我的时间不是半年,而是三年。不仅如此,从始至终,我都没有经受太多的痛苦,我想,这一定是佛主对我的眷顾。等我的身体再次出现不规律的流血现象,我知道自己来日无多。我一面将此事告之国师,一面催促他尽快为恰那迎娶夏鲁万户的女儿。国师,没想到那样一个惯于不动声色的人,竟然完全乱了方寸,他的样子,让我不禁更加担心恰那。

国师是无法说服恰那的,只能由我出面与恰那长谈了一次。唉,与其说这是夫妻间的长谈,不如说这是我与恰那婚后的第一次激烈争吵。我甚至不得不用让恰那伤心的方式威胁了他,我对他说,我给他两天时间准备,要么,他同意迎娶坎卓本,要么,我回凉州,从此,我与他两不相见。你知道这个被我气到几乎说不出话来的傻子最后是怎么回击我的吗?他居然对我说,你真的想好了?真的打算这样把我推开?即使将来我的目光只愿停留在别的女人身上,即使我的心给了别的女人,即使你会被疏远、被冷落、被遗忘,你也不后悔?那是我生平第一次,真希望能有一个"别的女人",可以分走他对我的爱,希望我与恰那之间,再也不是彼此的唯一。可是,恰那如何能让我放心呢?说了这话的恰那,久久地呆呆地看着我,他的脸色先是变红,变得紫胀,转而变得铁青,冷汗从他的鼻尖、额角不停地渗出,他的身体随之发出一阵又一阵轻微的震颤。那时,我不禁对他担心起来,过去想扶他一下,却被他一把推开。他对我说,我后天出发。不过你记住,一旦我离开,我会让你后悔的!说完这句话,恰那拉开房门径直离去,他如同喝醉酒一般,脚步踉踉跄跄。

我在他身后目送着他。他说后天离开,其实是想给我留下一天的机会,他一定希望我反悔,希望我道歉。可这件事无法挽回,纵然心碎,我只能沉默。

一股冷风吹来,在门楣上卷过,我不由得打了个寒战。好冷!这是我一生中,最冷的冬天!

直到离开王宫,恰那再没有跟我说过一句话。我们分离的日子,他也没有只言片语给我。记得那时,他人在金莲川,每天都会给我写一封信。你觉得恰那无情吗?我知道你绝对没有这样的想法,因为你像我一样了解恰那。他还是过去的他,单纯得像个孩子。哪怕我们已相识十七年,哪怕我们共同度过了七年相伴相守的时光,他依旧没有任何改变。他可以赌气,可以完成使命,然而,这世上恐怕真的没有任何一种力量能够让他放下爱情。

万一不能见恰那最后一面,我会让本钦(指释迦桑波,释迦桑波是第一任萨迦本钦)转告他:我死后,不用把我送回本土,请按照我先人离去的方式,将我葬在吐蕃离我家乡最近的地方。还有,凡是与我有关的一切,无论物件、用具、衣服,都让我一起带走。一样都不要留下。弟弟,这同样是我想请求你的,在我离开后,你和国师要帮他,让他把我忘掉,尽快地把我忘掉。记得那次从金莲川回到凉州,恰那对我说过,假如有一天他会与我分离,便不会带走与我有关的任何记忆。现在，到了该抹去这些记忆的时候了，现在，是最好的时候，一定要抹去！只有这样，身在另一个世界的我才可以了无牵挂。

除了恰那，我还要把小弟再次交给你。

别了，弟弟。多么怀念我与你一起在奶奶身边度过的时光，多想再见你一面，再见四叔、四婶还有阔阔真一面，遗憾的是，我的时间不多了。

我深深地爱着你们！即使死亡，也不会阻断我对你们的思念。

来生再会！

墨卡顿

至元四年(1267)四月二十日写于萨迦王宫

忽必烈看到这里，眼中的泪珠滚落下来，洇湿了信上的字迹。

阔阔真吃惊地望着父皇，望着第一次在众人面前痛哭不止的丈夫。尽管她不知道那是谁的来信，但她清楚，信里的内容一定是个不幸的消息。

肆

与真金收到墨卡顿的来信差不多同一时间，八思巴接到忽必烈要他从速回朝述职的诏命。八思巴将诸事做了安排，六月初与弟弟恰那多吉分别，从萨迦动身，准备返回京城。

他启程时正值夏季，青藏高原的早晚依旧凉风习习，他知道，这时的中都城恐怕早已骄阳似火。一转眼，他已与忽必烈分别三年。哪怕自幼许身佛门，仍不能让他真正地摒弃人情与挚爱，在与忽必烈分别的日子里，他的心中其实一直怀有思念。

恰那将哥哥送出很远。暂时，他还未收到真金的来信，这些来信多达十数封。真金实在放心不下恰那，他的内心充满悲伤，却在信中鼓励恰那坚强。

临行前，八思巴不止一次劝说弟弟要对坎卓本负责，对孩子负责，担负起做丈夫做父亲的责任。这也是墨卡顿的临终嘱托，恰那的孩子是萨迦的未来和希望。

恰那多吉只说："我知道了。"

墨卡顿去世时，安葬时，恰那多吉没流过一滴眼泪，他的平静极不正常。

八思巴不让弟弟再往前送了，他紧握了一下弟弟的肩头，正欲登上车轿,回头却见恰那面对他跪了下去。八思巴看着跪在地上的胞弟,只觉得一颗心疼痛无比。此时的他,再也无法掩藏满腹的留恋与悲伤,他快步回到恰那身边,与弟弟紧紧地拥抱在了一起。

蓄积已久的离情别绪都化作兄弟二人脸上肆意流淌的泪水。

过了好一会儿,恰那深情地叮咛:"保重,哥哥!好好地,活下去!"

好好地,活下去!这其实是墨卡顿弥留之际留给恰那的最后一句话。无论发生任何状况,他都希望哥哥好好地活下去。

八思巴回答:"你也一样。我在中都等你。"

"走吧,哥哥。"

"回到中都后,我很快派人来接你。我想,圣上也一定很想念你。"

"代我问候圣上。再见了哥哥,我在这里目送你。"

"再见,保重。"

八思巴拭去泪水,兄弟挥别。八思巴没想到,他与弟弟这一别,竟是永远。

按照原定计划,八思巴在萨迦本钦释迦桑波及大批随从的护送下经拉萨前往当雄。吐蕃各教派及地方领主已收到萨迦政权的通告,他们将在当雄为八思巴举行隆重的欢送仪式。

八思巴动身不久,从萨迦传来噩耗:七月二日,恰那多吉在廓如书楼突然圆寂,年仅二十八岁。这个时间,离墨卡顿病逝正好两个月,离坎卓本为他生下遗腹子达玛巴拉,还有半年。

八思巴和胞弟从孩提时代就在一起生活,后来又随伯父萨班一起远赴凉州,几乎很少分开。他们一起奋斗,一起奔波,无论悲喜,共同承担,他们之间的兄弟之情,远胜过许多俗世兄弟。而今,一朝相别竟成永诀,八思巴内心的震惊与悲痛可想而知。他当即折回萨迦,为弟弟主持了遗体火化仪式及超度法会。

侯法会结束,为弥补因恰那多吉英年早逝在中藏地区造成的权力真空,八思巴迅速做出决定,授予萨迦本钦释迦桑波"三路军民万户",这个头衔赋予释迦桑波的权力不单是管理中藏地区,还包括管理朵甘思、安多藏区在内。等所有一切都安排妥当,八思巴强忍悲伤,毅然踏上回朝之路。毕竟,逝者已矣,身为国师的他任何时候都不能不以国事为重。

沙罗巴原本师从恰那多吉,师徒感情极其深厚。恰那既逝,这孩子变得孤苦无依,八思巴遂将他带在身边亲自教导。沙罗巴聪慧、安静、善良,他的身上似乎有着恰那多吉的影子,看到他,八思巴如同看到了儿时的胞弟,这对八思巴而言,也算得某种意想不到的安慰了。

八思巴到达当雄时已是隆冬季节。尽管如此,吐蕃各教派和地方首领仍按照通告聚集在当雄为八思巴送行。从这件事也能反映出当时八思巴具有怎样崇高的威望,以及他确实受到各教派大多数僧人拥戴的事实。当雄的这次送行仪式对后来办事注重成规的格鲁派(俗称黄教)影响极大,格鲁派的领袖们,无论达赖还是班禅,若要进京朝见皇帝,也会仿照八思巴之故事,在当雄接受僧俗首领送行。

公元1652年正月,五世达赖喇嘛动身到北京朝觐顺治皇帝时,西藏各地的僧俗首领聚集在当雄送行,当时四世班禅已八十二岁,仍从日喀则赶到当雄,与五世达赖共住七天。

公元1779年六月,六世班禅从日喀则动身到北京朝觐乾隆皇帝时,八世达赖喇嘛和驻藏大臣等僧俗官员聚集在当雄送行,八世达赖还陪同六世班禅同行八天。

八思巴回朝的同年(1267年)八月,中秋佳节过后,忽必烈从上都回到中都,命人去传五子忽哥赤,与忽哥赤同时受召见的还有王傅阔阔带以及曾跟随忽必烈出征云南的骁将宝合丁。传令官来到忽哥赤府上才得知,忽哥赤一早去了朝廷专为勋将兀良合台修建的大将军府。

近两年来,忽哥赤经常会找这样那样的借口到大将军府探望清风。清风是兀良合台的幼女,年龄与哥哥、姐姐相差很多。兀良合台中年得女,对她宠爱若珍。不像其他儿女早早离家,兀良合台无论去哪里,都会让清风跟随在他和妻子身边。

清风既有着如母亲一般的美貌,也像母亲一样兼通文武。这些年,求亲的人简直要踏破大将军的门槛,清风一律不看不嫁。兀良合台倒也开通,他从不觉得出嫁是女子唯一的出路。何况,同样的事情在忽必烈家中也有发生。忽必烈的长女落落专心礼佛,无意出嫁,忽必烈对女儿毫无办法。即使没有婚姻,兀良合台也完全不必担心女儿的未来,要知道,清风的哥哥姐姐都极爱他们的小妹。

忽哥赤来探望清风时,总会带给清风一些民间很难弄到的、女孩子们喜欢的小物件。对此,清风一直抱着可有可无的态度。心情好时,她会教忽哥赤练剑,或者随忽哥赤偷偷溜出大将军府,变着花样品尝中都城中的名点小吃。心情不好时,她会由着性子将忽哥赤晾在一边,不理不睬。好在忽哥赤天性宽厚容忍,无论清风对他是怎样的态度,他从来不予计较。

真金偶尔也会过府来探望阿术和清风,并且大都带着一两个伴儿,或者是玉昔帖木儿,或者是安童,或者是其他人。不管怎样,只要有真金在场,清风便会完完全全地变成另外一个人:春风满面、容光焕发、诙谐幽默、谈笑风生……总之她所展露出来的,都是一个青春女子最美丽最可爱的一面。时间久了,忽哥赤再木讷也觉察出其间异样,只是,他对清风的钟情和对哥哥的信任,不允许他去求证。

本来与清风约好看戏,听说父皇召见,忽哥赤吓得一刻不敢耽搁,匆匆赶往大宁宫。忽必烈已在大宁宫等候多时,忽哥赤原本心中忐忑不安,生怕会遭到父皇的责备。不料见到父皇时却有些意外,唯独这一次,父皇对他的态度格外宽容平和,对于他的迟到也未动怒。

忽必烈在大宁宫召见忽哥赤、宝合丁和阔阔带,是为决定一件悬而未决的事情。

随着国内外局势趋于稳定,国库充盈,蒙古军大举南下进而统一中国已是蓄势待发。忽必烈权衡再三,认为首先应该加强对云南这个攻宋前哨的统治,以便日后从这里进兵,对宋朝实施包围。为此,他特加封忽哥赤为云南王,加封宝合丁为云南都元帅、阔阔带为云南六部尚书,由他们辅佐忽哥赤,共同治理云南。

忽哥赤的心里是一千个一万个不愿做这个难做的"王",可父命难违,他只好勉强接下圣旨,然后借口准备,怏怏不乐地离开了皇宫。

伍

忽哥赤并没想好要去哪里,只是无心无绪地走着,当他抬起头时,发现自己竟然站在大将军府的门口。难道这才是他不愿远赴云南的真正原因吗?可见了清风又能说些什么?望着府门前那两座冰冷的狮虎雕像,忽哥赤蓦觉心头一阵刺痛。

"忽哥赤!"他听到有人唤他,循声望去,只见真金和落落正骑马向他这个方向驰来。这是此刻他并不想面对的人!躲闪是来不及了,他索性低下头,闷声不响。

"哥,你怎会在这里?噢,我知道了,你是来找清风的对不对?那你干吗站在这里不进去呢?"落落跳下马背,飘过来一串问话。

忽哥赤无言以对。

"你和清风吵架了？"落落见忽哥赤不言语,猜测道。

真金关切地注视着忽哥赤,对落落的话微微叱道:"怎么可能!忽哥赤怎么会跟清风吵架呢?落落你别瞎猜了。忽哥赤,你脸色不大好,是不是发生了什么事？我听说今天父皇要召见你,你见到父皇了吗？"

"见到了。"忽哥赤垂头丧气地回答。

"你能不能告诉我,父皇是为什么事召见你呀？"

"你当真一点儿不知道？"

"当真不知道!我最近每天跟父皇在一起,没听父皇透露过一个字。好啦,你还是告诉我吧。"

"父皇封我为云南王,要我镇守云南。"

"真的吗?哥哥你被封为云南王了?想想看,是'王'哎!真金哥哥第一个被封为'燕王',接下来是你——这是多大的喜事,多大的荣耀啊!你看你,怎么倒像被女人抛弃了似的,一脸失魂落魄的表情？"

真金急忙瞪了落落一眼,又有些无可奈何。这才是落落,心直口快,而真金格外珍惜这个同父异母的妹妹,很大一部分原因恰恰在此。

"我根本不想做什么王爷,我宁愿做个平民百姓,只要……"

"你不想做王爷?好奇怪!难道你想一辈子都待在父母身边?那有什么出息!可惜我不是男孩子,我若是男孩子,父皇也封我为王的话,我一定求之不得。离开父母温暖的羽翼,自己去闯出一片新的天地,这才是我的志向呢。"

"的确很遗憾,谁让我们落落偏偏是个女孩子,否则这个'云南王'怎么说也该是她的。"真金开了个玩笑,随即正色道,"不过落落,话说回来,我们还是听听忽哥赤自己的想法吧。人各有志,忽哥赤向往的生活,一向很简单。"

忽哥赤微微锁起眉头,依旧沉默着。真金认真地察看着忽哥赤的脸色,心中已然明白八九,"你是来向清风辞行的吧？"

忽哥赤不由自主地点了下头。

"还没进去？"

"我不知道见了她能说什么。何况,无论我去哪里,她或许都无所谓吧？"

"清风是个重感情的姑娘,你们相处不是一天两天了,应该很了解她。"

"可惜,我太愚钝了,总也看不透她的心。"

落落若有所悟,"原来……哥,你舍不得的人是清风啊!"

忽哥赤万没想到妹妹说话这么直截了当,一时间不知该如何作答。尴尬让他呛咳起来,看他憋得脸红脖子粗的样子,落落笑得前仰后合。笑毕,长长地叹了口气。

"傻丫头,又笑又叹气的,你什么意思?"真金显然在想着别的事情,漫不经心地随口责备了落落一句。

"我在想,这事的确有点麻烦。"

"什么事有麻烦?"真金问。

"感情的事啊。你想,五哥喜欢清风,清风喜欢二哥,二哥又喜欢嫂子。这件事情还不够麻烦吗?"

忽哥赤浑身一震,抬起头,一双眼睛直盯着真金。真金不得不迎住忽哥赤含义复杂的目光。是啊,既然一句话道破了真金和忽哥赤都想极力回避的事实,再否认也没有任何意义。

"忽哥赤,你喜欢清风,对吗?"沉默片刻,真金以兄长的口吻相询。

忽哥赤勉强回道:"我不知道算不算喜欢,我只知道,无论我怎么对待清风,她都只是把我当成朋友。现在,我才明白了原因所在。"

"落落所说的原因吗?"

"对。"

"真心爱一个人,就不该轻言放弃,否则,我会瞧不起你。"

"不然,我能做什么?能绑着清风跟我一起走吗?"忽哥赤辛辣地反问。

"当然不能。你的性格过于宽柔,不似清风有胆有识,要是她能陪你一起去云南,这是最好不过了。"

"说这些话有什么用?清风喜欢的人又不是我。"

"忽哥赤,你听哥说,去向清风辞行吧。我要去见父皇。我必须知道,父皇选择你出任云南王的初衷。"

落落从身后推了忽哥赤一把,"走吧,走吧。走之前,不向清风告别,你一定会后悔的。真金哥哥,我和你一起去见父皇好不好?不行我们跟父皇商量商量,换我去云南吧——反正忽哥赤也不想去。没准,这才是最好的安排,以我的能力,说不定能把云南治理得国泰民安呢。"

真金被妹妹的这句话逗笑了。这还是从五月份接到墨卡顿的那封信开始,人们第一次从他的脸上看到笑容。"又耍贫嘴!行啦,别再逗忽哥赤了,让他赶紧办正事。我现在就进宫面见父皇。"

"真不让我陪你吗?"

"你乖乖回母后那里,去哄龙儿玩儿,你答应了她的。"

落落噘了噘嘴,"哦,好吧!"

陆

与父皇的一席长谈,让真金体会到父皇在处理云南问题时的高瞻远瞩。

蒙哥汗三年(1253年)忽必烈平定大理诸部灭大理国,尽取八府四郡四镇三十七部,俘获其国王段兴智。此后,蒙哥封段兴智为"摩诃罗嵯"(梵语,大王),并将大理更名为云南。

中统元年(1260年),始置大理总管;八月,封皇子忽哥赤为云南王,准备以忽哥赤统辖云南全境,立大理等处行六部掌政务。云南地形复杂、多山多水,加之民族众多,民风剽悍,自古以来易守难攻。历代用兵云南之军队,多以覆没告终。忽必烈能够一战征服大理国,进而据有大理全境,其根本原因在于一个"仁"字。选择忽哥赤治理云南,也为体现这个"仁"字。

忽哥赤禀性仁弱,具备了忽必烈对"仁"的要求,但"弱"终究是种欠缺,为此,忽必烈特派宝合丁和阔阔带作为辅佐。宝合丁曾随忽必烈出征云南,对云南的风土人情比较熟稔,且能征善战;阔阔带做过忽哥赤和其他王子们的老师,中统元年被忽必烈敕封"王傅"。这两个人,一武一文,正可做忽哥赤的左膀右臂。

"真金,怎么不说话?在想什么?"见儿子一直默默出神,忽必烈温声问。这时,父子二人已踱出广寒殿走在青石铺就的路上。真金的手轻轻扶在父亲的肘弯下,这是一种习惯性动作,似乎他随时准备搀扶父亲一把。

"父皇,不如……换我去云南吧。"

忽必烈没想到真金会提出这样的要求,微微一愣。

忽必烈停下脚步,注视着儿子清亮乌黑的眼睛。这是他的至爱,是他所建立庞大帝国的希望所在。

"为什么?"

"忽哥赤对权力没有任何欲望,宝合丁和阔阔带都是功臣,只怕时日久了,忽哥赤的威望不足慑服二人。何况,云南远在边陲,但有变故,我们鞭长莫及。不瞒父皇,我思来想去,总是放心不下。"

忽必烈不以为然地摇了摇头,"真金,你虽是我之次子,但你哥哥朵儿只自幼罹患痫疾,早早夭亡,我的内心一直深以为憾。如今,在我诸子中以你为长,而你的身体也不似其他弟弟强健,我怎能放心让你离开我身边?忽哥赤后,我还将陆续对诸子诸弟进行分封。既然谈起这个话题,真金,我正想与你商议，若有一天我让你的弟弟们各守封地，你认为我该将那木罕派往哪里呢？"

真金稍一犹豫，"唔，西北之地如何？"

"你的想法与我不谋而合。那木罕与你都是嫡出，未来有权继承我的一部分家业。他的性格与忽哥赤截然不同，他性如烈火，敢作敢为，倒的确适合坐镇西北边陲。"

"弟弟们尚且年轻，父皇不必急着将他们遣往各自封地，我们其实都该多在父皇身边秉承教诲。特别是那木罕，他太过争强好胜，父皇即使封他为王，也不可立即委以重用，要让他好好磨磨心性才行。"

"我自然不会急着将他派出去。等等看吧。这些话，我只能跟你一个人说说。"

"谢父皇对儿臣的信任。父皇，儿臣还有一事相求。"

"什么？"

"让忽哥赤成了亲再走吧。这样，到了那边，忽哥赤的身边也好有人照顾。"

"对了，你这么一说我才想起来，为什么忽哥赤一直拒绝成亲呢？还说自己年龄小，不急，莫不是心里已经有了相中的姑娘？"

"是的。"

"哪家的姑娘？"

"她叫清风，是兀良合台的幼女。"

"清风啊，这孩子我见过两次。要说，清风倒是个有胆有识的好姑娘，武艺好，人品好，模样尤其标致。不过，她喜欢忽哥赤吗？"

"他们相处得很好。父皇，请您允许儿臣去向兀良合台将军提亲吧。既然确定由忽哥赤出镇云南，相信这是您和母后最大的心事了。"

"真金，你时时处处为弟弟们考虑，我还有什么放心不下的呢。儿子啊，你听为父的话，不要再为恰那的事情自责了，所有的事，都不是你的过错。"

真金闻言，眼眶顿时一红，眼中泛起泪光。墨卡顿临终前将恰那托付给他，恰那仍在墨卡顿逝后的两个月圆寂，这件事引发的悲哀至今令真金难以释怀。

忽必烈知道一时不能平复儿子的伤心，只得岔开话题："你去提亲吧，将我的愿望转达给兀良合台，请求他同意将自己最心爱的女儿嫁给我的儿子。兀良合台，国之栋梁，对于他，我一向十分敬重。他和他父亲速不台，都从你曾祖成吉思汗时代起开始为汗廷效力，速不台是开国名将，兀良合台和阿术同样智勇双全。一门三代名将，是我之幸，更是我蒙古之幸。你将我的心意原原本本地告知兀良合台，但要记住，切不可以势压人，婚姻大事最好还是你情我愿。你明白我的意思吗？"

"儿臣谨记父皇教诲。不过，对于这件事，儿臣认为还是有几分把握的。毕竟清风与忽哥赤相处不是一日两日了，彼此间有一定的了解。另外，将军本人也很喜欢忽哥赤。"

"那我等你的好消息了。至于聘礼，我可交与安童去备办。"

"儿臣遵命！"

不出真金所料，兀良合台没有任何犹疑便同意了女儿与皇子的婚事。当他将这件事说与清风时，清风沉默良久，语气淡漠地问道，是谁前来提亲？兀良合台答曰真金。清风要求同真金单独说几句话，然后再做决定。兀良合台深知女儿倔强的性格，不敢太过相强，只好将话带给真金。

清风在后花园的草亭里等待着真金的到来。真金走进后花园看见清风，当他举步向清风走去时，忽觉内心茫然若失。他是喜欢清风的，非常喜欢，但清风是忽哥赤深爱的女子。既然他不能给清风什么，他所能做的，只有让清风将他忘掉。

清风只问了真金一句话："你真的希望我嫁给忽哥赤吗？"她只要真金回答是或者不是。

真金说："是。"

泪水渐渐盈满了清风的眼眶，她不甘心地问道："你果真，一点都不明白我的心意吗？"这也是她的最后一问。

从十四五岁的少女时代第一次见到真金，第一次看到他向她微笑起，她的心里便再没有装进过任何别人。

真金诚实地回答："清风，我珍惜你。我不骗你，从我第一次见到你，你就是我珍惜的人。正因为珍惜你，我不能让你给我做妾室。那样对你不公平。"

清风咬住嘴唇，将目光移向西南方辽远的天际。良久，她冰冷而又干脆地做出答复："好，我嫁！"

真金歉疚地凝视着清风傲立的身影。对不起，他在心里说。

九月，忽哥赤与清风完婚，偕新婚妻子远赴云南。与小夫妻同行的除了宝合丁和阔阔带这二位王臣外，还有忽哥赤的上师意希迥乃。

意希迥乃是八思巴同父异母的兄弟。八思巴举贤不避亲，除了胞弟恰那多吉，他还将自己的两位异母弟仁钦坚赞和意希迥乃一并举荐给忽必烈。仁钦坚赞是继八思巴之后的元朝第二位帝师，意希迥乃则在到达中都后被忽哥赤迎去藩邸奉为上师。这次忽哥赤被敕封云南王,意希迥乃自然要相随左右。意希迥乃随忽哥赤进驻云南后,在他不懈的努力下,萨迦派藏传佛教在云南多处盛行起来,至今仍有摩梭、普米族信奉萨迦派。几年后,意希迥乃在云南圆寂。

第十章

看君射虎南山

壹

至元四年(1267年)十月,太庙建成,定立"祖宗世数,尊谥庙号",确定了烈祖也速该汗、太祖成吉思汗、太宗窝阔台汗、睿宗拖雷汗、定宗贵由汗、宪宗蒙哥汗,同时,拖雷汗并称"太上皇也可那颜(即大那颜)"。这是忽必烈"附会汉法"的又一继续。

自中统以降,忽必烈顺应历史潮流,"祖述变通,采行汉法",深得民心。无论是立国之初,富浪国(泛指欧洲各国)使臣来朝,还是命开平府守臣祭奠孔子于宣圣庙,立牛驿、置六驿,在上都设惠民药局,实行两都巡幸,敕禁上都畿内捕猎,建大安阁,接见外国使节……所有一切,无不昭示着这位从朔漠走向城邦的蒙古皇帝忧国忧民之心和安邦定国之志。

立太庙关乎文治,另一件则关乎军事。

早在蒙哥汗九年(1259年),忽必烈渡江进围鄂州时,谋臣郝经即主张"先荆后淮,先淮后江"。

次年(1260年),郭宝玉之孙郭侃亦向忽必烈建议:"宋据东南,以吴越为家,其要地则襄樊而已。今日之计,当先取襄阳,既克襄阳,彼扬、庐诸城,弹丸地耳,置之弗顾而直趋临安,迅雷不及掩耳,江淮、巴蜀,不攻自平。"

郭侃曾扈从旭烈兀参加第三次西征,是一位不逊其祖其父的军事指挥天才。西征军攻克西里亚后,旭烈兀命郭侃独领一军西攻富浪国("富浪"一词,系阿拉伯人对欧洲人的总称。当时西方世界正处于十字军东征时代,此处指由基督教骑士团控制的塞浦路斯岛)。他所向披靡,屡建奇功,被西方君主视为"天将军"。后旭烈兀遣郭侃东归,向蒙哥汗报捷。因蒙哥汗已逝,郭侃遂归忽必烈麾下。忽必烈对这位年龄比他小两岁的将领极其爱重，凡有所奏，往往悉数采纳。

至元四年(1267年)，南宋降将刘整(1212年至1275年)多次陈述方略："直先从事襄阳，如复襄阳，浮汉入江，则宋可平也。"

见忽必烈仍有顾虑，刘整慷慨陈词："宋朝廷主弱臣悖，立国一隅，今天下启混一之机。臣愿效犬马之劳，请旨领兵先破襄阳，撤其捍蔽。自古帝王，非四海一家，不为正统。圣朝拥有天下十之七八，何置一隅不问，而自弃正统邪！"

忽必烈遂纳刘整所献搁置川蜀，夺取襄阳，扼制长江中游，截断东西交通，然后由汉入江，直趋临安之策。秋天，忽必烈以刘整为汉军都元帅，协助蒙古军都元帅阿术南进，准备围攻襄樊。

刘整原是金人，金末降宋，在抗金名将孟珙麾下为将，素以骁勇善战、智谋过人著称。一次，孟珙率军攻打金信阳城，刘整任先锋，他只率十二人乘夜登上城墙，擒获守城主将，兵不血刃，一举拿下信阳城。孟珙闻报大喜，称刘整之功胜似唐朝李存孝率十八骑攻破洛阳，于是亲书一旗"赛存孝"赐予刘整。不久，刘整便以军功升迁潼川十五军州安抚使，知泸州军州事。

刘整性情耿直，虽善演兵布阵，却不懂权变之术。宋军中最赏识刘整的孟珙死后，接替孟珙出任荆湖统帅的吕文德十分忌恨刘整才能，凡刘整所奏之事或所建军功一律压制不报。另外，吕文德还利用四川制置使俞兴与刘整间的矛盾，欲借俞兴之手除掉刘整。刘整识破俞兴、吕文德阴谋，向朝廷递状呈辩，宋帝赵昀却置之不理。其后不久，刘整的心腹部将接连被害，刘整无奈，不得已于中统二年(1261年)夏，率泸州十五郡三十万户归附忽必烈。

忽必烈嘉其忠勇品行，特授夔府行省兼安抚使，赐金虎符。宋将俞兴来攻泸州，刘整散尽家财分飨士卒，与士卒同生共死，于是士气大振，俞兴一战而败。战后，刘整遣使将宋朝所赐金字牙符及佩印进献皇帝，并请求屯兵储粮，高筑城墙，以为长期图宋之计。

中统三年(1262)初，刘整奉旨入朝，授行中书省于成都、潼川两路，赐银万两，诏命分军士，并命刘整仍兼都元帅，立寨诸山，以扼宋兵。有人嫉妒刘整，状告其心怀贰心，书曰：既能叛宋，将不能叛蒙古耶？刘整担心朝廷误解，执书廷辩，请求分帅潼川。忽必烈用人不疑，当即从其请，诏改刘整为潼川都元帅。

中统四年(1263)五月，宋安抚使高达等将领进逼成都，刘整率军驰援。宋军闻"赛存孝"兵马至，不敢硬拼，佯做撤退，企图迂回偷袭潼川。刘整早有所料，遍设伏兵，激战于锦江，一举聚歼宋军主力。忽必烈为此特下诏任刘整为昭武大将军、南京路宣抚使。

刘整曾跟随孟珙驻扎襄阳多年,又曾经略巴蜀地区,他有一个习惯,每到一处驻防,首先要做的一件事便是实地巡视考察,把每座山,每条河,每处沟壑都牢记于心。因此,他对襄阳的山形地貌十分熟稔。在他呈递朝廷的奏折中,他一方面详细介绍了襄阳的地理环境,另一方面也陈明了他主张先攻襄阳的理由。

他在奏折中这样写道:襄阳为半山区平原地区,西部山区为荆山山脉和武当山余脉的东段,最高峰名曰望佛山,高六百余丈。东部为低山丘陵,桐柏山踞北,大洪山踞南。中部为平原冈地,乃北部南阳盆地和南部汉江平原的边缘接壤部分,地势相对平坦。襄阳西南部为低山地带,系荆山余脉的残余部分,壑幽林深,是屯兵驻防的理想之地。襄阳有大小河流近五百条,分属于长江、淮河两大水系。这些纵横交错的河网,皆发源于桐柏山北麓。汉江从西北入境,流经襄阳县境,由南部入长江。襄阳地形如此,只要掌握汉江,即能扼住长江咽喉,东可以顺流而下,直取临安;溯江而上,则可轻取川蜀之地。

忽必烈阅读后,红笔御批:准奏。

至此,攻灭南宋,混一南北,被忽必烈正式提上日程。

贰

至元五年(1268年),忽必烈接受刘整所献攻宋之策,拉开了灭亡宋朝、统一全国的战争帷幕。

忽必烈下令设征襄樊前线都元帅府,命伯颜行枢密院事,协助皇帝全权调度征南军队;益都淄莱等路行军万户张弘范配合伯颜;中书右丞相安童负责筹备军需及入奏军机。同时传下旨意,命征南都元帅阿术和昭武大将军、南京路宣抚使刘整共同指挥攻打宋军事重镇襄阳的战斗。

出发前,真金与大病初愈的王恂特意在府中设宴,为伯颜、阿术、张弘范、安童四人饯行。

在四位年轻将军中,阿术的年纪略长于他人,但阿术性格开朗,朝气蓬勃,倒是年龄最小的安童反而比他更显老成。此外,阿术、安童、张弘范都是功臣之后,家世相近,性格相仿,彼此间一向情投意合。

伯颜的情况稍微特殊一些。他自幼长在旭烈兀的封地,后又为旭烈兀之子阿八哈所召,入藩邸担任执事一职。阿八哈与伯颜,二人名为君臣,然私交极好,胜如兄弟。那一年,伯颜押贡入朝,起初绝无留在中国之念,及至为圣意勉强,仍无法不对阿八哈心怀愧疚。在波斯生活多年,骤然远离母亲、朋友和自己熟悉的环境,伯颜难免感到孤独寂寞。他最苦闷的时候,不是忽必烈,不是妻子巧丛,反而是真金用他的细致、包容、理解、关怀和信任令他敞开了心扉。他与真金的友谊,更像是他与阿八哈友谊的延续。

伯颜以才见用,职位一再升迁,他亦得以与真金、安童、阿术、燕真、玉昔帖木儿等人结为挚友。真金的个性爱憎分明,待人质朴真诚,许多人都愿与他结交,也以能与他倾心结交为荣。伯颜尤其如此。

此刻,尽管大家只是围坐在一起吃着真金交代御厨房准备的火锅,气氛仍如杯中美酒和火锅中腾起的热气一般甘醇、热烈。

阿术今天似乎揣着心事,不似往常那般活跃。安童心细,最先发现这种反常,打趣道:"这次出征,阿术将军是不是舍不得哪位心爱的女子哪?"阿术的正室夫人两年前病故,他一直未立夫人。他似乎有自己喜欢的女子,至于是谁,安童也能猜出个一二,只是阿术不提,安童也不好捅破这层窗户纸。

阿术不解,问道:"老弟何出此言?"

"我看你闷闷不乐,想必是舍不得红粉佳人?"

阿术笑骂:"胡扯!这倒像你本人的做派。"

"可我说的你有心事这点总没错吧?"

阿术承认了,"心事嘛,的确是有。"

"什么心事?能不能说给我们听听?"张弘范问。

"我是在想刘整这人。"

"刘将军?他怎么了?"张弘范讶然。

"襄阳乃宋朝门户,为保襄阳,宋廷必然调派精兵强将固守其城。我对刘整这个人心存疑虑,不知这仗该怎么打。"

真金放下杯箸,认真地问道:"哦?是什么样的疑虑?"

"据说陛下是看了刘整的奏折,才最终坚定了出兵伐宋的决心?"

"是这样。有什么问题吗?"伯颜也问。

"也许是我多虑。我曾亲身参加过平定李璮叛乱的几场战斗,对他,特别是对他父亲李全首鼠两端、一叛再叛的往事至今难以忘怀。刘整的情形与李全有一定相似之处,是以我心中不安。战场,生死场也,将帅不能同心,败亡近在眼前。"

真金微笑,"阿术,人与人不同,切不可因噎废食,以偏概全。我与刘将军接触不多,对将军的为人却是信得过的。"

伯颜也说:"刘将军不论在宋朝还是在我朝,都是一位智勇双全的军事奇才。这样一位了不起的人才宋室不知留而重用,使其改投我朝,想必一切都是天意。"

"弘范,你呢?你也相信刘整吗?"阿术问。

"相信!"

"我也是。"王恂沉稳地插入一句。

阿术沉默片刻,不再纠结此事,于是转换了话题,"今天的火锅我得多吃点儿,我饿了。到了襄樊前线,我会努力与刘整配合的。"

"何止努力配合,还要给予他足够的信任和权力,要他心无旁骛地按照自己的想法指挥战斗。总之,千万不可再冷了他的心。这也是父皇的意思。"

阿术点头,眉目间已然开朗许多,"这事嘛,燕王尽管放心,我阿术向来一言九鼎,说到做到。况且,大战在即,正需要我与刘将军同心协力,共破襄阳。"

真金刚刚夹起一筷子涮好的羊肉放入阿术面前的盘中,忽听门外传来侍卫的通报:"殿下,刘整将军求见。"

"哦?快请!"真金当即站起,众人随他一起迎出门外。

叁

"臣刘整拜见燕王殿下。"

刘整没想到真金亲自出迎,心中感动,正欲跪倒大礼参拜,却被真金伸手拦住了,"刘将军,你来得正好。我们正吃火锅呢,你也一起凑个热闹。"

真金说着,与刘整携手回到屋中。大家重新叙礼入座,刘整被安排坐在真金与伯颜之间,阿术则坐在刘整对面。

侍卫送上一套崭新的餐具,又为刘整将杯中酒斟满,方悄然退开。燕王府的其他餐具都是百姓家能用得起的最普通的陶瓷制品,唯筷子十分名贵,系以质地洁白细腻的象牙制成。

说起这套象牙箸还有一段来历。旭烈兀征服波斯高原后,建立伊儿汗国,开始与西方诸国产生接触。其中,南印度诸岛国一来仰慕蒙古军威,二来向往中原富庶,不愿与之为敌,遂主动遣使与上朝修好。这套象牙箸正是不久前马八儿岛国派使臣朝贡时进献给忽必烈的,一共十副。忽必烈见其制作精美,莹润可爱,当场全部赐给儿子真金。几乎同一时刻,宋使臣前来觐见蒙古皇帝,进贡了两斤纯度很高、在当时价比黄金的白砂糖,忽必烈将其中一斤也一并赐给爱子,为的是让爱子好好补补身体。忽必烈哪里知道,这些珍贵的白砂糖真金自己一口没舍得吃,因王恂卧病在床,真金过府探望时将白砂糖全部转赠王恂。

刘整平素多放外任,与真金见面的机会不多。这会儿见真金态度平易谦和,慢慢消除了初时的拘谨。

"将军,这是从上都运来的羊肉,很鲜嫩,你还吃得惯吧?"

"惯!惯的!臣常年领兵在外,饿肚子的时候也常有,哪里还有什么吃不习惯的东西。"刘整边说边夹了一筷头羊肉。

真金陪着刘整吃了一会儿羊肉,见刘整放了筷子,取酒饮尽,才虚心问道:"将军此来,莫不是为征宋之事有良策赐教?"

"不敢!其实,臣先去了阿术将军府上,听闻将军在燕王这里,才冒昧前来打扰。"

"刘将军急着见我,想是有什么话要对我说?"阿术微笑着问道。

"是。下官退朝后,反复考虑了双方兵力优劣和此次征战可能遇到的困难。下官以为,我军骑兵、步卒优良,所向披靡,唯水军数量、质量远不能与宋军相比。如能夺其所长,造战舰,练水军,必能获得成功。"

阿术点头,"将军所虑甚是。明日上朝,我会与将军一道向朝廷建议,尽快组编水师,由将军全权负责训练和指挥。宋地江湖密布,城池坚固,不适宜骑兵展开和步兵攻击,没有水师配合作战,若想彻底击败宋军,夺取襄樊之战的最后胜利,只能是一句空谈。"

"对。下官正是此意。"

真金亲自为刘整满酒,刘整起身逊谢,真金将他按回到座位上,"还是那句话,将军不必拘礼。将军为统一大业殚精竭虑,区区一杯薄酒,实在不成敬意。"

"燕王莫如此说。臣刘整蒙陛下知遇之恩,理当肝脑涂地以报。何况,若此去能为陛下统一大业尽一份绵力,刘整于愿足矣,死又何憾!"

伯颜放下杯箸,呷口红茶,漱了漱口,这才用一种讨教的口吻对刘整说道:"将军先攻襄樊之计不失高妙,然襄阳易守难攻,只怕难以遽破。"

真金深以为然:"伯颜所思,正是我等所想。毕竟宋朝拥有精锐部队七十余万,加上勤王之师、团练兵丁,总数在二百万左右。而我们呢?集全国兵力也只有区区五十万人马。本就不多的人马,还要安抚西北边陲、监视东部藩王。而今发兵征宋,实际上能参战的机动兵力只有二十到三十万,且长途奔袭,兵马疲惫。这种双方在力量上的悬殊,使襄阳之战注定是场势均力敌的持久战。"

刘整点头，"襄阳粮秣储备充足，吕文焕足智多谋，乃宋朝一员帅才干才，襄阳在短期内必定固若金汤。依下官愚见，襄阳对我朝重要，对宋更加重要，为保襄阳，他们必定会倾全力救援。从这个角度看，襄阳围困愈久，宋人力物力消耗愈巨，这对我朝而言未尝不是一件好事。"

阿术若有所悟："将军的意思我明白了，围攻襄樊，其实是两步棋，走好了，一定能将宋军逼入死角。根据将军的设想，我这里倒有一计与将军商榷。而今，陛下分兵十万，由你我二人共同指挥。一旦襄阳危急，宋廷必派援军。届时，我意由将军率汉军五万围攻襄阳，我率五万精骑打援。你围城攻坚越猛烈，对方越会加紧增援，咱就给它来个'围点打援'，机动歼敌。将军以为如何？"

刘整问："将军有何具体部署？"

"这些日子，我仔细研究了襄阳、樊城及周围城池、险隘情况，将军你来看，"阿术说着，起身取来地图，铺在另一旁的桌子上。大家见状，都围拢过来。阿术指着地图上他特意标注出来的几个城池，对刘整说道，"若攻击顺利，我得手后，将率精骑一万人入南郡，取仙人、铁城等地，退兵时设法避开宋军主力的拦截。同时将四万精锐布防在中心岭区域，立虚寨，设疑火，布下埋伏，诱使京湖制置大使驰援襄阳。我们顺势而为，在中心岭形成对宋军的伏击圈，如此，定可给敌军以重创。"

"阿术将军此计甚妙，下官佩服。"

"哪里！这是受将军之计启发。愿你我二人同心协力，不负皇命所托。"阿术转身，给每个人都取了杯酒，然后对刘整说，"我敬将军，请将军满饮此杯！"

"不敢。"刘整逊谢。

真金笑道："还是我敬二位将军。预祝二位将军旗开得胜，马到成功！"

七个人共同举杯，将杯中酒一饮而尽。阿术与刘整同时向对方亮出杯底，二人相视而笑。所有的戒备、误解都在这一刻涣然冰释。

次日朝议，忽必烈批准了阿术、刘整共同提议的建造战舰五千艘、训练水军七万人的襄樊战役计划。此后，刘整日夜操劳训练水兵，遇到雨天风大浪急，不能外出行船，便在地面上画出船形进行模拟演习。三个月后，刘整训练出七万干练的水军士卒，并开始拥有一批优秀的水军将领。

刘整全力以赴训练水师时，只有一件事完全不知晓：因此项训练所费甚巨，平章政事阿合马一再向忽必烈请示压缩训练经费，若非真金、伯颜、安童等据理力争,忽必烈下旨压缩了其他费用包括宫中各项开销,以确保训练经费到位,刘整的一切计划可能都会成为一纸空文。

至元五年(1268年)九月,襄樊战役正式拉开序幕。

大军开赴襄阳前,忽必烈密召阿术入宫。他一再叮嘱阿术,要懂得尊重刘整,前线诸事多与刘整商议,注意协调好蒙、汉两支军队的关系。阿术这些日子与刘整朝夕相处,对刘整的能力及远见十分钦服,当即表示一定遵从皇命,与刘整同心协力,早日拿下南宋门户襄樊。

肆

刚刚送别两员爱将,功臣请求割让京师城外的田地作为牧场的奏折又摆上了忽必烈的案头。这些人还拿出了详细的方案,甚至连地段、方位、河流等都标注得清清楚楚。忽必烈回宫吃饭时与察必谈及此事,察必不无忧虑地说道:"近几年有不少王公贵族有令不行,争相占田为牧,这种现象愈演愈烈,长此以往,农田将遭到毁灭性破灭,无数汉、女真、高丽百姓又将沦落到流离失所、无以为生的境地。"她劝说忽必烈一定要刹住变田地为牧场这股逆风,让百姓耕有其田,居有其所。

忽必烈深以为然,次日令中书省颁下圣旨:漠北、漠南草原,王公贵族据为牧场的范围必须限定,尤其不得随意抢占公共和平民牧场;严禁牧畜践踏庄稼;允许农民耕种上都附近的荒地,耕作季节将牛羊赶进山中放牧,秋收后赶回,牲畜方能以田里野草和庄稼秸秆为食……

是月中旬,忽必烈为欢迎高丽使臣举行盛大朝会。雅黛帮真金更换朝服时发现这件朝服已然很旧,有些地方快要磨破。她想去给真金领一套新朝服,真金笑道:"我又不是去展览衣服,这一套很好了。"到底穿着旧朝服参加了朝会。

高丽使臣在朝会上向皇帝提出赐嫁公主的请求,忽必烈没立刻同意,只表示可以考虑。高丽使臣明知不可能一求而允,并不失望,数日后带着忽必烈的大量赏赐返回高丽。

高丽使臣刚刚离去,阿合马突然进宫,郑重其事地请求察必皇后能将雅黛嫁入他的府邸。

原来数月前,阿合马进宫看望察必皇后时与一位容色绝美的宫女擦身而过,自此,他对这个宫女念念不忘。经过多方打听,始知宫女是真金身边侍女。阿合马色胆包天,虽与真金不睦,仍不肯对雅黛放手。

阿合马是察必的"娘家人",又是朝廷重臣,他的面子,察必真不好驳。察必说了活话,让他回去听信。

察必派人去请儿媳。阔阔真赶来时,雅黛正站在察必身后为她按摩肩颈。

察必让阔阔真坐下,直言不讳地告诉她,阿合马向她求娶雅黛。

阔阔真由于吃惊,眼睛一下子瞪得溜圆,察必被她这孩子气的神情逗笑了,"干吗这么吃惊!雅黛今年十七岁了,按理说,也到了该出阁的年龄。就算她不愿嫁给阿合马,我们也得为她寻个合适的婆家,你说呢?"

阔阔真语气认真地回道:"这个儿媳一直都在考虑。雅黛十三岁时跟随燕王来到府上,我和真金是看着她长大的。这孩子善解人意,聪慧有主见,只要有她在身边,再繁难的事儿媳也有个商量的人。她对儿媳来说,犹如亲妹妹一般。儿媳自嫁给燕王,蒙他百般宠爱,不离不弃,儿媳感激上天,别无所求。但儿媳自生育铁穆耳(真金第三子)后,再未给燕王增添一男半女,不能不引以为憾。儿媳早想为燕王娶一房侧室,使燕王膝下再进人口。儿媳心里最中意的人,只有雅黛。这些年,儿媳不提,亦未将她出嫁,只是在等她长大而已。"

察必拍了拍雅黛的手,"不用按摩了,我这会儿舒服多了,你也过来坐吧。雅黛啊,王妃的心意想必你都了解了,你自己心中,究竟是个怎样的打算呢?"

雅黛走过来,很随意地坐到床边一个靠着阔阔真的红木绣墩上,然后将胳膊叠起,平放在阔阔真的膝头上。

雅黛仰望着阔阔真,嘴角噙着一丝娇意,"王妃,我不想嫁给燕王。"

"什么!你……"

"王妃,您别生气,我说的都是真心话。我对燕王所怀有的情意不是您所想象的那个样子,我从来没想过要嫁给燕王,也不会设想要嫁给他。他是您的,只属于您一个人。刚刚您和皇后交谈的时候,我已经有了决定,我愿意嫁给阿合马,理由是,他是一个不需要我去爱,而我不爱他也不会伤害他的男人。有些爱不是可以求来的,求不来的爱要懂得将它放开。您不觉得是这样吗?"

察必暗暗叹了口气。作为母亲,她对雅黛和儿子的关系看得比任何人都清楚。正如阔阔真所言,雅黛善解人意、天性聪明,她从小在真金和阔阔真身边长大,天天耳闻目睹的都是真金与阔阔真两情相悦、如胶似漆。而真金对雅黛所怀有的,是一种深厚的手足之情,怜惜之意,若她非要介入真金与阔阔真的情感世界中,只怕会将所有的和谐破坏殆尽。

阔阔真贤德善良,又一心为真金着想,自然体会不到雅黛的为难。雅黛反而能想得更深更远,她已爱上了一个不可以去爱的男人,这份必须深深埋藏的感情将主宰她的一生。她不可能再将心交给任何人,相应地也不能再去伤害任何人——除了阿合马。阿合马的为人处世与真金截然不同,真金对此人深为厌恶且从来不加以掩饰,嫁给他,至少雅黛的内心不会产生愧疚。这大概就是女人,总希望以自己的方式去对深爱的男人有所帮助,哪怕为之付出生命、牺牲感情也在所不惜!

阔阔真没想到雅黛竟会同意嫁给阿合马,不免有点生气,但让她这样放弃她又有所不甘。她对察必说:"雅黛是燕王身边的人,还是让燕王来做决定吧。"

"也好。"察必并不勉强。

晚上真金回府,阔阔真立即将阿合马求婚以及雅黛应允等事一五一十地讲给他听,真金颇感意外,这似乎不像是他所了解的雅黛。阔阔真请求他与雅黛好好谈谈,他一口答应下来。

"你为什么要这么做?"这是真金见到雅黛后的第一句话。

寝宫中,此时只剩下真金与雅黛两个人。雅黛正在绣花,听到真金询问,她抬起头来向真金淡淡一笑。

"燕王是指……"

"雅黛,难道你真的愿意嫁给阿合马吗?还是迫于什么压力?你告诉我,我会帮助你的。"

雅黛笑了,"燕王想到哪里去了!我是自愿的。"

"为什么啊?"

"因为燕王妃,她……她跟我谈过,希望我能永远留在您的身边。"

真金怔住。

雅黛悄悄移开视线,拼命忍着涌上眼眶的泪水,"我在您身边长大,从小的时候起我就知道,保护自己最好的办法莫过于不去染指不属于自己的东西。否则,最后伤心的只能是自己。"

"雅黛,我……"

"您不用解释,我都懂。那年,只有十三岁的我跟着您从镇海城来到大都,在您身边度过了生命中最幸福的四年。我了解您的为人,您的操守。您是否相信,这世间还有另外一种爱情,它从产生的那刻起就意味着它只能被深埋心底？"

"雅黛……"

"让我按照自己的心意去做吧。只要您永远不会对我产生疑虑,永远相信我是那个在您身边长大的雅黛,我已经很知足很知足了。"

真金拉起雅黛的手,将这双手轻轻地拢进自己温暖的手掌中。雅黛小时,他常常手把手教她写字,那时,他像喜欢落落、喜欢龙儿一样喜欢这个女孩子。他把爱情给了阔阔真,阔阔真是他的初恋,是他三个儿子的母亲。他无法分心,结果只能让清风伤心,现在,又让雅黛为了躲避而做出嫁给阿合马的决定。人非草木,孰能无情! 他不是不难过,不内疚,可他实在找不到两全其美的办法。

"雅黛,不能考虑嫁给阿术吗? 你也知道的,阿术的正室夫人两年前病逝,他还没有再立新夫人呢。我看得出来,他对你怀有倾慕之心。要不是他忙于军务,我早想给你问问这件事了。"

"我敬重阿术将军,不会伤害他的。这或许是上天的安排,它让一个人的心很小很小,小到只能装下一份爱,一份情,却让包裹着这颗心的躯壳很大很大,大到可以把它分裂开来。一个人的心不能做到的,躯壳可以替心去做。我想,总有一天我会对您有所帮助的,一旦到了那天,我将证明自己今天的选择是多么正确多么值得。以后,我不能在您身边服侍您了,您一定要多保重身体,千万别让我们为您担心。"

真金下意识地攥紧了雅黛的手,很紧很紧地攥着,他已经不知道还能说什么,做什么了。

雅黛不眨眼地凝望着真金,像即将永别一样凝望着他。只有对这个比她大十岁又一向被她视为保护人的男人的爱情,才是她甘愿忍受一切屈辱的动力。她要对他有所帮助,否则,她的牺牲将失去意义。

她的最后一句话是:燕王,请不要忘记,无论我人在哪里,都是那个在你身边长大的雅黛,生生死死,永无改变!

伍

至元六年(1269 年)正月刚过,中都城外,宫廷僚属备仪从、音乐、彩舆出城十里,准备迎接国师八思巴。

经过长达四年零八个月的分别,忽必烈对八思巴顺利完成重责大任如期归来极其重视，特意安排了隆重的欢迎仪式。

不多时，便能望见西边卢沟桥方向帝师八思巴的扈从队伍迤逦东来。奉命迎接的皇子真金在路旁下马，与后妃、文武百官一道，准备用印度大象背上安设珍宝璎珞装饰的宝座，飘扬珍贵锦缎缨穗的伞盖、经幡、旌旗和鸣钲鼓乐作为前导，以盛大仪式将国师迎入宫中。

车轿停在离真金几步远的地方，八思巴走出车轿，与真金相见。

一别四载有余，二人执手相见，都有一种恍若隔世之感。

真金一向敬重八思巴的才能、人品，与恰那多吉更是情同手足。此时，面对八思巴，想起姐姐墨卡顿，想起恰那多吉，伤悼之情不免冲淡了重逢的喜悦。

八思巴如何不了解真金的心情，那也是他的心情。二人礼毕，真金恭请八思巴登上大象宝座，八思巴说道："时间还早，不如我与王子同行一段路程如何？"

"如此甚好。"真金应允，神态恭敬。

八思巴与真金并肩而行。真金关切地询问八思巴的身体状况，以及旅途中的见闻。为避免谈到恰那多吉，他们将话题转到了正在进行中的襄樊之战上。

八思巴在甘肃停留期间，接到过忽必烈的一封来信，信中，忽必烈请他为前线将士告天祈福，同时，委托他寻访一位平宋主帅。对于这件事，八思巴一直很留意。或许是心有灵犀，真金也突然想起这件事来："国师，我听父皇说，他在上次的信中请国师为他推荐征南主帅，国师心中是否已有合适人选？"

"暂且没有。僧人当为圣上细细访察。"

真金略一沉吟。

"燕王想到了什么人吗？"八思巴敏锐地问。

真金点点头，"如今，朝中有一位文武奇才。国师离朝那年，我六叔旭烈兀汗派他担任正使入贡朝廷。他虽在伊儿汗国多年，却谙熟中原和各汗国礼法，言谈气度异于常人。我父皇欣赏他的才干，自此将他留于朝中供事。他现任同知枢密院事。国师可否为父皇观其面、察其行呢？"

"燕王一力推举，想必不是什么等闲之辈。请问此人叫什么名字？"

"伯颜。"

"伯颜？果真是叫伯颜吗？"

"怎么了？国师为何如此惊奇？"

"僧人经过四川讲解经法时，偶尔听一位刚从南方返回的云游僧人谈起,南方一夕之间,市井坊间传唱开一首童谣,闻者无不人心惶惶,生怕会有灾祸降临。"

"那是什么样的童谣呢?"

"其中有这样两句:江南若破,百雁来过。你不觉得有些怪异吗?这百雁……虽不能据此做出断言,不过,僧人倒真想见见王子的这位朋友。倘若此'伯颜'即彼'百雁',陛下的统一大业何愁没有擎天之柱。"

"如此,还须借国师慧眼一观。"

"燕王不必客气,这也是僧人的职责所在。"

"国师,请登临宝座,我当陪国师入城。"

"好。王子也请上马。"

真金的目光落在八思巴的脸上。八思巴饱经风霜,容色黯然,真金想起了姐姐和恰那,心中又是一阵难过。

当天,忽必烈在大明殿接见了国师八思巴一行。

佛法如月,大明殿金碧辉煌。

忽必烈身着锦缎长袍,端坐于御座之上,他左侧为察必皇后,右侧为国师八思巴。台下群臣依礼恭贺国师还朝。

执掌天下释教及吐蕃政教事务的八思巴回京,所做第一件大事并非宣讲佛法或传授灌顶,而是向忽必烈皇帝进献了由他精心创制的新型文字——一种谁也没有见过的隽永清秀的蒙古文字——八思巴文。

忽必烈即位后,尊八思巴为国师,赐玉印,并命创制蒙古新字。八思巴对当年伯父萨班仿搔木形制蒙古字的往事记忆犹新,虽说阴差阳错,伯父创建的新字最终没能流传下来,但伯父创字的心得,仍给了八思巴许多积极的启示。经过数年不懈的研究和努力,八思巴于返回内地途中,创制出一种全新文字,后人称之为"八思巴文"或"方体字",被忽必烈钦定为国字,主要应用于元代官方文书及官方造发的印章、碑刻、牌符、钱钞等上面,也翻译过不少汉文书籍,如《资治通鉴》《贞观政要》《大学衍义》等,当然更多的还是用于翻译藏文或梵文佛经。

若干年后,即使八思巴文因其字母过多,书写不便,最终被他的弟子、元代蒙古语文学家、翻译家搠思吉斡节尔(意为无我金刚)创制的新蒙文所取代,但它在蒙古文化史上确曾占据过重要地位则是不争的事实。

忽必烈为何如此执着于创制蒙古新字,又为何会选中八思巴作为创制蒙古新字的不二人选呢?

忽必烈即位后,一方面主张参用汉法,另一方面强调祖述变通,即在接受外民族先进文化和继承祖先有益传统加以消化的过程中，要建立蒙古统治者领导的至元朝各项政治制度，以及向南宋及西方诸汗国显示自身的崇高地位。这样，在文字上迫切需要一种既与本民族特性相结合，又与以前蒙古汗国使用过的几种文字都不相同的新型文字。

从蒙古帝国向元帝国过渡的过程中，旧体蒙文以畏兀儿字母拼写蒙古语时还算流畅，为汉文注音却存在诸多不便，这是旧蒙文的最大局限。作为"五色之国"的皇帝以及统治着由多民族组成的泱泱大国的君主，忽必烈迫切需要这样一种文字：它不仅可以为新兴的帝国、为蒙古人，还可以为帝国所属的其他语言服务。

至于他将这个艰巨的任务交给八思巴，更非心血来潮。一方面，忽必烈尊崇藏传佛教，倘若新的文字能由八思巴创制完成，那当然是件最理想的事情。另一方面，八思巴个人具备的条件也使他成为忽必烈委托重任的首选。八思巴才情卓越、知识渊博，在蒙古宫廷和汉地生活多年，谙熟多种语言，熟知印度和吐蕃的语言学知识，加上他是萨班的侄子和继承者，从小深受萨班熏陶，当年萨班改造蒙古旧字的尝试必定会对他产生许多有益的提示。

事实证明，忽必烈深谋远虑，慧眼独具。

八思巴接受使命后，经过八年苦心研究，终于在藏文基础上，创制出一套方形竖写的拼音字母，这套拼音字母可用来拼写其他民族的语言文字。八思巴还以自己创制的文字书写了一份优礼僧人诏书，证明这种新字已达到自如使用的程度。

陆

数日后，伯颜巡边归来，忽必烈在大明殿召见了他。伯颜觐见时，八思巴也在大殿就座。从伯颜走入大殿的那刻直到他行毕大礼平身，八思巴一直都在仔细观察着他。真金顾不上去看伯颜，唯留意捕捉八思巴脸上每个细微的表情变化。

良久，八思巴向真金点点头，脸上闪出一丝笑意。

真金悬在心里的石头顿时落地。

八思巴的座位在忽必烈旁边，他压低声音向忽必烈说道："所谓将中之将，无双国士，正是此人。"

原本，为混一南北，忽必烈对主帅人选一直心存犹豫。听了八思巴的话，忽必烈顿悟,不久即令伯颜改任左丞相,参决国家军事。

　　忽必烈经常向八思巴请教佛法,君臣相知相信,一如往昔。一日,忽必烈请八思巴为真金讲解佛法。当时,除八思巴与真金外,沙罗巴也在座。这是沙罗巴第一次担任真金学法时的翻译。多年后,真金护送八思巴返回藏区途中,八思巴为真金详解佛法要义,著成《彰所知论》,沙罗巴是这部佛学名著的汉译者。

　　讲法完毕,真金见沙罗巴眉目清俊,口齿伶俐,与少年恰那多吉颇有几分神似之处,不免心生喜爱。他向沙罗巴招招手,让他过来坐在自己身边。他看着沙罗巴,温声问道:"你今年几岁了?"

　　"回王子殿下,小僧今年十岁。"

　　"小小年纪,已精通藏语、蒙古语,兼通汉语、梵语,真是难得。国师果然慧眼识人。"

　　"国师提携之恩,师父教导之德,小僧时刻不敢忘怀。"

　　"你师父是……"

　　"回王子殿下,小僧师父是白兰王。"

　　真金微微一愣,目光落在八思巴的脸上。八思巴双目濡湿,在与他感情深厚的真金面前,他不想也无法掩藏由来已久的悲伤。

　　真金踌躇片刻。此时,父母都不在身边,他和八思巴间的交谈不受那么多的约束。他很想了解姐姐和姐夫去世前后的情形,他知道,这是一个任何时候提起都会令人痛彻心扉的话题,可不问清楚,他更不好受:"国师,我收到姐姐最后一封来信时,她已在萨迦王宫病逝。姐姐一直在为恰那担心,哪怕恰那已经娶了万户小姐,姐姐还是……姐姐还是……"真金的声音颤抖起来,"她将恰那托付给我,我却什么都没能做到……"他有点说不下去了。

　　一样悲伤难过,八思巴尚可勉强自持,但沙罗巴是个孩子,想起师父恰那多吉,想起公主墨卡顿,想起他们对自己的关爱与教诲,忍不住低声抽泣起来。

　　真金轻抚着沙罗巴的肩头,借着这个动作强行掩去了眼中的泪光。八思巴看着他,语气迟缓地说道:"燕王的信,恰那只收到两封。其他的,都随他一起火化了。尽管只有两封,燕王的关怀,恰那全都收在心里。记得那天,公主找到我,催促我在一两天内带恰那去向尚阿礼求亲,我当时的震惊、难过简直无以言喻。此前,公主总是神采奕奕,全力以赴地协助我,协助恰那,像她在凉州时,在陛下身边时一样,我们谁都不知道她的心中竟隐藏着这样一个沉重的秘密。公主将我带恰那立刻前往万户领地以及让恰那与万户小姐成亲作为她接受治疗的条件，她的心愿如此，我又怎能违背？我只好委托释迦本钦（指释迦桑波）全力照顾她，并随时将她的情况报告给我。本钦几乎每隔一段时间都有信来，最初，治疗似乎取得了一定的效果，公主的病情甚至出现好转的迹象。可不知为什么，我还是放心不下，她的情形，总让我想起当年的阔端大王。果然，渐渐地，所有的治疗和药物都开始不起作用，从病情恶化到最后不治，只有不到二十天的时间。"

"恰那呢？说真的，我们在宫中接到国师的奏报时，心情已经不能用'惊愕'这个词来形容了。"

"回到萨迦的那段日子，是恰那一生中最快乐最充实的时光。无论谈判与交涉多么艰难，日常事务多么繁杂，恰那都不会为之沮丧，为之退缩。那样自信果决、一往无前的恰那，着实让人钦敬，也让人羡慕。恰那从来不是个有话会对别人说的人，可即使在本钦面前，他也不会掩藏自己的幸福——那种发自内心的被最重要的人所依赖的幸福。假如我的猜测没错，他在前往万户领地与坎卓本小姐成亲前，一定与公主起过争执。那以后，恰那如同变了个人一样。确定万户小姐怀孕后，他立刻请求与我一同返回萨迦。我知道在他心中，思念远比误会更有分量。没想到，在我们回到萨迦的当天，只为见恰那最后一面而努力坚持的公主……"

"最后一面……那也是恰那见姐姐的最后一面啊。"

"是的。公主临终前留下遗言，要恰那将与她有关的所有东西都随她一起埋葬，包括她送给恰那的那个香串以及恰那写给她的家信。公主希望恰那尽快将她忘掉，希望恰那带着她的祝福活下去。公主安葬前后，我看着一滴眼泪也流不出来的恰那，如同看着几个月前平静地请求我尽快为恰那成亲的公主一样，除了恐惧，只有无奈。不久，我接到圣旨，在六月离开萨迦。我走后，发生了一桩很奇怪的事情。我在法会后听释迦本钦和沙罗巴说起时，唔，该怎么说呢？意外地，竟有几分释然，觉得一切莫非都是佛主的旨意。"

"哦？那是怎样的怪事呢？"

"自从公主去世，恰那一直住在廓如书楼。恰那无法忘记公主最后望向他的眼神，也无法再踏进他与公主的卧房一步。僧人走后，藏区所有的军政事务都压在恰那身上，白天，他忙于处理政务，晚上，他会给沙罗巴上课，或与释迦本钦及其他人商议事情，然后，他会独自留在书楼抄写经文，常常通宵达旦。本钦劝过他多次，他只是说，这样他心里可以平静些。在他圆寂的前三天，他在黄昏时回了趟王宫。那天晚上，沙罗巴来书楼上课，等了很久不见恰那，急忙来见释迦本钦。本钦问了侍女，才知道恰那回王宫了，而且是一个人回的。本钦和沙罗巴急忙去寻,远远地,他们见卧房中透出光亮。他们来到卧房,只见恰那正坐在床边的地上,一如公主去世那天,同样的位置同样的姿势。接着,他们看到了不可思议的一幕,在恰那的手里,竟然拿着香串,那个本该随公主一同埋葬的香串。当时,恰那取出香串套在公主的手腕上时,我们几个都在场,亲眼所见。本钦和沙罗巴的震骇可想而知。本钦脱口追问,白兰王,这是怎么回事?恰那平静地回答,他一点亮烛台,就看到了桌上的香串,香串回来了。说完这话,他站起身来,向门外走去。他的步履从容、轻快,与前段时间的他判若两人。本钦和沙罗巴面面相觑,呆若木鸡。在门前,恰那又说:我先走了,记得把灯烛熄灭。依旧是平和的语调,可里面分明隐含着某种告别的意味。"

"国师,等等,你说的香串,是指?"

"公主送给恰那的,在我们第一次与公主见面的时候。十七年中,恰那不是戴在手腕上,而是珍藏在这里。"八思巴示意心口的部位。

"难道……"

"这件事的发生,让我把恰那的离去视作佛主的安排。我清楚,在佛的世界之外,是公主给了恰那不一样的人生,即使短暂,他也从不后悔。"

真金轻叹:"原来,血脉中的爱,是指这个含义啊。"

"你说什么?"

真金摇了摇头。

这是母亲说过的话。那天,当他用羡慕的口吻跟母亲讲起恰那唯独在姐姐面前像孩子一样任性的情形时,母亲不无忧虑地说道,你姐姐的确是在用心爱着恰那,可恰那对你姐姐的爱,早已在他的血脉之中。

爱已在血脉之中。当爱消失之时,便是生命消失之时。

莫说什么值与不值,幸与不幸,佛的世界外,恰那紧紧握在手中的,其实是只属于他自己的人生。

或许,正因为如此,他才能从容来去,无怨无悔。

柒

至元七年(1270年)二月,忽必烈下诏将八思巴文颁行天下:

朕唯字以书言,言以纪事,此古今通例。我国家肇基朔方,俗尚简古,未遑制作,凡施用文字,因用汉楷及畏兀字,以达本朝之言。考诸辽、金,以及遐方诸国,例各有字,今文治浸兴而字书有阙,于一代制度,实为未备。故特命帝师八思巴创为蒙古新字,译写一切文字,期于顺言达事而已。自今以往,凡有玺书颁降者,并用蒙古新字,仍各以其国字副之。

四月八日,忽必烈敕封西土法主八思巴为皇天之下、大地之上、西天佛子、化身佛陀、创制文字、辅治国政之帝师,并赐玉印。

晋封八思巴为帝师,决非出于一时之需,事实上,它是忽必烈一系列施政纲领中的必要一环。忽必烈要建立自己的天下,立自己的国号,要成为一统天下的主人,故而,他先是诏令八思巴创制新蒙文,继而在全国推广八思巴文,其后又仿效古制尊八思巴为"帝师",这一切都是为他建号"大元"所做的精心准备。

如今,襄阳城被围困已进入第三个年头,阿术、刘整围城打援,二将配合默契,南宋方面的多次救援努力都付诸流水。吕文焕虽坚守不降,但襄樊二城在被困的第二年已发生盐荒,第三年粮食储备出现严重不足,倘若这种局面持续下去,只怕全面断粮也为时不远。

七月,燕京接连下了几场罕见的暴雨,流经京城的高粱河、永定河等几条河流水位暴涨,直接威胁着京城百姓的生命财产安全,张文谦、郭守敬等人带领五万民工日夜奋战和坚守在防汛工地。八思巴为京城百姓计,在京城外举行法事,冒雨参加诵经的僧侣和信众达数万人之众。当晚,暴雨骤停,天空中飘起小雨。

次日雨过天晴,忽必烈询问天灾征候,八思巴推算后回答,恐云南局势有变。忽必烈急忙遣使往云南打探消息。近一段时间,他未接到来自云南的任何讯息,心里也不免有些疑惑。使者离去又转回,带回了一个手持鎏金令牌、风尘仆仆的女子。

女子正是清风。

直到清风逃回京城,忽必烈方知晓云南境内发生的变故。

忽哥赤性本仁柔,赴云南伊始便处处受到都元帅宝合丁的牵制,忽哥赤不愿与宝合丁发生冲突,是以百般忍让。忽哥赤的委屈,清风全不知晓,因为忽哥赤从不对她讲述一切不愉快的事情。

平素,清风足不出户,只在王府相夫教子。数月前,清风发现自己又已身怀有孕,心中更加想念亲人,遂派可靠的家将将两岁的儿子确吉送回燕京,好让他见见从未见过面的祖父和外祖父。

忽哥赤的过分善良助长了宝合丁的野心。宝合丁深知,云南山高地远,在这里建立自己的独立王国不成问题。他首先利用美色拉拢和控制了六部尚书阔阔带,接着又与一些心怀异志的部落首领达成秘密协议:待他取得对云南的绝对统治权后,他将允许这些部落首领继续拥有昔日权势,不称臣,不纳贡,依旧各自为政。

待一切安排妥当,宝合丁在元帅府摆下宴席,派人去请忽哥赤。

这天,王府的后花园刚刚建成,忽哥赤正与清风游赏"望卿山"和"清风亭",夫妻俩还商议在"清风亭"吃晚饭。听说宝合丁有请,忽哥赤虽不欲赴宴,然而考虑到宝合丁难得一次表现出这样的殷勤,拒绝的话,宝合丁一定会觉得面上无光,于是勉强答应下来。

临别,忽哥赤嘱咐清风先睡,他一定早去早回。

清风却睡不着,她一直在府中走来走去,等候丈夫归来。不知为什么,她有一种不祥的预感。

天色越来越晚,清风走出王府,在门口徘徊。突然,黑暗中出现一个身影,借着门顶灯笼微弱的光线,清风认出此人正是跟忽哥赤一起到元帅府赴宴的侍卫。

侍卫顾不得见礼,甚至有些粗鲁地一把将清风推回门里。"王妃,出事了!"他的声音急促沙哑。

"王爷呢?"清风只觉一阵晕眩。

"王爷他……"侍卫的声音哽了一下,又匆匆忙忙地接着说下去,"宝合丁和阔阔带早有图谋,他们给王爷的酒里下了毒。我去接王爷时,看见元帅府的人架着王爷正往客房走,他们告诉我说王爷喝醉了,要扶王爷回客房休息。我不放心,跟着他们走。多亏王爷这时神志还清醒,当我服侍王爷躺下时,他趁人不注意,将我的手指伸进他的嘴里。他嘴里的肉已全腐烂了,我顿时明白了一切。可我只能装作一无所知的样子,借口去给王爷备轿,这才逃出元帅府。王妃,宝合丁和阔阔带不会善罢甘休的,他们一定会来清洗王府,杀光所有的人。我们的人太少,不是他们的对手。您一定要逃出王府,回中都,向皇帝求调大军,为王爷报仇!"

侍卫的话音未落,就听到府外人叫马嘶,刀枪并举。侍卫带着家将拼死抵住府门,只为清风多争取一些时间。清风的贴身侍女一一和二二保护着她从后花园向后山逃去。宝合丁人多势众,很快追至后山。为给小姐赢得时间,一一、二二奋不顾身地引开了追兵,清风方得以逃入深山之中,暂时避开了宝合丁的追杀。

宝合丁派人围山不撤,清风在山中整整躲了十天十夜。

山中缺衣少食,丈夫含冤而死,这一切都让清风苦不堪言。悲愤的心境中,她流产了。当她陷入昏迷时,幸好一位上山采药的彝医发现并将她救起。正直的彝医了解到她的处境后,冒着生命危险将她送出云南边境……

忽必烈被儿子的惨死激怒了,他后悔自己所托非人,更恨他们害死儿子。他当即调遣大军赴云南平叛。哮喘病已十分严重的兀良合台坚决要求执掌帅印。这位蒙古名将,多少年转战云南境内,对云南的每座大山、每条河流都了若指掌,这一次,他要再披战袍,激浊扬清,为女婿报仇。

清风也将随大军出发。真金担心清风的身体吃不消,劝她留在京城,清风拒绝了他的好意。她对真金说:"在云南,有忽哥赤为我修建的望卿山和清风亭,忽哥赤曾对我说,望卿山是他,清风亭是我,望卿山与清风亭相伴,永不分离。如今,忽哥赤已与云南的山山水水融为一体,他留在那片土地,而我,喜欢呼吸着那里的空气,感觉他的存在。不仅是他,还有一一、二二,她们从小和我一起长大,只为忠义,不惜为我而死,我怎能弃她们于不顾?无论如何,我一定要为忽哥赤、为王府所有死去的人报仇。过去是我错了,我做着云南王的王妃,却从来没有将云南当成我的家,在危急时刻,是那里的百姓无私地帮助了我。以后,我能回报他们的,是与他们同呼吸共命运,是与他们一道,将云南建成美丽祥和的地方。燕王,辛苦你和阔阔真帮我照顾好确吉,等到云南平定了,我再回来接他。"

真金知道这是清风的心愿,不再相劝。

大军翌日出发,迅速向云南方向开进。宝合丁万没想到自己有备而战,仍难抵兀良合台兵锋,最终落了个兵败被擒的结果。阔阔带原本是受宝合丁胁迫,宝合丁既败,他既知自己犯下不赦之罪,留下一封忏悔书,在尚书府服毒自尽。

忽哥赤的尸体被宝合丁的手下乘着夜色丢弃于元帅府后的山涧之中,已不知被湍流冲到哪里。清风只能在山涧旁命人剖出宝合丁的心脏,血祭她的丈夫和所有罹难的王府人员。

兀良合台暂时留下来,等待新的云南王及官员到任。此前,他必须坐镇王府,以尽快恢复云南境内的秩序。

十一月初,云南全境平定的消息传来,落落在燕京潭柘寺削发出家,法号"妙严"。死者已矣,生者又远离凡尘,忽必烈蓦觉自己同时失去了一双儿女。

第十一章

云聚散月亏盈

壹

至元八年(1271年)四月初,八思巴因身体缘故,辞驾欲返临洮藏族地区休养。按八思巴原来的计划,他此次到临洮只是暂住,等身体康复后还要返回中都。因此,他在告别忽必烈离开京都之时,仅仅将中都的宗教事务托付给弟子胆巴,并没有辞去帝师职务。

不知道为什么,对于这一次分别,忽必烈的内心有一种说不出的感觉,似乎这一别他与八思巴再难相见。在这种心情驱使下,他决定亲自相送一程。

从蒙哥汗四年(1254年)八思巴追随忽必烈至今,忽必烈始终将他视为心腹爱臣和精神上的力量。君臣二人相知相惜,几乎很少分离,即使八思巴因传教之故有时离开忽必烈,通常也会在较短的时间内被忽必烈召回。只有至元元年(1264年)八思巴为完成在藏区建立行政体制返回吐蕃,君臣才第一次天各一方长达数年。

吐蕃建制完成的前后,八思巴一直处于极度操劳中,这使他的体力在吐蕃时已出现透支现象。加上弟媳和弟弟先后病逝带给他的创痛,旅途的劳累,返回中都后不间断的说法收徒,以及为皇室举办各种佛事活动,无不令他身心俱疲。特别是近一个月,他只不过是在勉力支撑而已。如今,蒙宋襄樊之战正酣,巩昌路已成为元朝西路最重要的军事基地,忽必烈在这种时候同意八思巴离京,一方面固然有为八思巴的身体考虑的因素,另一方面则是希望八思巴出居临洮后,能够凭借帝师的威望安定甘青藏族地区,有效协调在甘青的阔端后王、朵思麻宣慰司、巩昌总帅府之间的关系,以保证元军攻蜀的胜利。

三十五年前(1236年初),皇子阔端由秦、巩一路南下入蜀,曾招降这一带的吐蕃部落。当时归降蒙古的实权人物有巩昌总帅汪世显,熙州也即临洮节度使赵阿哥昌父子等。后至元朝设巩昌路便宜都总帅府,汪世显及其子孙相继任都总帅,赵阿哥昌及其子阿哥潘相继任临洮府帅、达鲁花赤。巩昌路总帅府下辖五府二十七个州,成为蒙哥统治时期设置的吐蕃宣慰司(朵思麻路宣慰司)以外的西北主要藏族地区。在行政管辖上,巩昌路属陕西四川行省,朵思麻宣慰司隶属总制院,但因巩昌路各府州有许多藏族部落,有一些事务总制院和朵思麻宣慰司都要干预,引起诸多不便。如何妥善解决上述矛盾,兼顾各个功臣及诸王权益,或者说得更直白一点,如何协调好汪氏叔侄、赵氏父子及阔端后王之间的关系,已成为当务之急。

除了情况复杂,上面所提到的这些人,都与忽必烈及八思巴有着或这样或那样的渊源。

当年,汪德臣战死于合州后,其长子唯正奉蒙哥旨意至四川,经伯父副总帅忠臣和巩昌军将校推奉,诸王认可,权袭父帅之职,戍守青居(顺庆府)。中统元年(1260年)忽必烈即位,正式授唯正巩昌便宜都总帅之职。时留戍青居的蒙古军帅乞台不花与浑都海勾结,欲起兵响应阿里不哥争夺汗位,唯正遵照廉希宪传达的忽必烈旨意,缚斩乞台不花,忽必烈嘉赏其功,令他统掌东川军事。中统二年(1261年),唯正入朝。三年(1262年),唯正奉旨还驻巩昌,而改由其伯父忠臣领兵戍守青居。同年,唯正率本部军平定西羌部长火都的叛乱。至元八年(1271年)正旦,唯正回朝入贺,因他顾念叔父良臣代替伯父出戍青居多年,鞍马劳顿,再三奏请由自己替换。忽必烈准其所请,于是唯正与叔父换防,良臣回镇巩昌。其时,良臣已于青居之南建武胜城以备抵御合州宋军,唯正又在其地临嘉陵江议长设栅栏,扼其水路,夜悬灯笼于栅间,中置火炬,顺地势蜿蜒,可照百步之外,以防敌方夜袭。忽必烈接到唯正奏报,对其大加赞赏。

汪德臣十三岁即入侍阔端王府,得阔端言传身教,对法主萨迦班智达、八思巴兄弟一向怀有敬重之心。蒙哥时,巩昌府帅仍受阔端后王蒙可都节制,在蒙可都的举荐下,德臣成为独当一面的汉军将领,多次受到蒙哥嘉赏。德臣像阔端一样,一生重情,尽管恩主阔端已逝,德臣即使戎马倥偬,也不忘与蒙可都及八思巴保持着密切的联系。而唯正身为德臣长子,自幼最受父亲宠爱,及至继承父位,亦将八思巴视为精神上的导师。

汪世显诸儿孙中,与忽必烈个人感情最亲厚的是良臣。忽必烈与阿里不哥争夺汗位时,良臣起初虽有犹豫,但在关键的耀碑谷一战中选择站在了忽必烈一边。良臣的参战,粉碎了阿里不哥据有关陇地区的企图,对忽必烈稳固统治地位起到了决定性作用,忽必烈感念良臣相助之功,从此一直将良臣视为爱将。

中统二年(1261年),良臣赴上都谒见忽必烈,忽必烈盛赞其功,良臣却谦虚地说,自己只是奉行统兵诸王的成算而已。忽必烈越发爱重他的品德,诏佩已给虎符,授巩昌路同签都总帅,军民官员皆受其节制。至元元年(1264年),奉命代兄忠臣出领屯戍青居的巩昌军。这年,宋将昝万寿率战船二百艘溯嘉陵江来袭青居,良臣将之击退。捷报送抵忽必烈案头,忽必烈对良臣及手下将士予以重赏。至元三年(1266年),改授良臣为阆、蓬、广安、顺庆等路征南都元帅,与蒙将同为东川四府最高统帅。四年(1267年)九月,良臣以钓鱼城险绝难攻,奏请在逼近其地的母章德山建立城寨,以控扼钓鱼城宋军,忽必烈准其请,于是良臣将巩昌军南移九十里,夹嘉陵江东西筑武群、母章德两城。五年(1268年)三月,改母章德山城为定远城,武群城为武胜城,并出兵败宋将于重庆。六年(1269年),授东川副统军。八年(1271年),良臣回巩昌驻防。鉴于元军已占领四川三分之二地区,忽必烈遂于成都分立行省治之。

当时,各地诸侯世袭管领本境兵民之权早已被削夺,独汪氏犹掌巩昌二十四州军民,究其原因,与良臣得到忽必烈的信任有很大关系。而良臣受兄长德臣影响,亦与八思巴交厚。

汪氏一门的情况如此。

赵氏父子系南宋时诸羌豪富之一,世居临洮。唐安史之乱后,西北吐蕃大举进入陇右,前部占据今甘肃天水一带,战火曾一度蔓延到陕西关中平原中西部。赵氏先祖曾在青海、甘肃等地建立吐蕃政权。因其与宋朝关系良好,北宋真宗、仁宗年间,曾受封宁元大将军,爱州团练使。其孙木征以洮州、河州二州之地降宋,并到汴京朝见神宗,赐姓为"赵"。木征后裔巴命统领一支强大的部落,其势力范围兼有今渭源、临洮、漳县、卓尼、临潭直到迭部等地。

赵阿哥昌系巴命之子。金亡,阔端攻取未降诸州,降服汪世显。这时赵阿哥昌正任金国熙河节度使,率部退守莲花山,收集散众,后来也归顺蒙古,被窝阔台封为迭州安抚使。赵阿哥昌在迭州招抚逃亡,立城垒,课农桑,安辑百姓,行了许多善政。

赵阿哥昌相貌雄伟,勇猛过人。其子赵阿哥潘,事亲至孝,做官勤谨,处事大方,是蒙元时期有名的羌族首领。曾跟随蒙哥伐蜀攻宋,立有奇功,被赐号"拔都"。"拔都"在蒙古语中是勇士之意。并得赐金符,授职临洮元帅。

忽必烈为藩王时,潘扈从南征,自此与忽必烈结下友谊。赵阿哥昌年八十于迭州安抚使任上寿终,潘继承父位。有一年,当地发生灾荒,饥民甚多,他调拨家族中的私仓粮食救济饥民,许多人因此而得活命。在当地有些交通要道的驿站,运输能力很弱,疲于供给,他知道后,把家中的百十匹私马送给这些驿站,作为驿馆的坐骑。在他治下的有些人家,交不起官府摊派抵税牲畜,他也不强征,赶来自家羊只千余,代替穷户完税。这些事情传到忽必烈耳中,忽必烈很受感动,欲按羊只折价付银,他却不肯因私事接受皇家公赏,恳求忽必烈收回成命。

潘喜好收购、饲养良马。他家常常畜有上千马匹,每年他都要从中精选最好的良马五匹,进献朝廷。后来,他的子孙一直遵循这条祖传规矩,从未间断。他与朝中重臣多有交往,尤其与八思巴私交最好,他本是吐蕃贵族后裔,自祖上便笃信藏传佛教,萨班、八思巴伯侄在甘青诸地传教时,他与父亲多次前往拜会,亲自聆听萨班、八思巴传授教法。萨班、赵阿哥昌先后辞世,潘依然十分尊奉八思巴。这也是忽必烈同意八思巴往临洮养病的原因之一。

最后再说说阔端后王只必帖木儿。

只必是八思巴看着长大的,二人情若父子。可以说,无论汪氏叔侄、继承父位的赵阿哥潘、永昌王只必帖木儿,还是忽必烈之子西平王奥鲁赤,都与八思巴有着很深的渊源。事实上,忽必烈早有完善朵思麻宣慰司建制,划定它与巩昌总帅府、甘肃行省的管辖范围,委任宣慰司及其下属各级官员的打算。鉴于甘青一带藏、汉、党项等民族交错分布,民族、宗教情况复杂,又有西平王和永昌王的世袭分地属民,要妥善处理川陕、甘肃两个行省和朵思麻宣慰司的划界设官等问题,有着建立萨迦地方政权的丰富经验、在藏区僧俗信众中拥有崇高威望,并且自身能力超群的八思巴,无疑是最合适的人选。忽必烈相信他的帝师一定能够再度完成这个重大使命。

忽必烈一直将八思巴送出中都城,八思巴不肯让忽必烈再往前相送,合手拜辞。忽必烈注视着八思巴憔悴的脸色,内心涌起深深的歉意:"从帝师返回吐蕃那时起,我与帝师见面的机会越来越少。可有些事情,又不得不借助帝师之力。"

八思巴只觉眼窝里阵阵酸涩,忙掩饰着笑道:"陛下莫如此说。能为陛下尽一份心力,是僧人的荣幸。"

"可我还是担心帝师的身体。"

"不妨事，休养一段时间就好。倒是陛下，千万要保重玉体。"

"这也是我要嘱咐你的。我们以两年为期吧，两年后，等帝师完成在川陕、甘肃和朵思麻划界设官的重任，我在新建的中都城为你接风。"

"僧人听秉忠大人说，中都城的内城年底能如期竣工。"

"是啊。"

"如陛下所言，两年后，僧人将在新建的中都城为陛下祈福。恳请陛下鸾驾回转，僧人在这里与陛下拜别。"

"不必，我要目送帝师离去。"

八思巴硬起心肠，登上车辇，在军队的护送下，迤逦而去。忽必烈看着车队渐行渐远，内心渐觉一片虚空。

贰

八思巴离京不久，王琢、高和尚接到参知政事张易的书信，于比武大赛正式开始前的一个月住进了张府。

蒙古民族崇尚武功。忽必烈自入主中原，一直不曾恢复金朝的科举制度，却每三到四年要在京城举办一次规模盛大的比武大赛，以为朝廷遴选必备的人才。参赛之人不限年龄、民族、社会地位，只根据规定的几场比赛后按总成绩排出名次。凡在比武大赛中获得前十名的，皆有可能被直接委以武将官职。

原定于至元四年（1267年）的比武大赛因朝廷忙于筹备对宋战争而推迟，至元八年（1271年），忽必烈决定举办新一届比武大赛。真金得到消息，急忙要张易修书至幽州告知高和尚，让他进京参赛。

自相识起，王琢和高和尚一起进京看望过真金两次。年初，和尚祖父高老爷子仙逝，王琢继承了恩师的医馆。这些年，王琢刻苦钻研医术，进步神速。恩师在世时，他已能独立接诊病人。如今，他成为医馆当家人，更加精益求精，全力以赴。

高和尚要进京参加比武大赛，王琢想起养育自己成人的高老爷子的临终嘱托，果断歇了医馆陪和尚进京。张易在信中提到，燕王也有同样的意思，若和尚能够取得不错的名次，王琢不如与和尚一起留在京城发展。京城汇聚了来自世界各地的百万人口，在这里，王琢能接触到更多更新的病例，对医

223

术的提高无疑大有助益。

王琢和高和尚住进张府后,很快与张易的独生女儿水云处熟了。

张易膝下只有水云一女,水云未满十六岁,长得眉清目秀,性格天真活泼。王琢和高和尚都很喜欢她,她也喜欢这两位突然住进府中的哥哥。尤其是王琢。王琢风流倜傥、学识渊博,水云对他几乎怀有一种天然的好感。

比之水云,张夫人更引人注目。年近四旬的张夫人应该是个很善于保养自己的女人,她的肤色柔嫩白净,眼角也几乎看不到任何皱纹。王琢、高和尚第一次得知她的身份时都大吃一惊,这位张夫人,除了她身上有着为人母为人妻的庄重高贵外,她怎么看怎么像是自己女儿的姐妹,而非一位母亲。

转眼间,离正式开赛只剩下五天时间。高和尚这段日子一直闷在张府练武,实在待不住了,想出去走走。他不方便自己出去,遂撺掇着王琢和水云一同来到街衢散心。

张府离南街不远。南街虽不算特别繁华,却也商铺林立,各种货物琳琅满目。王琢很有耐心地陪水云挑选花样、丝巾、荷包以及诸如此类女孩子们喜爱的小玩意儿,高和尚开始还远远站在一旁等候,后来觉得百无聊赖,便离开这两个人四处走走看看。

不知不觉中,他从南街溜达到了东大寺,东大寺与南街相比更为繁华热闹。高和尚暗想,大都不愧是一座都城,且不说街上店铺林立,单是街上各种肤色的人来来往往,也够令人心驰神往、引以为傲的了。高和尚站在街口看了会儿杂耍,想起水云和王琢买完东西少不了会到处找他,无奈,恋恋不舍地扔下几枚赏钱,返身去寻二人。

自从在张府住下,高和尚已觉察出王琢对水云产生了一种别样的情愫,而水云显然也喜欢温文尔雅、淡泊名利的王琢,为此,高和尚一直有意帮他们创造更多的接触机会,今天亦是如此。

"站住!"一个女孩子的声音传到耳中,高和尚不知道是在叫他,继续向前走去。

"哎,你等等。"有个人拍了高和尚肩膀一下。高和尚站住了,原来是一位武将打扮的年轻侍卫。

"做什么?"

"没听见我们公……小姐在叫你吗?"武士不耐烦地呵斥道。

高和尚这才发现有个女孩正站在离他不远的地方。此时,女孩的两只眼睛紧紧盯着他腰间的宝剑。女孩的身后环绕着十余名侍卫,仅从这点也能判断出来,女孩的身份非同一般,非富即贵。

"叫我做什么?"

"把你的剑给我看看。"女孩的声音里充满了好奇,一张娇俏的脸上流露出渴望的神情。

高和尚身不由己地解下宝剑,双手恭恭敬敬地递给女孩。这并非他的本意,可不知为什么,女孩甜美的脸容让他无法拒绝她的要求。

女孩子持剑在手,审视良久,"这柄剑叫什么名字?你从哪里得来的?"她问。

"哦,它叫鲁川剑。是我师父留给我的。"

女孩子的目光离开宝剑,落在高和尚身上,"我很喜欢这柄剑,不如,你把它让给我吧。"

高和尚一愣。当初他拜师学艺,师父逝世前将这柄宝剑赠送给他,他一向视若珍宝,从不肯轻易示人,今天算是例外了,"小姐,此剑是我师父所赠,乃小人心爱之物。小姐要小人其他东西,小人但凡有,无不双手奉上。唯独此剑,还望小姐赐还小人。"高和尚这么说已经是低声下气了。他倒不是怕女孩的身份,只是不想给张易惹麻烦。另外,他面对女孩时,心里竟莫名地有种特别的温软的感觉。

女孩子撇撇嘴,"我又不曾说白要你的,我可以重金买下。"

"我说过,这剑是师父留给我的。纵使倾国之富,小人也绝不能割让。"高和尚真急了,口气随即变得强硬起来。

女孩子冷笑一声,"凡本姑娘看上的东西,没有得不到手的。"

"凡本人不愿给的东西,谁也休想得到。"

"你!"女孩子不甘心地怒喝道,"好你个胆大狂徒,竟敢顶撞本姑娘!我看你是活得不耐烦了!"

"本人宁可不活——把剑还给我!"

高和尚随着话音,出其不意地伸手去抓女孩的手腕。女孩尖叫一声,撒手扔了宝剑,高和尚稳稳地将宝剑接在手中。"物归原主。小姐,得罪了。"他一边说着,一边将宝剑还原鞘中。

叁

女孩被气愣了。高和尚并没有碰到她的手,他无非做了个动作。问题是这丫头从小说一不二,哪里受过这种委屈,她顿时恨透了高和尚。

十余名侍卫转瞬间将高和尚团团围住,只待女孩一声令下,他们说不定会将高和尚碎尸万段。

"公主,九公主,公主!"一个急切的声音使所有人循声望去。

只见张易焦急地挤进人群,额上、脸上挂满了大颗大颗的汗珠。

"公主,恕罪啊。"张易撩起官袍,跪倒在女孩面前。高和尚吃惊地望着女孩,这才意识到自己闯了大祸。

"恕罪?莫非,你认识这小子?"九公主——龙儿撇撇嘴,不屑一顾地问。

"是啊,他是来参加比武大赛的,这些日子正在老臣家中做客。公主,请你看在老臣面上,大人不计小人过,饶了他这次吧。来,和尚,快给公主赔礼。"

高和尚倔强地站着,一动不动。和九公主发生冲突的确是意外之事,但他不认为自己有什么错,不明白为什么反要他来赔礼。

"哎呀,你这孩子,太不懂事了!快点啊!"张易急得伸手去拉高和尚,高和尚依然挺立不动。

龙儿目视高和尚,"他果然是来参加比武大赛的吗?"

"千真万确,前不久燕王嘱托老臣写信要他来的。"

"他什么时候又认识我真金哥哥了?"

"这个说来话长。"张易遂将七年前高和尚为救人得以与真金相识的一段往事细细说给龙儿,龙儿听着,脸上的表情一点点缓和下来。

"是这样啊。也罢,我便看在你和真金哥哥的面上,暂且不与他计较。不过,臭小子,我给你说,早晚有一天,我会得到你的鲁川剑的。"

龙儿说完,带着侍卫扬长而去。高和尚俯身搀起张易,张易长长地吐出一口气来。"我说和尚啊,你什么人不好招惹,偏要去招惹她呢?这位九公主,可是圣上和皇后的眼珠子,连燕王都对她宠爱有加。今天她不怪罪你,你已经是烧了高香啦。怎么老夫让你赔个礼,你那么不肯听话呢?"

"我又没做错什么事,为什么要给她赔礼?难道她是公主,就可以颐指气使、为所欲为吗?"

张易被气乐了,"你这孩子,天生是九头牛拉不回来的犟脾气!对了,怎么没见水云和王琢?你们三个不是在一起吗?"

"王琢陪水云挑选花样子,说是给夫人用的。我嫌无聊,随便转转。"

"这可转好了,转出个大麻烦来!水云有王琢陪着,料也无妨。你马上随老夫回府,这几天你在后花园多练练功夫,不要再出来惹是生非了。"

"噢。"高和尚不情愿地答应下来。

几天后,高和尚参加第一场比武大赛,力克群雄,顺利进入下一轮角逐。

接下来三天的比赛更加激烈,高和尚不负真金所望,一路过关斩将,终于成为当朝第三任名副其实的武状元。

其时恰逢"万寿节"前夕,为奖赏这次比武大赛中获得前十名的勇士,忽必烈特颁旨准许他们参加"万寿节"。这十名勇士中,有名列第二的"跤王"哈布尔和名列第三的王著。王著祖籍山东,父亲曾官居益都千户,父亲逝后,其位由王著世袭。在此次大赛中,高和尚与王著经常切磋武艺,彼此结下了深厚的友情。

忽必烈生平酷爱观看摔跤,万寿节宴席上照例有这项比赛。当蒙古家喻户晓的跤王哈布尔出现在大殿中央时,大家一起欢呼起来。

哈布尔表情倨傲地扫视了众人一眼,所有的喧嚣顿时归于寂静。

哈布尔站了好一会儿,迟迟不见有人上场与他比试。

哈布尔面露不悦之色。他不认为众人不敢应战是对他的敬畏,而是认为大家有意给他难堪。若非碍于如此喜庆庄严的场合,他早已拂袖而去。

高和尚看见真金用眼神示意他上场,当即站起,走到场中。

哈布尔好不容易等出了对手,当即喜上眉梢。他在比武场上与高和尚交过手,但从没有比试过摔跤,对于这位个头、身材都比他小一个尺寸的武状元,他其实真的没怎么放在眼里。

漠北摔跤,多以一战定胜负,除非败者不服,胜者同意再比。高和尚暗暗估量着对手的实力,不敢贸然发起进攻。

哈布尔临战一向采取主动,仍由他先向和尚发起进攻。大殿之上鸦雀无声,所有的目光都集中在两位勇士身上。

面对咄咄逼人的哈布尔,和尚不慌不忙,比试得很认真、很耐心。他同样是中原第一流的摔跤手,经验和自负都给了他信心。他已数次摆脱哈布尔危险的进攻,特别是其中一次,哈布尔将他举过头顶重重抛下,他竟奇迹般地稳稳蹲在地上。仅此一招,赢得满堂喝彩,甚至哈布尔本人也对他竖起了大拇指。

高和尚和哈布尔往来争斗达数十回合,哈布尔主动提出和局要求。高和尚求之不得。观战之人无不长长松口气,虽说没看到二位勇士决出胜负,但他们出色的表现足以令人大饱眼福。

忽必烈捋着胡须,哈哈大笑。真金没少在他面前夸赞和尚的武艺和胆识,今日他算眼见为实。为示嘉奖,他命爱女龙儿亲自为二位勇士敬酒。

龙儿走下丹墀,先敬哈布尔。哈布尔谢恩,接过银碗一饮而尽。

龙儿又斟满一碗酒,似笑非笑地递给高和尚。高和尚正欲伸手去接,龙儿手一松,银碗掉落在地毯上,发出"噗"的一声闷响,酒液洒了一地。

众人皆惊。只见龙儿脸色一变，"你竟敢摔了酒杯，分明是没把本姑娘放在眼里！父皇、母后，你们可要为女儿做主啊！"龙儿转过头，边哭边说，满脸泪水，真如受到了天大的委屈一般。

高和尚吓得魂飞魄散。明知九公主是故意摔了酒碗，偏偏这话还说不出口。皇女献酒，那是最高的礼遇，酒碗落地，不杀头也得治个大不敬的罪。无奈，高和尚双膝跪倒，连连求饶："小人该死！小人该死！请公主恕小人无心冒犯之罪。"

龙儿擦把眼泪，不依不饶，"你既知该死，谈何恕罪？"

"公主，小臣实非有意，望公主明察。"

龙儿俯下身，近乎耳语，"早知今日，何必当初！"随即直起身体，提高了音量，"什么无意？休要狡辩！"她转身跪倒在父皇面前，"父皇若不为女儿做主，女儿还有何面目苟活于世上？不如死了算了。"

肆

忽必烈只看到酒碗落地，至于如何掉的，他根本没有看清。龙儿系大理公主罗凤所生，是除真金外最得忽必烈宠爱的子女。对忽必烈而言，罗凤，这位只活了二十多岁便香消玉殒的美丽女子，是唯一让他在真正意义上体验过全部恋爱感觉的人。那时的他，为她倾心过，快乐过，思念过，担忧过，他曾因误解了她与阿挪的关系而满怀嫉妒，生平第一次失去风度；他也曾为不明她的心意，生平第一次辗转反侧，倍受折磨……罗凤的一生纵然短暂，却在活着时盛宠不衰，死后被自己所爱的人珍藏在心底。一手将龙儿养大的人是察必，直至龙儿出嫁，她都不知道察必不是自己的亲生母亲。察必将这孩子视若珍宝，忽必烈又怎舍得让女儿受到丁点儿委屈？这会儿，忽必烈听女儿口口声声要他做主，反倒不得主意。他心里想的是，倘若不依女儿，万一女儿想不开，为父的岂不追悔终生？若依她，高和尚原非故意，又是新科武状元，他怎好说治罪就治罪？

真金一向钟爱高和尚，事已至此，顾不得多想，上前向妹妹深施一礼，"龙儿妹妹，高和尚有多大胆，敢羞辱妹妹你？他不过失手罢了。望妹妹看在哥哥面上，高抬贵手，饶过他这次吧。"

龙儿装作很不乐意的样子沉思片刻，"也罢，既然真金哥哥为他求情，我也不妨退让一步。这臭小子，死罪可免，活罪不饶。"

"妹妹意欲何为？"

"罚他……不如罚他三日监禁吧。"

高和尚暗暗舒了口气，龙儿的报复可谓别具一格。

张易悄悄抹了把头上冒出的冷汗。

真金知道妹妹已做出很大让步，不便再说，唯用目光向高和尚表示了歉意。高和尚十分坦然，向龙儿深施一礼，"小人谢公主不杀之恩。"

龙儿冷哼一声，并不作答。

高和尚又转向忽必烈，跪谢皇恩。

忽必烈见高和尚态度平和，脸上全无一丝埋怨之色，不禁深感这个年轻人气度不凡。他挥挥手，命人带下高和尚，算是为爱女出气，心里已打定了日后重用这位武状元的主意。

龙儿嘴角一动，略略转怒为喜。

转眼便是次日中午，狱卒为高和尚送来盛有午饭的食盒。尽管只有两菜一饭，但都用精致的器皿盛着，不用问是宫中之物。高和尚正觉饥饿，顾不上客气，痛快地将饭菜打扫了个干净。

刚吃过饭，狱卒将空盘空碗收拾出去，蓦见龙儿袅袅婷婷地走了进来。高和尚与龙儿隔着狱门默然相对。高和尚心想，九公主居然会来这种地方，倒也符合这丫头随心所欲的个性。

不知过了多久，龙儿淡淡地笑了，"怎么样？饭菜还合你的口味吧？"

顿时，高和尚心中一沉。难道方才的午饭不是燕王派人送来的？

龙儿好似看穿了他的心思，微笑道："你怎不谢谢我？我岂不白白为你准备了午饭？"她将"准备"两个字说得格外清晰。

高和尚越发感觉不妙，"原来是公主赏赐，小人不知，望乞恕罪！"

"再大的罪过，一死足以偿清了。你没忘记吧？本姑娘说过，一定会得到你的鲁川剑。你临死前还能吃上本姑娘让人给你送来的断头餐，比起其他人来你该知足了。"龙儿肆无忌惮地戏耍着他。

高和尚僵在原处。有那么片刻，他的大脑里一片空白。

胃里，突然开始不舒服。他太大意了，竟以为九公主放过了他。好个心狠手辣的蒙古公主！他未免死得不明不白。

龙儿笑吟吟地注视着高和尚，一心想看看他听说自己快要死去时是副怎样的表情。不料高和尚平静得出奇，让她暗暗纳罕。

高和尚从没机会像现在这样将九公主看个仔细。端立于他面前的这位少女，穿着一件水红色薄棉袍，貂皮披肩在胸前扣紧。她没戴"罟罟冠"，一头浓密的黑发高高盘起,越发衬得她肤色白皙,嘴唇红润。假如高和尚不是带着死亡的暗影来审视她的话,想必会着迷。

"你确定没有遗言留下吗?你的时间可不多了。"龙儿催促着,眼中溢满了捉弄人的笑意。

"你真美。"高和尚喃喃道。

"你说什么?"

"你很美,很迷人,公主。"

龙儿敛住了笑容,瞪大眼睛不可思议地望着高和尚。

从没有哪个男人敢当面称赞她美丽,何况这个人还知道自己就要死了。

高和尚不理会龙儿的诧异,继续说道:"我没忘记,公主一直都是希望得到我的鲁川剑的。我死后,剑你拿去吧。希望公主能像我一样爱惜它。鲁川剑是我师父的遗物,我一向把它看得比自己的生命还要宝贵。"

龙儿半晌说不出话来。她呆呆望着一脸肃穆的高和尚,恍若置身梦中。

送饭的狱卒匆匆转回来,"启禀公主,皇后派人来接您进宫。"

龙儿被这突兀的声音吓了一跳,回头狠狠瞪了狱卒一眼,悻悻然离去了。

直等龙儿的身影消失在牢门外,高和尚才颓然跌坐在地上。他用惊人的毅力装出满不在乎的样子,是因为他不想在仇人面前流露出内心的恐惧,何况这个仇人还是个年轻美丽的女孩。此刻,意志崩溃了,他怀着不甘和悲哀等待着死神来临。也许是百感交集的缘故,他反而感觉不出身体有哪里不适了。

真金带着侍卫兴冲冲地来探望高和尚。"喂,和尚!"他站在门外招呼一声,随即看到一张惨白惊恐的脸庞和一双冰冷无神的眼睛。

"我的天,你怎么了?"真金惊问。

高和尚默然无语。

"莫非我父皇改变主意了?不可能呀。我刚从宫里来,父皇对我说,等你坐满三天监禁,要让你单独展现一下武艺。若你依然表现出色,他会直接给你委任官职。为你的事,我先派人给你送了饭,才去见我父皇的。"

高和尚"腾"地从地上蹦了起来,"燕王,您是说,午饭是您派人送来的?"

"对啊。"

"真是您?没弄错?"

"弄错?你是不是犯糊涂了?"

高和尚真的糊涂了。

　　饭菜既然不是九公主送的，她因何冒认？难不成她正要进来羞辱我一番，见我刚刚吃过饭，故意诈称饭中有毒好借机吓我一吓？抑或她另备有饭菜，调包了燕王送来的那份？

　　高和尚正在胡乱猜疑，真金走入牢中，拍拍他的肩头，笑道："才一宿没见，你怎么一副见鬼的样子？"

　　"谁说不是呢！我真见了鬼，白日鬼。"

　　于是，高和尚将九公主过来探监的情形细述一遍。真金不免有些慌张，唤来狱卒细细追问："公主是否另备饭菜送来？"

　　狱卒回道："没有啊。饭菜是燕王您的侍卫派人送来的，小人收拾餐具准备出去时，公主才进来的。"

　　真金又问侍卫："你送饭时遇到其他人没有？"

　　"谁都没遇上，小人直接将食盒交给狱卒，才走的。"

　　真金放了心，看着高和尚叹了口气，"龙儿的玩笑开得太过分了。"

　　高和尚虚惊一场，一时间只觉啼笑皆非。他不得不承认，九公主虽刁蛮任性，确也心计过人。

　　唉，谁让他倒霉，偏偏得罪了这位金枝玉叶呢！

伍

　　高和尚坐满三天监禁，真金亲自将他接回燕王府。哈布尔和王著闻讯赶来向高和尚道贺，高和尚高兴地拉他二人入座，三个年轻人各自畅谈对摔跤和马上功夫的见解，越谈越投机，大有相见恨晚之意。

　　作为草原上家喻户晓的"跤王"，哈布尔从不涉及官场，但在民间威信很高。他一生厌虚伪，敬英雄，宴会那天同高和尚比试摔跤，和尚敏捷的身手，临危不乱的风度，都给他留下了深刻的印象。若非后来发生公主从中刁难一事，让高和尚坐了监禁，他早想同高和尚切磋技艺，互通有无了。当时，他委实替高和尚捏着一把汗。

　　哈布尔在燕王府不肯多待，临行前一再邀请高和尚和王著到他家中做客，这二人欣然应允。

　　休息数日，忽必烈拣了个晴好的天气，率百官来到演武场，观看高和尚展献武艺。闻讯赶来看热闹的达数百人之多。忽必烈由百官和侍卫相陪，高踞宝座，脸上挂着慈和的笑容。

高和尚上前见礼。今天,小伙子特意换了件青色薄皮袍,腰间扎着一根青色皮带,鲁川剑斜挂腰际,背上背着一张硕大的弯弓,十分引人注目。这身打扮,使本就一表人才的高和尚愈发显得威风凛凛。

忽必烈挺高兴,令高和尚解下弯弓,让儿子们都来试试。

从真金开始,众兄弟中只有北平王那木罕拉了个满弓。真金自幼身体孱弱,虽未荒习武艺,于弓箭上显然比其他兄弟逊色。那木罕等其他兄弟都试完又接过弓来,接连拉了几下,这才还给父皇。

"怎么样?"忽必烈问。

"霸王弓,果然够霸气!"那木罕用赞许的口吻回答,目光扫过高和尚的脸。

忽必烈满意了。那木罕说好,自然是好。十个儿子(忽必烈共有十二子,惜二子早逝)中,数那木罕武艺最好,而且对各类兵器均有研究。

"可以开始了。"忽必烈命侍卫将弓还给高和尚。

高和尚领命,打马绕场一周。传令官宣布:第一项,马上秋千索。

秋千索是高和尚的独门兵器,他使来最是得心应手。开始时,还见人舞索,索缠人,舞到最后,只见雪练飞闪,水光四射,根本辨不出哪是索,哪是人。众人看得眼花缭乱,掌声、喝彩声迭起。一套练毕,高和尚收索,在马上施礼。

忽必烈仍问那木罕:"如何?"

"游龙戏凤,尽得其妙。"

传令官宣布:第二项,飞马落金钱。目标是场外吊在旗杆上的三枚铜钱。

高和尚唤来传令官,告诉他,三枚铜钱,他要一箭射钱缘,一箭射钱眼儿,一箭射钱线。传令官诺诺,心里并不相信。

高和尚一心展显平生所学。只见他从箭袋中取出三支长箭,一支用牙咬住,一支夹在手指中,最后一支搭在弓上。他催开坐骑,跑了几步,第一支箭平稳地射出;与此同时,他掉转马头,从马背上拧过身子,又发出第二支箭;接着,他一脚离镫,恍若要掉下马来,第三支箭已离弦而出。他的全部动作紧凑利落,天衣无缝,只听得三声轻响,三枚金钱全都落于地上。

传令官跑去拾起金钱。正如高和尚所说,一箭射中钱缘,一箭穿过钱眼,一箭射断拴钱的细线。传令官飞跑着去向忽必烈报告,忽必烈手捧金钱,哈哈大笑。

掌声四起,欢声雷动。高和尚按捺着得意的心情,催马上前拜见忽必烈。

忽必烈摆手让他起来,赞道:"想不到你不单武艺高强,还是个名副其实的神箭手。"

高和尚谦虚地一笑，"陛下过奖了。小人还有一手绝技，不知陛下肯否赏脸观瞧？"

"要看，要看！你速去演来！"

场上传令官高声宣布：第三项，探马拾物。

高和尚直起身，故意四下张望片刻，随即向站在不远处注目观瞧的九公主走去，"公主，请赐小臣一物，放在地上，容小臣亲自捡还于您。"

龙儿当然知道高和尚的意图，她略一思索，从头上拔下一支华美的金钗，随手丢在一个低洼处。

高和尚谢了，牵过自己的马。

这位刁蛮的公主确实又给他出了个难题，龙儿扔簪的地方，若想飞马掠过时拾起，委实不易。

高和尚的为难没能逃过龙儿的眼睛，她觉得很开心，尽管已过去数日，她仍旧没忘记鲁川剑之仇。

该着高和尚时来运转。平时付出的汗水和心血都助了他一臂之力，他飞马掠过时稳稳将金钗拾到手中。顾不上品味成功的喜悦，他匆匆来到龙儿面前，双手奉上金钗："小人差点栽到马下。"他低声说，只有龙儿一个人能听到他的话。

"便宜了你。"龙儿同样低声回答，接过金钗，插回头上。高和尚不介意地笑了。

演武结束，高和尚上前拜见忽必烈。忽必烈命他近前，将他仔仔细细端详了好一阵儿，随后，微笑着问侍立一旁的张易和玉昔帖木儿："你们两个都看看，这孩子是不是长得像一个人？"

玉昔帖木儿嘴快，回道："像燕王。"

"像吧？我看着也像。嗯，好！和尚，你今年多大了？"

"回陛下，小人今年二十三岁。"

"很快你就可以对我称臣了。我儿之前没少在我面前夸赞你文武双全，你勇夺今年的武状元，又有万寿节那天宴会上和今天的出色表现，我已对你的才华深信不疑。高和尚听旨：我今破格提拔你为帐殿平章，以后你要经常跟随在我身边了。希望你勤于职守，不要辜负燕王对你的举荐。"

"臣，谢主隆恩！"

高和尚并不知道"帐殿平章"到底是怎样的官职，不过，从真金、张易欣慰的笑容和许多武将流露出的羡慕神情，他知道这一定是个很被人们向往的职位。后来，他才了解到所谓的帐殿平章大致相当于宋朝廷中的羽林军总管，也许在品阶上比不上某些文臣武将，实际权力却相当于三四品官员。另有一样,这个职位以前多数情况下由蒙古人充当。高和尚从忽必烈的这一任命上体会到一种信任,他更加感念皇帝和燕王对他的知遇之恩。

因前两次求婚遭到拒绝,元宗王禃第三次遣使为世子王愖求婚。忽必烈考虑到元宗诚意,同意赐嫁爱女龙儿。得知这个消息,高和尚拜托张易将鲁川剑送到公主府上。龙儿收下宝剑,没说什么,第二天,她让乳母将一样东西交给高和尚。这东西用洁白的丝绢包裹着,打开丝绢,里面露出熟悉的金钗。

这晚,高和尚枯坐执勤的偏殿,彻夜未眠。

转眼到了选定的吉日,忽必烈在上都草原为爱女和高丽世子王愖举行了隆重的婚庆大典。婚后,龙儿将随夫婿走水路回返高丽,高和尚奉旨护送新婚夫妇至庆元港(今旅顺港口)。

专为新婚夫妇建造的巨型舰船坚固、富丽,这是忽必烈送给爱女的礼物。弃轿登舟的一刻,龙儿轻轻扶住了高和尚向她伸出的手臂。

他感到龙儿的手在微微颤抖,这是无法选择的命运。

龙儿登上了巨船,她依偎在船舷一侧,没有向前来送别的人们挥手告别,而是久久凝视着高和尚。她笑着,泪水悄悄地流着,直到巨船载着她缓缓启动,她的目光仍然停留在高和尚的脸上。

远去了,远去了,一个没有开始便已结束的梦。渤海湾浊浪排空,似要将巨船吞没。高和尚轻轻捏了捏他带在身边的金钗,金钗包在洁白的丝绢中,上面写着:金钗,送给你未来的夫人。鲁川剑会伴我一生。

只是,金钗,他永远不会送给任何人。

而且,这一刻他已明白,即使用尽一生,他也无法忘记那张流泪的笑脸。

第十二章

大哉乾元

壹

至元八年冬十一月(1271年12月),新城的前期工程如期完工。忽必烈在除真金外的其他皇子以及刘秉忠、张柔、张弘略、郭守敬等文武群臣的陪同下巡视了新城,然后回到大明殿。

从大都城南的丽正门入城,往北便是长七百步、直通皇城灵星门的千步廊。皇城,亦称萧墙,俗称红门阑马墙,周回约二十里。灵星门内数十步有河东流,河上建有白玉石桥三座,称围桥,石栏上雕刻着龙凤祥云图案,晶莹如玉。桥下面有四条白石龙。河岸上尽是柳树,郁郁葱葱。西面远远地与西宫海子相望。渡桥约二百步,便是宫城的崇天门。宫城周回九里三十步,高三丈五尺。崇天门两侧,右为星拱门,左为云从门。东西两侧有东华门、西华门,北面是厚载门。各门戒备森严,岗哨林立,旌旗在风中猎猎招展。

星拱门之南有御膳亭,亭东为拱宸堂,是百官会集之所。

大明殿坐落于全城最精确的中轴线上,是皇城南建筑群的主体建筑。大明殿的前面是由郭守敬设计制造的以贮水为动力的自动灯漏,一个小木偶按时刻捧牌出来报时。殿内放置着一个木质大樽,内裹银而外镶金,上面云龙环绕,高一丈七寸,可以贮酒五十余石。除木质大樽外,殿内还陈列有酒桌和许多乐器,其中有中统年间从回回传入内地的兴隆笙。这种乐器植九十管,笙首为二孔雀,笙鸣机动,则应声而舞。凡宴会之日,此笙一鸣,众乐皆作;笙止,乐亦止。酒瓮、酒桌的设置都与蒙古初期和林万安宫的陈设相仿,是从蒙古旧俗沿袭下来的。不仅如此,忽必烈还命人将漠北草原成吉思汗居住地的一株莎草移植于大内丹墀之下,赐命为"誓俭草",意在告诫子孙要保

235

持祖先的淳朴风尚。

大明殿东有文思殿,西有紫檀殿,后面有柱廊通寝殿,并有连抱长庑,以通前门,前面绕以画满花卉的金红阑槛,此处便是妃嫔们的住所了。

寝殿后面为宝云殿,再往北是延春门,入门过廊即为延春阁,有梯,从东面三折而上。阁上放置两张御榻,柱廊中设小山屏床,皆楠木饰金制成。后面的寝殿中设有楠木大御榻,忽必烈常在这里召见大臣和大修佛事。

宫城之西太液池中的琼华岛不啻人间仙境,湖光山色美不胜收。它原是金代大宁宫的琼华岛,至元八年(1271年)忽必烈作为驻跸之所方改名"万岁山",组成宫殿的主体。习惯上,人们继续称作琼华岛。琼华岛山高数丈,皆以玲珑石重叠,山间峰峦隐映,松桧隆郁,秀若天成。湖水被能工巧匠们设法引上山顶,由龙口喷出,蔚为壮观。登临琼华岛顶,可以俯瞰都城。山上建有华丽的殿阁亭榭,栋宇飞翠,金碧交映;云松古桧,烟云缭绕,俨然蓬莱仙府。俯瞰琼华岛池水,但见波光澄澈,绿荷芳藻,含秀吐香;游鱼浮鸟,嬉戏群集。太液池中琼华岛南的小岛上建有仪天殿,殿三面有桥,可通东内、西内和琼华岛。

天下闻名的广寒宫便建于琼华岛山顶。广寒宫中放置着一尊皆由整玉雕琢而成的酒瓮——"渎山大玉海"和一张雕饰精美的卧床——"五山珍御榻"。"五山珍御榻"的确精美,更让人叹为观止的还是"渎山大玉海"。这尊至元二年(1265年)即由皇家玉工精雕细作而成的玉瓮,瓮体使用了一块完整的黑质白章玉石,其目的在于体现元帝国的威风和不可一世的强盛。黑质白章大玉石斑驳多变,玉呈青白色,工匠们因材施艺,终于制成稀世奇珍,巧夺天工。玉瓮内呈椭圆形,内空深半米有余,周长近五米。玉体外围雕饰着大海,波涛汹涌,下部浮雕波浪,上部阴刻漩涡。汹涌的波涛中,鱼龙野兽出没其中,包括龙、螺、犀、马、鹿、猪等,惟妙惟肖、栩栩如生。玉瓮可贮酒三十余石,皆珍品佳酿。

此时,回到大明殿的忽必烈高踞宝座,俯视群臣,眉宇间洋溢着自豪的神采。他刚刚颁下圣旨:前中统王朝、至元王朝正式赐名为"大元",取《易经》中"大哉乾元"之意。同时,将中都更名为大都。

集贤大学士兼国子祭酒许衡奉旨立于御案前,声情并茂地朗读着由忽必烈的藩府旧臣们共同起草的《建国号诏》。

建国号诏

诞膺景命,奄四海以宅尊;必有美名,绍百王而纪统,肇从隆古,匪独我家。且唐之为言荡也,尧以之而著称;虞之为言乐也,舜因之而作号。驯至禹兴而汤造,互名夏大以殷中。世降以还,事殊非古。遇乘时而有国,不以利(义)而制称。为秦为汉者,盖因初起之地名;曰隋曰唐者,又即始封之爵邑。是皆徇百姓见闻之狃习,要一时经制之权宜,概以至公,得无少贬。

我太祖圣武皇帝,握乾符而起朔土,以神武而膺地图。四振天声,大恢土宇,舆图之广,历古所无。顷者耆宿诣庭,奏章申请,谓既成于大业,宜早定于鸿名。在古制以当然,于我心乎何有。可建国号曰大元,盖取《易经》"乾元"之义。兹大冶流形于庶品,孰名资始之功;予一人底宁于万邦,尤切体仁之要。事后因革,道协天人。

於戏!称义而名,固非为之溢美;孚体惟永,尚不负于投艰。嘉与敷天,共隆大号。咨而有众,体予至怀。故兹诏示,想宜知悉。

许衡宣读完毕,大殿之上阒静片刻。少顷,掌声雷鸣,数千人的管弦乐队奏出震耳欲聋的《盛世之典》,各级官员三跪九拜,山呼万岁。

一个威震世界的大元帝国,在冉冉升起的太阳伴随下,诞生了!

雄鸡报晓,旭日东升,朝霞把大地抹得一片鲜红……

贰

从中统朝到至元朝到大元王朝,尽管尚未统一南北(也只是时间问题),但忽必烈确实把一个富庶强盛国家呈现在了世界的面前。这个国家,在统一后还将变得更加富庶强盛。

富庶强盛,不是空中楼阁,而是有迹可循,体现在社会生活的方方面面。

首先,说说交通。

自成吉思汗立国,蒙古人逐步完善了驿站制度。到了元朝,四通八达的对内对外水陆交通体系也逐渐形成,在国内各地陆、海、河三运交通大为发展的同时,直通亚、非、欧三洲的陆路海路交通也达到了空前规模。当时,无论是陆路还是海路,都较前代为安全、便捷。从元上都、元大都到中亚、波斯、里海、黑海、钦察草原、斡罗思和小亚细亚的陆路都有驿道相通。当时由西域越境,通往西方的道路大体有三条路线。一条由阿力麻里经塔剌思,然后经咸海、里海以北,穿行康里、钦察草原,之后由钦察汗国都城萨莱或向西进入斡罗思及东欧诸国，或越里海至君士坦丁堡，或越过高加索山而抵小亚细亚。另一条则由塔刺思转下河中，经不花刺，撒麻耳干（今撒马尔罕）而至伊朗。第三条则是蒙古远征军开辟的钦察道，这是中国直通欧洲的捷径，也是中国通向钦察汗国的重要驿道。此道分为南、北两路，北路从贝加尔湖北横穿吉尔吉斯草原，到伏尔加河下游的钦察汗国首都萨莱城（这也是1236年"长子西征"的路线之一）。从萨莱城沿里海西岸南下，可出地中海。南路是成吉思汗西征花刺子模的行军路线，经撒麻耳干、不花刺、玉龙杰赤，沿里海北到萨莱城。

与此同时，海上对外交通也十分发达。由杭州东驶日本，顺风七天便可抵达。自温州开洋，二十五天可抵占城，由爪哇（今印度尼西亚）至泉州，六十八天始返。从云南前往天方（麦加）则需一年的长期旅行。当时乘海船，一日一夜所行百海里。

这些交通网络意义非凡，德国史学家加文·汉布里这样说蒙古人，"挟汉文化的先进和丰富，向西方世界作交锋和交换，从而把中国的版图扩张到空前绝后的程度，造成了基督教文化和伊斯兰教文化及其他各种文化直接会面的地理和交通条件"。

其次，说说自由商贸。

横跨欧亚的古丝绸之路，自汉代开通以来，时断时续，唐代以后彻底阻塞。但在蒙古西征和诸汗国建立之后，经数代蒙古大汗的经营，曾经敌国壁立、互相封锁的情况不复存在。"穿过中亚的陆上贸易在蒙古人的统治下复兴"。

当蒙古人的铁骑跨越了千山万水西进时，他们修建了比历史上其他统治者更多的道路和桥梁。蒙古人不仅在物质方面，而且在思想意识与科学技术方面，为世界打开了一个全新的交流之门。蒙古人将中原的医生带到波斯，并将柠檬与胡萝卜从波斯移植到中原。同样，中原的面条、纸牌、茶叶和手工业技术也传播到西方诸国。他们从欧洲带回工匠，在干旱的蒙古草原上打井修渠。

蒙古人横扫了欧亚大陆，既作为征服者，也充当了人类文明的使者。当来自中原、波斯和欧洲的娴熟技师们把中国火药、穆斯林喷火器和实用的欧洲铸钟技术融为一体的时候，他们制造出了新型的大炮。这是一项冷兵器时代的技术革命，催生出从来复枪到导弹的巨大的现代武器库。

元朝对海外贸易的态度是积极和富有成果的。中央政府先后在泉州、上海、澉浦、温州、广州、杭州、庆元等处设置市舶司，海外贸易出口以瓷器、丝绸以及一些手工艺品为大宗,进口主要为香料、珠宝、药物和珍珠等。政府禁止将金、银、铜钱、铁货、男子妇女人口、丝锦缎匹、销金绫罗、米粮、军器下海,与诸岛蕃贸易。

据《元史》记载,当时由海道同元朝保持朝贡、贸易关系的国家有二十多个。中国旅行家汪大渊在其所撰《岛夷志略》中,详细地记叙了东南亚、西亚乃至东非的地名、国名达二百多处。

出生于摩洛哥的大旅行家伊本·白图泰在他的《伊本·白图泰游记》里形容"泉州港是世界最大的海港"。他见到港内停泊有世界第一流的巨舰百艘,小者则不计其数。

元代中国的航海业不仅规模庞大,而且技术先进,大大超过前代,为郑和下西洋的航海时代奠定了基础。马可·波罗曾描写过他回国时所乘中国海船的制作方法:"用好铁钉结合,有厚板叠加于上,然后用麻及树油掺和涂壁,使之绝不透水……"另外,还有北极星高度的记录,这说明当时中国水手掌握了测星术、海上季风规律等技术。

除海运粮船外,东南亚的海上贸易也为其所控制。位于苏门答腊岛上的三佛齐,是中国与南海诸国贸易、交易的枢纽,由此而东,至于爪哇,向西经马六甲海峡远及于印度、锡金、阿拉伯半岛及东亚之地。大批的中国人侨居在南海各地,从事开发和商务活动。埃及、层拔国(今坦桑尼亚)等非洲诸国都留下过元朝忽必烈汗廷使者易货贸易的足迹。大德五年(1301年)元成宗曾派遣麦术丁等往木骨都束(今索马里首都摩加迪沙)购买狮豹等动物,中国的丝织品和精美瓷器同时输入到非洲,并且深受非洲人民的喜爱。

丝绸业是元代官、私手工业和家庭副业的主要行业之一,主要产地集中在建康(今南京)、平江、杭州、庆元、泉州、四川等地。元代引进了著名品牌纳失失(来自波斯的一种织锦缎),与撒答剌欺(来自中亚的一种丝织品),同时也将中国的丝绸运往世界各地。

中国因为瓷器出口而赢得了"China"之名。青花瓷和釉里红瓷器是珍品中的珍品,也是欧洲上层人物和有钱人的爱物。元代青花瓷是运用钴料进行绘画装饰的釉下彩瓷器,其造型博大,画法娴熟,色彩鲜艳,系陶瓷技术史上最引人入胜的品种之一。釉里红则是一种釉下彩,在胎上以氧化铜为呈色剂做饰纹,罩以透明釉后经高温烧制而成,制作精细,釉色纯正,造型工整,堪称元代中期又一大发明。

五代至两宋时期已开发利用的石油天然气,在元代更加繁荣,陕北的延长、延川、宜君等地在元代就开采有石油井,并担负朝廷的"岁贡"任务。在成吉思汗西征及其后来的战争中,蒙古铁骑屡用石油武器焚烧城池房屋,这使他们得以迅速攻城略地。

叁

再次,说说纸钞。

元朝沿袭宋、金印钞法,是中国古代纸币制度最盛行时期。元廷统一发行纸币(统称"钞"),不限年月,全国通行。元代大部分时期,不铸造铜钱,并禁止使用前代铜钱,除少数地区外,"钞"是唯一通用的法定货币。

中国纸币渊源于唐代的"飞钱",始创于北宋四川民间发行的"交子",北宋末改称"钱引"。南宋时,除四川钱引(后改称"会子")外,又发行了东南会子、湖北会子、两淮交子等。宋、金纸币均以贯、文为单位,自二百文至十贯十余种。

蒙古初无货币,是以羊马牛及其他畜产品进行物物交换。征服中原、西域及欧洲后,获得大量金银,遂主要以银作为价值尺度和交换媒介。成吉思汗末年(1227 年),博州(今山东聊城)地方长官何实遂以丝为本发行会子(丝会)在本境使用,后经窝阔台、蒙哥、忽必烈推广并发扬光大。忽必烈在京兆(今西安)分地之初,即在京兆立交钞提管司,"印钞以佐使用"。

忽必烈中统元年(1260 年)七月,诏令统一印造通行交钞,以丝为本,规定银五十两易丝钞一千两。同年十月, 改印发行中统元宝交钞 (简称中统钞),以银为本,面额分 10 文、20 文、30 文、50 文、100 文、200 文、300 文、500 文、一贯文、二贯文十等。中统钞由燕京(今北京)行省主持制造、发行。中统钞发行的初期十余年间,印造数有严格限制,每年常在八万锭(一锭合银 50 两),多不过十万锭,少到两万锭。至元十一年(1274 年)印数开始增加,二十三年(1286 年)已增至二百一十八万余锭。至元二十三年改行至元钞法,至元钞购买力相当于同样面值中统钞的五倍。马可·波罗称交钞为"点金术"。

元朝是世界上第一个在全国范围统一强制流通纸钞的国家, 这是商品经济发展的一个标志。交钞传到西方以后,发挥了先导作用,在世界货币发展史上具有开创意义。

元代交钞在当时还是一种国际间使用的纸币,汪大渊曾随船出海,归来写《岛夷志略》,记载在交趾(越南北部) 、罗斛(泰国南部)等地,用交钞交易,元朝政府都给予大力支持。用现代人的眼光来看,蒙古人在疆域范围内使用交钞和阿拉伯数字,并使之传播到世界, 已经具备了现代世界体系的某些特征。

240

最后,说说从蒙古到元朝时期的科学技术。

元代回回人在中西文化交流中扮演了重要角色,他们带来了阿拉伯伊斯兰世界一些先进的科学文化技术:天文、数学、医药、建筑、铸造、印染、艺术等,极大地丰富和发展了中华文化宝库。

中国的历史、算术、制图、医学和艺术,也通过阿拉伯人更加广泛地传播到西方,而印刷术、指南针、火药技术及元朝纸钞、驿站制度也辗转传入欧洲,弗朗西斯·培根感叹地说:"没有一个帝国,没有一个教派,没有一个赫赫有名的人物,能比这三种发明在人类事业中产生更大的力量和影响。"这不仅使"欧洲人生活的每个方面——科技、战争、衣着、商业、饮食、艺术、文学和音乐都由于蒙古人的影响,而在文艺复兴时期发生了改变",也加速了西方世界的变革。可以说,欧洲的近代复兴,是在蒙古帝国所创造的东西文化交流的基础上实现的。

回回数学的传入,对中国的传统数学产生了极大影响,使阿拉伯数码和六十进位制被中国引进。而回回天文学的诸多知识与成果,正是随着蒙古对伊斯兰地区的征服才得以传入中国的。

元代天文历数科学的集大成者当数郭守敬。全国统一后,忽必烈在至元十三年(1276年)六月把编制新历作为统一王朝的重大措施,诏命由郭守敬负责,改进并创修天文观测仪器;至元十六年(1279年),郭守敬领导进行了一次举世空前的纬度测量,在东起朝鲜半岛,西至川、滇与河西走廊,南尽占城,北穷铁勒,其地理纬度从10°至65°的范围内,选取27个地点进行天文观测,称之为"四海测验"。它所取得的数据与实际纬度值比较,绝大多数平均误差在0.5度以内,其准确性十分难得。郭守敬穷尽十余年精心编制的《授时历》,推算一年时间为365.2425日,比地球绕太阳一圈的实际时间只差26秒。这个数据在当时处于世界领先地位,在中国其后的三百年间未曾改变其内容。在朝廷任职期间,郭守敬研制了简仪、仰仪、高表等天文仪器,著有《推步》《立成》等十四种天文历法著作。简仪的制造提高了观测天文的精确度,仰仪可以很好地观测太阳的位置和日食,高表的改制,降低了观测日影的误差。同时,郭守敬还很好地解决了大都至通州的运河,使杭州与大都间的运河完全通航。

1970年,国际天文学会以郭守敬的名字将月球上的一座环形山命名为"郭守敬环形山"。1977年3月,国际小行星中心将小行星2012命名为"郭守敬小行星"。中科院国家天文台也将重大科技基础设施LAMOST望远镜命名为"郭守敬天文望远镜"。

元代的医学同样学说纷呈,名医辈出。中国医学史上著名的"金、元四大家"中的朱震亨便生活在元代。元初理学家、政治家窦默以针灸著名,著有《标幽》《指迷》二赋及《玉龙歌》《龙髓经》等。元人分医学为十三科:大方脉科、杂医科、小方脉科、风科、产科兼妇人杂病科、眼科、口齿兼咽喉科、正骨兼金镞科、疮肿科、针灸科、祝由科则通兼言。较之宋分九科,金分十科更为精细与严密。元政府对医学的重视,较之历代有过之而无不及。世祖时期,在上都置惠民署,在太医院下设广惠司,为普通百姓医治疾病。回回人忽思慧曾任饮膳太医,撰成专门讨论饮食营养学的著名著作《饮膳正要》,对食品营养、饮食卫生、疫病防治、食物种类等都进行了开拓性的论述和探讨。

总之,蒙元时期,东西方经贸与文化上的联系超过历史上其他任何时期,蒙古人以独特的游牧文明开放性和兼容性,使世界各民族的传统文化得以交融并存,这对世界格局和世界体系的形成有着巨大的影响。法国蒙古学家雷纳·格鲁塞对蒙古人的贡献是这样评价的:"蒙古人几乎将亚洲全部联合起来,开辟了洲际的道路,便利了中国和波斯的接触,以及基督教和远东的接触。中国的绘画和波斯的绘画彼此相识并交流。马可·波罗得知了释迦牟尼这个名字,北京有了天主教的总主教……从蒙古人的传播文化一点说,差不多和罗马人传播文化一样有益。对于世界的贡献,只有好望角的发现和美洲的发现,才能在这一点上与之比拟。"

肆

忽必烈令光禄大夫、太子太保刘秉忠推演良辰吉日,下诏于吉日正式迁宫。

按照忽必烈口述的迁宫诏谕,明确将与皇宫大内隔湖相望的两处宫殿——隆福宫与兴圣宫赐给燕王真金。因隆福宫和兴圣宫位于太液池西,为与大内区分,时人皆称之为"西内"。

其时,真金抚镇四川方返,接旨后不敢耽搁,与阔阔真在规定的日期内搬进了隆福宫。新建的殿阁,房间自然比过去的住所潮湿阴冷,偏真金在归途中偶感风寒,回来后一直缠绵病榻,阔阔真为此十分担忧。

赫哲定时进宫探望察必皇后,回来后将这个消息说给了阿合马。赫哲原是察必侍女,被忽必烈和察必赐给阿合马为妻,是阿合马诸妻妾中的正妻。

真金生不生病阿合马原本并不关心,转念,却心生一计。他叮嘱赫哲次日务必带些礼物到隆福宫看望阔阔真,谈话中,不妨建议阔阔真到内府库借织金褥一用。织金褥乃伊儿汗国八月间进贡朝廷的贡品,以百种热带鸟羽绒絮成褥里,最是隔寒防潮,极宜病人使用。赫哲不疑有他,满口答应。

果然不出所料,第二天阿合马从内府库得知燕王妃借走了金丝褥。他一刻不耽搁,带着早已备好的人参、鹿茸、灵芝来见忽必烈,说要将这些珍贵的补品献给燕王。忽必烈知道儿子与阿合马一向不和,阿合马贸然送去礼物,儿子必定不收。正好他刚刚批阅完奏折,也想去探望儿子,便带着阿合马一起来到西内隆福宫。

阔阔真闻报父皇驾到,慌忙出宫门迎驾。忽必烈与儿媳简短交谈了几句,得知真金服过药这会儿已然入睡,他吩咐阿合马先将礼物交给西内总管收好,随后,他蹑手蹑脚地踱进寝殿,在儿子床前站了好一会儿。

阔阔真和阿合马都在殿门外恭候。看到忽必烈出来,阿合马一边上前迎驾,一边偷偷察看了一下他的脸色。

中午的阳光照在忽必烈的脸上,这张脸显出不同寻常的严肃。阔阔真也察觉到父皇的不快,她不清楚究竟发生了什么事情,只觉心中忐忑不安。

忽必烈向前走了一步,又回过头注视着儿媳,"阔阔真。"

"父皇……"阔阔真吓坏了,声音里透出惊慌。

"阔阔真,为父从来认为你是我所有儿媳中最贤惠、最识大体的一个,至于真金,他一向视节俭为美德。可为父还得说,你们这次的事情做得实在欠妥。"

忽必烈的语调平和,但责备之意显而易见。阔阔真大睁着双眼望着忽必烈,不知忽必烈所指何事,"父皇能不能告诉臣媳,臣媳和燕王究竟做错了什么事情,惹得父皇如此不快?"

"织金褥是真金让你去内府库要来的吗?"原来,织金褥的褥面绝不同于一般绸缎之类,系用最好的蚕丝配以最好的金丝织就,非但名贵无比,若被光线照到,则熠熠生辉,夺人视线。忽必烈一进隆福宫的寝殿就看到织金褥,由是心生不满。"阔阔真,你和真金应该清楚,内府库中的财物皆系国家财产,非我家私品,绝不是想拿什么就去拿什么,倘若人人如此,国家的法度岂不被破坏殆尽!不是父皇对你们要求苛刻,是一个国家必须有法可循,即使对至亲骨肉也不能姑息。"不容阔阔真回答,忽必烈继续责备道。

阔阔真急忙看了阿合马一眼。阿合马正装出一副诚惶诚恐、恭顺受教的样子,巧妙地遮掩住了得意的心情。阔阔真面对父皇跪了下去,眼中耀起一片泪光,语速急促地解释道:"父皇,您误会燕王了。臣媳不敢隐瞒,织金褥其实是臣媳擅自从内府库借出的,燕王对此全不知晓。燕王曾向臣媳问起织金褥的来历,臣媳担心他不肯使用,骗他说是从臣媳娘家借来的,我们用上几天再还回去不迟。燕王听臣媳这么说,才同意让臣媳给他铺上织金褥。父皇您是了解燕王的,您一定看到在织金褥的上面还铺着别的褥子吧?这是燕王做事细致之处,他担心自己每日喝汤药会弄脏织金褥,到时不好还给臣媳娘家,才执意在织金褥上又加了一层褥子使用。"

听了阔阔真的话,忽必烈的脸色缓和了许多,"伊儿汗国进贡织金褥时,真金并不在京城,想必他对织金褥之事一无所知。"

"父皇,您有所不知,隆福宫建成不久,还十分潮湿。若换了平常倒也罢了,偏巧燕王在病中,每日常感腰痛,睡眠不宁。臣媳很担心,向御医许地询问,许御医告诉臣媳,燕王的腰痛系潮湿所致,最好在燕王身下铺上一床温暖隔潮的卧具,燕王腰痛缓解,自然睡得踏实,也有利于病体康复。燕王生病,臣媳怎能不急?正好听说织金褥有许御医所说的效果,便不顾一切地把它借来了。父皇,千错万错都是臣媳之错,与燕王无关,您要责罚就责罚臣媳好了。您放心,臣媳很快将织金褥还回内府库,只求您千万不要错怪了燕王。"

"不是错怪真金,看来是我心急,错怪你了。你这样操心真金的病,我不该不分青红皂白埋怨你。好孩子,起来吧,织金褥果然对真金的身体有好处,我过些日子不妨将织金褥赐给隆福宫。真金这孩子,别的什么都好,只身体总让我操心不已。"

"不,父皇,织金褥是国家之物,即使您爱子心切,想要赐给燕王,他也不会接受的。无论如何,我们一定会将织金褥还回内府库。这样吧,回头臣媳给内府库写个借据,将织金褥限期还回,您看这样是否可以?"

"你想得很周到,按你想的办吧。对了,阔阔真,今天我对你说的话,都是因误会而起,你不必告诉真金,让他徒增烦恼。我要回去了,真金的病情有什么变化,你一定要及时告诉我和他母后。"

"臣媳知道了。臣媳恭送父皇。"

阿合马小心翼翼地服侍忽必烈上马,脸上的表情一如既往,毕恭毕敬,心里却万分失望。他花费了许多礼物,巴巴地跟着忽必烈来隆福宫,原本想目睹一场好戏,没想到阔阔真几句话就消除了皇帝的不满。由此可见,皇帝对于燕王的疼爱,的确大大有别于对其他儿女。

唉,燕王的地位越不能动摇,他阿合马的日子越不好过。思来想去,他只能自叹命苦!但他不能也不想这样认命。他与燕王之间,还有得一斗,他的法宝,是他无人可及的理财能力以及皇帝对他的信任。

下一步，他必须趁真金卧床之际，将总与他作对的许衡老东西撵出朝堂，从而断真金一只臂膀。

没错，先这么做。

伍

真金缠绵病榻足足有四个月。这四个月中，他的病时好时坏、时轻时重，令爱子心切的忽必烈和察必着实伤透了脑筋。与许多朝臣一样，张易无时无刻不在担忧着燕王的病情。经过激烈的思想斗争，他鼓足勇气向忽必烈推荐了女婿王琢。和尚取得比武大赛冠军后，张易将女儿水云许配给王琢。在张易的资助下，王琢的新医馆也在东大寺附近开张了。

王琢虽年轻，但在京城已是小有名气的大夫，他尤善治疗各种疑难杂症。张易迟迟不敢推荐女婿，绝非担心女婿治不好真金的病会有损名声，或为自身招来灾祸，而是怕万一真金有个三长两短，他必定抱憾终生。

王琢仔细研究真金的病情后，冒险开出了以毒攻毒的药方。他将这个药方与许地商议，许地心里没底，犹豫再三，同意一试。用了几服药后，真金的病情开始得到控制。忽必烈大为高兴，欲重赏王琢，被王琢婉言谢绝。宫廷御医的风光和职衔对王琢没有任何吸引力，与之相比，他情愿做一名民间大夫，继续开他的医馆。他深知，只有这样，他才能为更多的百姓解除他们的病痛。

既知王琢志向，忽必烈虽不免遗憾，却并不相强。

真金大病初愈，惦记朝中之事，一早乘轿上朝。路上，恰与玉昔相遇。因汉臣一般都喜欢将玉昔帖木儿简称为玉昔，真金和其他与玉昔帖木儿交情深厚的朋友如伯颜、阿术等人也不例外。此时，玉昔见真金的脸色比前些时候红润了一些，悬着的一颗心总算稍稍放下了。

"燕王。"玉昔上前拜见真金。

真金下得轿来，与玉昔并肩而行，"有些日子没见你了，也没见你去宫里。是不是父皇派你另有公干？"

玉昔犹豫片刻，回道："这个么……是……也不全是。"他边说边察看着真金的脸色，显然，他是有什么话难以启齿。

真金没听懂，"你这话什么意思？"

玉昔将左手攥了起来，这是他心里矛盾时的一个下意识的动作。

真金注意到了，"说呀。"

"其实，臣奉旨巡视怀孟路，去了一趟文水县。"

"文水县？许先生的私宅就在文水县呀。"

"王子果然记得。"

"你去文水县做什么？"

"你生病的这段时间，许祭酒(指藩府老臣许衡，忽必烈立国后，将他封为国子祭酒，掌管国子监)也告病还乡了。你知道许老先生这个人，半生清贫自守，两袖清风，尽管他离开朝廷前陛下特旨颁赐了不少钱粮，但他家人口较多，他又要看病，想必很快会消耗殆尽。大家放心不下，正好陛下派我巡视怀孟路，便凑了二百两纹银托我捎给他。"

真金吃了一惊，"许先生生病了么？是不是很严重？"

"唉！"玉昔帖木儿回答前先叹了口气。

"你叹什么气？莫非事出有因？"

玉昔仍在犹豫，不知是否要对真金据实以告。真金的身体刚刚好转，他并不想说些不愉快的事情令真金烦心，可不说出来，他又不擅长撒谎。

"快说啊，到底怎么了？"真金催促道。

"也罢。我说了，你千万别太生气，对你身体不好。你已归朝，我们一起想办法解决就是了。你生病不在朝中的这几个月，不，其实早在你去巡视四川前，阿合马为了搞垮教习人才的国子监，层层设卡，百般刁难，既不拨钱粮，又不配器物，许祭酒无法执教，只得被迫请求回乡务农。"

"竟有这样的事？你不进宫倒也罢了，伯颜、安童还有弘范都去看望过我，为什么对我只字不提？"

"你刚回来就卧病在床，大家担心你的身体，自然不想用这些不愉快的事情来让你分神。如今朝政多被阿合马及其党羽掌控，圣上对阿合马宠信有加，言听计从，阿合马与许祭酒不睦，自然要拿许祭酒开刀了。"

真金紧紧锁住眉头，"糊涂！真是糊涂！"也不知这话他是在说谁。

沉默片刻，他向玉昔说道："待会儿退朝，你帮我安排一名使者，再去一趟许公处，替我送些银票给他，还有两盒高丽进贡的人参以及其他补品一并交给他。同时，请使者转告许公，天理公允衡长久，小人猖獗只一时。请他善自珍重，待时机成熟，我亲自接他回京。"

"遵命！"

玉昔答应着。真金终于病愈，他的心情轻松了不少。

"时间不早了，我们走吧。"

"看，阿合马过来了！好华丽的八抬大轿，只差用金子来装饰轿门了。"玉昔看了看真金简朴的双人小轿,似怒似笑地说道。

真金冲着阿合马的轿子直直地走了过去。轿夫并不认识真金,见他衣着朴素,以为又是那些专与他们主人作对的穷酸儒臣,遂怒喝道:"找死吗？没看见这是平章大人的轿子,还不快快滚开！"

玉昔大怒,正欲上前,真金将手伸在后面,暗暗向他摆了摆。

"咦？好大的胆子！你若再不滚开,休怪老子对你不客气了！"

真金淡然一笑,"怎么个不客气法？"

<h2 style="text-align:center">陆</h2>

阿合马正在轿中闭目养神,外面的争执他听得清清楚楚,却懒于出面制止。他从来不把朝中那些藩府旧臣放在眼里,对于他们,只要可能,他会一一让他们滚蛋。然而,当他听到这声心平气和的问话时,耳边却不啻惊雷炸响。他一把掀开轿帘,随即迈出轿门。看不出,他肥硕的躯体还相当灵活。

"你们,你们还不给我退下！燕王殿下,殿下啊,这群该死的奴才冲撞了殿下大驾,还请殿下恕罪。"

阿合马一边斥退轿夫,一边忙忙地抢上几步,跪在真金面前。真金在身上找了找,可惜什么也没带。他不甘心地四下张望,恰巧看见道边丢弃着一张被折断的废弓,于是拾起来,用力向阿合马的脸上抽去。

弓,抽在阿合马的脸上,一股鲜血立刻冒了出来。阿合马蒙了,只管直挺挺地跪着,连脸上的血也不敢伸手去擦拭一下。

"这下,我是替许先生打的。去告诉我父皇吧。阿合马,你记住,我一定会让许先生还朝的。"

"殿下,奴才我……"

"玉昔,我们走！"真金将断弓用力掷在地上,不再上轿,与玉昔步行着向大明殿方向走去。

直到目送着真金与玉昔走远,阿合马才感到脸上火辣辣地疼痛。他抹了一把,满手都是血污。轿夫们怕挨打,哪个都不敢去搀扶他,阿合马没办法,自己从地上爬了起来,一言不发,捂着脸坐回轿中。

"老爷,还……还去上朝吗？"一个轿夫鼓起勇气,战战兢兢地问道。

"上！"阿合马没好气地回答。

247

　　阿合马与真金都没注意,此时,一辆黄色车轿正紧紧跟随在阿合马的紫色大轿后面。这辆黄色车轿是特制的,帝师八思巴不在京城时,偶尔归代行帝师权力的总制院使桑哥使用。桑哥是八思巴的弟子,当年,忽必烈通过八思巴广选天下人才,八思巴郑重地向忽必烈举荐了桑哥。桑哥熟稔川藏政教庶务,且有军事才能,忽必烈十分看重他,将他擢为总制院使,管理天下释教。

　　桑哥奉旨巡视川藏地区,昨天傍晚才赶回京城。

　　与锋芒毕露的阿合马不同,桑哥平素为人深沉,谨言慎行,似乎仅满足于在忽必烈面前表现他的才能,而对"敛财派"和"汉法派"一律敬而远之。他这种韬光养晦的策略确实起到了明哲保身的作用,但事实上,这不是真正的桑哥。真正的桑哥如何甘心平平庸庸地度过一生?他不过是在等待着合适的机会。他相信,作为八思巴最欣赏的弟子之一,佛主一定会赐予他这种机会。

　　刚才,亲眼看见了真金与阿合马发生冲突的全过程,桑哥一方面暗暗觉得痛快,另一方面从内心对真金产生了一种莫名的敬畏。

　　真金和玉昔来到大明殿时,文武百官多已恭候在朝堂之上。刘秉忠、张文谦、姚枢等人看到真金都非常高兴,纷纷上前见礼问候。工夫不大,阿合马悄无声息地出现在大殿门前。尽管他有意遮掩,但那条从他的左耳直划到嘴角的伤口以及在脸上、颈上、官袍上留下的血迹都太过显眼,想遮掩也遮掩不住。除真金、玉昔外,大家看到他这个样子,都不免有些惊奇。

　　朝堂上有一半是阿合马的亲信,但此时他们碍于真金在场,加上阿合马一进来便满脸阴沉地站回到自己的位置上,是以破天荒地谁也不敢上前见礼,更不敢多问阿合马什么。

　　桑哥最后一个到朝。他刚刚站定,殿外传来帐殿平章高和尚洪亮的唱喝声:"圣上驾到!"文武百官急忙各就各位,屏息以待。

　　忽必烈步履矫健地步入大殿,他一眼看到儿子,脸上顿时露出欣慰的笑容,"真金,你的身体刚刚复原,何不多休息几日?"

　　"儿臣无妨,谢父皇挂念。"

　　"也罢,务要小心在意,不可劳累过度。"

　　"是。"

　　忽必烈笑容满面地回到龙椅上坐下,"桑哥!"他面对桑哥问道,"你何时返回的?"

　　"回禀陛下,昨日傍晚。"

　　"帝师安好?藏区形势安好?"

　　"平稳如昔。帝师十分想念陛下,他请臣转告陛下,他会在与陛下相约的日子回返京城。"桑哥奏罢,躬身退下。

忽必烈看了看阿合马,惊问:"阿合马,你的脸怎么啦?"

阿合马心虚地瞟了真金一眼,嗫嚅着回答:"是……是臣不小心撞了一下。"

真金冷笑一声,"阿合马,你为何不说实话?"

阿合马垂下头,再不言声了。

忽必烈略一思忖,已猜出八九。真金看似温文尔雅,骨子里却继承了孛儿只斤家族的刚烈情性,对此,他不忍过分深责。

"真金……"

"父皇,没错,是我把阿合马打伤的。"

简短一句话,令在场众人无不惊呆。所有的目光齐刷刷地射向阿合马,个中内容却不尽相同。

"唉,真金,你太莽撞了。他怎么说也是朝中重臣,你怎能出手打他——这实在是你的不对了。"

"父皇,阿合马利用您对他的信任,暗令有司百般刁难国子监,致令诸生廪食不继,祭酒许衡被迫请归故里。这样的人,别说打他,哪怕治他的罪也不为过。"

"冤枉啊,陛下,不是这么回事。"

"那是怎么回事?"真金怒道。

"真金,因你在病中,有些事情并不知晓。蒙宋之战始于至元五年(1268年),迄今已历三个年头,国资消耗甚巨。国子监那帮书生不知我恤爱之心,对我、对时局颇有微词。即便如此,我秉宽宏之心,未予计较,岂料这些书生竟接连离开国子监。许衡无法执教,加上染病在身,这才请归故里。"

"父皇,国子监是为国家培养人才的地方,诸儒生皆父皇亲旨拔擢,若非有人从中作梗,不予供给钱粮物具,这些书生岂会擅自离开?儿臣可以不去深究缘由,但一个国家没有储备人才的机构是不可想象的,特别是像父皇治下拥有广阔疆土的泱泱帝国。请父皇明察。"

"唔,这样吧,待今日下朝,我将重新斟酌此事。的确,如你所言,我要颁行八思巴新蒙文,也需要国子监这些儒生和许祭酒协助。"

"既如此,可不可以请父皇准许许衡之子许师可担任怀孟路总管?如此,在许公病愈回朝,重任国子祭酒前,至少可以保证许公一家衣食无忧。"

"准奏!"

"谢父皇!"

"阿合马,待会儿散朝,我会派最好的御医为你诊视脸伤。你看在我的面子上,今日之事不要耿耿于怀了。"

"臣不敢!陛下眷顾之恩,臣万死难报。"阿合马连连叩头,尚未愈合的伤口又渗出点点血珠。

真金与刘秉忠四目相对,他们知道,这是忽必烈一种无言的暗示:无论阿合马做过什么,他的理财之能始终为庞大的元帝国所需要。

面对刘秉忠期许的目光,真金蓦然感到力不从心。他面对的并非阿合马本人,而是他的父皇,他究竟该怎么做?

难道,他要放弃吗?该放弃吗?

不!

第十三章

辕门奏凯归

壹

十二月十八日(阳历 1272 年初)清晨,宋知襄阳府兼京西安抚副使吕文焕像往常一样,早早登上樊城的箭楼。

浓雾在隆冬的时节里像团团蒸汽,从江面上慢慢扩散。太阳出来一竿高后,乳白色的雾霭开始散去,陆地、湖面渐显,只有远山还被浓雾包围着。元军营地,一面面旌旗猎猎招展,上面书写着"大元"字样。

望着这两个字,吕文焕竟从心里打了个冷战。自襄樊之战开始,当今圣上(此时正值度宗执政)听信贾似道谗言,将经营襄樊防御颇有政绩的高达排挤调离,任用贪贿好利且与贾似道沆瀣一气的吕文德总领襄樊军务。吕文德志大才疏,决策上屡屡失误,他先是贪贿好利,令元军在鹿门山以置榷场为由建成第一座城堡据点,后又不听其弟吕文焕的蜡书报告,未在元军筑城伊始增兵打击。

吕文德病故后,接替他督师进援襄樊的京湖制置大使李庭芝,又受到殿前副都指挥使、吕文德的女婿范文虎掣肘。范文虎总领禁军先至,他在贾似道的纵容下,阳奉阴违,致使李庭芝难有作为,丧失了在元军合围前对襄樊实施救援的最佳时机。

八个月前以及半年前,范文虎督率舟师十万,两次沿汉水援救襄樊,结果被阿术所率元军在湍滩等处击败。在大规模的增援失败后,李庭芝和范文虎所率援军往往扼关隘不克进。

苦苦支撑中的襄樊城,犹如重病之躯,奄奄待毙。

阿术和刘整始终没有放弃劝降吕文焕的努力,他们于新年伊始再次遣使者携劝降书和"建国号诏"入城,面见吕文焕。

劝降书和"建国号诏"均用汉文写成,吕文焕匆匆浏览一遍,不置一词。使者费尽唇舌,吕文焕不为所动。

吕文焕并非不知,元军在距襄阳城东南三十余里鹿门山筑堡百余,置重兵、火炮把守,以阻遏宋陆路军队;在白河口、唐河口、老河口、沮水、漳水、游河、小林河、出山河、永名河一线,筑垒置军,竖炮架弩,拦截宋援襄水师;在邓城、夫人城、庆元己未摩崖、岘山寺、高阳池馆、马跃檀溪、老龙堤、白马洞、古隆中、刘表墓和百里之遥的徐庶庙,亦遍置骑兵、水师游动穿梭。如今的襄阳和樊城,四面被围,犹如铁桶一般,而他在这样不利的处境下,与元军抗衡了近四年(1268年九月至1272年一月),已堪称历代战史上闻所未闻的奇迹了。

他只恨奸臣误国,忠贞之臣、有识之士报国无门。

元使劝降未果,匆匆拜辞出城。吕文焕仍寄希望于朝廷派来援军。五月,宋军派遣张顺、张贵率三千勇士,携衣甲食物,拼死冲破元军舰队封锁,向襄阳逼近。为掩护张贵进城,张顺战死于江中。

而后,元军在汉水江面布列撒星桩,封锁数十里,襄阳城面临的形势更为严峻。

七月七日,吕文焕派张贵率部突出重围,期望与驻扎龙尾洲的范文虎部会合,内外夹攻元军。不料,范文虎违约提前撤离,造成张贵战败被杀。至此,宋军援救襄樊的所有努力,均因内部倾轧及军心涣散而宣告失败。

十一月,正当元军扫清樊城外围,加紧对襄樊二城的围攻时,李庭芝使出离间计,试图造成忽必烈对刘整的疑心,进而自断臂膀。

本来,忽必烈刚刚任命刘整为河南行省参政、诸翼汉军都元帅,兼统水军四万户,进一步明确了刘整与阿术并为元军统帅的地位。李庭芝清楚地知道,刘整被重用,意味着元军即将对襄樊展开更大规模的军事行动。于是,他用金印牙符授刘整为汉军都元帅、卢龙军节度使,加封燕君王,还书写信函,让永宁僧人一并带给刘整。印符和书信为永宁县令截获,立即驰驿奏报朝廷。

忽必烈初闻密报,心中暗暗吃惊,冷静一想,已知八九。刘整是襄樊战役的真正设计者和具体执行者,在这襄樊危若累卵,赵家天下朝不保夕之时,他怎么可能再降宋廷?恰在这时,刘整自襄阳军前赶回京师,往忽必烈驾前分辨真伪,他直言这是宋将李庭芝所使离间计,目的是为除去他这位襄阳之战的策划者。忽必烈笑道:"当年,祖汗行将西征时,金地多风传木华黎已自立为靖南国王、蒙古太师,祖汗遂命臣下制国王印,建九斿白纛,于木华黎晋见之时,将九斿白纛交给木华黎,正式封木华黎为蒙古太师,靖南国王。他对这位跟随他出生入死几十年的开国名将说,太行以北,我自经略;太行以南,由卿治理。又交代诸将,木华黎以建此旗为号,如见之,应视我已亲临。信任之重,由此名言可知。我虽不敢自比祖汗英明睿智,不过,李庭芝的雕虫小技如何瞒过我去。我信将军之谋、之勇、之忠。将军返回襄樊后,可立即执杀永宁僧人及其党羽。"

刘整十分感动,谢之不尽。

忽必烈心念一动,又对刘整说道:"将军何不给李庭芝写封回信?"

刘整微微一愣,转而明白了忽必烈的用意,欣然领命。当天,刘整按照忽必烈的意思给李庭芝写了一封回信:整自受命以来,唯知督厉戎兵,举垂亡孤城耳。宋若果以生灵为念,当重遣信使,请命朝廷,顾为此小术,何益于事。

写完回信,刘整匆忙返回襄樊前线。对他而言,唯有尽快拿下襄樊,才是他报答皇帝信任的最好方式。

转眼已是十二月,针对襄樊久攻不下的情势,张柔之子、万户张弘范向前军指挥刘整和阿术建议:襄阳、樊城互为唇齿,宜先克樊城,断绝其声援。阿术上书朝廷,忽必烈审时度势,批准了这一总攻计划。正好行省参政阿里海牙(1227年至1286年)回京面圣,忽必烈将几门亦思马因人所献的回回巨石炮交给阿里海牙,命他运至襄樊前线。这种新型的回回炮攻击力猛于火炮,连最大的树木也能就地摧毁,炮石直径数尺,坠地可陷入三尺。

随后,元军兵分五路,强行攻下樊城。

樊城既破,襄阳孤立无援,危在旦夕,忽必烈再次遣使入襄阳城劝说吕文焕归降。回来后,使者告诉阿术、刘整和阿里海牙,吕文焕虽仍拒绝投降,但态度已不似围城之初那么强硬。

樊城陷落,吕文焕是战是降,仍旧举棋不定。面对现状,他的内心苦闷至极。

这位宋宁宗嘉定十三年(1220年)出生于安徽寿县的宋军杰出将领,在得不到任何外援的情况下苦苦守城达五年(1268年至1273年)之久,如今他突然觉得很累,对前途也充满了迷茫。

他曾寄希望于朝廷派来援军以解襄阳之困,但随着时间一月一天、一分一秒地流逝,他的希望一点点变成失望最终只剩下绝望。假如说元军围城之初他还有充分的理由相信,元军对襄阳久攻不下得益于襄阳军民的同仇敌忾以及他这位统帅的正确谋划,事到如今他才发现,事情并没有他想象的那么简单。元军固然也想早日拿下襄阳进而一举征服南宋,做不到的话,不妨借围攻襄阳之际最大限度地消耗宋军的有生力量。

这很明显是两步棋,问题在于这两步棋无论走哪一步,元军都将是最后的赢家。而布下这两步只赢不输的棋子的始作俑者,正是对宋军建制以及兵力部署都了若指掌的刘整。

作为对手,吕文焕对刘整的杰出才能素有所知,他知道刘整最终叛宋降元,与他的亲哥哥吕文德妒贤嫉能有着极大关系。虽是同胞兄弟,吕文焕对兄长的所作所为一向不齿。他很为宋廷惋惜,刘整这样的帅才皇帝不知重用,反而任用的全是贾似道、吕文德之流。鄂州与襄阳近在咫尺,李庭芝督师援襄,一败再败。老将夏贵出身行伍,官至淮西安抚制置大使兼知庐州,手握重兵却只知保全自己。"蟋蟀太师"贾似道在朝野培植亲信,排除异己,擅权枉政。陈宜中、贾余庆、吕文德等中书门下省重臣纷纷依附贾似道,为虎作伥;相反,文天祥、张世杰、陆秀夫等中书门下省、枢密院、制置司官,却是报国无门,屡受排挤。

事实上,他的忠诚和信心正在被大宋的现状耗尽。

贰

屡遭打击的襄阳城,被元军团团围困,已无挣扎之力,加之战争损耗,民困兵疲,犹如一只被囚困于铁笼之中遍体鳞伤的猛虎,除了做一番无谓挣扎外似别无出路。

吕文焕自问,他该怎么办?

一意孤行? 襄阳百姓势必为他的一意孤行付出更为惨重的代价。

他并不惧死。早在襄阳遭受更猛烈的炮击前,刘整亲至城下劝他投降,他回答刘整的是万箭齐发。他看到刘整中箭,但刘整的话比刘整所中的那一箭更深地射中了他本人:"大局已定,将军何必死守一点愚忠,令襄阳无辜百姓遭殃? 我劝将军顺应天意,献城来降。如若不然,也应出城与我决战,方不辱勇士声名。似将军这般龟缩城中岂是勇者之举?"

他置若罔闻。

在他的置若罔闻中,元军向樊城发起总攻。

樊城守将以疲弱之师抵抗,渐不能敌,城郊、夫人城等险要悉数被元军占领。刘整攻破樊城,宋将范天顺战败,于守地自缢而死。牛富率死士百人巷战,遇民居烧绝街道。元军亦很顽强,步步紧逼,牛富身受重伤,蹈火而亡。裨将王福亦从死,樊城遂陷。樊城既失,襄阳更是再无生理。

至此,为他的置若罔闻付出代价的是冒着青烟的残垣断壁和一具具血肉模糊的尸体。吕文焕行走在不绝于耳的呻吟和咒怨中时,头一次感到自己愚不可及。

这真的是他所希望看到和得到的结果吗?原来信念会像人的躯体一样被肢解,而信念一旦被肢解,剩下的便只有无穷无尽的悔恨。

于是剩下的,还是那个疑问:他该怎么办?

他到底该怎么办?

至元十年(1273年)初,襄阳山穷水尽。刘整主张按拒降例以武力夷平襄阳,襄樊之战旷日持久,他很想早日拿下襄阳,早日征灭南宋。阿里海牙坚决不同意,他爱惜吕文焕旷世奇才,很想将他网罗在皇帝麾下。

数日后,阿里海牙调集巨石炮、火炮瞄准襄阳,一炮击中谯楼,声如雷霆,全城震动,诸将士多弃城而逃,作鸟兽散。

阿里海牙亲至城下劝说吕文焕:"将军以孤城御我数年,今鸟飞路绝,我大元皇帝钟爱将军才智出众,忠信无双,特降诏,你如若来降,必保全将军及军民性命,将军及手下将领皆加官晋爵。望将军上体天意,下应民心,速做抉择。"

阿里海牙折箭起誓,吕文焕感于阿里海牙诚意,终于决定出降。

襄樊即破,南宋门户洞开。

至元十年(1273年)二月初一,大明殿被茫茫瑞雪笼罩,在肃穆中显出几分不同寻常的喜庆。

司晨郎"报晓"后,大都城正六品以上的官员分两列由日精门和月华门依序入殿。

丹墀之上,照例端放着宝舆方案。这是用上等南洋红木制作的桌案,做工考究,工艺精美,光泽闪烁。成排的"金红连椅"依序摆放,专供王公贵族和三品以上的官员就座。

九十管的"兴隆笙"奏响,顿时鼓乐齐鸣。这里正在举行的是隆重的册封太子仪式。

伯颜持节授予真金玉册金宝。之后,太傅刘秉忠宣读册立皇太子诏书。

立皇太子册文

咨尔皇太子真金,仰唯太祖皇帝遗训,嫡子中有克嗣服继统者,豫选定之。是用立太宗英文皇帝,以绍隆丕构。自时厥后,为不显立冢嫡,遂启争端。朕上尊祖宗宏规,下协昆弟佥同之议,乃从燕邸,即立尔为皇太子,积有日矣。比者,儒臣数奏,国家定立储嗣,宜有册命,此典礼也。今遣摄太尉、左丞相伯颜持节授尔玉册金宝。於戏!圣武燕谋,尔其承奉。昆弟宗亲,尔其和协。使仁孝显于躬行,抑可谓不负所托矣。尚其戒哉,勿替朕命。

至元十年二月初一

蒙古旧制,新汗人选一般由前大汗生前提名,死后再由忽里勒台选举确认。这种"双重选举制"既是造成蒙古帝国内部长期动荡不安的重要因素,也特别不利于中原汉地农业经济生产力持续、稳定的增长。为此,忽必烈毅然采用中原传统的"嫡长子继承制",本身意味着"附会汉法"的进一步深入。

早在至元三年(1266年),忽必烈传召汉儒张雄飞,问以"方今所急",张雄飞回答:"太子天下本,愿早定以系人心。闾阎小人有升斗之储,尚知付托。天下至大,社稷至重,不早建储贰,非至计也。"四年(1267年),姚枢议政,提出八条建议,又把"建储副以重祚"的事提了出来。此后,汉儒重臣不断向忽必烈上疏,请求册立太子。在这些儒臣们的反复劝说下,忽必烈决定册立真金为皇太子,授予玉册和皇太子宝,并为之设立"宫师府",择儒臣三十八员。

对汉儒而言,真金能够被册立为太子,标志着"汉法派"与"敛财派"的力量对比已趋于均衡,与元初"敛财派"占据绝对优势的形势已大不相同。虽说忽必烈依然信用阿合马及敛财派,阿合马及其党羽也依然权势稳固,但随着元帝国的日益强盛,忽必烈已不再像中统年间和至元初年那样急于积累财富,而开始向以讲求"与民休养生息"为治国方略的更加正统的中原文化靠近。

册封大典后是三天极尽豪奢的"质孙宴"。崔正在真金的引见下,有幸与阿里海牙和吕文焕共席。

吕文焕是在册封大典的前两天由阿里海牙陪同前来觐见皇帝的。那天,在大都城外,他见到了亲自出迎的燕王真金。

襄阳被围期间,真金曾亲赴前线劳军,对吕文焕有过血书劝降之恩。当时,与血书一同送抵吕文焕帅府的,还有一壶血酒。真金在血书中这样写道:

吕将军台鉴:

将军守城近五年,军民日见疲惫,为免生灵涂炭,恳请将军为全城百姓计,更为中国大一统捐弃前嫌,回归正途。

我与将军素昧平生,却于元宋交战于襄阳、樊城之际尽知将军忠义禀性,由此心生无限敬仰,渴望早日与将军对坐共饮,畅论得失成败。将军既与奸相贾似道等不能同路,又何能长久共侍一主?今宋帝只知宠信宵小专权,致使民怨沸腾,社稷如大厦将倾,亡国之日,为时不远。襄樊一战,已开战争史上历时最长、投入兵力最多、消耗财力最巨之先河,将军之英名亦如日月可耀青史。然将军倘一味愚忠,城破之日,只怕一世英名终究毁于一旦。

自古良臣择主而事,望将军三思。将军出降之日,我当在大都城外亲迎。血书之盟,真金愿以性命担保将军之未来。

血酒一壶,与将军共饮。

燕王真金于至元九年(1272)冬十二月血书于元军大营

吕文焕当时未作回复,心底最脆弱的部分却被真金在字里行间坦露的渴慕与真诚打动了。即使一个月后的归降为情势所迫,其实归降之前,他的心意比行动更早地做出了抉择。

大都城外,真金果然依约出迎,让吕文焕再次感受到一种难能可贵的信诚守诺的品质。他正欲拜见燕王,却被真金拦住了。真金见文焕仍旧身着白衣,急忙将父皇赐予他的天鹅绒大氅披在了文焕身上。

"谢殿下。"吕文焕望着真金,缓缓地说道。

真金摆摆手,"将军何出此言?请将军上马,随我入城。父皇还在大殿等候将军。"

"那壶酒……"

"如何?"

"罪臣尽饮,一滴未剩。"

真金笑了,"能与将军共饮,那酒实在很甘醇。"他一语双关地说道。

"燕王。"

"是。"

"臣……"吕文焕欲言又止。

真金并不催问,挥挥手,玉昔帖木儿牵着一匹毛色乌亮、高大威武的坐骑走到吕文焕面前。真金对吕文焕说:"这是父皇赐给将军的西域宝马。请将军上马,随我进城。"

吕文焕没说感激的话,只是从玉昔手中默默地接过马缰。

上马前,吕文焕回望了一下来时的路。

这是最后的回望。

当他饮尽金壶中的血酒时,他已知道,那条路,他再也回不去了。唯独与那时不同的是,现在的他,不再感到歉疚,也不再感到遗憾。

忽必烈一向欣赏吕文焕的才华气节,从未动摇过将他收归己用的决心。听说吕文焕已至城中,当即赐见。吕文焕于金殿之上拜见忽必烈。这位南宋名将,凛凛一躯,气度严正,无丝毫谄媚谦卑之态。忽必烈天性爱才,一见之下,对吕文焕生出许多好感,他命真金搀起吕文焕,一席长谈后,传命设宴。

次日,忽必烈再次召见吕文焕,命为昭勇大将军、侍卫亲军都指挥使、襄汉大都督和行省参政,其麾下诸将士也各有封赏,各得安置。

忽必烈还邀请吕文焕参加册立太子仪典。对吕文焕而言,这个消息远比加官晋爵更令他振奋。

他是降将,是汉臣,这一点在他的意识中挥之不去。当初,他迫于情势献城降元,固然是种无奈的选择以及为朝廷腐败所迫,同时也是感于真金和阿里海牙的赤诚。这原本是冥冥中的一种力量,让他将自己的命运与真金连在了一起,他需要这种心灵的力量,而这,也是他与同为降将的刘整最不相同的地方。

叁

这次仪典和其后的质孙宴,唯正都有幸参加。唯正只比真金年长一岁,这许多年来,他与真金十分相知。真金能被册立为太子,他的喜悦之情绝不亚于任何人。

质孙宴结束后,吕文焕向忽必烈献上攻打鄂州之策,并自请为先锋,忽必烈欣然应允。唯正也向忽必烈请求参加日后的平宋之战,却未得允许,忽必烈仍命他从西线牵制宋军的力量。

唯正专程往临洮拜望帝师八思巴,向他通报了真金被册立为太子的好消息。他在临洮逗留半月有余,行前,他邀请帝师往巩昌之地弘法收徒,兴建寺庙,八思巴与他约定次年前往。届时,八思巴还想参观唯正修建的藏书楼。唯正从祖上即喜收藏图书,祖父汪世显,南征巴蜀,诸将皆争抢金玉财帛,独世显搜救典籍,捆载以归;父德臣嗜书成性,又补所未足,创办书院未竟而卒。唯正守此藏书,又极力罗致旧籍,建别墅于东南,筑藏书楼为"万卷楼",对所有藏书,悉加编目,经、史、子、集四部达二万卷,并收图、画、琴、剑、鼎、砚及其他珍玩,横陈其间。八思巴于典籍经卷亦有大爱,对万卷楼尤怀向往之情。

只必帖木儿为与八思巴相会,在临洮逗留半载有余,方转回凉州。行前,八思巴问他:"君可有意与我再续儿女之约?"

只必回答:"帝师有玉一般之爱侄,我有水一般之爱女,若前缘重续,岂非佛主垂赐?"

至元十九年(1282年),恰那多吉遗腹子达玛巴拉被册封为元朝第三任帝师,果然娶只必帖木儿之女贝丹。

襄樊既下,大举攻宋前,忽必烈开始考虑如何妥善解决云南问题。

至元九年(1272年),忽必烈委派亲族脱忽鲁为云南王。不久,领兵平定云南叛乱的勋将兀良合台病重,返回大都后即逝,忽必烈命人将其遗体送回漠北草原安葬。杀害忽哥赤的元凶业已伏诛,但忽哥赤治理云南期间失之以宽以及宝合丁和阔阔带的叛乱给云南境内带来的诸多动荡仍未清除。以罗槃酋长为首的一些部族首领原本已归附朝廷,今见时局不稳,又纷纷设栅立寨,各行其政。新任的云南王脱忽鲁上任后尽管采取了一些措施,怎奈收效甚微。

云南的稳定与否事关朝廷统治,同时也关系到元朝对宋战争的成败,忽必烈一直在思索着治理方案。经过权衡,他做出决定,派陕西五路、西蜀四川行中书省平章政事赛典赤转任云南行省平章政事。

赛典赤·赡思丁(1211-1279年),一名乌马儿,系阿拉伯别庵伯尔后裔,原籍不花剌(今布哈拉)。赛典赤,意为"尊贵的领袖",是对先知穆罕默德后裔的称号。赡思丁意为"宗教的太阳",乌马儿则有"长寿"之意。成吉思汗西征时,赛典赤年方九岁,随其族人和祖父迎降。西征结束后,赛典赤随蒙古军队来到中国。

蒙哥汗三年(1253年),赛典赤迁任燕京路总管。其时还是亲王的忽必烈奉命攻打大理,率师抵达六盘山,军队饥馁不堪,赛典赤及时送来军队必需的粮秣武器等军用物资,受到忽必烈赏识,二人自此建立起一种亦君臣亦朋友的关系。

忽必烈对赛典赤宠爱信任,赛典赤同样对忽必烈忠心耿耿。最令忽必烈难忘的是,他受命总理漠南军务期间,不顾朝中许多守旧势力的反对,大胆采行汉法,并在金莲川建府招士,致力于完成统一大业。可当时忽必烈手头银两短缺,无法畅意所为,为难之际,又是正主管燕京行省财赋的赛典赤经常暗中资助藩府钱粮,最终使忽必烈如蛟龙入水,在漠南草原开创了帝王基业。

赛典赤不仅在财力上资助忽必烈,还按忽必烈令旨,负责在蒙古占领地增修文庙和兴办学校。中统元年(1260年),他受到重用,被委为燕京路宣抚使。中统二年(1261年)六月,忽必烈兑现了自己在藩邸时许下的诺言,于设立中书省时,诏命赛典赤成为第一位被中统朝起用的回回人。这段时间,赛典赤主要掌管财、赋。当时忽必烈以丝为本发行交钞,赛典赤对交钞的发行实行控制,使交钞信誉很高。至元十一年(1274年),在赛典赤正式出任云南行省平章政事前,忽必烈曾两次召见他,向他面授机宜,让他尽快创建新的云南行省;正确处理云南各族及邻邦关系;尽快恢复和发展经济;广泛传播中原文化,使其融入云南社会生活。

数日后,忽必烈命中书省颁发金银牌十九道,赛典赤身负朝廷重托,即将远赴云南,走马上任。

这一日,清风带着儿子确吉来到西内兴圣宫(皇太子东宫),向太子妃阔阔真辞行。这段日子,阔阔真很用心地为清风准备了两样礼物,一样是两包清风平素最喜欢喝的宋朝进贡的武夷茶和西湖龙井,另一样是九身从小到大、样式齐全的男孩子穿的蒙古袍,这些蒙古袍都是阔阔真一针一线熬夜赶制出来的,为的是清风启程返回云南时能够带上。

确吉年方五岁,是清风和忽哥赤唯一的儿子。那年宝合丁叛乱,多亏确吉已被父母送回到祖父忽必烈身边,清风方得以拼死逃回大都。忽必烈惊闻云南之变,当即派大将军兀良合台领兵平叛,清风请旨随行。都元帅宝合丁不敌兀良合台大军,兵败被擒,六部尚书阔阔带自杀身亡。消息传到大都,忽必烈下旨将宝合丁交由清风处置,并嘱兀良合台代行云南行省军政事务,直到朝廷委派新的云南王为止。

清风手刃弑夫元凶,血祭忽哥赤亡灵后,便留在王府协助父亲治理云南。至元九年(1272年),忽必烈委派亲族脱忽鲁为云南王。同年,兀良合台在大都病逝,清风护送父亲灵柩返回漠北安葬。忽必烈怜惜儿媳、爱孙,特意安排清风母子住在西内,以便真金和阔阔真妥为照顾。

赛典赤即将奉旨赴任,清风征得忽必烈同意,也将同往云南。云南,对清风而言,不仅是她丈夫忽哥赤长眠的地方,也是她魂牵梦绕的第二故乡。清风此生最大的心愿,是有生之年亲眼看到云南成为一个美丽祥和的地方。

启程的日子很快确定下来。这些天,但凡有空,清风必来兴圣宫看望阔阔真。离别在即,她的内心对自己常来常往的兴圣宫,对兴圣宫的女主人阔阔真,对真金着实充满了留恋之情。

是啊,此一别关山万里,谁知道今生还能再见几回?

每到东宫，确吉总喜欢缠着三哥铁穆耳。铁穆耳是真金与阔阔真的幼子，生于至元二年(1265 年)。阔阔真婚后为真金生下三子，他们分别是长子甘麻剌(生于 1263 年)，次子答麻剌八剌(生于 1264 年)和幼子铁穆耳。此后不知何故，阔阔真再未生育。三子中，铁穆耳脸形方圆，鼻峰直立，乌黑的眉眼最像祖父忽必烈。或许因为这个缘故，阔阔真对幼子一向偏爱有加。而铁穆耳的性格，同时兼有了母亲的敦厚绵善和父亲的刚直果敢，天赋的禀性加上良好的教育，使他小小年纪已有了几分宽容忍让的风度。这个八岁的男孩还特别懂事，看到母亲和清风婶婶有许多话要说，他便带着确吉出去玩耍了。

两个孩子手牵着手跑出宫门，偌大的宫殿霎时安静下来。阔阔真引清风去看她给确吉准备的衣服，清风一件一件地拿出来在身上比画着，她们笑成了一团。笑着笑着，她们彼此相望，眼圈都红了。

肆

良久，阔阔真哽咽着问道："清风，你一定要去那里吗？我们在一起不好吗？说真的，我舍不得你，更舍不得确吉。自打生下铁穆耳，我再没有怀上孩子，这一年，我把确吉当成了自己的儿子。想到你们……我……"

清风放下衣服，上前轻轻地揽住阔阔真的肩膀，"其实，我又何尝舍得你，舍得太子，舍得父皇和母后呢？可你无法理解我心中的愧意。我曾是多么不情愿随忽哥赤远赴云南，但那里有他为我修建的清风亭和望卿山。忽哥赤，你简直想象不出来他有多善良，仿佛蓝天上最洁净的一朵云，随风舒卷，与世无争。这样的他，在我第一次意识到自己已经爱上了他的那天，永远离我而去。我真的无法原谅自己，假如我不是那么执拗，能早一点感受到忽哥赤对我的好，或许今天的我也不会这样后悔莫及。忽哥赤总说自己没有才能，不能做得像父皇期望的那么好，不能使云南百姓安居乐业，可我了解他，他很想做到的。现在，父皇派赛典赤出任云南平章政事，我听说这个人能力过人，或许，他能实现忽哥赤的遗愿。"

"清风，你无须担心，更不要总为此自责。有父皇的深远谋划和赛典赤的杰出才能，云南必然得到大治。"

"我当然对父皇有信心。阔阔真，待会儿，你陪我去见父皇好吗？"

"你有话要对父皇讲？"

"是啊。阔阔真,你没去过云南,对那里的人文地理状况一定不太了解。云南境内,山多水多,耕地很少,农业生产不甚发达,更无水稻桑麻种植技术。我想禀明父皇,此去云南,除了军队,还应多派一些谙熟种植、养殖技术又懂得传授之道的行家过去,帮助教化那里的居民,使他们学会利用中原先进的生产技术,尽快恢复生产,发展经济。倘能如此,也是一件体现我朝无量功德的好事啊。"

"这些人中,还要有水利专家、建筑工匠、画家、书法家、儒学大师……总之,一切能担负起传播中原文化以及移风易俗重责的人才都很需要。"

清风惊奇地望着阔阔真,"你……"

阔阔真温存地一笑,"前些时候,真金向父皇呈递的奏折里是这么讲的。他在奏折中还提到,云南地处边陲,欲服其民,必先服其俗。赛典赤此去云南,当按中原习俗,正三纲,明五常,让中原的儒学文化和道德风尚在云南全境落地生根,开花结果。"

"果然还是太子想得周全。阔阔真,太子身体不好,你千万多劝解他,不可太过劳累。"

阔阔真叹口气,"真金与当年的伯汗真有一些相像的地方,对任何事情都一丝不苟,事必躬亲。我倒觉得,在这点上,他与伯汗都不如父皇。你看,父皇既要处理如此繁杂的国事,又很懂得休养之道。若非他老人家凡事张弛有度,怎么可能花甲之年还如此健朗!"

"这样可不好。太子,他是国家的希望,你一定要好好劝说他。"

"你帮我,我们一起劝说他。"

清风点头。少女时代的眷眷柔情早被她深藏于心底,但终其一生,真金都将是她最难舍最牵挂的人。

阔阔真挽起了清风的手臂,"我们去见父皇吧。我想,铁穆耳和确吉可能已经去他们祖父那里了。确吉这孩子聪明可爱,别说我和真金舍不得他,父皇还有母后怜惜他们的爱孙,肯定更舍不得他。"

清风注视着阔阔真精致的侧影,眼圈不觉又是一红。

赛典赤启程后,忽必烈又先后颁下两道旨意,其一是以伯颜和史天泽并为左丞相、平宋统帅,以阿术为平章政事,阿里海牙为右丞,吕文焕为参知政事,行中书省于荆湖;宗王合丹为左丞相,刘整为左丞,董文炳为参知政事,行中书省于淮西。

毅然启用伯颜,与当初八思巴对伯颜的举荐有着莫大关系,忽必烈一直记着八思巴对伯颜的评价:平宋之将,当属此人。不过,在正式启用伯颜前,忽必烈还是请他最信任的阴阳术士田忠良为之占卜,占卜后,他问田忠良:"朕今欲拜一大将为我取江南,我心已定,果天意属意何人?"田忠良回答:"伯颜伟丈夫,可担重任。"忽必烈闻言,更加坚定了委任伯颜为平南元帅的决心。

伯颜离京陛辞前,忽必烈嘱咐他道:"曹彬不嗜杀人,一举而定江南。你此番担当重任,要时时以曹彬为念,不可妄动杀念,滥杀无辜,致使我之子民零落。"

伯颜拜受教诲。

此次平宋之战,是蒙元历史上出兵最多的一次。受伯颜直接节制的将士达二十万众,加上川蜀、淮西两支军队,计三十余万人。川蜀、淮西二军主要是从侧翼佯攻牵制宋军,不使增援两淮战区。当时,南宋主力驻于两淮,城坚兵精,号为南宋北藩。

史天泽虽与伯颜并为主帅,可年事已高,体弱多病,不得已上表请辞。忽必烈不允,命他在家中安心休养。时隔不久,史天泽在家乡真定(今正定)病逝,忽必烈派大臣前往吊唁,同时,诏命伯颜节制全军,阿术为副,全力攻宋。

对攻宋诸事做罢安排,忽必烈又颁下第二道旨意:由真金太子代他远赴临洮为帝师八思巴送行。

在确定直接从临洮返回吐蕃前,八思巴本想先回大都待上一段时间。转眼间,他与忽必烈分别又近三年,虽彼此间书信往来不断,然而分别愈久,八思巴愈是想念皇帝,想念大都,想念与他相知的朝中同僚,还有他的异母弟仁钦坚赞和弟子胆巴、桑哥等人。上次他离开大都时并没有辞去帝师职务,是因为他做好了一旦处理好藏区事务即返回大都的准备。岂料计划总没变化快,萨迦内部发生了一些事情,必须八思巴亲自出面解决。这一离去,很可能在短期内难以返回内地,他遂在行前向忽必烈辞去帝师一职,改由其弟仁钦坚赞主持他在梅朵热瓦的法座,如此一来,仁钦坚赞成为元帝国的第二任帝师。

让八思巴略感欣慰的是,为了他的吐蕃之行,忽必烈派真金前来相送。忽必烈膝下十二子,嫡子四人,嫡长子早逝,真金为嫡次子,其他两位嫡子,忙哥剌先受封安西王,次年改封秦王,忽必烈命他开府京兆,负责四川军事;嫡幼子那木罕受封北平王,坐镇和林,镇守北方。真金以太子之尊,且已诏命参决政事,忽必烈竟肯派他远行临洮,代己送别八思巴,仅凭这点,也能看出八思巴在忽必烈心中占据着怎样特别和重要的位置。

至元十一年(1274年)三月,八思巴和真金从临洮启程。在向忽必烈奉表辞行时，八思巴的内心产生了永诀的预感。他年幼时曾经做过一个奇怪的梦，梦见自己手中拿着一根有八十节的藤杖，到第四十六节时弯曲了。次日清晨，他将这个梦讲给伯父萨班，伯父对他说："这节数象征你的寿数，第四十六节上出现弯曲，预兆你四十六岁时有难，到时需当心（八思巴去世时，虚岁正好四十六岁）。"

本来，按照父皇初时的安排，真金只需将八思巴送出临洮境即返，但真金不忍与八思巴相别，送行时间从一天增至十天，从十天增至一个月，两个月……不知不觉已至吐蕃边界。真金于沿途向八思巴请教佛法，八思巴一一为他讲解了佛教经义，每讲解一段，都用特制的金粉记录下来，这便是著名的《彰所知论》。八思巴在《彰所知论》的题词中也说明了他是为真金太子讲述佛法所著此文，"彰所知论者，为菩萨真金皇太子求请故。"并作赞语，"种相富具足，睿智皇太子，数数求请故，慧幢吉祥贤，念往日藏论，起世对法等，依彼造此论。"

真金一路相送，八思巴过意不去，数次恳请真金转回大都，真金只笑不语。从内心来讲，八思巴又何尝舍得与真金分离，真金的陪伴，总让他想起与胞弟恰那多吉亲密友爱的过去，也让他感到自己并未真正远离皇帝和内地。

不久，真金接到父亲手谕。忽必烈在手谕中命真金协助八思巴完善和巩固朵甘思宣慰司，同时筹备建立乌思藏宣慰司。另外，倘若条件允许，他让真金不妨探索一下从吐蕃到伊儿汗国是否有打通陆路通道的可能。由于海都与忽必烈对立之故，导致元帝国与伊儿汗国的陆路交通受阻，多行水路。

真金将手谕给八思巴看了，八思巴问真金："这一定是太子向陛下请求之故？"

真金避而不答，"帝师觉得我可有慧根？不若我随帝师出家如何？"真金纵然与八思巴感情亲密，终究不似他与恰那多吉相处时可以言语无忌，这是他与八思巴间难得的玩笑之语。

八思巴虽未当真，仍正色回答："太子，国之根本，岂可轻弃其躯？太子以儒治国，以佛治心，足以恩泽天下黎黍。"

真金表示受教。二人相视而笑，愈觉心意相通。

伍

漫漫旅途中，真金收到伯颜写给他的一封长信，这封信是伯颜在戎马倥偬间抽空写就。伯颜原与真金有约,待拿下鄂州再会,不料真金亲送八思巴返回吐蕃。分别一年有余,他很想让真金了解战事进程。鄂州既下,他怀着喜悦的心情给真金写了这封报捷信。信中的消息,着实令真金和八思巴感到振奋。

元军重拳出击,首选目标当然是郢州(今湖北钟祥)。郢州城位于汉水北岸,整个城池用条石砌成,高如山峰,矢石炮火都打不进去。宋军又在汉水南岸修筑了一座新郢城,并在汉水中打插许多木桩,以拦截船只往来。此外,一千多艘战船日日游弋江面,离郢州不远的黄家湾堡也设有重兵把守。

伯颜分兵袭城,被宋将张世杰击退。

面对张世杰的顽强抵抗,伯颜改变策略,命部将李庭连夜攻克黄家湾堡。李庭系南宋降将,智勇双全,尤擅水战,自降后深得伯颜器重。

李庭不负所望,破竹席地,拖船荡舟,由藤湖进入汉江,神不知鬼不觉地越过宋军的第一道屏障。张世杰发现元军由藤湖入汉江南下,急调郢州宋军出城来追。伯颜亲自殿后,斩杀宋朝一员大将,击溃数万追兵。

元军一路势如破竹,连克沙洋、新城。宋军守将战败逃窜,元军继续逼近,宋复州知州降元,伯颜约束诸将不得入城扰民。

数日后,元军抵达获蔡店,伯颜往观汉口形势,见宋军在沿江一带严密布防,宋将夏贵领战舰万艘分据要塞,江北渡口阳逻堡城防坚固,江面上也有宋游击军扼守中流。元军面临的形势是,前有宋将夏贵的一万余艘兵舰阻截,后有张世杰所率十万郢州守军追击,两侧有三十五万宋军精锐严阵以待。为求万全,伯颜与众将议定一计:首先让士兵放出风声,大军将由汉口渡江,引诱夏贵移兵来援,而后遣骑兵借道兼行,袭破沙芜堡,控制沙芜堡江口,然后对阳逻堡实行警戒。

计议停当,汉军万户张弘范不辱使命,率骑兵一举袭破沙芜堡。诸将皆要求从沙芜口渡江,夺取南岸宋军战船,伯颜未允,命修攻具,进夺江北要隘阳逻堡。守堡宋军戮力死战,元军连攻三日不克,战事呈现胶着状态。

阳逻堡,一名武矶,治在湖北黄冈,是长江中游的一个有名渡口,自古以来是兵家必争之地。三国时,刘备和孙权曾在这里陈兵抗击北方曹操。蒙哥末年,忽必烈率东路军围攻鄂州时也是从阳逻堡渡江南进。

伯颜不愿纠缠于一城一地的得失,当即放弃对阳逻堡的强攻,由阿术率三千骑兵,乘夜渡江,偷袭长江南岸的宋军阵地。

与此同时,伯颜又遣张弘范攻打武矶堡以吸引宋军兵力,以李庭等汉军将领率所部溯流西上四十里,泊于青山矶,确保阿术军飞渡天堑,抢占屏障南岸的沙洲,架起浮桥。

按照伯颜的部署,阿术军在沙洲率先得手。伯颜闻捷大喜,迅疾回师再次攻打长江重镇阳逻堡。

其时其地,宋淮西制置使夏贵试图以战舰万艘阻挡元军进攻,舰上配备有重型火炮和强弩、石弹,并有二十万重兵坚守阳逻堡。

张弘范所率舟师与宋将夏贵部在长江展开了激烈的水战。宋军兵无斗志,将校纷纷弃船逃命,张弘范乘胜掩杀。夏贵手臂负伤,只率少数战舰溃逃。其余万余艘战舰或沉没,或焚毁,或被元军缴获。

是夜,当东、西两线鏖战之际,主帅伯颜也在积极采取行动。他披坚执锐,亲临前线,指挥主力强攻阳逻堡。阳逻堡守军获知主将夏贵兵败江心的消息后,全军上下笼罩着悲观的气氛。四天后,阳逻堡陷落,守将于城头自刎。

阳逻堡一役,宋陆军、水师数十万精锐消耗殆尽,天堑失守。失去最后一道屏障的宋军陷入惊惶混乱中,沿江十数城池不战而降,元军兵势日盛。

伯颜进军神速,与任荆湖行省的吕文焕谕降之功密不可分。当年,文焕之兄吕文德长期担任京湖制置使,聚集甲兵,势力膨胀,子弟将校,皆典州郡,握兵马,沿江诸将多为其部曲。吕文焕降后,受到忽必烈信任,委以重任,对这些人影响极大。是以每当吕文焕出面劝降,往往俱收其效。宋将的相继归附,无疑加快了元军征灭宋朝的步伐。

在东、西、中三战区对宋军事行动中,忽必烈只许川蜀、淮西两战区从侧翼佯攻牵制,阻止对中路宋军的救援,不许分散兵力,喧宾夺主。唯正回镇青居后,多次上表请战,欲由嘉陵下夔峡,与伯颜会钱塘,忽必烈却下诏优言安慰:四川事重,除爱卿外朕无人可托!他日蜀境全平,爱卿之功岂在伯颜之下?

襄樊战役结束后,刘整与阿里海牙的矛盾渐深,不能相容,忽必烈出于大局考虑,只好将其共同节制的汉军分为两部,令其各统一部。后又将刘整调至淮西行省担任左丞。

阿里海牙是忽必烈驾前畏兀儿族将领,祖籍高昌回鹘(元称畏兀儿,今维吾尔名之由来),很早即迁入内地,父母均务农。他与阿术、张弘范、汪良臣等将领不同,并无任何煊赫的出身及背景。

阿里海牙少年时聪慧善辩,立志建功立业,年及弱冠入侍王府,成为忽必烈的帐前侍卫。在此期间,他用心学习武艺和用兵之道,很快崭露头角,引起忽必烈注意。蒙哥汗九年(1259年),阿里海牙跟随忽必烈攻打鄂州,攻城时,他身先士卒,负伤不退,忽必烈对他的英勇无畏大加赞赏,特赏赐白银五十两。次年,忽必烈即汗位,阿里海牙因多谋善战得到器重,职位不断升迁,由左右司郎升为参议中书省事。攻宋战争开始,又为荆湖行省右丞,配合主帅伯颜行动。

自襄阳城下说降吕文焕,阿里海牙对吕文焕的才能与人品极为欣赏,二人均视对方为知己,彼此尊重,配合默契。阿里海牙不嗜戕杀,这一点又与忽必烈重在招抚、有征无战的大政方针相符。荆湖一带多吕氏亲族及门生故吏,以吕文焕出面招降,可发挥他人无法替代的作用。但刘整与吕文焕、阿里海牙均有嫌隙,将刘整与此二人分开,也是为了避免过多的内耗。

刘整极想早日渡过长江,直取鄂州,伯颜担心刘整急功好胜,渡江后大行杀戮,不肯批准,仍命他从东翼掩护配合中路主力进攻。不久,主力渡江,消息传来,刘整懊恼不已,对部将说道:"首帅不许我渡江,致使我无法先于他人建功。自古以来,善作者必不善成,果然如此。"说罢,大放悲声。

愤郁中,抱病已久的刘整病情不断加重,一个月后在无为军(今安徽无为)亡故。

刘整之逝,令忽必烈痛失一员爱将,十分惋惜。他传旨厚葬,并表彰其功。对忽必烈而言,从始至终他对刘整和吕文焕并无厚此薄彼之意,只是各取所长,嘉用其才。

毫无疑问,刘整是元宋后期战争中对整个局势产生过最重要影响的汉族将领,同时也是元朝大一统进程中最为关键和举足轻重的人物。事实上,如无刘整定策先下襄樊,也无日后伯颜渡江灭宋之功。

陆

阳逻堡大捷后,伯颜采纳阿术建议,决定先攻取附近鄂、汉地区以策万全,在巩固和扩大既有战果的基础上,集中优势兵力向长江下游的蕲、黄等地发展。元军兵临鄂州,纵火烧毁了宋军的数千艘战船,一时火光冲天,鄂州、汉阳、德阳的宋将为元军的声势吓倒,降者无数。伯颜安排好新降诸城事务,充实了军饷,又留吕文焕率四万兵马镇守鄂州,监视荆湖未下之地,自己则与阿术率主力沿长江水陆并进。

鄂州的失陷,尤其震撼了南宋朝廷。

元军休整几日后,伯颜于至元十二年(1275年)二月亲率主力进入池州

(安徽贵池),沿江所过州郡黄州、蕲州、江州、南康、安庆等城相继迎降。宋泰州观察使以精兵七万人驻守在池州附近的丁家洲,宋淮西制置使夏贵搜集战船两千,将其中五百艘停在长江试图阻拦元军。

为挽救覆亡的命运,宋廷派丞相贾似道督率诸路兵马十三万,战船二千五百艘横亘江中,在芜湖一带布防,摆出决战的架势。贾似道最忌惮的人是汉将刘整,听闻刘整在阵前亡故,贾似道心中的一块巨石骤然落地。

宋军建立了抗元都督府,贾似道担任都督府总帅,号称雄兵百万。宋将之间,仍是矛盾重重。其中,夏贵在阳逻堡被元军击败,最怕别的将领打了胜仗宋廷追治他的兵败之罪,是以暗存明哲保身的念头,并不肯真心出力。

元军士气旺盛,诸将纷纷请战。伯颜平静地劝止了他们:"敌众我寡,我军又分兵四处攻掠,兵力显然不足。此战不可力拼,宜以计胜。"

每逢关键时刻,阿术总能与伯颜想到一起。他建议在军中建造大船十余艘,船上满载柴草、引火硫黄、蜡油等易燃物,再让兵士四处扬言烧毁敌人战船,如此,一方面可在宋军中制造紧张空气,另一方面久扰不战,又可麻痹军心。

伯颜采纳了阿术的建议。

待宋军兵势有所松懈,伯颜与李庭等部的步、骑兵展开正面进攻,阿术与张弘范等部炮兵、弓弩手强攻宋火炮营主力。元军从东、西两线同时攻入宋军营寨。宋军不及防备,死伤无数。元军将士奋勇争先,杀散宋将孙虎臣、夏贵。贾似道惊惶失措,夺路而逃,伯颜率主力一路追杀,缴获战船二百余艘,军资器械无数。

宋朝廷上下人心浮动,临安城仿佛被笼罩在恐怖的阴影中……

元军将士越发斗志昂扬,包括阿术、张弘范等高级将领,都要求乘胜攻打宋都临安。伯颜受将士们的情绪感染,也萌生了尽快拿下临安,灭亡南宋的念头。南宋方面,丞相贾似道因一败再败,被垂帘听政的太皇太后谢道清贬往广东龙州,途中,竟遭到负责押送他的大臣擅杀。消息传到临安,两淮制置使兼参知政事李庭芝急忙将羁押十四年的郝经放出监牢。

中统二年(1261年),国信使郝经率三十六名使者赴宋与理宗皇帝商讨"鄂州之盟"有关款项落实之事,丞相贾似道担心他在鄂州战役中背着朝廷与蒙古签订秘密协议,而后蒙古方面依约退军,他却向朝廷谎报大捷的阴谋败露,竟在途中将郝经一行拘捕,关进监狱。

这一关,竟是十四年。

其间,忽必烈数派使者与宋廷交涉,贾似道一概不许他们面见理宗,坚称自己从未见到郝经，一定是国信使一行在路上遇到土匪打劫，以致活不见人，死不见尸。再后来，贾似道干脆下令，不许元朝使者进入宋朝国境。这样，郝经等在狱中度过了他们生命中最宝贵的十四年。期间，与郝经一起被分散关押在不同监狱的其余三十六名使者，有三分之二因各种原因在狱中亡故。

为迎接郝经一行的归来，忽必烈在大明殿设国宴为他们接风洗尘。郝经离开京城时正值意气风发的壮年，出狱时已然白发苍苍、病魔缠身。君臣相见，不觉都流下了感慨的泪水。

宋方的这一次关押，限制住的只是郝经的人身自由，却限制不住他自由的思想。郝经凭借顽强的意志和惊人的毅力，在狱中分别写完了《续后汉书》《易春秋外传》《太极演》《原古录》《玉衡贞观》《通鉴书法》六部著作，当他出狱归国时，这六部著作成了他最重的"行囊"和最宝贵的财富。

忽必烈吩咐隶属国家的书局以最快的速度将这六部书稿刊印成册。数月后，身体虚弱不堪的郝经卧床不起。当生命悄然流逝，他最大的快乐是看到了快骑送来的、已经刊印出版的他的六部著作。

鄂州等城即下，元军在担任先锋的董文炳率领下长驱直入，沿途势如破竹。江东、淮西的宋诸郡如太平、无为、镇巢、和州、溧阳、镇江、江阴、宁国之守军非逃即降，接着，元军顺利攻占长江下游重镇建康（今南京）。

阳春三月，国信使廉希宪南下传旨："诸将各守营垒，毋得妄有侵掠。"伯颜受命以行中书省驻节建康，阿术分兵北方攻打扬州。

是年，江东时疫流行，居民乏食。伯颜下令开仓赈济，发药医病，江东人心始定。忽必烈得知江南流行疫病，密令伯颜"时暑方炽，不利行军"，要他暂停进攻，"俟秋再举"。伯颜以战局为重，上奏朝廷："宋人之据江海，如兽保险，今已扼其吭，少纵之则逸而逝矣。"

宋军败讯频传，年已六十五岁的太皇太后谢道清未免急火攻心。谢道清在理宗朝正位中宫，理宗去世后，度宗即位，尊谢道清为皇太后。度宗在位十年，于咸淳十年（1274年）七月病逝，四岁的太子赵㬎即位，史称恭帝。当时谢道清已六十多岁，体衰多病，被尊为太皇太后。皇帝年幼，虽以贾似道主政，仍须赵家长辈辅佐皇帝才显得名正言顺，故谢道清被推上了垂帘听政的位置。

元军大举东下，宋各地守军或叛或逃，朝廷百官纷纷弃官保命，临安陷入一片混乱。眼看京师危急，谢道清广泛号召四方勤王，然而响应者极少。文臣更是争相让位，有的索性不辞而别，远走高飞。

转眼到了宋恭帝赵㬎德祐元年（1275年）十月初一，谢道清在自己居住的慈元殿召集文武百官议事,方其时,元军攻打扬州甚急,李庭芝固守待援。谢道清问大臣如何增援,大臣无奈回说无兵可派。

谢道清失望至极,张贴诏书于朝堂之上,诏书上的文字令人读之心酸:"我国家三百年,待士大夫不薄。吾与嗣君遭家多难,尔小大臣不能出一策以救时艰,内则畔宫离次,外则委印弃城,避难偷生,尚何人为?亦何以见先帝于地下乎?"

谢道清此话,明着是在痛骂群臣,实际是埋怨开国之主赵匡胤。当年,赵匡胤黄袍加身,阴夺帝位后,为消除藩镇割据的危险,疏远、压制武人,标榜"以儒治国",重用文士,被定为大宋"国策"。进士出身的士大夫虽说熟悉辞赋文章,对领兵作战却几乎一窍不通,多数只能不着边际地发些议论,坐而论道。加之文人相轻,互相攻讦,堂争此起彼伏,朝廷不得安宁。文士疏于武备造成国家军事力量的羸弱,羸弱的国家豢养着冗官、冗员、冗兵。在朝廷,将无斗志,只知委曲求全,无论对辽、金、西夏还是蒙古都只希望用"岁币"换取暂时的"和平"。既然金钱丝帛比军队管用,又用不着大臣自掏腰包,何乐而不为?

如今世道艰危,继贾似道之后出任宋朝丞相的文士,即便不是无能,也多是贪婪弄权之辈。这些执掌朝政的宰辅大臣,不思进取,反而对招募万余人往京师勤王护驾的赣州知州文天祥怀有忌惮排挤之心,不许勤王之师入城。

柒

十一月十六日(1275 年),阿术、董文炳、伯颜分三路围攻常州城,常州守将刘师勇坚守不降,着实让元军吃尽苦头。鉴于常州久攻不下,伯颜将指挥部从镇江迁至常州前线。正午,伯颜命人射书于城中招降,刘师勇依然不予理睬。伯颜大怒,亲督帐下主力强行攻城,昼夜不停。十八日拂晓,中军率先登城,竖伯颜红字帅旗于城头,四面攻城元军欢呼"丞相已登城",士气大振,未几,常州城破。

刘师勇退入城中巷战,不敌,单骑闯出城关,奔往平江(苏州)。诸将请求追杀刘师勇,伯颜劝道:"西征时,成吉思汗纵放花剌子模王位继承人札兰丁渡申河(今印度河)逃去,是为以其君威,降其民勇。如今,刘师勇单骑逃窜,正可借其口,使负隅顽抗的宋守城者闻风丧胆。"

几天后,伯颜挥军进至平江。平江守将弃城而走,都统王邦杰献城乞降。不久战报传来,阿术、董文炳一举袭破独松关。

腊月来临,伯颜命崇福司使爱薛与宋宗正少卿陆秀夫一行数人同赴临安,交涉宋朝廷投降事宜。

除夕之夜,伯颜挥师自平江出发,继续南进。他要按预定作战计划与左、右路军会合。与此同时,阿术在占领盐官城当天,秘密分兵临安城南,驻扎在浙江亭,以封锁出海口,堵住宋室海上南逃的通路。

正月初二(1276年),谈判代表爱薛一行到达临安。

陆秀夫安顿好爱薛及其随行人员,匆匆赶往慈元殿,向太皇太后谢道清汇报了与伯颜谈判的结果。谢道清无计可施,决意投降。

伯颜命行省郎中孟祺、参知政事吕文焕携带厚礼入临安城,慰问谢太皇太后。次日清晨,伯颜率元军主要将领在帅旗和鼓乐的导引下巡视临安城,观潮于钱塘。宋廷留在都城的宗室成员和百官依次具名来见。当晚,伯颜移驻湖州(浙江吴兴)。

不久,宋廷献上降表、玉玺,伯颜安排宋主及朝臣北上觐见,这一切意味着享国三百余年的宋王朝从此灭亡,也意味着忽必烈"南北共为一家"的梦想终于变成现实。

二月,宋帝赵㬎率领文武大臣在他的寝宫祥曦殿向北遥拜,发布降元诏书。事毕,文武大臣骑马离开临安府,前往潮州拜见伯颜及行中书省官员。

伯颜按照忽必烈旨意,改临安府为两浙大都督府,率阿术、孟祺、吕文焕等元朝文武官员巡视临安,查核宋军民户籍和钱谷数量,清点仓库,罢宋各官府,收百官诰命,接收宋廷的符印图籍。一批"新符官"带着谢道清的降表手谕,驰往两广、四川、福建等地招降。至此,宋元之间的受降仪式全面完成。

第二天,谢道清命一干文武大臣为祈请使,奉表押玺,一同北上大都,向忽必烈呈献降表和谢道清本人的表笺。

这天傍晚,当最后一缕阳光消失在西方天际时,伯颜写完了他献给忽必烈皇帝的《贺平江南表》。

　　臣伯颜等率大军恭行天罚,从襄汉上流出师,在武昌渡过长江,沿江防线崩溃,战火烧到钱塘。宋室仍然不自量力,乃发生杀使者、毁诏书事件。皇帝亲自授命,宜先取其根本之地,遂命阿术进军独松关,董文炳取海道南下,臣督率中军,直指伪都临安;摆开掎角之势,水陆大军并进。攻占常州之后,列郡传檄而定,诸将率军按期会师于临安。宋室穷途末路,不断奉人哀

求,先请称侄纳币,后请称臣奉玺。为促其归附,率精兵直抵临安近郊,招来
宋廷执政大臣,解散其禁军卫士。宋人虽想挣扎,已无抗争之力,逃走亦不
可能,终于立意投降。二月初五,宋国君向北遥拜,恭顺归附本朝。现在所有
仓库等物,都已封存待命。臣谨奉宽大之命,安抚官吏百姓,使临安内秩序
井然,繁华如故。

十一日,忽必烈颁发的《归附安民诏》贴满了临安城的各重要场所。临安
城街头巷尾、酒肆茶楼,识字的儒生或不识字的白丁,相识的或不相识的人
们无不交头接耳,谈论着"安民诏"的内容。

丽正门(南正门)前的牌楼两侧,醒目地悬挂着盖有忽必烈皇帝玉玺的
《归附安民诏》:

间者,行中书省右丞相伯颜遣使来奏,幼主暨诸大臣百官,已于正月十
八日赍玺绶奉表降附。朕唯自古降王必有朝觐之礼,已遣使特往迎致。尔等
各守职业,其勿妄生疑畏。凡归附前犯罪,悉从原免;公私逋欠,不得征理。
应抗拒王主逃亡啸聚,并赦其罪。百官有司、诸王邸第,三学、寺、监、书省、
史馆及禁卫诸司,各宜安居。所在山林河泊,除巨木花果外,余物全免征税。
书省图书,太常寺祭器、乐器、法服、乐工、卤簿、仪卫,宗正谱牒,天文地理
图册,凡典故文字,并户口版籍,尽仰收拾。前代圣贤之后,高尚儒、医、僧、
道、卜筮,通晓天文历数,并山林隐逸名士,仰所在官司,具以名闻。名山大
川,寺观庙宇,并前代名人遗迹,不许折毁。鳏寡孤独不能自存之人,量加赡
给。

大元忽必烈皇帝

至元十三年二月(1276 年 2 月 28 日)

下面落款处加盖着鲜红大印。

第十四章

留取丹心照汗青

壹

与元宋战争正如火如荼的同时,忽必烈一直都在关注着西南政局。通过频繁往来的官方文牒,云南的局势始终在他的掌握之中。

赛典赤于至元十一年(1274 年)七月抵达云南。他上任后第一件事是遣使至云南王脱忽鲁处,陈明自己绝无专权之意,希望与脱忽鲁共商建设新云南大计。

脱忽鲁开始并不相信,赛典赤凡事均与脱忽鲁商议,脱忽鲁始信赛典赤之诚,当即派两名亲信往见赛典赤。赛典赤以国朝之礼隆重接待了脱忽鲁的二位使臣,并授予二位使臣行省断事官,参决行省事务。至此,脱忽鲁疑虑全消,同意将云南政令庶务悉交赛典赤裁断。

赛典赤上任伊始,终日接见乡里父老不辍。当他了解到政出多门、主多役繁是导致云南各族百姓不堪其苦乃至反叛的主要原因后, 立即采取果断措施,先任命段实为大理总管,收回了段氏统辖万户以下官吏的权力,使其权力范围仅限于大理地区。接着奏请忽必烈批准,由宣慰司兼行元帅府事,并听行省节制,使宗王权力得到限制。然后奏改万户、千户、百户为路、府、州、县,使云南地区的行政建制始与全国统一起来,置于元帝国的直接控制之下,从而一举结束了南诏、大理五百余年的地方割据状态。与此同时,为安抚宗王,允许宗王拥有对行省的施政方针进行监督、建议及重大军事行动的指挥权。

随着民心安定,赛典赤开始考虑平定云南境内由于宝合丁、阔阔带谋反而叛离的云南各部,他与部将商议后,决定先行收服罗槃部。

罗槃部位于红河一带,据元城而守。赛典赤陈兵于此,部将请求强攻,赛典赤不允。当年,罗槃酋长曾是忽哥赤的座上宾,清风与他相识已久,自觉有把握说降此人。赛典赤断定罗槃酋长绝不致伤害王妃,遂欣然遣其备礼求见。罗槃酋长万没想到王妃以金枝玉叶之身,竟肯不避刀俎只身入城相见,感动之余,同意择日出降。

清风出城后,罗槃酋长召集部属商议归元一事,有人提出异议,担心蒙古人不会真心原谅他们的背叛行为,也可能专等他们出降时大行杀戮。罗槃酋长曾参加过舍利畏领导的反蒙、反段大起义,终究有所顾忌,思前想后,决定暂不践约。

眼见约定之日已过,元城中罗槃酋长仍无动静,众将愤怒,要求即刻攻城。赛典赤断然拒绝了他们的请求。原属兀良合台所部现受赛典赤节制的猛将铁鲁打心眼里瞧不起赛典赤的优柔寡断,离开军帐后,不顾赛典赤三令五申,竟率将士攻打元城。赛典赤闻讯大怒,急令鸣金制止,并派兵丁执皇帝权杖拘捕铁鲁。铁鲁不服,赛典赤将铁鲁绑于军前,叱责道:"陛下命我安抚云南各部,我岂能以专事杀戮为能?你无主将之命而擅自攻城,论军法当诛。"

清风知铁鲁虽行事鲁莽,却不失为一员虎将,亲为铁鲁说情。赛典赤不能驳王妃的面子,只好将铁鲁死罪饶过,命他跪于元城之下,权当赔礼。

正在城头备战的罗槃酋长目睹城下发生的一切,内心深受感动,环顾部将说道:"平章宽仁若此,我若仍旧怀疑他,绝非我罗槃部的祥瑞之兆。"于是在城头竖起降旗,举部出降。

罗槃酋长的归附在云南各反叛部落中引起强烈震动,事隔不久,广南溪洞侬士贵及左江李维屏,右江岑从威等率两千余人请降。渐次招降临安、白衣和泥分地城寨一百余所;威楚、金齿、落落分地城寨军民三万多户;秃老蛮、高州、筠连州等城寨十九所;八番、罗氏鬼国等洞寨一千六百有余。

赛典赤的所作所为,不可避免地触动了个别上层士吏的利益。这些人怨恨赛典赤,选出数人到京城诬告赛典赤"专僭数事",忽必烈不予接见,交给刑部处理。刑部已知忽必烈用意,遂给诬告之人戴上刑械,送回云南由赛典赤发落。赛典赤宽宏大度,非但不做计较,反而各自委以官职,这样一来,这些告状的士吏皆感激赛典赤再造之德,发誓以死相报。

在赛典赤和清风等人的共同努力下,短短两年,云南全境大治。消息传到大都,忽必烈喜悦万分,当即下赐重金以资奖赏。赛典赤得到这笔可贵的经费后,第一件事便是与行省官员、水利工程工匠深入滇池进行实地勘测,准备对滇池进行改造,疏通淤塞,兴修水利。该工程的主要设计者预计,一旦工程全部完成,滇池周围的万余顷土地将变成良田。

　　至元十三年(1276年),滇池改造工程正式启动。举行开工仪式的那天,恰好清风从上都省亲归来。在上都,清风有幸参加了忽必烈举行的对宋君臣的受降仪式。临行,忽必烈特意要她将一套金壶碧玉盏带给赛典赤。

　　这套金壶碧玉盏是宋朝诸多贡品之一,从设计到制作都堪称世间绝品。一套金壶碧玉盏,壶一盏九,壶体系纯金打制,表面虽无任何用于装饰的花纹,粗看式样也与普通酒壶相差无几,唯在壶盖正中提手处,镶嵌一颗硕大的、价值连城的夜明珠。九只玉盏,皆以完整的极品羊脂玉雕成,上面分别镂刻着梅、菊、兰、荷、牡丹、雪竹、雾凇、云峰、碧波托日九种图案,与金壶匹配,浑然天成。金壶碧玉盏的设计思想,完全按照蒙古人崇尚“九”的习俗,由宋朝能工巧匠花费数月精制而成。忽必烈将这件举世无双的贡品转赐赛典赤,表明了他对赛典赤的信任恩宠之意。

　　赛典赤面向大都方向,叩首施礼,拜受皇帝所赐。当他得知宋廷已降,天下重归一统时,这位忠心耿耿的回回老臣喜极而泣,一再虔诚地感谢真主护佑。清风代赛典赤传命,在滇池旁设宴,一为国家和当今圣上祈福,二为款待所有参加滇池改造的官员、工匠和民夫。霎时间,欢呼声四起,工地变成了一片欢乐的海洋。

　　这天,素常饮酒极有节制的赛典赤第一次喝得酩酊大醉。目睹了赛典赤满脸通红、醉态百出的样子,清风丝毫不加劝阻,只是笑着帮他款待众人。这一刻,清风的整个身心都充溢着幸福的感觉,她的眼中泪光盈盈,这是她为忽哥赤做到的,也是她要为忽哥赤永生永世做下去的。

　　她希望忽哥赤在天上可以看到。

　　她希望忽哥赤为她感到骄傲。

　　忽必烈平定云南,并域吐蕃,灭亡南宋,完成了中国历史上规模空前的大统一。元朝的疆域“北逾阴山,西极流沙,东尽辽左,南越海表”,其里数只能以经度和纬度计算。这样的大统一,拆除了宋、金、西夏、大理、吐蕃、畏兀儿、西辽、蒙古等各政权并立以来的此疆彼界,结束了中国三百余年的分裂割据局面。

　　在行政管理上,忽必烈建立和完善了行省制度。所谓行省,是行中书省的简称。起初,它是朝廷中书省的临时派出机构,至元十年(1273年)以后陆续具备了地方最高官府的性质。忽必烈所设置的行省主要有江淮(江浙)、江西、湖广、云南、四川、陕西、甘肃、辽阳、河南九行省。后来又增加了岭北行省。

　　元朝确立的行省制度, 不仅在政治上加强了中央集权, 巩固了国家统一,也为国内各民族的交融发展提供了便利条件。当时全国设立的十个行省(包括中书省共十一个)中,岭北行省治所在和林,辖区包括贝加尔湖、谦河(即叶塞尼河上游)及唐努乌梁海一带。被称为"腹里"的中央特区由中书省管辖。畏兀儿(即新疆)与吐蕃(即西藏)分别隶属察合台后王封地和宣政院管辖,虽未设立行省,但同样由中央派官设府,对其实行有效统治。

元朝在畏兀儿要地派重兵镇守,设提刑按察司、北庭都护府、宣慰司等,在西藏设立乌思藏等三路宣慰司都元帅府,派出都元帅、宣慰使、安抚使、招讨使等官员进藏治理。至于海南岛、台湾及东南沿海等地,亦均由元朝政府设置机构、派员管理。如在澎湖设立巡检司,管辖澎湖和台湾,每年在此征收盐税十锭二十五两,并派兵驻守,此为中央政府在台湾正式建立行政机构,行使国家主权之始。从此,台湾与大陆归属关系有了新的发展。

贰

中统元年(1260年),两个渴望将东方的金子装入口袋的兄弟离开家乡威尼斯,开始了他们的万里之旅。他们从君士但丁堡渡里海,经克里米亚半岛的速达克进入察合台汗国和金帐汗国经商,之后,他们因战争原因留居不花刺(今布哈拉)。一天,恰逢伊儿汗旭烈兀派往元廷的使臣经过这里,这对天生的冒险家接受了使者邀请,在途一年,于至元三年(1266年)来到忽必烈的首都——元上都。

这两个兄弟,正是马可·波罗的父亲尼古拉·波罗与叔叔马窦·波罗。

波罗兄弟在上都受到忽必烈的亲切接见,忽必烈"垂询之事甚夥。先询诸皇帝如何治理国土,如何断决狱论,如何从事战争,如何处理庶务。复次询及诸国王、宗王及其他男爵。继而详询关于教皇、教会及罗马诸事,并及拉丁人之一切风俗。"波罗兄弟以诚实的态度一一回答,令忽必烈十分满意。交谈中,得知他们近期将返回欧洲,忽必烈当即给予他们丰厚的赏赐,并托他们带给罗马教皇一封国书,另备有两颗举世无双的宝石作为赠送教皇的礼物。这两颗宝石一颗是产于缅甸的鸡血红红宝石、一颗是产于喜马拉雅山的矢车菊蓝宝石。

作为一个庞大帝国的统治者,忽必烈深受祖父成吉思汗影响,对任何宗教都持兼容并蓄、一视同仁的态度。鉴于国内佛教、道教、萨满教、伊斯兰教、景教(基督教的一支)都发展迅速,忽必烈派遣一名蒙古人为使,与尼古拉兄弟伴送西行,致书教皇,欲请教皇派遣"熟知我辈基督教义,通晓七种艺术者百人"前来中国。途中元使因病滞留,尼古拉兄弟则持蒙古国书和忽必烈赠送教皇的大量珍宝西行,于至元六年(1269 年)抵达阿克儿,向教廷呈递了国书。

不巧的是,波罗兄弟回到欧洲期间,正赶上教皇克莱门特四世去世,新的教皇迟迟未得产生。无奈,波罗兄弟只能先行回到家乡,等候结果。直至回到家里,尼古拉方得知,妻子已在儿子两岁那年去世,儿子由舅舅、舅母一手带大。一晃两年匆匆而过,波罗兄弟焦急地等待着来自罗马方面的消息,终于,新教皇产生,他们立即启程前往罗马教廷觐见新教皇格利高里十世,并将蒙古皇帝忽必烈的国书和礼物面呈教皇。教皇阅信后很高兴,表示愿意按照忽必烈的请求,尽快从法兰西、德意志、英格兰、意大利等国招募符合条件的传教士前往中国,但考虑到此事从准备到付诸实施尚需一段时间,为此,他请波罗兄弟先行带回他致忽必烈皇帝的亲笔回书。

至元八年(1271 年),尼古拉兄弟二人携时年十七岁的马可·波罗(1254年至 1324 年),陪同教皇派遣的两位宣教士尼古勒与吉岳木首途东行。中间,两名宣教士惧怕艰险折回,波罗一家却经长途跋涉,于至元十二年(1275年)夏抵达上都,向忽必烈复命。

这年,马可·波罗二十一岁。

马可天性颖悟,记忆力超群。在从中亚到上都的路上,已掌握了一些简单的蒙古语,忽必烈询问他好些问题,他都能夹杂着蒙古语予以回答。忽必烈遂派国子监祭酒许衡给马可做一段时间先生,专门教授马可学习蒙汉两种语言以及其他必备的历史、地理、人文等知识。

在忽必烈的盛情挽留下,波罗一家在中国安顿下来。波罗兄弟选择了扬州作为他们的居住地,因为这里很像他们的家乡——水城威尼斯。马可则随忽必烈回到大都,在国子监学习中国的语言文化。马可确实聪明过人,经过系统的学习,在短短半年中,熟练地掌握了蒙古语和汉语,其熟练程度达到不仅可以与人流利地对话、交流,还能毫不费力地阅读所有蒙古语与汉语典籍。

卓尔不群的马可赢得了忽必烈的喜爱,被这位元朝皇帝留在身边达十七年之久。期间,马可以元廷随员身份遍游汉地城市,如汗八里(大都)、开平(上都)、京兆(西安)、成都、云南、济南、扬州、镇江、杭州、福州、泉州等,而且,数次充当汗廷使者前往占城(今越南中南部)、印度诸岛国访问,丰富的阅历使马可日后成为东方文化的传播者。

至元二十六年(1289 年),与阿鲁浑(伊儿汗国四任汗,1284 年至 1291 年在位)共历风雨十数年的汗妃卜鲁罕不幸病故。阿鲁浑对卜鲁罕感情殊深,爱妃之逝令他难以释怀。因卜鲁罕出身于伯岳吾部,阿鲁浑遂遣使赴大都求婚,请皇帝挑选出身伯岳吾部的美女赐嫁于他。阿鲁浑在辈分上是忽必烈的侄孙,又是伊儿汗国主君,对于阿鲁浑的请求,忽必烈十分重视,下旨从伯岳吾部贵族中遴选出冰肌玉骨、婀娜妩媚的妙龄少女阔阔真(与真金太子妃阔阔真同名)下嫁伊儿汗。同时,依波罗兄弟所请,命波罗一家三人随行护送。

跸辞之际,忽必烈对陪伴他多年的马可·波罗恋恋难舍,再三叮咛他完成护送使命,将父叔送回威尼斯后,择日返回中国。马可一一答应下来。那时的他,并未想到他与君父一般的忽必烈,从此再无相见可能。

至元二十八年(1291年)初春,元朝使臣、伊儿汗国使者、马可·波罗与父叔来到泉州。与北方萧瑟的景致完全不同,这里百草权舆,椰林婆娑。娇艳的鲜花,引来群蝶飞舞。海浪轻轻拍打着岸边的礁石,满目千岩竞秀,万壑争流。

岸上百官送行。十余艘巨舰缓缓离开泉州码头,鼓满风帆,驰向南海,然后掉头向西,穿过阿拉伯海,驰入波斯湾。经过两年零两个月的航路及陆路交通,一行人抵达阿兰草原。

阿鲁浑无福与美丽的女子阔阔真相伴,他病逝后,其弟乞合都(伊儿汗国五任汗,1291年至1295年在位)继承了汗位。至元三十年(1293年)暮春时节,乞合都举行大典,正式迎娶年方十九岁的阔阔真为妃。

在伊儿汗国稍稍休整了一段时光,马可·波罗与父亲、叔叔辞别伊儿汗君臣,乘船经君士坦丁堡由海路返回阔别了二十二年的家乡——威尼斯。

生命中最重要的时光在中国度过,余下的热情在回忆中变成一部伟大的游记,马可·波罗的名字在他的游记里得以永存。他赞美大都的繁华,赞美发光的黑石头,赞美扬子江如同帝国的血液。他记下了大批商船经常去爪哇港口,并从那里运回"黑胡椒、花椒、高良姜、荜澄茄、丁香和其他香料",让泉州商人获利,他还记下了面条和冰淇淋的制作方法并将其带回了意大利。

《马可·波罗游记》的出版震动了整个欧洲。

哥伦布受此书影响,想从海路前往东方以重新建立西方与蒙古皇帝的联系,结果他没找到中国,却发现了美洲大陆。

英国史学家韦尔斯曾这样评价《马可·波罗游记》:"它打开了我们对十三世纪这个世界的想象力……仅仅是历史学家的编年史是做不到这点的。它直接导致了美洲的发现。"

欧洲文化史研究专家布克哈特则认为,欧洲文艺复兴之所以发生在意大利,是因为意大利人的思想最早转向发现外部世界,也就是说它受了蒙元帝国的影响。

对于双脚再无缘踏上中国土地的马可·波罗而言,《马可·波罗游记》毋宁说是他重新回到那个伟大国度的翅膀。

叁

在赞多新寺,真金接到伯颜的第二封来信。这封信依旧很长,信的末尾,还有两段话分别出自阿术和弘范,二人均有署名。阿术不改本色,没有任何客套话, 只催促真金快点回来。东宫存有两坛察合台汗国进贡的上品葡萄酒,真金为伯颜、阿术和弘范饯行时曾说,待拿下临安,他将亲赴前线慰问诸将。阿术说,他已等不及想喝真金的庆功酒。弘范则首先问候了帝师和真金,然后才表明了与阿术相似的愿望。

得知蒙古军队已攻入临安,八思巴兴奋之余,挥笔写下《赞颂应赞颂之圣事》(汉译为《贺平江南表》,与伯颜的《贺平江南表》属于同一类贺表,故有此译)。

至元十三年(1276年)年底,八思巴在真金的陪同下回到萨迦。他们到达萨迦那天,似乎是萨迦僧俗人众的节日。到处都是欢迎的人群,山腰间,山脚下,人山人海,无数信徒顶礼膜拜,盛况空前。乌思藏各地许多掌管教法的格西与管理各地宗教事务的首领,手捧哈达前来相迎。人们莫不被眼前的一幕震撼:在吐蕃之黄河河曲地方,蚌拉山像神鸟站立,黄河像天河降落,犹如一双日月之施主和上师,在此聚会,边地四王的军队以及十一位诸王之随从等数十万人环绕, 无数资财像夏天之祥云装饰天空一样布满施主与上师的脚下。

为彰显大元皇帝忽必烈的恩德,八思巴向僧众供茶供饭,发放布施。其后几天,他为萨迦班智达举行了超荐法会,并修建了纪念萨班的内供多门菩萨塔,还建了金顶、金瓶。同时,为了纪念胞弟恰那多吉,又发放了不计其数的财物作为布施。

亲眼看一看姐姐墨卡顿和挚友恰那多吉最后生活和安息的土地, 是真金由来已久的心愿。墨卡顿去世后,遵照她生前的遗嘱,恰那多吉将她密葬在吐蕃与汉地的交界地,不留墓碑,不留任何可供辨识的标志,唯有灵魂可以自由来去。甚至八年后八思巴重返吐蕃,真金只能在他指出的大致方位进行遥祭。

而今,站在恰那多吉的灵塔前,想起那些遥远又不遥远的往事,真金只觉五内如摧,百感交集。

八思巴走过来,无言地站在真金身后。

许久,真金缓慢地说道:"这些日子,我一直在想,姐姐在最后的时刻,究竟是怀着怎样的心情,想要消失在恰那的生命之中?又是怀着怎样的心情,让自己长眠在那么孤独的地方?"

他似自语,又似向八思巴询问。他并没有回头,因为,他不想让八思巴看到他脸上的哀伤。

八思巴沉默了一会儿,"我似乎……"他的语气稍稍停顿了一下,"有些能懂得公主的想法。在这个世界上,没有比公主更了解恰那的人,也没有比公主更在意恰那更为他着想的人。当她即将离开人世时,她多么希望恰那能够好好地活下去。远离萨迦,不回蒙古本土,她一定是想在恰那的视线之外,继续关注恰那的人生。所以,才做出那样的选择——不能太近,也不愿太远。"

"恰那呢?恰那又是怀着怎样的心情,面对姐姐的离去?"

"等待。"

"什么?"

"想必是前生来世的约定,令佛主赐予了恰那等待的心意。用十一年的等待,换来了公主的出现。又用十七年,在每一次分离后等待重聚的时光。正因为不得不忍受分离之苦,才情愿用生命等待重逢。恰那的心情想必如此。"

真金的脸颊早已被泪水浸湿,他努力克制着,却无法掩饰声音里的颤抖:"这样的心情,无论姐姐还是恰那,会不会很辛苦?"

"即使辛苦,也无悔无怨。公主送给恰那的香串,他从来都是珍藏在离心口最近的位置,他去世前,香串回到了原来的地方。我虽没见恰那最后一面,可我听释迦桑波说过,那天,他们看到恰那时,他的遗容格外安详。"

"虽然帝师这么说,还是很想再见他们两个人一面啊。"

"佛主给了太子想念的心意,公主和恰那会知道的。恰那能与太子相识,是他的幸运。"

"如若重逢,恰那和姐姐不会再分开了吧?"

"也许还会分开,然后在我们不知道的地方,等待下一次重逢。分离与重逢,是命运的两端,等待才是桥梁。不过,恰那活着时,纵有许多无奈,他眼神里的幸福欢乐,我同样看得清楚明白。"

"听了帝师的话,我心里倒有些释然。愿佛主保佑他们早日重逢。"

"会的。说不定在茫茫人海中,他们已经等到了对方。"

次年(1277年)正月,八思巴在曲弥仁莫举行了一场有七万名僧人参加的大法会,向七万多名僧人供献丰盛的饭食。真金代表皇帝在法会上担任施主,给每位僧人发放黄金一钱,为每三名僧人发放一套袈裟,并广为宣讲佛法。参加法会的人还有三万多普通信众,共有十万余众,当时那种万众向佛的盛大场面,令真金深深感受到了宗教的力量,同时也让他明白了父亲尊崇八思巴的政治远见和良苦用心。

事实上,在曲弥举行的大法会,从规模而言已至极致,后世再无可与之相比者。而其寓意之深,作用之大,也充分彰显出八思巴在元廷支持下所取得的崇高地位,表现出强盛的元帝国所具备的雄厚财力。倘若说在大都举办的游皇城等大型佛事活动对元朝军民进攻南宋、统一中国产生过凝聚民心、鼓舞斗志的作用,那么曲弥法会则展示了吐蕃在并入大元帝国之后歌舞升平的景象,它将帝国的强盛,将八思巴领导下的吐蕃对中央政权的拥护完全体现出来。

讲经传法之余,八思巴依旧致力于搜集和整理典籍,翻译和写造佛经。光他为写造三藏《甘珠尔》一百一十五函即用去纯金四百二十多两。在他返回吐蕃,途经朵甘思的赞多新寺时,由大近侍顿楚为首的众人在一天之内向八思巴奉献了以一千五百函珍贵经籍为主的,包括土地、寺院、属民、财宝在内的大量供养。

那些从印度、迦湿弥罗(今克什米尔)、尼波罗(今尼泊尔)等地远道而来的僧人,向八思巴求教佛法所献上的大供养中,也少不了一些珍贵的佛教经典。每当八思巴获得一部佛经,他都如获至宝,令人用金银和珠宝的粉末和汁书写,珍藏在萨加寺内。在八思巴的影响下,写造经典在元朝宫室和萨迦僧人中蔚然成风,并经久不衰。经过一代代人的努力,萨迦寺成为元朝颇具规模的藏书中心。

不仅如此,萨迦寺所存文物极多,著名的有忽必烈献给八思巴的大法螺、刻有龙纹的头盔、描绘八思巴生平的唐卡、萨迦历代教主的灵塔等。西殿后墙堆列之经典,从地面直至殿顶。用梵文书写的贝叶经,数量之多世所罕见。其中一部用金汁书写的佛经,重达六十余斤。后世,人们常将萨迦比作第二敦煌。

肆

历时八年的蒙宋战争,在对宋皇室成员举行过隆重的受降仪式后落下帷幕。宋室遗臣文天祥、张世杰拥立杨太妃所生二子为益王、广王,逃往广东、福建,游弋海上,招兵买马,以图复辟宋室。闽、广一带群起响应,达十五郡县。忽必烈一直密切关注着这方面的情报。

至元十五年(1278 年)端午节过后,忽必烈在大明殿召见张弘范。他委任张弘范为蒙古汉军都元帅之职,前往追剿亡宋卫王残部。张弘范委婉地推辞道:"臣弘范不才,请以蒙古信臣为首帅,臣愿副之。"

忽必烈很清楚张弘范的顾虑所在,他给张弘范讲述了一段往事。当年,成吉思汗以义子察罕为主帅,以张柔(弘范之父)为副帅,协力攻打金军事重镇安丰。战前,察罕与张柔在制订作战方案时发生分歧,察罕不听张柔建议,将帅失和,致使安丰一役进退失据,损兵折将。战后,察罕和张柔引残兵败将与成吉思汗会合,察罕倒没有推卸责任,但张柔想起这原本可以避免的失败,深以为恨,生平第一次当着成吉思汗的面痛哭不止。成吉思汗了解了全部作战经过后,并没有怪罪察罕和张柔,而是自责委任不专。忽必烈说,他以弘范为帅,是不愿他复有其父张柔之遗恨!

张弘范感于忽必烈信任之重,之诚,跪受皇命。

不久,张弘范衔命至扬州,选调水陆军两万人,准备大举南征。为最后一次核准早已拟定的作战部署,张弘范召集各军将领开了个短会。当大家赶到主帅军帐时,突然发现参加会议的将领当中多出一位年方十四五岁、个头高高且一表人才的少年将军。一位经常出入皇宫的将领认得他,少年是真金次子答剌麻八剌,汉族将臣图省事,通常都称呼他为八剌王子,如同他们喜欢把玉昔帖木儿称作玉昔一样。

真金膝下有子三人,老二八剌从十四岁起常受祖父委派出使占城、安南、爪哇诸国,是朝中公认的少年才子,在诸孙中最得祖父欢心。此次张弘范引军平南,八剌主动请缨,获得祖父恩准。忽必烈特旨,将爱孙与弘范之弟弘正一同编入先锋军,并任命弘正为正先锋,八剌为副先锋。

张弘范如何不知忽必烈的良苦用心。骑着战马入主中原的蒙古人,从始至终不改其尚武本色。偏太子真金自幼身体较弱,虽有治国之能,却未能展现出军事才华。这对一个有朝一日要继承皇位的储君来说,不能不说是种缺憾。八剌智勇双全,忽必烈着意锻炼和培养他,正是为了他将来可以好好辅佐父亲。

会上张弘范做出决定,先锋军从水路先行,直趋闽、广。出发前,弘范暗暗嘱咐弘正:"谨慎从事,作战勇敢! 照顾好八剌王子,不可让他轻易涉险。"弘正接令。

六月中旬,弘正和八剌所率先锋军驶入舟山群岛,与奉命阻截的宋军水师打了场遭遇战。这支宋军系文天祥、张世杰集结起来的护国军中的一支，达三万人之众。弘正、八剌的先锋军只有区区三千人，考虑到众寡悬殊，弘正不敢正面拼消耗，他与八剌商议后，二人做了分工，分头采取行动。

八剌尚且是第一次参加如此大规模的战斗，既兴奋又激动，那副跃跃欲试的样子，如同一只天不怕地不怕的幼虎。弘正年轻不假，却称得上身经百战，他只怕八剌有个闪失，一再叮咛八剌千万注意保护好自己。

与八剌相别，弘正将一千五百名将士每十名分做一组，分乘一百五十艘小船向宋舟师靠近。宋军一方都是正规水师，所乘战舰与小船相比，硕大的船身威风凛凛。宋将不知蒙古军意图，只传命严阵以待。两下迫近，弘正忽命小船散开，小船游弋水面，竟如骑兵一般灵活，转瞬间形成对宋舟师的半合围。接着，弘正将令旗一挥，将士们万箭齐发，浸了油的火箭落在战旗之上，船舱之中，顿时燃烧起来，风助火势，宋战舰很快变成一片火海。宋舟师原本依岸而泊，将士们未经一仗，被一支支火箭射得无有还手之力，无奈之下，只得弃船逃生。

八剌率领的另一支蒙古军正等在岸上。八剌不等宋军泅近，命士兵放箭，宋军将士再遭伏击，中箭者、溺死者无数，余者蜂拥上岸溃逃，所剩不足十之二三。八剌顾不得与弘正会合，引军急追，弘正率人赶到时，八剌正冲杀于敌阵之中，浑身溅满了鲜血。弘正担心八剌有个闪失，忙命将士喊话：弃械者免死！宋军听到喊话，大多跪地投降。

八剌催马来到弘正身边，依然带着几分稚气的脸上洋溢着青春的活力和热情。弘正看着面前这张仿佛不识人间忧愁的脸，觉得自己都有点嫉妒他的活力和热情了。八剌跳下马来，向弘正笑着，弘正上下打量着他，一时间没有说话。

"怎么了，弘正叔？"八剌快活地询问。

"你没受伤吧？"

"受伤？"八剌纳闷，目光飞快地扫过自己的战袍，恍然大悟，"哦，弘正叔，你是看见我身上的血迹了吧？那不是我的，你放心。"

"我怎么能放心！战前，我是怎么叮嘱你的？"

八剌挠挠头，"你说让我等你上岸，一同追击溃散之敌。"

"你竟还记得我的军令？你呀，简直是匹挣开了笼头的野马驹，只怕陛下本人在场，手中的套马杆也套不住你。"

"弘正叔的话，我当然记得了，临出发时，父王和皇爷爷都嘱咐过我，要我听弘范叔和你的话，我哪敢忘记呢！"

"耍嘴！你听了吗？"

"嗨,我那不是怕他们逃远吗?弘正叔,你快高兴点。你想想看,我们不过区区三千人,硬是击溃了他们三万人,第一仗打得真让人痛快! 若不是跟着弘正叔,我哪来的这种福气。"

弘正绷不住,脸上掠过一抹笑意,"小滑头,你仗打得好,奉承人的功夫也丝毫不差。这个,可不像你父王的儿子。"

"我是我爷爷的孙子嘛。"

"你的意思是,你的嘴这么甜都是陛下教的? 好啦,说笑归说笑,以后你可要服从军令呀。"

"弘正叔,我保证以后绝不擅自行动。"

"也罢。这次,我网开一面,暂不把你的行为上报主帅了。"

"弘正叔,你真好。你不知道,在所有人里面,我最喜欢的就是你了。"

弘正被八剌的话逗笑了,方才因担忧而升起的怒气也随之烟消云散,"你呀,真是什么话都敢说!"他上前拉住了八剌的手,"我们上船去吧。到了泉州,恐怕还有一场硬仗要打。据近日获得的情报,张世杰在泉州布置的宋军人数虽不及舟山多,但都是他的正规部队,训练有素,而且有备而战,我们切不可掉以轻心。我意在连江征调二十艘巨船,每艘巨船之上配备一门西域火炮和一门投石机,将士们都转移到船上,拖舟而行。待与宋军接战之际,先以火炮和投石机破其防御,然后将士们乘小舟登敌船,我们在海上跟他们来个短兵相接。你看如何?"

"打消耗打不起,肯定要速战速决! 到了连江,调船诸事交给我去办吧,我一定能调几门性能最好、射程最远的火炮和投石机过来。"

"好,一言为定!"

伍

八月,张弘范率两万元军与文天祥的四十八万宋军会战于江西兴国。这支宋军光人数听着的确有些吓人,但用于实战,有个致命缺陷——他们中的大多人都是文天祥和张世杰临时招募起来的乡丁民勇,不及训练,不经战事,严格说乃乌合之众。元军人数虽少,但都是刚从征宋战场上拼杀出来的精锐部队,指挥他们的,又是身经百战的一代名将张弘范。

果然,两下相遇,宋军方面各自为战,进退失据。加上文天祥、张世杰的军令不畅,军队内部互相牵扯,内耗颇重。不消两个时辰,损兵折将二十余万人,余者尽皆逃散。经此役,宋军用以复国的十七万正规军(所谓正规军,其实也是文、张二人临时聚拢的历次战役中溃逃海上的宋军将士)、三十万民兵和一万余淮兵所剩无几。益、广二王闻讯大惊,慌忙逃往海上。幼小的广王受惊吓而死,张世杰、陆秀夫遂又拥立八岁的益王为帝。

冬十一月,蒙古南征军在潮州集结,兵发潮阳。担任先锋的弘正和八刺配合默契,一举击溃走海而来的文天祥赣州义军。八刺还在海丰的五坡岭追上并擒获宋丞相文天祥,立下大功,得到弘范表彰。

不久,弘范获知宋君臣藏身之地——广东崖山,随即挥师追踪而至。

崖山是一处东西峰对峙的近岸小岛。昔日,宋人建宫殿于岛上山麓,而今,这些年久失修的宫殿权且充当着张世杰为益王营造的"皇宫大内"。年幼的皇帝不过是个摆设,所有的军政大权都掌握在不可一世的张世杰手中。

文天祥兵败海丰的消息传至崖山,张世杰一面骂着"百无一用是书生",一面传命陆秀夫于岛下结巨舰千艘,下碇海中,船头向内,艘尾向外,船与船之间结粗索为栅。另外,为防火攻,船体皆涂以厚泥,船外缚长木以拒火舟。

元军水师泛舟洋面,张弘范将文天祥押上海船。海船风鼓帆满,似离弦之箭驶向崖山。

中午时分,崖山已遥遥在望。张弘范下令,将舟师一分为四,以其中三路从东南北三个方向靠近敌船,自己则率主力从西南方向发起强攻。元军每艘战舰均构造战楼于舟尾,外覆帆布,内藏甲兵。张弘范与诸将相约以他的"旗舰"上的乐声和锣声为号令。

"旗舰"接近崖山,突然乐声大作。宋军初闻,以为元军摆宴,未以为意。直到元军弃舰乘舟,冲犯舰前,才大惊而起,放箭拒敌。元军按照主帅命令,皆伏盾不动,待宋元舟师相接,突然鸣金撤盾,一时间,弓弩火石交作,宋军战阵俱毁。元军将士不失时机,登舰力战,黄昏时分,宋军最后一支抵抗力量被消灭殆尽。

舟师即破,崖山无险可守。眼见复国无望,陆秀夫竟执剑逼妻儿跳海自尽,随后回到宫中,背出幼主,蹈海而亡。消息传到张世杰耳中,他急忙率十余艘战舰拼死突出重围,向南海方向逃窜。

文天祥目睹了这场惨烈的海战,面色如土,万念俱灰。

张弘范一直都在文天祥身边,见状沉静地劝道:"文丞相,你熟读诗书,满腹经纶,想必一定深知'得道多助、失道寡助'的道理。我军以两万将士,连破你与张世杰的六十万大军,你难道不打算思索一下其中的原因吗?"

285

文天祥怒目相视,"原因很简单,这世上有太多像你这样甘愿为异族驱策而不以为耻的人!"

"文丞相是指在下吗?"

文天祥不做回答,只用鼻子轻蔑地哼了一声。

"我懂文丞相的意思了,在下还不够资格被划入'不以为耻'的行列中——事实上,也不该被划入'不以为耻'的行列中。在下自父祖起在金国为官,我父亲其后出仕蒙古,与丞相的宋朝从来没有过任何瓜葛。那么,文丞相指的一定是刘整、吕文焕、夏贵、范文虎这些原属宋廷的封疆大吏们?"

"卖主求荣,猪狗不如!"

张弘范笑了,"对一个腐败的朝廷愚忠到底,难道真比为一个兴盛的王朝效力更值得后人称赏吗?在人们耳熟能详的古训里,似乎一边赞赏着'君叫臣死,臣不得不死'的忠臣,一边又钦慕着那些懂得'择主而事'的良臣。我自己常常为此感到困惑,不知道忠臣与良臣,到底哪个才应该成为后人效法的典范。记得有一次我跟吕大帅探讨过这个问题,他说,当年他在襄阳城苦苦坚守五年,在守城的后期,面对残破的城垣,死去的将士,他不止一次矛盾过,苦恼过。他深深地爱着他的国家,可他所爱国家的代表是一个以'好内'著称的昏君,是一个凭借着姐姐贾妃美貌而位极人臣的无赖丞相,他甚至开始怀疑,自己为这些人卖命究竟有没有意义。平心而论,他后来降元是别无选择的选择,可时至今日他从未因做出这样的选择而后悔。无论哪朝哪代,百姓们真正想要的,是一个安定富足的国家,一个能让他们过上好日子的君主,至于文人墨客们的多愁善感,他们没有。文丞相,你难道以为,如果没有民心所向,真能成就一个横跨欧亚大陆的大元帝国?"

文天祥针锋相对,"你不要忘了,我们于海上复国,振臂一挥,呼应者可达十五个郡县,这难道不是民心所向?"

"结果,六十万之众,不堪我两万将士轻轻一击。为什么出现这样的结局?在下不妨给你举个简单的例子。宋自偏安江南以来,朝中冗官冗员程度之严重,达历朝历代之最,这点你不会否认吧?宋廷一个小小的官员,即可霸占良田百顷。结果是多少百姓耕无田,居无所?为维持表面的歌舞升平,你们的朝廷居然强征到七十年后的税收。这样腐败的王朝,你当真以为百姓会心甘情愿地为它流血拼命吗?不会的。这才是宋军一败再败的真正原因!常言道,识时务者为俊杰,文丞相,你又何苦在这点上执迷不悟?"

"这些无谓的口舌之争还是免了吧。我不妨明白无误地告诉你,要我文某人屈身北侍,今生休想。当你我都做尘土之时,你再来回顾,人们记住的究竟是我文某人之忠,还是你张某人之勇?"

"不会有太大差别,真的。当文丞相作为忠臣的典范被载入史册时,我们这些为自己的信仰出生入死、披肝沥胆的将臣同样会被世人传颂。"

"果真如此吗？文某不妨拭目以待。"

张弘范不再多说什么，只是用一种似惋惜又似宽容的神情注视着文天祥。

文天祥将目光移向遥远的天际,表情肃穆坚定。与张弘范的一番辩论犹如拂过耳边的微风,他不愿回想,也不屑回想。

他所牵挂的,是出逃海上的张世杰。他并非多么喜欢这位刚愎自用的将领,但张世杰是最坚决的主战派。抑或,张世杰是老天留给故国的最后一线复国希望?

"主帅和宋朝那老头,刚刚都在说些什么呀？"八剌压低声音,一脸困惑地问弘正。自文天祥被捕,八剌私下一直管他叫"老头"。其实文天祥才不过四十三岁而已。或许因为他身上的学究气太重吧,又留着三绺长髯,这使他在八剌的印象中,是个像窦默、姚枢、许衡那样的老先生。

弘正微微摇头,代主帅传令:鸣金收兵。

班师途中,蒙古军获得确切消息,张世杰的舰队在南海遭遇飓风,船覆人亡,无一幸存。

陆

张世杰之死,令文天祥意志的山岳崩塌了,绝望中,他选择了绝食。张弘范苦口婆心的劝告毫无用处,文天祥只求与故国同行同止。

八剌被"宋朝的老头"弄得烦透了,他不明白为什么主帅忧心忡忡,生怕文天祥有个好歹。既然文天祥愿意死,让他去死好了,干吗把自己弄得觉睡不着饭吃不下,嘴上还起了一圈大燎泡,累不累呀？不如……不如给这老头来个痛快,大家都图个省事。这个天不怕地不怕的小家伙存了这份心,在文天祥绝食的第三天中午,他趁主帅没注意,藏了一壶酒,悄悄溜进了关押文天祥的船舱。

文天祥面向里和衣而卧,似乎已然入睡。

"喂,老头。"八剌将酒壶放在一旁,唤道。

文天祥没理他。

"老头，"八刺推了几下文天祥，文天祥仍旧一动不动。"难道，才几天，他已经饿死了不成？"八刺疑惑地自言自语，随即伸出食指去探文天祥的鼻息。不料文天祥一翻身坐了起来，怒视着八刺。

八刺被文天祥这个突如其来的举动吓了一跳，忘了缩回手，食指还那样伸着，呆呆地与文天祥四目相对。

绝食快三天了，文天祥的面容更加憔悴，一向爱惜有加的长髯像乱草一样飘散在胸前。"你要做什么？"他声音沙哑地喝道。

"我……我……我……"八刺口吃了半天，决定实话实说，"我只是……想试试你还喘气不？"

"喘哪！"

"喘就好。那咱俩商量点儿事呗。"

"笑话！老夫跟你个小娃娃有什么事可商量的？"

"有啊。我是想，你老这么绝食，什么时候才能死干净？不如我帮你来个痛快的，早死早成佛。"

"什么意思？"

"我带了半壶毒酒来，你喝了吧。"

"小娃娃，你敢私自毒死老夫，难道不怕被你们主帅治罪吗？"

"他不敢把我咋样。实话跟你说吧，我叫答刺麻八刺，大家喜欢管我叫八刺。知道太子吗？那是我阿爸。皇帝，那是我爷爷。我是如假包换的王子，主帅他敢杀我的头？最多把我送回去，让我爷爷拿鞭子抽烂我的屁股。"

"这么说，你被你爷爷抽过？"

"没。不过，这回肯定要被他抽的。你不知道，有一次我三弟铁穆耳偷酒喝，被我爷爷抽过，屁股都被抽烂了，好多天不能坐，只能趴着。"

"你不怕吗？"

"豁出去了。与其每天看着主帅为你这个老头犯愁，还不如让那个老头抽我一顿来得痛快。"

"那个老头？"

"对啊，我爷爷。"

"既如此，老夫成全你。拿酒来！"

八刺立刻捧起酒壶，恭恭敬敬地双手奉上。文天祥接在手中，转眼间将半壶酒一饮而尽。

"晕吧？"

文天祥两天多没吃东西了，安得不晕。

"看见了吧，死多容易，活着那才难呢！你不是写过一首叫什么《过零丁洋》的诗吗？我记得里头有这么几句'惶恐滩头说惶恐，零丁洋里叹零丁。人生自古谁无死，留取丹心照汗青。'你若真绝食死了，还拿什么丹心照汗青呀？顺便问问你，'留取丹心照汗青'到底是个什么意思？"

文天祥的视线有点模糊了，可意识还很清晰。"小娃娃，你让我喝的什么酒？"

"葡萄酒，正宗的西域葡萄酒。"

"你！你竟敢欺骗老夫！"

"老头，拿出点勇气来，跟我去看看大都城。看看大都城的繁华和气势比你的临安城如何！"

"区区北人都城，岂能与我南国古都相比！"

"你说了不算。你若不相信我说的话，不妨多问问那些往来于大都的外国使节、商人旅者，他们哪一个不称赞大都是世界上最富庶最雄伟的都城。大都是男人的城市，临安城，那是娘们儿的城市！"

"胡说八道！只有像你这种无知小童，眼睛里才只能看见临安的阴柔之美，而看不到它的帝王之气。"文天祥有些激动地说。

"反正，大都好！"

"临安好！"

"大都好！你呀，只要跟我去大都看看，说不定能改变你的偏见。"

"看了也是临安好。"

"既然如此，我们说定了，你要跟我去看大都城，不许反悔！"

"好啊，老夫明白了，你这是在跟老夫玩激将法呢。"

"你若一心求死，什么法对你也没用。我年龄不大，还知道这个道理，对某些人来说，活着比死了更需要勇气。但愿你这位在娘们儿的城市做丞相的人，还能有几分男人的骨气！"

"小娃娃，口气倒是不小。好，老夫便活着，让你领教一下什么叫气节！"

八刺冲文天祥扮了个鬼脸，开心地笑了。文天祥虽依旧板着脸，心中对八刺的聪慧倒颇有几分赞赏和喜爱。不管怎么说，八刺严格而论还是个孩子啊。

成功说服了文天祥，堵在弘范心里的一块大石头总算落了地。他对八刺说："你这次立下的功劳，比你此前擒获文天祥有过之而无不及。"

文天祥被解往大都。忽必烈在大明殿召见文天祥，直截了当地提出请文天祥出任大元丞相一职，遭到文天祥的严词拒绝。忽必烈知道一时难以说降文天祥，遂下旨在北兵马司东南择一景致优美处，专门为文天祥修建了一处豪华气派的宅院,了解点内情的大都百姓皆以"文府"称之。

文天祥在遭受软禁的四年间,一直都住在这个金丝笼中。忽必烈爱惜文天祥的才华人品,从未放弃将他收为己用的决心,先后派了包括张弘范、伯颜、吕文焕、夏贵以及宋室成员赵孟頫在内的许多文武大臣再三劝说文天祥归顺朝廷,文天祥始终不为所动。真金太子从吐蕃回到大都后,更是多次到文府探望文天祥,他们相谈甚欢,彼此都有相见恨晚之意。文天祥曾对他人坦言:"我虽不会为任何人、任何事改变自己的信念和操守,但我无法不敬重太子的高贵人品。尽管他身为异族,却难得是位忧国忧民、抱负远大的谦谦君子。我毫不怀疑,倘若有一天太子能顺利登基为帝,一定会对天下百姓有利,会受到百姓由衷的爱戴。"

至元十九年(1282年),外界忽然风传亡宋遗民正在组织力量营救文天祥。忽必烈担心变乱复起,终于痛下决心,于同年十二月赐死文天祥。

文天祥为气节而生,亦为气节而死。刑前,八剌王子亲自为文天祥置酒相送。

柒

再度回到萨迦的八思巴,除依然致力于宣扬佛法外,另外要完成的头等大事是确立萨迦派继承人。

这并非一件易事,却是一件亟待解决的事情。

八思巴兄弟四人,胞弟恰那多吉于至元四年(1267年)七月突然崩逝于廓如书楼,异母弟意希迥乃又于至元十一年(1274年)十一月在云南圆寂。另一位异母弟仁钦坚赞担任帝师,未娶妻生子,只有意希迥乃和恰那多吉各生一子。意希迥乃之子名叫达尼钦波桑波贝,生于中统三年(1262年),恰那多吉的遗腹子名叫达玛巴拉,生于至元五年(1268年)初,两个孩子年龄相差六岁。

萨迦款氏家族一直有年长者出家、年幼者娶妻生子延续后代的习惯传承。按照传统,由达尼钦波桑波贝继承八思巴衣钵,达玛巴拉娶妻生子本在情理之中。然而,到真正落实时,又出现了这样那样让人不能不认真对待的情况。

在此之前,首先得说说两个孩子的身份。达尼钦波桑波贝的父亲意希迥乃为八思巴的异母兄弟,他的生母系八思巴父亲的第五位妻子——她原是家中侍女,其地位与八思巴和恰那多吉生母的长妻地位自然不可同日而语。

再来说说兄弟之情。八思巴与恰那多吉是同胞兄弟,两个人从小随伯父萨班前往凉州,相依为命一同长大,在恰那多吉去世前,兄弟俩几乎很少分离。反观八思巴与意希迥乃,他们在年少时错过了一起相处的时光,到八思巴成为一人之下、万人之上的国师时,他向忽必烈举荐了自己的两位异母弟,但这种举荐主要还是基于巩固萨迦派及款氏家族势力的考虑,兄弟情倒是被放在了次要地位。纵使八思巴贵为帝师,面对私人情感时仍不能完全免俗,具体到达尼钦波桑波贝和达玛巴拉这两位侄儿,他难免对达玛巴拉更偏爱一些。

三者,达玛巴拉的母亲是夏鲁万户尚阿礼的女儿。达玛巴拉出生后,一直由外祖父照顾长大,尚阿礼当然希望由自己的外孙继承萨迦派。尚阿礼本身是一位受朝廷重用的权臣,而八思巴对中藏地区的控制,尚且有赖于尚阿礼的支持。

最后,最重要的、也是八思巴不能不首重考虑的因素,是忽必烈的心意。恰那多吉从小在蒙古地方长大,着蒙古服,学蒙古语,娶蒙古公主,被忽必烈封为白兰王,忽必烈钟爱他有如钟爱自己的子侄。恰那去世后,忽必烈十分难过,一再叮嘱八思巴要护持好恰那的遗孤。这次他重返萨迦,忽必烈通过儿子真金,也透露出让八思巴早日决定继承人的意愿。

此时的萨迦派已在忽必烈的扶植下取得了空前权势,达尼钦波桑波贝无论取得教派或家族中的哪项继承权,都有可能受封为帝师或白兰王,成为一位与达玛巴拉权势相当的人物。他比达玛巴拉年长六岁,脾气暴躁,会较快形成与达玛巴拉相互竞争的局面。出于长远考虑,忽必烈自然希望八思巴能在自己尚且年富力强,控制藏区局势游刃有余时解决继承人问题,以免为日后带来诸多麻烦。

毫无疑问,作为元朝皇帝,忽必烈希望由白兰王之子继承八思巴衣钵。八思巴既知忽必烈心意,在做决定时不能犹豫再三。正好真金近日要离开萨迦返回大都,八思巴遂在真金离开前举行仪式,正式确认达玛巴拉为萨迦派未来教主及款氏家族继承人。达尼钦波桑波贝和达玛巴拉继续跟从八思巴学习佛法,但此时两个孩子的身份地位已有区别。

在萨迦派,达尼钦波桑波贝不乏自己的支持者,这注定了他是个悲剧人物。若干年后,达玛巴拉继承法座后,有人向忽必烈举报达尼钦波桑波贝与达玛巴拉多有争执,且达尼钦波桑波贝违反了追荐八思巴的规矩,忽必烈遂将其流放到江南之地。面对朝廷的一再相逼,达尼钦波桑波贝不得已只好到普陀山修习瑜伽行。从此,达尼钦波桑波贝被完全排斥在吐蕃政教权力之外。忽必烈以铁的手腕,确保了一切权力归于达玛巴拉,同时确保了藏区局势的稳定。

真金接到诏命,要返回大都父亲身边了。八思巴依依送别真金。行前,真金问帝师何日返京。八思巴想起自己幼时的梦,犹豫片刻,回说少则一年,多则两年。

回京后,真金向父亲通报了萨迦上层出现的权力之争及分裂苗头。

首任萨迦本钦释迦桑波于至元五年(1268年)去世,本钦一职由首任朗钦贡噶桑波接任。贡噶桑波不只是一位精通佛法的僧人,更是一位能力很强的行政官员,他在萨迦南寺的修建和萨迦北寺的扩建上都有贡献,对萨迦派的事务也是尽职尽责。与此同时,他又是一位惯于独断专行、行事狠辣、为达目的不择手段的人物。

八思巴在大都和临洮期间,异母弟仁钦坚赞一度担任萨迦寺寺主,他根本无法节制贡噶桑波。贡噶桑波一方面拥有很大的自主权,另一方面拥有一股对他誓死效忠的力量。贡噶桑波的所作所为很快被人通报给远在汉地的八思巴,八思巴起初只是予以警诫,但阿里事件发生后,八思巴与贡噶桑波的矛盾趋于激化和表面化。贡噶桑波为从帕竹派手中夺得一块阿里的领地,竟不惜唆使帕竹派在这里的首领南萨拔希的侍从毒死了他的主人。贡噶桑波似乎是那种随时随地都能将对手置于死地的人,他阴毒的手段,尤其为八思巴所厌恶。八思巴从临洮动身时,免去了贡噶桑波的本钦职务,令他回到甲若仓居住。

对八思巴而言,理顺萨迦政权关系,巩固款氏家族的统治权,确保吐蕃及所有藏区始终如一地归属和忠于中央政府是当务之急。为此,他才顾不得回京面圣,而是直接由临洮返回萨迦。忽必烈派真金太子相送,本身含有为他壮行之意。

贡噶桑波为萨迦派效劳多年,突然被免去本钦职务难免心存愤恨。从八思巴回到萨迦,他时时处处同八思巴作对,无论是在选择继承人的问题上,还是在筹建乌思藏宣慰司的问题上,他都不忘与八思巴唱反调。他本身又有一批追随者,使八思巴在决断中受其阻碍,命令难以畅行,这一切,都被真金看在眼里。

维护国家统一是忽必烈此生不可更改的信念,他决不允许吐蕃有这样一股分裂势力存在。为防止贡噶桑波日后在自己影响所及之地煽动起更大的叛乱之火,忽必烈决定先下手为强。

他选择了熟知吐蕃事务又具有军事指挥才能的桑哥作为平叛总帅。

在确定出兵人数时,忽必烈曾与桑哥商议,桑哥说,乌思藏地区山谷险峻,难容大军行进。忽必烈遂派七万蒙古军,三万朵甘思、朵思麻军队共同入藏,协同剿灭贡噶桑波。

按照桑哥原来的计划,欲选择地势开阔处的拉襄进军。大军行至恰米钟时,有一位八思巴的司茶侍从前来劳军,他是桑哥的好友,桑哥很高兴地接待了他。在酒宴后的闲谈中,司茶侍从建议大军绕道朗卓。桑哥遂改变进军路线,先攻下朗卓唐玛土城,随后直扑甲若仓。贡噶桑波在炮火的猛攻下不得不认罪伏法。

桑哥不负重托,只用三个月的时间完成了全歼贡噶桑波势力及重建毁于战火的寺庙的任务。他留下部分蒙古将士在各地驻守,以保证萨迦政府和款氏家族安全,保证元朝中央与吐蕃之间政令畅通。随着吐蕃局势平稳,他开始对一直治理不善的乌思藏驿站进行了大规模的整顿和改进,使之重新正常运转。多年后,桑哥以善于理财见用,在汉儒心目中与王文统、阿合马、卢世荣等人并入奸臣之列。然而藏文典籍,对桑哥持完全的肯定态度。公平地说,桑哥其人确有军事和政治才能,且在维护国家统一方面发挥过重要作用。

桑哥在呈送给忽必烈的奏折中说,藏区局势复平。藏区僧众无不感天朝之威、颂天朝之德,决心忠心归顺中央政府,不复有贡噶桑波之乱。

忽必烈诏命桑哥回朝,同时派真金和伯颜抚镇西北前线。

捌

至元十六年(1279年),赛典赤·赡思丁病逝于行省任上。安葬之日,百姓巷哭。忽必烈惊闻噩耗,于心甚痛,降旨"思赛典赤之功,诏云南省臣尽守赛典赤成规,不得辄改"。

赛典赤有子五人,忽必烈命其长子纳速拉丁继承父位,任为云南行省左丞,主持政务,不久升职为右丞和平章政事。余子亦皆有任用。纳速拉丁颇得其父心传,既宽厚为怀,又能不断改进行省建立发展过程中的一些弊端,令忽必烈十分赞赏。

至元二十八年(1291年),纳速拉丁调任行省平章,翌年去世。其子弟多人长期任职于云南行省,口碑很好。赛典赤后裔多居云南,计有赛、哈、马、丁等十三大姓,据考证,明朝著名回族航海家、外交家、武术家、宦官郑和(原名马和,小名三宝),是其六世后裔。

真金写信,希望清风带确吉回大都定居,清风在回信中婉拒了真金的好意。她说,她愿意"将遗骨葬在云南的群山之间",她已深深地爱上了这片土地。她还说,确吉现在长得越来越像他父亲了,性格却继承了祖父的雷厉风行和敢作敢为,不似他的父亲那般柔懦单纯、与世无争。这个孩子完全适应了云南的生活,他一直希望自己长大后,可以在云南大展宏图。真金既知清风心意,不再相强,唯叮咛清风保重身体,如有可能,常带确吉回来看望父皇、母后。

至元十七年(1280年)十一月,正当贡噶桑波之乱粼平不久,萨迦内部刚刚理顺,萨迦政权异常巩固之际,八思巴于萨迦南寺的拉康拉章圆寂,虚年正好四十六岁。

八思巴一生四处奔波,两次往返于吐蕃和汉地,差不多有一半时间在旅途和他乡度过,他又亲身参与了许多有重大历史意义的事件,操心劳力过于常人。从与他相处七天的南喀本所著传记中可知,八思巴即使在旅途中睡眠也很少,过度劳累使他积劳成疾。这且不论,贡噶桑波的分庭抗礼,异母弟仁钦坚赞于至元十六年(1279年)三月卒于大都这两件事都给他的心灵带来打击。当桑哥平定叛乱,八思巴稍稍放宽心怀时,病魔却将他彻底击垮了。

这是一种说法。

另外一种说法,八思巴是为贡噶桑波的追随者所毒杀。虽无确凿证据,不过吐蕃一直有八思巴火化后,部分尸骨出现发黑现象的传言。

对于八思巴的突然亡故,忽必烈难掩悲悼之情。从至元八年(1271年)始至十七年(1280年),计有王恂、张柔、兀良合台、刘秉忠、史天泽、郝经、姚枢、窦默、赛典赤等二十余位藩府旧臣先后辞世,在忽必烈内心留下了永久的创痛。其中,最令忽必烈惋惜的是汉军都元帅张弘范英年早逝,最令他震惊的是帝师八思巴在藏区圆寂,这两个人离世时都是四十多岁的盛年。

八思巴去世后,年仅十三岁的新任法主达玛巴拉在萨迦寺为他举行了盛大的超荐法事,还在萨迦寺为八思巴修建了灵塔。八思巴弟子扎巴俄色背负法主灵骨往大都报丧,忽必烈命建大宰堵波于京师,次年十二月,又造舍利塔。

忽必烈与八思巴一别成永诀,内心一刻不曾忘怀这位与他亦师亦臣亦友的吐蕃高僧。为褒扬八思巴在吐蕃正式归入中国版图过程中发挥的特殊作用,他特意诏命达玛巴拉赴京接任帝师一职。达玛巴拉不敢忤逆圣意,于至元十九年(1282年)十二月到达宫廷,被忽必烈任为第三任帝师。达玛巴拉任帝师后,较为注重文化建设,曾参加藏汉文《大藏经》的对勘工作。他还在八思巴的舍利塔处建造一座水晶灵塔和大佛殿,用以纪念八思巴的丰功伟绩。

帝师本是出家僧人,考虑到当时得到承认的款氏男性后裔只有达玛巴拉一人,忽必烈恐款氏绝后,强使他娶了两位妻子,她们一位是阔端后王只必帖木儿之女贝丹,另一位是藏族女子觉莫达本。

至元二十三年(1286年)达玛巴拉受命回萨迦管理吐蕃事务,次年行至朵甘思的哲明达地方圆寂,年仅十九岁。达玛巴拉和觉莫达本育有一子,名叫仁特那巴扎。仁特那巴扎五岁时夭折,款氏家族的这一支自此绝嗣。

据载,有元一朝共产生十四位帝师,他们中有款氏家族成员,也有八思巴的弟子。忽必烈在世时任命的帝师共有五位。

纵观八思巴之后的历任帝师,无一人在声望和影响上超出八思巴。作为一位杰出的宗教及社会活动家、佛学大师和政治家,八思巴顺应历史发展潮流,用毕生精力促使吐蕃和广大藏族地区归附中央,为加强吐蕃与内地的联系而不懈努力。八思巴和忽必烈开创的中原皇室与藏区佛教领袖的宗教、政治关系格局,影响了元明清三朝数百年。八思巴支持元朝统一中国,反对分裂,把自己的教派、家族命运与元朝的统一大业紧密联系在一起,这点尤其难能可贵。他主持或参与的元朝在藏族地区建立军政机构和行政体制,建立驿站、清查户籍、推行法律等工作,极大地推进了藏区与内地的政治、经济、文化联系,对于西藏成为中国不可分割的一部分,对藏族形成认同统一的民族心理,对藏汉、藏蒙民族关系的发展,都建立了不朽的功勋。

在文化方面,八思巴创制蒙古新字,极大丰富了祖国的文化遗产。他把藏区的宗教、医学、艺术介绍到蒙古皇室及汉地,又把中原的文化介绍到藏区,使汉蒙藏各民族的文化交流进入了一个崭新的时期。

对于这样的人物,历史做出了最公正的评价:八思巴不只是藏传佛教发展史上的一代宗师,还是继松赞干布之后藏族又一位伟大的政治家,是中华民族杰出的历史人物之一,他的名字将永载于中国史册。

这样的评价绝非溢美之词。

玖

至元十八年(1281年)二月,皇后察必突患风疾卧床,她的病情来势既凶且急,令所有御医都束手无策。

在生命中最后的日子里，每当察必艰难地从一个又一个光怪陆离的长梦中醒来，第一眼看到的总是她一向钟爱的儿媳阔阔真。当然，许多时候还有丈夫，还有南比。南比是察必的亲侄女，她自入宫以来，领第二斡耳朵，地位仅在察必之下。

可惜，那张她最牵挂的脸庞始终没有出现，她知道自己等不到了，再也等不到了。在陷入下一次——也许是永远的——沉睡前，她有话要向儿媳交代。

像这些日子常做的那样，阔阔真刚刚为母后按摩过手、脚、肩、颈，这些原本可以让侍女去做的事情，她都坚持自己来做。她希望这份拳拳孝心可以换来母后的康复。她爱这个慈祥的女人，察必对她而言，对国家而言，绝不仅仅是真金的母亲，还是受到天下百姓爱戴的国母。

此时，看到母后睁开眼睛，阔阔真的脸上露出喜悦的笑容：“您醒了？感觉好些了吗？要不要喝点水？”

许多天来，察必的意识还从未像这一刻这样清醒。她的身上也有了力气，她对阔阔真说道：“先不喝呢。来，孩子，扶我坐起来。”

阔阔真小心翼翼地扶起母后，又在她身后垫上枕头，让她坐得舒服些。

察必拉着阔阔真的手，让她坐在自己身边。“孩子，这段日子可苦了你了。”她注视着儿媳明显憔悴的面容，语气温柔地说道。

阔阔真心中一痛，强笑道：“哪有。我每天能和母后在一起，高兴还来不及呢。”

“真金有消息了吗？”

“父汗派快骑宣他回宫，他已在回来的路上了。估计再有四五天就能到。”

察必无声地叹了口气。还要四五天吗？真遗憾，太久了。

“孩子，我不想吓你，可我的时间不多了。真金抚军漠北，一去半年，我的病又来得突然，这次，只怕真的是永别了。如今，我能托付后事的人只有你和南比，从今以后，你父皇和真金要交给你们照看了。”

“不！您别这样说！太医说您这只是风疾之症，只要好好治疗，会好起来的！”阔阔真惊恐地摇着察必的手，如同一个怕母亲突然离去的孩子。

察必轻抚了一下阔阔真的脸庞，似要安慰她的恐慌，“好吧，孩子，我们先不说这个。这些日子，我总梦见真金，一会儿梦见他瘦了，一会儿梦见他病了。你说，我是不是个很偏心的母亲呢？我为你父皇生下四个儿子，可哪个都没像真金这样，一出生就抓住了我这颗做母亲的心。后来，真金长大了，到了该成亲的年龄,你父皇和我挑选了很久,总是犹豫不决。正在这时,你父皇打猎途中遇到你,才终于下定决心。可我还是不放心,直到把你娶回家门,我才相信了你父皇的眼力。你瞧,我是个多么自以为是的母亲啊,从来坚信,我的真金是天底下最好的孩子。"

阔阔真笑着,听着,听着,笑着,满脸都是泪水。"是,您说得没错,真金他真的很好,非常好,因为生下他的人是您啊,您可是世上最好的母亲!"

"你呀,一点没变,还是这么会哄母后开心。对了孩子,真金这次抚军漠北,是与伯颜一同去的吧?伯颜这个人,才兼将相,忠于所事,你须叮嘱真金,要他对伯颜万不可以常人遇之。"

"母后放心,真金钟爱伯颜的才干,每与论事,皆尊礼有加。"

"如此甚好。你父皇一生心血都在真金身上,我总担心他有个好歹。另一个放心不下的人是你父皇,他身为一国之君,统治着横跨欧亚的广袤领土,他的辛苦和付出不是常人能够想象的。大到军国庶政,小到宫廷事务他都要操心劳神,你和真金、南比不仅要帮他,还要照顾好他的饮食起居。"

"母后,我不要听您这么说!我愿意一辈子照顾您,照顾父皇,照顾真金,可我需要您教我怎么做。我离不开您——我们都离不开您!"

"察必,你怎么坐起来了?没事吗?不头晕吗?"随着话音,忽必烈匆匆走进寝宫。这段日子,他每天下朝都来探望妻子。他白天诸事缠身不能过来时,多是南比和阔阔真陪伴察必。他一进门便注意到察必的脸上呈现出反常的红润,这让他的内心不禁涌上了深深的不祥之感。

察必微笑着摇摇头,"我很好,你别担心。"

阔阔真知道母后与父皇一定有话要说,就恋恋不舍地告辞离去。

这天,忽必烈在察必身边待到很晚。他们回忆起许多往事,回忆起俩人青梅竹马的美好岁月。察必比忽必烈小四岁,她是忽必烈情窦初开时第一个爱上的女孩。他们相爱却无缘结发,有幸成为忽必烈第一任妻子的是察必的侄女帖古伦。帖古伦美貌多姿,可惜体弱多病,未能给她丈夫留下一男半女便撒手人寰。那之后,不知有多少次,忽必烈在极度孤独中想起心上人那像瀑布一样秀美的长发和像月色一样多情的眼睛,他终于决定娶回这位让他心仪已久的女子。

在祖母的帮助下,他的求婚获得了按陈那颜的首肯。出嫁那天,爱女心切的父亲将一袭红装的小女儿送到五十里之外,他对女儿说:"我们弘吉剌部自成吉思汗起,世世代代皆为黄金家族的姻亲。希望你掌管好忽必烈的斡耳朵,辅弼他成就一番事业。"察必没有辜负父亲的期望,更没有辜负忽必烈的爱恋。在忽必烈的一生中,她始终都是那个可以和他同命运的女人。

当夜色深沉，倦意再次袭来，察必抓紧时间做了最后两个交代，"好好照顾真金，他是我唯一的牵挂。让南比替我照顾你吧。她年轻、聪慧、容貌美丽，精力过人，是个可以做你皇后的人。"

忽必烈——答应下来。

亲耳听到丈夫的承诺，察必放心了，重又陷入深深的梦境。这次，她再没能醒来。次日凌晨，这位以贤德的品行而受到群臣敬重、百姓热爱的女人，走完了她六十二岁的人生之旅。

察必一生，极善于把握事业的成功契机，是忽必烈心目中的第一谋士，同时也是中国历史上堪与唐朝长孙皇后相媲美的一代贤后。史称其"貌甚美"，"性俭素"，"后性仁明，随事讽谏，多裨时政"。

即使贵为一国皇后，察必仍保持着俭朴的品性。她曾要各个宫殿的侍女把将士们用过的废弃弓弦和羊皮都收集起来，弓弦经过重新处理捻线织成衣服，羊皮用来缝制地毯。这样织出来的衣服结实耐用，地毯美观精巧，连忽必烈见了都赞不绝口。

察必初嫁忽必烈，忽必烈酷爱打猎，一次打猎回来觉得眼痛，大夫说是因为光线太强导致眼睛受伤之故。察必听后十分心疼，利用晚上时间给丈夫的帽子上加缝了一个微微向上翘起、不会遮挡视线却能遮挡阳光的宽檐。第二天，忽必烈戴着这顶帽子出猎，见者无不新奇。因有帽檐之故，忽必烈即使在阳光下瞄准猎物也不会觉得晃眼，是以那天收获最丰。其他人见忽必烈的帽子既好看又实用，争相仿制，于是，原来的无檐帽开始被有檐帽取代。

除了帽子，察必还亲自设计和创制了一种前面对开襟、无领无袖的"比甲"，供打猎和骑马时穿着。原来的猎装束手束脚，不似比甲，既能护肩保暖，又使猎手的行动不受限制，可谓一举两得。不久，比甲即在百姓当中风行。

数年前，宋室投降后，全太后、幼帝赵㬎一行抵达上都，忽必烈在宫中召见了母子二人及随行官员。召见时察必在座，她见六岁的赵㬎吃力地跨过高高的门槛，随母亲全太后等跪伏殿中，心中十分不忍。忽必烈传下旨意，授赵㬎开府仪同三司、检校大司徒，赐封瀛国公，居于大都。

随后的质孙宴中，众皆欢呼雀跃，独察必面露忧郁之色。忽必烈不解地问察必，江南既平，天下息兵，为何你反而闷闷不乐？察必回答说，自古无千年之国，虑及子孙后代不能幸免，我怎能不忧心忡忡！

数日后，忽必烈命大臣将亡宋国库中的珍奇珠宝全都陈列于殿堂之上，偕察必观赏。察必不肯久待，匆匆离去。忽必烈命近臣追上察必，问她有没有喜欢的东西，无论她要什么，都着人立刻给她送去。对忽必烈来说，察必是他斡耳朵的女主人,是富有四海的大元皇后,可这个女人嫁给他后从不曾真正地享过一天清福。他一直感到亏欠着察必,希望可以补偿她。然而,察必托近臣带话给忽必烈,宋人千方百计地积攒下这些宝贝,原本是要留给子孙后代享用的。岂知其子孙国且不能保,何能保有这些身外之物?这样的东西,她不忍看,更不忍取。忽必烈领悟了察必的意思,他知道,他妻子的所思所想,无非是希望人们不要被胜利冲昏头脑,无非是希望子孙们牢记"前事不忘,后事之师"的道理。

全太后生于南方,长于南方,美丽柔弱,多才多艺,虽得察必百般关照,仍不服北地水土,经常生病。察必为全太后考虑,多次奏请忽必烈将她母子放回江南。忽必烈不允,他委婉地劝说,若放全太后母子回去,但有流言蜚语出现,他为防变乱,不得不杀全氏母子,这不是为他母子着想,反而是在害他们。察必被说服了,自此照顾全氏母子更加尽心尽力。

察必死后,忽必烈大恸,一夜之间苍老许多,仿佛变了个人一般。

真金在归途中听到母亲死讯,哀伤欲绝,三天未进一口茶饭,他昼夜兼程,赶回宫中为母亲守灵。

真金事亲至孝,母亲突然病逝的打击,以及母亲临终前自己未能守在床前的憾恨,成为他心灵深处最沉重和最久远的折磨,自此,他的健康状况便每况愈下了。

第十五章

青山几时

壹

玉苑位于大都北部,乃当朝平章政事阿合马的私人庄园。

这是一所远比大都竣工要早、奢华气派的豪宅。飞檐挑梁的门楼下,两只八尺高的汉白玉石狮威风凛凛地审视着外面的车辆和行人。所有京城官员,凡是来到玉苑"请示汇报"工作,必须于门前二十步的驻马桩前下马侍立,等候门吏通报。

玉苑动工前,阿合马与正妻赫哲、长子忽辛反复商议,确定取"御"之谐音"玉",借以宣扬其一人之下、万人之上的权势与威风。

玉苑下面是两扇钉满金钉的朱漆大门,取"八八六十四"之数,以区别于皇宫大内的"九九八十一"数。阿合马上下朝及出猎,均走此门。两边侧门略小于正门,门上两个虎头铜扣手也略小于正门上的虎头银扣手。文武百官、外国使节、朝廷特使拜会阿合马时皆从侧门出入。

从正门进入玉苑,迎面是长约五百步的回廊,各色奇花异石布置其间,引来无数彩蝶飞绕。回廊尽头,突兀出一幢幢充满西域风情和中国古典情调的建筑群,莫不令人叹为观止。

玉苑中有"进膳房""卧榻室""休憩间""娱乐阁"等各色楼阁台榭不下千处,里面住着阿合马的众多妻妾和子女。

雅黛自被阿合马娶回玉苑,遭到赫哲的百般提防。赫哲一再警告阿合马,决不可将玉苑中隐藏的秘密透露给雅黛一星半点儿,否则她将抢先向皇帝出首,以换取她本人和两个亲生儿子的平安。尽管明知这是威胁之语,但阿合马考虑到雅黛毕竟是真金的贴身侍女,对她倒也防范甚严。比如,他从不向雅黛提及密室之事,甚至也不像对雪人那样,喜欢夸耀自己拥有多少多少财富,富可敌国。

雪人是西域商人答即古阿散进献给阿合马的艺伎。那还是几年前,答即古阿散向阿合马进献了百匹西域宝马——汗血马,河北大名府商人卢世荣向阿合马进献了珊瑚树和唐代景德镇瓷器,分别被阿合马委以从四品大理司丞和正五品安徽榷茶运使。或许是同属一个民族的关系,答即古阿散很快得以出入玉苑,成为阿合马的座上宾,相反,卢世荣自赴任后,对自己与阿合马的关系十分低调,绝无来往,以致阿合马在将他派到安徽后很快将他忘记了。

阿合马对主动投身他门下的人,一律以给他的进贡多少作为委任官职的标准。在这方面,他依仗忽必烈的信任,完全漠视右丞相安童的存在,为所欲为。朝臣多次弹劾他任人唯亲,任人唯钱,他却巧言搪塞,最终不了了之。

自雪人来到玉苑,阿合马对她百般宠爱。别人只当阿合马是喜欢雪人的琴技,不料阿合马真正喜欢的只是雪人弹琴的那双手。

权倾一方的阿合马已占有成百个女人,这个数字还在不断扩大。即便如此,他的内心深处仍有个角落只为落落而留。他从来不是那种愿意为情所困的男人,对于女人,他只有占有的兴趣而不会真正放在心上。唯独落落,这个他从少年到青年时代为之深深迷恋的女子,只因无法得到而成为他心中的永远。

在阿合马的玉苑,所有女人——除他的正妻赫哲以及雅黛外——都是他按照同一个标准来选择的,她们都或多或少在某个地方与落落有相似之处,或许是眼睛,或许是嘴唇,或许只是头发的颜色。他在她们身上寻找着对落落的感觉,又很快为之厌倦,她们毕竟不是落落,不可能具备落落那种与生俱来的高贵和慧黠。

他不明白为什么一定要这样折磨自己,这犹如一种病,已深入到他的骨髓中,深入到他的血液中,令他欲罢不能。

至于雅黛,阿合马仇恨真金,却极其宠爱在真金身边长大的雅黛,这不知又算是一种什么心理。

赫哲对雅黛千防万防,防住了丈夫,却没防住自己的长子忽辛。

玉苑楼阁居所向北行九百步,穿过一个碧波荡漾的人工湖泊和一座汉白玉石桥,可以登上"揽风阁"。揽风阁上建着"听琴台",是专供雪人练琴的所在。刚迎娶雪人过府那会儿,阿合马有时还会上听琴台听琴,但他很快失去了这种兴致。特别是雅黛进府后,他的心思全都放在了雅黛身上,更顾不得为自己装点门面,附庸风雅了。

倒是雅黛,特别喜欢听雪人弹琴,只要雪人弹琴,她必定过来欣赏,而且常常一待半个一个时辰。她听琴时极其专注,一曲终了,往往还会恰到好处地称赞几句。刚开始,雪人对雅黛十分排斥,虽不至于当场翻脸,却难保言语间不会冷嘲热讽。可无论她如何尖酸刻薄,雅黛总是一笑置之。时间久了,雪人发现雅黛不愧是在太子身边接受调教的女子,心胸气度绝非一般庸脂俗粉可比,这样,雪人对雅黛的看法不知不觉中发生了转变。当雅黛某天提出向她学琴时,她已把雅黛当成自己在玉苑唯一的朋友,而非试图与她争宠的女人。

除了雪人,玉苑中还有一个人对雅黛怀有特殊的好感,或者说钦慕,此人是府上的大公子忽辛。

忽辛是个典型的花花公子,偏对艺术及艺术品有着非凡的鉴赏力,对女人同样如此。他常自诩说,女人与艺术品一样,他只要看上一眼,哪个是"真品",哪个是"赝品",他多能分辨个八九不离十。他父亲将雅黛娶回家门,他不止一次对朋友慨叹:若说美丽的女人是女人中的珍品,比如说雪人,那么雅黛是珍品中的极品。这句话后面的意思他留在了心里——只可惜,这样的人间极品却被他那对任何艺术品都没有鉴赏力的父亲所据有。

多年来,忽辛在西域经商,一年只回玉苑住上几天。去年入冬前,忽辛征得父亲同意,将生意转入京城,此后才得以在玉苑常住。即便如此,能够单独见到雅黛的机会并不多,即使见到,在不明雅黛的心意前,他也不敢太过放肆。毕竟,雅黛被他父亲视若禁脔,忽辛知道自己想打她的主意也是白打,可放弃又不甘心。

好在父亲总有上朝不在府上的时候,忽辛便很留心观察雅黛的行踪。他发现,每当这时,雅黛除了偶尔进宫与太子妃阔阔真小聚,或者去潭柘寺探望落落公主,去张易府上与张夫人聊聊天外,其余时间多去揽风阁和雪人一道练琴。为了接近雅黛,忽辛总喜欢装作闲来无事的样子去揽风阁附近转转,遗憾的是每次都见雅黛与雪人在一起。他知道雪人的嘴不饶人,是以不敢主动搭讪。大概等他第二十次或者第三十次在揽风阁附近徘徊时,好不容易才盼到雪人因身体不适没有出来,只有雅黛一人在听琴台练琴。他觉得这是天赐良机,当即三步并作两步地登上了揽风阁。

雅黛听到响动,抬头看见来人是忽辛,淡然一笑算作招呼。

"夫人在练琴吗?"忽辛没话找话。

"是。大公子,你今天怎么有空待在府里?不用去银号打理生意吗?"

阿合马为子侄党羽在朝中谋得诸多肥缺,唯独长子不令他在仕途发展,而是要他专意经商。阿合马的想法很简单，儿子的生意做得越大、越兴隆，他越可以将自己多年来积攒的万贯家财说成是儿子生意所得。如此，不光能稍稍堵住那些酸腐儒生的嘴，让他们弹劾自己的理由缺少真凭实据，还能财源广进，一举两得。

忽辛回答："原本要去。偶然来这里走动，听到琴声美妙，循音上来看看。"

雅黛暗笑。这段日子，她早发现忽辛对她的企图，不过犯不着点破。

黑色的琴面、古铜色的琴弦，衬着雅黛的纤纤十指，显得异常美丽。忽辛忍不住咽了口唾液，问道："这琴想是父亲给雪人夫人弄来的。父亲其实不大懂琴，这种成色的古琴充其量只能算作二流货色。夫人的琴弹得如此出色，不如哪天我给您弄把上等的古琴来？"

雅黛一笑，什么也没说。忽辛一下子看出了这笑容里的轻蔑。

是啊，这家的主人是阿合马，不是他！忽辛感到自尊心受到了伤害，任谁也无法忍受被心仪的女子蔑视，他得让雅黛明白，这个家未来的主人是他。

"夫人不相信吗？我看不必等几天了，我现在就给夫人弄把好琴来。夫人，请跟我来，去看看我的收藏。"

雅黛没动地方，"去哪里？"

忽辛故作神秘地压低声音说："不远。夫人，您每天练琴不是都能看见右侧这座假山吗？我带你去那里看看，那里可是别有洞天啊。"

雅黛心中微动。揽风阁的听琴台面对夕阳而建，站在听琴台上向右看，能够看到后花园的西北角矗立着一座假山。雅黛早感觉这座假山暗藏玄机，她曾两次看见阿合马从那里鬼鬼祟祟地出没，可惜，她一直找不到假山的机关所在。阿合马这些年来敛财无数，他总得藏个地方啊，难道，这座假山会是玉苑的一个藏宝之处？

这个疑惑，正是她进府五年来坚持在听琴台听琴练琴的原因所在，她有种预感，这座假山或许会成为她掌握玉苑秘密的一个途径。

忽辛见雅黛犹豫不决，情急之下，过来拉住了她的手。

雅黛将手抽了回来，显然没有动怒。"也罢，你在前面带路。"

忽辛当着雅黛的面打开了置于假山中的密室，雅黛的眼前出现了一个珠光宝气的神话世界。忽辛夸口道，玉苑的四处密室除他父母外只有他一个人知道。忽辛没说另外三处密室建在什么地方，雅黛也没多做追问。她知道自己不能太过性急，以免引起忽辛的警惕。

密室中果然藏有一把无论制作工艺还是选材都无可挑剔的古琴，这是忽辛自己的收藏,连阿合马也丝毫不知。另外,忽辛还想将两幅名画送给雅黛,雅黛拒绝了,她说,她要古画没用,有这把琴已是很好,她可以跟雪人一起使用它。至于古琴的来历,她可以告诉阿合马和雪人,是落落公主听她弹琴后赠送她的。

忽辛没想到雅黛如此机警,又如此维护他,对她越发心生爱慕。

从密室出来,忽辛能感到雅黛对他的态度发生了一些微妙的改变,似乎由原来的不屑生起几分敬重。忽辛很得意,这正是他所希望看到的结果。他相信只要假以时日,他必能征服这个被自己视作"极品"的女人。

忽辛又怎能知道,对雅黛而言,他只不过是她开启其他几处密室的钥匙。

贰

当歌女的身影从雅黛眼前一掠而过时,雅黛吃了一惊。歌女被带到阿合马专用的四季阁,雅黛知道,阿合马常在这里干些见不得人的勾当。阿合马平素侍卫不离身侧,唯独在四季阁,往往将侍卫安排在稍远的地方监视动静,不听传唤,不得入内。若在平常,阿合马做什么雅黛从不放在心上,然而这个歌女……

雅黛满心疑惑,悄悄跟到了四季阁。四季阁有数十个房间,最靠里的一间才是阿合马的卧房。这次,不经任何铺垫,阿合马直接将歌女引入卧房。雅黛侧耳倾听,卧房中传来歌女细声细气的演唱,虽不专业,但还算甜润。正唱着,雅黛听到歌女惊叫一声,接着传来阿合马厚颜无耻的声音:"小妹妹,你的歌唱得一般,这身段倒是一流的。不如别唱了……你躲什么呀?你不是主动送上门来的吗?你在我府门前卖唱,老爷若不是看你脸蛋可人,哪里……"

阿合马话未说完,"当啷"一声,似乎有金属东西掉到地上,阿合马骂道:"小妮子,老爷早发现你不对劲儿。就你这样,想杀老爷,你还嫩了点儿!来吧,乖乖地听话,老爷或许愿意饶你一命!"

歌女拼命反抗,嘴里不住气地骂道:"畜生!畜生!你这人面兽心该遭雷劈的畜生!我杀不了你,你也会遭天谴的。你给我滚开!你……"但显然,歌女气力不足,已经挣不脱阿合马。

雅黛顾不得再犹豫,见外厅一角正好放着一根阿合马用以防身的木棒,她一把抓过木棒,冲进卧房。阿合马已将歌女按在床上,雅黛抢起木棒,用尽力气狠狠砸在阿合马的背上。阿合马的动作停止了,随即,摊手摊脚,昏倒在歌女身上。雅黛和歌女合力掀开阿合马肥硕的身躯,雅黛一把拉起衣衫不整的歌女。歌女看到雅黛,说不上是委屈还是伤心的泪水霎时夺眶而出。

"你……真的是你,水云小姐?"

原来,假扮歌女的女子正是张易之女水云。雅黛在真金身边时已与张易妻女相识,后来嫁给阿合马,仍与张夫人保持着联系。二人虽然年龄有差,但算得上闺中密友。

"雅黛姐姐。"水云唤了一声。

"你怎么会来这里?"

"我要杀了这个畜生,为我母亲报仇。"

"你母亲……她怎么了?"

"父亲当值时,阿合马假借你的名义邀请母亲到玉苑做客,不想竟被这个畜生强暴。母亲逃出玉苑后,留下遗书,在房中……自尽了。"水云说到这里,失声痛哭。

雅黛只觉脑袋里"嗡嗡"作响,"你假扮歌女,想方设法混进玉苑,是为了给张夫人报仇?"

水云点头。

"有些事等以后我有机会再问你吧,现在,你得赶紧离开这里。万一阿合马苏醒,你恐怕想走也走不成了。"

"她现在已经不好走了。"一个声音传来,把雅黛和水云都吓了一跳,她们定睛看去,原来是雪人。

"雪人?"

"我看见阿合马的侍卫正往这里来呢。"

"雪人,你怎会来这里?"

"我本来要找你练琴,看到你进了四季阁。我好奇,也跟进来了。没想到……你们说的话我都听到了。雅黛,你听,他们的脚步声……"

果然,杂沓的脚步声越来越近,雅黛灵机一动,向雪人使了个眼色。雪人会意,当即撒泼似的哭闹起来:"老爷,您太让人失望了,什么样的货色您都往府里领,您还把我们姐妹们当回事吗?您把我送出去吧,您不是喜欢歌女吗?我个弹琴的,不配住在这里。"

随后,她模仿阿合马的声音回道:"闹什么闹!这个小姐,一点意思没有,哪能比得上你善解风情!行,老爷依你,派人把她送出府去。"

雪人不依不饶,"您说得好听,谁知道一出府,您又会把她藏到哪里!"

"好,好!要不你自己把她送出去,这总可以了吧?"

"哼,这还差不多。那您还磨蹭什么?还不快让这个小贱货穿上衣服,难道您还没看够吗?"

"好,穿!你没听见吗?快穿,快穿!"

外面的侍卫听了,无不捂嘴窃笑,遂又脚步轻轻地向别处散去了。雅黛从头上拔下寒水碧玉簪,交在雪人手中,"雪人,你还想回来吗?"

"不想!我永远也不要再回这里!"

"那好,你带上这支碧玉簪,先到潭柘寺落落公主那里落脚,免得阿合马找到你。你把情况告诉公主,她会保护你和水云小姐的。"

"你呢?"

"我还有事没做完,你们先走吧。雪人,你我姐妹一场,彼此还不了解。这次的事,你能告诉我一个理由吗?"

雪人眼圈一红,咬着牙说道:"小时候,我家邻居有一位比我大两岁的哥哥,我们青梅竹马一起长大,十分要好。后来,我家里因为太穷,把我卖到了京城,我便把这位哥哥放在心里。两年前我在一场宴会上,第一次听说了这位哥哥的消息,他已是朝廷官员,可因为弹劾阿合马被诬陷下狱,悲惨而死。这个哥哥,是我心中唯一牵挂的人,你能明白吗?"

"我懂了。你俩快走吧,剩下的事交由我来应付。"

叁

阿合马喝了不少酒,开始显得有几分醉意。

雅黛又为阿合马斟满一杯酒,递在他的手中。阿合马醉眼蒙眬地望着她。他奇怪,随着年龄的增长,雅黛竟越发显得风姿绰约、楚楚动人。只可惜,这个女人始终不曾为他生下孩子。

雪人也没有。

想起雪人,阿合马的内心陡然升腾起一股无名怒火,这是被女人背叛和出卖的怒火。他怎么也没想到,他,阿合马,一个权势仅次于当今皇帝,而且财富恐怕与皇帝相比不相上下的平章政事,竟会被一个出身青楼的女人无情地背叛和出卖。

更令阿合马愤怒的是,除了雅黛,雪人一直都是他阿合马最宠爱的女人。雅黛与雪人的美貌各有千秋,他自问,这许多年来,不管他阿合马有过多少女人,唯有对这二人,宠爱之心一如既往。

但雪人,竟会毫不犹豫地离弃了他。

他想不通,雪人究竟是何时又是通过怎样的渠道认识那个漂亮的卖艺姑娘的?或许她们原本相识?甚至卖艺姑娘进入玉苑行刺,也是与雪人事先串通好的?否则雪人怎会那么凑巧赶来救走了她?要知道,早年雪人也是一位名动京城的艺妓啊!

至于卖艺姑娘的身世,阿合马到现在也没能调查清楚。卖艺姑娘和雪人一起,像空气一样从京城里蒸发了,在她们面前,阿合马派出的多路耳目仿佛变成了聋子和瞎子。这点尤其让阿合马感到沮丧,毕竟,他从来没有这么失败过!

雪人,卖艺姑娘,她们两个难道都是仇人的女儿?她们进入玉苑的目的,只是为了要他阿合马的命?

虑及此,阿合马不免从心里打了个寒战。

等着瞧吧,这两个该死的臭婊子!阿合马发狠地想着,不论你们逃到哪里,总有一天我要抓到你们,我要将你们生剥活剐,碎尸万段!

"别光喝酒,吃块儿肉。"雅黛割下一块儿羊腿肉,塞进阿合马嘴里。雪人离开玉苑后,阿合马对雅黛更加迷恋了,每天下朝,他都赖在她的房间里哪都不去。雅黛简直厌烦得快要透不过气来,无奈还得忍耐,再忍耐,她真盼望这一天早些结束。

阿合马抓过雅黛的手,带着一种欲望揉搓着。

雅黛全身起了一层鸡皮疙瘩。借着为阿合马添酒,她娇嗔地推开了他,"喝了这杯去睡吧,这几天陛下和太子不在,够你劳心的。"

"雅黛,让……老爷……好好看看你。你知不知道,你……你有多美,一点都……都不比她……她差。"阿合马打着饱嗝,口齿不清地呢喃着。

雅黛心不在焉地"哦"了一声。

"张易这老小子,跟老爷作对了一辈子,却娶了个绝色女人,凭……什么?你说,他凭什……么?"

雅黛当然知道阿合马说的是谁。她想阿合马是不是活腻歪了,张易,那可是皇帝的宠臣,他连张易的夫人都敢迷奸,这胆子是肥到了什么程度!在京城,谁不知道张易爱妻如命,这段日子张易一直都在隐忍,天知道是好事还是坏事。

"你在说谁呢?"她装作一无所知的样子,用小刀又割下一块肉,放在阿合马面前的盘中。

"你……不认识。算了,不说她了。雅黛,老爷问你一句话,老爷为官二十余载,树敌无数,参奏老爷的折子每天可以堆满皇上的御书案,为什么老爷偏能够屹立不倒呢？"

雅黛略一思索，认真地回道："你有理财之能啊，这全天下谁不知道。"雅黛所说并非假话，在忽必烈朝，阿合马确实是个令人望尘莫及的理财奇才，他任平章政事期间，不管他采用的是什么方法，他一方面确保了国库充盈，另一方面也确保了庞大的军费开支。

阿合马竖起一根手指头，摇了摇，"不对，不全对。不全是这样，雅黛。"

"那你说为什么？"

"皇上立国之初，也即中统初年，任用王文统为第一任平章政事。王文统同样是极有才华之人，与老爷比不相上下。后来，王文统伙同他的女婿李璮谋反，当时与之交通的封疆大吏们达数十人之多。这件事对皇上震动很大，打那以后，他对那些自己曾经全心信任的汉臣便开始怀有猜忌之心了。我与王文统最大的区别在于，王文统是要皇上命的人，而我只要皇上的钱。这个，才是我与那些汉臣斗了二十多年能立于不败之地的真正原因。皇上据有世界之富，他可以给人钱，却绝不会给人命。"

"可像王文统、李璮这样的奸诈之徒终究只是少数啊。"

"你没听说过那句俗语嘛，一颗老鼠屎坏了一锅汤。否则，老爷我怎能应运而生？这是天意，所谓天意不可违啊。"

雅黛听得有点发愣。

"老爷的权势一人之下，万人之上，想必这世上已没有让你害怕的人？"

"瞧你说的！如何没有！"

"是谁？莫不是真金太子？"

"除了他还有谁！今天借着酒，老爷跟你说点私心话，你可别翻给别人听啊。说真的，老爷又没吃饱撑着，没事干吗跟太子作对？你想，太子，那可是未来的皇帝，跟他作对，老爷能有什么好果子吃？这是没办法，太子与我真不是一路人，他推行的那套与老爷的所思所想、所作所为格格不入。另外，老爷打心眼里烦透了那帮天天将仁义道德挂在嘴上的酸儒。你看他们，哪个不是生前穷困，死后还得皇帝赐钱赐物才得安葬？往远说，至元八年（1271年）有安肃公张柔，至元十一年（1274年）有光禄大夫刘仲禄，至元十二年（1275年）嘛，中书左丞相史天泽和被宋丞相贾似道扣押了十四年才被释放回到大都的郝经差不多同时谢世。往近说，至元十五年（1278年）有大司农姚枢，去年，也就是至元十七年（1280年），正当壮年的汉军都元帅张弘范突患心疾亡故。今年（1281年），我的老对头、国子监祭酒许衡算活得长些，前些日子不也死了？说起来，他们哪个不是国家的一二品大员？哪个不是响当当的朝廷重臣？够风光吧？可他们死的时候，连某些个家境殷实的百姓人家都不如。

若非陛下心慈体恤,只怕他们连口下葬的好棺材都买不起。这也叫活?屁!仁义道德,仁义道德,最终能当吃还是能当喝? 啊? 我就那句话——屁!"

"嚯,这可奇了怪了,他们什么时间死的,你居然记得这么清楚。"

"当然,老爷是什么人! 再说,我私下给他们记着账呢。那些办丧事的银两最后不都得从国库出。但愿哪天,这种钱也给张易使使。"

不知为什么,听阿合马这时提及张易,雅黛蓦然在心里打了个冷战。

肆

钟鼓楼上的钟声刚刚敲过子时三刻,两名急递信使手持"官灯",飞马直奔玉苑。

阿合马的家人将信使引至玉苑"觅花间",这是雅黛的住所。信使拜见阿合马,恭恭敬敬地呈上信函。阿合马打开贴在文书首页上的特制花色绸帛,脸色顿时变了。

阿合马合上文书,吩咐家人:"立即备轿,迎接太子还宫!"

雅黛取来阿合马的官服和官帽,服侍他换上。

"太子已到宫城,我得前去迎驾。"

雅黛什么也没说。

阿合马带领百名侍卫匆匆离开玉苑,在门口,他遇到闻讯而来的中书省副宰郝祯。阿合马带着郝祯直奔西内而去。在通往西内的必经之路上,他与真金太子的仪仗相遇。阿合马急忙上前拜见太子。

"真金"端坐轿中。火光照耀下,他面无表情,两道锐利的目光好似两把利剑直刺阿合马的心窝。

"太子,臣阿合马不知太子回京,有失远迎,请太子恕罪。"阿合马恭敬地奉上忽必烈命他代行权力的天子印信。

"真金"依然无语,更不去接印信。

"太子?"

"阿合马!"

"臣在。"

"你做平章政事多少年了?"

"二十余年。太子怎么——"

"真金"轻轻哼了一声,"二十余年,二十余年,不知你是否还记得自己做过多少恶事？"

阿合马开始觉得这个声音有些陌生。这时，郝祯看到了益都千户王著。他看到王著的眼神，更看到王著正在举起的东西。他想提醒阿合马有诈，没容他喊出声来，阿合马肥硕的躯体如同一堵墙壁轰然坍塌，顷刻间，迸裂的脑浆和黑红的血液溅满了轿前的大片台石，恐怖且令人作呕。

王著在阿合马身上揩了一下铜锤上的血污，随即逼向惊魂未定的郝祯。郝祯是阿合马的死党，这些年与阿合马沆瀣一气，干了不少坏事。没有一句废话，王著手起锤落，郝祯瘫倒在阿合马身边。

阿合马的侍从们清醒过来，挥动武器扑向高和尚假扮的太子。高和尚飞身跃出轿子，顿时，所有人都投入到了酷烈的厮杀中。

两边正打得难解难分，枢密副使张易率五千精兵赶到，将阿合马一干为虎作伥多年的随从尽皆射杀。

张易命士兵将除阿合马之外的所有死尸都抬去埋掉，并把好各个入口，不许任何人进出西内。之后，他低头久久俯视着阿合马血肉模糊的尸体，百感交集。

王著、高和尚以及王著带来的八十名义士慢慢过来将张易围在中间。这八十多人虽多数挂彩，所幸没有一人死在刚才的那场搏杀中。

张易抬起头，轻抚着王著和高和尚的肩头，"这里的一切我自会处理妥当。你们和这八十名兄弟赶快走吧，走得越远越好。"

王著笑道："大丈夫敢作敢当，岂可临阵逃跑，连累更多无辜之人？对我而言，能杀阿合马，为我父亲报仇，为天下百姓除害，我王著于愿足矣，死而无憾。"

"是啊，大人。"高和尚也插进话来，"我们从筹划这件事情开始，已将生死置之度外。王兄说得对，我们逃了，陛下找不到这场谋杀的真正实施者，会有更多的人成为牺牲品。"

"既有实施者，又怎能少得了策划者！既如此，不如让我们共同去承担吧。只是这些弟兄们……"

"张大人放心，我们愿与三位共赴黄泉。"

"不行！你们家中还有父母妻儿，阿合马不值得这么多人为他陪葬，有我们三人足矣。你们赶紧脱了这套行头，带上老夫为你们放在轿子里的银两立刻回转益都。注意，要分散走，否则太扎眼，容易引起怀疑。回到家后，你们近期千万不可出门，等事情平息后再做计议。你们化装成东宫仪仗随从，不会有太多人注意到你们。何况，阿合马的侍从也不可能再指认你们。你们从速离开这里，越快越好。"

王著说:"弟兄们,大哥感谢你们追随我多年,不离不弃,舍命相助。你们的情与义大哥我至死铭记。现在,我求你们了,如果你们还把我当成大哥,听我的话,赶紧离开!"

"大哥——"

王著面向众勇士跪了下去。

"大哥,你这是——"

"大哥求你们了,取了银两立刻离开这里。你们不肯走,大哥现在便死在你们的面前!"

王著带来的八十人,每个都与他有着过命的交情。他们太了解王著的个性,王著一向言出必行。倘若他们执意不肯离开,王著必定会自刎在他们面前。八十名勇士齐齐地跪了下去,向王著、张易、高和尚磕了九个响头,然后各自取了银两含泪散去。

王著目送着八十名勇士消失在茫茫夜色中,悄悄松了口气。张易、高和尚上前扶起王著,他们的手紧紧握在了一起。

"谢谢你们。和尚,琢儿有你这样的好兄长,是他的福分。"

"别这么说,张大人。王琢是我弟弟,我们虽不同姓,却发誓同命。琢弟想必已经到了潭柘寺,但愿他与水云小姐能安然躲过这一劫。"

"王琢昏睡时,我托送他去潭柘寺躲避的家丁带了封书信给落落公主。落落公主正直善良、敢作敢为,看了我的信,了解了事情的前因后果,一定不会袖手旁观,一定会设法保护琢儿、云儿他们一家三口,不,一家四口的。云儿现在又有孕在身,但愿这一次她能为张家、王家和高家生下个儿子,将几家的香火传续下去。"

"何止一个儿子!我的预感没错,水云小姐一定能生十二个大胖小子和四个丫头片子,这样,我们每家分三个儿子一个女儿,张大人、琢弟、王著大哥,还有我。"高和尚边笑边说,他乐观的情绪感染了张易和王著,他们也跟着笑起来。

笑着笑着,高和尚的脑海里浮现出他为九公主送行时的情景,浮现出那张流泪的笑脸。昨夜,他只略略打了个盹,居然又一次梦到了她。他总是会梦到她。在他的梦里,她永远是到监房里探望他时骗他说自己给他的饭里下了毒的样子,刁蛮任性却聪明可爱。他用力攥住从不离身的金钗,眼角突然变得有些湿润。

永别了,公主。将鲁川剑送给你的那一刻,我已将自己一生的祝福送给了你。不管我此生是长是短,我最大的心愿,是你好好活着,平安幸福。

可是,我真的好想再看你一眼啊。哪怕一眼也好。我也感谢你,感谢你出现在我的生命里，因为有了你，我短暂的一生中才没有留下太多遗憾。

王著问道："我们下一步该怎么办，张大人？"

"老夫得先回府上，遣散下人，然后，等着皇上派人过来。"

"你呢，王著兄？"

"我还住在客栈里。趁着这段日子悠闲自在，好好地享受几天美酒佳肴。"

"你与我想到一块儿了，我陪你。"

"好酒老夫那里有的是，都是昔日陛下赏赐的。你们想喝，尽管去老夫家中搬。"

"那我们不客气了。大人，这个人怎么办？"王著用脚踢了踢阿合马的尸身。

张易的语气倏然变得冷厉，"他嘛，扔出大都城，喂鹰喂狗！"

伍

忽必烈在上都惊闻大都之变，震怒异常，当即下旨，派枢密副使孛罗率亲军侍卫先行驰往大都，将此次谋杀的主要策划者和实施者张易、王著、高和尚以及所有参与谋杀的从犯全部就地问斩。孛罗出发后，忽必烈与真金商议，决定于翌日还驾。

孛罗与亲军侍卫所乘皆日行千里的宝马良骥，两日即返大都。与孛罗预想的不同，大都城并未因阿合马之死出现任何动荡骚乱，相反，阿合马被杀的消息传出后，大都城中军民争相沽酒，歌饮相庆，燕京酒市三日俱空。这使孛罗大为震惊，甚于他在上都初闻阿合马死讯时。

他知道阿合马不得人心，但未料到百姓对他憎恶仇恨若此。

除了主犯张易、高和尚、王著被轻易逮捕归案外，孛罗对其余从犯的追捕陷入僵局。大都百姓及张易手下士兵无一人肯出面指认他们心目中的勇者义士。有位刑部官员撒开人马，好不容易追查到了张易女儿、女婿的藏身之处，孛罗当即引军向潭柘寺飞奔而来。不料迎接他的，是独自立于大开的山门前，左手持弓，右手举箭的落落公主。孛罗与落落是儿时的玩伴，太了解这位公主的禀性为人。面对冷森森的利箭，他二话不说，当即掉转马头，那副样子，倒像逃之唯恐不及。

眼看两三日内忽必烈将要回銮，孛罗和刑部负责此案的尹尚书一筹莫展。他们知道,皇上正在盛怒中,一旦追查起他们办事不力,绝不仅仅是丢了乌纱那么简单,更可能是要丢掉乌纱下的头颅。尹尚书急得一个劲儿地问孛罗该怎么办,孛罗想了半天,好不容易想出一个大胆的计策。他把自己的想法向尹尚书一说,尹尚书先是吓了一跳,继而暗想,无法交差是个死,事情败露也是死,左右是个死,倒不如冒险一试,或许还能争得一线生机。

第二天夜晚,孛罗和尹尚书从西山监狱提出六十三名经刑部核准的死囚以及张易、高和尚、王著共六十六人,押赴法场处死。在他们共同商议起草的奏折中,伪称,已捕到主犯三名,从犯六十三名,全部处斩;余者,包括张易的女儿、女婿,正在追查中。至于那些死囚,因西山监狱不久前流行过一种怪病,数日间大批囚犯死去,狱卒纷纷逃离。后疫病得到控制,西山监狱仍基本上处于失控状态,具体的死亡人数更是无从查考。鉴于此,二人才敢定下这个李代桃僵、瞒天过海之计。

忽必烈回京第二天,即在大明殿召见孛罗、尹尚书和文武群臣。孛罗和尹尚书呈上奏折,恭恭敬敬地退至一旁。这一刻二人感觉仿佛置身于悬崖边上,孛罗的手心后背全是冷汗,尹尚书则是心如撞鹿,脸上阵红阵白。

忽必烈阅罢奏折,思绪万千。他万万没想到,策划和实施这场谋杀的三个人中,竟有两个是他平素最信任的人。张易,从他在藩邸时追随于他的身边,他与张易之间,名为君臣,实若兄弟;高和尚,因在比武大赛中力克群雄,加之相貌与真金有几分相似,得到他的格外垂青,被擢为帐殿平章,负责他的日常护卫……

"孛罗。"

"臣在。"

"阿合马死后,大都百姓果然'争相沽酒,歌饮相庆,燕京酒市三日俱空'吗?"

"是,臣不敢欺瞒陛下。"

"张易诸人死后,大都百姓果真不怕受到牵连,自发地聚集于路边拜祭?"

"正是。"

"为什么?我想问问,为什么?自我登基以来,究竟是谁保证了朝廷庞大的财政收支,使我可以专心地进行后来的统一战争?当然,我心里明白记着,全心全意支持我的,是我的臣民不假,但阿合马同样功不可没。没有国库的充盈,我拿什么医治战争的创伤,拿什么将大都建成世界上最繁荣富庶的都城?拿什么去阻止阴谋分裂国家的海都诸王?保证了国库充盈的人,是阿合马,平章政事阿合马。难道,阿合马真的到了罪不容恕,以致朝臣和百姓非要将他置于死地而后快的地步？我不明白，你给我说说！你们都给我说说，为什么？"

"陛下，请恕臣斗胆直言：阿合马生性贪婪，为人阴险，这些年，他凭借陛下的信任，背着您做了许多伤天害理之事。"

"此话怎讲？有证据吗？"

"臣和尹尚书追查谋杀阿合马一案的主凶时，为找出真相，在中书省进行了调查，无意中发现了多份被阿合马私自扣押的奏折。这些奏折全是弹劾他的。"

"你拣紧要的两三份念。"

"是。一份是说至元十二年（1275 年），阿合马以国用不足，请陛下批准复立都转运司，而他在都转运司任用的人，全是他的亲信或行贿官员。同年，大司农姚枢建议朝廷允许百姓从便贩卖食盐药材，阿合马却以恐届时管理不力为名，暗中命亲信搜刮、囤积药材、食盐，高价赎卖，从中牟取暴利。"

"这是一份了。"

"至元十五年（1278 年）四月，中书左丞崔斌上奏陛下，阿合马任人唯亲，一门子弟并为朝廷要员。陛下下旨'并罢黜之'。同年八月，崔斌迁任江淮行省左丞，上任后，他将当地横行不法、鱼肉百姓的土豪劣绅、贪官污吏或杀或依律治罪，江淮百姓无不拍手称快，皆呼以'崔青天'。阿合马在大都听到消息，担心自己与贪官勾结枉法的罪行上达天听，遂暗自扣押崔斌奏折，同时加紧行动，先构陷崔斌贪污国库钱款，将其捕入大牢，接着又在狱中毒死崔斌，草草埋葬了事。崔斌一死，前者被他弹劾而遭到罢免的阿合马之子阿散等人，又于同年十一月俱官复原职。至元十七年（1280 年），藩府旧臣廉希宪在病重时，向陛下呈递了最后一份奏折，这份奏折亦遭阿合马扣压。"

"廉孟子怎么说？"

"廉大人在奏折说：'君天下者二道，用君子则治，用小人则乱。臣病虽剧，委之于天。所甚忧者，大奸专权，群邪蜂附，误国害民，病之大者。阿合马在位日久，益肆贪横，援引奸党，阴谋交通，专事蒙蔽。如此贪暴之臣，实古今少有，登峰造极。'廉大人恳请陛下早下决心，清除奸党，以平天下怨忿。"

"我确实未曾见过这份奏折，原来是被阿合马扣押。不知张易、高和尚、王著与阿合马有何个人恩怨，以致三人联手，诛杀阿合马？"

"这些情况，臣略知一二。张易之妻，秀妍多姿，风华绝代，数月之前，不知何种原因竟被阿合马奸污。张夫人不堪受辱，自杀身亡。张易之女水云，为替母亲报仇，潜入玉苑，不料被阿合马识破，差点遭受与母亲同样的命运。危急之时，幸被阿合马的宠妾雪人和雅黛所救。张易之爱夫人，在百官之中尽人皆知,爱妻被阿合马奸污而死,想必成为张易杀掉阿合马,为天下百姓除害的主要诱因。王著系益都千户王稽之子,王稽曾与其他大臣联名上书陛下,弹劾阿合马'禁绝异议,杜塞忠言,其情似秦赵高;私吞公产,觊觎非望,其情似汉董卓;请陛下下旨诛杀'。阿合马私扣奏折,阴设毒计,构陷王稽乃李璮余党,将其投入大狱,并买通狱卒,将王稽于狱中棒杀。王稽一案,后经太子力陈其冤,陛下下旨为其平反,并恩准其子王著世袭益都千户一职。王著天性纯孝,是个血性汉子,从那时起,他一直寻机刺杀阿合马。高和尚是张易之婿王琢的异姓兄弟,这二人情同手足,发誓同生共死。可能考虑到王琢已有妻女家室,高和尚不愿王琢涉险,才情愿以身赴死,替王琢报仇。"

"我一直奇怪,这三人为何会有关联,原来是共同的仇恨让他们殊途同归。"

"正是。陛下,臣这里还获得了一份藏宝图,上面标注着阿合马在其私宅玉苑后花园中修建的专门用以私藏财宝的四处密室,东、南、西、北各一处。请陛下恩准臣率亲军侍卫查抄玉苑。陛下回銮前,臣已派亲军侍卫先行进入玉苑,以防阿合马诸妻及诸子销赃。"

"哦?这份藏宝图从何而来?"

"是张易被捕时交给为臣的。张大人说,阿合马二十余年聚敛的财富,恐怕其数目令人咋舌。否则,他如何养得起诸多妻妾,数十儿孙?阿合马胆大妄为的另一个证据是,他竟将色目商人奉献给陛下的一颗价值连城的大宝石据为己有。"

"确实吗?"

"臣所言句句属实。"

"也罢!欺君罔上,残害忠良,贪婪无度……如此说来,王著杀之,诚是也!传我旨意,即刻查抄玉苑,将阿合马戮尸于通玄门外,其子佺罪重者伏诛,全部财产尽缴国库!以上诸事,仍交孛罗副使、尹尚书二卿全权处置。"

"臣遵旨。"孛罗、尹尚书同声接旨。尹尚书望了孛罗一眼,暗暗吐了口长气。

事情能够这样处理,真是天助他们。

"父皇,既然张易三人和六十三名本案从犯皆已伏法,阿合马又死有余辜,父皇是否可以特旨赦免张易女、婿?"

忽必烈深思片刻,"太子所奏虽以慈悲为怀,但朝中大臣竟然暗结私党,诛杀大臣,此风决不可长,更无可恕。张易之女、婿,家人均未参与谋杀,我可以法外施恩,不予连坐。但或有其他漏网之人还要继续追查,一旦落实罪行,务要缉拿归案,绳之以法。"

"儿臣愚见,不及父皇深谋远虑。"

"太子还有何奏?"

"阿合马一案中,雅黛居功非浅。张易献给孛罗副使的那张藏宝图,系经雅黛之手绘制。倘若根据藏宝图能够找到四处密室,儿臣请父皇赦免雅黛之罪。"

"此事你如何知晓?"

"是落落给儿臣的家信中谈及。"

"难道落落也卷入此事当中?"

"没有,她只是了解一些情况。再说,雅黛经常到潭柘寺看望落落,落落对雅黛一向十分喜爱。"

"哦……落落可好?"

"她很好。她说近期将回宫看望父皇。"

"也罢,为父且依你所奏。"

陆

下旨查抄玉苑的结果,令忽必烈大为震惊。他万万没想到,阿合马在当政的二十年中,聚敛的财富竟然相当于国家五十年的税赋。这且不论,阿合马还盖起了豪奢至极、比之皇宫大内亦毫不逊色的庄园。面对事实他开始醒悟,为何朝野上下如此憎恨阿合马,张易等人一定要将他除之而后快。

十数日后,阿合马二十五子中忽辛、阿散伏诛,正妻赫哲被凌迟处死,其余妻妾及子女共四百余人分赐他人役使。党人七百一十四人依律治罪,不准再行叙用。

忽必烈根据藏宝图查抄了玉苑的四处密室后,信守诺言,特旨赦免了阿合马的宠妾雅黛和雪人。根据她们的意愿,雅黛选择留在潭柘寺,服侍落落公主。雪人则随王琢、水云夫妻远赴云南。雪人自己没有生育,在潭柘寺她与水云的女儿梦玉朝夕相处,十分喜爱这个孩子,曾言愿做孩子的保姆,水云遂让梦玉认雪人做了干娘。水云和丈夫在离开大都前,劝说雪人随他们一起前往云南,雪人欣然应允。

落落公主特意在潭柘寺备下素宴一桌,为王琢一家和雪人饯行。雅黛与雪人互道珍重,依依惜别。过去一切犹如过眼云烟,她们绝口不提,也永远不会再让自己忆起……

处理毕阿合马一案,忽必烈诏命真金太子参决朝政。真金力主改组中书省,由蒙古元勋后裔和礼霍孙出任中书省右丞相。

入朝视事那天,真金再三叮嘱和礼霍孙:"你此次出任中书右丞相,凡于国于民有利者,一定要坚持实行。遇到阻碍,我当全力支持你。"

和礼霍孙欣然受命:"臣愿效犬马之劳,辅弼太子,匡正国事。"

接着,真金又召见朝中汉人儒臣,要他们恪尽职守,尽情施展平生所学。

短短数日,真金不失时机,改弦更张,朝廷气象为之一新。随着时间推移,和礼霍孙推行的"与民休养生息"的政策越来越难在短期内满足元王朝日益增长的财政需要,这种状况引起了忽必烈对和礼霍孙的不满,新的矛盾又摆在真金面前。

阿合马死后,元廷诸臣多讳言财利之事。纵有个别趋利言财赋之官吏,因所献之策不能满足国家庞大的财政需求而被搁置。一日,总制院使桑哥上朝奏事,举荐江西榷茶运使、河北大名人氏卢世荣广有才术,能救钞法,增课额,上可裕国,下不损民。忽必烈大喜,当即召见卢世荣。

阿合马当政期间,卢世荣以贿赂进用。此人胸有城府,上任后为人低调,对与阿合马的关系避而不谈,这个原因,让他成为少数躲过受阿合马案牵连的留任官员。

卢世荣是位野心勃勃的朝廷大臣,他一直在寻找机会证明自己的才能。当忽必烈萌生另择善于理财之臣,以替代书生气十足的和礼霍孙的念头时,卢世荣颇有先见之明地抓住了这个天赐良机。

卢世荣上奏的理财新政得到忽必烈重视,他当即召集包括真金、和礼霍孙、安童、卢世荣在内的朝中宰辅大臣进行"廷辩"。在"廷辩"是历任蒙古大汗都会采用的一种集思广益的方式,可谓"民主"的雏形。"廷辩"中,每个人都可以直抒己见,但只有胜利的一方有机会按照自己的设想施展才干和抱负。

卢世荣的口才在"廷辩"中可谓发挥到了极致,在近三个时辰唇枪舌剑的交锋后,忽必烈裁定卢世荣胜利,并当场委以卢世荣中书省右丞一职。这样,卢世荣的官职从正五品一跃而为正二品。和礼霍孙暂时仍留在中书省,另行叙用。

真金很明白,卢世荣能在"廷辩"中一举击败和礼霍孙,得到父亲器重,真正原因在于,"汉法派"因竭力推行儒家的"节用""爱民"思想,以致全盘否定了"理财派"增加国家财政收入的一系列可行性措施,如此,他们在"义"

"利"之争中将自己可悲地推向了充实国库这一既定政策的对立面,也使忽必烈不得不将支持的筹码转向朝中的"理财派"。

真金本质上是个务实的人,他多年来忠实地践行汉法不假,但与此同时,他也希望能够找到一条可以富国强民的途径,从而满足父皇的财政需要。他所苦恼的是,在"汉法派"与"理财派"旷日持久的斗争当中,竟然没有一条中间道路可走,总是非此即彼,轮流坐庄,结果呢,往往成果未显,弊端已生。

应该说,此次"廷辩"的结果早在真金预料当中,即便如此,他又能怎样呢?自母亲离世,他一直饱受疾病困扰,虽然,为国家,为理想,他一直勉力支撑,亲力亲为,然而此时,他终究感到力有不逮。

现在对他而言,最重要的或许是让卢世荣放手一试。

作为改革的第一步,卢世荣奏罢御史台,改按察司为提刑转运司,使兼钱谷。尽管御史台及诸多廷臣反对,忽必烈仍从其言。卢世荣又奏请立规措所,经营钱谷财赋。卢世荣的所作所为旨在裁抑权势侵利,欲夺宗王、贵胄之权力归于政府,实际操作时非但没有收到预期效果,反而由于过分征敛,反对者比比皆是。

与此同时,卢世荣的许多理财措施不可避免地触动了豪门贵族的利益,这些人联名弹劾他是阿合马的死党亲信,弹劾他过去有贪赃劣迹,执政后所奏条陈多无成效。并昭举数事:始言能令钞法如旧,钞今愈虚;始言能令百物自贱,物今愈贵;始言能令课增添三百万锭,不取于民而能自办,今却迫胁诸路官司,勒令尽数包认;始言能令民皆快乐,凡今所为,无法败法扰民之事,既及于民者,民已不堪其生,未及于民者,民又难为后虑。

接着,卢世荣的许多不法行为亦被揭发出来——

未向安童丞相请示,擅支钞用二十万锭……

擅升中书六部官员为二品……

不与枢密院议,调三行省一万二千军马置于济州,委漕运使为万户管领,紊乱选法……

卢世荣经群臣罗列的罪名,比阿合马有过之而无不及,加上卢世荣的施政措施经过数月实践,证明只是一纸空文。思虑再三,忽必烈不得不颁旨罢去卢世荣中书宰辅之职,改由总制院使桑哥接任。

至此,桑哥终于等来了他梦寐以求的舞台。

不过有一样,桑哥不是阿合马。尽管桑哥承认,阿合马的理财措施在许多方面都有可取之处,甚至可能是他未来理财的样本,他却不会马上这么做。他必须让忽必烈和真金两个人同时对他感到放心,尤其是真金太子。他领教了太多真金的威严和威信,绝不想成为第二个阿合马或卢世荣。

虑及于此,哪怕真金因身体之故较少入朝视事,他仍不会恣意放纵。他每时每刻都在提醒自己:谨慎,再谨慎。除非某一天,所有的障碍不复存在,他才可以放开手脚,搏出一片真正属于他——桑哥的天地。

此时的真金,对桑哥的野心尚无任何觉察。他平素与桑哥交往不多,对桑哥不存在成见,甚至还怀有几分好感。桑哥毕竟是帝师八思巴生前最看重的弟子,再说,桑哥确非碌碌无为之辈。有两件事足以证明桑哥的才能:一是蒙古自立国以来,对所有宗教一视同仁乃既定国策,这方面,桑哥总能不遗余力地加以贯彻执行。桑哥任总制院使期间,除藏区个别的教派之争一时无法有效调停外,其余各教派都被他管理得井井有条,教与教之间和平共处、鲜有争执。二是至元十七年(1280 年),当帝师八思巴与素有野心的萨迦本钦贡噶桑波发生矛盾,贡噶桑波阴谋叛乱时,又是桑哥引七万大军入藏,与躲藏于乌思藏地区据险而守的贡噶桑波叛军展开决战。面对占有地利、人和之便的叛军和心存疑虑的藏民,桑哥头脑清醒,指挥有方,不仅一举袭破贡噶桑波的营寨,令叛首贡噶桑波伏法,而且亲自督建了乌思藏地区被毁于战火的寺庙,使川藏一度混乱的局势迅速平复……正是基于对桑哥管理才能和军事才能的认可,他才从未反对由桑哥接替卢世荣之职。

真金哪里能够想到,这一切都是表象。后来,当真金病逝后,桑哥凭借忽必烈的信任,将有元以来的"箕敛"政策一步步推向顶峰。

柒

西内的后花园中,真金与太子妃阔阔真正悠闲地欣赏着满园子怒放的玫瑰、芍药和月季,真金挑选了一朵紫红色的玫瑰,亲手给妻子别在发髻之上。

刚刚送别次子答剌麻八剌,阔阔真的容色有些闷闷的。真金极力想哄她开心一些,不断给她讲些奇闻趣事。阔阔真明白丈夫的用意,只得强打精神,一边应承一边微笑着。

是啊,难得雨后这样的好天气,更难得真金这样的好兴致。

前些时候,忽必烈颁下圣旨,派八剌作为副使,随正使和礼霍孙出使印度南部诸国,派孛罗出使伊儿汗国。

两个使团做完准备，统一在今天出发，真金遂在隆福宫一并为他们送行。

甘麻剌两年前奉旨随叔父那木罕出镇西北，迄今未有得暇。八剌再一走，真金和阔阔真膝下只剩下幼子铁穆耳一人。阔阔真到底是母亲，儿子们长大了，常常不在身边，她难免感到寂寞。

按照祖父规定，每天早晨，铁穆耳必须到兴圣宫内的奎章阁读书，有时候，祖父还亲自过来给他上课。铁穆耳少年时不知何故染上酗酒恶习，为此，祖父没少训斥他，最严重时，甚至命人将他绑在树上，鞭打过三次。第三次，忽必烈自己动手，铁穆耳被打得皮开肉绽。阔阔真当时并不知情，真金虽在跟前，面对盛怒之下的父亲也不好深劝。还亏得刚从西北前线返回的右丞相伯颜苦苦哀求，忽必烈才怒气稍息，扔下鞭子，吩咐侍卫将铁穆耳送回自己的宫中敷药。

那夜，铁穆耳全身剧痛，自然睡不安稳。当他从偶尔袭来的睡意中疼醒时，发现祖父坐在他身边，手里拿着一块浸水的毛巾，正为他擦拭着脸上的冷汗。见他醒了，祖父轻声问道："是不是很痛？"

他呆呆地望着祖父。在昏暗的烛光下，他头一次意识到祖父已是一位老人。那刻在眼角的深深皱纹，那不再乌亮的头发和不再光润的脸颊，都向他证明着一件事：岁月无情。也是在这暗淡的灯影下，他头一次意识到，隐藏在祖父坚强的背后，是怎样的一种无助和沧桑。

"痛得厉害，你就说给爷爷。"祖父继续说，苍老的声音里满含着无限疼惜。

铁穆耳哭了。当然，他哭，不是因为疼痛。

"哭吧，哭出来或许能好受些。来，让爷爷给你擦擦汗。唉，你呀，你们三兄弟里，数你长得最招人疼也最聪明，也数你最让爷爷操心。"

铁穆耳任祖父为他擦拭着脸上的汗水和泪水。片刻，他翻身起来，跪在床上，向祖父深深地磕了三个头。他自始至终没说一句表示悔意的话，但他这个举动比他说的任何话都更能表明他的决心。

自此，铁穆耳虽饮酒，却再不会酗酒。

真金本人于三子中更喜爱长子甘麻剌一些，甘麻剌生性忠厚，为人宽宏，作战勇敢，这是最让真金喜欢和放心的地方。次子答麻剌八剌则是他祖父的最爱。八剌自幼性格开朗，口才出众，及长，又表现出非比寻常的军事指挥才能和应变能力，忽必烈每次亲征都将八剌带在身边。明眼人当然看得出来，这是忽必烈有意在培养八剌，以使他成为继真金之后的储君人选。事实也是，若非八剌不是二十九岁那年在出征南海途中早逝，汗位很可能不会落在铁穆耳身上。作为母亲,阔阔真不能免俗,她的心头肉始终是她的小儿子铁穆耳,恰恰是基于对幼子的偏爱,她才在至元三十一年(1294年)忽必烈去世后,群臣面对该奉甘麻剌为主还是该奉铁穆耳为主的两难抉择时,不惜以国母之尊,恳请伯颜助铁穆耳一臂之力,最终将小儿子按照她的设想推上了皇位。

此为后话,暂且不表。

铁穆耳完成功课,匆匆忙忙地回来了。在后花园,他找到父母。"父王、额吉,我二哥走了吗?"他焦急地问。

"走了,刚走。"

铁穆耳使劲跺跺脚,埋怨道:"太不够意思了!不能多等一会儿,等我上完课再走!大哥也不回来,我一个人待在宫里真没意思。"

真金爱宠地望着儿子英气勃勃的脸庞,"祖父今天给你上课了吗?"

"没有。过些日子,安南(今越南)、爪哇(今印度尼西亚)、高丽(今朝鲜、韩国)等属国的使臣不是要来觐见嘛,宫里当然有的忙了。"

话音甫落,铁穆耳蓦见一匹枣骝马疾驰而至,来人在离三人五十步远的地方下马,将马缰甩给引他前来的侍卫。

铁穆耳一眼认出来人是父亲的朋友尚文。当年,真金巡视镇海城,与还是一介书生的尚文十分相知。后来,真金举荐尚文在朝中为官。尚文因与阿合马不睦,升迁受到压制,现在只做到太府少监。太府少监乃太府监次官,从四品,其职主要是掌管府库出纳钱粮之数,职位并不算高。即便如此,尚文不改其志,只视忽必烈为主,视真金为友。

"尚文见过太子、太子妃,铁穆耳王子!"尚文趋前见礼,已是一身热汗。

真金吩咐铁穆耳先扶母亲回宫休息,随后问道:"尚文,你来得匆忙,莫非朝中有什么事情?"

尚文目送阔阔真母子走远,方低声回答:"臣听说皇上明日从上都返回,御史中丞答即古阿散手中握有一份对太子不利的奏章。俟皇上返回,他一定会面呈皇上,还请太子早作防备。"

"哦?他握有什么样的奏章?"

"是南台御史曾封章的奏章。奏章上以'圣上春秋已高'为由,劝圣上禅位于太子,并直言皇后不宜干预朝政。"

察必逝后,忽必烈按照察必生前所请,立其侄女南比为后。南比年轻聪慧,精力过人,忽必烈常通过南比过问朝政,时日一久,难免引起不少大臣的忧虑和不满。

真金闻言,不禁吃了一惊,"果有此事?"

"臣岂敢妄言!"

"奇怪,我与答即古阿散素无来往,他为何要加害于我?"

"这个臣已暗中调查清楚,答即古阿散系阿合马余党。"

"阿合马的罪行被确证后,父皇将其培植的党羽尽皆罢除官职,这个答即古阿散有何神通,居然能安然躲过?"

"说来也巧,阿合马遇刺前夕,答即古阿散奉旨离开京城,前往西北北平王处抚军。当时,他正出任户部侍郎。答即古阿散天性玲珑,善于逢迎,抚军期间,北平王欣赏他的才干,请旨将他留在身边。等皇上决心整肃吏治时,答即古阿散已摇身一变成为北平王跟前的红人,自然谁也不会想起他来。再说,即便想起他,也休想动他分毫。此人在北平王身边待了两年之久,前年方才回京。回京之时,经北平王力荐,升任御史中丞。短短三年不到,从正四品户部侍郎升至正二品御史中丞,跨了四个品阶(从三品、正三品、从二品、正二品),可谓升迁神速。"

"那么,曾封章的上书又是怎么回事?"

"曾封章其人,性情耿介,昧于权变。一日,答即古阿散过府拜访,与他一席长谈后,他便写下这份奏章。他们谈话的具体内容臣不是很清楚,因曾封章与臣私交尚好,上书次日便将此事告知微臣。臣当时十分震惊,急忙找御史大夫玉昔大人商议对策。依玉昔大人本心,原将这封奏章秘密扣下,谁知答即古阿散以'钩索天下埋没钱粮'为由,奏请当今查阅百司吏案,得到恩准后,抢先拘封御史台吏案,控制了这份奏章。太子,答即古阿散醉翁之意不在酒,他肯定想借此事激怒圣上,加害太子。"

真金微微锁起眉头,"这个曾封章,怎这般轻易被他人利用,行此僭越之举,这不是要害死我吗?"

"太子,目前玉昔大人和安童大人已尽知此事。为今之计,只能先发其奸,以夺其谋,将阿合马漏网余党一网打尽,太子才能真正安全。另外,二位大人派臣向太子驰告此事前,已做了一些安排,他们会组织大臣联名弹劾答即古阿散贿买官职之事。一旦陛下向太子问及奏章,太子千万保持镇静。臣等即使拼尽一切,也会力保太子。"

"好吧,所有情形我都清楚了,你先回去告诉玉昔和安童,明日父皇回京,一定会召见我。届时,你们几个可适时进宫。我们见招拆招,相机行事。"

"臣明白——臣告退!"真金镇定的脸容似乎给尚文不安的心潮里注入了某种定力,他起身拜辞,在真金的目视下大步离去。

其实,明天事态将如何演变,真金并无多少把握,他只是不希望此事再牵累更多无辜的人。

对他而言,这才是最关键的。

捌

不出真金所料,忽必烈回京当天,在寝宫召见了他。

真金施礼见过父皇和皇后,然后在一张总会为他提前备好的椅子上坐了下来。他的视线落在父亲的脸上,父亲面容平和,他断定父亲尚且不知奏章之事。

"真金,你脸色怎会比我走前还要苍白?我不在大都期间,你有没有让御医好好为你诊治?你要赶紧好起来才行。前不久,御史中丞答即古阿散奏请收回内外百司吏案,以索天下埋没钱钞粮,因你病着,我没让他们打扰你,批复准行。今天要你过来,是想让你跟我一起听听结果。"

真金心中一酸,顺从地应道:"儿臣遵命。"

忽必烈交代侍卫长月赤察儿:"吩咐殿外侍卫,答即古阿散一到,即命传入。"

月赤察儿走出殿阁,不多时匆匆入报:"陛下,丞相安童、御史大夫玉昔帖木儿、御史中丞答即古阿散、太府少监尚文,正在殿外候旨,请求面见皇上!"

"哦?他们四个一起来了吗?也罢,让安童、玉昔帖木儿、尚文一起听听答即古阿散的汇报也好。传吧。"

月赤察儿应着,拖起长音向殿外吆喝一声:"传丞相安童、御史大夫玉昔帖木儿、御史中丞答即古阿散、太府少监尚文进见哪!"

话音甫落,只见安童、玉昔帖木儿、答即古阿散、尚文按品阶顺序鱼贯而入,又分两前两后跪倒在御榻之下,拜见皇上与皇后。

"臣等见过陛下、皇后!陛下、皇后一路辛苦!"

忽必烈朗朗笑道:"诸位爱卿,平身。去见过太子吧。"

答即古阿散抬头看到真金,吃了一惊。无奈,还得硬着头皮与安童、玉昔帖木儿、尚文一起拜见太子。

真金摆摆手,要他们免礼。

"答即古阿散,你查到什么,不妨一一奏来。"忽必烈说。

答即古阿散"扑通"一声跪倒在地,"臣不敢说!请陛下恕罪!"

323

"不敢说？为什么？难道你收回内外百司吏案，果然查出一些晦暗不明之事？说吧，我恕你无罪。"

答即古阿散瞟了眼真金，好半晌才结结巴巴地说道："不，陛下，臣奉旨收回百司吏案，并未发现如圣上所言晦暗不明之事，但臣……臣的确另有发现。"

"你这话什么意思？"忽必烈疑惑地望着他。

"是……这样的，臣在清理百司吏案过程中，发现了一份南台御史曾封章呈给皇上的奏章，这奏章很……太……"

"你好像难于启齿啊？我说过了，卿有所奏，直言无妨。"

"是。曾封章上言，圣上春秋已高，宜禅位于太子，皇后不宜干预朝政。这是曾封章的奏折原件。"答即古阿散豁了出去，双手呈上奏章，朗朗说道。

忽必烈吃了一惊，指指月赤察儿，"呈上来。"

"是！"

忽必烈展开奏折，飞快地浏览了一遍，脸色越来越阴沉。看毕，他愤怒地将奏折合起，重重地拍在御案之上。

寝殿之中的所有人都觉冷风透骨。

真金正襟危坐，脸色如常。

"陛下、皇后，臣要冒死弹劾中书省右丞相安童、御史大夫玉昔帖木儿，他们早接到奏章，却私自扣下，不予呈送。这等因私废公，还望陛下明察！"

安童、玉昔帖木儿对望一眼，脸上不见丝毫慌乱之色。

"是么？"忽必烈简短地追问，愈觉声色俱厉。

"臣以性命担保，臣所言句句属实。"

安童、玉昔帖木儿、尚文离座跪倒。安童镇静地解释道："陛下，臣等确知奏章之事，因陛下巡幸上都，未及向陛下禀报。"

忽必烈冷笑："你认为这个借口很好吗？"

安童依旧泰然自若，"陛下容禀，果若臣等将奏章呈与陛下，陛下又将做何处置？"

忽必烈竟被问住，许久未复一言。

是啊，安童问的有一定道理。他当真接到这份奏章，又该、又能做出怎样的处置？他还没到丧失理智的地步，仅仅因为一份奏章，无端猜疑曾封章是受儿子阴使。儿子的为人他最清楚，即使相信天会塌，他也不会相信儿子觊觎皇位。

问题是，如若他此次不予追究，等于默认和纵容了这件事情。请禅一事一旦开了先河,难保那些愚直的大臣不会在他耳边再三聒噪。他早晚会将皇位传给儿子,但他决不能容忍任何人以这种方式逼迫他退位。

南比冷静的声音打破了殿阁中的沉寂,"陛下,以臣妾浅见,太子一直在病中,对曾封章所奏之事,必然全不知情。曾封章身为南台御史,负有匡正国弊之责,陛下宠爱臣妾,引起某些外臣误会也在情理之中。陛下且息雷霆之怒,不妨等一切调查清楚再做裁断。"

忽必烈愠而不言,然怒色稍霁。

安童与玉昔彼此交换了个意外的眼色。他们没想到,对于曾封章所奏之事,南比非但不以为忤,反而旗帜鲜明地站在了太子一边。年轻皇后的豁达和明理,使他们紧张的心情松弛下来。这意味着,不必他们冒死相谏,形势已转对太子有利。

答即古阿散则不然。他的心脏仿佛坠入无底深渊,顷刻之间,额角、脖颈、腋下、脊梁沟甚至手心脚底都不断冒出层层密密的冷汗。皇后的态度是他以身家性命做此豪赌的筹码!按他最早的预期,只要他将曾封章的奏折交到皇帝和皇后手中,势必引起年老多疑的皇帝和蒙受责难的皇后震怒,接下来,他只需趁势引导,将这愤怒的矛头从安童、玉昔帖木儿身上引向太子,使皇帝有理由怀疑这份要求他禅位的奏折,不过是太子与权臣们相互勾结导演出来的闹剧。一旦太子受到皇帝怀疑,进而遭到废黜,那时,手中握有兵权、个人威望仅次于真金的北平王那木罕,便有了入主东宫的希望。

与尊崇儒术的太子相比,答即古阿散宁愿选择性情粗豪、身体强壮的那木罕为君。他希望成为阿合马那样的权臣,这个理想,只有通过协助北平王登基才能实现。若非怀着这样的愿望,他原本好不容易躲过了阿合马的危机,又何苦重新抛头露面,提着脑袋与当今太子一较高下?

此时此刻,他实在弄不明白,好好一盘棋,怎么刚下了两个子儿,就变成了一盘死棋?看来,他的失算在于,他从一开始就错估了皇帝对自己儿子的了解,更错估了南比皇后的禀性为人。

玉昔帖木儿朗声启奏:"陛下,臣这里亦有一份奏折,系臣等联名弹劾阿合马余党答即古阿散等人贪赃枉法、欺君罔上之罪行,请陛下御览。"

"阿合马余党?你说答即古阿散是阿合马余党?"

"正是。臣握有确凿证据。"

"呈上来吧。"

月赤察儿取过奏折,呈给忽必烈。忽必烈从头至尾细细展读,不禁龙颜大怒,将奏折掷于地上:"答即古阿散,你好大胆!"

答即古阿散当即瘫倒在地,面色如土,"陛下,臣……一片忠心,望陛下明鉴！"

"来人,给我将答即古阿散拿下！"

"喳！"月赤察儿痛快地答应一声,亲自动手,上前提起答即古阿散向殿外拖去。

"陛下、皇后,饶命哪！"

俟答即古阿散的哀号声渐渐消散在殿外, 忽必烈一脸疲惫地斜靠在御榻上,微微合起双目。南比柔声劝道:"答即古阿散及其党羽、南台御史曾封章该如何处置,不如交给太子去办理吧。臣妾看您也累了,旅途劳顿,您还没顾上休息呢。"

忽必烈并不睁眼,"罢,且依你。真金,你们几个都退下吧,余下之事该如何处理,你与安童、玉昔帖木儿、尚文商议即可,不必向我汇报。"

"父皇放心,儿臣一定禀公论处！儿臣告退。"

"臣等告退。"

真金四人悄悄退出寝殿。刚刚走下台阶,安童、玉昔、尚文几乎同时长长地吐了口气。

"好险哪！"尚文抹了把头上的冷汗。"这次多亏皇后了。"他似赞似叹。

安童、玉昔深有同感。的确,多亏南比皇后识大体,明事理,才使一场人为掀起并有可能波及朝廷上下的轩然大波消弭于无形。

"太子,您不舒服吗?"安童蓦然瞥见真金摇晃欲倒,慌忙上前扶住了他。

"不碍事。你们小点声,别惊扰了父皇和皇后。"真金所有气力似正消耗殆尽,声息微弱地叮嘱道。

"可你……"

"真的不要紧。送我回去吧,有些事,等我攒点力气,我们几个还须从长计议。"

"哦,好。"安童不便多说,唯体内掠过阵阵惊悸。

尚文惶惑地望了望玉昔,玉昔不由自主地避开了他的目光。

尚文的心顿时提了起来。

玖

数日后,阿合马余党中答即古阿散以坐奸赃论斩,其同伙分别被流放或被罚没为奴。南台御史曾封章罢官回乡。

处理完所有事情,真金病倒了。这次,他再没能好起来。

至元二十二年(1285 年)冬十二月的最后几天,大都城一连下了数日大雪,鹅毛似的雪花积有两尺多厚。

如同阴云密布的天气一样,太液池西岸的兴圣宫一直被笼罩在沉闷压抑、惶恐不安的气氛中。扶病半年之久的真金病情持续恶化,忽必烈虽天天探视,并下旨遍访名医,仍不见任何起色。紧要关头,忽必烈突然想起当初曾为真金治好病的民间大夫王琢。阿合马一案中,王琢夫妇已隐居云南,不知居于云南何处。正巧落落进宫探望哥哥,听父皇提起王琢,急忙修书一封,派快骑送到云南召王琢回京。这之后的日子在焦急的等待中度过,二十天后,急使送回消息,王琢已在进京途中。然而,真金终究等不到这最后一线机会,在急使回京当晚,这位励精图治、一生盛德的大元太子离开了他的父皇、妻子,离开了对他寄予厚望的诸臣百姓,离开了他深深热爱的一切,于兴圣宫溘然长逝,年仅四十三岁。

真金逝后,忽必烈伤心欲绝,饮食俱废。大都城中许多官员百姓自发拜祭,参加祭奠的人无不感到痛惜莫名。

真金代表着一个时代,一个与兴盛画等号的时代,随着真金的病逝,人们所感到的不只是这个时代的终结,更多的是对未来时局的迷茫。

还有一个人,闻听噩耗,在兴圣宫门外长跪三天三夜,直至昏厥在地,被忽必烈派侍卫救起。这个人正是接到落落书信后从云南匆匆赶回,却最终没能见到真金最后一面的王琢⋯⋯

按照祖宗习惯,真金的遗体将被运回起辇谷安葬。忽必烈原本正在病中,却坚持亲自主持了爱子的入殓仪式。寒寂空阔的灵堂之上,只有忽必烈一人。南比皇后、诸王公主、文武百官,甚至包括所有侍卫都在堂外的空地上等候。没有命令,他们暂且不得入内。

忽必烈独自一人长久地站立在真金的遗体前,他要看一眼,再看一眼,再多看一眼他的儿子,从此后,儿子将只能出现在他的梦中。

最后一次,这是最后一次他还能与他的儿子单独待在一起。

儿子!儿子⋯⋯

他伸手轻抚着儿子的脸颊,冰啊,从他的指尖一直冰到他的心底,甚至让他不知不觉地打了个寒战。这个无声无息的躯体真的是他的儿子吗?不,不!真金可是从出生起常常被他抱在怀里的儿子啊,他从来说不清为何独独偏爱这个儿子,是因为那双刚刚睁开的黑眼睛专注地盯着他时触发了他积淀在心头的父爱?还是因为这一切不过是长生天给他的启示?

现在，真金辜负了他，辜负了他的爱，更辜负了他的厚望。

他是天之骄子，却被自己的儿子遗弃！

察必呢？察必在天堂是否等待着与儿子重聚？他生平第一次为察必的离世感到欣慰，因为这样，察必不必体会他此刻的悲伤。

真金的遗容被精心修饰过，看起来平和安详，一如生前。四十三岁，正是该做番事业的年龄，儿子怎么会走？难道是因为长生天有意要惩罚他这个风烛残年的老头子？非要在他准备卸下一身重担时还得继续为孙子支撑起这个庞大的帝国？

是否有人知道，他其实早已力不从心。

忽必烈的手指停留在真金紧闭的双眼上，此时，他感受到的不是痛苦，而是寒彻心骨的绝望。他的手心中不断浸出冷汗，似乎血液也因寒冷而凝结，他慢慢地、慢慢地将身体俯向真金，两行浑浊的泪水悄无声息地滚落下来，一滴一滴滴落在真金苍白的脸上。

儿子，假如有来生，假如来生我们还做父子，请你记住，一定不要再让我来送你。

我以长生天的名义请求你。

忽必烈慢慢地站了起来，他的双腿如同灌入了铅水一般，费力地、挣扎着向门口走去。沉重的宫门被一点点推开，"吱吱吜吜"的开门声在众人听来不啻声声霹雳，大家惊慌地抬起头，注视着站立在门前的那个人。

那个人——苍老的容颜肃穆、淡定。

"你们可以进去了！"他说，声音沙哑苍凉，却似有万钧之力，直透每个人的心扉。不敢有任何犹疑，人们按照品阶，鱼贯而入。

拾

真金逝后，面对昔日藩府汉儒尽数凋亡的现状，忽必烈决定启用南方汉儒，他将这个任务交给了集贤院直学士程钜夫（1249—1318 年）。程钜夫奉旨求贤，不久将赵孟頫、吴澄、叶李等二十余人推荐给朝廷。

在这批入仕元朝的江南名儒中，程钜夫和赵孟頫无疑是两位才识、能力、成就和声望都冠绝当朝、影响后世的代表性人物。

程钜夫字雪楼，建昌（今江西南城）人，系最早被元朝廷重用的南方汉儒,历世祖、成宗、武宗、仁宗四朝,终生飞黄腾达。

钜夫归元有一定的偶然性和戏剧性。钜夫叔父程飞卿于宋德祐元年(1275 年)任建昌军通判,钜夫随其叔父来南城寄居。次年,元军攻南城,程飞卿献城降元,因钜夫为其嗣子,遂作为人质入京面圣,以质子授宣武将军,管军千户。

钜夫五岁就学,幼年时即过目成诵且文思敏捷,与翰林学士、元代著名思想家、教育家吴澄(1255—1330 年)同为南宋大教育家李燔的三传弟子。吴澄因理学成就斐然,与当世经学大师、藩府旧臣、国子祭酒许衡并称“北许南吴”。而李燔、吴澄均有“文正”谥号(所谓“文正”,相当于今世“卓越的教育家,思想家”之评价)。

钜夫入朝不久,忽必烈闻钜夫才名,诏问宋权臣贾似道其人,钜夫应对极详。试以笔札,钜夫书二十余幅以进,越发被忽必烈视为奇才。忽必烈问钜夫担任何职。钜夫回说:“臣任千户之职。”忽必烈遂将他改授应奉翰林文字,并当面嘱咐他:“从此国家政事得失,朝臣邪正,卿当为朕言之。”钜夫谢恩道:“臣本疏远之臣,蒙陛下知遇之恩,敢不竭力以报陛下。”未几,进翰林修撰,再任集贤直学士,兼秘书少监。

至元十九年(1282 年),钜夫向朝廷奏陈五事:开科考选江南才子;汉蒙官员互通;建立官员政绩考核制度;对贪赃枉法者给予惩处;被录用的江南官员发给一定俸禄,使其安心为朝廷服务。这些意见多被朝廷采纳。后又建议举办国学,促使汉蒙文化交流,派官员往江南搜访贤才,御史台、按察司等部门应允许录用南北之人,以利民族融洽,促进统一。他的奏议再次得到忽必烈认可。

至元二十四年(1287 年),忽必烈计划任命钜夫为御史中丞,台臣谏阻:“程钜夫系南人,况且年轻,不可重用。”忽必烈大怒,斥道:“你没用过南人,怎知南人不可用! 今后省部台院都必须参插任用南人。”于是钜夫仍以集贤直学士职,加拜侍御史台事。

至元二十六年(1289 年),桑哥专权,法令苛急,四方骚动,钜夫时任南台侍御史,与御史台都事王约互为呼应,上书朝廷要求“清尚书之政,减行省之权,罢言利之官,行恤民之事”,矛头直指桑哥。桑哥大怒,奏请诛杀钜夫和王约,忽必烈不允。

此后,钜夫数任肃政廉访使,均政绩斐然。

钜夫供职元廷时,八思巴已从临洮启程正在返回吐蕃途中,是以钜夫从未见过帝师本人,但钜夫在江南为官的过程中,其命运轨迹不可避免地与八思巴的弟子桑哥和沙罗巴发生了交集。钜夫为官清正，刚直不阿，数与桑哥作对，桑哥曾六次请杀，皆被忽必烈压下。

以桑哥做后盾的吐蕃喇嘛杨琏真迦在江南胡作非为，后虽被处死，但江南僧风并无任何好转。朝廷欲正其风，不得其选，第五任帝师、八思巴弟子扎巴俄色举荐沙罗巴到职。沙罗巴受命为江浙释教总统后，很快令江南风气大正。作为元朝最著名的译经师、学问僧，沙罗巴与江南名儒多有交往，在江南期间还曾与诸儒举行清香诗会。金元大家元好问的弟子王恽（秋涧）、正奉大夫同知行宣政院事廉复（他曾应沙罗巴所请，为汉译《彰所知论》作序）、程钜夫等人尤其与之交厚。

沙罗巴离开江南遁迹垅坻（甘肃别称）时，钜夫作诗以送，题为《送司徒沙罗巴法师归秦州》，钜夫在诗中竭力宣扬和高度评价了沙罗巴的人品、学识和功德，并深情吟咏了他们之间难舍难分的深厚友情。诗云：

> 秦州法师沙罗巴，前身恐是鸠摩罗；
> 读书诵经逾五车，洞视孔释为一家。
> 帝闻其人征自遐，辩勇精进世莫加；
> 视人言言若空花，我自翼善刊淫侉。
> 雄文大章烂如霞，又如黄河发昆阿；
> 世方浩浩观流波，五护尊经郁嘉龆。
> 受诏翻译无留瑕，辞深义奥极研摩；
> 功力已被恒河沙，经成翩然妙莲华。
> 大官宠锡真浮苴，舍我竟去不可遮；
> 青天荡荡日月赊，何时能来羹春茶？

钜夫兴儒重文，佛道并重，与当世名臣大儒多有结交。加之他本身才能杰出，秉性忠直，通晓各种典章制度，又熟悉了解江南情况，能与宋遗民有效沟通，因此，他为官之时，不仅为朝廷倚重，而且赢得了许多南方汉儒及百姓的热爱。他一生所为很好地起到了缓和民族矛盾的作用。钜夫留下的代表作品有武当山碑刻《大天乙真庆万寿宫》，乃道教在朝野上下倍受推崇时所作。曾主修《成宗实录》《武宗实录》，并结撰《雪楼集》四十五卷，包括函诏制册文十卷，序记书文十五卷，还有部分诗歌集，均具有相当高的史料和文学艺术价值，为治史者所经常引用。

钜夫虚年七十而终，死后追赠大司徒柱国，追封楚国公，谥文宪。

赵孟頫(1254—1322),字子昂,号松雪,生于吴兴(今浙江湖州),系宋太祖赵匡胤第十一世孙,秦王赵德芳嫡系后裔。

孟頫之父赵与告曾任宋朝户部侍郎兼知临安府浙西安抚使。宋朝灭亡后,归故乡闲居。孟頫天生颖悟,博学多才,能诗善文,懂经济,工书法,精绘艺,擅金石,通律吕,解鉴赏。特别是书法和绘画成就最高,开创了元代新画风,被称为"元人冠冕"。书法上,他善篆、隶、真、行、草书,其中,尤以楷、行书著称于世。其书风遒媚、秀逸,结体严整,笔法圆熟,世称"赵体",与颜真卿、柳公权、欧阳询并称楷书四大家。他在绘画上,于山水、人物、花鸟、竹石、鞍马无所不能,于工笔、写意、青绿、水墨,亦无所不精。

至元二十三年(1286年),行台侍御史程钜夫"奉诏搜访遗逸于江南",举荐江南才子二十余人,其中便有赵孟頫。忽必烈久闻孟頫之名,立即予以召见。孟頫才气英迈,神采焕发,宛如神仙中人,忽必烈十分喜欢他,命他坐在右丞叶李上首。

叶李(1242—1292),杭州人,江南名儒,入仕后官至一品丞相,死后追封资德大夫,南阳郡公,谥文简。

一些近臣提醒忽必烈,孟頫系宋宗室子弟,不宜使其侍奉左右,忽必烈拒而不纳。

时朝廷重立尚书省,忽必烈命孟頫草诏颁于天下,孟頫一挥而就,忽必烈览其书,高兴地说:"孟頫所言,皆朕心中所想。"遂委孟頫官职。忽必烈逝后,孟頫归隐。仁宗时,孟頫官居一品,自此,"荣际王朝,名满天下",成为元朝最显赫的文人。

也许是根植于皇族赵氏血脉中那令人不可思议的文化艺术潜质,赵氏一门子弟多具才华,而集大成者当属北宋末年的宋徽宗和宋元时期的赵孟頫。宋徽宗或许没有做皇帝的才能,却是一位当之无愧的艺术大师,他的书画艺术开创了一个时代。

至宋元,孟頫创造性地继承了徽宗的衣钵。

在中国绘画史上,赵孟頫绝对是个不可绕开的关键人物。唐宋绘画的意趣在于以文学化造境,元以后的绘画意趣更多地体现在书法化的写意上,赵孟頫则在其间起到了桥梁作用。另外,元以前的文人画运动主要表现为舆论上的准备,元以后的文人画运动以其成功的实践逐步取代正规画而演为画坛主流,引发了这种变化的巨擘仍是赵孟頫。赵孟頫提出的"作画贵有古意",扭转了北宋以来古风渐湮的画坛颓势,使绘画从工艳琐细之风转向质朴自然。他提出"书画本来同",以书法入画,使绘画的内在功能得到深化。他的绘画兼有诗、书、印之美,相得益彰。他在蒙古族入主中原的政治形势下,吸收南北绘画之长,并与其他民族的画家如高克恭、康里子山等一道,将元代绘画水平推到了一个崭新的高度。

孟𫖯弟子众多,交游广泛。他与夫人管道升同为中峰明本和尚的弟子,管夫人,字仲姬,笃信佛法,在古代女书法家中的地位仅次于王羲之的老师卫夫人。其子赵雍、孙赵麟都是杰出的画家。元末黄公望、倪瓒等都在不同程度上继承发扬了孟𫖯的美学观点,使元代文人画久盛不衰,在中国绘画史上书写了瑰丽奇美的篇章。

元朝是一个开放的朝代,孟𫖯书画诗印四绝,当时已名传中外,日本、朝鲜、印度等许多国家的人士皆以收藏他的作品为贵。元代画风也直接影响了中亚细密画风骨的形成。

忽必烈混一南北后,八思巴派亲传弟子往江南传教,听法者甚众,佛教遂在江南兴盛。赵家人多崇道信佛,孟𫖯也不例外,他传世的书法作品中,《道德经》《大元敕赐龙兴寺大觉普慈广照无上帝师碑》(也即《胆巴碑》)等,都是其中杰出的代表作。

鉴于赵孟𫖯在美术与文化史上的成就,1987 年,国际天文学会以赵孟𫖯的名字命名了水星环形山,以纪念他对人类文化史的贡献。散藏在日本、美国等地的赵孟𫖯书画墨迹,至今被人们视作珍品妥善保存。

第十六章

大一统

壹

当信任的臣子,钟爱的妻儿一个个离自己远去时,忽必烈正渐渐步入老年。在生命的最后时光里,他仍旧致力于维护国家统一。

西北边界最大的威胁始终来自于海都。

自病中的察合台七任汗八剌合(1267 年至 1271 年在位)被海都逼死,海都如愿成为窝阔台汗国和察合台汗国的共主。此后,海都在察合台汗国接连扶立了两位傀儡汗,这两位傀儡汗无一例外因为走上与他分庭抗礼的道路而遭到诛杀,第三位,他将八剌合之子、年仅十九岁的都哇扶上汗位,是为察合台十任汗(1274 年至 1307 年在位)。在都哇复建汗国前,他一直充当着海都的战马与利箭。

海都原本有权智过人、将兵勇敢、治民宽任、多谋略、善用兵的一面,自从占据中亚之地,他的君主才能进一步得到展现。

与祖父窝阔台、伯父贵由以及父亲合失不同,海都律己甚严,终生不饮酒,也不纵情声色,在这点上,他倒很像自己的曾祖父成吉思汗。在他掌管两个汗国后,他开始致力于恢复生产和发展经济。为保护农耕城市,他将军队迁往山林和草原,以免牲畜糟蹋粮食。他制定了合理的税收政策,不再对农民、牧民、手工业者和商人征索无度。他知人善用,凡派往各地的重要官员都要经过严格筛选。而治境是否人心思定是否富足安宁,是他是否任用和提拔该官员的主要标准。

在他的统治下,饱经战火的中亚诸城日渐焕发出勃勃生机。事实上,这也是在几个世纪蒙古统治下最让人感到不可思议的一幕:被杀戮的将士,被焚烧的土地,被摧毁的城池,被夷平的建筑,本该通过一代乃至几代人的努力才能恢复原貌,却往往经过短短几年或十几年,便在世界各国旅行家的笔下呈现出江河奔流,草原丰茂,庄稼葱茏,建筑华美以及商旅云集,人流如织,物产丰饶的景象。

海都的治国才能令人惊叹,只可惜,做一名和平大汗不是他的终极目标。

当确信自己的实力已变得足够强大时,海都与都哇联手,集两个汗国的军力,出金山大举东犯。

海都从没放弃过重建蒙古帝国的梦想,犹如当年,他以一己之力,重建了有名无实的窝阔台汗国一样。

如今,成为中亚霸主的他,已让察合台汗国的都哇汗俯首帖耳,而且,他有信心,在未来漫长的时间里,都哇都会对他俯首帖耳。他与金帐汗国、伊儿汗国划疆而治,基本上保持着相对的和平。纵然几个汗国难免有领土之争,但金帐汗国与伊儿汗国从来不是他的目标,他的目标只有一个:堂叔忽必烈统治下的元帝国。他梦寐以求的是打破忽必烈在中原的统治"体统",让一切回归"正途"。

年轻时的海都善用权谋,直到今天,这点丝毫未变。海都以权谋起家,又以权谋治国,但他能在逆境中崛起,凭借的绝不只是权谋。从文能安邦治天下,武可鞍马定乾坤的角度,海都可以说是窝阔台家族中除窝阔台本人以外最杰出的君主。另外,海都当政期间,一手重振了汗国经济,这使他有足够的力量与强大的元帝国抗衡达数十年之久。

名义上,元帝国的皇帝一直是四大汗国的主君。海都当然不会承认这一点,不过,为了需要,他有时倒能放下姿态,说几句服软的话。至于其他汗国,与元朝皆有贡使往来,也经常接受元帝的赏赐。

踌躇满志的海都,不只是窝阔台汗国的大汗,也是察合台汗国的宗主汗,仅仅据有中亚之地不可能让他止步。他永远不会忘记,当年是拖雷系从窝阔台系"窃取"了汗权,而他,作为窝阔台的嫡孙,一定要让汗统回到窝阔台家族。

不能夺回汗统,忽必烈终其一生是他的敌人。

在这个过程中,战争不可避免。

第一次正式交锋,海都领教了忽必烈在西北的防御力量。

为应对海都东犯,忽必烈命宁远王阔阔出,河平王昔里吉,宗王脱黑帖木儿、玉木忽儿、明里帖木儿、撒里蛮,东道诸王兀古带七位宗王共同协助那木罕驻守西北边境。同时,派右丞相安童率军队和大量辎重前往阿力麻里应援。忽必烈的这种安排对海都而言俨然是一道铜墙铁壁,海都不知道该从哪里寻找突破口,数战皆败,心里不免焦躁不安。

他问自己,难道这一次,他又要勒马不前?

长生天再次将眷顾的目光投向海都。正当海都进不能进、退不甘心时,那木罕的王廷发生了重大变故。

蒙哥在世时,无疑是九位弟弟共同崇敬的兄长。岁都既是忽必烈的庶弟,自然也是蒙哥的庶弟,在诸位兄弟中,除了长兄,岁都最钦佩的人唯四哥忽必烈。这种钦佩之情促使他在忽必烈与阿里不哥争夺汗位时,成为忽必烈的拥护者。忽必烈建立元朝后,岁都在朝中受封为王,享受着荣华富贵。

岁都去世后,他的儿子脱黑帖木儿继承了王位。物极必反,世间常理。一个随遇而安的父亲,往往不会生出甘于随波逐流的儿子。脱黑帖木儿与其父最大的不同之处在于,他是个正统观念很强的人。他认为,蒙哥逝后,汗位理应由大伯在世的儿子继承,四伯忽必烈夺取汗位,属僭越之举。按照这个逻辑,他心目中的合法继承人,自然是大伯蒙哥之子昔里吉。

昔里吉是蒙哥硕果仅存的儿子。当年,因父亲突然病逝,没有留下遗嘱,两位叔叔围绕汗位旋即展开争夺,昔里吉既无能力又无实力阻止他们,只能眼睁睁地看着他们其中一位夺取了本该属于他或哥哥们的汗位——至少,他是这么认为。这些年,他一直选择隐忍。忽必烈派他协助那木罕驻守西北边境,这让他看到了机会,他与脱黑帖木儿一拍即合。堂兄弟二人经过筹划,趁那木罕、安童率大军在亦列河(即伊犁河,流经新疆伊犁地区和哈萨克斯坦境内注入巴尔喀什湖)流域围猎时,阴谋发动叛乱,出其不意地拘捕了那木罕兄弟和安童,顺利攻占了那木罕的王营。

事情发展到这一步,脱黑帖木儿索性一不做二不休,亲自出面游说阿里不哥之子玉木忽儿和明里帖木儿,蒙哥汗之孙撒里蛮加入反叛忽必烈的阵营。他们简单地召开了一个忽里勒台,将昔里吉拥上汗位。

贰

昔里吉虽旗开得胜但仍很谨慎,他深知他所面对的敌人是胞叔,是强大的元朝皇帝,忽必烈绝不会坐视任何人反叛。一旦忽必烈派兵征讨,他担心自己势单力孤,很难与忽必烈对抗。他召来脱黑帖木儿商议此事,脱黑帖木儿建议以那木罕兄弟与安童为礼物,游说海都与之联盟。岂料海都收下"礼物"后,明确告知脱黑帖木儿,道不同不相与谋,所有拖雷家族的后人都是他海都的敌人。另外,他把话说在明处,我与昔里吉各图发展,互不干涉。谁要敢进入我的地域滋事,谁就是我海都的敌人。

脱黑帖木儿满怀失望地离开后,都哇建议立刻兵发阿力麻里。老谋深算的海都阻止了他,他说,东进要等到忽必烈与昔里吉开战后再说。

七月,忽必烈在上都接到昔里吉等人反叛的消息,立刻做出如下部署:征调正在大都担任守备任务的汉将李庭出兵漠北防堵,命大将阿术从南宋战场上回师西巡,又急命攻宋主帅伯颜整饬军马,准备北征。

李庭自宋降元,一直受到忽必烈的重用,他与伯颜更是交情深厚;阿术和伯颜都是攻宋名将,声威显赫。忽必烈相信,有这三人配合,不愁昔里吉之叛不平。

至元十四年(1277年),昔里吉叛军北上也儿的石河流域,大掠吉尔吉斯部而还。其间,兀古带等东道诸王因不愿附逆,彼此结为联盟,与叛军对抗。昔里吉担心攻打东道诸王会损耗太多兵力,遂率脱黑帖木儿、玉木忽儿、明里帖木儿、撒里蛮等西道诸王转攻和林。

进军途中,昔里吉得到应昌部族弘吉剌首领只儿斡带的起兵响应,掠去成吉思汗的金顶大帐。驻守漠北的骁将、钦察卫亲军都指挥使土土哈率兵追讨,击败叛军,夺回了被掠走的大帐。

次年(1278年)二月,忽必烈调集所有从江南撤回的主力军队及屯驻高丽的军队,由右丞相伯颜指挥围剿只儿斡带。伯颜之能,只儿斡带素有所知,别说是他,便是昔里吉、海都等人都对伯颜颇怀畏惧之心。只儿斡带想向昔里吉求援,伯颜如何能给他这个机会,他派土土哈率先锋军前去歼灭只儿斡带。土土哈不负众望,猛扑只儿斡带营地,只儿斡带不敌,仓皇避逃,土土哈一路追击,将只儿斡带斩于马下。

与此同时,伯颜亲提大军继续北上,途中与向东进犯的昔里吉部遭遇于斡难河(即鄂尔浑河,系色楞格河支流,流经蒙古国前杭爱省、后杭爱省、布尔干省、色楞格省境内)两岸。昔里吉得知对方系伯颜率领的军队,不免心生惧意,他选择避不出战,双方夹河而阵。

昔里吉修立堡垒,想拖垮伯颜。伯颜爱惜兵力,没有立刻发起强攻。双方对阵数日,伯颜通过侦察地形,定下一计。

与伯颜相比,昔里吉的统兵之能到底稍逊一筹。他只顾巩固阵地,却忘了加强对粮道的防守,俟伯颜将其粮道断绝,他只得出垒与伯颜决战。伯颜从两翼猛攻,昔里吉军大败,退到金山以北,才勉强稳住阵脚。

昔里吉匆匆建立的政权,在金山以北只苟延残喘了四年。

昔里吉之叛始于至元十三年(1276年),至元十五年(1278年)已成强弩之末。若非忽必烈对昔里吉没有采取赶尽杀绝的策略,只是以围逼和,恐怕昔里吉连这短短的四年都支撑不下去。

在昔里吉勉力维持的四年中,叛军内部不断发生内讧,先是脱黑帖木儿被明里帖木儿袭杀;接着明里帖木儿投奔海都;再后来,撒里蛮悔过归朝,俘获昔里吉、玉木忽儿解往上都。

忽必烈念及昔里吉是兄长蒙哥的骨血,没有将他处决,只将他流放到海南岛,给了他一条生路。撒里蛮对平息昔里吉叛乱有功,自然仍袭王位,享受尊荣。至于玉木忽儿,忽必烈念他年轻不明事理,反叛又是受到昔里吉、脱黑帖木儿等人蛊惑,遂对他格外施恩,将他拨在皇孙铁穆耳帐下听从调遣。

平定昔里吉之叛后,忽必烈下令在别失八里、哈剌火州特置宣慰司,屯兵镇守。

这段后话,预做交代。

海都担心昔里吉势力的快速扩张会威胁到他在中亚的统治,拒绝与其合作,但对这些人制造的乱局,他倒很愿意加以利用。趁着元军忙于平定昔里吉叛乱,他出兵占领了阿力麻里,又出兵不断骚扰天山南北,这使得他统治下的领土按他的设想又向东扩展了一大块儿。

此后,海都以叶密立河附近为基地,都哇则据伊犁河流域及以西地区为基地,他们联合对抗元廷,每每出没于金山东西、天山南北,令忽必烈头疼不已。

为应对海都、都哇的叛扰,忽必烈在灭亡南宋后开始倾全力镇压西北叛乱。元廷在东起和林,沿金山南路及天山一线,西迄哈剌火州,背漠屯兵,分垒严戍,派出亲王和重臣镇守。丞相伯颜总管军务,皇孙甘麻剌和战功赫赫的勇将土土哈驻守漠北,汪古部首领阔里吉思守护阴山以北,皇孙阿难答镇关陇,宗王阿只吉和畏兀儿国王所部御河西至哈剌火州诸地,皇子西平王奥鲁赤屯驻吐蕃之地。元朝的绝大部分兵力都被牵制在这条漫长而人烟稀少的防线上。

至元十九年(1282年),忙哥帖木儿在首都拔都萨莱病逝,临终前,他将汗位传给三弟脱脱蒙哥(金帐汗国六任汗,1282年至1287年在位)。脱脱蒙哥即位后,金帐汗国的外交政策发生改变,新汗在坚持与窝阔台汗国传统友好的同时,也在着手改善与元朝的关系。

几年前，金帐汗还是忙哥帖木儿。宗王昔里吉突然在西北前线发动叛乱，拘捕了忽必烈的两个儿子北平王那木罕、宁王阔阔出以及右丞相安童。为寻求海都支持，昔里吉派人将这三个重要人物送到海都营地。海都既得"大礼"，自然不能忘了他的盟友忙哥帖木儿。于是，他将"礼物"一分为二，自己留下安童在汗国任职，而将那木罕兄弟送到金帐汗国羁押。

海都的"义气"，让忙哥帖木儿接受不是，拒绝不是。无奈，忙哥帖木儿硬着头皮留下了那木罕兄弟，划出一块儿丰美的草场作为二人采邑，除明确限制二人的自由外，别的方面倒也待如上宾。

忙哥帖木儿去世前已有送还那木罕兄弟的打算，他特意去函与海都协商此事，海都没有拒绝。后因忙哥帖木儿突患重病身故，这件事只能由继任的新汗脱脱蒙哥来付诸实施了。

脱脱蒙哥将那木罕兄弟礼送回国，按照协约，海都也释还了身在曹营心在汉的元朝右丞相安童。

金帐汗国与元朝关系的改善，对海都来说没有太大影响。金帐汗国与窝阔台汗国是盟国不假，但历代金帐汗从来不曾将元朝皇帝视为敌人。事实也是，在海都屡屡攻略元朝边境时，金帐汗从未给过海都任何实质性的帮助。

叁

至元二十一年（1284 年），海都遣都哇率十二万军队东犯，元军统帅阿只吉失于戒备，其统将出伯所部遭到重创，致全军失利。都哇乘胜进围驻守哈剌火州的畏兀儿国王火赤哈儿的斤，火赤哈儿的斤被迫献女请降，都哇同意退兵。

阿只吉兵败大溃，回朝向忽必烈请罪，忽必烈只责备了他几句，仍让他继续在朝中担任要职。阿只吉是察合台之曾孙、不里之子，在忽必烈与阿里不哥争夺汗位的过程中，他是忽必烈在察合台系最主要的支持者之一。而且，阿只吉多年追随忽必烈南征北战，出生入死，忽必烈不会因一次兵败将阿只吉治罪。但在这件事发生后，忽必烈开始考虑换将之事。

另一边，对畏兀儿国王火赤哈儿的斤来说，献女请和只是权宜之计，作为元朝驸马，他并不想与叛臣产生任何交集。

俟都哇撤围，火赤哈儿的斤放弃哈剌火州，退回哈密拒守。按照火赤哈儿的斤的想法，等到忽必烈重新构筑新的西北防线后，就可以再行收复哈剌火州。海都在叶密立得信，借口火赤哈儿的斤背盟，亲率大军围攻哈密。

战斗在三天后结束。火赤哈儿的斤死于乱阵之中，其部族被剿杀殆尽。海都一举占领了哈剌火州和哈密两地，他和都哇各派一支军队镇守。

至元二十三年(1286年)，忽必烈因诸王兵拒战失利，改任伯颜为诸军统帅，负责西北军事，组织防御。同年，海都、都哇联兵进犯别失八里，伯颜与之战于洪水山，联军势强，元军初战失利，海都、都哇乘势向东推进。伯颜重新调整作战部署，出河西击败联军，海都、都哇退走。

十月，元廷在别失八里重设元帅府，同时发兵屯田戍守。

忽必烈在西北边境构筑的防线无懈可击，海都左冲右突，找不到丝毫漏洞，这让他不免心灰意冷。正当他再度陷入困境时，他接到了乃颜的一封密信。

乃颜是成吉思汗幼弟帖木格的后人，塔察尔国王之孙。成吉思汗立国后，曾将客鲁伦河以东至哈赤温山(今大兴安岭)的蒙古东部分封给四个兄弟——合撒儿、合赤温(因本人早逝，其子受封)、帖木格、别勒古台，其中，按照嫡幼子守灶的传统，帖木格分的千户最多，一直充当着东道诸王之首。

忽必烈与阿里不哥争夺汗位时，塔察尔等东道诸王都是忽必烈的追随者。在中统朝和至元朝前期，东道诸王倍受尊崇，在各类赏赐、封国及采邑管理权力等方面，都享受诸多优待。

塔察尔逝后，其王位由嫡孙乃颜继承。从本质上来说，乃颜和海都一样，都是桀骜不驯的枭雄，这种人，一旦不能自行其是，必不甘永为他人之臣。乃颜对元朝消灭南宋并域中国后，忽必烈开始仿效汉法加强中央集权，并相应建立了一套制度、法令，不但视为束缚，而且深为反感。

为夺回自主权，乃颜一面积极联络东道诸王，运筹自立，一面接受谋臣建议，遣心腹暗入窝阔台国，以厚礼相赠，与海都探讨东西两道诸王结盟及夹攻忽必烈军队的可能性，其目的当然是为增加与忽必烈对阵时的成算。

若将忽必烈的纵深防御政策比作牢笼，将海都比作关在牢笼里的猛虎，那么，乃颜发动叛乱的企图则是那只突然出现的将为海都打开牢笼的手。海都欣然接受了乃颜的邀约，答应届时率十万铁骑举兵应援。接着，双方初步议定各自出兵的时间及进军路线，并相约，一旦夺取中原之地，二人将分而治之。

新年将过，忽必烈派刚从西北前线回到京城述职的枢密院同知伯颜以抚军名义，前往乃颜营地探听虚实。伯颜虑远谋深，出发时携带许多皮裘珍宝，沿途赠送给驿站官吏。抵达乃颜所在驻地辽河流域时已是春暖花开，伯颜自称奉皇帝之命前来抚军,乃颜不知忽必烈用意,只得不动声色,虚与委蛇。双方寒暄毕,伯颜向乃颜献上大量财帛,乃颜方稍稍安心,边传命设宴,边让诸将前来拜见伯颜。

伯颜素与乃颜熟稔,在东道诸王辖地驻守的不少将领皆出自伯颜麾下。

乃颜曾与伯颜并肩作战过几次,对伯颜的才能知之甚深。他十分欣赏伯颜,推杯换盏间,表达了自己想将伯颜置于左右的愿望:"将军与本王相知多年,见面却是难上加难。不瞒你说,本王一向敬重你的才智,怎么样,留在本王府上如何?我们二人,正可朝夕畅谈。"

伯颜淡然一笑:"臣从西北前线回京述职,途中听闻皇帝欲派使臣赴王营慰问。臣与王爷一别多年,心中甚是想念,便将这份差事争取过来。如今见王爷清健如昔,臣心甚感安慰。若非公务缠身,臣何尝不想与王爷多盘桓几日。"

"盘桓几日还不简单!我明日即可具折朝廷,陈明情况,皇帝一定不会驳了我的面子。唔……依我之见,丞相不妨在我这里待到九月,无论如何,也该领略领略我这辽河的三季风光。"

"王爷盛情美意,伯颜求之不得,敢不从命。"

"既如此,我们一言为定?"

"是。来,臣敬王爷一杯。"

"同饮。"

二人开怀畅饮,酒过三巡,皆显出几分醉意。这时说起八月间将有岛国使臣前来大都朝觐,届时皇帝将举办盛大的质孙宴,伯颜向乃颜笑道:"皇帝说,诸王皆在被邀请之列,他还特意吩咐我,想请王爷早点进京。"

"这个没问题。我也该去向皇帝问候。"乃颜佯装应承。

关于乃颜在辽东地区调兵之事,伯颜问及相关情况,乃颜推说不知。伯颜知乃颜必反无疑,不仅如此,乃颜为防走漏风声,已萌生将自己拘禁之念。于是,他做出不胜酒力的样子,摇摇晃晃地站了起来:"王爷见谅,臣……臣暂且离席片刻……方便方便。待会儿回来,再与王爷一醉方休,如何?"

乃颜亦有六七分醉意,唯头脑尚且清醒,他示意几名侍卫给伯颜带路,又端起一碗酒递给伯颜:"陪本王喝了这碗酒再去不迟。伯颜元帅海量,这点酒算什么!"

伯颜更不推辞,当即从乃颜手中接过银碗。他的身体站立不稳,接过银碗时,里面的酒已洒去大半,他将剩余的酒液一饮而尽。

"好!"乃颜睁着一双通红的醉眼,高声叫好,将自己碗中的马奶酒饮尽,这才放伯颜辞席。

伯颜解过手后，头昏得更加厉害，还出了酒。给他带路的侍卫询问是否送他回客帐休息，他说，想骑马兜兜风，解解酒。乃颜亲近的侍卫全都得到过伯颜赠送的大量财物，自然不便反对。他们见伯颜孤身在王营，随行人员一人皆无，觉得伯颜断不会借机逃走，遂任由他"兜风"去了。

他们哪里知道，伯颜事先早有安排，在他入席时，随行人员借颁发犒赏名义，已分三路逃出乃颜营地。

乃颜在大帐中等候伯颜，左等不来，右等不来，传侍卫问话，才知伯颜消失不见。乃颜心中一惊，酒顿时醒了大半，他急派精锐骑兵分三路追赶。岂知驿站官吏全都得到过伯颜的馈赠，他们争为伯颜提供最矫健的驿马，乃颜的骑兵追赶不及，伯颜顺利逃出虎口。

肆

伯颜还报乃颜异动，忽必烈立即下令解除了乃颜对东西诸军的指挥权，改任成吉思汗异母弟别勒古台的曾孙都里帖木儿节制诸军。四月，乃颜纠集镇守辽东及女真发祥地的东道诸王哈丹、胜纳哈儿、失都儿、也不干等人，集合精兵约十数万众，彼此遥相呼应，公开发动叛乱。

在发动叛乱的诸王中，哈丹、胜纳哈儿皆为成吉思汗三弟合赤温曾孙，失都儿为成吉思汗二弟合撒儿曾孙，也不干系成吉思汗庶子阔列坚曾孙。

忽必烈为防东、西道诸王夹击岭北，继而联兵南下，决意先发制人。

至元二十四年（1287年）五月，忽必烈命伯颜协助北平王那木罕所部从杭爱岭、和林驻地东行，在土拉河一线布防，俟机挫败乃颜叛军的西掩之势。部署完毕，已是七十二岁高龄的忽必烈亲乘象辇，以迅雷之势兵进大兴安岭。

启程在即，忽必烈对元军将帅与乃颜军将帅熟识，临阵多相与交谈，并不认真交战的现状有所顾虑，南宋名儒、汉族丞相叶李向忽必烈建议，可命董士选与李庭二将率诸卫汉军从征，与最精锐的"怯薛"军并为主力。

忽必烈将协调中央部队和岭北部队军政令统一的重任仍交给伯颜，同时授予金符，命他可全权调动、配置中央军队。忽必烈料到乃颜西攻受阻，必将掉头东归，遂命右丞相安童设伏拦截叛军，务将乃颜生擒。同时命御史大夫玉昔帖木儿、钦察卫亲军都指挥使土土哈率蒙古军先行，董士选、李庭率汉军掩进。

当时胜纳哈儿、也不干二王领四万军队驻于岭北一带，土土哈的先锋军率先包围了胜纳哈儿的营地。土土哈与胜纳哈儿有些交情,胜纳哈儿对土土哈这位元朝一等一的骁将也素怀敬慕之情,他一听说对手是土土哈,心内不免有些发虚。

土土哈将胜纳哈儿的营地团团围定后,并未立刻发动进攻。他派使者入王营,劝说胜纳哈儿主动归朝,向忽必烈皇帝请罪。

土土哈给胜纳哈儿的信函是这样写的:

> 皇帝胸怀宽广,向念亲族之情,王若知错能改,皇帝必不与王计较,还能妥为任用。届时,我与王仍为一殿之臣,把酒言欢,岂不开怀畅意?王若不听我良言相劝,一旦大军开动,如洪水倾覆,如巨石压顶,势不能当。何况两军对阵,从来只有生死对手,没有兄弟朋友,得罪之处,王莫怨我薄情无义。我为皇帝之臣,食君禄当解君忧,皇命在身,此战,不能生缚王身,必提王头向我皇复命。

为示诚意,土土哈给了胜纳哈儿两天时间考虑。

倘若换了别人,说出这等豪言壮语,胜纳哈儿或许不会放在心上。可土土哈不是别人。在元将中,土土哈简直是一只下山猛虎,这只猛虎,一旦出击,不咬住猎物的脖颈儿决不罢休。可以这么说,诸王面对土土哈时,比怕伯颜犹甚。

何况,土土哈先礼后兵,算是给了他莫大情面。

胜纳哈儿思索再三,实在没有坚守下去的信心。他也不必再等两天,第二天天光初亮,他只身出营求见土土哈。土土哈言而有信,对他安抚一番,派人将他送往忽必烈处。如土土哈所言,因胜纳哈儿一兵未动,主动归降,忽必烈格外施恩,不仅没有剥夺他的王爵,还答应他,待乃颜之叛平定,仍让他镇守岭北封地。

胜纳哈儿归朝后,土土哈在其诸子中择一对皇帝效忠之人,将王印暂付与他。随后,土土哈率领先锋军直扑也不干的营地。

胜纳哈儿不战而降,对乃颜决非福音。也不干失去策应,不敢与土土哈硬拼,索性弃了营地,东行投奔乃颜。土土哈一心擒杀也不干,不令军队休息,日夜追赶,终于在渡过土拉河后将叛军一举击败,也不干亦在乱阵中被土土哈射杀。

五王叛乱,两王先折,乃颜尚且不知,甚至未曾做好充分的准备。

乃颜是个受洗过的景教徒,叛军所有旗帜上均绣有一个十字架作为标志。骄横的乃颜做梦也没想到年事已高且患有严重风湿病的忽必烈会以如此快的速度集结起十万大军,向他的营地发起进攻。

忽必烈与乃颜在东部草原交战数次。叛军人数不少于元军,乃颜并没有显现出明显颓势,相反,双方战成平手。

六月三日,忽必烈自率军队突进到撒儿都鲁之地,乃颜所部六万骑兵逼象舆而阵。随后,叛军气势汹汹地包围了元朝部队。

其时正遇大兴安岭久雨季节,元军远道奔袭,兵马俱疲,加之护卫忽必烈的这支元军在数量上居于劣势,且军中乏食。乃颜居地利之便,下令与元军展开激战,忽必烈临危不惧,依然乘象辇指挥战斗。因叛军强弩劲射,忽必烈命全军固营自守,不复出战,以此疑惑叛军。

入夜,大雨稍停。玉昔帖木儿身先士卒,率壮士三百人持弯刀弓箭,潜入乃颜军营。乃颜不妨玉昔帖木儿偷袭,一战而溃,向东逃窜。玉昔帖木儿乘胜掩杀。在营外,乃颜遭到董士选和李庭率领的汉军截杀,拼死杀出重围,继续向东,却又落入安童张开的大网里。

经过这番冲击,叛军大败,乃颜逃向大兴安岭西侧哈尔河与诺木尔金河交汇的三角地带有鹰山。该山位于联结大兴安岭东、西两侧的交通枢纽。玉昔帖木儿奉旨率蒙古军主力,董士选和李庭率汉军主力循踪追击。两军于有鹰山对阵,乃颜为元军追擒。三将得胜而还,向忽必烈缴旨。忽必烈对三将及立功将士予以慰勉及赏赐,并颁下圣旨,按蒙古大札撒处死乃颜,尸弃老哈河。

所谓“按蒙古大札撒处死”,是指一种“不出血”的死法。受刑者被捆绑后裹进毡毯,被力士们反复拖曳抛甩,五脏受簸震而毙命。处死乃颜后,忽必烈命玉昔帖木儿率蒙古骑兵,董士选和李庭率汉军折回哈尔哈河,扫荡呼伦贝尔草原。元军东逾大兴安岭北端蒙可山,追击乃颜残部至嫩江。

忽必烈擒杀乃颜逾大兴安岭缓缓东行、经由辽东班师之际,伯颜正日夜兼程率军东进,转渡辽水,进趋懿州,以期彻底削平乃颜余党。至此,燃烧一月有余的叛乱之火被悉数扑灭,宗王乃颜叛乱初告平定。

八月,忽必烈命玉昔帖木儿辅佐皇孙铁穆耳,率土土哈、李庭继续进讨乃颜余党失都儿和哈丹,自己则回师大都。

在元军的压迫下,失都儿和哈丹请降,得到赦免,忽必烈仍令他们据守封地。

忽必烈班师不久,元朝著名学者、诗人、政治家王恽(1227—1304年)赋诗记录了这场忽必烈亲征乃颜的战争:

> 东藩擅良隅,地旷物满盈。
> 漫川计畜兽,荡海驱群鳇。

盛极理必衰,彼狡何所惩。

养虺得返噬,其能遁天刑。

远接强弩末,近诿乳臭婴。

一朝投袂起,毡裘拥矛矜。

天意盖有在,聚而剿其萌。

芈蜂有蜇毒,大驾须徂征。

寅年夏五月,海甸观其兵。

凭轼望两际,其势非不劲。

横空云作阵,裹抱如长城。

嚣纷任使前,万矢飞欑枪。

我师静而俟,衔枚听鼙声。

夜半机石发,万火随雷轰。

少须短兵接,天地为震惊。

前徒即倒戈,溃败如山崩。

臣牢最忾敌,奋击不留行。

卯乌噎都间,天日为昼冥。

僵尸四十里,流血原野腥。

长驱抵牙帐,巢穴已自倾。

彼狡不自缚,鼠窜逃余生。

太傅方穷追,适与叛卒迎。

选锋不信宿,逆颈縻长缨。

死弃木商河,其妻同一泓。

彼狡何所惜,重念先王贞。

择彼顺祝者,其归顺吾氓。

万落胁罔治,无畏尔来宁。

王师固无敌,况复多算并。

君王自神武,岂惟庙社灵。

伍

　　自重建窝阔台汗国以来,海都一心想要从拖雷系夺回原属于窝阔台系的汗位,恢复曾祖父开创的蒙古盛世。不幸的是,他面对的偏偏是强盛富庶的元帝国,他的对手又恰恰是善于用人且文韬武略均在诸王之上的忽必烈。

时不我与。到头来，或许只能令海都空怀壮志。

对海都而言，忽必烈是他无时或忘的敌人，也是他钦佩羡慕的对手。他钦佩堂叔雄才大略，知人善任，羡慕堂叔据有富庶之国，手下人才济济。别人不提，单说伯颜，这位元朝名将，算得上海都在东征路上遇到的最大克星，若非伯颜，他不会被迫勒住战马。微妙的是，在他与伯颜的对阵中，他的一再败北却令他折服于伯颜的指挥天才，甚而，他最大的愿望是有朝一日能将此人生擒，让他供职于自己的汗廷。这种对于敌人的惺惺相惜，无论何时出现，都必然是人性天空中那一抹难得的暖色。

在一干著名的元军将领中，海都对伯颜其人，可谓知之最深。

伯颜行军有纪律，多谋善断，用人不疑，南宋降将，皆愿为其效力。

在南征中，因伯颜所部进展顺利，至元十二年（1275 年）秋，伯颜回大都述职，官进右丞相，不久返回前线。次年（1276 年）春，伯颜率大军占领宋都临安，命李庭护送降宋君臣北上朝见忽必烈。为嘉奖伯颜平定南宋的赫赫战功，复拜同知枢密院事。事隔一年，昔里吉反叛，忽必烈命伯颜率兵讨伐，伯颜出其不意，断叛军粮道，昔里吉大败而逃。忽必烈嘉奖其功，增食邑五千户。

海都私下曾对都哇言：我对堂叔忽必烈，恨则恨矣，羡则羡矣。我恨他既然继承了从窝阔台一系夺取的汗位，却抛弃了四代大汗（指成吉思汗、窝阔台汗、贵由汗、蒙哥汗）创立、完善和坚守的传统，将自己变成了一位汉人皇帝。在这点上，他实在无法与蒙哥汗相提并论。这是我愿意臣服蒙哥汗，却不会臣服他，更不会原谅他的真正原因。但有一样，无论我多么不喜欢堂叔的所作所为，但仍得承认，他在善于识人用人上无人可比。像我们熟悉的老对手，土土哈骁勇善战，伯颜兼资文武，他能将土土哈和伯颜这样的将帅之才罗致麾下，足以令我对他折服。伯颜是我的劲敌，我却将他视为知己。只可惜，我身边无一将如伯颜，此乃我生平一大恨事。

伯颜品行高洁，不喜奢靡，破宋北还时，身无财宝，行装唯衣被而已。这点，也常被海都用来教育儿子及身边重要将领。

作为十多年的对手，海都与伯颜均深谙对方战法。伯颜统兵有方，身后又有元帝国强大的经济基础作为后盾，一旦交战，伯颜拼得起消耗，海都却只能速战速决。虽然与乃颜有东西对进的协定，当乃颜正式举兵叛乱时，海都获悉元朝三十万大军已陈兵边境，只得静观形势，按兵不动。

他与都哇分析过，为打破可能的东西道诸王联盟，忽必烈的兵锋所指，究竟是先向西，还是先向东。结论是，忽必烈的目标一定是乃颜。

不管怎么说，忽必烈对四大汗国并无实际统辖权，四大汗国虽以大札撒为立国之本，并奉蒙古帝国为宗主国，可元帝国并不能完全代表蒙古帝国，元帝国在四大汗国中除伊儿汗国外,能行使的宗主权一向有限。

与之相反,东道诸王的领地全在元朝版图之内。换言之,同样是受到成吉思汗分封的黄金家族后裔,东道诸王始终没有机会像西道诸王那样,依据自己的封地建立起自成体系的国家政权。不论是在蒙哥即位之前,还是在忽必烈战胜阿里不哥建立元朝之后,东道诸王始终处于中央帝国及后来元帝国的直接统辖之下。

若忽必烈采取西防东攻的策略,海都只能寄希望于乃颜信仰的上帝保佑他好运了。海都并不奢求乃颜能够战胜忽必烈,他最大的希望是,乃颜在东北战场为他拖住忽必烈的兵力,时间呢,自然是越久越好。

一旦战事陷入胶着,为求稳妥,忽必烈很可能抽调伯颜及驻守边境的精锐骑兵增援,到那时,他便有望突破西北防线,直捣大都。

至于背弃与乃颜的约定,他并不感到内疚。人各有命,他是成吉思汗的嫡传后裔,乃颜是成吉思汗幼弟帖木格后王,从命中注定的角度,乃颜只能成为他的棋子。

再说,他不践约出兵也有个相当充分的理由:他和都哇的军队在西北边境,毕竟为乃颜牵制着三十万元朝大军。

这世上从来没有无缘无故的仇恨,更没有无缘无故的成功。不像在伊儿汗国半波斯化的蒙古人,不像在金帐汗国半斡罗斯化的蒙古人,不像在察合台西部半突厥化的蒙古人,也不像在元朝半中国化的蒙古人,无论多么艰难,海都仍不懈地维护和坚守着蒙古人固有的生活方式及传统。单凭这份坚守,海都与伊儿汗、金帐汗、察合台汗相比,与元帝相比,都称得上是最后一位蒙古人之王了。正是为了维护信仰,这位蒙古人之王才一心想要重建蒙古帝国,恢复祖宗基业。也正因为拥有人心的基础,他才能从逆境中崛起,将自己塑造成中亚霸主。

现在,东部之乱让他看到了一线机会,他在边境勒住战马,等待着天意垂青。

但似乎,天意对于忽必烈的眷顾总是比对他的眷顾多那么一点点。

总而言之,平定诸王叛乱的战争,忽必烈采用东攻西防的策略,可谓占尽先机。

按照海都原来的设想,乃颜在东北拖住忽必烈的主力,他们率十万大军出天山,正可趁伯颜奉旨西防未便轻动之机,向东南攻取元朝重镇。不料伯颜用兵确在诸将之上,他将麾下主力部署在西北向西一线,根本没给海都和都哇留下一点间隙。而且,伯颜不许军队主动出击,唯做严密防范。

在伯颜严防死守的策略下,海都和都哇的联军被压在边境线上,寸步难进。

就在两军相持中,忽必烈击败乃颜,东道诸王的阵线随即解体。

乃颜兵败被杀的消息传到军前,海都既失望又震惊,不得不暂时放弃东进的打算。鉴于元军主力正在回防,海都下令撤退,伯颜这才展开反击,亲率军队循踪而至,双方接战,二汗不敌,仓皇北遁。

拥有着世界上最广阔的领土,忽必烈实在是位操心的皇帝。

让他操心的原因,不是无法征服的日本,不是局势动荡的安南,甚至不是兄长蒙哥的后人以及东道诸王的再三反叛。让他真正操心甚至寝食难安的人只有一个——他那倔强无比又一心想要从他手中夺回汗位的堂侄。

至元二十五年(1288 年)正月,海都率部袭扰元边境,忽必烈命大将术伯率诸王军队对他发起进攻。六月,海都部将进攻边城,被元管军元帅阿里吉击退。

秋天,哈丹与合撒儿之孙火鲁火孙又谋叛乱,举兵内犯,攻打宗王也只里部。忽必烈将镇压哈丹叛乱的任务交给了皇孙铁穆耳。

铁穆耳有将可用,他命大将土土哈出兵,在兀鲁回河(即乌拉盖郭勒,流经锡林郭勒盟东乌珠穆沁旗境内)率先击败火鲁火孙叛军。命协助他的玉昔帖木儿和李庭指挥另一路大军与哈丹战于托吾儿河 (即洮儿河,流经兴安盟、吉林省白城市境内的松花江支流)和贵儿列河(即归流河,流经兴安盟境内洮儿河支流)两河之间,哈丹军据河抵御,双方一时胜负难决。

李庭担任先锋,他知正面交锋难以获胜,遂精选勇健士卒,潜负火炮,置于贵列儿河上游,乘夜齐发,哈丹军战马在炮声中受惊四散。李庭率主力从下游渡河,拂晓发起突袭,哈丹军因失去战马而无力抵御。正值土土哈追击叛军率师来会,两支大军奋力合击,哈丹军溃败,渡托吾儿河逃遁。

时至初冬,玉昔帖木儿放出风声,扬言暂且退兵,来春再战,以此麻痹哈丹。舆论做足,玉昔帖木儿率军兼程北进,涉过冰封的那兀江,一举捣毁哈丹本部明安伦城,哈丹逃至边境,辽左诸郡尽为元军所据。

陆

趁着元廷忙于镇压再度叛乱的东道诸王哈丹、火鲁火孙等,以致西线防守出现松懈之机,海都会同都哇兴兵十余万再次大举东犯。这次,海都首先吞并吉尔吉斯,接着在杭海岭(今蒙古国中部的杭爱山脉)击败皇孙甘麻刺。甘麻刺一度被海都军围困,处境万分危急,多亏受命回师的骁将土土哈力战,方才救他突出重围。

海都连战克捷,渐向国都和林逼近。和林宣慰史怯伯起兵应叛,配合海都攻打和林,和林落入海都之手。

占领和林,对海都意义非凡。毁于战火又经过复建的和林,早不复当年作为国家政治、军事中心时的繁荣。万安宫那张熟悉的御座上,犹留有祖父和伯父君临天下时的痕迹。在父亲去世后到祖父去世前的这段时光,只有短短五年,可对海都来说,这已是不可多得的五年。像野孩子一样长大的海都,唯一还能感受到的温暖,只有祖父那怜爱的目光。

在落下薄薄尘土的黄金御座上,海都的视线里依稀出现了祖父的身影。这个男人坐在那里,正在批阅奏章,一绺花白的头发从他的发髻中垂落下来,在散漫着金色颗粒的光线中,他的脸容被晕染成了浅浅的褐色。

海都久久凝望着他,凝望着这个变得苍老了许多的男人,只觉喉头发紧,接着,两行热泪夺眶而出。

只在祖父葬礼上流过的眼泪,原来依然积聚在他的内心深处。在此之前,他一直以为,他早已变成了一尊举着战刀的雕像。

他向前迈出一步,祖父的身影骤然消失了。他的眼睛仿佛两只干涸的泉眼,几乎在瞬间,泉水停止了涌动。两行泪水还挂在他的脸上,他立刻伸手抹去了它们。差不多同时,他油然而生的怀念与温情,像突然喷出又突然冷却的火山岩浆,凝固成了一滴浊泪的形状。

一股强烈的愤懑之情油然而生,这是对堂叔忽必烈的愤怒。他非常清楚,造成和林没落与衰败的真正原因,不是战争,而是堂叔建立元朝后蒙古政权南移。转而,他又觉得自己这么想是抬举了堂叔,堂叔没有与他祖父相提并论的资格。堂叔根本不明白,和林的意义在于,它是祖宗之地,谁能坐上万安宫的御座,谁才能真正称得上是蒙古大汗。

忽必烈远在大都,得知旧都和林竟然失陷于海都之手,第一个反应是震惊,第二个反应是绝不能坐视不理。

海都坐镇和林,对蒙古诸王贵族会产生的影响不可估量。海都一日不被驱逐,他以窝阔台亲孙身份即蒙古汗位,会在无形中给他本人增加号召力和合法性。鉴于局势严峻,夺回和林已成当务之急,忽必烈顾不得年老体衰,再度御驾亲征。

海都得知忽必烈亲率军队而至,一则以担忧,一则以兴奋。在他心目中,坐在大都和上都的金銮宝殿上，只依靠大臣和将领征战四方的堂叔早不是蒙古人。不过，堂叔能够走下宝座，两次率军亲征，倒让他有些刮目相看。

海都一心想要恢复的，是曾祖汗时期蒙古人的法度和国家，同时他也清楚，消灭富庶强盛的元帝国几乎没有任何希望。明知不可为而为之，他在和林城外迎住元军，一场酷烈的厮杀随即展开。

这是一场令海都与忽必烈终于直面的战斗，他们将所有主力投入战场。

眼前，到处都是尘土，足以遮蔽日月星辰；到处都是血光，足以遮蔽人性良善。刀枪相撞的声音，将士的吼声，战马的悲鸣充斥耳畔，为了活着，人们奋力砍向自己的同胞。

不断有人倒在血泊中，或许是敌人，或许是自己。

重据祖宗之地，战胜忽必烈，夺回属于窝阔台家族的汗权，恢复蒙古传统的政权体制，这是海都奋斗不息的动力和平生最大的理想。既然已坐上万安宫的御座，他就决不会轻易向忽必烈退让。但空有雄心壮志于事无补，海都面临的现实如此残酷：他与都哇出兵，往往会倾全国之力，一旦进入战争状态，他们基本没有后援。忽必烈则不同，这位富有四海的中国皇帝，兵源相当充足，只要单攻一点，他部署在西北各地的驻军可源源不断地开向前线。双方兵力的悬殊，令海都的劣势渐渐显露出来。

激战进行到第五天时，海都无力支持，不得不遗憾地放弃和林，向西遁去。元军纵然艰难获胜，也不堪再战，忽必烈没有下令追击，只令大军在收复和林后休整。

明知海都此次败退，短期内不可能再有大的军事行动，忽必烈仍不敢掉以轻心。回到大都后，他做了一些新的人事安排，其中最重要一项，是以伯颜知枢密院事，进金紫光禄大夫，同时出镇和林。

为断绝东西道诸王遥相呼应、并进对出的可能，忽必烈接受伯颜等人建议，决定彻底剪除哈丹势力，不留后患。

哈丹远比乃颜更要顽强，逃至边境后，仍不断进犯元军。至元二十六年（1289年）二月，哈丹率军攻打胡鲁口，被元将击败。六月，哈丹再败于宗王乃蛮带之手。哈丹屡败，实力未减。次年二月，哈丹再度兴兵攻打辽东海阳、开元等地。九月，辽东行省平章都里帖木儿大败哈丹军于瓦法，哈丹退入高丽。

元廷派蒙古军万余人分守双城及婆婆府，以防哈丹窜扰。都里帖木儿率军进入高丽，被哈丹之子老的击败于鸭绿江上。忽必烈令乃蛮带率军攻打哈丹军，哈丹在原州战败，部将六十八人战死。

不久，乃蛮带麾下将领进至禅定州，再次击败哈丹。乃蛮带率主力到达后，与高丽军队夹击哈丹于燕岐正左山下，哈丹军大败，率千余骑渡河逃走，旋被从征的高丽将领韩希愈击败,哈丹父子仅率百余骑突围。

哈丹涉海袭高丽,高丽军队迎战,哈丹之子老的兵败被杀,哈丹饮恨自尽。至此,从乃颜开始,至哈丹结束,绵延五年有余(1287 年至 1292 年)的东道诸王叛乱之火终被元军彻底扑灭。

元军全力对付哈丹时,海都在吉儿吉斯草原一带休整兵力,渐渐恢复了元气。

这期间,伯颜并未主动对海都发起进攻。他把主要精力放在修复被海都摧毁的工事和构筑西北防线上,同时命人暗暗放出风声,说海都很麻烦,一败便远遁千里,对于这样的人,与其主动出击,徒劳无功,倒不如固守阵地,以逸待劳。

海都还听说,伯颜手下部将,对伯颜再三避让多有不满,他们数次请战,均为伯颜拒绝。将帅间的矛盾,使得和林的军备有懈可击。

拿下和林,重据祖宗之地,是海都的既定目标。他在经过三年的休整后,再次举兵攻向和林。

此番,年事已高的忽必烈不能御驾亲征,只能寄希望于伯颜战胜海都。

海都来势汹汹,伯颜的第一道防线被冲破后,大军居然出现了溃败的迹象。

连续多日,伯颜边打边退,全无当年平灭南宋的气概。伯颜在西北一味消极防御的策略,给了政敌攻击他的口实,他们纷纷进言,污蔑伯颜守而不攻,必与海都有私下交通。忽必烈虽不全信,然而伯颜功高震主,他又不能不防。他命御使大夫玉昔帖木儿接替伯颜指挥军队,同时命伯颜回京述职。

玉昔帖木儿尚在途中时, 海都正慢慢落入伯颜的包围圈。皇命先到军中,眼看计划要功亏一篑,伯颜焦急异常,遣使去见玉昔帖木儿,请他缓行两日。伯颜的原话是待我擒杀海都、都哇,再回大都面见陛下。

玉昔帖木儿与伯颜是多年战友,他比任何人都了解伯颜的智谋与韬略。奈何皇命在身,他不敢过分耽搁,答应再多给伯颜两日时间。

伯颜麾下诸将,对主帅再三退避早生不满,他们坚决要求与海都决战。伯颜只得将自己的计划向他们和盘托出,他说:"我军与海都多次交战,每遇兵败,他常一遁千里。我故意示弱于敌,是想将他引入我的伏击圈,只差一日,伏击圈可告合拢。你们现在要求决战,倘或纵放了海都,谁能负得起这个责任?"

伯颜的意思很明白,他采取的是诱敌深入之计。可因皇使先至军营,传达了忽必烈的圣旨,伯颜已在事实上被剥夺军权,部将皆不愿服从命令。无奈,伯颜只得下令回击海都,这个回马枪令海都措手不及,但因包围圈尚未完全合拢,到底漏出了个空隙,让海都逃出生天。

这一战,给伯颜留下了终生的遗憾。

柒

伯颜将军权交付玉昔帖木儿,黯然转回大都向皇帝复命。差不多同时,忽必烈接到玉昔帖木儿派人紧急送回的战报,才了解到伯颜用计的全部经过。他暗悔自己用人不专,以致功败垂成。

忽必烈设宴为伯颜接风,他亲手赐酒,对伯颜说:"此番海都、都哇惨败,全赖丞相运筹之功。"

伯颜接杯在手,眼中垂泪,久久不置一词。

忽必烈当然清楚让伯颜真正感到难过的原因,可碍于君主尊严,他又不能当面认错。稍一思虑,他微笑着,婉转劝道:"丞相且满饮此杯,算我为丞相壮行。"

皇帝话里有话,暗藏玄机。伯颜一怔,抬眼望着忽必烈。只见忽必烈面容和悦,唯笑容里多了许多歉意。

伯颜心中一热,这才将杯中酒一饮而尽。

"谢陛下。"他躬身施礼。侍卫立刻接过空杯,置于御案之上。

"丞相。"

"是,陛下。"

"你且休息数日,稍作准备。说真的,丞相鞍马劳顿,我实在于心不忍。"

"陛下但有差遣,臣伯颜万死莫辞。"

"丞相不妨猜猜看,我欲令丞相所向何处?"

伯颜胸有成竹,"二汗远遁,当务之急,陛下必是要解决明里帖木儿的问题。"

忽必烈惊叹道:"丞相之能,果然天下无双。"

话至此处,伯颜心扉洞开,君臣二人复又相信如初。

至元二十九年(1292年)十月,为瓦解海都力量,忽必烈命伯颜往攻明里帖木儿。伯颜率军至阿萨忽图岭(杭爱山中段)时与明里帖木儿遭遇。明里帖木儿抢先占据有利地形,矢落如雨,元军畏缩不前。伯颜身先士卒,人在马

351

上,发一箭射中明里帖木儿的盔缨,再发一箭,又中明里帖木儿的战旗。元军见主帅神勇,士气大振,冒着箭雨冲入敌阵。双方短兵相接,叛军溃逃。

伯颜着部将速哥等率所部追击逃敌,自己则率主力撤还本营,他所担心的仍是海都乘虚犯境。他没想到明里帖木儿留了一手,在途中设兵伏击。其时天色渐晚,伯颜暗悔自己失于防备,却临危不乱,指挥军队坚守至天明。明里帖木儿见不能取胜,加之畏惧伯颜勇武,慌忙遁走。伯颜自引轻骑追击,至别竭儿之地时,速哥等人率领的军队也赶到这里,叛军遭到夹击,一败涂地。

这场大战,伯颜率军斩敌首两千余级,俘获不计其数,明里帖木儿率残部逃走,至此再不能对元军构成威胁。

与忽必烈的设想相同,经过这次惨败,海都短期内再无向元朝兴兵的可能。一来他大伤元气,需要时间恢复;二来他并不知道忽必烈临阵换将,现任主帅是玉昔帖木儿。与伯颜一战,他死里逃生,可以说充分领教了伯颜用兵的高妙之处。他担心在他实力未得恢复前,轻举妄动只会加速他的灭亡。

玉昔帖木儿辅佐皇孙铁穆耳代替伯颜总理西北以及漠北军务后,根据忽必烈的旨意,对海都采取了主动进攻的策略。

至元二十九年(1292年),玉昔帖木儿命土土哈先夺吉尔吉斯。次年春天,土土哈率钦察卫顺谦河(流经俄罗斯境内的叶尼塞河上流小叶尼塞河)北进,尽收益兰州等五部。海都一向以益兰州五部为后援,土土哈数战告捷,收复五部,等于斩断了海都的左翼,自此也扭转了岭北地区的被动防御态势。

在忽必烈去世前,海都的势力已被逐出金山。至于最后战胜海都,忽必烈只能寄希望于他的后继者了。

至元三十一年(1294年),忽必烈去世,皇孙铁穆耳(生于1264年,1294年至1307年在位,庙号成宗)在伯颜等人的拥戴下继承皇位,次年改年号"元贞"。

铁穆耳宽厚贤明,勇智俱全,功勋卓著,深孚众望。他曾于至元二十五年(1288年)往平辽东诸王叛乱,至元三十年(1293年),受皇太子宝,并授命抚军西北防线以拒海都。

伯颜因拥立有功,拜开府仪同三司、太傅、录军国重事,依前知枢密院事。是年冬,伯颜病故,追封淮安王。

铁穆耳自幼习于军旅,长于戎阵。他一直痛心于三十多年来成吉思汗子孙间自相残杀的乱局,即位后,他决定继续与海都的战争,以彻底平定宗王内乱。

为抢占主动,铁穆耳一改昔日对宗王以防御为主的策略,转而为积极的进剿行动。他将平乱的兵力部署分为防守和进攻两部分,攻防结合。防守部队又分为东西两线,东线以和林为中心,由皇兄晋王甘麻剌坐镇,屯重兵镇守漠北诸地；西线以别失八里和哈剌火州一线为中心，驻重兵严戍天山东麓，防守畏兀儿之地。

和林和别失八里之间则屯戍攻势部队，拒守西北防线，由土土哈、月赤察儿、玉哇失、驸马阿失等将领率部分守，以宁远王阔阔出和高唐王阔里吉思驸马担任总领兵。此外，铁穆耳以堂弟安西王阿难答率本部及河西诸军屯驻察罕淖尔（即白海，今甘肃省武威地区民勤县东北红柳园、东镇一带），镇守黄河以西诸行省，形成与和林、别失八里的鼎足态势，互为策应。

期间，因伯颜、玉昔帖木儿、土土哈这三员猛将相继病逝，铁穆耳遂命土土哈三子床兀儿接替了其父之位，继续领有钦察卫。所谓"钦察卫"，是由钦察部人组成的精锐兵团，主力俱是骑兵。众人皆知土土哈骁勇，殊不知床兀儿青出于蓝，是个比其父还要厉害许多的角色。铁穆耳对床兀儿的重用，颇能从一个侧面反映出这位新皇帝的知人善任。

大德元年（1297年），元廷西北平乱的军事准备基本就绪，开始发动对海都、都哇的主动进攻。进攻部队由阿里不哥的长子玉木忽儿统领，以朵儿朵哈军、床兀儿的钦察军、玉哇失指挥的阿速军团组成。

统师玉木忽儿当年曾追随昔里吉反叛朝廷，后得到赦免，归在铁穆耳帐下。铁穆耳其时年方十八岁，颇有仁君风度，他爱惜玉木忽儿英勇，待之甚厚，玉木忽儿感于铁穆耳赤诚，内心亦愿奉铁穆耳为主君。

征剿大军向西行进时，正遇都哇准备袭击哈剌火州。朵儿朵哈率部突至，出其不意地对都哇发动进攻，都哇军不及抵挡，仓皇败走。

床兀儿率军西逾金山，攻入海都属部巴邻（巴邻部当时驻牧于今新疆北部额尔齐斯河上游）之地。海都部将帖良台领兵阻钦察军于达鲁忽河（即乌伦古河支流大、小青格里河，流经今新疆伊犁哈萨克自治州阿勒泰地区青河县境内），帖木良伐木立栅于河岸，令士卒下马跪坐，持弓箭伏栅守备。

钦察军进攻时向敌军放箭，箭射不进去，乘马突入又为栅栏阻挡，无法前进。床兀儿心生一计，命军士吹响号角，全军将士高声呐喊，呼喊声与铜号声相互激荡，声震林野。叛军不知所为，惊慌失措，争起离栅就马。床兀儿不失时机，赶马渡水，涌水拍岸，木栅漂散，床兀儿以此大破帖良台军，奋师驰击五十里，尽得其人马庐帐。

几日后，床兀儿率师还阿雷河（即乌伦古河支流布尔干河，流经今蒙古国巴彦乌列盖省、科布多省和中国新疆伊犁哈萨克自治州阿勒泰地区青河县境内），与海都派来增援巴邻部的孛伯军相遇。孛伯以精骑营于阿雷河畔的高山，面水而阵。床兀儿被置于不利境地，锐气竟丝毫不减。他一马当先，挥军渡河仰攻，竟将孛伯军逼入绝境。孛伯军被钦察人特别是床兀儿的勇敢所震慑,军心急速崩溃,弃阵而走。床兀儿追击三十余里,孛伯仅以身免,所部全部被歼。

海都、都哇接连败于达鲁忽河和阿雷河两役,不肯善罢甘休,仍连年侵扰西北诸地。海都年长,气力渐衰,出兵指挥之事,多交与都哇,都哇一如既往,对他忠心耿耿,从不畏难退缩。

大德二年(1298年),都哇潜师袭击火儿哈图地区,据高山为营。床兀儿率军迎战,挑选善于步战的勇士从四面登山,持刀奋击,大败都哇来袭之军。至此,海都、都哇二汗的军队士气严重受挫。

床兀儿捷报频传,朝野为之振奋。铁穆耳大喜,嘉奖床兀儿于战场之上,拜他为镇国上将军兼枢密院钦察部太仆少卿。

大德三年(1299年),都哇遣师突袭,宁远王阔阔出疏于防备,使驸马阔里吉思孤军应战,救援无及,兵败被俘。多亏元军层层设防,都哇才无法继续深入。阔阔出的败绩传至朝廷,铁穆耳怒火中烧,令二皇兄答剌麻八剌的长子、皇侄海山代替阔阔出总镇漠北、西北诸戍军,加强防御。次年,铁穆耳又命太师月赤察儿辅助海山率军,并给北庭军(指驻守别失八里地区的军队,由北庭都元帅府管制)补充军马两万两千余匹。海山与月赤察儿严肃军纪,加紧练兵,戎政日修,士气愈振。

捌

大德五年(1301年),海都已是一位六十六岁的老人。年事越高,越让他有一种时不我待的紧迫感,他与都哇商议,决定举全国之力,向元廷发动最大规模的一次攻击。对海都而言,这将是最后一搏,若胜,他还有机会实现夙愿,若败,他恐怕再不能从拖雷家族夺回汗权。

夏末,海都、都哇举重兵倾巢东犯。因都哇营地较远,尚未赶到,海都的先锋军已进至帖坚古山。海山派床兀儿引兵御敌,床兀儿不负所望,击退了海都的先锋军。

八月,海都率主力进犯和林。海山亲自提大军,在和林以北迭怯里古之地迎击海都,海都兵力不足,加上盔缨被海山射落,手臂也中了流矢,不得不引军撤退。两日后,都哇的军队及时赶到,与海都合兵一处。

海都兵力增强,有恃无恐,遂将兵锋指向和林与塔米尔河(发源于杭爱山北麓的鄂尔浑河左岸支流塔米尔河,流经今蒙古国后杭爱省)之间的合剌哈塔地方,都哇则引军攻打兀儿图,他们孤注一掷,来势汹汹。

海山兵分三路:月赤察儿指挥右翼的六支军队,在合剌哈塔之地迎战海都;床兀儿指挥左翼军,统辖玉哇失及驸马阿失诸军,与都哇战于兀儿图之地;海山自率一军,于右翼军的后方督战。

元左翼军在床兀儿的指挥下首先与都哇军展开激战,双方相持不下。床兀儿率钦察卫居中突击都哇军,阿失和玉哇失自左右两翼策应。左翼军这三位大将配合默契,都哇的军队损失惨重,都哇本人被阿失射中膝盖,负痛而走,其将领力不能敌,亦相继退出战斗。

数日后,海山亲临兀儿图战场视察,左翼军与都哇军交战的酷烈程度从无处不在的斑斑血迹犹自可见。海山对床兀儿以及钦察军的勇武深为震撼,他感叹道:在如此不利的条件下力克敌军,钦察将士何其能战!我自幼从军,尚未见过如此拼死的战斗,床兀儿真乃天赐我家的神将!

与左翼军的情况不同,右翼军开战失利,其中一军首先遭到围困。第二日两军复启战事,右翼军在海都军的攻势下稍退,海山亲临前线指挥。月赤察儿率本部及其余四军攻打海都所率中军,不料又遭到海都围困,月赤察儿率诸将士勉强杀出重围。与此同时,海山本人亦被围困于一座山上,亏得将士力战,付出无数伤亡,才保着他突围而出,与月赤察儿会合。

海山决定暂时撤退,先保住主力要紧。海都早有准备,抢先将元军退路切断。海山亲自冲杀于阵前,于乱阵中射中海都,这才勉强解围而去。元军辗转经由称海与甘麻剌的军队会合。

元军与海都、都哇联军的交战,总体来看是联军占了上风。海都、都哇虽双双负伤,仍意图占领和林。和林大小官员闻听叛军(对元军来说,海都与都哇都是叛王)逼近,惊慌失措,将府库一把火烧尽,独将金帛装车,向南奔逃。

联军距和林只剩数日路程,已是强弩之末,不堪再战。海都因伤致病,自料难以支撑,遂下令撤退。铁穆耳在大都得知自己派兄长、侄儿坐镇西北,苦心备战多年,到最后以几十万大军临阵,竟然只取得大败小胜的战绩,这心情已不能用窝囊沮丧来形容。为挽回朝廷颜面,他将戍守和林不利的官员及将领尽数发配云南。

都哇被紧急召见,匆匆来到海都的大帐。

都哇在途中已听闻海都受伤的消息,可海都这个样子出现在他的眼前,他仍然感到万分震骇。

海都努力将视线聚焦在都哇身上。他的眼珠一阵刺痛,不过还好,都哇在他的眼中总算不再是个模糊的轮廓。

"大汗,您叫我来……"

海都盯着都哇的脸,"都哇,你恨我吗?"他突然问。

都哇被他问得愣住了。

为什么?为什么要这样问他?

"你应该没有原谅我吧——为了你父八剌合。"海都继续说道。

都哇的心先是紧缩了一下,接着急剧地跳动起来,这突如其来的不适感使他的脸色骤变。他扪心自问,从他登上汗位,他忠实地履行了一个傀儡大汗的职责。二十七年,对任何一个人来说都不是短短一瞬,他与海都生死与共。倘若做到这种程度都不能令海都放心,那他只能听天由命了。

"你不愿意回答我吗?"海都仍在追问。

对海都来说,这个问题非常重要,他想听到答案。

都哇定了定心神,仔细观察着海都的表情。他确定,海都并非对他起了疑心,只是想知道他的心意。

都哇悬着的心放下了,"不是的,大汗。"

"那么,回答我吧。"

都哇斟酌着词句,"大汗,您应该没有忘记,我到您身边时,只有十六岁。"

"我没有忘。你是八剌合的儿子,我无法相信八剌合的儿子,可在我眼中,你还是个孩子。"

"那时,您曾经问过我,为什么不追随我的兄长去投奔忽必烈皇帝?"

海都回想起三十年前的那一幕。

三十年前,都哇刚刚十六岁,可恰恰是这个十六岁的少年,身上有一种倔强的东西让他产生了共鸣。本来,对主动归附或战败归附的亲族予以收留和安置是黄金家族的传统,以正统蒙古大汗自居的海都也不能例外。那个时候,他的确问过都哇:你为何不随你大哥去投奔元朝?都哇给他的回答是:与忽必烈皇帝相比,海都汗是个真正的蒙古人,我欣赏他。这个回答让他满意,从此,他将都哇置于身边。过了三年,在他陆续废黜和杀掉察合台汗国的八任汗、九任汗后,他又将十九岁的都哇扶上了察合台汗国的汗位。

玖

时间如白驹过隙,一晃而过。从都哇到他身边算起,是三十年,从都哇成为第十任察合台汗算起，是二十七年。后来的这二十七年，都哇追随于他的身边，忠实地为他而战。事到如今连他自己都不能相信，一个不存在忠诚的人，会这样无怨无悔地与他同进共退二十七年。

都哇注意观察着海都的表情，"大汗，您想起来了？"

海都点了点头，"是啊。"

"从那时起直到今天，我对自己所做的一切从来不曾感到过后悔。"这是都哇的真心话。其实，在他与海都之间，已经很难分清到底是海都借助了他的力量，还是他借助了海都的力量。

抑或他与海都从很早开始已是一个不可分割的整体。

二十七年的时光，都哇并非只一味为海都所用。事实上，凭借海都的支持，他已让其家族在察合台汗国确立了一家独大的地位。换言之，察合台汗国被重新整合的力量，是以都哇为中心。有一点毫无疑问，在当前的察合台汗国，除了都哇家族，再没有任何别的家族能够染指汗位。

曾几何时，是察合台后王的此争彼斗，给海都蚕食察合台汗国领土提供了契机。而今，都哇虽是海都的附庸，汗国却在他的统治下变得空前团结。从长远考虑，都哇的委曲求全未必没有价值。

海都闭上眼睛，脸上出现了恍惚的神情，身体随之出现了脱力的现象，全身都在颤抖，大汗淋漓。他的恍惚与脱力让都哇心头一惊。都哇分明记得，当年他父亲临终前似乎也是这个样子。

在那个瞬间，都哇产生了一种冲动，想要摇醒海都，让他说话。他怕海都就这样睡去，从此一睡不醒。不过，他努力克制住了自己，他对自己说，一切都是命运的安排，他也无能为力。如同当年，他是那样痛苦，舍不得放走父亲，可到最后，父亲还是怀着不甘撒手人寰。

现在轮到了海都。

原来世间的人多半如此，要目睹别人的离去，要在别人的目睹中离开。

记得那个时候，父亲他……

不对，怎么会想起父亲？海都与父亲有什么关系？确实，也不能说没有关系。当年若非海都的一再逼迫，父亲说不定不会那么快抱恨而终。对他而言，海都是他的杀父仇人，他从未忘记这点。让他不明白的是，此时面对生离死别，为何他悲伤的心情竟与当年送别父亲时一般无二？

原谅了仇人，他该如何面对父亲？

在他的自责中，海都缓缓睁开眼睛。

眼皮重似千斤，海都仍顽强地移动着目光，从都哇的脸上扫过。可能是没做准备的缘故，都哇尚未换上平素不动声色的表情。纵然生命正在流逝，海都的感觉依旧敏锐,他能确定,他在都哇脸上看到的,是悲悯,是伤恸。

这悲悯,这伤恸,让他正在变凉的胸口蓦然有了一些温度。

毕竟,无意间流露的,才是真情。

"都哇。"

"大汗。"都哇立刻应道。

"我死后,你告诉他们(海都是说他的儿子们。海都的儿子们虽在军中,但都不在海都身边,海都身边只有都哇一人),我的汗位由斡鲁斯继承。斡鲁斯忠诚谨慎,有勇有谋,是我之后最合适的汗位继承人。现在,我把后事托付于你,尽你所能辅佐斡鲁斯吧,像这些年你辅佐我一样。"海都的声音越来越含糊,越来越微弱,都哇只有将耳朵贴在他的嘴唇上,才能勉强听到他说些什么。

海都说完,都哇直起身体,没做回答。

海都不知道都哇是否听清自己的交代,他想问他,挣扎半天,喉咙里只发出了一个音节:"你……"

都哇稍稍俯下身,直视着海都的眼睛,"大汗,您放心去吧,我一定会让您的儿子继承您的汗位。"

这句承诺,听起来着实古怪。在意识仅存的一刻,海都显然明白了什么。只是,无论他明白什么,都为时过晚。

他满怀忧虑地望着都哇,咽下了最后一口气。

他的头微微向一侧垂去,紧闭的双眼中,一颗大大的泪珠顺着他的眼角滑出,慢慢地滑过面颊,滑入衣领之中。

都哇久久俯视着他面前的这张脸,这仿佛睡去一样安静的面容突然间变得无比陌生。海都斜靠在特制的躺椅上仍保持着半坐的姿势,他的头枕在软垫上只是稍稍有点倾斜,他的眼睛和嘴唇都已经紧紧闭上。他定格的表情看起来有几分悲伤,几分疲惫,却绝不会让人感到狰狞。这位蒙古人之王,他的降生从来没有受到过太多期待,最后,他却在人们的期待中辞别人世。

这个人,对都哇来说,是仇人。

都哇选择的复仇方式,是静静地等待着这个人的离去。

他等到了。原本,他担心他会等不到。

他等到了,奇怪的是,他却没有一丝一毫等到时该有的心情。

这个人是我的仇人,这个人是我的仇人……都哇近乎麻木地念着这句话,直到再也品味不出这句话的真正含义。

这个人,真的只是他的仇人吗?

若然他只是他的仇人,为什么在这个人闭上眼睛的刹那,他体内的某处会产生一种撕裂般的痛感? 这痛感他很熟悉,当年父亲离开他时,他的心也曾是这样痛到窒息。

可这个人并非父亲,他这种悲伤的感觉又是从何而来?

难道是因为,整整二十七年,他追随这个人为夺回汗权而战,在生死未卜的战场,他们从来不曾抛弃对方。当他从少年步入青年再步入中年,他所赔上的一切——尊严、爱情,还有那美好的岁月,都让这个人开始在他的心中占据了重要的位置?

想必是这样。

一定是这样!

原来,这才是人,会随着时间随着环境改变的人。原来,这才是人心,会随着时间随着环境改变的人心。

不管怎么说,你走了,我该收回属于察合台家族的领地和权力了。而且,对于你的儿孙,我绝不会心慈手软。

都哇在心里说。

随后,他站起来,神情恍惚地走出了大帐。

拾

海都的遗体被护送回叶密立后,人们以都哇为主——不是以海都的任何一个儿子为主——为海都举行了葬礼。

在遗憾中离开人世,海都身后的荣耀,只剩下这样一场隆重的葬礼了。

毫无疑问,海都是窝阔台家族中除窝阔台本人外最具君主气质的人。他有治国之能,有政治远见,有爱才之心,有战士的勇敢,也不乏机变权谋和狡黠残酷,这些为君者必备的素质他一样不缺。在其他方面,比如拥有坚定的自制力和不屈不挠的意志方面,连他的祖父窝阔台在他面前都得自叹弗如。

蒙哥去世后错综复杂的局势,赋予了海都复建窝阔台汗国的使命,却没有给他恢复窝阔台家族汗统的好运。他从逆境突围,为实现孜孜以求的目标,马不停蹄地奋斗了四十二年(1259 年至 1301 年),到最后仍旧壮志未酬,甚至抱憾而终。所以如此,皆因为他像都哇的父亲八剌合一样,生错了时代。

海都复建汗国时,正值阿里不哥与忽必烈为争夺汗位无暇西顾,各汗国乘机谋求独立发展;正值察合台汗国在强主阿鲁忽离世后国运走向衰落;正值察合台汗国与金帐汗国,金帐汗国与伊儿汗国,察合台汗国与伊儿汗国之间纷争不断。这种种机遇,为他称霸中亚提供了绝佳机会。此间,海都除顺势将察合台汗国变成窝阔台汗国的附庸国外,金帐汗国和伊儿汗国从来不是他的目标,他的目标只有一个,即忽必烈建立的大元帝国。

而海都的不幸,恰恰在于他与他的劲敌他的堂叔忽必烈生在了同一时代。

无论即位过程是否合法,忽必烈继承了蒙哥的汗位却是不争的事实。海都的理想,是恢复以窝阔台的直系后裔坐镇中央政府,同时向中国和四大汗国辐射并拥有绝对宗主权的政权格局。作为全部计划的第一步,他要建立一个足够强大的汗国,这点在战胜察合台七任汗八剌合时他幸运地做到了;第二步,则是夺回被拖雷家族窃取的本该属于窝阔台家族的汗位。

这颇像一种执念,被拖雷家族窃取的汗位,在蒙哥汗后已归忽必烈所有。海都重新确立汗统的唯一途径,只有打败忽必烈。

问题的关键也出在这里:海都必须打败忽必烈,可这位元朝开国君主,岂是一个能被海都轻易打败的人?

先因经营漠南草原深孚众望,后有征服大理的光环笼罩,在雄才大略方面颇具乃祖遗风的忽必烈不鸣则已,一鸣惊人。不仅如此,混一南北后,忽必烈统治着幅员辽阔、人口众多、经济发达、军队强大的中国,这样一支力量,远非海都可以抗衡。两强相遇的结果,海都的一世英名,只是遗憾地止步于中亚霸主。

不管最终是否成功,海都的奋斗无疑给忽必烈带来许多困扰,至少,海都打断了忽必烈成为天下共主的梦想,而那梦想差一点变成现实。旷日持久的拉锯战,在忽必烈成为海都劲敌的同时,海都也成为忽必烈无时或忘的对手,甚至当死神降临,忽必烈念念不忘的仍是西北防务。

也许,海都注定是位悲情人物。尚在襁褓中父亲便离开人世,幼年时又与唯一怜爱他的祖父天人永隔。在无人关注的孤独中长大,好不容易有了出头之日偏遇上不可战胜的对手。更大的悲剧是,窝阔台汗国的辉煌只经一世,很快,这辉煌将随着他的生命一起凋零。

海都的离世,意味着窝阔台汗国的舞台上缺了一位值得期待的主角,没有主角上场的剧目,似乎也到了曲终人散的时候。

当曲终人散时,元帝国与四大汗国之间,终将迎来人们梦寐以求的和平。

事实也是如此,元帝国和四大汗国是由蒙古帝国衍生出来的既密切相关又彼此独立的五个兄弟之国,他们之间的争斗,没有对错,只有胜负。

在棺椁即将合拢的刹那,都哇做了个手势。

正准备盖棺的两个人停下来,望着他,察八儿兄弟也望着他。都哇向棺椁走去,俯下身,最后一次久久凝望着眼前这张时而熟悉时而陌生的面孔。

他知道,这将是他与海都的长别。在他活着时,他与海都再没机会相见。

都哇为他的仇人设想过此时此刻的场面,唯独没为自己设想过此时此刻的心情。

二十七年,他一直等待着这一天,也终于等到了这一天。然而这一刻,望着海都寂静凄清的遗容,他的心竟是一样的寂静凄清。

他等待着这一天。在父亲的手臂悄然滑落的时候,他向父亲发誓,他会跟在仇人身边,倘若上天还肯垂顾察合台汗国,他一定有机会实现他的计划,他的计划一定能获得成功。这原是父亲为他安排的路,他没有逃避的理由。

他等到了这一天。等到这一天他才突然明白,失去就是失去,即使是造成这一切的人,他的死亡也于事无补。海都的死亡于事无补,甚至,他都无法因为海都的死亡,卸下他背负已久的痛苦。

事实上,他所等待的机会,他也是直到此刻才明白。他所等待的机会,从始至终不是向海都复仇的机会,而是复国的机会。这个差别很微妙,不了解人性的复杂,很难加以区分。钦佩是忠诚的基础,即使怀着父亲被逼死的仇恨,钦佩仍是忠诚的基础。在海都与都哇的关系中,这才是最奇特也最真实的纽带。

察八儿走到都哇身边。他不知道都哇要做什么,但看到都哇一脸悲伤时,不禁有点感动。他悄声说道:"闭棺吧,别误了吉时。"

都哇点点头,退至一边。

在人们的注视下,棺盖合拢。海都的辉煌与他的生命一起,归于尘土。

拾壹

海都的遗嘱,是让他的三儿子斡鲁斯继承汗位,都哇并不打算遵守这个遗嘱,所以那时,他会对海都说:我会让你的儿子继承你的汗位,可没有说,我会让斡鲁斯继承你的汗位。

　　不知是历史的宿命还是命运的轮回,以前,察合台汗国的大汗要由海都来择定和拥立,如今,窝阔台汗国的大汗要由都哇来择定和拥立。

　　都哇为窝阔台汗国选定的新主人是海都的长子察八儿。

　　在海都诸子中,察八儿是最不受臣民将士期待的人。都哇有意选择察八儿,迫使斡鲁斯做出逃往元帝国的决定,是他一系列计划中的第一环。

　　对斡鲁斯来说,他没有做错选择,以后的日子,他将在中国享受荣华富贵。

　　作为计划的第二环,都哇开始蚕食窝阔台汗国的领土,将其变成自己的附庸。他所做的,显然是当年海都的翻版。

　　作为计划的第三环,都哇谋求与大元帝国的和解。

　　多年来,都哇作为海都的助手不断与强大的元帝国作对,他从内心早厌烦了这种让三个国家不得安宁的内战。他与海都不同,从没有那么远大的理想,也从不想做全蒙古的大汗,他只想恢复察合台汗国强盛时期的领土,或者说,他只想做一名察合台汗,经营好先祖和父亲留给他的国家。

　　因此,一旦成为察合台汗国名副其实的主人,都哇立刻派遣使团,向元帝纳贡请降。同时以臣属身份奉表元帝,尊元帝为察合台汗国宗主。

　　铁穆耳已知海都在撤军途中去世的消息,西北叛王失去核心人物,这件事让他看到了全面停战的曙光。近四十年的时光,西北战争消耗了元朝太多人力、物力和财力,铁穆耳不想继续这种劳民伤财的战争。接到都哇的奉表,他大加赞赏,不但立刻许和,而且派了一位能全权代表自己的特使,随使团回访都哇。

　　使者向都哇转达了皇帝的愿望:元朝与各汗国,各汗国之间,本是兄弟之邦,理应协商解决一切争端,和平共处。

　　对于皇帝的意图,都哇心领神会。

　　送别使者后,都哇立刻请察八儿、明里帖木儿到他的汗营商议归附元朝一事。他的一番话颇具说服力:"当年,赖先祖披坚执锐,致有天下。其时国力昌盛,先祖自居中央,威震四宇,八方来朝。惜我辈子孙不肖,或为领土之争,或为利益之争,累国家连年用兵,同胞自相残杀,所到之处,废墟千里,绝无人烟,国力剧耗,民疲怨深。长此以往,祖宗之业自隳。一旦江山危坠,百年之后,我等有何面目入祖宗之地?薛禅皇帝忽必烈,乃先祖嫡孙,今继大统者,又为薛禅皇帝之嫡孙,而守边将土,皆我骨肉,血脉相连,我为谁战?又与谁争?况我等数年征战,遇土土哈不能胜,遇床兀儿更不能胜,元朝之地,人才辈出,岂不是祖宗之意彰显,不欲令我等继续与之为敌?依我之见,我与诸位当与元朝罢兵通好,使兄弟之国老者得以养,少者得以长,国家之气得以恢复,如此,方不负先祖所望。"

对于都哇的提议,明里帖木儿正中下怀,立刻表示赞同。若干年前,明里帖木儿在阿萨忽图岭一役中败于伯颜之手,此后对海都的依附性加强。忽必烈去世后,铁穆耳因与玉木忽儿交厚,而玉木忽儿与明里帖木儿又是同胞兄弟,铁穆耳遂请玉木忽儿致书明里帖木儿,希望明里帖木儿悬崖勒马,改过归朝。其时海都尚在人世,明里帖木儿愿奉海都为主,并未做出答复。海都逝后,明里帖木儿方有归附铁穆耳之意,他将想法告知兄长,玉木忽儿答应为之斡旋。几天前,明里帖木儿收到兄长来信,玉木忽儿在信中说,只要他率部来降,皇帝必既往不咎。吃了这颗定心丸,明里帖木儿开始收拢部众,集聚财物,做着向元帝请降的准备。恰在这时,都哇做出与元朝通好的决定,并找他与察八儿商议,明里帖木儿自然不会反对。

察八儿的想法与明里帖木儿不同,他多少有些顾虑。他没有父亲的野心,只想做一名和平大汗。不过,他深知元帝最忌惮的人是他父亲,即使父亲已然离世,对于过往一切,元帝是否真的能够释怀,他心里不是那么有底。如今都哇和明里帖木儿都决意与元朝修好,他坚决反对,只会将自身陷于孤立。以他目前的实力,绝无可能单独抵御元军的进攻。想到这里,他勉强同意向元帝请和。

铁穆耳满怀喜悦地接待了西道诸王派来的使者,他赐还厚礼,遣察合台、窝阔台两个汗国使者与本朝使者一道,前往金帐汗国和伊儿汗国进行游说,以期实现在全国范围内的罢兵修好。

大德八年秋(1304年)9月,察合台汗国、窝阔台汗国、元朝使者到达伊儿汗国,向继承哥哥合赞(伊儿汗国七任汗,1295年至1304年在位,伊儿汗国最伟大的君主)汗位方四个月之久的完者都汗(伊儿汗国八任汗,1304年至1316年在位)宣读了元帝诏书。伊儿汗国的建立者旭烈兀临终前曾告诫儿孙:兄为君,弟为臣,伊儿汗国永为元朝藩属。旭烈兀离世后,他的子孙恪守了他的遗嘱。

从立国至今,历任伊儿汗从未将元朝视为敌人,他们最大的对手与敌人是金帐汗国。金帐汗国八任汗脱脱登基后,这种敌对的状况已有所改善。完者都正想利用这个机会实现两个汗国间的和平,基于这个目的,他对元帝诏书中约和的内容表现出积极响应的态度,立即遣使前往金帐汗国。

脱脱是金帐汗国最有作为的大汗之一。他在位二十二年(1290年至1312年),前期差不多八年时间充当着权臣那海的傀儡。后来,他击败那海,夺回大汗权柄。成为汗国之主的脱脱,对内励精图治,对外致力和平。他在大德五年(1301年)主动向元朝寻求通好,次年,正式承认了元朝的宗主权。已奉元朝为宗主国的脱脱不可能无视元帝的约和诏书,他当即派遣使臣,在阿哲尔拜展的木干草原接受了由伊儿汗国、察合台汗国、窝阔台汗国与元帝国订立的和约。

大德八年(1304年)是最让铁穆耳感到称心如意的一年。这年,金帐汗国、伊儿汗国、察合台汗国、窝阔台汗国与元帝国约定:四大汗国奉元朝皇帝为宗主,停止四大汗国间以及四大汗国与元帝国的争端,彼此和平相处。

在长久的混乱或停滞不前之后,必将迎来大治时期——这似乎成了一体同命的三大汗国(伊儿汗国、金帐汗国、察合台汗国)所共有的命运轨迹。说起来颇有几分宿命的味道,三个汗国大治开始与结束的时间极其相近:伊儿汗国,历合赞、完者都、不赛因三汗,计三十九年(1295年至1234年),合赞汗在位时达到鼎盛;察合台汗国,从十任汗都哇夺回汗国算起,历八汗计三十三年(1301年至1334年),其国力在怯伯汗统治时达到鼎盛;金帐汗国,自八任汗脱脱战胜权臣那海始,历三汗计五十七年(1300年至1357年),其国力在月即别汗统治时达到鼎盛。

另外两个敌对多年的国家——元帝国与窝阔台汗国,其兴衰轨迹与三大汗国刚好相反。其国之强盛几乎都是经第一位大汗一世至多三四世而终。如忽必烈统治时为元朝的鼎盛时期,其孙成宗铁穆耳系守成之主,又经武宗海山、仁宗爱育黎拔力八达,其强盛历六十一年(1260年至1321年);再如海都立国,成为中亚霸主(1269年至1301年),历三十二年。海都逝后,其国八年而亡。

忽必烈一生都想成为蒙古帝国共主,此时,他的灵魂在天上看到了这一幕:天下一统的荣光属于他的孙子铁穆耳。

蒙古帝国

④ 帝国余晖

包丽英 著

长江出版传媒　长江文艺出版社

目 录

引 子

剌迪夫之死

兀鲁伯不会原谅他的儿子的——我知道。

即使看到剌迪夫眼神中流露出濒死的恐惧，还有比恐惧更冰冷更刻骨铭心的绝望，他也不会为之所动。

为什么要怀有恻隐之心呢？当剌迪夫指使阿巴斯毒死兀鲁伯时，这个该死的畜生是否想过他在做什么？是否想过兀鲁伯可是他的亲生父亲？

没错，剌迪夫就是个该死的畜生。现在，这个畜生被我钉在了石洞里一个旋转的木轮上。

四十一年前，我曾经独自赶着辆勒勒车将一个女人（这个女人的名字在不久之后会被我经常地提起，但此时，我宁愿不要这么快就将她的名字与其他人分享，因为，她的名字对我而言太过珍贵了，她的一切对我而言都太过珍贵了。当然，在我希望继续珍藏她的名字时，为了使我的叙述听起来比较方便，权且让我只称她为公主吧）的遗体送往她生前选定的墓地。

勒勒车是故国和草原留给公主的永恒向往。她跟我说过，如果有一天她死了，她最大的愿望就是乘着勒勒车，归于大地，与大地融为一体。她相信，勒勒车会把她的灵魂带回故国，带回草原。所以，我亲自为她建造了一辆无与伦比的勒勒车，整个车体都使用了土耳其伊尼波鲁城最坚韧的木材，当地人相信，这种木材千年不朽。它花费了我很大的精力，不必说美轮美奂的车饰，光是制作两个巨大的雕刻着花纹的车轮，我就用了整整一年的时间。

车轮放在地上，比一个成年男子还高。后来，我把安放过公主遗体的勒勒车送到一个隐秘的所在。也许那时，我在冥冥之中就有一种预感，这辆勒勒车，我还会用到，但我不知道，会是因为爱，还是因为恨。

我看着临时从勒勒车上拆卸下来的木轮带动着剌迪夫的身体旋转了半个时辰，由慢到快，又由快到慢，循环往复。当我开始感到厌倦的时候，我让人把车轮停了下来。我用千年不朽的铁木制作的车轮,在剌迪夫身体的压力下发出轻微的"吱吱嘎嘎"的声音,当车轮终于停下来时,剌迪夫眼神涣散,呕吐不止。

我看着他。

很好。这个没有人性的孽障,在他死之前,绝不可以带走长生天赐予人类的一切,他不配。

何况,我也不允许。

我走出山洞。当我重新回到山洞时,仆人们已经将剌迪夫面前的秽物清理干净,冷暖适宜的山洞里又变得洁净并且馨香如初。

呕吐过后,剌迪夫稍稍清醒了一些。我看到他抬起头,迷茫地环顾山洞,最后将目光落在山洞左侧正中的香案上。

香案高约四尺,上面覆盖着花纹华美的纯白色真丝帷幔,帷幔下垂的丝绦上结满了红色、蓝色、绿色的宝石,四角则缀以湖蓝色的天鹅绒。丝绸和天鹅绒,皆从遥远的中国运来。香案上方的石壁上,供奉着用畏兀儿蒙古语书写的"长生天"一词。当年,公主将它写好后,我先依样雕刻,再经熔金浇铸,继辅药液固着,如此,金字永不剥离,即使岁月无情依旧华光灼灼。

公主活着时,我不止一次问过她为什么选择供奉长生天。对于我的问题,她始终避而不答。直到临终弥留的那一刻,她才告诉我,她无法像其他蒙古人那样供奉成吉思汗,因为她的父皇做了成吉思汗的不肖子孙,他的荒淫无道最终毁掉了成吉思汗辛苦创建的基业。

金字的下面,香案正中的位置上,放着一座我用产自和阗地区的两块极品羊脂玉雕琢而成的香炉,香炉整体形如幼象,长鼻翘起,眼神天真。每天辰时,仆人们都会将一块香饼放入香炉中点燃,盖上雕花玉盖,淡极而蓝的烟雾便由象眼、象耳和象鼻中冉冉升腾,在山洞中缭绕弥漫。

香炉的制作者虽然是我,香饼的发明者却是阿亚。那时阿亚刚刚与她的丈夫成亲,她让丈夫设法替她弄到了一种从印度进贡的香料,再加上七种野花的花粉、磨得极细的沉香木木屑、地层深处的黏土,以蜂蜜、松节油搅拌使其混合均匀,然后置于金模具中反复挤压,一至两月透干即成。

阿亚使用的金模具颇值一提。模具底部与四边的花纹自然已是精妙到不可描摹,然而最独特的还是模具上面排列着酒杯大小的模格,横五竖六,共三十格,每一格形状各异,或如一朵梅花,或如一片树叶,或如一只小鸟,或如一尾金鱼……模具两边各有一处机关按钮,双手手指同时按动,杯底缓缓升起,便将香饼完整推出。香饼制成之时,所见之人无不赞叹它的巧夺天工。不仅如此,阿亚制作的香饼质地尤其细密,气味格外芬芳,虽小小一块也能燃用一个时辰。因此,帖木儿王驻守撒马尔罕后,这种被命名为"阿亚"的香饼风靡宫廷,直至沙哈鲁、兀鲁伯两朝。

刺迪夫大概真的弄不清楚他身在何处,当他转动着眼珠,突然看到我时,嘴张成了鸽子蛋的形状。

"你……"他嗫嚅着,全无半年前弑父登基时的威风。

我依然默默地看着他。我的目光并不冰冷,冰冷的是我的心。

我宁静的神态或许给了刺迪夫些许勇气,让他觉得一切也许只是一个玩笑,他哑着嗓子,终于问出一句:"你是谁?"

我微笑。

也难怪,在刺迪夫的眼里,一个年届古稀的老妪恐怕无异于在崇山峻岭间游走的树精石怪。

"你……你到底是谁?"同样的问话似乎没有必要回答。怀着他自己也不能完全清楚的心情,刺迪夫向上看看,又向下看看。他蓦然发现,他的双手和双脚都尽力张开着,被我用黑色的细绳均匀地固定在车轮的四个方向上。他的全身从里到外被我换上了黑色的衣服,一朵穿过黑色缎带上的黑色绢花如同开在他的头顶上,缎带在他的下巴颏儿结了一个优雅的黑色蝴蝶结。经过这样一番打扮,他看起来就完全像一只攀附在米色车轮上的巨大蜘蛛了。

这是我给他的礼遇,我讨厌蜘蛛,他将像蜘蛛一样死去。

"你是谁?你是谁?你是谁?"他一迭声地问。

他能不能问点别的!我担心我会忍不住跳起来,像捻死我讨厌的蜘蛛一样立刻把他捻死。

我的耐心无法经受岁月无情的磨损,连我自己都不敢相信,那个曾经有着花样年华和似水柔情的女孩,一天一天,一去不复返。

在这一点上我恰好与阿亚相反。

年轻时的阿亚性情如同烈火一般。据说,在她成亲之后,有一次她骑上马,举着马鞭竟一路将她的丈夫追到了帖木儿王的军营。正当她的丈夫四处躲藏走投无路间,被巡营的帖木儿王看见,这样不可思议的情形令帖木儿王震怒不已,他决心要惩罚这个乖张暴戾的女人。他让阿亚自己选,要么打败他——伟大的帖木儿王,要么认输,跪在地上向她的丈夫求情道歉,发誓从此恭顺丈夫,永不再犯。

阿亚毫不犹豫地选择了前者。

所有在场的人都看见,她在马上舞动着马鞭,像一只发怒的雌老虎一样扑向帖木儿王。她奋不顾身地与帖木儿王足足纠缠了两个时辰,直到最后,暗紫色的血从她的嘴角流出,她依然不肯言输。

她的丈夫担心再打下去阿亚会有生命危险，跪在地上向帖木儿王苦苦求情。帖木儿王面对此情此景真是又好气又好笑，无奈只能叫阿亚住手，说他要跟阿亚商谈条件。他的条件其实很简单，就是让阿亚答应，她一个月最多只能拿马鞭吓唬她的丈夫一次，打不打由她自己斟酌，但她绝对不可以再把她的丈夫追到军营。阿亚考虑了一下，不情愿地同意了。她的丈夫便一手牵着马，一手拉着她，快乐地回了家。

然而，当阿亚垂垂老矣时，她却变成了一个十分和善的老妇人。

遗憾的是，剌迪夫遇到的老妇人是我，不是阿亚。

我从来没想过要原谅剌迪夫。半年前，我已经开始筹划今天的这一幕，我要剌迪夫死，用死来清偿他欠下他父亲的血债。

剌迪夫与我四目相对。难道恐惧也不足以让他认出我来？

大约三年前，太子兀鲁伯奉父命镇守撒马尔罕。按照惯例，每逢太子生日大典，我都会亲自制作一些别致的礼物进宫贺寿。那年，我用五十颗红宝石、五十颗珍珠以金银双丝相结，做成了一个精美且昂贵的风铃，庆祝兀鲁伯的五十岁寿辰。剌迪夫向父王献上的是他亲手捕杀的两只老虎的虎皮，兀鲁伯嘉许儿子的勇猛，慷慨地将举世无双的风铃转赐与他。那时和那以前，他都是见过我的。

我用手指将遮盖着额头的一缕头发卷起。我的头发一半灰白了，一半还是黑色的，黑白色的发丝间杂，在黯淡的灯火下给人一种灰蓝色的感觉，灰蓝色的头发映衬着我的眼睛，呈现出摄人心魄的金属色泽。

当我卷起头发时，我的眉间赫然露出一颗金星。

"是你？"我听到剌迪夫的声音含糊得如同被卷在了舌头里。

他终于想起我是谁了。

"是我。"

我微笑，我的微笑犹如少女，却只会让剌迪夫恐惧。

"这是哪里？你要做什么？"

我的家族一向有长寿的血统，而我，恐怕会更长寿。你若不信，可以看看我的脸，我的肤色有点发黄，可还算光滑，上面没有太多纵横交错的皱纹，这使我看起来无论如何不像一位七十岁的老人。当我高兴得满面红光的时候，仆人们就跟我逗乐，他们说，他们正在商议如何早点把我这个脾气坏透了的老姑娘嫁出去。

剌迪夫盯着我看了好一会儿："你，你还没死？"

剌迪夫从来不会说讨人喜欢的话。不过，我不会因为这个憎恨他。

剌迪夫喊了起来："塞西娅，你这老妖婆，你到底要干什么！你快把我放下来，让我离开这个鬼地方！"

这个屠夫竟敢说圣女泉边的塞西娅洞是个鬼地方！站在我左侧身后的巴巴顿时将他的一副眉骨锁了起来。我不用看也知道。巴巴从他还是一个小男孩起就开始跟着我，他对我的忠心天地可鉴。

"塞西娅，你是不是活得不耐烦了！你敢绑架国王！你知道我会对付你的！好吧，好吧，我以国王的名义向你保证，念在你一直替王室效力的份儿上，只要你现在立刻放了我，我答应饶你不死。"

他的鬼话我怎么可能相信？但我什么也没说。我的话本来就很少，我的舌头远没有我的手指那么灵巧，因此许多时候我宁可用手指做也不愿用舌头说。公主告诉我，一个人学会欣赏远比学会表达更需要智慧。

我按照当年公主对我的教诲尽情欣赏着刺迪夫的色厉内荏。

接着，刺迪夫变得目瞪口呆了。

他盯着巴巴看。巴巴静静地推上来一辆经过改制的战车。战车的正中，是用粉色的荷花台固定的一副刑具，巴巴管它叫"死亡天地"。它的高度与位置，恰好与绑在车轮上的刺迪夫的左胸口对齐。

"死亡天地"是我花费了半年的时间专门为刺迪夫量身定做的，它的别致与精美世人无法想象。如果只看外观，人们会把它当成一个艺术品，而不会把它与死亡联系在一起。

它圆形的外框是用纯金打制的，金质的边框上刻着条状的花纹，细看仿佛一轮光芒四射的太阳。外框里面，镶嵌着一个印章大小并刻着花纹的正方形银板，代表着阳光照耀下的大地。银板上均匀地镶嵌着三个水晶圆环，两个在上，一个在下，圆环是空心的，整个银板后面与伸缩自由的弹簧相连。

死亡的秘密，就藏在圆环与弹簧之中。

应该说，"死亡天地"最初的设计灵感来自于帖木儿王的图徽。帖木儿王的图徽是一个正方形里面有三个圆，代表他统治世界四分之三的地区。如果刺迪夫的身上不曾拥有帖木儿王的血脉，我绝不会费心用这么一件昂贵的刑具来送他上路。

刑具前，摆放着三块一尺左右高的玉碑，正中的玉碑稍高一些，每块玉碑上都有一段用突厥文刻成的铭文。

正中一块玉碑的铭文上写着：

> 兀鲁伯——知识与智慧的海洋，
> 尘世生活与宗教信仰的支柱，
> 喝下阿巴斯手中的殉教蜜酒，

他的死因是："阿巴斯所杀。"

左边玉碑的铭文上写着：

　　弑父与君权并不相宜，
　　他即使做了国王，也不会超过六个月。

右边玉碑的铭文上写着：

　　刺迪夫曾像古波斯王那样扬名显赫，
　　但在一个礼拜五的晚上，他被人射死，
　　他的死因是："巴巴所杀。"

刺迪夫瞪大了眼睛。

阿巴斯是刺迪夫的亲信，他帮助刺迪夫毒死了自己的君主。阿巴斯比刺迪夫更早地死去，现在该轮到刺迪夫自己了。

"塞西娅，你……"

在兀鲁伯的儿子当中，刺迪夫的口才从来数一数二，可一旦面对死亡，他的口才再好也帮不上他任何忙。

不知即将死去的刺迪夫是不是后悔他轻易听信了那个妖冶女孩的诱惑，选择在礼拜五出来游玩？他肯定不知道，我给了女孩一对我亲自制作的手镯，得到我亲手制作的饰品，在帝国，这是无数人梦寐以求的事情，因此，女孩轻而易举地变成了我的帮凶。

不论他明白与否，都已经没有任何意义了。

我懒得再跟他浪费口舌，扭过头去，向巴巴挥挥手。

刺迪夫大叫："塞西娅，你要干什么？你别忘了，我可是你的外甥。"

可以这么说吧。我的小妹妹曾经嫁给兀鲁伯，她是兀鲁伯的第一个妻子，可她没有留下一男半女就死了。为了纪念她，兀鲁伯为他的小女儿，也就是刺迪夫的胞妹起了我妹妹的名字。

巴巴娴熟地用摇臂摇开了弹簧，在测好的位置固定下来，然后按下机关左边的按钮。这时，藏在圆环之后的三支闪闪发亮如同钉子一样的物件飞向刺迪夫的胸口，准确地钉入刺迪夫左胸口的衣服和他的肌肤中。很疼痛而已，钉子的深度当然远不足以让刺迪夫毙命。

这可不是普通的钉子，它的钉头尖锐，里面却是空心的，后面还有三根细长的管线与圆环相连。这样的钉子和管线的作用很快就能显现出来。

刺迪夫瞪视着他胸前的钉子，竟然忘了叫疼。他脸上露出古怪的神情，像是要被吓哭了，最终却笑了起来。他的笑声比哭声还难听。

"塞西娅，你一定在跟我开玩笑？你玩够了吗？我求你了，快把我放下来吧，我不会计较你的。你这老妖……"

刺迪夫的话被卡在了嗓子眼里，没有说下去。因为他看到巴巴按下了右边的按钮，然后，带着三个水晶圆环的正方形银板从纯金的外框中脱出，带着啸声向他飞来。银板飞到他的左胸前，将钉子深深地拍入他的心脏。

他只来得及惨叫一声。

钉子和管线变成了吸管，将他心脏里面的血慢慢地吸注到空心的水晶圆环中，三个圆环从透明变成了凄艳的红色。

刺迪夫用他的血，为帖木儿帝国做了最后一枚图徽。

我成功了。

刺迪夫失踪后的第二天凌晨，人们在撒马尔罕城外的草地上发现了他胸前钉着帝国图徽的尸体。

弑父的凶手得到了应有的惩罚，没有人为他难过，人们把他的死当成天意。

但是我很清楚，这不是结束，而是帖木儿帝国江河日下的开端……

第一章

传说中的绿林好汉

壹

毫无疑问,我不惮辛苦给九岁的巴布尔(帖木儿六世孙,莫卧儿帝国的创立者)讲述的,将是一个漫长的故事。

无论起始多么辉煌,当帝国之光渐渐暗淡乃至最终必定消失之时,我正坐在圣女泉边的银果树下,回忆着巴布尔的先人们如何重新统一了东西察合台汗国,如何将伊利汗国与金帐汗国的部分——或者说,将中亚、西亚以及小亚细亚的广袤领土——在几十年的时间里纳入帝国版图。那些遥远的记忆清晰如昨,只是在我的灵魂深处,犹如星座般永恒闪耀的光芒始终属于帖木儿、属于沙哈鲁,当然,也属于一个男人对一个女人的爱情,那刻骨铭心的爱情曾像雪莲花一样忧伤绽放。

除此之外,为了使我的叙述听起来更富有条理性,我对巴布尔说,在我亲自参与到这个漫长的故事当中之前,我将选择另一个故事的参与者,阿亚,作为年轻的帖木儿艰苦创业的见证。因此,如我所言,下面的故事将从阿亚开始讲起……

阿亚是察合台人。

当年,成吉思汗立国之后,驰骋欧亚,历经二十二年建立起一个庞大的汗国。临终之时,他将汗国分封给自己的四个儿子,并将麾下的军队也分封给他们。其中,长子术赤得九千户,次子察合台、三子窝阔台各得四千户,幼子拖雷得到的则是遗产的大部分:十万一千户。在察合台分得的四千户里,第一千户长是巴鲁剌思部的亦连吉,他的父亲是成吉思汗的堂弟。第二千户长是弘吉剌部的术哥。弘吉剌部向以盛产美女闻名于草原各部,蒙古宫廷中的许多后妃都出自这个部落。

亦连吉是帖木儿的曾祖父,术哥是阿亚的曾祖父。

成吉思汗的三子窝阔台继立为第二代大汗不久,察合台将首都从七河流域迁至河中地区。他带到中亚的四千户以及他们的后代被统称为察合台人,这些人拥有一定的特权,可以在任何平展开阔的地界迁徙、放牧,可以不向朝廷纳税。另外,还有一件荣耀的事,只有察合台人才有资格充当汗宫的亲军侍卫。

这种荣耀即使在察合台汗国分裂为东、西两个汗国之后也没有发生丝毫改变。应该说,成吉思汗的次子察合台是察合台汗国中最有威严的一任大汗,他活着时,汗国人心思定,富足昌盛,可是当他去世后,他那些野心勃勃的儿孙们便开始争权夺利,这种持续不断的内讧最终造成了汗国的分裂,使汗国内部逐渐形成两大旗鼓相当的割据阵营。其中,统治河中地区的察合台汗国在习惯上被人称作西察合台汗国,如今的大汗名叫色拉兹。与之相对,统治伊犁地区的察合台汗国被称作东察合台汗国,在位的图格鲁汗正当壮年,很有权谋。

阿亚和她的家人是去年春天才从铁门村迁到碣石城(今乌兹别克斯坦沙赫里萨布兹)郊外的。阿亚的父亲筛海一直在朝中做官,家里有毡房有牧场,但光凭这样还不足以养活全家人。为了让一大家子几十号人吃穿无忧,他除了让家人放牧之外,还在居所附近种了一大片果树。果树的种类不少,诸如苹果树、葡萄树、梨树、桃树之类,什么好活就种什么,种好后,所有的果树都用木桩围起来,成了一个果园。阿亚每天的任务就是看守果园,防止果实尚未熟透之前被附近调皮的孩子偷采或糟蹋。

阿亚自己养了一只体格硕大的牧羊犬,她给牧羊犬起名"托列"(蒙古语,兔子之意)。托列是只母犬,今年只有两岁,它的任务是陪阿亚玩耍和看护果园,阿亚把它当成自己的妹妹,凡是她吃的,托列都吃。

托列的性情很温驯,但只要阿亚一声令下,它就会勇敢地冲上去,将阿亚想要吓唬的那个人扑倒在地,然后用嘴准确地噙住此人的脖颈,做出要咬的架势。每当这时候,受到托列威胁的人多半会吓得脸色发白,转而向阿亚求饶。阿亚心里得意,面上却会装作不乐意的样子考虑一会儿,才挥手让托列将地上的人放开。久而久之,附近的人都知道了托列的厉害,再没有人敢故意到阿亚的果园捣乱。

与一般十五六岁的少女相比,阿亚的个头够高的了,几乎快要赶上一个中等身材的小伙子。而且,她胳膊长,腿也长,身材一点都不曼妙,怎么看都属于那种既粗壮又结实的类型。一张圆圆的脸盘,一双大大的眼睛,眉毛有点稀疏,嘴巴也有点大,因此不会有人把她归到美人的行列。但她的皮肤很好,粉嫩粉嫩的,牙齿也很好,笑起来一口洁白的牙齿会在阳光下闪着珍珠般的光泽。

在弘吉刺部,喜欢阿亚的小伙子很多,说起来不可思议,他们不由自主地被她暴烈的脾气迷住。

阿亚生活得很安适,直到有一天,在果子成熟的季节,一群不速之客闯进了她的果园。

这群不速之客只有五个人,五个人都很年轻。他们偶然进入到她的果园里,看到果子都熟了,准备摘几个来吃。他们四下观察着,还问有人吗?阿亚一声不吭,他们也就没有看见正坐在他们头顶大树上的阿亚,以及在树洞里安然睡觉的托列。

其中一个年轻人自言自语:"怎么没人呢?"边说边从树上摘了一个熟透的苹果,在衣袖上擦了擦,递给他身边另一个小伙子。

其他三个人都各自找了个地方,坐在树下纳凉。他们喊摘果子的年轻人:"沙奈,拣熟透的果子给我们各样摘些过来。"

"好嘞。"叫沙奈的年轻人痛快地答应着,显然他早就习惯了被别人支使。

阿亚盯着沙奈看。沙奈很勤奋地开始摘果子,所有摘下的果子都被他兜在衣襟里。摘着摘着,他在一个稍高的树枝上看到了一个"果王"。

"瞧瞧,这是什么?"他惊讶地喊了起来。

对于他的发现,没有一个人肯赏光过来看上一眼,大家一致的表现是,懒洋洋地问他一句:"什么?"

"好大个的苹果呀!我以前从来没见过。咦,上面还有字!"

大家仍然懒洋洋地问:"什么字?"

沙奈看了半天,回道:"不认识。"

大家一起"嗨"了一声。

"你们谁过来认认?"沙奈问。

谁也不过来。其实,苹果上印着一个波斯文的"王"字,沙奈说它是"果王"名副其实,阿亚准备把它送给自己的父亲。

她看到沙奈向"果王"伸出了手,便用脚踹了树干一下,托列听到她的命令,犹如离弦之箭从树洞里蹿出,转眼将沙奈扑倒在地。

沙奈兜在衣襟里的水果滚了一地,所有的人都被这突然的变故惊呆了。

托列用自己的牙齿轻轻咬住了沙奈的脖颈,沙奈的眼睛正对着托列,吓得连叫都叫不出来了,脸色煞白。

还是第一个吃苹果的小伙子最先反应过来,抽出腰刀对准托列,刀锋在斑驳的阳光下划出一道闪亮的弧线。

"别动!"阿亚喝道。

刀在离托列头顶不远的地方停住了。众人循声望去,阿亚从树上跳了下来,手里举着弓箭,对准了小伙子的后心。

"你是谁?"小伙子睨视着阿亚,简慢地问。

"主人。"

"什么?"

"我说我是果园的主人。"

"劳驾你不要省略。"

"劳驾你们不要偷果子偷个没完。"

"我可以赔给你银币。"

"算了,只要你们不摘果王,我送给你们一些果子吃倒也无妨。"

"既然如此,你放了沙奈吧。"

"你说地上的那个人?"

"对。"

"你先收起刀,我就让托列放了他。"

"好。"

与阿亚对话的小伙子真的将腰刀收好,阿亚喊了一声:"托列,过来。"话音刚落,托列松开了沙奈的脖子,摇着尾巴跑回到阿亚身边。

沙奈好不容易从地上爬了起来,脸上的青白色还没有褪尽。

阿亚上下打量着她面前的小伙子。小伙子像她自己一样,长着长长的胳膊,长长的腿,当然,他的个头要比她高出半个头。另外,他长着一张棱角分明的国字脸,脑袋很大,浓黑的剑眉下有一双明亮的眼睛,大大的鼻头,大大的嘴,锐利的目光像是能穿透别人的五脏六腑。他戴着蒙古皮帽,耳垂上扎着耳朵眼,一副银耳环像两个抛出的套马圈,在他的颈部晃来晃去。

不用说,这身打扮已经告诉阿亚小伙子是察合台人。

"你能告诉我,你叫什么名字吗?"

"当然能。我叫帖木儿。"

"真的吗?"阿亚叫了起来。

"当然是真的。"帖木儿还没说话,刚从犬口下捡回一条命、余悸未消的沙奈抢着回答,阿亚早记住了他的名字。

阿亚瞟了沙奈一眼。这一眼让沙奈的鼻尖呈现出红色,接着,脸也变红了。

与帖木儿的英武不同,沙奈的模样长得很清秀。沙奈身材中等,体型匀称,脸部的线条十分柔和,鼻翼、耳轮、唇线甚至称得上纤巧,而且,他像个女孩子似的很容易脸红。当他脸红的时候,他的眼底会随之呈现出淡淡的粉色,看着让人觉得他一定是投错了胎,否则,这世上就会多出一个美丽的姑娘。帖木儿和沙奈似乎代表着两种类型的男人,不过,他们哪一个都不让阿亚讨厌。

"我听说过你,你就是那个土匪头子。"阿亚对帖木儿说。

帖木儿露齿一笑,没有一点羞愧的感觉,相反颇为自得。

帖木儿的父亲虽然是巴鲁剌思部有名的贵族,但他的行事却与一般贵族不同,他喜欢用一种痛快的方式聚敛财富,于是去做了强盗。他纠集一帮人,把别人的财富据为己有,后来,他娶妻生子,便在碣石城定居下来。

随着儿子一天天长大,他日渐迷恋上酒色与逸乐,这使他丢掉了打家劫舍的老本行,当然也使他没过很多年就丢掉了性命。他生前虽然给儿子挣下了足够的家业,可也挣下了不少仇人,因此,当他英年早逝之后,他的儿子只好离开家,步他的后尘,去做了一名绿林好汉。

与父亲的强盗生涯相比,帖木儿的确算得上绿林好汉。父亲对手下、对族人都没有帖木儿那么慷慨,他一生从未像帖木儿那样,每劫得一笔财物,无论多少,都会在伙伴间平分,每劫得许多牛羊,总会大宴族人,之后将剩下的肉分给一些家境穷困的亲友。天性的豪爽和公正,使得帖木儿在十三岁刚做绿林好汉时身边只有四名伙伴相随,短短的一年后发展到五百余人,足以让他称霸一方。

十六岁时,帖木儿带着他的人回到碣石城。因为他听说,他的亲叔叔哈吉已经被族人们推举做了碣石的总督,他想到他叔叔的手下效力。不料也随哥哥做过几年强盗的哈吉并不觉得帖木儿"子承父业"是他和哥哥的荣耀,相反,这件往事和帖木儿的所作所为都让他颜面无光。为捍卫他清白的声誉,他毫不犹豫地收下了帖木儿孝敬给他的金银珠宝,然后把帖木儿派来送礼物的使者沙奈撵出了碣石城。

帖木儿不动声色。

他将队伍重新拉回到铁门村一带,让他的人马遍布铁门周围各个关隘,专门打劫官府物资,或者以提供保护为名,强行向经过铁门的商队抽取税花。

帖木儿胆大妄为的行径不断传到汗廷,朝中显贵、成吉思汗的后裔哈兹罕接到的内容大同小异的奏报不下百份。与此同时,各处官府对帖木儿实施的围剿却屡屡失利。消息传开,朝中议论纷纷,哈兹罕不免恼羞成怒。当年哈兹罕因废黜海山汗立忽里汗而掌握了汗廷实权,如今,新立的国君色拉兹汗胆怯昏聩,大权更加旁落在哈兹罕手中,朝中事务无论大小,一切皆凭哈兹罕做主。

哈兹罕不能允许帖木儿挑战他的威严,责令碣石城总督哈吉派兵清剿。哈吉未尝不想除掉帖木儿这个心腹大患,可是不管他怎么精心筹划,最后的结果却总因为有人提前向帖木儿通风报信而一无所获。

转眼,帖木儿长成了二十岁的青年,像阿亚看到的那样,魁梧的身材,大大的脑袋,深邃的目光仿佛能穿透一切。

早在见到帖木儿之前,阿亚就不止一次从父亲、族人以及临时在察合台人的营地歇脚的商旅过客口中听到过这个传奇般的名字,而且,人们每逢提到他,无论赞誉还是咒骂,都免不了将他的行为大大渲染一番。这种口耳相传的作用竟然如此巨大,使一个年轻人几乎变成了一个状如神魔的侠盗,而这样的侠盗,恰恰最能令像阿亚一样耽于幻想的察合台少女倾心。

然而,被阿亚称作土匪,沙奈却多少有些不甘心,他问阿亚:"你也跟那些官府的人一样,认为我们都是些打家劫舍的土匪吗?"

阿亚大大咧咧地回道:"你们本来就是土匪嘛。不过,你们是土匪中的绿林好汉,专门劫富济贫,你们的故事都传遍了,大家听着可过瘾呢。"

沙奈这才高兴起来:"你真这么想?"

"那还有假。对了,我要去摘果子给你们吃,谁帮帮我?顺便介绍一下,我的名字叫阿亚。"

"我帮你吧,阿亚。"沙奈自告奋勇。

帖木儿好笑地瞟了沙奈一眼,沙奈的一张脸又涨得通红。

阿亚取了两个大筐来,让沙奈跟着她,专选又大又甜的果子摘。她要让帖木儿和他的几个同伴好好享用一番。

她好奇地问沙奈:"你们怎么会来我的果园?"

沙奈很乐意回答她:"我们路过。"

"你们这阵子不是都在铁门村吗?"

沙奈偷偷往帖木儿那边瞟了一眼,压低声音对阿亚说:"我们有大的行动,帖木儿带我们出来侦察地形。你千万不可以对别人说噢。"

"不能说,你怎么对我说了?"

沙奈脸一热:"你是个爽快的姑娘,我信任你。"

"那好,我一定不辜负你的信任。"

沙奈与阿亚相视一笑,彼此间由于共享了秘密而增加了几分默契。

阿亚将各色水果摘了满满两大筐,她的意思很明显,她要让帖木儿几个人放开肚皮随便吃,吃够了,其余的可以带回去。帖木儿心领了她的好意。一群年轻人围坐在一起,一边吃着果子,一边喝酒,一边高声谈笑。临别的时候,帖木儿对阿亚说,明天这时候,他要赶着牛羊来,宴请阿亚的族人。

沙奈在帖木儿身后向阿亚做了个手势,阿亚会意地向他眨眨眼睛。

帖木儿回头看了沙奈一眼,沙奈的脸红扑扑的,尴尬地咳嗽了一声。帖木儿不觉笑了。

阿亚一直将帖木儿几个人送到园外。夕阳在帖木儿身后拖出长长的影子,阿亚爬到园外最高的一棵树上,目送着帖木儿一行离去。

这一天的下午对阿亚来说真是太奇妙太有趣了,因为,传说中的绿林好汉们竟然自己走到了她的面前。

野丫头阿亚盼着明天早些来临。

明天,她要让所有的人知道,帖木儿是因为她才来到察合台营地的。

贰

帖木儿要宴请察合台族人的消息很快通过阿亚传到每个人的耳朵里,所有的人都对此充满期待,尤其是一些年轻的察合台姑娘,急切地想要看看被传得神乎其神的帖木儿究竟是一个什么样的人。

第二天上午和中午,人们像过节一样,脸上洋溢着笑容,一边心不在焉地干着手上的活儿,一边起劲地交头接耳。下午,兴奋变成了等待的焦灼,其中最着急的还是阿亚,一旦帖木儿来不了,她就会在族人们面前失去面子。

太阳西斜,天边出现了晚霞,灿烂如火,阿亚再一次爬上园外最高的那棵树,目不转睛地盯着帖木儿他们可能会来的路。她都不知道自己翘首等待了多久,一度,她打了个瞌睡,差一点从树上栽下去,幸而茂密的树枝挡住了她。受了这样的惊吓,她的睡意被赶跑了,她直起腰,不抱希望地向远处看了一眼。

远处似乎出现了一群密密麻麻的黑点,她以为眼花了,揉揉眼睛再看,没有错,黑点晃动着,越来越大,越来越清晰。

阿亚屏住了呼吸。突然,她从树上轻盈地跳到地上,飞快地跑回营地。她边跑边喊："来了,来了,帖木儿来了。"

阿亚的通报在整个营地迅速传开,老人们还沉得住气,察合台的姑娘、小伙子都按捺不住好奇心,纷纷拥出营外,准备一睹绿林好汉的风采。

阿亚跑得比任何人都快、都远,她要让所有的人看看,她不仅认识帖木儿,帖木儿还是她的朋友呢。

沙奈一眼认出跑来迎接他们的姑娘是阿亚,他兴奋极了,也向阿亚跑去。跑了几步,回头一看其他人都在冲着他笑,他急忙收住脚步,讪讪地向帖木儿咕哝道:"是阿亚,昨天下午给我们摘果子吃的姑娘。"

帖木儿故意问他:"你说什么？我听不见。"

"我说,那姑娘是阿亚。"

"谁？"

"阿亚。"

"我说你大点声,谁？"

沙奈不得不更加提高了嗓门:"阿亚！"

阿亚这时已经跑到了沙奈身后,她应道:"你在叫我吗？"

沙奈没提防,吓了一跳,帖木儿哈哈大笑起来。

阿亚快活地问:"帖木儿,你真的把牛羊都赶回来了吗？"

帖木儿回头一指:"你自己看。"

其实,阿亚多此一问。她早看见成百只牛呀羊啊哞哞、咩咩叫着,浩浩荡荡地走在帖木儿的队伍中间。

"你要用这么多的牛和羊来宴请大家吗？"

"是啊。"

"哪里能够吃完。"

"吃不完,把剩下的肉分给族人们。"

"你太慷慨了。我现在就去把这个消息告诉大伙儿,你呀,一定是今晚最受欢迎的大英雄。"

阿亚说完,回头又跑了,她有些肥硕的臀部在不合体的蒙古袍里一扭一扭,看得沙奈一个劲儿发愣。

帖木儿有意逗沙奈:"沙奈,怎么不去追？"

沙奈呆着脸回答:"她跑得太快了。"

帖木儿真的来了!帖木儿真的赶着牛群和羊群来了!这个令人惊喜的消息像风一样在弘吉剌部营地传播开来,人们从四面八方拥向阿亚家的果园附近,阿亚说帖木儿要在那里大宴察合台族人。平静已久的弘吉剌部刹那间变得热闹无比,父亲们忙着杀牛宰羊,母亲们忙着生火烧水,年轻的姑娘小伙与帖木儿的队伍聚在一起说说笑笑,甚至连最古板的人脸上也洋溢着欢快的笑容,好像帖木儿使用了魔法,将奔放与活力注入到了每个人的心里。

当然,在弘吉刺部的男女老少中,没有人比阿亚更得意。她把帖木儿抢来牛羊和族人们可以美餐一顿统统当成了她自己的功劳,除了帖木儿和营中最受人尊重的老者,她跟所有人说话都会摆出一副目中无人的模样。不仅如此,如果哪个长得比她漂亮的姑娘碰巧多跟帖木儿说了几句话,她就会气得要命,对人家姑娘横挑鼻子竖挑眼。若姑娘脾气好,肯让着她,彼此还能相安无事,若姑娘不肯让她,难免口角几句。碰上比她伶牙俐齿的姑娘,阿亚吵不过,就会放出托列帮她出气。托列对阿亚的忠诚无与伦比,只要阿亚下了命令,就是阿亚的父亲它也敢冲他龇牙咧嘴,更别提是个姑娘。

听到阿亚吹起口哨,托列便凶狠地向那姑娘冲上去,姑娘吓得花容失色,阿亚直到姑娘的尖叫在围观人群中引起一阵骚乱才善罢甘休。

虽然有着种种小插曲,仍然不影响准备晚宴的气氛,当炖牛烤羊的香气在空气中弥漫开来时,欢快的歌声也在营地上空回荡。

沙奈不知在想什么心事,一直没有到阿亚跟前来。趁着阿亚被她妈妈叫走说几句话的工夫,帖木儿在人群中随意走走,见到谁都说上几句话。后来,他看到沙奈,沙奈正靠在树上发呆。

他向沙奈走来。

"沙奈。"

沙奈如梦初醒般地应了一声:"啊,帖木儿。"

帖木儿奇怪地问:"想什么呢?"

"没……没想什么。"

"得了,告诉我吧。"

"想……想阿亚。"

"哦?想她什么?对了,你怎么不去跟她说话?"

"帖木儿,你说……"

"说什么?你别吞吞吐吐的,这可不像你。"

"嗯,我是说,我是想问你,像她这样的姑娘好不好?"

"不错啊,我看她不错。你问这个做什么?"

"我……我好像……有点喜欢她了。"

"有点吗?我怎么觉得很喜欢呢。"

"你看出来了?"

"傻子也能看出来。"

"可是……"

"又怎么了？"

"我想娶个腰肢细细的,跳起舞来像仙鹤一样的姑娘,可是,阿亚的腰有点粗,屁股又太大……"

帖木儿"扑哧"一声笑了。

"你笑什么？我说的不对吗？"

"我是笑你观察得还挺仔细。依我看,像她这样的姑娘才好呢,比那腰肢细细的姑娘更有味。"

"为什么？"

"你想啊,你自己长得像个姑娘似的,就应该找个像男人一样壮实的姑娘,这样的姑娘才有福,能干力气活,关键的时候,还能把你从死人堆里背出来。腰肢细细的姑娘可不行,中看不中用。"

"你真这样想？"

"当然。"

"你也会娶这样的姑娘吗？"

"我只娶'黄金家族'的女人,不会娶别的家族的姑娘。再说,我长得又不像姑娘,要娶也得娶个像姑娘的姑娘。"

"噢,也对。"

"心里有底了,去找阿亚吧。"

"好嘞。"

沙奈真的跑去找阿亚了,看他一副心结打开、如释重负的样子,帖木儿不由叹口气,眼角挤出一道浅浅的纹路。

德高望重的老人们念过祝祷词后,宴会正式开始了。老人们围在一处,姑娘和小伙儿聚在一起,大快朵颐。

沙奈围着阿亚转,阿亚看不到帖木儿,暂时忘了他。月亮渐渐向西沉去,姑娘和小伙儿围着点燃的篝火,跳起了欢快的舞蹈。阿亚也加入到跳舞的人群中,沙奈没想到阿亚看着有些胖,跳起舞来却丝毫不显得笨拙,她踏着鼓点,好似一只肥美的仙鹤,在湖边草丛中翩翩起舞。阿亚的灵活,让沙奈的些许遗憾烟消云散,他下定决心,今生非阿亚不娶。

欢乐的时光总嫌短暂,当天光破晓时,宴会进入尾声。其间,帖木儿找了个临时帐子睡了一个时辰,醒来后重又变得精神焕发。他走出帐子,看到他带来的伙伴们还在喝酒,或者跟姑娘们调笑,他突然间就有了一种不安的感觉,急忙在人群中找到沙奈。此时,沙奈和阿亚坐在一棵树下,头靠着头睡得正香,他叫醒沙奈,要沙奈通知下去,所有的人都随他返回铁门村。

帖木儿的部下从来令行禁止,虽然一个个醉得歪歪斜斜,还是按照命令朝他这边集合过来。

正在这时,外围的人群发出的一阵惊呼声印证了帖木儿的不安。

"不好了!官军来了!"

不多时,几乎每个参加宴会的人都知道了官军前来剿灭帖木儿的消息,喧闹的营地渐渐归于寂静。

官军怎么会来呢?肯定不是有人通风报信。这一支弘吉剌人的营地就在碣石城的郊外,帖木儿明目张胆,整出这么大的动静来,几千人足足热闹了一个下午加一个晚上,想不惊动官军都难。

帖木儿并没有显出丝毫慌乱,他翻身跃上马背,抽刀在手。他的人像他一样,醉的已经醒了,他们全都做好了与官军决一死战的准备。

大队官军仿佛一团乌云,正向帖木儿和他的五百弟兄压来。逃,是来不及了,如今的情势对帖木儿而言,唯一能做的只有死地求生。

阿亚挤出人群,站在帖木儿和沙奈的两匹马之间。她的视力超乎寻常,虽然天色尚且昏暗,她仍然一眼认出了率领官军前来围剿帖木儿的那个人。因为那个人不是别人,正是她的父亲筛海。

此时,帖木儿的人与官军双方已经做好了投入战斗的准备,而对变故毫无预料的弘吉剌人一时不能确定何去何从,只是本能地向帖木儿这边聚拢过来。令人心悸的静默中,一场混战似乎在所难免、一触即发。

突然,一个洪亮的声音从对面传来:"哪一个是帖木儿?"

是父亲筛海的声音,阿亚不会听错,但是没有人回答他。

筛海再一次问道:"谁是帖木儿?往前来。"

帖木儿正要回答,阿亚拉了一下他的马缰,走了出去,站在人群的最前面。

"阿爸。"她向对面喊道。

"唔。"筛海含糊地应着,并不惊奇,"丫头,你要做什么?"

"阿爸,这话应该我问你,你带这么多人来做什么?"

"这是阿爸和帖木儿的事,你别管。帖木儿,你出来,我有话对你说。"

"阿爸,你是不是来抓帖木儿的?"

"闭嘴,丫头,这里没你的事。你退后。"

"不!如果你带着官兵来抓帖木儿,我们这些受了帖木儿恩惠的人决不答应。我说得对吧,察合台的族人们?"阿亚回头问道。

"对。"回答的声音稀稀拉拉,但还好,毕竟有人应和。

"如果帖木儿因为宴请我们,为了给我们这些参加宴会的人送来牛羊而被官军捕去甚至杀死,我们所有的人这一辈子都会良心不安的。别忘了,我们可是察合台人,真正的察合台人决不出卖朋友!"

阿亚用直白的话表述了一个浅显的道理,因而颇具煽动性。在她的鼓动下,人们几乎是自动围了过来,将帖木儿和他的人围在正中,看他们的样子,如果官军对帖木儿发动进攻,他们会选择成为帖木儿的同盟者。

筛海根本不想跟女儿浪费口舌,他仍然向人群中喊道:"哪一个是帖木儿? 是条汉子就出来跟我说话。"

随着"我是"的回答,帖木儿拨马走出人群,停在阿亚的身边。

阿亚又惊又怒:"你疯了!"她责备道,但是她的眼睛里却闪过一丝骄傲。像她的父亲所说,帖木儿的确"是条汉子"。

"你要做什么?"帖木儿拿筛海问阿亚的话来问筛海。面对生死关头,他像以往任何时候一样镇定、从容。

筛海催马上前,停在离帖木儿不足五米的距离。他认真打量着身材魁梧、高大的帖木儿,他得承认,这个年轻人确实与众不同。

"帖木儿? 你就是帖木儿?"

"是的。"

"帖木儿,我问你,你知道自己错在哪里吗?"

"不知道。"

"这么多年来,你啸聚一方,打家劫舍,为害乡里,难道,你还不知道你已经犯了大罪?"

"我打家劫舍不假,但没有为害乡里。如今正是乱世,打家劫舍只是我与弟兄们生存的手段,我从不认为这有什么错。"

"你阿爸留给你的家业不足以让你生活吗?"

"你认识我阿爸?"

"只能说,有过几面之缘。"

"既然如此,你应该知道我阿爸的家业现在归我叔叔所有。好了,我没有跟别人叙旧的兴趣,如果你是来抓我的,就动手吧。"

"我不是来抓你的,尽管有人希望如此。我是来劝你的,希望你能听我一劝。"

"劝我? 为什么?"

"原因嘛,第一,我们都是察合台人;第二,你很年轻,也很有头脑,这两个原因,足以让我试一试,能不能劝你改邪归正。"

"我不认为我做的有什么错。"

"我也不认为你做的有什么错。"

"那么……"帖木儿被筛海的话弄糊涂了。

筛海平静地说道:"我来劝你,并不是表明我认为你做错了,在这乱世之中,你只是选择了适合你的生活方式,这一点我心知肚明。而我有兴趣跟你探讨的,其实是这种方式会不会永远适合你?你多年来的表现证明,你有指挥的天分,有狡猾的、随机应变的头脑,有慷慨、豪爽的品格,还有笼络人心的手腕,这一切都使你在与官府军队作对的几年中立于不败之地。但是,这样的好运会伴随你一辈子吗?比如说今天,你是否还能逃脱我为你撒下的罗网? 所以,我不认为做强盗应该是你的宿命,你完全可以做出更为明智的选择。"

帖木儿认真地注视着筛海,也认真思索着筛海所说的每一句话,他务实的头脑告诉他,筛海的劝告不无道理。

一次大意就可能招致灭顶之灾,这是他不得不面对的现实。他的手下只有区区五百多人,他谨慎再谨慎,终究还是不能确保每一次都化险为夷。打家劫舍的快意的确值得他回味,然而,这种快意难道就是他的终极追求?不,不是的,他很清楚这一点。他是察合台人,他的身体里流淌着骄傲的血液,从年幼的时候起,他就产生了在乱世中有所作为的理想,他的人生目标,从来不是简简单单地做个强盗终了一生。既然如此,筛海的指点恰巧契合了他内心某个隐秘的意愿,对他而言,唯一需要确定的是,筛海这个人是否值得信任?

应该值得。作为数千官兵的指挥官,筛海不缺乏给予他致命一击的机会,可他没有,而是站在这里对他苦心相劝。

"你,想要我怎么做?"

"你一定清楚。"

"我与官府作对多年,就算你肯放过我,哈兹罕他也肯放过我吗?"

"对于你的事情,我曾多次向哈兹罕建议招安你和你的人马,哈兹罕是个头脑精明的人,何况,他需要人才。"

"好吧,请允许我跟弟兄们商量一下。我有言在先,我可以跟你回去,但我的弟兄们如果不愿与我同去,你要放他们一条生路。"

"那是当然。我没必要难为他们,这一点,我用人格担保。"

帖木儿回视追随了他多年的伙伴们,他们默不作声地望着他,一张张或红或黑的脸上,流露出对他的忠诚和信任。

"弟兄们,刚才的对话你们大概都听到了,我不想再重复。我还是那句话,愿意跟我走的,留下来,不相信官府的,赶快离开这个是非之地。"

"帖木儿,你是真的决定投降官府了吗?"沙奈问。

"是的。"

"你就不怕他们出尔反尔?"

"我信得过阿亚的阿爸。"

"我阿爸叫筛海。在弘吉剌部,所有的人都知道筛海说话从来一言九鼎,这一点,每一个弘吉剌人都可以作证。"

沙奈注意到,没有人否认阿亚对她阿爸的评价。

"帖木儿,我们曾经发誓,生则同生,死则同死,我跟你一起去。"沙奈走到帖木儿身边,与他并马而立。

"我去,我去!"随着一阵喧哗,帖木儿和沙奈的周围转眼间聚集了近五百人,只有三十多个人不愿意投降官府,筛海遵守诺言,要他带来的将士闪开一条道路,放这些人离去了。

筛海决定带帖木儿先回撒马尔罕向哈兹罕复命,帖木儿欣然应允,短短的接触,他与筛海已经成了信得过的朋友。

临行,沙奈没忘了向阿亚挥挥手,阿亚也向他挥挥手。

帖木儿却始终没向阿亚这边看上一眼。目送着帖木儿与父亲远去,阿亚长长地吁出一口气。

叁

虽然帖木儿恶名远扬,哈兹罕还是一眼相中了这个青年。他将帖木儿和他的手下一百人编入自己的侍卫队中,其他人分给了一些有实力的王公贵族。

帖木儿被招安不久,恰巧南方地区发生武装叛乱,哈兹罕率领军队前往平叛,帖木儿和他的一百人也在其中。正是这次战斗让哈兹罕领教了帖木儿的英勇无畏,在双方战事处于胶着状态时,帖木儿率领一支人马,如猛虎出山,首破敌阵,势不可当,受他的影响,将士们士气大振,个个奋勇争先。

日落前,乱军终于溃败,除少数投降外,其余被尽数歼灭。哈兹罕欣赏帖木儿的勇猛,当场决定将他升为侍从官,同时上奏朝廷,表彰他的功绩。至于其他有功人员,自然各有功赏。

大军凯旋,当天,哈兹罕特意在家中宴请帖木儿,受邀一同出席宴会的,除了哈兹罕的心腹之外,还有刚刚从阿富汗地区返回的哈兹罕的孙子忽辛。

这是帖木儿第一次见到忽辛。忽辛的年龄与帖木儿相仿,眉眼乌黑,脸颊微胖,气质中透着精明强干。但忽辛对帖木儿的态度并不是很友好,对于祖父对帖木儿的抬举,他好像觉得很多余。帖木儿个性要强,吃软不吃硬,忽辛如何对他,他便如何对忽辛,两个年轻人并未如哈兹罕所愿,彼此欣赏,成为朋友,相反,这一次的相会,成为他们日后防范对方的开始。

哈兹罕如此赏识帖木儿,使帖木儿的叔叔哈吉转变了对他的态度,他专门从碣石派人带口信给帖木儿,邀请帖木儿回到家乡与他见面。帖木儿开始对哈吉的邀请并没有兴趣,但筛海劝说他,应该趁此机会回碣石一趟,一来与哈吉修好,二来见见他父亲过去的老部下,退让一步,对帖木儿即使没有用处,也绝对没有害处。

帖木儿接受了筛海的劝告,向哈兹罕告假后,与筛海一同回到了碣石城。帖木儿也算是荣归故里了,不过,进城前,他先跟筛海回了一趟家,因为筛海有些礼物要以帖木儿的名义送给哈吉。哈吉这个人爱财如命,筛海这样做,也是为了进一步修复哈吉与帖木儿的关系。

帖木儿给沙奈放假,要他去见见阿亚。

还有人比沙奈更早地将帖木儿回来的消息告诉了阿亚。这些日子,阿亚心里一直都在惦记着帖木儿,听说这个人回来了,又惊又喜,她匆匆忙忙带着托列去见帖木儿。在果园外,她遇见了沙奈,她问沙奈:"帖木儿呢?"

沙奈告诉她,帖木儿和她父亲筛海一起先回了家,现在向城门方向去了,他们大概是要进城去见哈吉。

沙奈目光灼灼地看着阿亚,他的样子,似乎对阿亚急于找到帖木儿很好奇。

阿亚却不向沙奈解释她找帖木儿的原因,她俯身拍拍托列的头:"托列,看你的了,去把帖木儿给我找出来。"

托列听得懂她的话,撒开四腿,向碣石城方向奔去。

阿亚拍马跟上了托列。沙奈有点失落地目送着她的背影,话全都留在了心里。本来,他有很多话想对阿亚说,阿亚却根本不给他说话的机会。

阿亚在城里并没有找到帖木儿,日落时分却在城外见到了刚给心爱的坐骑洗过澡的帖木儿。眼前的情景很像一幅图画,夕阳西下,马儿悠闲地吃着草,帖木儿背靠着一棵大树站着,手里拿着一个苹果,一副若有所思的样子。

阿亚悄无声息走到帖木儿身后,拍了他一下。

帖木儿明显吃了一惊,扭头看见阿亚,脸上露出嗔怪的表情:"是你呀!

你干吗鬼鬼祟祟的！"

"谁鬼鬼祟祟了？我一直都在找你,你去哪里了？"

"进城。"帖木儿回答得很勉强。

"奇怪了,我进城去怎么没找到你？"

"你找我做什么？"

"我有话要对你说。"

"什么话？很当紧吗？"

"当然了,最最当紧的话。"

"哦？好吧,你说,我听着呢。"

阿亚却并不着急说了,她反而问帖木儿:"在我说之前,你先告诉我,你站在这里想什么呢？"

"想什么恐怕与你无关吧？"

"怎么会无关呢？你的事就是我的事。"

帖木儿苦笑了一下。

阿亚眨动着大眼睛,压低声音问:"你进城是不是去见你那位讨厌的叔叔了？他对你怎么样？"

"小丫头,你听清楚了,这是我的私事,与你无关。你不是有话要跟我说吗？你如果不说,我可要走了。"

帖木儿说着,做出要走的架势,阿亚一把拉住了他。

"好啦,好啦,我说还不成嘛,真是的。"

帖木儿心不在焉地等待着。阿亚自恃父亲引见帖木儿有功,态度倨傲地向帖木儿表白了爱情,表白方式是,她问帖木儿:"你打算什么时候向我求婚呢？"

帖木儿看也没看阿亚:"求婚？我？向你？"

阿亚回答:"对呀。"

帖木儿丝毫不惊奇,语气平淡地问:"为什么？"

这个问题阿亚真还没有想过,她眨着眼睛,想了好半天才回答:"因为你是我想嫁的人呀。"

这个回答显然不能说服帖木儿,他懒洋洋地向后靠在树上,两条长腿支着地。"为什么我是你想嫁的人？"他继续问。

阿亚有点不耐烦了:"我阿爸对你有恩,你应该娶我。"

"你阿爸对我有恩,又不是你对我有恩,我为什么要娶你？"

"我……"阿亚语塞。

帖木儿将手中的苹果抛到空中,接住,又抛到空中,又接住。然后,擦也没擦,在上面咬了一口。

阿亚嗤之以鼻:"呸,你也不嫌脏?"

"不嫌。现在,你还想嫁我吗?"

"你真的不娶我?"

"不娶。"

"那你告诉我,你想娶个什么样的女人?"

"我要娶个真正的蒙古公主,她必须是'黄金家族'的嫡系后裔。你也知道,我的先祖是成吉思汗的族弟,他们有着相同的血缘,所以我的身上流着与成吉思汗一样的血,我要做'黄金家族'的驸马,这是我的梦想。"

"做了驸马又能怎么样?莫非你就能成了成吉思汗?"

"一个察合台人如果不想做成吉思汗,他就不配立于乱世之间。我会成为第二个成吉思汗的,不信你看着!"

"你能不能做成吉思汗我才懒得操心呢。但我警告你,你果真不娶我,早晚有一天你会后悔。"

"不会,你放心。"

阿亚感到自己的自尊心受了伤害,眼泪一下涌到了眼眶,她眨眨眼,使劲将眼泪眨了回去。

帖木儿仍靠在树上,带着一副好笑的神情看着她。

终于,阿亚一跺脚:"你要不娶我,我就嫁给沙奈。"

帖木儿叹了口气:"沙奈是个好小伙子,是我最忠诚的帮手和伙伴。我和他的关系,就像成吉思汗和他手下大将博尔术的关系,可惜,我看得出来,沙奈第一次见到你,就被你迷住了。可怜的沙奈!"

阿亚发怒:"不许你说沙奈可怜!"

帖木儿的脸上又露出让阿亚讨厌的笑容。他不再理会阿亚,将目光投向遥远的地方,好像想着遥远的事情。

他这种简慢的态度越发激怒了阿亚,她突然抽出藏在身后的马鞭,向帖木儿脸上狠狠抽去。

帖木儿猝不及防,脸上顿时被抽出一道血印。

"你疯了吗?"他怒道。

阿亚还要再抽,却被帖木儿攥住了手腕。阿亚像小马驹一样,又踢又打,奋力想从帖木儿的铁腕下挣扎出来,可她越挣扎,手腕被攥得越痛,她也踢不到帖木儿,最终,她只好丢了马鞭,认输了。

阿亚站着,狠狠瞪了帖木儿一眼,跑了。

帖木儿望着她的背影,不觉一笑。说真的,他很喜欢阿亚,阿亚性格直率,好像是他自己的亲妹妹,但他的喜爱中,不包含丝毫爱慕的成分。

　　隔天,帖木儿再次见到阿亚时,她正与沙奈在一起。两个人正开心地聊着某件事情,看到他,阿亚对他喊:"帖木儿,沙奈答应娶我了。"

　　帖木儿看看阿亚。阿亚的幸福是从心坎上溢进眼睛里的,事实上,她已经忘记了帖木儿拒绝她的不快。

　　沙奈也是一脸幸福的表情,他笑眯眯地等着帖木儿的祝福。

　　帖木儿问:"真的吗?"

　　沙奈回答:"真的。我正要跟阿亚的父亲求亲呢。"

　　"太好了!"帖木儿拍了拍沙奈的肩头。

　　沙奈有点没信心地问:"你说,阿亚的父亲会同意吗?"

　　"你这样的女婿,筛海应该求之不得。"

　　沙奈不安的情绪顿时烟消云散了:"真的?"

　　"相信我。"

　　沙奈信心顿增:"阿亚,我们现在就去找你父亲。"

　　两个人牵着手跑了。帖木儿在他们身后喊了一句:"阿亚,你一定要好好对待沙奈,听到了吗?"

　　"听到了。"阿亚头也不回地应允。

　　"不许拿鞭子抽他。"

　　这一句叮咛,却没有得到阿亚的回答。

　　看着两个人跑远,帖木儿笑着叹了口气,自言自语:"苦命的沙奈啊,以后,不知道你得挨阿亚多少鞭子了!"

肆

　　整个求婚过程异常顺利,顺利得沙奈几乎以为自己是在梦中。

　　筛海爽快地答应了将女儿嫁给沙奈,甚至没有提出任何条件。对筛海而言,他虽然很早就看重了帖木儿的才干,但在女儿阿亚的终身大事上,他倒是更加倾向于让女儿与沙奈结为连理。

　　沙奈接人待物的踏实稳重与女儿急躁暴烈的性格正好互补,而沙奈英俊的外貌也颇能讨人喜欢,除此之外,对面相素有研究的筛海断定,沙奈是个用情专一的男人,这一点,远非野心勃勃的帖木儿可比。

沙奈万万没想到他的求婚如此容易就获得筛海的首肯,惊喜之余,他甚至没听到筛海后面所说的款留他吃饭的话就匆匆跑出去,在第一时间把这个好消息告诉了帖木儿。帖木儿也为沙奈感到高兴,他满口答应,等到沙奈和阿亚成亲的日子确定下来,他要把所有的弟兄都聚集起来,为他的好朋友举办一个最热闹的婚宴。至于费用,他要沙奈不用操心。

对朋友,帖木儿从来一言九鼎。他迅速安排好了所有的事情,大婚的日子,他甚至请来了让人望而生畏的哈兹罕。

哈兹罕送给新婚夫妇的礼物是一匹上等的中国丝绸,这对于哈兹罕可是从来没有过的事情。此前,除了大汗,任何大臣都从来没有请动过哈兹罕,他这个人很古怪,不喜欢参加宴会,哪怕是婚宴也不参加,他只喜欢让别人参加他举办的宴会,他要的是做主人的感觉,而不想做宾客。

筛海了解哈兹罕,哈兹罕能来,证明他的确格外看重帖木儿,这种看重,超出了筛海所能理解的范围。

更让人不可思议的是,哈兹罕不是一个人来的,他还带来了他的孙子忽辛和孙女云娜,云娜是忽辛的胞妹,兄妹感情一向很融洽。

云娜是一个腰肢纤细的女孩子,年龄与阿亚相差无几,气质却与阿亚有着天壤之别。人们即使不知道她的真实身份,只要看到她与生俱来的慵懒与柔弱,敏感与自信,就能判断出她是一位生在豪门、养尊处优的贵族小姐。她的脸形比阿亚小许多,下巴尖尖的,唇鼻算得上精致,眉眼也算得上清秀,这几样都很好,会使看到她的人对她心生怜爱。唯一美中不足的是,她的脸上缺少血色,太过苍白,而帖木儿一向偏爱肤色健康的女子,比如像阿亚那种白里透红的脸色,就让他感觉很舒服。他还喜欢女人长着一头黑亮的头发,云娜的头发却有些发黄。

哈兹罕将孙女介绍给帖木儿认识时,云娜习惯性地红了脸。帖木儿有趣地看了看她,说了几句客套话,便忙着与他的同伴们饮酒去了。等他听从筛海的吩咐,再次回到哈兹罕身边时,他已显出几分醉意。

哈兹罕给他留下的位置就在云娜身边,他大刺刺地坐下来,刺鼻的酒气让云娜不易觉察地皱了皱眉头。

一群舞女正在跳着欢快的舞蹈,帖木儿借着酒意,用手拍了拍云娜的手背,没话找话:"云娜小姐,以前,你也参加过别人的婚宴吗?"

云娜几乎是下意识地撤回手,将身体往旁边挪了挪。对帖木儿的问话,她没做回答。帖木儿真的有点喝多了,云娜的厌恶他竟一点没看出来,仍然自顾自地说下去:"你知道吗,沙奈是我的好朋友,阿亚虽然认识他晚点,总共没多少日子,不过,她这个人脾气直,对我的心思很了解,也算是我的好朋友。他们两个成亲,我真是太高兴了,我就是有点担心,阿亚这丫头犯起脾气来像个疯婆子,将来沙奈不知道吃不吃得消呢。唉,我说,云娜小姐,唔,真麻烦,干脆直接点,叫你云娜算了。我说云娜啊,你的脸这么白,戴这种翡翠耳环可是不太好看。我这里有一副红珊瑚耳环,样子很别致,是我以前从路过的商人那里抢来的。不如我送给你吧,你把这副耳环摘了。"

说着,开始动手替云娜摘耳环。云娜被他的无礼举动惊呆了,居然任由他将自己的耳环摘了下来,然后从怀里取出一副耳环给她戴上。

正如帖木儿所说,耳环很漂亮,红红的耳环衬着云娜羞红的脸,使她生平第一次显得容光焕发、神采飞扬。

哈兹罕和忽辛一直都在注意着帖木儿和云娜两个人。对于帖木儿的酒后放肆,哈兹罕将它理解成豪爽,忽辛却将它理解成傲慢。帖木儿根本不关心云娜的祖父和胞兄会怎么想,烈酒使他兴奋,他很想找个人,最好是个女人,听他说话。既然他坐在了云娜的身边,云娜就成了他的谈话对象。虽然跟前还有哈兹罕和忽辛,他却不愿理他们,哈兹罕还好,忽辛这个人冷冰冰的,他可是一点都喜欢不起来。另外,云娜也的确是个蛮不错的倾听者,像云娜这种既文静又有修养的女孩子,是永远不会跟他抢话的。可是阿亚就不同了,风风火火的阿亚,一件事无论她知道不知道,她都可以胡说八道,喋喋不休,别人连插句话的机会都没有。

帖木儿欣赏着云娜戴上新耳环的样子,脸颊红红的云娜比面容苍白的云娜更显出一种柔弱的美丽,在短短的一瞬间,帖木儿竟然有一种为她心动的感觉,说话的语调也变得温柔了许多:"可惜没有镜子……不过,你就拿我的眼睛当镜子吧,相信我,这副珊瑚耳环真的很适合你。"

云娜低下了头,躲避着帖木儿的目光,什么也没说。不过,她心里不再像刚才那么讨厌帖木儿了,非但不讨厌,她甚至还觉得帖木儿这个人很有些男人的魅力。是啊,毕竟是女孩子,天底下哪个女孩子没有几分虚荣心呢?

从珊瑚耳环,帖木儿联想到他还有一副很珍贵的红宝石项链,他答应明天就把项链送给云娜。从红宝石项链,帖木儿又联想到不久前他带着一帮人打家劫舍的快意,他给云娜讲起他在劫持商旅和官府货物的过程中遇到的种种危险,然后吹嘘他如何神机妙算以及如何化险为夷。

对于他的"英雄业绩",他此刻讲起来比以往任何时候都要眉飞色舞、得意非凡,更过分的是,讲到激动处,他站起身来比比画画,唾沫星子乱溅,以至于云娜不得不小心地躲避着他粗壮的手臂和可怕的口水弹。

在帖木儿喋喋不休的过程中,云娜一直默默不语,只用优雅的微笑纵容他讲下去。她虽然不想承认,但事实上她竟然听得津津有味,帖木儿的粗野恰好契合了她内心深处压抑已久的躁动，她似乎变成了骑在马上恣意劫掠的女匪，对于她无法亲身体验的一切，她都在帖木儿的讲述中完成了想象。

当帖木儿的吹嘘愈来愈登峰造极时，忽辛实在忍不住了，他打断了帖木儿的话，冷笑着问道："如果你这么神通广大、无所不能，怎么前不久还被筛海围住了，差点全军覆没？"

胞兄对帖木儿公然的蔑视吓了云娜一跳，她的脸由红变白，转瞬间又涨满红潮。帖木儿的感觉却与云娜不同，忽辛虽然一点不留情面地揭了他的短，他却根本不在乎，甚至，他连吃惊的表示都没有便迅速做出了反击："那是我。如果换了你，不知道死过多少回了。"

忽辛"腾"的从座位站起来，他的嘴远没有帖木儿利索，加上气急败坏，好一会儿才结结巴巴地说道："你……你这个人……真是的！吹起牛来漫无边际，你的脸皮真够厚的。"

帖木儿做了个让忽辛坐下的手势，哈哈大笑："谢谢你的夸奖。脸皮厚，那可是我最得意的长处。"

忽辛没想到帖木儿竟然这么厚颜无耻，羞恼之下，反而无话可说。

哈兹罕扯扯孙子的衣袖，要他安静地参加婚礼，忽辛不听，抛下祖父和妹妹，拂袖而去。

还算凑巧，忽辛前脚离开，刚好全部仪式也进行完毕，一对新人被拥入洁白的新帐，婚宴即告结束。

宾客们陆续向主人告辞，帖木儿也带着同伴们回到城内哈吉叔叔那里。筛海在自己的营地为哈兹罕、忽辛、云娜准备了簇新的帐幕，供三人临时休息之用。

次日清晨，因为惦记着哈兹罕要动身返回撒马尔罕，帖木儿也不要人陪他，独自一人早早来到筛海的营地为哈兹罕送行。不过，帖木儿进入营地后先去见了云娜，据他解释，他要亲自将答应送给云娜的红宝石项链送给她。昨天的宴会上，云娜领教过帖木儿强硬的性格，对于他的礼物，她接受不是，谢绝也不是。帖木儿却不容她有所表示，丢下项链，叮咛她戴上就离开去见哈兹罕了。

没想到，忽辛也在哈兹罕的房间，他正细心地帮祖父佩上腰刀。见了帖木儿，爷孙俩谁也没理他。帖木儿忍气吞声地陪哈兹罕和忽辛来到院中，筛海果然心细，早将车马卫队准备停当。忽辛骑马，哈兹罕和云娜乘车。哈兹罕坐上车不一会儿又探出头来，阴着脸嘱咐帖木儿一个礼拜后的早晨前往撒马尔罕他的府邸见他。

帖木儿没有理由拒绝，犹豫着答应下来。

伍

虽然不知道哈兹罕葫芦里卖的什么药,日期迫近时,帖木儿仍旧如约从碣石城动身前往撒马尔罕。忠诚的沙奈放下新婚妻子,自告奋勇地陪在他的身边。

哈兹罕帅府的规模与奢华程度仅次于汗宫,而戒备森严的程度比汗宫有过之而无不及。了解哈兹罕的人悄悄对帖木儿说,哈兹罕这个人表面上看似豪爽大度,实则对人对事疑心极重,平素吃住行都极端谨慎小心,而他之所以如此,与他树敌太多,总担心遭人暗算有关。

沙奈被挡在府门外,哈兹罕只让帖木儿一个人进去见他。帖木儿要沙奈上街转转,随便吃些东西,沙奈却说,他就在门外等着帖木儿,如果不能确定帖木儿的消息,他哪儿也不去。

虽然身为哈兹罕的侍卫长,而且并非第一次进入帅府,可如果没有哈兹罕的贴身仆人引路,帖木儿仍然不可能知道哈兹罕究竟会在哪个房间里等着见他。前些日子的冲突令人不快,帖木儿很不希望再次见到忽辛,岂料冤家路窄,没办法,见过哈兹罕,他还得笑眯眯地跟忽辛打了个招呼。

忽辛仍是一副不冷不热的样子,不过与前几次相比,他的表情倒像舒展了一些。

哈兹罕请帖木儿坐下,问道:"刚到吗?"

帖木儿回答说是。侍女奉上奶茶,帖木儿往里面加了一勺黄油,喝了几口,放下碗,吃起他面前摆放的油炸徽子。他吃得津津有味,说实在的,这几天他都忙着赶路,这会儿真还有些饿了。

哈兹罕的态度与那天相比和蔼了许多,他看着帖木儿毫不客气地连吃带喝,直到侍女在帖木儿的碗里重新添满奶茶,他才接着方才的话问道:"你的那些手下都回到他们自己的军队了吧?"

帖木儿嘴里有东西,点点头,含糊地应了一声。

哈兹罕稍一沉思,后面再说的话就有些字斟句酌的味道:"帖木儿,忽辛过几天,唔,最多半个月,必须要返回他的封地了。"

"哦,是吗?"

"在他走之前,我有一件事想跟你确定一下。"

"什么?您说。"

帖木儿心想不会是让我去给忽辛当侍卫吧？如果是那样，在忽辛整死我之前，我保证先把他宰了。

"帖木儿，你送给云娜的首饰很漂亮，她很喜欢，这些天一直戴着呢。"

这句话完全出乎帖木儿的意料，哈兹罕的话锋转得太快，帖木儿原本敏锐的头脑此刻也有些跟不上趟了，他想了想，敷衍着："是吗？如果云娜喜欢，我以后可以选些更漂亮的首饰送给她。"

哈兹罕盯着帖木儿的眼睛，神态和语调都变得恳切起来："既然如此，你愿意一辈子送给她漂亮的首饰戴吗？"

"啊？"

"我是说，你的首饰很合云娜的心意……唔，当然了，你这个人也很合云娜的心意，你明白吗？"

话已至此，帖木儿再愚钝也不可能不明白哈兹罕的意思了，他感到吃惊，拒绝的话几乎立刻涌到嘴边，随即又被一双理智的手及时摁了回去。

哈兹罕强加给他的婚姻是与他的心愿相违背的，他理想中的夫人，应该是一位真正的、有着成吉思汗纯正血统的公主。虽然哈兹罕是成吉思汗的嫡系后代，可是他的身份毕竟是大臣而非大汗，这样一来，云娜就算不得公主了。

这是一个缺憾。

另一个缺憾是，云娜从来不曾真正打动过他的心。

然而，他面临的实际问题却是，他归降朝廷时日不久，羽翼未丰，尚没有胆量拒绝强权的哈兹罕。

哈兹罕神态悠闲地望着帖木儿。

哈兹罕知道帖木儿不会拒绝这样的好事，他有这个自信。他始终认为，成为他哈兹罕的孙女婿，对任何人而言都是梦寐以求的事情，否则，那天的婚礼上帖木儿也不会那般费尽心机地接近云娜了。

哈兹罕很爱他这个唯一的孙女，他活了大半辈子，最爱的人就是忽辛和云娜兄妹。忽辛毕竟是个男子汉，又在阿富汗地区拥有自己的小小王国，他不用太为他操心。

云娜却不同。

云娜是个柔弱娴静的女孩子，她这一生幸福与否全看她是否能嫁到一位称心如意的夫婿。

因此，几乎是从云娜还是小女孩的时候起，做祖父的就开始为孙女的婚事操心了。遗憾的是，这么多年来从没有一个年轻人真正打动过哈兹罕的那颗充满挑剔的心，直到不久前帖木儿出现在他的面前，他自诩阅人无数的眼睛才终于为之一亮。

作为桀骜不驯的土匪头子，哈兹罕与帖木儿交手多年，深知此人非凡的胆魄与谋略。见面之后才发现所谓的"土匪头子"竟然如此年轻，年轻得出乎他的意料，而在"土匪头子"年轻的背后，举手投足又充满男人成熟的魅力。哈兹罕几乎立刻就相中了这个年轻人，若非如此，那天他也不会痛快地答应帖木儿的请求，带孙子、孙女去参加筛海女儿的婚礼。

无论如何，他得让孙女亲眼看看这个人，他有种预感，云娜会认可他的选择。其后事情的发展因为忽辛的介入而变得有些微妙，帖木儿对忽辛不敬的态度使哈兹罕有点生气，不过，生气是短暂的，等他冷静下来，他将云娜许配给帖木儿的念头反倒更加强烈了。

回到撒马尔罕后，哈兹罕将他的意思委婉地透露给孙子和孙女，忽辛当即表示反对。忽辛不喜欢帖木儿，他认为帖木儿为人傲慢又没教养，如果他娶了云娜一定不会给云娜带来幸福。哈兹罕却觉得帖木儿的言行无礼恰恰反映出他本性率真，像云娜这种单纯的女孩子，还是生活中没有多少心计的男人更适合她。

就这样，云娜至近的两个亲人，为了她的婚事，一个赞同，一个反对，争了个不亦乐乎。争到最后，依然谁也说服不了谁，两个人只好同时闭上嘴，任凭云娜自己做出选择。

爷孙约定，无论云娜做出何种选择，他们都不可以表示反对，不仅不可以表示反对，他们还必须心悦诚服地接受结果。

决定权莫名其妙地落在了云娜身上，拥有决定权的云娜却只顾低着头，一言不发，无论哈兹罕和忽辛如何追问，她就是什么也不说。

忽辛无计可施，想了个更简单的办法，让妹妹点下头或者摇摇头，如此一来，他们也好明白她的态度。云娜仍是方才的样子，既不点头，也不摇头，忽辛急得抓耳挠腮，恨不能把妹妹臭骂一顿。

还是哈兹罕更心细一些，他看到云娜的手一直摆弄着胸前的项坠。

红宝石的项链，像号角一样的红宝石项坠，还有红珊瑚的耳环，这些，可都是帖木儿送给云娜的礼物。

哈兹罕顿时明白了孙女的心意。

他拉拉忽辛的手，指指云娜佩戴的首饰，忽辛反应过来，在无奈和扫兴之中，接受了这门祖父和妹妹都看好的婚事……

"你考虑得怎么样了？"忽辛代祖父问帖木儿，语气还算平和。他本身并不希望将妹妹嫁给这个心性粗野的年轻人，但此时此刻，他更不希望也不能允许这个年轻人拒绝这门亲事。这是为他唯一的胞妹考虑,他知道,被帖木儿拒绝对云娜来说,必定意味着灾难性的打击。

与其如此,还不如面对现实,接受帖木儿成为他们家族中的一员。当然,倘若帖木儿不识时务,他也绝对不会放过他。

"你考虑得怎么样了?说出来吧。"忽辛稍稍提高了声调,又重复了一遍自己的问话。

帖木儿从沉思中惊醒,抬头看着忽辛和哈兹罕,表情很自然地搪塞着:"唔,我太惊讶了。"

"你的意思是说,你不愿意吗?"

"不愿意?怎么会!不过,我想问问,你们爷孙俩,不会是在拿我寻开心吧?"

帖木儿如此没有礼貌的问话反倒很合忽辛心意,他难得地笑了笑:"奇怪,你怎会有这样的想法?"

"我觉得,你一直不喜欢我……"

"现在要嫁给你的人不是我。"

"是你,哦,我是说,如果你是女人,我也不敢娶。问题在于,云娜她愿意吗?打心底里愿意吗?有你这个做哥哥的坚决反对,她还会心甘情愿地嫁给我?"

"你打哪儿知道我坚决反对这门亲事?好,我也不必否认,我的确从一开始就不看好你这个人,现在也没什么改变。我就是想不明白,云娜身边那么多的好小伙子,你究竟哪一点比他们强,偏偏云娜会对你动心!还有我祖父,他一心疼爱他的孙女,最后竟选择你做他孙女婿。"

帖木儿微笑了,他懒得继续跟忽辛争论:"听你这么说我倒可以放心了,我只怕配不上云娜。"

"配得上配不上,先马马虎虎吧。但你保证一定要善待云娜,如果你做不到,我想你明白后果。"

"云娜成了我的妻子,为我生儿育女,我没有理由不善待她。"

"好吧,既然你的意思如此,我们不妨把婚期确定一下。"哈兹罕很平静地接过了忽辛的话头。

"您是长辈,您做主好了。"

"不用问问你叔叔吗?"

"不用,我叔叔也会照您的意思为我操办迎娶之事的。"

哈兹罕略一沉吟:"那就下个月吧,我看过了,下个月有个好日子。"

"一切依您。"

"那好。对了,帖木儿……"

"什么?"

"中午一块儿吃顿饭。你去看看云娜吧,你们两个人有几天没见了,想必有许多话要说。"

"好。"帖木儿答应着,站起身。

如果沙奈此时在场,他一定会对帖木儿对哈兹罕爷孙的态度感到惊讶。沙奈与帖木儿是儿时的玩伴,也是成年后最好的朋友,可以这么说,长到二十岁,帖木儿对任何人还从来没有像他对哈兹罕这样恭顺过。

帖木儿的倔强曾让他的父母伤透了脑筋。少年时代,他时常对抗父母的管教,弄得母亲为他的野性难驯忧心忡忡,父亲则经常随手拿起棍子或者鞭子抽打他。可是,一旦鞭伤、棍伤痊愈,他仍然我行我素。父子多年较量,最后不可思议地以做父亲的向儿子认输告终。

有一天,父亲拿起鞭子又放下了,对他说了一句话,你想怎么样,随你吧。然后,父亲悄悄地对母亲说,你生的这个孩子,骨头硬着呢。你相信我吧,他将来如果不是个十足的混蛋,就一定会是个有大出息的人。

父母先后去世,偌大的家业被叔叔哈吉一点点骗占,帖木儿被迫去做了强盗。自此,他的为人行事越发无法无天。但这并不意味着帖木儿就此变得妄自尊大,而这恰恰也是包括沙奈在内的所有人最不了解帖木儿的地方。

事实上,无论对任何事,任何人,帖木儿始终都保持着既务实又清醒的头脑,这使他随时知道什么事是他该做的,什么事是他不该做的,必要的时候,他甚至可以对一个乳臭未干的小孩子低下高傲的头颅。

因此,不论他内心多么不情愿,他也绝不会听凭自己的本意拒绝哈兹罕。他并没有那么强烈的愿望想要见到那个即将成为他妻子的女人,然而目前的状况是,与云娜待在一起,至少强过面对哈兹罕和忽辛。

帖木儿以手抚胸,施礼退下。

陆

帖木儿与云娜的婚期很快确定下来。

按照哈兹罕与哈吉商议的结果,帖木儿将从撒马尔罕迎娶云娜回到碣石城,然后在碣石城中举行盛大的婚宴。

所有的事情都由哈吉分派手下人代劳了，即将成为新郎的帖木儿反倒很清闲，每日必到城外打猎，对叔叔则美其名曰要为参加婚宴的人准备一些野味。哈吉懒得管他，何况这个侄儿他也管不了。侄儿被哈兹罕相中，很快就要成为哈兹罕的孙女婿，他就更不能对侄儿说长论短了。

能与哈兹罕结为亲家，哈吉求之不得。哈兹罕的位高权重既让哈吉看好也让哈吉妒忌，但至少目前，哈吉需要哈兹罕这个保护伞，也就是说需要让哈兹罕的光环罩在他的头上，庇佑他进退自如。

沙奈等人被哈吉分别派到撒马尔罕、帖必力思、奥什等大城采买一些婚礼上急需的物品，包括餐具、家具、绸缎、珠宝、香料等等，沙奈知道这么多东西不可能一下买齐，他舍不得阿亚，索性带上阿亚一起去了。果然，等他们重新回到碣石城时，离帖木儿迎亲只剩三天不到的时间了。

阿亚存着心，一定要在婚礼前见上帖木儿一面。她有话要对帖木儿说，如果这些话她不说出来，她一定会憋得发疯的。

功夫不负有心人，在婚礼的前一天，阿亚终于有机会单独见到了帖木儿。

还是在阿亚家的果园外那棵千年老树下。一个多月前，阿亚就是在这棵老槐树下向帖木儿提出成亲的要求，却被帖木儿毫不客气地拒绝了，因为这个缘故，阿亚作为女孩子的自尊心受到伤害，一直心绪难平。现在，帖木儿就要成亲了，她必须在帖木儿成亲前将这种伤害原原本本地还给帖木儿。

同一个地点，同样是黄昏，不同的是，阿亚见到帖木儿时，他没有在洗马，而是躺在大树下注视着没入云海的夕阳，他的神情里第一次带着几分迷茫。阿亚没想到，在帖木儿玩世不恭的背后也会隐藏着某些不为她所知的脆弱，这个发现让她的心里舒坦了一些，同时也让她伤害帖木儿的愿望变得微弱了一些。

她走到帖木儿旁边，"嗨"了一声。

帖木儿似乎有点吃惊，抬眼望着她。

"你来做什么？"

"你在做什么？"

他们几乎同时问对方。

帖木儿将两只手重新垫在脑后，懒懒地问："你怎么一个人来了？沙奈呢？"

"大家都在为你的事情忙碌，只有你可以躲在这里看夕阳。真不公平！又不是我们成亲，为什么我们比你还操心。"

"是啊，我也不明白你们都在忙些什么！"

"说你没良心你还真没良心,不说声谢谢也就罢了,居然还摆出一副无所谓的臭屁样儿,你真是太可恶了。"

"你才知道啊。对了,你还没回答我,你来这里做什么?"

阿亚在帖木儿身边坐下来:"我来嘛,是想问问你,这一回,你娶到自己理想中的——真正的——蒙古公主了吗?"

她的语气里满是讥讽的意味,帖木儿认真地看看她,笑了:"我明白了,你来,是想为你自己讨个公道。"

"你什么意思?"

"意思很明白,你虽然嫁给了沙奈,却很不甘心,因为你直到现在还对那天我拒绝你的事情耿耿于怀。"

"你胡说!"

"瞧,急什么!省省吧,阿亚,跟我打嘴仗,你可是从来没占过便宜。"

阿亚"哼"了一声,将身子一挺,脸对脸盯着帖木儿,恶狠狠地说道:"就算我说不过你又如何!反正,你的便宜也没占到哪里。至少,你娶的可不是什么真正的蒙古公主,云娜充其量只能算一位贵族小姐,她……"

帖木儿猛地将胳膊从脑后抽了出来。

阿亚以为他要动手打她,一惊之下,身体接连向后退了两步,后面的话也被吓得咽了回去。

帖木儿却用手在脸上抹了几把,苦笑着责备道:"阿亚,你说话能不能离我的脸远点!瞧你的唾沫,溅了我一脸,怪臭的。"

阿亚愣了片刻,终于忍不住"咯咯"笑了起来。她一笑,帖木儿也笑了。他们一阵接一阵乐不可支的笑声惊飞了树上的一对野鸽子,野鸽子振翅飞到另一棵树上,"咕咕"叫着,似乎在应和着他们的笑声。

是啊,说到底,这一切着实太可笑了:帖木儿拒绝了阿亚的求婚,阿亚因此嫁给了对她百依百顺的沙奈;帖木儿希望娶一位继承了成吉思汗血脉的公主,却也只能退而求其次地与云娜成婚。天地间的万事万物原来都不会那么轻易就遂人心愿,而不能遂愿的人最终也只能选择随遇而安。

夕阳从云层直接跌落到山后,夜幕一点点沉落。阿亚笑够了,站起身,同时伸手将帖木儿拉了起来。

帖木儿看着她的脸,以一种从未有过的温和语调问道:"现在,我们两个之间,扯平了吗?"

阿亚回道:"扯平了。"

"既然扯平了,我们回去吧。"

"嗯。"

帖木儿与阿亚并肩走了几步,想起一件事来:"唉,对了,阿亚,沙奈知道你来找我吗?"

"知道。"

"他怎么说?"

"他说如果你让我逼得恼羞成怒,揍我一顿,他可管不了。"

"早知道沙奈这么大度,我的确应该趁机揍你一顿。"

"幸亏你没有。否则,明天迎亲的新郎脸上一定多了几道鞭痕。"

"想不到你又是有备而来啊?好个恶毒的疯婆子!我说,你怎么不拿鞭子抽沙奈的脸?"

"他的脸长得比你好看多了,是妻子的门面,再说,他脸上的皮肤嫩得像小孩子一样,我可舍不得抽他。"

"舍不得抽他,倒舍得抽我!"

"废话,你又不是我的什么人,有什么舍不得的!再说,我舍不得抽沙奈的脸,不代表我舍不得抽他的其他地方。"

"招了吧?我早就跟沙奈说过,娶你这种疯婆子,他有的是罪受呢。我让他想好了再做决定,可惜他被你迷住了,不肯听啊。"

"真的吗?"

帖木儿点点头。

"沙奈愿意,关你屁事。"

"也是。"帖木儿退让了一步。

帖木儿的这种退让哄得阿亚开心起来,她将手指放在嘴唇上,做了个骂他的动作,然后,离开他,回家去找她的沙奈了。

帖木儿目送着阿亚走进帐子,在心里默默地说道:"阿亚,你等着瞧吧,总有一天,我一定会娶一位真正的蒙古公主,我向真主发誓!"

第二章

人生第一场豪赌

壹

帖木儿与云娜的婚礼一结束,忽辛就回到他的封地。临行前,他叮咛帖木儿一定要善待他的妹妹,帖木儿答应下来。

初婚的日子还算得上称心如意。帖木儿对云娜虽然不甚钟爱,但身边也没有其他的女人,因此始终保持着对云娜应有的敬重。婚后第二年,云娜生下了一个儿子,帖木儿十分高兴,为儿子起名只罕杰尔。儿子满月的时候,他在碣石城举行了一个盛大的宴会,参加宴会的全是达官显贵和他的朋友,唯一让帖木儿感到意外和荣耀的是,色拉兹汗不知从哪里听说了这件事,还派人送来了贺礼。

宴会结束,帖木儿送云娜回娘家省亲。不久,哈兹罕将帖木儿擢升为将军,帖木儿掌握了权力。此前,帖木儿作为哈兹罕的侍卫长多次随哈兹罕领兵出征,每一次,他都身先士卒,从无败绩,他的勇敢为他在军队里赢得了威信。成为将军后,哈兹罕放心地让他独当一面,他将更多的时间花在训练军队和平定叛乱上,他的组织才能与军事才能逐渐为朝野共知。

随着地位稳固,声名鹊起,帖木儿的野心和天性中的莽撞又开始抬头。他一面积极活动,仗义疏财,在军队中广泛笼络人心,一面到处散布对哈兹罕不利的谣言,并假借色拉兹汗的名义号召人们起来反对哈兹罕的专制。他为此而努力,因为,取代云娜的祖父是他的下一个目标。

一天半夜,他被叔叔哈吉从睡梦中唤醒。哈吉吩咐他不要说话,然后带着他从后门出来,来到一个地方。他觉得这个地方似曾相识,像是汗宫后面的果园,院门前,有六个如狼似虎的壮汉正等候着他们。

帖木儿有点惊讶,想向哈吉问点什么,哈吉拉了一下他的胳膊,向他摇摇头。他明白过来,只好一言不发。壮汉给帖木儿和哈吉蒙上眼罩,引着他们走了一段路,后来,他们在某个地方停了下来。

帖木儿眼睛看不见,耳朵却在尽力辨识着他所听到的一切。为他们引路的壮汉可能发出了什么信号,不多时,他听到几声"吱吱呀呀"的门响,给人特别费力的感觉,显然,刚被开启的门是用很沉重的材料制成。

帖木儿心头微微一动。

壮汉们围住了帖木儿和哈吉,先将他们随身携带的兵器全都收走,之后又将他们全身上下仔细搜查了一遍,才放他们进入门内。进门走了十数步,来到另一座门前,一个壮汉上前,熟练地开启了正中央一个装着机关的小门,其余的人这才将帖木儿和哈吉的眼罩除去。

进入小门前,帖木儿回头看了一眼来时的路。在暗淡的光线下,他隐约看出第一道门像是一座石门,那么——如果他的判断没错——这个地方想必就是一个精心建造的秘密山洞了。

六个壮汉彼此使了个眼色,自动分开,两个在前,四个在后,手中都举着火把,引着叔侄二人沿着只能容两人勉强并行的狭长台阶逐级而下。

可能受心理作用影响,在这狭窄、陌生、生死未卜的空间里,除了一步一步、清晰可辨的脚步声,帖木儿觉得他还能听到哈吉紧张的心跳和沉重的呼吸。过了好一会儿,他才意识到,那其实是他自己的心跳声从胸腔中传来,紧张使他的呼吸变得既沉重又不均匀。

不知走了多久,在台阶消失的同时,他们的面前出现了另一个洞口。一个壮汉摸索着打开洞门,他们便进入一个宽阔的、地面平整的房间。这应该是建在地下的一处洞穴了,从洞穴的结构看,很像一个大储藏室。当然,这个大储藏室与一般家庭使用的储藏室颇有些不同的地方,它里面不仅空无一物,而且墙壁上还开了好多道门。除了他们进来的那一面墙上共有三道门外,其余三面墙壁上也均有三道一模一样的门,这样加起来整个房间就有十二道门了。如果将进来的那扇门关闭,某个人一旦在这样的环境待久了,就会辨不出方位来。

这大概就是建造这样一间屋子的真正用意所在。

不容帖木儿多想,壮汉们一起将手中的火把熄灭了,帖木儿和哈吉的眼前顿时变得漆黑一片。

一个壮汉吩咐叔侄二人站在原地别动。不一会儿,帖木儿的耳朵里传来一声轻微的声响,然后,他的胳膊被两个人架了起来,架着他的两个人带着他飞快地在房间里转起圈来。也不知转了多少圈,当帖木儿开始感到昏头涨脑甚至一阵阵犯着恶心想要呕吐时,一扇门突然开启了,刺眼的光线照射在他的眼睛上。他还没来得及向周围看上一眼,就被人一把推进了门里。

他似乎看到了哈吉,接着,门就在他的身后关闭了。

所有的一切都在很短的时间内发生和完成。多少年之后,帖木儿只要回忆起这段令他恐怖的经历,就会无法克制他对色拉兹汗的憎恶,这种憎恶甚至远远超过了他对哈兹罕权位的觊觎和嫉妒。

他为这位大汗的所作所为不齿,如果当时不是他自己怀有不可告人的目的别有所图,他万万不会答应色拉兹汗的任何要求。

在被人推了一把后,帖木儿已经置身于又一个房间或者说又一处洞穴了。从黑暗到光明,帖木儿的眼睛需要适应一下这种变化。他首先看到他的面前挂着巨大的黑色天鹅绒帷幕,之后,他看到了哈吉。

哈吉的脸色比他还要青白不定,但眼睛中闪现的神采与他相比却镇静许多。显然,哈吉曾经经历过同样的事情,他知道接下来他会看到什么,他不适应的只是被人强拉着转了无数圈,这使他像晕船一样难受无比。

六个壮汉两个守在门边,四个上前拉开第一道帷幕,第一道帷幕后出现第二道红色的帷幕,在红色的帷幕拉开的瞬间,帖木儿恍若一下子置身于富丽堂皇的汗宫之中。是的,权且将这个洞穴称作"地下汗宫"吧,因为它与真正的汗宫相比也毫不逊色。事实上,地下汗宫的一切装饰都仿如真正的汗宫,之所以还能辨认出它不是汗宫,是因为在这里可以闻到汗宫所没有的潮湿气息。

像帖木儿此前见过的汗宫一样,地下汗宫的洞壁周围和顶部同样被红色的帷幕遮掩得密密实实,帷幕的两侧中央也同样挂着美丽的壁毯。记得第一次进入汗宫时,帖木儿对其中一块表现狩猎场面的壁毯叹为观止。碧绿色的壁毯好似碧绿色的草原,四下逃散的猎物仿佛就要破壁而出。

帖木儿呆呆地站着。他的面前,天蓝色、米黄色、果青色、粉绿色的丝绦从顶部红色的帷幕间垂落下来。丝绦的下端离地面约一个半成人高,站在下面的人说话时,它的下端似乎也会随着话音微微摆动。后来帖木儿发现这是他的错觉,其实地下汗宫里是有空气流动的,只是他说不出来外面的空气究竟是如何进入到这个看似密闭的空间里来的。

地下汗宫的四角竖立着四根巨大的石柱,这些石柱想必是天然存在的,因为它的表面无论粗细凹凸还是颜色都不尽相同,看起来像风化的山石一样。虽然工匠们对它们做了一些装饰,在每根柱子身上都雕刻了简洁的花纹和古老的文字,可这些石柱仍然保持着最初的粗糙模样。

地下汗宫的地面砌着条形青石,正对着宫门靠近后墙的地方摆放着一张与汗宫里毫无二致的御床,纯金镶嵌的床头,嵌满宝石的床脚以及床沿精心镂空的花纹,都将主人的身份昭示无遗。

床上依旧铺着厚厚的、色彩和式样都堪称精美绝伦的纳失失褥垫,床前到门边则铺着一条可供三个人并排跪下的紫蓝色地毯。其实,这块长条地毯是由几块正方形的地毯拼接而成的,只是由于每块地毯的颜色相同,而且对接处的山河图案天衣无缝,看起来就如同整块地毯一般。

御床的下面,地毯的两侧,各摆放着六把高靠背圈椅,这些做工精细考究、铺着丝绸坐垫的红木靠背圈椅是波斯商人从中国购买回来然后又以昂贵的价格卖入汗廷以及王公大臣们的家的,帖木儿在哈兹罕的府上也见过几把。拥有这样的红木椅象征了财富和身份。

可能是帖木儿对地下汗宫的观察太过投入而且心思也太过专注吧,他根本没看到御床上有人,直到一个壮汉在他耳边低声喝道"还不跪下",他才恍然看到色拉兹汗正舒适地半靠在靠枕上,用一种好笑的神情打量着他。

犹如从天而降的色拉兹汗着实把帖木儿吓了一跳。

色拉兹汗是个身高中等、体格肥胖的年轻人,由于常年耽于酒色,他的肤色黯淡,两眼无光,加上他脸上的皮肤早早变得松弛,两只眼袋也垂了下来,他给人的印象就远比他的实际年龄苍老。

帖木儿对这位傀儡大汗从来不曾有过好感,不过,碍于君臣名分,他还得向这位大汗跪下施礼。

看到他跪下,哈吉也匆匆忙忙地跪下了。

"我这里怎么样?"色拉兹汗的声音像他的眼神一样,既空洞,又无力。

"啊……"

色拉兹汗稍稍从靠枕上欠起身体,探视着帖木儿的眼睛:"你怎么不回答?你的意思难道是,这里还不够好吗?"

"不,不,你误会了。我是不知道该如何表述,恐怕我只能说,这里的一切都太让我惊奇了。"

帖木儿说的是实话,他像个傻瓜一样被人带到了色拉兹汗的面前,从疑惑、恐惧到别有洞天的转变,他所经历的一切无法不让他感到惊奇。

色拉兹汗得意地笑起来,他前仰后合的样子表明他在捧腹大笑,可他的笑声根本发不出来,像有什么东西卡住了他的嗓子,最终只能发出"沙沙"的声音。"沙沙"的声音在地下汗宫中回荡,犹如一条长长的蟒蛇在草丛中爬过,帖木儿听得头皮阵阵发麻。他突然想到,在这个天堂般的地狱,如果他死了,沙奈他们恐怕这一辈子也休想找到他的尸体。

笑够了,色拉兹汗说道:"起来吧。"

帖木儿和哈吉谢过色拉兹汗,一起站了起来。

帖木儿感到膝盖有些发僵发软,他从来没有过这样的感觉,他坚信这都是刚才的强烈不适给他留下的后遗症。

色拉兹汗示意帖木儿和哈吉坐下说话,帖木儿退后一步,坐在右边第二把红木靠背圈椅上,将上首的位置留给了哈吉。

色拉兹汗一直注意着帖木儿的一举一动,在他红肿的眼泡里,一双细长的眼睛出人意料地闪现出精明的光芒。

帖木儿偶尔看到了他眼里的光芒,心头不由微微一震。

难道,一直以来都是他想错了,色拉兹汗委顿消沉的表面背后其实还藏着心机深沉的另一面,而委顿与消沉只不过是这位大汗借以保护自己的伪装?假如他的推测没错,他倒必须有所警觉了,也就是说,他不但不该小瞧这位蒙古大汗,还应该对他表现出应有的尊重和顺从。

色拉兹汗清了清嗓子,咕哝了一句什么,帖木儿没听清,哈吉推了帖木儿一下,帖木儿反应过来,含糊地应道:"在。"

"你喜欢这个地方吗?"

这一次,帖木儿集中起全部注意力,总算将色拉兹汗低哑的问话听到了耳朵里。听色拉兹汗说话使他精神紧张,他感觉自己都快发疯了。对于色拉兹汗的问话,他只能回答"是",心里却在想,我宁愿像一头狮子让人在草原上猎杀,也不要做一只老鼠躲在阴暗的角落里苟且偷安。

色拉兹汗从御床上坐直了身体,帖木儿抬起头来,正好遇上色拉兹汗审视的目光,那目光里流露的暧昧让帖木儿的脊背也开始发凉。此时此刻,帖木儿真有一种后悔莫及的感觉,他若早知道哈吉带他来的是这么个鬼地方,他宁可杀了哈吉重新去做强盗也强似面对着人鬼莫测的色拉兹汗。

色拉兹汗的嘴角牵动了一下,他摇摇头,缓慢地说道:"你说的不是心里话。"

帖木儿惊奇地与色拉兹汗四目相对。他所惊奇的并非色拉兹汗看透了他的内心,而是色拉兹汗的声音突然间发生了变化。他清亮的声音非但不喑哑晦涩,相反几乎可以用"中气十足"这个词来形容了。

色拉兹汗,他面前的色拉兹汗,这位做了多年傀儡的大汗,他的身上究竟隐藏着多少不为人知的秘密呢?

"我想,你此刻的心里一定很后悔,你一定在问你自己:我为什么要来这里?为什么要与色拉兹汗面对?你的恐惧让你变得迟钝,你不愿意稀里糊涂地死去。但是,你已经来了,从你站到我的面前那一刻起,你的命运就不再掌握在你自己手中,你必须照我说的去做。所以,我再问你一次,你要不要丢掉你的恐惧,要不要打起精神来,仔细听我说话?"

"要。"帖木儿自然而然地回答。

是的。他的大脑准确地判别出一件事,那就是,色拉兹汗说的没错,他的确在撒谎,的确感到恐惧。那么,既然色拉兹汗已经看透了他的内心,他又何必继续掩饰自己?他自信他还不是胆小鬼,因此,不管等待他的命运是什么,他宁可像现在这样与色拉兹汗清清楚楚地面对。

色拉兹汗点点头,重新躺回御床上。帖木儿第一次觐见色拉兹汗时色拉兹汗也是这样躺着跟哈兹罕、跟他、跟群臣说话的,记得当时他就在想,色拉兹汗的懒散肯定是造成他肥胖的主要原因。

色拉兹汗没有改变他说话的语气,他直截了当地问道:"听说,你一直对哈兹罕心怀不满?"

"是。"帖木儿毫不犹豫、简短地回答,他没必要跟色拉兹汗兜圈子,既然色拉兹汗什么都知道,兜圈子对他毫无意义。

"为什么?"

"我也说不上,或许,只是因为我看不惯他的飞扬跋扈和势大欺主吧。其实,在军队里反对他的人不在少数。"

"他可是你妻子的祖父啊。"

"这点我没忘。有的时候,亲情不可能代表一切,否则,在历朝历代的宫廷里也就不会出现那么多的人伦惨变了。我不知道自己有没有这样的能力,但我会为此努力,让一切回归正位。"

"你说的回归正位,莫非是让我这个大汗重新握有权力?"

帖木儿欠欠身:"是。"

"你在将士中间是这样鼓动的没错。不过,我了解你内心真实的想法,你是个有抱负的年轻人,你希望自己有朝一日能取哈兹罕以代之。"

"你的想法没错,正如我自己的想法一样。"

"既然如此,看来我可以依靠你。"

"依靠我?"

"是的。"

"也许……我不大懂你的意思。"

"你应该懂得。你做的事与我不谋而合,你怎么会不明白呢?"

"当然,我明白。"

"等我重新握有权力,你和哈吉就是我的功臣。我会重用你们叔侄二人,这一点,你和哈吉尽管放心。"

帖木儿看了叔叔哈吉一眼,目光滑过一丝惊讶。

"哈吉是我的人。"色拉兹汗淡淡地说。

"我猜到了。"

"现在,我是不是也可以把你看作我的人?"

"我想,可以。"

"我不止一次听说,你作战勇敢,谋略得当,在将士们当中拥有极高的威望,这是最让我感到欣慰的地方,也是我们成功的本钱。如果我让你做一些准备,你觉得大约多久你才有把握采取行动?"

帖木儿沉吟片刻。

"一个月的时间够不够?"

"十天足矣。时间拖得越久,对我们越不利。"

"你要如何入手?"

"我已经联络了不少反对哈兹罕的将士,举事的时候,最先需要解决的是哈兹罕的亲信将领和军队。"

"你的行动会不会已经被哈兹罕察知?"

"我尽量做到隐秘,但我不敢保证我身边的人里没有哈兹罕的眼线。另外,要成大事,就不能太过畏首畏尾、瞻前顾后。"

"很好,你的想法正合我的心意。长久以来,我的身边一直缺少一位像你一样胆识兼备又愿意为我效力的年轻人。哈吉担负使命暗中为我物色人选,他把你推荐给我,证明他不止心思缜密,而且慧眼独具。成功之日,我将赐予你们叔侄封地称王的权力,而你们,作为我的左膀右臂和心腹,我将同时给予你们独当一面以及充分发挥才智的机会,确保你们享受荣华富贵。我相信,只要我们君臣同心,我们一定能夺回被哈兹罕偷窃的权力。"

"一定。"这是进入地下汗宫后哈吉说的唯一一句话。

色拉兹汗摆摆手:"今天的谈话到此为止吧。你们趁着天黑离开,不会有人发现你们的行踪。十天后,我等着你们的好消息。"

"是。"

帖木儿和哈吉同时起身,施礼告退。还是此前带他们前来的那六个壮汉抢步上前,拉开帷幕。

刚才,在帖木儿、哈吉与色拉兹汗交谈的时候,六个壮汉像守候猎物伺机而出的狼群一样,安静地待在角落里,监视着叔侄二人的一举一动。

帖木儿能够感受到射到他脊梁上的一道道虎视眈眈的目光,他虽然并不畏惧,却深感厌恶。

沉重的帷幕即将在帖木儿的身后拉上的瞬间,他回头看了色拉兹汗一眼,然而,色拉兹汗的脑袋陷在松软的枕头里,他已经看不到色拉兹汗的脸了。

　　他擦了把手心里浸出的汗水,暗暗想到,这个傀儡大汗,果然并不像哈兹罕也不像他想象得那么简单。

　　帖木儿和哈吉从另一条像迷宫一样的地道被带出地下汗宫,沿着石级来到地面上时,壮汉们将他们的眼睛重新蒙了起来,直到将二人护送到街上,才给二人解开眼罩。六个壮汉彼此使个眼色,丢下他们,疾步离去了。

　　帖木儿望着哈吉,哈吉的脸色阴沉,也不知道他在想些什么。

　　"你怎么想?"过了一会儿,哈吉四顾无人,问道。

　　"我听你的。"

　　"先做准备吧,就算不是为了大汗……"哈吉的话没有说完,帖木儿也没有追问,他不用追问也知道哈吉要说什么,哈吉的目标是推翻哈兹罕,在这一点上,帖木儿愿意与他合作。

　　至于将来,叔侄二人是否会成为对手,那就看天意如何了。

　　帖木儿问叔叔:"你要直接回碣石吗?"

　　哈吉回道:"是的,马上就走。在这里分开,不会有人看见我们。我们各自准备吧,到时,我会与你联络。"

　　帖木儿点点头。

　　哈吉意味深长地注视着帖木儿,帖木儿坦然地迎视着他的目光。在如水的月辉下,彼此相视的叔侄二人竟有几分相似的心情。片刻,哈吉微笑了一下,拍拍帖木儿的肩膀,步履匆忙地消失在深沉的夜幕中。

　　帖木儿也朝另一个方向走去。与哈吉慌张的脚步不同,他显得悠闲、从容,如同平常在街上散步一样,丝毫不想加快速度。

　　整条街上寂静无声,他尽情呼吸着清洌的空气,试图甩掉地下汗宫留给他的令他眩晕的记忆。除此之外,有些事,他还需要好好想想。

　　事实上,他也必须静下心来将所有的事情思索清楚。

　　他并非不知道,接下来他所做的一切,都将是一场以荣誉、以性命为赌注的豪赌,一旦赌输了,他就可能身陷万劫不复的深渊,而且永无翻身的机会。

　　那么,究竟要不要做呢?

　　要不要呢?

贰

　　三天后,哈吉从碣石城给帖木儿送来了确切的消息。举事的时间不做变更,他要帖木儿提前一天与色拉兹汗掌握的军队取得联系。

届时,哈吉和他的军队会驻扎在撒马尔罕附近。如果一切顺利,哈吉将按照约定先行返回碣石城,继续肃清周围城市拥护哈兹罕的力量,如果事情败露,他将接应帖木儿撤回碣石城,两支军队合二为一,抗击哈兹罕的追兵。

一切都很顺利。此后,哈吉一直与帖木儿保持着必要的联系。

色拉兹汗那边也有消息来,他的亲信将领已经控制了汗宫内外,就等着合适的时机解决哈兹罕安插在侍卫军里的力量。

帖木儿已经联络了十几支军队的高级将领,他们都表示愿意支持他推翻哈兹罕的行动。不仅如此,原先跟随他,后来被哈兹罕分派到各个军队中的他的那些同伴也都做好了准备,在举事当天他们会重新聚守在他的身边,与他并肩战斗。帖木儿踌躇满志,相信好运会陪伴在他身边。

哈吉最后一次派人与帖木儿联系,举事的时间确定在九日凌晨。

当晚,帖木儿与沙奈待在一起,沙奈陪他喝了一些酒。两个人都没有多少话说,沙奈是因为心神不定,帖木儿则在思虑一旦举事成功后他该如何对待哈兹罕。后来,沙奈告辞回去了,他说阿亚还在等他。

沙奈一走,帖木儿躺在床上,打算稍稍休息一会儿。他以为他一定会兴奋得睡不着,不料,他躺下没多久就蒙蒙眬眬地进入了梦乡,直到一阵急促的敲门声传来,他才抓起放在枕边的蒙古弯刀,从床上一跃而起。

"谁?"他喝道。

"筛海。"

帖木儿拉开门。

筛海跟着帖木儿走进房间。引筛海前来的侍卫将点燃的油灯放在桌上,然后悄然退了出去。

帖木儿借着暗淡的光线,疑惑地打量着筛海。

灯光下,筛海的脸色显得有些苍白,眼睛里出人意料地流露出些许惊慌,他不同以往的神情表明一定发生了什么惊人的事情。

"怎么了?"

"帖木儿,你得赶紧离开,越快越好!"

"啊?"

"你要抓紧时间逃走!哈兹罕的人很快就到了。"

"你说得仔细一点。"

"来不及了,只能简单地说。你们的事情败露了,哈兹罕控制了汗宫,他发誓要抓到你。我得到秘密消息,担心你和沙奈、阿亚的安危,就亲自赶来了。你快走吧,再晚了,只怕你们谁也走不脱。"

"难道有人告密？"

"不清楚，这些事容我慢慢查明。现在最要紧的，是先离开这个是非之地。记住，流亡也好，去当土匪也好，总之不能让哈兹罕抓到你。"

"我知道了。"

"快走，快去找沙奈和阿亚。"

"好。"

帖木儿走到门边，又想起什么："筛海，我们走了，你怎么办？"

"我嘛，你放心，我以前帮过哈兹罕，这点情义他还得念。何况，我自始至终没有参加你们的行动，向哈兹罕告密的人攀不出我来。不光如此，我毕竟还是弘吉剌部的首领，没有确凿的证据，他轻易不敢动我。"

"哦，筛海，你的恩德我不会忘记。"

"别说这么多了，快走吧。对了，我差点忘了，你夫人怎么办？要不要设法通知她一起逃走？"

"算了。我即使能够侥幸逃出去，也是去做土匪，不是去做独霸一方的王公。况且，我反对的人又是她的祖父，她不会愿意陪我吃苦的。不如让她继续留在她祖父身边，至少，她祖父可以保证她和我儿子的安全。"

筛海略一沉吟："也罢，就这么办吧。"

帖木儿带着几个亲信连夜离开了撒马尔罕，途中，他幸运地集合起自己昔日同伴中的大部分，还有一些愿意追随他的将士陆续投奔了他，当他退到铁门关一带的山中时，他已拥有一支近千人的队伍了。

不出两日，哈兹罕率领大军五千人追至铁门关。帖木儿利用对地形熟稔的优势与哈兹罕周旋。然而，哈兹罕似乎掌握了他指挥的规律，凭借经验和五倍于帖木儿军队的优势不断缩小包围圈，致使帖木儿与哈兹罕数次交手均有不少伤亡，他的队伍也迅速锐减到原来人数的四分之一。帖木儿知道不能再与哈兹罕纠缠下去，决定撤出铁门关，相机甩掉哈兹罕的追兵。

帖木儿带着他的残兵败将先是向南撤退，继而向北，继而向东，继而又向南，最后向西。他走到哪里，他的队伍劫掠到哪里，主要劫掠粮食和牲畜，如果遇到商队，他不要瓷器之类易碎的东西，只要细软和金银珠宝，他把劫掠来的东西全都按功劳大小分给手下将士，人人有份。这样一来，在逃亡中，他的队伍非但没有减损，相反很快增加到了五百余人。

哈兹罕的追兵却被帖木儿的神出鬼没搞得晕头转向，有几次，他们好不容易捕捉到了帖木儿的行踪，可当他们赶到时，帖木儿已经逃得无影无踪。一次次的挫败让追兵意志消沉，疲于奔命更使他们怨声不断。再到后来，连哈兹罕本人想要一举消灭帖木儿的雄心壮志也被消磨殆尽。

这样,在对帖木儿进行了长达三个月的追击之后,哈兹罕下令撤回撒马尔罕。

追兵无功而返,帖木儿稍稍松了口气。

秋天,帖木儿率领队伍来到西斯坦边境。西斯坦人多以放牧为生,依山傍水,牛羊肥美。开始,西斯坦人对从天而降的劫匪毫无防备,牛羊财物屡屡被抢却无抵御之策,只能选择到更隐僻的地方放牧。而帖木儿和他的人屡屡得手,也使帖木儿变得越来越肆无忌惮,他的劫掠区域逐渐向西斯坦腹地深入。

为了对付帖木儿,西斯坦首领决定将牧民们集中起来放牧,放牧地点经常变换,并派军队轮流对畜群进行保护。没想到,这个不是办法的办法正中帖木儿下怀,他早对西斯坦的地理环境和风土人情作过全面了解,不仅如此,他还下功夫收买了两个贪婪的西斯坦牧人父子,从他们口中了解到西斯坦人最近几天总把牲畜赶到一个峡谷,峡谷中有丰美的草场,是非常理想的放牧地点。被收买的父子答应帖木儿,一旦有机可乘,他们会及时通知帖木儿。

对于这个天赐的良机,帖木儿垂涎三尺。他提前数日将队伍拉到离峡谷三十里处的丛林之中,每日都暗中潜入峡谷附近侦察。他在等待合适的机会,他有预感,这个机会很快就会到来。

应该说,一切都在帖木儿的计划之中。不久,两个西斯坦牧人送来确切消息,为了保护峡谷的草场,不要过度使用,西斯坦首领决定明日过后,就转移到其他的地方继续放牧。

当晚,帖木儿率领他的人马在峡谷附近的山中秘密隐藏下来。他这样做,一是这些日子他通过对峡谷的秘密侦察,已制定出一个周密的抢劫和撤退方案;二是为了居高临下,迅速出击。

当夜幕降临时,沙奈来到帖木儿的营帐。

从撒马尔罕逃亡到西斯坦边境抢劫,阿亚一直都跟随在沙奈和帖木儿身边。但自从深入西斯坦腹地后,沙奈担心阿亚有危险,执意将她留在西斯坦边境的一个小村庄,每次劫掠成功,他才回家探望阿亚。

近一段时间,由于帖木儿决定攻打峡谷,沙奈差不多有十多天没能见到阿亚了。当队伍来到丛林间宿营时,沙奈再也抵制不住对阿亚的思念,决定哪怕事后被帖木儿责怪也要与阿亚见上一面。

为了不暴露自己的目的,吃过晚饭,沙奈特意到帖木儿的帐中,若无其事地与他闲聊了一会儿。后来,他见帖木儿有些心不在焉,便知趣地告辞出来。他离开时，帖木儿的侍卫都看到了他。

他原本也是要他们看见。

他向自己的帐子走去，他的住处离帖木儿不到一百米。他故意招摇地走到了自己的帐子前，好像要回去休息，但他并没有进去，而是从帐子后面偷偷带出了自己的战马，趁夜色溜出了营地。

叁

深夜，沙奈敲开了家门，风尘仆仆地出现在阿亚面前。他是从临时宿营地溜回来向阿亚告别的，明天，他们要有一次重大的活动，他想念阿亚，想在行动前和阿亚缱绻缠绵一番。

帖木儿对西斯坦商队的抢夺，近来已发展到对西斯坦畜群的大肆劫掠，并在屡屡得手之后，不计后果地向内渗入。这些日子，他又在策划一次大胆的行动，沙奈回家将这个消息说给阿亚时，脸上少见地露出踌躇满志的神情。

阿亚蓦然就有了一种不好的感觉。尽管她知道，她不可能阻止沙奈。

这一夜，阿亚对沙奈极尽温柔。后来，沙奈筋疲力尽，将头枕在阿亚的臂膀上，沉沉入睡。

时间不很长，沙奈惊醒过来。外面的天色还没有亮，沙奈却精神抖擞，起来到外面收拾好鞍鞯。他正要上马时，阿亚叫住了他。阿亚递给沙奈一碗马奶酒，说行前喝一碗马奶酒会带给他好运。无论成亲前还是成亲后，沙奈对阿亚向来百依百顺，别说阿亚只是给他喝碗马奶酒，就是阿亚给他喝碗毒药，他也照喝不误。他接过碗，"咕咕噜噜"将一碗马奶酒喝得一滴不剩。

沙奈将空碗递还给阿亚，翻身跳上马背。阿亚默默看着他，沙奈在马上向阿亚挥手告别，他的手刚挥到一半，头一晕，身子直直地摔落在马下。

阿亚走到沙奈跟前，俯身背起他，将他送回帐子。她给他盖上毛毯，看了他一会儿。她知道短时间内沙奈不会醒来，她取下他的弓箭背在背上，取下他片刻不离身的波斯刀斜挎在腰间，然后，她来到帐外，跳上了他的战马。直到这时，她才想起，她忘了问沙奈他们在哪里宿营。

她想了想，向沙奈偶尔给她透露过的一处宿营地纵马驰去。她不知道是否能遇上帖木儿的队伍，帖木儿的宿营地一直都在变换，她不过想碰碰运气。

她的运气并不好,宿营地空无一人。她漫无目的地在西斯坦境内游荡,西斯坦人对于察合台人的敌意使她不敢向任何人直接询问情况。后来,她遇到一位正在草地上拣牛粪的老人,老人看她又累又渴的样子,问她在做什么。她见老人长得慈眉善目,就对老人说,她在找她哥哥,她家里只有哥哥一个男孩子,可他偏偏一点不争气,不喜欢放牧,不喜欢劳动,只喜欢跟个土匪头子四处打家劫舍,让父母为他操碎了心。据说最近他跟着土匪头子跑到了西斯坦这边,父母担心他,全都病倒了,她只好偷偷跑出来找他,她找了好几天,却连哥哥的一点消息都没听到。

她说着说着,嘤嘤哭泣起来,说真的,她确实有些绝望了,因此哭得像模像样,眼泪源源不断。

老人同情地看着她,拿来酸奶给她喝。等她稍稍平静下来,老人才不无遗憾地告诉她,恐怕她哥哥真的凶多吉少了。

她大吃一惊,不哭了。

老人问她:"你说的那个土匪头子,是不是一个名叫帖木儿的察合台人?"

她说是。

"那就对了。唉,你哥哥真不该做劫匪。可怜的人,他这一次在劫难逃了。"

她问:"真的吗?为什么?"

老人叹口气,解释说,他的儿子告诉他,为了对付神出鬼没的帖木儿劫匪,西斯坦部首领故意对外放出风声,说为了防止察合台人劫掠牲畜,要在各处水草丰美的地方轮流放牧,并且派人加以保护。首领这么说的,最近一段日子也确实这么做了。果然,差不多有半个多月的时间畜群和牧人都安然无事,渐渐地,西斯坦人放松了警惕,决定将畜群赶到峡谷放牧,峡谷的草场很好,如果没有特别的事情,他们会在这里多待一段时间。

进入峡谷的路只有一条,看护畜群的军队觉得万无一失,也不再那么用心,经常三五成群地聚在一处喝酒,有时牛、羊走出峡谷他们也不太管,只差遣牧民追回来了事。但是,所有这一切都不过是西斯坦人制造出来的假象,首领真正的目的,是将劫匪引入峡谷,聚而歼之。

可能也是天意,劫匪被假象所迷惑,上当了。今天上午,他们冲进峡谷,峡谷中的西斯坦人不及防备,四散奔逃。正当劫匪们赶着轻易得来的战利品打算离开峡谷时,西斯坦部首领派来的军队将他们团团围住。一场激战之后,五百多察合台人包括他们的匪首在内,一个不剩全被杀死在谷中。

阿亚望着老人,嘴唇白得像纸一样。

"你怎么知道的？"许久,她昏头涨脑地问。

老人回答,他的儿子参加了清理战场。他们把所有的尸体都堆积在一起,准备明天再做处理。

阿亚又问:"去峡谷怎么走？"

老人惊奇地看着她:"难道,你要进峡谷？"

"是的。"

"姑娘,我劝你还是不要去了。那样的惨景,你一个姑娘家……"

"不,我一定要去!"阿亚打断了老人的话。她攀住老人的肩头,一双眸子亮得令人心悸。

老人注视着她。片刻,无奈地叹了口气:"好吧,我引你一段,指给你路。"

阿亚独自走进峡谷。太阳西斜,整个峡谷沉入一片暗影之中,两边的峭壁挤压着山风,发出阴恻的哨声,秃鹫的鸣叫此起彼伏,渲染着死亡与惊悚。一些秃鹫落在尸身上,挑选和享受着它们的美食,即使阿亚短暂地惊飞了它们,它们仍徘徊不去,在阿亚头上盘旋翻飞。

阿亚并不觉得恐惧,巨大的悲痛已经让她忘掉了恐惧。她要找到帖木儿的尸体,这对她来说比任何事情都重要。

沙奈因为她的计谋保住了一条性命,对此,她并不感到内疚,她反倒为此暗暗庆幸。但如果找不到帖木儿的尸体,沙奈必定自责终生,看似绵善的沙奈,对友情有着与对爱情一样的执着。

一具具血肉模糊、断头缺臂的尸体,一副副曾经鲜活而如今苍白的面孔,这里发生过的惨烈厮杀,远远超出阿亚的想象。尤其让阿亚痛苦的是,这些死去的人,几乎每一个人都像她自己的亲兄弟一般。

西斯坦人将察合台人的尸体集中堆放在一起,而将他们自己的伤员和尸体全部装车运走了。阿亚没有发现帖木儿,只能一具一具翻看着,她的内心多么希望他们中间还有人活着。

峡谷中的光线越来越暗淡,快要什么也看不清了。阿亚一直翻到两臂酸麻,再也动弹不得时,帖木儿的尸体仍然不见踪迹。终于,巨大的绝望和悲痛压垮了阿亚,她跌坐在几十具被堆集起来的尸体旁,将手蒙在眼睛上,将头沉沉地埋进肘弯里。她的眼睛生疼,可她就是流不出眼泪来。

不知过了多久,她感到自己的衣摆被什么东西扯了一下。

她以为是错觉,保持着原有的姿势一动不动。

不对!还是那个东西,将她的衣摆扯了一下,扯了一下,又扯了一下。

她心头一凉,愕然向下看去。

　　天哪！死人堆中竟伸出一只手来，这只手正拉扯着她的衣摆。她看不到拉扯她的人，拉扯她的人被埋在尸体之中。

　　阿亚一跃而起。她不知自己哪来的力量，以惊人的速度搬掉了擦在手臂上面的十多具尸体，这时，她看到一个"血人"，"血人"的头微微抬了一下，在那短暂的瞬间，她凭感觉认出了那张脸。

　　那是一张除沙奈之外她最熟悉的脸。

　　"帖木儿！"她跪在"血人"的面前，抱着他泪如泉涌。

　　帖木儿没有回答。他的脸挨在地上，像死去一般。

　　阿亚强健的身体这时发挥了作用，她不再犹豫，背起身材高大的帖木儿，向她留在山谷入口处的大宛马跑去。她必须要救帖木儿，无论如何，她一定要救帖木儿，这成了支撑她的唯一力量。

　　山谷里黑暗一片，她跑着跑着，脚下被一具别的尸体绊了一下，她的身体一下失去平衡，重重地摔倒在地上。帖木儿从她的后背上滚落下来，她顾不得疼痛，俯身重新背起帖木儿，向谷口跑去。她带来的坐骑在谷口来回踱着步，显得有些焦躁不安。看到女主人，它善解人意地迎了上来。

　　阿亚费力地将帖木儿放在它的背上。

肆

　　阿亚回到自己和沙奈的那座小帐子时已是第二天凌晨。她勒住坐骑，看到沙奈刚好踉踉跄跄着走出帐子。大概是她给沙奈用的药用得狠了些，沙奈在整整昏睡了十二个时辰之后，仍然双腿无力，视物不清。

　　阿亚没叫沙奈，将帖木儿背进帐子，放在沙奈睡过的地方。

　　"怎么啦？怎么啦？"沙奈追着阿亚问，显然，他模糊的意识里还没弄清发生了什么事。

　　阿亚顾不上回答他，她点燃油灯，细心地检查着帖木儿的伤势。

　　帖木儿的右腿被棍棒一类的东西生生打断了，右手被砍断了小指和无名指，胸背各有一处刀伤。一处刀伤离心脏很近，帖木儿能够活下来真是万幸，但帖木儿是否能够活过明天，活过后天，她心里一点底也没有。

　　如果这里是碣石城或者铁门村，她可以为帖木儿请来当地最好的大夫。可这里是西斯坦境内，如果她去请大夫，只怕他们三个人连明天都活不过去。

该怎么办呢？事到如今,也只能死马当作活马医了。

阿亚扯开了帖木儿的衣襟,用酒为他清洗伤口。阿亚存下的半坛烈酒是从碣石城一路带到西斯坦来的,平素,帖木儿来看望她和沙奈时,喜欢和沙奈大块大块吃烤羊肉,大碗大碗喝酒,他们已经喝掉了几坛,只剩下这弥足珍贵的半坛了。沙奈在一旁注视着阿亚的举动,许多事情慢慢地回到了他的脑海里。

"阿亚。"沙奈的声音不再是那么含含糊糊的了。

阿亚头也没抬:"沙奈,快来帮忙。"

沙奈蹲在帖木儿的身边,重新将帖木儿的伤口检查了一遍。他的眉头微微皱着,脸上的表情十分专注、严肃。他再没问"到底发生了什么事"之类的无聊问题,他很清楚究竟发生了什么事。即使他的内心充满内疚,埋怨自己没有同弟兄们一起赴死,他也不会对阿亚说。阿亚第一次意识到,沙奈的骨子里其实有一种很坚强的东西,她的沙奈是个真正的男人,值得她托付终身。

沙奈小的时候常跟祖父打猎,从祖父那里学到了一些治疗跌打损伤的土办法。在阿亚为帖木儿清洗伤口的时候,他为帖木儿接上了断腿。至于帖木儿被斩断的两根手指,他只能为他包扎起来。

等阿亚和沙奈做完所有能做的事情后,阿亚将头靠在沙奈的肩膀上,疲惫不堪地睡着了。

清晨,阿亚不是被刺眼的光线而是被两个男人的对话声惊醒的。

"长生天保佑！帖木儿,你活下来了。"

"当然,我命大,死不了。"

她睁开眼睛,正遇上帖木儿注视着她的目光,帖木儿的眼睛明亮如昔。

"你醒了,帖木儿？"阿亚又惊又喜。

"我没事了。"

"真的吗？"

"真的。阿亚,我想,应该是你把我从死人堆里背出来的吧？"

"是她。"

"我有这样的感觉。"

"帖木儿。"

"怎么啦？"

"对不起。"

"是因为你没有跟弟兄们一起死掉吗？"

"我……"

"帖木儿,不怨沙奈,都是我的错。我给他喝了药。"

"什么药?"

"让他昏睡的药。"

"我猜到了。早晨集合你没有到,有人说看见你天黑的时候溜了出去,我就估计到后来发生的事情了。我得说,感谢你,阿亚。"

"感谢我?"

"你以为,因为我的失误,让弟兄们都去送死我就很高兴吗?你的计谋使沙奈活了下来,我的身边至少还有一位好朋友,不,两位好朋友,我怎能不为此感到庆幸!何况,你毕竟没有放弃我,把我从死人堆里一路背了出来。"

"我不知道你还活着。当时,我只是想,即使你死了,我也得把你背回来,要不,沙奈会埋怨我一辈子的。"

帖木儿笑了一下,伤口不觉被牵动了,他疼得皱了皱眉头。

"沙奈,你给帖木儿换药,我去设法搞辆马车来。我们不能长时间待在这里,我担心待久了会有危险。"

"也对,你小心些。"

"知道。"

沙奈从腰间解下玉佩,交到阿亚手里:"把这个拿上,找个识货的人卖掉,买辆马车足够了。"

"可这玉佩不是……"

"没关系,祖父不会埋怨我的。再珍贵的东西也比不上人重要。"

帖木儿什么也没说。他从来不会把真正感激的话放在嘴上。

整整一个白天阿亚都在外面,直到天黑透了才回来。沙奈不敢离开帖木儿身边,耳朵却敏锐地听着外面的动静。

阿亚刚将马车停在帐前,沙奈已经走了出来。

沙奈拉着阿亚回到帐子里,看了她一眼,不觉大吃一惊。

出现在沙奈和帖木儿面前的阿亚简直令人不敢相认。她满脸瘀紫青肿,一个眼眶乌黑,嘴角处还挂着一道血痕。她的衣服像在泥里滚过一样,袖子、衣领、下摆都被撕破了许多块,半个后背露了出来。

阿亚颇有些得意地向沙奈一笑:"妥了。"

"你这是怎么啦?"沙奈不知道是心疼还是愤怒地问。

"发生了什么事?"帖木儿也问。

"嗨,别提了。我原本想找个识货的把玉佩卖个好价,不料在城里碰上几个无赖,他们认出我是察合台人,又见我的玉佩值钱,想白白抢走。我哪里肯依,就跟他们打了起来。他们仗着人多,我打不过他们,要不也不会这么吃亏。后来,多亏一个给我指过路的西斯坦老人经过那里帮我说和,他们才算放了我,可玉佩还是被他们抢走了。我不甘心。你也知道,丢了玉佩我们就买不到马车了,所以他们离开后我一直悄悄跟着他们,我看到他们把玉佩卖掉了,换了钱到一个酒肆买了十几坛酒,雇了一辆马车运出城。我就跟着他们走,他们来到挺远的一个帐子,把酒全卸到帐外,他们中的一个人还宰了一只羊,在大锅里煮,肉还没熟他们就开始喝酒。也不知道喝了多少坛,反正最后他们全都醉倒了,一个个醉得像死猪一样。我就偷了他们的马车,把他们没吃完的肉放在空坛子里,没喝完的酒也装上,一路赶了回来。哼,他们活该,明天他们还得给人家赔马车,我们的玉佩可不是白抢的。"

面对阿亚的笑脸,沙奈简直不知该说什么才好了:"你呀……"

"别啰唆了。帮我把帖木儿背出去,车上吃的喝的都有,我们趁夜赶紧逃吧,走晚了会让西斯坦人发现的。"

帖木儿的右腿动不了,沙奈和阿亚费了一番力气才将他弄到马车上。阿亚取出冷羊肉让他们吃,还让他们喝酒,她自己坐在前面,亲自驾车。

沙奈从车里探头问她:"阿亚,让我赶车吧,你进来吃些东西。"

阿亚回道:"不用,我这会儿不饿。"

说是不饿,其实是她嘴疼,不想吃。

过了一会儿,沙奈又从车里探出头:"阿亚,你要不要喝点东西?"

沙奈的婆婆妈妈阿亚早就习以为常了,虽然有时也令她恼火,不过多数情况下她都很受用。不管怎么说,她知道沙奈爱她,对她的关怀无微不至。

"给我点酒喝吧。"她回道。

沙奈倒了一碗酒,从车厢里递给她。

阿亚奇怪:"你从哪儿弄了碗来?"

"车里有一只。"

"嚯,这帮兔崽子,备得倒挺全。"

阿亚一边骂着,一边喝酒,酒液刺得她嘴角生疼,她只好把酒碗还给沙奈。"这酒一点不好喝。"她找了个借口。

"还好啊。"沙奈奇怪地说。

"不好。"阿亚坚持。

帖木儿从车里说话了:"阿亚,等以后我做了大汗,我送你一百个用世界各地最上等的玉石制作的玉佩,怎么样?"

阿亚咧嘴一笑,因为疼痛,又将笑容敛去了:"你能做大汗吗?"

"为什么不能?"

"你忘了,成吉思汗的法典里规定,只有成吉思汗的直系后裔才可以称汗,你又不是他的直系,怎么称汗?"

"称不称汗又有什么关系,重要的是拥有大汗的业绩和权力,我要做的是名副其实的大汗,而不是只拥有大汗的虚衔。"

"你这人挺有野心嘛。"

"哪个男人没有野心。"

"沙奈就没有。"

"沙奈也有,只不过他的野心与我的不同罢了。"

"我没看出来。好吧,我相信你,相信你一定能够拥有大汗的权力。不过,我不要一百个玉佩,我只要你答应我一个条件。"

"什么?"

"任何时候,都不要怀疑沙奈对你的忠心。"

"这你放心,成吉思汗如何对待功臣,我就如何对待功臣。"

"你想做成吉思汗那样的人?"

"是的,像成吉思汗那样纵横天下是我一生的目标。"

阿亚回头望着帖木儿。

她产生了一瞬间的恍惚。

帖木儿的面目发生了变化。在明亮的月光下,帖木儿的脸看起来真的有几分像她父亲供奉在蒙古包里的成吉思汗的画像。

她觉得,帖木儿正将一种自信传递给她,她在心里微笑了,这是一种满足的微笑。不管怎么说,这个伤痛在身、前途未卜的男人是有远大志向的,就凭这一点,也不枉费她和沙奈为他所做的一切。

伍

直到离开西斯坦,沙奈和阿亚确定帖木儿安全了,他们才停止奔波,在离西斯坦边境五十多里以外的一座小村子居住下来。

小村子叫作白梨村,顾名思义是因盛产白梨而得名。白梨村的村民几乎家家都种植白梨,白梨成熟后,他们将鲜果加工成梨浆和梨脯,然后出售给邻村或城市换回粮食以及其他日用品。帖木儿嫌白梨村的村民贫穷,一次也没对他们进行劫掠,因此白梨村的村民并不认得帖木儿。

这是沙奈和阿亚选择白梨村作为落脚点的第一个原因。

第二个原因是,帖木儿的伤腿和伤手只经过一些简单的处理,由于他们逃出西斯坦时十分仓皇,没有时间也没有条件去搞到有用的药物,帖木儿的伤势一直没有明显好转,沙奈和阿亚很为他担心。说来也巧,阿亚一个人住在西斯坦边境的时候,很偶然地认识了一位居住在白梨村的民间大夫,她一定要到白梨村,其实就是想请这位大夫给帖木儿做一次全面彻底的治疗。

最后一个原因,沙奈路上就与帖木儿商议过,他想趁帖木儿留在白梨村疗伤期间,一个人偷偷潜回碣石城一趟,一来暗中与岳父筛海取得联系,了解一下哈吉是否可以帮助帖木儿;二来顺便从岳父那里取得一些资助,以此保证帖木儿在身体完全康复前不必为衣食犯愁。

阿亚很快打听到她认识的那位大夫住在哪里,循着村民的指点,她来到大夫兼作诊室的药铺。大夫并没有忘记她,不过看到她突然寻上门来,还是十分惊讶。阿亚有个特点,在她编织谎言的时候,从来都会根据当时当地的情形顺口胡诌,即使不巧被人识破,她也绝不会脸红心虚。

对于大夫的好意询问,阿亚的解释是,她和丈夫、哥哥是半个多月前才从铁门村搬到西斯坦居住的。本来他们在西斯坦城中做一些小买卖,生活勉强还能维持,三口人相处得融洽和睦,唯一也是最大的愿望就是多攒些钱,早日给哥哥说上一门亲事。谁料想,前些日子突然祸从天降。当时她丈夫出门进货不在家,一个西斯坦男人想要欺负她,哥哥为了保护她,冒失地把那个男人痛打了一顿。当时他们并不知道那个男人在当地颇有些权势,那个男人一被放回家就带着他的手下找上门来,将她哥哥团团围住,几乎把人打死。在她苦苦哀求下,方才丢下她哥哥和她扬长而去。万幸她丈夫不在,晚上才回来,当他了解了情况后,知道西斯坦是住不下去了,当机立断决定趁夜逃离那里,免得那个男人再度寻仇。

这样,他们一路辗转来到白梨村,因她哥哥伤势未愈,她想请白梨村的大夫给哥哥治好了伤再走。说起他们一家人的"悲惨经历",阿亚泪如雨下,不由大夫不信以为真。大夫安慰她,让她和她丈夫、哥哥不妨暂时留在白梨村,他会尽快找个地方帮他们安顿下来。

除了村长,大夫在白梨村就是最有威望的人了。白梨村自古民风淳朴,何况村民们丝毫不知道西斯坦境内发生的事情,一位热情的村民慷慨地将自己两间多时不用的杂货屋借给三个逃难的人安身。

住下来后,大夫给帖木儿仔细做了诊治。诊治后,他无奈却很直截了当地告诉阿亚和沙奈,帖木儿断了的手指固然不可能接上,就是他的腿,因为耽误了最佳的治疗时间,也必然落下终身残疾。

大夫给帖木儿重新固定了断腿,要沙奈跟他一起去取药。他们走后,阿亚沮丧地坐在小屋前一块大石头上,心里十分难过。阿亚难过是因为她心里十分自责,她和沙奈都不懂得如何接骨,在那么紧急的情况下,又不敢找大夫,只是草草地帮帖木儿将断腿固定了一下。

没想到帖木儿真的要因此变成残疾了,一个立志要像成吉思汗那样驰骋天下的人,如果知道他的腿残废了,他的心里一定会充满怨恨吧,说不定,他还会埋怨她和沙奈,觉得是他们什么都不懂才把他害成这样……

想到帖木儿可能会因为失望而变得疯狂,她都不敢进去了。从小到大,她还从来没有像此刻这么担忧过,担忧看到他怨恨的眼神,与其独自面对,还不如等到沙奈回来再一起进去……

阿亚正在胡思乱想,屋里传出帖木儿的声音,那声音居然很平和:"阿亚,你在外面吗?"

阿亚从石头上跳了起来。

"阿亚!"

阿亚呆呆地"噢"了一声。

"阿亚,我要喝水。"

阿亚嘴里答应着,却挪不动步子。屋里帖木儿的声音停顿了一会儿,当他再一次开口说话时语气里明显透着奇怪:"阿亚啊,你在磨蹭什么?"

阿亚实在没办法了,硬着头皮走到门前,嗫嚅着问道:"帖木儿,沙奈还没回来,你不会打我吧?"

帖木儿笑了:"打你?为什么?"

"都是我的缘故,你的腿……"

"我的腿和你有什么关系吗?你放心,我一定能重新站起来走路、骑马的,我有这个信心。你进来吧,你要是一直不进来,不给我倒水喝,等我站起来了,我要做的第一件事还真是揍你一顿。"

阿亚不敢不听,忐忑不安地推开门走了进去。她给帖木儿舀了一碗水放在他的手上,帖木儿一饮而尽。

喝了水,帖木儿抹抹嘴,看着阿亚问道:"你的眼睛怎么红了?"

阿亚眨眨眼,没说话。

"哭了?"

"噢。"

"怕我打你?"

"算是吧。"

"在你眼里,我是个暴君吗?"

"也许……差不多。"

"怪了,你这种没心没肺没长脑子的娘儿们居然也会怕被人打?我以为你只会欺负沙奈呢。可怜的沙奈呀……"

阿亚不耐烦地打断了他的话:"除了这句话,你会不会说些别的?总是老一套,烦死了。我真不明白,沙奈可怜不可怜,关你屁事!有这闲工夫,你还是可怜可怜你自己吧。我不信,你就一点不担心,两根手指呢,丢了也就罢了,反正以后你身边断不了有人侍候。可是腿呢?就算你能站起来,也是个……"

阿亚及时将后面的话咽了回去。她后悔自己口无遮拦,恨不能咬碎自己的舌头。她真还试着咬了一下,一阵疼痛让她急忙捂住嘴,不咬了。

一时间,帖木儿没有回话。阿亚怯怯地看了帖木儿一眼,却发现他正有趣地看着她,嘴角、眼睛里全是嘲弄的笑意。

"你……"

"怎么不说了?往下说呀。"

"帖木儿,对不起。"

"阿亚会向别人认错,不是疯了,就一定是吃错药了。"

阿亚忍无可忍,暴跳如雷:"你别不识好歹,我的忍耐是有限度的。我若不是看在你残废的份儿上,我才懒得理你呢。"

"这就对了。"

阿亚一愣,火气顿时消了:"啊?"

"我说,这就对了。拿着鞭子,想抽谁抽谁,放出托列,想咬谁咬谁,不懂得遮掩,不懂得世故,这才是我认识的阿亚呐。如果像你这样的人也会从一头母狮子变成小女人,我还不如让西斯坦人杀了算了。阿亚,记住我的话,谁都可以变,你不能,如果你变了,这个世界对我而言乐趣就更少了。"

阿亚拧着眉头想了半天,仍然琢磨不透帖木儿话里的意思。无奈,她认输了:"你到底在说什么?稀奇古怪的。"

帖木儿打了一个长长的唿哨:"听不懂吗?"

"傻瓜才听得懂。好了,不跟你说了,我去给你准备饭吧,一会儿沙奈回来,再熬药。明天,沙奈还得赶路呢。沙奈不在,你最好乖乖听我的,要不,休想让我好好服侍你。"

"好,听你的。"帖木儿一副顺从的模样,脸上始终挂着微笑。看来,他知道自己的伤情,只是他并不在乎。

阿亚的心情舒展了许多,不由向帖木儿开颜一笑。她露齿而笑时,两颗尖尖的小虎牙晃了晃。帖木儿从来没有离这么近仔细看过阿亚,他惊奇地发现,阿亚此刻温柔的笑容差不多可以用"可爱"这个字眼来形容了。没想到,这个野丫头的身上居然还隐藏着他所不知道的另一面。

不知不觉地,帖木儿的语气有些变了。"阿亚。"他轻轻唤道。

阿亚本来正要走开,听见帖木儿叫她,急忙站住了,回头望着帖木儿:"你还要什么?"

"不要什么。我想告诉你一件事。"

"告诉我……一件事?"

"对。"

"你说吧。"

"我会站起来的,一定会!就算像大夫预言的那样,我的腿真的落下残疾,变成了跛子,我照样还可以骑马。你看着吧,只要真主赐予我骑马的力量,就没有任何人可以阻挡我驰骋天下。"

阿亚走回帖木儿的床前,望着他坚定的眼神,隐隐感到某种敬畏。这是过去从来没有过的感觉,可她不知该如何表达。她站了一会儿,找不出话说,于是点点头,轻轻带上门,出去了。

阿亚站在门前,向苍茫的天空伸出双手,将头微微低下。她想,真主或许就在天地间某个地方俯视着帖木儿,怀着悲悯的心情。帖木儿是他众多孩子中的一个,他一定不会放弃帖木儿。

帖木儿相信真主会赐予他力量,阿亚则衷心地希望帖木儿信仰的真主能够保佑他站起来,像以前一样自由地行走、骑马。

这是一种最朴素的愿望,只要帖木儿平安就好。

记得她从死人堆里背出帖木儿的时候,她曾经跪在地上祈求长生天保佑帖木儿不要死去,结果,帖木儿真的活了下来,从那时起,她真诚地将帖木儿的得救归于天意,对长生天充满了感激。

不要怪她可能违拗了帖木儿的本心。从小到大,她唯一信仰的就是长生天,而沙奈也信仰长生天,如同帖木儿信仰真主一样,对于信仰,他们同样虔诚。然而,宗教信仰的不同并不妨碍他们成为朋友,共历风险。在她周围的察合台人当中,宗教信仰也从来不是人们区分敌与友的标准。

从蒙古草原追随察合台汗来到异域他乡,经年累月的时光和潜移默化的影响,住在中亚的许多察合台人皈依了伊斯兰教。但并不全都如此,还有一部分人始终坚守着自己的宗教信仰。他们当中,有的信仰基督教,有的信仰佛教,有的则坚定地信仰着在草原上盛行了数百年甚至近千年的萨满教。

古老的萨满教以自然崇拜为核心,阿亚是它无数信徒中的一个。她从不怀疑,天地万物都有神灵,特别是蒙古人信仰的长生天,一定会无私地护佑草原以及他们这些离开了蒙古本土的人们。

当然,这些人中也包括帖木儿。

哪怕帖木儿是一位已经突厥化了的蒙古人。

这时的阿亚尚且不知道,不久之后,帖木儿果然站了起来,虽然他的一条腿跛了,右手也永远失去了两根手指,可这并不妨碍他以夺人的气势重新站在欧亚政治的舞台上。这个人,日后被亚洲和欧洲的人们称作"跛子帖木儿",将"帖木儿"与"跛子"连在一起,"跛子帖木儿"就成了魔鬼的代名词。

陆

沙奈第二天晚上离开了白梨村,按照他与帖木儿、阿亚的事先约定,秘密潜回碣石城。至于帖木儿,他则放心地交给阿亚照顾。

沙奈走后,帖木儿以一种更加积极主动的姿态配合大夫的治疗,即使重新接骨他也绝不叫苦呻吟,他的意志令大夫钦佩。

在大夫的精心治疗下,帖木儿很快可以下床了,他拄着拐杖拜访白梨村的村民,当他的右腿变得比较有力量时,他丢掉了拐杖。他跛着一条腿随大夫进山采药,用断了两根手指的手教村里的孩子骑马和射箭。他对任何人都那样和善,生机勃勃。这是帖木儿身上最为奇怪的地方,一旦他表现出仁慈和亲切的一面,他就会对周围接触他的人产生奇妙的吸引力,即便他再也不能像正常人那样走路,这个跛着一条腿的年轻人仍旧成了白梨村最受村民们欢迎的客人。

沙奈这一走,一个月过去了还没有消息。阿亚记挂他,帖木儿却坚信沙奈一定会平安回来。

沙奈不在的这一段时间,帖木儿彻底养好了伤。虽然在伤好后他从一个健全人变成了跛子,右手还断了两根手指,他却笑口常开。他不止一次对阿亚说,他庆幸自己活了下来,只要活着,哪怕身体有了残缺,他一样可以成为一个了不起的人。他就是怀抱着这样的自信面对生活,面对打击,阿亚有时甚至觉得,帖木儿的自信好似注入海子的泉眼,泉水源源不断,奔涌不息。

帖木儿一如既往地喜欢与阿亚斗嘴。阿亚一方面时常被他气得七窍生烟,另一方面却明白这是他的好意,帖木儿无非是想借用这种方式来减缓她对沙奈担忧的情绪。与帖木儿单独相处越久,阿亚就越觉得帖木儿是个很矛盾的人,他有着奇怪的思维以及与常人不同的行为准则,他自私自利,狡诈多疑,冷酷无情,与此同时,他又慷慨大度,信爱朋友,明察世事。这些截然相反的品格集中在一个人的身上,不能不令阿亚那颗不喜欢思考的大脑无所适从。

阿亚像帖木儿庆幸自己没有死掉一样庆幸她没有嫁给帖木儿,当初她如果真如愿以偿,现在的她一定生不如死。

回头想想,还是沙奈最适合她。沙奈个性简单、透明,和她如出一辙,与这样的人生活在一起,阿亚至少觉得自己不累。

沙奈回来的那天很突然,当时,帖木儿和阿亚正坐在门口的石头上聊天,帖木儿问阿亚:"你打算给沙奈生几个孩子?"

阿亚与沙奈成亲的第二年生下一个儿子,可是这个儿子不到半岁就夭折了,从那以后,阿亚一直不曾怀孕。阿亚生孩子的时候年龄还小,随着时间一天天流逝,她已经不再为这件事情伤怀。

此时,莫名其妙地听到帖木儿这样问她,她想了想,懒洋洋地回答:"四个,四个最好。"

"四个?为什么要四个?"

"我想要两个儿子,两个女儿。"

"多几个不好吗?"

"多几个你帮我养啊。"

"你的孩子干吗要我养?"

"我嫌麻烦,四个差不多了。再少,一儿一女也行。"

"那得让沙奈加油了。我说阿亚,你的沙奈,他是不是不行?"

"什么不行?"

"你不明白?"

"明白什么?"

"亏你还是别人的老婆,生过一个儿子,连'不行'的意思都不懂。"帖木儿有意将"不行"说得怪里怪气,阿亚明白了。

"你才不行呢。你不是也才生了一个儿子吗?"她反唇相讥。

"我不一样。沙奈这辈子除了你恐怕谁也不会娶。我呢,我想娶多少女人就娶多少女人,所以,我想生多少儿子就生多少儿子,反正我不会嫌麻烦。"

"哪有那么多'黄金家族'的公主让你娶?"

"'黄金家族'的公主多了我也消受不起,有一个、两个就好了。身上流着成吉思汗的血液,还是一位名副其实的公主,这样的女人才是我梦寐以求的伴侣。我虽然不会只有一位夫人,但我可以保证一辈子敬爱她。就像成吉思汗有了那么多后妃之后,仍然敬爱着他的发妻孛儿帖一样。"

"发妻?我明白了,你说的是云娜夫人。"

"错。她是'黄金家族'的女人不假,但她的身份不是公主。"

"可你要娶公主,她会同意吗?"

"这种事哪里由得了她。"

"难道,你不爱她吗?她给你生了儿子,你不是很疼爱你的儿子吗?"

"两码事。无论如何,我绝不允许一个女人来干涉我的事情。"

"你太可怕了。幸亏……"

"幸亏什么?幸亏我不肯娶你是吗?"

"是啊。长生天对我真够仁慈,没让我掉到苦海里。如果那一年我真的嫁给了你,还不如让我死了算了。"

"你是不是在说反话?你应该这么说,如果那一年我娶了你,还不如让我这次在西斯坦死了算了。"

阿亚瞪着眼睛看着帖木儿,瞪了一会儿,赌气似的嘟囔了一句:"不管怎么说,沙奈就是比你好。"

"是吗?得,你说好就好吧。我再告诉你一件事。"

"什么?"

"你的好人回来了。"

"啊?"

"啊什么啊?像个呆瓜。你回头往后看,你的沙奈回来了。"

阿亚猛地回头。

是的,是沙奈,帖木儿确实没有骗她。她远远地看到沙奈骑着马,正向他们这边飞驰而来,沙奈的身后,还有十数骑紧紧相随。

阿亚兴奋地欢呼起来,张着双手向沙奈跑去。她跑得飞快,帖木儿一动不动地待在自己的位置上看着她,他突然想起沙奈曾为阿亚腰有些粗屁股有些大烦恼的往事,脸上不由露出笑容。

沙奈也看到了阿亚,他在马上扬起鞭子,欢快地叫道:"阿亚。"

阿亚不说话,气喘吁吁地跑到沙奈近前。沙奈勒住坐骑,伸手将阿亚拉上马背。阿亚从他的身后抱住了他的腰。

"你怎么才回来?"她喘息着问。

沙奈挥了一下鞭子,让坐骑小跑起来。"惦记我了吧?"他问阿亚。

"废话!"

"我也惦记你们。没办法,遇上一些事,耽搁了。对了,帖木儿怎么样?他的伤都好利索了吗?"

"哦,好是好了,但他的手指没办法了,腿也跛了。"

"我想到了。大夫说过的,不是吗?你告诉我,这些日子他是不是很难过?有没有乱发脾气?"

"那倒没有。我看他每天高高兴兴的,跟谁都有说有笑。他还骑马呢,这里的小伙子跟他比赛骑马,没人能赢过他。你说怪不怪,帖木儿以前挺严肃的,这次伤好后好像变了一个人,对人和蔼可亲,每天春风满面,白梨村的村民都挺喜欢他的。他们经常给我们送些梨浆和果脯,有的人家杀了羊,也给我们送一条后腿过来。就剩下我们两人的时候,他就跟我设想他将来如何如何,他说的那么当真,让人觉得他真的能成为第二个成吉思汗。"

"没准呢。"

"啊?"

"这是他的理想。"

"总不会完全一样吧?"

"完全一样当然不可能,不过,除了他,别人谁又敢这样想呢?"

"也是。"

沙奈和阿亚说着话,已经到了帖木儿近前,沙奈和阿亚跳下马,帖木儿走过来,跟沙奈拥抱了一下。

"帖木儿,你还好吗?"

"好,我没事。真主保佑,你总算回来了,你要是再不回来,你家阿亚非把我烦死不可。"

阿亚怒道:"我烦你?是你烦我才对。"

"你看到了吧,她每天都这样。"

沙奈无奈地傻笑。这两个人,他哪一个都不敢说,哪一个都得罪不起,他只能说事:"帖木儿,我这次回……"

帖木儿打断了他的话:"我看到你带了十多个人来,他们是谁?"

沙奈回头看了看他带来的那些人。他们停在五十步远的地方,正在等候沙奈向帖木儿提起他们。

"帖木儿,你还记得艾库这个人吗?"

"艾库?让我想想,他不是……对了,他不是色拉兹汗的侍卫长吗?据说,他武艺出众,精通音律,对色拉兹汗很忠诚。"

"对,就是他。"

"怎么?难道他也来了?"

"来了,为首的那个年轻人就是。"

"我认出他了。不过,他们为什么会跟你一起来?"

"说来话长。我简单点说吧,朝廷出事了。"

"出事了?"

"对。咱们逃走后,哈兹罕知道色拉兹汗已经不再信任他,借口报仇,设计捕杀了色拉兹汗。其实他是想就此夺取汗位，自己称汗。可是，艾库逃走了，组织了一支军队与哈兹罕作战，双方互有胜负，汗宫几度易主。就在艾库和哈兹罕相持不下时，你叔叔哈吉见有机可乘，从碣石城出兵攻打哈兹罕，结果，哈兹罕腹背受敌，兵败被擒，哈吉下令将他斩首了。"

"什么？哈吉杀了哈兹罕？消息确凿吗？"

"确凿。"

"那云娜呢？我儿子呢？"

"你不用担心，他们没事。哈兹罕虽然死了，我岳父筛海抢先包围了哈兹罕的府邸，找到云娜夫人和只罕杰尔，把他们保护起来了。哈吉念在云娜是他侄媳，只罕杰尔是他侄孙，也算对他们网开一面，允许他们住在筛海的营地。我这次回去，已经和他们见过面了。"

帖木儿稍稍松了口气，不用再担忧儿子和夫人，他的脑子里飞快地计算着这一次事变可能给他带来的利益。不过，想到他已经是光杆司令一个，他又有些泄气，"照你说来，现在是哈吉掌握了撒马尔罕的局面。"

"不是。"

"不是？你什么意思？"

"是这样，忽辛听说哈吉杀死了他祖父，从阿富汗出兵将哈吉赶回了碣石城。忽辛自己当然想成为撒马尔罕新的主人，可是以艾库为首的撒马尔罕守军将领多数不服他，这些人极力在将士当中煽动哗变，忽辛举行宴会的晚上，差一点被哗变的将士杀死，他害怕了，被迫退出撒马尔罕，转回他的领地。"

"然后呢？"

"赶走了忽辛和哈吉，撒马尔罕群龙无首，艾库与众将商议，一致认为你是为了帮助色拉兹汗复权才被迫逃亡的，在这一点上，他们钦佩你的忠诚。另外，他们认为，当前危机四伏的撒马尔罕，只有你才能出众，胆识过人，最适合做他们的领袖。于是，他们派人四处打探你的消息，为此还找过我的岳父筛海。我岳父对艾库这个人比较了解，知道他是个一言九鼎的汉子，既然他诚意推戴你，我岳父便答应了他派来的人，一有我们的消息就设法通知他。"

"我明白了，你见到筛海后，筛海就让你到撒马尔罕找到艾库，把我的藏身处告诉了他。"

"是这样没错。否则，我也不会走了这么长时间才回来。"

"事情的原委我差不多弄明白了，你去请艾库过来吧。"

"是。"

沙奈去不多时,带着艾库回来了。艾库施礼见过帖木儿,帖木儿还礼,注目端详着他。

艾库是个身材高大、目光如炬、动作敏捷的年轻人,以前,帖木儿与艾库见过面,但没有任何交往,此时,艾库站在他的面前,他在一见之下就被这个与他年纪相仿的年轻人身上所特有的英武之气打动了、感染了。

帖木儿请艾库坐下说话。艾库不肯,他原本不善客套,也不喜欢绕弯子,他直截了当地问:"请问,您的腿可以走路了吧?"

"可以。"

"既然能走路,骑马更不成问题了?"

"当然。"

"那好,既然您能骑马,我带了从马来,请您立刻上马,跟我返回撒马尔罕。"

"哦?马上吗?"

"对,事不宜迟。撒马尔罕的情形想必刚才沙奈都跟您说了。现在,大家正心里没底,很需要一个像您一样强有力的人回去收拾残局。我想,您一定不会有很多东西要收拾,对吗?"

"东西倒是没有。不过,我在白梨村养伤这么长时间,总得向村民们告别一下。要不……"

"事情很急,这些婆婆妈妈的事请您不要考虑。"

"该考虑的不考虑也不行。这样吧,沙奈,你代我去大夫那里一趟,告诉他,家里人找到了我,家里出了急事,我必须马上动身,来不及跟他告别了。他的恩德,我谨记在心,容后再报。"

"知道了。"

沙奈牵马正要离开,阿亚跑到他身边:"我跟沙奈一起去。"

"不行,你帮我收拾东西。沙奈传完话,会来追我们。你有什么话,路上再跟沙奈说也不迟。"

阿亚不情愿地看着沙奈。帖木儿催促阿亚:"快点!"

阿亚回头瞪了他一眼,磨磨蹭蹭地回到屋里。两个男人望着她结实的背影,又望望彼此,相视而笑。

第三章

东山再起

壹

帖木儿重新回到了撒马尔罕城。

在艾库、筛海等人推戴下,帖木儿暂时接掌了撒马尔罕的军政大权。当然,并不是每个人都真心拥护他,只是在目前的状况下,他们没有更好的选择。对他们而言,撒马尔罕的稳定远比是否拥护帖木儿重要。

帖木儿却是个雷厉风行的人。从他掌握权力开始,他便致力于整饬军务,整顿治安,严惩一切暴乱分子和不法之徒,在他的铁血政策下,撒马尔罕的局势迅速归于平稳,他的所作所为赢得了百姓们的拥戴。

帖木儿派沙奈和阿亚去接回暂时寄住在叔叔哈吉府上的夫人和儿子。阿亚很高兴可以回家了,她急于见到母亲以及她心爱的托列,可是她只见到母亲却并没有见到托列,母亲悲伤地告诉她,在她和沙奈随帖木儿逃出撒马尔罕那天,托列就不见了,人们都说,托列一定是去找它的主人阿亚了。过了很久之后,差不多两个月吧,托列回来了,独自进入果园,卧在阿亚常待的那棵树下,奄奄一息。它全身瘦骨嶙峋,皮毛脏得不成样子,一开始,阿亚家的仆人们都没有认出它,可是无论仆人们怎么撵它,它就是不肯离开那棵大树。

后来,有一个仆人认出了它,赶紧把这个消息告诉了阿亚的母亲。母亲来到果园,想接托列回家,给它治病。她轻唤着托列的名字,听到她的声音,托列从地上抬起头,艰难地向她摇摇尾巴,随后,头一歪,就断了气。当时的情景使许多人都红了眼圈,大家都说托列是一只义犬,它为了找阿亚一定吃了不少的苦头。当它感到自己就快死了,才急忙回到它经常与阿亚嬉戏的果园,希望能在这里最后看一眼它所牵挂的主人。阿亚和沙奈来到埋葬托列的地方,哭了很久。沙奈也不由感叹,许多时候,不会说话的动物远比人更加忠诚。

哈吉应帖木儿之请,爽快地同意将云娜夫人和只罕杰尔送回帖木儿身边。帖木儿见到儿子欣喜万分,对于夫人却没有多少话说。同样,经历了太多的风风雨雨,云娜对帖木儿的感情更加淡漠。

帖木儿将妻儿仍旧安顿在哈兹罕昔日的府邸。云娜用一种隐忍的姿态接受了帖木儿必须与她同居一室的现实。几个月后,云娜发现自己又怀孕了,她将这个消息告诉帖木儿时,突然掩面流泪。

帖木儿丝毫不懂得女人的心思,也不知道云娜为什么情绪失控,他以为云娜是在想念她的祖父。虽然哈兹罕不是直接死在他的手中,但当年,他何尝不想亲手杀死哈兹罕?那个时候,若非他接受了色拉兹汗的密令,意图组织军队推翻哈兹罕的统治,或许哈兹罕就不会被哈吉杀死。云娜一直知道他觊觎着哈兹罕手中的权力,他把云娜的眼泪当成是对自己的指责。

他的心里隐隐有些不快,但考虑到云娜为他生儿育女、劳苦功高,他不能责备她,便叮嘱侍女扶夫人回去休息。

云娜拭去泪水,回到内室。自始至终,她再没有对帖木儿说什么,突如其来的悲哀不是为了祖父,为祖父的眼泪她已经流尽了。

突如其来的悲哀是为她自己。

为自己是帖木儿的妻子而悲哀。

在被帖木儿抛弃的日子,她怀着怨恨抚养着她与帖木儿的儿子只罕杰尔。作为母亲,她没有怨言,可她的心里无法原谅帖木儿。帖木儿本来可以带着她和孩子一起离开撒马尔罕的,就算来不及带走她和孩子,也应该派个人向她通报一声。再退一步讲,就算他逃走时匆忙,顾不得通知她,在以后的日子里,他也随时可以派个人回来看一眼他们娘儿俩。

作为妻子,她绝对不会将他的任何消息告诉祖父。即便不为她自己,仅仅为了孩子,她也不会做这种事情。

遗憾的是,他没有。

或许,他根本就不曾信任过她。哪怕她为他生儿育女,哪怕他格外钟爱他们两人的儿子,仍然换不回他对她的信任。

夫妻间没有信任,才是最可悲的。

有的时候,云娜也曾强迫自己不要再去想这些事情,她设法说服自己,一切都已经过去了,丈夫毕竟回来了,毕竟把她和儿子接到了身边。而且,虽说他当时只顾自己逃命,或许也有着不得已的苦衷。可是,她的忧伤无处可放,他的绝情,深深地伤害了她,使她无论如何不能原谅他。

她不知道,她的一生是不是要这样度过?这样的日子什么时候才能结束？如果不是为了儿子,她倒真希望自己能够早点追随祖父而去。

也许真应了"螳螂捕蝉,黄雀在后"这句中国古老的谚语,撒马尔罕的局势刚刚平稳下来,前方传来战报,东察合台汗国的军队已逼近铁门关附近,当年,成吉思汗就是从这里开始他的征服之旅的。

几个月前,西察合台汗国发生的变乱通过太子伊利亚斯安插在色拉兹汗身边的坐探传到了图格鲁汗的耳朵里。作为尚且拥有实力的东察合台汗国统治者,图格鲁汗生平最大的心愿就是攻下西察合台的领地,使其重新成为一个统一的、强大的汗国。当图格鲁汗得知撒马尔罕数易其主的消息时,他立刻从伊犁驻地起兵,兵锋直指碣石城和撒马尔罕。

哈吉和帖木儿都无力抵挡图格鲁汗的军队,哈吉受到攻击后被迫逃往呼罗珊地区,帖木儿却明智地投降了图格鲁汗。作为对他这一选择的奖赏,图格鲁汗将碣石城交给他管理。

二十四岁的帖木儿在图格鲁汗的军中很快崭露头角。他果断地捕杀了碣石城中企图叛乱的将领,使碣石城混乱的局势迅速趋于稳定。图格鲁汗看到他的忠心,继续挥师西进,兵锋直指未被征服的城市。

帖木儿将这一消息迅速通报给他的妻兄忽辛。哈兹罕在世时,忽辛凭借祖父为他提供的军队,在阿富汗地区建立了一个属于自己的王国,这个王国包括喀布尔、巴里黑、昆都思和巴达克山。在西察合台汗国,忽辛算是为数不多的几个拥有真正实力的人物之一。帖木儿不希望忽辛因不自量力而遭受灭顶之灾,他在密信中一再提醒忽辛权衡利弊,如果没有力量抵抗图格鲁汗,不如暂且投降,等待时机。

忽辛接到密信后不久,图格鲁汗大举进攻阿富汗,兵临巴里黑城下。忽辛不经一战,开城投降,图格鲁汗大喜过望,仍将巴里黑等地交给忽辛治理,忽辛只需派出部分兵力协助图格鲁汗征伐其余城池即可。这样一来,忽辛毫发无损,实力完整,他不能不感谢帖木儿的及时提醒。

可以说,帖木儿此举,不仅使他和忽辛之间一度冷淡的关系迅速得到修复,而且使他与忽辛之间达成了一种心照不宣的默契。

帖木儿将更多的精力用于治理碣石城,但他忽略了,还有一个人,从来不曾放弃过夺回碣石城的努力。这个人,就是帖木儿自己的亲叔叔哈吉。

哈吉在呼罗珊躲避了一段时间,得知图格鲁汗引军西征,乘虚杀回碣石城。帖木儿出城迎战,哈吉首战失利,退往山中。帖木儿没有追赶,他觉得哈吉不堪一击,不值得他将哈吉赶尽杀绝。

然而,哈吉的失利其实只是一种试探,在与帖木儿交战时,他在帖木儿的军中看到一张熟悉的面孔,这使他想到了一个绝好的办法。

几天后的一个黄昏,一位商人打扮的中年男人出现在特古扬的将军府前。特古扬曾是哈吉的部下,因治军有方,在将士中享有一定的威信。哈吉败逃呼罗珊时,特古扬审时度势,率余部投降了图格鲁汗,后来又归帖木儿治下。帖木儿对他十分信任,委以要职。然而,尽管如此,他仍然秘密接见了中年男人。两个人密谈了很久。中年男人离去后,特古扬打开一个珠宝盒,那里面,金银首饰、玉镯钻戒应有尽有。

接下来的一个月,中年男人又来过几次,每次都有大宗礼物奉上。最后一次,中年男人终于不辱使命,给他的主人哈吉带回了特古扬的承诺。

哈吉不失时机地引军再攻碣石城。

帖木儿仍如前次出城迎战。他将队伍分作左、右两翼,他亲自指挥右翼,而将左翼交与特古扬指挥,他与特古扬约定,一旦哈吉的军队出现溃败之势,立刻对其形成合围,以免哈吉再次逃往山中。哈吉去而复返,让帖木儿意识到,哈吉一日不除,他就一日不能成为碣石城真正的、唯一的主人。

双方战阵布下,哈吉胸有成竹,只攻右翼。帖木儿敏锐地觉察到情况有变,派沙奈向特古扬传令,要特古扬速率左翼增援。沙奈不敢耽搁,策马直趋左翼阵地。进入左翼阵地,沙奈又费了一番唇舌才被一位将领引到特古扬面前。沙奈向特古扬说明来意,特古扬倨傲地看了沙奈一眼,简短地回道:"不可能!"

沙奈大吃一惊,简直不敢相信自己的耳朵。

"您说什么?"愣了好一会儿,他吭吭哧哧地问。

"我说不可能!"

"为什么?出了什么事?"

"哈吉是我的故主,我不可能帮助帖木儿去攻打他。你回去告诉帖木儿,让他放下武器,束手就擒,或许,我还可以向哈吉美言,饶他不死。否则,只怕你们全都死无葬身之地。"

"你!"

"滚吧。你之所以还能站在我的面前,是我没让他们杀你,我要你留下耳朵听我说话,留下嘴巴去向帖木儿回明我的意思。若非如此,你早就死了。"

沙奈知道再说下去也是白费唇舌,为今之计,倒不如真用这条捡回来的命去向帖木儿报信,这样,帖木儿也好有所准备。他这样想着,不再跟特古扬啰唆,急匆匆地拨马返回正在激战中的右翼阵地。

帖木儿这边的情况已经很危急了。他在激战间隙听了沙奈的汇报,决定撤出战场。哈吉却不会那么轻易地让他逃走,帖木儿率领余众突围了几次都没成功,最后一次,仅带着数十骑逃往崇山。十多天前,哈吉也是逃到这里,养精蓄锐。当时,帖木儿没有追击他,给了他东山再起的机会,他可不想重蹈覆辙。

哈吉亲提大军,一路追入山中。

所幸这时天色已晚,哈吉下令把住所有出口,天明再做打算。他的想法,即使他此次不能很快清剿帖木儿,至少也要把他困死在山中。

黑夜在紧张的气氛中缓缓溜走,天色微明时特古扬赶来增援哈吉,哈吉的心里更有底了,决定立刻分路攻山。哈吉正在点将分派之时,负责监视帖木儿的将领送来一个令他大吃一惊的消息。

一时间,哈吉简直不敢相信自己的耳朵。

贰

将领说,帖木儿绑着自己,带着他的人素服出降,眼下正在营外求见。

哈吉与特古扬面面相觑。如果不是大白天面对着一军帐的人,他们一定以为自己在做梦。

将领请哈吉示下。

哈吉转动着眼珠,转了好一会儿,问:"你说帖木儿已到营外?"

将领回说是。

"除了他,还有谁?"

"他们几十号人全都投降了。帖木儿一再请求面见您,我就把他带来了。"

哈吉征求特古扬的意见:"你看这事该怎么办?"

"帖木儿已经投降,总督就见见您的这位侄儿何妨!"

"好。"哈吉吩咐将领,"传。"

将领出去工夫不大,将帖木儿带进军帐。果如将领所说,帖木儿穿着一身粗布衣服,绑着自己,跪在哈吉面前,向他的叔叔负荆请罪。

叔侄二人对视良久。

终于,哈吉叹口气:"帖木儿,你这是干什么?"

"哈吉叔叔,我向您请罪来了,希望您大人不计小人过,收留侄儿在您的身边吧。"

"你不是投降了图格鲁汗,专意与你的叔叔我作对吗?"

"彼一时,此一时。图格鲁汗当时兵威正盛,侄儿守不住撒马尔罕,不投降就只能任其宰割。明知如此,侄儿何苦做那种以卵击石、自取灭亡的蠢事?何况,侄儿当时也有私心,想凭借图格鲁汗的力量把碣石城的统治权从您手里夺过来,您肯定没忘,当年毕竟是您先从您哥哥的手里把它夺走的。"

帖木儿这些话虽然不好听,但都是实话,哈吉听了无话可说。

帖木儿继续表白心迹:"哈吉叔叔,虽然我反对过您,您也不喜欢侄儿年幼时的所作所为,但我们毕竟是亲叔侄啊,常言道血浓于水,在这乱世当中,可以靠得住的还是亲情。"

哈吉被说得有些心动了,他回头问特古扬:"你觉得呢?"

特古扬回答:"帖木儿是个将才,当年在哈兹罕手下,他就以执纪严明著称。我看,不如让他给你当个总管吧。有一点他没说错,他是你的亲侄儿,总比外人可靠些。"

哈吉点了点头,算是接受了特古扬的建议。

特古扬意味深长地看了帖木儿一眼,帖木儿还以相同的目光。此时,在哈吉、特古扬、帖木儿三人当中,被蒙在鼓里的只有哈吉一个人。

昨天,帖木儿突围时颇有预见性地留下了沙奈。哈吉追击帖木儿,沙奈却设法见到了特古扬。按照帖木儿的行前交代,沙奈以投降为名面见特古扬,他很神秘地对特古扬说,帖木儿愿将他从中国得来的一套宝石酒盏献与特古扬,宝石酒盏独一无二、价值连城,条件是特古扬必须在哈吉面前为帖木儿美言,保他不死。

特古扬爱财如命,慨然应允。

帖木儿赌准了特古扬的为人。他一早出降,特古扬果然全力维护。

事情的演变出乎哈吉的预料,结局倒算得上皆大欢喜。哈吉乐呵呵地扶起帖木儿,要他随自己返回碣石城。途中,他吩咐下去,全军大宴三天,庆祝他收服了帖木儿这员虎将。

当天的宴会结束后,帖木儿派沙奈将宝石酒盏送到特古扬府上。特古扬得到了这个他耳闻已久却不得见的宝贝,爱不释手,兴奋得几乎一夜没睡。

哈吉任命帖木儿为总管,并命帖木儿率己部攻取卡尔西城。帖木儿不负哈吉所托,一战成功,将卡尔西城献与哈吉。帖木儿的顺利得手令哈吉喜忧参半,他从不怀疑侄儿的能力,他怀疑的只是侄儿对他的忠心。他没有把卡尔西城交给帖木儿管理,却交给了自己无能的儿子。

帖木儿估计哈吉很可能乘胜攻打撒马尔罕,他派密使昼夜兼程远赴汗营送信,请求图格鲁汗从速回师,以稳定撒马尔罕周边局势。图格鲁汗接到密信后,果然从阿富汗地区撤军,迅速回师镇守撒马尔罕。哈吉趁机攻取撒马尔罕的计划夭折,不得不像其他河中地区的首领一样准备起程觐见图格鲁汗,表示臣服之心。

为了确保安全,他让帖木儿和特古扬随他一起前往汗营。

图格鲁汗却根本不信任哈吉等人。他对部下放言,哈吉、帖木儿、特古扬都是小人之辈,如果他们有胆量来到他的面前,他必执杀之。哈吉、特古扬闻讯大惊,商议着逃往呼罗珊躲避,等待时机。哈吉要侍从去传帖木儿宣布他的决定,不料侍从回报,帖木儿听说图格鲁汗不肯放过他,已经连夜率部众逃回铁门村附近他自己的根据地。哈吉大骂帖木儿"胆小鬼",然而事到如今也无可奈何。不得已,他和特古扬匆匆踏上逃亡之路,路上,军队哗变多散去,哈吉和特古扬进入呼罗珊地界时身边的随从所剩无几。哈吉感慨地对特古扬说:"我若有出头之日,一定不忘相随之功。"

特古扬回道:"不必!"

哈吉大吃一惊:"你什么意思?"

"很简单,等你东山再起,那要等到什么时候!与其如此,不如我自己的路由我自己安排。"

"你要干什么?"

"离开你,去投奔图格鲁汗。"

"你别忘了,图格鲁汗不信任你,他不会放过你的。"

"这个不劳你费心,我自有办法。"

"办法?什么办法?"

特古扬笑了笑:"我要送给图格鲁汗一份厚礼。得到这份厚礼,相信他一定会喜悦万分吧。"

哈吉脸色一变,他终于明白,特古扬是个小人,真正的小人!一个见利忘义的小人是永远靠不住的,而像他侄儿那样善于玩弄阴谋、能屈能伸的权谋之才比一个小人更加可怕。

特古扬将手伸向腰刀。随着他这个动作,站在哈吉身后的一个少年侍从将早就握在手中的匕首顺势送入哈吉的后心。哈吉艰难地转过头去,睁着充血的眼睛瞪视着少年,少年感到自己被罩进了狰狞的红光中。

突然,少年大叫一声,他要收回自己杀人的手,不料匕首被带了出来,哈吉的血喷射了他一身一脸。

哈吉的身躯依然屹立不倒。少年丢了匕首,挥舞着双手,凄厉地惨叫着,向远处跑去。

少年疯了。

特古扬一脚踹在哈吉的肚子上，哈吉的身体倒了下去，发出沉闷的声音。哈吉双眼圆睁，死不瞑目。

特古扬要人割下哈吉的脑袋，众人面面相觑，谁也不敢上前。特古扬骂了声"一群废物"，自己动手将哈吉的脑袋斩了下来。

他抓着哈吉的发髻举起来，使哈吉的脑袋面对着他。突然，他感到哈吉大睁的双眼对他似笑非笑地眨了眨，他不由被吓了一跳，定睛望去，一切又恢复原样。

他不敢再举着哈吉的脑袋了，把它放进皮囊里，扔在马背上，转回撒马尔罕。

叁

帖木儿重新回到图格鲁汗麾下。帖木儿这次为图格鲁汗立了大功，图格鲁汗赏识他的果决智慧，年轻有为，任命他为太子伊利亚斯的顾问。

帖木儿的真正目标远不止于此。为了进一步取得图格鲁汗的信任，他将自己珍藏多年和从特古扬府邸查抄出来的名目繁多的宝物全部献给图格鲁汗。他说这些都是他本人、妻兄忽辛和手下诸将所献，希望图格鲁汗看到他们的忠诚，成为他们这些西察合台人以及河中百姓的保护者。

图格鲁汗大为高兴，允诺保留帖木儿和忽辛的领地，同时又将帖木儿升为万户长，与总指挥官比吉节一道辅佐伊利亚斯。此时，图格鲁汗的军威达到鼎盛，希冀一举征服西察合台汗国全境。

帖木儿回到碣石城。他听说他的叔叔哈吉已被特古扬杀掉，这样，他就成了碣石和卡尔西城唯一的领主以及巴鲁剌思部族无可争议的首领。他从来没有说过要为叔叔报仇，但当特古扬从呼罗珊回到碣石城，想要接走他留在碣石城的家人时，帖木儿却派人逮捕了他。不仅如此，帖木儿还当众审判特古扬，他一一列举特古扬背主求荣的卑鄙行径，最后做出将特古扬绞死的决定。特古扬大骂帖木儿玩弄阴谋诡计，帖木儿不予理睬，即刻将特古扬送上绞架。结果，杀害哈吉的凶手得到了惩罚，帖木儿也名正言顺地清除了自己前进路上的潜在威胁。

之后，为了证明他的忠恕之心，帖木儿派人寻回叔叔的尸身，亲手将叔叔尸首合一，痛哭一场，以贵族之礼安葬。许多过去跟随哈吉的将士看到帖木儿有义气，便纷纷回到碣石城投奔了他。

图格鲁汗打算进攻呼罗珊地区,他的计划还没来得及付诸实施,东察合台汗国传来急报,称国内发生叛乱,图格鲁汗不得不率领本军回师平叛。他根本不知道,东察合台汗国发生的叛乱,与帖木儿的暗中挑拨有关。

行前,图格鲁汗再三叮嘱帖木儿,一定要好好辅佐太子伊利亚斯,对伊利亚斯忠诚,就是对他忠诚。帖木儿嘴上答应着,心里却不以为然。对于图格鲁汗,他似乎还能把握他的好恶,但对于软硬不吃、性格反复无常的太子,他却毫无办法。何况,他明显感到来自于太子周围的人对自己所怀有的敌意,他不知道随着图格鲁汗离去,自己还能与太子和平共处多久。

这一点不能不令人头疼。

帖木儿仔细分析过造成他与太子等人不睦的原因,后来他得出一个结论,原因固然多种多样,其中最致命的还是由于宗教信仰不同。

察合台汗国分裂成东、西察合台汗国之后,统治着畏吾儿(今新疆)诸地的东察合台汗国,受成吉思汗的立国政策和后来的元朝影响,在其辖境内采取对一切宗教一视同仁的态度,而统治着西察合台汗国的诸汗却日益与当地统治者合流,改信伊斯兰教。这是一个方面的原因。另一方面,图格鲁汗的军队组成复杂,主体是偏信偶像教的游牧民族和居住在锡尔河以北的月即别(即乌兹别克)人。偶像教派与伊斯兰教派不能达成包容,冲突时有发生,这些都被作为帖木儿本人的过错上报给太子,久而久之,太子对帖木儿更加不信任。

终于有一天,导火索被点燃了。

点燃导火索的是月即别人。他们抢掠居住在锡尔河和阿姆河之间的百姓,还捉拿了敢于反抗的穆罕默德后裔七十人,用铁链拴住,投入牢中。帖木儿听说这件事,直接来到狱中,当众宣判这七十人无罪,然后将他们全都释放。月即别人听说帖木儿如此胆大妄为,对他十分憎恶,他们选了一个能言善辩、深得伊利亚斯太子信任的将领到伊利亚斯面前,给帖木儿列举了许多罪状,其中之一就是帖木儿有谋夺汗位的野心。太子本来忌惮帖木儿的才能,听说这件事,急忙密报其父图格鲁汗,图格鲁汗不问事由,下令对帖木儿进行诛杀。但图格鲁汗深知帖木儿机警过人,武艺出众,叮嘱太子一定要隐秘行事。

伊利亚斯传下命令,并做好一切准备。

次日寅时时分,一位年轻人风尘仆仆地出现在碣石城的总督府。年轻人的脸上、额头上和鼻尖上都挂着大滴的汗珠,浸出的汗水几乎洇湿了整个后背,看样子,他是从撒马尔罕一路赶到碣石城的。

帖木儿知道年轻人名叫沙乌可,自己与他平素并无来往。沙乌可是察合台系宗王,成吉思汗的嫡传后裔,身份高贵。伊利亚斯对他比对别人信任,视为心腹,因此,帖木儿不知道他突然前来,究竟有何要事相告。

帖木儿是被沙乌可从睡梦中叫醒的。当他来到会客厅坐在椅子上时,仍是一副睡眼惺忪的神态。当然,这不过是帖木儿给人的表象而已,事实上,透过惺忪的睡眼,他一直警觉地观察着沙乌可。

沙乌可实在是渴极了,他看到几案上放着一把红色的砂壶,掂了掂里面有水的响声,他以为是凉茶,顾不得客套,端起来"咕噜咕噜"往嘴里灌了几口,喝下去才发现原来是酒。

他喝得太急,被辣得咳嗽起来。

帖木儿笑了。沙乌可的莽撞倒是很合他的心意,他对沙乌可产生了好感。

"沙乌可,这么早,你怎么突然来了?"他不急不缓地问。

"帖……咳……帖木儿,你快……咳……咳……快逃吧。"沙乌可一边咳嗽一边说。

"逃?为什么?"

"伊利……伊利亚斯……咳……他要来进攻你。"

"伊利亚斯?你说明白点,怎么回事?"

沙乌可咳得满脸涨红,好不容易停了下来。

他抬起头,帖木儿依然镇定地等待他说下去。

"伊利亚斯要杀你。"

"伊利亚斯?为什么?"

"是图格鲁汗的密信,下令诛杀你。"

"原因呢?"

"还不是那些月即别人!"沙乌可抹了把嘴上的酒液,脸色稍稍恢复了正常,"因为你释放了他们抓的那七十个人,他们对你十分仇视,就在伊利亚斯面前诽谤你。伊利亚斯轻信了他们的谗言,将你的所作所为列成罪状,上报给图格鲁汗。图格鲁汗担心你威胁汗位,就给伊利亚斯传来密信,要他尽快除掉你。伊利亚斯已经做好准备,就要来进攻碣石城了。"

帖木儿略一沉思。

"这么说,你看到了密信内容?"

"是的。我奉命出城为伊利亚斯办事,回来晚了些,伊利亚斯将图格鲁汗的密信拿给我看了。我吓了一跳,推说要准备准备,连家也没回就往你这里来了。还好我来得及时,要不伊利亚斯大军压境,你只能束手就擒。这一次,你若落在伊利亚斯手里,一定是活不成了。"

"到底如此！真是该来的想躲也躲不掉！你觉得我应该怎么办？"

"去阿富汗吧，你的妻兄忽辛不是在那里吗？"

"只怕伊利亚斯和那些月即别人同样不会放过他。不管怎么说，与他兵合一处，还可以另想办法。"

"对，我正是这个意思。"

"沙乌可，你可以告诉我，你为什么要帮我吗？"

"你这人有头脑，勇谋兼备，将来能成大事。伊利亚斯的心胸太狭窄，我不喜欢他。另外，我在宴会上见过一个女人，第一次见到她我就爱上了她，我要娶她为妻。我帮了你，就能娶她了。"

"哦，你说的是谁？"

"诺敏敬，你妹妹。"

"诺敏敬？你喜欢诺敏敬？"

"是的，她长着一双紫葡萄般的眼睛，我被她迷住了。"

帖木儿啼笑皆非。

沙乌可竟然暗恋着诺敏敬，这可是他一点都没有想到的事情。但沙乌可一心要娶诺敏敬，倒的确不是什么坏事。沙乌可无论身世还是人品长相都足以配得上他的妹妹，他在一瞬间拿定了主意，别说妹妹还没许配人家，就是妹妹许配了人家，他也会退掉亲事，成全沙乌可。

他对沙乌可说："只要这次我们能够安全脱险，我立刻让你和诺敏敬成亲。"

"真的吗？"

"大丈夫一言九鼎。"

"我信你。你放心，我们一定能安全脱险，而且，我们一定能赶走图格鲁汗和伊利亚斯。"

"我像你一样充满信心。不过，现在我们还得逃亡。"

"那有什么！我将追随你，寸步不离！"

"我们分头去通知沙奈和所有愿意追随我们的人，立刻就走！"

"是。"

肆

重新踏上逃亡之路，这一次，帖木儿带上了夫人云娜以及两个儿子只罕杰尔和奥美。次子奥美不满一岁，身体孱弱，多灾多病。之所以如此，据大夫断定，其中的原因很可能与他的母亲怀他时心情郁郁寡欢有关。也因为如此，奥美远不像只罕杰尔那么让帖木儿喜爱。

当然，喜爱不喜爱是一回事，儿子终究是儿子，帖木儿默默地忍受了奥美一路上的哭闹。

筛海、沙乌可、艾库、沙奈、多歌、努里丁等人始终忠心耿耿地追随着帖木儿。帖木儿是一个惯于见风使舵的人，但同时，他的身上也兼具着钢铁般的意志和百折不回的精神。逃亡的过程中，他沿途煽动百姓和军队反对入侵者的情绪，因此，尽管他遭到伊利亚斯的追杀，他的影响却与日俱增。

一味地逃亡终非长久之计。对于究竟到哪里落脚，在哪里建立起反抗伊利亚斯的根据地，帖木儿还没有形成很好的想法。老谋深算的筛海倾向于在逃亡中选择时机，拖垮伊利亚斯，艾库则倾向于退往阿富汗忽辛的领地，与忽辛兵合一处。帖木儿反复权衡利弊，认为忽辛无力抵抗伊利亚斯的进攻，自身难保，在这种情况下，与其投奔忽辛，不如采纳筛海的建议。

帖木儿对忽辛的担心很快得到印证。在花剌子模（今基发）境内，他与狼狈逃离巴里黑的忽辛相遇。

花剌子模强盛时，曾一度据有西越里海，北至伏尔加河，南抵印度河、波斯湾，东到帕米尔高原的广阔土地。随着成吉思汗大举西征，花剌子模松散的政治联盟被打破，许多国家成为汗国的领土，包括花剌子模本土在内。

两个无家可归的流浪汉居然意外地遇到了一起。帖木儿见到忽辛很高兴，忽辛的身边尚且带着二百余名将士，而他匆匆逃离碣石时身边只有六十名忠诚之士相随，两人兵合一处，手下就有了二百六十多人，这可是一支相当可贵的力量。

帖木儿热情地拥抱了忽辛，向他问好。

忽辛嘴里嗯嗯着，勉强接受了帖木儿的拥抱。此刻与帖木儿的心情完全不同，忽辛见到帖木儿只有失望，他原以为自己能从帖木儿那里得到庇护，没想到帖木儿比他还要潦倒。

忽辛的不快被他带到了脸上。

帖木儿好像什么也没看出来，拿出一个珍藏多日的皮囊请忽辛喝酒。两人席地而坐，开怀痛饮。也许是因为心里犯愁，忽辛不一会儿便喝醉了，借着醉意，他喋喋不休地埋怨帖木儿："帖木儿，都是你害了我。当初是谁说，投降图格鲁汗就能保有军队、领土，保有王位？啊，是谁说的？现在怎么样？我们投降了图格鲁汗，他却把我们逼得走投无路。"

帖木儿笑眯眯地回答："是我说的没错。可是我的忽辛舅兄，你也知道当时除此之外我们别无选择。"

"怎么别无选择？啊，怎么别无选择？难道你的眼睛瞎了吗？你的心也瞎了吗？喀布尔、巴里黑、昆都思、巴达克山都是我的。知道吗？是我的。如果我不听你的话投降，它们还是我的。"

帖木儿懒着跟他争辩，沙乌可忍不住反驳了一句："如果像你说的那样，你确实守得住喀布尔、巴里黑、昆都思，还有巴达克山，守得住它们中的任何一个地方，你又怎么会出现在我们眼前？"

忽辛被说到痛处，顿时恼羞成怒："你是谁？你……你这个坏小子是谁？敢这样对我说话！"

"你连沙乌可也不认识了吗？他是察合台汗的嫡传后裔，他的父亲和你的祖父曾经同朝为官。"

"沙乌可？不，我没听说过。我跟你说，我从来没听说过。沙乌可这个名字根本就一点都不出名！你告诉我，成吉思汗的子孙不能开疆拓土，还配称成吉思汗的子孙吗？假的，都是假的。"

沙乌可不服气，还想跟忽辛辩论，沙奈强行把他拉走了。沙奈临行前阿亚给他准备了一皮囊马奶酒，他把沙乌可拉到一个远离忽辛和帖木儿的僻静处，邀来艾库、多歌、努里丁和筛海，六个人一起喝酒。

帖木儿吩咐两名侍卫去接夫人过来与哥哥忽辛相见。忽辛与胞妹云娜的感情一向深厚，听说帖木儿将妹妹和两个外甥都安排在离此处不到两沙里(一沙里约等于两公里)的一个小村庄里，脸上的表情顿时多云转晴，倒有几分高兴起来。

他问帖木儿："云娜怎未跟你在一起？"

帖木儿回答："此前原本一直都在一起。最近几天，奥美又病了，云娜照顾他很疲劳，她自己跟我商量，想找个村庄住下来，等着我的消息。她这样做，也是为奥美着想。"

"可是，你不在她的身边，万一发生了什么事，她一个女人家带着两个孩子该如何应付？"

"我们在逃亡中，随时都有危险，云娜这么做至少比跟着我颠沛流离来得要好。云娜其实也是这样的想法。再说，村庄里没有人认识云娜，伊利亚斯追击的目标是我，由我引开追兵，云娜和孩子不是就更安全了吗？你放心，我和云娜已经商定，我们随时保持联系，一旦奥美的病痊愈，或者我的状况稳定下来，我就会派人把她和孩子接到身边。现在好了，我们兵合一处，力量壮大了不少，我想，我可以把她接到身边了，你说呢？"

"就该接到身边才对。下一步，你有什么打算？"

"这个,我正要与你商议。"

"你说吧,我听着。"

"其实,在进入花刺子模之前,我拜访了一位先知,他建议我潜藏于花刺子模的旷野之中,等待时机。所以,我才会来到这里,并且幸运地与你相遇。我想,图格鲁汗特别是太子绝不会放过我的,他们一定会派军队追击,我们不如就在这旷野之中,与太子以及花刺子模领主帖吉儿周旋。天不负我,假以时日,我相信我们一定能够等到先知所预言的时机出现。"

"既然如此,就照你的想法,我们走一步说一步吧。"

花刺子模领主帖吉儿探知帖木儿等人的藏身之地,急忙派人报告给太子伊利亚斯,太子命帖吉儿不惜一切代价消灭帖木儿。帖吉儿亲率一千骑兵征讨帖木儿,不料被早有准备的帖木儿设伏击败。经过一天一夜的战斗,帖吉儿身边的将士只剩下五十余人,不得不撤出战斗。

帖木儿和忽辛一方虽然取得了胜利,然而追随他们的二百多将士,或死或散,也只剩下骑兵十人、步兵三人而已。情形的确很糟糕了,唯一让帖木儿感到庆幸的是,筛海、沙奈这些对他忠心耿耿、智勇双全的将领都安然无恙,而且,忽辛也毫发无损,与他并肩战斗。

经过战斗的重创,忽辛对未来失去了信心,帖木儿建议逃往西斯坦时,忽辛意志消沉地任由他安排。行前,帖木儿将夫人云娜和两个儿子托付给筛海和阿亚,让他们躲到乡间去,等待自己重新接回他们。

帖木儿和忽辛在西斯坦很快遭到驱逐。幸运的是,经过帖木儿的动员,许多士兵和将领纷纷来投奔他们,队伍很快又增至二百多人,实力不逊于两人在花刺子模初遇之时。与此同时,图格鲁汗和伊利亚斯太子在河中地区实行的统治遭到百姓反对,帖木儿和忽辛趁机夺取了撒马尔罕。

好景不长。很快,撒马尔罕又被图格鲁汗夺回。

回历七六六年(约1365年),帖木儿和忽辛的事业出现转机。这一年,野心勃勃、一心想要恢复察合台汗国旧有版图的图格鲁汗病逝,帖木儿和忽辛趁汗国军心不稳之际,将太子伊利亚斯逐出撒马尔罕。

伊利亚斯成为被四处追逐、行踪不定的人,状况与两三年前的帖木儿、忽辛极其相似。他很想返回东察合台汗国,重整旗鼓,可是帖木儿和忽辛并没有给他这样的机会。到最后,在伊利亚斯身边追随的人只剩下蒙古贵族哈马鲁丁,他们躲在一个边城中,准备寻机逃回伊犁。

帖木儿和忽辛本可以将伊利亚斯一举歼灭,之所以没有这样做,问题出在忽辛身上。这个哈兹罕钟爱的孙子一心想恢复乃祖在世时的强权与荣光,因此,自从他和帖木儿据守撒马尔罕之后,他便以主人自居,不但任何事情都不同帖木儿商量,还处处排挤帖木儿,帖木儿实力不如忽辛,不得不忍气吞声,主动退守碣石城。

帖木儿和忽辛的矛盾使伊利亚斯和哈马鲁丁得以苟延残喘。

次年,帖木儿感到他本人已经有足够的能力驱逐伊利亚斯,遂引兵攻打边城,他首次运用了成吉思汗攻城时经常运用的武器和器械,在强大的攻势下,总指挥官比吉节战死,伊利亚斯和哈马鲁丁弃城而逃,边城落入帖木儿手中。

帖木儿并不想放过伊利亚斯,乘胜追击。途中,哈马鲁丁发动叛乱,杀死了伊利亚斯,带着残余力量一路败回东察合台汗国。此后,这个弑主自立的人进一步攫取权力,成为东察合台汗国的主人和帖木儿的敌人。

伍

当然,哈马鲁丁成为帖木儿最缠手的敌人是后来才发生的事情。我了解这些事情时,沙奈已经年过半百,喜欢一边晒太阳一边喝酒,我至今记得他在太阳下眯起眼睛的神态。后来,当我自己也变得非常苍老的时候,我便学着他的样子,给巴布尔、巴巴乌拉、佐维然讲述帖木儿所建立的功业。

不过,那些年,我这个忠实听众还是个孩子,如果沙奈喝了酒又碰巧没有醉,他会像个老奶奶一样絮絮叨叨地向我讲述那些陈年往事。好在,我感兴趣,将他的话全都收录在脑海里。

击败了入侵者,是帖木儿引以为傲的胜利,不过,他真正的胜利并不在这里。他真正的胜利在于他发现了一个女人。

一个了不起的女人。

因为,这个女人成功地将帖木儿引入了成吉思汗的家族之中。

帖木儿在溃散的军队中第一眼看到那辆蒙着蓝色天鹅绒帷幔的马车时,就觉得它有几分怪异。

没看到驾车的人,只有两匹枣红马拉着华丽的车子夹裹在四散奔逃的人流和马匹中左冲右突,但这始终没有离开帖木儿的视线。后来,拉车的枣红马在一处残败的庄园门前停下来,似乎很迷茫地看着周遭的一切。

正在追击逃敌的帖木儿对这辆马车起了好奇心,他一向是对任何事情都怀有几分孩子气的好奇心的。他吩咐沙奈领兵继续追击敌人,自己则带着几个侍从来到马车近前,将这辆奇怪的马车前后左右打量了一番。

拉车的枣红马安静地看着他和他的侍从,不时扯上一口地上的青草,若无其事地咀嚼着。富丽的车身和车饰,都向帖木儿证明着马车主人非富即贵的身份。赶车的人想必已在战乱中或死或伤,因此掉落马车,而车中的人——如果车中曾经有人的话——或许也不比为他赶车的人更加走运。

帖木儿爱惜地拍了拍马脖子。多好的两匹骏马,他一眼就相中了它们。安抚了一会儿枣红马,帖木儿走到车身前面,抬手掀开车帘,向里面看了一眼。

这一眼,让他的脸上顿时露出古怪的表情。

并非像他所想象的那样,车厢中空无一人。车厢中有人,还是一位十五六岁的女孩,女孩的右胸处赫然插着一支铜尾箭。

箭,不知从何而来,车门的帘子上丝毫没有被箭穿透的痕迹。

帖木儿愕然地看着女孩。

女孩穿着红色的丝绸长袍,长袍的式样典雅,制作精良,像是一件为出席宴会特意穿上的礼服。大概是马车颠簸已久的缘故,女孩的鬓发有些散乱,鬓发右侧上方戴着一个孔雀头饰,头饰上嵌满了星星状的金丝、银丝以及珍贵的红宝石。除此之外,她的脖子上戴着一串珍珠项链,两个手腕上戴着翡翠手镯,无论项链还是手镯,都可以看得出价值连城。这样的服饰显示出女孩的身份非同一般。只是此时,女孩双目紧闭,一头乌黑的秀发、额头下方黑黑的眉毛、涂着口红的嘴唇和红色的衣衫将她的一张脸衬托得越发苍白。帖木儿有点惋惜,虽然看不出她有多么美丽,但是她柔弱的样子还是很惹人怜爱。可惜,她就这么死了。

她人在马车中,究竟是如何被箭射中的呢?莫非是在她死了之后,有人将她抱进了车厢之中?谁知道呢,还是先把她安葬了再说吧。在这样兵荒马乱的环境中,他遇上了她,也算有缘吧。

帖木儿招了一下手,一个侍从过去,帖木儿示意他去把女孩抱下来。

侍从钻进马车,刚抓起女孩的手臂,便放下了。

"怎么了?"帖木儿问。

"报告将军,她……她好像还……还有热气。"

"什么叫还有热气?你的意思是说她还活着?"

"噢……可能。"

"没用的东西,你下来吧。多歌,你上去看看。"

多歌自幼随父亲行医,父子二人在撒马尔罕城都是很有名气的大夫。几年前,多歌的父亲被仇人所害,多歌为报父仇投奔了帖木儿,后来在帖木儿的帮助下杀掉仇人。帖木儿对他十分信任,无论到哪里,都把他带在身边。

多歌应着,灵活地将女孩抱下马车,放在车旁平展的草地上。帖木儿一直默默地看着他为女孩检查,直到他抬起头来,才问:"她还活着,对吗?"

"嗯。脉搏很微弱了,需要马上救治。"

"有把握救活吗?"

"我试试吧。"

多歌高明的医术发挥了作用,女孩虽然昏迷了几天,但是在帖木儿返回碣石城时,她已经能够清醒地与帖木儿交谈了。帖木儿怎么也没想到,被他救活的女孩竟然是图格鲁汗的女儿,东察合台汗国名副其实的公主,这个发现让他兴奋不已。而女孩对于救了自己性命的帖木儿,似乎也怀有特别的依恋。

女孩名叫图玛。她的父亲图格鲁汗去世后,国内局势不稳,她辗转来到撒马尔罕,投奔了胞兄伊利亚斯。身为太子的伊利亚斯却没能给予她应有的保护,对于自己唯一的胞妹,他表现出完全漠然的态度。同样是同胞兄妹,在这一点上,伊利亚斯的做法与忽辛完全不同。

尤其令图玛不能释怀的是,这一次,伊利亚斯受到帖木儿和忽辛的联合攻击,城破之时,伊利亚斯弃城而逃,然而他不但没有带上妹妹,甚至连派人通知她一声都没有。幸亏图玛身边有一个忠心的女仆,听到消息,急忙找来一辆马车,亲自驾车,将她载出城外。她和女仆夹在逃亡的人群中忽东忽西,不知过了多久,突然听到仆人的惨叫,便想打开车帘看个究竟,哪知……她的记忆到此为止,后来,就是她与帖木儿的朝夕相处了。

应该说,帖木儿对图玛的关心超乎寻常,在遇到图玛前,他对任何女人都缺乏应有的兴趣和耐心,包括对自己的夫人云娜。帖木儿的理想是要娶一位血统纯正、出身高贵的蒙古公主。图玛像天意赐给他的伴侣,他几乎是在她睁开眼睛注视着自己的一瞬间就爱上了她。他发誓,哪怕将来拥有再多的女人,也会像现在这样尊重她、爱护她。就像圣主成吉思汗虽然拥有那么多美丽的后妃,却终其一生没有辜负过他第一个爱上的女人——孛儿帖一样。

帖木儿毫不怀疑,图玛就是他的孛儿帖。图玛也会像孛儿帖一样,带给他运气和福气。

帖木儿与图玛日夜缠绵,却忽略了夫人云娜的感受。

作为女人,云娜当然不愿意自己的丈夫每天与一个突然出现的女孩搅在一起,趁着帖木儿回来看望她,她委婉地劝说了帖木儿一次,对此,帖木儿的回答是:你不要多管闲事。

云娜明知,帖木儿对她日益冷淡的态度与自己的哥哥有着很大关系。本来,在图格鲁汗占据河中地区的几年间,一直是帖木儿与她哥哥并肩作战,共同赶走太子伊利亚斯并重新夺回河中地区的,忽辛却将一切都看作是他自己的功劳。加上忽辛本来在阿富汗地区拥有自己的王国,实力胜于帖木儿,他便理所应当地将帖木儿视为臣属,根本不将帖木儿放在眼里。此次,帖木儿主动提出镇守碣石城,正是由于受到忽辛的排挤。虽然这对帖木儿而言未尝不是一种明智的让步,但他内心的愤懑可想而知。多年的夫妻,云娜太了解他的夫君是个怎样的人了,帖木儿为大业可以委曲求全,但事实上他从来不具备真正宽阔的心胸。因此,当帖木儿暂且忍下这口气时,忽辛的妹妹自然就成了他心里的一根刺,或者说,成了供他发泄愤怒的一个物件。

是的,物件而已! 即使她为他生下了长子只罕杰尔和次子奥美,她在他的心中仍然只是个物件。她很清楚,帖木儿从来没有爱过她。帖木儿会同意娶她,只是为了进一步获得哈兹罕的信任。那时,他接受筛海的劝告归降朝廷,得到哈兹罕的赏识,为了他所谓的大业,他不得不接受强加给他的婚姻。

不幸的是,她却在共同的生活中爱上了这个男人,爱上了这个意志坚强与冷酷无情兼而有之的男人。

直到图玛出现。

云娜虽然比任何人都更早地看清了帖木儿的真实面目,但她将一切都隐忍在心。她本不是一个身体强壮的女人,尚未生下两个儿子前,她就饱受风痛病的折磨,生下孩子后,她的健康更是每况愈下,人越来越消瘦,几乎到了弱不禁风的程度。这大概也是帖木儿开始嫌弃她的一个原因,如今,对帖木儿的失望让她的病情迅速恶化,她拒绝治疗,很快走到了生命的终点。

帖木儿来看望他的夫人了,对于这个与他同床共枕多年如今已在弥留之际的夫人,他第一次产生了些许怜惜之情。

只罕杰尔一直守在母亲的床前哭泣,一副哀哀欲绝的样子,令人很是心酸。奥美还不懂事,不知道母亲就要永远离开他,因此只是噙着手指,看看母亲,又看看哥哥。只罕杰尔是帖木儿与云娜的长子,帖木儿对他一向疼爱有加,他让侍从将只罕杰尔和奥美都带了出去,他要与夫人单独说几句话。

这也是云娜派人叫他过来的原因。

他在夫人身边坐下来,轻轻地握住了她的手。云娜任由他握着,眼睛却始终没有睁开,她并不想再看这个男人一眼。

好一会儿,帖木儿轻轻叹道:"你为什么这样傻?"

"这样好。"云娜声息微弱、语调平静地回答。

"你恨我也不用糟蹋自己。"

"这样好。"云娜仍然说。

"算了,我不多说了。你叫我过来,一定是有话要嘱咐我吧?"

"是的。"

"你说,我听着呢。"

"你要答应我。"

"只要与图玛无关,我都可以答应你。"

"与她无关。"

"好,我答应你。"

"你发誓做到。"

"我发誓。"

"善待只罕杰尔和奥美,多关心他们。他们已经没有母亲了,不要让他们再受到任何委屈。"

"这个你放心。只罕杰尔是我最钟爱的长子,如果将来我能够成就大业,我所有的一切都将由他继承。"

"是否如此,由你自己决定。"

"我一言九鼎。"

"好吧。还有……"

"还有?什么?"

"放过我哥哥。"

"你说忽辛?"

"除了只罕杰尔和奥美,他是我在世上唯一牵挂的人。"

"忽辛啊……这话,你也许应该对他说,让他放过我。"

"他不是你的对手。"

"你说什么?"

"他不是你的对手。我太清楚他的为人,他没有你的志向和心机,总有一天,他会败在你的手上。那时,请你看在活着的只罕杰尔和死去的我的面上,放他一条生路,给他一次活下去的机会。"

帖木儿沉默了。他沉默不是因为他不可以答应,而是因为这些话出自云娜之口。在与云娜共同生活的这些岁月里,他除了把她当作哈兹罕的孙女、忽辛的妹妹外,竟然从来不曾真正了解过她。

云娜第一次睁开眼注视着帖木儿,她在等他回答。

帖木儿勉强笑了笑:"你的话,出乎我的意料。"

"我了解你,从此之后,恐怕再没有别的女人像我一样了解你。"

"是的。以前,我居然一直不知道。可惜……"

"没有什么可惜。"

"好吧,我答应你。你还有别的事情要交代我吗?"

"没了,请你离开吧。"

"你真的恨我?"

"我心里怎么想,你永远不知道。请离开吧,让我安静地与我的儿子们待一会儿,我要好好看看他们。"

帖木儿无奈地松开云娜的手,吩咐侍从去领只罕杰尔和奥美。他站在云娜的床前,俯视了她片刻,然后决然离开。

第四章

成就霸业第一步

壹

次日凌晨，云娜在最后一次昏迷中故去。

按照云娜生前的嘱咐，帖木儿将这个消息通知了忽辛。忽辛立刻遣人吊唁，自己却没有亲自前来。他要使者转告帖木儿，他不忍看到妹妹的遗容，与其如此，他倒更希望妹妹活着的形象永远留在他的心中。

帖木儿完全明白在忽辛这番托辞的背后所隐藏的强烈不满以及对他的警觉。忽辛不愿意与帖木儿见面，表面的同盟脆弱得像中国的瓷器，忽辛是在担心，一旦他来到碣石城，很可能遭遇不测。

这就是忽辛啊。

不过，换成帖木儿，或许也会这样想这样做。

图玛一直都在帖木儿身边帮助他打理一切事务。她虽然年轻，却难得头脑清醒、精明果断，另外，她熟稔各种宫廷礼仪，短短的时间内，她便将内外一切安排打理得井井有条。由于她的帮助，帖木儿省了许多麻烦，这使他越发看重和珍惜图玛，庆幸自己遇到了真正想要的女人。

丧礼结束后，帖木儿正式将图玛立为夫人。

图玛年轻美丽的脸上没有任何自得之色，自始至终，她谨守本分，决不干预帖木儿的任何事情。或许，云娜的死让她明白了帖木儿的性格和为人，对于这位铁血的男人，她既不想用一般意义上的儿女情长羁绊住他的手脚，也不想因为女人的妒意而使自己遭受冷落。

她生在宫廷，长在宫廷，宫廷生活的冷酷，早就教会了她如何自保。对于她而言，父汗死了，她有国难归，不仅如此，她还曾经与死神擦肩而过，是帖木儿救了她一命,救命之恩她不能不牢记在心。更重要的是,她是个传统的女人,她既然嫁了帖木儿,夫君就是她唯一的归宿。

何况,她是有能力效仿孛儿帖的,即便她没有像孛儿帖一样睿智的头脑,她至少有着像孛儿帖一样隐忍的胸怀。

她将多病的奥美带在身边,用耐心、关爱和慈悲的心肠渐渐消除只罕杰尔对她的怨恨。她是如此贤德,对于她身上所具备的一切美好品质,帖木儿只能用一生不变的敬重予以承认。

事实上,终其一生全无保留的敬重,这种感情在禀性刚强的帖木儿身上远比钟爱来得更加难能可贵。

云娜去世后,帖木儿与忽辛之间的关系进一步恶化。

忽辛利用他比帖木儿强盛的兵力,首先出兵攻打并且占领了帖木儿的领地之一——卡尔西城。帖木儿在碣石城闻讯,意欲夺回该城,可他只对该城做了一次进攻便败下阵来。他见忽辛兵多将广,强攻无益,心里生出烦恼,终日在行帐借酒浇愁。沙奈稍稍劝了几句,便激怒了他,他将沙奈关押起来。他甚至对亲近的侍卫表示:他不是忽辛的对手,不如退到阿姆河的对岸,以求自保。

他的颓废招致筛海、艾库、沙乌可等人的反感,这些满心失望的将领决定抛弃帖木儿另寻明主。他们的想法为忽辛探知,忽辛有意拉拢他们,但他们对忽辛的为人不敢相信,一直彷徨不定。

两个月后,筛海、艾库、沙乌可、努里丁见帖木儿还是一如既往,不可救药,不得已,带着各自的人马离开了帖木儿,往阿富汗方向而去。据说,他们想投奔在那里的一位年轻领主,此人是旭烈兀汗的后裔。

只有多歌一个人还留在帖木儿身边。

旭烈兀汗是成吉思汗第四子拖雷膝下嫡三子,同时也是蒙古第四代大汗蒙哥汗以及建立了大元帝国的忽必烈汗的亲胞弟。当时还是蒙哥汗时代,旭烈兀奉旨西征,通过一系列征战,建立了版图包括伊朗、阿富汗、土库曼、伊拉克、阿塞拜疆、亚美尼亚、谷儿只等附庸王国在内的伊利汗国,并设帐于南阿塞拜疆。然而,在伊利汗国的属国中,按照成吉思汗的遗嘱,伊朗和南高加索各国原是金帐汗国的领地,旭烈兀在蒙哥汗和忽必烈汗的默许下将它们据为己有,可是作为拔都汗的后裔们当然不甘心将自己的势力范围拱手相让,于是,金帐汗国与伊利汗国之间纷争不断。无独有偶,察合台汗国、窝阔台汗国也因为同样的理由卷入无休止的战争之中,蒙古四大汗国于是就在这种内斗中日益衰落,名存实亡。

帖木儿出生时，四大汗国的各自为政和政局混乱几乎达到了无以复加的地步。它给了帖木儿显示其军事、政治才能以及从容收拾残局的机会，若干年后，帖木儿将四大汗国在中亚、西亚及小亚细亚的属国各个击破，同时逼迫欧洲，窥视中国，建立了一度令世界为之震惊的帖木儿帝国。

纵观帖木儿一生的业绩，似乎可以说，正是四大汗国的衰落和名存实亡，在日后成就了这位乱世英雄。

如今，帖木儿麾下最主要的六员大将一个被关在监狱中，四个又离他而去，帖木儿势单力孤，不得不像他此前打算的那样，退到阿姆河对岸。他在阿姆河对岸销声匿迹，他的消失让忽辛放松了警惕。

忽辛见帖木儿不再是他的威胁，便率领大军离开卡尔西城，攻占碣石城。卡尔西城的守将并没有因为守城力量不足而有所戒惧，他们纵容士兵饮酒作乐，使城防形同虚设。半个月后的一个夜里，从阿姆河对岸潜回卡尔西城附近的帖木儿突然对城池发起攻击，守将无力抵挡，弃城而逃。

夺回卡尔西城，帖木儿利用忽辛命兵器坊制造但没来得及使用的弓弩石炮，抓紧时间部署城中防守。他知道，忽辛一定不会放弃卡尔西城，他与忽辛之间势必面临一场硬仗，卡尔西城既然已经回到他的手中，他就不能重蹈忽辛的覆辙。

沙奈早被释放，负责督办守城用的滚木礌石。

果如帖木儿所料，忽辛听说帖木儿趁守军不备，一举拿下卡尔西城，内心十分震怒。他立率大军出发，发誓这一次不惜一切代价也要赶走帖木儿，把他撵到沙漠中或里海里去，永远消失。

忽辛马不停蹄地对卡尔西城发动了强攻。帖木儿早有防备，虽然如此，他还是面临着前所未有的困难。忽辛像一头发怒的野兽，他的军队人数也远远超过帖木儿一方，即便帖木儿亲自投入战斗，也只能做到将忽辛止于城下，却不能真正击溃忽辛的军队，让他远离自己的领地。

一连数日，忽辛指挥军队每天都对卡尔西城发动进攻，从早到晚，绝不停歇。帖木儿一方伤亡惨重，渐渐地，有些将领失去信心，建议突围，或者与忽辛讲和，帖木儿将他们召集起来，发表了一个简短的演说。他说，他凌晨快要醒来时见到先知，先知告诉他，只要坚守到明天早晨，奇迹就会发生。他还说，他是一个讲良心的人，比任何人都珍惜荣誉，等到赶走了忽辛和他的军队，他一定会取出城中库藏，全部赏赐给奋勇杀敌的守城将士以及死者的遗属。

将领们相信了他的动员和承诺，将他的话原原本本地转达给士兵们。怀抱着希望，士气振作起来，这一天忽辛的进攻比平常更坚决地被击退了。

屡屡受挫使忽辛心情沮丧,晚上,他一个人喝闷酒喝得酩酊大醉,破天荒地没有跟他宠爱的女人一起过夜。忽辛原本担心卡尔西城久攻不下会引来其他变故,没想到比这更令人绝望的消息在他尚且半醉半醒之时传入他的耳朵里。

忽辛被这个消息惊得全身战栗,从床铺上一跃而起。

清晨,帖木儿预言的奇迹果真发生了。筛海、艾库、沙乌可和努里丁出奇兵拿下碣石城,接着回师增援帖木儿。忽辛的军队腹背受敌,阵脚大乱。明知败局已定,忽辛拼死杀出一条血路,带着百余将士仓皇逃回撒马尔罕。

帖木儿并没有乘胜追击,他下令取出卡尔西城库藏,全部赏赐给守城有功的将士、百姓和死者的家眷。

接下来,是连续三天的盛大宴会。

帖木儿的确值得在卡尔西城为他的胜利好好庆祝一番了。首先,他以退为进的计策获得了成功,他用怯敌的假象麻痹了忽辛,几乎没有付出多少伤亡的代价就夺回了卡尔西城。

其次,他在卡尔西城牵制忽辛,为筛海四将夺回碣石城以及一举消灭了忽辛的有生力量创造了条件。

第三,帖木儿的胜利使许多徘徊不定的人从他身上看到希望,他取代忽辛树立起了新的霸主形象。

最后,也是最重要的,卡尔西城争夺战以帖木儿的胜利告终,其结果是他与忽辛之间的力量发生了改变,此后,他一步步从弱转强,不再处于忽辛的从属地位,也因此,使得河中地区的两头政体真正得以确立。

在此后一年的时间里,帖木儿与忽辛谨守着各自的势力范围不敢轻易逾越,他们担心两败俱伤,有时发生小规模的冲突,双方都会谨慎处理,不使矛盾激化。双方之间短暂的和平为河中百姓争取到了休养生息的时间。

生产恢复,商业活动趋于活跃,繁荣成为表面现象。

这的确有赖于帖木儿与忽辛的共同努力。

然而,和平,并不是帖木儿真正希望的全部。他不是一个肯安于现状的人,他等待的只是一个合适的时机。

贰

西察合台汗国不断发生的内讧成为各个汗国觊觎或进攻中亚地区的肇

始。回历七六九年(约 1368 年),来自东察合台汗国的进攻再次威胁到了忽辛的阿富汗王国。

忽辛感到恐惧。他向帖木儿求援,并要使者转告帖木儿,作为虔诚的穆斯林,他与帖木儿之间有着共同的信仰和利益,他认为他们有义务团结起来,阻止来自伊犁诸地的半偶像崇拜的蒙古人前来劫掠他们世代生活的圣地。

帖木儿等待的正是这个。

他当即慷慨地向使者宣称,忽辛慈悲的胸怀让他感动,他一直有这样的打算,甚至做过和平的梦。

说过这番话后,帖木儿从碣石出兵,与忽辛联手,驱逐了侵入喀布尔和巴达克山的东察合台军队,把他们赶出了河中地区。帖木儿似乎忠实地履行了自己身为盟友的职责,但他的协助明显带有监督、干涉和威胁的意味。忽辛对他不能信任,急于在阿富汗巩固自己的地位。

忽辛着手重修巴里黑内城。

巴里黑城位于阿富汗北部,阿姆河南约一百二十里处。它是一座古老的城市,美丽富饶,但经过近百年的战争已残破不堪,繁华不复当初。

帖木儿将忽辛巩固力量的行为视作挑衅,这些年,他与忽辛之间的分分合合让他得出一个结论,或者说一个真理,那就是,创业需要众人相助,天下却只能由一个人来坐,坐天下的这个人应该是他。

也必须是他。

帖木儿一言不发,更不宣战,直到某一天,他的军队渡过阿姆河,突然出现在昆都思和巴达克山附近。

不速之客的到来使昆都思和巴达克山的领主措手不及,最终,他们不得不承认帖木儿拥有"造访"和"居留"昆都思和巴达克山的权力。

平定了昆都思和巴达克山,帖木儿率兴盛之师转战喀布尔。喀布尔领主不战而降,至此,忽辛苦心经营多年的领地只剩下内城正在修建中的巴里黑城。

数日后,帖木儿陈兵巴里黑城下。

巴里黑城守卫战从一开始就与卡尔西城守卫战不同,忽辛不仅在军队人数上不占优势,在守城决心与气势上更不及帖木儿。而且,昆都思、巴达克山和喀布尔的陷落也使巴里黑失去外援,这一切都加速了忽辛的溃败。短短的十天之后,忽辛在四面楚歌中向帖木儿投降。

帖木儿在他的军帐中接见了忽辛。

一对曾经的姻亲、战友和对手,在长达六年的权力之争中,一个成为最后的胜利者,一个成为永远的失败者。对于命运安排的结局,它留给忽辛的失落与隐痛恐怕远远胜于帖木儿的喜悦。

忽辛揣度,既然他落在帖木儿的手中,帖木儿一定不会轻易放过他,因此,虽然心有不甘,他还是做好了赴死的准备。

不料帖木儿对他的态度并不像他预想的那样。帖木儿让侍卫除去忽辛身上的绑缚,请他坐在右边尊贵的位置上,等到侍卫奉上果酒,他开始言语平和地与忽辛叙旧。他回忆起他与忽辛并肩作战的种种有趣经历,却绝口不提他当年受到忽辛欺侮时内心的愤懑。

帖木儿甚至大度地让侍卫去唤只罕杰尔和奥美过来,他说他的儿子们应该与舅舅见上一面。

只罕杰尔很快来了,奥美却因为身体不适正在睡觉没有过来。想到云娜的怨恨和不易,帖木儿不能不对两个儿子特别是长子格外珍惜。其实,在帖木儿结束了流浪生活,重新据有碣石城与太子伊利亚斯对峙之时,他还娶过两位妻子,那时,图玛尚未出现在他的生活中。新娶的两位妻子中,有一位后来也生下了一个儿子,帖木儿为他的第三个儿子起名米兰沙。但帖木儿是个既固执又偏心的父亲,他对次子和三子始终不像对长子那样关怀备至。

娶图玛为妻并将她立为正室夫人后,图玛为帖木儿生下一个女儿,女儿长得很漂亮,帖木儿希望她再给自己生下一个或者几个儿子。

侍卫离去不多久,便将只罕杰尔带到了忽辛的面前。

十六岁的只罕杰尔,个头已经长得很高,举止言行完全像个成年人。细心的人可以看出,他的容貌与舅舅忽辛颇有几分相似。卷曲的发梢,稍稍带着疲倦之色的眼神,是哈兹罕家族最显著的特征,敏感的唇形和方方的脸庞则分别继承自他的母亲和父亲。这些年,帖木儿与忽辛关系冷落,舅甥之间很少见面,更谈不上什么来往,但这并不妨碍只罕杰尔对舅舅怀有依恋之情。

毕竟,舅舅是母亲在世间至近的亲人。

只罕杰尔向舅舅施礼。

看到妹妹的骨血,忽辛冷漠的心产生动摇,眼睛里耀起一片泪光。他拉着只罕杰尔在身边坐下来,摩挲着外甥宽厚的肩膀,好一会儿无法开口讲话。

只罕杰尔注视着舅舅意气消沉的脸,并不客套,只是语调轻轻地问道:"舅舅您还好吧?"

忽辛拭去泪水,点了点头。无论他好与不好,能够见到外甥总是好的,它似乎意味着帖木儿已经真正地、彻底地宽恕了他。

只罕杰尔沉默片刻,又问:"下一步,您有什么打算?"

这句话问到忽辛的心里,他抬起头,望着帖木儿,帖木儿目光炯炯,似乎也在等待他回答。

"我想到麦加朝圣。"几乎不假思索,久存于他心头的这个愿望便脱口而出。

帖木儿与只罕杰尔互相看了一眼,显然,对于忽辛的请求他们并未感到特别惊奇。停了片刻,帖木儿温和地问道:"你打算什么时候走?"

"明天。"

"明天?"帖木儿沉吟了一下。

"不可以吗?"

"不是。我还没来得及告诉你,下个月,只罕杰尔要成亲了,我原想让你参加过他的婚礼再离开。"

"是吗?只罕杰尔要成亲了?哪家的姑娘?"

"她叫罕则黛,比只罕杰尔小两岁,这个孩子,你应该还有印象。"

"啊,当然,当然,她的父亲跟你同族,对你很忠诚。让我想想,对了,罕则黛小的时候我见过她几次,我记得,她是个很秀气的女孩子,虽然年纪小,待人接物很有主见。可惜,一晃好几年没有见到她了,她现在是不是长得更漂亮了?"

"的确更漂亮了。"

"如果是这样,她与只罕杰尔也算是般配。不过,只罕杰尔,你自己怎么想?你真的喜欢这个姑娘吗?"

只罕杰尔年轻、英俊的方脸微微红了一下。他的脑海里闪现出罕则黛调皮的样子,那时他们还小,她最常做的游戏是,拿上一根小草棍,趁着他睡着时塞进他的鼻孔里,他被痒得直打喷嚏,她却笑着落荒而逃。他们从小一起长大,他一直倾心于这个美丽有趣的女孩。

只罕杰尔的表情已经说明了一切,忽辛放心了,从手腕上取下一只翡翠手镯,交在只罕杰尔手上。

"只罕杰尔,我虽然不能参加你的婚礼,但我的心会为你祝福的。这只玉镯请你代我送给罕则黛,告诉她,这是舅舅的礼物,也是母亲的礼物。"

只罕杰尔温顺地应道:"是,舅舅。"

当天,忽辛拒绝跟帖木儿一同用餐,帖木儿派只罕杰尔和侍卫将他送回住处时,他问帖木儿:"你真的同意我到麦加朝圣吗?"

帖木儿反问:"为什么不呢?"

"放过你的敌人,这不像是你的风格。"

"是的,我决不会轻易放过我的敌人,但是你例外。"

"为什么?"

"告诉你也无妨。因为云娜临终的时候我答应过她,如果有朝一日你败在我的手上,我一定饶恕你。所以,你不必对我心存感激,你只要记得,是云娜的灵魂护佑着你就可以了。"

"我会记住的。不过……我得说,谢谢你。不是为了你对我的宽恕,而是为了你信守对云娜的承诺。除此,我更关心的是,对于她,你是否做过另外的保证?"

"你是指……"

"河中地区是你的,你将成为西察合台汗国真正的主人,你将成为王,当然,如果换作我,我将成为汗。"

"我明白了。是的,我答应过她,只罕杰尔是继承我王位的人。"

"你不会因为自己宠爱的女人而食言吧?"

"我不会因为图玛而食言的。如果,她试图变成一个想干涉我的女人,她将不再受到我的宠爱和尊重。"

"爽快!是条汉子!现在,我不会再为败在你的手上而心存怨恨了,我的心和灵魂都平静下来。明天,让只罕杰尔一个人送我出城吧。"

"如果你希望如此,当然没有问题。"

忽辛与帖木儿的对话到此为止,这也是他们最后一次交谈。第二天,忽辛起程赴麦加,只罕杰尔将他送出城外。此后,帖木儿再没有见过忽辛,一年后,忽辛在麦加附近的小城病逝。

叁

回历七七一年(约 1370 年),帖木儿在巴里黑正式登上王位。

他戴上王冠,佩戴上帝王的腰带,在王公贵族和大臣将士的簇拥下走上王位。这一年,他三十四岁。

帖木儿虽然从幼年起就自视为成吉思汗和察合台汗的后人,但当他真正将察合台汗国据为己有之后,他却不能如愿称汗。成吉思汗立国后明确规定,只有"黄金家族"的直系子孙才可以称"汗"。帖木儿的先祖虽然是成吉思汗的从兄弟,父系与成吉思汗有着一脉相承的血缘,母亲是成吉思汗的嫡系后裔,但严格来说他仍然属于旁系,因此,他终其一生只能称"王"。

"汗"也罢,"王"也罢,务实的帖木儿一向更注重他手中握有的权力。

他让人称他帖木儿王。从这一天起,帖木儿变成了帖木儿王。

帖木儿王定都撒马尔罕,他即将从这里开始他漫长的征服之旅,但是在此前,他需要对王位进行巩固,确立王权。

既然是成吉思汗的子孙,就必须要忠于成吉思汗确立的"大札撒"(蒙古第一部成文法),因此,帖木儿王首先恢复了军政合一制度以及忽里勒台(集会)制度。忽里勒台是一种具有协商性质的会议,最初由成吉思汗创立。在蒙古各汗国,一切军国大事诸如征战、继承王位、颁布法律都需要经过讨论并得到多数人同意后方能实施,这种制度从严格意义上来讲,既是政治制度,也是军事制度。帖木儿王重新确立忽里勒台制度表明了他是成吉思汗继承者的身份。

当时以及后来的征战中,被帖木儿王征服和掌握的部落众多,他以其中的十二个部落为主,组成精锐部队。军队的编制则以十人、百人、千人为基本单位,各级推选一名智勇双全的人为十人长、百人长、千人长,报最高统帅部由掌管军事的大臣任命。军队兵种分为步兵、骑兵、架桥兵、运输兵、技术兵、急递兵、水兵、炮兵、宪兵等,其中以骑兵为主,以步兵次之。

帖木儿王还别出心裁地建立了流动宪兵,协助各级长官维护军纪。

此外,帖木儿王制定了严格的税赋制度,凡有偷税、逃税者,一经查处,一律处斩。在各级人才的协助下,帖木儿王的严刑峻法发挥了作用,河中地区的秩序与经济很快得到恢复,世界各地的商旅纷纷来到撒马尔罕进行贸易,这座久经战火的美丽城市重又展现出它的勃勃生机。

从二十岁开始,帖木儿王经过十四年的艰苦奋斗,终于成为西察合台汗国名副其实的主人。可是,对帖木儿王而言,西察合台汗国只不过是他一生事业的雏形,他真正要建立的帖木儿帝国,是必须囊括察合台汗国的全部领土——甚至,还要更多。

他坐在至尊的王座上,将目光转向花剌子模。

拥有西至里海,北至咸海,东至土耳其斯坦,南至呼罗珊之地的花剌子模原是金帐汗国的领地,后来被察合台的后人从拔都后人的手中夺取,此后,花剌子模成为察合台汗国的组成部分。不久,花剌子模又被瓜分,在激烈的争夺中,金帐汗国重新据有锡尔河三角洲和玉龙杰赤,察合台汗国则牢牢占据了南方的柯提和乞瓦二城。

金帐汗国中期,国内局势不稳,一位出身于弘吉剌部的首领在花剌子模建立了独立王国,接着又夺取了柯提和乞瓦二城。那时,帖木儿尚未御极。然而在他称王之后,他所做的第一件事就是向弘吉剌部首领索取二城。他的要求理所当然遭到拒绝,这就为他对花剌子模发动大规模战争提供了口实。

他首先以武力围攻玉龙杰赤,迫使弘吉剌部首领献出柯提和乞瓦二城。

一切似乎有了一个好的开端。不过,好景不长,弘吉剌部首领很快后悔了这种退让,重新进扰这些地区,帖木儿王不得不再次出征。

在此后差不多十年的时间里,征战、死亡、归降、反叛、联姻、复叛以及一场又一场的阴谋交织上演,帖木儿王前后经过四次征战,才终于完成了对花剌子模的征服。至此,帖木儿王在他手上绘制完成了帝国大厦的宏伟蓝图,而为帝国大厦的兴建奠定第一块基石的,则是夺回被东察合台汗国攻占的城池。

就是这样。

说完"就是这样",我停了下来。夕阳将余晖倾泻在巴布尔沉思的脸上,我看着他,感到有些口干舌燥。

我对巴布尔的耐心感到惊奇。这个九岁的孩子,有着与他的六世祖帖木儿王相似的容貌,面如满月,眉清目秀。唯一不同的是,他的六世祖帖木儿王在他的这个年龄是个桀骜不驯的野小子,他却彬彬有礼,温文尔雅。

我像沙奈一样,不喜欢过多地讲述战争。一个世纪之前,那时,我比现在的巴布尔大不了多少,沙奈让我坐在他的面前,就像此时巴布尔坐在我的面前一样,他滔滔不绝地给我讲述着他与帖木儿王的友情,以及他与阿亚之间的恩爱,即便他总是被阿亚欺负,他也笑容满面,津津乐道。可是,对于帖木儿王登基后征服花剌子模和东察合台汗国的战争,他却惜字如金。记得当我追问他,想知道更多的事情时,他沉思了片刻,然后说,他忘记了,许多事他都不记得了。

一个世纪后,我这个已经令人羡慕地度过了第一百一十一个生日,全身的肌肤都像抽干水分的树皮一样起皱,大部分的牙齿早已脱落,嘴唇也一天比一天变得干瘪的老太婆理解了沙奈的遗忘。

战争的记忆,似乎总与死亡、恐惧、阴谋、破败、人如草芥、焦土黑墙相关联,它不会让人产生愉悦的感觉,因此,沙奈宁可将他的记忆更多地停留在美丽的城市,温暖的情谊上,而不愿向我详述任何一场战争。

事实上,我也不想。

但是帖木儿王一生的业绩是与战争密不可分的,是战争成就了他,也是战争成就了他成为第二个成吉思汗的梦想。

我生活在那样的时代,我眼睛看到的和我内心的想法时常很矛盾,这种矛盾缘于帖木儿王矛盾的人格。我不知道该如何评价帖木儿王，无疑，帖木儿王是一个创造历史的人物，可是我又不能说他完美无缺，事实上，就残忍而言，他决不亚于史书上任何一个有记载的征服者。

在征服阿哲儿拜展(今阿塞拜疆)时，帖木儿王甚至用战败者的人头堆积起一座人头塔。那真是令人难以想象的恐怖景象，虽然我没有亲眼所见，可光是听说已经让我全身颤抖。我见过因为战争变得一无所有的人，我也见过因为战争而变得残缺的家庭。有一次，我还见过一对母子，儿子在战争中被敌人射瞎了双眼，身体变得佝偻，他被苍老的母亲牵着走，低声下气地向路人乞讨。那天不知为什么，儿子突然像个孩子一样闹着要吃一颗甜瓜，为此，他不肯吃母亲刚刚讨来的一碗用瓜皮熬煮的面糊。母亲温柔地哄劝他，答应等他吃了这碗面糊，一定给他买一个甜瓜。想吃甜瓜的愿望让儿子不情愿地将面糊吃掉了，他好像不知道自己的母亲连这样的面糊都没能吃上一口。

他是那样任性，只顾催促母亲兑现承诺，却看不到母亲为难的脸色，看不到母亲颤巍巍地走在街上，请街头小贩施舍给她一个甜瓜。小贩像轰一条流浪的狗一样将她从一个瓜摊轰到另一个瓜摊，其中一位摊主嫌这位母亲的哀求惹他心烦，竟然将她恶狠狠地推倒在地。当然，儿子后来终于吃上了甜瓜，因为他幸运遇到了正在那座小城做短暂旅行的公主，公主为那位可怜的母亲买了十个甜瓜，可是，她从一开始就明白，她只帮得了这对可怜的母子一时，却帮不了他们一世。

战争中，这样的例子不胜枚举。天知道繁华的表面掩盖了多少辛酸，人们总是需要很长的时间才能忘记亲身经历的恐惧，一旦忘记，至死不愿提起。

帖木儿王正是这样的恶魔，他的马蹄所过之处，生命如同草芥，手无寸铁的人们避之唯恐不及。

可同样是他，这个恶魔般的人物，这位帖木儿帝国的创立者，在接连不断的战争中，以宽广的胸怀收容了公主、我，还有阿依莱，对于我们，他慈爱、慷慨、大度。在他活着时，他尽一切所能庇佑我们，满足我们每一个微小的愿望。他既然是这样的人，我又怎能忘记和无视他的恩德？

所以我才说，我太过渺小，也不高尚，我不配评论帖木儿王。何况，从骨子里来讲我只是一个被公主惯坏的任性的女孩，即使我经历过一个多世纪的沧桑变化，我仍然是一个拒绝长大的女孩，我的一生都停留在初见公主的那一刻。我不是学者，也不是史家，没有足够的学识引经据典，论证帖木儿"好"，还是"不好"，还是好与不好兼而有之，我宁可只陈述事实。

巴布尔睁着亮晶晶的眼睛盯着我看,我知道他有话要说,不过我不必问他。

我惬意地轻摇着躺椅,任凭凉爽的山风吹拂着我的脸颊和白发。

我用心灵感受着长生天对我的眷顾。是啊,若非长生天的眷顾,我又怎么可能按照公主的嘱托,活得像两个人那样长久?

我出生的时候,帖木儿帝国仿佛一轮朝阳从东方升起,我看到的是它的光芒四射和势不可当。当我垂垂老矣,帖木儿帝国也似乎随着我一起老去,即使最后一抹惨淡、混沌的光晕还能挣扎着穿过云朵,但毕竟没有一种力量可以阻止夕阳的沉落。

当然,太阳还会升起,在另一天和另一个时代。当太阳重新升起时,我的生命和灵魂早已化作帖木儿帝国的满天星光。

我没有伤感,也不觉得惋惜,一个国家的兴起和衰亡正如一个人的生死一样,看淡了就是那么一回事,生是幸运,死是解脱。

何况,我比任何人都不应该心存抱怨,苍老如我,眼睛还可以看见童颜如花,耳朵还可以听到风吹落叶。另外,我一点都不糊涂,我的记忆如同帝国的一部词典,收录了太多的珍闻趣事,因此不论何时,你都能够从我这里找到需要的词条。此时,我欣慰正在翻阅我记忆的是个孩子,这个孩子身上有着帖木儿王的血脉,或许有一天,他也能够追随他六世祖的脚步成就一番伟业。

在帖木儿王的四个儿子当中,沙哈鲁算得上最长寿的一个。帖木儿王的长子只罕杰尔和次子奥美分别在回历七七八年(约 1377 年)和回历七九五(约 1394 年)殁于征服东察合台汗国和波斯的战场。在只罕杰尔去世的同一年,帖木儿王得到了沙哈鲁这个儿子。另外,比沙哈鲁年长十岁的米兰沙则在回历八一〇年(约 1408 年)逝于征伐阿哲儿拜展的途中。至于沙哈鲁,他在父亲去世后最终继承了王位,但他膝下六子,除了长子兀鲁伯,其他五个儿子无不先于他们的父王亡故。

兀鲁伯在沙哈鲁登基后接受父命,一直与父王分治帝国南北。他对父王忠孝两全,酷爱和平而不喜好战争。他一生都在致力于发展经济与文化,也比其他任何君主更加体恤百姓疾苦。可以说,兀鲁伯和他的父亲沙哈鲁在位时的四十二年,是帖木儿帝国最安定最富足的四十二年。当时,撒马尔罕和哈烈两地科技发达,人才济济,艺术创造推陈出新,文人学者各领风骚。如果不把西波斯脱离帝国的遗憾考虑在内,帝国可谓进入了真正的黄金时期。

然而,令人不解的是,兀鲁伯个人所具备的种种优点,都不能淡化他为数不多的缺点,相反,他身上所具备的最大优点,恰恰也是他最致命的缺点。

举个例子来说,兀鲁伯本性善良,为人谦厚,正因为善良和谦厚,导致他对儿女的纵容溺爱多于管教,最后,这种慈父之爱将他送入了坟墓。

残暴的刺迪夫弑父自立,遭到世人唾弃和诅咒,他的统治在内乱迭起中只维持了半年。半年后的某一天,我推波助澜,亲手将这个畜生送到了他该去的地方。我坚信,如果他的灵魂在死后希望得到平静,他就必须向他的父王请求宽恕。

刺迪夫死后,米兰沙的孙子、奥玛的儿子卜撒因趁机夺取了原本属于沙哈鲁一系的王位,并在他手上完成了河中地区的统一。

卜撒因是个有抱负有作为的青年,奥玛临终时,将兀鲁伯唤到床边,放心地将爱子卜撒因托付给侄儿。兀鲁伯没有辜负奥玛的信任,他悉心抚养和教育尚且年幼的卜撒因,让他独镇一方,这一切都为卜撒因日后脱颖而出创造了条件。

虽然卜撒因无力重现帖木儿、沙哈鲁和兀鲁伯时期的辉煌,他却远比刺迪夫更适合统治一个残破的帝国。另外,卜撒因的四子为他生下了一位出类拔萃的孙儿,当我还在世的时候,这个名叫巴布尔的孩子就已经崭露头角,成为行将灭亡的帝国最后一颗令人兴奋的火种。

透过半张半合的睫毛,我看见巴布尔向我倾过身体,热切地摇摇我的手,问道:"塞西娅,你睡着了吗?"

我说:"没有。"

"可是,塞西娅……"

"怎么?"

"征服花刺子模的战争既然如此重要,你的讲述太过简单了。"

"是吗?"

"是。你能给我讲得更详细些吗?"

"不能,我的小王子。"

巴布尔的眼睛里透出失望:"为什么?"

"将这段历史讲给我听的那个人对许多事情记不清楚了,我所知有限,又怎么可能在你面前故弄玄虚?这可不是我的风格。何况,巴布尔,那个时候,我自己都还没有出生呢。"

巴布尔表示理解:"哦,原来是这样。那么,你出生之后呢?有没有哪几场战争让你至今记忆犹新?"

"有的。"

"那么,你可以详细地讲给我听吗?"

"只要我能记起的。"

"好，我们一言为定。"

"一言为定。"

"可我不要听你讲战争，讲打仗，我要听你给我们讲有趣的故事。"说这句话的是佐维然，她是我几年前偶尔发现和收养的女孩，那时她还是个婴儿，身体有残疾，被她狠心的父母抱来塞西娅洞前丢掉了。

这些年，她已经长成了既美丽又健康的孩子，她视我为她的太祖母，小小年纪已经知道报答我，对我悉心照顾。而我，因为她的可爱和懂事，娇宠她不亚于当年我生命中最重要的那个女人娇宠我。

除了佐维然，在塞西娅洞我的身边还有一个小男孩，他是我忠实的仆人巴巴的孙子，我给他起名巴巴乌拉。巴巴乌拉、佐维然、巴布尔，这三个孩子年纪相仿，脾气相投，彼此间并没有太多尊卑的概念。

刚才，我给巴布尔讲述帖木儿王征服花剌子模的战争时，佐维然拉着巴巴乌拉去为我和巴布尔煮茶去了。这会儿她回到我身边，带给我一方丝绒披肩，细心地为我披好，跟她一块儿回来的巴巴乌拉则忙着将一个细颈圆肚、旁边带一个像耳朵一样把手的水晶瓶放在我的手上。

别说，我这会儿确实有些口渴了。

莹绿清亮的茶汤透出水晶瓶，越发显得色泽诱人，这正是我喜欢用水晶器具饮茶的主要原因。另外，我一天只在中午喝一次茶，每次只喝固定的量，而且，无论冬天还是夏天，我都会将茶汤趁热喝掉，这样一来，我制作的这种带把手的水晶瓶恰好满足了我对饮茶的所有要求。

佐维然的意见与巴布尔相左，我一点都不惊奇。小的时候，我和沙哈鲁缠着公主讲故事的时候，我们的想法也时常不一致。这是男孩子与女孩子的区别，不足为奇。我示意佐维然和巴巴乌拉在巴布尔旁边坐下来，然后，我故意问巴巴乌拉："你还没有发表意见，你怎么看？"我边问边向三个孩子眨眨眼睛，只要与孩子们在一起，我的灰色眼睛就不再闪动冷酷的光芒。

巴巴乌拉看看佐维然，又看看巴布尔，谁也不得罪地回答："只要是塞西娅讲的，我都喜欢听。"

我笑着责备他："小滑头。"

巴布尔和佐维然彼此对视一眼，颇有默契地一人捏住巴巴乌拉的一只耳朵，向下揪了几下，表明他们认可我对巴巴乌拉的评价。巴巴乌拉疼得龇牙咧嘴，大声求饶，三个孩子全都开心地笑起来。

我任由他们在我身边嬉笑打闹，有滋有味地从水晶瓶里喝着回味绵长的茶汤。我很清楚，这样快乐丰盈的日子不会太长久，等到困扰着小巴布尔的皮肤瘙痒症经过药池的沐浴得到根治，他就必须返回他父亲乌马尔王的封地费尔干纳了。多事之秋，想必乌马尔王不会让他的长子长久地离开身边。

到那时，佐维然、巴巴乌拉他们几个或许还有相见的机会，而我，恐怕再也不可能见到这个孩子了。

笑过了，闹过了，巴布尔提议："这样吧，塞西娅，帖木儿王一生进行的战争，你不熟悉的不妨一带而过，你熟悉的，就给我们讲讲里面有趣的故事，好吗？"

正如我对巴布尔的了解，他果真是个宽厚善良的孩子，他像个真正的男子汉一样主动对佐维然做出了让步。

其实，从巴布尔来到塞西娅洞那天起，佐维然和巴巴乌拉就一直尽心尽力地照顾他，三个孩子相处融洽，感情深厚，哪怕仅仅是为了这个，巴布尔也不会选择固执。毕竟，与友情相比，固执显得毫无意义。

我将水晶瓶放在石桌上，闭上眼睛："去玩吧，我累了。"

他们听话地站起来，手拉着手，跑到山里边玩儿去了。他们毫不怀疑，明天、后天、接下来的许多日子，我都会讲更多和更有趣的故事给他们听。

可是此时，我的确有些累了。

肆

按照巴布尔的要求，我将他的六世祖帖木儿王一生征战的主要历程都给他罗列出来。这样的列表自然不会很详细，不过，至少可以让他对帖木儿王征战过的地方和征服的国家有一个粗略的了解。而且，我一再声明，凡是我没有听到沙奈详细讲起或者是我自己也不很了解的战争过程，我都会一带而过，我只能给他一五一十地讲述那些让我刻骨铭心的经历，而且，对于那些在战争前后发生的让我记忆犹新的事情，我也不妨仔细地讲给三个孩子听。

巴布尔和佐维然、巴巴乌拉欣然接受了我的建议。

下面，就是这张征战表：

回历七七一年（约 1370 年）—回历七八〇年（约 1379 年），征服花剌子模。

回历七七六年(约 1375 年)—回历七九二年(约 1390 年),征服东察合
台汗国。

回历七七七年(约 1376 年)—回历七九七年(约 1395 年),征服金帐汗
国。

回历七八三年(约 1381 年)—回历八〇三年(1401 年),征服波斯。

回历八〇〇年(约 1398 年)—回历八〇一年(约 1399 年),征服印度。

回历八〇二年(1400 年)—回历八〇三年(1401 年),征服玛麦鲁克国。

回历八〇二年(1400 年)—回历八〇四年(1402 年),征服土耳其。

仅仅是这样一张简单的征战表,也足以让巴布尔心驰神往了。这中间,
还不包括一些顺手牵羊似的规模较小的战役。比如,帖木儿王在结束对玛麦
鲁克国的征服之后,回师途中,顺带着征服了报达和谷儿只。

在巴巴夫妇带着佐维然和巴巴乌拉为我们大家准备早餐时,巴布尔仔
细研究了这张征战表,很快,他从中发现了一个问题。

这个问题显而易见。

从上面的征战表中可以看出来,帖木儿王对花剌子模、东察合台汗国、
波斯、金帐汗国的征战在时间上是有交叉的,并且每一场战争都费时很长,
如果从回历七七一年他正式出兵花剌子模算起,到最终将全波斯收入帝国
版图,其间足足花费了他三十一年的漫长时间。

记得我也曾追问过沙奈,为什么这几场战争竟然进行得如此艰难?沙奈
原本不是个善于总结的人,对于我的疑惑,他皱了半天眉头,才零零散散地
找出了一些主观的或者客观的原因。许多年后当我回想起来,我觉得,他的
回答虽然有些牵强,不过还勉强说得过去。

比如说,正像众所周知的花剌子模之战,他们的领主曾与帖木儿王联
姻,又数次降而复叛,这样一来的确牵扯了帖木儿王的不少精力,直到最后
这位领主城破而亡,对花剌子模的征服才告一段落。

再比如说,帖木儿王花费了差不多十六年的时间九征东察合台汗国,最
后也没能生擒他的敌人哈马鲁丁,其原因更为复杂。当年,哈马鲁丁在杀掉
太子伊利亚斯后放心地攫取了东察合台汗国的汗位,自此,他凭借汗国强大
的军事力量不断袭扰边境,令帖木儿王一度疲于应付。后来,当帖木儿王感
到他已经有能力擒杀哈马鲁丁永绝后患时,他便打着为故主报仇的旗号,率
军出征汗国。

当时,所有的征战都是在一种极其困难的地理环境中进行的,而帖木儿
王面对的又是哈马鲁丁这样既狡猾又凶残的敌人。对于帖木儿王来势汹汹

的进攻,哈马鲁丁聪明地采用了一种纯游牧的方式应对,来去匆匆。即使有时失败了,他也会躲藏起来,等到帖木儿王因为气候恶劣或粮草不济或人心厌战等原因退兵后,他立刻从躲藏的地方现身,迅速补充马匹和兵员,再度挑起战火。甚至帖木儿王一生中最大的一场败仗也赖哈马鲁丁所"赐",那是帖木儿王第三次出征东察合台汗国,他被哈马鲁丁引进了天山山脉的山谷里,遭到埋伏,险些全军覆没。若不是帖木儿王英勇果敢,手持长枪与他的将士并肩作战,震慑住敌人,血流成河的山谷或许就成了他的葬身之地。此次战争结束之前,帖木儿王的长子只罕杰尔便在战场上去世了。

三次出征的失败,迫使帖木儿王不得不对失败的原因做出一些反省。一次会议上,他对沙奈等将领说,征讨哈马鲁丁,之所以屡次无功而返,最重要的原因是得到的情报不够准确,以致造成对手屡屡脱逃。作为一名统帅,这一点不可饶恕。也许帖木儿王的领悟不无道理,但后来的事实证明,沙哈鲁对他父亲进行这场旷日持久的战争所做的总结远比帖木儿王本人的结论更为准确,沙哈鲁说,帖木儿王在征东时一次次失败,最重要的原因有三点:一是四面出击造成兵力分散;二是没有建立稳定的、巩固的军事后方,以至于每次出征声势浩大,没过多久便率军回师,对敌人不能形成致命的打击;三是每次攻城略地,破坏严重,激起百姓对侵略军的仇视,为哈马鲁丁招兵买马、东山再起创造了条件。

所以,帖木儿王从来没有真正地征服过哈马鲁丁。哈马鲁丁最终还是因为内部一些贵族的反对,势力削弱,在帖木儿王第九次出征伊犁流域时,他才永远消失在阿尔泰山貂与雪貂出没的地方。

伊利亚斯和图玛的异母兄弟黑的儿火者继承了汗位。新汗是一位虔诚的穆斯林,他即位后,强迫在他统治下的所有民众都改信伊斯兰教。相同的宗教信仰使他对帖木儿王产生一种认同感,因此,他在回历七九九年(1397年)慷慨地将自己年方十四岁的、比朝霞还要艳丽的女儿图兰嫁给了这位可怕的征服者。

这是帖木儿王第二次与血统纯正的成吉思汗嫡传后裔联姻。

对帖木儿王而言,可以娶到两位他从少年时代起就梦寐以求的蒙古公主甚至比征服本身更令他感到骄傲。事实上,由于他是那样宠爱图兰,当他与新汗言和,带着图兰回到撒马尔罕的王宫时,这场长达十六年的,经历了太多波折和苦难的战争,已经戏剧性地变成了他个人的喜剧。

图玛和图兰,这一对有着亲近血缘关系的姑侄,成为帖木儿王的大王后和小王后。她们是帖木儿王的骄傲。我敢说,在帖木儿王刚强、冷酷、善变的一生中,唯独不曾改变过对这两个女人的钟情。

说到这里,我得插入一句题外话了。"大王后"和"小王后"之称,在帝国应该是一个比较通常的说法,然而西班牙使臣克拉维约在他的《东使记》中,却将图玛和图兰全都称作中国公主。其中的原因,大概与两位公主出生的东察合台汗国大部分国土仍在概念中的中国境内有关。

不管怎样,从此,帖木儿王的感情生活中真正融入了两个女人的影子。当然,或许还有第三个女人吧,第三个女人,同样也是成吉思汗的直系后裔,但那个女人,却令他终其一生可望而不可即……

那个女人,也是一位公主,在我的心里,她永远都是一个令人无法准确描摹却无人可以取代的女人!

突然,一味地叙述战争让我感到如此厌烦。

我闭上眼睛。我的眼睛如同即将干涸的泉眼,再也流不出泪水来。可是,每当我想起公主,仍有一种温润的液体会充盈在我的眼眶四周。

那样的感觉,真的很舒适。

巴布尔依然充满渴望地看着我。

我想了想,对他说,可不可以先让我出生到这个世界上呢?因为,这个世界会因为我的出生变得更加精彩。我答应他,在接下来的故事里,我不仅可以为他讲述我所亲历的战争,还可以为他讲述一段如盛开的雪莲一般美好忧伤的爱情。

巴布尔、巴巴乌拉、佐维然兴奋地同意了。

我微微笑了。

我老了,真的,身体的衰老使我变得更加絮叨和更加没有耐心。回忆是我生命的一部分,现在,我把回忆拿出来与三个孩子共享。我清楚地知道,三个孩子喜欢我向他们叙述的那些令我刻骨铭心的一切。

因此下面,就是塞西娅的故事了。

而所有的一切,还得从我在母亲的腹中被孕育开始。

第五章

金星塞西娅

壹

回历七八三年(约 1381 年),帖木儿王开始了征服波斯的战争,我的母亲就是在那一年生下了我。

阿亚婚后给沙奈生过一个儿子,可惜这个孩子几个月时生了一场大病夭亡了。直到二十四岁,阿亚才又生下一个女儿,她请本族中一位德高望重的老人给女儿起了名字,叫作乌扬依霞。

乌扬依霞从出生那一刻起就不是一个让父母省心的孩子,她与死去的哥哥一样,身体孱弱,时常生病,阿亚和沙奈简直为她操碎了心。有一天,乌扬依霞大病初愈,阿亚将老人请来为女儿占卜,占卜的结果似乎让老人有些惊讶。

一开始,老人什么都不肯对阿亚透露。后来,经不住阿亚的再三催问和恳求,老人才悄悄告诉阿亚,她的这个女儿成年后会经历骨肉分离的痛苦,不过这个女儿未来经历的一切不幸都将成为她自己骨肉的福荫。

老人是为孩子做了祈福后才离开的,离开时,他叮咛阿亚务必保守孩子的秘密,不管将来发生什么事情,都要按照长生天的启示去做她认为该做的事情,只有这样,她的女儿才能得到幸福。

阿亚毫不犹豫地答应了。

让人不可思议的是,从那天起,乌扬依霞的身体竟奇迹般地健壮起来。她几乎很少再生病,一张原本蜡黄的小脸也一天比一天变得红润美丽。本来,按照阿亚的心愿,她和沙奈还想再要一个女儿和两个儿子,至少,也要再要一个儿子,但是天意弄人,自从沙奈在攻打花剌子模的时候被一支箭射中腹部,之后虽万幸地拣回了一条命,却永远失去了生育能力。这样一来,乌扬依霞就成了沙奈和阿亚唯一的孩子。沙奈简直太爱他的女儿了,他把女儿视作掌上明珠,在他的百般宠爱下,乌扬依霞长成了一个聪明任性、亭亭玉立的少女。

大概是长生天格外垂爱乌扬依霞吧,她的容貌和身材都随了父亲,一张可爱的瓜子脸上,眉眼极其灵秀,体态窈窕多姿,见到她的小伙子无不对她心生爱慕,希望能够娶她为妻。

怀有同样心思的年轻人中,有一位是帖木儿王的三儿子米兰沙,米兰沙年方十四岁,正是情窦初开的年龄,对乌扬依霞一见钟情。

他将自己的心愿告诉了父亲。

其时,帖木儿王的长子只罕杰尔已不在人世,次子奥美前些年已娶妻生子,四子沙哈鲁还只是个三四岁的孩子,而米兰沙从十岁起便成为战士,追随父王东征西伐,由于这个缘故,帖木儿王不能不对他格外爱惜。

既然儿子米兰沙说他喜欢乌扬依霞,而帖木儿王也认为乌扬依霞配得上他的儿子,他便主动向沙奈和阿亚提出,要为他的儿子迎娶乌扬依霞。沙奈和阿亚只有一个女儿,原本想招赘一个女婿,可两家结亲既然是帖木儿王的愿望,他们也不好明确表示反对。他们把帖木儿王亲自上门提亲的事告诉了女儿,征求女儿的意见,没想到,女儿毫不犹豫地拒绝了。

乌扬依霞大方地告诉父母,她已经有了心上人,她喜欢的小伙子家世虽然一般,但人品很好,而且,小伙子愿意做上门女婿。

与将女儿嫁入王府享受荣华富贵和面对血雨腥风相比,沙奈和阿亚更希望他们唯一的女儿能够生活得自由、快乐。既然女儿找到了意中人,他们不会棒打鸳鸯。反正强扭的瓜不甜,他们相信在儿女婚姻问题上一向很达观的帖木儿王,绝不会因他们拒绝了这门亲事就对他们心怀不满。

阿亚和沙奈商议了一下,做出决定,要女儿把那个小伙子带过来给他们瞧瞧,如果他们觉得小伙子不错,就尽快选个日子给他们把亲事办了,这样,也可以断了米兰沙的念头。

乌扬依霞高高兴兴地跑走了。工夫不大,她带着一个个头高高、长相英俊的小伙子回来了,小伙子也是察合台人,家中兄弟五个,小伙子排行老四,家里愿意他入赘沙奈家,因为这对他们而言是种荣幸。

沙奈和阿亚同小伙子谈了整整一个下午,小伙子言语朴实,对乌扬依霞一往情深,这一点尤其令沙奈和阿亚满意。傍晚时,作为对小伙子认可的表示,他们留小伙子在家吃晚饭。小伙子高兴极了,主动跑到厨房帮忙,做了他拿手的烤羊背和胡萝卜汤,沙奈和阿亚吃得津津有味,对小伙子越发刮目相看。

第二天沙奈进宫向帖木儿王陈明实情，帖木儿王虽然有些失望，但他绝不想勉强曾与他同生共死的沙奈和阿亚，他答应，米兰沙那里由他去做解释，还有就是等乌扬依霞与小伙子的婚期确定下来后，一定要通知他，他会亲自参加婚礼。

至此，乌扬依霞如愿以偿，美好的生活似乎唾手可得。可是，就在她刚刚怀上身孕那年，帖木儿王对金帐汗国大举用兵，沙奈和女婿全都应召出征。数月后，噩耗传来，乌扬依霞的丈夫战死沙场，同一天，乌扬依霞在悲痛忧伤中生下了一位眉间长着一颗金星的女孩。

失去了丈夫的乌扬依霞固执地认为是这个孩子的出生才夺走了爱人的生命。她恨这个孩子，拒绝给孩子喂奶，拒绝给孩子起名，阿亚无奈，不得不抱回孩子，用牛乳喂养她，给她起名塞西娅，对她极尽疼爱。

沙奈放心不下女儿，在前线不断有信来，询问女儿的情况。阿亚为了安慰他，总是说女儿很坚强，已经走出巨大的伤痛开始正常生活了。然而事实上，乌扬依霞的精神状态越来越糟糕了，她总是把自己关在帐子里，吃得少，睡得也少，不见任何人，更不同任何人说话。她的身体一天比一天瘦弱，蓬头垢面的样子简直像个疯子一样，阿亚每次看到她，总是既担忧又生气。

乌扬依霞始终对女儿充满怨恨。一天，她趁着阿亚出去挤奶，将熟睡的女儿偷偷抱了出来。她抱着女儿一直向海子走去，走到海子边，她站了一会儿，就在她准备将女儿抛入海子里的时候，女儿突然睁开眼睛，两只黑黑的眼睛望着她，小嘴微微张开，粉红的脸上露出了笑容。

这笑容竟然是那么可爱，那么甜美！

它一下唤醒了乌扬依霞内心沉睡的母爱，乌扬依霞抱着女儿呆住了，片刻之后，她跪在地上，掩面大哭。

她哭得那么伤心，幼小的女儿似乎也感受到她的痛苦，用力蹬着两条小腿，跟她一起哭了起来，她的哭声比她的母亲还要响亮。

母女俩的二重哭引来了正焦急寻找女儿和外孙女的阿亚。阿亚看到乌扬依霞，立刻从她的怀中夺回了自己的外孙女。乌扬依霞仍旧在哭泣，只是她的哭声一点点低弱下来，变成呜咽。

阿亚似乎很快明白了乌扬依霞要做什么，她用一只手抱着孩子，一只手揪起了乌扬依霞蓬乱的头发。

乌扬依霞挣不脱母亲有力的手，被迫抬起泪眼，与母亲相对。阿亚恶狠狠地问道："告诉我，你把孩子带到这里，究竟要做什么？"

乌扬依霞无言以对。

"你要把她溺死是吗？"

乌扬依霞不由自主地打了个哆嗦。她看到母亲目露凶光,第一次从内心感到惧怕。

"是吗？"

"妈,我……"

阿亚赏了女儿一记响亮的耳光。乌扬依霞被打倒在地,她抬头乞求地望着母亲,鼻子里涌出了一股温热的血液,从她的嘴唇上面流下来,滴落在身下的草地上。

阿亚犹不解恨,她放下孩子,扯住乌扬依霞的头发就向海子里拖去。乌扬依霞掉到了海子里,又挣扎着爬回到岸上,她哀求阿亚:"妈,不要！"

愤怒的阿亚好像丧失了理智,非要将女儿重新推回到海子里,母女俩纠缠在一起,求生的本能为乌扬依霞增添了力量,阿亚几次努力都无法达到目的,后来,阿亚筋疲力尽,一屁股坐在湿漉漉的草地上。

这时,被独自丢在草地上的塞西娅哭累了,睡着了,睡梦里不时还发出一两声抽泣。阿亚看了可怜的孩子一眼,突然跳起来,指着乌扬依霞骂道:"你这个魔鬼！看看你做的好事！你差一点害死塞西娅,她可是你的女儿呀！你说,你告诉我,你算是个母亲吗？不,你告诉我,你还算是个人吗？你是个魔鬼,魔鬼！"

乌扬依霞哭着向前爬了几步,抱住了母亲的腿:"妈,我不敢了。"

"你这个疯子！我不要再把你留在身边了。你给我滚,立刻就滚,滚得越远越好,永远不要再让我看见你。"

"妈,你要我去哪里？除了家,我能去哪里？"

"那是你的事情。我只要不再看到你就行。"

"我不走！"

"你不走？好,你不走我走！否则,早晚有一天我会杀了你。你从来就不是我的女儿,我没有你这样的女儿。"

阿亚说完,抱起外孙女就走,她不是走向自己家的方向,而是向相反的方向走去。乌扬依霞比任何人都了解她的母亲,她知道阿亚说到做到,如果阿亚狠心不再要她,这个家就没有让她留下来的理由。

刚才的事的确是她做错了,她对此无话可说,既然母亲对她的行为感到震怒,不能谅解,要永远离开家的人也只能是她。

她追上母亲,用手拉住了母亲的衣襟:"妈,你不要走。我走,我走得远远的,不会再让你看到我。"

阿亚站住了,毫不留情地望着女儿。不断流过乌扬依霞面颊上的泪水也没有软化她的铁石心肠。乌扬依霞知道再说什么也没有用了,跪在地上向阿亚磕了一个头,然后站起身,向遥远的、未知的世界走去。

她脚步踉跄,却挺直了瘦弱的脊背,她或许还希望听到母亲对她的挽留,可是自始至终,母亲都默然无声。

直到再也看不到女儿的身影,阿亚才抱着塞西娅转身回家。她不否认是她逼迫自己的亲生女儿离家出走,但她绝不后悔。当年给女儿占卜的老人说过,要她听从长生天的启示,刚才,她似乎听到长生天要她撵走女儿的声音,她想这一定是长生天的启示了,于是,她毫不犹豫地做出了选择。

况且,乌扬依霞曾经奋力从海子里爬回岸上,阿亚知道她的女儿或许因为失去所爱的人丧失理智,但她有着顽强的求生意志,一个有着求生意志的人,她一定有办法生存下去。

现在,你一定已经明白了,那个孩子,塞西娅,就是我,而乌扬依霞是我的母亲,阿亚和沙奈是我的外祖母和外祖父。

所有这些事情都是在我长大后阿亚讲给我听的。

阿亚说,当沙奈随着帖木儿王的大军凯旋后,她镇定地告诉他,前一段他们家里住过一个从金帐汗国来的商人,商人在他们家住了七天,乌扬依霞跟他在一起整个人都变了样,不再那么闷闷不乐,开始有说有笑。商人离开那一天并没有跟她提起,可是当商人离去后,她发现女儿也不见了。

她估计女儿是跟那个商人私奔了。她想这样也好,女儿离开了伤心地,至少从此可以过一个女人想要的生活。

沙奈轻信了阿亚的谎言。虽然他是那么遗憾,虽然他无时无刻不在想念女儿,可作为父亲,他宁愿女儿早日走出丧夫的创痛,开开心心地开始新的生活。

乌扬依霞离开家后就失去了所有的消息,没有人知道她是死了还是活着,阿亚却相信她一定活着,当她想将女儿推到海子里的时候她就确信无论遇到任何状况,女儿都会坚强地活下去。

失去女儿的沙奈将他全部的宠爱都转移给我,我在沙奈的娇惯和对阿亚的顶撞中一天天长大,我眉间的金星越来越醒目,好像一颗真正的金星嵌在皮肤中一样,有时在阳光下还会闪闪发光。人们把我称作金星塞西娅,大人有时会怀疑我是不是精灵转世,但所有的孩子都喜欢跟我玩耍。

我没有乌扬依霞的美貌,不过呢,凡是喜欢我的人都觉得我的性格很可爱。我也不像乌扬依霞小时候那么喜欢生病,长生天在赐予我金星的同时,也赐予了我强壮的体魄。即使我偶尔会感到身体不适,我也不用躺在床上,当我在草地上奔跑得浑身出汗的时候,我的病往往不治而愈。

阿亚从不怀疑,我眉间的金星将要给我带来让人羡慕的运气。在我八岁那年,阿亚的预感变成了现实。我遇到了一个神奇的女人,她引领着我命运的轨迹,从蜿蜒的小溪一路流淌,直至汇入奔腾的江河。

贰

帖木儿王对波斯所进行的第一次大规模征伐,起至回历七八三年(约1381年),结束于回历七八七年(约1385年)。

这一场战争断断续续打了四年,帖木儿王征服了波斯北部的大部分土地。每当帖木儿王需要休整,都会将军队撤回撒马尔罕,阿亚告诉沙奈关于乌扬依霞的消息时,正是他们第一次回到撒马尔罕休整时。

当然,无论过去还是现在,有关波斯的记载书上都不会少,但我个人对波斯的了解仅限于沙奈的讲述。我知道,对于经历了帖木儿王亲自指挥的每一场战争的沙奈而言,波斯的美丽富饶和广阔领土比它最终被征服更令他难忘。

其实又何止波斯!花剌子模、东察合台汗国、金帐汗国、印度、土耳其……它们给予沙奈的印象,未尝不都是如此。

那时,帖木儿王的事业如日中天。然而,每当向我讲述波斯的历史时,沙奈总是习惯性地眯着眼睛,脸上露出凝重的表情。就是他——我的外祖父,同时也是我在世上最爱的人之一——亲口告诉我,波斯在帖木儿王出生以前就已四分五裂了。很久以前,成吉思汗的孙子旭烈兀于蒙古蒙哥汗六年(1256年)征服了波斯,此后,波斯成为蒙古四大汗国中伊利汗国的一部分。但是好景不久,随着旭烈兀汗的逝世,成吉思汗的后代们围绕波斯的争夺日趋激烈,这种内斗消耗了汗国的力量,对波斯的统治权渐渐落在了成吉思汗那些旁系子孙的手上。

帖木儿王出生前的几个月,统治波斯的最后一位蒙古大汗去世,自此,波斯开始了一个新的时代。

在这个新的时代里,帖木儿王后来成了一个令人战栗的名字。

小的时候不觉得,长大后我越来越有一种感觉,这种感觉就是,帖木儿王其实是一个很有智慧、很有创意的野蛮人。

这应该是个公正的评价。尽管本身没有接受过多少文化教育,帖木儿王却能从登上王位之初,就开始潜心研究治国之道和强国之路。他在基本完成对周边国家和地区的征服后,即着手恢复国内经济,加强城市管理,同时,他对文化、艺术以及一切创造发明也给予了必要的尊重。

因此,我出生那年,经过十余年的治理并辅以严刑峻法,帖木儿王统治下的河中地区秩序井然,特别是首都撒马尔罕,已成为世界上秩序最好的城市之一。撒马尔罕及周边城市窃贼绝迹,夜不闭户,这且不论,甚至连邻里间一般的口角都极少发生。所有这些当然有赖帖木儿王制定的法律和对法律的执行。帖木儿王对付喜欢无事生非的人或者奸商自有他的一套办法,比如他曾将哄抬肉价、造成市场混乱的小贩处死,将盘剥顾客的匠人处以重刑,以此起到了杀一儆百的作用,此外,他还将好勇斗狠之徒统统送上战场。

沙奈做过一段时间的民事法官。在帖木儿帝国,民事、刑事和行政诉讼是严格分开的,一部分法官,专门处理刑事案件;一部分法官,专门处理官吏贪污案件;而对于外国与民间来往过程中产生的一些案件,则由礼官负责。每一个法官必须各司其职,绝不可越权而为。

每逢出征在即,帖木儿王会从宫中移居宫帐,而帖木儿王的宫帐之外,就是法官工作的帐幕。所有在押犯人,原告被告,都被送到这里听候裁处。法官依据案件性质,听取各方诉辩后,当场做出判决,形成的判词由书记官誊写清楚,留下副本,将正本加盖法官印章,呈递帖木儿王案头,候帖木儿王鉴核。对于所有判词,帖木儿王均会认真审阅,有些重大案件,他还会亲自听取审理过程,认为判词无误的文本,帖木儿王用过印玺,即为核准。帖木儿王用于司法案件的印玺,印文为"公正"一词,印文四边,附有三个小圆圈。

在帖木儿帝国,这个印玺如其印文一般,象征着法律的公正。

另外,帖木儿帝国最高决策机构为中央政府,设大臣会议,大臣由七人组成,分别负责掌管有关军事、政事、民事,每逢会议,七名大臣中至少有四人参加方视为有效。帖木儿王立国后,筛海和沙乌可进入了中央政府,位列大臣。沙奈、艾库、努里丁等虽然功勋卓著,但因为出身所限,他们只能成为帖木儿王的亲信将领和王宫总管。

安定富足的国内环境,日益强大的军事力量,这一切都为帖木儿王征服波斯提供了动力。作为一个野心勃勃的人,怀抱着一定要成为第二个成吉思汗的理想,帖木儿王的目标是首先统一中亚和西亚地区。因此,他在征服花刺子模之后,和在征服东察合台汗国之间,悍然发动了对波斯的战争。

首战,他征服了波斯东部的哈烈,结束了阿富汗人的克儿特王朝对它的统治。次年冬天,他在短暂的休整之后又进军呼罗珊东部以及阿富汗的坎大哈。在另一场战争中,他遭到瓦里的英勇抵抗,但最终,瓦里逃往阿哲尔拜展。

不久,帖木儿王的军队来到伊拉克,移营其首都苏丹尼叶。至此,帖木儿王占领了整个波斯北部,首战波斯告捷。

回历七八八年(约 1386 年),帖木儿王重新调整了对波斯的进攻路线,开始征伐波斯西部。我随沙奈和阿亚参加了这次征伐,虽然那时我还是个不到六岁的孩子,可有些事情仍旧在我的脑海里留下了深刻的记忆。

战前,帖木儿王举行了阅兵式。

在我幼稚的眼中,当千军万马排着整齐的队列从帖木儿王面前走过时,我感受到的是一种排山倒海的气势。

帖木儿王终其一生都梦想成为成吉思汗。所以他在御极伊始就采用了蒙古军队的建制,也就是以十人为基本单位,分设十人长、百人长、千人长、万人长的制度,同时,他选用巴鲁剌思以及其他与他亲近的察合台部落将士充当近卫军。在此基础上,他又更进一步,或者说,有所创新。首先,在将兵的选用上,他实行三不限政策,即不限国籍、不限民族、不限出身贵贱,这种开明的政策使外国将士也能为他英勇作战。其次,他实行赋税制度,按时发放军饷,按量补给,按伤抚恤,以此调动将士的积极性。再次,他推行伊斯兰教,以保护和扩大伊斯兰教世界为由,创建了一支勇敢的、热忱的、所向披靡的穆斯林军队。

不仅军队建制相似,帖木儿王的军队兵种与成吉思汗时代的蒙古军队相比也没有特别不同的地方,都是从骑兵、步兵逐渐发展到象兵、水兵、炮兵、侦察兵、工程兵、桥梁兵、通信兵、运输兵、技术兵、造舟兵、石油火团投掷兵、机械攻城兵等诸兵种俱全的军队。

除此以外,帖木儿王也像成吉思汗一样重视军队训练、鼓动宣传和战前情报工作。在军法面前,他一视同仁。他还创造性地恢复了成吉思汗建立的驿站制度,以此确保帝国通信的快速和及时……总之,在我出生后,经历种种磨难登顶权位的帖木儿王俨然已成为第二个成吉思汗。

帖木儿王在阅兵式上不是经常发表演讲,即使发表,大多都很简短。他最精彩的一次演讲是在多年后他准备征战印度时。当时,许多贵族和将臣因为畏惧印度的酷热和路途遥远,坚决反对对印度用兵,帖木儿王便从《古兰经》中找到一句话:"先知啊!同那些异教徒和不信教者作战吧。"作为他必须出征的依据,以此鼓舞起将士们的征战热情和斗志。

阅兵式结束后,帖木儿王挥师进军阿哲尔拜展,入驻大不里士。帖木儿王在大不里士处理朝廷政务,并在那里度过炎热的夏季。妇女和儿童,一向是随军队驻扎的,沙奈疼爱我,从来不让我和阿亚离他太远。因为这个缘故,有一天我在帖木儿王的军帐里见到了沙哈鲁,他是个文雅俊秀的少年,比我大四岁,但那时我并未设想过,未来的日子里我将与他的生活发生交集。

夏季结束,帖木儿王取道纳希切万,进犯谷儿只,这一场战争以帖木儿王活捉并迫降谷儿只国王巴格剌五世告终。接着,帖木儿王又顺利完成对亚美尼亚全境的征服,并从梵湖城出发,开始进军法儿思(即设拉子)等地,希望一举消灭在这里进行统治的穆筛飞王朝。

战争至此进行得顺风顺水。没想到这时发生了一件事,迫使帖木儿王不得不带着法儿思最精巧的工匠回到撒马尔罕,集中精力对付趁帝国兵力空虚袭扰帝国疆界的金帐汗国脱克汗。

脱克汗出生在金帐汗国,是成吉思汗的嫡系后人。回历七七七年(约1376年),脱克在父亲被杀后只身逃到撒马尔罕,投奔了帖木儿王。帖木儿王原本正希望有这样一个人物,可以成为他遥控金帐汗国的傀儡,因此,帖木儿王相当热情地接待了落魄的脱克,视他如子侄,甚至借给他军队让他去消灭仇敌。脱克虽然年轻、刚毅,但他好像没有太多的战争经验,他不止一次挥霍了帖木儿王的军队,一事无成。虽然如此,帖木儿王仍然没有放弃脱克,五年后,命运开始垂青脱克,帮助他战胜了他最重要的敌人马麦,成为金帐汗国的主人。

脱克登临汗位。他对帖木儿王的忠诚只持续了一年,一年后,他凭借巩固的汗位同帖木儿王分庭抗礼。帖木儿王第二次征服波斯的战争,就是因为脱克在背后搞鬼而不得不提前结束征战,返回撒马尔罕。

脱克在帖木儿王返回后,经过了几场小的战役,知趣地撤走了。为了犒赏有功将臣,帖木儿王决定举行一次盛大的宴会。

沙奈、阿亚都在受邀之列,他们满心欢喜地带上了我。

阿亚一如既往地管教我。我不愿意跟阿亚一起乘车,沙奈便把我抱下来,放在他的马鞍前面。

今天的沙奈似乎与往日有些不同。他骑着一匹体型高大威武的大宛马,换上了阿亚亲自为他缝制的青缎长袍。青缎长袍的袍领上照例用金丝线绣着一朵玫瑰、一朵百合,当然有时还有别的花样,手工极其精细。他的头上则戴着一顶高筒尖帽,帽前缀有宝石,帽上插着一枝鲜艳的翠蓝色鸟羽。沙奈所穿这种服饰的样式,最初为大王后图玛创制,后确定为帝国礼服。

我觉得沙奈风度过人,不由真心赞美:"您今天真漂亮。"

"是吗?"沙奈用力一夹马肚,这是他表示得意的一个惯常动作。随后,他用胡须蹭蹭我的脸,笑眯眯地说道,"你也很不错呀,金星塞西娅。"

是的,我知道,当然错不了。

我低头看看自己的一身装束,完全认同沙奈的评价。我想,别人也一定会认为我今天格外精神,因为我穿着阿亚特意为我缝制的红色蒙古袍,鲜艳的袍服上,衣襟和衣角都绣着骏马和云朵的图案。

我的脚上穿着一双深蓝色的尖头新毛靴,长长的靴筒上,绣着两只振翅欲飞的金鹰。我的头上戴着一顶尖方边的蒙古帽,帽子是漂亮的粉红色,衬着我黑色的眼睛和粉嫩的皮肤。

我的长相随阿亚,既不精致也不漂亮,但是我的皮肤像沙奈,白皙细腻,足以弥补我相貌上的不足。而且,尤其让我振奋的是,我的一身打扮完全像一个察合台人,我一直为自己是一个察合台人而感到骄傲。

我又想到了坐在马车里、不时探出头来吆喝我的阿亚。她今天的穿着倒很随意,也许她的全部心思都花费在沙奈和我身上了,对自己,她反而不是那么用心。

看来沙奈才是最了解阿亚的人,他总告诉我,对阿亚而言,我和沙奈永远比她本人重要得多。

说也奇怪,这竟使我小小的心灵,开始感受到阿亚的好。

大约一个时辰之后,我们来到了帖木儿王那座举世无双的宫帐前。这里聚集着很多人,男女老少都按顺序排好队,等候负责礼仪的官员将我们依次引入宫帐。

沙奈、阿亚和我很快被允许进入宫帐。可见帖木儿王对他的老朋友和救命恩人,有着非比常人的礼遇。

我得承认,对任何人而言,这都是一种梦寐以求的场面,它的豪华与隆重带给我的震撼是其后任何一次宴会都无法比拟的。乃至一个世纪之后,当我重新回忆起这次宴会的场面时,心头仍会翻滚着一股温暖、激动的浪潮。

我不会忘记,在金色丝绦环绕的宫帐中,那优雅的挂毯,那精美的餐桌,那无与伦比的中国瓷器。

当然,还有威风凛凛的帖木儿王和他身份高贵的夫人们、儿子们。

帖木儿王与大王后图玛居中并肩而坐,两个人都神采奕奕。当最后一批客人进入宫帐时,一位德高望重的老臣宣布酒宴开始。

帖木儿王与大王后举杯,第一杯他们要与大家共饮。

众人起立,恭祝王与王后身体安康。

悠扬的音乐响起，帖木儿王和大王后将杯中酒一饮而尽。一位侍酒少年以白绸遮面，趋前添满大王后的酒杯。正要给帖木儿王斟酒，帖木儿王摆手制止了他。他吩咐少年把酒壶交给他，由他亲自在银盏中斟酒，依次赐饮。他走下王座，这样，少年只需跟着他，不要让酒壶空了即可。

出人意料也在意料之中的是，他第一个来到沙奈面前，将第一杯酒赐给了随他出生入死整整二十年的沙奈。

沙奈显然没想到自己会受到帖木儿这样的礼遇，一时激动得满脸通红。我坐在阿亚的怀里，好奇地看着他。我想他此时一定因为满怀感激而热泪盈眶了吧？不过，无论他的心情如何，接受君王赐盏的一套礼仪是不能有所疏忽的。只见他从座位上站起身，右膝向前一屈，双手接过银盏，然后起身，向后倒退一步，重新屈下右膝，将杯中酒一饮而尽。

饮毕，沙奈站起身，右膝向前，单膝跪下，再起身，再跪下，连跪三次，方将银盏捧还帖木儿王。帖木儿王接过银盏，一边重新斟酒，一边笑问："你觉得，这酒比当年阿亚给我们偷来的果酒口感如何？"

"当然入口醇厚绵柔多了。阿亚偷的酒，酸得像山楂汁一样。"

"可是，那一次的果酒却令我终生难忘。以后，我恐怕再也找不到那种感觉，那种味道了。"

沙奈感动地望着帖木儿王："原来，您都还记得。"

"怎么可能忘了呢？那可是我一生最值得怀念的时光。这第二杯酒，我要敬给我的救命恩人了。"

他说着，来到阿亚面前。阿亚一惊，放下我，急忙从座位上站了起来。与沙奈相比，阿亚倒是显得从容许多，也不需要那么多繁琐的礼节。

"王。"

"阿亚，做了外祖母，你的暴脾气好像改了不少。沙奈真是命苦，受了你这么多年的气。"

阿亚笑了，破天荒地没有还嘴。

接下来的一杯，帖木儿王依然递给阿亚。他说，这一杯酒是赐给不在人世的筛海的，他请筛海的女儿阿亚代饮。

我惊讶地发现，阿亚的眼眶一下红了。

帖木儿王这一轮赐饮，用去的时间很长。我贪婪于面前的珍馐美味，只顾将各种过去没有尝过的菜肴果品塞进嘴里。我的食量从小就大，我还喝了不少果酒，当阿亚开始阻止我时，我已经昏昏欲睡了。

帖木儿王终于回到他的王座上。我倚在阿亚的怀里，费力地看着帖木儿王和图玛大王后，不知何时，我的眼睛合上了。直到我被一声怒吼惊醒。

帖木儿王像一头发怒的雄狮，用力地挥动着他粗壮的手臂："这个忘恩负义的小人！这个背信弃义的小人！"他的手臂在空中划出一道弧线，醉意蒙眬的眼睛里闪射出摄人心魄的光芒。

"我不会放过你们的。脱克，速来漫！"他继续咬牙切齿地吼道，"五天后，出征花剌子模！这一次，我不血洗玉龙杰赤誓不为人！"

他的吼声久久回荡在宫帐之中，仿佛几个巨雷在我们的头顶炸响。当他愤怒的声音消失后，整个宫帐陷入一种奇特的沉静。

我不知道别人怎么样，虽然那时我还是个孩子，可就在那时，我的身上突然感到一阵莫名的寒意。

叁

脱克汗的挑拨给了帖木儿王将箭放在弓上的借口。

五天后，帖木儿王率领大军出征降而复叛的花剌子模。速来漫虽然在脱克的挑唆下公然反叛，然而面对来势汹汹的帖木儿王，他数战不敌，不得已，为了保全脑袋，他只能匆匆丢下王位和家室，一路逃往金帐汗国。他在金帐汗国成为脱克汗的侍从副官，此后一直追随在脱克汗左右。

帖木儿王重又夺回花剌子模，并很快占领了玉龙杰赤。他对花剌子模人背叛的行径感到愤怒，于是一怒之下将玉龙杰赤全部居民迁往撒马尔罕，同时下令摧毁玉龙杰赤，并在废墟上种植了许多大麦。

他派使者出使金帐汗国，对脱克汗给予父亲般的训诫。脱克汗立刻认错，称自己不识时务，以后断不会再犯同样的错误。

帖木儿王得到脱克汗的答复，暂时停止了对金帐汗国的进攻。

不知从哪一天起，察合台人的营地中突然出现了一个女人和她的蒙古包。

她的蒙古包是我们以前从未见过的式样。从正面望去，好像三座联包，正中的一座较大，包顶和门框周围绘着蓝色的花纹，旁边附着的两座稍小，用蓝白相间的帷幕搭成，色彩同样十分简洁，与蓝天白云相映成趣。

大家都传说她来自遥远的东方，却没人知道她究竟来自何处。她平素深居简出，可居然连帖木儿王和大王后都要亲自来拜访她。我和其他的小孩子只远远地看到过她一眼，我们一致认为她是一位仙女。她总喜欢穿一身素色的长袍,戴一朵银色的花或一顶纯白色的绒帽,她走路的时候,像在草地上飘动的一朵轻云。

有一段时间,帖木儿王的一支军队在她的蒙古包外轮流守卫,但是很快,军队不见了,一切又都恢复了原来的样子。

我和像我一样的孩子都得到告诫,不可以随便靠近她的蒙古包。然而,自从我被阿亚警告之后,我便挖空心思地想要溜进她的蒙古包里看看。

我留心寻找着机会,终于,我找到了一个绝好的时机。

那天,我看到她被人请到了王宫,两个侍女陪伴着她。下午,天毫无征兆地变了,狂风大作,阴云密布,人们忙着将牲畜赶回自家,仙女家的几个仆人都出去帮忙了,我就利用这个机会溜进了她的蒙古包里。

在察合台人的营地,任何一座帐幕都不会锁门。

仙女的家比我想象中的奢华显然要简朴很多,没有一件昂贵的家具,也没有一处特别的装饰,唯一不同的是,她的家在宁静中散发着一种令人陶醉的馨香的气息。我拼命转动着眼睛,想把我看到的尽收眼底。如果小伙伴们知道我确曾溜进过仙女的蒙古包,他们一定会羡慕我而且钦佩我的勇气。

可惜,蒙古包除了西面的帐壁上挂着一个蓝底金字的镶框匾额,匾额上面竖写着一个我根本不认识的字外,真没有多少稀奇的或者至少可以让我拿来做谈资的东西。

我有些失望。就在这时,我看到一样东西放在靠里的桌子上,好奇心驱使我走过去,走过去我才发现摊在桌上的是一幅裱过的画。一幅油画,上面画着一座教堂,色彩艳丽却不失庄重。

这是一幅罕见的立体画,构图从下到上巧妙地表现出由外及里逐渐进入的效果。

当我的目光在画上移动时,壮观、宏伟的教堂前院率先跃入眼帘。院中竖立着九根白色的石柱,庭前的高墩上,一匹青铜雕成的巨马背生两翼,振翅欲飞。铜马的前蹄与后蹄各有一只悬于空中,益增奔腾神态。马背上端坐着一名武士,武士左手揽缰,右臂高举,手指伸张,手腕上悬挂着一个球状物体。

画的中部是由四根石柱支撑的门阁,门阁建筑壮丽,大门就建在门阁之下。大门以里,可见正门,进入正门,可见正堂。

正堂位于画的中上部,有五座门,似用青铜铸成,其中四门紧闭,只有正中巨门敞开,堂内雕饰、塑像由此尽入眼底。

画的上部是正堂尖塔,巍峨耸立,尖塔下支以四根红色大柱,塔内隐约可见雕像环列,栩栩如生。正堂中央,设有祭坛,回廊高悬壁间,顶壁之上,皆有雕像。雕像色彩富丽堂皇。右回廊廊壁上嵌立巨石一块，周围彩石如天空烘云，托现中间白色，巨石上刻着三个人像，正中是一个美丽的女人怀抱孩子，女人容光焕发、神采奕奕。她旁边的男人凝神严肃，全身轮廓妙就妙在是依石上纹路雕刻，仿若天成。

难道，这画是仙女画的吗？一定不会错，只有仙女才能画出这种让人身临其境的画。我终于能够向小伙伴炫耀我的发现了。

我看得入了神，更想得入了神，这时，我听到有人在我的耳边轻声问我："看得懂吗？"

我"嗯"了一声。

然后，我抬头看到一张正微笑着俯视着我的脸，我呆住了。

我以为自己遇到了仙女，可是真的遇到仙女也不会让我如此惊奇。俯视着我的只是一张柔弱的、依然带有几分孩子气的脸，看起来最多也就是十七八岁的样子。白皙的额头，浓淡相宜的眉毛，高高盘起的深栗色长发，润洁、细腻的皮肤近乎透明。长长的睫毛下是一双幽深的杏仁眼，深褐色的瞳仁在里面闪动着安静的、神秘的光芒。小而柔和的下巴骨，直直的鼻梁，红润的唇线优雅、敏感。即使仙女，恐怕也不会比她更加令人难忘。

我望着她，像中了魔咒一样，一动不动。

她伸出手，轻柔地抚在我的脸上。她的手指很凉。

"喜欢这幅画，是吗？"她的声音像在石上流动的泉水，轻柔缓慢。

"你是谁？"我在惊讶之下脱口问道。

仙女的脸上闪过笑意："你可以像我身边的人一样，叫我欧乙拉公主。"

"你是公主？你从哪儿来？"

"我从中国来。如果你不喜欢叫我公主，也可以就叫我欧乙拉。"

"不，我要叫你公主，你长得这么美，一定是公主没错。"我说的是真心话，从这一天起，我只叫她"公主"。

"那么，塞西娅，告诉我，你是不是很喜欢这幅画？"

我惊讶极了："你怎么知道我叫塞西娅？"

"你不是一直想找机会进入我的蒙古包吗？你还跟你的小伙伴打赌，说你一定办得到。"

"天哪，这你怎么也知道？"

"我会算啊。"

我拍拍脑门。我明白了，欧乙拉公主果真是仙女，正因为如此才任何事情都瞒不过她。

仙女，不，我现在要叫她公主了。光是知道了她的名字，就足够我向小伙伴们吹嘘一番了。

公主用手指抚摸着我眉间的金星："你这个金星,是生下来就有的吗?"

"阿亚说是。"

"天生金星,你长大后肯定心灵手巧。你对艺术似乎有一种特殊的感悟力,就是刚才,你恐怕都不知道自己看着画的样子有多专注,连我在你身后站了好一会儿你都没有察觉。"

"这幅画是你画的吗?"

"不是,是别人送给我的。我喜欢收藏世界各国的名画,没事的时候就拿出来欣赏一番。可惜我不会画。我还有其他几幅和这幅一样好的画,你要不要看呢?"

"可以吗?"

"当然可以。你等着,我去取。"

我有一种幸福骤然降临的感觉,这一天对我来说简直太神奇太美妙了。

我指着画,问:"你能不能先告诉我,这个女人和男人都是谁?"

公主回答:"女人是圣母玛利亚,她的怀里抱着基督,男人是圣·约翰。"

这两个名字我都听说过,我问欧乙拉公主:"你一定信基督教吧?"

公主摇摇头,"不,我信长生天!"

我的目光落在帐幕西侧的匾额上:"是那个吗?"

"你真聪明。是的。"

公主真的出去取画了,她说画放在旁边的蒙古包里。我低头继续看画,可事实上我什么也没看进去,我太激动了,因为激动,我的一只手开始抽筋。

我正撸着手指,一个人冲进来,一把揪住我的头发。是阿亚。

"我跟你说过,不许你进这里来。这是什么地方你可以进来!你这个不要脸的小妮子!我不让你来,你怎么就不肯听话!"她怒气冲冲地嘶吼着,如果此时的她换上一头红发,我一定会把她当成童话里的妖怪。

我扭动着身体,想挣脱她的手。她把我的头发揪得生疼。

"放手!放手!放手!"我龇牙咧嘴,一迭声地喊。

"不放!不放!不放!"阿亚回答我。看到了吧,这就是我和阿亚吵架的习惯,阿亚从来不像是我的外祖母,她更像是我的姐妹。

阿亚的力气比我大得多,我恨不能立刻长大,把她打倒在地。

阿亚继续揪着我的头发,把我向外拉去。我从眼睛的余光里看到一个人进来,是欧乙拉公主。

"你在做什么?"她柔声细气地对阿亚说。

阿亚吃惊地望着欧乙拉公主,张大了嘴。不过,她忘了松开我的头发。

"你把她弄疼了,阿亚。"

像中了魔咒一样,阿亚乖乖地放了手。欧乙拉公主将我拉到身边,将我的头发解开,用一把精致的牛角梳开始为我梳理头发。

我突然想哭。长到八岁,除了沙奈,还从来没有谁对我如此温柔体贴。

我的黑色长发在公主的手里一点一点顺滑了,最令我欣慰的是,幸好我今天刚刚洗过头发。

阿亚仍然以一种不可思议的神情望着公主,好一会儿,她嗫嚅着问:"您……您怎么会知道我的名字?"

我的天哪,她居然用了"您"。这可不像是阿亚,她对帖木儿王说话,也一向是只用"你"的。

"我当然知道你。"公主微笑。她微笑的时候,越发显得楚楚动人,无与伦比。

欧乙拉公主知道阿亚,一定是因为阿亚在察合台人的营地臭名远扬。公主知道我,也许因为我是阿亚的外孙女,并且眉间还长着一颗金星。

阿亚大概也这样想,她抓了抓自己的头发,少见地流露出一种惴惴不安的神态。"对不起。"她嗫嚅着说。

"为什么说……'对不起'?"

"您高贵的帐子,岂是我们这样的人可以随便进来的。"

欧乙拉公主认真地看着阿亚,依然慢条斯理地问:"你不是察合台人吗?"

阿亚不明白她的意思,眨动着眼睛,一时无言以对。我替她做了回答:"我们是察合台人没错啊。"

"那就对了,你们都是我的亲人。我就是投奔察合台人来的,你们宽容地收留了我,保护了我,我很感谢你们。"

阿亚注视着欧乙拉公主,片刻,她抽了抽鼻子,眼眶竟有些红了。阿亚今天的表现真是非比寻常啊。

公主将一抱画轴放在我的面前,拍了拍我的头:"好好看吧,都很漂亮。然后,你可以把你的感觉告诉我。"

我低头打开其中一幅。这工夫,公主的仆从、侍女陆陆续续都进来了,他们谁也没有责怪我和阿亚或者要赶我们出去的意思。一个侍女用托盘端着三碗茶水,放在一张小桌子上,然后退到一旁。我看到她用的托盘是用上等红木制成的,托盘的四周和盘底都雕刻着精美的花纹,我想,如果在四个角上再分别嵌上四粒珍珠,一定会为它增色不少, 使它变成一件真正的艺术品。

公主请阿亚坐下来喝茶，我也想喝，茶水散发的阵阵清香扑鼻而来，我越来越觉得口渴难耐。

公主的客气让阿亚手足无措。我却等不及了，端起茶碗猛猛地喝了一大口茶，接着又将茶水吐了出来。

我被烫到了。大家都笑，阿亚的脸上一阵红一阵白。

"没事吧？"公主问我。

我吐了吐舌头，开始看画。

这一天，我和阿亚直到被公主挽留着吃过晚饭才离开她的帐子。临行，公主摸摸我的脸，说道："金星塞西娅，随时欢迎你。"

我仰脸看着她，不放心地问："真的吗？"

公主微笑："真的。"

"那么，明天，我还可以来吗？"

"任何时候，你都可以来。"

我伸出手，捏住她的衣袖："你说话算数？"

"算数。"

我笑了。阿亚说，那一刻，我的笑容灿烂无比。

我相信如此。因为从那一刻起，欧乙拉公主成了我的另一个母亲，尽管她只比我年长十一岁。

无论阿亚的脾气有多么暴躁，她在比她小三十多岁的公主面前却总是表现出一种温顺的态度。说真的，如果看到她在欧乙拉公主面前低眉顺眼的样子，帖木儿王和沙奈想必一定会举起酒杯庆贺一番，然后说起阿亚欺负沙奈的往事，笑得前仰后合。尤其是帖木儿王，这个不知让多少人在他面前发抖的魔君，可就是他，软硬兼施、费尽心机也没能将阿亚制服，后来反倒是他见到阿亚就头疼。

这恐怕就是一物降一物吧。一个意志如铁的君主，威严有时竟抵不过一个柔弱女子美丽温婉的微笑。

欧乙拉公主的出现，完全改变了我的生活。我不再是那个每天到处疯跑、不断地给阿亚制造麻烦的女孩儿了，公主的画和艺术品将我一天比一天更长久地留在了她的蒙古包里。当然，这并不是最关键的，最关键的是，我喜欢与公主待在一起，光是听她温存地对我说话，或者听她给我讲述旅游中的种种趣闻，我就已经觉得自己是这个世界上最幸福的孩子了。

我生平第一次感受到天意的恩宠，因此对公主信仰的长生天充满感激。

但那时，我并不知道公主真正的身世。直到许多年后，我才知道她是中国元朝最后一位皇帝元顺帝的遗腹子。回历七六九年(约1368年),朱元璋的大将徐达攻破大都,顺帝败走上都,元朝灭亡。次年,明军再攻上都,顺帝退到应昌府(今赤峰克旗),不久在应昌府去世,公主就出生在顺帝去世后的第二个月。

公主的生母素妃是顺帝在上都所纳的最后一位妃子,长得肤白胜雪,容颜如花,当时正值二九之年,善歌舞,通音律,深得顺帝宠爱,顺帝生命中最后的时光只有在她的身边才能安然入睡。

顺帝病故后,朱元璋派大军再攻应昌府,太子引残兵败将退回旧都哈剌和林,正式宣布即位,改元宣光元年(约1371年),是为昭宗。昭宗早就垂涎素妃年轻貌美,即位不久便将素妃据为己有。也算是爱屋及乌,昭宗在位的八年,欧乙拉公主和母亲素妃一样,度过了一段算得上锦衣玉食的安逸生活。

宣光八年,昭宗病逝,皇弟脱古思帖木儿继立。新皇听信皇后和国舅谗言,下旨赐死素妃。忠仆索度和齐尔卡斯不得不带着尚且年幼的公主逃出哈剌和林,几年之后,辗转来到西察合台汗国统治的河中地区。

欧乙拉公主不幸的经历于我没有多少切肤之痛,我只庆幸长生天的慷慨,让她来到我的身边做了我的保护人。我的潜能很快得到挖掘,不久之后,经我设计的第一枚镶嵌着红宝石的金银绞戒被她戴在了右手无名指上,戒指独特而又富贵的式样很快在宫廷中风行。

我九岁的时候,公主被帖木儿王和大王后图玛请进了撒马尔罕城。他们在城里为公主翻修了一处幽静舒适的住宅,在欧乙拉公主住进去之后,当地人都逐渐习惯将它称作“欧琳堡”。与此同时,帖木儿王还把自己的幼子,比我只大四岁的沙哈鲁王子交给公主教育、照管。

我不知道沙哈鲁初见欧乙拉公主的感觉与我有什么不同,我只牢牢记住了他望着公主的眼神。那眼神里盛满了一个孩子全部的崇拜。即使以后他的眼神里又多了许多爱怨交织,却始终改变不了崇拜的颜色。

从这一天起,欧乙拉公主、沙哈鲁王子、我,我们三个成了一家人。

不久,我又为公主设计了一副耳环。

耳环的式样看起来颇像一滴正在往下滴落的水珠。制作这副耳环,我一共用了三十六颗小米粒一样的珍珠和两颗大小适宜的钻石,耳环戴在公主的耳朵上,仿佛两滴晶莹的水珠在阳光下闪耀着华彩。

公主戴着这副耳环参加了帖木儿王为款待脱克汗而举行的盛大宴会。这是脱克汗活着时最后一次与他的恩主帖木儿王在同一座帐子里开怀畅饮，这也是脱克汗第一次见到公主。他当时的样子像是要把公主变成一幅画，然后带回金帐汗国，挂在他既繁华又孤寂的汗宫中。

当脱克汗目不转睛地注视着公主时，我分明感受到沙哈鲁的不安和不快。

然而，女眷们注意的从来都是公主的装扮，而这一次，她们最注意的是她戴在耳垂上的耳环。

耳环的独特式样再一次引得宫廷贵妇竞相效仿，塞西娅的名字似乎一夜之间尽人皆知。事实上，我像一只雏鹰，刚刚学会振翅高飞，不料竟一飞冲天。

我从此自豪地留在了欧乙拉公主身边。

不用出征打仗的时候，阿亚和沙奈经常进城来看望我和公主，每一次，他们都会从自己种的果园菜地给公主带来一些新鲜的水果、蔬菜、鸡蛋等等。对于他们的礼物，公主总是怀着欣喜的心情收下，当他们离开的时候，公主会回赠他们一些粮食或者珠宝首饰。他们和公主之间从不拒绝对方的馈赠，因为他们真心地将彼此当成了亲人。阿亚不止一次严肃地告诫我，遇到公主是我的福分，她要我懂得珍惜。而我，每一次都回答她：我知道。

几个月后，我进入宫廷礼房为帖木儿王效劳，我的任务是将外国进贡的礼物或者我国要进贡、馈赠他国的礼物用特别的方式包装起来，使其变得美观，赏心悦目。我有了俸禄，帖木儿王付我银币。对于这一点公主尤其感到得意，她常说，等我长大了，会为自己攒下一大笔嫁妆，谁若有幸娶我做妻子，是那个人的福气。

她并不知道，对我而言，把自己嫁出去实在太遥远了，令人不可思议。我最大的愿望是挣很多很多的银币，然后为公主的收藏里多增加几幅世界名画。

肆

帖木儿王和大王后图玛对于欧乙拉公主的赏赐不可谓不慷慨。在他们的赏赐中，不止有帝国铸造的用于市面流通的银钱，粮食，还有金银珠宝、绫罗绸缎、果类肉食等等等等，无不齐备，他们的庇护确保了公主和我们这些人衣食无忧。虽然如此，公主的个性里仍保留着几分可爱的孩子气，有的时候，当我们对家里的饭食感到腻烦时，她会带着我和沙哈鲁溜出去，在街上美美地吃一顿风味独特的各色小吃。

市上的屠户,经常将肉类加以佐料,煮熟后出售,还有一些将熟肉夹在面包中出售。肉类食品的种类很多,不止家养的牲畜,野味也不少,无论哪一样,都必须洗涤干净,整治完好后才能出售。市场上的商肆清晨开张,傍晚收市,肉店则营业至深夜。如果需要,我们不买牛羊肉,只买些新鲜的野味回府。

如今,在我的心灵深处,撒马尔罕的公主府已是我真正的家,而欧乙拉公主和沙哈鲁王子就是我至亲至近的亲人。除此之外,公主还借给了我一双善于观察的眼睛,让我感受到撒马尔罕的壮丽。

撒马尔罕位于哈烈东北,与日后成为沙哈鲁封地的哈烈城相距两千八百余里,距中国嘉峪关则近万里之遥。其城东西长十余里,南北五六里,似乎不及哈烈壮观。城池四周,地势宽平,山川秀丽,土地膏腴。城墙以夯土建成,六面开门,墙下挖有深险的护城壕沟,用以抵挡和延阻外来之敌。

撒马尔罕意即"肥城",因其土地肥沃、物产丰饶而得名,适合种植小麦、水稻及果树,不遇天灾人祸,米面堪称丰足,家畜堪称肥美,尤其牧户所养大尾绵羊,身躯壮硕,售价低廉。

城池四郊房舍园圃连亘达二十余里,到处种植着白杨、榆树、柳树、桃树、李树、梨树、葡萄树等树种,花园与果林之间,一般皆辟有广场及通道,其中商肆遍布,商品一应俱全。城外人口比城内多,最华美的楼房别墅全都建在郊区,其中的原因自然与帖木儿王有关,因为帖木儿王所建宫院大半在城外,供人游赏的亭、园、台、榭等等也建在郊野园林之中,所以达官贵人、富商大贾竞相仿效,多将自己的住所或者店铺安置在城外。

撒马尔罕城内城外都有许多沟渠穿过,泉水遍地流淌。果林之旁,辟有棉田及瓜地。在撒马尔罕一年四季几乎都能吃到甜瓜及葡萄,来自东南西北各个国家的甜瓜或葡萄经常运到这里出售。瓜地中的甜瓜产量丰富,家家户户将其切条晒干贮存,方法与贮存无花果干相似,备全年食用。

自撒马尔罕前行,繁盛的村落不少,帖木儿王每征服一地,都会强行征来被征服地区的居民充实撒马尔罕人口。

不仅如此,撒马尔罕的工艺产品也在世界各地久负盛名。帖木儿王为了将撒马尔罕建成一座世界名城,不惜采用种种手段招致商人及工匠来此定居,诸如珠宝商、丝织工匠、弓矢匠、战车制造家、制炮专家、镂金工、建筑师、陶工等凡具有一技之长者皆将其本人或全家一并送来撒马尔罕,人数多达十五万之众,因此撒马尔罕人才济济、百业兴旺,各个行当都不缺乏专业技工。

与许多世界名城有所不同,在撒马尔罕,住宅多建在城外,工厂或作坊则集中在城中。例如城内规模较大的缫丝工厂就有数处,所缫之丝,除供织成锦袍或刺绣之外,还可织成各色绫罗绸缎。丝织衣料上,往往用灰、金、碧三色交织成锦,当然也搭配其他色彩的锦缎,一切全凭个人喜好及眼光选择。

帖木儿王陆续征服中亚诸城后,撒马尔罕俨然成为中亚地区一个最为繁盛的商品交易中心,来自世界各地的货物囤积商肆,充斥市场。而在各种珍奇的货物中,有从俄罗斯或蒙古运来的皮货及亚麻,有从中国运来的最华美的丝织品及瓷器,有从和阗运来的宝玉、玛瑙、珍珠及各样珍贵首饰,有从印度运来的香料,可谓诸般货物俱备,需要的只是人们口袋里的银钱。

在撒马尔罕交易全使用本国制造的银钱,这种银钱其后在帖木儿帝国的另一个首都哈烈同样适用。撒马尔罕与哈烈两城,风俗大同小异。遗憾的是,比任何人都酷爱旅游的欧乙拉公主却终生不曾踏上过哈烈的土地。

欧乙拉公主初到西察合台汗国避难时,有一段时间曾在帖必力思城居住。我生平第一次外出旅游,就是随公主回到这里。当然,我们的这一次旅行来去匆匆,因为帖木儿王随时可能获得胜利,班师回朝。

回历七九二年(约1390年),因为脱克汗再一次背信弃义,公然挑起边界的战争,帖木儿王决定北征金帐汗国。沙奈和阿亚都随帖木儿王的大军出征,这将是一场艰难的并且无法预期的战事,行前,阿亚放心地把我交给了公主。事实上,公主最初做出旅行的决定时原想留下我,但她没想到自己刚把想法告诉我,我便涕泪滂沱,我伤心欲绝的样子让她不得不改变主意。

她给阿亚留了一封信,托人在阿亚回来后交给她。

为了出行方便,公主雇了一辆马车和一个长相忠厚的车夫。马车由两匹马拉着,车厢很宽敞,里面能放很多东西,我还可以蜷曲在厚厚的地毯上睡觉。我想到爱唱歌爱弹六弦琴的齐尔卡斯,如果齐尔卡斯没有随军队出征,他一定会像往常一样寸步不离公主左右。

即将出发的头一个晚上,我兴奋得彻夜难眠,可是随后的旅程给我留下的印象却有些模糊,似乎只有三件事:吃饭、睡觉、行路。而且,我记不得我们在途中走了多少天,我只记得,最后我们终于到达了目的地。

路上,通过公主的介绍,我懵懵懂懂地记住了一些关于帖必力思城的事情。我知道,帖必力思城原为波斯阿哲儿拜展的都会,当年,成吉思汗之孙旭烈兀攻破报达后,该城遂成为小亚细亚商业及政治中心。它的富庶、繁华有目共睹,因此,留在波斯的诸蒙古大汗多喜欢在此驻跸。

太阳升起时,我被公主温柔的声音唤醒,在她手指的方向出现了帖必力思城清晰的轮廓。

帖必力思城建于两山之间的平川之上,与我们经过的其他城池不同,帖必力思城周围不设城墙防护。左边山脚直入城界,山上虽有泉水潺潺,但据传水质不够清洁,因此无人敢饮。右面山坡亦与城池相距不远,迎风之处,极其凉爽。山峰顶端终年积雪,融化之水,类似山泉奔涌,清冽可饮。我曾在这里用水晶瓶灌水请公主饮用,公主饮后,遍体生凉,酷暑之气顿消。城南则山岭连绵,群峰叠翠,自远处望去,恰似一座翠色巨壁。

十岁的我是如此缺少阅历,在我天真无邪的眼睛里,帖必力思城仿佛就是人间天堂。

以前,我从不知道除了首都撒马尔罕之外,还有哪座城池里有这么多的高楼大厦和华宅美院,也不知道除了首都撒马尔罕之外,还有哪座城池里有这么多的商铺和货物,这令我头昏目眩,目不暇接。听当地人说,原来建有城门的旧址,现在都辟作了广场,广场上设有商馆,商肆栉比,百货杂陈。商馆外还有市集,来自四面八方的货物云集市上,种类繁多,不胜枚举。不仅丝绸、绫缎、布帛等丝织品样样俱全,纨、纱、绮、绢、珍珠、宝石、贵重金属器皿也无一不备。另有专门向妇女出售首饰和化妆品的商贩,集中于集市一角,引得众多头披白巾、面覆黑纱的妇女前来购买,于是,买主与卖主,讨价还价,热闹非凡。

我噙着手指,望着琳琅满目的商品垂涎欲滴。公主拉着我的手,为我挑选了一对翡翠手镯和一个精致的缎面桃形化妆盒。这可都是我平时不敢奢望的礼物,公主的慷慨和慈爱使我的十岁生日熠熠生辉。

当晚,我与公主宿于城中客栈。晚上临睡的时候,公主将客栈老板唤到了房间,她给了老板一些银币,似乎托老板为她办件什么事。第二天中午,老板才过来回话,他叽里咕噜说了一大堆这啊那啊的,我察觉出公主有些失望。老板离开后,公主对我说,我们明天动身去苏丹尼叶城。

我说好。

说真的,只要能与公主在一起,我不在乎去世界上的任何地方。

中午吃过饭,公主服了一些她随身携带的药丸,重又变得神采奕奕。她带我去市集挑选了几样可心的礼物。后来,我们还在市集的一个小摊上简单吃了一些酸奶和面包作为晚餐。

几天后的一个下午,我们来到一个村庄。这里的人似乎很愿意为我们提供食宿。我们住在一个只有母女二人的家中,这家的男人都被帖木儿王征往前线打仗去了,但她们的生活还算过得去。她们忙碌了很久,黄昏的时候,为我们端上了精心准备的晚饭。晚饭很丰盛,有乡间面包、烤野鸡肉、油煎鸡蛋和盛在小瓦罐里的牛奶、奶油和蜂蜜。热情的主人烤面包的手法尤其特别,除了后来在宫廷中享有盛誉的银果面包外,我觉得这一餐乡间面包是我吃过的最好的面包了。公主一向吃得很少,可如此丰盛的饭食却让我大快朵颐,吃到最后,我必须时常站起来来回走动,我贪婪的样子让公主和东家脸上都露出了笑容。

第二天上路时,公主要留下一些钱,热情的房东母女却无论如何不肯收下。公主想了想,从耳朵上取下她戴了很久的珍珠耳钉,亲自给那个女孩戴上。女孩和她的母亲对公主的恩惠感激不尽。

旅行的途中如果没有特别值得记忆的事,我通常都在睡觉,而当我睁开眼睛时,就会有一个新的地方出现在我眼前。

苏丹尼叶城就是这样一下子跑到我的眼睛里的。

像帖必力思城一样,苏丹尼叶城也没有建造外城墙,这使郊外四周显得十分平旷。城池中心,建有一座坚固的堡垒,堡基完全由巨石筑成,堡上建有碉楼,楼壁镶嵌琉璃,碉楼之上,几尊大炮一字排开。

苏丹尼叶的人口不及帖必力思稠密,繁华程度却犹有过之。市集之上,无论来自里海南岸的真丝,来自呼罗珊境内的各种布、帛、丝、绸、缎带、纨绮等织品,还是来自印度的珍珠、宝石、香料等等,在这里都能找到货源。每逢夏季,基督教国家和伊斯兰教国家的商人时常云集于此,完成大宗交易。

苏丹尼叶城建在平原之上,有渠道穿城而过。城东的开阔地建着市民住宅区,街市和商场上,则货物充斥其间。城南荒山耸立,山后即塞兰省,塞兰省气候炎热,盛产柠檬、橘子等水果,也运来苏丹尼叶销售。其中塞兰橘的确感觉比别地橘子果汁丰富,酸甜适口。公主将各样好吃的水果包括又沙又甜的甜瓜在内都给我买了一些,又带我在市集吃过午饭,之后,她才在城中选了一家客栈安顿下来。

她仍如前次在帖必力思城时一样,托本店店主帮她打听一个人。她将一小袋银币和一张纸条交与店主,店主收了这两样东西,表情欣然地匆匆离去。第二天上午我们正在喝牛奶时,店主回来了,但不是一个人,和他一起进来的,还有一个一只眼睛上蒙着黑罩的男人。

男人看到欧乙拉公主,一副百感交集的样子,没有蒙着黑罩的那只眼睛里转瞬间蓄满了晶莹的泪花。

店主知趣地退出房间。男人谨慎地看了一眼,见房门被店主小心翼翼地拉上了,他回过头,只向前走了一步,便面对着公主跪了下去。

公主来到他的身边，伸手将他扶了起来。

"公主。"男人的声音听起来格外激动。

公主扶着男人的肩头，上上下下、仔仔细细地端详着他，眼中不知不觉地滚下了泪珠。除了有一次怀念她的母亲，这是我第二次看到她流泪。

"索度，你真的还活着？"

"托长生天的福，我活了下来。"

"为什么不去找我？"

叫索度的男人为难地沉默了一下，片刻，他指指自己的眼睛。

"我这个样子……"

"你的眼睛……"

"这一只瞎了，眼窝完全陷了进去。另外一只，看东西也有些费力。"

"是因为病吗？"

"对，就是那场可怕的瘟疫。"

"难怪你不肯见我，还坚持让齐尔卡斯带我走。连我向你告别，你也不肯开门。"

"我怕把病传染给公主。"

"后来，你该去找我才对。"

"不能！我这个样子不能去找您。公主，其实，在我离开帖必力思前收到过齐尔卡斯的一封信，他在信中告诉我，你们最后在撒马尔罕定居下来，帖木儿王为你们修建了一处府第。"

"是的，帖木儿王和大王后待我很好，他们还把自己的小王子托付给我照顾。他们真是完全信任我呢。"

"我了解您，您从小就喜欢跟孩子们一起玩耍，也喜欢照顾其他的孩子。我刚一进来就看见了这个小姑娘，她应该就是齐尔卡斯信上所说的塞西娅吧？"

"是她没错。齐尔卡斯有没有说，塞西娅有一种奇异的天分？我想，以后你就会知道了。索度，你先告诉我，我们分别的这几年，你都是怎么过来的？你什么时候从帖必力思到了苏丹尼叶？"

索度接下来的解释有些冗长，我只大约记得，他在病好之后，因为一只眼睛瞎了，就留在了帖必力思城。年底，他与一位流落在帖必力思城的察合台姑娘成了家，妻子婚后为他生下一个儿子和一个女儿，可惜女儿身体羸弱，只活到两岁就夭亡了，妻子的身体原本不太结实，女儿死后，她便一直缠绵病榻，家里全靠他为一位做珠宝买卖的雇主看护店铺维持生活。两年前，他的雇主举家迁走，不久写信来，邀请他过去帮忙，他就带着妻子和儿子到了苏丹尼叶。

听说索度有了儿子,公主喜悦地问:"你的儿子多大了?"

"七岁了。"

"比塞西娅小三岁。他叫什么名字?"

"阿依莱。"

"多好的名字啊,像当地人。待一会儿,可不可以带我去看看你的妻子和儿子?"

"家里太小了,味道也不好,公主您……"

"我哪有那么娇贵!当年,如果没有你和齐尔卡斯拼死保护我,带着我逃出来,我恐怕都不能够活到现在!索度,我是来接你的,跟我一起回撒马尔罕吧,我们终于有自己的家了。"

"可我……"

"索度,我需要你。"

这句话使索度在瞬间做出了决定。

"好的,公主,我跟你回去。"

三天后,我们离开苏丹尼叶,返回撒马尔罕。这一次,同行的人中多了索度、索度的妻子和他们的儿子阿依莱,我们的旅途不再像来时那样孤寂,一切都变得有趣无比。

索度的妻子是个脸色发黄、身体虚弱的女人,即使她曾经有过美貌,现在我也看不出来了。但她的儿子小阿依莱却长着一头深栗色的卷发,深陷的眼窝,睫毛又长又密。明亮的眼睛,圆圆的脸颊,肤色红润,像画中的洋娃娃一样可爱。

我喜欢苏丹尼叶,当然我更喜欢帖必力思。只是,在那个时候我不会料到,九年后,帖必力思和苏丹尼叶都将经历一场浩劫,而这场浩劫恰恰在意想不到的时候来自一个意想不到的人。

第六章

止战之殇

壹

此时,帖木儿王对脱克汗的征伐还在继续。

浑都儿察之战、乌尔图巴之战、帖列克河之战是帖木儿王与脱克汗之间进行的最重要的几场战役,帖列克河之战爆发时我跟随在沙奈和阿亚身边,得以亲历了这场战争,但那已是四年之后的事情。

事实上,我与公主离开欧琳堡的那一天,帖木儿王正在他气势恢宏的军营接见脱克汗派来的使者。

沙奈奉命将使者引至帖木儿王阔大的宫帐前。帖木儿王刚刚巡营归来,就坐在宫帐外面努里丁特意为他设立的御椅之上接见了使者。四王子沙哈鲁垂手侍立在父王身边,帖木儿王扭头看了儿子一眼,见儿子一身戎装,俊秀无比,脸上不觉掠过一抹久违的、得意的笑容。

使者以金帐汗国的宫廷礼节拜见了帖木儿王,然后,他用动听的语言祝愿帖木儿王福寿安康。

帖木儿王命使者起身,在这个过程中,他态度平和,不怒自威。

使者献上了脱克汗赠送给帖木儿王的礼物:一只目光如电、驯化威武的猎鹰,九匹毛色油亮、脚程飞快的欧洲纯种马。帖木儿王按照礼节将猎鹰放在手臂之上,却对敌人的礼物表现得不屑一顾。

"脱克怎么说?"他威严地问。

使者谦恭地回答:"汗说,他从来不曾忘记恩主帖木儿王给予他的帮助和恩惠。只是由于他的年轻和莽撞,才使他犯下了与恩主敌对的错误。如今,他为他轻率的行为深感懊悔,希望恩主不计前嫌,仍将他视为最忠诚的藩属。"

帖木儿王略一沉吟:"脱克既有此心,我权且再信他一次。"

使者谢恩,帖木儿王命努里丁带他下去领赏。

俟使者离开,沙奈问帖木儿王:"您真的相信脱克汗这次是出于感恩之心而不想与您为敌吗?"

帖木儿王淡然一笑,并不急于回答。他将猎鹰交给侍卫,一边起身,一边问儿子沙哈鲁:"你怎么看?"

"脱克这个人惯会花言巧语。他不过是觉得此时决战无益,才使出这样的拖延战术。父王切不可上他的当!对于这种见风使舵、两面三刀的小人,就应该穷追猛打,不给他任何喘息之机!"

沙哈鲁的语气里隐含着少有的尖刻和敌意,这尖刻和敌意有悖于他平素宽厚仁柔的禀性,帖木儿王不由得回头看了儿子一眼。

沙哈鲁并没有注意到父亲探询的目光,他眉头微锁,神色迷茫,心里似乎正转着某种不愉快的念头。

"王子所言甚是。"沙奈说,他与沙哈鲁的想法一致。

"不过……"

"父王,您在担心什么?"

"脱克不想此时决战,一定有他不想决战的理由。他知道我不会相信他,又不愿坐以待毙,那么,他该怎么做呢?我想,他最大的可能就是躲藏起来,让我们找不到他的行踪。"

"如果脱克汗真的躲藏起来,找到他还真不是一件容易的事。"生性务实的沙奈立刻明白了帖木儿王的顾虑所在。

的确,金帐汗国当时的疆域不仅包括第聂伯河以东的东南欧地区,而且包括伏尔加河中下游、南乌拉尔、北高加索、北花剌子模、锡尔河下游流域以及从锡尔河与咸海以北直到伊什姆河、萨雷苏河地区。其实多年来,正是由于金帐汗国在中亚和西亚地区的领土与察合台汗国的领土犬牙交错,才造成了两个汗国百余年来彼此攻战、战火不断。

显而易见,在这样广袤的领土中,脱克汗可以藏身于任何一个地方。这已经是一个不利的因素,更加不利的因素是,帖木儿王或许对中亚各国的地理、历史了然于胸,却对金帐汗国的山川河谷、人文气候一无所知。

然而,即使困难重重,沙奈同样相信帖木儿王不会半途而废。想当年,脱克走投无路时投奔了帖木儿王,是帖木儿王帮助他重新据有了金帐汗国那光彩夺目的汗位宝座,也是帖木儿王数年间的慷慨相助使得脱克迅速强盛起来。如今,脱克非但不思回报,反而背信弃义,一而再、再而三地与其恩主作对,对于如此卑鄙的小人行径,帖木儿王当然不会忍气吞声、坐视不理。

沙哈鲁紧紧盯着父亲若有所思的面孔。少年的脸上流露出一种跃跃欲试的神情,这神情倒与帖木儿王的心境不谋而合。

"沙哈鲁。"

"在。"

"由你指挥侦察队,分头向西西伯利亚的托波尔河方向进发,你的主要任务就是尽快找到脱克的落脚点。我让努里丁协助你。"

"是。"

"沙奈。"

"在。"

"你和艾库率领先锋军,向押亦河(今乌拉尔河)方向前进,我率本军随行。记住,无论侦察队之间,还是侦察队、先锋军与本军之间,都必须建立流动驿站,由急递兵保持彼此畅通无阻的联系。即使没有发现敌情,对于每日的情况也必须在第一时间送达我处。一旦侦察队发现了敌人的行踪,先锋军必须不惜一切代价将敌人堵截和包围,不使其逃散,等待我的援助。"

"遵命。"

"现在,沙奈,通知各军将领到我的宫帐商议军情。无论如何,此番一定要给脱克致命一击。"

"是。"

考虑到脱克汗本人一向擅长使用成吉思汗和金帐汗别儿哥时期的游动战术,金帐汗国的领土又横跨欧亚大陆,境内既有平原,又有山地,既有森林,又有众多河流交错,地形与气候复杂多变,帖木儿王一反他在统一中亚地区以及征战波斯、花剌子模时经常采用的方式,不是由他亲自指挥具体的战役,而是交由先锋军、侦察队的将领依据当时当地的情况灵活指挥,只有大的作战方针不变,就是务必找到脱克汗的藏身之处,歼灭他所掌握的有生力量。这种适当的放权,用来对付像泥鳅一样狡猾的脱克汗,无疑是最便捷、最有效的手段。

次日,沙哈鲁率领侦察队离开牙昔,向托波尔河方向挺进。

沙哈鲁对困难预估得不足,一直到春夏交替,侦察队仍然没有获取任何有价值的情报。军队疲于跋涉,沙哈鲁本人也产生了焦躁情绪,帖木儿王从儿子送抵本军的书信中敏锐地觉察出这种微妙的心理变化,他并不责备,也不动声色,却怀着父亲特有的宠爱心情命传令兵给儿子捎去了一本著名的诗集《福乐智慧》,还有一把用上品材质精心制作的六弦琴。

沙哈鲁几乎一下子就领悟了父亲的用意。

抚平心境、少安毋躁,在双方比拼毅力和意志的时候,谁先失去耐心,谁就会落败于对手。

高高在上、冷峻严厉的父亲竟然有着如此体贴细致的时候,这对沙哈鲁而言,远比任何空泛的说教更能令他茅塞顿开,同时也令他对父亲的深谋远虑感同身受。

沙哈鲁下令各侦察队在水源丰富的托波尔河附近稍事休整,然后,他率领一支侦察队先行渡过托波尔河。

坚持不懈的搜寻终于有了回报,侦察队渡河后发现了许多篝火,还抓到了三个金帐汗国的士兵。

沙哈鲁将这得来不易的情报以及敌方的三个俘虏火速派人送往父亲的大营,同时请求沙奈和艾库的先锋军向他靠近。

通过审问俘虏,帖木儿王了解到脱克汗正在浑都儿察流域驻军,在他有意让自己"失踪"的这段时间里,脱克汗已经招募了大量的骑兵和步兵,实力不逊于帖木儿王一方。但有一点比较令人放心,他还不甚掌握帖木儿王目前的追踪情况。

帖木儿王深知掌握战斗的主动权有多么重要,他一刻也不耽搁,亲自指挥七个军团的骑步兵以最快的速度向浑都儿察河流域包抄过来。

这是一次真正的急行军,堪与成吉思汗创造过的任何一场闪电战例相较。

虽然脱克汗尚且蒙在鼓里,但是其军营整肃,易守难攻。为了防止脱克汗再次逃逸,帖木儿王命令军队在敌营周围抢挖战壕,钉上木桩,安装战壕护板。骑兵用于攻击,步兵用于防守。

一切准备就绪,帖木儿王将大军分成七个彼此不相隶属的战斗军团,他命令艾库、沙奈、亦忽率领其中三个军团,首先向脱克汗的先锋军发动攻击。脱克汗的先锋军由富有作战经验的速来漫指挥,对手仿佛从天而降,速来漫虽猝不及防,却做了最顽强的抵抗。

战事如此激烈,双方均付出了巨大的代价,中午时,脱克汗派出部队驰援速来漫,亦忽拼死力战,不幸阵亡。

脱克汗率领大军随后赶到,意图将帖木儿军分割包围,各个击破。艾库、沙奈命令将士们下马,用护板做掩护,将士们跪在地上向脱克军射击,一时间箭飞如雨,脱克汗不得不命令骑兵一次次向艾库、沙奈的阵地发动攻击。

艾库、沙奈率领的几万人转眼损失过半,不断有士兵和相熟的战友倒在自己的脚下,面对汹汹而至的敌军,两员忠诚的将领抱着必死的决心坚守阵地,没有帖木儿王的命令,他们绝不能后退一步。

脱克汗传令军队后退稍作休整。他也下定决心,无论付出怎样的代价,也一定要吃掉对面的这支军队,因为他很清楚,经过几次冲锋,对方箭矢消耗殆尽,已经没有多少战斗力了。

时间一分一秒地过去,突然,遮天蔽日的烟尘从四面八方向脱克汗卷来,战马的嘶鸣惊心动魄,脱克汗意识到是帖木儿王率领的主力到了,急忙收缩兵力,向浑都儿察河退去。

帖木儿王挥令大军穷追不舍。

前有大河,后有追兵,渡河已然不及,脱克汗只得依河岸匆匆摆开了决战的队形。

帖木儿王军队的精华是察合台汗国的蒙古骑兵,金帐汗国赖以依靠的同样是自拔都汗以来就以骁勇善战闻名世界的蒙古骑兵,因此这一场争斗,更确切地说是蒙古人之间的一场生死决战。

帖木儿王与脱克汗这一对老对手终于面对面了。

帖木儿王请脱克汗近前对话,他们各自离开本军相同的距离,又在彼此相距六七步远的地方勒住坐骑。

脱克汗表现得彬彬有礼,他问候帖木儿王时用的是最谦恭的语气,可是他的眼神却泄露了内心的倨傲。

"脱克。"帖木儿王的声音并不严厉,却有一种直截了当的味道。

"王。"

"事到如今我并未指望你能回忆起对我永远效忠的誓言,但至少,你和我之间还可以和平相处吧?"

"这也是我的愿望。"

"那么,如果我没听错,难道是这个愿望让你在我远征他国,国内兵力空虚时屡屡犯境?"

"王此言差矣。"

"哦?"

"身为金帐汗,我只是在努力恢复祖宗的基业,再现汗国昔日的辉煌,我觉得,身为成吉思汗的嫡系后人,这是我责无旁贷的使命。"他有意强调"嫡系"二字,其中的深意不言自明。

帖木儿王无动于衷。

"脱克,撒卜兰从忽必烈汗在位时就是察合台汗国的城堡。"

"这些事情谁又能说得清楚呢?金帐汗国与察合台汗国的领土争端古已有之,这是两个汗国之间的事情,王为何不能袖手旁观?"

"现在,我是察合台汗国的主人。"

脱克汗眉头微微一挑,这是一个不加掩饰的轻蔑的表示:你只不过从成吉思汗的嫡系后代手里攫取了察合台汗国而已。

帖木儿王不愿再跟脱克汗废话。他一生崇敬成吉思汗,崇敬术赤汗、察合台汗、窝阔台汗、拖雷汗,崇敬拔都汗、蒙哥汗、忽必烈汗,甚至崇敬金帐汗国的中兴之主月即别汗,可对于他们或昏庸懦弱、或荒淫无道、或好大喜功的后人,他却只有蔑视和厌恶。他觉得这或许就是成吉思汗给他的启示,比起那些不肖的子孙来,成吉思汗更愿意选择他作为自己事业的继承者。

帖木儿王和脱克汗各自回归本阵,一场厮杀随之展开。

黄昏时,脱克汗知道本军败局已定,急忙换上士兵的衣服,在速来漫和汗宫侍卫的保护下,仓皇逃离了混乱的战场。

虽说没能捉到脱克汗令人遗憾,不过,帖木儿王的心情还是很愉快的。他在沙奈的陪同下巡视营地,看着他的步兵们每个人牵回了近二十匹马,而他的骑兵们则每个人牵回了不少于一百匹马。除此之外,各式各样、琳琅满目的战利品也足足堆满了几十座帐子。更有五千名童男童女集中在后营,帖木儿王决定派人将他们送回国内,充实撒马尔罕的人口。

几乎每个人的脸上都挂着笑容,喜悦的气氛仿佛启封的美酒,弥漫在胜利者的营地,将士们为胜利欢呼,为活着庆幸。

只有一个人躲开了这喜气洋洋的场合,独自一人坐在河边的草地上,忧郁的目光投向遥远的天际。

他并没有发觉有两个人正向他走来,而且其中一个人顺势坐在了他的身边。

他突然看到了这个人,惊讶地正要站起,但来人对他做了一个手势,他便只好保持原有的姿势不动。

"父王。"他有一些腼腆,低低地唤道。这时,他看到沙奈正站在离他们不远的地方,手里牵着他自己与帖木儿王的战马。

"沙哈鲁,你在这里做什么?"

"啊,没……没什么。"

帖木儿王的目光长久地停留在沙哈鲁英姿勃勃的脸上。他的目光有一些锐利,但更多的还是抚爱。那一年,他失去了最心爱的长子,却得到了沙哈鲁这个儿子,他一直把这件事视作天意。若非格外疼爱这个幼子,他也不会在与图玛商议后,将他送到欧乙拉公主身边接受另一种文化的浸染和熏陶。

他迄今为止从未打算将王位传给沙哈鲁,但是,这并不妨碍他作为父亲的偏心,他钟爱沙哈鲁,这爱,如绵绵细雨,润物无声。

面对父亲的注视,沙哈鲁局促地移开了视线,专心盯着露出战袍外的靴尖。

帖木儿王微微笑了。"想家了吧?"他问。

沙哈鲁清秀的面孔不觉涨满了红潮。

想家?是啊,他独自坐在这里就是因为他的心里充溢着太多的思乡之苦,就是因为他的思绪被打断前他正如饥似渴地想念着自己在欧琳堡度过的安逸时光。他总是一面说服自己赶快忘记,一面却在每个闲暇时回忆着他的公主那柔弱的样子,回忆着她的浅笑低语,她的细致包容,她的一切一切……

可是像父亲这样一贯粗心的人又如何会看透他的心思?

帖木儿王并不需要儿子回答,他想的是另外一件事:"我们暂时还不能回家。"

沙哈鲁抬头望向父亲,脸上的红潮消退了一些。

"脱克这个年轻人,拥有坚强的意志和广袤的领土,只要他活着,他的兵源就能够很快得到补充,所以,经过一段时间的蛰伏,他总是不难重新集结起与我们的军队抗衡的力量。"

"那么……"

"对,只要他不死,就始终是我的心腹大患。"

沙哈鲁理解父亲的心情,因为这其实也是他自己的心情。他甚至比父亲更希望战胜脱克。这位年轻的金帐汗,终究是他心里的一根小小的刺。

父子俩的目光在沉默中相遇,接着,帖木儿王的脸上露出笑容。

这是一种难得的表示赞赏的笑容。

帖木儿王是一个具有坚强意志和决断力的人,何况,他无意放过他的敌人。他循例检阅了军队的人数、装备与武器,将大量的战利品按军功大小分赐给所有将士,然后率领大军继续向阿哲儿拜展挺进。

胜利给帖木儿王带来了好运。

帖木儿王刚刚来到乌尔图巴,侦察队就抓到了脱克汗的一个俘虏,通过审讯,得知脱克汗的军队就在离乌尔图巴不远的地方驻营。帖木儿王立刻布置兵力,采取突然袭击的战术向脱克汗发起猛烈攻击。脱克汗则像一个被人捏住鼻子从美梦中揪醒的醉汉,又气又恼还不得不仓促应战。

金帐汗国的将士明知败无生路,抵抗变得异常激烈。这是一场短兵相接的恶斗,帖木儿王手下的察合台将士固然身经百战,金帐汗国的勇士同样视荣誉为生命,双方势均力敌,都没有退缩的余地。

沙哈鲁手持长枪与两名挥舞着蒙古弯刀的金帐将领周旋。他眼睛的余光瞥到了父亲熟悉的身影,就在离他几步远的地方。帖木儿王的对手是脱克汗手下一名武艺高强的侍卫长,帖木儿王与他争斗良久,将他一刀砍在马下。谁知这人并未马上死去,他的手里还握着武器。在他倒地的瞬间,他挥刀砍向了帖木儿王的战马。战马前腿被砍断,悲鸣着扑倒在地,帖木儿王被重重甩于马下。

这个突如其来的变故并没有引起太多人的注意,除了身边的人。

速来漫刚刚杀死一名察合台将领,看到这一天赐良机,当即挥刀向帖木儿王奔去。沙哈鲁也看到了这惊险的一幕,他既知自己无法抽身去救父亲,心一横,也不管两柄弯刀就在眼前飞舞,将长枪横执,用尽全身力气向速来漫掷去。

长枪擦着速来漫的耳畔呼啸而过,让速来漫吃了一惊,战马的速度随之放慢。就在这千钧一发的时刻,沙奈带着从马赶到帖木儿王面前,他下马将帖木儿王扶起,几乎转眼之间,帖木儿王的侍卫们将他团团围住,速来漫自悔失算,慌忙收马而退。

沙哈鲁只顾保护父亲,却忘了自己变得赤手空拳。他正欲俯身去拔插入靴中的弯刀,一名金帐将领挥刀接连砍来,沙哈鲁猝不及防,肩头被砍了两刀。另一名金帐将领见状大喜,飞马上前,就要结果沙哈鲁的性命。沙哈鲁虽然受伤,头脑却异常清醒,他突然从马上跃身而起,抱着对面的将领滚落马下。

生死搏杀的战场,胜负瞬息万变。还在马上的金帐将领突然失去了对手,正在发愣,一柄锋利的长剑刺穿了他的胸口。努里丁拔出长剑,顺势送入从沙哈鲁身上挣扎欲起的将领脖颈。

鲜血染红了沙哈鲁的半边身子,他知道父亲安全了,心一松昏了过去。努里丁抱起沙哈鲁放在马上,急速向后营安全的地方撤去。

随着几员重要将领阵亡,金帐军队败迹渐显,脱克不敢恋战,在速来漫的保护下,带领残兵败将拼死杀出重围,逃往阿哲儿拜展。

帖木儿王也不再恋战,他命人打扫战场,自己带着沙奈匆匆来到后营,探望儿子的伤势。

多歌刚给沙哈鲁处理完伤口,帖木儿王忧虑地俯视着儿子苍白昏睡的脸,良久,才声音嘶哑地问:"沙哈鲁要不要紧?"

多歌回道:"有两处刀伤,一处很深,值得庆幸的是没有伤到要害。"

帖木儿王的眼眶微微泛红。战斗结束后,他从努里丁口中得知了沙哈鲁为救自己而舍生忘死的行为,他既心痛又为儿子骄傲,假如可以,他宁愿自己身处危险,也不愿别人伤害儿子分毫。

沙奈看到了蓄积在帖木儿王眼中的泪水,除了大王子只罕杰尔阵亡时,沙奈还从未见过帖木儿王流泪。

这个晚上,帖木儿王坚持陪伴在儿子身边,昏迷中沙哈鲁不时会说胡话。

第二天,帖木儿王召开了由各军主要将领参加的军事会议,会上决定继续追击脱克汗。鉴于沙哈鲁伤势严重,帖木儿王只能留下多歌和努里丁妥为照料。帖木儿王每天都会通过快骑了解儿子的恢复情况,当得知儿子因为心绪不宁,伤势恢复很慢时,他想起儿子昏迷时一直呼唤的人,于是做出了一个决定。

贰

我们经过碣石城时,公主决定在城中休息游玩两天再继续赶路。至于沙哈鲁受伤这个令人担忧的消息,我们当时尚且不知。

夏季的碣石城,美丽而又安详。我虽然就出生在碣石城,可我已经有六七年不曾回到这里来了。因为离开得太久,我几乎忘了碣石城的模样,因此,对于我所看到的一切,我像阿依莱一样充满好奇。

碣石城建于平原之上,城郊四周流水环绕,土地肥沃,果林、花园众多。城中修建着富丽的房舍和清真寺,清真寺外观庄严,内壁皆用金碧色的琉璃镶嵌。帖木儿王登基后,一直着意建设他的出生之地。

不知谁将欧乙拉公主到来的消息通报给了碣石城的城主沙乌可,他不仅派人迎接,而且热情地将我们安排在一座环境雅净的馆驿当中。与此同时,他还派了几个侍从和侍女来到馆驿服侍公主。

沙乌可是出身高贵的察合台系后王,从血统上来讲系成吉思汗嫡系。当年,东察合台汗国的图格鲁汗趁西察合台汗国内乱频起之机,出兵攻占了河中地区,沙乌可像许多人一样被迫归降,借此与当时正接替叔父哈吉的位置出任碣石总督的帖木儿王相识。两个年轻人一见如故,将推翻图格鲁汗的统治作为共同的奋斗目标。以后的日子里,无论境遇多么艰辛,沙乌可从来没有背叛和抛弃过帖木儿王,他的忠诚赢得了帖木儿王的赏识,也使他有幸成为帖木儿王的妹妹诺敏敬公主的丈夫。帖木儿王立国撒马尔罕后,沙乌可又兼任碣石总督之职,负责碣石一切军政事务,同时督建在战火中遭到破坏的碣石阿克塞行宫。

帖木儿王北征金帐汗国,正值沙乌可背上长痈,深受其苦。帖木儿王命他留镇碣石城,同时辅佐王孙莎勒坛处理国政。莎勒坛是帖木儿王最钟爱的长子只罕杰尔的儿子,只罕杰尔在回历七七八年(约1377年)殁于战场,此后,帖木儿王将莎勒坛立为王储。这次帖木儿王出征,将莎勒坛留在撒马尔罕。莎勒坛被要求:凡遇紧要大事,即使擅作处理后,也必须在最短的时间内向沙乌可说明情况,如果沙乌可认为不妥,莎勒坛就需要采取措施加以改正或补救。

不过,沙乌可的禀性为人颇有些像他的先祖察合台,虽然受到帖木儿王百般倚重,却不是个喜欢揽权的人。与处理国家大事相比,他更喜欢将时间花费在对碣石城的建设当中。

我们一行人在馆驿刚刚安顿下来,沙乌可就派来第二批使官。使官说,沙乌可要在总督府花园宴请我们。

我们在使官的引导下来到花园,沙乌可已在花园内门亲自迎候。我们这一行人,大大小小,男男女女,在沙乌可看来一定着实古怪。我知道,沙乌可对我们所表现出的热情完全是因为公主,他与欧乙拉公主有着相同的血脉,另外,身为曾经强大的元王朝最后一位皇帝的女儿,她的高贵身份也理应受到沙乌可的尊重。

为了迎接公主,沙乌可命人在溪边建起三座素缎帐幕,我们被直接引入其中最大的一座,那里已经摆下丰盛的午宴,沙乌可请来的客人全都等在帐幕里了。

沙乌可的夫人诺敏敬公主与欧乙拉公主曾多次参加帖木儿王举办的宴会,一向熟识。夫人仍以浓妆示人,与欧乙拉公主见礼时,她挑剔的目光迅速掠过公主周身。公主一路风尘,衣着素净。

然而,就是这个崇尚朴素自然的女人,风采惊艳,不可言喻。

夫人半是喜爱半是嫉妒地说:"公主的美丽永远与众不同。"

欧乙拉公主客气地回道:"您过奖了。"

沙乌可请我们入座。公主坐在右席的首座,她下面依次是索度、索度的妻子、我还有阿依莱。左席都是沙乌可请来作陪的手下各级长官以及他们的家眷。女眷中多数人从未见过公主,她们显然都被公主的美貌迷住了,艳羡的目光总在她脸上逡巡。对此,公主安之若素。

沙乌可为我们准备的第一道大菜是煮羊肉。香气扑鼻的羊肉被盛在带柄的巨盘中,一位穿着罩衫,戴着皮袖套的侍者将羊肉切成碎块,分装在银盘和瓷盘中,放在我们的面前。欧乙拉公主、沙乌可和夫人使用银盘,其余的人都使用瓷盘。在帖木儿帝国,只有帖木儿王、王后和王子们有资格使用金盘。

第二道大菜是烤马肉,侍者细心地将马肉和羊肉都切成肉块,在盘上摆上两列,然后加入肉汤。做完这件事后,他们将面包切开分给我们。沙乌可的厨师手艺一点不逊于帖木儿王的厨师,他们制作的面包有酸面包、甜面包、黑面包和牛奶面包四种,所有的食物都精致可口,尽够食用。

沙乌可相当了解公主的喜好,当天准备的酒主要以醇甜的马奶酒为主,配以白酒和果酒。在如此炎热的季节,马奶酒是最好的消暑饮料。另外,他还吩咐厨房给我和阿依莱准备了橘子果汁。

酒过三巡,侍者撤下肉盘和酒杯,奉上了一个巨大的果盘,果盘上面摆放着葡萄、甜瓜、桃子、橘子、石榴、苹果、梨等七八种水果,这些水果中最好吃的还得说是甜瓜,细心的侍者将甜瓜的瓜瓤用小勺挖出来,放在漂亮的青花瓷碗中,我和阿依莱几口一碗,前前后后也不知吃了多少碗,最后,阿依莱打了一个响亮的饱嗝,把所有的客人都逗笑了。

用过水果,酒宴就算尽欢而散。作陪的客人陆续告辞后,沙乌可吩咐先前奉命去请我们的一位使官带我和阿依莱到花园其他地方游玩一番,顺便消消食。我和阿依莱如同约好一般,一左一右拉着公主的手,非得让她陪我们一起去玩儿,公主简直太惯宠我们了,不顾索度的反对,欣然应允。

索度和他的妻子被请到左边的帐幕,右边的帐幕是留给欧乙拉公主的,等公主游玩回来后将在这里休息。晚上,沙乌可和夫人还要在花园中的另一处行宫继续款待我们。沙乌可说他有午休的习惯,向欧乙拉公主正式提出邀请后,便和夫人乘马车返回他们在花园外的私人府邸。

总督府的花园实在太大了。路上,使官兼做向导,介绍说,沿外墙绕花园一圈,足有三十多里。花园中遍植鲜花,随处可见流水淙淙。路旁树木浓荫蔽日,花园中央,建有一座假山,假山四周,引水环绕。我牵着阿依莱的手,引着他小心翼翼地踏过水中圆石,沿着陡峭的台阶拾级而上。台阶从山脚延至山顶,公主放心不下年龄尚小的阿依莱,在下面不断向我们招手,叮咛我们小心脚下。

假山山势高峻而山顶平坦,站在山上,四周景物尽收眼底。

花园之后,有一处果园,果园的面积与花园不相上下,两者之间以一排粗壮高大的树木相隔,果园与花园互相衬托,愈觉景致明艳动人。至于各处亭、阁、台、榭,墙壁之上多镶嵌金碧色的琉璃,在阳光下闪耀着夺目的光彩。

果木花丛之间,羚羊出没,为花园增加了别样的动感。

我们没进果园,游毕花园,使官引我们去看大象表演。沙乌可一共饲养着六只大象,都养在花园东侧的象苑中。象背之上各架木楼一座,木楼前插着两面彩色旗帜,木楼中坐着五六名象童,导引大象表演各种节目。其中一头大象来到阿依莱面前,用长鼻子将他卷起,抛到空中,又接住,阿依莱先是吓了一跳,后来一边高声尖叫,一边兴奋得手舞足蹈。

我也要玩儿。使官让一个象童下来,把我放在木楼之上。我们指挥大象与马竞走,大象起步奔跑之际,大地为之震颤。难怪在战争中,一头大象的战斗力抵得上千余步兵。据说大象冲锋之时,凶狂无比,迎面之物,无论是人是物,都无力抵挡,倘若大象将长牙撞断,留下短牙,便仿若利剑一般。

从象苑出来,我们又去看了色彩艳丽的热带鸟和热带鱼,公主像我和阿依莱一样玩得兴致盎然。我们回到帐幕时,沙乌可夫人已经在帐中等候我们多时了,夫人见欧乙拉公主脸色微红,香汗涔涔,不觉笑道:"都说公主从容庄静,高不可攀,其实骨子里仍像孩子一样贪玩。"

欧乙拉公主回以微笑,忙着梳洗打扮,并不回避夫人。这工夫,阿依莱躺在东侧的地毯上,睡着了。

公主坐在梳妆台前让我给她梳头时,夫人走到公主身边坐下来,注视着公主的侧影。公主的侧影像美玉雕成的塑像一样润洁精致。

"公主。"夫人欲言又止。

公主的头发抓在我的手里,她的头不能转动。她从镜子里向夫人露出笑容,彬彬有礼地问:"您有话要对我说吗?"

"也没什么,就是想跟您随便聊聊。"

"您的意愿,我一定奉陪。"

夫人嘴上说聊聊,却不急于开口,晶亮晶亮的目光在我身上睃来睃去,那样子,像我在书中看到过的奴隶主,正在评估一个奴隶的价值,只是没有让我张嘴察看我的牙齿。

我将公主两边的头发固定,中间结成像云朵一样稍显蓬松的发髻。刚才游园时,我想到一种别致的发型,公主从来不反对我在她的头上进行任何试验,对于我的顽皮,她有足够的耐心、足够的宽容。说真的,若非她的一味娇纵,我恐怕很难将我的构思——哪怕是荒诞的——付诸实施。我敢保证,公主梳着这样的发型参加今晚的宴会,一定会让男宾们为之心动,女眷们为之眼红。

果然,有一个人已经先眼红了,她就是夫人——诺敏敬公主。

"好灵巧的一双手啊!这大概就是东方人在他们的书中描写的云鬓吧?

配上您这张精致的脸简直美极了!您的身边有这样的侍女侍候,真是您的福气。"夫人发出由衷的赞叹。

公主往脸上扑了一点胭脂,认真地回道:"您弄错了,塞西娅不是我的侍女,她是我的女儿。"

我的喉头紧了紧。公主竟然说我是她的女儿!而我多么希望我有足够的才能,配做她的女儿。

夫人却"扑哧"笑了:"您才多大的人,就说这样的话!"

"塞西娅真的是我的女儿,还有沙哈鲁、阿依莱,他们都是我的孩子。"

"只怕我不能认同您的想法。公主您的心地虽然像草原一样辽阔,像母亲一样善良,可您终究还年轻,不能这样度过一生。您应该有一个好的归宿。"

"谢谢您的关心。可我觉得很好了,帖木儿王用他宽广的胸怀收容了我,使我免于颠沛流离之苦,我已经心满意足、别无所求了。不仅如此,他和大王后担心我寂寞,还把沙哈鲁送到我的身边托我照顾,他们对我真是太了解了。塞西娅和沙哈鲁性格不同,各有所长,您想象不到,他们有多了不起!"

"不过……"

"不过?"

"您不觉得,帖木儿王这样做,也许是真的希望您能成为沙哈鲁的母亲。"

公主惊讶地看着她:"哎,您的想象力误导了您,好在您只是开个玩笑。我和您都清楚地知道,帖木儿王是个什么样的人!他怎么会有这样的想法!"

"您是不是觉得帖木儿王老了?"

"英雄不老。帖木儿王精力充沛,我时常觉得他很年轻,像王孙莎勒坛一样。"

"既然如此,您为什么不能考虑一下我的建议呢?"

"不是不能,是没有这个必要。如果您坚持要我回答,我就实话实说吧:我的确想做一个母亲,但不一定要养育自己的孩子,至于成为别人的妻子,我从未想过。"

"为什么?"

公主沉默了一下:"我想,一切都是天意。"

夫人的脸上流露出惋惜之色,想了想,没再说什么。对于欧乙拉公主,她不能因为她拒绝而生气。何况,公主天性中有一种可爱的直率和单纯,她对她就是想生气也生气不起来。

她们转换了话题,转换得像流水一样自然。

"大军出征前我见过小沙哈鲁了,他越来越温文尔雅,像个诗人。对了,他写诗吗？"

"他写诗，还画画。我和塞西娅看过他画的一幅画，他给我们看的，我觉得很好，塞西娅也说沙哈鲁很有画画的天赋。不过，他写的诗从来不肯给我们看，您知道，他一向是个害羞的孩子。"

"您竟然说是塞西娅认为我们的小沙哈鲁很有天赋，您的话好像是在告诉我，您很重视这孩子的意见。"

"别的不说，塞西娅对艺术的鉴赏力和她的审美情趣无人能及，相信您不会反对我对她的评价。"

"是的，当然不会了。眉生金星，她的天赋异禀在帝国无人不知。否则，凭她一个十二三岁的女孩子，帖木儿王会让她在礼房负责一切宫廷贡品的装饰？而且还有二十多个大男人要对她俯首帖耳、唯命是从。"

"夫人，塞西娅前些时候刚过十岁生日。"

"刚刚十岁吗？太了不起了。您究竟是怎么发现她的？我相信，在您发现她之前，她一定只是个在乡间野地里奔跑疯玩的野丫头对吧？"

"金子埋在沙子里，不是别人发现了它，而是它本来就存在。"

"可还是需要有人来发现啊。"

"也许，是因为金子的光芒碰巧闪了我的眼睛。"

"塞西娅很幸运。公主，宴会就要开始了，您愿意赏光和我一起走进宴会大厅吗？"

"那是我的荣幸。"

公主让我叫醒阿依莱，我们跟在公主和夫人的身后走出帐幕时，看到索度和他的妻子正恭恭敬敬地站立在帐外。他们也许是想来同公主说一会儿话的，但夫人恰好在，他们便没有进来。

夫人与公主在前面并肩而行，我和阿依莱跟在她们后面，索度和他的妻子跟在我们后面，我们就保持着这样的顺序走进了宴会大厅。

我得承认，当时，夫人与公主的对话在我的心里并无特别的意义，直到许多年后，我才偶然想起，夫人那一番隐讳的话语，是不是代表某个人的意志而对欧乙拉公主做出的一番试探呢？

叁

第二天，沙乌可再一次派遣我们已经熟悉的使官前来，带领我们参观正在修建中的阿克塞行宫。我们来到门外时,早有两辆装饰华丽的马车候在馆驿之外。我们将乘马车游览行宫。

我和公主上了前面一辆马车,索度夫妇和阿依莱上了后面的马车,使官像前次一样,骑马随行为我们导引。

马车的木轮"嘎吱嘎吱"地轧过石板铺成的中心街道,约半个时辰之后向右拐上了一条土路。土路尚未经过平整,坑洼不平,欧乙拉公主和我们受不了颠簸,索性下了马车,步行来到一处四周种着许多高大树木的广场,而迎面,就是传说中的阿克塞行宫了。

阿克塞行宫的宫门比别处的宫殿都要高大。使官引着我们来到宫门前,守宫的士兵验过了令牌,才允许我们进去。

走进第一道宫门,镶嵌着金碧色琉璃的廊庑令人眼前一亮。廊庑两边各有客厅一所,地面皆铺有蓝色瓷砖。廊庑尽头,迎面是一座屏门,屏门后面是一座大方台,方台四周围着华丽的栏杆,台中辟有水池。

走过这座长约三百步的高台,便到了第二道宫门。

第二道宫门开着,从门外可以看见迎门墙壁上绘有太阳及狮子的图徽。据使官介绍,太阳及狮子图徽其实是昔日撒马尔罕大汗的标志,由此可见我们眼前这座装饰华美、品相庄严的行宫并非帖木儿王始建。严格地说,沙乌可现在做的工作,是对旧有的行宫进行翻修扩建而已。

进入宫门,迎面是一座四方形大殿,大殿专为迎接臣僚和使者所备。殿内四壁依然镶嵌金碧色琉璃,天花板上装点金星,殿后宫房衙署众多,房顶之上,皆覆以光彩夺目的琉璃瓦。

再往里走,就是帖木儿王的内宫。

内宫堪称建筑华丽,布局宏大。其中,无论墙壁、地面还是天花板无不费尽心思,争奇斗艳,帖木儿王与诸宗王、王子们会饮的大厅尤其宽敞、讲究,厅后即为大花园,花园中的果木皆种于溪水两旁,溪内装有喷泉,园中浓荫蔽日,虽然正值盛暑,我们一路行来却不觉炎热。

从花园出来,我和阿依莱都饿了,口干舌燥,使官变戏法一样从两个仆役背着的木篓里取出酸奶、面包和甜瓜,仆役在一棵大树下铺开一方蓝色的丝绸,要我们坐下来,先美餐一顿。

公主请仆役也和我们一起用餐。仆役哪里敢忘掉自己的身份,眼睛直看使官,使官知道公主的好意,摆摆手,让他们坐下了。仆役受到这样的尊重,两个人的眼睛里都耀起感激的泪光。

大家说说笑笑,格外热闹。

我和阿依莱正在琢磨第三个甜瓜,讨论现在吃掉还是带回馆驿,这时,一阵"嘚嘚"的马蹄声由远及近,显得有些焦急,我们抬头望去,只见一个看着有些面熟的侍从正向我们这边飞马驰来。

侍从在离我们五六米远的地方跳下马,步行着来到我们面前。使官问他:"驸马派你来有事吗?"

侍从回道:"是。"

"你说吧。"

"驸马请公主回宫,说有要事相告。"

"我吗?"公主惊讶地问。

"是。"

"既然如此,使官我们回去吧。这两天你一直陪着我们,辛苦了。"

"公主说哪里话!能够陪同公主参观,是我的荣幸。"

我们离开行宫,在侍从和使官的护送下,乘坐马车回到驸马府。沙乌可正在府中焦急地等着我们。看到公主终于回来了,他顾不得礼节,劈头就问:"公主您出行前没有同王孙说过是吗?"

公主温婉地一笑:"没有。"

"王孙的亲近侍从和帖木儿王的总管努里丁刚刚赶到,请求拜见您。王孙说,他是看到您留给阿亚的信函,才知道您去了帖必力思。按日程,他们估计您该到碣石城了,就直接来这里等您。"

"王孙这么急着找我,难道发生了什么事吗?"

"是的。前方传来消息,沙哈鲁受了伤……"

像是被什么东西重重地击在头上,公主的脸色霎时变得苍白如雪,她打断了沙乌可的话,连连追问道:"沙哈鲁受了伤?伤在哪里?是不是很危险?"

她的声音微微颤抖着,与平常的她判若两人。

沙乌可急忙回道:"您别急,您先别急。我听努里丁说,沙哈鲁在战场上表现得很勇敢也很坚强,帖木儿王为他骄傲,真主会保佑他的。我想,一定是这孩子受了伤想见您,帖木儿王才特意派人来接您的。"

"能不能让我见见努里丁?"

"他在偏厅候见。"沙乌可吩咐使官:"传他们进来吧。"

"是。"

不多时,努里丁和王孙侍从一起来了。努里丁与公主熟识,公主不容他见礼,急切地问道:"努里丁,你告诉我实话,沙哈鲁他是不是很危险?"

"公主,沙哈鲁肩部被刀砍伤了,没有伤及要害,但刀伤较深,又有些感染,使得伤口愈合不好。现在的问题在于,这孩子一直心神不宁,昏睡的时候时常会叫着公主的名字惊醒。多歌说,沙哈鲁总这样子对他养伤不利,如果能把您接到他身边,肯定有助于他康复。"

"我明白了。我们出发吧!"

"马上吗?"

"是的,我不想再耽搁了。"

"听从您的吩咐。"

公主转向沙乌可:"还有一件事。"

"您说。"

"我把塞西娅、阿依莱和他的父母暂时留在碣石城,请您容他们住上一段时间,然后在合适的时候派人将他们送回撒马尔罕。"

"一切照办。请您相信,即使您不在这里,他们也是我的客人。"

"您真是慷慨好客的主人,谢谢您。努里丁,请给我准备马车吧,越快越好。"

"马车已经准备好了,就在外面。"

公主匆匆地拥抱了阿依莱和我,要我和阿依莱听沙乌可和索度的话。我们看着她坐进马车里,努里丁和几十名侍从骑马跟在马车两边,他们将一路护送她。阿依莱很想跟公主一起去,他又是失望又是伤心,哭了起来。我却一声不吭。当夜幕降临时,我偷了使官白天骑过的一匹马和他挂在腰间的令牌,备了一些清水和面包,悄悄出城向公主离开的方向追去。

我整整追了三天三夜。功夫不负有心人,当我和我的坐骑都累得快要昏厥过去的时候,我的前面出现了公主的马车。

我被一种力量驱使着,奋力向前追去。

想必是急促的马蹄声惊动了努里丁,他勒马回头,认出是我,急忙报告给公主。公主吃惊极了,走出马车,我跃马来到她的身边,扑进她的怀中。

她的怀抱永远那么温暖,我的冒险变得值得了。

公主抱着我,责备道:"塞西娅,你这小东西怎么一点也不听话!这么远的路也敢追来!我……我真应该像阿亚一样,好好揍你一顿。"

我扬起一张脏乎乎的小脸冲着她笑,我快乐的笑脸熄灭了公主因为担忧而升起的怒火,她故作严厉地盯着我看,看着看着,她也笑了。

"好吧,跟我回到马车上来吧。你这个倔丫头!我想,你是该先吃些东西,还是美美地睡一觉呢?"

"睡觉。"我口齿不清地回答。一边回答,一边开始眼皮打架,突然袭来的困倦使得我连走路的力气也没有了,努里丁只好把我抱上了马车。

像公主所说,我美美地睡了一觉。这一觉究竟睡了多久我不得而知,我只模模糊糊地记得中途我醒过一次,当我睁开眼看到公主在我的身边时,我不由发自内心地感谢长生天对我的眷爱,然后,我又睡着了。

肆

我们在金帐汗国境内的舍乞(在今阿塞拜疆)附近追上了帖木儿王的由家眷和伤员组成的队伍。

我和公主走进沙哈鲁的军帐时,天色刚刚发亮,公主经过许多天的奔波劳顿,加上为沙哈鲁担忧,脸色蜡黄。

正如努里丁所说,沙哈鲁只能侧着睡在床上,嘴里不时发出轻微的呻吟,睡得特别不踏实。看到他这样遭罪,公主又是心疼又是难过,她慢慢坐到沙哈鲁身边,用手指温柔地梳理着他凌乱的头发。

沙哈鲁迷茫地睁开眼,看了看公主,不觉叹了口气。

"沙哈鲁,很疼是吗?"

"我的心里像浇了开水一样。唉,公主,我什么时候才能见到你呢?"

"我就在你的身边。"

沙哈鲁疲惫地闭上眼:"我知道,又是一个梦。梦醒了,你就走了。好漫长的日子啊,好像永远没有尽头。"

"沙哈鲁,你不是做梦,是我,我真的来了,在你身边。你看,还有塞西娅呢,她也一起来了。"

沙哈鲁费力地重新睁开眼,公主闪开身,让他看到了我。

沙哈鲁的眼中闪过一种我从未见过的奇异光芒。这光芒让我明白,在沙哈鲁的梦中从来没有出现过我,现在看到了我,他才能够确证自己是真的与公主在一起,这不是他的另一个梦境。

他用手抓住了公主的手,将头埋在毡毯上,小小的肩头抖动着,嘴里却并没有发出任何声音。

可怜的沙哈鲁啊,他是因为思念,因为快乐,还是因为疼痛在哭泣?

公主依然轻抚着他的头发,嘴里温柔地呢喃着:"沙哈鲁,我的孩子,我在你的身边,你要好起来,你会好起来的,相信我。"

沙哈鲁更紧地攥住了公主的手,头抬了抬,枕在公主的腿上。

我走近床边,在沙哈鲁面前蹲下来。我问他:"沙哈鲁,你是不是很疼?要是很疼,你就哭出来吧。"

沙哈鲁侧过脸看着我,有点不好意思地抹了把脸上的泪水。"我不疼,我不哭。"他倔强地说。

我用手指沾了一滴他未擦尽的泪珠给他看。公主笑了,我和他也都笑了。

我敢说,我从来没有看到过沙哈鲁如此开朗的笑脸——哪怕他此刻正饱受着伤痛的折磨——以前没有,以后也没有。特别是当他长到十五岁之后,他的脸上只剩下一种表情:忍耐与忧伤。

另外,沙哈鲁的笑容也让我小小的心灵第一次感受到一个人的精神世界所迸发出的令人敬畏的力量,从那以后我明白了,无论是谁,只要精神不倒,就能从中获得坚持下去的勇气。

回历七九四年(约1392年),帖木儿王的大军深入到金帐汗国腹地,战争呈现出胶着状态。这片辽阔的土地让帖木儿王花费了过多的时间和精力。由于沙哈鲁受伤,只能与其他伤员以及负责看护伤员的家眷一道,缓慢地跟在帖木儿王的大军之后向前推进,我们早与帖木儿王的大军落开了很多日程的距离。

公主像所有母亲一样精心地照料着沙哈鲁,多歌放下心来,又惦记帖木儿王,便留下他的助手照顾沙哈鲁,他自己赶上了大军主力。公主不用大夫动手,白天,她亲自给沙哈鲁换药,晚上,她让沙哈鲁枕着她的腿入睡。若非先前沙哈鲁的伤口反复感染,愈合缓慢,只怕这时他已经可以骑上战马,去追赶他的父王了。

十多天后的一个下午,公主给沙哈鲁洗了他又变得乱糟糟的头发,沙哈鲁乖乖地趴在床上让公主检查他的伤口,我出去倒水。这时,我们的临时营盘忽然出现了骚乱,一支金帐汗国的军队犹如神兵天降一样,令人惊讶地出现在我们这支由老幼妇孺和伤员组成的队伍面前,我们毫无抵抗能力,只能束手就擒。

金帐人将我们全都撵到前面的开阔地带,公主担心我和沙哈鲁害怕,一路上一直牵着我们的手。

我的确有些害怕,一颗心怦怦乱跳着。我偷偷看了沙哈鲁一眼,沙哈鲁不愧是帖木儿王的儿子,一个坚强的战士,他年少的脸上流露着与他十五岁的年龄极不相称的镇定与刚毅。看他的样子,如果有人敢威胁我们的生命,他一定会不计后果地挺身而出。

公主同样如此。对于随时可能降临的危险,她全然置之度外。

一个穿着千户长服色战袍的军官手里玩着马鞭,高声向我们问话:"你们当中,哪个是沙哈鲁王子?"

大家面面相觑,没人回答他。

不知怎么的,他在人群中看到了我,他拨开人群,直接走到我的面前。

"小姑娘,你说。"

我吃惊地瞪着他,什么也回答不出。

他用马鞭拨开我的头发,看到我眉间的金星。他吹了一个响亮的口哨。

"我猜对了。刚才,我看到你的眼睛,就猜想你大概就是脱克汗说过的那个叫什么的小姑娘。脱克汗说你的眼睛亮得像夜空里的启明星。"

我还是说不出话来。

"别怕,小姑娘,你只要给我指出沙哈鲁王子就好。"

我紧紧攥着公主的手,手心里浸满了汗水。

公主用手拨掉了军官指着我眉间的马鞭,她讨厌别人像研究怪物似的盯着我的金星看。她始终认为,我眉间的金星是长生天赐给我的最珍贵的礼物。

军官看到公主,几乎倒吸了一口气。

公主的美丽像月光倾泻在他的眼睛里,使他为之心醉神迷。

"难道你是……你就是……"他口吃起来。

"你要做什么?"公主平静地问。

"我在寻找沙哈鲁王子,这是汗的命令,汗命我务必找到沙哈鲁王子。我保证,只要你们交出沙哈鲁王子,我决不难为你们,一切与你们无关。"

"你怎么认为沙哈鲁会跟我们在一起?如果你要见他,应该去找帖木儿王。"

"沙哈鲁?你管他叫沙哈鲁吗?现在,我不用费心猜测,而是可以确定你是谁了,我想我不会弄错的,一定是的。好吧,既然是你说沙哈鲁王子不在这群人当中,我给你个面子,就当你说的是真的吧。怎么样?找不到沙哈鲁王子,你跟我去见汗?他见到你,想必比找到沙哈鲁还要让他高兴吧。"

"可以。如果我跟你去见脱克,你能不能放了这些人?大家都是同族人,为什么一定要自相残杀呢?我们蒙古人,就是喜欢自己打自己,打得失去了所有的江山。"

"这些话你应该说给帖木儿王才对。也罢,如果他们愿意留下,我不反对。如果他们愿意离开,我也不阻拦。汗国连年内战,并不富庶,养活他们,需要不少面包呢。还是让他们去吃帖木儿王的面包吧。"

"既然如此,我跟你走!"

欧乙拉公主回头,吻了吻我的脸颊。她是在向我告别,可我拉着她的手,并没有放开她的意思。我虽然感到害怕,但是与从此再也见不到公主相比,我宁可选择与她一道去死。

"塞西娅,听话!"她温存地说。这话她也是同时说给沙哈鲁听的,她要沙哈鲁带着我们所有人与帖木儿王会合,或者返回撒马尔罕。

"不行!"沙哈鲁说道。

沙哈鲁当然明白欧乙拉公主的暗示。因为明白,所以他果断地拒绝了。我早知道他绝不会因为怯懦而弃公主不顾,如果是那样,即使他能侥幸偷生,生命对他来说也没有任何意义。

公主的脸色微微变了,当着金帐汗国的军队和军官,她实在不知该对沙哈鲁说些什么才好。

军官的脸上居然露出了好笑的神情。

公主焦急地望着沙哈鲁,她多么希望沙哈鲁能够理解她的苦心,赶快离开这是非之地。

沙哈鲁根本不看她,他对军官说:"如果我告诉你沙哈鲁是谁,你能不能放了她?"

军官不置可否。

"能不能?"

军官点点头。

"好,我告诉你,我就是你要找的沙哈鲁。现在,你把她放了。"

军官一点没有惊奇的表示,他或许早就猜到了他就是沙哈鲁。他挥挥手,要士兵们带公主和沙哈鲁一起走。

沙哈鲁"噌"的一声从腰间拔出了弯刀,他指着军官,声音变得粗鲁严厉:"你们不许碰她。我跟你们走!把她放了,否则,我就杀了你。"

军官不为所动。到手的猎物,他当然不会轻易放弃。

军官的不守信用激怒了沙哈鲁,沙哈鲁挥刀劈向军官,军官早有准备,闪身避开了。军官的侍从蜂拥而上,抓住了沙哈鲁的膀臂,沙哈鲁奋力挣扎着,军官不耐烦了,挥鞭抽向沙哈鲁。

公主敏捷地用身体挡住了沙哈鲁。眼看着皮鞭就要落在她的后背上,军官将它收住了。

"你这个女人,倒真的很特别。难怪脱克汗只见过你一面就对你念念不忘。"

"混账!混账!"沙哈鲁连声怒骂,眼珠通红。

公主温柔地安慰着沙哈鲁:"沙哈鲁,我们在一起,总会有办法的。"

"不!脱克他……"

"没事的,相信我。"

"你带我们去见脱克吧。"她回身对军官说。

沙哈鲁比任何人都了解公主的性格,既然这是她的决定,就没有一种力量可以改变她的决定。现在,他只能寄希望于努里丁了:"努里丁,我把他们交给你了。"

努里丁摇摇头,"沙哈鲁王子,我不会离开你和公主的。"

沙哈鲁怒道:"努里丁,你敢不服从我的命令吗?"

努里丁慢慢跪了下去:"这一次,恕我不能从命。我决不会离开你的身边。还有公主,是我把她接到这里来的,我一定要把她送回去,如果不能,就让我先死。"

我紧紧贴在欧乙拉公主的身边,寸步不离。公主知道我不会离开她,就像努里丁不会离开沙哈鲁一样。她叹口气,牵着我的手,让军官带着他如狼似虎的官兵,将我们一起押走了。

伍

欧乙拉公主、沙哈鲁王子、努里丁和我被金帐汗国的军官带走,关押在阿哲儿拜展的一座城堡里。直到这时,我们对战争的进展才有了一些了解。确切的消息来自负责看押我们的军官,他是个多嘴多舌的人,喜欢在公主面前卖弄口才和大献殷勤。因此,从他的口中我们得知了不少事情,包括在我们进入金帐汗国之前,脱克克汗与帖木儿王对阵所打的两场败仗。这两场败仗的地点一处在浑都儿察河流域,一处在西西伯利亚的托波尔河附近。

金帐汗国疆域辽阔,消息闭塞,受其统治的斡罗斯各公国的真实情况从没有传播到金帐汗国之外的国家去。东方没有,西方也没有。在这种极其不利的情况下,帖木儿王对金帐汗国所进行的战争只能在一种摸索的状态下进行,而战争的成败取决于将士的勇敢和统帅的智谋。

我想,这绝非什么过誉之词,帖木儿王的经历告诉我们,他是一个比任何统治者都更懂得随机应变的人,在完全陌生的环境里与对手较量,他将自己随机应变的指挥才能发挥得淋漓尽致。

战争之初,帖木儿王与脱克克汗互有胜负。后来,帖木儿王改变了作战的策略,一旦发现脱克克汗的行踪就对脱克克汗穷追猛打,不给脱克克汗任何喘息之机。

脱克汗在浑都儿察和乌尔图巴战役中一战败北，不得不逃到阿哲儿拜展某个人迹罕至的地方躲藏起来,他一面暗中与埃及国王联络,希望说服埃及国王共同对付帖木儿王,一边玩弄手腕不断遣使向帖木儿王讲和,要求帖木儿王退回撒马尔罕。至于他手中的筹码,当然就是沙哈鲁王子和欧乙拉公主。

脱克汗将我和公主关在一起,将沙哈鲁和努里丁关在另一处。我开始明白为什么沙哈鲁那么担心,脱克汗这个人真的很讨厌,每天都派人来带公主过去陪他说话。每当公主去他那里的时候,我唯一能做的事就是独自坐在帐中,设想着种种可能的或者可怕的事情,除此,我不知道自己还能凭借什么打发为她担忧的时光。当然,我也时常会想到沙哈鲁,我第一次隐隐地产生了一种感觉,对沙哈鲁而言,公主是这个世界上最重要的人,她对他的重要性甚于他的父王和母后,为了公主,他可以去做任何事。

我将帐门打开,面对着西沉的太阳冥思苦想。这真是一种折磨,公主又被脱克汗派人"请"去了。

不知为什么,公主今天到脱克汗那里去的时间比以往任何一天都长,我等待的心情越来越焦急,只得走出帐外踱来踱去,翘首盼望。脱克汗的卫兵在一旁虎视眈眈地盯着我看,我走上几步就会狠狠瞪上他们一眼,这样做我心里能够好受一些。

谢天谢地,在我变得歇斯底里之前,公主终于回来了。

幸亏最后公主总能回到我的身边。我跑去拉住她的手,好像一个迷路的孩子找到了自己的母亲,充满惊喜,充满幸福,也有几分埋怨。

公主俯视着我的脸:"等着急了吧? 吃饭了没有? "

我摇摇头。我哪里有心情吃那又酸又苦的大列巴。

我一直牵着公主的手,一起回到帐中,公主好像很渴了,去桌边倒了一碗酸奶来喝。我在身后关上门,突然问她:"脱克汗叫你去有什么事? 他为什么每天都要找你去他那里? 你和他说些什么? 他是不是喜欢上你了,想要让你嫁给他?如果他向你求婚,你会答应他吗?如果你答应嫁给他,你还会跟我和沙哈鲁一起回到撒马尔罕吗?你不会不要我们了吧?"我连珠炮似的问。哪怕明知没有权利我也必须问,这些话在我心里憋得太久了。

公主可能没有想到我会这样问她,惊讶地看着我,一时没有回答。

我毫无礼貌地逼迫她:"你说呀。你为什么不说话? "

公主走到我身边,轻抚着我的脸颊:"你一下问了这么多,你要我先回答你哪个问题呢? "

我把她的温柔当成搪塞,甩开了她的手。

欧乙拉公主眨动着眼睛，我看到她长长的睫毛后无辜的眼神。

我一直把公主视为我的母亲，可有的时候，我觉得她比我和沙哈鲁的年纪还要小，特别是当她不知该怎么应对我和沙哈鲁的任性时。强烈的冲动慢慢过去，我哭了起来，我怕，我太怕了，我不能让公主离开我们。如果沙哈鲁在我的身边，他的心情一定和我一样。

公主微微叹口气，将我揽在她的怀中。她怀中的气味永远那么好闻。

"塞西娅，你生我的气了吗？"

"是的。"

"为什么？"

"你总是去陪那个讨厌鬼。你不讨厌他吗？你是不是喜欢上他了？"

"他是个讨厌鬼，我怎么会喜欢他呢？"

"可他长得蛮英俊的……"我不得不承认这一点。

公主笑了："是吗？我倒没注意。不过，既然塞西娅觉得他长得英俊，那一定是了，我相信你的眼光。"

我恨不得咬碎自己的舌头。既然公主没注意，我为什么要去提醒她。

公主不逗我了，她认真地对我说："塞西娅，你放心，我不会离开你和沙哈鲁、阿依莱的。"

"你不骗我？"我抬起泪汪汪的眼睛，哽咽地问。

"难道我骗过你？"

我放下心来，破涕为笑。

"小东西，你呀，总是拿你的眼泪做武器。"

"我怕嘛。"我抹了把泪水，抹得满脸都是。我抬起泪痕交错的脸，望着她。只要她还在我的身边，我就什么都不怕。

"怕我留在金帐汗国？"

"嗯。"

"不会的。"

"可你为什么总要去见讨厌鬼呢？我好担心他会伤害你。"

"没事。我和他毕竟都是成吉思汗的后人，他不好把我怎么样。我去见他，是为了不要激怒他。沙哈鲁在他的手上，我不得不万分小心。脱克汗是个残忍的人，激怒了他，后果不堪设想。说真的，我现在最担心的是沙哈鲁，也不知道他最近的情况如何了，唉，不管我怎么要求，脱克汗就是不肯松口让我见一见沙哈鲁。"

"他是不是把沙哈鲁杀了？"

"不会，不会。他没那么蠢。"

我提起的心重新放下了，在我看来，只要脱克汗没杀沙哈鲁，事情就不算糟糕。

"公主，你说，难道我们要永远留在金帐汗国吗？"

"今天我听脱克汗告诉我，帖木儿王已经回师撒马尔罕了。"

"啊？帖木儿王……他不管我们了？"

公主微微笑了："不是的。帖木儿王回到撒马尔罕，说明我们被羁押的事情应该有个结果了。"

"结果？我听不懂你的意思。"

"你是个小孩子嘛。"

"有时候，你自己也像个小孩儿呢。"我指的是她黑黑的眸子里时常流露出的犹如婴儿般清澈的眼神。

公主俯下身体，在我眉间的金星上吻了一下。我的心像奶油一样融化了，散发出甜甜的气息。

"我们一起吃晚饭好不好？"

"你还没吃饭？脱克汗真小气，连饭也不给你吃。"

公主掰了一块面包，蘸了点酸奶放进嘴里，有滋有味地咀嚼着："我呀，跟你一块吃饭更有心情，你这个小东西，从来都是我的开心果，你不知道吗？"

我突然间就有些羞涩起来，脸上阵阵发热。我急忙掰了一块面包，学着她的样子，蘸了点酸奶放在嘴里咀嚼着。没想到这种列巴蘸上酸奶吃起来居然别有风味。

我和她笑嘻嘻地开始进攻列巴，不一会儿，一个硕大的列巴被我们吃光了，一罐酸奶也被我们瓜分得干干净净。

就这样，我被公主哄着吃饱了。临睡前，我对她说，我讨厌脱克汗。公主微微一笑，说，我也是。这像是一种保证，我相信脱克汗不可能再从我的身边把公主夺走了，于是怀着一种踏实的心情睡着了，一觉睡到天亮。

陆

第二天中午，脱克汗派来侍卫，破天荒地在召见公主时要我也一起参加。他突如其来的好心真叫人摸不着头脑，公主却一点不感到意外，我甚至看到她的脸上掠过一抹喜色。

比这更大的惊喜是，我们在脱克汗的大帐里见到了沙哈鲁和努里丁。

沙哈鲁比我们刚被关起来的时候消瘦了许多，脸颊和眼窝陷了下去，眼眶也有些发黑。我想象得到，这段日子，他是怎样为欧乙拉公主牵肠挂肚，怎样寝食难安。

当然，在他惦念的人中我也算一个。不管怎么说，我们在公主的身边一起长大，相互怀着深深的情谊。

公主在走向脱克汗专门为她设立的座位前，看了沙哈鲁和努里丁一眼。她关切的目光与沙哈鲁忧虑的目光相接，他们什么都没说，相视已经把他们要说的话告诉了彼此。

脱克汗看到公主，脸上立刻露出笑容。显然，这是一种发自内心的愉悦。

"欧乙拉，请坐。"

他居然将公主直呼为"欧乙拉"！我注意到沙哈鲁的眉头一下拧了起来，眼神有些不耐烦。如果不是公主在坐下来的同时扭过头向他微微一笑，他甚至可能没有耐心再听脱克汗废话。

脱克汗根本没去注意沙哈鲁的愤怒，他的眼睛里只有公主。"欧乙拉，真遗憾。"他注视着公主，一字一顿地说。他的话让我莫名其妙。

对于他的莫名其妙，公主温柔地做了回应："大汗，这段日子，我们一直都在交谈，我衷心地希望您能考虑我对您说过的话，早日结束这场战争。做一位好君主，治理好您的汗国。"

"我也还是那句话，有些事情并不是我能左右的，有些事情……于我而言只能顺情势而动。我已与帖木儿王签订和约，他撤回撒马尔罕，我释放你们。"

"我知道，你们会信守对彼此的诺言。"

"不过，欧乙拉……"

"什么？"

"你一定要回去吗？你一样可以把金帐汗国当成你自己的家。"

"我早就没有家了。现在，哪里有孩子们，哪里就是我的家。"

"欧乙拉！"

"大汗，您不要再劝我了。我的心愿仅仅如此。"

"好吧，欧乙拉，这一次我尊重你的心愿，放你走。但如果下一次，对，下一次，如果你还会出现在我的面前，我就会把它当成长生天的旨意，我一定不会再放你走。你明白吗？"

"我明白。"

"欧乙拉，我不会忘记你的。"

"谢谢您。"

脱克汗挥挥手,示意酒宴开始。侍女们鱼贯而入,在我们面前摆上烤熟的羊肉、两种列巴、奶油、酒和水果,乐师们奏响了乐曲。一切都仿照帖木儿王的宴会规格和程序进行,不同的是,这样丰盛的宴会只为我们几个人而设,别的人脱克汗谁也没请。脱克汗还记着为公主准备了马奶酒,他先敬公主。

公主将杯中酒一饮而尽。

脱克汗又敬沙哈鲁,沙哈鲁没有任何表示。

"沙哈鲁,你不想对我说些什么吗?自从进了我的汗帐,你似乎变成了哑巴。你是怕自己哪句话说得不合适,激怒我吧?"脱克汗并不介意沙哈鲁的无礼,他举着酒杯,对沙哈鲁冷嘲热讽。

沙哈鲁对他怒目而视。"是的。"片刻,他一字一顿地回答。

"可是,对于我的盛情,你总得喝一杯才对。"

"我从不喝小人敬的酒!"

脱克汗将酒杯摔到沙哈鲁面前,酒液溅了沙哈鲁一脸,汗帐中的气氛一下变得紧张起来。

"沙哈鲁,我劝你还是不要敬酒不吃吃罚酒。"

沙哈鲁冷笑一声,不屑作答。

"看样子,你在我的金帐汗国还没有待够。既然如此,我就留你多住些日子。"

"大汗。"公主吃惊地叫道。

"欧乙拉,这是我跟沙哈鲁之间的事情,你不要管。"

"大汗请息怒,沙哈鲁还是个孩子。"

"孩子?我想,如果不是他跟着他父亲来打这一场仗,他该娶妻生子了吧?不,我记错了,沙哈鲁应该是成过一次亲的,虽然那时他只是个傻乎乎的小男孩,虽然嫁给他的女孩不久后就过世了,我还是应该把他视作男人。"

"大汗,请您宽恕沙哈鲁。我知道,他不是故意要对您无礼的……"

沙哈鲁粗声粗气地打断了公主的话:"公主,不要求他。他只不过是我父亲错养的一条毒蛇。"

这个比喻彻底激怒了脱克汗,他用力一拍桌子,喝道:"来人哪!"

侍从应声而入。公主站了起来,

"把这个小杂种给我拖出去绞死!哼,我要把他的首级送回撒马尔罕,让帖木儿王来找我报仇吧,我和帖木儿王之间早晚有这么一天,不是他死,就是我亡。"

侍从上前抓住了沙哈鲁的膀臂,沙哈鲁的反抗无济于事。

"大汗!沙哈鲁!"眼看着沙哈鲁就要被侍从押出汗帐,公主的脸上突然失去血色,她的脚步踉跄了一下,随即倒在脱克汗的怀中。

"欧乙拉!"这是脱克汗发出的惊呼声。

"公主!公主!"我和沙哈鲁同时叫了起来,我们的声音里充满了同样的惊慌,同样的悲伤。沙哈鲁想要甩开侍从的手,但没有成功。

其实,头痛病突然发作对公主来说是老毛病了,但我和沙哈鲁都没见过她像这次一样发作得如此吓人。

脱克汗的怀中紧紧抱着公主,急切地呼唤着她的名字。公主慢慢苏醒过来,尽管她的脸色依然苍白如雪,她却顾不得这些,只是声息微弱地哀求脱克汗:"大汗,我求您了。求您了!"

脱克汗明白她的意思,做了个要侍从们放开沙哈鲁的手势。沙哈鲁向回走了几步,又在原地站住了。他痛苦地注视着欧乙拉公主,公主虚弱的样子让他的头脑彻底冷静下来。

脱克汗命侍从赶紧去请金帐汗国最有名的大夫来,公主温柔地阻止了他。我给公主吃下一粒药丸,过了一阵儿,她的脸上渐渐有了一丝血色。我总随身装着可以为她治疗头疼病的药丸,我听她说过,药丸是西藏的一个喇嘛为她配制的,很管用,她离开西藏时,喇嘛将药方给了她。药丸的颜色鲜红,像一粒粒红色的宝石。我能感受到脱克汗对公主的担忧,他将公主抱到他在汗帐中自己那张铺着华贵床罩的雕花木床上,然后吩咐侍女撤下酒席。

也许是因为脱克汗在公主身边的缘故,沙哈鲁始终没再走过来。

脱克汗示意所有的人都去汗帐外等候,我不肯离开公主,他让我留下了。

"欧乙拉,你好些了吗?"他将公主的双手握在胸前,关切地问。

公主告诉脱克汗,自己这是老毛病了。在她逃亡的过程中,生过一场大病,病好后就落下了这个难缠的病根。没事的时候像个好人一样,但病一旦发作起来就会头痛欲裂,她看过许多大夫吃过许多药都不管用,唯一的办法就是吃上一丸藏药,然后再好好休息休息就没事了。

"真的吗?"脱克汗仍然不放心。

"真的,我好多了。"

"欧乙拉,你这个样子,不如就在我这里多待几天吧。"

"不碍事的,明天一定得上路。"

"你真的连跟我多待一天都不愿意吗?"

"不是的,大汗。我懂得您的好意,不过,我确实放心不下沙哈鲁。他还是个孩子,有些事情他不懂得掌握分寸。大汗,沙哈鲁是我照顾的,为了您和他父亲的和约,我希望早一点把他带回撒马尔罕。"

"欧乙拉,我……"

"大汗,请您明天一定送我们走。"

脱克汗犹豫片刻。虽然有点勉强,他还是点了点头。

欧乙拉公主向他温柔地笑了一下。在那一瞬间,我觉得脱克汗的眼睛似乎有些湿润。我甚至听到他在心里说着这样一句话:欧乙拉,多么遗憾,我与你今生无缘,但愿来生能与你相依相伴。

在我的印象中,脱克汗是个残忍的、反复无常的君主,唯独在公主面前,他却成了一个善良体贴和满怀柔情的好男人,这是多么强烈的反差啊。

傍晚,公主恢复了一些精神,坚持带我回到我们住了十多天的小帐,说要收拾一下东西。我知道,她拖着病体离开只是因为她不想在汗帐过夜,如果她留在汗帐,即使有我守候在她的身边,仍然会为她的清白蒙上阴影。她并非特别在意自己的名誉,可她不能不在意沙哈鲁的感受。

担忧与快乐交织着,我很晚才终于沉沉睡去。在梦中,我看到太阳又一次升起,欧乙拉公主、沙哈鲁、努里丁和我,终于踏上了归程……

当我醒来时,我的梦境变成了现实。

第七章

征服,再征服

壹

经过一个多月的艰难旅程,我们终于回到久违的撒马尔罕城。帖木儿王传下旨意,要在底来库沙宫接见我们。

撒马尔罕城墙坚固,四周为园林和住宅环绕,城中辟有街道及广场。底来库沙宫却建在离城较远的地方,宫墙之外,即为御花园。花园的名字与宫殿的名字相同,也叫作"底来库沙"。

即便身为负责帝国礼房的官员,底来库沙宫依然不会轻易向我这样家世远远算不得高贵的人敞开。有资格的人只是欧乙拉公主和沙哈鲁王子。但是这一次有所不同,因为这一次我和公主在金帐汗国与沙哈鲁王子同生共死,帖木儿王和大王后格外施恩,希望在高贵的底来库沙宫给予我们相应的奖赏。从这个意义来讲,阿依莱这个小家伙实在是有些福气的。

帖木儿王的总管努里丁引着我们穿过花园,我们不敢停留,景致一带而过。我只隐隐记得,花园中的影壁皆为金碧色琉璃砌成,园门之前,有手执兵器的卫兵把守,未经召见者不得入内,否则格杀勿论。

向前再进一层殿,殿门几与外边的宫门一般高大,帖木儿王便端坐于其间的宝座上,准备接见我们这支奇形怪状的队伍。

我们的队伍以欧乙拉公主为首,后面跟着沙哈鲁、我和阿依莱。再后面,跟着索度和他的妻子。

我和阿依莱是第一次进入真正的宫殿,宫里呈现给我们的一切都让我们惊讶万分。我想,索度和他妻子的心情一定也和我们一样,不过他们毕竟是大人,面上不露声色罢了。宫中的诸般摆设无不极尽奢华,其他的倒还在其次,最令人想不到的是帖木儿王面前居然有一座喷水池,红色的金鱼在池中游来游去,水池中央,一股喷泉喷涌如柱,水滴溅在脸上,十分凉爽。

帖木儿王的宝座上铺着厚厚的坐褥,后背垫着舒适的靠枕,坐褥与靠枕用真丝面料缝制,上面皆绣着精美的图案。帖木儿王身穿素缎袍,头戴一顶白色高帽,帽前缀以宝石,宝石旁还镶有珠玉。大王后的打扮与参加宴会时不同,稍稍简朴一些,不过还是华丽无比。

我们行礼毕,帖木儿王要我们坐下来。沙哈鲁坐在公主的对面,我坐在公主的身边,其他人依次落座。我习惯性地带着挑剔的目光看着帖木儿王正握在手里把玩的一盏镶着翡翠的金杯,金杯的形状古朴自然,透露着特别典雅的气息。我对着金杯琢磨了好一会儿,蓦然想起,这盏金杯竟是我的作品。

帖木儿王的脸上露出笑容。他开口对公主说话的时候,我觉得他的语气有些特别,算得上温柔体贴。他对公主说:"你们在金帐汗国的事我都听说了。你是个勇敢的女人,你用自己的生命保护了沙哈鲁。"

公主微笑着回道:"是沙哈鲁用生命保护了我们所有的人!他是个勇敢的孩子,您和大王后应该为他感到自豪。"

帖木儿王回答:"是的。"

帖木儿王与欧乙拉公主说话的时候,一双眼睛始终注视着她。对于他专注的目光,公主并没有表现出丝毫的羞怯。

只有沙哈鲁有些不安。我看到他不断绞着自己的双手,似乎他父亲对公主的接见,对他而言是种折磨。

我得承认,我那时真是个孩子,对于男女情感之类的事情全然不懂。

一阵微妙的寂静像阿亚香饼的香气一样在大殿上弥漫开来,寂静越悠长,沙哈鲁的脸色越苍白。

总管努里丁求见帖木儿王,禀报说金帐汗国有礼物献上。帖木儿王脸上露出恍然大悟的神情,做了个让金帐使者进来的手势。

一行金帐使者鱼贯而入,将礼物呈现在帖木儿王的面前,他们做出卑微的姿态,请帖木儿王赏阅。

此次,作为修好之约,金帐汗脱克不仅遣回欧乙拉公主和沙哈鲁王子,还以珍奇礼物相赠。礼物中有金帐汗国的精酿美酒、珊瑚树、翡翠车、珠宝器皿等等,另外还备有几匹上等的衣料,脱克汗点名是赠与帖木儿王的夫人们的。帖木儿王现在共有五位夫人,最受宠爱的还是大王后图玛,帖木儿王将各色衣料都剪开一段分赐给诸夫人,剩下的大段都留给了大王后。帖木儿王似乎也想给欧乙拉公主一些衣料或者其他什么礼物,他含糊地问了一句公主喜欢什么,公主回说她什么也不缺。她的态度如此明确,帖木儿王只得作罢。

不作赏赐，总得有其他的奖励，在这一点上帖木儿王毫不含糊。欧乙拉公主却之不恭，想了想，说道："如果帖木儿王不反对，就让我带孩子们游览一下您在撒马尔罕的宫殿和御花园吧。"

帖木儿王很惊奇："公主到哪里都喜欢游玩吗？"

公主微笑："我还在其次，主要是塞西娅喜欢。美与艺术会给她带来灵感，这孩子很勤奋。"

帖木儿王感叹道："塞西娅真幸运。"他说出了我的心里话。

晚上，帖木儿王要设宴款待金帐汗国使者，他请公主届时务必作陪。公主没有拒绝，她不习惯拒绝别人，何况这是帖木儿王的意愿。遗憾的是，这样的场合，我和阿依莱没有资格参加。

总管努里丁此番与我们同生共死，早与我们结下了浓厚的友情，他自告奋勇带我们各处游览，帖木儿王含笑恩准。沙哈鲁不能与我们同往，他要随父王和母后回宫，而且要在宫中小住一段时间。当他向公主告别时，我看到他的眼睛里闪过一丝不舍之色。或许，他更希望能与我们在一起吧。

我们再次向帖木儿王施礼，退出宫殿，努里丁径直带着我们来到御花园。

御花园到底是御花园，它的面积比起我们在碣石城见到的总督府花园不知要大出多少倍，而且华阔程度尤胜后者。一路行来，但见园中遍植果树，林木之中，辟有云石铺成的宽阔道路。路旁芳草茵茵，溪水流淌，头顶之上，则遍张缎幕，借以遮蔽烈日。缎幕的颜色多为素色，间或饰以锦绣。

御花园的中央，建有一座十字形的寝宫。宫内的陈设布置令人赞叹不已。宫壁上悬挂着名贵的地毯，宫内正面三间皆为寝宫，门口悬挂着绣花门帘。宫内床上铺着绣花裀褥，努里丁介绍说帖木儿王常与大王后宿于此间。

寝宫四壁悬以玫瑰色丝幔，丝幔上缝缀许多珠宝。天花板上悬挂着果绿色的丝绦，微风入室，丝绦随风摆动，为寝宫增加了无限美趣。入门之处，依然挂着绣花门帘，门帘悬挂在一根缠有绿线的棍上，可见帖木儿王格外偏爱绿色。至于两侧厢房，装饰与正室相同，地面也铺着薄席或者地毯。

寝宫之前的十字口上，放置金质长桌两张，桌为纯金所制，长约五尺，宽约三尺，桌上陈列着纯金酒壶七把。其中两把镶有珠宝，壶盖系红宝石琢成。每只酒壶旁配酒盏六只，其中一只边缘处同样镶有珠宝。镶有珠宝的酒壶与酒盏，一定为帖木儿王或者大王后专用。

离开华美的底来库沙宫，我们乘坐马车来到巴奈维宫。刚到宫门口，我们看到一个人，阿依莱眼睛最尖，第一个跑过去，拉住了他的手。

是沙哈鲁。他告别父王、母后出来，专门在巴奈维宫等候我们。他向我招招手,又努力用一种轻松的姿态跟欧乙拉公主打了个招呼。可是,他的目光却躲闪着公主的注视,脸上不经意地闪过些许羞赧之色。

阿依莱闹着要沙哈鲁背他,沙哈鲁虽然贵为王子,却不会把小孩子的撒娇任性当成失礼。何况,他自幼在公主身边接受教育,早就养成了宽容大度与忍让的性格,以前对我,现在对阿依莱他都呵护有加。阿依莱既然要他背,他就真的蹲下身体,让阿依莱爬到他的后背上。我跟在沙哈鲁身边,那感觉真好。这时我想,欧乙拉公主、沙哈鲁、我、阿依莱,我们天生就是一家人。

公主没有问沙哈鲁为什么回来了。事实上,无论沙哈鲁做任何事,她都从来不问为什么,她信任沙哈鲁,如同沙哈鲁信任她。

阿依莱在沙哈鲁的背上哼唱着一支童谣,他的声音纯净,犹如天籁,听着让人眼窝发热。

我们在阿依莱的歌声中不知不觉穿过花园,来到巴奈维宫前。

巴奈维宫与底来库沙宫一样建在一座巨大的花园中, 只是院墙越发高峻,四角建有戍楼。花园中央也有一座十字形行宫,宫殿周围为池水环绕,建筑和装饰的讲究有过于底来库沙宫。

此时离晚宴时间已近,我们只能走马观花,匆匆游览一番。走出花园大门时,努里丁的仆役在马车旁等候我们。两个仆役,一人手里端着一个底下有托的银盘,盘上覆盖着丝罩。努里丁笑眯眯地掀开丝罩,原来,一盘是精制的小点心,一盘是糖饯白果、杏仁及葡萄。

努里丁负责送我和阿依莱回去,公主和沙哈鲁乘另一辆马车参加宴会。临别,我们和沙哈鲁说定,明天他还带我们去参观帖木儿王的宫帐。

贰

第二天,我们在沙哈鲁的导引下,来到帖木儿王那座高大而有四角的宫帐。

沙哈鲁今天特意换了一身装束。华美的内服,素缎外衣,衣领、胸前、背后皆绣着中国牡丹。帽上镶有珍珠,帽前还缀着一块很大的红色宝石。

经过这样一番打扮,沙哈鲁越发显得眉目俊秀、气质出众。

阿依莱仍然跑去拉住沙哈鲁的手,看得出来,阿依莱十分喜欢沙哈鲁。他们一起走进宫帐,我和公主跟在他们的后面。

宫帐约三根支柱高,自宫帐一端到另一端,计三百步。帐顶呈戍楼样式。

宫帐四周,由十二根巨柱撑起,巨柱之上,皆涂有金碧漆色。宫帐中央,另有两根巨柱支撑,每根巨柱皆由三节叠成,每节之间,严丝合缝,浑若一体,若非沙哈鲁介绍,我们真的看不出来。沙哈鲁说,这是为了拆卸方便,话虽如此,拆卸如此巨大的宫帐仍然不是一件容易的事情。

巨柱的柱头穿过帐顶,露出帐外。帐内靠近四壁隔出甬道,每面甬道分成四厢,共用二十四根较细的支柱支撑,同时,还有五百根红色绳索系住帐角。

宫帐之内,四壁饰以红色彩绸,鲜艳美丽,红绸上绣有金锦。宫帐的角落里,各陈设着一只巨鹰。宫帐的外壁覆盖着白、绿、黄各色锦缎,四角的铜球之上雕有新月银徽。另有类似望楼的设置,高出帐顶,一侧悬挂软梯,可上可下。平日不使用时,望楼用绸布盖住,万一宫帐某个部分被风吹坏,或支柱发生倾斜,工人便由软梯爬出望楼,加以修整。

宫帐四面围以色彩不一的丝锦,上面画有墙砖形状,墙头开有垛口。宫帐每边长不下三百步,正面辟有大门,上挂缎幕,缎幕虽然巨大,但可以随时合闭。门楼位于门口之上,装饰华美。开合帐幕的司仪就住在其中,人称打簾楼。

宫帐一侧,建有一座极其讲究的圆形帐。这就是在蒙古人居住的地方随处可见的蒙古包了。不同的是,用以支撑蒙古包的支柱皆镶有银顶,银顶上镶嵌着各种各样的宝石,在阳光下华彩耀目。帐后插有一列绣旗,微风吹动,飘飘扬扬,蔚为壮观。蒙古包幕门高大,但经常关闭。

宫帐另一侧,亦有一座大帐,四角皆由绳索绊住,装饰如宫帐一样华美。沙哈鲁介绍说,这座与宫帐相类的大帐日常都由他母后居住。

距此帐不远,还有一处院落,四周用丝幔围起,丝幔上绘着金碧色的图画并开着几扇窗户,窗户上蒙着细纱,防止飞虫之类飞入院中。院落中央建着一座用红绫幔围成的高大帐幕,支撑帐幕的巨柱,亦由三截凑成。帐顶安置着一只张开两翼的银色巨鹰,对面数尺之外,在帐角处,有银色小鸟三只,小鸟转向巨鹰而望,呈现畏惧巨鹰捕捉、振翅欲逃的情态。巨鹰亦作扑向小鸟的姿势,无论巨鹰与小鸟皆设计精巧,栩栩如生。而且,帐顶做这种装饰,似有深意。

这座帐子,五年后将归帖木儿王的小王后图兰所有。在前面我已经约略地介绍过,大王后图玛和小王后图兰都是东察合台汗国名副其实的公主,当然也是成吉思汗的嫡系后人,正是因为这个关系,一直希望成为第二个成吉思汗的帖木儿王于众位夫人中,对她们二人最是宠爱。

从早晨一路游玩下来,不知不觉已到中午,我和阿依莱又感到饿了。我们正与努里丁商议到哪里吃饭,吃些什么,忽然有一位侍从求见公主。沙哈鲁笑着看了我和阿依莱一眼,命侍从近前回话。

原来,妃主罕则黛的帐幕就在前面不远,妃主大概早知道公主带着我们在宫帐周围游览,因此特意备了酒宴请我们过去。

妃主的帐子里早有一些贵族夫人在座迎候。让我们没想到的是,欧乙拉公主正与妃主和众夫人寒暄时,大王后图玛也来了。大王后穿着一件红色锦袍,看样子是用我们从金帐汗国带回来的红色面料赶制而成,锦袍的袍角奇长,若非十五位侍女从后面提着,扫地一定格外方便。

俟大王后在尊位坐下,侍候大王后的十五名侍女中十二名退出帐外,只有三名贴身侍女随侍在侧。

大王后依然浓妆艳抹。

不光大王后如此,其他各位夫人包括妃主在内无不仿效她的装扮。毕竟,大王后的装扮在帖木儿帝国内永远代表着一种时尚。但对我而言,我最感兴趣的还是她的头饰。大王后今天梳的发髻真的有些奇怪,发顶高耸,犹如头上顶着一个战盔,鬓角缀满珠花宝石,发髻旁还插着一个象形金饰,金饰上镶着大粒珍珠和三块红宝石。另外,大王后的头发上还插着一支色彩鲜艳的鸟羽。

这个象形金饰原是我给公主设计的,大王后生日时,公主将它作为礼物赠给大王后,大王后十分欣赏,以后经常戴着它出席宴会。

大王后天生一头美丽的乌发,不像公主的头发略带一点栗子色。大王后很钟爱她的头发,因此她的侍女无论出身何族,一律都将头发染成黑色。

平日大王后与帖木儿王一同参加宴会,王与王后并列而坐,只是王后座次稍微低矮一些。今天参加宴会的都是女人和孩子,帖木儿王不在受邀之列,正中的位置上只有大王后一人居中高坐。

妃主罕则黛未及三十岁,少女时代是个不折不扣的美人。可是,她因嗜酒之故,脸庞和眼睛都变得浮肿,身体也开始发胖,这样一来,她年轻时的美貌便荡然无存。罕则黛与帖木儿王同族,颇有头脑,平素最受帖木儿王信赖。众所周知,罕则黛最初是大王子只罕杰尔的结发爱妻,她为丈夫生下两个儿子莎勒坛和皮儿。只罕杰尔去世后,罕则黛在公公帖木儿王和大王后的再三劝说下,勉强同意改嫁三王子米兰沙,并在婚后与米兰沙育有一子哈里勒。近来不知为什么,妃主与三王子的感情出现不和,性情倔强的妃主便搬出来,独居在宫帐附近。

哈里勒年方八岁,与叔叔沙哈鲁不是很亲热。但是,他与阿依莱年龄相仿,倒是很快混熟了,两个孩子一人拿了一块面包,跑出去骑马了。

沙哈鲁奉母命向在座众位夫人敬酒。按照尊位,他先来到母后面前。他的身后跟着一名酒使,酒使手捧银盘,银盘上面放着一个注满酒的金盏,再其后，还有一名侍役提着酒壶相随，侍役需要随时将酒盏填满。

酒使捧盘来到大王后面前，先躬身三次，然后由沙哈鲁向母后献盏。大王后接盏，一饮而尽。侍役又将银盏斟满，走到公主面前。

公主平素从不饮白酒，罕则黛知道她的习惯，特意备了一壶马奶酒，也让侍役提着。谁知侍役粗心，竟误将白酒倒入银盏中，公主不想侍役受到责罚，接盏欲饮，沙哈鲁说道："请公主赐饮。"

在献酒过程中，也有将献酒转赐给酒使的时候，但主敬之人主动要求赐酒倒还不曾有过。由于这个意外的插曲，正在喁喁私语的夫人们都停下交谈，一起望着公主和沙哈鲁。

公主似乎也有些意外，稍稍犹豫了一下。

沙哈鲁的态度平静而又坚决，他还是说："请公主赐饮。"

公主不能再犹豫，急忙将银盏端给沙哈鲁。沙哈鲁接过银盏，将其中的白酒一饮而尽，饮毕，才让侍役倒上酸甜可口的马奶酒，敬给公主。

公主将银盏放回盘中后，敬酒便又往下进行下去。沙哈鲁带着酒使和侍役来到妃主罕则黛的面前。罕则黛跟她的小叔子开了个玩笑："呦，想不到我们的小沙哈鲁长成大人了"。沙哈鲁也不回应，只报以微微一笑。罕则黛的样子像是没想到一个十五岁的男孩竟有这般的细致和体贴，我却觉得从金帐汗国回来后的沙哈鲁，好像一下子从男孩变成了男人。

酒过一巡，侍女仆役送上精美的点心，大家用了一些点心，又开始饮酒。在帖木儿帝国，女人像男人一样喜欢豪饮，凡参加宴会，多大醉失态而归。一次不醉的女人，只有欧乙拉公主。

我一边喝果汁，一边吃点心，等我不再感到饥渴的时候，我开始饶有兴致地品味起妃主帐幕中的陈设来。欣赏一切堪称艺术品的杰作，总会带给我莫大的享受。

罕则黛住在一座纯绿色的帐幕中。帐幕内饰以各种各样珍贵的兽皮，据说这种兽皮在中国境内需要十五个左右的金条才能购得一张，在欧洲售价则更加昂贵。帐幕中央放置着一个巨大的柜子，柜子高约四尺，上面雕饰极其华丽。柜子四周镶嵌着大粒珍珠，柜盖之上，则镶嵌着大如核桃的蓝色宝石。这个柜子我记得在大王后的帐中见过，想必是大王后后来赐给了妃主。

妃主所有的饮盏和瓷器都贮藏在这个柜子当中，饮盏系纯银所制，外面或镶珠宝或镶绿色翡翠。柜子对面有一银质高桌，上面摆设着一株珠宝树，树有沙哈鲁那么高，银色的树枝上结满红宝石、绿翡翠、玛瑙及钻石等果实，果实与树枝之间，有几只金鸟栖息其上，或振翅欲飞，或刚刚落下，神态憨然，惹人怜惜。树后立有银屏，银屏上绘满花卉图案。帐幕的一个角落还挂着来自印度的细密画,画的边角都已用细小的锦线裱好,这幅画是公主送给妃主的礼物。

眼睛的余光掠过雕刻着花纹的酒桌时,我看到大王后正与公主轻声细语地说着话,笑容里流露出内心的愉悦。

我很清楚,对于欧乙拉公主,大王后从内心深处感到喜爱和敬重。若非如此,她也不会将自己唯一的儿子沙哈鲁交给公主照料。在我的印象里,大王后虽然通情达理,但并不是对每个人都像对公主那样慷慨大度,关怀备至。是啊,这也不难理解,大王后与公主,她们一个是察合台汗的后裔,一个是拖雷汗的后裔,算得上同宗同源,血脉相依。何况,她们之间没有任何感情上的纠葛,而这一点,恰恰是公主与小王后图兰之间最根本的区别。

正像我多次说过的,小王后图兰是大王后图玛的亲侄女,然而同时,她们也是帖木儿王活着时最钟爱的女人,这种关系,让她们永远不可能真正地将对方视为亲人,或者发自内心地彼此信任。

沙哈鲁是妃主当天邀请的客人中唯一的男人——当然,在大王后、妃主的眼中他还是个孩子。按照我对沙哈鲁的了解,我以为他在敬酒之后一定会离开妃主的帐幕,我以为他不喜欢这种场合。

可是,我错了。

沙哈鲁一直安静地坐在他的位置上,丝毫没有要中途离开的意思。我发现,除了偶尔喝口酒,他几乎什么东西都没有吃。他的眼睛一直看着某个地方,脸上闪着光亮,神情格外专注……后来,我终于明白过来,他在听大王后与公主说话。

这可不像我所熟识的沙哈鲁。

酒宴结束了。大王后稍显醉意,因此,沙哈鲁必须送他的母后回寝宫休息。临行,他看着公主、我和阿依莱上了同一辆马车。在他叮嘱努里丁一定将我们安全送回欧琳堡的时候,在他留恋地望着公主的时候,我终于悟出为什么此前的他有着如此奇怪的表现。这是因为,在那一个下午和晚上,沙哈鲁根本没有意识到自己是在一群女人中间,他的眼睛所能看到的,其实只有公主一个人而已。

叁

日益突厥化的中亚蒙古人并没有完全丧失祖先忍饥耐寒的特点,一些与生俱来的品质,被一代一代传承下来。

帖木儿王一生都在梦想着成为另一个成吉思汗,他是那样希望自己所建立的功业能够超越这位被称作世界征服者的草原英雄。在超越之前,仿效也是一种必要,他仿效成吉思汗建立了军民一体的军队建构,每逢出征,兵即民,民即兵,大军前行,妇女、儿童随后,转战各处。

脱克汗的请降使帖木儿王对金帐汗国的战争暂时告一段落,帖木儿王随即开始了第三次征服波斯的战争。这一次,欧乙拉公主主动要求随军。我知道,她是放心不下沙哈鲁,她的身份,当然也可以算是沙哈鲁的家人。

阅兵式结束后,我们出发了。我们跟着沙哈鲁走。帖木儿王将一支近九千人的军队交给沙哈鲁指挥。这支军队种类齐全,包括轻装骑兵、重装骑兵和轻装步兵——这里需要额外说明一下,如果作战过程中需要重装步兵,则由重装骑兵下马充任,进行步战。除上述常规军种外,在跟随沙哈鲁的九千人的军队中,还有炮兵、运输兵、急递兵和技术兵四个特殊的兵种。你可不要小瞧这四支特殊的军队,他们虽然人数不多,但是灵活机动,常常在战争中发挥出意想不到的作用。

在帖木儿帝国,对军队的装备一向有着明确的规定。每逢出征,轻装骑兵要携带的装备有弓、箭、箭筒、剑、枪、斧、镞、囊、装水的皮囊、针、线和乘马二匹,此外,每十八人携带一座共用帐幕,帐幕用兽毛制成。重装骑兵的装备有弓箭、剑、甲、胄和乘马二匹,每五人携带一座共用帐幕,另有一队佩带斧、棒、刀。

当然,在所有的军队中,装备最好的还得说是帖木儿王的亲卫军。亲卫军由清一色的察合台人组成,他们的装备既轻便又齐全。身为亲卫军中的一员,无论将士,都左腰带刀,右腰佩剑。十人长带帐幕一张,乘马五匹,身着锁子铠,佩带弓箭。百人长带帐幕一张,乘马十匹,身着锁子铠,佩带弓箭、棒、槌。千人长身着锁子铠、甲,佩带枪,帐幕上附有飞檐或伞。

无论何种兵种,羽箭和箭筒都是必不可少的装备。而且,针对不同的战争,甚至对必须携带的羽箭的数量也会做出严格规定,比如上次征讨脱克汗时,帖木儿王规定每个人携带羽箭三十支。帖木儿王是个一丝不苟的人。一旦决定出征,他首先要求各队长官对本队的装备做出检查,如果有谁违反规定,哪怕是少或多一支羽箭,都将毫不留情地予以严惩。

稍稍上点年纪的人都记得,在第三次出征波斯之前,帖木儿王曾两次蹂躏了波斯,并占据了波斯境内大部分的城池和土地。但是由于当时脱克汗突然进兵袭扰河中地区,帖木儿王不得不回师保卫后方安全,是以并未完成对波斯全境的征服。这一次,帖木儿王希望彻底征服波斯全境,而他的希望意味着,除了在必要的时候我们回到撒马尔罕补充给养和休整军队,这场战争将旷日持久。

我第一次对行军的艰难和战争的严酷感同身受。

刚刚出发的时候,我们每天的食物里还有肉食、米饭、牛奶和黄油这些东西,我们甚至能吃得上泰芝尼甜瓜。泰芝尼甜瓜是帖木儿帝国的名产,个大瓤甜,味道奇美。后来,米饭、黄油、甜瓜见不到了,但还有牛奶和羊肉可以食用,最艰难的时候,我们连续几天每天只能用"阿伊兰"充饥。

阿伊兰的制作方法简单,取一口铁锅,锅中注满清水,下面以温火加热,在水沸腾之前,加入用冷水化开的酸乳干,与热水搅和,再稍稍加热即成含有酸味的阿伊兰。这是阿伊兰的一种制作方法。还有一种方法,将圆块酵饼放入锅中,等到锅中水沸,将锅撤下,待食物冷却装入罐中,就成了如同稀粥一样的阿伊兰。

饥饿的时候有阿伊兰吃,对我们来说已经算不错的了。不到万不得已,我们绝不会杀掉马匹,马是我们的朋友,与杀马求生相比,我情愿忍饥挨饿。我和沙哈鲁唯独有些担心公主的身体,怕如此鞍马劳顿会让她吃不消。在我们的印象里,她的身体天生娇弱一些,而且她还有头疼的毛病。可是她又一次令我们刮目相看,无论多么辛苦,她总是一副乐乐呵呵、神采奕奕的样子,我都不知道在这个女人柔弱的外表之下,到底隐藏着怎样坚强的意志。

战争的间隙,沙哈鲁只要有空,都会回来看望我们。他和公主交谈的时候,我喜欢坐在旁边静静地倾听。我觉得,沙哈鲁在公主面前总有着说不完的话,他从来不谈战争,他只谈画、谈诗、谈文学、谈艺术。他最大的心愿就是等到战争结束了,他要当一名画家,一名诗人。

对于他的所有想法,公主都用她的微笑表示赞许,事实上,在她的面前,无论是沙哈鲁还是我,我们的个性都可以尽情释放。

有的时候,公主忙着做针线的时候,沙哈鲁就坐在她的旁边,安静地看着她。这时候他不说话,他的眼睛里闪现着奇特的光芒,说不清里面蕴含着多少复杂的情愫。我有点害怕他的目光,我有理由感到害怕,虽然我还小,但有一点我分得清,公主注视着他的目光始终如一,充满温柔和爱宠,而他的目光却越来越热烈,越来越执着,越来越——霸道。

一次,沙哈鲁从战利品里偷偷给我们带回来两样东西:酸奶和胡萝卜。公主做了一次调皮的尝试,将酸奶和胡萝卜煮在了一起。煮好后,我们一人盛了一碗,当我们吃第一口的时候,彼此面面相觑。该怎么形容它的味道呢?或许,我只能说它古怪得让人终生难忘。我们酸得流下眼泪,放声大笑。

酸奶煮胡萝卜最后当然还是被我们吃掉了,战争中食物比任何东西都重要,我们不会浪费。许多年后当我重新回忆起这段时光的时候,我突然觉得,酸奶煮胡萝卜竟是我一生中吃过的最特别的美食。

这应该是这一场战争中为数不多的值得珍惜的快乐。

除此之外,还有胜利。那种征服的快乐属于帖木儿王,属于奥美,属于米兰沙,当然,也属于沙哈鲁。

然而某一天,这种快乐的日子戛然而止。

肆

一举征服里海沿岸诸省后,我们回到了撒马尔罕。

帖木儿王决定要为沙哈鲁娶亲。这既是为了庆祝胜利,也是为了奖赏沙哈鲁在战场上的英勇无敌、百战百胜。

听沙奈说,帖木儿王在一次战斗中遇到了他的劲敌。这是一位年轻的王子,英勇果敢,无惧死亡,他不仅杀掉了帖木儿王的两名贴身侍卫,还挥舞着宝剑向帖木儿王冲来。当时,帖木儿王诧异不已,在这危险的时刻,又是沙哈鲁及时出现在他父王的面前。身手敏捷的沙哈鲁用长枪挡住了进攻的王子,将长枪送入这位年轻人的胸膛。然后,他用宝剑割下年轻王子的头颅,掷在他父王的马下。胜利在那之后变得唾手可得,帖木儿王对沙哈鲁说,我要奖赏你。于是,在我们回到撒马尔罕之后,帖木儿王决意兑现他的诺言。

我常常有种感觉,纵然帖木儿王终其一生对大王后图玛极尽垂爱,但欧乙拉公主或许才是他真正心往系之的女人吧,只是由于信仰不同,另外,可能也是由于他自己也无法解释的尊重,他不能对公主有所表示。他对待公主的态度,充满了温柔和克制,这时他的举止风范,再没有一点雄视天下的霸气。

欧乙拉公主却是仙女。她永远那么平静,难以琢磨,她赞赏帖木儿王努力要成为第二个成吉思汗的野心,竭尽所能帮助他和大王后教育他们的儿子沙哈鲁,但她无论对帖木儿王还是对别的任何人都绝无所求。她一定将自己的心丢弃在了遥远的东方,那里曾有她的母亲、父兄和国家,她带到西察合台汗国的只不过是一具躯壳。然而,这却是一具温暖的躯壳,她给了我,给了沙哈鲁,给了很多很多人最温暖的庇护。

当沙哈鲁逐渐长成一个英俊少年时,他越来越温文尔雅,他依恋欧乙拉公主甚于依恋他的母后,或者,他的依恋有别于晚辈对长辈、学生对老师。公主其实只比他年长七岁，二十三岁女人成熟与美丽的风姿摇曳在他的视野里，令他面对她时的眩动终其一生挥之不去。从某一天开始，他疯狂地写诗，我趁他不注意时偷看过几首，他的诗都是写给他正狂热暗恋着的某个女子的，他没有指明他所暗恋的女子是谁，但他在字里行间流露的痴情和悲伤让我对他充满同情。我把他的诗悄悄背给公主听，公主一点也不感到惊奇，她只叮嘱我，这件事不要再对其他人提起。

公主对沙哈鲁的关心一如既往，不多一点，也不少一点，似乎沙哈鲁还是那个需要她照顾的少不更事的孩子，她的智慧恰恰在于，她必须打开沙哈鲁的心结，可她做得悄无声息。

不久，帖木儿王有了中意的人选。女孩出身贵族家庭，家世好，人也端庄秀丽。相亲的那一天，大王后特意邀请公主帮她做个参谋，公主欣然应允。公主和大王后都相中了女孩的人品，于是，这门亲事顺理成章做成了。婚期定下后，大王后和公主留女孩和她的母亲一起吃了顿饭，女孩和她的母亲告辞时，大王后送给亲家两坛上好的马奶酒，两匹色彩艳丽的中国丝绸，公主则送给女孩一整套既贵重又别致的首饰，有项链、项坠、耳环、手镯、戒指，在集市上，你绝对找不到可以与之相比的式样，因为它们全都出自我精心的设计。

女孩与她的母亲受宠若惊，欢喜离去。

大王后请公主将这个好消息转告给沙哈鲁，公主笑着答应了。

回到住处，公主径直来到书房。书房的门开着一条缝，公主敲了敲门，我从门缝里看到沙哈鲁急急忙忙藏起了一样东西，我想，他一定又在写诗了。

沙哈鲁迎住公主，脸上涌上些许红晕。

公主没有像往常一样坐下来查问沙哈鲁的功课，她站在沙哈鲁的面前，用双手轻轻地捧住了他的脸。

她久久注视着沙哈鲁。在她温柔的注视下，沙哈鲁的脸红得像熟透的苹果。可是，他不躲避，他太需要这样的感觉，公主的手如同触摸在他的心上。

沙哈鲁的个头早已经长得比公主还高了。公主稍稍抬起身体，在他的额头上亲吻了一下。

"沙哈鲁，我的孩子，你长大了。"她的声音满含疼惜。

沙哈鲁没有说话。他无法开口，如果他开口，一定会暴露他真实的内心。

公主继续说道，抚爱的语气里稍稍多了一些感慨："过些时候，等你成了亲，你就完全是个大人了。"

刹那间，沙哈鲁脸上的红晕褪去了许多。他抬起眼帘，与公主四目相对。我第一次觉得，他的眼神不像是一个男孩，而像一个情人。

他动了动,挣脱了公主的手。

"怎么回事?"他的语气倏然变冷。

"今天,我和你母后为你相了一门亲事。真是个很好的女孩子,家世、人品、年龄、容貌、体态,哪一样都跟你很般配,她一定能做一个好妻子。"

"是么?"沙哈鲁粗鲁地问。

"你母后也很喜爱她。相信我们的眼力,她会让你幸福的。"

"是么?"依然是毫无礼貌的反问。我和沙哈鲁一起在公主身边待了整整三年,他从来没用过这样的态度对待公主。我不明白他心中的痛,我只知道,他这样对公主说话让我很不舒服。

接下来,他们的对话我听得似懂非懂了。

"想让我离开?"

"不,这里永远都是你的家。"

"那不一样。"

"一样的,孩子。你可以把我当成你的另一个母亲。"

"别叫我孩子!你太年轻了,年轻得连做我姐姐的资格都没有。记住,你只是一个非常非常年轻的女人而已,你自己尚且需要保护。我真奇怪,为什么你偏偏就意识不到这一点呢?"

"我很安全,你的父王、母后给了我最好的保护。"

"见鬼!你知道我不是这个意思。"

"不管怎样,我想告诉你,沙哈鲁,我爱你。"

"爱我?你爱的方式没有心,我不需要!从此以后,我再也不需要你的爱!你走吧,你们都走吧,让我一个人静一静。"

沙哈鲁脸色苍白,眼睛通红,他表现出来的粗野和无礼与我多年来熟悉的他判若两人。

公主似乎想说什么,最后却说了一句:"好的,孩子。"

遵从沙哈鲁的意愿,公主拉着我的手,悄然离开了书房。她在我身后轻轻地带上门,房门关闭的瞬间,我听到书房里传来一阵剧烈的响动,一定是沙哈鲁将什么东西砸在了桌子上。

第二天,沙哈鲁回到了王宫他父母的身边。

他走时什么也没有带,也没有留下一句话。

我看到他把自己写的诗稿都烧掉了,不过有一张没有完全烧尽,上面留下这样几句话:

是谁,将真爱埋葬却无言无语?
或者,心是冷的,情是热的,
燃烧的情终会将冰冷的心烧成灰烬。
真主作证吧,
从此后,我只用随风飞舞的孤寂爱我的国家。

尽管内心很勉强,沙哈鲁终究没有违背父母和公主的意愿,在两个月后与那个女孩成亲了。一天,他带着几个人来到欧琳堡,要取走他一直在读的书籍和他用惯的一些日常用具。

他先派了几个随身侍从求见公主,向公主禀明他的意思。公主一面让索度和齐尔卡斯带着几个侍从去取东西,一面吩咐我准备沙哈鲁爱喝的蜂蜜茶。奇怪的是大家忙乱了好一阵儿,沙哈鲁却一直没进来,公主心里诧异,来到门外,只见沙哈鲁依然端坐于马背之上。

"沙哈鲁,你怎么不进来?"公主疼爱地问。

沙哈鲁无言地瞟了公主一眼,一副表情倨傲、眼神冰冷的样子,好像他从来不认识公主一样。

公主并不介意,走过来轻抚着他牵着马缰的手:"下来吧。回家了,喝碗蜂蜜茶再走,你最喜欢的。"

有那么一会儿,沙哈鲁如同蜡烛遇到了火苗,几乎就要熔化。恰恰这时,我走了出来,手里端着一碗蜂蜜茶。

沙哈鲁的表情顿时变了。"我现在不喜欢喝了。"他说。

"不喜欢什么?"我问。

"蜂蜜茶。"

"为什么?"

"我忘了它的味道。"

"你还忘了什么?"

"一切。"

我将蜂蜜茶倒在了地上,我以为我不会原谅他的无情,永远不会。

侍从们将书和沙哈鲁要的其他东西放在一个大箱子里抬了出来。我回到卧室,取了一张软弓和一支用杨木削成的短箭藏在怀里。这是我亲手做的弓和箭,它们不会射死人,不过,被它们射中的滋味足以让人终生难忘。

沙哈鲁到底不肯下马,与他的侍从们一起离去了。公主目送着他远去,无声地叹了口气。

我到马厩去牵了一匹马,从侧门偷偷溜走,跟上了沙哈鲁。到了街上,我听到沙哈鲁吩咐侍从们先把东西送回去,他独自一人向城门方向疾驰而去。

他径直来到城下的一片树林中。树林中有一条小溪,小时候,公主常带我和沙哈鲁来这里玩耍,我们喜欢在小溪里蹚过来蹚过去,将清清的溪水弄浑。

沙哈鲁在小溪边跳下马背,脱了靴子走进小溪。我看着他,将箭瞄准了他的后背。我离他很近,他大概没有想到我会跟来,所以没有一点防范。

突然,沙哈鲁将整个身体都扑在冰凉的溪水里,他的肩头剧烈地抽动着,我听到从他的胸腔里迸发出一声深沉的呜咽。

接着,他放声大哭起来。

他哭了很久很久,像是要把他一生的眼泪都在这里流尽。

他的哭声,是真正的男人的恸哭。

我的手臂垂了下去,泪水从我的脸上滚落。我终于懂了,原来,有一种爱像仇恨一样刻骨铭心。原来,冷漠也是爱的一种方式,只因为爱到不敢将自己烧成灰烬,背负爱的人只能远远走开。

原来,这就是沙哈鲁所怀有的明知不会修成正果的爱。

我悄然离去。我清楚,从此以后,我再也不会曲解沙哈鲁的心意。

伍

回历七七八年(约 1377 年),挟明军累败残元之威,洪武皇帝朱元璋在发往西域诸国的敕文中口气是相当强硬的。他表达了这样一个意思:遣使朝贡,即不征伐。但西域各国的首领对此大多反应冷淡或根本不予理睬。其时,明政权虽已稳固地立足于长城之内,并驱逐蒙元势力于塞外草原,然而漠北的蒙元残余势力仍旧强大,明军虽屡次进军西北,震慑力终究有限。在这种情况下,尽管朱元璋自称继承了元朝正统,西域诸国仍不能不对其持观望态度。他们中间也包括正忙于开疆拓土的帖木儿王。

此后十年间,明军屡破残元,兵威盛况远播西域诸地。现实促使帖木儿王不得不认真考虑与明朝的关系。回历七八八年(约 1387 年),帖木儿王遣使朝贡骏马十五匹,白驼两只。这无非是一种试探,但深谋远虑的朱元璋却把这种试探当成良好的开端,当即厚待使者,并诏赐白银十八锭。

在给帖木儿王的诏书中,朱元璋将帖木儿称作元朝驸马,表明在朱元璋看来,帖木儿只是与残元宗王处于同一地位的地方统治者。此后,帖木儿王在与明朝的交往中一直以驸马自称。

次年,明将领冯胜引军袭破元嗣君于捕鱼儿海(今贝加尔湖),俘获八万余众凯旋,其中数百人经查实确系在漠北经商的撒马尔罕商人,洪武皇帝念及已与帖木儿王通好,恩准将商人尽数遣还。

对应洪武皇帝的宽德,帖木儿王以骏马二百零五匹作为谢礼,再次入贡明廷。此后每年或隔年都有朝贡,明廷亦有赏赐。

回历七九六年冬(约 1395 年),为感谢明朝洪武皇帝朱元璋友好通商的努力,以及六年前明帝允许撒马尔罕商人归国的恩德,帖木儿王决定派出一个人数既多、贡品也够丰厚的使团出使中国。

这已是帖木儿王第六次遣使觐见洪武皇帝。

对于如何显示自己与明朝结好的诚意,帖木儿王可谓煞费苦心。首先,他按照皇帝朱元璋的喜好,精心挑选和准备了三百匹西域骏马作为贡物。而上一次,也就是两年前,帖木儿王交代礼房经我手装饰的贡物计有马八十四匹、驼六只、绒六匹、青梭幅九匹、红绿撒哈拉两匹以及镔铁、刀、剑、盔甲若干。至于明朝方面给赐的物品则有白金和文绮(一种有花纹的丝织品),回赐之物也经过我的装饰才呈给帖木儿王。就是这次出使归来,使臣对帖木儿王说,明朝皇帝最喜欢的还是西域马以及中亚特产,所以这一次,帖木儿王决定只进贡西域马。

另外,帖木儿王还准备了两样送给洪武皇帝的私人礼物。这两样礼物中包含着令我难忘的记忆,我打算稍后一天讲给巴布尔听。

其实,与任何贡品相比,我相信,最能赢得明朝皇帝欢心的莫过于帖木儿王命人撰写的、辞藻华丽的《上大明大皇帝书》,帖木儿王以此来回应洪武皇帝几年前的敕书。只是很少有人知道,奉表起草完毕,帖木儿王曾请欧乙拉公主审阅润色,一词一句皆经公主反复修改始成。

公主心细如发,将奉表誊抄备存,由我替她收藏起来。直到她去世之时,我才将奉表放入她的棺木,与她一起葬于地下。

奉表内容如下:

恭唯大明大皇帝受天明命,统一四海,仁德弘布,恩养庶类,万国欣仰。咸知上天欲平治天下,特命皇帝出膺运数,为亿兆之主。光明广大,昭若天镜,无有远近,咸照临之。臣帖木儿僻在万里之外,恭闻圣德宽大,超越万古,自古所无之福,皇帝皆有之,所未服之国,皆服之。远方绝域,昏暗之地,皆清明之，老者无不安乐，少者无不长遂，善者无不蒙恩，恶者无不知惧。今又特蒙施恩远国，凡商贾之人来中国者，使观览都邑城池，富贵雄壮，如出昏暗之中忽睹天日，何幸如之。又承敕书恩抚劳问，使站斥相通，道路无雍。远国之人，咸得其济。钦仰圣心如照世之杯，使臣心中豁然光明。臣国中部落闻兹德音，唯知欢舞感戴。臣无以报恩德，唯仰天祝颂，圣寿福禄如天地远大，永永无极。

在我接受帖木儿王的命令前，使团的人选经过帖木儿王反复斟酌也已确定。正使名叫迭力必思，我以前从未见过他，但听人说此人很有一些传奇色彩。他本人是在沙哈鲁镇守波斯北部时因头脑灵活、口才出众、体格强健且深谙中国礼仪及商业规则被沙哈鲁发现，推荐给他的父王，由此进入宫廷并受到帖木儿王的宠信。这是一方面。另外，在为帖木儿帝国效力之前，迭力必思还是个非常成功的商人，极其富有，他年轻时经常来往于欧洲、西域和中国之间进行易货贸易，以产自欧洲或者西域的皮货和马匹换取货真价实的中国茶叶、瓷器和丝绸，再运回欧洲及西域卖给以使用中国产品为荣的王公贵族或者富商大贾。常年往来于各国之间的经历，使迭必力思变成了一个见多识广，善于揣摩他人心思的人，因此这一次，帖木儿王用其所长，让他担任正使，也是为了让他同时担负起为宫廷选购中国产品的使命。

正使不熟，五名副使中的两名副使却是我再熟悉不过的了，他们一个是齐尔卡斯，另一个是阿依莱。

既然帖木儿王手下人才济济，富有四海，怎么会任用一个十来岁的孩子充当使团副使呢？如果你这么想，我只能说，这是因为你还不够了解阿依莱。其实，阿依莱是一个有着超常语言天赋的孩子，他在很小的时候就能够使用波斯语和突厥语与当地人交流，自从他来到欧乙拉公主身边，他的语言天赋得到进一步挖掘。而今，除波斯语与突厥语之外，他还能够熟练使用蒙古语、汉语和西班牙语。我个人认为，不管世人如何评价帖木儿王，单从他对一个孩子嘉用其才上，也颇能反映出他禀性中知人善任的一面。

使团的出发时间定在二十四天之后。

这个吉利的日子是最受帖木儿王信任的星相家花费了三天的时间才推算出来的。为此，帖木儿王在宫帐中匆匆召见了我。他命我用二十天的时间设计和制作一件赠送中国皇帝的礼品，至于制作礼物所需要的主要材料，以及我在设计完成后所需要的其他材料，他都会让王宫总管努里丁保证如数供给。这样吩咐下去之后，他就赶去御花园招待来自东察合台汗国的使臣了。

我独自走出王宫，脑海里充斥着各式各样的念头，有点头昏脑涨。回到

欧琳堡时,欧乙拉公主赴御花园的宴会还没有回来,我一口东西没吃就躺在
了床上。懂事的阿依莱端着一个漆红托盘进了我的房间,盘子上放着一杯热
牛奶和一块蜂蜜面包,这是我的晚饭,阿依莱说要看着我将面包吃掉。

我心领了他的好意。不过,我既心不在焉也食不甘味。

阿依莱什么时候走的,以及多会儿走的,这些我都没有印象了,我隐隐
只记得,似乎过了很久之后,欧乙拉公主终于出现在我的面前。当时,陪她一
起回来的,还有王宫总管努里丁。努里丁奉命为我带来了两个锦盒,我打开
其中一个锦盒时,欧乙拉公主不由发出一声惊叹:"我的天啊,这不是几年前
脱克汗献给帖木儿王的羊脂玉吗?玉如其名,细白如羊脂。果然是上品!"

公主当年逃亡时曾在和阗住过一段时间,对和阗玉有一定的鉴赏能力。
我在沙哈鲁的指点下看过关于和阗的介绍,据书中说,和阗位于葱岭北二百
里处,是一个东西长五千里,南北长一千里的狭长地区,岭下有白玉河、绿玉
河、黑玉河流过,其风俗类于东察合台汗国,国中以玉石、胡锦、双峰驼、香
珠、珊瑚、翡翠、琥珀、花药布、名马、金星石、水银、狮子为特产,特别是玉石
和狮子,多做进贡之用。书中还说,和阗玉分为两种,采于水中为贵,采于山
中稍劣。采于河中之玉,块大者对径约有一尺,块小者仅二寸,其色各异,有
的白如冬雪,有的绿如翡翠,有的黄若油脂,有的红如赤珠,有的黑如墨斑,
然而无论哪种,均有品质高下之分。

而脱克汗献给帖木儿王的这块羊脂玉,通体莹润玲珑,宽厚约五分,长
约十五分,堪称玉中极品,世所少见。

与公主一起欣赏了一会儿羊脂玉,我打开另一个锦盒。

铺在盒中的蓝色天鹅绒上放着一柄没有刀鞘的短刀。我想,这应该就是
那一柄。我原本听说,最近帖木儿王从东察合台汗国得到了一柄据说是拔
都汗的五世孙月即别用过的寒冰短刀。

金帐汗国一度成为蒙古四大汗国中地域最广阔的汗国。尤其在月即别
成为汗国的第九任大汗后,金帐汗国更是走向强盛之路。月即别文武兼备、
励精图治,他统治的三十年(1312年—1342年),一个头上顶着金碗的女人,
可以穿越金帐汗国的每一寸领土而不必担心遭到抢劫。一个驮满金银财宝
的商队,从花剌子模出发,乘坐大车,不需携带向导,不需携带食物,也不需
为马匹携带草料,一路毫无惊险,三个月可达可里木。

月即别汗去世后,汗国在第十任汗札尼别的统治下继续强盛了十余年。
到我给巴布尔讲述这段往事的时候,金帐汗国的政局早已发生变化。我对金
帐汗国错综复杂的历史了解得远远不够透彻,因此,我绝不是以历史学家严
谨的研究,而只是用我漫长人生的阅历给巴布尔做了简要的陈述。另外,为

了使我的简述显得富有条理性，我还尝试使用了诸如"首先""其次"这类巴布尔习惯的字眼。

下面就是我的原话了。我对巴布尔说：

首先，札尼别汗被儿子谋杀后，只经三汗数年，拔都一系的汗统便宣告结束，而斡尔多的后人则凭借白帐汗国的力量开始入主首都别儿哥萨莱的皇宫；

其次，尽管斡尔多的后人成为金帐汗国的主人，白帐汗国和蓝帐汗国却依然存在，不同的是，白帐汗国的国势由强转弱，而蓝帐汗国在第九任汗阿不海尔(1426 年至 1468 年在位)的统治下国势由弱转强。阿不海尔是个有野心的人，他趁白帐汗国政治中心转移，出兵攻占了原白帐汗国的领土；

第三，帖木儿王曾在金帐汗国扶持过两位傀儡汗，一位是白帐汗的后裔脱克，一位据说是拔都汗硕果仅存的后裔忽都鲁。随着这两位汗先后亡故，金帐汗国迅速进入大分裂时期。短短的二十余年间(1437 年至 1460 年)，从金帐汗国的领土上先后分裂出喀山汗国、诺盖汗国、克里米亚汗国、阿斯特拉罕汗国、西伯利亚汗国等独立国家。金帐汗国所辖只剩下有限的疆土，被称为大帐汗国，其大汗只在名义上保有宗主权；

第四，帖木儿王的后裔在白帐汗国扶持过一位傀儡汗巴剌，巴剌汗为阿不海尔所败，其子克烈汗和贾尼别克汗被迫逃到东察合台汗国，得到东察合台汗国大汗也先不花(1432 年至 1462 年在位，与统一时的察合台汗国第十三任大汗也先不花同名)的容留，也先不花将楚河和塔剌斯河流域的西部划给二位汗王(这成为二位汗王的后代建立哈萨克汗国的基础)；

第五，1468 年，阿不海尔在进攻二位汗王时阵亡，其子及亲族被诛杀殆尽，只有其孙昔班尼(昔班尼意为像先祖昔班的人)在少量部众的保护下逃往河中地区；

最后，俟昔班尼长大成人，他率领骁勇善战的月即别战士，一心想将帖木儿帝国的土地据为己有，这个缘故让他变成了帖木儿的重孙卜撒因本人以及卜撒因的儿子们、孙子们最可怕的敌人。

从短刀想到昔班，想到后来的阿不海尔和昔班尼，我不由得慨叹世事无常。无须讳言，自成吉思汗以降通行这种分封制度实属无奈之举、权宜之计。虽然一个人的能力终究有限，他无法兼顾如此辽阔的领土，但是分封制注定了汗国的稳定只能保持一段时期，接下来就是内讧四起。

记得有一次我问欧乙拉公主，为什么成吉思汗活着的时候，蒙古人能够征服如此广阔的领土呢？公主思索了一下，意味深长地说，蒙古帝国曾经一度强盛，那是因为所有的蒙古人都站在了一个人举着的旗子下。

　　好了,说了这么多,算是题外话吧。

　　现在,还是回头来说阿不海尔汗用过的这柄寒冰短刀。这将是帖木儿王赠送给中国皇帝的最珍贵的礼物。刀如其名,若寒冰炼成的刀锋果然锋利无比,堪称刀中极品,只可惜刀鞘的制作比较粗糙,那种感觉,就如同一个美丽的女子穿着一袭崭新的锦绣内衫,却披了一件破旧的毡衣。我悟出了帖木儿王的用意,帖木儿王原本想以这柄短刀作为赠送给洪武皇帝的礼物,可又对刀鞘不满意,因此弃之不用,而要我为短刀另外设计一把堪与刀身相配的刀鞘。

　　我不敢有违王命,第二天便把自己关在欧琳堡后园的一个僻静的工作间里。这是我雷打不动的习惯。在我冥思苦想的时候,不论是沙哈鲁,还是阿依莱,还是索度、齐尔卡斯,任何人都不准进来。

　　我只对公主例外,因为她的软语温存,时常让我茅塞顿开。

　　我得说,这是我一生中遇到的最艰难的一次设计,当然,也是我一生中最得意的一次设计。当我设计好刀鞘的样式之后,我向努里丁要了一整块金子,暂时离开欧琳堡,住进了宫廷的礼房别院。

　　礼房别院设有专门为宫廷制作各种工艺品的手工作坊,帖木儿王将它命名为"富贵坊",富贵坊里,有十一名全国最杰出的工匠协助我工作。按照我设计的图样,整块羊脂玉被一分为二,十一个工匠中的八名工匠需要轮番雕刻羊脂玉,每一刀必须精雕细琢,绝不可以出现一丝一毫的纰漏。而这段时间,另外三名工匠则必须帮助我用纯金打制出一把内鞘。既然是做内鞘,自然要求很高,不仅壁体要求匀薄,而且无论形状、长短还有大小在装入寒冰短刀时都要严丝合缝。我们用金子前后一共打制了七把内鞘,直到第七把才完全符合我的要求。当内鞘完成后,我们也参与了玉石的雕刻,终于在我来到礼房的第十五天的下午将两块羊脂玉雕刻完毕。手艺精湛的工匠们在两块长形玉板上分别雕出了鹰与狮两种图案,鹰与狮的形象夸张而恰到好处,纤毫毕现、栩栩如生。透过镂空的花纹,内鞘的金壁若隐若现。最精妙的部分是,两块玉板所呈现的弧度,正好与纯金的内壁精确吻合。

　　接下来的工作不再需要他人,我用金银两丝编成细绳,穿过内鞘和玉板边缘预留的小孔,牢牢地将玉板固定在纯金的内鞘之上。

　　我为中国皇帝制作的礼物终于完成了。帖木儿王对我的手艺大加赞赏,甚至神态夸张地表示,如果不是因为中国皇帝是一位伟大的人物,他一定舍不得将这么杰出、这么精美、这么珍贵的礼物送给他老人家。帖木儿王对我才华的肯定让我这些天所有的付出变得有了价值,不过,比得到他的奖赏更让我感到兴奋的是,帖木儿王说,明天,最晚后天,沙哈鲁就会返回撒马尔罕。

在我离开欧琳堡十八天之后,我捧着帖木儿王的赏赐回到家中。我感觉自己似乎已经离开这里很久很久了,遗憾的是,我回到了家却没有看到欧乙拉公主像往常一样笑吟吟地前来迎接我。然而,当我回到卧室时,却发现桌子上放着一杯热气腾腾的茶水,茶水的上面漂着一片诱人的柠檬。

陆

沙哈鲁的小妃主先来看望公主了, 她对待公主的态度比相亲的时候多了几分拘谨和羞怯,公主对她的喜爱却一如既往。她拉着小妃主的手问长问短,说到沙哈鲁时,小妃主的眼圈红了,跟着,眼泪掉了下来。

也难怪,小妃主与沙哈鲁成亲一年多了,却一直没有怀孕,这在王室绝对是一件关乎名誉与地位的大事,她的心里怎么能不着急不担忧呢?她这次鼓足勇气来探望公主,大概也是想让公主帮她出个主意吧。

我给小妃主和欧乙拉公主送上茶点后便回到了里面的房间。我知道,有我在场,小妃主一定有许多话不方便对公主说,不过在里间,她们的对话仍隐隐约约地传到我的耳朵里。让我吃惊的是,小妃主哭着对公主说,她不知道自己做错了什么,沙哈鲁对她很体贴,却一直不肯同她圆房。

我那时虽然十四岁了,但对于男女之事还是一知半解,也不确切地明白"圆房"究竟是什么意思。可这件事显然让公主忧虑起来,她沉默了好一会儿,对小妃主说,这样不行,不能这样。

小妃主问,该怎么办?

公主略一沉思,反问,沙哈鲁有没有同你一起回来?

小妃主回答,没有,我先进城了,想来看看您。沙哈鲁前些时候捕到一头狮子,明天他要把狮子亲自献给帖木儿王。

原来,沙哈鲁捕到的狮子,以及装在金玉鞘中的寒冰短刀,就是帖木儿王赠送给中国皇帝的私人礼物。

公主劝慰小妃主说,明天,沙哈鲁回来后,我会找个时间请他过来。到时候,让我帮你劝劝他好吗?

小妃主求之不得。

公主与小妃主又聊了一会儿别的事情,小妃主告辞的时候,心情显然轻松了不少,公主总会给别人带来希望。

第二天,我和公主在帖木儿王的宫帐见到了沙哈鲁。帖木儿王要在这里款待王公将臣和他们的家眷。

一转眼,我们已经有很久不曾见到沙哈鲁了,他成亲后即被派到波斯北部驻守。现在,重新站在我们面前的沙哈鲁既英俊又魁梧。他的个头比离开我们时长高了足有一个拳头,肩膀也变得宽大厚实了许多。近两年的时光,他已经完成了从一个男孩到一个男人的转变。

只是,有些东西永远不会改变。

他看到我,亲热地拥抱了我。

欧乙拉公主向他走来。

他隔着我的肩膀看到公主,笑容顿时僵在他的脸上。他搂着我的手臂变得僵硬了,结实的肌肉也随之发出一阵轻微的震颤。

他拥抱我,是因为他不知该如何面对公主,他需要我做他的掩护。

我好像又回到了两年前,无意中看到他扑在溪水里号啕大哭,无意中看透他痛苦无助的内心时。事实上,唯独这件事我从来没有对公主说起过,他深沉的痛苦不可能不打动我,我愿意为他保守这个秘密。

哪怕这个秘密比我能够承受的还要沉重。

"沙哈鲁。"公主轻轻唤着他的名字。沙哈鲁一向是公主钟爱的孩子,对于她思念的孩子,她温柔如水。

沙哈鲁,求求你,你不可以失态,不可以面对宫廷中无数双眼睛失态。我在心里默默地祈祷。

沙哈鲁好像听到了我的祈祷,他松开我,向公主微微一笑。

"您好。"他说。然后他挽住小妃主的手臂,回到自己的座位上。他在避开了所有人——除了我——注视的瞬间,眼眶红了一下。

还是无法忘,还是不能忘!

可怜的沙哈鲁!

即将担任使团副使的阿依莱按照帖木儿王的吩咐,宣布宴会开始。

众人起立,祝福帖木儿王和大王后身体安康。

脸上系着白绸的仆从鱼贯而入,将用巨盘盛着的马肉、羊肉、牛肉和装在坛子里的葡萄酒、马奶酒、果酒摆放在帖木儿王、大王后图玛以及所有参加宴会的宾客及他们的家眷面前。除了欧乙拉公主之外,女眷们全都穿着礼服,脸上画着浓重的彩妆,她们中有的因为妆画得太厚,看起来就像脸上戴了一副石膏面具。这是一种宫廷时尚,她们必须如此。

与她们相比,穿着一身素净衣衫,脸上略施粉黛的公主越发显出一种超凡脱俗的美丽。但这种特权只属于公主,帖木儿王明确规定,任何人都不许穿与公主一样的衣服出现在盛大的宴会上。

猎狮英雄今天坐在了三哥米兰沙的上首位置。帖木儿王一生只有四个儿子,遗憾的是,他的长子只罕杰尔在很年轻的时候即殁于战场,半年前,帖木儿王在第三次出兵征伐波斯时又失去了他的次子奥美,现在他膝下只剩米兰沙和沙哈鲁。沙哈鲁是帖木儿王最小的儿子,年龄整整比米兰沙小十岁。

只罕杰尔原本是帝国的储君,只罕杰尔死后,帖木儿王并不打算让奥美或者米兰沙或者沙哈鲁继承他的王位,他确定了只罕杰尔的长子,他的爱孙莎勒坛为新的王位继承人。他的这种安排为他身后带来许多不确定因素,不过,在他活着时,他的儿孙以及王公将臣慑于他的威严,都不敢对他的安排提出异议。

公主坐在右侧上首,恰好与沙哈鲁的位置相对。

沙哈鲁笑容满面,唯独一次也不去看欧乙拉公主。对于公主慈爱的注视,他故作不见。可是,如果公主同别人说话或者接受敬酒,他的手臂就会变得僵直,嘴唇的肌肉就会抽紧。是的,他的确没有用眼睛去看他思念已久的公主,他只是把注视着公主的目光放在了心里。

在分别的两年中,他与公主四年相处的种种,必定已在他内心深处滤过百遍千回,他未尝不想忘记不想重新开始,然而,除非他从此再也见不到公主,否则,他的所有决心都抵不过公主的轻轻一瞥。

这该如何是好啊,沙哈鲁?

难道,连时间也不能帮助他除却爱的记忆?沙哈鲁真是个傻瓜!这个傻瓜让我心生怜爱。是的,我真心地怜爱着他,不仅因为他与我一起长大,还因为他始终在为他的爱情受苦。

酒过三巡,帖木儿王照例要为他的将臣和女眷赐酒,他从沙哈鲁开始,当他来到公主面前时,他已经有了七分醉意。

欧乙拉公主平素不太饮酒,不过,她的酒量很好,帖木儿王换了金杯为她斟满了一杯马奶酒,她接过来,施礼,将杯中酒一饮而尽。帖木儿王又为她斟满一杯,她稍稍犹豫了一下,依旧喝了。

帖木儿王的脸上露出愉悦的笑容,他眷恋迷离的目光一直停留在公主如同玉石一样光洁的脸上。

公主安然地承受了。

帖木儿王将金杯放在托盘中,转身正要离去,脚下不知怎么踉跄了一下，公主伸手扶住了他。

"小心。"她温柔地叮咛。

帖木儿王向她笑了一下。

阿依莱上前，将帖木儿王扶回到御座上。沙哈鲁放在几案上的右手不知不觉地捏成了一个拳头。他的目光不再从公主的脸上离开，他黑黑的眸子亮得吓人，那里面闪动着嫉妒的光芒。

其实，岂止他的父亲，任何男人走近公主，都会引起他强烈的嫉妒。在爱情面前，他已经变成了一个不可救药的病人。

我不愿意看着他如此煎熬，打定主意要帮他，尽管我并不知道该怎么做。

参加完宴会回来，公主的脸色有些发暗发黄，她说不舒服，服了一粒药丸，早早睡了。公主一直有头痛的毛病，她服的药丸是用罂粟叶、蜂蜜、核桃粉以及其他一些藏药、中药配制成的，对治疗她的头疼病很有效果，但公主平素用得很有节制，只要不是头疼得非常厉害，她一般都不会吃。

可能因为公主不舒服的缘故，这天晚上我睡得很不踏实，我断断续续地做了许多奇怪的梦，天快亮的时候，我梦到公主死了，哭着醒过来。这时我听到公主轻微的呻吟声，我急忙跑到她的身边，只见公主面色紫胀，额头、鼻尖上都渗出大滴的汗珠，她回答不出我的问话，我吓得抱住她大哭起来。

侍女们都进来了，大家面面相觑，不知该怎么办才好。我想起去找索度。我跑出去，使劲敲开了索度的门。不大一会儿，索度和齐尔卡斯披着衣服跟我进了卧室。公主的病来得如此突然，他们脸上的表情也有些慌乱。索度一面派人去请以前给公主看过病的一位大夫，一面派人把这个消息报告给了帖木儿王。

大夫闻讯很快来了，接着，帖木儿王派来的御医也赶到了，他们一起给公主做了诊断，又一起开出了药方。通过他们见面时对彼此的称呼和谈话，我了解到御医年少时做过大夫的弟子，难怪他会对大夫如此敬重。

帖木儿王和图玛大王后都赶来看望公主了，小妃主也来了，而最该来的沙哈鲁却没有出现。公主的病多亏大夫和御医诊断准确，下药及时，服过药后已无大碍。只是公主的身体尚且虚弱，一直都在昏睡当中。

揪心的一天在忙乱中过去，不知不觉夜幕深沉。大夫和御医又来给公主做了诊断，他们的表情证实，公主的病情有了好转的迹象，所有的人在放心的同时蓦觉疲惫不堪。索度吩咐大家各自回房休息，他只让我一个人留下来照看公主。我没有一点睡意，我坐在公主身边，这时，沙哈鲁一头热汗地闯了进来。

小妃主临告辞的时候对我说,沙哈鲁白天并不在城中。他一定刚刚回城,刚刚得知公主生病的消息,看他的样子,这个消息如同晴天霹雳,令他完全乱了方寸。

我对他说:"公主好多了。"说完,不争气的眼泪流了一脸。

沙哈鲁全身颤抖着,一步一挪地走到公主身边。

他俯视着公主苍白的脸。然后,他跪下来,伸出两只手臂环抱住公主,将脸紧紧贴在公主柔软的胸前,像孩子一样呢喃:"公主,你不可以有事。如果你死了,我永远不会原谅你。"

他反复说着"不原谅",到最后,他的呢喃变成了压抑的悲泣。

公主微微睁了一下眼睛,又疲倦地合上了。她拉拉沙哈鲁的头发,她的手指没有一点力气。沙哈鲁感受到她的动作,一下直起了身体。

"欧乙拉。"他脱口唤道。他终于唤出了这个让他生死难忘的名字。

"沙哈鲁。"公主的脸上浮现出一丝笑容,可她睁不开眼睛,"是你吗?"

"是我,是我。"沙哈鲁将她的手捧在面前热烈地亲吻着,他近乎乞求,"欧乙拉,让我留下来吧。"

公主的嘴唇艰难地动了动:"沙哈鲁,你能来真好。"

"你感觉怎么样了?"

"我没事,你别担心。"

"可是,你差一点吓死我了。你知道吗,我一直心神不定,总觉得你发生了什么不好的事情。我从外面拼命赶了回来,我必须见到你才可以安心。我怕见到你,你知道我怕见到你,可我太担心你,我顾不了那么多了。与我对你的思念相比,我的自怨自艾算得了什么!欧乙拉,欧乙拉,你说,你告诉我,你到底要我怎么办才好?你到底要我怎么办才好?"

他终于说不下去了,胸腔里迸出一声深沉的叹息。

柒

公主的长发铺在白色的枕头上有几分凌乱,她的脸陷在松软的枕头里,越发显得瘦小了。病痛使她不再像是一个二十五岁的庄重的女人,她突然变成了和我一样的年龄,变成了一个十四岁的女孩。

她努力用手指拉了拉沙哈鲁的手指,示意她有话说。沙哈鲁的眼睛里闪动着奇特的火焰,他坐下来,将头重新俯在公主的胸前。

"沙哈鲁。"公主的声音微弱、清晰。

"我在,我在这儿。"沙哈鲁一直控制的情感突然像洪水一样倾泻而出,"对不起,欧乙拉,真的对不起!那天,我不肯进家,不肯喝塞西娅为我准备的蜂蜜茶,我也没有跟你告辞就突然离开了撒马尔罕,我明知道不应该可我还是这样做了。我做了,我想以此证明我不在乎你,我可以将你从我的生命中割舍出去,所以,我才用伤害你来惩罚我自己!我想忘记,想重新开始,我努力过,真的努力过,可我……你知道我这两年是怎么熬过来的吗?我每天都在想你,有的时候我觉得自己快要窒息快要发疯了。我怕见到你,我怕你的目光,怕你对我的好,可我太想你了,如果再见不到你我宁可死掉。我真的是疯了,我该怎么办?欧乙拉,你告诉我,我该怎么办才好?"

公主轻抚着他的头发,像他小时候她常做的那样。

"沙哈鲁,你听我说。"

"我在听。"

"我从来没觉得你做得有什么不对。你在我心中,一直都是非常善良非常宽厚的好孩子。我爱你,沙哈鲁,你是知道的。"

"我知道,可我……"

"沙哈鲁,有一件事我不能再瞒你。"

"你说。"

"我可能,"公主的声音稍稍停顿了一下,"我可能……"

"可能什么?"

"随时会死去。"

"不!"沙哈鲁抬起头,几乎嘶喊起来。他的脸一下变得惨白,眼睛却变得赤红,他的惊恐使他看起来像一头在逼迫下走投无路的野兽。

公主强使自己睁开眼睛:"别这样,沙哈鲁,你不必担心,我不会这么快就离开你的,我还有一个心愿没有了结呢。"

沙哈鲁喃喃道:"心愿……"

"是的,一个心愿。沙哈鲁,你愿意帮我达成它吗?"

"我愿意。你的任何心愿我都会帮你达成,哪怕付出我的生命我也在所不惜。"

"你真好,谢谢你。"

"告诉我吧,你的心愿是什么?"

"我喜欢孩子,像所有的蒙古女人那样,孩子就是我的生命。可惜,我自己不可能有孩子了,你和小妃主为我生个孩子吧,你们可以生很多很多孩子,把你的第一个孩子交给我抚养,有他在我的身边,我的生命会更长久。"

沙哈鲁愣愣地望着公主。

公主握住了他的手,她知道他不会拒绝她,所以并不急于听到他的回答。

沙哈鲁重新将脸埋在公主的胸前,许久许久,他梦呓般地说道:"好的,我把孩子交给你。你答应我,一定要活下去。一定!"

"我答应。"

他们彼此对对方做出了承诺。公主放下心来,她向沙哈鲁微微一笑,不一会儿,她便像个婴儿般沉沉入睡了。

她真的很累,疾病消耗了她太多的体力。

我拉了拉沙哈鲁的胳膊:"沙哈鲁,你去我的卧室躺一会儿吧,我来守着公主。你在这里,她睡不好。"

沙哈鲁的灵魂消逝了,他变成了一具木偶,任由我将他拉到我的卧室。我为他铺开粉色的被褥,突然,他从我的身后抱住了我。

他的身体变得坚硬起来,他用他的坚硬抵住了我的柔软。很快,他把我转过来,将他滚烫的脸贴在我的脸上,将他冰冷的唇移在我的唇上。

他贪婪地如同即将永别一样亲吻着我的嘴唇,吮吸着我的舌尖。他的眼神是迷茫的,他搂着的人不是我。

我一动不动。他的心在胸腔里疯狂地跳动,他有力的双臂在我的背后瑟瑟发抖。一朵玫瑰的蓓蕾在瞬间绽放,我身上的每一处都变得湿润无比,我的眼睛,我的嘴唇,还有我的手我的脚。

他将我抱到了床上,粗鲁地除去了我和他的衣服。我们呈现在彼此面前,他的强壮我的美丽一览无遗。他在我身上翻滚,在我身上滑动着他的身体,像一条在水中游弋的鱼,然而,他用了他最后的一点理智阻止自己进入我的身体。

我没有闭上眼睛,我的内心并没有任何羞涩。他只是借用了我的身体,他如此强烈的欲望不是因为我。我能听到他心里一遍又一遍呼喊着一个名字,那个名字远比他自己的生命更加珍贵。正因为明知道永远得不到她,他才不得不用另一种方式释放他蓄积已久的爱恋、热情与疯狂。

如果他做不到,他转瞬就会像泉眼一样枯竭。

我心甘情愿。我爱他,但不是一个女人对男人的爱,也不是公主那样的爱,当我们一起长大时,他已经成为我生命中的一部分。

我要让他达成公主的心愿,我要让他走出禁锢的自己,与小妃主"圆房"。

　　我理解了,爱可以释放本能,也可以禁锢本能,只有被唤醒的本能才能让他变成小妃主的丈夫。

　　或者说,才能让他把孩子交给公主。

　　现在,我把我的身体借用给他,我心甘情愿。

　　我的身体是那样温暖那样润滑,有许多次他都几乎忍不住想要进入,他的矛盾使他的呼吸更加粗重,后来,他压抑地呻吟起来,将身体完全摊开在我的身上。一股温热的液体淋洒下来,与我的温润合二为一。

　　一种反常的骄傲使我脸上露出笑容。他做到了,我也做到了,除了我,他绝不会选择任何别的人作为爱的替代品。

　　他从我的身体上退下来,躺在我的身边。他不敢看我,脸上露出羞赧。我下了床,走到外间打了一盆水来。经过公主的卧室时,我停了停,侧耳倾听。卧室传来公主均匀的呼吸声,她了却了一桩心愿,安静地入睡了。我并没有怕被公主发现的意思,我知道她不会责怪我。

　　何况,我与沙哈鲁之间什么事也没有。

　　沙哈鲁所做的一切都是为了他心爱的女人,而我所做的一切,同样也是为了一个将我带在身边教我爱我关心我的女人。

　　我将水放在床边,拧了一块我没有用过的毛巾,为沙哈鲁擦拭身体。当我的手指不经意在他的身上划过,他的身体重又变得滚烫。终于,他又一次要了我。

　　他又一次要了我。这一次,他的动作要从容许多,他不慌不忙地体味着我的身体带给他的快乐,体味着他身为男人的快乐,然而,无论他是多么疯狂地爱着我所替代的那个女人,他仍然没有进入。

　　当我们离开床穿好衣服时,我的身体贞洁如初。

　　我要去照顾公主了,沙哈鲁拉住了我的手。

　　"塞西娅。"

　　我回头看着他。

　　"你……不恨我吗?"

　　"你恨公主吗?"

　　"我为什么要恨她?"

　　"我为什么要恨你?"

　　我们都笑了。

　　沙哈鲁松开我的手,将我拥入怀间:"谢谢你,塞西娅。我不知道自己能为你做些什么,也许除了伤害我什么也不能给你。但是如果你有什么需要,我一定会想方设法满足你。"他真诚地说。

我注视着他："你没有伤害我，我很快乐。"

"是真的吗？"

他怀疑地看着我的脸，我的眼睛像启明星一样明亮。

"是真的吗？"他又问。

"是真的。别忘了你对公主的承诺。"

"就这样？"

"就这样。"

"塞西娅，你为什么要对我这么好？我要达成欧乙拉的心愿，可我做不到。我也不知道怎么回事，就是不行。我无法像个男人一样走近任何女人，包括我的妻子。直到刚才，当我将她搂在怀中，她是那么柔弱，柔弱得让任何人都会充满怜爱。我突然有了一种希望死去的感觉，静静地，将我的头放在她的怀中，然后死去，这样，我就再也不用备受折磨了。"

"现在你可以了，沙哈鲁。你不需要对我怀有任何歉疚，因为我们彼此相爱，因为我们之间所怀有的情谊不是男女间的爱情。我只要你把孩子交给公主。我经历的恐惧你不会懂得，那会儿你不在我的身边，你根本不知道我有多么惊慌。我以为她就要离开我了，把我抛在这个陌生的世界上。没有她，这个世界会变得冰冷，变得陌生。沙哈鲁，她是我的母亲，我不能失去她。"

沙哈鲁望着我，目光中充满惆怅："她是你的母亲，更是我在这个世间的一切。我也不能失去她。"

捌

送别使团，帖木儿王第二天召开了一个由王公贵族、朝廷重臣以及各军高级将领参加的军事会议。在帖木儿帝国，这样的军事会议与成吉思汗时期的忽里勒台如出一辙。会上，无论支持还是反对，每个人都可以畅所欲言。帖木儿王并不总是高高在上，他会和他的臣僚们一起讨论，集思广益，从而对下一步的征战目标做出详尽部署。至于会议上的决定，则必须在最短的时间内传达到军队和百姓当中。之所以如此不言而喻，是因为任何一场战争都需要有军队和百姓参与。

当天晚上，我们所获知的会议结果是：帖木儿王发布了出征命令，要最后完成对脱克汗的征服。出征的日期定在回历七九七年四月（1395 年 2 月）间。这是帖木儿王的习惯，冬季准备，春季出征。

出征前的准备工作依旧繁琐细致,从战马的选择到行军的给养,从兵器的打制到情报的搜集,每一样,帖木儿王都要多次听取汇报,亲自检查。如果届时少了一根缰绳,都要对当事者和他的长官做出严惩。

出征前,所有参与出征的将士和百姓照例要饮出征酒,有些地方还要举行盛大的宴会。那真是既疯狂又悲壮的一天,帖木儿帝国简直变成了歌与酒的海洋,人们似乎必须通过这种狂欢的方式,才能提前对不可知的命运以及死亡进行祭奠。而一夜狂欢之后,我们便分成纵队依次出发了。可以说,我对帖木儿军队的各种规则有所了解也是在这次行军当中。

行军之初,我们白天的行程基本以二十五俄里为限。为了搜索敌情,首先要派出行动灵巧而经验丰富的骑兵侦察兵在前方探路。行军时,军队的正面要保持三百至一千步的宽度,每队则以一百名骑兵、三百匹战马组成。队列的纵深要依据兵员的人数而定,有时队列长到能容纳近一千匹马。

一旦接近敌军,军队将一分为三,三分之二为本军,三分之一编为左右翼。帖木儿王的军队素以吃苦耐劳著称,无论是高山、丘陵、平原,还是有河流的地方,都必须做到进退自如。必要时,军队迅速驰骋,昼夜兼程,途中只有在给马儿喂草或进餐时才能稍事休息。

此间,出于隐蔽行动中的各纵队踪迹的需要,帖木儿军队主要采取了一种叫作"沿羚潜行"的方法。具体来说,就是一旦接近敌人,需先规定好下一步集合的地点和时间,然后分散去攻击敌人。这样的突然袭击,往往使敌人不知对方兵力多少、袭来的方向,因此很难快速反应进行有效的抵抗。

除此之外,帖木儿王还有一个习惯——这样说大概不够准确——或许不如说,是帖木儿王亲自制定的军队法则:每一个指挥员,无论级别高低,哪怕是王子和贵族,都必须牢牢记住诸如战斗的编制、破坏敌人的防线、进攻和撤退等十二条规定。这是铁的军规,如有遗忘,定斩不饶。

另外一个法则是:每逢大战,如果敌人的兵力不足四万时,帖木儿王会派出四万人的军队与之相对,这支军队由王子们指挥,安排经验丰富的将领予以协助;如果敌人的兵力超过四万人,则由帖木儿王亲自指挥。这时,帖木儿王会根据战场实情以及敌军兵力的不同,将他直辖的兵力分为四十队,其中精锐的十二队充第一线,其余的二十八队分为第二、第三梯队。帖木儿子孙的部队排列在上述四十队的右侧,帖木儿王亲属指挥的部队和同盟军,排列在右侧的前面。

一旦战斗开始,先由轻骑兵和前哨开始战斗,假如需要援军,则逐次派出两翼第一、第二梯队部队。如认为兵力不足,则由左、右两翼迫近敌人总指挥,伺机夺取敌军旌旗。如果这样还不能结束战斗,则派全部兵力全力一战。

　　虽然每场战役、每次战斗,帖木儿王投入的兵力不尽相同,但就帖木儿王的布阵来看,左翼和右翼军队的相对距离较远,中心好像是很薄弱。恰恰是这种看似中心薄弱的部署,给敌人造成视觉上的错觉,因此,一旦敌人发起攻击,便落入帖木儿王设下的圈套。当敌人向侧面展开兵力时,则进一步造成兵力的分散,此时,帖木儿王再以本军冲击其中心,则可顺利地断绝敌人各战斗部队之间的联络,然后各个击破。

　　帖木儿王在一生中经常使用这种诱敌深入的战法,只可惜这种战法并不为其他国家的军队所察知。

　　当沙奈如此这般带着炫耀的语气给我讲述帖木儿王的用兵策略时,我们正在远赴金帐汗国的途中。帖木儿王选择进攻时,一般都尽可能地避开严冬,大部分是在冬季集结,春天开战。冬春季节,越往北走,天气越觉寒冷,我只好尽可能地将自己缩在马车里厚厚的毛毡中。我得承认,沙奈是这个世界上最慈爱的外祖父,同时,他还是个名副其实的故事大王,听他讲故事,至少可以缓解我因为远离了欧琳堡,远离了欧乙拉公主才油然而生的寂寞和无聊。

　　在我比许多人漫长的一生中,我亲历过帖木儿王进行的五场战争。除了此次(第二次)外,欧乙拉公主始终与我在一起。第三次,是帖木儿王远征印度;第四次,是历史上著名的安卡拉战役在帖木儿王与巴耶济德之间拉开战幕之时。这两次,都是由于沙哈鲁的儿子,尚且年幼的兀鲁伯必须随军出征,作为他的保护人,欧乙拉公主不顾危险陪伴在他的身边。第五次,则纯属应帖木儿王之请。帖木儿王希望在有生之年征服中国,他需要公主见证他的辉煌。

　　我比任何人都明白公主内心深处对于战争的恐惧和厌恶。因为,该怎么说呢,用小女孩佐维然的话说,那就是,战争其实"一点都不好玩儿"。

　　这次征战,我选择离开欧琳堡,只是想陪陪沙奈和阿亚。出征前,他们来看望公主和我,我发现他们突然间苍老了许多。虽然我不是一个多么孝顺的外孙女,不过,阿亚和沙奈终究是给了我母亲生命的人,有了母亲,世间才有了我,我理应对他们怀有一份感激之情。

　　沙奈答应给我讲他年少时跟帖木儿王一起抢劫富人马匹的故事。不料他刚刚开启了话头,就被一个人的到来打断了。努里丁来到我们的临时帐子,吩咐沙奈去陪他的老朋友帖木儿王下棋。

　　帖木儿王常常把指挥作战比作下棋,战争中或者行军途中如有休闲,他都热衷于白天下棋,晚上研究排兵布阵。在帖木儿帝国,似乎任何一个人在下棋方面都不大可能成为他的对手,他的棋子就如同他的军队,他的军队又如同他的棋子,一进一退,皆讲究占据要地。

我想着不知是否能在帖木儿王的大帐见到沙哈鲁,因此缠着努里丁跟他和沙奈一起来到帖木儿王的大帐,可惜,到了大帐我才知道,沙哈鲁执行别的任务去了,根本不在营地。我只好在帖木儿王的大帐待了一下午,看帖木儿王和沙奈下棋。沙奈的棋艺已经算是不错的了,可就是费尽心机也赢不了帖木儿王。沙奈真是越下越沮丧,但我看得出来,帖木儿王比沙奈还要沮丧。在努里丁进来禀报可以用晚餐,帖木儿王命侍卫将棋盘撤下去时,他在嘴里嘟囔了一句:"如果欧乙拉在这里就好了。"

公主心思缜密,棋艺惊人,与公主下棋,无论输赢,即使输多赢少,对帖木儿王来说都是莫大的享受。

帖木儿王发出感叹的时候,我正好也在想念公主,我对自己说,以后,我决不会把公主一个人留在欧琳堡里,无论如何,我都要和她在一起。

进入金帐汗国的腹地后,为了使自己一方师出有名,帖木儿王派遣熟悉外交辞令的使臣前往脱克汗处。使臣来到脱克汗的军营,向脱克汗呈上帖木儿王的书信,并以其特别擅长的辞令叙述了帖木儿王提出的要求。但脱克汗粗暴地拒绝了。当使臣回到帖木儿王身边时,军队已经在撒木儿河谷上扎下军营。帖木儿王将自己的军队布置成战阵,与脱克汗的军队沿帖列克河两岸对峙。

帖木儿王命令军队在军营周围挖了两道壕沟,钉上木桩,安上战壕护板,并规定士兵不得在营地上喧哗、走动,也不得在夜间点火,防备敌人偷袭。对峙持续了两个月,脱克汗将帖木儿王的防卫策略当成软弱可欺,他在某一天的凌晨率先出击,攻打帖木儿军的左翼,帖木儿王毫不犹豫地派遣担任后备队的二十七个精锐百户援助陷入困境的左翼部队,打退了敌人的进攻。

金帐汗国的部队被迫退却,沙乌可、艾库、沙奈这些老将发挥了他们的作用,他们指挥军队追击逃敌,直到追出很远。脱克汗的目的正在于此。他见帖木儿王的兵营出现空虚,立刻兵分两路:一路用于继续牵制追兵,一路借着夜色掩护突然回师撒木儿河谷,向帖木儿王指挥的中军发起全面攻击。

脱克汗的回马枪的确让帖木儿王有些猝不及防,当时的战斗激烈异常,帖木儿王的百人长们都在战场上下了马,用大车与护板设立阻击点。士兵们跪着向敌人射击,箭如雨下。在战斗进行到白热化的时候,大王子只罕杰尔的儿子,英勇的王孙莎勒坛率领武器优良的另一支本军赶到,战局转而变得对帖木儿王有利。

这一场战斗奠定了帖木儿王胜利的基础。偷袭不成,脱克汗接连失利,不得不酝酿逃跑。他命士兵拆毁了帖列克河上的桥梁,帖木儿军无法渡河,只能沿河追击脱克汗。帖木儿王遣使质问脱克汗为何屡屡犯境?并提出与脱克汗再续盟好,以免生灵涂炭。脱克汗礼节性地招待了来使,心里却很清楚,帖木儿王足智多谋,诡计多端,所言续盟之事绝不能相信。使臣转回王帐,将脱克汗的态度禀明帖木儿王,帖木儿王十分恼火,立下豪言,不消灭脱克汗誓不南返。

誓言虽然豪迈,无奈其后三日,两支军队一直夹河上溯,帖木儿军根本找不到攻击敌人的机会。帖木儿王深知己方给养粮秣消耗巨大,无法及时补充,这样拖延下去势必不战而败。正当他心中甚感忧虑之时,沙哈鲁黉夜求见父王,献上一计,帖木儿王嘉赏儿子一番,欣然采纳。

当天夜里,随军的女人、老人、奴隶,甚至包括像我这样身材成熟的女孩,一律都被要求换上盔甲,装扮成士兵。我正在努力适应因为沉重的头盔压在我头上而产生的摇摇晃晃的感觉,抬眼却看到月光下一个熟悉的身影正向我这里走来。虽然只是一个身影,我却不会弄错他是谁。熟悉的人走到我的身边,向我露出笑脸。

我也向他露出笑脸。我并不知道,我一身滑稽的打扮,露齿而笑的天真,那一刻在沙哈鲁的眼中竟是非常可爱。

“塞西娅。”

“沙哈鲁,你怎么来了?”

出征之前,沙哈鲁带着小妃主到欧琳堡向公主辞行,公主托他照顾我,他答应了。可是战事反复,他根本不可能兑现诺言。

沙哈鲁替我扶正头盔:“歪了。”

“我说呢,怎么戴上了头盔,我的头就像长歪了一样。”

沙哈鲁笑了:“塞西娅,你——怕吗?”

“不怕。我只要想着,你在离我不远的地方,就不会害怕了。”我戏谑地回答。我是真的不怕,塞西娅可不是胆小鬼。

“是的,我会在离你不远的地方。可你还是要答应我,一定保护自己。”

“放心好了。”

沙哈鲁没有再说什么,短短的几句话已经足够了。在他离去之前,他凝视着我,有那么一会儿,他好像出了神。我感谢他对我的牵挂和关心,不过我明白,他总能透过我,感受到另一个人的存在。

即便那个人不在他的身边,也是他此生最牵挂和最关心的人。

两位百人长过来，催促着让我们这些老弱妇孺集合了。沙哈鲁回过神来，向我辞行，他还负有更重要的使命。

"塞西娅，我走了。"他微笑着说。

我"嗯"了一声，愉快地向他挥挥手。是啊，大战之前能够见到沙哈鲁一面，连带有一股汗腥味的头盔也变得不那么讨厌了。

没有经过训练的"队伍"歪歪扭扭地挤在一起，百人长向我们交代了任务。直到这时，我才知道，帖木儿王原来是要我们这些假扮的"士兵"留在大营，虚张声势，而本军则在他与王子们的率领下，每人携带一匹换乘的从马，星夜驰回水流和缓之处，然后从那里泅渡过河，出其不意地捣毁脱克汗的大营。

第二天，捷报传来。帖木儿王率大军大败脱克汗，脱克汗落荒而逃。这一战奠定了帖木儿王征服金帐汗国的基础，脱克汗此后一直过着逃亡的生活，其间虽曾几次复辟，终因势单力薄而废止。

十年之后，脱克汗向帖木儿王请求赦罪，他派出的一个使节团求见帖木儿王，帖木儿王被脱克汗的哀求所打动，准备让他复辟。可惜这个对脱克汗大好的承诺不久因帖木儿王的病逝化为泡影，脱克汗的政治生涯就此中断，后来他逃到西伯利亚，第二年在西伯利亚的图门被继任金帐汗的弟弟杀死。

帖列克河之战后，帖木儿王回到丹河。不久，他率军突然向北方的斡罗斯进军，首先侵入梁赞国，随后攻取巴勒赤木勒城和阿咱黑城。这像是一次军事冒险，因为帖木儿王并不真正地了解斡罗斯。

冬季来临，帖木儿王率领军队来到金帐汗国的首都萨莱城和哈只·塔儿寨（阿思塔剌罕），萨莱城和哈只·塔儿寨的富饶才是他的目标所在。他决定先攻下哈只·塔儿寨，然后洗劫萨莱城。

当时正值隆冬季节，伏尔加河的河面已经冰封，可以从河上直接攻打下来。哈只·塔儿寨除临河的一面外均修有坚固的防御工事，高墙从河的一端伸展到另一端围住全寨，再辅以塔楼防护，只有靠河的一面平常依靠武装船只进行防御。由于河面结冰，哈只·塔儿寨的守寨官兵和居民感到敌人可能从这个最薄弱的地方发动攻击，因此组织人力开凿厚冰块筑城，到了夜间再用水浇在聚成堆的冰块上，很快便形成了一道很难靠近的防御墙。许多年前，他们用这个办法多次战胜过其他敌人，这一次他们仍用相同的方法筑起了一道道高高的冰墙，他们把寨墙与这座冰墙连接在一起，开了一个寨门，寨门虽然敞开着，但是修建了一个内高外低的冰坡，人马绝难攻进寨来。当帖木儿王来到寨下时，看到这一奇特的防御屏障，不由对他的将领们说，这冰墙看似简单，却不是任何人都能想出来的，以后，你们遇事也要多动脑筋。

　　帖木儿王对寨内的情况了如指掌。之所以如此应该得益于他所建立的高效、便捷的情报网。帖列克河之战结束后,帖木儿王一方面组织军队追击脱克汗,另一方面颇有预见性地留下一部分能干之人,分别散居于斡罗斯的城池及要塞之中。在哈只·塔儿寨,帖木儿王留下了他的一位心腹爱将塔班,塔班的出身我已经忘记,但我知道,他的确是位出色的间谍和活动家,而且,他口才惊人。在他住在哈只·塔儿寨期间,他很快取得了当地人的信任,这为他全面掌握寨里的设防、居民的心态等创造了便利条件,正是这种卓有成效的工作使他能够将各类有价值的情报源源不断地送回帖木儿王的总指挥部。这次帖木儿军大举压寨,寨主哈塔儿原本做好了与敌人决一死战的准备,但此前,帖木儿王交代塔班多方散布只有放下武器才有生路,抵抗者必死无疑的流言,因此,当帖木儿王的大军到达时,寨中许多将领和百姓反复陈诉动武之害,迫使哈塔儿不得不另外做出决定,出寨迎接帖木儿王。帖木儿王言而有信,没有对堡寨采取行动,只是补充给养后向另一目标萨莱城进军。

　　帖木儿王在没有遇到抵抗的情况下轻取哈只·塔儿寨。萨莱城军民虽然进行了抵抗,但帖木儿王仍然攻下该城,并将标志着金帐汗国强盛时期的萨莱城付之一炬。

　　就这样,曾经是四大汗国中最强大的金帐汗国被帖木儿王踩在了脚下,他将金带、金绣长袍这些象征汗的尊严的标志赐给了一位真正的金帐汗后裔,他让他所扶持的这位新汗作为他在金帐汗国的代理,并且允许新汗到伏尔加河左岸去召集军队,以此在金帐汗国重建秩序。

玖

　　帖木儿王带着我们,也带着他远征的累累硕果回到了撒马尔罕。参加征战的每一个人,无论生者还是死者的亲属,无论妇女还是儿童,每个人都得到一份不尽相同的赏赐,我将自己的那一份给了沙奈和阿亚。

　　我回到了欧琳堡公主的身边。公主像往常一样,慈爱地拥我入怀。那一刻,我发现我所得到的最美好的奖赏莫过于此了。

　　好事连连,索度和他的妻子来看望我,他们迫不及待地告诉我,阿依莱一行已从中国返回,明天就可以回到撒马尔罕了。

　　我在兴奋之中,不小心将舌尖咬破了一块儿。第二天,阿依莱回来后,以为我经过了一场战争受了刺激,变成了一个大舌头女孩。

阿依莱和使团其他的人先去觐见帖木儿王,汇报出使结果。直到帖木儿王赐过晚宴,他才回到欧琳堡。我们将他团团围住,要他给我们讲述中国之行的见闻,他笑眯眯地答应了。

阿依莱的讲述,在我们的面前打开了一个全新的世界。

阿依莱说,使团刚刚进入边境,就有明朝官员登录使臣及侍从的名字,然后设盛宴款待使团。宴会之后,再次对使臣和侍从的人数进行核查和确认,根据编造好的名册向使臣一行供应路途中的必需品:羊肉、面粉及坐骑需要的大麦和草料。一切安排妥当后,边境总督亦为使团设盛宴送行。不久,阿依莱等人进入肃州城,被安置在馆驿之中,由馆驿为使团提供必需的一切。除了进贡物品外,使团的坐骑和行囊都存入肃州的大馆驿里,一直等到他们回程为止。

沿途各程均由馆驿向使团分发食物、日用品和运输工具,每个馆驿都要为他们提供羊肉、鹅肉、鸡肉、大米、面粉、蜂蜜、米酒、烧酒、醋渍大蒜和大葱,此后还有各种蔬菜。不仅如此,几乎在使团经过的每一座城市,当地的行政官员都要设宴款待他们。

在洪武皇帝接见使团前,使团下榻于京城馆驿——龙江驿。龙江驿的条件自然更加优越,使团中每个人都拥有一张上好的床,床上铺着缎面床垫、丝绸坐垫,床下摆着一双做工精致的丝绸拖鞋和一双为进城而穿的绳底帆布鞋。馆驿中还配备许多床帐、许多座位、一个水盆、一个火炉,此外还有十张床分排左右,每张床上同样铺设着床垫和丝绸坐垫。套间的地板上铺着条纹地毯和精美的席子。

除要备齐上述物品外,馆驿还要为每人准备一整套炊具:锅和长柄平底锅;一套瓷餐具:碗、盘、刀、匙,这还不包括供使团就餐用的高桌。至于伙食供给,每十人每天可以得到一只鹅或两只鸡。同时还要向他们每人提供二斛面、一大碗米、两张塞满突厥果仁糖的饼、一杯蜂蜜、醋渍大蒜、大葱、盐巴和中国特有的生拌绿菜,此外,每人还有权得到两坛料酒和一个小冷拼盘。

负责接待使团的是应天府同知。第二天清晨,同知与正使以及阿依莱等人来到会同馆,接伴舍人引他们从西面进入,同知从东面进入,礼部侍郎在会同馆设宴款待使团。宴会结束,使团人员随侍仪司在天界寺练习朝见礼仪,择日朝见。

觐见皇帝前一日,内使监、侍仪在奉天殿准备好各种陈设。接见当天,仍有一套严格的程序。其后,正使和两名副使被带到离御座十五腕尺的地方,在那些持笏而立的朝官中,有一个人上前,跪着用汉语读一篇使臣情况的奏文,奏文大意是,使团是作为波斯皇帝陛下及其诸王子的代表,来自一个遥远的国家,携有进献皇帝的礼物,并至御座下表示臣服。

奏文读毕,担任翻译的官员来到阿依莱等人面前对他们说:向皇帝下拜,叩首三次。阿依莱等人依命,但叩首时,他们将头垂得很低,与地面接近,却注意不让自己的头真正触到地上。因为明朝的礼仪虽然如此,但对虔诚的穆斯林教徒来说,以前额触地是一种专门用于安拉的崇拜仪式。

施礼毕,正使双手高举,上呈帖木儿致皇帝陛下的国书,国书包在黄缎子中,担任通译的官员接过国书,交给太监,太监再将国书呈给皇帝,皇帝阅后,重新命太监收好。这时阿依莱开始发挥他的作用,皇帝先客气地询问正使,你们的国王身体安康否?阿依莱以汉语回答说,感谢真主,国王身体平安康健。接着皇帝又满怀兴致地问起帖木儿国中的谷物生长情况和贵贱,阿依莱仍然以流利的汉语做出回答,在我国,谷贱粮丰。皇帝便说,这都是你们国王心向真主的缘故,因为他心怀善念,全能之主便赐予他美好的东西。

接见的程序进行完毕,洪武皇帝走下御座,诏命赐宴,同时验视礼单。这次的贡品主要是三百匹战马,对此,皇帝的感觉还在其次,他尤其喜欢那头由沙哈鲁猎到的雄狮和我为他重新制作刀鞘的寒冰短刀。看过图示后,他龙心大悦,下旨赐给正使、阿依莱,以及用六弦琴演奏了美妙音乐的齐尔卡斯彩缎各三匹,织金衣各一套,靴袜各一双。这是对使臣个人较高规格的赏赐。其他几位副使则得到彩缎二匹或一匹,纻丝衣一套,靴袜各一双的赏赐。

与此同时,为表示对元朝驸马帖木儿的恩宠,洪武皇帝朱元璋款留使团在京城尽情游玩,如此一月有余,至使团跸辞期间,所有供应如前,绝不马虎。

阿依莱从中国给欧琳堡的每个人都带回了一两样精美的礼物,有瓷器、锦缎、茶叶、盆景,还有其他诸如此类让人大开眼界的东西。他送给我的礼物是一双颜色可爱、做工精致的绣花鞋和一副用中国南方的细竹编成的彩偶戏台。绣花鞋且不论,彩偶戏台却令人叹为观止。首先,制作它的手工毫无瑕疵;其次,戏台上面安放了三个上了油彩、穿着小小戏服的提线木偶(从服饰打扮上看,应该是两个男孩一个女孩)。彩偶的表情生动有趣,尤其是其中一个"男孩",眼睛微眯,舌尖微露,圆圆的脑袋和滑稽的表情看起来竟有几分像阿依莱做鬼脸时的调皮样子。随着你手上拉动提线,这些可爱的彩偶会在戏台上做出各种各样的动作。阿依莱熟练地为我们演示时,我们所有的人都禁不住被"他们"的表演迷住了。

为了感谢阿依莱送给我这么好的礼物,我亲昵地在他的脸上亲了一口。阿依莱先是愣了一下,接着,漂亮的脸蛋臊得通红。我不知道,出了一趟远门的阿依莱长大了，少女塞西娅的一吻，竟在他单纯的心中打开了一扇爱的门。

竹编戏台给我带来了灵感，几个月之后，我为帖木儿王设计了一副分别用紫水晶和红水晶制成的蒙古象棋。方形的水晶底座上，与之成为一体的是精心雕琢而成的骆驼、战车、骏马、将军、士兵以及指挥它们作战的帖木儿王和脱克汗。作为对阵的双方，紫、红两色各有完备的一套，我的这一创意不仅尽显水晶的富贵，而且每一颗棋子都形象鲜明生动，无与伦比。

帖木儿王得到这样一副堪称绝品的象棋自然爱不释手，喜悦之余，决定给予我非同一般的赏赐。

我毫不谦让地接受了。

隔日，我向帖木儿王提出了修建塞西娅洞和圣女泉的请求。洞与泉均隐藏于山间的一个绝胜之处，离撒马尔罕不过数十里之遥。我在外出游玩时偶然发现了它们，便用最简单的方式给它们起了现在的名字。近来，我一直试图在那里修建一个药池，并有意将那里布置成我与公主的另一个家。

这是一项不小的工程。任何一项工程势必需要人力、物力和财力作为支撑，没想到，帖木儿王竟然慷慨地答应了我的请求。

我蓦然就想起了阿依莱羞红的脸颊。我得说，阿依莱的竹编戏台到底给我带来了好运。

而我的水晶象棋也给帖木儿王带来了好运。第二年的新年刚刚到来，为了对帖木儿王的邀请做出回应，东察合台汗国的君主黑的儿火者亲自来到撒马尔罕，在华阔的宫帐觐见帖木儿王。作为对他忠诚的奖赏，帖木儿王慷慨地将自己视如珍宝的水晶象棋赐给了他。没想到，黑的儿火者投桃报李的行为更让人惊叹，他在回到汗国后，将自己年方十六岁的女儿图兰献给了帖木儿王。

图兰的容颜是如此妩媚，她的年轻与娇艳，结结实实地打动了帖木儿王那一颗作为男人的贪欲之心。

拾

随着中亚、西亚、小亚细亚之地不断纳入版图，帖木儿王仿效成吉思汗立国故事，将征服的广大土地分封诸子与诸孙。

此时，波斯全境已基本平定。除了最后一位波斯王阿合马在玛麦鲁克国王巴儿忽以及"黑羊"部酋长余速甫帮助下,重新据有报达之地,继续维持着他奄奄一息的统治之外,其他各城各部均并入帖木儿帝国。帖木儿王有足够的时间对付波斯王,在此之前,他有更重要的军事目标。

这一次征战被人们称作"七年战争",帖木儿王的远大目标是:重新对世界上最富有的土地进行远征。

七年战争的首要目标确定为印度。事实上,最初确定这个作战目标时费了帖木儿王不少周折和口舌,然而,帖木儿王最后还是聪明地从《古兰经》中找到了出征的依据,通过真主的指引说服了众人。

印度在我心目中是一个相当神秘的国家,除了它的炎热,我对它所知甚少。我和公主翻阅了我们能够找到的所有有关印度的资料,得出了这样一个大概的结论:印度位于南亚次大陆印度半岛上,分为北印度和南印度。印度北部是喜马拉雅山地,南部是德干高原,南北高地中间是一块大平原。大平原的北部和东部是恒河和雅鲁藏布江流域。印度和巴基斯坦之间有一条河叫申河(即印度河)。印度大部分为热带气候,北方高地却很凉爽,因受季风的影响,分为干湿两季。湿季到来,西南季风含水蒸气从印度洋上吹来,在东部恒河和雅鲁藏布江流域降雨颇多,物产较丰富。但西北部却为季风影响所不及,空气干燥,多草原沙漠。另外,因为土壤和气候的关系,印度境内森林繁茂,常有猛兽、毒蛇出没。

北印度和外界的交往,主要通过西北连接阿富汗的几个山口。南北印度之间的交通很不方便,但由于次大陆东有孟加拉湾,西有阿拉伯海,南有印度洋,所以海外交通条件还算优越。

帖木儿王大举出征前,印度的行政区划共有二十三个省。德里王国在强盛时曾几乎据有全部印度的土地,但这个王国很快衰落了,领土也四分五裂。几个较大的行省总督从德里王的政权下解放出来,各自开辟了自治的穆斯林国家。这些自治的穆斯林国家包括孟加拉、德干、乌德等。穆斯林国家的分离使德里王国缩小至旁遮普与多卜境内,而德里现在的统治者马合谋沙二世又是一个地道的傀儡,他的权政被操纵在宰相马卢·伊克巴勒的手中。

另外,我最感兴趣的是,印度有一支以大象为坐骑的象军,后来,我们在实际的战争中领教了这支象军的威力。

已经确定由欧乙拉公主陪伴兀鲁伯出征。即使是年幼的王子也必须接受严酷战争的锤炼,这是帖木儿王对儿孙最严厉的要求。

大战前,沙哈鲁回到了撒马尔罕。他回来一方面是为参加随后的征战,另一方面是为参加父亲即将举行的盛大宴会。帖木儿王与小王后图兰大婚不久,沙哈鲁奉父王之命出镇呼罗珊地区,其治所就在哈烈。撒马尔罕和哈烈相距数千里之遥,自从坐镇哈烈,沙哈鲁很少能够回来,这使彼此的相见变得如此珍贵,而我们与沙哈鲁之间的联系更多的只能通过书信。

自从沙哈鲁将长子兀鲁伯送到欧乙拉公主身边,他就很少与公主见面,我知道他这样做无非是为躲避某种眩惑,可是他越躲避,这种眩惑就变得越不可抗拒。他的苦恼和挣扎我全都看在眼里,因为,怎么说呢,我是这个世界上唯一了解他的人,我了解他所怀有的爱情,以及他为爱情做出的牺牲。

宴会上,兀鲁伯被安排与欧乙拉公主坐在一起。他是个生性腼腆的孩子,像公主一样喜欢过一种清净的生活,他还是第一次参加场面如此宏大,气氛如此热烈的宴会,特别是他的对面坐着父亲,他不由得将双膝紧紧夹住,显出局促不安的样子。然而,当公主像母亲一般温柔地对他说着话时,他很快平静下来。对于儿子与欧乙拉公主之间像母子一样亲昵的感情,我能看得出,沙哈鲁一方面是欣慰,另一方面想到自己的往昔,竟有些妒忌他的儿子。

宴会后是阅兵式。军队做好准备,阅兵结束,择日出发。

回历八〇〇年七月(约1398年1月),帖木儿王统率远征军九万二千人从撒马尔罕出发。其中三万骑兵作为右翼和先锋,由帖木儿王的孙子皮儿指挥,从坎大哈进军。皮儿和他的哥哥、王储莎勒坛一样,骁勇善战,并且都系妃主罕则黛为大王子只罕杰尔所生。帖木儿王于诸子中最宠爱长子,一生从不曾改变心意,只罕杰尔战死后,他将长孙莎勒坛立为王储,并将阿富汗、孔杜兹、喀布尔、加兹尼、坎大哈及其附近地区赐给了另一个孙子皮儿。

兀鲁伯被编入皮儿的军中,公主负责照顾他,因此,在战争最初,我和公主一直跟着皮儿走。皮儿是位勇谋兼备的将领,他首先征服了梭莱曼,两个月后渡过申河,包围了俄特查,并且开始围困木儿坦。

皮儿小的时候经常到欧琳堡做客,因他不喜文墨,有武将之风,公主便将自己从蒙古带到察合台汗国的一张珍贵的元朝宝弓赠送给他。公主的慷慨出乎皮儿的意料,这之后他更加喜爱公主,即使在他远赴封地之后,他依然与公主保持着书信往来。不仅如此,他还一年四季派人将本地的特产送抵公主府上。

公主从来都是那么钟爱和欣赏皮儿,她与皮儿交谈时,像母亲一样温和,像姐姐一样坦率。而皮儿但凡有空,总要来我们的帐幕看望公主。虽然征途多艰,可我看得出来,皮儿对于重新拥有了与公主朝夕相处的机会,倒是满心欢喜呢。

马合谋沙二世担心俄特查有失，派了一支军队前来救援。皮儿料敌先机，派亲信将领设伏于援军必经之地，聚歼敌军，大获全胜。俄特查守军待援不至，主将亲自督战，不料被炮石击中不治身亡，随后，几员将领为争主将之位发生内讧，守城力量严重削弱，皮儿军一鼓作气拿下俄特查城。

俄特查既下，皮儿军开始全力攻打木儿坦。

木儿坦地势险要，城防坚固，皮儿攻打数月毫无结果，还付出了巨大的伤亡。他不想让木儿坦拴住手脚，遂派急递兵询问帖木儿王是否放弃攻城。

不久，口谕带回，帖木儿王命皮儿不惜一切代价拿下木儿坦。

皮儿接到口谕时正在公主的帐幕外与公主闲聊，这对他而言是艰苦的攻城战期间最为放松的时刻。祖父的命令出乎他的意料，他无法理解，不免有些抗拒："祖父为何执意如此？"

公主却似乎了然于胸："王应该是为长远考虑。"

皮儿一愣，抬眼望着公主。

"长远吗？"良久，他喃喃地问。

公主理解地拍了拍他的手背："皮儿，我知道你是爱惜兵力。可是，木儿坦到底是印度的第一大城市啊，帖木儿王一定要拿下木儿坦，大概是想让它作为自己日后转战印度的根据地吧。"

皮儿满脸都是惊奇的表情。他得承认，这个女人，的确有时会令他刮目相看。

"您的意思……"他再次开口说话时的语气是我以前从未听过的，那里面分明有一种虚心求教的意味。

"作为主将，你别无选择。"

"我怕我们耗不起。"

"我们的消耗很大，对方的消耗也一定不小。我们在外面还有办法可想，哪怕杀掉马匹权作军粮，锯掉树木制作云梯，搬运石头充当炮石，总之我们总有办法可想。可是城里的人，箭羽用掉一支少一支，滚木用掉一根少一根，何况，木儿坦是座山城，耕地都在城外，如今城里不光有军队，还有众多的百姓，即使做了最充分的准备，口粮的储备只怕也有穷尽之时。"

皮儿领悟了公主的意思。他扭头注视着天际的晚霞，表情坚定，目光严肃。后来有一次，他对与他感情深厚的沙奈说，他这一生，绝不会再像那一刻他尊重公主一样尊重任何女人。

皮儿继续指挥军队对木儿坦进行围攻。数日后，一支军队试图从城中突围，被皮儿的两员将领合力击溃。通过审讯俘虏，皮儿得知城中已断粮数日，他立刻想到了一个绝妙的主意。

当晚，皮儿来到后营，让我们这些随军的妇女全都换上士兵的装束。这是我第二次扮成战士，上一次，还是帖木儿王沿帖列克河追击脱克汗之时，现在的我，比那时又长高了一些。

皮儿给公主弄来一套轻便的皮甲，公主欣然换上盔甲，一身戎装的公主，竟然美得让皮儿手足无措。

皮儿将所有的抛石机、投火机、箭车都排列在队伍的最前面，而我们这支"军队"则被他放在最后。曙光微露之时，木儿坦的守军从城墙上看到城下的军队像海洋一样无边无际，他们可以想到的唯一一种可能就是帖木儿王派来了援军。此时，他们只是一掬沙，转眼会被大海的波涛无情吞噬。

意志在瞬间崩溃。

坚守了半年的木儿坦守军，终于向皮儿投降。

拿下了木儿坦，皮儿按计划开赴比斯河畔，与左翼和中军会合。此时战报源源不断地送抵皮儿的军前。

左翼三万骑兵由沙哈鲁指挥，受命袭破拉合尔管辖的领地。沙哈鲁似乎天生是个福将，他率领的这支军队从喀布尔出发没有遇到太多波折，沿途攻占都府无数，于八个月后先行赶到比斯河畔。

帖木儿王亲自率领三万二千人从撒马尔罕出发，架设浮桥渡过阿姆河，然后直奔兴都库斯山而来，打算出其不意地从关隘挺进。这是一个相当冒险的行为，但是后来的事实证明，这样的冒险完全打乱了敌人的部署，从而为帖木儿王一系列的征服战争增加了又一个用兵高妙的范例。

因为关隘附近冰雪融化，地质软滑，马匹不能行走。不得已，帖木儿王命令部队白天停止前进，将兽毛铺在雪地之上，然后让马匹站在兽毛上等候。当夜晚雪层渐渐变硬时，帖木儿王率领军队越过山峰。在山峰的另一面，将士们各显身手，或在峭壁攀绳而下，或在坡度稍缓处以背抵坡，滑行而下，帖木儿王则乘坐用绳索拽拉的篮舆，被侍卫保护着下山。过了兴都库斯山，帖木儿王长驱直入，一路袭破沿途诸城，取道直奔喀布尔。

前后相差半个月，三路大军在比斯河畔如期会合。

我敢说，即使帖木儿王自己也有过九死一生的经历，但他依然没有见过比我们更加悲惨的队伍。当我们一路转战抵达比斯河畔时，只剩下不足一万人，军中甚至没有一匹战马，每个人徒步而行，为数不多的耕牛都用来拉车，车上装着我们千辛万苦保护下来的箭矢和几门抛石机。

帖木儿王、沙哈鲁在沙奈、艾库、沙乌可、多歌、努里丁这些老将的陪同下匆匆向皮儿、向我们走来。

沙哈鲁一眼看到了公主。他往前走了一步，又目瞪口呆地站住了。

虽然他的眼中没有别人，他仍然不敢相信眼前这个风尘仆仆、衣衫褴褛、头发凌乱的女人，就是他的公主，就是那个总喜欢穿着素雅洁净、做工精美的衣袍，在欧琳堡和宫廷之间悠闲来去的女人。

除此之外，更惨不忍睹的是她脚上的靴子，鞋帮就快脱落，只能用绳子才勉强将它们固定起来，而破裂的靴尖，几乎可以看得到她的脚趾。

真主啊，这一路上究竟发生了怎样的事情，为什么这个像仙子一样纤尘不染的女人会变成现在的这副模样？

沙哈鲁的心一阵又一阵抽紧，痛得他几乎喘不过气来。他一遍遍问自己，这真的是他的公主吗？早知如此，当初他为什么不坚持让儿子兀鲁伯待在自己身边？他只知道躲避，殊不知，他的躲避差点就让他追悔莫及。

不，他此时已然追悔莫及。

帖木儿王顾不上跟皮儿说话，他先来到欧乙拉公主面前。

"公主。"

公主向帖木儿王露出笑容，虽然带着几分显而易见的尴尬，却仍旧难掩轻松、愉悦的神情。

他没有看错吧？居然……居然是轻松，还有愉悦。

"王，这里的风景好美！"

帖木儿王第一次有了一种完全说不出话来的感觉。

皮儿的军队在攻打木儿坦时损失近半，路途中，又与权相马卢·伊克巴勒的军队打了一场硬仗，我们拼死杀出重围时几乎将所有的辎重都丢给了敌人，这些，帖木儿王通过战报有所了解。即便如此，他仍然没有料到右翼军的境况悲惨若斯。

"王。"皮儿上前一步，施礼见过祖父。他的声音依旧清朗豪迈，显然，他并不介意自己丢盔弃甲的狼狈样。

即使冷酷如帖木儿王，此时也不由地动了真情。

他感慨万千轻抚着皮儿的肩头，双目微微泛红："辛苦了。"

"不会啊，我觉得很好！"

"很好？"

皮儿扭头看了公主一眼，笑了："王，公主说，我们都还活着啊。"

兀鲁伯也上前拜见祖父。所有的人当中，只有这个四岁的孩子还穿着完好无损的衣衫和鞋子。这是因为我们在与马卢·伊克巴勒的军队厮杀前，欧乙拉公主将孩子的衣物打在了一个小小的包裹中，背在自己的身上。她根本就是一位会把最后一口食物都留给孩子的母亲。

帖木儿王俯身抱起兀鲁伯,亲了亲他的小脸,借此将肃然起敬的心情很好地掩在了慈爱的笑容之中。

沙哈鲁始终没有走过来,他就那样痴痴地站在原处,痴痴地注视着公主。在他微微闪烁的目光里,有心痛、有爱恋、有思索,更有骄傲。

三路大军稍作休整,继续向德里进军。

帖木儿王拨给皮儿五千将士和三万匹战马,这样一来,皮儿又重新组建起了自己的骑兵。

次年五月,皮儿率领的右翼军先行到达洛尼镇扎营。安营之后,皮儿命令士兵在营地周围挖沟埋下栅栏并缠绕上树枝草叶。在栅栏后面把野牛的四条腿加上绊索,然后把牛连结在一起,以防御敌军突袭。次日,皮儿的军队与权相伊克巴勒指挥的骑兵发生激战,伊克巴勒战败,被迫逃往巴朗。与此同时,帖木儿王率领的本军和沙哈鲁率领的左翼军也屡克强敌,陈兵德里城下。

亡国的危险无情地笼罩在了马合谋沙二世的头上。面对强敌,原本懦弱的德里王爆发出令人惊叹的勇气。他决定与帖木儿王决一死战。第二天,马合谋沙二世亲率骑兵一万,步兵四万,战象一百余头,向帖木儿王的阵地发动进攻。

终其一生,我都永远无法忘怀那样的场面:象群穿着华丽的军装,同时以厚革裹住全身,这样,无论对方射出的羽箭还是将士们手中的枪剑都对大象毫无用处。不仅如此,聪明的印度将士还在大象的长牙上装上涂有毒药的大刀,在象背上架设起小塔楼,塔楼里面坐着投火手和弓箭手,他们向敌人投射施火树脂和石油罐,或者射出火箭和铁镞。

这一仗,也让我明白了什么叫作天外有天。印度人使用的都是我们昔日见所未见的先进兵器,火箭和铁镞落地会发生爆炸,其响声如震耳欲聋的迅雷一般,施火树脂和石油罐也会爆炸,其威力足以震慑住最有胆量的将军。

帖木儿军的战马受到巨大响声的惊吓,四散而逃,步兵更加抵挡不住象队的冲击,许多人丧生在象队可怕的铁蹄之下。

马合谋沙二世首战告捷。

帖木儿王命令部队后退十里。

草草吃过晚饭,帖木儿王传令各军主要将领和王子们到他的军帐开会。他特意让艾库通知公主,要公主带着兀鲁伯和我也来参加会议,这倒是一件前所未有的事情。

沙哈鲁因为审讯俘虏，来得最晚。他坐回到自己的位子时看到公主和我，脸上不由地露出惊讶的表情。

帖木儿王居中高坐。多少年来，我见惯了他的冷酷，他的从容，他的镇定，却还从来没有看到过他如此忧虑满怀的样子。

会场的气氛沉重压抑，虽然帖木儿王让大家分析一下首战失利的原因，大家却都默不作声。

沉寂中，帖木儿王的目光与公主的目光遇到一起。

公主无言地望着帖木儿王，脸上出现了一种几乎可以用"虔诚"这个字眼来形容的表情。事实上，这虔诚来自于公主内心长久以来对帖木儿王所形成的了解、信任、欣赏和尊重。她从不怀疑帖木儿王是一个可以创造众多战争奇迹的人，就像她的先祖成吉思汗一样。

仅仅是片刻的对视，片刻的犹豫，沉重的包袱就从帖木儿王的心里转移到了公主的身上，忧虑与沮丧消失得如此突然，以至于他一时间无法相信。

他咂咂嘴，用一种戏谑的口吻开始打趣他的老将们："怎么啦？沙奈、艾库、多歌、努里丁，还有你，沙乌可，你们都被马合谋沙的大象吓成哑巴了吗？"

沙奈与艾库面面相觑，又环视众人，看到大家的脸色如出一辙，不由苦笑了。虽说是苦笑，心里终究放松了许多，不管怎么说，帖木儿王洪亮乐观、意气风发的声音重新回荡在他们耳边，这对他们已经是莫大的安慰了。

帖木儿王首先对战事的失利做了个总结："我得承认，首战失败的责任在我，是我低估了敌军的战斗力。但是，我还是觉得，印度军队虽英勇善战，可在方才两军对阵时起到决定作用的还是象队。在这种情况下，如何对付象群冲击就成了我军必须首先解决的问题。"

大家对帖木儿王的分析深以为然，军帐中响起了一片嗡嗡声，接着又归于寂静，人们开始认真思索对付象群的办法。

片刻，帖木儿王看到儿子沙哈鲁的眼睛里闪过一道光亮。

"沙哈鲁。"

"在。"

"你来说。"

沙哈鲁审慎地表明自己的想法："我刚才审讯俘虏，其中有一个是马合谋沙二世的驯象师，他说，大象虽然身躯巨大，勇猛无比，但也有它的弱点。它的弱点一个是眼睛，一个是鼻子，还有一个是象脚。大象的眼睛遇烟后会流泪，因此大象十分惧怕烟火，而且它的鼻子和脚也是它全身最柔弱的地方。因此我在考虑，以烟火惊吓大象，未尝不是一个可行的办法。"

"哦？具体点。"

"我们可以将骆驼的头部和腹部都绑束上削尖的树枝和燃火的树脂，然后将驼群驱向象队。如此一来，一旦象群受到惊吓，逃回本军，就可以达到以其人之道还治其人之身的目的。"

沙哈鲁的建议打开了人们的思路，皮儿和只汉沙同时想到了其他的办法。皮儿抢在只汉沙的前面陈明了自己的计策："我看四叔这个办法可行。除此之外，我还有一计，既然大象的鼻子是它全身最柔弱的部位，我们不妨命令士兵们向大象鼻子射箭或者用刀枪砍刺象鼻，同样可以起到使象队不战自乱的作用。"

只汉沙不甘示弱，皮儿话音一落，他便胸有成竹地补充道："除了象鼻以外，象脚同样是大象不及防护的部位，因此，当象群来攻时，我们可以制作铁耙放在它的足底，使它负痛难行，无法发挥攻击作用。"

顺便交代一下，只汉沙是沙乌可和诺敏敬公主的长子，帖木儿王的外甥。多年来，帖木儿王赋予只汉沙的权力比起他自己的儿孙们亦可谓有过之而无不及。对于如何做个好舅舅，帖木儿王倒是从来不含糊。

围绕三个年轻人的提议，众将经过讨论，皆以为可行。

帖木儿王虽然谋略超群，却并不刚愎自用，他当即下令："沙奈，艾库，这件事还是交给你们两人，你们带五千人，按沙哈鲁、皮儿、只汉沙所说做好准备，等马合谋沙再次发起进攻，我们就给他来个三计并行。"

几天后，马合谋沙二世再次主动出战，他将军队分作左右翼和本军，将象队排在军队的最前列，攻入帖木儿军的阵地。这一次，帖木儿王从容应对，他仍按惯例把部队排成二列，首先从侧面开战，以铁耙和刀砍枪刺将象队撵回本阵。随后，他命令士兵点燃骆驼背负的油脂和干柴，驱向印度军队。带火的骆驼惊恐万状，直冲象队，可怜的大象因惧怕烟火，咆哮着向自己的两翼狂奔而去。顿时，印度军队受到自家象群践踏，死伤无数。

帖木儿王看见这状况，不失时机地下令追击被象群冲乱的敌人。就这样几乎全歼了印度军队，大军直逼德里城下。帖木儿王下令攻城，不克。当晚，马合谋沙二世悄悄地从城后门逃走。

次日清晨，德里军民不战而降。

帖木儿王出奇制胜击败了马合谋沙二世，印度大部分土地并入帖木儿帝国疆域。帖木儿王命沙哈鲁护送粮食先行返回。不久，帖木儿王带着他从印度掠夺的巨大财富，渡过印度河，经阿富汗凯旋。

客观地说,帖木儿王征服印度是付出沉痛代价才取得的。如果此前印度不曾分裂,而且各邦君主能够齐心对敌,战胜帖木儿王也并非没有可能。

富饶的印度被帖木儿王踩在脚下,他把下一个目标确定为玛麦鲁克。玛麦鲁克国王巴儿忽(1382年—1399年在位)是一位办事果断、性格坚强的国君,他在势力最强盛时拒绝了帖木儿王与他缔结盟约的建议,并且粗暴地杀害了帖木儿王的使臣。不仅如此,他还收留被帖木儿王追杀的波斯君主,并扬言让他重新武装,把丢失的国土从帖木儿王的手中夺回。

当时,帖木儿王因战事颇紧,没有对其进行讨伐,直到巴儿忽的儿子法剌只(1399年—1412年在位)即位。新君从登极之日起,就像他的父亲一样不愿承认帖木儿王的宗主权。为了报复,当然更为了战略需要,帖木儿王决定对其开战。

玛麦鲁克的国土谈不上那么富庶,但其地理位置十分重要。如能占领玛麦鲁克就能牵制埃及、亚美尼亚等国家和地区,使其早日臣服。此外,玛麦鲁克有较长的地中海海岸线,这是一道天然的屏障。帖木儿王正是从这些方面综合考虑,才最后下定了彻底征服玛麦鲁克的决心。

玛麦鲁克王朝崛起于一百多年前,先吞并埃及一部分领土,后占有叙利亚。当王位传到巴儿忽手中之前,玛麦鲁克的国势已经开始衰弱了。巴儿忽即位后的大部分时间都用来平定部将叛乱。回历七九五年(约1393年),帖木儿王曾向巴儿忽建议结盟,许诺如两国结盟,他将出兵帮助巴儿忽平定内乱。但是作为一位老谋深算的国君,巴儿忽深知在东方奇迹般出现的强国会给玛麦鲁克王朝带来怎样的危险,帖木儿王在二十多年的时间里,先后征服花剌子模和波斯,攻占东察合台汗国和金帐汗国,疆域越来越大,野心也随之无限膨胀,如果此时同意与帖木儿王结盟无异于将豺狼引进家园。因此,他断然拒绝了帖木儿王的要求。

巴儿忽的儿子和继承人法剌只国王更是一个不畏惧任何威胁的人。与苟且偷生相比,他宁愿做好与帖木儿王一决雌雄的准备。

回历八○二年(约1400年),帖木儿王出兵玛麦鲁克。他首先进犯谷儿只,大肆劫掠,破坏了不少教堂和寺院。不久,他取道阿沃尼克,开始进攻小亚细亚。年底,帖木儿王将从印度带回的战象用于攻克塔失的战斗中,其后开始围困大马士革。

这时,年轻的国王法剌只从开罗亲临大马士革,激励守军士气。法剌只认真研究了帖木儿军的布阵,企图利用对方转移阵地之时进驻大马士革西南方向的忽塔,从而对帖木儿军形成犄角突袭之势。没想到这样一来他正好中了帖木儿王的调虎离山之计。帖木儿王转移阵地,就是为了给敌人造成错觉,当法剌只率军出城后不久,帖木儿王派一队人马猛攻大马士革,另一队人马追击法剌只。经过战斗,法剌只的军队和大马士革的守军均被击败。

帖木儿王在围城的同时,派出情报人员收买了法剌只身边的将军、大臣,并许之高官厚禄。法剌只原以为胜败乃兵家常事,准备整顿兵马与帖木儿王再决胜负。岂料由于背叛者的出卖,他只能放弃大马士革回到埃及。法剌只的逃走,使城中的守军和权贵们失去了坚守城池的信心,他们商议之后,决定向帖木儿王请降。一个代表团被派出城外向帖木儿王请求宽恕,这个代表团中就有突尼斯著名史学家伊本·喀勒敦。伊本·喀勒敦坦诚的态度和渊博的知识使帖木儿王惊奇,他据理力争地说服了帖木儿王,最终,帖木儿王答应饶恕大马士革的城民。

至此,帖木儿王完成了对玛麦鲁克的征服。短暂的休整之后他决定出兵报答,消灭他在波斯的最后一位敌人阿合马王。帖木儿王出生前,曾经强盛一时的旭烈兀伊利汗国已然发生分裂,汗国所分裂出的四个王朝之一就是亦勒汗朝,其国王据有报答和阿哲儿拜展之地。帖木儿王一直梦想着重新统一四大汗国,在东察合台汗国(窝阔台汗国在窝阔台汗去世后几十年间并入察合台汗国)、金帐汗国俯首称臣之后,他要征服原属伊利汗国的领地。

可是,帖木儿王在报答遇到了他的对手。

因报答守军顽强,帖木儿王一方伤亡惨重,有几个重要将领在攻城中阵亡,其中就包括善于弹琴又英勇善战的齐尔卡斯。帖木儿王被守军的抵抗激怒了,下令部队不许休息,昼夜不停对报答城发动进攻。二十余天后,报答城陷落。为了给在围城中死去的将领报仇,帖木儿王下令屠城。

攻灭报答,帖木儿王一刻不停地率军转攻阿哲儿拜展和谷儿只,两地城池再次遭到劫掠。此刻严冬来临,帖木儿王不得不勒住战马,然后,他登上塔楼,不肯安分的目光投到了更远的地方。

第八章

帝国的巅峰

壹

春天,帖木儿王回到了撒马尔罕。他让公主带着兀鲁伯到城外迎接他的军队,因为接下来的大型宴会要在城外举行。

在城外,我又看到了那个巨大的绞刑架。它总让我的心头产生些许寒栗。不过,我知道,包括我在内的许多人是不会用到它的。

"七年战争"伊始,帖木儿王命工匠在城外大营旁建起了现在这座绞刑架,他明确规定,在他引军出征期间,军民需各守本分,凡有作奸犯科的王公贵族,经过审判,罪不容赦者即送上绞刑架绞死。

众所周知,帖木儿王执法严峻,绞刑架足以起到威慑作用。可还是有人愿意以身试法,这个人就是撒马尔罕新任省长底纳。事实上,大绞刑架竖起后,底纳成为唯一一个试刑的贵族。

帖木儿王时代,刑罚主要有死刑、肉刑和罚金三种,官吏犯罪则有罢官、降职、削除勋爵等处罚手段。违犯教律者由大断事官惩治,违犯民律者则由法官视犯罪情节轻重予以定罪。

具体到死刑中,斩首被视为莫大的耻辱,缢死则被视为有尊严的死法,一般适用于官员、贵族和王族。

底纳任撒马尔罕省长之前,曾担任过撒马尔罕的大法官,深得帖木儿王信任。若非如此,帖木儿王出征前也不会放心地将撒马尔罕的军政大权交付于他。没想到底纳一旦大权独揽,便暴露了贪婪凶暴的本性,在任上作威作福,巧取豪夺,疯狂聚敛财富,许多商人和手工业者被他逼得走投无路,不得不举家迁往他处。也有一些正直人士联名举报,将状纸递到接任了底纳大法官一职的沙奈手中。

沙奈既为大法官，对底纳的所作所为早有耳闻，但是考虑到他们同朝为臣，底纳又是帖木儿王的心腹，他并没有将这些情况马上报告给帖木儿王，而是找了个机会，对底纳百般劝告。

沙奈在府上设宴款待底纳，席间，沙奈将百姓与商人们告状一事委婉地告诉了底纳。底纳当时大吃一惊，为了稳住沙奈，他诚恳地表示愿意悔改。沙奈本是心地仁厚之人，对于底纳的保证深信不疑，两人相谈甚洽，沙奈将底纳礼送出府。

数日后，底纳罗列罪名，反将沙奈投入监狱，准备处死。为救沙奈，阿亚不得不逃出撒马尔罕，向帖木儿王求救。

帖木儿王刚刚攻下阿哲儿拜展，正在喜悦之时，听说底纳无视法度，辜负了他的信任，而且底纳还有独占撒马尔罕的野心，震怒不已，当即引轻骑秘密返回撒马尔罕，将底纳拘捕。

帖木儿王放出沙奈，允许商人、百姓申诉冤情。结果，底纳的罪行被一桩桩一件件揭露出来，帖木儿王下令将底纳投入大牢，七日后处死。底纳托人带信给总管布隆达，请布隆达以四十万披赞他赎他一条性命，他答应布隆达，一旦他重获自由，立刻将所藏金条奖赏布隆达一箱。

当时，一披赞他约合土耳其银币一元多，四十万披赞他几乎相当于五十万元土耳其银币，底纳一下能拿出这么多钱来，让帖木儿王大吃一惊。

帖木儿王当即答应了布隆达的请求。第二天，当布隆达带着披赞他来到他的王宫时，他一边将白花花的银子收进银库，一边将布隆达收进监狱。

布隆达大叫冤枉。帖木儿王问他："你和你的主人敲诈勒索，逼得多少人背井离乡，这笔账岂是四十万披赞他抵得了的？就算抵得了，也只能抵底纳一人性命，你跟着你的主人做了许多坏事，难道不该也拿出一些银两赎自己的命吗？"

布隆达回道："主人答应我，只要您同意饶他一命，他回到家后会给我一箱金条作为报偿。"

帖木儿王更加感兴趣，笑眯眯地问："这么说，你家主人还藏着金条了？"

布隆达回道："这个我不清楚，应该有吧。"

"既然如此，就用金条来赎你的命吧。"

帖木儿王挥挥手，让人带走布隆达。他原本想让沙奈审问底纳，逼底纳交出全部财产，后来考虑到沙奈心慈手软，临时改主意将这个差使交给了王孙哈里勒。哈里勒虽然只有十六岁，却杀伐决断，颇有乃祖遗风。

哈里勒分别讯问底纳、布隆达，两人不说，即严刑拷打，底纳、布隆达熬不过,终于将自己知道的事情全部交代出来。哈里勒直到逼迫底纳交出最后一文钱,才将审讯情况上奏祖父。

至此,底纳的全部财产籍没充公。

帖木儿王按照原定的行刑时间将底纳解往设在城外的绞刑架前,只是这次多了个为他陪葬的总管布隆达。

帖木儿王亲自监刑。行刑之时,围观的百姓人山人海。布隆达悔之不及,早知如此,他才不会做这种人财两空的买卖。

底纳和布隆达被同时正法。只是底纳死于绞刑,布隆达死于倒悬之刑。帖木儿王以此区分了主仆二人的身份。

让底纳不出血地死,也算帖木儿王对底纳尚存的一点爱惜之意。察合台蒙古人虽然入据中亚已久,仍旧保留着许多旧有的习惯,比如认为人的灵魂存于血液之中,不出血而死,灵魂将得以永存。

底纳、布隆达死后,撒马尔罕的贪官、奸商深受震动,他们一个个收敛行迹,再也不敢胡作非为。帖木儿王放下心来,委派王孙哈里勒镇守撒马尔罕,他则回到军中,继续完成他的征服大业。

这就是帖木儿王!他在征战的时候对待他的敌人从不心慈手软,更不恪守道义,为了达到目的,他有时瞒天过海,有时借刀杀人,有时金蝉脱壳,有时数计并用,总之无所不用其极。

贰

处理完底纳的案子不久,帝国又发生了一件意想不到的事情。

当时,三王子米兰沙正在镇守苏丹尼叶、帖必力思、亚洲西部一带。当他来到帖必力思穿城而过时,马惊坠马,竟然摔昏过去。侍从急忙将他抬回妃主罕则黛的帐幕救治,米兰沙从昏迷中醒来,直嚷头疼,后来,行军大夫给他服了药剂,他才安静下来,昏昏睡去。

晚上,米兰沙呕吐了一次,罕则黛命人去请大夫,大夫又给米兰沙服了一回药,药里加入镇定安神的成分,米兰沙终于一觉睡到天亮。

早晨米兰沙醒来时,看到罕则黛正忙碌着熬茶,眼神不觉有些发直。他费力地思索着,头一天发生的事情却只留下了一个模糊的印象。

罕则黛看到米兰沙醒了,服侍他穿好衣服,请他喝茶。米兰沙一副病恹恹的样子,没有一点胃口,他对罕则黛说他要出去走走。罕则黛见米兰沙的身躯更加肥胖,心生厌恶,由他去了。

罕则黛初嫁大王子只罕杰尔时年方十四岁,少年夫妻,琴瑟和谐,感情极其融洽。及至只罕杰尔阵亡,罕则黛还不到十九岁,一个失去丈夫的年轻女人,内心的寂寞与痛苦可想而知,然而若非公婆疼惜她,百般相劝,她断不会嫁给小叔米兰沙。在她的心目中,米兰沙根本无法与她的只罕杰尔相比,如果说只罕杰尔是在山间流淌的泉水,米兰沙就只是水中一块不起眼的石头。对她而言,与其嫁给一个她不喜欢的男人,还不如让她为丈夫守节终身。

可她不能违背公公的意愿。在帖木儿帝国,任何人都不可能违背帖木儿王的意愿。再次出嫁的头一个晚上,她在灯下独自枯坐了整整一宿,她用这种方式,向自己的爱情与幸福告别。

第二天盛大的婚礼过后,她成为米兰沙帐幕中的女人。

平心而论,无论当初是否情愿,罕则黛与米兰沙婚后的生活还算平静。米兰沙是个性格懦弱心存厚道的男人,对曾经是他大嫂现在是他妻子的罕则黛一直保持着应有的尊重与体贴,夫妻二人相敬如宾。罕则黛对米兰沙虽然始终没有产生夫妻之情,可作为妻子,仍然尽心尽力地为他生养了儿子哈里勒。

哈里勒的个性与父亲米兰沙完全不同, 他的为人处事倒很像他那胸怀大志可惜不幸早逝的大伯只罕杰尔。从儿子身上重新看到了心爱男人的影子,罕则黛充满欣慰,她将哈里勒视为她的骄傲与寄托。

当哈里勒一天天长大,成为他祖父手下一名独当一面的年轻将领时,米兰沙又纳了一位能歌善舞的年轻夫人,这以后,他对长子阿卜白克、次子奥玛的生母以及罕则黛都冷落了不少, 他的冷落使罕则黛对他的感情一落千丈,若不是碍于夫妻名分,她甚至一刻都不想再见到这个人。

这真是无奈,无论是否拥有爱情,日子还得一天天地这样过着。

米兰沙说是出去走走,可是直到罕则黛吃过午饭他都还没有回来,晚饭也没有回来。第二天仍然没有看到他的影子。几天之后的一个黄昏,罕则黛正在帐幕中津津有味地品尝着一坛刚刚启封的西域葡萄酒, 她的贴身侍女闯了进来。

"妃主。"侍女忘记了应有的礼貌,声音颤抖地唤道。

罕则黛已有几分醉意,抬起一双蒙眬的眼睛,看了侍女一眼。

只一眼,她又端起酒杯。

"你……怎么了?"她含糊地问。

"妃主,不好了,您快来啊,出事了。"

"你没看见我正在吃晚饭嘛。出什么事了？"

"三王子,他……"

"他死了吗？"

"没有……"

"没有你慌什么！"

"妃主,比死还糟糕呢。"

"你说我比死还糟糕？"

"不是。嗨,我在说三王子啊。"

罕则黛有点惊讶,头脑随之清醒了一些。

"夫人。"

罕则黛将酒杯放下了，不舍地看了里面泛着玫瑰光泽的酒液一眼:"你说三王子？他回来了吗？"

"是啊,他回来了。"

"回来了？他人在哪儿？"

"他在……我听人说他在……"

"天哪,你为什么说话吞吞吐吐的？"

"我说不清楚,您还是跟我来吧,您跟我来看看就知道了。"

　　罕则黛直到在拉施特的墓园见到米兰沙时,才意识到事态的严重性。

　　作为伊利汗国第四代大汗合赞汗时代著名的政治家和历史学家，拉施特的名字在中亚地区可谓家喻户晓,正因为如此,他的墓地也一直受到历代蒙古君主的保护。这些君主中当然也包括对各国科学文化与艺术充满尊重之情的帖木儿王。另外,据我个人拥有的一点粗陋的知识所知,拉施特早年做过一段时间的宫廷御医,后因才智过人被合赞汗擢用为丞相。在正式进入汗国的权力中心之后,他完成了他一生中重要的历史著作《史集》。《史集》无论在占有资料翔实丰富方面，还是在表述细腻严谨方面，与那部脍炙人口的、比它早一些时间成书的《世界征服者史》相比都毫不逊色。而且,在世人的心目中,两部伟大的作品可谓不分伯仲,各有千秋,因而在许多时候,人们研究蒙古历史时,常常将两部书作为互相印证和补充的材料。

　　可是,如今这位长眠于此的人物正在蒙受前所未有的羞辱，倘若拉施特的灵魂此时还在墓园流连的话，他一定做梦也想不到这个羞辱竟然来自于帖木儿王的儿子米兰沙。

　　罕则黛来到墓园时,原本庄严肃穆的墓园已经一片狼藉。米兰沙不止下令摧毁了拉施特的墓碑,还让人挖出他的骸骨,准备移葬到犹太人的陵园。

罕则黛被他这一疯狂的举动惊得目瞪口呆,当她清楚过来时,她极力阻止米兰沙。

"米兰沙,你不要闹了。"她像往常一样对着米兰沙大喊。

米兰沙缓慢地回头望着她。当罕则黛看到他的脸的瞬间,只觉得全身的血液都变得冰凉。

这是米兰沙吗?

这个眼睛充血、胡须杂乱,像个疯子一样肮脏不堪的男人,真的就是米兰沙吗?

真主啊,到底发生了什么样的事情?为什么短短几天没见,这个男人就变成了现在的这个样子?

米兰沙像看陌生人一样看着罕则黛。他的眼神迷茫、空洞,当他开口说话时,他的声音充满迟疑。"你是谁?"他问。

罕则黛不知道该如何回答。

"嘻嘻,"米兰沙突然笑了,"你这女人,像我一样胖呢,真可爱。"

他慢慢地将一张浮肿的脸庞凑近罕则黛,罕则黛被他的举动吓了一跳,尖叫一声,身体向后缩去。

"你……"

"你是谁?我好像在哪里见过你。"

罕则黛强忍着涌上心头的恼怒和厌恶,伸手去拉米兰沙:"我跟你说,别再胡闹了,跟我回家吧。"

可是,米兰沙并不想让她控制自己。他以快得惊人的速度抽回了自己的手,然后,这只手落在了罕则黛的脸上。只听到"啪"的一声脆响,罕则黛的右脸上留下五道清晰的指印。

"你……"罕则黛没想到米兰沙会在众人面前动手打她,她一颗高傲的心顿时被这种突如其来的打击激怒了。在头脑发热的一刻,她完全忘记了米兰沙此举绝非一个正常人的举动,也顾不得什么尊严、身份与仪容了,满脑子里只剩一个想法,就是与米兰沙同归于尽。

抱着这样的想法,她像一头发怒的雌狮一样扑向米兰沙。米兰沙猝不及防,摔倒在地上。罕则黛步履不稳,也跟着摔倒在他的身上。就这样,他们扭打在一起,两个肥胖的身躯在地上翻来滚去,那副滑稽的样子让人看着既可笑又心酸。

几个侍卫上前,好不容易才将他们拉开。

"妃主,三王子,别打了。"

米兰沙被侍卫从地上拉了起来。他的脸上多了几道抓痕,可他非但不觉得疼痛,反而拍着手,嘻嘻笑道:"你这女人真有劲儿。"他对罕则黛说,"你这胖女人比我还厉害,不过,我真是好久没有这么痛快地打上一架了。再来,再来!"

罕则黛蓦然清醒过来。

不!不!站在她面前的不是米兰沙。不是!

侍女附在罕则黛的耳边轻声问道:"妃主,我帮您收拾一下吧?"

罕则黛摇摇头,发狠似的回答:"不用。"

她唤来一个侍卫,责问道:"这是怎么回事?"

侍卫嗫嚅着,好一会儿才算把话说清楚:"三王子,他,他疯了。"

"什么?疯了?"

"他真的疯了。他在苏丹尼叶和帖必力思,烧掉、拆毁了好多座有名的建筑,他说,如果他不能因为建立伟大的功勋而让世人记住他,那么,就让人们记住有两个城市是在谁的手上被毁灭的吧。"

"既然明知道他疯了,为什么不阻止他呢?"

"我们阻止不了啊。谁要不听他的,他就把这个人当场杀死,他已经杀了好几个人了。我们,我们也没办法。"

在罕则黛与侍卫交谈的时候,米兰沙已经忘记了打架的事情,扭过头吩咐侍卫把拉施特的骨骸拉走,埋到犹太人的陵园去。

罕则黛默默地看着拉施特的骸骨在自己的面前被装入一个简陋的袋子里,她不再试图阻止米兰沙。她知道,对于一个彻底失去理智的人,她根本无力阻止任何事情。但是有一个人可以。她要去找这个人,她要这个人亲自惩罚米兰沙的恶行,还自己一个公道。

罕则黛回到帐幕,简单收拾了一下随身的衣物,当晚便带着侍女和几个侍卫赶往帖木儿王的大营。

此时,帖木儿王刚刚处理完底纳的案子,听到儿子在苏丹尼叶和帖必力思这样胡作非为不由大为震怒,当即派沙奈和努里丁带人将米兰沙押回撒马尔罕。帖木儿王是个执法严明的人,他本想将儿子处以绞刑,可是王公贵族们苦苦求情,希望帖木儿高抬贵手,先给米兰沙治病。

米兰沙确实疯得厉害,他连自己的父王也不认识了,当帖木儿王来看望他时,他问他的父王:"你是亚里山大吗?还是魔鬼?"

帖木儿王不由叹了口气,下令找最好的大夫给儿子治病。同时,他将小王后图兰生前用过的帐幕和金银珠宝赐给罕则黛使用,算是对儿媳受到伤害的一种补偿。图兰是个红颜薄命的女子,尽管她深受帖木儿王的百般宠爱,却也只有福分伺候帖木儿王四年。她死后,帖木儿王一度十分伤心和消沉,那时,大王后和欧乙拉公主守在他的身边百般劝慰,终于使他重新振作起来。

看在米兰沙一切行为都是因为患疯病的原因,帖木儿王总算是原谅了他。但这件事情以后,帖木儿王对他的这个三儿子就不甚钟爱了。不仅如此,这件事也损害了米兰沙在王公贵族以及将臣们心目中的形象,几年之后,这种损害开始显现出来,成为其他人攻击他的绝好机会。

米兰沙疯病治好后,曾请求罕则黛跟他回去,罕则黛坚决地拒绝了他。她直言不讳地对米兰沙说,夫妻到了这个份儿上,已毫无感情可言。

米兰沙的损失不止于此。帖木儿王开始对他失去信任,褫夺了他的封地,将他的全部权力移交给他的长子阿卜白克。幸亏阿卜白克是个孝子,愿意让父亲留在身边伺候他,否则,米兰沙等于失去了一切。

安哥拉会战之前,我和欧乙拉公主因为一个偶然的机会经过帖必力思和苏丹尼叶,当时,这两座城市正在缓慢的建设当中。目力所及,到处都是残垣断壁,到处都是乱哄哄的工地和挥汗如雨的人流,而在我的记忆中曾经那么壮丽的清真寺和殿宇,曾经那么繁华的市场和商铺,如今不是被拆得七零八落,就是变得冷冷清清。人的破坏力真是无穷无尽,仅仅因为一个人的疯狂,两座著名的商都就这样轻易地被摧毁了,而且其摧毁的程度绝不亚于一场战争所带来的劫难。

这真是作孽啊!

我看到公主微微合上眼睛,我知道她不忍心再看。

我也想闭上眼睛,可是我没有。

这是一种强烈的印象。所有呈现在我们的面前的景象,就如同一个城市的巨大的尸斑,让人看得心惊肉跳。

可恶的米兰沙!没想到,帖必力思和苏丹尼叶,这两座除撒马尔罕外我最喜欢的城市,就这样成了他疯癫的牺牲品。

叁

帖木儿王的一生,是在忙碌的征战中度过的。从十三岁开始,他亲自指挥和参与的大小战役和战斗不下百次,他终极的目标,是征服整个世界。

213

这是一个狂妄的念头,可对帖木儿王来说又是一个自然的念头,因为他活着时,一直在为此努力。战争是帖木儿帝国不可或缺的组成部分,即便如此,我仍旧没有一味地给巴布尔讲述战争,我始终觉得,帝国创造的文明远比战争更令人心驰神往。否则,我也不会如此不厌其烦地向巴布尔描述我眼中所看到的那些各具特色、各有千秋的城池,富丽堂皇的建筑物,琳琅满目的艺术品,堆积成山的货物,丰饶的物产,发达的文化,还有一次次宴会,女人华美的装饰和衣着……事实上,与战争相比,这些东西才是一度强盛的帖木儿帝国闪闪发光的标签。

当时间逐渐变成我的奢侈品时,我希望巴布尔能够记得这一切。

但有一场战争,我很愿意讲给巴布尔听,因为那是垂垂老矣的帖木儿王一生中最后的巅峰之战。

我用一句话作为故事的开头。

幼发拉底河的源头据说在天堂。

与土耳其接壤的爱洛遵占城就依幼发拉底河建于平川之上。环绕平川的四周,山岭高耸,峰顶白雪皑皑,山脚处却见不到丝毫雪痕。倘若攀上山腰,放眼望去,平川上园林密集的村落、麦田、葡萄园仿如城池的点缀,而城池,就成了展开的绿叶上托起的一朵莲花。

爱洛遵占城的面积不是很大,城墙坚固,建有碉楼。城内人口密集,街道、广场、商号繁多,极其富庶。居民以希腊人及亚美尼亚人为主,他们的楼房多依城墙而建,有通道可至城墙。

该城另一个明显的标志是在某些建筑物上悬挂的高大的十字架。但城中居民并非全信基督教,也有一部分人信奉伊斯兰教,由于信仰不同,居民间时有纠纷发生,每当这时,城主塔哈坦总会偏袒基督教徒。他的理由是,基督教徒多是富商巨贾,爱洛遵占城的经济命脉掌握在他们手中。

爱洛遵占城初为帖木儿王占领,但还是半独立状态,帖木儿王只将位于城角的堡垒凯玛赫堡占据了,赐封给外甥只汉沙。帖木儿于众多儿孙子侄中,除长子只罕杰尔外,比较偏爱长孙莎勒坛和外甥只汉沙。帖木儿王已确立莎勒坛为自己的王位继承人。至于只汉沙,他自幼从军,年轻果敢,在舅父麾下屡立战功,帖木儿王让他享有很大的权力,赐封凯玛赫堡就是这种宠爱和信任的证明。

凯玛赫堡建筑坚固,地势居高临下,掌握此堡则全城及四周皆在掌握之中。而且它还是叙利亚与土耳其商队往来的必经之地,帖木儿王让只汉沙坐镇凯玛赫堡,也是以此监视土耳其和控制商队之意。

但这样一来,土耳其的利益势必受到损害。素有"雷电"之称的土耳其君主巴耶济德对此很恼怒,他一直将凯玛赫堡视若禁脔,没想到他还没有出兵占领凯玛赫堡,帖木儿王已经捷足先登了。

巴耶济德派出使者,向城主塔哈坦索要凯玛赫堡。

他的要求令塔哈坦很为难。对于塔哈坦而言,帖木儿和巴耶济德,哪一个他都惹不起。他思索了好一阵,万般无奈才客气地给使者回了话:"哪怕大王要我称臣纳贡,我都可以做到。唯独凯玛赫堡我不能献给大王。因为凯玛赫堡已经不再属于我,它现在为帖木儿王所有。"

使者将他的回复转告给巴耶济德,巴耶济德大怒,再次派使者威胁塔哈坦说:"凯玛赫堡算什么!倘若你执迷不悟,顷刻教你滚出爱洛遵占城。"

塔哈坦懒得做这种无谓的口舌之争,当即派人将他与巴耶济德交涉的经过以及巴耶济德的威胁原原本本地报告给帖木儿王。

帖木儿王闻言,既果断又理智地向巴耶济德的皇宫派出了一个能言善辩的使者,使者转述了帖木儿王的话:"爱洛遵占城已归帖木儿王所有,塔哈坦理应受到帖木儿王的保护。"

巴耶济德自视济济武功天下群雄无出其右,哪里肯将什么帖木儿王放在眼里,他怒气冲冲地对使者咆哮:"你说帖木儿吗?他是什么人?哦,我想起来了,他是一个拐子,不是吗?一个拐子也配跟我争夺凯玛赫堡,可笑!你滚回去吧,告诉你的主子,凯玛赫堡非我莫属!"

他的污辱被使者如实地带回了撒马尔罕。帖木儿王听了,只是微微一笑,三天后,他从撒马尔罕起兵,兵锋直指安哥拉。

帖木儿王战胜一个又一个的对手之后,才发现这些人与巴耶济德相比是多么无足轻重,在他面前,唯一强大而又对他构成威胁的正是这位土耳其帝国的君主。

土耳其位于亚洲西部小亚细亚半岛上。它东邻波斯,南接伊拉克和叙利亚,西至希腊、东罗马帝国,北邻黑海。四周高山耸立,中间为大高原。高原气候夏季炎热干燥,冬季严寒积雪。沿海地区则属地中海气候,冬季温和多雨。首都安卡拉东有三条河流,它们从南向北流,给安卡拉增加了天然的防御屏障。

巴耶济德(1389年—1403年在位)御极之后曾使土耳其帝国达到极盛时期。他尚未即位时就击溃过塞尔维亚军队,从而在科索沃战场上名声大振。即位次年,他吞并了突厥王国和土库曼王国,其后占领色雷斯和保加利亚全境,并一举征服了小亚细亚各地。回历七九八年(约1396年),在多瑙河边的尼科堡,巴耶济德率领土耳其军队大败欧洲封建主的联军,俘虏一万多名欧洲骑士,他本人亦因为这一赫赫战功而获得了"雷电"的称号。随着武功的日益强盛,他进兵袭扰臣属于帖木儿王的爱洛遵占城堡,于是,两国间的冲突不可避免地爆发了。

回历八○四年(约 1402 年)春,帖木儿王率领远征军,迈出了征服土耳其国王巴耶济德的第一步。

首先,帖木儿王决定收复被巴耶济德占领的爱洛遵占城。行军途中,他又一次向巴耶济德派出使者,希望和平解决爱洛遵占城的归属。

兀鲁伯奉命参加了这次远征。帖木儿王给了七岁的孙子一支一百人的军队,这样,兀鲁伯的身份就不再是三年前的随军家属,而是一名小小的将领了。这是兀鲁伯最得意的事情,穿上了他梦寐以求的铠甲后,他稚气却又不失严肃地对公主说:"公主,这次由我来保护你。"

离爱洛遵占城还有一些路程。一天,我们在山下驻营,帖木儿王派人来请公主,公主不知发生了什么事,带着兀鲁伯和我匆匆来到帖木儿王的宫帐。

宫帐中早已摆好了棋具,红木棋盘和精心雕刻的棋子都是我的得意之作。

帖木儿王看到公主就请她坐下了,看样子他已经等不及要与公主对弈一番。

下棋对帖木儿王来说并非玩玩而已,他将下棋看作指挥战斗,每一局都会全力拼杀,其认真的程度在帝国尽人皆知。他又棋艺高明,除了公主,只有为数不多的人可以与他杀个平局。

山中的风带着丝丝凉意,帖木儿王见公主穿得单薄,要努里丁取来一个包装精美的礼盒,礼盒里放着他准备送给公主的礼物:一领雪狐披肩,可遇而不可求的纯白色,一看就知道珍稀无比。他走下座位,亲自为公主戴上披肩。

公主也许有些吃惊,但她什么也没有表露出来。披肩的纯白衬着她玉兰花一样的容颜,倒显出几分娇羞和妩媚。

帖木儿王的眼神稍稍迷离了一下,只一下。他回到了自己的座位上。

公主与帖木儿王下棋同样每子必争,不过,偶尔遇到帖木儿王想要悔棋的时候,她也像母亲对待孩子一样对他的好胜之心抱着绝对宽容的态度。今天的帖木儿王好像一直不在状态,好几次他都落错了棋子,当公主想要吃掉他的骆驼或者他的战车时,他就急忙护住棋子,要求重放。他三番四次地悔棋让我实在看不过去,我不由说了一句:"王,这已经是第五次了。"

"祖父耍赖。"兀鲁伯也说。

帖木儿王置若罔闻,依然故我。

帖木儿王与公主连下了两盘棋,都靠耍赖下成了平局。第三局刚要开始,沙奈走了进来,他走到帖木儿王身边,对他耳语了几句,帖木儿王点点头,说:"好的,让他们进来吧。"

公主急忙起身告辞,帖木儿王却抓住了她的手:"不要走。"

公主的手指很凉,帖木儿王的眼神里再次闪过一丝迷离的光芒。公主只好重新坐下来,帖木儿王恋恋不舍地松开了自己的双手。

原来是巴耶济德派来的三名使者到了,他们带来了巴耶济德的回信。信中的措辞格外严厉,巴耶济德明确警告帖木儿王不要自寻死路。

帖木儿王不动声色地留下信件,让沙奈先将三名使者带出宫帐,分别看押起来。然后,他如此这般地嘱咐了努里丁几句,努里丁衔命而去。

第三局的棋局刚刚开始,努里丁带着三名使者中的一名回来了。使者惶恐不安地跪在帖木儿王面前,帖木儿王看了他一眼,心平气和地问道:"你是蒙古人吧?"

"是。"使者回道。

"你叫什么名字?"

"小的名叫拜住。"

"我听说伯利斯拉夫手下有一支蒙古雇佣军,你们的首领叫什么名字?"

"伊尔台。"

"你与伊尔台有没有关系?"

"他是我的堂兄。"

"伯利斯拉夫堪称土耳其第一猛将,你们为他服务,可是得到他的完全信任?"

拜住明显犹豫了一下:"这个……"

帖木儿王向努里丁使了个眼色,努里丁会意,出去一趟,抱着一个盒子回来了。努里丁在拜住面前打开盒子,拜住只看了一眼,脸上便露出惊讶万分的表情。

盒子里有一串红宝石项链,有一只镶满了钻石的白玉盏,有两颗价值连城的猫眼,还有一幅折叠起来的丝绸画。随着努里丁一点点将画展开,八匹神态各异、威武雄骏的宝马出现在精美的丝绸上。但这绝不是普通的八骏图,而是用了无数纯金的金片,再以金丝按着勾画的线条,一片片缝制而成的。

拜住目不转睛地看着这些宝物,只觉得垂涎欲滴。

帖木儿王微微一笑，"这些是我送给伊尔台首领的礼物，请贵使务必代为转呈。另有一盒上品的珍珠是送给你的，我已命努里丁放到了你的寝帐中。待你和其他两名使者返回时，我会再备厚礼相赠。如此一来，你和伊尔台首领的礼物夹在其间，就不会引起他们的怀疑了。"

拜住咽了口唾沫："只是，大王厚礼相赠，又是为何？"

帖木儿王并不直接回答他的问话，而是饶有兴致地跟他探讨起族属来："你和你的堂兄属哪一支蒙古人？"

"我们是旭烈兀汗的后人。"

"哦，是吗？我是察合台蒙古人。你可知道她是谁？"他指了指公主。

拜住的视线转到了公主的脸上。这鼓足勇气的一眼，让他不觉挺直了身体。不知道是不是因为他此前从未见过气质如此庄重高贵，形象又如此洁净出尘的女人，在他心醉神迷的注视中，绝没有丝毫亵渎的成分。

"是……是您夫……夫人吗？"好一会儿，他结结巴巴地问。

帖木儿王看了看公主，一抹苦笑转瞬即逝："她是忽必烈汗的后人，元朝最后一位大汗脱欢帖木儿是她的父亲。"

拜住顿时对公主产生了一种由衷的亲近和景仰之情。忽必烈汗与旭烈兀汗是一母同胞的亲兄弟，不管过去多少代，他们的血脉依旧相通。何况她是如此美丽，作为同族人，他无法不为她的仙子容貌感到自豪。

她是元帝的女儿，真正的汗裔，他站起身，从容地、虔诚地、以最纯粹的蒙古宫廷礼节重新拜见公主。

公主请他免礼。她从手腕上褪下她才戴上不过几天的玉镯，请努里丁交给拜住。

"在这里能见到旭烈兀汗的后人真好。这对玉镯是我的一点心意，请你把它们送给你的妻子。"

拜住再次叩谢公主的恩德。

这以后的谈话变得异常融洽，拜住将他所了解的关于土耳其军队的所有情况全都对帖木儿王和盘托出。

在他拜辞即将离去之时，帖木儿王问了他最后一个问题："你是怎么看待巴耶济德这个人的？"

拜住回答："他是一个具有钢铁般意志的君主，任何时候，他都会勇往直前，绝不退后。"

当宫帐中只剩下帖木儿王、公主、我和兀鲁伯时，帖木儿王拿起了一个棋子，对公主笑道："巴耶济德勇往直前，绝不退后，而我必要时是会退后的，就像……"他将棋子放在棋盘上，"我会悔棋一样。"

这一局,帖木儿王赢了,赢得干脆利落。

第二天,帖木儿王下令释放了巴耶济德的三名使者。他信守诺言,果然为他们各自准备了一份丰厚的礼物。三名使者在得到礼物的同时,第一个念头就是一定要瞒过他们的君主和主将伯利斯拉夫。因为他们的君主和主将一向疾恶如仇。

数日后,帖木儿王指挥大军包围了爱洛遵占城,只一日便攻下城池。而后,他继续挥军向土耳其境内纵深推进,沿途攻城破堡,势如破竹。不久,帖木儿军围攻土耳其军事重镇西瓦斯城,城中守军伤亡惨重,不得不派人向巴耶济德求援。正在围困君士坦丁堡的巴耶济德听说帖木儿王已攻入土耳其境内,忙派太子苏来曼统率二十万大军火速驰援西瓦斯城,他自己则统率大军准备返回安卡拉部署城防。

但是,帖木儿军所拥有的强大的攻城力量远远超乎巴耶济德的想象,在苏来曼的援军赶到之前,帖木儿军已经攻下西瓦斯城。这时,帖木儿王的侦察兵送回情报,巴耶济德正在返回安卡拉的途中。帖木儿王对这个情报进行了分析,当即决定改变原来的行军路线,转向南部的崇山峻岭开进。

巴耶济德得知帖木儿王攻陷西瓦斯城后非但不向安卡拉进军,反而率军向南逃遁,他并未认真思索这一安排的真正意图,而是单纯地认为这是帖木儿王慑于他的威名,不敢与他的主力交战。于是,受这样一种轻敌的心理支配,他改变了原定的作战计划,下令追击帖木儿王。

不久,帖木儿王在南山的丛林中与巴耶济德玩起了老鼠躲猫的游戏。

那些日子,我们几乎每天在山林中来回穿梭,一追一躲间,帖木儿王一直命令军队尽量避免与巴耶济德正面交战。我现在明白了为什么拜住会说巴耶济德是位勇往直前的统帅,他的"勇往直前"在最初的确让我们吃足了苦头。一天,当我们刚刚下马,休息了尚且不到半个时辰,便又接到了出发的命令。我一边手忙脚乱地收拾刚刚打开的包裹,一边怒气冲天地抱怨道:"这老头儿到底要干什么?"

那一年帖木儿王已是六十六岁高龄,虽然他的精力依旧充沛,头脑依旧清醒,可是在我的眼中他毕竟已经衰老了。

公主敏捷地跃上马背,她的骑术不亚于任何男人,这也是她最令我惊叹的地方之一。对于我的抱怨,她有意模仿着我的语气,乐呵呵地说道:"我想啊,这是老头儿又要悔棋了。"

我一下子望到了她幽黑的眼眸深处。

　　如同一道明亮的闪电撕开了重重迷雾，我第一次隐隐萌生了这样的念头：长生天让她降生在这个世界上，也许就是为了安慰帖木儿王那颗既孤独又寂寞的王者之心。

　　没有错，这就是那一刻长生天给我的启示，事实上，她是帖木儿王此生唯一的、真正的知己。

　　而图玛王后只是帖木儿王的妻子，艾库、沙奈这些人只是他的战友。

　　公主并没有觉察到我失落的心情，依然用欢快的语调安慰着我："巴耶济德一定快被气疯了。等他变得越来越摸不着头脑，老头儿的悔棋战术就奏效了。"

　　这些话后来不知怎么传到了帖木儿王的耳中。一天傍晚，在我们终于被允许宿营时，努里丁带着一盒精制的点心出现在我们简单搭建的蒙古包里。他很得体地说——当然，也有几分希望我们领情的意思——这些点心是帖木儿王一宿营就吩咐御厨特意为公主、兀鲁伯和我制作的，连王自己都还没有舍得尝上一口呢。

　　公主拿出她珍藏的茶叶，要我去煮一壶清茶，她热情地挽留努里丁与我们共享这顿"丰盛"的晚餐。当茶香开始飘满整个蒙古包时，帖木儿王高大的身影出现在我们面前。对此，他的解释是，他巡营恰好路过这里。

　　那一晚的茶点令我以前参加过的所有奢华宴会都为之黯然失色。因为帖木儿王不再表现得高高在上，而是心甘情愿地变身为一个平易近人的居家老祖父。看他有点费力地盘起双腿，我和兀鲁伯坐在他的身边，肆无忌惮地欺负他，趁他只顾与公主闲聊，悄悄从他的盘子里拿走所有的点心，甚至不肯给他续满茶水。

　　那个晚上，他一直那样贴心地假装无视我们的恶作剧，他的愉快绝没有丝毫做作的成分。因为，他终于又能与公主在一起了。前段日子，他指挥着令人厌烦的逃跑，差不多有两个月没顾上跟公主见面。

　　当他向公主告辞，却又久久望着公主无法离开时，我再次清楚地意识到，岁月无情，帖木儿王已垂垂老矣，如果有一天他必须依靠回忆来打发剩余的时光，那么，他最希望记起的，一定莫过于公主那双充满信任的眼眸。

　　他瘸着一条腿走到了他的坐骑前面，不知为什么，过去许多年我都对他的腿伤视而不见，此时此刻却突然觉得他其实很可怜。

　　是的，他就是这样一个可怜的腿有残疾的老头子！他得到了天下，却从来不曾得到他此生最想得到的东西。

　　如果他知道我的怜悯，不知道他是会羞愧，还是会恼怒？

　　挥别的一刻，他的最后一句话是对我说的："虽然老头儿喜欢悔棋，不过他要是遇上公主这样的对手，可就不知道该怎么办好喽。"

就是这句话，让我明白他听说了我和公主的对话。

不出帖木儿王所料，这种疑兵四伏、行踪不定的"悔棋战术"渐渐让土耳其军队心烦意乱，疲惫不堪。两个月后，帖木儿王见时机成熟，便在一个晚上悄然离开了蔽身的丛林，率军直扑安卡拉这个敌军的心腹要地。

帖木儿王出其不意的战术打乱了巴耶济德的部署。为了保住安卡拉，巴耶济德不得不撤离南山，在安卡拉城堡前迎住帖木儿王，以期与帖木儿王决一死战。这时的巴耶济德尚未意识到，从南山开始，他已经处于帖木儿王的掌握之中，他甚至忘了，他面对的敌人不是欧洲骑士，而是能征善战、足智多谋的"拐子帖木儿"。

两支劲旅相逢于安卡拉城堡下，一场大战迫在眉睫。

由于军队人数远远不及对方，帖木儿王召开了大战前的最后一次军事会议，对军队的进攻队形和战略战术重新做出部署。首先，他仍然将军队一分为三，由沙奈这些老将率领右翼军，由沙哈鲁、皮儿等王子们率领左翼军，他自己则坐镇中路，统领全局，运筹帷幄；其次，考虑到土耳其军队曾经驰骋欧罗巴山谷，骁勇善战，他将重骑兵排在最前列，而不像过去一样放在中间。轻骑兵布置在第二梯队，步兵则放在最后用于防卫。经过这样一番部署，就形成了纵深中的梯次配置，正好可以应对巴耶济德喜欢采用的猛打猛冲、一味用强的战术。

根据战前掌握的情报，帖木儿王甚至对三路大军进攻路线、作战目的、进退时机等细节都一项一项做了详细的、明确的安排，这一点也与他往常指挥作战的风格有所不同，比如在征伐金帐汗国、波斯、印度等地时，在确保总体战略方针不变以及服从一切为了胜利的大前提下，他一般都会放手让将领们各自发挥所长，而不会细致到每一个作战细节都由他亲自布置。

另外，从表面看，左、中、右翼的战斗序列如出一辙，配合以具体战术则显示出无穷变化，这一点很快在未来的大战中显现出来。

土耳其方面同样将军队部署成左、中、右翼三块阵地，它的左翼军主要由塞尔维亚人组成，战斗力相对中路军和右翼军较弱。帖木儿王的老将们得到的命令是速战速决。塞尔维亚人虽然英勇顽强，可是在遭到像决堤的大河一样凶猛的重骑兵的猛烈攻击下，仍然付出惨重的伤亡，不得不率先退出战场。右翼军一旦得手，便按规定迅速收兵向中路军靠拢。

中午时分，王子们率领的左翼军开始进攻土耳其的右翼军队，土耳其最著名的猛将伯利斯拉夫在这里坐镇指挥，他是一位威名仅次于巴耶济德本人的常胜将军。左翼军的重骑兵无法冲开伯利斯拉夫的阵地,被迫撤退,伯利斯拉夫命令伊尔台和拜住追击败军,就这样伊尔台率领的蒙古雇佣军被一步步引到了左翼军的第二阵地,陷入轻骑兵的包围之中。

帖木儿王神奇地出现在两军阵前。他以同族之情劝说伊尔台归降,他的劝说得到了拜住的从旁协助,终于,伊尔台被说服,下令部队停止抵抗。

蒙古雇佣军的临阵倒戈给了伯利斯拉夫致命一击。这支蒙古雇佣军曾追随伯利斯拉夫转战欧洲战场,无往不胜,如今好比一只持刀的手臂被砍,伯利斯拉夫不得不亲自披挂上阵,与帖木儿的左翼军作最后较量。

厮杀的战场,伯利斯拉夫与左翼军的两位王子相遇了,他们是沙哈鲁和沙乌可,两位王子配合默契,伯利斯拉夫在大腿上中了沙乌可一刀之后,肚腹又被沙哈鲁用长枪刺穿,虽然一名侍卫拼死将他抢救出来,他却终因失血过多不治身亡。

伯利斯拉夫的死讯传出,土耳其右翼军不堪再战,或逃或降。

在左右两路大军捷报频传之时,已回到中路军指挥战斗的帖木儿王却处于岌岌可危的处境之中。帖木儿王的对手是巴耶济德本人,而帖木儿王将最强悍的重骑兵、最矫捷的轻骑兵全都布置在了右翼和左翼,这是他最冒险的一次安排,他将自身置于背水一战的境地。当中路军的重骑兵与轻骑兵皆被巴耶济德击溃之后,他所能依靠的,就只剩下作为预备队的步兵了。

时间在巨大的伤亡中一点点逝去,无论败退下来的重骑兵、轻骑兵还是步兵都没有多少箭矢可用了。帖木儿王生平第一次做好了战败的准备,即便如此,人们在他的脸上依然看不到丝毫绝望的情绪,他甚至比任何时候都更加沉着、冷静、坚定、乐观。就算是垂死挣扎的悲壮也并非毫无意义,在这生死一线间,老将和王子们及时赶到了,差不多山穷水尽的中路军一下子绝处逢生。

至此,帖木儿王"逢强智取、遇弱活擒"的战术显示出了巨大的威力。只是谁也没有想到,这一次,他竟把全军覆没的危险留给了自己。不过话又说回来,在当时那种几乎毫无胜算的情况下,面对着扑面而来的死神能够屹立不倒的,除了帖木儿王,恐怕也不可能再有第二个人了。

自以为得到战神垂青的巴耶济德转眼处于三支劲旅的夹攻之下,他将所有的主力都布置在第一线,预备队不过是个摆设,时间一久,将士力不能支,战场指挥失灵。眼看大势已去,巴耶济德收拾残兵败将万余人企图突围,在突围的混战中,竟然马失前蹄,被艾库走马生擒。

只有太子苏来曼侥幸逃脱,帖木儿王不予追击,收兵清点战果。安卡拉一役,帖木儿王歼敌五十万,生擒巴耶济德,至此彻底征服土耳其。

安卡拉之战的胜利,从根本上奠定了帖木儿王在中亚和西亚的霸主地位,至此,帖木儿王建立的庞大帝国统一了支离破碎的三大汗国疆域,其辖境不仅包括河中地区、花刺子模、里海附近地区、阿富汗的境域,而且包括伊朗、印度、伊拉克、南高加索局部地区和西亚许多国家。

成功,让帖木儿王更加迫不及待地希望创造出超越成吉思汗的功绩。他将最后一个对手确定为中国的永乐皇帝。

肆

安卡拉会战期间,有两位西班牙使者正在城中。

这两位使者是统治着卡斯提亚及雷翁两地的西班牙国王亨利三世派来的,他们留在安卡拉城的目的,原为就近考察帖木儿王和巴耶济德的军队实力,以及对立双方社会、经济、民族组成及分布状况,借此预判谁将取得这场战争的胜利。没想到战争开始后,他们想离开也离开不成了。

俟安卡拉会战结束,他们寻机向奉命检视府库的沙奈陈明身份,沙奈热心地将他们引见给帖木儿王。帖木儿王早知道西班牙是西方一个国力富强的基督教国家,也有与亨利三世通好之意,于是,他在城中厚待两位使者,并托他们带给三世丰厚的礼品。此后不久,他又派专使出使西班牙,除所致书函、馈赠珠宝外,帖木儿王还将两位信奉基督教的美女赠送给亨利三世。这两位美女一个是匈牙利的玛丽亚,一个是希腊的安芝莉娜,她们都是皇族之后,我见过她们,她们的确白皙美丽。其中,我尤其欣赏安芝莉娜,我就是从她身上留下了希腊人风度优雅的印象。

想必亨利三世得到如此厚赠,内心一定十分喜悦吧,通译为他朗读书函时,耳朵里又满是帖木儿王对他的颂扬之语,两国的友好之门已经拉开,他慷慨地将两位美女赐给他亲信的贵族,同时决定再派使者出使帖木儿帝国,进一步敦促两国外交。这一次,他派出的使团由三人组成,他们之中,最著名的是一个叫作克拉维约的人,他日后写过一本著名的游记,记述了从回历八〇五年至八〇七年(约 1403 年—1405 年)间他在途中的一切见闻。关于玛丽亚和安芝莉娜的消息也是他告诉我们的,他说,在西班牙国内,她们已成为诗人们竞相吟哦的对象。

帖木儿王确实征服了土耳其, 与此同时, 他也遗憾地失去了爱孙莎勒坛。为了实现当年他尚未御极之时对云娜和忽辛许下的诺言,他让皮儿代替他的哥哥成为帝国新的储君。

回历八〇七年(约 1404 年),帖木儿王决定举行一个盛大的婚礼,为他的几个孙儿同时完婚。几位即将成婚的王孙之中,有一个就是兀鲁伯。

一天,我刚刚吃过早饭,阿亚出现在欧琳堡。她来得有些突然,不过,看得出公主很欢迎她的到来。趁着她和公主交谈的时候,我只向她打了个招呼就回到了我的工作间。当时,我正在设计一支难度不小的梅花簪,按照我设计的式样和尺寸,匠人用纯金精心为我打制了梅枝和十八个花形外壳。

现在,我需要琢磨的是如何将十八粒红宝石全都雕琢成梅花的样子,使它们正好能够嵌入到每一个花形外壳中。

我所使用的红宝石可是名副其实的巴剌思红宝石。

巴剌思红宝石堪比美艳的贵妇,量少而质优,仅在巴达克山的一段山岩中可以采到,所以极其珍贵。帖木儿王从忽辛手中取得巴达克山后,立即派出重兵看守红宝石矿脉,禁止任何私人入山采矿,如有违反,格杀勿论。至于官采的红宝石全部归帖木儿王支配,他常用红宝石赏赐功臣,或者作为礼品赠送他国,因为这个缘故,拥有巴剌思红宝石往往象征着荣耀。

按照我的要求,匠人制作花形外壳时都有意制成了大小、形状各不相同的样子,看起来就像真正的梅花一样,然而这样一来,我工作的难度就增加了,我需要对每一颗红宝石仔细研究,然后才能确定哪个花形外壳里用哪颗红宝石。只有确定了这件事,剩下的事情才能进行。

经过几年的时光,所有熟悉我的人都知道,在我工作的时候,我不欢迎被别人打扰,不管这个人是谁。

阿亚当然也不例外。

可我今天注定要被打扰了,我刚刚拿起一颗红宝石,对着阳光仔细观察它的时候,我听到公主在门外轻轻地唤了我一声。

我打开门,公主果然站在门外。

"有事吗,公主?"公主是我唯一能够容忍的人,即便如此,我对她说话的语气仍带有些许急躁。

"塞西娅,你今天得跟阿亚回家一趟。你的梅花簪我会帮你收好,等你回来后再做好了。"

"为什么?不能等我做好后再回家吗?"

"不能。你今天就得走,阿亚在等你。"

我突然想到沙奈:"是不是沙奈生病了?"

"不是,是有别的事情,很重要。塞西娅,你收拾一下,看有什么要带的,可以带给沙奈。"

我不情愿地站了一会儿。虽然我很想把梅花簪做完再跟阿亚回去，可公主让我立刻就走，我不能违背她的意愿。何况，可能家里真的发生了什么事，否则阿亚也不会急匆匆地跑来接我。

前些日子，我用缠丝玛瑙给沙奈做了一把很漂亮的牛角酒壶，我本来还想再给他做几只与之相配的酒杯，可我手里的材料刚好用完了，我只能等到下一次再为宫廷中制作玛瑙用品时设法留下一些上好的材料，然后将全套酒具完成。

我是阿亚的外孙女，她的许多品质都被我继承下来，比如，我像阿亚撒谎时不会脸红一样，当我将宫廷中的金银玉石、珍珠玛瑙克扣下来挪作他用时，我也绝不会为之心虚慌张。

帖木儿王是个将目光注视着世界的男人，他不会关心宫廷里面交给我的材料是否用量正好，何况还有一个说得过去的理由是，在制作的过程中本来就会出现损耗。其实，我心里并非不清楚，帖木儿王虽然是个不拘小节的人，但他绝对不是个傻瓜，对于我的小心机，他并非一点没有觉察。可是他太爱才，我天赋的才华成为他无限纵容我的理由。因此，虽然我大方地给公主、沙哈鲁、兀鲁伯、索度夫妇、阿依莱、阿亚、沙奈每个人都赠送过不少于一件的、即使在宫廷也很难见到的由我亲手制作的礼物，却没有一个人深究过我为何能够如此出手阔绰。

对于我的贪婪，帖木儿王可以不追究，其他人为什么也都选择装聋作哑？许多年后回想起来，我想到可能还有另外一个原因。这个原因就是，当我最初还是一个小女孩的时候，人们不会想到我有足够的胆量将宫廷里的珠宝据为己有；而当我一天天长大之后，人们已经习惯于将他们的注意力放在我对珠宝的鉴赏力和制作首饰器具的非凡才能上，至于其他的，他们一方面无暇顾及，另一方面，如果连帖木儿王都不闻不问，他们又何必庸人自扰？

偶尔我会想，不知道公主是否发现了我的秘密？我所做的一切即使可以瞒得住沙哈鲁、阿依莱这些粗心的男人们，可以瞒得住一年只能见上几面的阿亚和沙奈，却也恐怕瞒不住她。

对于我所做的一切，她一定心如明镜，可她什么都没有说过，更没有询问或者责怪过我。

公主真是奇怪的女人，她是那么美丽、娴静、高尚，然而对于我的一切恶作剧，她都抱着绝对宽容的态度。

我能体会到她有意无意的放纵，她钟爱我，也钟爱所有的孩子，她喜欢看着她的孩子们自由自在地生活。

我将玛瑙酒壶包好，还有一块中国的丝绸面料，我也一并打在包裹里。

我看见公主很珍惜地把我制作了一半的梅花簪连同红宝石全都放进我屋中的箱子里,我突然对她恋恋不舍起来,我问她:"你不跟我一起走吗?"

公主笑着摸了摸我的脸颊:"你和阿亚先回去。说不定有什么好事情呢,你要尽快告诉我。"

我觉得她说话的语气很神秘,笑容也很神秘,我的好奇心被她神秘的语气和微笑激发起来,我的心里产生了一种自己也说不清的感觉,这使我一反常态地想要早些跟阿亚回家了。

从撒马尔罕到碣石城,旅途是寂寞的,阿亚什么都不肯跟我说,我也懒得问她。我们只顾默默地赶路,当我们的马车终于停在家门前时,天色已经擦黑了。

沙奈从大厅跑出来,扶阿亚和我下了车,然后拉着我的胳膊,近乎小跑地把我带到我的房间里。

我的房间里油灯已经点起,我突然看到原本属于我的床上坐着两个人。一个是四十岁左右、皮肤和身材都保养得很好的丰韵犹存的妇人,一个是年方十四五岁、像中国瓷器一样精致的少女。

我奇怪地看着她们,她们在我的注视下默默地站了起来。

"乌扬依霞,这就是塞西娅。"

乌扬依霞这个名字像一道闪电划过我的脑海,我的心猛地跳动了几下,像石头抛入海子中,泛起一圈一圈的波纹,接着又平静如初。

乌扬依霞!

没错,我比任何人都更应该不会忘记这个名字。

当然,在我还是一个小孩子的时候,我并不经常想念这个女人。但事实上我从来没有忘记过她,她是我的生身母亲,她本应该与我血脉相通。问题在于,随着时光的流逝,她留在我心里的一道一触即破的伤口开始结上厚厚的血痂,后来,血痂也掉落了,只在那个位置留下一道难看的疤痕。

我内心的伤痛平复了,我甚至时常忘记我有过这样一位母亲——她几乎想要溺死我,后来又离我远去,杳无音信——我试图不让自己忘记她,为了记住她,我不得不说服自己憎恨她。然而,就连这样一件事我也开始力不从心了,我发现自己一点都不恨她,因为不恨,我也就越来越难以想起她,偶尔想起,又总带着些许好奇。我曾经怀疑她是不是早已经死去,果真如此,我倒如释重负。

可是……

可是,长生天一定想跟我开个玩笑吧,就在我决心将她埋在记忆深处时,她竟神奇地站到了我的面前。

我得说,长生天的这个玩笑我真有些消受不起。

沙奈不了解我的感受,还在忙着向乌扬依霞介绍我,他的絮絮叨叨在我听来是那样兴奋:"乌扬依霞啊,这就是塞西娅,你的女儿。你看到她眉间的金星了吧,你一定已经不认识她了……"

乌扬依霞上前,拉住了我的手,她的手心温热、潮湿,不像公主的手,公主的手总是很凉。

"塞西娅。"她叫了我一声,泪水潸然而下。

我强压住要挣脱她的冲动。我承认,这个女人是我的母亲,她风采迷人,我并不怨恨她,我已经把她忘了,我只是对她亲热的表示极端不适应。

有什么办法呢,我长大了,或许因为这样,我的心也变老变硬了,我对这份从天而降、突如其来的亲情还没有做好接受的准备。

"塞西娅。"乌扬依霞的泪水淹没了她的声音,我能感觉到,见到我,她是那么激动。

是啊,她没忘了她的身份——她是母亲。忘了身份的人是我,曾几何时,我是她的女儿?

"塞西娅,快叫妈妈。"沙奈焦急地催促着我,他这样对我说话使我感到他仍旧把我当成了小孩子。

我掩饰地将目光移向乖乖地站在乌扬依霞身后的那个女孩身上,女孩长得很像乌扬依霞,皮肤细白,眉眼清秀。

不知道她与年轻时的乌扬依霞谁更美丽?

"塞西娅,你一定还在恨着妈妈吧?"

乌扬依霞拉着我的手不放,我不得不收回心思,对她微笑了。我说:"我不恨你,妈妈。"

我叫出这一声妈妈十分自然,好像二十多年来我一直都在这样呼唤着她一样。再说,我为什么要恨她?如果不是因为她抛弃了我,我的命运轨迹可能会折向另一个方向,从某种程度上而言,她的无情对我并非全无益处。如果我站在她的角度考虑一切,我有必要替她辩解一句,她当初抛弃了我,恐怕正是秉承了长生天的旨意。长生天让她用这种方式成全我成为今天的塞西娅。

阿亚不是也说过吗?那个算卦的老人断言,乌扬依霞成年后将承受骨肉离散的痛苦,但她承担的一切痛苦都将成为她的孩子们的福荫。老人没有说错,她的痛苦是我的福荫,若非如此,恐怕我也不会遇到公主。

我的平静显然出乎阿亚的意料,我瞥眼看到她满脸惊讶的表情,不由心中微动。阿亚担心我不会原谅乌扬依霞,她紧张得一路上都不敢对我说些什么,现在,她的一颗心放回了肚子里,她坚定的眼睛里浮出一层薄薄的水雾。

"塞西娅,你真的不恨妈妈?你真的可以原谅妈妈?"乌扬依霞仍然不敢相信我轻而易举就原谅了她的事实,她把我的手抓得很紧,她对我看也看不够,如同怕我跑了一样。

我有点厌倦,为了让她安静下来,我岔开话题:"妈妈,这个孩子……"我示意站在她身后的女孩。

乌扬依霞上当了,她放开我的手,将女孩拉到我的面前:"塞西娅,她是你的妹妹,叫赛。赛,这是姐姐,是妈妈给你说过的眉间长着金星的姐姐。"

赛看着我,我也看着她。我摸了摸她可爱的脸颊,轻声说道:"赛,你长得真漂亮。"

赛羞红了一张脸。她娇羞的样子格外迷人,我有一点点感慨。该怎么说呢,长生天一下赐给我两位亲人,我和赛孕育在同一个女人的怀中,虑及这一层,我想不对她亲近也难。

"塞西娅姐姐。"赛低低地唤了我一声。

为了不再直接面对乌扬依霞的泪水,我拉着赛的手坐回到我的床上。"赛,让我看看你的耳朵,我要给你设计一副翡翠耳环。你的脸形偏于细瘦,或许戴一副宝塔形状的耳环才好。唔,我是说,像宝塔,还要有所变化才好。不过,究竟怎么做些变化,还得让我好好想想。"

"真的吗?你说的是真的吗?"赛兴奋地问我,她脸上羞涩的红晕稍稍消退了一些,明亮的眼睛里闪现着稚气的焦急。

"真的,很快。"

"人们都说,能戴上金星塞西娅设计的首饰,是女人最大的福气。"

"是啊,我愿意你戴上我的福气。"

"谢谢你,塞西娅姐姐。妈妈,你听到了吗?塞西娅姐姐说,她要为我设计一副耳环。"

乌扬依霞含泪点头,她当然听见了。

一直没机会说话的阿亚一反常态,老泪涟涟,她哽咽好一会儿,才说出一句:"塞西娅,你的耳环能在你妹妹大婚前设计出来吗?"

"大婚?"我讶然。

"你忘了吗?帖木儿王要在出征前为几个孙儿完婚……"

帖木儿王要在出征前给几个尚未成婚的孙儿一并完婚这件事我当然不会忘,我设计的梅花簪就是为大王后图玛参加婚礼使用的。只是,我从未想过这件事与我母亲突然回来有什么联系。

"那又怎么样?"

"你妹妹,就要做兀鲁伯的新娘了。"

这个消息真是让人震惊,而我,也的的确确地为之震惊了。在我眼里,兀鲁伯还是个孩子,虽然我知道这个孩子也在此次的成亲之列,可我万万没想到他要娶的竟是我的同母妹妹赛。

"塞西娅,妈妈这次回来,一来是为了送你妹妹完婚;二来呢,是想看看你,看看你外祖父、外祖母。"

我心不在焉地"哦"了一声,脑子里仍在飞快地思索着这段姻缘的起因。我百思不得其解,阿亚帮了我一把,她略嫌冗长的解释让我明白了事情的原委。

那一年,乌扬依霞离开家后,遇上了她现在的丈夫,他们在帖必力思成亲,后来为了生意上的事去了东察合台汗国。在东察合台汗国,乌扬依霞生了一个男孩,起名多斯特。五年后,她又生下一个如花似玉的女孩,就是美丽的赛。

小王后图兰的父亲黑的儿火者在回历八〇一年(约 1399 年)去世,他的一个儿子沙麻只罕继承了他的位置。这是一个性格坚强的年轻人,他试图摆脱帖木儿王对东察合台汗国的控制,因此在登临汗位的第五年率领军队夺回了被帖木儿王强行占领的军事重镇阿克苏。

帖木儿王当然不能容忍这种对立和背叛,他立刻出兵进攻东察合台汗国,同时将黑的儿火者的另一个儿子纳失罕扶上汗位,与沙麻只罕分庭抗礼。帖木儿王又一次侵入东察合台汗国时,乌扬依霞的丈夫到中国和蒙古做生意还没有回来,多斯特参加了沙麻只罕的军队,被沙麻只罕留在身边。他作为沙麻只罕的侍卫奋不顾身地抵抗帖木儿王的进攻,帖木儿王在战阵中看到他的英勇,下令将他生擒。

战斗结束,多斯特成为帖木儿王的俘虏。乌扬依霞听说了这个消息,急忙带上女儿站在帖木儿王回师的路上请求面见帖木儿王。一开始,她在军队中引起一些混乱,当帖木儿王得知有个自称乌扬依霞的女人请求见他,他不由将信将疑,让人将乌扬依霞带到他的面前。

乌扬依霞的模样没有太大的变化,帖木儿王一眼便认出了她。二十多年后,沙奈和阿亚的女儿竟突然出现在他的面前,他心里有着说不出的惊喜。乌扬依霞请求他放过多斯特,帖木儿王大度地同意了。多斯特被带到他的面前,在乌扬依霞的劝说下,他同意投降,做帖木儿王的侍卫。帖木儿王十分高兴,下令设宴款待他们母子三人。宴会中,帖木儿王看到赛长得如花似玉,便提出将她许配给孙子兀鲁伯……

第九章

魂之挽歌

壹

二十四年后，母亲终于回到了她的家乡。在她返回东察合台汗国的时候，她说，她和丈夫会尽快回来。

我看着母亲想，母亲或许直到时光过去了二十四年，而她的小女儿也即将嫁为人妇时，她才体会到阿亚的良苦用心。

当年，如果不是阿亚狠心将我从她身边夺走，一个刚刚失去丈夫又生下孩子的年轻女人，就不会离开家，从而开始新的生活。

事实上，若非阿亚用她的残酷，也就不可能换得母亲的自由。

每逢大军出征前，帖木儿王都会选择在平原之上建起营帐，同时征调大军屯住于此。帖木儿王喜欢自称成吉思汗第二，他征服的领土与成吉思汗虽还不能完全相比，但有一点他确与成吉思汗相似，那就是，他终生不离马背，每逢转战，或是临敌部署，或是亲身冲杀于敌阵之前。

营帐建起后，帖木儿王带着他的一位或者两位后妃住进其间最大的一座帐幕。大军陆续开至，各部落皆按照指定方位安营，每日都有各军将领在帖木儿王的帐幕中出出进进，汇报各部落的人数、位置以及装备情况。

二万余座帐幕依河而建，那情景可谓壮观至极。数十万人要吃要喝，商人们自然不会放弃这绝好的赚钱机会。就在帐幕之间，随处可见正在营业的随营饭馆及肉店，还有一些零担商贩见缝插针，在士卒之间转来转去，叫卖熟肉及烤肉。

行营中不光有肉类食品出售，面包师也生起面包炉烤制面包，还有一些商贩摆设水果摊或向士兵兜售喂马的大麦。帐幕之间还新修了浴室,浴室中的热水池每天都注入烧好的热水,供即将出征的将士洗浴。可以说,帖木儿王的行营就是一个市场,形形色色的行当应有尽有,而且,为方便众人寻觅,各行生意都在指定地点设立商肆,各人忙于各人的生意。

这是独一无二的场面,来自西班牙的使节克拉维约第一次看到这样壮观的情景时真是惊奇万分。

数年征战,一个庞大的帝国出现在一片广袤的大地上,几乎囊括了整个中亚和西亚之地。克拉维约不能不对这个魔术般出现的帝国怀有一颗探究之心。

帖木儿王在华丽的宫帐赐宴西班牙、埃及使节以及明朝使臣。所有的人一起举杯恭祝他健康,他目光炯炯,笑声豪迈,毫不客气地将明朝派来催贡的专使傅安从上座撵到了西班牙使节克拉维约下首的位置。本来,傅安并不是第一次出使帖木儿帝国的明朝官吏,由于他的博学多才,特别是他所代表的国家,帖木儿王一直给予他相当的礼遇,甚至上首的位置,也曾经是大明使臣的专座。

但是现在,帖木儿王竟然将属于明朝使臣的礼遇,毫无道理地转给了刚刚到来的西班牙使节。

傅安心中不悦,可是对于刚愎自用的帖木儿王,他也不好过分指责。他委婉地、但是态度严正地表明,他此来是奉明朝皇帝之命前来催贡,自明太祖朱元璋病故,帖木儿王不复履约向明朝进贡。

帖木儿王轻慢地一笑,让通译将他的话照直译给傅安:"我只给洪武皇帝进贡,现在的皇帝我不认识。"

傅安正欲据理力争,却遇到沙哈鲁忧虑的目光。他顿时明白了这不过是帖木儿王计划中的一部分。武功强盛、所向无敌的帖木儿王一定早有预谋,断绝岁贡只不过是他彻底与明王朝决裂的开始。

果真如此,帖木儿王的下一个军事目标,想必就是明朝吧?

不会错,一定不会错。傅安蓦然觉得心头一阵寒冷。

这就是人心。人心从来都是不会知足的,特别是对于帖木儿王这样野心勃勃的君王而言,他永远不可能真正地安于现状,永远都要觊觎着下一个目标。虽然他所建立的帝国西起幼发拉底河,东至锡尔河和印度德里,北抵高加索,南临波斯湾,算得上关山万里,但是他所拥有的并不能代替他对明王朝的渴望。

那一片富饶的土地,他一生都对那里梦寐以求。

宴会结束时,帖木儿王命人扣押了傅安一行。事实上,早在他断绝对明王朝的进贡之时,他就已经做好了征服明王朝的一切准备。

东征中国,这是一件耗资巨大的军事行动,有人提出反对意见,帖木儿王用他富有煽动性和鼓动力的演讲说服了这些人。他说,这一次用兵中国,是为征服异教徒,扩张伊斯兰教的势力。何况明朝在洪武皇帝去世之后,发生了叔侄间争夺皇位的战争,永乐皇帝虽然取代了建文帝,但他的地位并不完全稳固。因此,他认为这是真主赋予他的一个绝好的机会,他必须按照真主的指引发动圣战,也只有这样,他才能重新据有成吉思汗曾经据有的疆域。

帖木儿王认为他有足够的把握征服明朝,这是他以近七十岁的老迈之躯御驾亲征的动力所在,他甚至发下宏愿,三年后他会将首都迁到北京。

回历八〇七年五月十三日(1404 年 11 月 27 日),帖木儿王下令出征。正是严寒季节,大军涉冰水渡过锡尔河,来到昔日的花剌子模边城讹答剌驻扎。这时,一直处于逃亡状态但仍拥有一定实力的脱克汗遣使来见帖木儿王,请求出兵协助帖木儿王征服中国。对于脱克汗发出的修好信号,帖木儿王欣然接纳。作为回报,他承诺一旦战争结束,他将帮助脱克汗重新据有金帐汗国的汗位。

帖木儿王居住的宫帐无端起火,众人皆认为不祥,陈请回师,帖木儿王不为所动。在他的坚持下,大军继续前进,回历八〇七年八月十日(1405 年 2 月 10 日),帖木儿王旧疾复发,病倒在行军途中。

在帖木儿王生命的最后八天里,欧乙拉公主一直悉心照顾着他。这对帖木儿王而言不能不说是一种意外的安慰。在他健康地活着拥有睥睨群雄的权势时,他从来不曾得到过这个女人。可是,当他生命行将结束的时候,她却如同一个温柔的情人一样不辞辛苦地守候在他的身边。

虽然高热不退让帖木儿王十分痛苦,他的意识却始终保持着清醒。一天,他感叹地对欧乙拉公主说:"我本来想让你住进紫禁城,听说,那里的建筑像大都城一样壮丽。可惜,我无法实现我的愿望了。"

欧乙拉公主温柔地回答:"大都城已经被烧掉了,我再也回不去了。幸运的是,您给了我欧琳堡,那里才是我的家。"

帖木儿王惊奇地注视着欧乙拉公主。这个女人,永远让他琢磨不透,然而,无论他是否了解她,与她在一起,总会让他如沐春风。

"欧乙拉。"

"您说。"

"沙哈鲁什么时候能回来?"

"应该快了。已经将您的命令派快骑传给他了。"

"其实……"

"什么？"

"沙哈鲁才是一位真正的人君之选。"

"您说得对，我也这样认为。"

"可是，我还是要选择皮儿作为我的继承人。"

"我理解。"

"真的吗？你真的能理解吗？"

"是的，因为您身上具有的一些品质与我的先祖成吉思汗很相似。"

"哦？那是什么？"

"坚定的意志，宏伟的抱负，杰出的才干。还有，冷酷与仁慈、狡诈与守信兼而有之的性格。这些，您都与成吉思汗有着惊人的相似。"

帖木儿王的脸上倏忽闪过一丝伤感的、如释重负的笑意："谢谢你，欧乙拉。你知道吗？在我死去之前，能够得到你这样的评价，我死而无憾了。可惜，我始终没能建立起超越成吉思汗的功勋。"

"您尽力了。有些事情即使您没能做到，您也应该原谅自己。"

"是的，我尽力了，我当然会原谅自己。"

欧乙拉公主向帖木儿王微笑，她的手顺从地放在帖木儿王的手心里。

"欧乙拉。"

"您说，我在听。"

"在我活着时，能够遇到你，我怎么能不对真主充满感激！"

"在您活着时，我能够来到您的身边，这一切都是天意。"

"如果我告诉你，我一直钦慕着你，你会怎么想？"

"我，终生不会忘记这种荣幸。"

"是吗？"

"是的。"

帖木儿王的目光长久地停留在欧乙拉公主略显疲惫的脸上。他觉得不可思议，陪他度过生命中最后时光的，不是图兰，不是图玛，而是这个他得不到的女人。

"欧乙拉，你知道吗？"

"什么？"

"我昨天梦到图兰了，她还是那么美丽，婀娜多姿。"

"您很想念她，对吗？"

"是啊，她是我一生中最钟爱的女人。"

"我知道，她配得到您的钟爱。"

然而，真是这样吗？在我的印象里，图兰小王后却像一个被惯坏的孩子，她只知道毫无节制地占有和挥霍帖木儿王对她的宠爱。她的心胸也不是那么宽广，她一直都在嫉妒着她的姑姑图玛和与世无争的欧乙拉公主。在她活着时，有一个阶段帖木儿王对大王后的感情很疏远，也很少邀请公主参加宫廷举行的宴会……

即便如此，欧乙拉公主此时对于图兰的赞美却是发自内心的。

一种愉快的眩晕缓慢地袭来，帖木儿王说的最后一句话是："公主，我累了。"公主回答："您再睡一会儿吧。"然后，帖木儿王在欧乙拉公主的注视下合上眼睛，陷入他一生中的最后一次沉睡。

八月十八日，沙哈鲁从左翼军赶回本军大营，他走进父亲的大帐时，正看到欧乙拉公主细心地将帖木儿王的双手叠放在胸前。

帖木儿王的遗容平静安详。

贰

帖木儿终究没能成为成吉思汗第二。

临终前，他生平第一次久久握着欧乙拉公主的手，微微感叹："我即使闭上眼睛，也能看到我创建的帝国将因为我的死亡而四分五裂。"

他毕生梦想着恢复祖宗的基业，却终究只能带着这个梦想离开人世。他去世那天，天气出奇的冷，公主用一种令人赞叹的镇静为帖木儿王处理后事。沙哈鲁一直默默地站在她的身后，许久，她对沙哈鲁说了一句话，语气充满平静："你的父亲一定想去看看他崇拜了一生的人吧？"

沙哈鲁无法回答。

心绪犹如摇曳的烛光舞动飘浮，沙哈鲁突然发现他的意识冻结了，他需要，不，太需要公主替他做出某种决定。

或者助他一臂之力。

这个像水晶一样纯净却看不到内心的女人，这个令他和父亲在内的任何男人都可望而不可即的女人，此刻竟然成了他的力量与依靠。

"该怎么办？"他问，声音像个孩子一样无力。

公主回头看着他。

沙哈鲁的身上不由自主地发出一阵阵轻微的颤抖。他虽然是帖木儿的儿子，个性却不完全像他的父亲。他天性中柔弱、仁慈的一面，倒是很适合治理他父亲靠征服匆匆建立起来的庞大帝国。

"该怎么办？"他又问，一双眼睛祈求般地盯着公主的脸。

"回去。"公主从他的脸上收回目光，平淡地说。

"撤军吗？"

"不，是你回去。"

沙哈鲁有些糊涂了："你的意思……"

"皮儿很快就要到了。帖木儿王临终前，不是命人将你和皮儿都召回到他的身边吗？你从左翼军赶回来，但皮儿担任先锋军的指挥，路程比你远，就算他日夜兼程地赶路，也肯定比你回来得要晚，至少会晚两个时辰。就是这两个时辰，足够你顺利地回到你的军队之中，做好准备。帖木儿王已经下令，要皮儿接替他统帅军队，这就是说，皮儿最终被确定为他的王位继承人。因此，你必须立刻带着你的心腹和军队秘密转回哈烈，同时要封锁帖木儿王故去的消息，能封锁多久就封锁多久。这期间，于你个人而言，最重要的是做好应付各种突发情况的准备。因为你也知道，一旦消息为三王子米兰沙或者哈里勒、奥玛、只汉沙获知，他们都不会坐等观望。至于你，回到你自己的封地和军队中之后，你打算采取守势还是攻势，一切皆取决于你所面临的处境和你的决断力。成吉思汗曾经说过一句话，懂得什么时候设伏，什么时候放箭的猎手才是一个好猎手。这句话，你一定要牢记在心。"

停了停，她语调轻轻地又补充了一句："其实，你的父亲，一直就是这样的一位好猎手。"

沙哈鲁完全领会了她的计划和意图。在此之前，他因为她的美貌和温柔的母性而低估了她深沉的心机，现在他终于明白，为什么父亲，不，或许应该说，最主要是他，他们虽然对这个女人充满倾慕，却终其一生保持着对她应有的尊敬。

幸运的是，在帝国因父亲的亡故而开始面临重重危机的紧要关头，她选择站在了他的身边。

"谢谢你。"他真诚地说。

"快走吧。"

"你呢？你不跟我一起走吗？"

"不能。我必须等待皮儿，向他传达你父亲的遗命。我会告诉他，是你父亲临终前命你火速返回哈烈，坐镇呼罗珊，以免那里因为他的去世而发生动乱。这句话，只有我亲口告诉皮儿他才会相信。"

"可是万一……"

"不会有'万一'的，皮儿也是我的孩子呀。何况，他的祖父已经确定他为王位的继承者,这个遗命对他来说远比你为什么先行返回呼罗珊更重要。"

"你觉得皮儿会继续东进吗?"

"怎么会呢?虽然帖木儿王的遗命如此,但是,没有了帖木儿王的军队就等于没有了主心骨,将领恐怕谁也不会愿意冒险东进,向那个未知的国家挑衅的。如果我猜测得不错,皮儿回来后,他们会向皮儿力陈退兵之意的。皮儿是个明智的人,他一定会顺水推舟,返回撒马尔罕去坐稳他的王位。"

"撒马尔罕?撒马尔罕不是有哈里勒坐镇吗?"

"问题就在这里。所有的人都不会放弃对王位的觊觎,骨肉相残的结果或许就是你最后的机会。明白这一点很可悲,但是也没有别的办法。总之,你的动作一定要快,你必须现在就离开这里。"

"好,我听你的。剩下的事情,拜托你了。"

"放心吧,我会为你安排好一切的。"

沙哈鲁走了一步,不过,不是走向门外,而是走向公主。不管公主是否愿意,他强行将她的手握在自己的掌心里。

她的手冰凉。她的手总是冰凉的。

"我只需要一段时间安排一切。如果局势稳定了,我要把你接到哈烈去。兀鲁伯是你从小带大的,在他的心目中,你就是他的母亲,他的老师。他需要你,我也……需要你。相信我,为了你们,为了我自己,为了我父亲辛苦创建的帝国,再难,我也绝不会放弃。"

公主用充满鼓励和信任的目光注视着他,点了点头。她没有抽回自己的手,她知道,现在,她是他的力量。

"走吧。"她温柔地催促。

"保重!"

"你也是。"

沙哈鲁松开手,最后望了一眼父亲的遗容。他在心里对父亲说,您放心地走吧,您的身后有我呢。然后,他走了出去,再也没有回头。

公主目送着他,他的步履很坚定,他必须坚定,因为外面,已经随着父亲的故去而变成一个未知的世界了。

叁

帖木儿王的预言没有错。

他身后留下的庞大帝国没有稳固的基础，当他铁的手腕因为年老体衰变得软弱无力时，各地割据势力便在暗中谋求摆脱中央的控制，而他桀骜不驯的儿孙们也将贪婪的目光聚集在王位上。

帖木儿王的死讯刚刚传到帝国，波斯西部率先独立出去，被土库曼的黑羊王朝占领。此时，帝国内部的王位争夺已臻白热化，无论哈里勒还是皮儿等人都只能眼睁睁地看着黑羊王朝捷足先登、坐收渔利，此时对他们而言，波斯西部的丢失还在其次，更关键的是谁能够占据撒马尔罕的王位。

帖木儿王生前虽然确立了爱孙皮儿为军队的统帅和王位的继承人，他的遗嘱却不被米兰沙、阿卜白克、哈里勒、奥玛、只汉沙等人所承认。于是，争夺王位的战火在各处引燃。

王孙奥玛驻军库耳河南岸，拥兵近五万人，准备进攻撒马尔罕。帖木儿王去世后，王位的争夺趋于白热化，摆在奥玛面前的状况是，同父异母弟弟哈里勒捷足先登，四叔沙哈鲁静观其变，堂弟皮儿志在必得，此外，其父三王子米兰沙，胞兄阿卜白克，均被奥玛视为对手。但他首先要对付的还不是这些人，而是多年来一直奉王命辅佐他的表叔只汉沙。

只汉沙的个性同他的舅舅帖木儿王颇有几分相似之处，御下甚严，令出必行。帖木儿王任命奥玛为西波斯的总督时，只汉沙为其副手一同出镇西波斯，许多年来，只汉沙虽然在名义上是奥玛的副手，但实际上他拥有的权力奥玛根本无法干涉。帖木儿王生前十分欣赏只汉沙的果敢与英勇，他对只汉沙的一味偏袒，在一定程度上助长了只汉沙的骄横之气。

帖木儿王去世后，部将劝告只汉沙，不如趁机除去奥玛，接收奥玛的军队，然后以此作为争夺王位的资本。这个建议对只汉沙未尝不是正中下怀，不料奥玛安插在他身边的一位亲信悄悄将这个消息透露给了主人，奥玛闻讯表面上不动声色，暗中却做好了一切准备。

大网张开，只等只汉沙来投。

只汉沙尚且被蒙在鼓里。他听说奥玛在库耳河南岸驻留，以与奥玛商议要事为名，要求与奥玛一见。

奥玛当即应允。为示诚意，他还派亲信大臣容毕前往迎接。

容毕与只汉沙有很深的过节。当年，只汉沙喜爱一位女子，容毕与女子早有婚约，抢先将女子纳为妻室，只汉沙恼怒非常，登门索取，容毕不同意毁婚，两个人告到奥玛处，奥玛以"女子已为容毕之妻，为君者岂可夺人之妻"为由将女子判给容毕。容毕自然感激涕零，只汉沙却怀恨在心，只是碍于情理和奥玛的庇护，隐忍不发。此时，只汉沙叛心已定，见到容毕，新仇旧恨一起涌上心头，当即喝令左右将容毕拿下。容毕自知必死，一言不发，只汉沙挥剑将容毕斩首。

容毕蒙冤而死的消息迅速在奥玛的军营传播开来，众将士闻之无不义愤填膺。其实这一切正是奥玛的计谋。他太了解只汉沙的为人，他早料到，容毕与只汉沙有仇，如果只汉沙反叛属实，容毕自己送上门去，他的这位刚愎自用、心胸狭窄的表叔想必不会放过这个机会除掉仇人，而一旦只汉沙杀掉容毕，就可以印证只汉沙叛意已决，同时也可以令只汉沙在他的军队中先失去人心。牺牲一个容毕，对奥玛而言可谓一石双鸟，一箭双雕。

可怜的倒是容毕，他对奥玛一向忠心耿耿，也不知他在临死前是否清楚奥玛的险恶用心？

杀了容毕，只汉沙率领军队来到库耳河对岸，奥玛不得不请只汉沙和他的军队过河进入他的营地。

奥玛在营帐中等候只汉沙，两人对彼此都有防范，相约将侍卫都留在帐外，叔侄不受干扰，好好"谈谈"。

奥玛已在帐中备下酒宴，他请只汉沙入席，边吃边谈。只汉沙不肯喝酒，奥玛并不勉强，自斟自饮，只汉沙见酒中无毒，也就饮了几杯。开始两个人都没有话说，酒喝得多了，奥玛突然责问只汉沙："我好意派容毕前去迎你，你为什么杀了他？你这样做，分明是不将我这个表侄放在眼里。"

只汉沙毫不介意地回答："这个放诞无礼的家伙早就该死了，让他活到现在，已经是他莫大的造化。"

奥玛冷笑一声："你杀了他，就不怕别人笑话你为了一个女人枉杀大臣？"

只汉沙睨视着奥玛，反问："你觉得，我会怕吗？"

"你……"

"怎样？"

"你……你待如何？"

"你应该明白。"

"莫非，你要反叛不成？"

"什么叫反叛？我父亲是成吉思汗的嫡系后裔，我是帖木儿王的亲外甥，我为他出生入死，这江山我也有份儿。"

奥玛用力一拍桌子，顿时，桌上杯盘乱颤。只汉沙以为这是奥玛发出信号，准备对他动手，为防不测，当即从靴中抽出暗藏的短刀。奥玛吓了一跳，起身欲走，这时帐外传来呐喊、厮杀之声，只汉沙一不做、二不休，抢上一步，揽住奥玛的脖颈，刀锋用力向下一送，奥玛颈血喷出，倒地身亡。

只汉沙挥刀割下了奥玛的首级。直到这时，他才蓦然产生了一丝疑惑，奥玛是久经沙场的武将,智勇双全,他怎会对他毫无防备,而且如此不堪一击? 疑惑在只汉沙的脑海里一闪而过,帐外双方将士交手正酣,他顾不得多想,拿着奥玛的首级来到帐外,向正在交战的双方喊道:"住手!"

他的喊声被湮没在刀枪剑戟的碰撞声和震耳欲聋的喊杀声中,谁也没有听见。

只汉沙看到帐外停放着一辆战车,他登上战车,高高举起奥玛的首级,连声喝道:"住手! 住手! 都给我住手!"

先有几个将士看到了他,停下厮杀,后来,所有的人都停下来,看着他。

只汉沙仍举着奥玛的首级,对奥玛的将士发表了一个简短的演讲。他说:"奥玛被我杀了,你们这些人已是群龙无首。我劝你们不如听我一言,放下武器,投降于我。我保证,如果你们投在我的麾下,待我得到天下,所有在场的人,无官升官,有官晋级,我只汉沙绝不会亏待你们。"

人群中产生了一阵轻微的骚动,人们面面相觑。但没有一个奥玛的将士真如只汉沙所说放下武器。

只汉沙开始的想法有些简单,他以为奥玛既死,奥玛的将士们必定对他感到惊惧,再经他好言相劝,不难达到收编奥玛军队的目的。没想到他说了一气,奥玛的将士犹如泥塑木雕一样,毫无响应。

只汉沙愈发觉得事情哪里有些不对头,他下意识地看了看手中头颅。是奥玛的头颅没错,可……

一支箭从人群中飞出,正中只汉沙的手腕,他的手一松,奥玛的头颅掉了下去,滚落在车下。

只汉沙伸手拔出箭羽,用手捂住血流不止的手腕,对着人群怒吼:"是谁! 谁干的? 是谁暗箭伤人?"

"是我!"一个洪亮的声音在人群中响起,只汉沙循声望去,不由大吃一惊。

奥玛! 居然是奥玛!

奥玛不是死了吗? 怎么他……

奥玛翻身跃上马背,用鞭尖指着只汉沙:"只汉沙,你这个逆贼! 你连王孙也敢杀害,帖木儿王的在天之灵不会放过你的。诸位,你们都看到了吧,只汉沙是个披着人皮的恶狼,对他这样的逆贼,人人得而诛之。"

只汉沙无言以对。奥玛死而复生,使他一时心神大乱。

奥玛不失时机,命人拿下只汉沙。只汉沙岂肯束手就擒,单手执刀,跳下战车,向奥玛冲杀而来。双方兵对兵,将对将仍是一场混战,只是只汉沙杀害王孙一事的确在情理上输了几分,只汉沙的部众士气不振,很快被奥玛的人杀得大败。奥玛的贴身侍卫尤其踊跃,竟将身经百战的只汉沙斩于马下。

只汉沙既死,原属只汉沙的将士大部分归降,除去双方激战造成的损耗,奥玛的实力不降反升。

奥玛进驻位于帖必力思西一百里的维扬平原,派人将只汉沙的首级和一封书信带给他的父亲米兰沙和长兄阿卜白克。此时,米兰沙和长子阿卜白克正在报达,准备率领大军进赴撒马尔罕奔丧。作为帖木儿王留在人世的最年长的儿子,米兰沙似乎比任何人都更有资格继承王位,奥玛在信中也表露了这样的愿望。他说,祖父帖木儿已故,他将率部众归于父亲麾下,请其父参加维扬宗王大会,以便早日登鼎王位。他说得好听,米兰沙对于他这个野心勃勃的儿子却不敢轻信,正当他和长子一筹莫展之际,哈里勒也派人送来了书信。

帖木儿王南征,哈里勒奉命驻守撒马尔罕。帖木儿王病逝的消息传到国内,哈里勒当即派人将帖木儿王生前最宠信的三名王宫总管关进监狱,总管之一是只汉沙之子布突都,尚且年轻,另两名分别是努里丁和沙奈。哈里勒对布突都素怀忌惮之心,拘捕布突都当天,即以布突都趁乱盗窃王宫财宝为名,将其毒死。努里丁和沙奈都上了年纪,哈里勒对他们还算网开一面,只是逼着二人分别交出城堡中两个府库的钥匙,然后将他们收押了事。

努里丁和沙奈多年执事宫中,早年又随帖木儿王出生入死,威望极高,王公贵族和军中将领多与之交好。何况,对于哈里勒的所作所为,军队和宫中都不乏反对之人,这些人不希望与哈里勒共享天下,他们寻机救出沙奈和努里丁,逃出撒马尔罕,往哈烈投奔四王子沙哈鲁去了。

在拘拿三名总管的同时,哈里勒还亲自带人搜查了公主的宅院。其时,欧乙拉公主护送帖木儿王的遗体尚未返回撒马尔罕,哈里勒毫不犹豫地"请"走了兀鲁伯,他的计划是,一旦发生不测,他可以用兀鲁伯来与四叔沙哈鲁讨价还价。

该做的和能做的都做了,哈里勒毫不犹豫地将手伸向了祖父的宝库。宝库设在距城不远的城堡之中,城堡虽不甚高峻,然而四周深壕环绕,壕中流水终年不绝,因此未经允许,任何人万难闯入城堡中。哈里勒是王孙,没有人可以阻止他,他来到城堡,将宝库打开,取出珠宝和银钱犒劳三军,贿赂王公大臣。在他和母亲罕则黛的积极运作下,王公大臣们终于同意在撒马尔罕召开宗王大会,确定帝国新君。

哈里勒派人送给父亲的信,也是说自己将在撒马尔罕召开宗王大会,请父亲莅临参加,早登大宝。另外,哈里勒在信中附带说明了一下,母亲罕则黛原本反对由其夫米兰沙即位,因为她不想与米兰沙同居宫中,日后蒙受羞辱,但经哈里勒百般相劝,罕则黛已经回心转意。

两个亲生儿子,两个地方,都要召开宗王大会,而且,两个儿子都还口口声声说要拥戴他登临王位,这真让米兰沙犯了难。事实上,米兰沙对哪个儿子也不相信,问题是身为王子,他不能总躲在报达,他必须在两个儿子中选择一位,参加大会,哪怕是冒险,也不得不如此。

他与长子商议,阿卜白克素知同父异母弟弟哈里勒在罕则黛的挑拨下,对父亲成见很深。将哈里勒与奥玛相比,他更愿意相信同胞兄弟。何况,他与奥玛的生母索拉夫人正在父亲身边,倘遇什么事,母亲也可从中斡旋。

米兰沙原无主见,长子的决定就是他的决定。既然长子决定参加维扬大会,他便率部往维扬平原而来。途中,阿卜白克的手下侦知,奥玛在维扬平原屯集大军,势力胜于其父其兄。米兰沙心中慌恐,不敢前进,派人询问原委,奥玛回说:祖父新逝,恐边疆发生变乱,是以屯兵以备不测。同时,亦为助父登临王位,如有不从者,见军队在侧,必不敢轻举妄动。

对于奥玛的说辞,米兰沙似信非信。阿卜白克向父亲提议,不如由他先往奥玛营地探查动静,如果奥玛果然阴有异举,父亲也好早作准备。米兰沙担心阿卜白克白白送死,坚决不肯答应。

索拉夫人见父子俩都没了主意,决定由自己去会会儿子。她毕竟是奥玛的生母,别的或者不行,至少可以阻止儿子加害自己的父亲和兄长。事处紧急,一筹莫展的米兰沙想不到比这更安全的办法,只好同意由夫人一试。

阿卜白克的侍卫护送索拉夫人来到奥玛的营地,奥玛亲自将母亲接进大帐,对母亲极其恭敬。他态度的转变使索拉夫人产生了幻想,觉得自己还能更进一步,说服儿子拥戴其父即位。她对儿子说:"你父亲是帖木儿王留在人世的长子,他最有资格继承王位,你身为他的儿子,应该支持他。"

奥玛跪在母亲面前,回道:"这也正是儿子的心意。儿子是母亲您生的,难道您还怀疑儿子对父亲的忠心吗?"

索拉夫人大为感动。没想到在这乱世之秋,桀骜不驯的儿子突然变得懂事了。她当即按照儿子的吩咐,写了一封信给丈夫和长子,要他们放心前来奥玛的营地,共同商议即位大事。

阿卜白克仍不放心,他劝父亲暂且还是按兵不动,由他进营与奥玛协商如何迎立其父,然后观察奥玛诚意。除非他能证实奥玛是真心拥护父亲,米兰沙才可以与之一会,否则,父亲在外,万一遇到变故,尚可自如进退。

将一切安排妥当,阿卜白克轻车简从,来到奥玛的营地。奥玛见父亲没来,以为自己的计谋被父亲看破,心中有些失望和羞恼,面上却故作亲热,将阿卜白克让入大帐,兄弟二人把酒言谈。酒至半酣,阿卜白克提出,既然弟弟奥玛真心拥戴父亲,何不亲往父亲营地,将军队交与父亲指挥?奥玛冷笑一声,回道,他一片诚心待父亲,父亲却并不信任他,与其这样被父亲怀疑,倒不如就让他做个名副其实的不孝子。他咬牙切齿地说完这一番话,命侍卫将阿卜白克押下去,钉上镣铐,明天天明送到苏丹尼叶的城堡关押起来。

阿卜白克早就料到奥玛会翻脸无情,内心对此倒没有多少伤感。他唾了一口奥玛,抖抖镣铐,大笑而出。

阿卜白克带来的侍从十分机警,见主人被拘,当即逃回米兰沙的营地,向米兰沙报告了阿卜白克被拘的消息。

奥玛不敢耽搁,引军进攻米兰沙的营地,米兰沙为保实力,主动退却,在刺夷边境与姑夫沙乌可会合。许多察合台族的首领和宗王闻讯赶来刺夷,与米兰沙相会,商议大事。奥玛的险恶用心被揭露出来,身为儿子,竟然进攻生父,如此险恶毒辣的心机,不能不为诸王惊惧。

米兰沙势力壮大,奥玛无功而返。

阿卜白克入营一事,奥玛原本瞒着索拉夫人,直到阿卜白克被押往苏丹尼叶,索拉夫人才听说这件事。正好奥玛也回到了维扬平原,索拉夫人来到奥玛的营帐,责问儿子为什么出尔反尔,拘押亲兄、逼迫生父?奥玛心里原本正在烦恼,见母亲责问,无奈还得赔着笑脸回答:"母亲误会了,我既然约请父兄,岂能言而无信?母亲不必听他人挑唆。我与阿卜白克之间,只是因为商议父亲即位一事,言语不和,冲突起来,我一时赌气,将他临时拘押,彼此都冷静冷静,很快就会释放的。"敷衍了几句,借口要务缠身,派人将母亲送回自己的住处。

奥玛并没有释放阿卜白克的打算,倒是准备对阿卜白克下手。他命人给阿卜白克送去一坛毒酒,阿卜白克素知奥玛为人,假装要饮毒酒,却突然用酒坛袭击看守,侥幸逃出监狱,回到父亲身边。

这件事使米兰沙进一步认清了儿子奥玛的为人,而另一个儿子哈里勒他更不能相信,如此一来,他所能做的,就是与阿卜白克即刻率领军队转回报达。两个亲生儿子的绝情深深地刺激了米兰沙,他开始对王位之争产生厌倦,阿卜白克认为他们应该同四叔沙哈鲁修好,米兰沙采纳了儿子的建议。

此时,皮儿率领军队正向撒马尔罕逼近。皮儿志在夺回帝国首都,他拜祖父所赐,麾下的军队远远多于哈里勒的军队。哈里勒的身边虽然不乏支持他的军队和将领,可是,皮儿毕竟是帖木儿王在世时明确指定的王位继承人,而皮儿率领的军队中有一支是帖木儿王的亲军主力,这支军队身经百战,所向无敌。哈里勒知道撒马尔罕的守军对这支亲军所怀有的恐惧,因为这也是他本人所怀有的恐惧。思前想后,他不得不写了一封求援信,求援信的大意是希望二哥奥玛出兵援助他击败皮儿，他在信中承诺，一旦消灭皮儿，他将与二哥奥玛共享王位。

另外，他在信中还说，如果他不幸被皮儿打败，皮儿夺取了撒马尔罕继承了王位，下一个倒霉的，就会是奥玛。

他派亲信将这封密信火速送往维扬平原奥玛的行营。然后，他亲自释放了此前被扣押的明朝使臣傅安等人，以帖木儿帝国继承人的身份，奉表表明了他愿与明朝皇帝重新修好的诚意。

奥玛的回信送抵撒马尔罕的时候，我和公主刚好离开皮儿的军队，一路风尘地回到了欧琳堡。

回到欧琳堡后，我们才知道，兀鲁伯在哈里勒获知帖木儿王去世消息的第一时间内就遭到了他这位堂兄的拘禁。

公主最担心的事情终究还是发生了。索度忧虑地告诉我们，不管他如何提醒，兀鲁伯对于哈里勒的异动自始至终没有防范之心。这就是兀鲁伯啊。欧乙拉公主将兀鲁伯教育成了一个心怀仁慈的天文学家、数学家、神学家和诗人，却没能把他教育成一个政治家和军事家。他拥有许多他的祖父和父亲都不具备的才能，也有许多不及他们之处。即使后来他顺利地继承了父亲的王位，仍难免为自己野心勃勃的儿子所蔑视，以至于某一天，他在惊愕和悲伤中死去。

这是后话，更是我心里永远的痛。

当时的情形是，对于没有带着兀鲁伯一同出征，公主的内心充满自责，她对我说，她无论如何也要请求哈里勒释放兀鲁伯，只要哈里勒同意释放兀鲁伯，她愿意为之付出任何代价。

肆

哈里勒正与众将商议与奥玛联合攻打皮儿一事，侍卫在门外通报，欧乙拉公主求见新王。

哈里勒不由微微皱起眉头。三天之内，公主已经是第三次求见他了，前两次，他都以各种借口对她避而不见，没想到她竟是如此倔强，他一时间都不知道该拿她怎么办才好了。

从小到大，哈里勒对公主从不像别的孩子那么亲近。在他稍稍长大后，他更加不会接受公主对他的邀请,甚至也从不接受公主送给他的礼物。在帖木儿帝国,可以说每个人都知道公主喜欢与孩子们待在一起,她像一个上天垂赐的天使一样,母性的光辉是她身上最突出的特征。不只是她带大的沙哈鲁、塞西娅、阿依莱、兀鲁伯,就是其他的小孩子她也愿意让他们在她身边奔跑嬉戏,孩子们喜欢她,孩子们的父母同样喜欢她,欧乙拉公主与世无争的恬淡个性让她远离权力与嫉妒的中心,成为撒马尔罕城中最特殊的人物。

帖木儿的家族中,每个孩子都被要求尊重欧乙拉公主,而事实上这些孩子即便不被要求,也能够做到这一点。他们当中,只有哈里勒是个例外。小的时候除外,当哈里勒长成一名翩翩少年后,他从不到公主的府邸玩耍,非但如此,他甚至倔强地从不主动与公主交谈。

在他的心目中,公主是属于沙哈鲁、塞西娅和阿依莱的,塞西娅和阿依莱这两个人他或许还能够勉强忽略,属于沙哈鲁的女人他却绝不会接受。这一点根深蒂固,哪怕在他的祖父——伟大的帖木儿王面前,哈里勒也从来不掩饰他对公主的疏远。因而在王廷中,所有的人都知道哈里勒不喜欢公主,但没有一个人试图了解过哈里勒不喜欢公主的真正原因。

真正的原因只有哈里勒知道,那就是,哈里勒多么希望在公主身边长大的那个孩子是他而不是四叔沙哈鲁……

哈里勒犹豫着是否要见公主,将领布库特提醒新王,公主是个拥有尊荣、受人尊敬的女人,不管怎么说,他必须遵从帖木儿王的遗训,凡事不能太过分,遗人话柄。布库特是察合台蒙古人,也是哈里勒的主要拥戴者之一,他的话让哈里勒如梦初醒,他要大家继续商议,自己带着侍卫去见公主,他知道公主求见他的目的,他已经想好该如何应答。

公主就在行宫的门外,哈里勒看到她时,她正背对着宫门伫立在萧瑟的风中,瘦弱的身躯似乎在风中微微颤抖。

她的身上穿着一件浅驼色的衣袍,一头深褐色的长发在细长的脖颈后打了一个松散的发髻。虽然只是一个背影,但在哈里勒的眼中,她却依然那样素雅美丽,依然那样高不可攀。

哈里勒尴尬地轻咳了一下,公主闻声回过头,望着哈里勒一笑。

她的笑容一如既往,就像哈里勒还是一个孩子时那样,充满了抚爱与疼惜。不知怎么搞的,哈里勒蓦然觉得一颗心抖动起来,他感到难受万分,急忙停住了有些虚飘的脚步。

"哈里勒,你终于肯见我了。"公主走到哈里勒面前,语调轻轻地说道。这句话里并没有丝毫埋怨的意味,相反,倒是充满了由衷的感激。

哈里勒发现他所有准备好的言辞此时都派不上用场了,他就那样望着公主,脸上的表情像心境一样变幻莫测。

"公主,我……"好半晌,他嗫嚅着说出这一句,他或许想辩解他之所以不见公主的原因,可是他的思绪纷乱,无从表达。

公主注视着哈里勒。她来不是要听哈里勒解释他为什么不肯见他,而是有一个心愿未了,她想得到哈里勒的应允。

"哈里勒,你不用说了,我了解你心里的为难,我不怨你。我来,是有件事情想求你答应。"

哈里勒心里一冷,脸色顿时变了:"是吗?"

"是啊。"

"什么事?您说,我听着呢。噢,对了,公主,这样吧,我们站在这里说话不方便,请您随我进宫一叙。前些日子出使明朝的使臣回来了,带回了几种新茶,我对品茶不很在行,想请您帮我鉴定一下这些茶叶的质量是不是都是上品。听说,您对茶叶一向很有鉴别力。"

"不用了,哈里勒,我心里急,就在这里说吧。"

"有这么急吗?连跟我一起喝杯茶的时间都没有?或者,就是公主根本不屑于跟我一起说说话吧。"

"哈里勒,瞧你都说些什么?我怎么会有你那样的想法?其实,在我的心里面,你、沙哈鲁、兀鲁伯,还有皮儿、奥玛,你们都像是我自己的孩子一样。"

哈里勒默默地望着欧乙拉公主。从公主慈柔的目光里,他看得到她那颗温暖博爱的心。他知道,她说的每一句话都是实话,这个女人没有撒谎的习惯。可是,正因为她说的是实话,他的心里反而更加难受。多少年他一直都在躲避着她,现在,他竟然第一次为之感到后悔了。

"哈里勒,如果你希望,我很愿意跟你一同品评茶叶,跟你一起说说话。只要你愿意,这样的机会很多。不过,我现在心里真的很急,我想请你答应我一件事。请你一定要答应。"

"好吧。您说,什么事?"

公主走近一步,直视着哈里勒的眼睛,脸上露出热切的神情:"请你把我关到监狱里去吧。"

哈里勒大吃一惊:"您说什么?"

"哈里勒,把我跟兀鲁伯关在一起好吗?我想在监狱里照顾这个孩子。"

"您疯了吗?"

"没有,哈里勒,我没疯。我是真心乞求你,让我到监狱里照顾兀鲁伯吧,这对你来说不是一件难事。哈里勒,你恐怕不会了解我的感受,兀鲁伯是我从襁褓中带大的孩子,可能因为如此,我才格外钟爱他,甚于钟爱他的父亲沙哈鲁。我习惯了他在我身边的日子,他如同在我心里流淌的血液。现在他不在我的身边,我心里的血也在一天天变得干涸,我想,如果再这样下去,我一定……一定活不下去。所以我才冒昧地来到这里请求你,请你理解一个女人、一个母亲的心情。说真的,我不完全明白现在正在发生的一切,所有的混乱都让我仿佛回到了从前。那时,我还是一个小女孩,我经历了最可怕的变故,因此才会流落在遥远的西察合台汗国。但无论事态演变成什么样,我都不想去想,对我而言,保护好我的孩子们才是我应该去想的事情。哈里勒,兀鲁伯真的还是一个孩子,请你让他得到我的照顾吧。"

哈里勒的表情有所松动,缠绕他多年的无名的烦恼正一点点变成真正的苦涩,充塞在他的胸口。

他想,兀鲁伯多么幸运啊,有这样一个女人关心他,钟爱他,以他为生命……但仅仅是瞬间,他恢复了一贯的冷静,脸色严肃如初。

的确如此,公主的要求,他哪一样都不可能答应。

他不能把身份特殊、受人崇敬的公主关入监狱,那样不但会造成不必要的误会,而且会在朝野引起更激烈的反对声浪。

至于释放兀鲁伯,同样万万不能。

兀鲁伯是他与四叔沙哈鲁讨价还价的筹码,只要兀鲁伯还在他的手上,四叔就会有所顾忌,就会投鼠忌器。

公主还在等待哈里勒的回答。她美丽的眼睛里充满了期待,她的面容像天使一样圣洁,如果可以,哈里勒真的想答应她,哪怕只为换得她开颜一笑……

"对不起,公主,这我办不到。"

"哈里勒。"

"公主,您请回去吧,兀鲁伯我会派人好好照顾的,您尽管放心。不管怎么说,兀鲁伯是我的堂弟,我们身上都流着帖木儿王的血,我不会伤害他的。何况,现在撒马尔罕的局势这么混乱,我把他留在我的身边,也是为了保护他。"

"真是这样吗?"

"公主以为呢?"

"哈里勒,我不是不相信你,只是,我真的很挂念这孩子。你能让我见见他吗?即使我不能留在他的身边,让我看看他也好啊。"

"您一定要见他?"

"是,可以吗?"

"噢,当然,当然可以。这样吧,等明天您再来,我这会儿有些紧要的事要处理,明天我一定会安排您与兀鲁伯见面的。"

欧乙拉公主顺从地点了点头。虽然没能见到兀鲁伯让她有些失望,但是得到哈里勒的应允,她的心里终究踏实了一些。

她太了解哈里勒的个性与为人了,这个年轻人,不论是她还是别人,都绝对不能够违背他的意志来勉强他,那样做只会适得其反。为今之计,与其招致他的抵触情绪,还不如顺从他的心意,明天再见兀鲁伯也不迟。

"既然如此,我明天再来好了。我想给兀鲁伯做一些他平常喜欢吃的点心,我想,塞西娅会把一切都准备好的。对了,还有赛,我把她也带来吧,让她跟兀鲁伯也见上一面。"

"随您的心意好了。"

"谢谢你,哈里勒。"

"您太客气了。"

"你去忙你的事情吧,明天还是这个时间我会过来。"

"好。"

公主向哈里勒一笑,转身走了。望着她柔弱的背影,哈里勒的内心突然产生了一种奇特的冲动,他在她的背后唤道:"公主。"

公主停住脚步,回头望着哈里勒,她询问的目光清净温柔,充满了抚爱之意。哈里勒呆呆望着她,一时竟不知道该说些什么好了。

"哈里勒,你还有别的事情要对我说吗?"

"唔……不是……是这样,您不可以跟我喝一杯茶再走吗?从小到大,您还从来没有跟我坐在一起喝杯茶呢。"

"是啊,真是这样,你从小就是个很独立的孩子,与众不同。"

"所以,今天我想弥补我的遗憾。我想请您品茶,还想请您给我讲讲品茶之道。您愿意吗?"

"当然,我很愿意。"

"好,您随我来吧。"

"不会耽搁你的正事吗?"

"不会,我也该放松一下了。"

哈里勒做了一个"请"的手势,公主顺从地走在他的身边。看到哈里勒拘谨的样子,她随意起了个话头,兴致勃勃地给哈里勒讲起他孩提时代的倔强和聪慧。她天生具有观察和描绘细微琐事的能力,哈里勒在她的讲述里,是一个既顽皮又可爱的孩子:只有他,会在某一个晚上画上一张可怕的花脸,躲在树后吓唬他的弟弟妹妹们……只有他,受到帖木儿王的严厉惩戒,却咬着牙一声不吭,帖木儿王对他毫无办法,事后不得不承认,这个孩子长大了肯定会有大出息……

她一点不记得哈里勒对她的不敬,却牢牢记得哈里勒画的第一幅画,射的第一支箭,以及为她采来的第一束紫色野花。

回首往事是那样愉快,她仿佛又回到帖木儿王在世时安逸快乐的时光,一双眼睛熠熠生辉。哈里勒没想到她还记得这么多关于他的事情,感动之余,他竟也被她感染,脸上露出了久违的笑容。

与公主一起品茶和聊天的时光,是哈里勒这一生中度过的最愉快的时光。虽然他不想承认,但事实偏偏如此。他生平第一次体会到四叔沙哈鲁的感受,欧乙拉这个女人,果然是个非常奇特也让人感到妙不可言的女人,当你与她在一起的时候,她的博学、她的温柔、她的宽容、她的笑颜都让你心醉神迷。

哈里勒突然就想起几年前的一天。那天为了他即将大婚的缘故四叔沙哈鲁从哈烈赶了回来,那天,有一场盛大的宴会,给祖父敬完酒正要回到座位上的他,无意中看到四叔悄悄注视着欧乙拉公主的眼神。

那眼神至今令他难忘。

如果说他过去还只是有所怀疑,或者说还只是有所猜测,那么,那一天半醉的四叔却将所有极力掩藏的情愫都袒露在他的面前。从小在欧乙拉公主身边长大,情窦初开的少年情怀深深烙下一个女人的倩影,那原是善良的化身,被眩惑的少年却一天比一天分不清爱的本质,任由自己深陷其中,不能自拔。

欧乙拉公主优雅迷人的风姿遮掩了她固有的慈爱光辉,而将她注定被人爱恋的另一面放大,就像一粒种子埋在心底,汲取你的心血和你身体里的所有养分,慢慢长成枝繁叶茂的爱之树,当你警觉到这棵无望的爱之树已成为你生命的主宰,它越茁壮成长你越为之痛苦万分,因而试图将它连根拔起时,却发现一切努力都只能是徒劳。如果树死了,爱也会死,爱死了,活着将变得毫无意义。

哈里勒从来不喜欢只比他大几岁的四叔,他把具有帝王气质的四叔视为天生的敌人。他一直以为这是由于他与四叔所思所想、禀性为人都不相同所致,可以说,直到此时,他才突然意识到,四叔若非从小在公主身边长大,他纵或将四叔视为政敌,纵然忌惮四叔的威信与智谋,也不会对四叔怀有如此强烈的妒忌。事实上,他对四叔的憎恶更多地来源于妒忌。

留公主吃过晚饭,哈里勒一反常态,亲自将公主送到王宫外面的街上,公主向他告辞时,他答应公主第二天就让她和赛来探望兀鲁伯。

公主坐上哈里勒的马车,离去了。她不知道,在她离去的瞬间,哈里勒已经改变了主意。

第二天下午,公主按照约定的时间带着赛来到王宫求见哈里勒。哈里勒留在王宫中的亲信侍卫正在宫门外等候她,他告诉公主,皮儿王子正向撒马尔罕逼近,哈里勒一早引兵出城,不在城中。公主请侍卫带她去见兀鲁伯,侍卫一口回绝了,他给公主的说法是,他事先没有得到哈里勒王的命令。

公主终于明白哈里勒根本不可能兑现诺言。他的应允只不过是放在嘴上的一句话,即便他没有出城与皮儿决战,他也会找到别的理由阻止兀鲁伯见到她,或者见到其他任何可能与沙哈鲁有关的人。

可怜的赛由于失望而嘤嘤啜泣起来。公主为她拭去泪水,轻声安慰她,看到赛渐渐平静下来,公主拉着她的手走了。对于哈里勒的出尔反尔,公主自始至终没有一句抱怨,她的宽容与平静令侍卫有些不知所措。

回到府邸,公主顾不上喝我为她端上的蜂蜜茶,她写了几封书信封好。晚上,她让我带着密信去城外见几个人。她要我把信送到,等一等就走,不必带话回来。我在王宫礼房负责装饰贡品和设计首饰时,曾与这些人的家眷或者他们本人多次打过交道,他们的府邸我出入自由,十分熟稔。我想,公主之所以选择让我来送信,恰恰是因为我的身份不大容易引起别人的怀疑。

公主让我送信的这些人都是她的朋友。他们在帖木儿朝的地位不容小视,尤其是艾库,他至今还握有兵权。帖木儿王在东征途中病逝,哈里勒据守撒马尔罕,捷足先登攫取王位。米兰沙、沙哈鲁、皮儿、奥玛、只汉沙等人却并不认可哈里勒的即位具有合法性,他们或据守封地,静观其变,或出兵攻伐彼此,意图重新分配权力。在这种情况下,王位之争趋于白热化。留在撒马尔罕的将帅大臣、王公贵族不得不面临选择,他们中的有些人已经离开了撒马尔罕,去投奔他们心目中的明主,有些人虽然留了下来,却仍然在观望或者别有所图。

按照公主的事先交代,我最后一个来到艾库家中。艾库比帖木儿王小两岁,是帖木儿王生前最宠信的大臣之一。帖木儿王去世后,哈里勒出于笼络父王旧臣的考虑,一直没有剥夺艾库的兵权。

艾库天性豪爽,与公主私交最好。以前,每当他来公主府上做客,都喜欢跟我或者公主开开玩笑。公主视他如父辈,对他十分敬重,有时也会跟他逗趣。他们之间的交谈,一向言语无忌。

我不止一次说过,公主拥有渊博的知识和宽广的胸怀,艾库也常说,欧乙拉公主是他见过的最不同寻常的女人。

年届古稀的艾库,外表看起来仍像五十多岁的模样,不仅满面红光,精神抖擞,而且声若洪钟,行走如风。他与其他所有接到密信的人一样,默不作声地看过信,当着我的面将信烧掉,然后,我便离开了。

我回到家中时天色已微微发亮,公主看到我熬了一宿有点发红的眼睛,笑眯眯地叮嘱我去睡一觉。

我在兴奋当中,根本睡不着,稍稍闭了闭眼睛就起来了。

整整一个白天在平静中过去,夜幕再次降临时,艾库和其他人如同约好一样,不到半个时辰便齐集公主的府上。公主让我和索度夫妇注意外面的动静,我将茶壶送进去离开后,她关上门,与这些人商谈了很久。

他们当时谈了些什么我没听到,不过后来发生的事情让我对他们当时的谈话猜出了八九分。我意识到,欧乙拉公主约这些人来,是为了商议营救兀鲁伯。哈里勒的态度使公主明白她没有可能说服这位年轻气盛的新王释放兀鲁伯,不得已,她决定自己来做这件事。

当然,营救兀鲁伯并不是一件容易的事,因此从一开始公主就做了最坏的打算。幸运的是,她的识人之明在关键时刻发挥了重要作用,艾库等人被她说服,愿意竭尽全力帮助她。

整个的营救过程经过了一番周密的筹划,艾库甚至冒险动用了他的军队。在哈里勒回到撒马尔罕之前,艾库等人买通了狱卒做出劫狱的样子,将兀鲁伯救出撒马尔罕。兀鲁伯脱离险境之后,艾库等人也带着赛和他们各自的家眷离开撒马尔罕,往哈烈投奔沙哈鲁去了。

艾库和兀鲁伯当然不会忘记公主,他们当天晚上派人来接公主。但不知为什么,公主第一次表现出她性格中固执的一面,无论如何不肯离开。她对使者说她身体不适,撒马尔罕到哈烈路途遥远,如果勉强成行,一来对她的身体不利,二来万一她在途中病倒,一定会连累兀鲁伯。

公主原本是个心思缜密的女人,她有这样的顾虑在所难免,她对使者的说辞也未尝不是实情。

至于我,我有一种感觉,我觉得公主选择留在撒马尔罕根本另有隐情。

此前,她的确花费了无数心血才从狱中救出兀鲁伯,既然她的目的已经达到,她便不想因为自己的逃离而使哈里勒迁怒于沙哈鲁父子。她必须承担她该承担的一切,只有这样,才有机会避免沙哈鲁与哈里勒之间的决战一触即发。

无论沙哈鲁,还是哈里勒,他们都是帖木儿王留在人世的最优秀的子孙,他们拥有的力量也是帖木儿帝国最可贵的力量。让这样两支可贵的力量在相互杀戮中消耗殆尽,绝非公主内心所愿。退一万步讲,就算沙哈鲁和哈里勒之间的决战不可避免,她至少也应该为沙哈鲁争取到相对充裕的时间,哈里勒长途奔袭,沙哈鲁就能为迎战做出最充分的准备。

为了沙哈鲁,她愿意用生命做一次这样的尝试。

这是其一。

其二,她同样了解哈里勒,不到迫不得已的时候,哈里勒不会轻易杀害她。沙哈鲁明于决断,只要她活着,只要她还在哈里勒的手里,沙哈鲁在没有把握的情况下就不会轻举妄动。

目前的局势尚未明朗,王位之争犹在继续。与哈里勒相比,沙哈鲁尚且不具备绝对的优势,一切都存在变数。只是,公主有足够的耐心等待沙哈鲁回到撒马尔罕,成为帖木儿帝国新的主人。

对于兀鲁伯派来的使者,公主明确表明了态度。使者见自己实在无法说服公主,不得不出城向兀鲁伯复命。临行前,公主托他给兀鲁伯和沙哈鲁分别带了一封她昨晚写好的书信。从她的眼睛里我看得出来,她有这种自信:兀鲁伯看到她的信后,一定会按照她的心愿去与父亲沙哈鲁会合。

伍

兀鲁伯被艾库等人营救出狱的消息很快传到哈里勒的耳朵里。虽然此前奥玛爽约不肯出兵,反而往哈烈投奔了四叔沙哈鲁,可是哈里勒经过筹划还是以少胜多,战胜了皮儿。此时,哈里勒刚刚擒获皮儿,正为他的辉煌战果扬扬得意,这个惊人的消息像一盆冰水从他的头顶倾覆下来,让他的喜悦瞬间化为乌有。

惊怒之下,哈里勒下令回师。

我无法不担心欧乙拉公主的安危,公主却始终像一潭平静的湖水波澜不兴。确知兀鲁伯已脱离险境那天,公主突然对我说她想吃银果面包。我回了一趟塞西娅洞,取回最后一袋银果面粉。公主烤制面包的手法无人能比,她不用我帮忙,从和面到发酵再到配料和烤制,每一个过程都由她亲自动手。当我们终于将十多个热气腾腾、果香浓郁的银果面包端到餐厅时,哈里勒带着几个如狼似虎的侍卫强行闯入欧琳堡,出现在我们的面前。

看到哈里勒,公主一点都不惊奇,她的脸上浮现出温婉的笑容,好意地请哈里勒一起品尝面包。

出乎我意料的是,哈里勒居然接受了公主的邀请。他在桌边坐下来,拿起面包,掰了一块,放进嘴里。公主要我倒茶过来,哈里勒说:"这面包热着吃,果然更觉唇齿留香。"

他摆摆手,示意跟他前来的侍卫全都出去等候。公主取来一个盘子,在盘子上放了两个面包,让侍卫们带出去每人尝一块,饱饱口福。对于侍卫们而言,银果面包是只存在于传说中的一种无与伦比的美食,他们怎么也没想到今生竟有享用的幸运,他们彼此相顾,脸上莫不流露出意外、欣喜和感激。

哈里勒似乎也有些意外,不过,他什么也没说。看他的样子,他也不急于说话,他只是若有所思地望着公主,一边品茶,一边津津有味地吃着他的面包。

我的心跳得很快,像打鼓一样,我的手也在颤抖,手心里浸出一层薄薄的冷汗来。我想,哈里勒既然有备而来,该不是一个银果面包就可以将他打动的吧?他若有心危害公主,我该怎么做?我能怎么做?我有能力保护公主吗?如果他将公主投入监狱,我一定陪着公主……可如果他要杀害公主,我是不是应该在茶里下毒,先将他毒死算了?毒死他不难,问题是公主会允许我这样做吗?而且,我这样做对吗?我……我的胡思乱想漫无边际,突然,我发现哈里勒正盯着我看,嘴角噙着一丝令人琢磨不透的笑意。我不知道这是不是我的疑心,可他的笑容让我厌恶。

哈里勒放下茶杯,对我说:"塞西娅,倒茶!"

哈里勒现在是哈里勒王,他早已不是小时候曾经与我一块儿玩耍过的那个顽皮少年。我不敢违抗他的命令,乖乖地给他倒了一杯茶放在他的手边。

他的胃口很好,我看到他拿起第二个面包。我想到如此珍贵的银果面包竟成了他的——不是沙哈鲁或者兀鲁伯的,而是哈里勒的——茶点,不由一阵心疼。

哈里勒似乎要有意拖长折磨我的时间,一点不着急提到他此来的目的。当第二个银果面包也被他吃完,欧乙拉公主亲自给他斟茶时,他这才用手帕抹了抹嘴角,慢不经心地问道:"公主,我不在撒马尔罕的这段日子,您一定很辛苦吧?"

欧乙拉公主没有立刻回答。哈里勒的平和是兴师问罪的开始,他话中带刺连我也听得出来。

哈里勒的眼睛一直盯着公主看,脸上依然是一副似笑非笑的模样:"公主,我以为,当我回到撒马尔罕时,我一定无缘再次与您一起品茶谈天。"

"你这么想吗?"

"是的。如果换作公主是我,您不这么想吗?"

"我喜欢撒马尔罕,这里有帖木儿王赐给我的家。"

"那么,哈烈呢?您不喜欢哈烈吗?"

"我听沙哈鲁说过,哈烈的风土人情与撒马尔罕相似,像撒马尔罕一样繁荣美丽。也不知道在我活着时,是否还有机会到那里看看。"

"活着时?我不懂,您这么说的意思是……"

"这只是一种比方。毕竟,到哈烈的路途太遥远了。"

"是啊,像您这样柔弱的女人无法承受旅途劳顿,您的确没有像我、像兀鲁伯一样结实的体格。"

"哈里勒,对不起。"

"哦?对不起?此话怎讲,还请公主明示。"

"那天,我请求你让我见兀鲁伯一面,你答应了,过后却并没有兑现诺言。你的失信让我担心你终究难免伤害他,就暗中说服艾库和其他一些人,请他们帮忙把兀鲁伯从监狱中营救出来。我知道,我这样做,一定不会得到你的谅解。所以,我一直等待着承受你心中的愤怒。"

哈里勒完全呆住了。

他或许想到欧乙拉公主会否认、会辩解、会遮掩,唯独没想到,欧乙拉公主不但不否认、不辩解、不遮掩,相反,她以一种坦诚的态度招认了所有的一切。除此之外,她还明确表示,她心甘情愿地接受他加于她身上的任何惩处,包括让她去死。她愿以一死来偿还对他的亏欠。

这是一个什么样的女人啊!

她像泉水一样纯净,又像大海一样深不可测。她让他无所畏惧的性格在她面前仿佛一把卷刃的波斯刀,根本不知道该如何发力。

欧乙拉公主轻轻地笼住了哈里勒的双手。她的这个动作对她而言自然而然,她一直都把哈里勒看成孩子。

然而,这个温存的动作对哈里勒却显然是一种意外。我看到他的手震颤了一下,身体也随之微微颤抖起来。

他抿着嘴,望着欧乙拉公主幽深的双眸,许久一言不发。公主诚挚地向他请求:"哈里勒,让我代兀鲁伯把这条命交给你吧。说真的,我很害怕,我时常梦到你、奥玛、只汉沙,梦到皮儿、沙哈鲁,梦到你们自相残杀。这样的梦境太可怕了,我情愿你帮我结束一切。"

哈里勒像被人用什么东西狠狠抽打了一下,猛然抽出手,遮住了眼睛。

"您……"

"哈里勒,求你。"

"您别说了!"

"我……"

"您不用说了，请您不要再说了。我知道，我都知道，您的内心里，一定更希望沙哈鲁赢得胜利吧？他才是您……是您……最看重的人。"

公主犹豫了一下，没有否认。

哈里勒说得没错，事实的确如此。如果说在拥有实力的帖木儿王的后代中必须有一个人继承王位，她希望这个人是沙哈鲁。她相信沙哈鲁的才能、智慧和仁慈，帖木儿王留下的庞大帝国，需要有一个像沙哈鲁一样热爱和平的君主来治理。在这一点上，她始终认为沙哈鲁强过包括哈里勒在内的任何人。

哈里勒明白公主沉默的含义。许久，他站了起来："公主，"他的声音有些沙哑，"我该走了。"

"啊？现在吗？你还什么事都没做呢。"

"您真固执。难道，您不希望事情这样解决吗？"

"不是。我只是有点意外。"

"能让您感到意外是我的荣幸。不过，我有一个请求。"

"请求？"

"对。公主，我要带塞西娅进宫。"

"带塞西娅进宫？为什么？"

"我要娶新妃主了，我想让塞西娅为我的新娘子设计一枚独一无二的玉步摇。这也是新娘子的心愿。"

"我明白了。哈里勒，恭喜你！"

"留着您的恭喜等我大婚时再说吧。那时，我一定欣然接受。公主，有一点我希望您能牢记……"

"什么？"

"您要活着，见证在我们几个人当中，谁是最后的胜利者。如果您发生了意外，我会让塞西娅陪您走。"

"天哪！哈里勒……"

"别忘了我的话。我是我祖父的孙子，我像他一样，说到做到。"

公主吃惊地望望哈里勒，又望望我。

她怎么也没想到，这件事会将我牵扯进去，如果早知道是这样，她一定会说服我随兀鲁伯一同离开撒马尔罕。此刻的她显然后悔至极，她却不知道，我有多么开心多么快乐，我简直欣喜若狂。我生平第一次对哈里勒充满了由衷的感激，不管他出于什么样的目的，他毕竟帮我消除了公主的求死之心。

公主救了兀鲁伯,却始终对哈里勒怀有负疚之意。何况,她很清楚如果她留在撒马尔罕,就会成为沙哈鲁的牵挂和顾虑。

我曾是那样忧虑,现在,我的心里踏实多了。我成了哈里勒的人质,世界上还有比这更奇妙的结果吗?只要我在哈里勒的手上,公主就一定不会撇下我独自离去。我不担心她离开撒马尔罕,我担心的是她毫不在乎自己的生命。

我跟在哈里勒的身后一同走了。在我走到门口的时候,我背对着公主,大声地说,你要好好的,等着我回来!

第十章

咎由自取

壹

哈里勒将我囚禁在王宫的后花园里，花园的假山右侧有一处独立的院落,我的工作室就是我的牢房。

哈里勒根本不用担心我会逃走，他用我来制约公主，也用公主来制约我。他很清楚,任何情况下,我都不会做出对公主不利的事情。

因为兀鲁伯的逃走，哈里勒对公主失去了信任。不过，考虑到公主是前朝大元皇帝的亲生女儿，她本人生性又只喜欢小孩,不喜欢政治,哈里勒不得不对她法外施恩，按照帖木儿王生前的口谕给了她一次活下来的机会。

可是,这样的机会只有一次。

哈里勒在让世人看到他的大度后，随时可能将公主置于死地。一旦他决定这样做,他需要的只不过是一个合适的借口。

我应该是他计算之内的借口之一，好在,我决不会让他得逞。

哈里勒最初只是希望我为他的新妃主设计一枚玉步摇，在我的说服下,他又临时增加了其他的饰品，包括一支金簪、一副玛瑙耳环、一串珍珠项链、两只翡翠手镯,我对他说,我要将他的新娘打扮得珠光宝气,让所有参加婚宴的人为她的华贵和美丽惊叹。正是这句话对哈里勒产生了作用。

我夜以继日地工作,这是我排遣寂寞的方式。哈里勒根本不需要派人看守我，对欧乙拉公主的忠诚和对设计首饰的狂热比任何看守都更能将我禁锢在自己的房间里。日月星辰、风霜雨露都是我灵感的源泉,我沉浸在一个只属于我的艺术世界里,无暇顾及其他。

偶尔,吃晚饭的时候,哈里勒会到我的工作室来看望我,他让我陪他喝酒。这时,我们都绝口不提欧乙拉公主,不提沙哈鲁,不提皮儿或者他的父亲米兰沙,我们只谈他的新娘。

我知道他娶妻的日期一天天临近,奇怪的是,我看不到他的脸上有多少兴奋之色,他实在是一个满怀忧虑的新郎。

这真是奇怪!此时的哈里勒,真有点像沙哈鲁与小妃主成亲时的样子。

在哈里勒举行盛大婚宴的头一天晚上,他来取走我为他的新娘设计的所有首饰。装首饰的盒子是我精心挑选的,哈里勒将每一个盒子都打开,将每一件首饰都取出来欣赏一番,最后他说:"公主真是个奇特的女人。"

我不会误解他这句话的意思。

他说得对,如果没有欧乙拉公主,就不会有今天的塞西娅,是公主的慧眼和无止境的信任成就了我。

看过所有的首饰,我帮哈里勒将它们一一回归原位。哈里勒一直看着我,我抬起头来时,蓦然发现他的一双深黑的眼睛里闪耀着我看不懂的光芒。对于男人,我至今一知半解,我生平最亲近的男人除了沙哈鲁,只有阿依莱,他们在我的面前都那么简单透明,我从来不需要费心去看懂他们。

首饰装好了,哈里勒却没有急着要走的意思,他坐下来,问我要杯茶喝。我关心公主是否会参加他的婚礼,他说:"我请了欧乙拉公主。"停了停,他又补充道,"皮儿也会参加婚宴。"

这个消息让我有些吃惊。

皮儿是帖木儿王生前选定的唯一的王位继承人,拥有自己的封地、军队和许多追随者,帖木儿王生前对他的宠爱使他成为哈里勒攫取王位后最强劲的对手。帖木儿王突然病故,哈里勒借地利之便占据撒马尔罕的王宫,皮儿闻讯立刻从封地返回,以战争表明了他激烈反对的立场。可以说,与沙哈鲁、奥玛等人相比,皮儿才是哈里勒首先需要考虑剪除的人。

皮儿引军攻打撒马尔罕。起初,哈里勒不是皮儿的对手,吃了几场败仗,几乎丢掉王城。不过,哈里勒最后还是胜利了,他将皮儿赶回了封地。

皮儿原想与沙哈鲁联手,他派人与沙哈鲁联络,沙哈鲁毫不犹豫地给予他道义上的支持。至于出兵一事,沙哈鲁却以儿子兀鲁伯仍在哈里勒的手上为由,表示还要等待时机。

皮儿可不愿意再等。他急不可待地想要夺回王位,想要报兵败之仇,他在封地整饬兵马,招募雇佣军,再度攻打哈里勒。皮儿来势凶猛,哈里勒接受大臣建议,主动出击,与皮儿在哥疾宁附近展开决战。

皮儿运气不佳,仍是先胜后败,最终沦为哈里勒的阶下囚。

与此同时,兀鲁伯却在欧乙拉公主和艾库等人的营救下,顺利逃出樊笼。

皮儿被捕后,一直被哈里勒派人严密看管,直到后来我才知道,他被监押的时候,其实我离他很近。在我工作的房子后面有一座哈兹罕时代关押重要犯人的地牢,皮儿就被关押在地牢之中。

我诧异哈里勒为什么要让皮儿参加他的婚庆大典,他难道不怕皮儿借机逃跑,或者就是他已与皮儿私下达成了某种协议?

我对皮儿不关心,也懒得猜测。现在,我没有事情可做,就想立刻见到公主了。我相信,我在后花园专心设计首饰的这段时间,公主一定来看望过我,只不过都被哈里勒以种种借口挡了回去。

我的房间有哈里勒派人送来的好茶,我给他沏上,盼着他喝完赶紧离开。我想睡一觉,这些日子劳心劳力让我身心俱疲。奇怪的是,哈里勒将一壶茶都喝光了仍然没有要走的意思,他漫不经心地说着一些事情,我漫不经心地应答着,后来,我歪在椅子上不知不觉地睡着了。

我做了几个不是很长的梦,最后一个我梦见哈里勒突然伸出双手,扼住了公主的脖子,我吓得浑身一激灵,惊醒了。我醒来时才发现自己早已不在椅子上,不知什么时候我从椅子上溜了下去,睡在地毯上。

桌上的油灯仍然亮着,证明我并没有睡得太久。可是,我的身上什么也没盖,这让我感到有些冷。我从地毯上站起身,想挪回床上,我刚迈了一步,又站住了,我看到的一幕让我整个人都傻掉了。

我使劲揉揉眼睛,希望自己看错了。遗憾的是,我并没看错,我的床上的确有个人正在睡着,这个人是哈里勒。

我的天哪,哈里勒居然没走!他不但没走,还睡在我的床上!

突然,一股无明怒火从我的心底蹿到了我的脸上,我的脸变得滚烫。

哈里勒竟然敢睡在我的床上!

愤怒让我忘记了他现在是哈里勒王。我从桌子上拿起茶壶,掂了掂,茶壶中还有水,我走到床前,将茶水倒在他的脸上。

哈里勒遭到茶水的侵袭,一下子坐了起来。在不明所以的情况下,他第一个反应就是伸手去摸腰刀,可是,他的手摸了个空。我担心他会危害到我,在倒茶前已经将他的腰刀拿走了。

哈里勒清醒过来,怒视着我:"你在做什么!"

我也怒视着他:"你在做什么!"

哈里勒低头看看他睡着的床,淡淡地说道:"我一定是睡着了吧?"

"废话！"

"你听我说……"

"用不着！你为什么不走？而且，你凭什么睡在我的床上！"

"你睡在地上，屋里这么小，我不睡在床上又能睡在哪里？莫非你的意思是说，我应该把你也抱在床上一起睡？"

哈里勒在我的印象里从来不是一个轻薄的人，可是此刻，他竟然对着我轻薄地嬉笑。

我抬手抽向他的脸颊，他的动作比我还快，一把攥住了我的手腕。他的力量惊人，我根本不是他的对手，我被他牢牢制住，随后，他将我的手臂轻轻一拧，我身不由己地倒在了他的怀中。

我惊慌地看着他。他的脸离我的脸很近，他的两只眼睛像幽深的古井，井水倒映着月光，明亮如镜。虽然我的愤怒依然如故，他的恶作剧给我留下的印象却不能用"厌恶"这个词来形容。每个人都有复杂的两面，想必哈里勒也不例外。

"放开我！你放开我！"我扯着嗓子喊起来。

我刚喊了两声，他用手扼住了我的喉咙，我吓得及时闭住了嘴。我极力想挣开他的手，我越挣扎，他越用力，我被他掐得喘不过气来，胸口憋闷欲裂。蓦然间，死亡的恐惧袭上我的心头，在血液即将从我的脑海里流空的瞬间，我喃喃地、无助地唤道："公主，救救我……"

哈里勒猛然松开了手，我剧烈地咳嗽起来。

哈里勒轻抚着我的肩头，悲伤与恐惧壅塞在我的每一寸血脉里，我用尽全身力气咳着，涕泪滂沱。

不知过了多久，我停止了咳嗽。哈里勒将他的嘴贴住我的耳朵，低低地问道："你怕吗？"

我抬起眼睛望着他。

他伤害了我，可他没有一点愧意，这个男人简直让我无话可说。

"你怕吗？"他执拗地追问。

我想了想，恶狠狠地回答："你想知道？让我也来试试？"

"不必，我怕。"

他坦白地承认自己对死亡的恐惧倒让我大吃一惊。面对死亡，沙哈鲁似乎比他更具有勇气。

对话的时候，我还在哈里勒的怀中，他始终不肯放开我，我不得不请求他："你让我坐起来说话吧。"

他回绝了："不，我喜欢你在我怀里的感觉。"

"可我不喜欢。"

"那是你的事情。"

"你什么意思？"

"这是唯一的机会。"

"唯一的……机会？"

"是啊，除了今天，除了现在，我恐怕再没有机会把你留在怀中。"

"我不懂你的意思。"

"这种事，我懂就行。"

"你在开玩笑吧？"

"是，我在开玩笑。"

哈里勒梦呓般的语态让我哭笑不得，可我被他这样搂着实在不好受。我想了想，试图换一个角度说服他放我起来："哈里勒，你躺着，让我坐在你的身边陪你说话，不好吗？"

"行。但你不要离开我太远，如果你再做出任何不敬的举动，我向你保证，我一定杀了你。"

"你真是这样凶残的人吗？"

"有时是。我的心里充满仇恨，仇恨需要发泄的对象，不幸的是，我选择的这个人是你。"

"为什么？"

对于我的问题，哈里勒避而不答。他让我往里坐坐，将头枕在我的腿上。哈里勒的年龄比我小几岁，从小到大，我们见面的机会不多，既算不上青梅竹马，也没有朝夕相处。他不像沙哈鲁和阿依莱，沙哈鲁如同是我的兄长，阿依莱是我想嫁的男人，哈里勒给我的感觉则一向很陌生。应该说，他今天对我所做的一切都出乎我的意料，我把他的反常归结为他需要慰藉，只是，他选错了对象。

哈里勒微微合上眼睛，他的表情让我觉得他对于躺在我的腿上格外惬意，果然，他还长长地打了个哈欠。

他困了。

我也困。

我急于让他离开："哈里勒……"

他将手指放在唇边，"嘘"了一声。我想起他刚才扼住我脖子的那一刻，心里蓦然有些胆怯，不敢再招惹他生气。毕竟，我很爱惜自己的生命，我喜欢活着，活很久很久，最好永远不要死去。

我低头看着哈里勒。他也看着我，我们面面相觑。如果是恋人，这样的注视想必一定情意绵绵。可是我与哈里勒的注视却充满讥讽的意味,我们都不是彼此所喜爱的人,天知道今夜我们为什么会如此亲近?

更可笑的是,明天,哈里勒还要做新郎。

"塞西娅。"哈里勒依旧合上眼睛,轻轻唤我。

"嗯?"

"你都这么老了,为什么还不找个男人嫁出去?"

可恶!他居然说我老了!长生天作证,事实上我的身心比一个十六岁的少女还要生机勃勃。不过,他说得也不算有错,一个二十六岁还待字闺中的女人,在男人眼里可不是像个怪物一样不可理喻。

"噢,我嫁不出去。"我只好这样回答。

"真的吗?"

"真的。小的时候,邻居们都觉得我不是寻常人,是一个精灵,或者根本是一个妖怪,不让他们的孩子跟我玩耍。"

"因为你眉间的金星?"

"对。"

"可欧乙拉公主并不这样认为。"

"是。公主认为我眉间的金星是智慧的象征。"

哈里勒沉默了一会儿,不知道在想些什么。等他说话的时候,他的话语里隐含着笑意:"独特的女人,不是吗?"

"你应该说,独一无二的女人。"

"独一无二,是啊,独一无二。"

停了停,他喃喃地说道:"塞西娅,跟你说件事。"

"什么?"

"如果你实在无人可嫁,不如给我做姜室算了。"

我以为哈里勒疯了,用手探探他的头,然后检查了一下他的眼睛,他的眼睛有点发红。

我正要掰开他的嘴,他自己张开嘴,问我:"你要做什么?"

我不提防,吓了一跳:"噢,噢,我想给你检查一下,看你是不是上火了?"

"你还会看病?"

"会一点儿,看着玩儿。"

"不用看了,躺在你的腿上,想不上火也难。"

"那你睡在枕头上吧。"

"不,这样舒服。"

"随你吧,反正天快亮了。"

"塞西娅，你别岔开话题。你还没告诉我，你为什么不嫁人？"

"我没岔开话题。我不是说了嘛，没人娶我。"

"听说，阿依莱两次向你求婚，都被你拒绝了。"

"你怎么知道？"

"很简单，我一直在想，不知道金星塞西娅会嫁一个什么样的男人。"

"我不打算嫁人。"

"你很古怪。"

"是的。"

哈里勒睁开眼睛，看看我，嘴角一动，露出不怀好意的笑容："该不是你心里有什么打不开的结吧？"

"啊？"

"或许，你钟爱的男人不是阿依莱，而是我的四叔沙哈鲁？"

我吃惊地望着哈里勒。我想起自己第一次与沙哈鲁的肌肤之亲，一切历历在目，我心里柔弱的部分蓦然颤动了一下，但只一下而已，接着归于平静。我知道，不是这样的，沙哈鲁对我而言不是障碍。

那么，什么才是我与阿依莱相伴一生的障碍呢？

我想着，努力想着，可惜，我暂时还理不出头绪。

"我猜对了？"

哈里勒自以为猜出了答案却并不开心，如果我仔细分辨，一定听得出他话里饱含的失落之意。不过，在当时的情况下，我宁愿正面回答他的问题，也不愿意费心猜测他问话的动机，我没这种心情。

"不是。"我懒洋洋地回了一句。

"不是？"

哈里勒不依不饶的劲头真让我心烦，若非担心他发狂再扼住我的脖子，我真想把他从我的腿上直接推到床下。我在想象中已经这么做了，这么做的结果是让我的心里舒坦了一些。

"你笑什么？"

我笑了吗？我怎么不知道？

"回答问题。"

"回答……唔，真的没有。沙哈鲁不是我喜欢的类型。"

"沙哈鲁不是？那谁是？"

"阿依莱。"

"既然如此，你为什么拒绝他的求婚？"

我实在忍无可忍，冲着哈里勒的脸咆哮起来："我说，你干吗非要关心我嫁不嫁人,你有毛病啊!我,我嫁谁……"

哈里勒用手挡住脸,哭笑不得地阻止我:"塞西娅,塞西娅,求你了,别发火,你的口水弹太厉害了,我认输。"

我看到我愤怒的唾沫在他的手背上溅得星星点点,不觉笑了。哈里勒,这个已经做了王的人,居然还有着孩子气的一面。

哈里勒从指缝里看着我:"塞西娅,既然我的竞争对手不是沙哈鲁,你又不肯嫁给阿依莱,那么,你不如嫁给我吧。"

"行行好,别再说这种没用的废话。"

"没用未必是废话,我是真心向你求婚。你想,兀鲁伯是我的堂弟,他娶了你美丽的妹妹,我娶赛的姐姐,也算天经地义。"

"娶一个比你大几岁,又老又丑的女人,你想消遣我,还是想消遣你那些忠实的追随者?"

"你又老又丑么?我怎么没发现。我满眼都是你眉间的金星,它让你的眼睛像启明星一样明亮,让你的脸庞闪耀光泽,除了你,谁还配拥有这样的美丽。"

"我说,好啦,你作诗的雅兴还是留给你明天的妻子吧。她一定喜欢。"

"孤芳自赏,是那个女人教会你的吗?"

"你说谁孤芳自赏?"我问。

突然,我明白过来,一股怒火从脚底蹿上我的头顶。我再也顾不得哈里勒会不会危害我了,一把推开他,从床上站了起来。哈里勒猝不及防,摔到床下,他的头就躺在我的脚边。我低头看着他,我真想踩烂他的嘴,让他从此免开尊口。我忍了又忍,好不容易才压下了这种冲动。

哈里勒坐了起来,我想着,可能我要死了。奇怪的是,好半晌,他都仰头看着我,一声不吭。

我气呼呼地坐回到床上。我豁出去了,死就死了吧,谁叫我命该如此。不过,我发誓,哈里勒要是再敢说一句轻慢欧乙拉公主的话,我一定在死的时候拉上他,让他做不成新郎。

寂静中,我们倾听着彼此的呼吸。我的呼吸急促,我知道,这无非是因为我对哈里勒愤恨不平的缘故。哈里勒的呼吸却平静异常,我将他推到了床下,奇怪的是,他竟然没有生气。至少,他对我隐忍不发。

灯油燃尽,挣扎着熄灭了。透过窗棂,我看到外面的光线变得混沌起来,我对哈里勒说:"天快亮了,你走吧。"

哈里勒将手伸给我,我犹豫了一下,没接。

"拉我起来。"

我不敢不拉他。

哈里勒从地毯上站起来，习惯性地拍了拍身上。他低头看了我一会儿，慢慢地说道："上午，我派人来接你，参加我的婚宴。"

说完，他走了。我目送着他走出我的卧室，在身后关上门，心里顿时轻松了许多。我躺在床上，不一会儿就睡着了。

贰

也许是因为时局动荡不尽如人意，哈里勒的婚礼准备算不上多么铺张和豪奢。

我来时公主还没有到，我像热锅上的蚂蚁一样在婚帐前走来走去，翘首盼望。我甚至怀疑哈里勒是不是骗了我，他根本没有邀请公主。

帖木儿王的宫帐临时充当了哈里勒的婚帐，里面地方宽阔可容纳上千人。被请的客人陆续地经过我的身边，进入宫帐。他们有些人向我点点头，有些人则对我视而不见。绵延一年之久的王位之争让每一个人都变得心事重重，哈里勒的婚礼注定不能复制帖木儿王东征前为孙儿们举行婚礼时的热烈与壮观。

意外地，我看到了一个人，他穿着华丽的衣服，在一群人的簇拥下正向婚帐方向走来。

我看着他。当他离我越来越近时，我的眼前出现了一个步履蹒跚、形容憔悴、满目悽伤的形象。

我暗暗心惊：天哪，是他吗？

不是他，又会是谁呢？

没错，他就是皮儿王子，帖木儿王生前指定的王位继承人，而今却成了哈里勒的阶下囚。

身份的剧变摧毁了他的意志，曾经的意气风发一去不返，他在短短的时间内未老先衰。

他目不斜视地从我身边走过，我的目光追随着他佝偻的背影。他才二十多岁，何以衰弱颓废至此？哈里勒真够有手段，皮儿沦为阶下囚的这段时间，也不知哈里勒用了什么样的办法，才把他变成了行将就木的老翁！

皮儿走了几步，似乎想起什么，停下脚步，回头看了我一会儿。

我向他莞尔一笑。

我的刘海剪得很短,露出了眉间的金星。金星晃着了皮儿的眼睛,他认出了我:"塞西娅?"

"王子,是我。"

"你真的是塞西娅吗?你在这里做什么?"

"我是塞西娅没错,王子。哈里勒王子邀请我参加他的婚礼。"我有意将"哈里勒"和"王子"这两词的音发得很重,尽管一年前哈里勒已经变成了哈里勒王,我仍习惯对他直呼其名。此刻,皮儿王子的不幸激起了我对他的同情,我称哈里勒为王子,表明了我对皮儿王子身份或者说继承人身份的尊重。

我有意的讨好果然打动了皮儿,他的脸上浮出笑容,浮肿的眼睛里蓦然间就有了一些生气:"你来参加婚礼,怎么不进去?"

"我在等公主。"

"噢?哈里勒也请了欧乙拉公主么?"

"我想是吧,哈里勒这么说的。"

"一晃又有一年多没有见到公主了,我真怀念小的时候围在她的身边听她给我们讲故事的日子。还有征伐印度的时候,只要有她相伴,就觉得天底下所有的危险都不值一提。如果还能回到以前,该有多好……"

皮儿几乎是下意识地说了这许多话,他的语气里充满了浓浓的惆怅。对于天意弄人,我的感慨丝毫不比他少。只不过,从天上到地下,经历了人生剧变的皮儿,比我更希望时光可以倒流。

皮儿身边的一个人俯在他耳边悄悄说了一句什么,皮儿复活的神色顿时消失不见,他向我微微颔首,然后,默默地转过身,步履沉重地向婚帐中走去。我耐心地看着他进入帐子,当我回过头来时,发现一辆敞篷马车刚好停在我的身边,宽阔的车篷中,一个美丽的女人正向我招手。

美丽的女人!无论命运如何起落,无论岁月如何风蚀,她在我的眼里和心里永远美丽如故。

不过,她今天的打扮倒有一点点特别。

我的眼光一向锐利,我对她的衣着也一向挑剔。平素,只有穿戴好我为她精心挑选、搭配而且认可的衣饰,她才会去参加宴会。但我不得不承认,即便没有我,她的打扮也一样高雅得体。

可能是为参加哈里勒的婚宴,她特意换上一个月前我才为她设计和缝制好的淡紫色纯棉束身内衣。内衣的外面,她别出心裁地套了一件无袖敞领的锦缎长袍,长袍用的是那种米色带暗花纹的面料,颜色素净,只在衣襟和衣角处点缀了几朵玫瑰花的刺绣。这件外衣,以前我从没见她穿过,想来是她新近才做的。

当然,即便她新做了一件样式新颖的长袍也不足为奇,我之所以说她有几分特别,是因为她第一次在衣裙外披了一件红色的真丝披肩。艳丽的红色,像一团燃烧的火焰衬托着她如凝脂一般细腻的肤色,使她显得更加楚楚动人。

我像一百年没有见过她那么长久,思念让我眼窝发涩。我伸手拉开车门,将她扶下马车。不等她对我说一句温存的话,我已经投入她的怀抱。她轻轻拍着我的后背,如同我还是一个孩子向她撒娇时她时常做的那样。

好一会儿,我大声地、哽咽地问:"这么久了,你为什么一次都不来看我?"我无所顾忌地抱怨着。在她面前,我永远是个无赖。我喜欢对她无理取闹,因为我知道,不管怎么样,她都会纵容我。

公主不回答我的责备,她只捧着我的脸颊,用母亲特有的温存语调问我:"首饰,都设计好了吗?"

"嗯。"

"你满意吗?"

"不能说满意。"

"哦?"

"准确地说,是得意。"

公主放下心来,眼睛里闪动着欣慰的笑意。

她一向对我的天赋充满信心。她比任何人都清楚,我在我的世界里是一个孤独的人,当我面对着那些尚未完成的作品时,从设计到整个制作过程,我都会殚精竭虑、呕心沥血。可以说,经我完成的每一件首饰、挂饰、金银玉器都凝聚着我的心血,只有回到她的身边,我才可以放松一下疲惫的身心。

我挽着公主的手臂,一起向婚帐走去。在闲适的、沉默的片刻,我悄悄从侧面打量着公主。

当然,像每次参加宴会时一样,公主略施粉黛,庄重如旧。突然,我发现她的鬓角多了几根长长的白发,眼角周围也出现了细细的鱼尾纹。我吃惊地望着它们。白发和鱼尾纹,这是我过去不曾注意到的,原来岁月并没有放过公主,在她的身上悄悄留下了痕迹。

只是,我和沙哈鲁、阿依莱、兀鲁伯、赛一样,我们都只知道索取她的爱,索取她的理解,用她的活力滋养我们自己,却忽略了她其实是个女人,她必定会在时光的磨砺中一天天老去。

是的,就像我们的太祖母,我们的祖母,我们的母亲一样,她同样会变得衰弱、苍老,甚至有一天会永远离开我们。而我们,在她与我们朝夕相处的日日夜夜,又曾经为她做了些什么呢?

我的心颤抖了,扶着她的手臂也微微颤抖,公主回头看看我,诧异地问:"塞西娅,你怎么了?"

我强行将涌到眼眶的泪水忍了回去,我不能说,我宁愿自己什么都没有看见。

得到消息的哈里勒出来迎接欧乙拉公主,他看到欧乙拉公主的第一句话是:"公主,看来,这件外套和披肩都很适合您。"

公主向他微笑:"是啊,很美。谢谢你,哈里勒。"

原来,外套和披肩都是哈里勒专门请人为欧乙拉公主量身定做的,难怪我之前确实没有看见过呢。

为了让公主出席他的婚礼又与昔日有所不同,哈里勒可谓煞费苦心了。

哈里勒做了个"请"的手势,我急忙松开公主的手臂,让新郎官亲自将公主引入婚帐。

宫里的规矩我懂,我必须跟在公主后面进去。在婚帐中,我有我的位置,一般都在公主后面一排或后面两排,那里的桌子是几张长条桌拼接而成,我将和另外得到邀请但是身份还不足以坐在最前面的女宾共用它们。

进入婚帐,我才恍然发现,公主和我是最后到的。公主姗姗来迟并不是她为人处世的风格,我猜测,一定是哈里勒有意让她最后一个出现,以此让所有人看到他对她设计救走兀鲁伯的宽容和大度。

公主跟随在哈里勒的身后,步履款款地通过婚帐中央狭长的过道,走向自己的位置。

无论在任何情况下,她都是这般仪态万方、从容娴静。他们走过时,几乎所有的宾客——除了皮儿王子和新娘——全都起立向他们行礼致敬。

这样的尊重,一半是给哈里勒,一半是给公主。

对于哈里勒,毋庸置疑,人们尊敬他自然因为他是哈里勒王。对于公主,所有尊重的背后恐怕就别有一番只可意会不可言传的意味。

一方面,人们为公主能来参加婚宴而高兴,她的出现使生活在一瞬间好像回到了帖木儿王在世时的强盛时代。另一方面,人们愿意对这个柔弱女人隐藏的勇气表示出恰如其分的敬意。

哈里勒目不斜视,径直走到婚帐正中新娘子的身边坐下来。欧乙拉公主礼貌地向宾客们一一颔首回礼,也向新娘子行礼,当她准备坐在自己的座位上时,她看到了皮儿王子。

皮儿王子努力挺直了开始变得佝偻的身体,干涩的嘴唇微微翕动着,百感交集地望着她。他的形貌发生了很大的变化,因此一开始,公主并没有认出他来。

皮儿王子向公主点了点头,公主走到他的面前。

"皮儿,是你吗？"她惊诧地问。

"是我,公主,您……"皮儿欲言又止。

此时此地的重逢,物是人非,一切尽在不言中。一时间,皮儿和公主都不知说些什么才好。公主关切的目光长久地落在皮儿的脸上,片刻,不无忧虑地问:"皮儿,你还好吗？"

皮儿苦笑了一下,没有回答。

婚宴的司礼官走到欧乙拉公主身边,压低声音提醒她:"婚礼就要开始了,请您……请您入席吧。"

欧乙拉公主下意识地扭头看了看哈里勒,哈里勒和新娘子居中高坐,不动声色,眼睛里却闪着点点光亮。

公主不能违拗哈里勒的心意,歉意地向皮儿点点头,随着司礼官回到座位上。皮儿也沮丧地坐下来,在他坐下来时,我看见他的肩头猛烈地颤动了一下。

司礼官宣布婚礼开始,与宴的宾客全体起立,用歌声和美酒祝福哈里勒和他的新娘百年好合。新娘子穿着大红的礼服,佩戴着我为她设计的所有首饰,正如我预言的那样,这些首饰为她增色不少,使她显得娇艳动人。

我奇怪妃主罕则黛怎么没有在她儿子的婚礼上出现？这似乎有些不正常。仔细想想,恍然大悟。

真是的,我怎么差点儿就忘了,哈里勒与皮儿,原是同母异父的兄弟啊。

哈里勒与皮儿,他们可都是罕则黛的亲生骨肉。

面对兄弟阋墙,一个母亲,又该如何处置呢？

叁

众所周知,罕则黛在嫁给三王子米兰沙前,曾是大王子只罕杰尔的妻子,那个时候,只罕杰尔对这位与父王一样出身于巴鲁剌思部的贵族家庭、容貌美丽且处事果断的妻子十分宠爱。在他们共同生活的日子里,罕则黛先后为只罕杰尔生下莎勒坛和皮儿两个儿子。正当他们彼此发誓相守一生、共浴爱河时,只罕杰尔竟在一场战争中不幸阵亡。而那时,皮儿出生尚且不久。

帖木儿王一生中最钟爱的人莫过于他的长子,只罕杰尔死后,他不肯让王位旁落于长子的血脉之外，于是亲自指定长孙莎勒坛为王位继承人。同时，考虑到罕则黛年轻守寡以及担心罕则黛工于心计的特质会对未来政局产生不良影响,遂请大王后图玛帮忙,劝说罕则黛嫁给了三王子米兰沙。

经过图玛三天三夜苦口婆心的劝说，罕则黛终于同意抛下她与只罕杰尔的两个儿子,再披婚衣。

然而,罕则黛嫁给米兰沙似乎从一开始就是一个错误。她失去心爱丈夫的痛苦在米兰沙的身上从来没有得到过丝毫慰藉,甚至当她生下哈里勒后,米兰沙对她的态度也一样不冷不热、暧昧不明。

时间在对米兰沙的极度失望中一天天过去,不知从什么时候起,罕则黛迷上了饮用白酒。或许,她只是需要用醉酒的方式来达到短暂麻醉自己的目的。日复一日,酗酒使她窈窕的体态变得丰满,最终变得臃肿不堪。

她的自暴自弃给米兰沙制造了与她分居的借口,她变得越丑陋,米兰沙就越嫌弃和远离她。她的两个亲生儿子莎勒坛和皮儿也只把她当成米兰沙的妻子,对她若即若离。谁也没想到,真正疼爱她的人竟会是生性顽皮的哈里勒。哈里勒孝顺她远胜过孝顺父亲米兰沙,在她最痛苦的时候,唯有哈里勒守在她的身边,忍受着她的打骂,照顾她,不离不弃。应该说,若非生了哈里勒这样一个儿子,罕则黛无疑将是世界上最孤独最无助的女人,哈里勒是罕则黛活下来的唯一理由。

此间,作为王位继承人的莎勒坛,在祖父的协助下,逐渐培植起自己的势力。可惜的是,莎勒坛像他的父亲只罕杰尔一样没有登上王位的命,正当他准备大展宏图时,他本人却在对巴耶济德的战争中失去了性命。

他的意外亡故,使皮儿取代了他的位置。

皮儿不缺乏祖父的钟爱,不缺乏勇敢和威望,但他缺乏其长兄莎勒坛笼络人心的手段。因此,从他被确立为王位继承人伊始,他便如坐针毡,如火中烤栗,无时无刻不在承受着来自各个方面的嫉妒甚至暗算。

事实上,无论是米兰沙、沙哈鲁两位叔叔,还是阿卜白克、奥玛、哈里勒、兀鲁伯、只汉沙这些亲兄弟、堂兄弟、表兄弟们全不服他,他们时刻觊觎着王位,希望取他而代之。

那一年,米兰沙疯病发作,罕则黛怀着恐惧和憎恶只身逃出帖必力思,帖木儿王米兰沙的所作所为。从此,她再不愿见到米兰沙,无论多少人包括帖木儿王本人从旁相劝,她都执意不肯回到她的丈夫身边。

哈里勒遵从母亲的意愿,将她留在身边。她住在哈里勒单独为她准备的行帐中,生活简单而有规律。只要不出征的日子,哈里勒每天必定抽出时间陪她说话、吃饭、散步。儿子的孝心令她感动和温暖,加之少了米兰沙和他的一堆乱七八糟的事情时刻扰乱她的心境,她不再需要借酒浇愁。为了儿子,她用惊人的毅力戒掉酒瘾,重又变成一个头脑清醒,富于决断力的女人。

再后来,帖木儿王病逝,她充分利用家族的势力,帮助儿子哈里勒抢先据有国库和王印,从而为儿子抢先登临王位铺平了道路。

可是,当另一个儿子皮儿沦为这一个儿子的阶下囚时,她被唤醒的母爱本能还是让她难以抉择。

也许这就是罕则黛不能出席儿子婚礼的缘故。身为母亲,手心手背都是肉,她一定很为难吧?纵然她深爱着与她相依为命的哈里勒,她也不希望另一个儿子皮儿死在他同母异父的弟弟手里。

哈里勒请大家坐下,酒宴正式开始。司礼官抑扬顿挫地唱着长长的祝词,一队脸上蒙着白布只露出眼睛的侍者手里举着托盘,腰肢微扭,像跳舞一样鱼贯而入。

他们刚刚离开,又一队侍者进入。

如此几进几出,我们的面前已经摆好了各种各样的美酒、肉食、水果、米饭和面包。能够容纳千余人席地而坐,摆上一百多张桌子后至少也能容纳两百人同时就餐的婚帐,哈里勒只请了不到一百人,因此,大帐显得有几分空阔。好在,婚宴上歌舞齐备,多少遮住了沉闷的气氛。

我不由自主地关注着皮儿,他坐在王位左侧第一排筵席的首位,与坐在右侧第一排筵席首位的公主相对。

凡是坐在第一排筵席的人,都单独使用一张楠木方儿。皮儿垂头不语,整个灵魂似乎都游离于盛大的宴会之外,除了一杯接一杯地喝酒,他几乎什么都不吃。

我同情皮儿。

我在公主的后面,我看不到她的脸,我想,她的心情一定与我一样。

由于母亲罕则黛没来参加婚宴,欧乙拉公主算是长辈,哈里勒学他的祖父帖木儿王的样子,带着新娘子按照长幼尊卑的顺序分别给坐在第一排的所有贵客敬酒。他第一个来到欧乙拉公主的面前,他的耳朵里听着欧乙拉公主的祝福,嘴角噙着一丝礼貌的笑意。新娘子亲自执盏,倒了一杯酒敬给公主。公主祝福新娘子,接杯在手,将第一杯酒一饮而尽。

新娘子再敬,公主再饮。

新娘子正要敬第三杯,哈里勒不紧不慢地说道:“我怎么忘了,公主平素从不饮白酒。真该死!我这就让人给您换上马奶酒来。”

哈里勒这句不经意的话让我的心脏猛地哆嗦了一下。从帖木儿王开始,谁不知道公主只能喝些口感柔和、对身体有益的马奶酒,她不是不善饮白酒,而是不能饮,如果饮了烈性酒,对她的病产生刺激,她就会头疼欲裂。哈里勒与公主曾经多次一起参加宴会,他不会不清楚这一点。可他,偏偏以敬酒的名义强迫公主饮下两杯烈性酒,然后再假装换成马奶酒,既以此证明他给公主喝下烈性酒不过是一时大意,但又能让两种酒相掺和发生作用,加重酒的效能。

这大概就是他报复公主的方式吧!多么恶毒又多么不动声色!他无非希望欧乙拉公主犯病时饱受折磨,痛不欲生。

我的心很痛,手也在颤抖,我四下张望着,寻找一件趁手的利器。这时,我看到侍者跪在我这张桌子的面前,用锋利的蒙古刀认真地切着羊肉。

瞬间的冲动使我产生了一个念头,我要设法将这把刀子夺在手里,然后与哈里勒,这个伤害了公主的恶魔同归于尽。

我这样想着,身体前倾,几乎坐了起来。这时,我看到公主将一只手放在背后,向我摇了摇。公主的脑后没长眼睛,可她居然知道我要做什么,我发热的头脑像被冰水浇过一样,刹那间冷静下来。

公主对我的阻止是及时的。事实上我很快明白,我根本杀不了早有准备的哈里勒。哈里勒等待的大概正是这个,这样一来,他就可以借我的手,以谋逆的罪名名正言顺地杀死公主。

他确曾饶恕过欧乙拉公主一次,然而,同样的忤逆行为绝不允许一而再、再而三地发生。如果在婚宴中发生血腥的事情,人们不能不相信自己的眼睛,原谅哈里勒的所作所为。

哈里勒,他真是处心积虑。

侍者换上了马奶酒。公主将第三杯酒擎在手上,低柔地向新娘子说了几句话,然后才将杯中酒饮尽。

离开公主,哈里勒引着他的新娘子,来到了皮儿面前。

皮儿耷拉着脑袋,还在喝酒,似乎没有看到他们的到来。哈里勒弯下腰,将一杯白酒放在皮儿手边。

皮儿抬头,醉眼蒙眬地看了哈里勒一眼。

"你是谁?"他口齿不清地问。

"皮儿,这是你弟妇敬你的酒。"

"弟妇?你是说这个姑娘吗?"他摇摇晃晃地站起来,轻慢地用手指着新娘子,他的眼睛血红,新娘子吓了一跳,急忙向后缩了一下身体。

"是的。所以,你要喝下这杯酒。"

"喝酒我当然愿意,就算毒酒我也奉陪。"皮儿去取酒杯,可是,在酒的作用下,他的手颤抖得厉害,一杯酒差不多被他洒出了大半。

喝完,他将杯底亮给哈里勒:"喝了,痛快吧?"

哈里勒不动声色地再给皮儿斟酒,哈里勒一边斟,皮儿一边洒,后来,酒刚满杯底,他又喝了。

第三杯酒,哈里勒改了主意,他将杯子放在一边,让侍者换两个银海碗过来,他要与皮儿一起喝。满满的两碗酒,哈里勒并不将碗交到皮儿手中,而是伸在皮儿的鼻子底下,他一边喝,一边看着皮儿喝,不一会儿,两碗酒被兄弟俩喝了个精光,哈里勒掷下酒碗。

银碗不会破,扔在地毯上只是发出一些响声,侍者急忙将银碗拾起来,躬着身默默退下。

哈里勒看着皮儿站也站不稳的样子,大声笑起来,笑声酣畅淋漓。

皮儿也跟着他笑,他的笑声若断若续,听着比哭还难听。

哈里勒走到皮儿身边,搂住了他的脖子:"皮儿,酒宴结束后,要不要我带你去见母亲?"

皮儿虽然醉得厉害,可他并不喜欢哈里勒这种亲热的表示。他伸出手,想要推开哈里勒,可是他力不从心,哈里勒的力气显然比他大得多。

我看见哈里勒的脸。他的脸上重又出现了昨晚扼住我脖子时的表情。我想,此刻的皮儿一定也像我那会儿一样,感到透不过气来,感到自己就要死掉了。

"你说……什么?"果然,皮儿的嗓音变得嘶哑,与此同时,他用尽全身力气从哈里勒的胳膊下挣脱出来。

"去见母亲啊。"哈里勒重复了一遍,脸上仍然挂着笑容。

"谁的母亲?你的母亲吗?"

"难道,她不是你的母亲吗?"

"你是说……她吗……噢,我忘了。"

"连生下自己的母亲都忘了,不应该吧。"

"什么应该不应该,我几乎不认识她。你为什么老在我的面前站着,你走,我要喝酒,酒才是我的母亲。"

"皮儿……"

皮儿使劲推了哈里勒一把,一屁股跌回座位上。"走开!走开啦!"他为自己斟酒,他找不到杯口,酒洒得满桌子都是,"走开,我要喝酒。爹亲娘亲不如酒亲,我哪有亲娘,嗯?酒才是我的亲娘。"

他说着,又笑起来,放声笑起来,空洞、悲怆的笑声久久回荡在婚帐中,如同一只孤独的断腿公狼,蹲在山冈上面对着强壮的猎人悲号。

我不忍卒听。然而,与皮儿相比,我更关心公主。我只能看到公主的后背,她端坐在座位上,我看不到她的脸色,不知道她是不是已经开始头痛。

我想象着她脸色苍白、额角上冒着细密冷汗的样子,结果,我自己脸色发烫,先出了一身热汗。

该死的哈里勒和他的新娘怎么还不结束这一轮敬酒?希望宴会的气氛能变得轻松一些。如果公主身体不适,我才不管哈里勒是王子还是王,我一定要带着公主离开婚帐,接受大夫的治疗。

对了,塞西娅这个笨蛋光知道着急,怎么就把珍贵的药丸给忘了呢?我通常不是随身带着一个药瓶吗?

药瓶是我用一块条形水晶精雕细琢而成的,外观如微微弯曲的拇指,内壁中空,透过晶莹剔透的瓶体,可以看到里面圆圆的、像珍珠般大小的红色药丸,十分美丽。我是个性格古怪的人,难免有时会突发奇想,做一些别致精巧却华而不实的东西,比如这个药瓶就是其中之一。药瓶的里面一次只能放下五粒药丸,不过,有这五粒药丸至少可以暂时抵挡一下,我得赶紧给公主服用,我相信,公主吃过药后,对她的头疼一定能起到缓解作用。

可是,可是药瓶呢?

药瓶到哪里去了?我明明记得带在身上的,为什么我翻遍了全身就是找不到了呢?难道……是我记错了?还是落到了王宫后花园关押我的地方?再或者,根本就是有人趁我睡着的时候从我身上偷走了药瓶?

不可能吧,不应该会有这样的事!我得想想,我得好好想想,我到底把药瓶丢在了哪里……

我像个疯子一样茫无头绪,公主几次病倒带给我的恐惧纠结着我的记忆,除了担忧、害怕,我几乎什么事情都做不到。

也许感受到了我的不安和焦虑,在新婚夫妇的敬酒进行到一半时,公主回过头,向我微微一笑。

我看着她。欧乙拉公主的面容苍白,神情宁静,她把一根手指放在唇边,好像在对我说,她早有准备,她吃过药,不用为她担心。

可我怎么能不担心呢?

药丸只能缓解一时,我听大夫私下里告诉公主,这种药丸不能经常服用,更不能大量服用,尤其不能在服用后喝酒,如果这三点做不到,药丸所起的作用就不是救人而是害人了。

然而,天生颖慧的公主预料到哈里勒不会轻易放过她,也明白哈里勒请她赴宴根本别有用心,即便如此,她仍然不愿意因为自己突然病倒而破坏了婚宴的喜庆气氛,所以,她在赴宴前服下了药丸。这样一来,她的确能支撑到酒宴结束甚至晚上都不成问题,但是明天,谁知道明天她又会如何呢?

肆

哈里勒和新娘子终于回到了座位上。随着音乐和鼓点的变化，一队乔装成武士的舞伎踏着节奏进入大帐，献上了马刀舞。帖木儿王在世时，十分喜爱这个奔放遒劲的舞蹈，每逢宴会，第一曲舞多是马刀舞。

据说，刀马舞的编排者是少女时代的图玛。图格鲁汗因为宠爱女儿，每逢东察合台汗国的宴会，都会让艺人表演这个节目。帖木儿王与图玛成婚后，仿效图格鲁汗的做法，将马刀舞定制为宫廷舞蹈。

帖木儿王从来认为他是成吉思汗的后人，这个观念一生不曾改变。为了证实这一点，他对蒙古公主图玛极尽宠爱，凡是与图玛有关的东西，他都视为神圣不可侵犯。

哈里勒作为帖木儿王的继承者，势必要将帖木儿帝国的许多宫廷礼法继承下来，舞蹈便是其中一项。

哈里勒居中高坐，津津有味地欣赏着舞蹈。

我的内心百味杂陈。一面担心公主，一面想着罕则黛妃主；一面猜测皮儿的命运，一面又为哈里勒的新娘子纳闷。

我纳闷的是，哈里勒的新娘子长得确有几分姿色，但与赛相比，还不能算作花容月貌。这且不论。我最纳闷的是，自始至终，我在新娘子的脸上不曾看到一丝笑容，而且，她的一举一动表现得像个木偶一般任人摆布。

这么说吧，与其说今天是她大喜的日子，倒不如说今天的这场婚礼对她而言纯粹是一种无奈和折磨。

多么古怪！

新娘子到底是哪位王公贵族的女儿？哈里勒为什么一定要娶这样一个喜欢哭丧着脸又并非美若天仙的姑娘？是哈里勒神经搭错还是人们说的鬼使神差？要么就是哈里勒别有用心？

我觉得最后一种情况最有可能。

在帖木儿王的诸孙当中，哈里勒一向以冷面狠心闻名。从他报复公主的手段来看，他这个人也的确不是什么善良之辈。由此推断，新娘子说不定是他用来报复某人的工具。

我心里产生了这样的想法后，渐渐地倒被我看出了某些端倪。

比如说，新娘子与哈里勒回到座位后，目光总是若不经意地掠过皮儿坐着的方向,也就是那么一瞬,又将目光收回。而皮儿,只顾埋头喝酒,根本不向新娘子看上一眼。再比如说,皮儿越表现出冷漠的样子,新娘子似乎越伤感,到后来,新娘子的眼里噙满泪水,不得不垂下了头。

我天生具有一双善于观察的眼睛,许多时候我的判断即使不能说百发百中,也可以说十拿九稳。哈里勒与他的新娘子之间并没有真正的感情,这一点,从之前哈里勒对这次婚礼的淡漠可以看出。果真如此,哈里勒的这次娶亲一定又是一种精心的安排了。

也许是我太过于注意皮儿和新娘子两个人的微妙情态,而顾不上欣赏舞蹈,因此,当我听到"啊"的一声惊叫时,我并没有看见一个体态轻盈的舞伎在舞步移到离哈里勒最近的位置时,突然从衣袖中抽出了一把锋利的短剑。事实是,我只不过看到了一个身影像箭一样冲到哈里勒的面前,接着,则是"当"的一声,哈里勒临危不乱,机敏地用酒碗挡住了刺向他的短剑。

所有的人都被这突如其来的变故惊得目瞪口呆,最先反应过来的是哈里勒的侍卫,他们蜂拥而上,将行刺者扑倒在地,夺下她的凶器。而我,也反应过来,跑到前面,抱住了公主。

公主安慰似的轻抚着我的后背,让我在她身边坐下来。

二十多年的时光,我从来没有见过这样的事情发生,这使我受到惊吓,全身不由瑟瑟发抖。

婚帐里着实混乱了一阵,包括新娘子在内的许多人都从座位上站了起来。不过,当所有的舞伎都被带出去统一看管,在护帐侍卫强制的维持下,婚帐里很快又恢复了原有的秩序。我无论如何不肯离开公主,侍卫也没有刻意勉强我,他们只是虎视眈眈地监视着所有的宾客。

骚动过去,婚帐中瞬间出现了一阵可怕的沉寂。沉寂之后,哈里勒离开座位,踱到刺客面前。

当时,我丝毫不曾预料到接下来就要发生的事情,我只记得,我的心里很乱,目光无意识地扫过皮儿和新娘子,又落在哈里勒的脸上。对于方才那惊险无比的一刺,哈里勒没有表现出丝毫余悸未消的样子,相反,他很镇定,甚至有点儿为自己的反应机敏沾沾自喜。

他低头望着刺客,刺客抬头望着他,他们彼此相视,好一会儿,哈里勒才问道:"你是谁?你为什么要杀我?是谁指使你这么做的?"

刺客不语。

我发现刺客长得很美,是那种妖娆的美,如同她天生就是为做一名舞伎而存在的。可是,她为什么要行刺哈里勒呢?她不知道现在的哈里勒是帖木儿帝国最有权势的人物之一吗?难道,她不曾想过,刺杀这样一个人,她得冒多大的风险,又有多少成功的把握? 她与哈里勒之间有什么深仇大恨? 她有家人死在哈里勒的手上吗? 或者,就是她受了什么人的指使?

我徒劳无益地猜测着一切可能,而真正的可能或许就是出人意料。我们的眼睛和耳朵有时会告诉我们真相,有时也会欺骗我们,然而在当时当地,除了相信我眼睛看到的,耳朵听到的,我别无选择。

哈里勒蹲下身子,用手使劲拧起刺客尖尖的下巴,继续问:"告诉我,你究竟是谁? 为什么要这样做?"

他的语调很奇怪,像在克制,又像在调笑。刺客试图挣脱他的手,一言不发。

"你不说是吗?"哈里勒一手仍然捏着刺客的下巴,一手从腰间取下他片刻不离身的蒙古弯刀,他用这柄刀的刀背压住了刺客的脸。

刺客的全身抖动了一下,不再做无谓的挣扎,安静下来。终于,她说:"你杀了我吧。"声音娇脆,有如莺啼。

"你想死?"

"是。"

"可我不会让你死。"

"你要做什么?"

"你长着一双漂亮的眼睛,我喜欢。不,何止是眼睛,你这娇嫩的脸蛋,樱桃般的小嘴,我全都喜欢。"

"你想做什么?你要做什么?"刺客连声问,她的声音微微发颤,里面充满了真正的恐惧。

"我嘛,把我喜欢的全都留下来,然后,放你走。"

"留……留下来……怎么留?"

"很简单,我先把你的脸皮剥下来,然后,割下你的双唇,剜下你的眼睛,等我做完这一切,你就可以走了。"

"你……"

"唔,看样子,你还不信是吗?好,我做给你看。"哈里勒说着,将刀背翻过来,用刀刃对准了刺客的脸,顿时,刺客的脸上被压出一道浅浅的印痕。

"不要!"刺客大叫起来。

"为什么不要?你连死都不怕,还怕破相吗?不,你不用担心,我不会让你太痛苦。想想你以后的样子吧,一定惹人疼怜。"

"求你了。"

"你想考验我的意志是吗?看我会不会对你心慈手软?好,我来告诉你,我是一个什么样的人!"

哈里勒说着,手腕上就要加力。刺客的意志彻底崩溃,哭出了声:"别!别这样!我说!我说!"

哈里勒难得地一笑:"你看,早这样多好。"他悠闲地收起腰刀。侍卫搬来一把椅子,他在椅子上坐下来,像一个法官一样,开始审问刺客。

"你叫什么名字?"

"欧日其朗。"

"多大了?"

"十七岁。"

"哪里人?"

"我……我是察合台人。"

"察合台人?哪一部?"

"巴鲁剌思。"

"巴鲁剌思部?你和我还是同族人。怎么,我和你有仇吗?"

"是。"

"什么样的仇,值得你冒生命危险行刺我?"

"我的父亲、哥哥、弟弟,都是被你杀死的。"

"是吗?我不记得了。你告诉我,我什么时候杀死了他们?"

"上一次,你和皮儿王子……的战斗中。"

"死于战争?"

"对。"

"死于战争中的人很多,为什么向我报仇的人只有你一个?"

"我不知道。也许是因为他们懦弱。"

"错。他们没有这样做,是因为他们没有机会受到别人的指使。"

"你说……指使?"

"我这样说你很奇怪吗?说吧,是谁借助你的仇恨指使你刺杀我的?"

"没有,真的没有人。"

"有,你不用否认。我知道这个人是谁。说真的,我能确切地了解这个恶毒的计划,还得感谢我的新夫人。"

哈里勒的这句话,不亚于一块巨石落入水中,先是发生了一声巨响,继而溅起巨大的浪花。

刹那间,所有的目光都集中在了新娘子的脸上。所有的目光,包括皮儿在内,此前,他还一次都没有向新娘子坐着的方向看过。

新娘子完全是一副惊呆的模样,一张脸涨得通红。渐渐地,她脸上的红晕褪去,脸色变得惨白如雪。

刺客欧日其朗盯着新娘子看,许久,她声嘶力竭地骂了起来:"是你?你这个不得好死的贱人!"

新娘子仿佛突然明白了什么,一下子从座位上站了起来:"不,不是的。我什么都不知道!"

"贱人!贱人!"欧日其朗仍然不依不饶地怒骂着。

"我不是贱人,我不是!王子,天哪,这到底是怎么回事?我什么都没有对这个人说过。请你相信我。"

新娘子慌乱之中,失去了判别事物对错的能力,她只想着为自己辩解,可是,她的辩解却出卖了一个人。所有的人都听得出来,她口中的"王子"肯定不是哈里勒,那么这个人,必定就是皮儿。

原来,我的判断是正确的,新娘子与皮儿确实早已相识。

皮儿默默地注视着新娘子,不像是我所认识的皮儿,也不像是我所认识的任何男人。他让我惊异。我第一次看到他酡红的脸上出现了一种表情,这种表情无法用任何语言表述,它集合着伤感、怜惜、无奈、悲愤、心知肚明等等等等,唯独没有丝毫埋怨。

泪水顺着新娘子苍白的面颊滚滚而下。我们看着她,目瞪口呆地看着她当着我们所有人的面,扯下了头上的婚纱,脱去了大红的婚衣,她将婚纱和婚衣全都扔在了地上。婚衣里面,露出一身素净的衣衫。看样子,新娘子只是在她旧日的衣着之外套上了肥大的婚衣而已。月白色的衣衫上,绣着紫菊的图案,也许有些人不知道,但我知道,紫菊花,一向是皮儿喜爱的花品。

新娘子走下座位,走到哈里勒面前。她用手指着哈里勒:"你……你在撒谎,我没有对你说过任何事情!"

哈里勒微笑:"是吗?那么,眼前的一切你该做何解释?若非赖你护佑,我如何躲得过今天这一劫?"

"我不知道!我不知道这个人为什么要杀你!她没能得手真是遗憾,我宁愿你死。别说我什么都不清楚,我就是清楚也不会告诉你。"

"好啦,别使性子了。今天是我们大婚的日子,我们已经是夫妻,哪有新娘子盼着自己丈夫死的道理。"

"你……"

"回到你的位置上去吧。你这样走下来,很不吉利。你看,大家都看着你呢,以后,你还得多掌握一些宫廷礼数。"

新娘子怒视着哈里勒嘲笑的脸,然而,悲愤使她不知该说些什么才好。侍卫上前,催请她回去,她无奈地转过身。她走得很慢,很慢,只有几步,接着,她伸出手,以惊人的敏捷抢过侍卫佩带的腰刀,将刀锋直接送入了自己的肚腹之中。

这一切比刺客行刺那一瞬来得还要突然。

我在一片惊叫声中下意识地闭上了眼睛。我的意识变得混乱,像做梦般昏头涨脑。我不相信,我不相信!但愿一切都是我的梦境。

公主悄悄地握住了我的手,她的手指冰凉,触在我的手心冷得刺骨。我强使自己睁开眼睛。

我睁开眼睛时,看到的是更加惊人的一幕。不知何时,皮儿已在新娘子的身边,新娘子倒在他的怀中,奄奄一息。

"王子,相信我,我从来没有做过对不起你的事情。"她喘息着,对皮儿说。

皮儿温柔地回道:"我知道。"

"我不该答应嫁给他。"

"你是为了救我。"

"可是,我却害了你。"

"不,无论如何,结果都是一样的。只可惜,让你白白丢掉一条性命。"

"别这么说,这是我唯一能为你做的事,我很高兴。你应该知道,没有你,我活着还有什么意义!王子,不,皮儿,我冷,抱紧我。"新娘子呼吸急促,声息微弱,显然,她的生命之灯正在熄灭。

皮儿紧紧抱住了她。两行泪水从他微闭的眼中滑下,滴落在新娘子苍白冰冷的脸上。

"别……哭。"这是新娘子留给皮儿的最后一句话。她抬了抬手,似乎想为皮儿拭去泪水,她的手臂刚抬到一半,便垂落下来。这是永远的垂落,与此同时,她的头也滑下皮儿的臂弯。

皮儿将泪湿的脸抵住了新娘子的额头,许久,除了肩头偶尔剧烈地抽动一下,他无声无息,一动不动。

哈里勒走到皮儿面前。

"好一对情深义重的爱侣。原来,你们早就商量好了,要趁我娶亲的时候置我于死地。皮儿,你真是我同母异父的哥哥,你好狠的心肠!"

皮儿连头也没抬,他冷冷地回答,语气里听不出丝毫悲伤的味道:"哈里勒,你机关算尽,我赌你难逃一死!"

"是吗?难道,你还能杀得了我吗?"

"还能杀得了你?难道,我曾经杀过你吗?我一点都不怀疑,你比任何人都明白这一切是怎么回事,你演了一出好戏,一箭双雕的好戏。现在,你得逞了。我就是想知道,在这部戏里,这个女人,或者说,这个'刺客'扮演着什么样的角色,想来,她也只是你的一个棋子吧?"

哈里勒示意将欧日其朗带走,严加看管起来。皮儿说道:"等等,我有话问她。"但是没有人理他,按照哈里勒的命令,侍卫推着双臂被捆绑起来的欧日其朗向帐门走去。皮儿冲着欧日其朗的背影喊道:"你等着吧,下一个就轮到你了,哈里勒不会放过你的。你这个帮凶!"

皮儿的话产生了作用,欧日其朗的脚步明显趔趄了一下,她猛然回头望着哈里勒,脸上流露出惶恐不安的神色。

哈里勒抿着嘴唇,依然摇摇手,侍卫将欧日其朗推了出去。

"皮儿,你认罪吧。"哈里勒只对皮儿说。

"认罪?你早就给我定罪了,还需要我来认罪吗?"

"皮儿,只要你把实情告诉我,看在我们是同母兄弟的份儿上,我会对你网开一面的。"

"哈里勒,你这个小人!"

"皮儿,其实你不认罪又何妨!你的罪行有目共睹。我只是希望给你个机会。"

"机会?给我死的机会,给我百口莫辩的机会,是吗?哈里勒,我告诉你,不是每个人都会像你一样卑鄙。"

"你这样固执对你真是一点好处没有。你害死我的新娘,将我的喜事变成丧事,你对这一切难道就不觉得有丝毫愧疚?"

皮儿怜惜地放下新娘子,从地上缓缓站了起来。他盯着哈里勒,眼睛里喷射出一股怒火。我想,如果眼睛真的可以燃烧的话,皮儿眼中的怒火一定可以点燃哈里勒,将他烧为灰烬。

哈里勒不由自主地避开了视线。不过,他随即将目光移回到皮儿的脸上,这种时候,他无论如何不能示弱。

一对从同一个母亲肚子里诞生的亲兄弟就这样默默对峙着,我发现他们的外形居然有几分酷似。

终于,哈里勒微微笑了。他依旧做了个手势,似乎想让侍卫将皮儿带下去,可是皮儿猛地向哈里勒扑过去,用手扼住了哈里勒的脖子。哈里勒根本没有闪避,在皮儿扼住了他脖子的瞬间,三柄长剑从背后刺穿了皮儿的身体。

婚帐里再次骚动起来。女宾席中发出了一声惨叫,一个女人昏厥了,被她惊慌失措的丈夫急急忙忙地抱了出去。

我也想尖叫,也想昏倒,可是公主抓着我的手,她给了我勇气,我强迫自己把这悲惨的一幕看完。

被剑刺中的皮儿脸上露出一种解脱的神情,手,慢慢地从哈里勒的脖子上松开了。他没有立刻就死,在生命的最后时刻,他挣扎着回到了新娘子身边,跌坐下来。他伸出手,重新将新娘子抱在怀中,然后,他仰头看着哈里勒,艰难地说道:"你赢了。你完蛋了。"

说完,他溘然而逝,用死亡换回了追随所爱的自由。我相信,他与他死去的爱人,将在天上相聚。

婚帐里弥漫着血腥的气息,我再也忍不住,干呕起来,鼻涕眼泪一起汹涌而出,我像晕船一样难受得生不如死。

公主把我拖出了婚帐。

侍卫没有阻拦我们,但是其他人被挡在了帐中。我和公主站在大帐外的风口,我大口呼吸着新鲜的空气,血液一点点流回到我的心脏里,我冻住的神经苏醒过来,这使我头痛欲裂。

以前,即便目睹过战争酷烈的场面,也没有让我产生过这种快要死去的感觉。所有的一切如同噩梦一样,喜庆的婚礼殿堂转眼间变成了两个人的坟墓,我倒真的希望我所看到的一切都只是一场噩梦。

公主,我的母亲,一直陪伴在我的身边,知道我没事了,她递给我一块丝帕,让我把脸擦干净。

我抬头望着她时突然想到一件事,在整个事件发生的过程中,欧乙拉公主都保持着一种麻木的平静。她好像早有预料,不做任何徒劳的努力。我不止一次领教过这个看似柔弱的女人身上所具备的超凡勇气和智慧,但我还是为她吃惊。死去的毕竟是皮儿啊,当皮儿还是一个小孩子的时候,她对他像对沙哈鲁一样疼惜。可是,如今她目睹了皮儿的死亡,却并没有表现出太多悲伤的样子。

"塞西娅,你没事了吧?"我将丝帕揉成团,攥在手里,公主温柔地望着我,语调平静柔和。

我摇摇头。

"进去吗?"

"不,我宁可死,也不要进去。"

"好吧,那就等着哈里勒派人来,把我们带到我们该去的地方吧。"

"你这话是什么意思?"

"这件事情没完,哈里勒会调查所有人的。"

"调查?"

"是啊,他得找出来,皮儿还有没有同党?"

"你真的相信这件事是皮儿做的吗?"

"不相信又能如何！"

"公主……"

"什么？"

"我觉得……"

"觉得什么？"

"你和以前不一样。对这件事，你好像很麻木。"

"我经历过比这更糟的事情，这就是宫廷。"

"更糟的事情？你说的是……"

"许多年前，有一个无辜的女人也像皮儿这样死在了我的面前。而那时的我，像今天一样，除了眼睁睁地看着，什么事情都不能为她做。"

"你说的女人……是谁？"

"她……她是我在这个世界上最爱的人，她是我的母亲。"

"你的母亲，天哪！"

公主温柔的杏仁眼里闪现出迷离的泪光，由于回忆的痛苦，她的脸色由苍白变得铁青。

"公主……"我担心地叫了起来，她的痛苦感染了我，我比她还要难过，还要感同身受。

好一会儿，公主拭去泪水，稍稍平静下来。她用一种令我感到陌生的语调说道："这就是宫廷，充满了阴谋和杀戮。因为宫廷是这个样子的，所以我一点都不喜欢。我试图逃离，我曾经这样做过。逃离，既是为了逃命也是为了远离宫廷。我一路向西，逃到了西察合台汗国，到了这里之后我才发现，一旦离开宫廷我竟寸步难行。我没有一项技能可以让自己安身立命，离开宫廷我只能成为索度他们这些人的累赘。正因为如此，我不得不再次回到宫廷之中，再次面对阴谋与杀戮。这是我的宿命，改变不了的宿命。我只能如此，为了活下去，为了等待死亡。"

"不！你别说了，你不要再说了！我不要听你说，我不要你死！如果你抱着这样的想法，我就……我就再也不跟你说一句话了。"

想到公主有一天会离我而去，想到皮儿和新娘子的悲惨结局，我的恐惧爆发了，我歇斯底里地大声哭喊起来，我惊人的哭声和喊声引来了侍卫。公主束手无策地看着我，除了听任我病态般的发作，她想不出更好的办法让我安静下来。侍卫走过来，惶惑地看着我，等我的哭声变哑，低弱下来，他们对公主说道："公主，哈里勒王命令，要我们护送您进城。"

公主依然点了点头。当然，这是她所预料的结果，她说过，哈里勒一定会就刺杀之事展开调查，说不定还会有更多的人被牵连进此事之中。我的恐惧随着眼泪流出我的心里,我平静了许多。

我对侍卫说:"我也要去。"

是的,我无论如何要跟公主一起去,哪怕被关进监狱,即便是死,我都不会离开公主的身边。

侍卫回答:"好。"

侍卫的话音甫落,婚帐的门打开了,所有参加婚礼的宾客一个跟着一个被押出婚帐。他们将随我们一道,回城接受审查。我看着这些因为参加了一场悲惨的婚礼而成为嫌犯的人,他们在婚帐外彼此相顾,惊恐不安。因为他们,其实也包括我在内,我们没有人预料得到接下来可能发生的事情。我们不知道我们当中有谁会成为下一个,再下一个的牺牲品,对于无法预知的命运,我们做不到无动于衷。

只有欧乙拉公主,只有这个经历过人世间最悲惨的事情的女人无惧生死,像水一样平静,像风一样从容。

伍

皮儿临死前对哈里勒说过一句话:"你赢了。你完蛋了。"

开始,我并不明白他这两句话的意思,后来,事态的发展逐步证实了他的预言,"皮儿事件"最终成为哈里勒王权衰落的开端。

那一天,哈里勒的侍卫将我们这些不幸参加了婚宴的人全部押回城中,之后,我和公主以及所有的人都被关入了城中的大牢。

针对城中是否还存在皮儿的同党所展开的调查一直紧锣密鼓地进行着,每一天,都有一些人被定罪处死,也有一些人被无罪释放,允许回家。令我感到不解的是,哈里勒一直不肯审问公主,也不肯释放公主,他就让公主在监狱里面待着,一再目睹那些被定罪的犯人在被严刑拷打时生不如死的模样。

公主的身体状况原本就不好,哈里勒让她饮用白酒,她在饮酒前被迫服药,以及受刑者的哀鸣不绝于耳,这一切都加重了她的病情,头痛最严重的时候,她陷入长久的昏睡之中。

我将带在身上的一块玉佩悄悄塞给了狱卒长官,哀求他无论如何要将公主的病状告诉哈里勒,并代我请求哈里勒派个大夫过来给公主诊治。可是,直到第二天早晨,我也没有等到哈里勒派任何大夫过来看视公主,而且,那个答应给我传信的狱卒长官我也再没有见到。

公主依然昏迷不醒,我无望地守在她的身边,用清水为她擦拭着身体。我想起公主说过的话,她说:"我曾经经历过同样的事情。"是的,我也经历过同样的事情,我经历过担心公主死亡的恐惧,因此,当我再一次陷入同样的恐惧中时,我没有方寸大乱而是头脑清醒。

我想到沙哈鲁,不止一次想到他。我在想,如果这一次公主真的死了,他连与公主见最后一面的机会都不会有了,假如真是那样,他该怎样悔恨终生?他又该如何不能原谅自己?

事实上,如果公主真的死了,我也不能原谅自己,我也会悔恨终生。这个女人,她将我养大,将我带在身边教我爱我,像爱自己的女儿一样,我却什么事情都做不好,什么事情都没有为她做。

假如她真的死了,我宁愿随她而去也不要留在这个冰冷的世界上。

我突然有些憎恨沙哈鲁了。我想不明白为什么发生了这么多的事他却一直按兵不动?为了争夺王位,米兰沙、阿卜白克、只汉沙、奥玛、哈里勒、皮儿,他们这些人明争暗斗,他们当中,只汉沙和皮儿已经死了,可沙哈鲁始终守在自己的封地,我看不到他有任何行动。

沙哈鲁应该不是一个懦弱的人,可这一次,我对他感到失望。

从早晨到中午,我滴水未进,只是不停地给欧乙拉公主擦拭,设法让她滚烫的身体清凉一些。这是我唯一能做的事情,公主从来都是个喜欢洁净的女人,躺在这样肮脏的地方受苦受难真的太委屈她了。

隔壁的监狱里又传来受刑者的呻吟和惨叫,那一声声哀怨的嚎叫像锉刀一样锉着我的心脏,我的心口钝疼,感觉自己快要发疯了。正因为这样,我也觉得庆幸,因为昏迷,公主再不用听到这些声音,再不用忍受这种无休止的折磨。

接连熬了两夜不曾合眼,我好像睁着眼睛做了一个短短的梦。梦中,我看到狱卒打开门,一个人走进关押我们的牢房,一开始我以为是沙哈鲁来了,后来发现是个女人,她向公主俯下身体……

我浑身颤抖了一下,惊醒了。

眼前混沌的人影变得清晰起来。原来不是梦!我的视线里充斥一个肥硕的身体,她正俯视着欧乙拉公主。

"妃主!"我呼唤出声。

是妃主罕则黛没错,哈里勒不肯来,还好妃主来了,只要妃主来了,她一定可以救欧乙拉公主。

我跪在罕则黛的面前,抱住了她的腿。我哭着央求她:"妃主,请您救救公主,请您一定要救活公主!"

罕则黛用她粗短的手指碰了碰我的头发。我抬头望着她，她的眼泡浮肿,肥胖的脸颊闪闪发亮。

这张脸,这个人,我简直有些不敢相认。

一定是皮儿的死使她身心受到巨大的打击,短短的几天之内,她像一个被充满气体的气囊一样全身鼓起。对于她,我已经不能用"肥胖"这个词来形容了。她呈现在我眼前的这个可怕的样子,的确让我想到充气的气囊。或许,我该用"肿胀"这个词形容她更合适？

"塞西娅,公主这个样子多久了？"她的声音喑哑浑浊,我琢磨了好一阵儿才总算弄明白她问的是什么。

"从我们被关进大牢那天,她的头痛病就犯了,她一直很痛苦,前天晚上,她开始陷入昏迷。"

罕则黛思索着,目光闪闪。片刻,她似乎做出某种决断。她命狱卒立刻将欧乙拉公主送回她自己的住所治疗,她这样吩咐时语气极其强硬。作为哈里勒的母亲,没人敢违背她的命令,狱卒乖乖地跑去准备躺椅。当我看着公主被两个狱卒小心地抬出牢房时,我知道,公主终于有了可以活下去的机会,在那一瞬间,所有的感激都化作泪水在我脸上滚滚流淌。

罕则黛为公主请来了城中最好的大夫,经过他们紧张的救治,公主柔弱的生命之花再次得以绽放。这期间,哈里勒只来过一次,他说他是来看望母亲的,然而,由于他是如此言不由衷,所以罕则黛将他带到了公主的房间。

这是他第一次看到病中的公主。

公主刚刚服过药,正要躺下,看到他进来,公主似乎有些惊讶。

罕则黛站在我的身旁注视着公主,一时间,我们四个人谁都没有开口说话。

片刻之后,公主向哈里勒伸出了手。哈里勒因为意外而踌躇,但终于,他还是走过去坐在了公主的床边。

公主细细地审视着哈里勒疲惫的面孔,语气中不无担忧:"哈里勒,你的脸色很不好,是不是哪里不舒服？"

罕则黛用手捂住了嘴。我像她一样,泪水一下子涌满了眼眶。

哈里勒也一样心中疼痛。他不敢相信,这个被他折磨得只剩下半条命的女人,竟然一如既往地疼爱着他、关心着他……天哪,他为什么要来看望她!

"公主,我……"

"无论多么辛苦,都要注意身体。别让你母亲太为你担心。"

哈里勒垂下了头。我以为他会向公主道歉,可他站了起来:"公主,您休息吧。我……我得走了。"他说着匆匆忙忙地起身向外走去,他的确不会道歉,可是在他转身离去的刹那,我看到他的脸上闪过了深深的懊悔之色。

他无法再待下去,如果再待下去,他一定会向公主忏悔自己的所作所为,而他如果那样做了,他将永远不会原谅自己。

半个月后,公主的病情得到控制,我征得罕则黛的允许,带着公主回到了欧琳堡。几天后的一个中午,罕则黛突然光临欧琳堡,她说她来看望公主,但我分明感到她是有话要对公主说。

公主的身体一直没有完全复原,她变得更加瘦小了,下巴尖尖的脸上,一双眼睛显得更大更深了。她走路的时候摇摇摆摆,就像一阵风都能把她吹倒。可她还是那样热情地接待了哈里勒的母亲,这倒并不是因为罕则黛救了她一命,而是因为她自始至终都很尊敬这位性情刚毅的妃主。

我亲自下厨,做了一盆色香味俱全的素菜拌面。阿依莱是个有心人,在明朝的那段日子,他记下了几种美食的做法,我将其中面条的做法加上我的独创,做出了一种连我自己也从来没有吃过的美食。当我将拌面端到罕则黛和公主面前时,她们疑惑地尝了一口,不由得都发出一声赞叹。

银果面包早就没有了,好在有索度的妻子为我们烤制的馕。索度的妻子烤馕的手法别具一格,经她烤出的馕既酥香又可口。

我们的这顿午餐算不得丰盛,除了拌面和馕,桌上就只有酸奶、马奶酒、葡萄酒和甜瓜。可是那一天,所有的人都吃得津津有味。公主陪着罕则黛稍稍喝了一点马奶酒,她们并没有吃馕,因为拌面太可口了,她们只想吃拌面。罕则黛是胃口本来就好,但公主也吃了小小的两碗。自从公主生病以来,这还是她第一次吃得如此让我开心。很快,一盆拌面被我、索度夫妇、罕则黛妃主带来的两位侍女在内的七个人吃得干干净净。

吃过饭,索度夫妇、两名侍女将餐桌收拾下去,只留下了甜瓜和奶茶。我为罕则黛和公主斟上热气腾腾的奶茶,然后,我走到公主的身后,很自然地轻轻为她按摩着头上的穴位。这是我常做的事情,绝不会因为罕则黛在场就觉得不便。事实上,在公主优雅风度的背后是一种率真和不拘小节,罕则黛对公主素有所知,因此,她也没有任何要我回避的意思。

罕则黛垂询公主有什么需要,公主说没有。可是我有,我请求罕则黛再次恩允我带公主回一趟塞西娅洞。

"塞西娅洞吗?为什么?"罕则黛奇怪地问。

"那里的气温现在最适宜,我想带公主泡泡药池,您也知道,这会对公主恢复健康有帮助。"

"噢……"我分明感到罕则黛犹豫了一下。当然,我了解她的顾虑所在,这毕竟不是她完全说了算的问题。

公主不想为罕则黛增添麻烦,她笑着说:"不用。"

罕则黛注视着公主,这个女人虚弱的样子让她的心里产生了几许怜惜,她答应了。"你们打算什么时候走?"

"等公主的身体再恢复一些吧。"

罕则黛点了点头:"也好。"

她目光闪闪地望着公主,她的样子让我进一步确定她的确有话要对公主说。果然,她犹豫着唤了一声:"公主啊……"

公主的目光落在罕则黛的脸上。此刻,她是那样体贴,她体贴的表情促使罕则黛将难以启齿的话说了出来。

"公主,您要帮我。"

"帮您?"

"是,您一定要帮我。"

我不明白罕则黛在说什么,但似乎,公主明白。

"可我,怎么帮您呢?"

"只有您能让沙哈鲁放过哈里勒,只有您。"

"您是否多虑了呢?沙哈鲁是个仁慈的人,我想他不会对哈里勒……"

"不是这样的。沙哈鲁是个仁慈的人没有错,可是,米兰沙的儿子奥玛、奥美的儿子、皮儿的部将现在都归附了沙哈鲁,他们不会也像沙哈鲁一样仁慈的。他们对哈里勒怀有……怀有警惕之心,我担心他们会说服沙哈鲁,伤害哈里勒。我听说,他们正在劝说沙哈鲁出兵撒马尔罕,但沙哈鲁忙于稳定波斯周边动乱的局势,暂且没有听从他们的建议。可这是早晚的事情!哈里勒已经越来越势单力孤了,一旦沙哈鲁陈兵撒马尔罕城下,哈里勒根本不是他的对手。我很担心我的儿子,莎勒坛和皮儿都已经死了,我在世上唯一的亲骨肉就只剩下哈里勒了,我不能眼睁睁地看着他也离开我的身边。如果是那样,我宁可随他而去,与我的儿子们相聚于天上。公主啊,您知道吗,如今,如今也只有您能够帮助他了。"

"既然您如此担忧……好吧,我愿意试试看。"

"这么说,您答应了?"

"哈里勒有您这样的母亲为他着想,就为这一点,他也不该受到惩罚。"

"即使他伤害过您,您也不在乎吗?"

"您说伤害我?这一点,我的想法和您不一样。"

"不一样?"

"是啊。您想想看,难道不正是我说服艾库他们从狱中救走了兀鲁伯?难道不正是我为沙哈鲁解除了后顾之忧,同时令撒马尔罕的防守力量有所削弱?这一切假如不是哈里勒,换了别人恐怕不会让我活下去。但哈里勒并没有追究我的罪行,不,非但不予追究,他反而用宽广的胸怀包容了我。"

"可后来他也让您饱受痛苦。"

"是的,像个孩子一样,对母亲的不公做出一种小小的报复。也许您没注意,哈里勒的身上一直有一种孩子气,尽管这种孩子气让他不那么适合统治国家,但让我觉得他很可爱。我从不介意他的恶作剧,真的。"

罕则黛傻了。

说真的,我也傻了。

公主竟然这样理解所有的问题,她竟是这样理解的!在精神恍惚的刹那,我简直无法想象世界上还有一位这样的女人!

我看到罕则黛的眼圈一下红了。或许,她也像我一样,直到此刻方才明白,心胸并非那样宽广的哈里勒为何独独饶恕了公主?

因为哈里勒分明知道,一旦杀掉公主,这个世界将不复存在这样的女人!

这是一种绝世独立的风采,一旦失去,永不再现!

"谢谢!"许久,罕则黛真诚地对公主说。

公主向罕则黛微微一笑。

微笑是公主的承诺,罕则黛放心了。罕则黛比任何人都明白,即使全世界的人都主张杀掉哈里勒,只要欧乙拉公主对沙哈鲁说一声留下他,那么,沙哈鲁哪怕牺牲自己的生命也会照办的。

我终于理解了一个母亲的良苦用心。我像公主一样,对罕则黛的屈尊降贵充满同情,肃然起敬。

陆

在帖木儿王引以为荣的宫帐发生喋血事件后不到两个月,哈里勒竟然又做了一件惊世骇俗的事情。短短的时间内,他在众人不可思议的目光中做了两次新郎,而这一次,他娶的是他此生最心爱的女人——沙朵萝乐。

沙朵萝乐原是贵族汗甫丁的妻子,人们都说她容貌艳丽,舞姿曼妙,世所少见,但在我的印象中,她只不过是个傲慢与轻佻兼而有之的漂亮女人。

据说,哈里勒最初是在汗甫丁举办的一次家宴上见到她,自此便被她深深迷住了。这之后,他使用了一切办法迫使汗甫丁将沙朵萝乐献给他。不仅如此,人们传言,为了迎娶沙朵萝乐,哈里勒要在宫帐举行一次有史以来最盛大的婚礼。

然而,这场极尽豪华的婚礼欧乙拉公主和我都没有参加。

我也许可以原谅哈里勒,不会将他的劣行全部告诉沙哈鲁,可我在骨子里依旧憎恶他。因为,如果不是他,公主的健康也不会每况愈下。我不光拒绝参加婚礼,也拒绝为哈里勒的新娘设计任何首饰。我以受到惊吓失去灵感为由,在得到罕则黛妃主的允许后,带着公主回到塞西娅洞疗养身体,以此避开了哈里勒的纠缠。

我们从塞西娅洞回到撒马尔罕时,哈里勒的婚礼已经结束将近半年了。我们听说了一些事情,这些事情似乎会对哈里勒产生影响。

索度告诉我们——不是他亲眼所见,只是他听到的一些传闻——自从娶了沙朵萝乐为妻,哈里勒再也不肯到其他夫人的房间里去。他每天守着沙朵萝乐,寸步不离。她的舞姿让他陶醉,她的歌声让他痴迷,他就这样不顾一切地守着她,忘记了他是一个君王,世间还有其他事情等待他去处理。这样的结果可想而知,一个女人牢牢地占据着属于许多女人的男人,无节制地索取他的性与爱,其自私不可能不招致其他女人深刻的嫉恨。这些女人同样也是哈里勒的妻妾,她们甚至比沙朵萝乐更有身份和地位,也不乏青春与美貌,可是,她们却不得不忍受一个后来居上的女人那得意的、放浪的笑声。

妒意,像烙在心里的疤,被耻辱感撕扯得鲜血淋淋。而积怨,就像发酵的酒,越是深埋,越是浓烈。

公主无法不对哈里勒的行为感到忧虑。尽管她什么也没有说,可我知道,她比我更敏锐地预见了一种必然的不幸。

虽然她并不知道,不幸最终会以什么样的面目出现在哈里勒面前。

不知哪个多嘴的人将公主回来的消息报告给了沙朵萝乐,在我们回来的第三天,这个女人突然派人来邀请公主到她的宫帐做客。沙朵萝乐的宫帐原本属于图玛大王后,大王后在帖木儿王东征前被沙哈鲁接到哈烈,此后宫帐一直空着。哈里勒大婚不久,便将大王后引以为傲的宫帐赐给了沙朵萝乐。

也许出于某种炫耀的心理,沙朵萝乐邀请了很多人,其中包括她的前夫汗甫丁和哈里勒的其他夫人。公主被沙朵萝乐的侍卫接到宫帐时,宫帐里已经坐了很多人,这些人都是哈里勒的臣子及其家眷,他们不得不来,但一个个神情严肃、默不作声。他们这种表现,使本来应该热闹的场面显得有些冷清。

不过，当公主出现在宫帐之中时，人们重又变得活跃起来。每个人都向公主问候，脸上露出久违的亲切的笑容。沙朵萝乐也很难得地走下座位迎接公主，可惜，她夸张的热情和做作的言辞，无法让人对她产生好感。

哈里勒来得稍稍晚些。他与沙朵萝乐居中高坐，不经意地显出一脸倦怠。直到宴会宣布开始，汗甫丁和哈里勒的众位夫人仍然没有出现在宫帐中，沙朵萝乐心中不快，用一种极不耐烦的态度派了几个侍卫前去催请迟到的人。不久，回话一一带到，汗甫丁借口身体不适，拒绝前来；哈里勒的夫人们却毫不客气，不仅说了些难听的话，还将沙朵萝乐的侍卫撵出了府邸。沙朵萝乐如同赌气的孩子般，非要侍卫原样转述每位夫人的回话，她一边听，一边脸色变得铁青。派去催请哈里勒大夫人的侍卫最后一个回来，大夫人只说了一句话，这句话却像刀子一样戳进了沙朵萝乐的心窝。大夫人说，这么下贱的人也配请我！听了这句话，沙朵萝乐将桌子上所有的杯盘都扔在了地上，扔完了，还揪扯着自己的头发，号啕大哭。

参加宴会的人全被吓得不轻，众人也不管哈里勒要如何哄她，从公主开始，人们一个跟一个蹑手蹑脚地溜出了宫帐。在帐外，公主抹了把额头上浸出的汗水，神情轻松了不少，她问我："塞西娅，我们要怎么样回城去呢？"

"能不能将这个荣幸给我，让我亲自送您回城呢？"一个浑厚的男音突兀地在我身后响起。

我回过头，原来是他，他是旭烈兀汗的后人，我一时忘了他叫什么名字，但我给他的新婚夫人设计过一对手镯。

"谢谢您，塔哈尔。"公主依然记得他的名字，很高兴地接受了他的好意。

我们上了塔哈尔的马车。塔哈尔的马车宽敞明亮，四周围着紫色的纱幔。塔哈尔让我与公主坐在一起，他自己坐在公主的对面。

塔哈尔是个浓眉大眼、长相英俊的年轻人，以前，他从没有机会与公主如此接近，因此，他好像有些紧张，不知道该对公主说些什么才好。

公主设法消除了他的局促与不安，她微笑着问他为什么没有带夫人来。

"她回娘家了。"塔哈尔简短地回答。

然后，他们谈起一些愉快的往事，谈起他们共同熟悉的人。回忆是愉快的，因为那个时候，帖木儿王还活着。塔哈尔做过帖木儿王的贴身侍卫，后来被擢升为将军，协助王孙哈里勒坐镇撒马尔罕。塔哈尔对帖木儿王的知遇之恩念念不忘，却绝口不提哈里勒，更不提刚才在他眼前发生的那一场闹剧。

时间不知不觉地过去，很快，马车停在了欧琳堡金碧辉煌的正门前。

塔哈尔第一个跳下马车，将手臂伸给公主。当公主轻轻扶住他的手腕时,我看到他的脸上闪动着欢乐的光芒。

塔哈尔没有拒绝公主的邀请,他大概也想看看传说中的欧琳堡是什么样。他跟随在公主的身边,闭紧嘴巴,眼睛四处张望。他不断变幻的表情告诉我,他所看到的一切都令他心神激荡。

索度夫妇在厨房忙碌,听说公主回来了,他们跑出来迎接她。公主一见到索度,就笑眯眯地对他说:"索度,有吃的东西吗?我都快要饿死了。"

那一刻,塔哈尔的惊奇简直无以复加。在他心目中高不可攀的公主,原来竟像孩子一般天真、娇弱。

索度急忙回答:"有,有,马上就好。您和您的客人先回大厅喝杯热奶茶,我这就将午饭备好。"

索度不问我们为什么参加宴会却饿着肚子回来,任何时候在他心中最重要的,是绝不能让公主多等。

塔哈尔留下来,享受着索度和他的妻子为我们准备的虽然简单却很可口的午餐。谈话不受拘束,塔哈尔心情愉悦。临别时刻,他真诚地向公主提出了一个请求,他说,他希望不久之后可以带着夫人来欧琳堡做客。公主对他和他的夫人表示欢迎,并说,欧琳堡的门永远向他们夫妇敞开。

索度按照公主的要求,将塔哈尔送出欧琳堡。他转回来的时候对公主说,塔哈尔见公主的身体有些虚弱,准备明天派人送些名贵的药材过来,这是他的一点心意,希望公主不要拒绝。

公主苍白的脸上闪现出可爱的笑容,对于温暖的馈赠,她当然不会拒绝。

塔哈尔乘着马车走了。对他而言,今生今世能在欧琳堡受到公主的款待,与其说是一场愉快的经历,不如说是一次愉快的体验。

塔哈尔是个一言九鼎的人。第二天,他果然派人送来了名贵的人参、鹿茸和灵芝,随行的还有一位大夫,大夫交代索度,这些东西可取适量炖汤喝,也可以浸泡在酒中制成药酒服用。

大夫为公主检查了身体,虽然他慢言细语,神态轻松温和,我却敏感地发现他的眉间隐隐锁着不安。检查完,他向公主告辞,吩咐索度随他去取药。我像往常一样陪在公主身边为她按摩,努力忘掉大夫古怪的表情。

我尽量让自己去想塔哈尔。

后来我发现,我其实一直在想沙哈鲁。我不知道,沙哈鲁是不是也在惦念着公主?如果是,他又如何忍心不来?

不,我不能再想沙哈鲁,还是想想塔哈尔——不如想想塔哈尔。

我敢说,塔哈尔的确很想再次拜访欧琳堡,可是这样的愿望在公主活着时居然没有实现。这个愿望之所以没有实现,是因为其后不久,撒马尔罕城中发生了一件更加让人震惊的事情。

而一切事情的起因,还得从沙朵萝乐说起。

那天的宴会,沙朵萝乐受到了哈里勒其他夫人的羞辱,她的愤怒可想而知。为了报复,她向哈里勒提议将这些对她不敬的夫人们分别赐给大臣或者将军。一开始,对于这个异想天开的提议哈里勒当然不予理会,可是,沙朵萝乐羞愤之下病倒了,她的身体越来越虚弱,后来连话都说不出来。眼看着自己最心爱的女人就要离他而去,哈里勒终于迁怒于同样陪伴了他多年的夫人们,下令将这些女人全都赐给追随他的十余位贵族,并下令,不许任何人对此事有异议。

他做出这个决定后,沙朵萝乐的病不药而愈。

然而,对另外那些被赐嫁臣子的女人而言,世间最大的污辱恐怕莫过于此吧。这些对哈里勒由爱生恨的女人,转而劝说自己新嫁的丈夫们联合起来,废除昏庸的哈里勒,杀死可恶的沙朵萝乐。由于她们的态度是如此坚决,在她们的一再劝说下,在一心想报夺妻之恨的汗甫丁积极游说、联络下,贵族们终于发动政变,他们带领军队冲进王宫,将哈里勒投入监狱,将沙朵萝乐装进囚车,并在囚车上贴上淫妇的字样,由一匹瘦马拉着,每天游街示众。

在这些发动政变的贵族当中,有一个人就是塔哈尔。他凭借高贵的身份,成为撒马尔罕临时的主人。

这时,已顺利平定除西波斯之外各地叛乱的沙哈鲁不失时机地派遣一支军队来到撒马尔罕城下,这支军队由兀鲁伯率领。他们到来时,塔哈尔命人打开了撒马尔罕的城门,将兀鲁伯迎进城中。

几天后,沙哈鲁率领的本军也进驻撒马尔罕。回历八〇九年(约 1407 年初),他在众望所归中登临王位。

至此,历时两年的王位之争,终于像公主所期望的那样,由胸襟开阔、智慧超群的沙哈鲁取得了最后的胜利。

不仅如此,也正如公主所期望的那样,沙哈鲁表现出他天性中的仁慈和大度。他亲自到狱中释放了哈里勒,他还让人打开囚车,将饱受羞辱和折磨的沙朵萝乐送还哈里勒,然后命他们镇守伊剌黑。

与生平最爱的女人相伴,命运向哈里勒露出了一丝微笑。与他俩一同前往伊剌黑的,还有妃主罕则黛。

在经历了无尽的担忧与思念之后,沙哈鲁和兀鲁伯与我们终于团聚了。当兀鲁伯像一头饥饿的小鹿扑向草地一样扑进欧乙拉公主的怀抱时,我看到沙哈鲁转过身去,静静地、飞快地用手拭去了突然溢出眼眶的泪水。

然后,他又转过身来,两眼痴痴地注视着公主。

在公主偶尔抬头,他与公主目光相接的刹那,他的脸上闪过深刻的思念,也闪过隐约的骄傲。

是的,他做到了,他果然做到了。帖木儿王病逝之后,他审时度势,不是急于争夺王位,而是不遗余力地稳定帝国局势,努力收复因帖木儿王的病逝而面临丧失的领土,他的所作所为,让更多的人看到了他的雄才伟略,也让那些在争夺王位中失势的如奥玛、米兰沙等人选择依靠他。可以说,正是他这种以退为进的策略使他的力量成倍壮大,而与之形成鲜明对比的是,他的最后一位对手哈里勒却因为对王位的急切攫取导致众叛亲离。

他做到了公主希望他做到的事情,这才是他的骄傲所在!

因为以后不会再提到哈里勒,我在这里不妨先交代一下他的结局。沙哈鲁轻而易举地夺取了撒马尔罕,即位之初,沙哈鲁即命哈里勒夫妇镇守伊剌黑。自此,哈里勒再也没有离开那里,直到五年后也即回历八一四年七月(1411 年 11 月)病逝。

他死时年仅二十七岁。

令所有人都没有想到的是,曾经为哈里勒带来无穷祸患的沙朵萝乐是如此深爱着她的丈夫,哈里勒死后,她立刻自杀以殉。沙哈鲁闻讯,命人将这一对恩爱情侣合葬于剌夷。

这样的结局或许让人惋惜,但不管怎么说,哈里勒死后有他心爱的女人陪伴,对他来说也是一种安慰了。

几天后,妃主罕则黛因大量酗酒猝死于宫中。沙哈鲁下令将她葬入她儿子哈里勒的陵寝,因为沙哈鲁知道,罕则黛无论生与死,都不愿再见到三哥米兰沙。

第十一章

最后的统一

壹

　　沙哈鲁即位伊始，即着手恢复因激烈的王位争夺而导致混乱的帝国秩序。首先，他听从公主和塔哈尔等人的劝告，在王宫中隆重接待了远道而来的明朝使臣——这些明朝使臣原本是来觐见哈里勒王的，他们并不清楚帝国中发生的变故，因此，当他们得知王位易主时不由自主地表现出一副惊讶的样子——两个月后，沙哈鲁派使臣入贡明王朝，以行动重申他与永乐皇帝交好的愿望。

　　其次，他招徕工匠，修复和重建撒马尔罕、哈烈等有名大城中那些富丽堂皇却不幸毁于战火或人为的建筑物。可以说，在审美情趣上，沙哈鲁像他的父王一样，一向偏爱庞大而坚实的结构，他们的爱好使得这一时期的建筑物，大多是穹隆形状，并以厚实的墙壁和粗长的柱子作为支撑。而装饰长柱的雕镂，犹如帖木儿宫帐中的陶瓷铺壁，色泽协调而美观。

　　在致力于城市建设的同时，沙哈鲁还拨出巨款，用于奖励诗人、画家，以及为天文学家、历史学家们提供优厚的待遇、良好的环境，经过他不懈的努力，帝国很快走出战争的阴影，重新焕发出勃勃生机。

　　沙哈鲁虽然是个爱好和平的君主，却也是一位英勇顽强的战士，他不希望西波斯长期从帝国中分裂出去，因此，他在回历八一〇年（约1408年）派三哥米兰沙及侄儿阿卜白克坐镇阿哲儿拜展，以期择时从阿哲儿拜展出征西波斯，重新统一帖木儿帝国。米兰沙、阿卜白克欣然受命，事实上，从帖木儿王时代，阿哲儿拜展就是米兰沙（后为阿卜白克）的领地。

　　据有西波斯之地的黑羊王朝首领余速甫是个很有谋略的人，他针对沙哈鲁的意图,想出了一个以攻为守的对策。经过数日的准备,他突然出兵帖必力思,来势凶猛。米兰沙、阿卜白克父子仓促迎战,先胜后败,在败逃起儿漫途中先后阵亡,余速甫于是攻下帖必力思。

沙哈鲁在撒马尔罕得悉兄侄噩耗,无比悲愤,决定亲征余速甫,夺回帖必力思,为兄长和侄儿报仇雪恨。

出征的日期已经确定,出征前的准备工作依旧繁琐而紧张。这一次,兀鲁伯既不用领兵也不用随军,被他的父王留下来,坐镇撒马尔罕,代行王权。看得出,沙哈鲁的这个决定让欧乙拉公主心里轻松了不少,毕竟,兀鲁伯是公主最心爱的孩子,天下又有哪个做母亲的愿意将自己的孩子送上战场?

趁着大军出发还有一段时日,兀鲁伯陪赛回了一趟碣石,看望阿亚和沙奈。沙哈鲁登临王位不久,作为主要功臣之一的沙奈既不肯接受新的任命,也拒绝了沙哈鲁王慷慨的赏赐。随后,他以年老体衰为名坚辞一切职务,要求还乡。对沙奈而言,他经历了太多的事情,当他年逾古稀时想要平静生活的愿望变得如此强烈,他对我和公主说,他只想与阿亚离开王廷回到家乡碣石,重过不乏辛苦却也逍遥自在的放牧生活。公主对沙奈这个洒脱的决定充满赞赏,沙奈和阿亚离开撒马尔罕前,她将沙哈鲁赐给她的一匹上等明朝丝绸转赠给他们。

我本来也要和兀鲁伯、赛同行,可我临时接了一个任务,只能留下来,为西班牙国王设计一套茶具。

在我的设计刚刚有了一些思路时,沙哈鲁突然出现在欧琳堡。他是带着阿依莱一起回来的,他们的到来,令公主又惊又喜。王位争夺战消耗了帝国太多的实力,沙哈鲁登基后一直处于极度的忙碌之中,这还是他第一次抽空回到他曾经的家。

索度夫妇和沙哈鲁带来的御厨为我们准备了一顿丰盛的午餐。当公主、沙哈鲁、阿依莱和我,我们四个人在多年之后围坐在一起享用午餐时,时光似乎倒流,一切似乎又回到从前。

可惜,只能是"似乎",现在的我们已不再是那时的孩子。

我们彼此自由自在地交谈,气氛既融洽也有几分伤感。沙哈鲁的目光总是停留在公主苍白的脸上,他虽然一直在笑着,可是他笑纹里时隐时现的忧虑却无法隐藏。我从来没有告诉沙哈鲁哈里勒曾经如何对待过公主,这是公主的叮咛,因为一旦沙哈鲁知道了实情,他一定不会原谅哈里勒,一定不会!因此,在那些最艰难的日子里,罕则黛妃主正是由于预料到这一点,才会放下身段哀求公主。

公主吃得很少。她虚弱的神态逃不过沙哈鲁关注的眼神,当最后一道果盘端上来时,沙哈鲁放下酒杯,关切地问道:"公主,您不舒服吗?"

公主摇摇头,"我没事。老毛病了,你不用为我担心。"她的语气里依然充满爱抚,就如同沙哈鲁还是那个不谙世事的孩子。

可是,沙哈鲁又怎么可能不为她担心呢?在哈烈的日日夜夜,他最担心的就是这个女人,他曾担心得睡不着觉,吃不下饭,担心得想要立刻出兵撒马尔罕,将这个女人接到自己身边……

他并不确切地知道这个女人为他吃了多少苦,可他能够想象到一切。

"公主。"

"什么?"

"这次出征回来,我想陪您去哈烈看看好吗?塞西娅和阿依莱也去。"

"好。"公主抬眼望着沙哈鲁,酒靥里全是温暖的笑,"哈烈一直是我向往的城市,我非常想看看你新建的图书馆。"

"您等着我,我们一言为定。"

"一言为定。"

公主毫不犹豫地答应了沙哈鲁的请求,可最终,她还是食言了。

沙哈鲁对余速甫的征伐过程并不如预想的那样顺利。黑羊王朝在余速甫统治时虽然已经走上穷途末路,但余速甫本人仍然不失为一个果敢刚毅、善于用兵的首领,何况,余速甫完全清楚,一旦兵败,沙哈鲁决不会宽宥他这个杀害了米兰沙和阿卜白克的凶手。他抱着置之死地而后生的信念顽强抵抗,这使战争从一开始便呈现胶着状态,大约一个月后,沙哈鲁的军中爆发奇怪的瘟疫,大量马匹死去,沙哈鲁不得不暂时放弃他的复仇计划,下令还师。

就在我们接到沙哈鲁即将返回的消息时,欧乙拉公主病倒了。

公主这一次的病来得很和缓,不像前几次那样让她备受折磨。她的脸苍白宁静,柔弱无助,好像又回到了我初见她时的模样。她静静地躺在病榻上,长生天怜悯她,愿意她带着她的美丽回到天上。

兀鲁伯一直都在哭泣,两只眼睛肿得只剩下一条缝。他是坚强早熟的孩子,他从小娇生惯养,个性却远比他的父亲更为坚强。其实,从他还是个婴儿起,人们就很少看到他长时间地哭泣。只有一次,那一次也是因为公主得病,十岁的他早已是赛的小丈夫,可他搂着赛的腰哭得惊慌失措。赛不断地安慰他,告诉他公主不会有事,不会有事,他却不信,直到公主的病情得到控制,睁开眼睛跟他说话时,他才满怀欣喜地亲了赛的脸蛋一下,破涕为笑。

对兀鲁伯而言,公主才是他真正的母亲。他从出生起就被送到了公主身边,即使他和赛成亲之后,他仍然坚持与赛住在公主的宅第他自己的那间卧室中,他从来不曾设想过,有一天公主会离他远去。

而且,这一天还来得如此突然。

十四年的时光,公主将他带在身边,抚养他、爱护他、教育他,他身上每一样优秀的品质都能折射出公主自己的影子,他的灵魂和思想像是公主灵魂和思想的延续,而他的亲生父母所能给他的,只有他的生命。

他是不能没有公主的。我呢,我又何尝不感到害怕!如果公主抛下了我,我该到哪里去跟她捉迷藏,然后从她的背后调皮地推开她的紫纱窗?

在公主面前,我像兀鲁伯一样小,一样不想让自己长大。

公主说,她喜欢孩子,孩子是她的生命,我、沙哈鲁、兀鲁伯、阿依莱,我们依赖她的爱长大,却没有一个人可以将她永远留在身边。

她是长生天钟爱的孩子,她将带着她的美丽回到天上。

在我心碎的注视下,在兀鲁伯惊慌的哭泣中,公主的生命之花正在一点点枯萎,只有三天不到的时光,我看到了长生天向她张开的怀抱。

沙哈鲁终于没能赶上见欧乙拉公主最后一面。

他出现在公主面前时,我们已经给公主换好了一件崭新的素雅的衣衫,浅浅的灰色,点缀着一些鹅黄色的碎花。公主生前一直偏爱浅灰色,所以,我用丝绸为她做了这样一件蒙古袍。可惜,她只试了一次,却一直没有机会穿。在她弥留之际她吩咐我给她换上这件衣服,因为是我亲手做的,她要带走,如同带走我的爱。我们给她戴上缀满珍珠和玉石的罟罟冠,罟罟冠是她从故国带来的,她说,她死后,要穿着蒙古袍,戴着罟罟冠,做一回真正的蒙古女人。

我给公主化了一个最精致的妆容。过去每次参加宴会,都是我为她梳理头发,然后稍稍为她修细她嫌有些宽阔的眉毛,除此,她只略施粉黛。在艳丽的鲜花丛中,她仿佛一朵圣洁的雪莲花,静静地开放,静静地凋谢。

但现在,我第一次违背公主的意愿,给她用了腮红和口红。她的面容太过苍白了,她的嘴唇也太过苍白了,我不想让她看起来像死去一样,我宁可相信她是在熟睡中离开我、离开这个世界的。

兀鲁伯从昨天晚上起就开始发高烧,我让赛给他喂了药,留在他身边照顾他。沙哈鲁和阿依莱匆匆忙忙走进来时,只有我一个人守着公主。阿依莱看了一眼我的表情,已经明白了一切,他默默地跪了下去,泪水像冲开的小溪一样在他脸上纵横,他却没让自己发出一声呜咽。

沙哈鲁的眼睛里再一次露出我所熟悉的惊恐,但是惊恐转瞬被他抹平。

他走到欧乙拉公主的面前,坐下来,握住了她的一只手。他不知不觉地颤抖了一下,一定是那刺骨的凉让他发抖。他久久凝视着公主的脸,这张脸一如生时,恬静安详。他就那样注视着她,像她一样恬静安详。那个因为爱扑在溪水里放声恸哭的男孩,那个俯在公主的胸前诉说衷肠的男人,都已经不见了,沙哈鲁顷刻间变成了一个老人,老得不再畏惧自己和别人的死亡。

我明白,此刻的沙哈鲁与其说是在为公主送行,不如说他是在为他此生最爱的女人以及随着这个女人一同死去的自己送行。

在天上,即使他的灵魂只能远远看着公主美丽的身影,他也会萦绕成风,轻轻拂动着她的长发。

一切都可以改变,一切都可以忘怀,唯有爱不能。

他将躯壳留了下来。他是百姓们的君主,妻子们的丈夫,儿子们的父亲,他必须留下来,治理好他父亲帖木儿王留下来的庞大帝国。在那生死未卜的几年间,他从哈烈城一步一步走向撒马尔罕的御座,是公主站在他的身后支撑起他的勇气,公主不会让他就此放弃。

他的心里是不是还会吟哦那首被他烧掉一半的诗?用我随风舞动的孤寂爱我的国家……如今,孤寂的君主只能更爱他的国家。

旁边的卧室里传来兀鲁伯的惊叫声,赛急忙温柔地安慰着他,他慢慢安静下来。沙哈鲁突然想起一件事来,他还没有见到儿子。

"兀鲁伯,他怎么了?"

"他病了,早晨,他昏了过去。"

"昏了过去?要紧吗?"

"没事了。大夫来给他看过病,开了几服药。他太累了,太伤心了,整整两天,他不吃不喝,一步不肯离开公主的身边,现在,他需要好好休息一下。你放心,赛在照顾他,他不会有事的。"

"哦,阿依莱,你替我去看看兀鲁伯。"

"是。沙哈鲁王。"

我目送着阿依莱离去,沙哈鲁唤了我一声。

他的声音让我感到陌生,他的声音苍老喑哑,流露着无尽的疲倦。我不由回头看了他一眼。

我们望着彼此。

"塞西娅……"

"怎么?"

"公主去世的时候,有没有给我留下话呢?"

我从怀里取出一封信,放在他的手上。信是公主弥留之际口述,让我记下来交给沙哈鲁的。

信的内容我都记得,公主希望沙哈鲁替她照顾好兀鲁伯,她念念不忘的始终是这个孩子。

另外,她托沙哈鲁照顾我,照顾阿依莱。尤其是我,她希望我能改信伊斯兰教,嫁给阿依莱。公主对我说过,长生天不是信仰,是信念。我没有把她这句照原样写下来,我把它换成了:沙哈鲁,我爱的人,请你好好地活下去,为了我,为了兀鲁伯,为了你的国家。

沙哈鲁将信捧在手中,他低头亲吻着浅灰色的信封,黑黑的眼睛里再一次闪过无尽的孤独和比死亡还要寂寞的空虚。

贰

回历八二二年(约 1419 年),沙哈鲁再征阿哲儿拜展,与余速甫激战于帖必力思城外。这一仗,双方互有胜负。次年十一月,也许天意厌烦了这场旷日持久的战争,余速甫一夕之间暴病身亡,沙哈鲁趁机大败黑羊王朝军队。余速甫的几个儿子死里逃生,退到西波斯招募军队继续与沙哈鲁为敌,战争时断时续,这种状况一直持续到黑羊王朝为白羊王朝所灭,沙哈鲁与白羊王朝签订和约为止。

西波斯已确定脱离帖木儿帝国的统治,尽管如此,帝国仍在沙哈鲁的治理下处处呈现出繁荣昌盛的景象。

依然广阔的帝国领土牵扯着沙哈鲁太多的精力,随着兀鲁伯从一个翩翩少年长成了一个勤勉多思的青年,沙哈鲁开始考虑父子共治帝国。

一切很快有了结果,沙哈鲁要回到哈烈去,兀鲁伯则需留在撒马尔罕。临行前,沙哈鲁召见了我,他对我说:"塞西娅,我希望你能跟我一起去哈烈。"

我回答他:"不,我要留下来,留在塞西娅洞。我把塞西娅洞布置成了我和公主的家,我要和她在一起。"

沙哈鲁看着我,看了好一会儿。好一会儿他才慢慢地问:"可以让我去看一看你的塞西娅洞吗?"

"我正想请你去呢。"

"那么,我就推迟几天行期吧。"

我回答:"好。明天,我在塞西娅洞等你。"

沙哈鲁果然按照与我的约定将行期向后推迟了五天。第二天一早,他天没亮就出现在我的山洞前。

他将侍从都留在洞外,索度将他请到洞中。这一次,若非索度的带领,他们要想顺利地找到塞西娅洞并不容易。

在洞中,他看到了那块匾额,还有我亲手制作的香炉。阿亚香饼在香炉中燃烧,那香气永远幽雅。他知道,我说得没错,我真的把塞西娅洞布置成了我和公主的家。在这个家中,他是一个最受我们欢迎的客人。

我请他坐下,为他端来银果面包。

刚刚出炉的银果面包散发着不可思议的浓郁果香,我起得很早,亲手烤制面包,我要让沙哈鲁吃一回刚出炉的面包。沙哈鲁当然吃过以风味独特而在宫廷享有盛誉的银果面包,但像这种用圣女泉的泉水做成的面包,甚至连他的父亲——伟大的帖木儿王都不曾有幸品尝过。

我请沙哈鲁坐在洞外的石椅上,像一个殷勤的主妇一样亲手将热气腾腾的面包和果仁茶摆上石桌。

山里的空气有些凉意,我特意为沙哈鲁披上一件下摆绣着海棠花的银灰色披风,又在石椅上放了一块绣着海棠花的棉里布面坐垫,在石桌上铺了一块同样绣着海棠花图案的蓝色天鹅绒。

无论坐垫、桌布还是披风,原本都是我为公主准备的。在公主生命中的最后一个月,她的身体变得越来越虚弱,因此,每当我把她接到塞西娅洞,我都会注意让她在享受清新空气的同时,不要受到山中湿凉之气的侵袭。

当然,泉水和山洞早就存在,哪怕它们没有名字,它们也静静地存在了不知多少年。然而,在我之前却从来没有人发现过它们,是我第一个发现了它们,而且花费了近十年的时间将它们变成了现在的塞西娅洞和圣女泉。还有,我在圣女泉边精心修建了药池。可以这么说,塞西娅洞才是我一生中最得意的杰作,我将这块无人涉足的隐秘所在,变成了连神仙都会羡慕的休养之地。

记得塞西娅洞修建完成后,我曾向帖木儿王请求,希望他将塞西娅洞和圣女泉赐给公主。帖木儿王不曾多问一句便慷慨地同意了,在他颁布的王令中,他明确规定,任何人,不论王公贵族还是平民百姓,没有王命在身或不经主人邀请,都不得私自进入塞西娅洞。我并非不清楚,但凡帖木儿王的马蹄所过之处,他必定会被许多人视为魔鬼的化身,但在我的心中,他始终是个慷慨的君主,就像他当年在做绿林好汉的时候一样,他会把抢来的牛羊一点不留地赐予他的部下和百姓,慷慨似乎是他与生俱来的最美好的天性。

另外有一点也很令我放心,那就是,即使没有王令,能够找到塞西娅洞的人也少之又少。我想这一定是因为长生天不希望公主被凡尘过多地打扰,所以有意用层层叠叠的山石、密密匝匝的树木掩藏了进入塞西娅洞的道路。我听索度说过,那些慕名想要进入塞西娅洞的人往往会在离药池或者洞口很近的地方迷路,塞西娅洞和圣女泉或许当时就在某个人的眼前,可这个人偏偏视而不见。对于索度的说法我深信不疑,有一点可以成为证明,那些为我修建了药池和山洞的工匠,在他们离开塞西娅洞后,没有一个人能够再一次找回到这里。

帖木儿王虽然每年会吃到美味的银果面包,喝到用山中独有的青果和甘醇的泉水酿造的青果酒,但他确实一直到病逝在东进的征途都没有机会成为塞西娅洞的客人。当然,那个时候公主需要照顾兀鲁伯,自己每年也只会在塞西娅洞住上一段时日。对公主来讲,在山中的日子像是度假,因此每一次她都会邀请一些女眷同行,其中受邀次数最多的自然是大王后,这使大王后很幸运地在药池中治好了她的心悸旧疾。现在,公主已经长眠在塞西娅洞后面的丛林中,按照她生前的要求,我独自安葬了她。我早就决定用一生陪伴她,不再离开她的身边。

我在沙哈鲁的对面坐下来,看着他。沙哈鲁一边喝着果仁茶,一边动作缓慢地将面包掰成小块儿放进嘴里。对于他的啧啧赞叹,我丝毫没往心里去。

他怎么可能瞒得过我呢?

他愉快的神情掩不住眼神里的落寞。是的,在行将分别的时刻,他的愉快是做给我看的。作为客人,对于主人的盛情,他得表现出自己的欣悦。然而,恐怕此时他自己也不知道自己在喝些什么,吃些什么。

这或许正是我赞赏沙哈鲁的地方。在争夺王位的过程中,他出人意料地表现出隐忍和顽强,他以韬光养晦、各个击破的策略战胜了锋芒毕露的哈里勒、奥玛和皮儿等人,坐上了多少人梦寐以求而他可能从未觊觎的王位。

从王子到王,于个人而言确实意味着身份的改变,但我了解沙哈鲁,掌管着偌大的帖木儿帝国,做了王的沙哈鲁不可能回到做王子时的沙哈鲁。唯一不变的是他的爱。沙哈鲁用一生爱着一个女人,即使沧海桑田、阴阳相隔,也无法改变他初恋的情怀。

悄悄珍藏的爱情,永远的心痛与幸福,除了欧乙拉公主,天底下又有谁配享有这样的痴恋!

沙哈鲁的茶杯见底了,我为他续上茶,他问我:"你为什么不喝?"

我用手指轻轻触摸着他的手背,回答他:"我要看着你喝。"

他笑了,将我的手拢在他的手心里,他的手温暖而又潮湿。"你还像小时候一样,真好。"

"是吗?我怎么觉得我老了。"

"没有。在我的眼里,你还是十四岁时的样子。"

十四岁,我曾将自己交给沙哈鲁。那个在他的身体下悄然绽放的少女之花,是我的骄傲,也是我和他之间的秘密。

"沙哈鲁。"我轻轻唤道。

"什么?"

"好好活着。"

"你在担心这个吗?"

"是的。"

"你是唯一了解我的人。"

"是的。"

"你放心。"

"可以吗?"

"嗯。欧乙拉她也叮嘱过我啊。"

"所以你不会忘记,对吗?"

"对。为了帮助我,她承受了太多的惊吓。现在,我像她希望的那样夺得了王位,如果我做不到,又怎么能够对得起她!"

"你说……做不到……什么?"

"做一个好君主,治理好帖木儿王留给我的国家,让它变得更加强盛。这是欧乙拉对我的希望。还有,我要活着,用我的眼睛替她看天上飘浮的云朵,用我的鼻子替她呼吸清冽的空气,用我的耳朵替她倾听美妙的音乐,用我的嘴巴替她品尝世间的美味。我知道,只要我活着,她就会活着。只有在我永远闭上眼睛的那一天,我才能够无愧地和她一起离去。"

泪珠从我的眼眶中缓慢地滑落,然后滴在沙哈鲁握着我的手上。此时此刻,我还有什么不放心的呢?沙哈鲁天性聪慧,他比任何人都更了解公主,了解公主对他的爱与期望。为了公主,沙哈鲁从来不畏惧做任何事情。而我,何尝不是如此!我甚至有一种预感,公主早早离去,就是为了将她的寿数转移到我远比常人健康的身体上,因此,我将活到像两个人那么长久。

沙哈鲁一直默默地望着我。当我不再流泪时,沙哈鲁满怀温柔地用他那只因为常年握着马缰而变得有些粗糙的手掌,为我拂去脸上的泪痕。我们注视着对方,我们的目光毫无顾忌地流露着对彼此的爱意,我们依然那样亲密,在这个世界上,恐怕没有谁会像我们一样将对方视作最亲密的知己。

"塞西娅,"沙哈鲁重新将我的手拢进他的手掌中,"你知道吗,无论我人在哪里,我都会像现在这样想念着你。"

"我明白。沙哈鲁,我爱你,永远不会改变。"

"我也一样。我从来没有忘记过那一天,那一天,你创造了奇迹。"

"是的,我也没有忘记过。你也许不知道,当你来信告诉我们小妃主怀孕的消息时,我的内心是多么自豪。我把一切的奇迹都归功于我自己。"

"你可以的,本来就是如此。但是塞西娅……"

"你想说什么?"

"是不是因为这样,你才拒绝了阿依莱?"

"不是。"

"真的吗?"

"真的。你和阿依莱,你们在我的内心里占据的位置不一样。我对阿依莱所怀有的情爱,是真正的男女之间的恋情。如果我此生还曾怀着将自己托付给一个男人的希望,那么,这个人必定会是阿依莱。"

"可我听说你再一次拒绝了他。"

"我犹豫过,也矛盾过,可是,我始终不能决定是否可以为了他而改变自己。这种改变包括我所坚持的信仰和习以为常的生活方式。因此,如果我不能为他而改变自己,就代表着我不能够全身心地爱他,如果我不能全身心地爱他,爱就失去了它所应该具备的平等意义。即使阿依莱心甘情愿地接受这种不平等的爱的付出,我仍然做不到将一个内心抱有缺憾的自己交付于他。我不能那样做,不能。对于我深深爱恋的阿依莱来说,任何缺憾都不公平。"

"我不太懂你的意思,不过,真的很可惜。"

"没什么,等来生吧。"

"来生吗?"

"是的,如果有来生,希望能够与他再次相遇。"

"可我真的不希望来生遇到欧乙拉。"

"为什么?"

"如果我寄希望于来生,只怕我今生爱她爱得不够。"

我与沙哈鲁四目相对。一时间,我只觉得心潮翻滚,无法开口说话。沙哈鲁的痴情,让我也不知道该说些什么才好。

对于一个爱到刻骨铭心,爱到生死难忘的男人,竟然还会觉得自己爱得不够,对于这样的男人,我又能用怎样的语言来表达对他的仰慕和热爱?

吃过茶点,索度捧着淡蓝色的棉质浴袍和浴巾来请沙哈鲁更衣入浴。浴袍的衣领处和浴巾四角照例绣着海棠花的艳丽图案。许多年前,当我还是个孩子的时候,公主偶然得到一幅水粉画,一幅色彩艳丽的海棠图,当时,她的表情是那么激动,她对我说,海棠花是她母亲生前最喜爱的一种花卉,因此,她的心中一直把海棠花当成是母亲的花。正因为这样,我才会在为她准备的披风、坐垫、桌布、睡衣、浴袍和浴巾上全都绣上海棠花的图案,我想,当公主与海棠花相伴时,她一定会觉得自己是被拥在母亲温暖的怀抱中。

是啊,我怎么会随便让别人包括我自己使用欧乙拉公主用过的东西呢?沙哈鲁是唯一的例外。欧乙拉公主已经离去,我希望海棠花的图案同样能够给沙哈鲁寂寞的心灵带来些许慰藉。

沙哈鲁泡洗药浴至少需要一个时辰,到时他会感到饥饿,我必须提前做好午餐。我在离沙哈鲁吃早餐不远的地方支起铁锅和铁架,铁锅里煮着的东西不必操心,我只需要不断翻动架在铁架上的牛腿肉就好。

烤牛腿肉,这是沙哈鲁最喜欢的食物了,稍微麻烦的是切成条状的肉块必须得事先腌制得恰到好处。沙哈鲁跟我们住在一起的时候,每当我为他做烤肉,他都会说感觉自己像在过节一样。

除了烤牛腿肉和铁锅里煮炖的食物,我还特意为沙哈鲁准备了青果酒。事实上,这已是世间仅存的青果酒了。

在我发现圣水泉和塞西娅洞后的第三个春天,存在了不知多少年的青果树垂下它细长翠绿的枝条,不再开花也不再结果。与此同时,它旁边的两棵原本不知名的大树却仿佛一夕间在枝头开满了黄粉色的小花,并且令人惊奇地结出了椭圆形的果实。

夏天过去,果实已有水梨那般大小了,不久,果皮上青绿的颜色一点点褪去,最后竟变成美丽的银灰色。我无法解释天地间赋予的秘密,惊奇之余,给两棵树起名"银果树",从此,银果树成为圣女泉边最美丽的风景。

当深秋来临,银果树上的银果完全成熟之后,我将它的果实摘下来尝了一颗,我发现,成熟的银果与青果完全不同,它的果肉咀嚼起来有几分像炒熟的核桃,而味道又像新鲜水果一样酸甜适口,令人唇齿留香。我几乎在当时当地就放弃了用它代替青果酿酒的念头,相反,我做了一个大胆的试验,将它的果实磨成果粉,做成面包。正是这个尝试使银果面包代替了青果酒成为帖木儿宫廷中最独特也最珍贵的风味。

现在再回头来说青果酒。记得我第一次将酿好的青果酒进献给帖木儿王时,我特意留下两坛分别标上我和阿依莱名字的青果酒埋在青果树旁的地下。到沙哈鲁正式登临王位的那年,这两坛酒埋在地下的时间已经超过十年。沙哈鲁即位后举行的盛大宴会上,我把标着我名字的一坛酒送入宫内,当酒坛启封的瞬间,几乎所有的人都陶醉在它美妙的醇香中。

　　如今这一坛标着阿依莱名字的青果酒里加了几味阿依莱从明朝带回的珍贵药材,它或许不如单纯的青果酒那么可口,喝起来会有些中药的涩味,但有一点我不会弄错,我找一位著名的宫廷大夫鉴定过药材的药性,还让他尝过药酒,他说,这种酒将青果的营养和药补的特性集于一身,堪称酒中珍品,经常饮用必定会起到延年益寿的作用。正因为"阿依莱青果酒"如此珍稀,我才小心地留到现在,在我与沙哈鲁行将别离之时,我将把它作为礼物送给沙哈鲁。

　　我刚将烤好的牛腿肉端上石桌,倒上青果酒,沙哈鲁回来了,他还没有换下睡袍,一举一动都显得闲散愉悦。这是因为泡过药池后人的全身都会极度放松,看起来就像是刚刚从美妙的梦境中醒来。

　　沙哈鲁又渴又饿,迫不及待地将一杯青果酒一饮而尽,然后很优雅地开始吃烤牛腿肉。他称赞我烤肉的手艺越来越好,我只笑不答,因为他太饿了,自然会产生这样的错觉。

　　沙哈鲁喝了几杯青果酒,要我给他换上马奶酒。青果酒太过珍贵了,他舍不得多喝。但是,青果酒里的药性和超过十年的埋藏,都成倍地增加了酒的作用,沙哈鲁虽然只喝了五六杯酒,看起来倒像喝了很多酒的样子,一双眼睛有些发红,而且还变得喋喋不休。

　　他回忆起我们小时候的许多趣事,连公主剥好橘子先给了我这样的小事他都记得。他说,当时,他觉得公主很偏心,对我耿耿于怀差不多整整一个白天呢。我的角色则自然而然地从一个殷勤的主妇转变成了一个纵容孩子的母亲,无论沙哈鲁说什么,我都静静地听,静静地笑。

　　后来,我掀开锅子,端上了酸奶炖胡萝卜汤。沙哈鲁愕然面对着这道久违的菜肴,热气腾上了他的眼睛,他的滔滔不绝戛然而止。

　　我叉起一块胡萝卜,放在沙哈鲁面前的瓷盘里。沙哈鲁慢慢咀嚼着酸奶胡萝卜独特的味道,突然,他将双手蒙住眼睛,将头支在石桌之上,一动不动。许久之后,他的肩头剧烈地抽动起来。

　　沙哈鲁在塞西娅洞逗留了五天,第六天的清晨,他向我告辞。

　　我把他送到出山的山路上, 他望着我, 微笑:"塞西娅,我想求你一件事。"

　　"什么?"

　　"两个月,最多不要超过三个月,你到哈烈住上几天吧,让我跟你说说话。在这个世界上,她能为我留下的,只有你和兀鲁伯了。"

　　"我明白,我会的。"

我目送着沙哈鲁离去,他无法挺直的背影充满了惆怅。他会成为一个仁慈的君主的,但作为爱人,他在公主离去的那一刻已不复存在。

他说过,他要用随风舞动的孤寂爱他的国家,他说过的,在他失落了爱情的时候。

他还说过,他要好好活着,在他的一颗心已经死去的时候。

叁

公主没有看错沙哈鲁,他的确是个热爱和平的君主。他对西波斯的敌人固然严厉,与此同时,他却很注重修复与明朝的关系。

回历八二三年(约 1420 年,永乐十八年),阿依莱第二次作为使臣出使明朝。

自帖木儿朝开始,帝国向明朝进贡的第一大项是战马,第二大项是宝石,第三大项是珍禽异兽如狮子、受过专门训练的猎豹、哈喇虎喇(即彪,中亚所产一种野猫)、鹦鹉、鸵鸟、猞猁狲、金毛猱狗以及这些动物的皮制品如狮子皮、金钱豹皮等。其中,最受中国皇帝欢迎的还是形象威仪的狮子。

明与帖木儿朝的贡赐贸易中,主要是彩缎、纻丝、绢布、银钞和瓷器,帖木儿的儿子沙哈鲁和孙子兀鲁伯尤其钟爱明朝的青花瓷,此外,这父子二人还对明朝文化如痴如醉。与父王分治南北帝国的兀鲁伯曾在撒马尔罕建造了一座雕刻的清真寺,寺中顶篷和墙壁皆覆以黑石,并用由木块组成的明朝画装饰起来。另外,他在科希克山麓开辟了一个花园,这个花园中有一个亭子,称为瓷亭。之所以称为瓷亭,是因为亭子前面矮墙下部皆用兀鲁伯派人从明朝采办回来的瓷砖铺砌而成。

兀鲁伯的书房,摆着一只浅绿色的瓷花瓶,这是明代龙泉窑青瓷中的杰作。兀鲁伯曾将它赐给公主,公主逝后,兀鲁伯将它摆在书房,为的是每天看到花瓶,如同看到公主一般。

对瓷器颇有研究的公主跟我说过,瓷器具有除玉石以外其他任何物质都不具备的特点:一是把任何液体倒入瓷器中,浑浊的部分沉到底部,上面得以澄清;二是它不会用旧;三是它不留下划痕,除非用金刚石划过,因此瓷器还可用来检验金刚石;四是用瓷器吃饭喝水可增进食欲;五是不论瓷器多厚,在灯光或阳光下都可以从里面看到外部的彩绘或瓷器的暗花。最后一点,则是瓷器易碎,不易运输。有此六大特性,瓷器遂成为中亚、西亚与欧洲贵族及富商竞相炫耀自己财力的新宠。

当年,也就是回历八一六年(约永乐十一年),明吏部验封司员外郎陈诚第一次出使帖木儿帝国。对于出使的感受,他曾做《西行诗》以志纪念,其中一首《至撒马儿罕国主兀鲁伯果园》脍炙人口:

> 加趺坐地受朝参,贵贱相迤道撒蓝。不解低头施揖让,唯知屈膝拜三三。饭炊云子色相兼,不用匙翻手自拈。汉使岂徒营品腹,肯教点染玉纤纤。

诗中说帖木儿朝不分贵贱,见面互称"撒蓝",施礼不会低头作揖。而最让汉使不习惯的,还是吃手抓饭,为了保持庄重,他们也只好饿肚子了。

帖木儿朝对于明使臣的重视程度以及接待规格也不亚于明朝方面,在帖木儿朝用来接见外国使臣的宫殿里,御座的右方座位,曾是明使的专座,其他各国使臣一般都排列在明使的下首。对此,陈诚再赋诗一首,记述了沙哈鲁及兀鲁伯父子对他的隆重接待和从他身上体现出来的大国心态:

> 乔林秀木隐楼台,帐殿毡庐次第开。官骑从容花外人,圣恩旷荡日边来。星凤至处人争睹,夷貊随宜客自裁。才读大明天子诏,一声欢笑动春雷。主翁留客重开筵,官妓停歌列管弦。酒进一行陈彩币,人暄四座撒金钱。君臣拜舞因胡俗,道路开通自汉年。从此万方归德化,无劳征伐定三边。

帖木儿帝国与明朝的交往在沙哈鲁、兀鲁伯时代达到顶峰,后来,随着帝国的四分五裂,这种交往也就名存实亡了。

帖木儿王是个以严厉著称的人。他力求完美地整顿和修饰组成他实力基础的中亚各地。他将一批批被俘的工匠、科学家和艺术人才,从美索不达米亚、小亚细亚、叙利亚、波斯和印度驱赶到河中地区。尤其是首都撒马尔罕,集中了许多优秀的手工业者、杰出的文人学者以及科学艺术人才,他们用自己的双手和智慧将撒马尔罕建成了当时世界上最繁华、最美丽的城市之一。举个例子来说,帖木儿大清真寺和帖木儿陵都是这一时期建筑学领域的经典之作。

同时,他怀着对出生之地的热爱,在碣石城修建了许多花园、清真寺,当然也包括阿克萨莱宫。西班牙使臣克拉维约出使帖木儿帝国时,曾在碣石城做短暂逗留,他认为,阿克萨莱宫无论从规模还是从壁画艺术上来讲,都堪称世界上最优美的建筑物。

我所了解的帖木儿王不仅通晓突厥语和波斯语,还能熟练使用察合台文(即用阿拉伯字母拼写的突厥文,得名于十三四世纪的察合台汗国),但是他对文化这种东西显然不像他的后人那样感兴趣,他更感兴趣的是建立一个庞大的帝国,然后将帝国分封给他的子孙。他坚信即使不必讨好史学家或者文学家为他书写传记,他的名字也一定能够镌刻在伟大的成吉思汗后面。

沙哈鲁和兀鲁伯始终没能据有如他们的父亲和祖父在世时一样广大的领土,他们的帝国缺了一角,帖木儿王病逝不久,西波斯便从帖木儿帝国分离出去。但沙哈鲁和兀鲁伯在对文化的重视和保护上远胜于帖木儿王,这一对父子齐心协力,将哈烈和撒马尔罕建成南北两个巨大的文化中心。

哈烈是文学家、诗人、学者的聚集地,非但神学、医学、法学、伦理学的研究受到鼓励和保护,文学与艺术在这里都得到空前发展。兀鲁伯比他的父亲沙哈鲁更进一步,他在撒马尔罕建造经学院,在经学院对面建造哈纳科、穆卡塔清真寺和奇希尔苏丹与库鲁努什霍纳宫。所有这些都是当时建筑艺术的典范。库鲁努什霍纳宫的花园里有一座奇尼霍纳殿,殿壁上装饰着优秀画家的绘画,并以瓷砖进行镶嵌。

回历八三二年(约1428年),兀鲁伯在十数位天文学家的协助下,建成了一座大天文台,在这座天文台中,首次查明了星系的位置。九年后,兀鲁伯以这项一直开展的工作为基础,编制了当时世界上最先进同时也最具科学发现和科学意义的天文表。在这个复杂的天文表中,不仅标明了数以千计的肉眼看不见的星宿位置,甚至还标明了几乎所有穆斯林的东方城市。

我为沙哈鲁父子感到骄傲。在沙哈鲁回到哈烈的第二个月,我收到他的一封来信,在信中,他以请求的口吻邀请我到哈烈做客。这虽然比我们之前的约定提早了一个月,我还是欣然接受了邀请。

沙哈鲁知道,我喜欢旅游——当然,是在公主活着的时候。

我用闭目养神打发旅途的辛苦和寂寞。一路上,我总想起第一次旅游的经历,尽管那个时候的我还是个孩子。终于看到哈烈的城门真让人高兴,更让人高兴的是,沙哈鲁早早派出侍卫在城门迎候我,这对任何人而言都是一个很高的礼遇。之后,沙哈鲁在宫中为我举行了一个温馨的家宴。不仅如此,第二天,他还放下手上一切事务,亲自陪我参观了哈烈最著名的伊迪亚丁堡。

伊迪亚丁堡的气势极其宏伟,据说这座著名的城堡多年前曾遭到帖木儿王的破坏,沙哈鲁坐镇哈烈时决意修复它。他不仅亲自参与了城堡设计,还经常到工地视察,而当时参与修复工作的工匠和民伕多达七千余人。

中午,沙哈鲁神秘地对我说他要带我去个好地方,于是,他拉着我的手攀上了城堡的楼塔。没想到,这里竟然栖息着一群体态优美、毛色漂亮、并且对我们毫无惧意的野鸽,与我们相比,它们更像是城堡的主人。我和沙哈鲁带了许多馕和水,我们欣赏着目力所及的景致,就着习习凉风,吃了一顿美妙无比的午餐。野鸽在我们身边咕咕叫着,不时飞落在我们的肩头,为了表示对贸然打扰它们的歉意,我们将食物和水慷慨地分给了这些可爱的主人。

从伊迪亚丁堡返回,已是下午时分,沙哈鲁吩咐侍卫远远跟着,然后和我溜到街上,像普通人一样吃了一顿滋味独特的烤肉大餐。

愉快的一天就这样一晃而过。从第三天开始,身为帝国君王的沙哈鲁就鲜有时间像前两天那样一门心思陪伴我了,他的事务繁杂,我甚至只能在晚上见他一面,让他听我唠叨几句旅游的感受。

我在哈烈的行动不受限制。虽然沙哈鲁不能陪伴我,可他给我安排了最好的向导。在哈烈逗留的最后几天里,我把所有的时间都花费在城中那座壮丽的图书馆里。图书馆为酷爱文化的沙哈鲁所建,馆中收集了世界各地众多的书籍和艺术品,包括我为帖木儿王制作的水晶象棋。沙哈鲁父子去世,帝国衰落之后,这副蒙古象棋据说落在了月即别帝国昔班尼汗的手里。

我留恋哈烈,留恋沙哈鲁,可我最终还要回到塞西娅洞。我已经离开欧乙拉公主太久,我想念她甚于世间的一切。

沙哈鲁亲自为我送行。他的临别礼物是一本厚厚的诗集,我只翻看了一页,泪水便潸然而下。原来,这就是那本诗集啊,诗集里收录了沙哈鲁从少年时代起到如今写给欧乙拉公主的所有情诗。

我们约定,最多三年,我还会来看望他。

从哈烈即将回到撒马尔罕途中,我听到一个令人震惊的消息,索度派人通知我,阿依莱出使归来,不幸染上一种古怪的病症,生命垂危。

我以最快的速度回到撒马尔罕。一路上我都头昏脑涨,我只想着一件事,一向身体很好的阿依莱怎么说病就病,乃至一病不起?

欧琳堡冷清了许多。公主去世后,只有十几个负责卫生的杂役、两个厨子、索度夫妇和他们的儿子阿依莱,还有我,被特许住在这里。欧琳堡是沙哈鲁、兀鲁伯、阿依莱和我的家,然而,此刻的我,回到欧琳堡再没有回家的感觉,公主带走了一切,我的内心只留下挥之不去的凄伤。

索度和他的妻子都苍老了许多,显然,阿依莱突然病重使他们身心俱疲。我顾不上跟他们叙旧,直接和索度来到阿依莱的房间。

阿依莱还住在他小时候住的房间里,房间的陈设不多一点,不少一点。阿依莱和我一样,是一个拒绝改变的人。

索度悄然退去了,我走到阿依莱的床边。我看到虚弱的阿依莱躺在床上,睁着眼睛看着我。他的眼睛似乎不像以前那样明亮了,但里面依然闪烁着温暖的光芒。我突然有一种喉咙发紧的感觉,公主、沙哈鲁、阿亚、沙奈、阿依莱,他们原本是我在这个世界上最亲近的人,除了沙哈鲁去了离撒马尔罕有几千里之遥的哈烈,其他的人为什么像约好一样,都要先后弃我而去?

阿依莱向我微笑,我也努力向他微笑,在他的身旁坐下来。

阿依莱说的第一句话是,塞西娅,我等不到四十岁了。

我的眼泪一下流了出来。也许,真的是我害了阿依莱,我拒绝婚姻,阿依莱无奈地尊重了我的选择。当父母多次流露出希望他与别的女子成婚的愿望时,他笑着对父母说:等我四十岁,如果我四十岁时塞西娅还不肯嫁给我,我就死了这条心,娶一个不像她那么古怪的女人成亲,生儿育女。

可是,长生天却没有给他这样的机会。我即使不后悔自己的执拗,想到他的父母在他去后孤苦无依,我就无法不为自己的决定自责。

阿依莱为我拭去泪水,他问我:"如果我活下来,在我四十岁的时候,你会同意嫁给我吗?"

我望着他,我可以撒谎,但是,阿依莱喜欢的是我的直率,所以,我只能痛苦地摇了摇头。

"那么,你能告诉我,为什么?是因为你从来没有爱过我吗?"阿依莱依然微笑着问,他并不生我的气。

他从来不生我的气!我是个任性的女人,阿依莱从小就懂得纵容我的任性。

是啊,为什么不能嫁给阿依莱,为什么呢?

是因为我不想改变,还是因为某种东西横亘在我与阿依莱之间?或者都不是,只是因为我对婚姻怀有畏惧?

我坚信,我一直都在深爱着阿依莱,我不能给他的,只有婚姻。

我回握了一下阿依莱的手:"我爱你,很爱。你是我此生唯一想嫁的男人。"我认真地对阿依莱说。

阿依莱的脸上再次闪过一抹知足的笑容。

"你知道我是从什么时候爱上你的吗?"

我摇头。

"第一次见到你,我看到你眉间的金星。我以为那是画上的,没想到是生来就有的。还有,你长得比我见过的所有女孩都丑。"

我含泪而笑。

真的是那时候吗?如果是,那么,我又是什么时候觉察到我与阿依莱之间的姐弟情发生了某种微妙的变化?是在他第一次出使中国归来吗?

　　记得阿依莱第一次作为通译随使团出使中国时,还只是个小孩子而已。那一年是中国的洪武二十八年(约1395年),阿依莱年方十二岁。当时,明与帖木儿朝往来使用的语言有波斯语、汉语、蒙古语和突厥语,阿依莱因为小小年纪便精通上述语言被帖木儿王视为天才,加上他头脑灵敏,能言善辩,因此,帖木儿王会选中他充当使团通译和副使之一就不足为奇了。

　　当时,我生平第一次与沙哈鲁有了肌肤之亲。那一次似乎很亲近其实很疏远的经历使我从一个不谙世事的女孩变成了注重仪表、仪态迷人的少女,但我从来没有将沙哈鲁视为我生命中的男人。我说过,我与沙哈鲁彼此相爱,但我们之间的爱不是男女之爱,而是除男女之爱以外的其他各种爱的总和。我的眼睛关注着沙哈鲁,为他的烦恼而烦恼,为他的无奈而无奈,但那绝对不是通常意义上的爱情。如果非要把爱的定义狭隘化,我知道沙哈鲁从来没有爱过我。

　　而我,也从来没有爱过沙哈鲁。

　　事实就是如此。

　　随后的日子,阿依莱随使团到了明朝。他回来那一天好像是我一生中最快乐的节日,我们所有的人,公主、我、索度夫妇,还有尚未返回哈烈的沙哈鲁和他刚刚怀有身孕的妻子,我们都围在阿依莱身边,听他讲出使途中的故事。

　　所有的一切,清晰如昨。

　　阿依莱拉着我的手,放在他的脸上。

　　他的手心滚烫,脸也滚烫。欧乙拉公主病故之后,阿亚和沙奈也先后辞世。兀鲁伯虽然是我看着长大的孩子,也是我小妹妹的丈夫,但他毕竟是帖木儿帝国名副其实的储君,是辅佐沙哈鲁治理国家的君主,我不可能真的把他当作我的亲人。因此,除了沙哈鲁和阿依莱,我在这个世界上再没有别的亲人。如今,阿依莱又要离我而去,我不明白,长生天为什么独独把我留下来,甚至在未来的日子里还给了我很高的寿数,却一个个夺去我所热爱的人?

　　是因为长生天要我活着见证什么吗?所以才赐予了我一颗金星,赐予了我超凡的想象力和一双灵巧的手?

　　可能是吧,因为后来,我果然见证了一个帝国的全部兴亡。

　　我和阿依莱的交谈一向波澜不兴,我喜欢听他用他那种特有的平静的语调跟我说话。小的时候,每当我和他发生一些小孩子之间常会有的争吵,我赌气不跟他说一句话,他有个特殊的办法哄我开心。那就是,他总会选在我准备午睡的时候跑进我的房间,在我的身边坐下来,不紧不慢地给我讲有趣的故事。我的心里原本不想理他,可他的声音让我心绪宁静,因此,往往他的故事还没有讲完,我就已经沉沉睡去。而当我醒来时,我便与他和好如初。

让我心如刀绞的是,从此以后,这个世界上将不会再有任何一个人能够像阿依莱那样对我说话了。

如今,轮到我用不紧不慢的语调给阿依莱讲述我在哈烈的所见所闻。我天生善于描摹细微的事务,阿依莱即使在病中,依然听得津津有味。我的语调让他欣慰,终于,他在我的注视下沉沉入睡。

几天后,阿依莱安然辞世。我很清楚,在生命的最后几天里,阿依莱的内心是满足的、快乐的,不仅因为我寸步不离地守在他的身边,而且因为他可以感受到我对他全部的爱恋与不舍。

我送走了我在生命中最爱的男人,我像答应欧乙拉公主一样答应他,用我的眼睛,替他多看看这个世界。

肆

阿依莱死后,我就很少再回撒马尔罕的欧琳堡了,我生命中的大部分时间都在塞西娅洞度过。除了兀鲁伯每年的寿辰外,我只在回历八二七年(约1424年)、八三〇年(约1427年)因为其他的事情回去过三次,第一和第二次是因为索度夫妇在八二七年先后辞世,第三次则是因为奥玛的儿子、米兰沙的孙子卜撒因出生。

奥玛抱病请我为新生儿祝福。当我将孩子抱在怀中时,我看到他的脸庞端正,酷似他母亲的模样。

我对奥玛说,这个孩子,将成为米兰沙家族的希望。

我并非随口说说,我的感觉每一次都很准确。这是长生天给我的启示,长生天从来不会欺骗我。

果然如我所料,小生命的到来不久之后将他的父亲送往天堂之路,临终前,奥玛放心地将卜撒因托付给前来探视他的堂弟兀鲁伯。昔日的恩恩怨怨烟消云散,此后,卜撒因便在堂叔兀鲁伯的精心抚育下一天天长大,日渐成长为品格端肃、胸怀大志的青年。许多年后,当兀鲁伯被自己的儿子杀害,帝国陷入空前的动荡与混乱中之时,恰恰是被兀鲁伯抚养长大的卜撒因努力统一了河中地区,使帝国被斩断的生命之丝再度得以延续。

更可贵的是,卜撒因留下了一个优秀孙子,这个孙子,巴布尔,被我预见将会成为一代伟大的君王。

回历八五〇年十二月(1447年3月),我被兀鲁伯紧急召到哈烈。这一次远赴哈烈的原因,是因为沙哈鲁病重。

沙哈鲁吩咐兀鲁伯,要我单独觐见。因此,兀鲁伯亲自将我引到寝宫门口时,低声对我说:"塞西娅,拜托你了。"

我点点头。兀鲁伯无非是拜托我让他的父亲走得轻松一些,愉快一些,这一点,我想我会尽力做到。

我走进寝宫,一个宫女恭敬地将我引到沙哈鲁的病床前。宫女悄然离去了,我俯视着沙哈鲁的脸。

沙哈鲁孤独地躺在他那张宽大的雕花木床上。这张雕花木床的式样和图案都是我为他设计的。其实,在沙哈鲁和兀鲁伯父子两人的宫廷中,他们都已习惯使用我为他们设计的许多东西,从床到几案到镜子到盥洗用具等等,我对大自然的钟爱和独有的审美情趣无所不在。多少年来他们的习惯一直没有太大改变,而他们之所以如此,不完全是因为我所设计的每一样东西都无可挑剔,更重要的是我在后期的设计里充满了感伤和怀旧的情绪,这样的情绪恰恰能引起他们父子的共鸣。

沙哈鲁仿佛睡着一般,微微合着眼睛。他的脸颊深陷,头发完全白了,岁月无情,当年的英俊潇洒和活力无限都在岁月中消磨殆尽。

我默默凝视着他,直到他睁开眼睛,看到了我。

"塞西娅,你刚进来吗?"

"有一会儿了。"

"是吗?难道说我又睡着了?"

"当然,你从小就觉多。"

"你一直坐在我身边看着我?"

"对,你可老多了。"

他向我微笑:"可你一点没见老。你的样子,好像比我年轻三十岁。一定是圣女泉让你永葆青春的容颜。"

"是啊,要不他们怎么都叫我老妖精呢。"

沙哈鲁艰难地微微一笑,我一直有办法让他开心起来,哪怕在他的生命行将结束的时候。

"塞西娅,你知道吗,我一直都在惦记着你,担心你赶不来送我,那样你会遗憾的——像我当年一样,抱憾终生。"

"我一定能赶上。"

"这倒是。你一向体格强壮,不像欧乙拉那样柔弱。"

沙哈鲁的眼睛里蓦然闪过回首往事的黯然。

我轻轻地摩挲着他的手,他将我的手攥在了他的手心里。他的手像他的人一样苍老了,失去了往日的力量。

"沙哈鲁,我想问你一件事。"我认真地找话来同沙哈鲁说,我希望他走时不要太寂寞。

"什么?"

"那次,你从哈烈回来,如果不是因为公主突然病倒,你会过来看望她吗?在你来之前,小妃主先来过,她向公主说了你们的状况,公主很忧虑,她答应小妃主一定好好劝说你。可我当时心里没有一点底,我太了解你的个性了,如果你不愿意,只怕我根本请不来你。你告诉我,如果不是公主意外生病,你会来吗?"

"会。"

"真的?"

沙哈鲁微微叹了口气,他的记忆清晰如昨。"塞西娅,快两年了,我和她的分别,毕竟快两年了。走的时候,我曾强迫自己把一切都放下,我也以为距离和时间可以帮助我把一切放下。然而我错了。在我与她分别的两年里,你永远无法体会,突然离开她,远在波斯的我有多么孤独!有的时候,我思念她几乎思念到有一种快要发疯的感觉。我每天夜里都梦见她,而她,总是我初见她时的模样,脸上带着几分稚气,眼睛里闪动着温柔的光芒。真主啊,从来没见过有哪个女人像她那样爱孩子的,但如果不是命运的阴差阳错,我宁可不要做被她亲自带大的孩子,而做一个可以保护她一生的男人。不瞒你说,那次奉旨回宫觐见帖木儿王,没有见到她之前,我一次次设想着与她见面的情形,我猜想她会对我说什么,我又会对她说什么。至少,我觉得自己不再是两年前的那个任性的男孩,我会像一个真正的男子汉那样对待她。可后来的事实证明,我的孩子气一如既往,见到她的那一刻,我突然发现,我之前所有的准备都派不上用场,我的膝盖在颤抖,我想,如果不是你的支撑,只怕所有的人都已看出我的失态。我见到她已是如此,你说,我还能有足够的决心拒绝她的要求?"

"原来你心里的想法是这样。不过,你知道吗,你那时搂着我的手臂一直都在颤抖,那时,我就担心你不敢见她。"

沙哈鲁的脸上重又露出温暖的笑容:"我的手臂也在抖吗?"

"抖得很厉害,我听得见你的心跳,咚——咚——像擂鼓一样。"

"什么时候?我跟欧乙拉说话的时候吗?"

"是。不过,你居然冷冷地对她说:您好。"

"是吗?我都不知道自己说了些什么。我只顾注意她,又不敢让人看出来我有多么在意她,我矛盾极了,好些事都不记得了。"

"还好我记得一切。"

"因为这样,你就担心了?"

"嗯。"

"担心我伤害她?"

"是的。"

"可你应该知道,没有一个人能够真正地伤害她。她的心宽广得如同无边无际的草原,我的爱和恨都只是在她的心上流淌的小河,她容纳了我的存在,我的存在却不会改变她的辽阔。"

"她爱你,沙哈鲁。"

"我知道,但不是你说过的男女之爱。塞西娅,我也想问你一件事。"

"你问吧。"

"你真的从来没有埋怨过我吗?"

"为你那一次的行为?"

"那一次,那一次我……我也不知道怎么回事,当时那种感觉竟然强烈到无法克制,我想我一定是疯了。"

"没什么。我很高兴。"

"高兴?"

"公主,你,我,阿依莱,我们本来就是一家人,我们彼此深爱着对方,只是爱的方式和表现各有不同。沙哈鲁,在我的心目中,从来没有把你当成我想嫁的男人,我知道你敏感的内心只能容得下一个人,一个人足矣。所以,我怎么会蠢到用你一时的冲动来惩罚我一生的幸福。"

"既然是这样,你为什么不肯嫁给阿依莱?我比任何人都清楚,他活着时一直深爱着你。"

"公主跟我说过,长生天不是信仰,是信念。可是当公主永远离开我之后,长生天变成了我唯一的信仰,我不能为阿依莱而改变。"

沙哈鲁再一次微叹:"真够傻气的。"

"我们好像都很傻。"

"却无怨无悔。"

"是的,无怨无悔。"

沙哈鲁脸上掠过一抹笑意,疲惫地合上眼睛。"说真的,塞西娅,我等待这一天的到来已经等得太久了,我的内心从来没像这一刻这样轻松过。我的心里没有遗憾,更没有什么放不下的事情。这几十年,兀鲁伯一直协助我治理国家,他的才能证明,他将成为百姓们拥戴的君主。"

我默默地想,你的确生了一个对百姓仁慈,长于治理国家的好儿子,问题在于,你和米兰沙那些野心勃勃的孙子,他们是否能够令你放心?恐怕很难。我这样想着,嘴上却什么也没说。

或许,沙哈鲁也未尝不知道这些,他只是不想再去考虑。正如他所说,他等待着这一天等了太久,从公主离开他的那一刻起,他已经在等待这一天的到来。近四十年的时光,他信守了对公主的诺言,将国家权力移交到兀鲁伯的手上,照顾我们所有的人,坚强地活下去。

现在,他累了,他需要休息。

在他去后的未来究竟会怎么样呢?我仿佛听到公主在轻轻叹息:我们蒙古人,总是自己打自己。

因为自己打自己,庞大的蒙古帝国早已分崩离析,像烟花盛开的帖木儿帝国,想必也终将逃脱不了同样的命运。

见到我,沙哈鲁了却了最后一桩心愿,平静地睡着了。此后,他再没有对任何人说过任何话。第二天是十二月二十五日(即阳历 3 月 13 日),他溘然长逝。我没有为他的逝去太过悲伤,他在帖木儿帝国虽不完整却还强盛的时候离去,这对他来说是件幸事,他不必像我一样,见证帖木儿帝国后来的衰亡。

沙哈鲁的葬礼极尽哀荣。因为,我看到有许多学者包括文学家、诗人、历史学家和艺术家们在用自己的方式表达对他的哀悼,沙哈鲁兼容并蓄以及和平治国的政策在四十年间成就了帖木儿帝国文化上的辉煌,这是他的功绩之一。而比这更为重要的是,我看到无数百姓在为他的去世哀哀哭泣,他们的眼泪像珍珠洒落在地上,那是人世间最高贵的殉葬品。

公主带大的沙哈鲁,他背负着国家富强的命运,到了遥远的地方,那里,是他一生向往的天堂。

我和兀鲁伯久久站在沙哈鲁的墓前,我们谁也没有哭泣。当我们最后一次向他安息的灵魂施礼,转身离去时,兀鲁伯走在我的身边,用手扶住了我的胳膊,他在我耳边轻轻唤道:"塞西娅。"

我微笑:"兀鲁伯,你有话想对我说吗?"

兀鲁伯沉思着问:"你觉得,在天上,我父王能够见到公主吗?"

"会的。其实,所有的一切又有什么关系呢?无论生与死,公主无时无刻不守护在我们身边。"

"但我还是希望……"

"希望? 什么? "

"父王的一生很不快乐,我多么希望他自由自在的灵魂是快乐的。何况,我只有想象着他的离去是为了与公主在一起才不会悲伤,我只愿父王残缺的梦在公主的身边变得完整。"

我的眼圈红了,然后,眼泪冲出我的眼眶。我的思念像泛滥的河水一样在兀鲁伯面前肆意奔流。

我活着,但我失去了阿亚、沙奈,失去了欧乙拉公主、我的母亲、我的妹妹,失去了阿依莱,现在,我又失去了沙哈鲁,只有我,我还活着。

我必须活着,活得像两个人那么长久。

兀鲁伯温柔地搂住了我的肩膀。

我伫立回头,我想起我还有一句紧要的话没有对沙哈鲁说。

对不起! 这是我隐藏了三十八年的歉意。

是的,在沙哈鲁已经离去之后,我没有理由不向他道歉,我要对他说"对不起",为我守护了三十八年的谎言。

三十八年前,欧乙拉公主突然病逝。那时,沙哈鲁回到撒马尔罕,他没能见公主最后一面。安葬了公主之后,他向我问起公主弥留之际都说了些什么,其中有一件事情——只有一件事情——我对他撒了谎。公主在最后一次短暂的昏迷中,一直喃喃呼唤着一个人,那个人其实是——她的母亲。

当时我对沙哈鲁说,那个人是他。

当时,我必须那么说。我知道,唯其如此,我才能够帮助沙哈鲁找到让他支撑下去的理由。

我并不为此后悔。我道歉不是因为我后悔,而是因为沙哈鲁就要见到公主了,我知道她会帮我守住这个秘密。

尾 声

燃放在帝国星空的最后一束烟花

俟帖木儿王病故,帝国已不能保持完整,波斯西部领土率先被土库曼的黑羊王朝据有,后黑羊王朝又为白羊王朝所灭。

沙哈鲁赢得王位,将首都南迁哈烈,原首都撒马尔罕交由太子兀鲁伯治理,这样,帝国事实上就形成了两个政治、文化、经济中心,只有依靠着兀鲁伯对父王王权的承认,才能维持着帝国的统一。

兀鲁伯在位两年,被野心勃勃的儿子剌迪夫刺杀,剌迪夫即位半年,又被巴巴所杀。剌迪夫死后,帝国内部内讧不断,最终分裂成河中政权和呼罗珊政权,而各地割据势力也纷纷谋求摆脱中央控制。

回历八五五年(约1451年),一度主宰了金帐汗国命运的月即别帝国诞生了一位后来让世人震惊的婴儿, 这位婴儿与他的先祖昔班 (成吉思汗之孙,术赤之子)同名,后人将他称作昔班尼汗。回历九〇六年(约1500年),他率军占领河中地区,夺取撒马尔罕,河中地区遂形成由月即别人建立的中亚诸汗国。

七年后,昔班尼汗引军攻占了呼罗珊。

至此,曾经盛极一时的帖木儿帝国被历史的长河无情淹没,风暴过后,只留下巨浪拍打礁石的声音。

帝国覆亡那一年,塞西娅已是一位一百二十六岁的老人。

每天清晨,塞西娅坐在圣女泉边舒适的藤椅里,仆人们将她抬到这里就离去了,中午为她送来野果浆、面包和加了杏仁粉的鲜奶,晚上才将她接回山洞。塞西娅的背早已佝偻如弓,脸上、脖颈上的皮肤好似干裂的树皮。可是,她的一双眼睛却越发呈现出坚定的铁灰色。她还能拄着拐杖沿圣女泉走上几十步。如果她坐着不动, 她苍老的目光就会一直越过湖前嶙峋的怪石丛,注视着隐藏在石丛后面的崎岖山路。这条山路是外界进入圣女泉塞西娅洞的唯一通道,它的入口没入崇山峻岭,常人很难寻觅。事实上,从塞西娅度过自己的一百一十一岁生日之后,便很少有陌生人出现在她的视野里。

塞西娅眉间的金星在一个清晨突然消失不见,塞西娅知道,自己不久之后也将像金星一样消失于天地之间。

对尘世她不再留恋。她要去寻找她的公主,她知道,这个像她母亲一样的女人一定会用自己温暖的怀抱迎接她,像她常常做的那样。

塞西娅从不怀疑,长生天还会惠顾帖木儿。纵然帖木儿和他的后人早已伊斯兰化,他却像他一生崇拜的成吉思汗一样被视为天之骄子。凭借长生天的福荫和帖木儿在天之灵的护佑,他的后人并没有因为亡国而灭族,其中,据有费尔干纳盆地的乌马尔,幸运地在锡尔河上游保有一个小小的王国。

乌马尔是卜撒因的第四个儿子,卜撒因是帖木儿之子米兰沙的孙子。卜撒因在世时,曾将河中地区再度统一起来,但他终其一生未能重新占有西波斯及西亚诸地。他将他的疆土分封给自己在世的几个儿子,帝国灭亡之后,只有乌马尔在自保之余,还能做着光复帖木儿帝国的美梦。

只是,他也清楚地知道,两万平方公里的土地怎能与帖木儿的千万平方公里的庞大帝国相比!

偏安一隅的王国早已威风不再,幸运的是,国王乌马尔却凭着祖先的荣光娶到一位值得他终生骄傲的王后。王后是统治着东察合台汗国伊犁之地的察合台后王之女,身体内流淌着"黄金家族"高贵的血液。

而比这更幸运的是,王后为国王生下了一个出类拔萃的儿子。国王为儿子取名巴布尔(蒙古语,"英雄"之意),那时他还不知道他膝下的这只"幼虎"有朝一日会雄踞南亚次大陆,建立又一个强盛的、绵延三百余年的王朝。

这个王朝,在历史上被称作莫卧儿帝国。莫卧儿是蒙古一词的突厥语变音,莫卧儿帝国也即蒙古帝国,巴布尔以此献给他的母亲,献给他的六世祖帖木儿,献给他的先祖察合台汗、成吉思汗。

塞西娅见过巴布尔,或者说巴布尔有幸见过这位金星圣女。那是十五年前,巴布尔年方九岁,塞西娅一百一十一岁。

事实上,对巴布尔而言,他在圣女泉度过的短暂的一百天,才算得上他一生中最快乐的时光。

首先,圣女泉像人们传闻的一样疗效显著,让他时常感到生不如死的皮肤瘙痒症经过沐浴,日渐减轻,直至痊愈。

其次,他在塞西娅洞结识了两个与他年龄相仿的玩伴,他们一个是塞西娅的仆人巴巴的孙子巴巴乌拉,比他大一岁,另一个是一位像月光一样皎洁迷人的女孩,名字叫佐维然,比他小一岁。

两个孩子与他一见如故,形影不离。巴布尔一直想不明白"佐维然"是什么意思,这个名字很好听,但他以前从来没有听说有谁叫过这个名字。相处得熟了,佐维然悄悄告诉他,她其实是个孤女,有一天清晨塞西娅走出山洞时,看到洞口放着一个不知被谁丢弃的女孩,包裹着女孩的貂皮襁褓很华贵,而与女孩一同被发现的,还有同样裹在襁褓里的一个纯金项圈和两个红宝石头饰。当然了,展示在塞西娅眼前的一切虽然表明了女孩很不一般的家世,但塞西娅发现女孩时,女孩已经奄奄一息。

当时,塞西娅俯身抱起女孩,女孩居然费力地睁了睁眼睛,看了她一眼,随即又陷入昏睡之中。佐维然说,塞西娅后来告诉她,正是这一眼激发了塞西娅身上沉睡的母爱,让塞西娅对她心生怜惜,决心无论如何要将她救活并且养大。此后的日子里,塞西娅每天白天都抱着她沐浴温泉,晚上抱着她入眠,塞西娅的执着感动了长生天,她不仅被救活了,还奇迹般地从一个两只脚先天有缺陷的婴儿,变成了现在巴布尔所看到的健健康康的女孩子。

佐维然的经历让巴布尔更加相信了塞西娅的神奇。除此之外,每天坐在圣女泉边,沐浴着午间斑驳的阳光,任微风在周身萦绕,听塞西娅讲起他的六世祖帖木儿王的丰功伟业,也让他心驰神往。

当然,就算把这些事情统统抛开,单是他在塞西娅洞吃到的银果面包,也足以让他终生难忘了。银果面包的原料独一无二,因为在圣水泉边长着两棵独一无二的果树,每年秋天,树上的银色果实成熟,塞西娅就让巴巴将成熟的果实摘下来,去掉果皮和果核,然后将果肉晾干磨粉,就得到两袋珍贵无比的原料。巴布尔病好时,正赶上银果面包制作的季节。他亲眼看到,用上述方法磨出的果粉细如面粉,只要加入适量的水揉成面团放在烤炉中,再不需要添加其他任何佐料,比如牛奶、糖、油等,就可以烘焙出松软酸甜、果味诱人的银果面包了。

两袋银果粉只够做六十个面包,即使帖木儿王在世时,除了帖木儿王、大王后、王妃以及几位王子,其他人很少有一饱口福的幸运。到了兀鲁伯王去世,银果面包更加成为神奇的传说。没想到,巴布尔却在塞西娅洞吃到了传说中的银果面包,他感到,这一切都预示着他未来的好运。

一百天后,巴布尔被他父亲派人来接走了,他与塞西娅、巴巴乌拉和佐维然依依惜别,他对他们说,他一定还会来看望他们。如果万一他来不了,他随时欢迎他们去找他,他们永远是他的朋友。

巴布尔离开那天,天空中下起了小雨,塞西娅让他带上最后两个银果面包路上吃,巴布尔吻了吻塞西娅皱纹纵横的脸颊,又与巴巴乌拉和佐维然拥抱,他没想到,从此以后,他真的再没有机会回到塞西娅洞。

圣女泉不再涌出泉水的那一天,塞西娅在药池旁安然仙逝,享年一百二十六岁。

塞西娅死后,按照她的遗嘱,忠诚的仆人巴巴乌拉将她的遗体连同她生前用过的所有东西都一起留在了山洞之中。

巴巴乌拉是巴巴的孙子,巴巴临终前将塞西娅托付给他照料。巴巴对孙子说,好好照顾塞西娅吧,她会使你和你的子孙得福的。巴巴乌拉信守了对祖父的承诺,一直留在塞西娅身边。他不管将来如何,但是塞西娅和塞西娅洞使他免于在战乱中丧生。他幸运地活着,娶了心爱的佐维然为妻。不仅如此,妻子还为他生下了两个健壮的儿子和一个乖巧可爱的女儿,这一切对他来说都已经是莫大的福气了。

巴巴乌拉对塞西娅洞做了精心的布置。山洞以木桩、树枝、乱石填充其内,以巨大的石块填充其外,这样一来,外人即使寻到这里也很难进入洞中。

何况,没有了泉水,便意味着没有了药池,没有了药池,也就没有了寻觅圣女泉和塞西娅洞的必要。塞西娅为自己的身后设计好了一切。

巴巴乌拉将要动身前往费尔干纳(大宛)投奔巴布尔了,塞西娅预言过,他的寿数可能不会超过他的父母(他的父母去世时都只有三十四岁),但他的妻女子孙中,总会有人因为他的选择而尽享人间的荣华富贵。

巴巴乌拉不在乎。在与塞西娅朝夕相处的岁月里,他早看淡了生死,在他内心深处,死即是生,他愿意接受塞西娅向他敞开的怀抱,像小时候那样,沐浴着夕阳的光辉,奔跑回塞西娅的身边。

他愿将他的福泽留给妻儿,留给他的子孙后代。

站在崎岖的山路上,巴巴乌拉最后一次回顾断流的圣女泉和即将干涸的药池。心里有一丝凄凉,有一丝迷茫,唯一的安慰是,塞西娅在回到长生天的时候,允许他带走无比珍贵的香炉,他坚信,这个塞西娅无数次点燃阿亚香饼的香炉,必定会带给他的子孙好运。

因为,塞西娅把长生天的祝福留给了他们。